# 首批进军西藏的女兵们

（上）

中共西藏自治区委员会党史研究室
《首批进军西藏的女兵们》编辑委员会 编

XZCB 西藏人民出版社

图书在版编目（CIP）数据

首批进军西藏的女兵们:上、下/中共西藏自治区委员会党史研究室、《首批进军西藏的女兵们》编辑委员会编.--拉萨：西藏人民出版社，2021.6

ISBN 978-7-223-06788-1

Ⅰ. ①首… Ⅱ. ①西… ②首… Ⅲ. ①回忆录-作品集-中国—当代 Ⅳ. ①I251

中国版本图书馆CIP数据核字（2021）第065476号

首批进军西藏的女兵们（上）

| | |
|---|---|
| 编　　者 | 中共西藏自治区委员会党史研究室<br>《首批进军西藏的女兵们》编辑委员会 |
| 责任编辑 | 李海平　计美旺扎　张慧霞 |
| 封面设计 | 格　次 |
| 出版发行 | 西藏人民出版社（拉萨市林廓北路 20 号） |
| 印　　刷 | 西藏新华印刷厂 |
| 开　　本 | 787×960　1/16 |
| 印　　张 | 30.125 |
| 插　　页 | 8 |
| 字　　数 | 470 千 |
| 版　　次 | 2021 年 7 月第 1 版 |
| 印　　次 | 2021 年 7 月第 1 次印刷 |
| 印　　数 | 01-3,000 |
| 书　　号 | ISBN 978-7-223-06788-1 |
| 定　　价 | 128.00 元（上、下） |

# 再 版 说 明

本书第一版于2001年出版。本书出版以来，受到广大读者的欢迎和关注。今年恰逢建党一百周年、西藏和平解放七十周年，应老同志们的要求，今年特再版。值此在全党开展党史学习教育之际，再版此书，更有特殊的意义。

再版时，参考专家和读者的意见，仅对个别文章字词句稍作修改。

西藏人民出版社

2021年4月

# 本书编委会

最艰苦岁月里亦爱红装爱武装

与男同志并肩战斗

为建设新西藏作出了

重要贡献

陈明义

一九九九年十月

进藏女兵赞

中华女兵多奇志，
进军西藏史无前；
通天河畔号角鸣，
雀儿山上歌声欢；
拉萨城头展红旗，
巾帼英雄美名传。

[illegible]
2001年5月13日
于西安

五星红旗指引下
中国群英们奋进
军解放建设新西藏
在各条战线上奋不顾
身顽强拼搏为夺取
伟大胜利做出了光
辉贡献。

李觉 2000年
3月28日敬书

1950年3月4日至7日，十八军在四川乐山隆重举行向西藏进军誓师大会

团结互助，趟过冰冷刺骨的急流

1951 年 9 月，部队在丁青休整后又出发了，走在前面的是军文工团的女同志们

攀着绳索趟过激流

行军途中小憩

藏族女战士洛桑志玛在给藏族群众散发《十七条协议》等宣传品

部队走到哪里，就宣传到哪里

1951年10月26日，进藏部队经过数千里艰苦跋涉，终于到达拉萨，这是入城部队行进在布达拉宫下

1951 年 11 月，在军长张国华、政委谭冠三率领下，部队开赴拉萨西郊开荒地，为次年春耕播种作好准备

在拉萨林卡里，与藏族女青年谈心，宣传讲解党的民族政策。右二是军区文工团的童莹华

1954 年春，五十三师工兵八团在悬崖上施工，打通然乌沟通道

1954 年 12 月 25 日，康藏、青藏公路通车，筑路英雄们会师在拉萨布达拉宫下

# 序 一

在隆重纪念中国共产党成立80周年和热烈庆祝西藏和平解放50周年之际，由十八军老战士吴景春、李国柱等倡议发起，300多位50年代初进藏的女战士参与撰稿，区党委党史研究室和《首批进军西藏的女兵们》编委会共同编辑的《首批进军西藏的女兵们》一书正式出版面世。这是一件很有意义而又值得庆贺的事。

这本书不仅记录了当年进藏女兵在进藏途中浴血奋战的革命风采，而且真实生动地记录了50年前在中国共产党、毛泽东主席的领导下，中国人民解放军第二野战军十八军和十八军独立支队、云南十四军126团与新疆军区部分部队，为完成进军西藏，驱逐帝国主义势力，实现祖国大陆统一的神圣使命，以“红军不怕远征难，万水千山只等闲”的英雄气概，历经千难万险，徒步进军西藏的光辉足迹。

在进军西藏的队伍中，有首批女兵千余人。她们当中既有老红军，又有老八路，也有刚出校门的女青年，是进藏部队中的一个特殊群体和重要力量。她们满怀对党的事业的赤胆忠诚，为西藏人民的解放事业，同男战士一道，爬雪山，趟冰河，风餐露宿，在人迹罕见的雪山、荒漠无边的草原上，克服常人难以想象的困难，为统一祖国大业，不仅作出了永不磨灭的历史贡献，而且铸造了“特别能吃苦、特别能战斗、特别能忍耐、特别能团结、特别能奉献”的老西藏精神。她们的功绩将永远载入中国人民解放军的光辉史册，永远铭记在西藏人民的心中。

本书收录的文章，朴实无华，生动感人，字里行间洋溢着革命英雄主义和革命乐观主义精神，洋溢着团结友爱、同甘共苦的集体主义精神，洋溢着中华儿女对党和人民的忠贞热爱之情，值得我们学习和发扬光大。

这是一部首批进藏各族女兵在古稀之年集体创作的杰作，是进行爱国主义和革命传统教育难得的好教材，是研究中共西藏地方党史珍贵的历史资料，是给子孙后代留下的一笔宝贵精神财富。谨向参与撰写、编审这本书的老大姐们致以崇高的敬意。

列宁说："忘记过去，就意味着背叛"。阅读这本书，能使我们特别是年轻一代从中受到教育和启迪，倍加珍惜来之不易的今天。西藏和平解放50年来，在以毛泽东、邓小平、江泽民为核心的三代中央领导集体的正确领导下，西藏实现了从黑暗走向光明，从落后走向进步，从贫穷走向富裕，从愚昧走向文明，从封闭走向开放的历史巨变。西藏人民将在中国共产党的领导下，高举邓小平理论伟大旗帜，以江泽民总书记"三个代表"的重要思想为指导，认真贯彻落实中央第四次西藏工作座谈会精神，继承和发扬"老西藏精神"，进一步解放思想，实事求是，艰苦奋斗，开拓创新，实现中央提出的促进西藏经济从加快发展到跨越式发展、促进社会局势从基本稳定到长治久安和邓小平同志提出的要使西藏"在中国四个现代化建设中走进前列"的伟大目标。

热　地

2001年7月16日

# 序二

这部丰富多彩的回忆录，生动地反映了首批进军西藏的女兵们为解放西藏、建设西藏所作出的无私奉献和光辉业绩，突出地体现了“老西藏精神”，充实了当代西藏史，也充分体现了女兵们对西藏的深厚感情。这部书的出版，必将对西藏的社会主义精神文明建设产生深远的积极影响，也会从一个侧面对西部大开发起鼓舞作用，同时也引起我对共同经历过艰苦岁月的女战友们深深的怀念和敬意。

号称“世界屋脊”的西藏高原，以其神奇壮丽的雪山景色和具有特色的人文景观令人向往。可是近百年来，莽莽“世界屋脊”、巍巍祖国高原却一直在蒙受屈辱和苦难！帝国主义侵略战争的硝烟，污染过它的天空，黑暗落后的封建农奴制度阻碍了它的进步发展。西藏上层中的一些分裂主义分子，在帝国主义侵略势力的唆使下，加紧活动，企图把西藏从祖国大家庭中分裂出去，搞所谓“西藏独立”。帝国主义势力的入侵，封建农奴制度的统治，使西藏人民处于水深火热之中。为了驱逐帝国主义侵略势力出西藏，统一祖国大陆，巩固国防，建设边疆，党中央和毛泽东主席发出了“进军西藏，解放西藏”的号令，人民解放军进藏部队在地理气候和民族宗教及外事边防等情况极为复杂和困难的情况下，高举爱国和团结的旗帜，以“红军不怕远征难，万水千山只等闲”的大无畏精神和争取胜利完成“第二次长征”的决心，背起背包，踏上征途。从四川出发的进藏主力十八军，跨过泸定桥，越过雀儿山，挺进金沙江，在青海骑兵支队、云南部队一个多团和新疆独立骑兵师阿里骑兵支队一个连的参与配合下，消灭藏军主力，解放昌都地区，争取到了西藏的和平解放。

《中央人民政府和西藏地方政府关于和平解放西藏办法的协

议》于1951年5月23日在北京签订，中央军委毛泽东主席于5月24日下达了和平进军的训令。接着，进藏部队分别从四川、云南、新疆、青海向拉萨和各个边防要地进军，翻过横断山脉，勇攀冷拉山、丹达山和唐古拉山，抢渡通天河，穿过藏东南密林，踏过阿里荒原，把五星红旗插上了喜马拉雅山。

当年第一批进藏部队（十八军三个师和十八军独立支队）的行列中，有一批年轻女兵。她们包括70多名藏族在内有1100多人（其中未联系上的近300人），虽然在4万进藏部队中所占比例不大，但因西藏情况复杂，条件太差，补给特难，几万人的长途大进军，困难可想而知。

而有各种特殊情况的年轻女兵大都超负荷负重，初离家乡就向遥远的西藏高原进军，实属难上加难。她们跟男同志一样，爬雪山，趟冰河，披荆斩棘，风餐露宿，明月当灯照，飞雪洗征尘。经过一年多的长途跋涉，行程两千余公里，把数十座雪山峻岭踩在脚下，把百余条冰河激流甩在身后，在人迹罕至的雪山上，在荒芜辽阔的草原上，走出一条条新路，历尽千辛万苦，克服重重困难，徒步走到了拉萨和其他边防要地，为完成解放西藏、统一祖国大陆的大业，做出了不可磨灭的重大贡献。

首批进藏女兵，是我们党和军队历史上一个特殊的英雄群体，也是继长征女红军之后，出现在高原上的又一批坚强的女战士。她们在雪域高原特殊环境中展现出的中华民族女性吃苦耐劳的美德，是一曲高尚的人生赞歌。

当年，我也曾是进藏部队的一员，在部队担任过领导职务，后来又在西藏地方工作多年，跟首批进藏的女同志算得上老战友了，对她们是比较熟悉了解的。在回忆录即将出版之际，她们要我写几句话，顷刻间，她们那一个个顽强矫健的身影，一桩桩真切感人的事迹，又一一浮现在我的脑海里。

当时，女兵们除个别女红军和少数参军较早的及特批参军年龄较大的（如大学教授于式玉同志，辞掉其他工作，处理完家事，“千里风雪西藏去，万贯家财一袋装”，甘愿受苦去西藏）

外，大都是刚穿上军装的“学生兵”，小的十二三岁，大的也不过二十出头，她们把自己的青春投入革命熔炉锻炼燃烧。正如一位女同志在回忆录中所写的那样，她们是凭着顽强的革命精神，高昂的革命热情和坚定的革命意志，走进雪山的怀抱。进军途中，尽管她们生理特殊，体质较弱，要承受比男同志更多的困难；尽管高原上空气稀薄，高山反应使她们心跳气喘，皮肤皲裂，常流鼻血；尽管风雪刮倒了她们的帐篷，冰凌割破了她们的腿脚；尽管有时断粮，靠野菜草根充饥……然而，她们在艰苦困难面前，不叫苦，不叫累，不哭鼻子，不掉队，挺起腰杆与高山激流搏斗，巾帼不让须眉。女文工团员们常常把雪山草地当舞台，蓝天当大幕，进行文艺演出。翻大雪山时，她们还提前出发，在半山腰作行军鼓动。行军途中，女医生、女护士们，不顾自身疲劳和高山反应，坚持巡诊送药，有的还创造了“骡背病床”。到达宿营地后，女报务员和译电员、女收音员、女油印员们就在低矮的帐篷里，借着摇曳的烛光，手摇马达进行收发译报，刻印《战线报》《建军电讯》《参考消息》《草原新闻》等各种快报及宣传讲话材料，一些藏族女兵还担负着繁重的翻译和联系群众的工作。在昌都战役中，有一支由30名女兵组成的康藏工作队和文工队的十多名女队员，赶着牦牛驮运银元、粮食等物资，在横断山脉中，顶风冒雪，顽强拼搏，及时把这批物资送到了主力部队驻地。这支“雪山娘子军”在进军史上留下了美名。

在甘孜修建机场的女兵们，和男同志共同斗风沙，战严寒，住地窖，吃夹生饭，搬石头，挖泥沙，手上打起了血泡，磨出了厚茧。更意外的是，一次大雨冲塌了一个地窖，五十三师女生班被压牺牲4人。在筑路中，她们跟男同志一样，以实际行动响应“一面进军，一面修路”的号召，发出“让高山低头，叫河水让路”的豪迈誓言，不畏艰险，不辞劳苦，在雪山峡谷间的工地上，或参加施工，或演出节目，或进行医疗救治，或担负通讯联络，或绘制施工图纸，或从事后勤支援，紧张地活跃在施工队伍里，为修筑通往拉萨的“幸福金桥”，贡献了自己的力量。

这批进藏的女兵到达驻地后，为坚决贯彻执行毛泽东同志“进军西藏，不吃地方”和进行农止生产的指示，一放下背包，就拿起铁锅，背上粪筐，和男同志一道，在雪域高原上开荒生产，屯垦戍边。但由于后方给养一时运不上来，上层反动分子又卡我们，有时只好靠豌豆马料充饥，或饿着肚子劳动。

进军西藏，政治重于军事。女兵们发挥自己的优势，尊重藏族人民的宗教信仰和风俗习惯，她们不进寺庙，不打鸟，不摸神树和神龛，在藏族群众心目中树立了良好形象，不仅和男同志一起获得了“新汉人”“菩萨兵”的美誉，还被一些藏族老阿妈竖起大拇指连声称赞“文成公主”回来了。

这一批进藏女兵，在西藏和平解放，部队进驻拉萨和各边防要地后，除仍留部队工作的外，大部分根据工作需要转到地方单位工作。从金沙江到冈底斯山，从喜马拉雅山到唐古拉山，昌都（含丁青、波密及墨脱）、阿里、山南、江孜、亚东、日喀则、那曲等地区都有她们的足迹。军事系统、党政机关、科教文卫（医疗卫生系统的最多）、金融贸易、工交邮电、报纸刊物、广播电视等各条战线都有她们的业绩，有的还成了某些事业或单位的开拓者。她们为了维护和执行协议，积极开展反帝爱国统一战线工作，深入宣传，多方接触，广交朋友，争取和团结了一大批上层妇女和青年中的爱国人士；积极参加救灾治病，发放农贷，办学校，搞贸易等影响群众的工作，逐步消除民族隔阂，与藏族同胞逐步建立了密切的关系。群众把她们中的有些同志称为姐妹、阿姨、老师、好医生、“阿妈书记”等。西藏上层反动集团发动全面武装叛乱后，她们又参加平叛斗争，有的还曾参加了山南捉空降特务的战斗。在民主改革中，她们积极参加工作组，与群众同吃同住同劳动，发动组织群众与叛乱的农奴主及其代理人斗争，为农奴翻身解放贡献了自己的力量，有的还参加了中印边境自卫反击作战的战勤工作。在长期革命斗争和建设事业中，她们既直接培养了大批的藏族干部，另方面她们也在磨练中成长，有的已成为自治区一级的领导干部。如今，这批女兵有些虽然因工作需要或其他原因早已调离西藏，但有的特别是四川的藏族女兵却至今仍投身于西藏的建设事业。

西藏经过民主改革、社会主义革命和社会主义建设取得巨大成就，特别是党的十一届三中全会后改革开放和现代化建设，已在新的意义上取得了天翻地覆的变化。看到高原巨变，就自然想到第一批进藏女兵的功劳。她们长期建藏，边疆为家，真心诚意为西藏人民服务，万里高原上散发着她们的光和热，留下了她们的足迹和汗水。她们与西藏人民情同手足，亲如家人，到处都有她们的房东和朋友。她们有的成了英雄模范，有的立了功或受到表彰，也有的一直默默无闻地做奉献，至今无怨无悔。至于离开我们而去的，除上面提到的外，有的是在进军路上倒下了，长眠雪山脚下；有的因工作需要，与丈夫长期分居，在高原上过着牛郎织女的生活；有的虽然生下了孩子，她却早逝了；有的生下的孩子成了残疾或夭折；大部分因孩子不适应高原气候，放在内地喂养，多年不见，孩子不认妈妈叫阿姨；有的父母在内地病危，也因路途遥远，未能床前送终；至于得妇女病、关节炎和心脏病的就更多了；有的不仅把自己的青春献给了西藏，而且还献了青春献终生，献了终生献子孙。她们对西藏高原有着特殊的感情，一些积劳成疾，调回内地工作的同志，仍心系高原，怀念那湛蓝的天空和晶莹的雪山，怀念那明亮的阳光和洁净的空气，怀念那勤劳、智慧、朴实、勇敢的西藏人民。有的同志在内地临终前，还嘱咐子女把自己的骨灰送回西藏，撒在高原土地上。首批进藏女兵就是用这样的行动和感情，在“老西藏”三个大字上涂上了浓墨重彩，给长期建藏，边疆为家，一不怕苦，二不怕死，自觉遵守政策纪律，积极团结藏族同胞，自力更生，艰苦创业，特别能吃苦、特别能忍耐、特别能战斗、特别能奉献的“老西藏精神”增添了光辉。“宝剑锋从磨砺出，梅花香自苦寒来”，回首往昔峥嵘 岁月，她们无愧于人生！无愧于历史！

《首批进军西藏的女兵们》是一本难得而内容丰富的书，一本有特色的书，一本品位很高的书。说它难得，因为它是由半个世纪前进军西藏首批女兵集体写成的，现在这些女兵均年过花甲，有的已是古稀老人了。她们不顾年老体衰，满怀激情，毅然拿起笔来，实属难得！有的已是遗作了。说它有特色，是指书中全面、生动地再现了女兵们当年在西藏的经历。这些经历不少是见所未见，闻所未闻，颇具传奇色彩。说它品位高，是这本书格调高，女兵们把她们一生中最艰苦最困难的岁月，最高贵的品质，作为最美好最深刻的回忆，奉献给读者。文章的字里行间洋溢着共产主义、爱国爱藏的思想，洋溢着革命英雄主义和革命乐观主义精神，洋溢着团结友爱、同甘共苦的集体主义精神，给人以启迪，给人以力量！

这里，我还要提一下，此前，有人利用女兵进藏大作文章，还有一位竟编造了一本所谓“一次悲壮的大进军—500女兵进藏”的书，用一些无中生有、荒诞离奇的事，蒙骗读者。《首批进军西藏的女兵们》还历史以本来面目，对那些东西是个有力的批驳。

阴法唐

2001.6.23于北京

# 目 录

## （上）

# 两次长征

李光明

为纪念西藏和平解放50周年，我这个参加过两次长征的女兵心情万分激动。我因“文革”蒙难，患脑溢血瘫痪至今已三十余载，加之年已八十，实感力不从心。但是，忆及两次“长征”（红军二万五千里长征和进军西藏）的伟大壮举，亲历那艰苦卓绝的奋斗征程，感受那惊天地泣鬼神的壮烈牺牲精神，我这个革命已近70年的老兵仍禁不住心潮澎湃，难以平静。“忘记过去，就意味着背叛”。在全党、全国人民沿着具有中国特色社会主义现代化道路开拓前进的今天，我感到有责任和义务将自己所经历的两次长征的一些情况介绍给大家。一方面不断激励自己，永葆革命青春。同时，也希望对青年一代有所启迪，为他们增添一份振兴中华的精神力量。

谭冠三将军夫人、老红军李光明同志。1999年摄于四川省都江堰市住所内

## 第一次长征

1955年2月，中华人民共和国全国人民代表大会常务委员会作出《关于规定勋章、奖章授予中国人民革命战争时期有功人员的决议》，我作为一个红军战士被授予八一勋章和解放奖章。1988年中华人民共和国军事委

员会又授予我二级红星功勋荣誉章。当我接受金光闪闪的勋章、奖章时，我的心情久久不能平静。想到长征路上爬雪山、过草地和战斗中牺牲的战友们，想到那些因作战负伤和患病不能随部队一起前进而留在敌战区和老百姓家里的战友们，不知还有多少生存下来；想到西路军两万多战士们英勇奋战，壮烈牺牲，特别是那些为数众多的被马匪蹂躏、残害的红军姐妹们坚贞不屈、惨烈牺牲的情景，我不由自主地流下了热泪。我想，这些勋章和奖章应该授予他们这些英雄们！他们永远活在我们心中！

作为一个长征的亲身经历者，今天回顾长征的历史，亲切、激动、兴奋的心情不禁油然而生。二万五千里长征已经过去65年了，但是在长征中所经历的千难万险，红军战士所表现出来的大无畏英雄气概和不怕牺牲排除万难去争取胜利的伟大革命精神，以及他们对党的坚定信念，是永远值得怀念和弘扬的。我为能参加这一伟大壮举而感到无比地光荣和自豪。历史已经证明：红军长征精神作为中华民族的宝贵精神财富，已突破了时代和国度的界限，成为世界历史上一个壮举，在人民心目中树立了一座辉煌的永恒丰碑。

## 苦难的童年

1921年3月26日（农历2月17日），我出生在四川省通江县华家坪一个贫雇农家庭。母亲非常疼爱我，给我取了个好听的名字：华金香。华家坪地处深山老林，交通不便，老百姓生活非常贫困。在我出生时已有一个哥哥和姐姐，我只记得母亲带着我们过着十分清贫的生活。我从没见过父亲是什么样子，稍懂事时，母亲告诉我，父亲外出谋生一直没有音信，生死不明。后来有一天哥哥上山砍柴也一去不返，不知是掉下山崖摔死了，还是被野狼叼走了。家中的男人都没有了，母亲只好带着姐姐和我改嫁到瓦室铺肖口镇一个姓李的农民家里。继父叫李炳福，靠给地主打活为生。母亲就给人做鞋、绣花、缝补衣服，一家人艰难度日。不久，母亲又生下一个小弟弟，生活更加困难。无奈之下，在我四五岁时，继父就把我送到跳上村一个叫杨三生的家里做童养媳。在旧社会，童养媳其实就是家奴。在杨家我过着牛马不如的生活，几乎天天挨打受骂，干的是最脏、最累、最苦的活。杨家人一点人性都没有，我年纪小，不懂活路怎么做，只要干得不当，就挨一顿拳打脚踢。吃的是猪狗饭，受的是牛马累，睡的是草垛堆。冬天冻得浑身冰冷，夏天被蚊虫叮咬得体无完肤。在我6岁的时候，母亲患重病，卧床不起，家里只有姐姐和弟弟俩人。我听到消息后想回家看看，杨家就是不准，还是姐姐跑来向杨家再三央求才准许回去。待我与姐姐一起回到家中，母亲已经咽气了。姐姐扑到母亲身上痛哭起来，当时我和弟弟还小，都不知道哭，弟弟还闹着要吃妈妈的奶。母亲死了，家里穷得连一文钱都没有，没有办法，姐姐只好背着弟弟，拉着我，到街上挨家挨户去乞讨，一些善良的人家看到我们实在可怜，多少给一点钱。姐姐拿这些钱买了一口棺材，草草把母亲掩埋了。我送走了人世间唯一疼爱我的母亲后，又回到杨家过着牛马不如的生活。

在那暗无天日的旧社会，我天天盼着天亮，天天盼着天上的神仙、观音菩萨下凡救我出苦海。可是，神仙在哪里？观音菩萨又在哪里呢？

## 参加红军

1932年10月，红四方面军主力离开鄂豫皖转战到川陕边地区，开辟川陕革命根据地。我们通江和瓦室铺也来了很多红军队伍。在我们住的跳上村上街有一个红军后勤的被服总厂，其中有不少的红军女战士，我上山打猪草经常路过那里。开始的时候，听说红军来了，村里的人都跑到山上躲了起来。杨家人恐吓我说：红军都是土匪，红头发、青面鬼，抓住小孩会杀了吃人肉。起初，我心里也很害怕，不敢靠近红军。后来看到别的孩子都敢去，我就去问他们，红军是红头发、青面鬼吗？这些孩子都笑了，说红军可好啦，说话和气，还给我们饭吃哪。这样我才敢慢慢接近红军。和他们讲的一样，红军战士对我们穷苦人家的孩子非常和气，嘘寒问暖，宣传红军是自己的队伍，打土豪、分田地、求解放，还给我们白米饭和白馒头吃。由于经常接触，我逐渐萌发了一定要参加红军的想法。后来，我常去红军那里的事被杨家人知道了，又遭到毒打和训斥。杨三生威胁我说：不许再去找红军，如果你要逃跑，就打断你的腿。当时，我咬着牙，忍着痛，一言不发，一滴眼泪不掉。但是，我心中更加痛恨他们，想参加红军的决心更加坚定了。有一次我患病不省人事，杨家人起初根本不闻不问，后来听说红军按每户的人口分配土地和地主财产，他们才急忙找来郎中给我开了几副汤药吃，我才慢慢醒来逐渐好转。如果不是红军的这个政策救了我，我早就不在人世了！

1933年初夏的一天，驻瓦室铺的红军队伍要转移到其他地方。杨家人知道了这个消息，怕我跑去找红军，一大早他们就把门锁了起来，不准我出去。我知道情况不妙，心中十分焦急，可是又没办法出去，真是急死人啦！红军从我们住的大门口整整过了一天。直到快黄昏的时候，杨家人看到没有队伍了，才放我出去打猪草。我急忙背上背篓，拿上镰刀，冲出大门，朝着红军行军的方向急奔而去。追了三五里路，仍然没有红军的踪影。这时我心里真是凉了半截，以为希望变成了泡影，顿时瘫坐在山崖边，抱头痛哭起来。

不知过了多久，在我几乎绝望的时刻，隐隐约约感到有人在说话，还有人轻轻拍我的肩膀。我猛然抬起头来一看，原来是四位红军女战士站在我的面前。我以为是在做梦，用力揉了揉眼睛，定睛一看，确实是四位女红军站在我的面前，她们满脸笑容地看着我。一个年纪稍大一点的女红军问我："妹娃子，天都这么晚了，怎么坐在这里还不回家呀？"我鼓足了勇气大声说："我没有家，我是人家的童养媳，我要参加红军！"女红军对我说："你年纪这么小，怎么能参加红军呢？红军要打仗、行军，要吃好多好多的苦！"我说："吃苦我不怕！你们红军是大好人，我一定要参加红军！"她们问了我的身世后，都很同情我。对我说："好妹妹，你要参加红军也要给东家打个招呼啊！"我说："就是东家不准我去找红军，如果去打招呼，我就走不成了。"她们又商量了一下，说："好妹子，你可不要后悔呀！如果真的下了决心，就跟我们一起赶部队吧！"我一听同意我跟她们去追赶红军队伍，顿时高兴地跳了起来，把背篓一丢，把镰刀高高地抛向天空，似乎解脱了绑在身上多年沉重的枷锁。我一边跑，一边跳，仰面望着蔚蓝色的天空，大声喊道："我参加红军了！我终于参加红军了！"四个女红军和我一样高兴，我们唱着、跳着、笑着，欢快地向红军大部队行进的方向奔去。

## 长征考验

我同四位女红军走了两天两夜，过了通江河的茅芋镇，第三天赶到通江的南岭才追赶上大部队，在这期间，曾遇到许多熟悉我的乡亲、邻里，他们都劝我不要离开杨家去参加红军。但我参加红军的决心已定，根本不去理会他们。在红军大部队里，我惊奇地发现，有许多像我这样的苦孩子，我们女孩子都被分配到总被服厂（后改为工兵营）。我被组织分配在工兵营里做交通情报员工作，因为通江是我生长的地方，道路很熟悉，过敌人的防区和封锁线时，敌人来盘查，我一口的通江话，敌人根本不防，如有重要情报，我就过大山走小路，一天要走几十里的来回。在工兵营中我虽然很小但很精明，也很努力，在营里也有点小名气。营长林月琴（罗荣桓元帅的夫人，她是从鄂豫皖转战来川陕根据地的老红军）非常关心我们这些新到红军队伍里的女娃娃兵，大家都很尊重她，叫她“林大姐”。林月琴同志注意到我工作很用心用力，也了解到我出身贫寒和做童养媳的痛苦经历，对我特别关心、爱护，把我调到了她身边做勤务工作。从她那里我知道了好多关于红军的故事，懂得了不少的革命道理。林大姐还教我识字，学习文化，并给我起了一个名字：李光明。从此我就改叫李光明了。自从参加红军，我感到心里特别充实，特别高兴，我是真正盼到光明了！

红军在川北地区经常同当地的军阀作战，每逢战事，我们工兵营和其他后勤单位都要向安全的地域转移。我们工兵营经常向山里的寨子转移，有时行军中经常与通江河对岸的敌人不期而遇，甚至隔江交起火来。有一次转移作战时，我受了伤，还是林大姐亲自派人把我送到二分医院（沙溪嘴）治疗。痊愈后，我又回到林月琴大姐身边工作，后来林大姐为了培养我，把我送到总卫生部总医院剧社做宣传员，同时学习护理知识。这时我就离开了林大姐，直到长征到达延安后我们才见面。1934 年底，我在二分医院加入了中国共产主义青年团，当时才 13 岁。

红四方面军在川陕开辟根据地，同国民党军队和当地军阀势力作战，取得了粉碎敌军六路进攻的重大胜利，同时，积极发动群众，建立苏维埃政权，扩大队伍，红军扩大至八万余人。最初战事取得了节节胜利，嘉陵之战胜利之后，接着横扫了嘉陵江和涪江之间的剑阁、昭化、梓潼、彰明（今江油）等十余座城镇，经茂县、理县到达懋功地区。

红一方面军在1935年1月攻克遵义城后，召开了中央政治局会议，结束了王明“左”倾冒险主义错误在党中央的领导，初步确立了毛泽东同志在红军和党中央的领导地位。在毛主席的英明领导下，红一方面军四渡赤水、南渡乌江、进军云南、巧渡金沙江、勇夺泸定桥、翻越夹金山，于6月到达懋功地区同红四方面军胜利会师。从而粉碎了蒋介石各个消灭红军的狂妄计划，壮大了红军的力量，鼓舞了胜利的信心，为中国革命的胜利，创造了有利条件。

两大主力会师后，中央政治局两河口会议确立了两军共同北上，在川陕甘创建根据地的战略方针。会后，毛主席率领红一方面军于6月下旬启程，翻越梦笔山、长板山、打鼓山等大雪山，到达松潘附近的毛尔盖。在毛尔盖停留了1个月，毛主席一面命令部队筹粮，准备过草地，一面耐心等待张国焘北上。中央政治局在毛尔盖召开会议，决定兵分两路北上。右路军由党中央、毛主席率领，左路军由朱德总司令、张国焘率领。右路军穿过草地，向班佑、巴西、阿西一带前进。左路军由卓克基出发，经草地向阿坝、班佑一带前进。这是我第一次过草地。但是到了阿坝后，张国焘进一步暴露了他分裂党、分裂红军的野心，竟自立伪中央，向中央发电报，要右路军全部南下。中央虽曾八次去电，指出只有北上才是出路，纠正其南下的错误。但张国焘不顾中央指示，擅自率领左路军及右路军中原属四方面军的两个军，回过头南下，再过草地翻雪山，经毛尔盖、懋功、宝兴等地向川康边境的天全、芦山一带退却。在卓木碉，张国焘公然宣布成立伪中央，自己担任主席。四方面军在天全、芦山一带停留了3个月。这时，敌中央军周浑元部入川，与刘湘配合向我进攻。两军对峙，仗越打越大，部队消耗很大，张国焘被迫撤向道孚、炉霍、瞻化、甘孜和大金寺一带，仍企图向青海西宁方向逃跑。这时，红二方面军长途转战，历尽艰辛，来到甘孜。经朱德、贺龙、任弼时、关向应等同志的艰苦工作，加上四方面军广大指战员纷纷要求北上，张国焘才被迫取消了伪中央继续北上。由甘孜出发再次爬雪山过草地（第三次过草地），经东谷、阿坝、色座于8月到达甘南，占领哈达铺、大草滩、临潭，于10月底到达甘肃会宁地区与一方面军会合。

三大主力红军胜利会师，结束了长征。张国焘的错误，给红军和党带来严重损失，红四方面军广大指战员备受艰辛，对此我感受极深。

在红四方面军一年零七个月的长征和西渡黄河的前一段，我一直是随红四方面军行动。在总卫生部、总医院和妇女独立团任剧社社员、宣传员、卫生员和战士，从事文艺宣传工作、救护伤员工作及担任行军作战任务。我们宣传员的任务是十分繁重的，要和其他战士一样背背包、扛枪行军；部队休息，我们就放下背包，敲锣打鼓、唱歌、说快板、喊口号，鼓舞部队士气，在行军途中，我们还是一样沿途为同志们唱歌、喊口号，以减轻疲劳，加快行军速度。

在长征途中，由于战斗频繁，救护伤病员的任务十分繁重。像我这样的女红军战士，年纪小、体力差，要8个人分两组轮流抬一副担架和伤病员一起行军。我们的脚磨出血泡，肩膀也磨得红肿流血，但大家仍然咬牙，忍着疼痛坚持。我们翻越的几座大雪山有的海拔竟达六千多米，十分寒冷，行军前虽然作了些准备仍抵不住严寒，在藏族地区上级要求每人完成二两羊毛的纺线任务，没有纺织机，大家就向当地藏族同胞学习用手捻毛线。同志们加班加点起早贪黑赶任务，做累了就站起来活动一下，困了就用冷水洗把脸清醒一下继续干。毛线捻好了，又没有织毛衣的机器，大家就互教互学自己来织毛衣，最终还是完成了任务。我们女战士的任务更重，除了自己穿的，还要为部队织毛衣。许多女同志都是在那个时候学会了织毛衣。就是这样，部队的御寒能力还是很低的。战士们就把棕树上的棕毛撕下来，絮在单衣里御寒。用未经熟制的牛羊皮做背心穿。

部队冒着风雪严寒和高山缺氧，顽强地向雪山挺进。在山脚下还是晴空万里，到了半山腰，天空突然乌云翻滚，狂风大作，大雨倾泻而下，到了山顶，大雪夹杂着鸡蛋大的冰雹，劈头盖脸砸下来，砸得人浑身疼痛难忍，许多战士受了伤。当时我随身背着一个脸盆，遇到下雨、雪雹就把脸盆扣到头上，这样头就安全多了。这个脸盆随我走完了长征路，既用来洗脸、洗脚，又用来烧水做饭，是立了大功的！我们许多指战员因受伤受冻，经不住恶劣气候的煎熬而倒在雪地里，再也没有能够站起来。记得我们在翻越夹金山时，上到山顶天色已黑，又摸黑走了一段路，因为雪大路滑非常危险，部队只有就地宿营。不料天亮我们出发时，与我一同宿营的3位女战士再也没有醒来，她们被风雪吞没了。想到昨天还活蹦乱跳的战友，过了一晚就牺牲了，心情极为悲痛，她们只有19岁，连姓名都没有留下。第二天下山的途中，我们又看到许多战友的遗体被埋在了雪地里，我们心里真是难过极了。下山比上山还难以掌握要领，身子总往下滑，一不小心就摔筋斗。后来大家就干脆坐到雪地上往山下滑，大家把这种方法叫“坐滑梯”。我们就是这样战胜了梦笔山、夹金山、大雪山和党岭山等一座座大雪山。

过草地更加艰难，更加危险。红军北上必须经过数百公里的松藩草地。这一地区人迹罕至。举目四望，一片荒凉，没有人烟，没有树木，没有生机，那腐烂了的永远浸泡在污水中的野草，无边无际。草丛下水沟交错，泥泞不堪，腐草覆盖的地表十分松软，人走在上面“噗哧、噗哧”作响，就像走在摆动的浮桥上一样，挪动一步就摇晃几下，俗称“海绵地”。一不小心，脚跟就会陷进一堆抖动的草丛里，泥巴不仅滑，而且像胶一样沾，一旦陷进去，就会越陷越深，越向上挣扎，就会下陷得越深。遇到这种情况，就是近在咫尺的战友，也不能冒失地去伸手救援，否则会一起沉入潭底，造成更大的牺牲。我们眼睁睁地看到许多经过枪林弹雨考验的战友，没有倒在敌人的枪弹下，而被这无情凶险的草原魔鬼所吞没。

茫茫草地天气变化无常。忽而迷雾重重，忽而风雨交加，忽而骄阳似火，忽而又漫天大雪。午前，毒热的太阳晒得人抬不起头来，整个草地像扣在一个巨大的蒸笼里，蒸得人们汗流浃背，连气都喘不过来。可是到了午后，会突然阴云密布，刮起刺骨的寒风，乌云遮天，大雪裹着冰雹从天而降。我们连躲的地方都没有，浑身淋得透湿，冻得冰冷，整个草原变成了白茫茫的银色世界。由于恶劣的自然条件和环境，使许多体弱的红军指战员牺牲在茫茫的草地里。

沼泽地里溪流坑水遍地，但水质恶臭，不能饮用。可是行军路上又饥又渴，实在难忍，许多同志因喝了这样的水，引起剧烈腹痛和急性痢疾，甚至中毒身亡。过草地最艰难的问题是没有充足的粮食吃，只有挖野菜、挖草根，甚至把身上的皮带拿来煮着吃。前面部队许多人患了可怕的腹泻和痢疾，吃进去的米粒和麦粒通过肠道排泄出来时还带着血污，后续人员就像麻雀一样，把这些谷粒挑捡出来洗净煮沸后，又狼吞虎咽地吃到肚子里去，甚至还从马粪中淘洗出一点未消化的米粒来吃，这算是很幸运的，但这种机会实在是太少了。吃了这些东西，到肚子里根本无法消化，肚子发胀，解不出大便，使人痛苦之极！

部队宿营，都是睡在连泥带水的草地上，草原和沼泽地里遍地是蚊虫、毒蛇，咬得人浑身痛痒，起脓包，有的同志不慎被毒蛇咬了中毒牺牲。女同志生理上的痛苦就更没办法解决了，只有随它去。可以说，百分之百的女战士都患有妇科疾病。有许多同志没能够渡过这些难关，有的头一天宿营时还活着，第二天清晨出发时，就站不起来了，也不能说话了。好不容易大家把他扶起来，可是他又瘫倒在沼泽地里，再没有站起来。他们就这样默默地长眠在这茫茫无际的草原沼泽地里了。

过草地时，我遇到最危险的一次是过一条湍急的河流。因为水流很急，大家就手拉手一字队形前后排开，涉水过河，我因为个子小，身体单薄，走到水流急的地方根本站不住，几次被冲进急流中，幸亏都被战友及时搭救了。有一位骑马的首长看到这种情景，就骑着马朝我这里走来，他叫其他同志把我扶上他的马，坐在他的身后，把我驮过河去。后来才知道，他是我们红军医院的医官，解放后任解放军总医院的院长，叫蒲荣钦。

在爬雪山、过草地，转战川康边区数月艰苦行军中，我们都是在人烟稀少的藏族地区行动。由于红军初到藏族地区，语言不通，加之过去藏族同胞受国民党政府的欺侮，对红军也心存疑惧，甚至敌对情绪很大。经过我们耐心的宣传和实际行动的影响，害怕担忧才慢慢得到缓解。我们从贫苦的藏族同胞那里征集到有限的粮食和牲畜，解决了很大困难。我们第三次过草地时，有一对藏族夫妇主动为我们带路，直到把我们带出草地他们才返回家乡。

当我们走出草地的时候，同志们都欢腾起来，大家跳啊、唱啊，高兴极了。可是互相打量对方时，谁也认不出对面的同志就是自己朝夕相处的战友了。因为长时间的饥饿，已经使人变形了。你看我两眼深陷，面黄肌瘦，皮包骨头，破衣烂衫，我看你也是一个样子。大家互相拥抱在一起，流出了激动的热泪。大家感到，是党中央、毛主席把我们从张国焘的错误路线里拯救出来了！同志们深深地感到是红军的阶级友爱、官兵一致和钢铁般的意志，战胜了千难万险；是对共产主义的坚定信念和对党的无限信赖，使我们从曲折中迎来了胜利的曙光。我们从心底高呼：红军万岁！共产党万岁！

走出草地以后，就来到一片空旷的大草原上，一眼望不到边，只有东面有一脉山岭。这时，我们有为数不多的骑兵侦察部队在前面巡逻开道，大部队都排开散兵队形向前推进。我骑兵侦察部队同马匪帮小股队伍打响了，我们就顺势向山岭方向靠拢。走在山脊的羊肠小道上，脚下面就是峭壁山溪，十分险峻。遇到紧急情况时，就赶紧滑滚到山底躲避敌人，趟着溪水继续前进。有时还要牵着牲口一起行动，躲过敌人的追击和敌机的轰炸后，又向大草原方向行进。走出大草原，就到了岷县县城附近，部队集中全力去攻打岷县县城，我们就又投入到救护伤病员的战斗中。

夺取岷县县城以后，我们又继续北上到了甘肃的会宁同一方面军会师，随后二方面军也到达会宁。1935 年 10 月，一、二、四方面军三大主力胜利会师。旋即在山城堡打了一个胜仗，消灭了胡宗南部一个师。红军胜利结束长征。

为了实现党中央确定的“西渡黄河，夺取宁夏，从北面打通同苏联联系”的战略计划，红四方面军在会宁进行了休整和部队整编。周子昆同志主持成立了第三个妇女独立团，又叫妇女先锋团，近两千余人。团长是红军中著名的巾帼英雄张勤秋同志，参谋长是彭真（女）。整编时我也被编入了妇女独立团这支特殊的部队当战士。我们每天进行严格的军事训练，紧接着就是连续的行军和作战。10 月底红四方面军总指挥部第五、第九、第三十军团组成红军西路军，遵照中央指示相继西渡黄河，我们妇女独立团也成功地渡过黄河。我由于年纪小，加上身体有病，渐渐掉了队，我们一起的有十来个男女战士，大家仍然互相帮助、互相鼓励，咬牙忍痛，追赶大部队。待我们赶到离黄河还有不到十五里路的地方，我们住了一个晚上。第二天清晨，我们从老乡那里借到一口锅，大家把身上仅有的一点钱凑起来买了一只羊，准备煮熟饱吃一顿，增加体力，以便追赶部队。正当把羊肉煮好要吃的时候，突然发现有一些老百姓，其中还有一些红军战士从黄河的方向朝我们这个方向退下来。我们急忙跑上前去打听。他们说，西渡黄河的部队已经同马步芳、马鸿逵的白狗子打起来了，渡口已被胡宗南部队占领了，船只也被国民党抢走，有的被烧掉了，已经没有办法再过河了。听了这个消息，我们几个同志很着急，一起商量了一下，觉得黄河既然过不去了，我们还是继续北上去找中央红军，去找毛主席。我们抱着对党中央坚定不移的信念，又开始了急行军。我们拖着病体，忍饥挨饿走了两天两夜没有休息，第三天半夜赶上了一支红军队伍，准备停下休息一会儿，大部队又吹集合号向前行进了。我们又怕同部队失去联系，只好强打精神跟在队伍后面追赶。又走了两天，才追到了红一方面军设立的兵站，我们才找到了有吃的、有休息的地方。就这样我们一站一站地走出山，到了陕西的云崖镇。我们这些没有能渡过黄河的女战士，被集中送到云崖妇女学校进行整训和学习。每天“三操”（早操、军训、晚点名）、“两讲”（讲政治课、学文化）。清晨集合出操，“一、二、一……”跑步、瞄准、拼刺刀；早饭后，学习文化和上政治课。学校共有4个连队，我被编在一连，我记得和我一起学习的川北老乡还有伍兰英、赵惠兰、李玉兰、罗平等一大批女同志。在这里我加入了中国共产党。我们这批女红军从妇女学校学习结业后，是何长工同志率领我们奔赴延安。到了延安我们被分配到各个部队工作，我被分配到延安留守兵团后方政治部剧社当社员，从事宣传工作。

## 结识冠三

我们党正确处理“西安事变”后，全国形成了国共合作、共同抗日的局面。这时的延安已成为全国有志青年和爱国人士心目中的革命圣地，他们纷纷从全国各地来到这里，接受革命的洗礼。

党中央和毛主席特别重视宣传党的共同抗日纲领，以团结更多的人参加到这个队伍里。因此，我们政治部和剧社的任务就非常繁重，几乎每天都有演出和联欢任务。经刘忠、伍兰英俩夫妇和后方部队李兆炳同志的介绍，我与当时任抗大俱乐部主任的谭冠三同志相识了。冠三同志是湖南人，出生在一个农民家庭。早期从事农民运动，1925年只身奔赴当时的革命圣地广州寻求革命真理，投考黄埔军校，未果，即返回家乡从事农民运动和武装斗争。1926年加入青年团并于同年转党，是参加过湖南秋收起义、湘南暴动、三湾改编、井冈山斗争和开辟中央苏区根据地斗争的老革命。毛主席早在井冈山会师时已经对谭冠三同志很熟悉了。当时冠三同志率领耒阳南二区农民赤卫队参加湘南起义，随朱德同志上了井冈山。这时山上的队伍扩大了，吃粮就是个大问题，毛主席找到谭冠三同志说：“听朱德、陈毅、毛泽覃介绍，你还是个教书先生哪！你我是同行嘛！你是带着队伍上井冈山的，要按‘绿林’的规矩来说，你还是入了股的呀！当然在我们红军队伍里就不讲这些了。为了保证井冈山红军战士们每个人有饭吃，我要找个有些文化的同志来当这粮草官。冠三同志，你能不能干啊？”冠三同志说：“我的文化不高，如果主席觉得我能干，我就去试试吧！”就这样，一个区农民赤卫队的党代表、苏维埃政府秘书长兼党团书记，愉快服从毛主席的分配，到红四军军需处当了一个管粮草的“书记官”。

冠三同志性格刚强，处事果断，作战勇敢，又善于做思想政治工作，能上能下，深得广大官兵的爱戴。他先后任红十二军政治部宣传科长、团政治委员、红一军团军事裁判所书记、陕甘支队政治部主任等职，随红一方面军参加了长征。在红军中，他算是比较有文化的人，写得一手好字，有文艺天赋，会吹箫、吹笛子，会拉胡琴，弹月琴、琵琶，会唱山歌和红军歌曲，也会唱一些京戏、湖南花鼓调。李兆炳同志对我讲过，还是毛主席点将要谭冠三当抗大俱乐部主任的。在长征过草地时，一股国民党骑兵在我军的前面，毛主席对谭冠三同志讲：“冠三同志赶快带领队伍去消灭这股敌人。”在这场战斗中，冠三同志负了几处伤，毛主席亲自将他的拐杖送给冠三同志，并对冠三同志讲，一定要走出草地，完成长征，留下革命的火种（至今主席送给冠三同志的拐杖我还保存着）。四渡赤水战役时，有一次部队打了胜仗，在行军途中休息时，冠三同志抽出笛子给大家吹出欢快的乐曲，以鼓舞士气。正巧毛泽东同志和王稼祥同志从这里路过，听到这充满喜悦之情的笛声，就朝笛声的方向走去，走近一看是谭冠三同志在给大家表演，非常高兴。毛泽东同志高兴地说，冠三同志，你的笛子吹得很好听啊！把同志们打胜仗的喜悦心情都吹出来了，好哇！冠三同志，你还是个多才多艺的多面手嘛。冠三同志听到毛主席的表扬也很高兴。他提议大家一起唱一首红军歌曲，大家热烈响应，共同唱了一首《当兵就要当红军》的歌曲，声音洪亮，响彻云霄，毛主席和王稼祥同志也和同志们一起唱了起来，歌声极大地鼓舞了红军的士气。

红一方面军胜利长征以后，冠三同志参加了直罗镇战役和东征、西征战役，西征战役尚未结束即被送到红军大学一科学习，毕业后留校，先同刘亚楼同志在训练处搞训练工作，不久即调到抗大俱乐部当主任，后来又调到秘书科当科长。与毛泽东同志接触的机会就更多了，毛泽东同志在抗大教务工作会议上，对谭冠三同志领导的俱乐部工作给予了表扬。

由于我同冠三同志的个人经历有许多相似之处，又都经历过二万五千里长征的艰苦考验，有许多共同语言，我们于 1937 年 8 月在延安结婚。我们先后生育了 6 个孩子，由于战争环境的恶劣和残酷，有两个孩子不幸夭折。

1947 年 7 月至 9 月，时任晋察冀军区第三纵队政治部主任的冠三同志，去西柏坡参加中共中央工作委员会召开的全国土地会议。会后，他向中央北方局提出到长江以南敌占区开辟工作的请求。得到批准后，即启程南下，我当时也带着 3 个孩子随他一起南下。走到邯郸，我因身怀六甲行动不便，冠三同志就安排我和孩子们返回冀中深县王村，在他抗战时期的老警卫班长赵金标的家中安顿下来。1949 年 3 月 2 日，人民解放军胜利进驻北平。为了迎接新中国的建立和革命胜利后的建设任务，我迫切希望进一步学习文化知识，提高文化素质。这样，在庆祝胜利的鞭炮声中我把两个小的孩子（女儿齐峪 1 岁，小儿子戎丰生下来刚 7 天）分别寄养在当地的两个农民家里，把两个大一点的孩子（老大戎生仅 8 岁，老二延丰刚刚 4 岁）送到北平华北军区荣臻学校（后改为北京军区八一学校），我即到石家庄河北省委党校学习，直到成都战役结束。

## “第二次长征”

1949 年 12 月底成都战役后，我接到总政治部的电报，要我即刻到北京集中前往重庆二野报到。接到通知我即赶赴北京，我把两个孩子接到招待所。八九个月不见，孩子们都有了一些变化，老大戎生已经读到二年级了，稍微懂点事了，可是老二延丰原来那么活泼，逗人喜爱，却变得有点发呆，不爱说话，只是抓住我的手，扯着我的衣服，我走到哪里，他就寸步不离地跟到哪里，缠着我，好像只要一松手，我就会飞掉似的。我只好哄着他，逗他，但他始终不开心。晚上睡觉，他更是把我抱得紧紧的，生怕睡着了把他丢下。他还不时惊醒过来看看我是不是还在他身边。作为一个母亲，我何尝不理解孩子的心理呢，四五岁的孩子正处在需要母亲呵护、爱怜的年龄。想到这些，再看看孩子稚嫩的脸庞，想起他对母亲那种渴望、祈求的眼神，我心如刀绞，强忍心酸的眼泪往肚子里咽。想到自己是一个革命战士，革命的利益高于一切，党的召唤就是命令，我必须摆脱儿女情长的纠缠，按时启程。第二天，我先做通了老大的工作，不叫老二觉察到我要离开他。还哄着他说，妈妈哪里也不去一直陪着你。这样他的脸上才稍微有了一些笑容。最后，我还是在他熟睡之际离开了他。后来他醒来发现我不在了，就大哭大闹，自己跑着闹着要去找妈妈。从此，他的神经受到很大刺激，很长一段时间才平静下来。这些情况我还是在几年以后才知道的。对在农村的那两个孩子，我根本没有时间去探望，9 年以后才把他们接到北京读书。

## 接受任务 义无反顾

我同十几位同志一起从北京启程乘火车南下到武汉，改乘轮船逆水而上到达重庆。在招待所正巧遇上了十八军后勤部长扶廷修同志到二野开会。他说可以同他一起乘汽车前往乐山十八军军部。通过扶廷修同志介绍我才知道冠三同志任十八军政治委员，已接受党中央、毛主席、朱总司令的命令准备进军西藏。到达乐山已经很晚了，扶部长把我送到驻地就告辞了。很晚冠三同志才回来，看到我顺利到达他很高兴，快两年不见了，他还是那么消瘦，眼睛里带着血丝，看得出他的工作很紧张，也显得很疲劳，但是仍然乐观坚定，信心十足。已经夜深了，但我俩都没有一丝睡意。他问起这两年我的情况及孩子们的安排，点头表示满意。他也向我讲了他的情况：他南下走到豫皖苏区，当时刘邓大军胜利挺进大别山，中央中原局要求迅速创建新的根据地，抽调大批军队干部做地方工作，发动群众，建立政权。这样冠三同志被派到汝南工委任书记。成立豫皖苏八地委时任地委书记兼八分区政委，参加支援淮海战役。1949 年 2 月，成立十八军，调任军政治委员，率部参加渡江战役，一路南下作战，历时 10 个月，途经 8 个省，作战数十次。成都战役后，决定十八军经营川南，军长张国华兼任川南行署主任，冠三同志兼任自贡市委书记。立足未定，党中央、毛主席指示，由西南局承担解放西藏、经营西藏的任务。刘邓首长经过权衡，决定由张国华、谭冠三率十八军担此重任。目前正进行思想动员和各种准备。

在我见到冠三同志时，对部队情况和全局情况不甚了解，所以很唐突地向他提出："我们现在已经在一起了，可是4个孩子年纪都还小，还天隔一方，可不可以先接来四川安顿？"冠三同志沉思了一会儿，没有马上回答我。我接着又追问道："难道这个问题很难、很大吗？"在我的追问下，他对我说："光明呀！我们结婚12年了，由于在战争年代，我们真正在一起的时间并不多，但是彼此信任，相互支持，最艰苦最残酷的考验我们都熬过来了，现在新中国建立了，是应该过和睦团圆的日子了。但是，我和全军指挥员已经接受了党中央、毛主席和刘、邓首长下达的进军西藏、解放西藏的光荣任务。刘伯承司令员强调，进军西藏的任务的艰巨和重大意义，可以称作是'第二次长征'。把这个光荣的历史重任交给十八军，是党中央、毛主席和刘、邓首长对我们的最大信任。但是，现在看来，我们的一些同志，特别是在少数领导干部中，有过安稳太平日子的思想，有个别的甚至抵触情绪很大。我作为政治委员，应该旗帜鲜明地表明自己的态度和立场，我和你不在川南安家，也不能把孩子接到川南安顿。为了西藏人民的解放，我们只有舍弃小家，只有舍弃儿女情长的牵挂，以我们的实际行动去感染和教育全军将士，率领他们去完成历史赋予的光荣使命，把五星红旗胜利插到喜马拉雅山上，这才是我们红军战士的本色呀！你说对吗？光明同志，我想你一定会支持我的！我们一起进行'第二次长征'吧！"冠三同志的一席话是发自肺腑的，也是他真实情感的表露。十几年了，我对冠三同志的性格了解得太深了。他的一生都在为党和人民的事业奋斗，而且哪里最艰苦、最困难，他就主动请缨冲向哪里，只要他说到，就一定要做到，而且会克服一切艰难险阻去实现。这就是他这位老红军战士的钢铁般的性格。我被他的这种无私奉献的崇高精神所感动。同时，也非常理解他的处境，作为军政治委员、主要领导者之一，他的一举一动、一言一行都会对全军几万官兵产生重大的影响。他在期待着我的回答。我对他说："二万五千里长征我们走过来了，抗日战争那么艰苦、残酷的年代我们也熬过来了，蒋介石现在也被打垮了，新中国也成立了。现在的西藏还是农奴制度，百万西藏人民还生活在水深火热之中。我从小给人家当奴隶，做牛做马，知道当奴隶是什么滋味！为了西藏人民的解放，进军西藏，我义不容辞。我也是一个红军战士，受党教育多年，为能同你一起参加'第二次长征'而感到自豪。孩子们我已作了安排，比在战争年代稳妥、安全多了，这些你都放心吧！”冠三同志听了我的一席话，非常高兴，紧紧握着我的手激动地说：“我知道你一定会支持的！”

这个晚上我们俩好像有许多的话要讲，几乎没有入睡的意思。天已发亮，冠三同志又按老习惯，披好衣服到外面散步、打拳，吃完早饭又投入了紧张的工作。

不久，我即被分配到十八军妇女干校第三中队任中队长，同大家一起学习进军西藏的有关政策，学习藏语文，做进军西藏的各种准备。军政治部主任刘振国同志来看我，一开口就对我说：“光明同志，你带了个好头哇！”我一听愣住了，不知发生了什么事。就问他：“刘主任，我刚来不久，还没有做什么事啊！”刘主任风趣地说：“就你表示要同谭政委一起进军西藏这件事影响就不小啊！在全军带了个好头啊！军党委扩大会上，国华同志连声称赞'好！好！好！这个头带得好！'老政委还表示：'这次进军如果牺牲了，也要把他的骨灰送到西藏，埋在西藏的土地上。青山处处埋忠骨，何须马革裹尸还！'老政委的坚定态度，后盾还在你光明同志这里嘛！”我急忙说：“刘主任，这话可就过奖了！冠三同志你是最了解的，即使是我做不到，他也会坚决做到的。何况，我是他的战友和妻子呢！这也是一个红军老战士的职责嘛！”刘主任听了很高兴，还很关心地询问我身体怎么样，孩子们的安排情况，有什么困难需要组织解决的。我说：“一切都安排妥当了，就等一声令下，整装出征了。”

就这样，我同冠三同志一起接受了进军西藏，进行“第二次长征”的光荣任务。

## 进军路上勇往直前

1950年3月4日，天空晴朗，红日高照，十八军在乐山举行了庄严隆重、气壮山河的进军西藏誓师大会。军长张国华、政委谭冠三率领全军将士庄严宣誓：“为了完成祖国统一大业，驱逐帝国主义出西藏，解放苦难中的藏族人民，我们一定要发扬红军光荣传统，吃大苦、耐大劳，不怕艰难困苦，不怕流血牺牲，坚决完成进军西藏任务，誓把五星红旗插到喜马拉雅山上，让幸福花朵开遍全西藏。”

誓师大会结束，一场向“世界屋脊”大进军的战斗就开始了，整个部队以无比的热情积极进行出征前的准备。在体检时发现我身怀有孕，组织上动员我暂缓进藏留在后方。我说：“既然冠三同志已经向全军将士表示了我们共同进藏的决心，那就是说没有后路可走，更不能说了不做，失信于众，就是遇到再大的困难和危险，也要实践自己的诺言。”我的坚定态度使他们也很感动，并非常关心地嘱咐我一定要注意身体，保证安全。

我随军直机关一起从新津启程出征，因为我在抗战时期就从事过通信机要工作，组织上又把我分配到军司令部通信科做报务工作。大军经雅安、天全、泸定、康定向道孚、甘孜进发。其间翻过了二郎山、折多山进入高原。部队到达甘孜后进行了一段休整，随后，被迫进行了昌都战役，打开了和平谈判的大门。1951 年 5 月 23 日，中央人民政府与西藏地方政府签订了和平解放西藏的《十七条协议》，这是党的民族政策的伟大胜利。

1951 年 7 月 1 日，进藏部队在甘孜的八一广场举行隆重的建党 30 周年纪念大会，随即国华和冠三同志率领部队向昌都挺进。西藏地方政府和谈首席代表阿沛・阿旺晋美夫妇同军直机关一起行动。

部队翻越了海拔 5000 多米的雀儿山、达马拉山、夹皮拉山，于 7 月 17 日到达昌都。从昌都到拉萨还有两千三百多里路。沿途横亘着十几座高峻的雪山，有的终年积雪，空气稀薄，干部、战士都要背六七十斤重的武器装备和粮食；有时爬雪山还要设法带上干柴，以备野炊用，在积雪没膝的险路上与凛冽的风雪搏斗。晚上就在雪地上宿营，帐篷就搭在雪地里，人一呵气，帐篷里就会结成了冰花，不少人头痛胸闷，吃不下饭，睡不着觉。我们通信科的同志每天都要超负荷运转。白天和部队一样行军，晚上部队宿营，我们却要马上设机架线，发动马达开始收发报，与中央、西南军区及所属部队联系，工作非常紧张繁忙，经常工作到深夜，得不到很好休息。第二天部队集合出发，我们照样要随大部队和指挥部行动。

在部队行进到昌都西北的丁青宗时，不幸的事情还是发生了。军指挥机关在丁青宗驻扎，我们通信科距军指还有一段路程，那天是我值班，当我走在路上时，感到肚子有些隐隐作痛，但是我想：在工作岗位上工作第一，个人有再大困难也要克服。我坚持走到工作室，在我用力摇动马达时，因用力过猛而导致大出血流产，顿时昏迷过去不省人事，是怎么活过来的当时根本不清楚，这件事在张学彬主任的回忆文章《开辟西藏早期的卫生工作》中有记载："我们随军首长进藏中到达昌都西北方的丁青时，谭冠三政委的爱人李光明同志（她也是一位参加过长征的红军老干部）因流产出血，轻度休克，当时连瓶盐水都没有，又无妇科器材，我们只好通过煮沸尿道扩张器和骨科用的刮匙，做刮宫术，方渐止血，转危为安。如果不这样想方设法克服困难，后果确实不堪设想。"在我处于抢救手术的紧急时刻，冠三同志正在基层部队检查工作。手术后，当军政治部负责同志打电话向他报告，请他早点回来探视，他只对政治部的同志说："请转告光明同志，脱离危险就好，一定要她注意休息，手上的工作可以暂时交给其他同志，我工作完了就回去看她。"在我脱险之后，许多同志都关心地劝我返回内地休养，因为前面的道路更艰险，自然条件更恶劣，冠三同志回来以后也极为关切地向医务人员了解我的情况。当他从张学彬主任那里了解到因为药品器械确实存在不少困难时，他也征求我的意见："是否可以先返回四川休养，治疗好了再进藏。"我很感谢同志们的关心，我更了解冠三同志至亲至爱夫妻情义。我对冠三同志说："战争年代我们生育了6个孩子，死了两个，那是战争的残酷所致，二万五千里长征牺牲了那么多英雄战士，那是红军的物质条件极度困难，自然环境异常恶劣，加之敌人强大军事力量的围追堵截所造成不可避免的牺牲。这次我们完成进军西藏、解放西藏的任务，受到党中央、毛主席以及全国人民的大力支持，条件比二万五千里长征，比抗日战争、解放战争时期要好得多了。那个时候我都没有去见马克思，难道遇到这么一点困难就退缩不前吗？那还能称得上是红军战士吗？还配做谭冠三同志的战友和妻子吗？"冠三同志听了我发自肺腑的话，也高兴地笑了起来，说道："光明啊！我知道你的性格是刚强的，困难面前是不会动摇的。你一定要好好休息，我们一起把第二次长征走到底，解放西藏，完成统一祖国大陆最后一片土地的神圣任务。"

部队在丁青宗休整了一周左右，又踏上了西征的道路。我虽然没有痊愈，身体还很虚弱，但是在首长和同志们的关怀照顾下，仍然顽强地站起来，同雪山冰河搏斗，勇往直前。不几天部队来到怒江边。怒江两岸悬崖绝壁，江水翻滚咆哮，狂怒奔流，一泻千里。军首长亲自带人实地考察，选取安全地带，采用牛皮筏子载人渡江，骡马进行泅渡。我们坐上牛皮筏，在江水激流中冲荡，很容易使人头晕目眩。只有按照首长的指示去做，闭上双眼，屏住呼吸，全身放松，随其自然，慢慢漂向对岸。横渡怒江，人员没有伤亡，骡马却损失了 20 多匹。横渡怒江天险后，我们又在大草原上走了十多天，来到进军途中的最后一座大雪山——冷拉山。冷拉山海拔 6300 米，山顶冰雪沉积，空气稀薄，根本没有路。部队刚走到山脚下，就有不少同志有高原反应。大家一步三喘气，走几步停下来缓缓劲，再使劲往上爬，爬到山顶举目远望，一片银色世界，景色极其壮丽，但是严重缺氧，使人头昏眼花，头重脚轻，有再好的自然风光、美景，也没有兴致去欣赏它了。下山时更为险峻，从山顶向下俯视，是一眼望不到底的万丈深渊，可谓人迹罕至，鸟兽绝无。没有前人走过的路，只有自己设法闯出一条生路。在谭冠三政委的指挥下，大家坐在雪地上，双腿伸直，双手抱紧枪支，两眼盯住一个方向。一声令下，同志们按照先后顺序顺着山坡下滑，这种办法虽然有危险性，但是在当时情况下，谁还能想出更好的办法来呢？同志们把这种独特的行军方式称作“坐滑梯”。部队整整用了两天时间才胜利越过冷拉山。据统计，翻越冷拉山的干部战士口鼻出血的占 2/3，因高寒缺氧，心脏病发作而牺牲的就有几人，还有许多骡马倒毙，和我们一起行军的一位同志就牺牲在冷拉山顶。

经过千辛万苦，从成都到拉萨，从二郎山到冈底斯山，两千多公里的漫漫征途上，十八军将士发扬大无畏的革命英雄主义精神，凭着对党、对人民的无限忠诚，以顽强的革命意志，用坚实的双脚，历时一年零八个月的长途跋涉，翻越了十几座高峻的雪山，涉渡过几十条湍急河流，穿越了广袤的茫茫草原和原始森林，踏过了高原流沙和冰川地带，战胜了高原雪山奇寒缺氧，抗击了狂风骤雨的袭击，克服了物资极度缺乏的困难。终于在 1951 年 10 月 24 日，进抵西藏首府拉萨河畔。部队经过两天休整，于 10 月 26 日在拉萨各界万名僧俗群众的欢迎下，十八军将士举行了庄严隆重的入城式，走在队伍最前面的是军长张国华、政治委员谭冠三。在这支具有光荣历史和屡建战功的英雄部队的行列中，有数百名英姿飒爽、引人注目的女军人。她们同那些男子汉们一样，带着胜利的喜悦，雄纠纠气昂昂地踏进了高原古老的阳光城——拉萨，胜利地完成了把鲜艳的五星红旗插到祖国的喜马拉雅山顶的神圣任务。就在10月26日晚上，谭冠三同志带着难以抑制的激动心情，挥笔写了一首诗："……大军西进一挥间，二次长征不畏难。数月艰辛卧冰凌，世界屋脊红旗展。男儿壮志当报国，藏汉团结重如山。高原有幸埋忠骨，何须马革裹尸还。"1985年12月6日，谭冠三去世后，经党中央批准，他的骨灰安放在拉萨西郊，他当年率部创建的"八一"农场苹果园里，实现了"把骨灰埋在西藏"的夙愿。这对驻藏广大官兵永远是一种教育和激励。

进军西藏的岁月让人永生难忘，西藏是我魂牵梦萦的地方，尽管我在有生之年不能再去了，但我多次向组织上表明：我死后，我的骨灰也要埋在西藏，我要永远与西藏人民在一起，与冠三同志在一起。

# 难忘的历程

苏 音

1921年冬，我出生在上海的一个工人家庭；1934年夏初小毕业，就进入上海地下党办的法租界女工夜校学习，开始接受革命启蒙教育，接触社会主义思想，后到纱厂当工人。当时正是全国抗日救亡运动的高潮，我于1936年3月加入了上海我党领导的妇女界救国会，积极参加抗日救亡活动，从此开始了我的革命生涯。

林亮同志夫人苏音。摄于云南昆明市住所

1937年抗日战争爆发，11月12日我随上海地下党党员吴竞（女）离开上海，至西安八路军办事处，办事处把我们安排到山西临汾八路军驻晋办事处的学兵队学习，我于1938年1月在学兵队入党。当时党的北方局就在驻晋办事处，北方局的领导同志刘少奇（北方局书记，化名陶尚行）、杨尚昆、彭雪枫都亲自到学兵队授课，我们听了《当前形势与任务》《政治工作》《游击战争》等课程后受益匪浅。

1938年2月临汾告急，学兵队结业，北方局从学兵队学员的党员骨干中抽调20人，参加北方局党校学习，我是其中的一员。我们跟随北方局机关离开临汾，越过吕梁山，于4月底渡过黄河，到达我久已向往的革命圣地延安。在延安，我先后参加了抗大第四期和中组部组训班第二期学习，1938年冬，组训班结业后，组织又送我到马列学院学习，当时恰逢党的六届六中全会召开，号召来自全国各地的热血青年到前线去。我响应党的号召，于12月底自延安奔赴华东抗日前线。八年抗战期间，我一直奋战在环境艰苦的淮北皖东北根据地，1944年夏在皖东北的邳、睢、铜地区与林亮结为夫妇。

抗日战争胜利后，和平在望。但蒋介石背信弃义，全面发动了反共内战，仗着美国的援助，勾结伪军，大肆进攻我解放区，并扬言要在3个月到6个月内消灭共产党。解放战争期间，我辗转于豫皖苏地区，曾在极端贫困的黄泛区开展过工作。

渡江战役胜利，南京解放。我于1949年4月下旬，参加宋任穷同志率领的金陵支队进入南京。不日，林亮率领的十八军随营学校也进驻南京，我们不期而遇。7月21日中午时分，一阵阵痛预示着我即将分娩，急需送进医院，但林亮无暇顾及我，他奉命必须于当天午后二时，率随校全体人员整装出发，进军西南。产后，我留在南京西南服务团留守处工作。

## 行前难却儿女情

1949年12月底，十八军进驻川南，张国华军长为川南行署主任，林亮分配到泸州市工作。经过战乱的长期磨难，终于能在天府之国安家，我们真是喜出望外。

1950年1月，我自南京带着两个幼小的儿子，乘长江轮船溯江直上四川，同行的有副师长张忠同志的妻子秦全林及其子女，行至三峡途中，忽然传来十八军进藏的消息，船舱里顿时哗然，议论纷纷。我和秦全林同志全愣了，不知这是怎么回事。在思想上，这是突如其来的180度的急转弯，我心里直纳闷，但还是沉住了气。

我到达川南时，十八军军部和随校都已迁至乐山，我赶到后被暂时安排在乐山地委组织部工作，等候进军西藏。

当时祖国大陆除西藏地区外，已全部解放。美英帝国主义勾结西藏的上层反动势力，阴谋策划西藏独立。进军西藏，解放西藏人民，完成祖国大陆统一，这是一项光荣而艰巨的伟大任务。我作为一个受党长期教育培养成长起来的共产党员，接受进藏任务是义不容辞的。

当时，令我焦急烦恼的是，怎样妥善安置孩子。我有3个孩子，大儿子才4岁出头，小儿子还不满两岁，还怀着一个快要出生的孩子。3月5日，林亮率八分校（原随校已改名为西南军政大学第八分校）迁移至大邑安仁镇待命进藏。我又因临近产期，不能与林亮同行，和孩子们仍留住乐山。因为入藏的道路每年只有5月中旬至9月中旬4个月的时间才能通行，其余8个月大雪封山，不能通行。因此，我于5月上旬赶往成都，以便随部队进藏。3月中旬预产期已过，但孩子还未出生，我心急如焚，就服用催生药，3月25日，女儿（小佳）被催促出生了。女儿出生后，可能是幽门有毛病，喂奶后严重反流，造成营养不良，非常瘦弱，能否存活还是问题。进藏迫在眉睫，只得快刀斩乱麻地决断，把小儿子托付给保姆，又临时找了个奶妈喂养刚出生的女儿，无奈，我决定把4岁的大儿子带着进藏，我给他赶制了羊皮小大衣、毛皮小靴子、毛皮帽子和皮手套。5月上旬，我产后才40来天，郭冠忠同志（时为林亮的警卫员）来乐山接我去成都，我就匆匆抛下了一对幼小的儿女踏上了征程。

到成都住在十八军招待所，恰好与刚失去爱女仍沉浸在悲痛之中的张军长的夫人樊近真同志住在一起，在儿女之情上，我们思想情感投合，相互慰勉。原本打算与林亮同行，以得到他的照料，但那时他已从甘孜向昌都进军了。

5月下旬，张军长在北京参加了签订和平解放西藏《十七条协议》后返回成都。当他得知我准备带着4岁的幼儿进藏时，就关切地劝说我：进藏途中异常艰险，气候非常恶劣，绝对不能让孩子冒险入藏。我深知这是军最高首长出自对我和孩子的真心关怀和爱护，但又使我怏怏不乐，好像火热的心头被泼了一瓢冷水。张军长敏锐的目光洞察了我的心绪，就以理解和体贴的语气劝慰说：你放心，我一定为孩子在成都找一个条件最好的托儿所，把孩子全托进去。稍停又恳切地说："我一定负责为孩子找个最好的托儿所。"我被深深地感动了，顿时心头温暖多了，情绪平静多了。但是，能否在短短的几天里找到理想的托儿所，我心存疑虑。

不料隔日，张军长亲自陪同我，乘坐着吉普车把孩子送到了川西区党委的育才托儿所，把孩子安顿好后，我们向孩子告别，孩子似乎很懂事，理解妈妈的苦衷。他站在托儿所的大门口，睁大两只眼睛，目光茫然地凝视着我，没有哭泣。

张军长作为一军之长，对我们母子如此体贴入微，感人至深，使我终身难忘。时间虽然已经过去将近半个世纪了，但此情此景仍像发生在昨天一样浮现在我眼前。每每忆及这段往事，都忍不住泛起激动的泪花。这件事，从一个侧面反映了进藏部队政治思想工作的繁重性和复杂性。张军长身体力行做表率，体现了我党、我军政治思想工作的优良传统，显示了他重视政治思想工作和善于做政治思想工作，爱兵如子的光辉形象。

## 藏汉战友情

1951年6月初，我随张军长和刚从甘孜返回成都不久的李觉参谋长率领的军部机关同志一行，乘坐军车自成都出发，郭冠忠同志与我同行。

在一个傍晚时分，我们到达西康省府雅安，首先映入眼帘的是雅安城的铁索桥，桥身高悬空中，桥下滚滚江水，我们要走过这座桥进城宿营。这是我生平第一次见到铁索桥，感到新奇，但要在悬空摇晃的桥上行走，不免有些胆怯，遂手扶着铁索往前走，但小心翼翼地挪步使我很不舒服，索性放开胆子迈开步子行走，反而自如了些，在晃晃悠悠中别有一番滋味。

从雅安继续进发，过了高山上的一个荒寂的小镇——烂池子，就开始翻越二郎山了。二郎山海拔3600多米，汽车沿着崎岖的山路，盘山回旋吃力地爬行，道路随时有塌方的可能。筑路部队的战士们，扬镐挥锹，挑土运石，来回穿梭，修补道路，表现了不怕苦不怕死的精神。二郎山是进藏途中的第一道险关，抬头远眺，只见峰插云霄，雪映山巅，好似宝剑锋刃似的银光闪烁，巨大的岩石显露出凶险的模样，峰峦叠障，犬牙交错，好一派高原风光，令人赞叹。越过顶峰，汽车加速而下，车行至泸定河畔停留，我们走向中外闻名的大渡河铁索桥，二万五千里长征中，红军神奇地奋力飞越大渡河的英雄事迹，毛主席《长征》诗词中的壮丽诗句，顿时涌现在我的心头，它激励着我、鞭策着我，使我不畏艰险，奋勇进藏。

到了康定又是一重天，这里是进入西藏的大门。看到人们的衣着服饰是长长的藏袍，一只古铜色的健壮有力的胳膊袒露在外，身携佛龛；官员长发束髻，琥珀金银耳坠，足蹬藏靴；普通平民百姓虽不着高贵服饰，但也不乏藏族人民粗犷豪爽的阳刚之气；妇女则秀发结辫，金银带挂，藏裙饰腰，长袖飘逸，别具魅力。饮食则几乎全是酥油、糌粑、浓茶、风干牛肉。我们部队生活的康藏高原化，也从这里开始。

出康定，直奔康北重镇甘孜，在甘孜小住几日，进行入藏前的适应性休整，学习《十七条协议》，进行行军纪律，建立长期建藏思想等教育，并开始学习简单藏语和藏文字母。当时，由徐爱民同志率领的八分校部分干部、学员组成的拉萨工作队，也在甘孜休整，还有新华社的赵慎应同志和西南公安局的进藏干部杨振凡、申锐真夫妇等。

7 月 1 日，我们随军部继续向西挺进，到达了甘海子。从甘海子起就没有公路通汽车了，我们领取了马匹、鞍具、帐篷、干粮等物品，开始学着搭帐篷，侍弄马匹，拾柴烧水煮饭，这一切都是新鲜而陌生的。夜晚，在皎洁的月光下，同赵慎应、杨振凡等同志，在野外席地而坐，以别开生面的漫谈方式纪念党的 30 周岁生日。

从甘海子到昌都，我们攀峻岭趟冰河，徒步行走了 15 天。那时正值藏族谚语称为“四五六淋破头”的雨季，每天下午二三点钟左右，都有倾盆大雨，时而暴雨，时而冰雹，打得头盔、雨衣嘭嘭咚咚作响，使人头昏眼花，无处躲藏。时而刮起狂风，飞沙走石，硬着头皮逆风而行。霎时，雨过天晴，蓝天白云，晴空万里，不时还在天际出现迷人的彩虹，分外艳丽，顿时又令人心旷神怡，享受着这雪域高原特有的大自然的美妙景色。对于进藏女兵来说，最艰难的还是涉水过河。高原的河流极易暴水猛涨，冰河的水寒冷刺骨，而河上又无桥梁，只有圆滑光溜的粗大原木支架在高高悬空的河床上，供人渡河。人在上面难以站稳行走，脚下河水激流，奔腾咆哮，令人头晕目眩，心惊肉跳，难以自持。一旦失足，后果不堪设想。

中央规定，进藏部队不准住民宅和进寺庙，我们只好每天住帐篷。每到宿营地，就选地形，挖排水沟，搭帐篷。我们的帐篷，只不过是两块 1.5 米见方的帆布搭起来的人字形的小窝棚，难挡风雨，实际与露宿相差无几。每天早晨起来，垫褥下面湿漉漉的。搭好帐篷后，就是拾柴枝拾干牛粪，挖坑引火烧水做饭，有时柴湿牛粪难燃，只冒烟不起火，呛得人涕泪交流。这里空气稀薄，沸点低，水烧不开，煮饭夹生。行军途中，以一种叫做“蛋黄蜡”（色黄像半支蜡烛的形状）的代食品充饥，每人每餐两支。当时宣传说，能抵得上两个鸡蛋的营养，还含有其他营养成分的所谓“高原营养品”。事后揭露出来才知道，这是昧心的不法资本家，用霉烂黄豆做成的劣质食品坑害进藏部队。

西行到夹皮拉山之后，就进入了横断山脉，特别是那座海拔五千多米高的雀儿山，人们给它编了个顺口溜：“登上雀儿山，伸手能摸天，一步三喘气，头晕加目眩，四顾雾茫茫，风雪迷漫漫，深沟大壑多，断岩峭壁边，要想越过它，真是难！难！难！”我产后身体虚弱，经过高原连续行军，体力消耗过量，加之营养缺乏，虽然疲乏到了极点，但还是咬紧牙关闯过了雀儿山难关。

翻越雀儿山，可以说是我们行军途中最艰苦、最惊险的一段经历了。那天，我们摸黑起床，黎明即出发，我与郭冠忠、通讯员小刘相伴而行，郭冠忠牵着驮行李的驮马，小刘牵着供我乘骑的马。开始登山时山坡较平缓，我骑马走了一段路后，山势开始陡峭，有不少是四五十度的陡坡，根本无法骑马，只有徒步艰难地攀登。这里真是山连山，峰连峰，千峰万壑相连，拐一个弯还是山，翻过山，还是山，感到山无尽头，令人发愁生畏。中午，烈日当空，我们一步三喘，汗流满面，人困马乏，爬一段山坡，歇一会儿，缓慢前进。午后3时左右，阴云四起，冷风袭人，突然间狂风大作，飞沙走石扑面而来，我的脸被打得很痛，眼睛也睁不开，接着就是暴雨夹着蚕豆大的冰雹劈头盖脸地打来，队伍三五成群地被挤在山腰岩石边的羊肠小道上，欲进不得，欲退不能，我感到体力似乎已经到了极限，但我警告自己：不能倒下，决不能倒下，拼死也要继续前进。

这时，我发现郭冠忠和小刘都与我失散了。事后才知道，小刘在下冰雹时迷路走失了，郭冠忠的驮马，可能被冰雹打怕了，站在原地，高声嘶叫，怎么也不肯前进。折腾了半天，马才缓慢行进，小郭就这样掉队了。

冰雹过后，天上又下起了蒙蒙细雨，道路滑溜，天气骤冷，更增加了行军的困难。天色已近黄昏，大多数同志已走在前面了，只有三三两两的几个同志和我同行，我凭着一种精神力量支撑着，顽强而又艰难地行进。暮色中我终于登上了雀儿山的顶峰，我长吁一口气，为之欣喜。但也就在这一刹那，支撑我的精神力量一下子松弛了，我随即昏迷过去倒在了地上，全身颤抖，四肢冰冷，面色苍白，十来分钟后，我才苏醒过来，看见四周有几个同志围着我，照护着我。大家定了定神后，准备下山，但山高坡陡路滑无法骑马。我站起来时，四肢无力，身子摇晃，这时，巴塘的藏族青年崔群羊同志挺身而出要背我下山。他身材不高，也很疲惫，我怎忍心让他背我下山，但他不由分说地毅然把我背起。走了一程后，找了一个较平缓的坡地稍事休息，他用固体燃料烧开水给我喝，这时，郭冠忠和小刘也赶上来了，然后，由崔群羊牵着马，郭冠忠和小刘在两边扶着我骑在马上，缓慢地到了山下，已是夜里 11 点多钟了，正巧碰上张军长派来迎接我们的一个班，我们安全到达宿营地后，班里立即安排医生给我检查治疗。第二天，张军长又亲自来看望我宽慰我。这种藏汉民族团结亲如一家的深情厚谊，同志之间的手足之情和上级爱护下级的真挚情谊，使我感激万分，永远铭记在心。

## 拉萨往事

7 月 15 日，到达昌都后，我才与林亮同志团聚。在昌都组建了以王其梅为司令员兼政委、陈竞波为参谋长、林亮为政治部主任、顾草萍为副参谋长的十八军进藏部队先遣支队，共约五百人左右，于 7 月 25 日，从昌都向拉萨进发，我也跟着同时出发，阿沛与先遣支队同行。从昌都到拉萨我们共走了一个半月，于 9 月 9 日胜利到达拉萨，举行了隆重的入城仪式。

10 月上旬，内部宣布中共拉萨市委成立，对外称先遣支队政治部。市委委员仅 3 人：林亮、杨振凡和我，林亮为拉萨市委第一任书记，对外称先支政治部主任，杨振凡任市公安局局长，我任市委组织部部长。市委机关百余人，多由先支政治部的成员组成。

到拉萨后怎样开展工作，是需要认真研讨新情况、新问题的。毛主席在《十七条协议》刚签订后，就亲自指示张国华同志说：“你们在西藏考虑任何问题，首先要想到民族和宗教的问题这两件事，一切工作必须慎重稳进。”中共中央在致西藏工委的电报中又指出：“既须坚持既定协议执行，又须了解各种情况，从具体情况出发，经过许多必须经过的步骤和曲折，以达到稳步执行协议的目的。”毛主席在《关于西藏工委工作方针》的批示中指出：“我们要用一切努力和适当办法，争取达赖及其上层集团的大多数，达到不流血地在多年内逐步改革西藏经济政治的目的。”

因而，我们进驻拉萨后的首要任务是：大力宣传和坚持贯彻执行和平解放西藏《十七条协议》，切记工作要慎重稳进，不能像在内地开辟新区工作那样，大刀阔斧地广泛发动群众。我们的工作契入点，首先是积极而稳妥地采取各种形式，开展团结争取上层的统战工作，适当地做些影响群众的工作，在广大藏族群众中，树立进藏部队的良好形象。

拉萨市委除配合西藏工委进行统战工作外，主要是集中力量做好对雪列空（相当于拉萨地区行政专署）和朗子厦（相当于拉萨市政府）的各级官员的工作。我曾协同樊近真同志，多次拜访达赖的母亲和姐姐尧西·泽仁卓玛、姐夫黄国桢等，达赖的姐姐、姐夫会讲汉语，语言能沟通，易于交流感情，建立友谊。我们与阿沛夫人阿沛·才旦卓噶，在一路行军中已建立了友谊，到达拉萨后，不时有交往。我还协同林亮与雪列空的首脑（相当于专员）噶雪巴夫妇、朗子厦的墨本（市长）差地夫妇交往，做好团结工作。

拉萨市委还大力开展团结教育贵族子女的统战工作。市委不时邀请贵族子女到市委与机关干部一起开茶话会、联欢会，在愉快活跃的氛围中，向他们宣传《十七条协议》及党的有关西藏问题的方针政策，提高他们的爱国主义思想觉悟，增进相互了解，建立友谊。市委还与共青团西藏工委、西藏爱国妇女联谊会筹备委员会、西藏工委统战部密切配合，建立了拉萨市爱国青年文化联谊会、拉萨市爱国妇女联谊会，参加的人员由开始的上层几十人，发展到社会中上层的好几百人。如阿沛的大女儿白玛、噶雪色（噶雪巴的儿子）、崔科色（崔科的儿子）、十三世达赖后裔朗顿的女儿都积极参加活动，有的成为骨干。组织他们开展各种学习、体育、文艺活动，如举行足球、男女篮球比赛、藏族歌舞表演等。加强了社会交往，极大地促进了拉萨社会的文明进步和文化氛围。

到达拉萨后才知道，西藏的酷刑是骇人听闻的，什么剁手、剁脚、割耳朵、割舌头、剜眼睛，甚至剥人皮等等，社会上鞭打奴隶、下人、平民百姓，也司空见惯。拉萨市中心的八廓街一带，衣不蔽体，缺胳膊少腿、被剜去眼珠的瞎子沿街乞讨者举目皆是。

一天中午时分，我外出工作回市委驻地，路经朗子厦，远远看到不少人涌向朗子厦大门口，我也好奇地往那里走去，人们在围观什么？我挤到人群中一看，惊呆了。原来朗子厦大门口的台阶下，地上直挺挺地趴着一个约摸二十多岁的藏族妇女，身材较壮实，深色的围裙被撩到腰围以上，丰满的臀部完全袒露在外，两只手臂伸直，从手肘部到手腕部，用细麻绳一圈圈紧密地缠绕着，头前有一衙役拉直捆着双臂的绳索。双腿下肢用较粗的棕绳，以同样的方法紧密缠牢被拉紧着，使其四肢不能挣扎动弹。身体两边站着两个手执细长皮鞭的衙役，等待着站在朗子厦大门口台阶上的一个小官吏，发出鞭打的口令。两个衙役，机械地、不紧不慢地、有节奏地轮流挥舞皮鞭朝妇女臀部抽打，那女子无法挣扎，只得连声惨叫，惨不忍睹。我义愤填膺，愤然离去。回到家中，心里十分难受，连午饭也没有吃。

在旧西藏，三大领主的意旨就是法律，对农奴有生杀予夺大权，残害人民的事多如牛毛。当时，我们只能怀着无比痛恨和同情的心情，认真执行“慎重稳进”的方针，争取《十七条协议》的逐步实现。现在，西藏人民已经当家作主，过上了日益繁荣幸福的生活，我不禁欢呼党的民族政策的伟大胜利，衷心祝愿西藏在西部大开发中跃马扬鞭！

# 进藏初期的金融工作

樊近真

1949年成都战役之后，十八军指战员都沉浸在胜利的喜悦之中。张国华同志写信告诉我，他将由军务转入行政，任川南行署主任，我将去川南分行工作。同时，我在长沙也得到了总行要我去川南工作的消息。时隔不久，即1950年初，党中央、毛主席确定由十八军担负进军和经营西藏的任务。作为军长的国华同志愉快地接受了这一光荣而又艰巨的任务，并立即着手进藏的准备工作。由于十八军担负任务的转换，经川西区党委书记李井泉同志协商安排，我被留在川西分行任业务科长。

正当我在川西分行愉快地积极努力工作时，突然接到重庆西南财委书记刘岱峰同志来电，要我速到财委。我不知道有什么急事，所以乘飞机前往，当见到刘书记时，他开门见山地说："近真同志，财委确定你进藏开展筹建银行工作，你有什么意见？"我二话没说，就愉快地接受了任务。我考虑财委让我进藏筹建银行工作，主要是因为我有一段在银行工作的经历。我1936年参加革命后，除1938年至1942年在129师及其领导下的部队工作外，以后大部分时间都在做经济和金融工作。1942年起先在冀鲁豫做工商行政和金融工作。1945年起先后任濮阳银行行长、济宁银行业务部长、开封银行行长等职。我对金融工作有着特殊的感情和浓厚的兴趣，只要工作需要，在哪里干都行。考虑到西藏情况复杂特殊，我向组织建议再调一个对银行业务熟悉的同志去。刘岱峰同志说："我们再研究一下。"经过西南财委同川西省分行领导协商，我也积极提意见，最后确定派业务能力强，我们彼此也熟悉的张英同志一起去西藏，张英经过考虑也愿意到祖国最艰苦、最需要的地方去。为便于开展工作，我和张英同志商量又向分行李行长提出再派几位同志也随十八军进藏。李行长当即表示大力支持。

经过一段时间的酝酿准备，遂组成了一个由12人参加的"随军银行"。

这首批进藏从事银行工作的12人是：樊近真、张英、冯玉华、徐邦嘉、杨更、谢良、陈静贤、滕瑞华、滕树荣、温静玲、赵世瑜、李建华，其中6位是女同志。大家要离开山清水秀、资源丰富、气候宜人的“天府之国”，进军雪山冰河、交通困难、空气稀薄、语言不通、贫穷落后的西藏，难免有不少想法，但大家都有很强的组织观念，做到了即使思想不通也能服从组织安排，何况，当时有一个规定，进藏同志3年轮换一次，3年时间再艰苦，咬咬牙也就挺过来了。但是，后来由于形势变化，这一规定没能实行。好多同志在西藏一干就是几年、十几年甚至几十年，有的还长眠在西藏。

刘少奇同志讲过，进藏是第二次长征。可见进藏之艰难。我虽然没有参加过红军长征，但战争年代也经历了诸多磨难，对我打击最大的还是使我失去了女儿难难。难难是我所生几个孩子中，遭受磨难最多，付出代价最大，因而也是最使我牵肠挂肚的一个，难难是我和国华同志结婚后的第一个孩子。怀孕时，经常行军打仗，每天行军三四十里，有时五六十里以上，同敌人周旋，“敌人从村的东门进，我们从村的西门出”是常有的事；为了解决经费困难，我还冒着生命危险，到敌占区开封做情报工作。刚刚同敌人进行完拉锯式的战斗，就在兵荒马乱的黄泛区的路上生了难难，天寒地冻，产后7个小时又继续行军。此后，她跟随我长途跋涉，先后辗转大江南北的河南、江苏、上海、江西、湖南、贵州、重庆、四川8个省市的千山万水，吃了很多苦。由于她跟随部队生活，长得活泼可爱，大家都很喜欢她。就在乐山召开的十八军进藏誓师大会上，她还在主席台上给大家敬了个礼，战地记者把这一镜头拍了下来，成了永久的纪念。新中国成立了，她本来可以过上安定的日子，可是却病逝在新津，那时，她才两岁半。我的女儿，由于她来得很艰难，而起名叫难难，也由于她走得太快、太突然，所以对我思想上的打击、感情上的创伤特别大。国华同志忍着悲痛劝我，要经得住打击，为了完成肩上的艰巨任务，为了西藏人民的解放，要想开些。就这样，我怀着十分悲痛的心情踏上了进藏的征程。

我们于1951年4月1日调离川西银行，4月10日提前到达甘孜，在甘孜主要进行调查研究，了解藏钞及西藏的金融情况，学习藏语以及做好其他方面的准备工作。这时，给我们配了两名藏族翻译，一个叫刚吉，一个叫养西朗吉，他们都很能干，后来都成了银行的干部。7月1日，我们跟随军部领导机关向西藏进发。从甘孜到拉萨，历时 4 个月，行军两千多公里，一路经受了风雨、冰雪的侵袭，翻越了十几座大山，于 10 月 24 日胜利抵达拉萨。

此间我度过了一生中最难忘的岁月，印象最深的是翻越两座大山。我们离开甘孜后，翻越的第一座大山是海拔 5046 米的雀儿山。这座山的特点是：临近山顶山势特别陡峭，空气稀薄，气候变化无常。俗话说："雀儿山，千山鸟飞绝。"何况是人？我翻这座山时，也面临生命危险。当爬到离山顶还有一小段路程时我已精疲力尽，面色铁青，再前进一步都很吃力。是李觉参谋长与李春堂同志，硬是将我连架带拉拖到山顶。想不到下山更难走，同志们多是手拉手往下走。正在此刻，忽然一阵狂风，雷声、闪电、雨雪、冰雹倾泻不止，地上成了洪流冰川世界。早晨 9 时出发，直至下午 5 时半才到达宿营地。

我们翻越的第二座大山是海拔最高、翻越难度最大的冷拉山。这座山海拔六千多米，北缓南陡。我们沿着北坡往上攀登，踏着一两尺厚的积雪，四周望去，一片银色世界，山的南坡极为陡峭，竟是万丈深渊，无法行走，人、马、驮骡只好在冰雪陡坡上向下滑行两公里多，同志们戏称是在坐"雪的电梯"，反映了同志们的革命英雄主义和革命乐观主义精神。翻越冷拉山，整整用了两天时间。翻山过程中，干部战士口鼻出血的约占 2/3，因高山缺氧，心脏病发作，还牺牲了几位同志，倒下了几十匹骡马。

进军西藏的后期，部队带的粮食越来越少。"随军银行"虽有干部战士背的银元，但不能用也买不到粮食。我们就吃糌粑、代食粉、压缩饼干，有时这些也吃完了，就喝稀糊糊，大家的肚子饿得咕咕直叫。我和魏侠医生带了两斤水果糖，这是在成都时买的，据说，肚子饿和缺氧时吃一块可以缓解，路上一直舍不得吃，但在关键时刻派上了用场。有几次爬山时有的战士晕过去了，我们就赶快给他嘴里塞两块糖，不一会儿，战士就苏醒过来了，同志们把它叫做"救命糖"。

到达拉萨后，我们的第一项任务就是收回干部战士每人携带的 50 至 100 枚银元，如数登记，收缴结果，除途中滑到山下牺牲无法收回的以外，竟一元不少。在"随军银行"基础上建立起来的中国人民银行西藏办事处，开始对内（即机关部队）营业，办理存款业务。1952 年 2 月 22 日，中国人民银行西藏办事处在拉萨市八廓街吉雄巴正式对外挂牌营业，标志着中国人民银行西藏分行正式成立。当时有职工 27 人，张英为行长，我是副行长。

当时我们的金融方针，主要是供给外汇，外购物资，保证军供，兼顾民需，支持人民解放军克服进藏初期物资困难，站稳脚跟，巩固国防。

确定这一方针的主要依据是，西藏情况复杂特殊，地域辽阔险阻。当时西藏社会制度为封建农奴制，存在着残酷的剥削与压迫，经济发展十分落后，造成物资奇缺，贸易上则多依附英国、印度和尼泊尔，外货充斥市场，土特产品买卖也多为外国商人所操纵。我们进西藏后，大军数万，云集西藏。面对上述情况，又被交通、补给所困，所以，必须采取特殊的金融方针和政策。

为了贯彻“保证军供，兼顾民需”的方针，在外汇管理上，主要是投放，以便进口物资。当时供汇的原则是：凡属贩运军需民用必需品的商人，无论是外商、藏商与汉商，一概售给。为了防止逃汇，采取了必要的找保申请等手续。1952 年供给外汇 3388265 万盾（印度卢比），当年进货达供汇的 60%–80%。1953 年供汇价值 1700 万银元，进口布匹、茶叶、牙刷、牙膏、毛巾、猪油、大米、煤油、蜡烛、肥皂、白糖、部分药品、生产工具等物资，大大改善了进藏部队的物资供应。在 1954 年川藏青藏两条公路未通车之前，这一工作一直没有放松，从而储备了必要的军需物资，帮助部队顺利地渡过了难关，也解决了当地居民的部分需要。

同时，还发放了农牧贷款。开始的贷款资金就是干部战士背进西藏的那些银元。这批贷款以人民解放军的名义发放，带有救济性质，采取量少面广的贷款方式。我们先在拉萨附近的农牧民中发放，开始他们不敢要，我们就通过地方政府官员、头人，召开群众座谈会，宣传《十七条协议》，讲明贷款的意义和方法，在自愿的基础上由群众自己申请。无息贷款的发放深得民心，有的人拿到农贷后说：“解放军放贷不要利息，不要送礼，贷给穷人。穷人向藏政府贷款要利息，还要送礼。解放军比藏政府好。”1952 年至 1958 年，共发放无息贷款 270 万银元。

在现金管理上，实行严格的现金管理办法。西藏和平解放初期，由于物资奇缺，在狭小的市场上，即使给部队发很少一点现金，允许他们在市场上自由采购，都会冲击市场，影响群众生活。为使银元不致贬值，物价不致急剧上升，我们当时规定，部队机关团体使用现金，必须经当地财委审批后，方可按批准数额支现。对干部战士的个人津贴，所发现金给予限量，固定每月按津贴的5%发给银元，其余全部存入银行。不论干部还是战士，每人都有一本存折，用起来很方便。由于采取了严格的现金管理，控制了现金投放，有效地保证了市场物价的稳定。

西藏和平解放后到民主改革前，是两种政权并存时期，因而存在着为两种政治体制服务的金融体制。除了为西藏人民解放事业和经济建设服务的金融机构——中国人民银行西藏办事处（后来改为西藏分行）外，还有一个为西藏地方政府服务的金融机构——造币厂，以经营铸币、印钞业为主，兼营税收、发电、造械、织氆氇等，掌握着西藏地方的部分财经大权和军权。以造币厂为代表的旧西藏金融业，主要用于军事、宗教活动，并支付官吏薪金。

由于存在两种金融体制，西藏市场流通的货币是不统一的。有西藏地方政府发行的藏钞和章嘎硬币，有中国人民银行西藏分行发行的主币袁大头银元，还有印度卢比、尼泊尔章嘎和少量美元、英磅及其他国家的货币。为照顾西藏人民有用金属货币的习惯，中共中央西南局确定西藏以银元为本位制，对藏钞藏银采取不收不付的态度；对藏铜元只作找零辅币，对卢比等外币则鉴于当时的政治情况，采取不加过问的政策。

为了统一货币，1958年先在我军内部使用人民币，并积极筹划在西藏全区使用人民币的工作。但就在这时，由于高原缺氧和劳累过度，我得了高血压、心脏病，且从4月份体重开始下降。医生让我休息，我仍坚持工作直到我得了急性肝炎，才不得不去住院。后来检查，竟是黄胆发展到肝萎缩。对于病情的严重性，开始我并不太在意。但惊动了军区、工委及机关部门的领导同志，王其梅、李觉、阴法唐、洪流、陈竞波、夏仲远、刘国珍、王亢、宋子元、何祖荫、张增文、王运祥、宋有亮等同志都来看我。银行的张英行长带4个科长也来了，有一天银行竟来了一车人。他们实际是在做告别式的探视。至于国华同志，尽管工作很忙，但几乎是每天都来医院。军区副政委金绍山同志就是因肝萎缩而去世的，我则是第二例肝萎缩。我预感到情况不妙，在思想上做了最坏的打算。他们对我的后事也做了安排。事后，国华同志告诉我："我死后他准备把我葬在我们住房对面的一座山上，那里一年四季积雪，很干净，可以很好地安息，他不用出门就能一眼看到。”后来，我有幸于9月下旬搭便机转到内地治疗，才把我从死亡线上拉了回来，又奇迹般地活到了今天。但从此，我的身体状况一直不好。

1959年平息叛乱，进行民主改革，为统一货币创造了条件，扫清了障碍。同年7月15日，西藏自治区筹委会发出布告，宣布在全区发行使用人民币，8月10日又发布了以人民币限期收兑藏钞、禁止藏钞流通的布告，在这之前，随着平叛的逐步胜利，藏钞急剧贬值，由20两换人民币1元，跌落到50两、100两、120两换人民币1元，直到拒收。中共中央、国务院为照顾群众的利益，稳定金融，便于城乡物资交流，决定以50两藏钞兑换人民币1元收兑，这一决定执行后，得到了西藏广大人民的热烈拥护。到1959年底，共付出人民币约两百多万元，收兑藏钞1亿多两，加上没有上缴的5000万两，共计1.5亿两。从此实现了西藏全区货币的统一，西藏金融事业步入新的发展阶段。

# 高山激流脚下踩

王先梅

1950年10月昌都解放后，中央人民政府为了解放全西藏，完成祖国统一大业，巩固西南国防，号召西藏地方政府派遣代表团到北京进行和平谈判。西藏地方政府于次年2月，派西藏地方政府噶伦阿沛·阿旺晋美等5人为全权代表，到北京进行和平谈判，并于1951年5月23日签订了《中央人民政府和西藏地方政府关于和平解放西藏办法的协议》。

为了顺利完成进藏任务，十八军以张国华军长和谭冠三政委为首的军党委，遵照中共中央西南局和西南军区的指示，组成了进藏部队先遣支队。规定先遣支队的任务是：担任先行，为主力部队进入西藏创造条件；先遣支队要模范地宣传党的民族政策和宗教政策，模范地宣传和执行《十七条协议》。先遣支队于1951年7月25日从昌都出发，9月9日到达拉萨，历时45天，行程两千多里，胜利完成了任务。我有幸参加了先遣支队，对这段经历感慨万千。

## 藏汉同志共同组成的战斗集体

进藏先遣支队是由藏汉族同志共同组成的，包括一个连队、一个文工队和机关工作人员，总共三百多人。由当时的十八军副政委王其梅同志任司令员兼政委，陈竞波同志任参谋长，顾草萍同志任副参谋长，林亮同志任政治部主任。十八军民运部部长平措旺阶和徐淡庐、罗家镐等同志都是先遣支队党委委员。特别值得提到的是，西藏地方政府首席代表阿沛·阿旺晋美和夫人阿沛·才旦卓噶，与先遣支队同行。他们在途中，不仅和部队指战员同甘苦共患难，而且积极协助部队筹粮，使先遣支队顺利地完成了进军任务。

从昌都到拉萨，要翻越横断山脉，跨过澜沧江、怒江等湍急的河流，所经之地，人烟稀少，空气稀薄，冰天雪地，道路崎岖。这对汉族同志来说，都是难以想象的困难，当时一无这个地区的详细地图，二不明道路，只能一面探索，一面前进。有时进入原始森林和深山峡谷，连方向也找不准。在这种艰难的环境下，以平措旺阶为首的一批藏族同志，发挥了重要的作用。他们担负了向导、翻译、调查情况和组织牦牛运输等艰巨任务，帮助先遣支队指挥部选择宿营地，识别有无毒害的水、草，介绍如何适应高原特殊气候的常识。在整个进军途中，我们没有减员，没有一个人掉队。在维护祖国统一、和平解放西藏的伟大进军中，先遣支队所取得的成就，是藏汉族同志团结战斗的结果。

## 出发前的准备

执行先遣进藏的任务，除做好必要的组织准备和物资准备外，更重要的是做好精神上、思想上的准备。在出发之前，先遣支队全体指战员认真地学习了《十七条协议》，学习了中共中央西南局的有关指示和中共中央西南局、西南军区及第二野战军司令部联合发布的进军西藏政治动员令。动员令号召“进军部队的全体指挥员和战斗员及全体共产党员，发扬对革命事业的无限忠诚，深刻认识进军西藏的伟大政治意义，并从思想上、组织上、工作上做好充分准备，发扬人民军队英勇顽强、艰苦奋斗的光荣传统，发扬团结互助的阶级友爱精神，坚决完成进军西藏的任务。”

为了消除中国历代反动政府和帝国主义侵略势力所造成的藏汉民族间的隔阂，动员令还严格要求进藏部队“亲密团结西康、西藏地区的同胞，忠实地正确地执行共同纲领规定的民族政策，严格执行《三大纪律、八项注意》和《约法八章》，深入进行调查研究和宣传工作，学习当地语言，了解当地人民的生活状况，关心当地人民的疾苦，并积极地帮助他们解除疾苦和困难”。

现在回想起来，先遣支队全体指战员和工作人员在进军拉萨途中，能够战胜高山恶水，克服缺粮缺草等困难，胜利完成光荣、艰巨的进军任务，是在党中央和西南局、西南军区的正确领导下，在藏族人民的支持下，十八军将士发扬“一不怕苦，二不怕死”的革命精神下取得的。

## 执行“协议”的宣传队和工作队

先遣支队 7 月 25 日离开昌都，沿途宣传党的民族政策和宗教政策。诸如：“保护西藏全体僧俗人民的生命财产”；“保护西藏人民的宗教信仰自由”；“保护一切喇嘛寺庙”等等。每到一地，都利用各种机会宣传《十七条协议》。8 月 8 日，部队到达边坝时，当地军代表和宗政府举行了欢迎会。先遣支队负责同志在会上介绍了昌都地区人民解放委员会成立以来的工作，着重说明了人民解放军执行《十七条协议》和进军西藏的重要意义。当时数百人参加欢迎会，秩序井然，藏族僧俗人民静听讲话。当听到昌都地区解放委员会已办起了 8 所小学，农奴承担的乌拉差役已经开始废除，生活逐渐得到改善的时候，他们欣欣然面有喜色，竖起大拇指，频频点头，有些人还高兴地说：“金珠玛米呀姆呀姆（解放军很好）!”

会后，文工队还为僧俗人民表演了红军舞、弦子舞和各族人民大团结舞。月光下，管弦齐奏，舞姿翩翩，会场上发出一阵阵欢快的笑声。此时此刻，有谁能分辨得出，究竟哪些是藏族群众的欢声，哪些是汉族同志的笑语呢?

## 翻越康藏道路上的第一险关——夏贡拉

康藏地区有个谚语：“一二三（指月份），雪封山；四五六，雨淋头；七八九，正好走；十冬腊，学狗爬（山上冰雪覆盖，很难行走，有的地方要爬行）。”

8 月 12 日，部队从丹达塘出发，翻越夏贡拉（藏语是东雪山的意思）。夏贡拉海拔究竟有多高？当时没有准确测量过，只是听人传说：“丹达山，六千三。”就是说，此山海拔 6300 米。山上终年积雪，一片银色世界。要登上山顶，需爬过三个山峰，第一峰坡度还小，第二峰山势陡峻，第三峰更加险恶，最后的一里多路，因坡度十分陡峭，有时就得爬行。出发前，领导作了动员，号召大家发扬吃大苦、耐大劳的革命英雄主义精神，同志间搞好团结互助，注意安全。

这天一早，大家饱餐了一顿酥油糌粑，马匹也加喂了青稞、豌豆。司令部决定在第二峰的山凹里休息，烧开水、吃糌粑，然后全力翻越第三峰（即最高峰）。由于山上寸草不生，全体人员必须背柴上山。原来每人都背着枪支、被服和干粮，负重量已达到七十多斤，现在再加上一捆柴，就是八九十斤重了。但是大家精神抖擞，毫无惧色，更无怨言。

在第二峰山凹处，部队休息一个钟头，吃了糌粑，文工队还趁休息时演唱了歌曲，进行鼓动。大家说说笑笑，情绪高涨。

爬第三峰时，由于气压低，高寒缺氧，使人感到胸闷、脑涨、手脸发麻，脸和手指甲均呈现绛紫色。人马呼吸急促，心脏好像要跳出躯体，走上十步、二十步，就得停下来喘几口粗气，稍事休息。山的坡度约有七八十度，爬山时一团团浮云从眼下和身旁飘过，就像腾云驾雾。回头一望，四周山头尽在眼底，顿觉头昏眼花，心跳不止，有许多同志真的在爬行了，就连平时习惯高原气候的骡马，也急喘起来。经过长途跋涉，许多同志体力减弱，已精疲力尽，无奈何便拉着马尾巴往山上爬。这时王其梅同志由于高寒缺氧，加之在国民党监狱时患的腿疾发作，突然面色发紫，呼吸困难。缺乏高原行军经验的汉族同志，建议他就地坐下休息，幸亏熟悉高原气候的平措旺阶同志同行。他知道，在空气稀薄的山顶，一坐下来就有生命危险，便立即叫警卫员架着王其梅迅速下山。

## 只能从“玛尼堆”的左边走

先遣支队严格遵守群众纪律，尊重藏族人民的宗教信仰和风俗习惯。部队翻越夏贡拉时，在山顶的垭口处，遇到了一个两米多高的“玛尼堆”。这是藏传佛教的一种灵石（刻有心咒的石块）崇拜，是在一堆碎石头中间立一根木杆，上面挂着写满经文的经幡。出发前，王其梅同志曾嘱咐大家：“到山上经过‘玛尼堆’时，只准从左边走，不许从右边走；只能往‘玛尼堆’上添石头，不许从上面拿石头，这是藏族人民的宗教信仰和风俗习惯，我们一定要尊重。”当时有人说：“在几千米高的山上，渺无人烟，何必注意这个形式。”这种思想当即受到了批评。王其梅同志严肃地指出：“我们尊重藏族人民的宗教信仰和风俗习惯，不是装样子给人家看的，不管有人没人，都要自觉地去做，绝不能打折扣。”结果，在荒无人迹的夏贡拉山顶，在以后的艰难行程中，所有人都从“玛尼堆”左边绕过，没有任何人触动“玛尼堆”上的石块。

## 通过“穷八站”

从昌都到拉萨，西藏地方政府在沿途设了24个驿站，群众称之为“穷八站、富八站，不穷不富又八站”。8月13日，我们从察兰松多出发到达俄朱格，休息两天，再往前走就进入“穷八站”了。因为“穷八站”过于艰苦，缺粮缺草，支队指挥部把部队分成3个梯队前进。

从阿伦多到仁多约一百一十多里，全是原始森林和深山峡谷，还要走过一段危险的栈道。栈道一边是峭壁，一边是二三十丈深的悬崖，下面是奔腾的急流，路面只有一两尺宽，不少地方只有几根木头架在半空中的悬崖上，每段有一两丈长。有些栈道因年久失修，木头已经腐烂或松动了。还有些山坡是坡陡弯急的石阶路，前面的人马就像在后面人马的头顶上，走一走，站一站，非常缓慢。

8月19日从仁多出发不久，就完全进入了无柴草的地区。在怒贡拉山脚下有一个叫多洞的地方，据说原来有两三户人家，不知什么原因房子被烧光，居民搬进了深山。先遣支队到达之前，他们听说人民解放军执行《十七条协议》，进军拉萨要经过这里，都自动地回来了。他们和附近村子的几户人家，主动组织了运输队，从七八十里外的山上砍伐木柴，用牦牛运到大路边上支援解放军。当先遣支队到达这里时，在废墟中发现了群众支援的木柴，大家对藏族人民的热情支援深为感动。

20日翻越怒贡拉。这是一座名副其实的石山，上山十里，下山十里，全是石头路，只听得山里汩汩的流水声，好像开了锅，却看不见流水，人马走在崎岖的山石路上，都得十分小心。部队快到山顶时，突然有一名二十来岁的战士昏倒了，他呼吸急促，全身颤抖，面色铁青，而枪支、背包、干粮袋还在身上背着。其梅同志知道后，立即跟随骑兵赶到出事地点，让警卫员把那位战士身上背的东西尽快取下来，并给他解开领口，然后把他扶上马背，送下山去。

下山后，离宿营地还有一段路程。因宿营地没有柴烧，大家路经擦竹卡牧场的牧民帐篷时，每人又带上了一捆群众支援的烧柴，然后向宿营地进发。高原气候真像个顽皮的孩子，喜怒无常。一会儿烈日当头，晒得人头昏脑涨，一会儿暴雨倾盆，把人淋得像只落汤鸡。部队正行进中，忽然狂风夹着黑云压顶而来，一阵冰雹猛烈地打在大家的头上、身上，人马都走不动了。无可奈何，只好站在路上，用背包、烧柴挡住头部，接受无情的冰雹袭击。约半小时后，冰雹过去，我们又继续行进。部队在擦竹卡西五里的一片草地宿营。每个班的同志均按出发前的具体分工，各司其职，有的搭帐篷，有的支锅煮饭，有的放马，有条不紊。领导同志则召集司、政、后有关人员汇报一天的进军情况，总结经验，研究布置次日的任务。饭还未煮熟，冰雹又忽然光临，狂风呼啸，把搭好的帐篷吹得像汹涌波涛上的小船，摇摆不定，如果不是铁桩打得牢，绳索结实，帐篷就可能被吹走，冰雹打得草地、帐篷、铁锅劈里啪啦直响，仿佛在演奏大型交响乐。这天晚上，风把帐篷里的灯吹熄了，冰雹把锅灶下的火也打灭了，一锅未煮熟的饭，被冰雹、雨水泡成了稀糊糊。地面上一层厚厚的冰雹，连帐篷周围挖的排水沟都被冰雹填平了。大家经过一天的行军，极为疲劳和饥饿，但因为冰雹、狂风捣乱，结果连饭也没吃成，就吃了几口糌粑，摸黑睡觉了。

## 来了“嘉萨巴”

在进军拉萨途中，我们有将近1个月的时间每人每天只配给6两代食粉，很难吃到蔬菜，更谈不上吃鱼吃肉。进入“穷八站”后，部队接近断粮，八连的同志已喝了一天代食粉糊糊，余下的也只够煮一顿稀糊糊了。连队派人来向王其梅、陈竞波同志告急。经党委研究，决定抽调司政后机关同志的干粮补充连队。其实，机关同志所带的干粮也所剩不多了。但当大家接到通知后，都非常爽快地交出干粮袋。领导派管理股长张焕亮同志给八连送去，可八连的同志一听说送去的是抽调机关同志的干粮，坚决不收。在那艰苦困难的日子里，同志们心连着心，互相关心，互相照顾，发扬了高度的阶级友爱精神。这种真挚的革命情谊，像团燃烧的烈火，进一步坚定了大家克服困难、战胜饥饿和疲劳的决心。

8月21日，我们到达嘉黎时，部队在一条名叫松曲的小河旁宿营。这时机关也断了粮。有个同志忽然发现驻地附近的小河汊里，有几十条一尺多长的大鱼游来游去，便大声喊道："快来看鱼！快来看鱼！（因藏胞经常用糌粑喂鱼，并不捉它，所以鱼看见人也不逃走。）大家迅速地聚拢过去。在这样极端缺粮的情况下，眼前竟有这么多这样大的鱼，捉起来又是那样容易，同志们真有点嘴馋了。有人开玩笑说："嗨！今天捉几条鱼，回去用水煮煮，美美地吃它一顿多好啊！"可是，按照藏族人民的风俗习惯，是不能捕鱼的，大家虽饥肠辘辘，但谁也没有去打扰鱼儿安详遨游的生活，垂涎而归，依旧煮马料（黑豌豆）掺芫根充饥。嘉黎的藏胞看在眼里，喜在心上，称颂人民解放军是"嘉萨巴""菩萨兵"。有两个名叫嘎央和斯达的牧民，远道而来，要求给他们两张毛主席和朱总司令的画像，带回牧场给牧民们看。当他们拿到画像时，马上举到头上连碰了两下（这是藏族尊敬的礼节），然后竖起两个大拇指称谢道："突基切，突基切（谢谢！谢谢！）！""呀咕嘟！（好）"

## 热情的帮助，积极支援

先遣支队在进军拉萨途中，除要克服自然条件带来的困难，还有一个亟待解决的问题，就是补充口粮和马匹，否则是很难继续前进的。

我记得在丹达塘宿营时，其梅同志的乘马因误食毒草，十多分钟后肚子胀得像个大鼓，鼻嘴流白沫，直挺挺地躺在地上，不到半小时就死了。先遣支队的其他马匹也常有病死、摔伤的，均需补充。阿沛·阿旺晋美同志便请当地头人帮忙购买。

部队在嘉黎一带断粮时，得到了群众的支援，除沿途零星采购点杂粮外，主要是阿沛同志设法从工布江达（他的庄园）运来粮食，使部队顺利地经过"穷八站"。进抵工布江达后，由于阿沛的积极帮助，买了不少牛羊肉来代替主食，部队生活得到了大大改善。就这样，我们在藏族各阶层人士的大力支援与协助下，全体指战员发扬了人民军队英勇顽强、艰苦奋斗的革命英雄主义精神，战胜了大自然的种种阻碍和物质条件极差等难以想象的困难，终于一步一步地越过高山，涉过激流，胜利地到达拉萨。

## 入　城

经过近一个半月的艰难行程，先遣支队于9月5日在拉萨东郊的达孜宿营。当时，张经武同志作为中央人民政府驻藏代表，带领几位同志绕道印度，已先于我们到达拉萨。张代表派乐于泓（阿乐）和李天柱两位同志来达孜看望先遣支队。当大家见面时，是多么亲切、多么激动啊！与此同时，西藏地方政府也派官员前来探望，并联系部队入城事宜。

次日过拉萨河，西藏地方政府早派人在拉萨河畔组织了许多牛皮船和烧柴，以备先遣支队使用。从上午8时开始，由藏族船工用牛皮船摆渡，至下午四五时，人马全部渡过拉萨河。当时，正值西藏一年一度的“雪顿节”，好奇的藏胞，成群结队地来到部队驻地看热闹。

9月9日，先遣支队进入拉萨，举行了隆重的入城仪式。全体指战员身着草绿色呢子军服，排成长队，队首是几名年轻力壮的战士抬着毛主席、朱总司令的画像，继而是军乐队、腰鼓队。这天，拉萨主要街道上红旗飘扬，军乐齐鸣，队伍整齐。先遣支队的指战员们，个个精神焕发，气势雄壮。西藏地方政府搭起彩色帐篷，并派西藏地方政府和谈代表成员马基凯墨·索朗旺堆和扎萨柳霞·土登塔巴率文武官员、僧俗各界代表前来欢迎。僧俗民众身穿节日盛装，倾城而出，有的站在屋顶上观看，古城拉萨呈现一派欢乐景象。先遣支队领导人和噶厦的主要官员互献哈达（藏族的见面礼）。部队进驻营房后，西藏地方政府又派凯墨和柳霞主持，在孜仲林卡招待先遣支队营以上干部，连续三天顿顿都是丰盛的宴席。

王其梅等先遣支队的领导同志，按照藏民族的风俗习惯到各大寺庙发放布施，拜会达赖和寺庙僧侣、政府官员、头人、各界知名人士。许多上层爱国人士也进行回拜和宴请，增进了藏汉民族之间的团结与合作。

1951年10月26日，在广大藏族人民的积极支援和欢迎下，张国华军长和谭冠三政治委员率领主力部队抵达拉萨。从此开启了西藏历史上新的一页。

# 冰天雪地千里行

王先梅

王其梅，于1951年7月25日至9月9日率进藏部队先遣支队（简称先支）完成“担任先行，为主力部队进驻拉萨创造条件”的任务后，又于1953年1月奉命调昌都十八军后方司令部任政治委员兼任中共昌都分工委书记，并继续兼任昌都地区人民解放委员会主任，同后方部队司令员陈明义共同领导修筑康藏公路昌都——拉萨段，领导昌都地区人民解放委员会组织支援运输。我随同王其梅同志返回昌都，特将途中经历记录下来，以志纪念。

## 冒艰险为国分忧

军党委决定王其梅返昌都时，考虑到正是严冬雪封山之际，拟要他从印度走，王其梅考虑到当时的形势及部队的困难，选择了由“先支”进军拉萨的原路穿越横断山脉返昌都。李觉参谋长对王其梅此次远行非常关心，亲自指派董振华科长负责组织人员，配备装备。董科长组建起一支小分队，成员中除王其梅和我及一个不满周岁的儿子，一名藏族保姆央珍外，另有一个警卫班，实则是一个综合班，计有：警卫干事余景春和警卫员于兴洲、赵德生、胡兴华四人，一名姓卢的医生，藏语翻译益西平措，一名饲养员。一个骑兵班十七八人，由一名排长带领。全部人员约30人左右。每人发一套皮衣、皮裤、皮大衣、皮帽、皮手套，军用大头皮靴，穿起这套服装非常臃肿、笨重。除王其梅配有两匹马外，其余每人配一匹乘马，另配几匹骡马驮食需用品。

一切工作就绪后，六号首长（对李参谋长的称谓）又亲自前来向小分队成员交待具体任务，要求大家要各尽其职、尽心尽力，安全到达目的地。临行前，阿沛副司令和夫人才旦卓噶亲自前来送行，并送一条很大的羊毛氆氇藏毯，以备途中御寒。

## 风雪兼程

1953 年元月底从拉萨出发，隆冬季节，雪山绵亘，冰河纵横，正是康藏高原民间谚语中所说："……十冬腊，学狗爬"的季节(即山上冰雪路滑行走困难，有的地方要爬行)，人马难以通行。从拉萨到太昭属"富八站"，虽处严冬，尚有人烟，每天的宿营地都有农牧民居住。由于进藏部队一年多来认真宣传协议、执行协议的实际行动，藏族人民耳闻目睹，已对我军有所了解，知道金珠玛米(人民解放军)是解救藏族人民的"嘉萨巴"。每到驻地，都受到藏族农牧民的热情欢迎和款待，腾出房子、帐篷给我们住。

过太昭进入"穷八站"，从擦竹卡列队上路，向海拔约六千米的怒贡拉进发，刚走不远，天公不作美，乌云压顶，立刻下起鹅毛大雪，朵朵片片，纷纷扬扬，劈头盖脸地袭来，不一会儿大家都披上了银装。山上气温零下三十多度，口罩冻成胶板块，哈出的热气在眉毛上也凝结成冰，个个酷似白头老翁。

怒贡拉是一座名副其实的石山，山势陡峭，山石凌立，冰天雪地，道路崎岖，路面极滑，人已不能骑马，下马后要用脚心踩在石棱角上方能行走，一步一滑，马蹄常被卡到石缝里拔不出来，马与驮子一起歪倒，前面需有人拉马缰绳，后面则需人抓起马尾使劲向上掀，折腾一阵身上发热冒汗，而一双手、两只脚却冻得疼痛难忍。

虽然行程艰难，但大家都有"雪山挡不住、冰川隔不断"的坚韧不拔去完成使命的决心。

## 横穿原始森林

从仁多到阿伦多要通过 110 多公里原始森林和深山峡谷，还有一段危险的栈道。栈道一边是峭壁，一边是数十丈深的悬崖，悬崖下面的水已结冰，路面只有两尺左右宽，有的地方只有碗口粗的两根圆木架在半空中的悬崖上，年久失修，非常危险。"先支"当年通过时就已腐烂松动，现在松动的圆木虽已和冰雪牢牢地冻结在一起，但却滑得站不住脚，稍不留神就会跌入深谷，每段约有一两丈长，人人屏住呼吸，紧绷心弦，小心翼翼地在上边横行。平日一触三跳的骡马来到这里也变得非常老实，要它过栈道时，它的屁股向后坐，前蹄发抖，必须有人前拉后推，只见它把蹄子慢慢地放到圆木上很快又抬起，战战兢兢地放下又抬起，选择安全的落脚处，要连放连抬几次才敢往前走一步，行动非常缓慢。

长途跋涉，翻山越岭，我们携带的三个暖水瓶已打碎两个，剩下的一个若再打碎，就无法给孩子冲奶了。央珍自告奋勇把水瓶装进布袋里，像背背包一样背起来，因路滑易使人失去平衡，瓶里的水晃荡出来，央珍背上结了一层冰。途经悬石处，粗大的冰柱一个个垂直下来，真像小说里形容的水晶宫，让人看了心神一振，但这时人人都已精疲力竭，谁也无心去欣赏这大自然的美景。

## 风雪夏贡拉

从怒贡拉（藏语意为西雪山）到夏贡拉（藏语意东雪山）未曾见过行人，在这大雪封山的季节，藏商的骡马帮也停止外出，真可谓路断人稀、鸟兽罕见。夏贡拉又称丹达山，据说山高6300米，终年积雪。我们来到山脚下找了个避风处休息做饭，河川冰冻，只能将积雪化水煮饭，烧的是固体燃料。山风凛冽，酷寒逼人，给小孩调奶粉时要加快速度搅拌，稍慢就会结冰碴，如不小心将水弄到手上，马上就粘到一起，拉开时就会撕下一层皮。气温已达到零下40度，滴水成冰。

据清乾隆年间驻藏大臣松筠写的《卫藏通志》一书中对夏贡拉的描写：“峭壁摩空，凛冽冰城，少有微风，断不可过。”每到下午三四点钟后风力更大，必须在这个时间之前翻过山头，否则就有被风吹下山，葬身冰雪之中的危险。我们抓紧时间饱餐一顿，骡马也加喂了黑豌豆后即开始上山，满山冰雪覆盖，路滑徒步难行，把马缰绳放开让它自己走，上到半山腰人畜体力已大大消耗，因严重缺氧，呼吸十分困难，为减轻呼吸的阻力就摘下口罩。呼啸的狂风吹起积雪，打在脸上像针刺一样。从太阳穴往上发木、发涨，耳内嗡嗡作响，嗓子眼里像塞进一个馒头，咽不下也吐不出，胸部像压上千斤重的铁板喘不过气来，脑袋疼得像是要炸裂开来，两条腿像陷入泥地里拔不起脚来。

骡马也缺氧，身上又负重，胸脯像扯风箱似的大起大落地喘着粗气，嘴里喷吐着白沫，晃晃悠悠，一走一滑一跪。无比险恶的自然环境，没有亲身经历过的人，是难以想象到这种滋味的。

王其梅本来就患有高血压，这时面色绛紫。他曾蹲过敌人的监狱，受过敌人填砖头压杠子的酷刑而落下的腿疾又复发，行走极其艰难，只见他用两手扶着两个膝盖，一步一步地往前蹭。于兴洲和央珍为了照顾孩子直奔山头。骑兵排长看到王其梅这个样子，想紧走几步抓住马让他骑上，刚走三四步就被狂风呛倒，只见他用双手捂嘴，头抵雪地不停地大声咳嗽，仅仅这三四步就被风呛成肺炎。余干事、警卫员和我虽距王其梅只有咫尺之远，但谁也顾不上照顾谁了。此时此刻脑海里只有一个极简单的想法：在下午四点钟前能奔到山顶"玛尼堆"的地方就能活命，如上不去就会被狂风吹下山葬身冰原雪海中。眼望着"玛尼堆"，奋力挣扎向"目标"直奔，终于爬上了山顶。

下山路两边是30多丈深的雪壁，中间是藏商骡马帮已经踏出的一条冰道，山陡道滑站立不住，就坐下来向下滑，滑到拐弯处被山石挡住，就艰难地起来绕过弯再坐下来向下滑。

骡马也是滑行，前蹄着地，屁股坐下往下滑，拐弯时驮子碰歪，还要帮助扶正。

下山宿营丹达塘，把气垫打足气让王其梅躺下休息。我那时还年轻，不到29岁，身体好，所以既照顾其梅又照顾孩子。不一会儿余干事慌慌张张地跑进来喊了一声："报告首长！赵德生被马拉下山了。"这时不知王其梅从哪里来的一股劲，腾地一下站起来紧问一声："人呢？"

余说："人活着，用绳子把他拉了上来，马滚到山下抬了几下头就死了。"王其梅听完后，一句话也未说，又瘫坐在气垫上。

赵德生下山时因手冷，把马缰绳套在胳膊上，两手抄在袖筒里，马蹄打滑向山下滚去，他为救马拉着缰绳不放，把他也拉下山，幸好山坡上长着荆棘杆，当他滚到荆棘杆上时，他双手死命抓住不放，才保住一条命，但衣服被挂烂，手脸被扎破，满脸血迹，遍体鳞伤。

作为警卫员行军途中摔死马已是件大事了，再加上死里逃生的惊吓，他已心惊胆战，当他由余干事领来见王其梅时，站在那里全身像筛糠一样颤抖。这时王其梅站起来走到赵德生跟前，用手指着他的头说了两句话："你是要马还是要命！"接着他加重语气又心疼又怜悯地说道："看你摔成这个样子！看看你，摔成这个样子！"随即要卢医生给他包扎。当时在场的人都非常难过，我哭了，余干事、卢医生都掉了泪，央珍也站在一旁抹泪。这时赵德生才从发愣中反应过来，他哭得更伤心。

## 襁褓中的"建西"

1952年3月27日，我的第二个孩子在拉萨马嘎萨巴（原藏兵营先支的驻地）土房内就要降生了。此时正值伪人民会议闹事之时，政治形势异常紧张。在这种情况下，我未能住进医院，由医务主任张学彬带领周幼兰、吴肃静两位助产士赶来为我接生。王其梅此时忙于开会，研究对反动势力的对策，已无暇顾及我的安危，只有李光明大姐陪我。分娩时我大出血，血压由190突降到50，只听李大姐喊了一声："是个胖小子！"我就休克了。

王其梅根据自己"长期建藏，边疆为家，死后埋骨西藏，如死在内地，也要请求党把骨灰送回西藏"的建藏决心，为孩子取了个乳名叫"建西"。我们从拉萨出发时，"建西"就一直被皮斗篷裹着，又用绳子捆在骑在马上的于叔叔怀里。每到山下休息时，我把他从怀里抱出来，扶着他站在大人腿上，他好像是得到了解放一样，咿咿呀呀又笑又蹦，喂他一瓶奶后又把他捆在怀里上路。

经过一路冰天雪地，高寒缺氧，绳捆索绑，翻山越岭的生活，他的体质大大下降，到夏贡拉脚下时他的脸色青黄，嘴唇发抖，两眼无神，似睁似闭，再把他架起来时，他的头就耷拉下来歪到一边，毫无表情。于叔叔、央珍阿姨怕他出危险，抱起他直奔山头。他们三人一直走在我们前面，下山时也是滑行，到了宿营地，他的情况略有好转，但已不像以前那样活蹦乱跳了。

我们行程45天后，终于到达昌都，随后我又把他送到重庆，由高寒地带突然来到号称"大火炉"的重庆，最高温度可达40度，如此一冷一热的气温反差，他一时难以适应，全身暴发热毒，满身起了大脓泡，紧接着又出麻疹，灾难接踵向他袭来，由于他原来体质好，经受住一次次磨难，终于从死神手中逃出来，但昔日的“胖小子”已变成了干瘪的“小可怜”。

王其梅到达昌都后，立即和后方部队司令员陈明义共同组织领导修筑昌都——拉萨段的公路，同时领导昌都地区人民解放委员会组织支援运输工作。

# 岁月不泯西藏情

魏 侠

1950年初，党中央、毛主席把“进军西藏，解放西藏，驱逐帝国主义势力出西藏，巩固西南边防”这个光荣而艰巨的“第二次长征”任务交给了十八军，这是党中央、毛主席和刘、邓首长对十八军的信赖，也是十八军的光荣。

时任西南军区司令部作战处长的李觉，深感任务的艰巨，毅然要求到十八军参加统一祖国大业的斗争行列，刘、邓首长批准了他的请求。1950年2月我因此伴随他到了十八军，受到张国华军长、谭冠三政委的欢迎。为了进军西藏的需要，李觉加紧进行筹备工作，准备各种军事资料，选拔调配专业人才和熟悉西藏情况的干部以及物资装备等。在军党委决定由王其梅和李觉负责军前指工作后，我也随军进至甘孜。

## 进藏之路

1951年5月23日和平解放西藏《十七条协议》签订后，张军长、谭政委率军部向拉萨进军，组织上配给我一匹乘马，在爬雪山、过草地、涉冰川中我一次也未骑过，当时的口号是“上山不骑马，下山马不骑”。军首长以身作则，我们更是爱惜这无言的战友，只让它驮东西。

当时公路只通到甘孜附近的玛尼干戈，到拉萨要靠步行。茫茫大雪覆盖着险峻的高山，要翻越海拔6000多米高的冷拉山，人畜踏着没膝的深雪，艰难地一步一步前移。寒气逼人，滴水成冰，人喘着粗气，马喷着白沫，每前进一步都要付出极大的努力。白雪皑皑，人呼出的热气在衣领、帽沿上都结成板状，用手敲打就发出当当响声，马唇须毛挂满霜雪。高原气压低，70多度就开锅，米饭煮不熟，常吃夹生饭，再加上牛驮运的大米经风吹日晒、雨雪浸湿受潮变质，做出的饭成糊状，已没有大米的香味。随着部队的前进，运输补给越来越困难，就连这雨雪浸泡已失去米香的大米也快吃光，已接近断粮。每人发的压缩饼干，几支蛋黄蜡也舍不得吃，以应急需。长途跋涉，饥寒交迫，高寒缺氧，在艰难的行进中，人畜体力已大大消耗，在连续翻越大雪山时，强烈的阳光照射着皑皑白雪，发出刺眼的光芒，眼睛不能远视，再加无高原行军经验，不少人眼睛充血患了雪盲。领导发给每人一块带颜色的布，代替了有色镜，把眼蒙上，虽可遮光，但视线有些模糊，险要地势要互相搀扶着走。而马匹蒙上眼睛行走就更困难了，稍一失足就跌下深谷，摔死不少马匹。有时偶遇一片绿草丛生的稀泥地，又称橡皮地，人勉强可过，但骡马通过时就很危险，有的驮马负重量大，走在上面越陷越深，再也拔不出腿来，眼看着它向下沉，干着急也无能为力。

我当时跟文工团一道走，团员们更是辛苦，他(她)们既要背武器，又要背乐器和演出用品，还要背干粮，沿途又要为部队做宣传鼓动工作，几个年轻的党员处处起模范带头作用，由于负荷太重，翻越大雪山时，只见他们艰难地张着嘴喘气，嘴唇发乌，面色苍白，我发现他们吐出的痰是粉红色的。不由心中一惊，这是由于缺氧引起肺出血的症状，我心焦如焚，当时既无氧气，又缺药物，我作为一个医生，眼看着战友们生命垂危，而无能为力，只能做一般的抢救。连续几个同志倒下了，他们临别时没有留下只言片语，只能从他们向前方眺望的眼神中去理解，他们是多么希望能跟随大军进驻拉萨，把五星红旗插到布达拉宫上啊！他们就这样过早地结束了年轻的生命，长眠于晶莹的雪山之上、冰河之旁！

## 救死扶伤 宣传我党政策

作为医务工作者，我们不仅要关注进藏部队官兵的健康状况，研究防疫、治疗的办法，同时对藏族同胞的疾病也要投入相当的力量。这是一个医生的职责，也是用实际行动解除藏族同胞的痛苦，让他们了解党的政策，了解我们。军部到达拉萨后，街上随处可见残疾病人、乞丐。为了早一点投入工作，经组织批准，我分到了地方门诊部工作。当时西藏上层反动势力趁我军立足未稳，唆使藏兵、流氓、反动喇嘛肆意挑衅滋事，在光天化日之下向我外出人员辱骂、掷石头、吐口水、动手动脚。我军规定：“无事不准外出，外出要三人同行，尤其是女同志更不准轻易外出”，还要做到“打不还手，骂不还口”。这不是我们软弱可欺，而是为了避免事端，以免被反动分子利用。可是我每天都要到门诊部上班，不可能每天都要男同志陪同。当时我顾不得考虑个人安危，凭着自己年轻，身体好，冒着危险从军区驻地沿拉萨河边穿过一条条大街小巷到门诊部，幸好未发生意外。藏族同胞最常见的病是性病和结核，尤其是梅毒，严重地威胁着藏族兄弟姐妹的生命。有的婴儿在胎儿时期就染上了病毒，病情严重的，鼻、眼、嘴等全身溃烂，令人不忍目睹。我们尽力抢救、治疗，但药品很短缺，对病情严重的，我们虽尽力医治，亦未能挽救他们的生命，我常感内心十分痛苦和惋惜。在两年多的时间里，我们门诊部救治过成千上万的病人。当时虽然语言不通，但当他们亲眼看到共产党、人民解放军的一言一行，看到共产党、解放军派来的医生为他们尽心尽力治病时，他们都发自内心地称我们为“菩萨兵”，向我们伸出大拇指说：“呀咕嘟（好得很）！”当时部队中流传着“语言不通看行动”。就这样，我们用实际行动，挽救了一些藏族兄弟姐妹的生命；同时做了大量的群众工作，宣传了党为藏族人民服务的政策，赢得了藏族同胞的支持和爱戴。

## 痛失独生爱子

1952年春，我怀孕了。对我这个年逾三十的人来说是件大喜事，不少同志为我高兴，都说：“拉萨是佛地，为你送子来了。”当时我反应厉害，每天呕吐。按规定我虽享受中灶待遇，但生活条件差，每天都吃臭酥油炸粗糌粑饼，我闻着这个味就呕吐不止，常处于饥饿状态。终于熬过了反应期，但我体质已很弱。临预产期时，李觉已顾不得我高龄初次分娩、体弱又处于高原缺氧的危险情况，奉命外出执行公务了。我多么希望分娩时他能在我的身边啊！但在公与私的面前，我们只能以公事为主。

1952年底我生一子，首长和同志们纷纷向我贺喜，殊料到这“喜”竟成了“悲”。因当时生活、医疗设备条件都很差，制度亦不健全，孩子出生时医生不在，喝了羊水、染了肺炎，呼吸极度困难。房子又冷，食物短缺，我又是高龄初娩，再加缺氧，我已很虚弱，作为一个儿科专业的医生母亲，却对自己的孩子束手无策，眼看着独生爱子奄奄一息，我心如刀绞，几天几夜吃不下睡不着，昏昏沉沉祈盼着儿子的病情好转。想到李觉已进不惑之年，喜得一子尚未晤面，因公外出未返，不知他们父子还能否见上一面，当时的忧心和害怕心情使我不敢想，也不愿想儿子的后果。而残酷的现实却无情地判定他们父子无缘一见。可怜我的爱子匆匆而来，又匆匆而去，给我们留下了无限的痛惜和悲伤！

失去爱子后，我在极其悲痛中曾想：待李觉回来后我要坚强，要理智，要竭力克制感情，不要哭哭啼啼引起他的悲伤，暗暗提醒自己，切记！切记！可是，当我见到他时，再也抑制不住自己的悲痛，放声哭了起来……

据当时在场的王先梅回忆："六号（对李觉的称谓）回来后，魏侠躺在床上痛哭失声，六号用一只手扶着魏侠的头抚摸安慰着，仰头两眼望着屋顶，眼眶中充盈了泪水，一句话也说不出。男儿有泪不轻弹，但此时此刻却可看出六号失去尚未见过一面的爱子，内心是多么痛苦、多么悲伤。"

以后的日子里，我们抚养了三个孩子，李觉常安慰我说，都是国家的孩子，我们要尽力抚养好他们，使他们成为对国家有用的人。周总理夫妇不是没有生孩子吗？但他们有成千上万个孩子。李觉常对我说孩子虽去了，但我对参加解放西藏的行动至今无怨无悔。我们老两口互相鼓励，互相帮助，没有为爱子夭折而埋怨过，都努力投身到事业中去。

## 从死神手里逃出

1958 年我们夫妇因身体不好内调，回来后我常常晚上发低烧，亦未引起注意。后想到我在拉萨门诊部工作时常和结核病人接触，低烧是结核病的一种表现，应查出低烧的原因，于是住进 301 医院。医院对"老西藏女兵"关怀备至，做了详细检查，发现我患了结核病，而且病情十分严重，全身内脏均有结核，十分危险必须施行大手术。我相信 301 医院的医疗技术，尊重医院的治疗方案。当医务人员打开我的腹腔后，都大吃一惊，结核已无处不在！他们惊奇的是：得病的时间可能很久了，在西藏工作是怎么坚持下来的？他们不禁对我投以敬佩的目光。经过医护人员两个多月的治疗和护理，我终于从死神手里逃出，生命得救了，且恢复得很快，很好。我出院后就投入了紧张的全国计划生育工作。

我在西藏工作近八年，对西藏人民、对西藏的山山水水都有着深厚的感情，与西藏人民共同度过的艰苦年代，至今仍记忆犹新，我虽已离开西藏四十多年，但仍时时惦记着西藏。欣闻西藏平叛改革后，百万农奴翻身作了主人，本民族的干部已成长起来。在自治区党委、政府的领导下，伴随着改革开放的浪潮，西藏各行各业的建设突飞猛进，西藏人民的健康水平和身体素质得到了提高，已在登山和各种体育比赛、文化活动中焕发了夺目的光彩，赢得了国内外的赞誉。当年贫穷落后的旧西藏，已建设成繁荣、昌盛、幸福的新西藏，我万分欣慰！

祝愿西藏的明天更加美好！

# 无悔人生

郑　旭

1950 年春，我是十八军政治部秘书处的一名团级干部，当时部队正准备进军西藏，我们也已做好充分的思想准备，整装待发。就在这时接到命令，调我到军文工团任副政委。军人以服从命令为天职，我第二天就走马上任了。文工团这时驻在川西平原的新津县城内。

一般而言，前方部队和机关的女同志极少，但在文工团却聚集了数十名多才多艺的文艺女兵，我自己也是女同志，我的到来使她们感到十分亲切。

对于艺术，我是个外行，于是我向团领导表态，他们可以集中精力做好业务工作，我除了本职的政治工作外，可以多承担一些行政管理方面的事务。不久文工团上上下下都知道，政治、行政以及柴、米、油、盐等生活方面的事情，都去找副政委。

## 接管河南“梆子”戏班

此时的文工团已有 300 多名演职人员，可为了适应长期建藏的需要，部队又招来一支有 60 多人的河南梆子戏班，当时就由我来负责这个戏班子的接管工作。这个戏班原系地方上的旧戏班子，演职人员中年龄最小的只有十一二岁，演员中三分之二是女孩，他们中间有兄弟俩的，也有姊妹俩的。演员大多数是来自黄河流域贫困地区的孤儿，他们流离失所，不知道自己的亲生父母身在何处。这些孩子六七岁时就进了戏班子，进了戏班后便以戏班为家，以戏师为父，称戏班中的年长者为叔叔、兄长、姐姐。戏班中的戏师（教戏者或为导演）、武师（或有武功者）、器乐师等十余人多为三四十岁的年长者，这些人社会经验丰富，能力强，所受的待遇也好，在戏班里的地位也比较高，有一定的影响力。总之戏班内部的关系还是比较复杂的。

接收整编工作在政治部首长的直接领导下进行，领导要求我们的整编工作在10天之内完成，整编工作要求扎实细致，不出问题。

在动员讲话后，我首先尊重原领班及戏师、武师、器乐师等人的意见，请他们介绍情况，并且也倾听他们对参加人民解放军、接受进藏艰苦任务的个人意见，然后又分别与多名骨干演员个别交谈，消除他们的一些思想疑虑，启发他们当解放军光荣，自己当家作主的主人翁意识。在经过比较充分的思想教育和谈心后，再让他们自愿表态是否愿意留在部队工作。结果，由于思想工作细致扎实，水到渠成，竟有百分之九十以上的同志坚决表示愿意留下当兵献艺，只有领班和几个身体有病，或有家庭负担的要求回乡。对这几个人，政治部都作了妥善的安置。

经过一番紧张而又有条不紊的细致工作，河南梆子戏班以文工团豫剧队的建制出现在十八军文工团的大家庭之中。当时只从文工团调配两名干部加强领导，其他均系原班人马，分编为男、女演员各一个分队，指定分队长；器乐和编导人员编成一个组，指定负责人。

待崭新合体的军装穿戴整齐时，豫剧队焕然一新了，每到列队时，犹如老兵般精神抖擞。自从他们来到部队后，耳濡目染的是官兵平等团结，亲密无间，再加上团里的同志们和各级干部对他们关心备至，体贴入微，

1951年8月，十八军文工团副政委郑旭带领部分女同志到达昌都

他们的精神状态有了很大的改变，开始时谨小慎微、神情拘束，后来就轻松自然，有说有笑，很快便融入到革命大家庭之中了。

## 进军甘孜

十八军先遣支队到甘孜一带后，政治部命令由我和朱子铮副团长带领文工团部分人员到甘孜去，其中还特别指定豫剧队一定要去，另一部分则以歌舞队为主，再加话剧演员、创作、编导、副领队。

在这段向甘孜进发的行军中，我们经受了在二郎山、折多山上高原反应的考验。文工团的团员们当时都是30岁以下的男女战士，面对最初的高原反应他们并没有流露出明显的怕苦畏难情绪，但等到抵达甘孜后，接踵而来的吃饭、住宿等问题便显得突出起来。

文工团的驻地是由先遣队管理科划定，住宿地、伙房、排练场地的安排，既不能侵犯群众利益，又要严格遵守少数民族的风俗习惯，这就要求我们同房东协商解决。我们通过翻译挨家挨户地与藏胞协商，反复动员说服，一直到户主们能够接受。

当然我们的生活是因陋就简的，所有的人一律睡大地铺，干部也不例外，并且要求全体同志都必须服从安排，我的地铺就安排在一个狭窄的马厩的一角。甘孜气候干燥，我们又都是年轻体壮，所以住宿很快安顿下来。在后来的日子里，大家每日安排练习演出、工作学习，紧张了一天，多是倒地就睡，酣然入梦。我在夜间查铺时，还未发现有谁失眠过。

比较而言，吃饭却成为问题。从一开始上级规定不允许各伙食单位自由采购，各单位所需给养一律由先遣队管理科按定量供应。管理科下发的都是糌粑、酥油、盐巴，只有少许白糖，大米和极少的面粉，更没有蔬菜。我们的战士从吃米、面、蔬菜的习惯要一下改成吃酥油、糌粑，是很难适应的。许多人对酥油的气味很反感，闻到味道就发呕，有些人吃下去后又反胃不舒服。这时候团里号召干部带头，党员骨干带头。把尽快适应高原的饮食习惯当作一条纪律来遵守，我们想方设法让同志们能够吃下去，因为只有这样才能保证我们演出任务的顺利完成，才能保证我们的身体不会垮掉。

当时我除了以身作则和大家一起吃下定量外，还要进行耐心的思想工作，我给大家讲红军长征途中吃野菜、啃树根，而且前后又有敌人的围追堵截，那时的条件是何等的艰难困苦，环境是何等的恶劣。通过回忆革命先辈们艰苦奋斗的经历，同志们的思想也有了提高，团里的同志们到底年轻，适应能力强，一个星期之内，大家基本上都能吃得下去了。

十八军不少干部、战士都来自豫皖苏地区，十分热爱河南梆子戏。文工团到甘孜后，部队渴望看到豫剧的心情十分迫切。豫剧队上演了《三岔口》《文武功》《将相和》《四郎探母》《穆桂英挂帅》《木兰从军》等剧目，剧团内的武生、小生、老旦、青衣、花旦也相继亮相，几场戏下来，部队上上下下普遍叫好，首长表扬，部队慰问文工团的同志们更是受到了极大的鼓舞和激励。同志们加班加点地排练，天不亮就到山头上去吊嗓子，真是干劲十足。与此同时，歌舞队的同志们也积极收集民俗民歌，抓紧创作新节目，大大地充实了部队的文化生活，顿时文工团成了整个部队普遍关注、谈论的焦点。

创作组刘丁工作热情高，点子也多，是团里的生活委员。刘丁看到同志们演出任务繁重，特别是豫剧队中的武打、跑龙套的演员经常要翻跟头、钻火圈等，体力消耗太大，就想尽量把伙食办好。但当时的条件十分艰苦，生活很难得到改善，怎么办呢？后来刘丁想了个办法，他趁外出采集素材之机，用自己从家里带来的花围巾、花手套，从藏胞那里换来20多斤牦牛肉。可炊事班班长拿着这些肉不敢下锅，炊事班长认为用一条围巾、一双手套换来20多斤牦牛肉是占了藏胞的便宜，违反了政策。炊事班长这样一说，刘丁害怕了，可他又舍不得再把牛肉退回去，刘丁说藏胞喜欢他，用牛肉换围巾手套也是藏胞出于自愿的，如果硬要退回，藏胞可能也会有意见。他们正在为难的时候，我和警卫员李长城知道了。李长城是个安徽兵，大家都说他年轻而又老成，平时工作中他也经常帮我出些小点子。这时他就对刘丁说："你干嘛还在为难呢？赶快向副政委汇报，想想办法嘛！"

李长城和刘丁详细地向我讲述了事情的经过，听完他们的话后，我首先肯定了刘丁的动机是好的，而且他是拿自己的东西进行交换的，但同时我们也考虑到这个交换不太等价，担心群众吃亏。经过大家一番商量后，决定由刘丁和李长城带上藏胞最喜爱的砖茶和盐巴（大概有5斤左右）去办理善后工作。他们办好回来后说，藏胞很高兴，执意要再送他们牛肉，还一再夸奖“金珠玛米呀咕嘟”！

就在吃牛肉晚餐前的列队点名时，我表扬了刘丁同志，为改善大家的伙食，刘丁拿出自己从家里带的围巾、手套，用它们换了牛肉，后来又积极去感谢藏胞，密切了群众关系。吃饭的时候，我看到不断有人竖起大拇指在刘丁面前开玩笑说：“刘丁呀咕嘟！”

当然，我私下里特别叮咛刘丁，今后不要再这样冒冒失失地和群众换东西了。歌舞队的小童，大名童莹华，是从川南泸州参军的初中学生，那年才 14 岁。小童天真活泼、性格开朗，跳起舞来姿势优美，大家都非常喜欢她。

有一天，我收到一封从后方政治部转来的信件，这是泸州郊区某地一些人联名写来的信，信中说小童出身于地主家庭，她家在当地有恶迹，小童是地主的女儿，不能当解放军，要求部队将她退回去。

我看了这封信，立即联想到抗日战争时期，在老根据地的减租减息运动中，曾出现过不少株连未成年子女的现象，并造成了相当不好的后果。于是我当机立断把信给压了下来，没有再去理会这件事情，这样也就留下了小童，保护了小童。这件事情当时只有一两个人知道，就连小童同志本人至今也不知道她参军后还出现过这样一段小插曲。

## 从甘孜到拉萨

从甘孜到拉萨的进军途中，部队遇到的最大困难就是伙食定量更少了，每人每天只有 5 两代食粉、两根一两多重的蛋黄蜡。

当时规定要严格按照定量，每人每天按顿分配食物，绝不允许前面吃空、后面断粮这种现象的发生。为了保证这一点，我细致耐心地向大家讲清了道理，宣布了纪律，并号召大家要互助友爱，特别强调了党员同志的模范带头作用。

除了正面的宣传外，我自己也做了具体的分析。我认为最难克服伙食定量少这一困难的是我们文工团里的大老肖同志，“大老肖”是大家送给他的外号，因为他身材高大，力量也大，还特别能吃苦。他还是一名出色的篮球运动员，在团里负责舞台、灯光、道具等方面的工作，一二百斤的东西，在他手上跟玩一样，手一提，往肩上轻轻一扛就起来了。因为这，同志们都亲切地叫他“大老肖”，其实他有个很好听的名字叫肖迎春。“大老肖”个大力气大，他的饭量也就特别大，在给养多的时候，稍加些援助倒也能过得去，但现在定量如此之少，他又该怎么办呢？为此我专门找炊事班长商量，炊事班长说可以让大老肖最后来打饭，那意思是可以考虑给他多留一点代食粉糊糊。这个意见给我一个很好的提示，我说这段时间干脆就让“大老肖”来背行军锅吧！炊事班长很赞同我的意见。所以从这以后，每次大家打完饭后，就由“大老肖”来刮锅上的代食粉糊糊。

除了定量的严重不足，还有个问题就是在雪地里行军，墨镜坏了怎么办？有一段时间，部队连续在茫茫白雪中行军和宿营。一望无际的雪野看不到边，也分不清地平线在哪里，天连地，地连天，我们就像是被装进了一个巨大无比的雪笼里，被白色包围着。如果前面远处有些小黑点，那就是先出发的大队人马。在雪地里行军一定要戴上墨镜，如果摘下墨镜，强烈的雪光就会把眼睛刺得疼痛流泪，只要半天不戴墨镜，就会眼睛红肿，看不清东西，患上“雪盲症”。在这种情况下，保护好自己的墨镜非常重要。但在行军宿营时帐篷小，人又多，一不小心就会把墨镜挤坏，几个女同志最先出现了这种情况，她们连声叫苦，找我来想办法解决。我让大家一起动脑筋想办法，有人说把帽子拉下来，也有人说把头发披散下来遮挡雪光。这可是个好办法，我说可以这样做，墨镜坏了的女同志把头发披散下来，行军时紧紧跟着前边的同志走，再加上前后的同志们友爱互助，就可以把这个问题解决了。后来有十几名同志就是用这个办法熬到了丁青。

丁青是个较大的地方，地势低些，气候也好些，在这里部队休整了几天，补充了给养，定量增多了些，伙食也得到了改善，同志们的体力得到了恢复，得了“雪盲”的同志病情也渐渐地好转，最困难的阶段终于过去了。从丁青出发以后，同志们也都活跃起来，啦啦队的加油声、歌声、号子声，汇成一片欢歌笑语声。目的地拉萨已经遥遥在望，同志们急切地盼望着开辟新的天地。

# 西藏和平解放初期的青少年工作

梁 枫

1951 年，我已是几个孩子的母亲了，母子相聚，让儿女们享受母爱的温馨，本是做母亲的天职。但当我接到调令，奉命调往西北西藏工委（十八军独立支队），前往西南边陲，加入解放西藏的行列时，我顾不得母子亲情，只得忍痛割爱，抛下子女，毅然踏上进军的征途。

我于 1951 年 3 月间到西北西藏工委报到。6 月 7 日，经中共西北局批准，组成了中共西北西藏青年工作委员会，书记由中共西北西藏工委宣传部部长白云峰同志兼任，我任副书记。同时，白云峰同志和我被任命为青年团西北西藏工委书记和副书记。

1951 年 6 月 12 日，西北西藏工委任命牛锦华同志为团工委组织部副部长，侯瑞昌同志（蒙古族）为宣传部副部长。自此，中国新民主主义青年团西藏工作委员会在兰州组成。7 月 7 日，西北西藏工委对团工委的干部进行配备，其成员有：团工委组织部干事：龚成惠（女）、解春华、李承延、陈忠、耿丙甲；团工委宣传部干事：程志强（女）、王崇贡、汪振桴、范万普、李殿选；团工委秘书科科长：李葆棠；干事：阎家懿（女）、史昌明（女、满族）、王风鸣、甘耀宗、金庆云、黄川加措（藏族）。

中共西北西藏工委青委成立后，于 1951 年 6 月 30 日，对青年团的工作方针与任务作了明确指示："在中共西北西藏工委的领导下，为解放西藏人民，巩固西南边防，建设西藏而努力。当前的任务是为完成进军的各项准备工作而努力。"与此同时，西北团工委书记罗毅同志正在兰州检查青年工作，他对开展西藏青年工作也作了如下指示："加强对团员和青年的思想政治工作，提高政治觉悟，全心全意为西藏人民服务；按照青年的特点，活跃青年的学习和文化生活；充分发挥团员和青年在进军以及建设西藏中的先锋模范作用，当好党的助手。"

根据青委及上级团委的指示精神，团工委按照行军的实际情况，在各大队都建立了团支部，团支部书记都由党支部委员兼任，副书记由优秀团员担任。司令部、政治处的团支部书记是杨潜同志，副书记是史昌明同志；骆驼大队的团支部书记是张家林同志，副书记是程志强同志；牦牛大队的团支部书记是师嵌同志，副书记是范万普同志；骡子大队的团支部书记是牛锦华同志，副书记是耿丙甲同志。独支司令部成立了团总支，各直属部门都成立了团支部，团的日常工作由政治处管理，具体工作由龚成惠、阎家懿同志负责。共有团支部十多个，团员三百多名。

西北西藏工委（十八军独立支队）进藏的筹备工作从1951年春季开始，经过四五个月的准备，各项工作就绪。出发前，中共西北西藏工委召开进藏动员大会，会上，西北西藏工委书记范明同志作了动员报告，号召全体人员，共产党员、青年团员："要发扬当年红军参加二万五千里长征的革命精神，要继续发扬抗美援朝的高度爱国主义精神，帮助解放兄弟民族的高度阶级同情心，配合西南人民解放军兄弟部队，迅速解放西藏，驱逐帝国主义势力出西藏，巩固国防，为建设新的西藏而奋斗。"

在动员大会上，范万普同志还说："解放西藏的任务虽是光荣的，但也是艰巨的。我们不但要战胜敌人，而且要战胜大自然。青藏高原，山高缺氧，气候严寒，途中会遇到许多意想不到的困难，大家要有充分的思想准备去克服重重困难。我们应当坚决相信，在党中央、西北局和西北军区的正确领导下，在有充分物资和组织准备的条件下，一定可以克服一切困难，愉快胜利地完成党和人民交给我们的这一伟大的历史任务！同志们！青年知识分子们！锻炼和考验我们的机会到来了，让我们欢欣鼓舞，勇敢坚定，大显身手，迎接这一光荣任务吧！"

会后，党、团支部分别组织了讨论，党员和团员们发言都很热烈，大家纷纷表示，在行军中，一定要努力克服各种艰难险阻，发扬吃大苦、耐大劳的革命英雄主义精神，胜利完成行军任务。党、团员在行军中要起模范带头作用，遇到困难要冲锋在前，要团结同志，对同志要互助友爱，要严格、自觉遵守《三大纪律、八项注意》，制订立功计划，争取人人立功受奖。

西北进藏部队中的团员，都是从北京、上海、天津、江苏、陕西、甘肃、青海等地汇集来的。他们之中，有的是参加工作不久的，有的是进藏时才招来的，但他们都是自愿要求进藏的，要求到最艰苦的环境中去锻炼自己，愿为解放祖国大陆最后一块领土贡献自己的青春，并为能加入进藏部队的行列而感到自豪。他们政治素质好，思想基础好，革命热情高，对完成进藏任务充满信心。

独支于7月下旬，从兰州出发，途经西宁、湟源，沿青海湖，过都兰、香日德等地，涉越黄河源，苦战沼泽地，抢渡通大河，越过唐古拉，傲风雪，斗严寒，忍饥挨饿，克服了重重艰难险阻，行程数千里，历时四个多月。广大青年团员在行军途中，经受了艰难困苦的考验，没有人畏难怕苦，没有人消极掉队，没有人发怨言，更没有一个逃跑的。大家团结友爱，朝气蓬勃，处处起模范带头作用，哪里有困难，团员们就争先恐后地出现在哪里。骡子大队在途经卡加河和约古宗列河时遇到山洪暴发，情况十分危急，青年团员汪仓、樊志毅、史巨元、续步荣等不顾个人安危，毫不犹豫地跳入水中，组成人墙，保护了档案和银元等重要物资，安全地渡过了激流；在黄河源的沼泽地带和巴颜喀拉山的荒漠地带的艰难行程中，骆驼大队和骡子大队的同志们最为艰苦，骆驼大队的团员陈仁德、郭书林，骡子大队的团员王兴恒、李赞飞、薛俊杰等同志，为抢救陷进泥潭的牲口和物资，每天在泥潭中拼搏十多个小时，他们公而忘私，吃苦耐劳，深受大家的好评；在抢渡天险通天河中，青年团员、警卫营的文化教员蒋继华，响应号召，跳下河探水，但水深流急，瞬间一个大漩涡将他卷入河底，壮烈地牺牲了。还有独支司令部的翻译，青年团员辛烈（藏族）和牛大队的兽医、青年团员刘益民，为了引导牲畜渡河，也牺牲在水中，行军中的动人事迹举不胜举。独支进藏部队中的广大青年团员和青年同志不愧为是新中国的好儿女、毛泽东时代的好青年。

经过四个多月的艰苦行军，我们于1951年11月27日抵达目的地拉萨，当大家在拉萨东郊一眼望见雄伟的布达拉宫时，抑制不住激动的心情，不禁高呼：毛主席万岁！中国共产党万岁！有的同志高声歌唱："向前、向前、向前，我们的队伍向太阳………"欢呼声和歌唱声汇成一曲美妙的颂歌，流露出大家胜利完成进军任务的喜悦心情。

12月1日，举行入城仪式，先期到达拉萨的十八军张国华军长和谭冠三政委率领部队列队热情欢迎我们，拉萨市的广大僧俗人民群众夹道欢迎我们，气氛隆重而热烈，独支的全体同志精神振奋、心情激动。进驻拉萨之后，每个同志都清楚地知道，胜利完成了进军任务，等待我们的将是更艰巨的任务。

当时的西藏是封建农奴制社会，广大农奴和奴隶都依附于官家、贵族和寺庙（统称为三大领主），没有人身自由。这就使我们开展工作，不能直接接近群众，必须通过上层人士，和他们协商取得一致意见方可。此外，西藏地处祖国西南边陲，山高路远，与内地联系极为不便，帝国主义势力乘虚而入，与西藏上层的少数分裂主义分子相勾结，企图把西藏从祖国分裂出去。

针对西藏的具体情况，党中央和毛主席指示，在西藏要以争取、团结达赖集团为主，同时坚定地团结班禅集团。争取一切可以争取的、团结一切可以团结的上层人士，以达到团结广大藏族劳动人民的目的。

根据中央的指示精神，当时在西藏首先要开展的是反帝爱国统一战线工作，联系上层爱国人士，与他们广交朋友，向他们宣传《十七条协议》，宣传党的民族政策、宗教政策。让他们了解我们到西藏来，是为了帮助西藏，使社会进步，经济发展，人民都能过上好日子。

1952年5月4日，中国新民主主义青年团西藏工作委员会在拉萨成立。团工委书记由中共西藏工作委员会组织部副部长白云峰同志兼任，我为副书记，团工委组织部部长牛锦华，宣传部副部长侯瑞昌（蒙古族），秘书科长李葆棠，干事李殿选、胡琮等。中共西藏工委指示西藏青年工作的方针是：对内主要是加强对青年团员和广大青年的社会主义和共产主义的思想教育，活跃广大青年的学习和文化生活，充分发挥青年在建设西藏中的先锋作用；对外则根据西藏上层青年热爱学习、热爱活动、热爱生活和容易接受新事物的特点，运用适当形式把西藏上层青年先组织起来，便利开展反帝爱国统一战线工作，并通过上层青年的工作去影响西藏广大青年群众。

西藏团工委成立后，便在藏族青年中开展广交朋友，联络感情的活动。上层青年男女，逐渐主动接近我们，有的要求学习汉语文。我们便因势利导，组织他们学习政治，向他们宣传《十七条协议》，宣传党的民族政策和宗教政策，帮助他们提高爱国主义思想，使他们认识到我们党是执行各民族一律平等的政党，各个民族在政治上都享受平等权利。在宗教方面，我们党的政策是宗教信仰自由。除学习政治之外，还应他们的要求，组织了汉语文班，帮助他们学习汉语、汉文，学习文化的青年人数愈来愈多，至 1956 年已发展成为不同班次、初具规模的社会教育班（简称社教班）。有少数青年要求学藏语文，我们便增设了藏文班。还有个别上层人士，如达赖的姐姐尧西·次仁卓玛、拉鲁夫人等要求学习汉语文的，我们都选派了专职教员朱丽增（女）和王道实（女）每周按时去登门授课。

藏族人民大多能歌善舞，青年人更为突出。为了适应青年人的兴趣和爱好，我们又组织了文艺队，吸收爱好歌舞的青年参加。每周练习一二次，逢年过节之时外出演出，在拉萨市群众中得到好评。

通过将近三个多月的活动，工作局面逐渐打开，各族青年对参加各种活动的兴趣更浓，学习的要求更高了。经团工委和各族青年积极分子多次酝酿协商，并报中共西藏工委和噶厦批准，于 1952 年 9 月 12 日，成立了拉萨市爱国青年文化联谊会筹备委员会。

拉萨市爱国青年文化联谊会筹委会成立后，在拉萨颇有影响，各族青年男女参加活动的积极性更高了，范围也更广泛了，不仅是上层青年参加，逐渐有一部分中层和一般群众、小商人、小手工业者也前来参加活动。特别是在当年 10 月 1 日，拉萨市庆祝中华人民共和国成立 3 周年的活动时，有几位贵族小姐在大会上表演了自己编排的藏族舞蹈，一部分贵族少爷在拉萨首届运动会上进行了足球表演，这两件事，在拉萨市轰动一时，颇具影响。11 月 7 日起，拉萨青年联谊会筹委会又组织爱国青年参加了为庆祝苏联十月革命 35 周年而进行的中苏友好月活动。他们认真参加学习，座谈苏联革命和建设的成就，以及中苏友好的意义，青年们走上街头，进行宣传，文艺队还组织了街头演出，这些活动得到上层爱国人士的称赞和支持，受到中共西藏工委的关怀和大力支持，得到了广大爱国青年的热烈拥护。在西藏广大群众中影响颇大，为拉萨爱国青年文化联谊会的成立奠定了良好的基础。

经张经武代表与达赖研究商定，共同批准正式成立了拉萨市爱国青年文化联谊会。并于 1953 年 1 月 31 日，在中共西藏工委礼堂，召开了拉萨市爱国青年文化联谊会成立大会。西藏各界代表到会祝贺，中央人民政府驻藏代表张经武同志送的锦旗上写着："文化交流的先锋队"。达赖送的锦旗上写着：“为热爱民族和祖国而努力学习”。西藏地方政府送的锦旗上写着：“加强学习，热爱祖国”。中共西藏工委副书记、西藏军区政委、青委书记谭冠三同志在会上致祝词，他首先热烈祝贺拉萨爱国青年文化联谊会的成立，勉励各族青年努力学习政治和科学文化知识，加强锻炼身体，为建设新西藏做出贡献。西藏地方政府首席噶伦然巴·土登贡钦、噶伦阿沛·阿旺晋美相继致祝词。西藏著名诗人擦珠·阿旺洛桑活佛和江洛金·索朗杰布也先后在会上致了祝词。所有到会的领导及各界代表都期望拉萨爱国青年文化联谊会成立后，带领西藏各民族青年努力学习，加强团结，促进科学文化交流，宣传爱国思想，发挥青年先锋队作用。大会最后选举产生了27位委员，组成联谊会的领导机构。

会后，联谊会召集了第一次全体委员会，会上，选举达赖的三哥达拉·洛桑三旦为主任委员，江洛金·索朗杰布、平措旺阶、梁枫、王沛生(回族)、桑颇·登增顿珠、噶雪·顿珠为副主任委员。选举产生雪康·土登尼玛、夏扎·甘登班觉、金中·坚赞平措、恰巴·格桑旺堆、牛锦华、魏克等13名常委。

会上，还决定委员会设立组织、宣传、秘书各股，以便分别进行工作；并确定了各股的领导人，研究了会员章程及会员证章等事宜。

拉萨爱国青年文化联谊会成立后，进行的第一件工作是组织西藏青年参观团，包括拉萨、日喀则、阿里、江孜、黑河等地区的青年。团长堪穷索康·切绕旺久，副团长噶雪·顿珠、雪康·土登尼玛、巴桑，秘书长金中·坚赞平措，陪同参观的有牛锦华和黄斌，工作人员有徐庆春、王兴恒、姚乙、彭庆云、谭俊起等同志，全体成员共62人。

西藏青年参观团于1953年3月3日由拉萨出发，经过一个多月的行程，于4月10日抵达昌都受到昌都解放委员会和青年团昌都地区委员会的热烈欢迎，并组织了昌都地区青年参观团，包括昌都、丁青、波密三地区，团长诺杰郎，陪同人员有李国章、李可夫、窦新庚等共33人。对外是两个参观团，对内是统一领导，全团共95人。

参观团在1953年6月，还应邀参加了中华全国民主青年联合会第二次代表大会和新民主主义青年团第二次全国代表大会。雪康·土登尼玛还随中国青年代表团到罗马尼亚参加了世界青年联欢节。参观团在北京期间，还荣幸地受到了毛主席、周总理和刘少奇等党和国家领导人的亲切接见，当时，大家的心情十分激动，感到无比光荣和自豪。中央首长勉励大家好好学习，加强团结，为建设新西藏贡献力量。中央首长为了西藏青年的成长，派全体团员到中央民族学院学习 3 个月，使大家在短短的数月之中，学到不少知识，大家深深感激中央领导的关怀。

青年参观团在祖国各地参观学习了 1 年时间，于 1954 年 3 月，分两路先后从康藏公路和绕道印度返回。4 月 3 日，参观团向联谊会全体会员汇报了他们在内地参观学习的感受和体会。索康・切绕旺久、噶雪・顿珠、雪康・土登尼玛等分别在会上谈了他们在祖国各地参观的情况和深切的感受。他们参观了成都、重庆、武汉、杭州、上海、南京、大连、长春、沈阳、哈尔滨、海拉尔、西安、兰州、西宁等城市，所到之处，受到各地党政领导及青年团领导人的亲切会见及各族青年的热烈欢迎。他们深深体会到，通过参观开阔了眼界，增长了见识，了解了祖国的伟大，加深了对祖国的热爱，特别感受到祖国各族青年对西藏青年的深厚情谊，久久难以忘怀。受到了一次生动、深刻的爱国主义教育。

参观团的报告会及他们带回的影响，对西藏广大青年是个很大的鼓舞，对青年联谊会的工作促进很大，激发了各族青年入会的积极性，许多青年，包括中、下层青年，纷纷要求申请入会。青年联谊会会员猛增，组织壮大，随之出现的情况是会务工作增加，联谊会常委会及时研究决定，选几位常驻委员，每天驻会办公，处理召集会议，发放通知等日常会务工作，决定由雪康・土登尼玛、噶雪・顿珠、唐麦・公觉白姆、崔科・德扬、桑木林・次仁白珍 5 人为驻会委员。

在拉萨爱国青年文化联谊会的影响下，1953 年 5 月 4 日，日喀则地区的爱国青年文化联谊会也成立了。此后，江孜、阿里、昌都等各地的青年文化联谊会也相继成立了。

在我们开展工作期间，雪康・土登尼玛、西藏著名诗人擦珠・阿旺洛桑活佛、噶雪・顿珠、金中・坚赞平措等上层人士积极关心支持我们的工作，经常与我们交往，凡是我们召集的会议，他们都积极参加。

爱国青年文化联谊会这一反帝爱国、学习科学文化的青年群众性组织，是应西藏广大爱国青年的需要而产生，随着时代前进的车轮而发展的。它同一切新鲜事物一样，遵循着从无到有、由小到大的发展规律前进。拉萨爱国青年文化联谊会成立后，经过几年的工作，影响逐渐扩大，在西藏其他各地区也相继成立爱国青年文化联谊会的形势下，1956 年 5 月 16 日，拉萨爱国青年文化联谊会召开委员会，研究成立西藏统一的爱国青年文化联谊会组织，同时提出在西藏青少年中发展新民主主义青年团和少年先锋队组织等问题。当时，达拉·洛桑三旦首先发言说："西藏已实现解放，广大藏族青年要求进步的人越来越多，大家为了建设繁荣幸福的新西藏和伟大的社会主义祖国，都积极要求建立和参加自己的组织——新民主主义青年团。大家的要求和愿望，我已请示了达赖喇嘛，他非常赞同。"会上，西藏自治区筹委会秘书长阿沛·阿旺晋美指示说："根据藏族青少年的进步要求，在藏族青少年中建立青年团和少先队组织是具有重要意义的，应该支持。"中共西藏工委青委书记谭冠三同志和时任西藏新民主主义青年团团工委副书记的我在会上分别表示，西藏广大青少年要求加入青年团和少先队组织，表明西藏广大青少年的政治觉悟提高，他们的要求已经获得中国新民主主义青年团西藏工委的同意和批准。

会后，5 月 20 日，拉萨市第一批少先队员 521 人举行了入队仪式。5 月 21 日，221 名青年举行了入团宣誓仪式。从此，青年团和少先队的大门为广大西藏青少年敞开了，受到了广大青少年的的热烈欢迎和拥护。

随着西藏形势的发展，经与西藏各地区联系和研究，1956 年 9 月 28 日，西藏爱国青年联谊会成立，这是争取、团结西藏青年的群众性组织，会长为达赖的三哥达拉·洛桑三旦。这个组织，是西藏全区性的统一组织，它为争取、团结西藏全区的各民族青年学习政治和科学文化知识，参加社会活动，开展符合青年人特点的各种文化体育活动，起到了重要的推动作用，为西藏青年工作的开展，向前跨进了一步。

新民主主义青年团西藏工委于 1952 年 5 月 4 日成立后，鉴于西藏当时的具体情况，无法对外开展工作。1953 年 6、7 月间，中共西藏工委实行压缩机构，精减人员，团工委各部合并，只留下少数工作人员。1954 年初，团工委和妇委合并为一个科，称青妇科，归属统战部，办公地址在工委（宇妥院内）办公楼后面的两座小院内，青妇科的科长是杨岗和我，副科长是牛锦华，工作人员有王道实（女）、胡琮、马宝庆（回族）、贾瑞梅（女）、朱丽增（女）、达瓦（藏族）等，还有后来调来的格桑玉珍（女）等。

1954年，随着爱国青年文化联谊会的发展，根据会务工作大量增加的需要，吸收雪康·土登尼玛等5位委员驻会工作，每日上班办公，每月发给他们工资。办公地点就设在青妇科的办公室，与汉族工作人员同室办公。这样，在一间十几平方米的办公室，有4位汉族工作人员和5位联谊会的驻会委员同时办公。后来，由中共西藏工委副书记兼青委书记谭冠三同志提议，应团工委工作需要，建议派军区部队在拉萨河畔差得林卡，给西藏团工委修建了一座院落。团工委于1956年春迁入新址，恢复了团工委的组织机构，补充了一大批干部。青年团和西藏爱国青年联谊会的工作都步入正常轨道，每周五下午为联谊会的活动日，晚上举行舞会。大批各阶层的爱国青年参加了联谊会，并积极参加联谊会的各项活动，原来办的汉语文班，发展成为汉语文、藏文、数学、政治等不同科目的社会教育班，成为团结、教育青年的学校，为培养少数民族干部创造条件。

1956年5月，在拉萨第一小学和第二小学（回民小学）开始建立中国少年先锋队组织，不久，适逢各小学的暑假即将到来，为了抓住时机推动工作，西藏团工委决定在拉萨组织西藏首届少年先锋队夏令营。

西藏首届少先队夏令营由青年团西藏工委少儿部主办，团委秘书处、统战部、宣传部给予大力支持和协助。团委少儿部的副部长张生荣（女），秘书长陶治白，统战部部长谭俊起、副部长胡琮，宣传部副部长赵宏蒙等同志参加了首届夏令营的筹备工作。

经过两个多月筹备，1956年8月上旬，西藏首届少先队夏令营在拉萨开营，营地设在拉萨河南岸炮兵营附近的一个林卡里。参加此次夏令营的少年先锋队队员以拉萨第一小学和第二小学为主，同时吸收了其他地区的少数少年儿童，如波密、墨脱等地的十几名少儿被破例吸收了，他们均为贫苦家庭的孩子，入营后，给他们换上了全新的服装。

夏令营举行开营典礼之日，五百多名少先队员穿着整齐的服装，排着队列，吹起小喇叭，精神饱满地进入会场，中共西藏工委、西藏军区的领导同志，西藏自治区筹委会秘书长阿沛·阿旺晋美，青年团西藏工委书记白云峰同志、时任副书记的我等领导同志都亲临营地，给予极大的关怀和支持。几位领导同志讲话之后，拉萨爱国青年文化联谊会的代表给夏令营致了贺词。举办少年夏令营是雪域高原的新生事物，颇受社会关注，在群众中反应热烈。夏令营历时两周，于8月下旬胜利闭营。

此次夏令营，从筹备物资，到行政工作的管理，包括使用的帐篷、床铺、被褥、伙食等等均由西藏军区予以大力支持和帮助。

西藏和平解放初期的青年工作，也和其他各项工作一样，是在党中央和毛主席所制定的方针、政策的指引下，在中共西藏工委的直接领导下，青年团西藏工委根据西藏的实际情况，从开展青年统战工作开始，首先建立了拉萨爱国青年文化联谊会，逐步扩大影响，打下了群众基础，继而在藏族青少年中建立少年先锋队和青年团组织，为培养藏族干部奠定了基础，也使青年团组织发挥了党的助手作用。

# 康藏工作队

田　涛

光阴似箭，昌都战役胜利已经50周年了，当年，我和30多位姐妹组成康藏工作队，赶牦牛上前线，支援昌都战役的情景依然历历在目。女兵们的革命热情、顽强精神和她们在青藏高原创造的革命业绩，犹如一座丰碑在人们的心中永存。

## 康藏工作队

1950年8月，中央和西南局决定进行昌都战役，打开了和平解放西藏的大门，为和平解放西藏创造条件。我所在的中国人民解放军第五十二师主力奉命从眉山出发，进军甘孜，与先期到达的五十二师先遣支队会合，进行战役的最后准备。

当时我在师政治部工作。1950年8月18日上午，五十二师周家鼎主任找我谈话说："部队要马上向甘孜进军了，下一步就要进行昌都战役，根据工作需要，师党委决定成立一支工作队，由十二军军政大学三分校、十八军八分校毕业的女学员，还有师直机关女同志集中起来组成，便于进军征途中组织领导。任务是担负宣传发动群众和运输支援前线。你是共产党员，师党委决定任命你为工作队队长。"我立即向周主任表示："感谢师党委的信任，我一定全力以赴，做好工作，不辜负组织上的期望。"

紧接着，五十二师政治部组织科刘月亮科长做了一系列指导和组织工作，编配各分队的党、团骨干力量。随后召开全体成员会，周主任到会讲话，并宣布"康藏工作队"正式成立了，由田涛任队长，张豪任副队长，吴德芬为卫生员。

工作队有女同志30人，编为三个分队：一分队，分队长郭蕴中，副分队长苏觉菲，队员为王丽亭、李国柱、曾昭符、袁秀蓉、陈永萍、韩玉兰、徐桂风；二分队，分队长时颖，副分队长方铭，队员为卢桂莲、张菲、孙常愉、邹玉芬、王惠文、刘芝、郝静娴；三分队，分队长何风兰、副分队长王佩珍，队员为董慧、郭健、王梅、王翔、崔芳敏、徐萃文、左烈英。此外，还编入了3位男同志，文化干事贾鉴，工作队员蔺金华，通讯员陈明斗。

康藏工作队成立那天，周主任讲述了形势和任务，并特别勉励女兵们做好工作，为党争光，为军队争光，为女兵争光。大家都非常激动，纷纷表示一定要克服一切困难，坚决完成任务。

工作队组建后，我首先和女学员中的党团员和骨干谈话，了解每位队员的个性和特点，很快摸清了队员的基本情况。工作队成员的主要成分是刚从军大毕业的女学员，平均年龄只有17岁，但文化程度比较高，除两名大学生外，其他都是高中生或初中毕业生，是当时部队中“小知识分子”队伍。青年学生革命热情高涨，对进军西藏的任务充满信心，同时文化素质高，理解能力强，在工作队中还有两名党员，8名共青团员，为完成今后的工作任务奠定了基础。

但在另一方面，女兵们刚出校门，没有经过艰苦环境的考验，因而身上的娇气还不少，情绪起伏也很大。进军西藏，困难重重，不仅要克服高原自然条件的障碍，还要克服生活上的许多困难。没有坚强的革命意志，仅凭一腔热血，不要说完成党交给的任务，就是能否走到西藏也是一个未知数。能否完成组织上交给的任务，能否把女兵们安全地带进西藏，我感到肩上的担子很重。

在摸清情况的基础上，我召开了两次会议，一是各分队队长会议；二是党团员会议，重点研究工作任务和如何带好队伍的问题。这两次会议开得很成功，大家经过讨论，统一了认识，确定了四项工作准则：一是干部要处处以身作则；二是要充分发挥各分队干部的作用；三是党团员一定要起模范带头作用；四是各分队要对年少体弱的同志重点照顾，处处关心她们。我在会上强调：各分队的干部一定要注意工作方法，要特别注意从女兵的特点出发，采取恰如其分的工作方法。年轻女兵的自尊心很强，情绪波动比较大，所以在工作中，要以表扬为主。只要不是原则问题，一般采取分队领导和骨干个别谈心帮助的方式，尽量避免在工作队和分队全体会议上点名批评。我们都是来自五湖四海，为了一个共同的奋斗目标走到一起，所以相互之间一定要搞好团结。只有大家团结起来，才能克服困难，完成艰巨的任务。团结就是力量，团结就是胜利。

会议结束后，工作队集中进行政治教育，主要学习党的民族政策、宗教政策，了解西藏的风土人情、风俗习惯，并突击学习了藏语日常用语。通过学习，女兵们情绪高涨，积极性被充分地调动了起来，都纷纷表示："要不怕吃苦，不怕牺牲，在工作中作出成绩，争取入团、入党，立功受奖。"

## 誓师出征

1950 年 8 月 28 日，五十二师在四川省眉山县三苏公园举行进军西藏誓师大会。十八军政委谭冠三亲临会场，检阅部队，进行动员。师首长率领全师指战员庄严宣誓：一定把五星红旗插上喜马拉雅山。广场上军号嘹亮，红旗飘扬。宣誓之后，各界代表讲话，地方政府和群众代表向指战员献花，气氛极为热烈。大会结束后，部队携带各种装备，雄赳赳、气昂昂地高歌步出会场。我们工作队的几十名女兵在队列里格外惹人注目。女兵们都挺直胸膛，充满自豪地迈着整齐的步伐行进。

走出会场后，忽然听到有人在喊我的名字，我转头一看，原来是师机关的一名男同志。他笑着说："田涛，女兵好神气啊！只是不要高兴得太早，进军西藏可不是好玩的事情，要爬雪山，过冰河，还有空气稀薄，到时候可别哭鼻子喽！"我说："别瞧不起女同志，我们比比看。我们昌都见！"旁边不知是哪位女兵又加了一句："都什么年月了，还讲这种话，简直是封建脑袋！"那位男同志闹个大红脸，而女兵的队伍中则响起了一片银铃般的笑声。

1950 年 9 月 1 日，部队正式由眉山出发西进。眉山的党政机关、群众团体组织了热烈的欢送仪式。人们扶老携幼站在街道两边，浩浩荡荡的军车从欢送的人群中徐徐前进，鞭炮声、锣鼓声、口号声响彻云霄。人们边追赶着军车，边高呼口号："共产党万岁！毛主席万岁！""解放军打到哪里，我们就支援到哪里！"慰问信、慰问袋和慰问品雨点般地抛到了车上。此情此景，令女兵们无比感动。

部队在雅安休整并补充了给养之后，继续前进，9月7日经过二郎山。我们爬山的那一天，正赶上下雨，公路又窄又滑，且塌方严重，车队受阻，只好在半山坡上过夜。山上风很大，吹得人浑身凉。女兵们在内地长大，个个细皮嫩肉，白白净净，被冷风一吹，立时脸手红肿。有的人发牢骚说："这是什么鬼地方，冻死人了。"在困难的时候，骨干们起到了安定军心的作用。二分队队长时颖是共青团员，对大家说："同志们，我们的考验才刚刚开始，二郎山海拔只有三千多米，前面还有更高的山，我们一定要坚持住！"

过了二郎山，9月9日，我们女兵队到达了泸定桥。未到泸定桥时，女兵们都很兴奋，因为这是红军长征时经过的地方。当年红军勇士们飞夺泸定桥的英雄事迹，早已在女兵们心中矗立起了一座丰碑。可是等真的到了泸定桥边，所有人都不禁倒吸一口冷气。

泸定桥是座铁索桥，十余根铁索悬空，上面铺着两米多宽稀疏的桥面板，人走在上面像是在荡秋千。桥离水面几十丈，从桥上向下看去，大渡河水激流翻滚，让人目眩。女兵们的兴奋立时消失，谁也不再说话，心里害怕，不敢过桥。

我让大家原地休息，然后和张豪同志召集各分队干部开会。我说："要想进藏，必须闯过泸定桥。大部队都安全过去了，我们女兵也不能示弱。再说，上级已经在桥头安排了有经验的男同志专门照顾我们，我们不敢过桥，就太丢脸了。只要大家鼓足勇气，不惊慌，肯定不会发生问题。"

大家商量之后，确定了过桥顺序，胆大的同志走在前面，年龄小的同志在中间，男同志在后面收尾。桥边担任守护任务的男同志也介绍经验："过桥时，要目视前方，一直往前走，千万不要往下边看，不要听水声。"

我重新调整了队伍，然后第一个走上了铁索桥，随后是一分队、二分队和三分队，很快队伍就全部安全地过了桥。尽管事先做了很多思想工作，可过桥后，女兵们的模样还是很狼狈，年龄小的同志吓得哭起来，体质弱的同志脸色苍白，一过桥就瘫坐在地上。一分队队长郭蕴中说："别哭了，大家应该高兴才是。我们今天走过了红军当年浴血奋战过的铁索桥，是对我们意志的一个考验，也是我们的光荣。"女兵们听到这句话又破涕为笑了。

队伍继续西行，很快即到达了西行路上最艰苦的地方折多山。折多山看起来似乎不高，可海拔有四千多米，且气候变化无常，一会儿下雨，一会儿下雪，车辆时而在云雾中穿行，时而在烈日下行驶，冷热无常。强烈的高原反应也开始向女兵们袭来，大家普遍感到心慌、头痛、胸闷、恶心，张大嘴不停地喘气。

车子上山时，有的人开始呕吐，有的人流鼻血，其他人有的坐着，有的躺着，谁都没有精神说话。好不容易翻过了山脊，安全到达了宿营地，大家高原反应强烈，下车后连拿背包的力气都没有了，走起路来东倒西歪，有的人对我说："队长，我的腿怎么软了？"曾昭符、邹玉芳嘴唇发紫，出现了严重的缺氧状况。卫生员吴德芳的高原反应也很厉害，但工作认真负责，强忍着头晕恶心，坚持到各分队督促大家服药，回来后告诉我："队长，所有队员都出现了高原反应，有的分队连晚饭都没做就睡觉了。"

我听后很着急。进军西藏才刚刚走出了第一步，如果女兵们现在就累垮了或病倒了，以后该怎么办啊。我正在发愁，一位先遣支队的同志走进屋里，问明情况后，笑着说："田涛同志，你不必担心。所有初到高原的人，都会出现这种反应。过几天就好了，我们也是这样挺过来的。"听了他的话，我心中的一块石头才落地。

9 月 15 日，经过半个月的跋涉，我们终于到达了目的地甘孜。师首长对女兵们在行军路上的表现给予充分肯定。我丈夫、师长吴忠抱着从未见过面的女儿，亲个没完。他专门嘱咐我们工作队，要抓紧时间休整，总结经验，准备接受更艰巨的任务。

## 在甘孜的日子里

到达甘孜后，根据师首长的指示，康藏工作队利用休整的时间，对前段行军进行了总结，充分肯定了党团员的模范带头作用，并表扬了好人好事。同时，经团支部讨论通过，决定发展表现突出的李国柱、邹玉芳等同志为青年团员。

随后，工作队边开展发动群众的宣传工作，边进行紧张的临战准备，主要是高原负重行军训练。每天一大早，女兵们就起床，背上背包和各种装备，负重 30 多斤，和师直属队的男同志一起爬山。女兵体质弱，开始时走不了几步就气喘吁吁。一个星期过后，情况有所好转，大家的高原反应开始减弱，慢慢地可以爬上驻地附近的小山坡了，但离实战的要求还差得很远。昌都战役马上就要开始，工作队员要徒步翻山越岭，负重行军上千里，没有过硬的体质是坚持不下来的。

我向先遣支队的同志请教，吴忠也给了我许多帮助。他告诉我：他带先遣支队刚到甘孜时，官兵们身体也很虚弱，后来经过调查研究，发现藏族人之所以身强体壮，适应高原生活，一方面是生活环境不同，另一方面则是他们的饮食结构特殊。藏族主要吃酥油糌粑。酥油是用土办法从牛奶中提炼出来的，糌粑则是把炒青稞磨成面，再加酥油奶茶调制，用手抓着吃。这种食品的主要优点是营养价值高，携带方便，可补充人体的热量和所需物质，而且吃后耐饥，非常适合行军作战要求。吴忠告诉我说：他曾在先遣支队提出了“生活高原化、康藏化”的要求，要求官兵们从改变饮食习惯开始，多吃酥油糌粑和牛肉，在增强体质方面收到了很好的效果。这一经验已经在全师推广，他要求我做好女兵们的思想工作，尽快实现生活高原化、康藏化。

9 月 20 日中午，我们开始了第一次尝试，炊事员用酥油炒了一盆大白菜。酥油的异味很大，吃饭时，女兵们一闻到味道，就叫了起来：“这是什么怪味？”有人尝了一口菜，就吐了出来。大家相互看看，再也没有一个人吃菜，低头把米饭吃完，一大盆酥油炒大白菜都剩下来了。

饭后，经与副队长张豪商量，我主持分队长会议，专门研究吃酥油糌粑的问题。我说：“酥油是个好东西，既可强体，又能耐饥，只是有点异味，初吃不习惯。现在师党委号召我们生活高原化、康藏化，为了进军西藏，解放西藏人民，在高原扎下根去，我们不但要吃酥油炒的东西，而且藏族人民吃的东西，我们都要吃；藏族人民能做什么，我们也要做什么。只有这样才能完成党和人民交给我们的任务。如果连酥油炒的菜都吃不下去，那怎么行呢？想当年红军长征时，吃树皮、吃草根，都能够坚持下来，难道我们连目前这点困难都克服不了吗？”我要求党团员和干部带头吃酥油、吃糌粑。要把吃酥油和糌粑，当作政治任务来完成，以适应高原生活。

会议结束后，干部和党团员分头做女兵们的思想工作，到了吃晚饭时，又端上来了酥油炒的菜，我和各正副分队长带头吃，女兵们先是犹豫，后来有几个女兵捏着鼻子，闭着眼睛，硬是吃了下去，晚点名时予以表扬。

此后，所有的女兵都开始吃酥油炒的白菜，并渐渐开始喝酥油茶，还学着藏胞的样子，用小搪瓷碗盛上糌粑，加上酥油，用手慢慢搓成细条，吃了起来。一个星期过去了，女兵们不仅适应了酥油糌粑的味道，而且吃起来感到很香，除此之外，还有意识地多吃一点牛羊肉。饮食结构的改变，产生了神奇的效力。女兵们的身体逐渐强壮起来了，脸蛋红润了，走路不再喘气，情绪也重新活跃起来。

离昌都战役发起的时间越来越近了。师首长非常关心女兵们，专门派师卫生处的医生为女兵体检，规定有高血压、心脏病的人全部留在甘孜。女兵们一次体检，全部过关，高兴得喊着“轻装去了”，又蹦又跳，尖着嗓子叽叽喳喳说个不停，引来众人的目光。

这时间我却陷入了矛盾的境地。女儿生下来之后，我没有奶水，只好在乐山附近请了个叫周桂芝的保姆帮助喂养孩子。五十二师西进后，周桂芝也带着孩子和我一起到了甘孜。现在部队要打仗，周桂芝也要返回四川，我是留在甘孜照顾孩子呢，还是带工作队参加战役，思想斗争很激烈。从内心讲，我是想参加战役的，我既是队长，又是党员，平时教育女兵们要个人服从组织，克服个人困难，在这样的时候，我怎么能因为个人的问题而留在后方呢？还有，新中国已经成立了，昌都战役将是解放祖国大陆的最后一战，我不参加这次战役，会留下终生遗憾的。但是，孩子实在太小，留在甘孜交给陌生人照顾我不放心。孩子的父亲已经率领五十二师指挥机构到了几百里外金沙江畔的邓柯，进行战役的最后准备，根本无法和他商量，再说他在前线指挥作战，担子很重，我也不忍心给他增添麻烦，分散他的精力，我只能一个人下决心拿主意。想来想去，我觉得只有一个办法，就是做周桂芝的工作，请她再在甘孜呆一段时间，等我到了昌都，安顿好了之后，再接孩子。一夜未眠，第二天一早，我就和周桂芝商量。不料周桂芝非常理解我，说：“田同志，你就放心地去吧，我暂不回四川，还可以再带一段时间孩子，一定照顾好她。”我听了非常感动，说：“这样最好，在关键时刻，你支持我，真是太感谢你了！”

我把孩子留在甘孜的消息传出后，大家反应很好。十八军参谋长李觉是吴忠的老战友，得知消息后，拿出自己的津贴，给孩子做了一件花布面皮斗篷，还专门叮嘱我：“孩子留在甘孜，要天天给她喝鲜奶，这样孩子会健康，会养得白白胖胖。”我很感动，深深感受到了首长的关怀和真切的战友之情。

## 赶着牦牛上前线

9月22日，师部在甘孜举行了解放昌都誓师大会，声势浩大，藏族同胞给部队领导献哈达，为进藏部队送行。25日起，我们女兵队背上行装，同部队一起，开始徒步行军。向昌都进发。

昌都战役的作战地域，山高路险，汽车无法通行，内地骡马又不适应。为解决作战部队的保障问题，经上级批准，五十二师共购买了一万四千三百多头牦牛，组成若干支牦牛队，担负运输任务。这一万四千多头牦牛，有五千多头分给了北路部队，剩下的九千三百多头牦牛分别编成5个运输队，从中路直奔昌都。部队的作战任务很重，人员紧张，无法抽出更多的人员担负运输任务，因此师党委把所有后勤人员和机关人员都发动起来，担负起赶牦牛的任务。我们康藏工作队也不例外。

在师直属队机关召开的会议上，领导对我说："你们是女兵，又大多是刚刚参军的新同志，经验和体力都差，所以先分给你们11头牦牛，从甘孜驮运你们工作队的粮食和帐篷到竹青，保障你们自己的行军，也积累点经验，等到了竹青兵站，再给你们加任务，正式开始赶牦牛。"

会后，我向大家传达了新任务，挑选了十几位身体比较强壮的同志专门负责赶牦牛。牦牛领回来后，大家都很新奇，围着牦牛评头论足。

师供给处王永魁处长告诉我们，在高原行军作战，牦牛是不可多得的运输工具。不需要携带饲料，草原上水草丰美，走到哪里就可以在哪里放牧。但也有一个缺点，就是行动慢，不好管理，喜怒无常，发狂时用牛角抵人、用蹄子踢人。他这样一介绍，女兵们又有些发怵了。

部队出发了。牦牛起初相安无事，但不久就在白利桥上闹出险情。队伍到达白利桥时，停住了脚步。白利桥长约70多米，横跨两个山谷之间，是一座铁索桥，桥两侧用铁丝缠成了护栏，桥下波涛翻滚，水流湍急。女兵们有了过泸定桥的经验，并不惊慌，在统一指挥下，按顺序过桥。

但当二分队过桥时，忽然一头牦牛不知道受到了什么惊吓，发疯般地冲上了铁索桥。桥身剧烈地摇晃起来，桥上的人连忙向两边躲闪，可桥面狭窄，还没等大家反应过来，牦牛就被冲到了桥中间。二分队的孙常愉同志正好走在桥中间，见牦牛冲来，赶紧跨前一步，抓住了护栏，身子还没转过来，牦牛已经被冲到了她的面前，将她的身体猛地撞了起来，横着挤出桥面，悬空吊了起来。孙常愉紧紧抓住护栏，用力想踩上桥面，可被护栏上的铁丝缠住，无法动弹，只好跟着桥面打秋千，帽子、背包、棉大衣都掉到了河中，十分危险。正在桥头指挥部队过河的师直工科科长乔学亭见状，大声喊道："死死抓住护栏，千万别放手！"然后，边向桥中央跑，边大声命令走在孙常愉后面的人："快拉住她！快把她拉上来。"走在孙常愉后面的郭过枝、王树祥两名男同志不顾桥面摇晃，急忙上前抓住了孙常愉的胳膊，乔科长也赶到了，几个人费了很大的气力，才把孙常愉拉上桥面。

女兵们看得目瞪口呆，有的女兵竟哭了起来。可孙常愉显得很坚强，尽管脸色苍白，惊吓得说不出话来，但她没有哭，而是一再地对救她的乔学亭科长和男同志表示感谢。等到陈子植副师长、李明参谋长闻讯赶来，她已经完全恢复了平静，向首长们汇报险情，还没有忘记给首长们一一敬礼。首长们都夸奖她很勇敢。

到达竹青兵站后，工作队正式受领了赶牦牛的任务，共分得牦牛200头，驮运木箱、麻袋包装的物资2.2吨。师首长交代：前方有的部队已经断粮，这些物资都是前线急需的物品，一定要保证把所有物资安全地运到部队手中。他们叮嘱我说："千万不要小看这项任务，要把牦牛平安赶到兵站，很不简单。一定要保证不丢牦牛，同时不能违反纪律。"

我接受任务后，紧急召开了分队长和党团员、积极分子会议，传达任务，明确分工并决定：工作队所有的女兵都要承担赶牦牛的任务。身强力壮的同志多赶，体弱年幼的同志少赶。物资领回后，各分队组织重新包装，银元则安排专人专运。要求所有同志一定要加强责任心，不丢失一件物品。

从甘孜到竹青，女兵们虽然没有正式受领赶牦牛的任务，可白利桥险情已经使她们充分领教了牦牛的厉害。任务下达后，女兵们嘴上不说，心里都扑通扑通乱跳。去赶牦牛的那一天，大家见到牦牛，都不敢上前。三分队的王惠文同志胆子大，首先上前牵起了牦牛绳子，可牦牛一动也不动。王惠文轻轻地哄着说："别怕，乖乖，跟我走吧！"再一拉绳子，牦牛依旧动也不动，急得她用双手推着牦牛，喊着：“你快走啊！”可牦牛像座小山一样根本推不动。站在旁边的李国柱灵机一动，学着藏胞的样子，吹着口哨，打着手势，往前走。这一招真灵，牦牛听见口哨声，马上乖乖地跟着她前行，而且一头接一头，排着长队，跟她走到了营地。

第二天，部队正式出发。女兵们正在给牦牛上驮子，一件意外的险情发生了。曾昭符同志正吃力地抱着60多斤的麻袋往牛背上放，牦牛忽然发怒，转过身来，仰着脑袋，对准曾昭符撞了过去，牛角正顶在曾昭符的胸脯上。曾昭符大叫一声，手捂胸口，弯腰蹲在地上。分队长郭蕴中和其他几名女同志，连忙冲过去，七手八脚地拉住了牦牛。回头一看，曾昭符脸色苍白，已经瘫坐在地上。大家都很担心，卫生员给曾昭符检查后，说：“看不到什么伤痕，可能是棉衣起了阻挡作用，否则就麻烦了。”话虽如此说，被牦牛顶一下，毕竟疼痛难忍。但曾昭符却手捂着胸口，硬是坚持跟部队一起出发了。

赶牦牛，对于女兵来说，确实不是一件惬意的事情。队伍出发后，没有走出多远，就接连发生了情况。队里年龄最小的徐萃文，牵着牦牛在队伍最前面，走出不到十里路，不知是因为看到了陌生的主人，还是欺负小徐年龄小，小徐牵的牦牛忽然发狂，先是原地蹦跳，大声吼叫，将背上驮运的物资全甩到地上，然后撒腿向远方奔去，转眼就不见踪影。小徐手足无措，急得坐在地上大哭起来：“牦牛跑了！牦牛跑了！”

何风兰分队长和王佩珍、郭健走过去安慰了小徐几句，队员们便分头寻找牦牛。于是，漫山遍野都响起了女兵们呼唤牦牛的口哨声：“嘘……嘘……”过了一会儿那头失踪的牦牛竟神奇般地从山后的树林中跑了出来。女兵们一拥而上，有的吹口哨哄它，有的亲热地用手拍着它的脊背，小徐更是破涕为笑，抱着牦牛的脖子，与牦牛亲近。在欢笑中，大家给牦牛重新上好驮子，兴高采烈地追赶队伍。运输途中，为了活跃气氛，二分队的张菲常唱河南坠子，女兵们听了个个欢声笑语。聪明、年轻的女兵们，真是可爱，很会想办法，董慧、韩玉兰、王丽庭，结合进军西藏赶牦牛的词，自编自唱，逗得大家哈哈大笑，鼓舞了干劲，减轻了途中的疲劳。

晚上到了宿营地，为牦牛队选择了一块有草有水的地方，统一安营扎寨。第二天早晨，一五五团的牦牛队首先出发，他们雇的几位藏族同胞，不懂得部队的规矩，吃过饭后，把自己驮运的物资装上牛背，吹起口哨就走，结果其他驮运队的牦牛听到口哨声，也跟着他们一起走了，把物资丢得到处都是。工作队的牦牛也跟着走了，女兵们吃完饭之后，才发觉牦牛不见了，顿时傻了眼。等问清情况后，贾鉴干事骑马追上一五五团牦牛队，要他们停住，女兵们随后赶到，费了好大劲儿才把牦牛又赶了回来，女兵们气得都埋怨一五五团赶牦牛的人员未事先与我们联系、协调，经我们做工作，女兵们才消了气。

我把两天来发生的情况，向负责后勤运输的师首长作了汇报。首长说："不只是你们遇到了问题，几个牦牛队都遇到了类似的问题。我们正在想办法解决，准备为各个牦牛队请几个藏族同胞，介绍一下赶牦牛的经验。"

很快，有赶牦牛经验的两名藏族同胞来到了我们工作队，女兵们几天来被牦牛搞得心烦意乱，见有人来传授经验，非常高兴，全队同志听课时都聚精会神。藏族同胞告诉我们："赶牦牛，千万不能着急，更不能让牦牛受到惊吓。走路时，人要站在牦牛两侧或后边，慢慢地赶。遇到水草丰美的地方，还要把驮子卸下来，让牦牛休息一下，吃好草，喝足水，然后再赶路。"

女兵们按照藏胞介绍的经验行事，果真管用，牦牛不再到处乱跑、发怒了，开始变得听招呼起来，又过了一段时间，也与女兵们产生了感情。

在高原地区长途负重行军，牦牛虽然强壮，也十分劳累。但随着队伍前行，牦牛也渐渐地消瘦下来，有的牦牛累垮倒下了，大多数牦牛的脊背都被驮子磨破，露出了道道血迹。女兵们很心痛，就用干净的软布给牦牛擦伤口，再扯出自己棉衣里的棉花，在牦牛背上垫上一层厚厚的棉垫，减轻牦牛的痛苦。

就这样，经过 27 天的艰苦跋涉，我们终于把全部物资安全运到了觉雍兵站。当大家从牦牛背上卸下麻袋、木箱和银元时，女兵们高兴地欢呼起来。康藏工作队的女兵们圆满完成了上级交给的艰巨任务。作为队长，我为所有的女兵们感到自豪。

## 开赴昌都

10月初，康藏工作队奉命继续向昌都进军。坐落在横断山脉中的昌都，是通往拉萨的咽喉重镇。

有一天，我们一连涉过13道冰河，大家累得实在走不动了，领导决定原地休息。宿营地选在一个山坡上，荒无人烟，到处是雪。拾柴组的同志跑出很远，只捡到一点湿灌木。做饭组的同志趴在地上用嘴吹了半天，搞得满脸黑灰，也点不着树枝，最后只好用锅刮了一点雪，再用固体燃料烧开，大家泡点代食粉充饥。

10月20日早晨，传来一个天大的喜讯："我们的部队已经解放昌都了！"工作队沸腾了，女兵们互相拥抱，欢呼雀跃，又哭又笑，长途行军的疲劳一扫而光。

自然条件虽然艰苦，但女兵们的情绪却始终高涨，而且在行军过程中，相互帮助，相互体贴。崔方敏的痔疮犯了，走路困难，跟不上队伍，我让她拽着马尾巴，借助马的力量行进，何风兰就扶着她在后面慢慢行走，过了一个多钟头才赶到宿营地。卫生员吴德芳只要队伍一停下来，就不顾疲劳，到各分队看望病号，帮助女兵们穿破脚上水泡。大家像亲姐妹一样生活、战斗在一起，真正体会到了革命大家庭的温暖。

考验一个接着一个。路程过半时，我们携带的粮食快吃完了，但是前面还有一座达马拉山，据介绍比翻雀儿山还要艰难。女兵们响亮地提出了四个不能忘的口号：解放西藏，参加昌都战役的前线指战员的艰辛不能忘；解放西藏，支援昌都战役的工兵、民兵修路架桥不能忘；解放西藏，为昌都战役无私奉献的所有战友不能忘；解放西藏，在昌都战役中英勇牺牲的烈士不能忘。这"四个"不能忘，是女兵们的精神动力，鼓舞着女兵们战胜千难万险，争取最后胜利。

我提出了四项要求：一是要节约口粮，酥油糌粑要尽量调稀点，并根据上级的指示，在遵守纪律的前提下，购买萝卜、芫根掺着充饥；二是安排病号骑马，或者拉着马尾巴前进；三是各分队采取一帮一的方式，帮助体弱的同志背背包，减轻负担，保证不让一个人掉队；四是做饭组不再提前出发，以免迷失方向，失去联络。在这之前，做饭组都是提前出发，到宿营地后，捡柴、挖灶、煮饭，保证吃上热饭。但她们太辛苦了！烟熏火燎，用嘴吹火，李国柱吹得嗓子都哑了好久，方铭、王佩珍、孙常愉、董慧等吹火吹得经常满脸都是黑灰。再向前进，地形复杂，险情增多，为防止发生意外，我决定做饭组从此与本队一起行动。

达马拉山海拔五千多米，而且和甲皮拉相连，山峦连绵，翻过一山又一山。翻越达马拉山，是女兵们在进军昌都期间，遇到的最大一次考验，也是最后一次考验。

队伍刚刚开始爬山，狂风就卷起雪团迎面砸来，脸被打疼是小事，关键是睁不开眼睛。本来由于海拔增高，在上面的行走时间较长，女兵们就气喘吁吁，步履蹒跚，到了后来，风雪茫茫，根本辨不出东南西北。女兵相互招呼着，手拉着手，终于攀上了山顶，征服了达马拉山。

工作队奉命进驻昌都，与师机关会合。师首长一起到工作队看望全体队员，对女兵的革命精神和顽强意志给予了高度的评价。根据师党委的决定，经各分队提名、讨论，工作队选举共产党员卢桂莲同志为代表，参加了昌都战役英模大会。此外还有多名女兵入党、入团和立功受奖。

从 8 月 31 日到 11 月初，康藏工作队经过 66 天的艰难跋涉，行程 1500 多公里。女兵们不辱使命，克服了常人无法想象的困难，趟过了无数条刺骨的冰河，克服了女性生理上的特殊困难，历尽了千辛万苦，无一减员，圆满完成了党和人民赋予的使命。在这里，值得一提的是，在我们女兵队中的三位男同志，在我们女兵队完成向前线运送作战物资中起了一定的作用，为和平解放西藏做出了贡献。

我为自己能够与女兵们共同参加昌都战役、参加解放西藏的伟大历史进程而自豪，为女兵们所表现出的大无畏革命精神而自豪。

# 青春留痕

陈钊

我已是年逾古稀之人，回顾自己半个世纪的历史，是在战争和社会主义建设的浪潮中，跟着党勤勤恳恳，老老实实，做着平平凡凡的工作。几十年很难有几个闪光点，但是进军西藏是一生很难忘怀、最美好的闪光点。我把青春如花的年华都留在西藏，它充实了我的历史，丰富了我的回忆，让我一生为之自豪。

## 毛主席向我们发来了进军西藏的命令

十八军参加成都战役后，按中共中央统一规划，拟开往四川的川南地区，承担川南地区的政权建设和经济工作。部队进至乐山地区，突然接到了命令：全军停止前进，原地待命。一时间，大家议论纷纷，对待命有各种各样的分析和猜测，部队要接受新的任务，这是共同的看法。特别是长期在部队生活的老同志，经历丰富，作了多种分析。有人说：四川解放晚，又是国民党准备长期死守的老巢，军队聚集的多，也没有向台湾逃跑的可能，加之四川四周大山多，过去土匪长期据守残害人民，国民党的残兵败将和山区的土匪纠合在一起，占山为王，称霸一方，抢劫群众，剿匪任务很重；有的说：大陆还有西藏尚未解放，按主席的战略思想，一鼓作气，解放西藏；等等。

正式命令下达了！毛主席令十八军进军西藏，解放中国大陆最后一块土地！种种猜测消失了，由于每人的情况不同，又对西藏的情况不了解，一时间，产生了各种各样的想法，绝大多数同志着手了解西藏的政治、经济、地域，特别是气候情况；一部分同志由于身体、孩子的安排等困难，也产生各种各样的想法。但是，当时大家有共同的思想基础：服从党的领导，命令指向哪里绝不含糊！我当时很年轻，从国民党的统治区——开封女子中学跑了出来，参加豫皖苏地区的游击队，跟随部队打了几年仗，走了不少的路，也得到了一定的锻炼和提高，从一个中学生锻炼成长为一个共产党员、革命战士。联想到参加革命前，父亲被国民党杀害，我的母亲裹过足，又不识字，照管着她的四个儿女，家庭十分贫困，生活艰难，我们是生活在社会的最下层，因而很容易接受革命的思想，兄妹四人先后从开封通过地下组织都到了豫皖苏地区参加革命，淮海战役后，豫皖苏的子弟兵组建十八军时，兄妹四人都编入十八军。哥哥和弟弟都当了文艺兵，只有我因个子高，未选进文工团，其实我只不过一米六八，但在当时就算是大个子了，从此，“大个”就成为我的绰号，至今还有老战友亲切地这样称呼。当时我并不为当不上文艺兵而遗憾，我的愿望是当一名炮兵，想到连队去，刚到游击区时，就理成了短发。1947 年调我到随军学校学习时，我报名参加军事队，老同志开玩笑说：你想当花木兰吧！其实我真有这个梦。我们参加革命后，家里只有老母亲一人，在开封生活无着，她找到十八军的后勤部门，组织上把她安排在随军保育院，给孩子们缝缝补补，她也当上了老女兵。因而，我对毛主席进军西藏的命令坚决拥护，积极响应。

## 调任政治指导员

部队在乐山召开庆功大会和进军西藏的誓师大会后，开往川西地区，做进军西藏的准备工作。就在这时组织找我谈话，让我到政治部任指导员。指导员在大家心目中是正派、真诚、热情、耐心做思想工作的人。组织谈完话，开始我很紧张，不敢上任。老同志开导说：这是组织上给予你的锻炼机会，应敢于承担。我想自己是共产党员，当然不能退缩，就大着胆子上任了。政治部的指导员主要管理八大员——炊事员、警卫员、通信员、卫生员、驾驶员、理发员、运输员等，他们不少都是老兵，我二十刚出头，经受的锻炼不多，当时思想上有两怕：一怕当众讲话，在大家面前发言，满脸通红，紧张得说不出话来；二怕做老兵的思想工作碰钉子，怕说不清道理，不能服人。第一次讲话，选在晚上点名的时间，光线暗大家看不清脸色的变化，虽然很紧张，面部通红，但由于讲话作了准备，总算过了第一关。过第二关时，先请教老同志，他们教我先和大家在生活上打成一片，我就先去炊事班，边择菜，边了解情况，吃饭也在一起，很快便和大家相处融洽了。个别老兵平时爱说俏皮话，发点牢骚，但干起工作非常认真、负责，我非常喜欢他们的性格。大家关系处得很不错，工作开展得还顺利，可惜这个工作只干了几个月，我就被调到西南军区保训队。

## 跋涉在进藏的路上

从重庆保训队回部队时，军部已进至甘孜，我被调到保卫部。昌都战役后，中央人民政府和西藏地方政府签订了《十七条协议》，军部从甘孜向拉萨挺进，共走了四个多月，选择的季节很好，七八九正好走，气候适宜。部队翻过横断山脉时，每天爬山、下山，住在山脚下，山区气温变化快，上午湛蓝的天空，白云点缀，景色绚丽，非常壮观，待中午登到山顶时，大雨迎面而来，个个都像落汤鸡，下到半山腰太阳拨开乌云，向我们微笑，吸去了大家身上的雨水。每天的宿营地大都选在小溪的旁边，大家洗漱方便，深夜可听到潺潺的流水声，颇有诗意，可惜当时由于行军疲劳，无暇过多留恋这美景，拖着疲惫的身躯早已进入梦境。但是，进入10月以后，天气冷，天上的雨水变成雪花，晚上大雪把帐篷都能压倒，人埋在下边。在行进中，我觉得最难忍受的有两点：一是空腹爬山，两腿无力，特别是临近山顶时，每跨前一步，都要用尽全身的力气，真想爬着上去；二是早晨起床后穿冰冷的湿袜子，到了后期袜子和鞋都有冰霜，从热呼呼的被窝里起来，在穿袜子时，总是迟疑畏缩，每次都要下很大的决心。

司政机关女兵少，保卫部只有我一个，昌都休整后，部长、科长都到部队了解情况帮助工作，部里要带一批青年干部跟随部队向拉萨行进。连级以下干部行装限定在8斤以下，一床被子，一个床单，几件换洗衣服，用一方白布包起作为枕头，晚上睡在帐篷里，两人垫一床盖一床，还可入眠。我一个人垫一个床单，很难把身体暖热。同志间的关心，使我很自然地睡在了男同志的帐篷里，他们把最暖的地方给我留下了！同志之间纯真朴素的情感，超脱世俗。这种革命的情操，使我联想起组建十八军初期，我调到政治部文印股任股长，过了淮河我就发虐疾，夜里发高烧，股里也只有我一个女兵，同志们为了照顾我，也是男女同志睡在一个地铺里，股里有位山东老解放区翻身入伍的老同志，大家都亲切地称呼他老王或王大哥。他每天夜里把我喊起来服药，当时还没有暖水瓶，他就晚饭时留一杯开水，夜里先用草把水烧温，再喊我起来服药。部队正准备过江，文印股白天行军，到目的地，就拉开摊子，边刻蜡纸、边校对、边油印，工作很紧张，文印股刚组建，只有我可以刻蜡纸，老王会油印，其他都是刚入伍的青年学生。我夜里发病，要照常行军，到宿营地照常刻蜡纸，股里的工作都由老王负责。回忆当时在边行军边准备过江的情况下，能完成任务，主要依靠老王同志，至今仍深深怀念这位老大哥。

从甘孜出发时，保卫部装备了几匹马，把最老实的一匹老马分给我管理，晚上统一喂养。因马老了，怕走不到拉萨，分驮的东西不多，除了我的背包外，只有一些办公用品。行军路上我和老白马形影不离，每当行军休息时，再累我都牵它到附近有草的地方吃草，分给我们的蛋黄蜡，我只吃一半，另一半留给老白马。它在最艰难的时候帮助了我：每次过小河时，我都骑上它过河，在爬高山时，我实在上不到山顶，无奈只得拽着它的尾巴，助我一臂之力。在过色季拉山时，下大雪，上下山的路全覆盖了，先头部队边找路边前进，十分艰险。我们早餐后跟随前进，爬了一整天，爬几步停一会，当爬至半山腰，景观壮丽，天地之间一片白茫茫的银色世界。我们的部队像一条彩带嵌在其中，慢慢地向上蠕动，这是一生中很难看到的奇妙景观。夜色慢慢地覆盖了大地，我们才爬到山顶，此时才感到饥寒交迫，下山的路模糊不清。在山上不宜久留，大家都坐下来向山下滑去。我紧紧拉着老白马的尾巴向山下滑去。在下滑过程中，有的同志碰伤了，也有控制不好滚下山去，我由于有老白马牵引，很顺利地到达山脚。夜很深了，才慢慢地到达了目的地。多么艰难的一天，又是多么值得怀念的一天，真应该好好感谢我的那匹老白马啊！

四个多月的行军生活，由于运输线太长，公路只通到甘孜，沿途补给困难，靠牦牛运输物资很难保证。部队长期定量不够，特别是后期，都处于半饥饿状态，行军中大家聊天时，精神会餐的内容很多。记得曾有人说，到拉萨后能吃一顿饱饭，美美地睡上一天，是最大的满足。在拉萨入城仪式结束后，西藏地方政府慰劳解放军，每人发 1 斤白面、1 斤牛羊肉、1 斤白菜。大家欢天喜地，精神会餐实现了，实物领回来，立即动手，有的包饺子，有的吃肉饼，高高兴兴地“打牙祭”，在没有女同志的小单位，竟然有 3 斤白面还没有吃饱的事情发生，少数没有吃饱的同志，又到女同胞多的地方“打游击”。

## 开荒生产

部队到拉萨后，经过短时间休整，除了一部分同志抽出来帮助地方工作外，其余都到拉萨市郊区，开垦荒地，机关都编成班、排、连，划分任务，并下达了每天应完成的指标。高原的 12 月，地已冻结，但是，为了明年开春播种，生产粮食，种植蔬菜，解决粮菜自给这个关系到政治上站稳脚跟的重大问题，部队在没有进行休整的情况下，就到郊区开荒。由于认识到开荒的意义重大，大家兴高采烈地开始了开荒的生活。十冬腊月在高原开荒是十分艰苦的，十字镐砸下去，只有一个白色的小洞，遍地是石头和杂草荆棘，开荒进度缓慢，每个同志的手都震裂了，但是，困难压不倒英雄汉，班与班之间开展了竞赛，比进度，比质量，按时完成了开荒任务。为以后建立“七一”“八一”农场打下了基础。

## 民主改革轶事

1959 年，达赖叛逃，西藏上层反动集团发动全面武装叛乱，平叛、民主改革工作开始了。长期以来，噶厦地方政府中的上层反动势力最怕我们接触群众，怕动摇他们统治的根基，对我们的工作百般阻挠。现在好了，噶厦地方政府没有了。民主改革工作一开始，大批机关干部都参加到农村工作队，工委社会部组织的工作队到山南扎囊的色共乡，为了解决翻译问题，公安部西藏班提前毕业了一批学生，调回社会部，担任翻译工作。平措就是这时调回来的，他和我分到一组，当时他才 17 岁，汉话说得不太好，在翻译中出了不少笑话，但他聪明能干，爱学习，接受新东西很快。我俩去的色共乡是一条大山沟，到点上后和群众同吃、同住、同劳动。在几个月的改革中，我们共同战斗，建立了深厚的友谊。几个月的工作时间，就发生了不少小故事。

我们“三同”的家里有一对老年夫妇，经过一段时间工作，群众都知道我们是帮助他们在政治上经济上闹翻身的，老阿妈对我特好，晚饭后在家里开群众会时，她总是坐在我身边，摸我的手和脚冷不冷。不知什么时候她把自己的床垫放在我睡的草上，当时年轻，工作紧张，倒头就睡，也没发现。过一段时间，身上奇痒，回区里开会时，清理卫生才发现内衣里有相当多的“革命虫（在游击队时对虱子的戏称）”，虫卵也特多，毛衣里都有。我告诉了平措，他说他看到老阿妈给我放床垫，没有告诉我。我们回到点上，把床单掀起，果然发现一个紫色的褥子，是破袈裟片和穿破的氆氇衣服缝在一起的，它是老阿妈多年来千针万线缝补而成的，表达了一颗慈母的心。我和平措对视了一会，感激之情充满胸怀，再无心思去找“革命虫”了。

经过几天的发动教育工作，物色了几名积极分子，其中就有两名女性，我非常高兴。在内地搞土改时，要很长时间才能培养出妇女干部，这说明藏族妇女独立生活能力强。一个叫卓玛的姑娘，17岁，是家里主要劳力，住在山上，纯朴活泼，工作积极认真，很让人喜欢和信任，开会时经常和我坐在一起，我们虽然语言不通，但通过微笑也能交流藏汉民族的情意。一天我们正在开会，区里紧急通知，次日黎明回区里开会。第二天我骑马上路，看到卓玛向我走来，从怀里掏出两个土豆给我，对我微笑着。我接过土豆，还是热呼呼的，是用牛粪火烤熟的，已经擦得很干净。她住在山上，走到路口需要一个小时，为了这两个土豆，她半夜就起来准备。我双手捧着土豆，连声向她说着“突其切”。我骑在马上，边吃着土豆，边想着她的微笑，思绪万千，阶级的情义深如海，我永远难忘卓玛纯朴的微笑。

乡委员会成立了，土地分配也大体就绪，区里慰劳工作人员，每人发了几斤面粉、几斤肉，改善生活。我们这个乡在进行阶级教育挖穷根时，新华社西藏分社的记者要来采访。为接待记者，我们和“三同”户女主人商量吃包子。会开完后，开始“打牙祭”，白面肉包子摆上来时，的确很喜人，大家称赞不绝，但是每个包子皮上都有黑灰色的点点，有人问包子上怎么有黑点？女主人说：借的蒸屉漏气，每屉都要用牛粪糊上，才能蒸熟，包子熟了牛粪也干了，一开屉牛粪渣子就落在包子上了。我和记者对视后，会心地笑了。大家动手吃包子，连声称赞“呀咕嘟”。

半个世纪过去了，艰苦的年月，同志间高尚的友谊，农奴贫寒的生活，深深地留在我的记忆中。现在，世界屋脊西藏，已经发生了翻天覆地的变化，相信在党中央的英明领导和各省的大力支援下，西藏人民勤劳创业、艰苦奋斗，一定会把西藏建设得更加美好。

陈钊在民主改革时同房东一家合影

# 进军西藏前后

孙立英

## 在妇女大队工作

1950年元月，中国人民解放军第十八军奉命进军西藏。为了减轻作战部队负担，军部决定把所有随军家属留在成都、乐山，组成妇女大队，进行文化学习和劳动生产。妇女大队长兼政委是屠庆元，副大队长是刘也风。当时我的第一个孩子尚不满两个月，由于生活条件差，我的身体还未完全恢复。我爱人陈竞波已奉命先进藏，我留在妇女大队工作。我是三中队的指导员，队长李光明，副队长李静君，副指导员蒋红，我们这些领导干部都具有中学以上的文化程度。为了搞好文化学习，还专门配备了几名大专学生，中队实行军事管理，早出操晚点名，每日四堂课，纪律比较严格。为了劳动锻炼和改善学员的生活，还进行了开荒生产，我们住在四川乐山，在大佛山上开了几亩地，种植各种蔬菜，从大佛山脚下的江中担水浇菜，除身体弱的学员外，每个人每天都要担几担水上山，有一次我就担了八担。我们这些干部与学员同甘共苦，同吃同住同劳动，大家生活感到非常愉快。我们还建起了一所幼儿园，把学员的孩子全部组织起来，由专门的老师照顾，学员不再分心，可以专心学习。因为学员大多数文化偏低，所以以文化学习为主，政治学习为辅。在学习之余还组织了一个由教员和年轻学员组成的业余文化队，排练了藏族舞和蒙古族舞等许多民族舞，不但活跃了业余文化生活，而且远赴甘孜、昌都为部队演出，博得了好评。经过两年半的学习，全体学员的文化程度得到了较大提高。生产的蔬菜也基本上满足了需要。妇女大队在此取得了文化与劳动双丰收。

## 随先遣支队进军拉萨

1950年10月昌都战役取得了全面的胜利。西藏地方政府派出了和谈代表与中央人民政府进行和谈，于1951年5月23日签订了和平解放西藏的《十七条协议》。这时昌都人民解放委员会已经成立，接着又成立了昌都各界人民支援委员会，积极为进军拉萨作准备。十八军成立了先遣支队，王其梅是司令员兼政委，陈竞波是参谋长，林亮是政治部主任，他们在昌都组建部队进行准备和训练。这时，我奉军部命令离开妇女大队前往昌都，与先遣支队一起进军拉萨。那时公路刚修通到甘孜，我从成都到甘孜坐的是汽车，从甘孜再往前就只好步行了。

离开甘孜的时候，部队交给我一个任务，带两位文人一起走，他们一个是姓葛的作家，一个是姓艾的画家，画家还带了一位年轻的夫人。他们热情很高，但是没受过艰苦的锻炼，再加上我们都没有高原生活经验，因此我们行军中困难重重，特别是那位画家夫人，碰到困难就哭鼻子，我们既要自己克服行军途中的困难，又要安慰照顾画家夫人，鼓励她与我们共同前进。在翻越雀儿山时，满山覆盖着大雪，白茫茫一片，辨不出道路，再加上由于不适应高原气候，呼吸十分困难，费了九牛二虎之力才爬到山顶，这时我们已经精疲力尽，下山时只好坐在雪上滑下去，幸亏没有受什么伤，总算安全到达了目的地。我们继续前进，到了德格赶上王兴友同志带领去三十九族地区的部队，我托他把作家和画家带往昌都，他的部队人多带的给养也多，可以对他们有更好的照顾。我便同另外两位女同志王镜和王传秀一起到了昌都。

昌都是西藏东部重镇，有澜沧江流经那里，在群山之中，地形十分险要。十八军的先头部队都集中在那里，正在组建去拉萨的先遣支队。先遣支队配备了一个加强连（红军八连）、一个骑兵队、一个文工队，还有罗家镐和后勤部长秦卓然带领的供给二梯队。先遣支队成立后，在昌都每天进行适应性的军事训练，除了每天练习爬山外，还要学会吃糌粑喝酥油茶，自己捡柴自己搭帐篷。在物资准备充分之后，部队于7月25日开始向拉萨进发。出发时先遣支队受到驻军和群众的热烈欢送。昌都距拉萨1100余公里，如果不发生意外，估计40天可以到达。第一天行程约25公里，翻越拉贡山时用了三个多小时，部队宿营在甲步利桥畔，桥的东边是澜沧江，山上松树密密麻麻，风景甚好。又向前走了两天就到了米依拉（瓦合山），这座山很大，绵延30公里，一天是翻不过去的，只好在两山峰之间选一草地宿营。山中空气稀薄，呼吸困难，有的同志出现窒息，经抢救才苏醒过来。高原反应使我一夜没有合眼，只好从帐篷空隙中看天上的星星盼天明。这里是横断山脉，几乎每隔两天就要翻一座大山。在两座大山之间，横着一条条大江。再又翻越两座山后，终于看到怒江了。从怒江边往山顶爬，一天可以经受四季的气候，江边热得好似夏天，往上爬一千多米，松林茂密，野花漫山又似春天，往上爬到30米以上松林减少，而灌木丛生，天气渐渐凉了，又像走入秋天，到了山顶，风雪大作，寒气逼人，又是冬天。8月1日在洛隆宗休息。8月8日到丹达塘宿营，然后翻越丹达山。丹达山海拔6300多米，山顶乱石堆积，加上高原气候恶劣，战士们胸口发闷呼吸急促，部队爬山十分艰难，走走停停，连马也停下不愿走。我就更狼狈了，头脑发涨，鼻孔出血，几乎失去了知觉。幸亏我爱人牵着我，才勉强地翻过山顶。到了俄米格，疲劳的官兵们难以继续前进，只好休息两天。再往前走了几天到达阿贡拉，就是“穷八站”首站了，所谓“穷八站”是指由多洞至察曲卡，这条路仅有水草而无人家，过去朝佛的藏族同胞，必须带够糌粑才敢进入“穷八站”。先遣支队到了这里，自己带的粮食已经吃完，只好用马料和野菜充饥。当时阿沛夫妇与先遣支队同行，他答应可以从工布阿沛庄园送粮食来接济。走完“穷八站”到了嘉黎就有西藏地方官员了。嘉黎宗本出来迎接，据说他是奉了噶厦之命来欢迎解放军的。8月25日到达太昭，这里仅有五十余户人家，山坡上有一平坝，部队在此休息，准备向拉萨前进。太昭离阿沛庄园很近，阿沛从庄园运来一些粮食和酥油慰问部队。太昭当地仍留有清末赵尔丰带来的汉族人的后代，见了部队特别亲切。在太昭休息两天，噶厦派人来迎接，他们为部队筹划粮草，部队付给他们银元。9月8日到达拉萨河边香卡住下，整顿军容，准备进城，噶厦派噶伦绕噶厦和夏苏来迎接。9月9日举行了隆重的入城式，群众夹道欢迎，八廓街两旁的房顶上站满了身着盛装的妇女，人们第一次看到人民解放军，对于解放军中的女兵，更是投以惊奇的目光。先遣支队进城以后立即开展了上层统战工作，在先期到达的张经武代表的带领下，拜会了司曹、噶伦等重要官员和三大寺的住持，广泛地开展了上层统战工作。随后张国华、谭冠三率领的军部、范明带领的十八军独立支队也到达了拉萨。不久建立了西藏军区，人民解放军进藏部队开赴各边防重镇，完成了《十七条协议》规定的中国人民解放军进入西藏，驱逐帝国主义势力出西藏的伟大而光荣的任务。

## 调后勤被服厂工作

我随先遣支队进驻拉萨以后，分配给我的第一个工作就是到被服厂任政治指导员，队长是聂春海，我们工作上配合默契，带领100余名工人，他们都是能工巧匠。我们自己买皮子，自己熟制，因为工作任务重、机器少，工人也是两班倒，工作非常辛苦。由于长时间坐在凳子上工作，大多数工人得了痔疮，但是他们并不叫苦，一心一意地为前方战士做被服和鞋子。为了突击任务，军政治部主任刘振国还动员了机关的女同志到厂里帮助缝皮筒。由于我们的努力，保障了士兵在行军、训练、筑路、生产中的必需品。在搞好本职工作的同时，因我爱人在西藏工委的统战部工作，我也做了不少上层妇女的统战工作，认识了达赖的母亲和姐姐、阿沛夫人、索康夫人、拉鲁夫人、擦绒夫人和车仁夫人等，经常和她们来往联络感情，通过她们也了解了一些上层社会的情况，进行了一些调查研究，后来我被调到统战部机关工作。就这样，我在西藏工作了十多年，磨炼了自己，也为西藏人民做了一些微薄的贡献。回忆起这段历史，仍有一种深深的留恋之情。

# 艰苦的历程

吴景春

美好的事物总是令人难忘的。

离开陕西省西安市参加进军西藏，虽已是40多年前的事，但至今仍牢牢记在心里，一旦打开记忆的闸门，军队的生活和战友们一张张亲切的面孔，便不断地涌现在眼前。

坦率地说，我并不喜欢高谈阔论，不过要是谈到进军西藏的事情，我就会抢着说。因为这一段历程写下了我走上革命征途的第一课。

## 我们要去西藏

1951年5月23日的广播里，传来了中央人民政府和西藏地方政府签订《关于和平解放西藏办法的协议》的消息。顷刻之间，古城西安变成了欢乐的海洋。各界人士纷纷涌上街头庆贺，到处鞭炮轰鸣，锣鼓喧天，欢呼声一阵高过一阵。

这件大喜事在我心里也掀起了波澜，使我产生了一个强烈的愿望：进军西藏就要开始，要是我也能当兵，参加进军西藏该多好啊！我萌发这个念头，是在西安解放的时候，我多次看到解放军排着队整齐地走过市区，尤其是那些英姿勃勃的女战士……我向往壮丽的解放事业，渴望有一天自己也能穿上军装，成为解放军行列中的一员。我想，祖国未解放的地方只有台湾和西藏两处，解放台湾的条件还不成熟。因此争取参加进军西藏，将是我在人民解放事业中经受锻炼的唯一机会，万万不能错过。我把自己的心事告诉高生玉同学，她高兴地抱住我的肩膀跳了起来：“唉呀！我们俩想到一块了！”经过酝酿，又增加了3名伙伴，她们是孙汉云、冯克运、王改兰，加上高生玉和我共5人。我们心齐决心大，坚决要求参军到西藏去。

我们学校的校长非常理解我们的心情，支持我们这一决定。麻烦的是省卫生厅已把我们分配到西安市的一些单位，我被分配到省卫生厅妇幼处，卫生厅不肯放我们走。我们再三向卫生厅领导陈述理由，人家还是一个劲地摇头，不慌不忙地说："这事儿绝对不行，干部培养要区域化。"我们理解卫生厅领导的苦衷，当时全国正处于经济恢复时期，百废待举，处处要人，要他们一下子放走5个到手的医学生，确实是一件令人心痛的事。可是，如果错过这次进军西藏的机会，那将是遗憾终生的事。唉！这可怎么办？

孙汉云同学说："别发愁，找西北局民委去！"她出的主意果然生了效。民委主任汪锋同志听了我们七嘴八舌的请求，满面笑容地说："好嘛，好嘛，要求去西藏是好事，应该支持。"在汪锋同志的关怀下，我们的愿望终于实现了。

老师和同学们得知此事，纷纷向我们表示祝贺，开大会欢送，还敲锣打鼓地簇拥着我们环绕西安市的大街走了一圈，一直把我们送到西北进藏部队西安办事处。我们5个同学个个胸挂大红花，身披大红绸，惊动了街上行路的人，好多不明真相的人把我们当成了劳模。

## 秣马厉兵

西北重镇兰州是西北进藏部队的集结地点。我们到达兰州时，大批人员和物资正从四面八方向兰州集中。高原长途行军的各项准备工作都在紧张而有序地进行。

我们即将开始的新生活，是从北向南穿过号称世界屋脊的青藏高原，沿途高寒缺氧，人迹罕见，衣食住行都会碰到许多特殊的困难。即使久经锻炼的老同志，也得认真做好进军准备，学会在高原生活的各种知识和技能，努力增强体质。对于我们这些刚出校门的学生来说，尤其需要在这方面下苦工夫。我们学爬山、学搭帐篷、学射击，后来到青海西宁还学骑马、放马和站岗放哨，可以说我们是在从头学习一个高原战士的生活。

爬山是我们每天清晨的第一节课。一早我们即集合在山脚下，一声哨响，大家一起向山顶爬去，个个争先恐后。领先到达山顶的，欢呼着"加油”“加油”，一时跟不上的，并不甘心落后，他们一面喘着粗气挥着汗，一面奋力攀登，直到把山顶踩在脚下。

学搭帐篷是我们的另一门必修课。老大一顶帐篷，我们要学会两个人或一个人把它搭起来，于是大家搭了拆，拆了又搭，不知道折腾了多少回。搭要搭得迅速牢固，拆要拆得利索干净，一点不合要求，就得重做一遍。后来我们人人都成了搭帐篷的能手，一个人在几分钟内就能把帐篷搭起来。登上青藏高原，我们才真正理解这搭搭拆拆的重要意义。茫茫千里草原，到处不见人烟，行军途中我们天天都要搭帐篷、拆帐篷，以帐篷为家。

7月1日，我们从兰州进抵西宁。此后进军准备工作主要内容是学骑马。同爬山和搭帐篷相比，这一课更难一些，而且多少有点危险。分配给我的是一匹乌黑的高头大马，编号6060。学习骑马心切，在放马的时候，便拉着缰绳，爬上光溜溜的马背，结果喝了“落马湖”，吃了一惊。虽然没有受伤，还是受了副政委一顿严厉批评：“你好大胆子，光马背是好骑的？”接着又安慰我：“其实也没什么，学骑马没有不摔跤的。”随后我把大黑马换成一匹“582”号小黑马。它浑身油光发亮，披着一脖子长长的漂亮鬃毛。我把它的鬃毛编成一排齐齐的小辫子，扎上红绸巾，显得更加好看了。后来，在漫长而艰苦的进军路上，这位无言的“战友”帮助我克服了不少困难，不幸它中途患重病，没能和我一起到拉萨。

8月中旬，我们由西宁前进至香日德。8月的塞外，秋高气爽。我们从香日德南下，浩浩荡荡向西藏首府拉萨前进。

## 骡背上的医院

进军西藏是一次特殊的行军，所经过的绝大部分地方，地势高寒，荒无人烟，即使有人烟的地方，也不过是几户牧民，仅有一点畜产品。补给的困难情况，未身临其境的人是很难想象的。举例来说，当时即使丢掉一双筷子，也无法得到补充。因此我们几乎带上所有需要的东西，从武器弹药到医药针线，应有尽有。一千多干部、战士行军，有上万多头牲口为我们驮运物资。在香日德，我们重新整编了队伍，分为马大队、骡子大队、骆驼大队和牦牛大队。除马大队以外，其余三个大队都是运输物资的。行进时，马队领先，拖着一条由骡子、骆驼和牦牛组成的巨大尾巴，尘土飞扬，蜿蜒数十里。如此特殊的部队，在其他行军中怕是不多见的。

在这个牲口比人多，带着一切家当行军的特殊队伍的末尾，便是一所建立在骡子背上的特殊医院。在队伍的编排中叫收容队。这个医院的单人病房是由两匹骡子架着的一个小棚子，西北人管它叫架窝子。病人住在这个病房里，可以坐，可以卧，可以避风雨和寒冷，得到休息和护理治疗。那骡背医院的作用，可以说不亚于现今大医院的保健病房。有不少病人在这里战胜了死神，恢复了健康。我们卫生处有位老大姐在这个医院里生下了她的小宝宝。假如没有这个骡背医院，在这雪山、草地，空气稀薄、荒无人烟的地方，病人的安全是没有任何保障的。

骡背医院的负责人郭季宣大夫，对医务人员的要求非常严格。虽然是在行军的特殊情况下，我们这个医院也还是有一套严格的管理制度。每天都要查房、治疗和书写简单的病历，即使在行军途中，医护人员也要跑前跑后照顾病人。大家还要轮流做饭、放哨、放马。什么叫为人民服务？这在骡背医院里得到了最充分的体现。

我们到拉萨后，在骡背医院的基础上，同先期到达的医务工作者一起创办了西藏第一所综合医院——拉萨人民医院，免费为西藏各族人民治病。

## 错走柴达木

从香日德出发的第一天，我们收容队因迷路同大部队失去了联系。出现这次意外事件是因为先头部队设置的路标不明显，难以辨认。我们高一脚低一脚地在荒原上走了很久，仍不见大部队的踪影。走着走着夜幕降临，举目四顾，到处一片漆黑，简直不知道往哪个方向走。

队长严肃地宣布命令：“把马铃摘下来，保持肃静，防止乌斯满匪捣乱。”为避免发生意外，我们遵照队长的命令，纷纷摘下马铃，敛声息气，一个紧跟一个默默地摸索前进。想不到队伍里仍有一只马铃在响。

队长生气了，严肃地批评：“谁的马铃在响？”队伍里鸦雀无声，我几乎笑出声来，说道：“队长，那是您的马铃在响。”大家笑了，队长也笑了，方才的紧张空气缓解了，大家轻松了许多。在茫茫的黑夜里，大家继续摸索着前进。我们几个年轻人，从无这样的经历，头一回遇到，感到很新奇，巴不得再走一程，可是队长下了命令："原地宿营！"我们只好摸黑把帐篷架起来。入睡前，我还在想，明天不知又会遇到什么新奇的事！

第二天，我们继续追赶大部队，仍然不见踪影。强烈的紫外线照射和高原劲风的吹刮，使人口干舌燥，步履艰难。我们需要吃东西更需要水！可是到处都是不见人烟的戈壁滩，到哪里去找水呢！越走越渴，人人口吐白沫，一匹匹战马也渴得垂头低耳，一副难忍的样子。

"水！水！水！"有人指着远方惊呼。大家顺着手势看去，只见远方出现一条大河，一片白亮亮的水光，甚至还看见了层层碧波，大家高兴极了，忘掉了烦恼和疲劳，放开脚步向救命之水前进。当走近时，才发现这条滔滔大河，原来是洪水留下的一道宽宽的胶泥带子，干枯绽开的条条泥缝，卷起片片发光的泥片，连一丝儿水也没有。

泄气和烦躁更叫人觉着干渴，真难受啊！我们没有停下来，一脚踢开脚前的胶泥片，苦笑一下，又拖着沉重的两腿向前走去，我们要追赶大部队，要赶快找水啊！

傍晚，我们在几家牧民帐篷的附近遇到了一条小溪。大家也不管它是脏还是干净，伏下身子便大口大口喝起来。有的同志一边喝一边有趣地叫着：甜！甜！真甜啊！好像我们喝的不是水，而是王母娘娘瑶池会上的玉液琼浆。事隔四十多年，如今回想起来，还觉得心里甜蜜蜜的。我们的战马和抬架子的骡子，个个把嘴伸进水里，大喝一气，死也不肯抬头，直到肚子喝得溜溜圆。

我们喝足了，还把军用水壶灌得满满的，唯恐途中再发生类似情况。恰恰在这个时候奉命寻找我们的一小队骑兵疾驰而来。他们牵着驮满军用水壶的马匹，壶里装满了水，是来帮助我们的。虽然我们已用不着这些水，但领导和战友们的关怀却是难忘的。

骑兵同志告诉我们，脚下是柴达木盆地，我们走错路了！

## 英灵千古

有一天，我们骡背医院收进一位重病人。由于感冒和极度缺氧导致急性肺水肿，病人大口大口地吐粉红色血沫，听诊时肺部满是水泡音，像是开了锅。我们全力抢救，终不见效。这是我们这一路进藏部队中，第一个为西藏人民解放事业献出生命的同志。

这位同志是为我们运输物资的民工。现在想不起他的姓名，但还记得起他的模样。他穿着一身青布棉袄棉裤，头缠白布，满脸憨厚，是人们常见的甘肃地区庄稼汉样子。我不了解他的身世，猜想他既能支援部队进藏，必定是有觉悟的人。

当时赶着牲口支援部队进藏的甘肃民工，大约两三千人。在青藏高原上跋涉，宿营之后，还要照顾物资，放牧牛马和骆驼，劳动强度比我们大得多，加上不了解高原，不适应缺氧多变的高原气候，沿途有不少人积劳成疾，也有不少同志长眠在进军路上。他们都是西藏人民解放事业中的功臣和无名英雄。

我们到达拉萨后，这些民工又继续为我们运输物资，从 1951 年到 1954 年多次往返于青藏高原，可以说历尽了千辛万苦。他们在人迹罕见的青藏高原上踏出了一条路，在中央的关怀下，西藏工委决定：在 1954 年动工修建横贯青藏高原的青藏公路，同年 12 月 25 日与康藏公路同时通车拉萨。

修筑青藏公路的主力，也是这些赶牦牛拉骆驼的人，在施工中又有些同志被劳累和高原恶劣气候夺去了生命。

1956 年，我在拉萨乘汽车取道青藏公路回内地，一路上望着窗外的高原景色，回顾几年前艰苦跋涉的种种情景，从内心由衷地感谢修筑公路的人。那些头缠白布、身穿青布衣服的庄稼人的身影，又浮现在我的脑海，我心里不禁发出一声声感叹：支援进军西藏的民工多么伟大啊！愿为西藏人民解放事业献身的烈士千古！

## 跨过黄河源和通天河

9 月间，我们越过著名的巴颜喀拉山，跨过黄河源和通天河，经受了从未有过的艰苦锻炼。

到达黄河源之前，我们经过了大片望不到边的沼泽地，大大小小的水坑星罗棋布，好像一面面镶在草地上的镜子，四周有可以落脚的草墩和草埂子。我们就是踏着这些能落脚的地方，谨慎小心地向前移动。有些地方草埂子距离稍微远一点，只好用力跳过去。这样跳来跳去，累得精疲力尽，回头看看并没有走多远路。我们的战马，吃的苦更多，草埂子大多很窄，又大小远近不一，它们不会掌握距离，免不了踏进水坑里，扑哧一声就是个前栽。一天之内不知它们吃了多少次这样的苦头，弄得满身泥水，呼哧呼哧地喘粗气。人马在趺趺撞撞中把太阳送到山背后，只好在沼泽地中各自选择能勉强支起帐篷的地方就地安营。夜晚，大家把马背套铺在草埂上过夜，下面还有小水坑。这样别致的铺位是我们进藏同志的独特享受，因为太疲劳了躺下来照样入睡。

我们挣扎了几天，才把这烦人的沼泽地抛在背后，真是人困马乏。

到通天河岸时，那里已集结了大队人马，等候渡河。当时正是高原雨季，河水暴涨，浪涛滚滚，挡住了南去的千军万马。司令部多次派人探察水势，想选择水浅的地方过河，但都没有成功，有的奋勇探路的同志被巨浪吞没再也没有出来。涉水过河没有希望，又改乘羊皮筏子强渡。羊皮筏子是把吹足气的羊皮筒连在一起，捆在木棍架子上。人就坐在上面，划往对岸。虽然有落水的危险，但比起涉水要安全得多。战马无法乘皮筏子，由坐在皮筏子上的同志拉着缰绳引渡，许多牲口看到水势凶猛，死活不肯下水，人们齐呼乱喊地高声喝斥，甚至动用鞭子，它们才被迫下河。有的牲口被急流打翻，也无法抢救，眼见被水流冲走。

大约经过十多天的搏斗，终于战胜了通天河，整个部队胜利到达南岸。通天河是万里长江的上游，雨季水势很猛，历来被人视为畏途。

连续不断的长途艰苦行军，累垮了不少牲口。到达通天河以前，牲口已开始倒毙，有的病畜已无力随队，被忍痛弃在路旁。强渡通天河后，体质较差的牲口大都垮了，有的卧倒在地上，站起来又倒下；有的呆立在路旁用无神的眼睛望着远去的人们。有的骆驼病倒，想用力挣扎起来可怎么也起不来，望着大队人马从身边过，竟流下眼泪。我们走了好远还能听到凄凉的叫声。明知我们大部队走后它们会被狼群吃掉，可是我们承担着进军的使命，也顾不上管它们了。

我的“582”号小黑马也是在强渡通天河后和我分开的。进军途中我们都很爱护战马，生怕它们途中垮下来，每天宿营，我们首先要轮流放马，途中宁肯自己忍饥，也要省几块干馒头喂战马。“上山不骑马，下山马不骑，平地牵马走”，是司令部的号召，一般来说，大家也是这样做的。但是它们背上毕竟驮着我们的行李和干粮之类，加上在高寒地区，连续走路，风吹日晒，不少马都累垮了。我的小黑马快到通天河时就病了，我为牵着它走，多次掉队。到了宿营地，我顾不上吃饭在黑灯瞎火中拉着它到处求随军兽医给它治病，但是总不见好。同志们早就劝我不要管它了，可我实在舍不得，硬着头皮直把它拉过通天河，过河后它的病更重了，领导决定让我把它放掉，另换一匹草原小黄马给我。要走的路远着呢！不这么办又有什么法子？临到出发，我忍不住抱住它的脖子，一时间泪水遮住了我的视线。再见吧！无言的战友，我不会忘记你的功劳。

## 雪山、冰雹、地震

唐古拉山是我们进军途中海拔最高的一座山。终年积雪，空气稀薄，是一道难关。

为了保证部队安全通过，我们医护人员背着各种急救药品和注射器，提前等在山垭口处。举目四望，到处是冰峰雪岭，莽莽苍苍，重重叠叠，银光闪闪，好似一条条银色巨龙。面对着这壮丽的高原奇景，忍不住从心里发出赞叹。这时大队人马已缓缓向山上移动。

青藏高原平均海拔四千多米，比内地著名的五岳要高许多。唐古拉山更高，就是山垭口也有五千三百多米。因为空气稀薄，爬起来真够艰难，走一小段，就心慌头痛，气喘吁吁。连战马也呼哧呼哧直喘粗气。幸好大家经过了一路的锻炼，都有了一些高原的行军经验。他们放慢步子，调整呼吸拽着马尾不慌不忙地向山顶移动。我们站在路旁给大家“加油”，同志们微笑着向我们点头。

这一天，我们没有遇到一个危急病号，大概是因为大家做了充分的思想准备吧！

我们下了唐古拉山，又踏上了天气多变的草原，草原的脾气令人难以捉摸，常常有这样的情况，正当头顶烈日行军时，天空突然变黑，像橘子般大小的冰雹劈头盖脸地打来。我们急忙停止前进，原地休息，把雨衣往马背上一盖，马肚子下面就成了我们躲避冰雹的好地方。有的马被打得嘶嘶直叫。待冰雹过去，大队人马又浩浩荡荡向前。

高原行军，时常“照顾”我们的还有酷寒。因为太冷，夜晚我们总是把下半身伸进马背套里，戴着皮帽子睡觉。

西藏是我国多发地震地区之一，我们在进军途中真的碰到了一次地震。那天，我们正烧火做饭，突然大地剧烈震动，锅被掀翻了，人也站立不稳。这是地震来了！司令部命令大家立即出发，快速前进。这一天我们一口气走了一百多里，仍未能走出地震区。其实，我们住的是帐篷，睡的是草地，地震又能把我们怎么样呢？今天想起来，还觉得怪有意思的。

## 到达拉萨

1951 年 12 月 1 日，我们胜利到达拉萨。在宿营地，老远看见了金碧辉煌高耸入云的布达拉宫，大家都情不自禁地喊道:“布达拉宫！布达拉宫！”这次行军历时一百多天，行程约五千华里，其中绝大部分行程是在青藏高原上。这条线路历来是商旅的畏途，外国探险家把它描写为“死亡之地”和“生命的禁区”。据《艽野尘梦》作者陈渠珍记述，武昌起义的消息传到西藏，他率湘籍官兵一百八十多人返回内地，翻越唐古拉，过通天河，一路上跋山涉水、茹毛饮血，到达兰州时仅存 7 人。可是这“生命禁区”禁不了我们，这“死亡之地”也让我们的大队人马闯了过来！我们用自己的双脚为后人踩出了一条大道，留下了人民战士的美名。

我们到了拉萨郊区，骑上战马，穿上新的呢子军装，举行了庄严的入城仪式，与先期到达和从西南进军的部队胜利地会师了。

# 我的成长之路

高世珍

1950年的秋风是凉飕飕的，但是红太阳照在我的家乡，即将得到彻底解放的穷苦人们心窝里是热呼呼的。德格县解放时我只有11岁，还在学校里念小学。当时耳闻目睹解放军的言行举止并受到已参军哥哥的影响，有了参加解放军的想法，尤其是看到解放军队伍中的女兵时，更增强了我要报名参军的勇气和信心。过了几天，西藏工委干部学校（简称西工校）的大部队来到德格县，看到队伍里绝大多数是藏族，还有我认识的老乡，这使我更加迫切地想参军。我与其他同学一起抱着试试看的心情报名参军，由于年龄太小，我们未被吸收，当我们听到不接收的消息当场就哭了，但没有马上离开，而是在那里同负责报名的同志“磨”，后来大一点的同志帮我们说明家庭情况后，才同意让我们第二天到德格县旧政府楼上报名。部队在向昌都进军的头一天，给我们发了衣服、鞋等物品。发的衣裤连最小号的穿在身上都太大、太长，部队里的大姐姐们帮助我们把裤脚往里叠了很长一截缝上，穿上后又往外卷了又卷才勉强能穿。出发的头一天，西工校的领导带我去见我的父亲，向他老人家说明我已被吸收参加了人民解放军，明天就要出发进军昌都。我父亲听了后很生气，并说哪有女孩子参军出远门的事。虽然骂了我一阵子，但已无法改变我的决定，父亲看到我十分坚决也感到无奈，只好边吃晚饭边教育我，就出门该注意的事叮嘱再三。第二天出发时父亲要来送我，我不让他老人家来送，但他仍坚持送了一程又一程。就这样我离开了家乡，离开了父亲和两个小弟弟，从此走上了革命道路。

刚参加人民解放军，成为一名女兵，感觉到很光荣，也很自豪。从德格县出发行军几天，来到了西藏昌都地区，住在昌都解放委员会，在那里整训学习了一个多月，然后部队把我们四个藏族一男三女调到52师文工团当小演员。调到新单位后，除接受进军西藏前的军事训练和教育，每天还要学习文化知识和排练节目。1951年部队开始向拉萨进军，由于我当时年纪太小，背包和口粮等都不要我背，一路上主要是做一些宣传鼓动工作，为行军的战士鼓劲解除疲劳。在路上一起行军的大姐姐、大哥哥，对我们这些藏族小妹妹、小弟弟很关心，给他们发的一点水果糖根本舍不得吃，非要送给我们这些年龄小的吃。当时我们也不懂事，给的糖马上就吃了。也由于我们的年龄关系，对当时进军西藏的意义不是很清楚，可是在部队里感受到了那种从未有过的温暖以及大家庭中首长、同志对我们的关怀。平时行军走不动时，大点的男同志还经常背着我们走，使我们很受感动。

我记忆最深的一次，是在进军的路上，把我留在了昌都地区所辖的硕般多兵站，当翻译近两个月。开始我不清楚应怎样进行翻译工作，经过一些同志短时间的帮助和指导，自己也就很快学会了翻译。在工作中无非是翻译买牛、羊、草之类的词汇。记得在完成日常生活内容的翻译工作之后，还要向群众翻译宣传《三大纪律、八项注意》，宣传党的民族政策。这样，在宣传之前，自己就首先要学这些政策，才能向群众翻译。

我在硕般多兵站工作两个月后，我们的老首长阴法唐和周家鼎路过硕般多时，把我叫去问我愿不愿意与他们一起行军。我见到这两位首长又高兴又激动，当即表态要马上跟他们一起进藏，他们立即通知兵站给我办理离开兵站的手续。兵站的同志听说我要离开也舍不得我走，当时的房东老大娘和兵站同志送给我一些在路上吃的大饼，以表他们的一点心意。就这样我同老首长阴法唐一起开始了长途行军。

一路上遇到过不少的困难，但是首长们对我非常关心，常在我走不动路的时候，让我骑着首长的马或由男同志背着行走一段。在我的记忆中行军路上非常艰苦，那时吃的是蛋黄蜡和代食粉，在生活方面不管是领导还是战士都一律平等，艰难困苦确实无法用词语来形容，可是在这样的环境中却听不到一个干部、战士叫苦，在困难面前同志们互相帮助，互相鼓励，建立起了亲密无间的同志情谊，比亲兄妹还要亲。行军的夜间我们就宿营在自己带的帐篷内，帐篷搭起来后很小很矮，人跪着才能钻进去，我们分队的十几名女同志挤在一起睡。进抵太昭（工布江达县）我们休整了一个多月。离开太昭前，由于我和小次仁（后任西藏农牧厅某局局长）年龄小走不动，组织上决定我们随男同志分队一起行军，走不动时，男同志可以背上走一段，等到了我们的目的地后再回到女生分队。就这样我们两人重新编到了男同志的队伍里，从太昭往拉萨进发。到了距拉萨七十多公里的墨竹工卡时，我们分队开始缺粮了，分队里召开会议讨论解决办法。由于我和小次仁很小，不参加分队会议，分队开会时我们俩在外面休息，听见他们说："我们现在还剩一点糌粑，只能留给两个小同志吃，她俩也只够两天吃，要好好地安排。"分队里的其他同志把剩余的一点糌粑都留给了我们，他们只能喝点水坚持行军。我们俩对同志们的关心和照顾虽然心里明白，但感激之情不知怎样表达出来。

到了拉萨休整了一段时间后又继续行军，终于到达了我们的目的地江孜，我俩回到了师文工队女生分队。到达江孜后不久，师里为我们安排了文化学习，队里每天抽点时间教我们，其余的时间学习跳舞演戏。我们开始多半演小孩角色，还学各民族舞蹈等。通过长期在部队的教育熏陶，我逐步懂得应该怎样做人，应该怎样全心全意为人民服务；应该如何严格要求自己，发扬艰苦朴素的优良作风。在那个年代，部队经常开荒种地，到远处背柴，考虑到我的年龄小没有安排我参加这些劳动，一般都是留在驻地看家。即使和同志们一道去劳动，也只是给炊事员当助手，帮助烧烧火，或者干点自己力所能及的活，如在休息时给同志们端端馒头、辣椒及茶水什么的。在驻地看家时，我便给大姐姐们洗一洗床单，整理一下内务。把房子打扫得干干净净，大姐姐们回来看到后很高兴，还一个劲地称赞我。有次师里开会，师领导在大会上特别点名表扬了我，说人虽小还会做点好事，主动帮助分队里的女同志洗床单等等。会后没多久，文工队开大会又表彰了我，我获得了连功，文工队还以我的事迹编了庆功的小节目。我当时听到大姐姐们以及师领导的表扬很高兴。

1952年底，为了支援地方建设，巩固地方政权，我们在江孜集体转业下到地方，我转业后仍留在了江孜地区文工队，继续当演员。1954年加入了中国新民主主义青年团，后多次被评为先进团员，还当选为团支部委员和地委的团总支宣传委员。

从1953年到1957年9月的这段时间里，我们经常以好的基层素材为内容编排节目，为分工委的中心工作和各种会议服务，进行宣传演出。那时虽然条件很差，也很艰苦，但我们大家团结得就像一家人一样，工作积极主动、肯干，思想里没有一点私心杂念，一切行动听指挥，一切为革命，为人民。就是在条件很差的情况下，还要经常到分工委所属的区、县农牧民当中去演出，宣传党的方针政策。长期下乡，每个同志都以饱满的热情，高昂的革命精神，发扬不怕苦、不怕累的精神，赶着马步行几十里路，每到一处，马上化妆演出，深得农牧民群众的欢迎。当时虽然我的年龄不大，但是很听上级和同志们的话，很守纪律，叫我干啥就干啥，而且还努力去干好，有些事情还争着去做，所以队上的同志们都对我很好。

1957 年 6 月，组织决定由我带领学员到西藏团校学习（当时校址还未定下来，正在积极地选址，后在中央的关怀下，西藏团校及西藏公学最后确定在陕西省咸阳市，现在已更名为西藏民族学院。），我们到校后，开始我被分配到团校文体科工作，在工作中自己感到知识有限，便向组织要求参加学习，不久组织同意了我的请求，并把我分到公学一部一班即自修班学习藏语文，在西藏团校及公学工作学习了近两年。1959 年，西藏上层反动集团公然发动武装叛乱，需要大批干部进藏工作，组织上决定我们班提前毕业返回西藏参加民主改革。到拉萨报到后，起初两个多月我被安排到西藏军区政治部，帮助军区搞军事展览，担任军事展览的解说员。不久，西藏工委召开工作会议，各分工委书记到拉萨开会，我见到了老首长阴法唐书记、木玉亭副书记及组织部长成守良同志，他们都问我工作分配情况，我说被分配到西藏日报社工作。老首长们当即要我仍然回到江孜工作，我立即去办妥了调回江孜工作的手续，就这样我又回到阔别多年的老地方。

民主改革开始后，需要抽调大批干部充实基层开展工作，我被组织上抽调到东甫、扎奎参加工作队，在这个地方工作了半年多时间，掌握了不少党的民族、宗教方面的政策，也在基层锻炼了自己，学习到了不少好的工作方法，为翻身农奴得到彻底解放做了一些工作。封建农奴制度废除后，广大的农牧民再也不受压迫剥削了。通过参加民主改革运动，我深受教育，提高了政治觉悟，对党的认识有了进一步深化和提高，更加热爱我们的党，并能积极主动地向党组织靠近。后来我被吸收为中共预备党员。在通过我入党的支部大会上，江孜分工委阴法唐书记对我提出了非常中肯的要求，希望我能成为一个名副其实的共产党员，要做到不仅在组织上入党，更重要的是思想上要入党。这句话影响了我的一生，我也时时刻刻在提醒着自己。

民主改革结束以后，江孜分工委决定成立一个文艺宣传队，并叫我负责到各县招收宣传队员。经过认真的挑选，招收了30多名学员，组织上任命我为宣传队的副队长。宣传队开始成立时人员少、条件差，面临的困难很多，但我们大家上下同心，一心为工作，同志们在工作、生活、学习上都能严格按照分工委宣传部的精神来办事。我们学习乌兰牧骑宣传队的做法，人员减到25人，做到了少而精，排练出了很多民间节目，每个节目都是自编自演，自己收集素材，创编出服务党的中心工作并为农牧民喜闻乐见的节目。这些节目在自治区汇报演出和全国汇演中受到表彰。1963年江孜分工委同日喀则分工委合并。当时，我们江孜宣传队正在拉萨参加自治区文艺汇演，汇演结束后，除一小部分人员外，大多数人员都留在拉萨，成立自治区乌兰牧骑演出队，而我被调到江孜县工作，任年堆区委副书记。一到区上，因为以往没有搞过这类工作，脑子是一片空白，对农牧区的基层工作什么也不懂，非常陌生，通过半年时间的边学习边工作，逐步掌握了基层的基本情况。在基层工作的过程中，注意多听取区上、乡上老同志们的意见，紧紧依靠群众并随时向县委多请示汇报，使工作少走弯路。我在区上一干就是8年，在这8年的时间里，我积累了很多做好基层工作的经验。

1969年至1973年我被选为江孜县县委核心领导小组成员、革委会副主任，县委正式成立时，又当选为县委副书记、日喀则地委委员。1973年组织决定调我到拉萨，任自治区妇女联合会筹备组副组长，在妇代会上被正式选为妇联副主任，区党委任命我为妇联党组成员。1977年12月，区党委决定调我到拉萨市工作，我被选为市革委会副主任、市委常委。1979年，区党委任命我为市委副书记、革委会副主任。1982年成立拉萨市人民政府时，我任副市长、市委副书记、市政府党组副书记。1988年11月，市委根据区党委决定把我调整到人大常委会当代理主任，次年人代会我被正式选为拉萨市人大常委会主任，同时被市委任命为人大党组书记、市委副书记。一直工作到1997年12月。1998年5月，我被选为自治区政协副主席。

从1977年至1997年12月，我调入拉萨市党委、政府、人大各机关相继工作近21年。在这21年中，不管工作环境、职位怎样变化，我始终牢记党的密切联系群众、全心全意为人民服务的宗旨，对促进军政、军民关系做了一些有益的工作。在长期的工作中，在各级党组织的领导下，我与各民族的同志共事，不仅结下了深厚的兄弟姐妹情谊，而且得到了同志们和广大人民群众的爱戴和帮助，这一切使我永生难忘。

回顾我半个世纪的革命生涯，我所取得的成就都是与党的培养教育分不开的，是党指引我走上了革命道路，是人民教育和培养我成长。我将继续努力，为西藏的繁荣发展再发余光。

# 从黄河之滨到拉萨河畔

周锦文

“雪花飘呀汗水淌，
我们把荒山变了样，
公路像云端里的一条龙，
弯弯曲曲上山岗！
连接着北京和拉萨，
沟通了内地和边疆，
英雄的大军浩浩荡荡向前进，
解放西藏，巩固国防！”

## 千里迢迢进西藏

1950年初，川南乐山已麦浪滚滚，菜花金黄，山清水秀，春意盎然，一片欣欣向荣的和平景象。我从黄河北岸带着两个儿子——小林、小木，千里迢迢来到十八军军部所在地——乐山，与分别一年多的爱人陈明义同志（时任十八军参谋长）团聚，全家过了一个欢乐愉快的元旦，我和明义同志都显得格外高兴。这时突然接到二野司电令：“十八军军师领导速来重庆接受任务！”军令如山倒，明义向志和军师其他领导同志一道，即刻日夜兼程赶赴重庆，在西南局会议室里，二野刘伯承司令员、邓小平政委传达了党中央、毛主席的决定：“十八军担任解放西藏的任务！”并且还详细地了解了部队情况，作了具体明确的指示和勉励。张国华军长、谭冠三政委和明义同志代表十八军全军同志愉快坚决地接受了进军西藏这一光荣任务。半月后明义同志回到了乐山，军首长非常忙碌，总结工作、评功评模、整编部队，层层进行政治动员。明义同志从早忙到晚，有时深夜才归。

一天夜里，明义回到家悄悄对我说："我们十八军要进军西藏了，你有什么想法？"我一听，马上回答明义："进藏的消息，我也听说了，进军西藏是完成祖国大陆统一的最后一次大进军，驱逐帝国主义势力，解放西藏劳苦人民，是党交给我们的光荣任务，我是共产党员没有什么含糊的，只有两个字——'进藏'！"明义一听我的决心和态度，笑了起来，说："你我真是不谋而合，想到一起了，咱们夫妻双双进西藏，把五星红旗插上喜马拉雅山！"明义同志又说："西藏山高路远，有的地方连路都没有，还要和长征一样爬雪山、涉冰河、过草地，你是女同志困难会更多些，你要有足够的思想准备。我们出发前还要把孩子安排好！"进军前我把大儿子小林留在四川后方留守处保育院，把二儿子小木(4岁)和才3个月的三儿子小森带在身边，同十八军进藏指战员一道浩浩荡荡地向西藏进军了。

## 雅砻江畔摆战场

1951年5月23日，《中央人民政府和西藏地方政府关于和平解放西藏办法的协议》签订后，十八军后方部队领导机关进抵甘孜，我当时在十八军后方部队政治部任政治协理员(机关党总支书记)。政治部领导只有白健主任一人，下辖六个科，干部和勤务人员近百人，其中有老红军、老八路，还有在成都刚参军不久的青年知识分子。政治部担负后方部队(2个步兵师、1个骑兵师、2个工兵团、3个汽车团、3个辎重团，4个办事处，30多个兵站)及上万名筑路民工，将近10万之众的政治思想工作。我在政治部负责机关政治思想工作。当时身边有小木、小森，为了不使孩子在身边拖累影响工作，我从四川进军时就请了一位保姆戚德芳帮助带小森，照顾小木。这样，我就可放开手脚工作。1951年6月，我们机关刚到甘孜，征尘未洗，放下背包，就在雅砻江畔摆下战场，参加修建高原上第一个机场——甘孜机场。当时参加修建机场的有万名干部战士，以顽强的意志，劈开高山、填平深谷，与大自然作战。当时机场的跑道和停机坪需要大量石子，指挥部就下令机关干部下河捞石头。当时虽是夏天，但河水冰冷刺骨，我是机关总支书记，动员大家后，第一个跳入河中捞石子，机关同志看我先下了河，都争先恐后下河捞起石子，开始两三天还捞不够一立方米。之后我又组织大家讨论明确修建机场对进军西藏、巩固国防的重大意义，大家发扬不怕苦不怕累的精神，连续作战，最后人均每天可以从河里捞上一立方米多石子。一个多月下来，我累得腰酸腿疼、体重下降、关节时时隐痛，但仍咬紧牙关，坚持和政治部的干部、战士一起圆满完成了指挥部下达的拣石方的任务。当时修机场没有压路机，我又和小青年一起，3 个人一组拉石滚压跑道，我的肩膀肿了，手也磨出了血泡，但我心中热呼呼的。我感到，男同志能办到的事，我们女同志也照样能办得好！

1951 年冬，我们响应党中央、毛主席关于“一面进军、一面建设”“筑路和生产并重”的号召，又在甘孜北郊开荒生产，后方部队的首长陈明义、何雨农、白健率领干部和战士扛上铁锹铁锅，冒着风雪严寒，投入了开垦荒地的战斗。此时，正值隆冬季节，干部战士刚刚完成机场修建任务，体力还未得到恢复，就接着开荒生产。我召开支部大会、军人大会反复进行动员，组织开荒竞赛，晚上点名表扬好人好事。开荒任务，分配到各科包干完成，谁的工效高，完成任务好，就授给流动红旗。通过这些方法，使大家干劲倍增，不到半月就开荒一百多亩，提前超额完成任务，秘书科秘书格桑屈佩（藏族）、金良平，组织科女干事刘方等十多人还立了功，受到了奖励。

1952 年开春，我们适时地种上白菜、萝卜、土豆和青稞，当年秋天就喜获丰收，莲花白大的有二十多斤重，红萝卜也长得很大，土豆一窝有几十个，个个像鸡蛋那么大。这年冬天，我们不仅吃上了自己亲手种的蔬菜，同时还给筑路部队送了许多新鲜蔬菜。我们种的青稞也获得了大丰收，为了不浪费，我在大家割完麦返回驻地后，又一一做了检查，把遗留下来的青稞，一根一根捡起来，捆成一大捆，足有五六十斤重。我从麦地扛回驻地，途中狂风怒吼，我扛着麦捆连续三次被大风刮倒在地，直到晚上 8 点多钟，才回到政治部。当时我想，每一粒青稞都来之不易，为了颗粒还仓，我虽吃点苦、受点累也不算什么。年终总结时，由于我们政治部生产获得大丰收，受到了后方首长的表扬。

## 把公路修到拉萨

1953 年春，因工作需要，我调到康藏公路第二施工局任干部科长。当时修筑康藏公路已历时 3 年，公路已通至昌都，从昌都往西继续修，任务更艰巨，时间更紧迫。英勇的筑路部队和民工，迎着风寒，面对雪山、冰川、峭壁、峡谷、泥石流和原始森林，以“让高山低头，叫河水让路”的英雄气概，打通雀儿山、色季拉山等海拔 4000 米以上的雪山几十座，跨过金沙江、怒江等十多条湍急的河流，修筑康藏公路，搬运的土石方就达 2900 多万立方米，相当于挖一条长 650 公里、宽 15 米、深近 3 米的运河。当时我所在的第二施工局，负责康藏公路东段修筑任务，主要力量是十八军的五十三师、五十四师部队，还有来自全国的上万名民工和上千人的工程技术人员。

第二施工局当时要求机关干部深入到工地，和工程技术人员、民工同吃、同住、同劳动，我是一个女同志，就优先发给我一顶小帐篷在工地单独住，当时军工和民工分段包干施工，完成一段施工任务，就要按计划背着帐篷到新工地施工。我在下工地时，已有身孕，为了工作，继续在工地坚持工作致使流产。10 月份我们进驻然乌沟工地，天寒地冻，大雪飞扬，工程艰险，困难重重。一天深夜，暴风雪把我住的小帐篷刮倒，我冻了一夜，第二天天亮，工地积雪很厚，我在几位男同志的帮助下，才把帐篷重新支撑起来，棉被已结了冰凌。1954 年夏天，公路快要修到巴河桥，东西两线的第一施工局和第二施工局就要会师了。但是天公不作美，波密地区连降暴雨，洪水暴发，修好的公路路基和桥梁都被冲垮，在“鸽”地区暴发了百年不遇的冰川，泥石流滚滚而来，公路被冲毁，汽车受阻，连步行也很危险，我们就坐上藤筐，从溜索上溜过冰川，继续修路。1954 年 12 月 25 日，康藏公路（现为川藏公路）全长 2225 公里全线通车到拉萨。我和明义同志参加了在布达拉宫前新建的人民广场举行的庆祝康藏、青藏公路通车大典。这一天拉萨全城装饰得五彩缤纷，天空碧蓝碧蓝，阳光格外璀璨，拉萨河水清澈见底，白皑皑的雪山更加晶亮。当从康藏、青藏公路开来的满载着筑路功臣、模范、战士和民工代表的 35 辆汽车在布达拉宫前会合时，广场上响起了雷鸣般的鼓掌声和欢呼声，这是进藏部队和汉藏筑路工人，在中国共产党领导下，团结一致，艰苦奋斗，共同建设祖国边疆的伟大胜利，是公路建筑史上的奇迹。藏族同胞把这条公路称颂为“彩虹”，誉为“金桥”，它是一条通向西藏的繁荣、昌盛、幸福之路。

# 风雪瓦合山

郭蕴中

1950年，我从中国人民解放军西南军政大学八分校调至五十二师的康藏工作队工作。这个队由30多名女军人组成，在解放素有“西藏东大门”之称的昌都战役中赶着牦牛随军运送军需物资，圆满地完成了后勤保障工作。战役胜利结束后，我被分到师政治部管理股工作。1951年4月，组织上安排我到一个下属团工作。该团驻扎在距昌都几百公里的洛隆宗，到达那里骑马需要走几天，中途还要翻越几座大山，其中一座大雪山叫瓦合山。这时团里有两个骑兵通讯员到师部送信，上级命我随他们一起回团部，他们到达后又碰到一个要回团的小战士，正巧可与我们同行。

我们一行4人从师部所在地昌都策马上路，翻过了四千米的拉贡山，3天之后到达了恩达兵站。站上都是熟人，见了我们非常热情，忙着为我们做饭，还让出自己的床铺给我们住，充分体现了革命大家庭的温暖和同志之间的友情。吃饭间我们互相询问了对方的近况。当他们知道我们要去的地方时，就向我们介绍瓦合山的情况。瓦合山是中路通往拉萨的必经大山之一，它海拔高达四千多米，山脉绵亘近100里，大小山头有7个，山上有的地段终年积雪，翻越它时稍有不慎就会被冻伤甚至冻死。所以他们几乎不相信我这样的瘦弱女子能翻过瓦合山。而我那时候年轻，自认为身体也不错，仗着进军昌都时已翻越过不少大雪山，根本不在意他们介绍的困难。第二天一早我们就从恩达出发了。上路时天气晴朗，大家心情都很好。出门向西来到瓦合寨就开始上山。山坡上有不少的树木，树上还有一群猴子正在打闹玩耍，见我们走近，它们就龇牙咧嘴地冲我们乱叫，又顽皮又逗人喜欢，我们不停地逗它们，一路上很开心。没碰见一个人。积雪也不算太深。

4月的西藏，许多山上的雪都还没有融化，就更不要说像瓦合山这样有名的大雪山了。真是天有不测风云，出发时如此地顺利，但也没能躲过老天爷的发难。快到山顶时，天色忽然变暗，一时间漫天风雪，雾气弥漫，几步之外就看不清路了。这会儿我们的嘴张不开，眼也睁不开，每走一步都非常艰难。我们本想让马在前面开道，可是无论怎么打，马就是不肯走在我们的前面，它们只肯踩着我们的脚印跟在后面走。那个小战士看到这个情形有点害怕了，就提出退回去，等天气好了再走。我也感到前行很困难，可是想着已经走了大半天了而且也快到山顶了，我不愿意再往回走，想想进军西藏的途中，我们赶着未驯服的牦牛，克服了许多困难都完成了任务，现在不就是顶着大风雪过瓦合山吗？我决心继续向前进。看着我这位女同志都下了决心，他们也就决定继续往前走。

风雪越来越大，我走在前面开路，积雪深至膝盖加上风大，每向前迈一步都非常困难，需要费很大的劲才能将脚从积雪中拔出。为了加快速度我只好用手往前爬。这样手脚并用，一步步艰难地往前“走”。马就踏着我们踩出的脚窝跟着走。后来通讯员也上来和我一起开路，就这样一点点地前进，也不知走了多远，更不知走了多少时间。

等到风雪小了，我们停下来休息，就着雪吃了点代食粉（各种杂粮的混合面）。这时才发现，在我们身后不远处，跟着一群藏族人。由于当时昌都战役刚结束，形势比较复杂，我们不了解他们的情况，怕他们跟在后面不安全，就想让他们先行。可是我们停他们也停，我们走他们也走，他们怎么也不肯走到我们的前面。有点经验的人都知道，在这样的大雪天气里，走在后面当然要比走在前面轻松些。我们没办法，只好在前面走。好在我们带了枪，有应付万一的条件，所以也并不太害怕。

我们加快了速度继续往前走，可是瓦合山和别的雪山不一样，它不仅海拔高，而且大小山峰多，道路起伏不平，加上我们是顶风冒雪向上爬，所以眼看着天黑了，我们还是下不了山。这时我才领教到瓦合山的厉害，它的确不同于一般的雪山。

风雪渐渐停了，可山上的积雪仍然很厚。我们怕天黑走错路，大家商量之后决定在山上过夜。这时，那群藏族人也停了下来，在离我们不远处点起了火。我怕出现什么意外，就提出4个人轮流警戒，1小时换1次岗。

我们就着雪用代食粉草草填了一下肚子，然后拿出自带的雨布铺在稍平些的雪地上，将马鞍卸下放在地上。就在这时我发现自己来例假了，难怪浑身酸疼不适。没办法，我只好自己简单处理了一下。穿上所有的衣服，再把被子盖在腿上和脚上。就这样我们4个人在冰天雪地里靠着马鞍坐了一宿。

第二天早上，我们发现马不在了。原来马喜欢合群，跑到藏族人的马群里去了。通讯员跑去找，还好，他们很痛快地把马还给了我们。因为彼此语言不通，我们也没法和他们交谈，只以手势向他们表示了谢意，各自收拾起东西连早饭都没吃就上路了。

我们踏着厚厚的积雪继续前进。天转晴了，加上是下山，所以速度比头一天快多了，中午时分走到了山下，已经能看见许多树木了。树上的鸟儿叽叽喳喳地叫个不停，好像是在欢迎我们。但还是没有人烟。后来我们在山边发现两间破屋子，没有门也没有窗户。房子周围全是树，地下有很多柴禾，我们决定就在这里休息半天。放下东西，捡柴禾支锅烧午饭。因为翻过了瓦合山，我们的心情轻松了许多，大家说说笑笑，吃了午饭休息。

可能是心情放松的缘故，等休息下来，我才感觉到自己身上一阵冷一阵热的，腰酸腿疼，非常难受，但也只有自己默默忍着。第二天我们又上路了。又走了3天，翻过了努西拉卡、拉扎西两座四千米以上的大山才到达团部。从昌都到洛隆宗，我们又整整走了8天。到达团部后，团里的领导和同志们正在担心，见到我们安全到了都非常高兴。后来我们才知道，我们在路上遇到的那群藏族人，是昌都战役失败后，受到优待释放回家的藏军。

在解放西藏的过程中，从川西到昌都，我们不知翻过了多少大小雪山，可每次翻山，只要爬上去了，都能很快下山。我不但自己能轻松翻山，还常常帮助那些身体不好的同志背东西。可这次过瓦合山，我却经历了从未经历过的艰苦。

# 铭刻心底的往事

安　佩

离开西藏整整40年了，但两次进藏，在那里近10年的工作和生活情景都仿佛就在昨天。这10年岁月，是我一生最难忘的岁月。

2001年5月23日，是西藏和平解放50周年的日子。为了缅怀为解放西藏、建设西藏，长眠在雪域高原的亲爱的战友们，我作为首批进藏女兵，情不自禁地回忆起那段令人魂牵梦萦的岁月。

## 挺进世界屋脊

1950年3月上旬，作为十八军的一名普通战士，当得知被批准进藏时，激动得彻夜难眠。那时，我们都是十七八岁的姑娘，在即将走向那神秘、陌生的世界屋脊时，心中充满了神圣、崇高的使命感，也充满了五彩缤纷的遐想。为了顺利进军西藏，按上级的要求我们开始了一系列适应高原生活的准备工作和训练，学习藏语、了解民族政策和纪律，进行长跑、负重行军、爬山等体力锻炼。

进藏初期，林亮同志是我们的政委。我和程祯同志在一个区队，她任区队的队长，我任区队副队长。1951年春到达甘孜，在那里休整待命。林政委和其他领导同志常给我们讲课，提高我们的政策、知识水平。除了学习外，我们每天迎着晨曦进行艰苦的操练，生活虽很紧张，同志们却像吃了蜜似的快乐，个个充满青春的活力，像一支支待发的箭。

1951年6月，从甘孜向拉萨出发前，我被调到军文工团工作。上路了，同志们情绪高涨，真是一路欢笑一路小跑，恨不得马上就能到达拉萨。殊不知路漫漫兮何其难！那崎岖的山路，那神秘、陡峭的山峰，很快就给我们颜色看了。每天几十里山路走下来，许多不适应的症状都出现了。同志们感到头疼脑涨，气喘吁吁，胸闷，心上就像压块大石头，有时又像被绳索捆着一样出不上气，不少同志脚上打了泡。连续行军，我们女同志的满头青丝中，生出了不少白点点——虱子爬出来了。路上大小便也很困难。很快同志们想出了许多好主意，长虱子我们就往头上撒666粉，帽子一戴，不怕它不投降。脚上的泡用针扎瘪了，时间长了脚上长出茧子，啥也不怕。上厕所有办法，找个洼地、草丛，几个女同志一围，就是个天然厕所。途中如遇到好天气，大家尽情享受大自然的赐予，纷纷跳入那清澈、蓝蓝的河水中，把一切疲劳、困顿和不适都冲刷得干干净净。路上，女同志也不例外地要背一些公用物品、食品，我们用米袋子装上银元，捆在腰上，负重行军，乍一走路没有什么感觉，但当爬山累时，它就紧紧抱着你，像铅块一样向下压。可同志们知道，这是保命钱，是用来缺粮时向藏族人民买粮食用的。我们女同志来例假就更苦了，没有合适、充足的卫生用品，就这样还要趟水过河。有时河水齐腰深，透心凉，但没有一个同志畏缩，叫苦。上岸后，拧拧衣裤上的水，继续往前走。大家知道过了万重山，趟过千条河才能到达西藏呀！后来到拉萨后，几乎所有的女同志都闭经了，有的女同志浮肿，不少同志还得了严重的关节炎、胃炎，指甲因缺氧而瘪下去。军首长和卫生部门都很关心我们，想方设法买药，给大家治疗。特别让我们难以忘怀的是谭冠三政委曾关切、爱护地对我们说，一定要把我们的病治好，我们这些小丫头走到西藏拉萨就不容易了，该给我们记功。今后，我们还要好好建设西藏哩，没有革命的本钱怎么行。

行军途中，我有过两个好伙伴。一个是长长的竹竿，因为进拉萨城的仪式上要扛红旗，所以需从内地带一部分长竹竿。这个任务由我们文工团承担。当时，我的个子较高些，就争着扛了一根4米长的竹竿。我用毛巾把它缠好，怕它路上破了。行军时扛着它，累了依偎着它，直到入城式上它撑着红旗飘飘扬扬风光了好半天才“退休”。另一个好伙伴，就是班上的大青骡（每班配备两头牲口，驮公共用品、道具等），它通人性，每天清晨静静地等待给它上驮子、放东西，刚一放好，就急不可待地走在我们的行列中。每天，我给它梳毛，带它去饮水、吃草，它总是撒娇地在我身上蹭来蹭去。记得是过冷拉山时，雪大路陡，我牵着它，小心翼翼地走着。突然，它前蹄打滑，我和它都猛地被摔倒了，从山道上滑到山下。当战友扶起我时，我脸上鲜血和雪水直往下淌。当同志们去拉大青骡时，它挣扎着站起来，眼眶里充盈着泪水，从此，再也不欢了。大青骡喷着鼻气，坚持走了两天后，它永远躺下了。这使我难过极了，因为它付出了太多太多，已是我们队伍中的一员。

饥饿，是我们行军途中的另一大困难。由于西藏少数反动分子妄图阻挠我军进驻西藏，扬言要把我们饿走，在当地购粮相当困难，公路又不通，粮食供应不上，同志们经常处于半饥饿状态，每人每天配给一茶缸约 4 两左右的代食粉、二三根蛋黄蜡。在高强度的行军中，这点食物怎么够充饥呢。大家想方设法到处挖野菜、挖人参果，然后把代食粉混合起来，煮成糊糊。开饭了，同志们互相让着，女同志想让男同志多吃点，说你们负重多、消耗大，你们先吃；而男同志却说，你们女同志身体弱，多吃点好爬山。就这样，一顿饭，让来让去谁也不肯先吃。陈涛政委、朱子铮团长只好亲自给同志们盛饭，催着大家抓紧吃，而他们最后吃饭时，锅里也就剩下些汤汤水水了。代食粉有时也供应不上，我们就煮马料（黑豆、豌豆）吃，吃后，消化不好，胃痛肚胀。就这样，同志们互相鼓励、互相帮助，坚持爬过一座座山，趟过一条条河，坚信胜利就在不远的前面。

行军中最怕生病，而我却生病了。大约是八九月份，一天傍晚，我不住地大口吐着酸水，胸、腹中像刀剜似的痛，头像要裂开似的发涨，我努力控制着自己镇定下来。医生看了看说，可能是急性胃肠炎、胃痉挛，服了药打了针，同志们帮我热敷，揉腹，也控制不住疼痛，夜不能眠，全身汗淋淋的，眼看要天亮了，我却直不起腰来，走不了路。但当时经过的是无人区，是不能留下来的。团领导决定组织担架抬着我走。当时，我真是无地自容，咒骂自己病的太不是时候了。刘旭林、卢樵、陈霁和其他几位同志，还有我的胞兄安一林等，绑了一副担架，抬着我上路了。一路上我难以平静，心中是多么的不安，战友们身体都很虚弱，吃不饱，加上高寒缺氧，还要抬着我走。我喃喃地骂自己，恨不得马上从担架上跳下来，但刚一动，这些兄长般的战友啊，就命令我躺下，还安慰我、开导我、给我讲笑话，缓解分散我的情绪。他们走了一程又一程，我却如睡针毡一般。到宿营地后，又打针吃了药，疼痛有所减轻。我暗下决心，明天再疼再难受也不能睡担架了，坚决自己走。第二天清晨，趁同志们做准备工作时，我悄悄地上路了。同志们发现后，喊我、追我，我装着听不见，忍住呕吐和疼痛，拼命往前跑。跑啊跑，我觉得自己快要跌倒似的，昏昏沉沉。但一想到，我不能再增加同志们的负担了，又觉得身上有了劲。晨风吹拂着我，湛蓝的天空，朵朵的白云，似乎都在鼓励我，给我加油，使我感觉越来越轻松，终于挺起胸，走上了漫漫长路。这件事是我终身难忘的，使我深深体会到革命大家庭中阶级友爱是多么可贵，多么值得珍惜！几十年过去了，来自五湖四海的战友们，虽再也没能见到他们，但我深深想念这些兄长般的战友。

到拉萨后，我们住在林卡的帐篷里，继续学习、排练，等待入城。10月26日，领导宣布要举行入城仪式。大家很兴奋，高兴极了。走了3000多里路，翻过了十几座大山，还趟过了大大小小百余条河流，现在终于要进拉萨城了。我们都抓紧排练，军乐队练曲子，我们腰鼓队练队形。红旗也早早撑好了排列着。领导一声令下，我们就出发了。军乐、红旗、腰鼓方阵矫健地向市区行进。路两旁，挤满了藏族阿爸、阿妈、兄弟姐妹，还有不少僧人，向我们欢呼、鼓掌、合十祝福。不少藏族同胞发出惊奇的啧啧声。人群中不少人说，“金珠玛米呀咕嘟”（藏语意为解放军好得很），他们是“新汉人”，不抢粮，不住我们的房子。当看到腰鼓方队时，他们大声地说：“快看呀！还有阿佳金珠玛米（藏语称女解放军），真漂亮呀！”离我们较近的老阿妈、姐妹们还拉拉我们的衣服拍拍我们的腰鼓，向我们抛来朵朵鲜艳的野菊花。当然，这时也有少数反动分子向我们脸上掷沙石。经过布达拉宫时，部队格外庄严整齐，乐曲也格外嘹亮。我们腰鼓队的鼓点响彻了布达拉宫上空。这一切，显示了我们人民解放军是坚不可摧的，我们倍感自豪！我们终于完成了党中央、毛主席交给我们的进军西藏的任务。想到今后我们要扎根西藏，要和藏族同胞共同建设新西藏，心中充满了信心和无穷的力量。

## 垦 荒 曲

为了贯彻毛主席、党中央“进军西藏，不吃地方”的指示，1951年冬，正是天寒地冻的季节，我们军直单位在张国华军长、谭冠三政委的率领下开进了荒石沙滩，向土地要庄稼。这块冰封多年的处女地，像铁疙瘩一样坚硬。当时的劳动工具极缺，三人才能领到一把铁锹或十字镐。轮到我劳动时，使出浑身的劲向下刨去，最多在土地上划出一条浅浅的小白印，而心脏却扑通扑通地乱跳一气，还喘个不停，虎口震出血了，手磨出了一个个水泡。当时，我真有点畏难情绪，想着这好几千亩地，哪年哪月才能开完种上庄稼，吃上粮食啊？但当我看到藏族同胞那祈盼、赞扬的目光，他们伸出大拇指不断叫着“金珠玛米呀咕嘟”“嘉萨巴”“菩萨兵”，当看到军区首长和我们在一起，特别是看到年近半百的老政委谭冠三也和我们在一起劳动时，我不禁感到羞愧，立即想到军首长在动员大会上的讲话，开荒生产是为我军创造站稳脚跟立于不败之地的条件之一啊！这点困难能难住我吗？不能。我下定决心，咬紧牙关，一定要过好这一关。以后，奇迹不断出现，土地开垦的速度成倍地加快。我的体力也增强了，劲也大了。我们女同志在劳动休息时，不仅和大家一块唱歌、说笑话，还有力气向藏族姐妹学着跳阿嘎舞（藏族同胞盖房子时跳的一种舞）。每日清晨背着粪筐去捡粪，早饭后就到工地参加劳动生产，生活艰苦、紧张，但欢乐愉快。每当看到青稞长得齐腰高，莲花白长得像脸盆般大，萝卜长得像棒槌那么粗，吃着自己种的新鲜蔬菜，那份欢愉的心情真是美妙无穷。我们大家说，不仅要让这块土地长庄稼、长蔬菜，还一定要让它结出红红的苹果、沙甜的西瓜。军区首长不仅组织大家开荒生产，还组织大家种植树木。谭政委说：“种树，可是改变西藏缺氧的根本措施，也是为大家安心在西藏工作创造条件呀！”短短的几个月，我们种了几千棵树。每种一棵树，我们都像对待婴儿似地耐心、细致。当我第二次回西藏后，专门到政治部、司令部大院内外看了看我们种的杨树、柳树、槐树等。树干长得都有小碗口粗，新枝随风摇曳着，散发出特有的清新味道，使人心醉，仿佛我又回到当年开荒生产、种树的岁月里去了。

我回京工作后，当年同在政治部工作的罗威同志给我带来了拉萨“八一”农场生长的苹果，这是多么珍贵的礼物啊！苹果长得又红又紫、闪闪发光，散发出阵阵香甜的气味。我舍不得吃，放在窗头闻香。拉萨，这块神奇的土地啊，用她丰润的乳汁，回报着一批又一批的年轻拓荒人。

## 全家遇险

1958年夏，我因肾炎全身浮肿和高血压，回到北京治疗。

1959年10月正式调到中央组织部工作。人在内地，心却在西藏。对那里的山山水水总有一种眷恋之情，总盼病好了再返回西藏工作。1961年下半年，正值我爱人陈钦锋由西藏来北京开会拟返西藏之际，我想和他一同回去。当时中组部的领导对西藏的干部很重视，对内调干部也很关心。平时，部、局领导对我和两个孩子给予了很多帮助照顾，此时，他们很支持我的想法。乔明甫副部长和李力安处长说，你回西藏试试看，身体行就留下，不行就回来。乔部长还说，就先带着党的关系去吧，其他关系不忙办，看以后你的身体情况再定。就这样，我带着党的关系，同爱人及两个孩子再次踏上回西藏之路。汽车到达海拔5300多米的雀儿山下，已是中午时分。午饭后，我爱人说，离开西藏太久了，家里很多工作等着要做，趁元旦前赶回拉萨吧！兵站的同志说，青藏高原气候变化无常，这你们是知道的，下午就不要走了，万一夜间雪封山会出危险的。我爱人坚持要走。我们一行6人（我们全家和司机、会计同志）开始爬雀儿山。汽车吃力地在满是积雪的山路上爬行着。虽然汽车轮上已挂了防滑链，但仍常常打滑，行进速度较慢。阳光照着山峰和路旁的积雪，闪烁着刺眼的白光。我望着灰白色的天空和高高的山峰，一股莫名的忧虑爬上心头，我祈盼着：我们能顺利翻过这座山。谁知即将爬到山顶时（大约不足一个道班的距离），吉普车怒吼着，但速度越来越慢，突然车身往后猛一倒，戛然停住了。我们屏住呼吸，望着车窗外，不知发生了什么事，这时，司机同志在车下惊呼，你们坐着不要动。他走过来告诉我们车抛锚了，停车的地方被一小堆石头挡住了，要不，我们的车和人都会翻下万丈深渊。他重新上车踩住刹车，让我们一个一个走下车来，大家往后一看都惊呆了！好悬啊，就差1尺来远，幸好车被那堆石头挡住，否则我们就不会生还了。大家镇静下来，商量了一下，司机同志抓紧修车，会计同志去山顶的道班房求助，我和爱人背着孩子们往山顶攀登。天渐渐暗下来了，我们头昏脑涨、胸闷气短，忍着疼痛，迈着沉重的步子向前走着。夜更深了，阵阵寒风刺骨，脸和手背都裂得出了血，一道道血淌下凝固在脸和手背上，我们的手和双脚似乎都麻木了。儿女的脸发紫，嚷着冷，嚷着头疼，可那时有什么办法呢？我当时真想坐下来歇一会儿，可不敢，我们都知道，一旦坐下来，也许就永远站不起来了。我们艰难地踏着积雪坚持着，继续往山顶上爬行。寂静的山谷，只听到我们咔嚓咔嚓的脚步声和喘气声。记不清楚过了多长时间，道班上赶下来两位同志，我们得救了。他们二话没说背起我们的一双儿女向山顶走去。我和爱人搀扶着跟着他们，终于走到山顶的道班房，我们一下就瘫坐在地上。道班的同志为我们做了饭，并把他们的铺让出来给我们休息。他们却不声不响到外屋和衣而眠。我把仅有的一点氧气给儿女们吸上。我和衣坐在炉灶前暖和着身体，忍不住热泪滚下来，心里默默感谢这些好兄弟。他们常年累月在五六千米的山道上劳动，尽力帮助过往的人们，不取分文，没有半句怨言。我们抵达拉萨后，曾托人去看他们，并带去一些用具和营养品。哪知他们却换班走了。他们从一个道班到另一个道班，奉献着自己的青春，谱写着自己的人生，无怨无悔地走在藏汉兄弟团结友爱的大道上。我一直忘不了这些好兄弟，怀念和祝福他们，愿他们一生平安，一生幸福！

## 忠魂永生

为了进军西藏，剿匪、修公路、修机场和恶劣的高原气候，夺去了我们很多战友年轻的生命。光我们文工团，先后就牺牲了 4 位同志，他们是张国藩、邓群阶、尹学仁、刘韵华。每当我翻阅战友的照片，或看到、听到西藏发展、建设的好消息时，他们的音容笑貌都会浮现在眼前。

军乐队的张国藩同志得了严重的高山病，脸肿得老大，连马都骑不了，大家就用担架抬着他走。舞蹈队的邓群阶同志却隐瞒了自己的病，用虚弱的身体参加了抬担架。当同志们看他脸色不好时，不让他抬，他执意不下来。担架被抬过了山，但未能挽留住张国藩的生命，邓群阶同志也倒在了山脚下。他们永远离开了我们。

宿营时，轮到我做饭，我准备支好锅，熬代食粉糊糊。戏剧队的尹学仁同志蹒跚地向我走来。恶劣的气候、艰苦的行军使他病倒了，他面色发紫，大口大口地喘着气。他走到灶前蹲下，缓慢、艰难地说：“真想吃一张家乡的小烙饼啊！”我看他那苦撑着的样子，心紧缩起来，马上说：“你等着，我来给你做一张小饼。”我用江水洗净凝固燃料的盒盖，放在三块石头上，用树枝在茶缸里搅拌好代食粉，点燃燃料，将代食粉糊糊平摊在盒盖上，很快，小饼熟了。我托着递给他，他微微颤抖着接过小饼，吃力地吞咽着，看着他被痛苦扭曲的脸，我心中泛起阵阵悲哀。我多么盼望他吃完，休息一夜，病能减轻，继续和我们同行呀！第二天，天刚亮，陈涛政委说，小尹走了。我不禁放声哭了，难道这是真的？19岁，多么年轻的生命！小尹就这样离开了我们，永远地留在这里！

我和刘韵华是文工团的战友。她平日脸上总是洋溢着甜美的笑容。她有身孕了，在拉萨时，有一段时间暂同我住在政治部办公室内隔出的一间小屋内（那时，政治部住的是格桑旺堆土司的房子。我刚由文工团调到政治部干部部工作）。我们朝夕相处，像亲姐妹一样。

小刘快生了。我俩都盼望孩子早点出世，因为孩子的降生，是我们战胜高原生活、扎根西藏的证明呀！可万万没有想到，由于当时拉萨医疗条件差，准备不足，她生产时突发高血压，因救治不力，孩子出世了，她却永远闭上了那双美丽的眼睛。我简直不敢相信这是真的！我赶到她的床前，擦去了她额头的汗珠，心中万分悲痛！她再也不能睁眼看看她的女儿啦！她再也不能和我们一块建设西藏了！组织上把她埋在了拉萨河畔。不久，又移到八一农场烈士陵园内。每当我看到韵华同志的女儿周小玲（她现在是解放军某医院的大夫、副教授）时，都感到小刘还在我身边，她还是那么甜美、那么欢乐！

回首往事，记其点滴，以示怀念之情。虽岁月不饶人，我已是年过六旬的人，但心依然年轻。总遐想能回到第二故乡——西藏，看看她的巨大变化，看看雄伟的布达拉宫和美丽的拉萨河畔，看看藏族老阿妈和阿佳白玛央宗……我坚信西藏的明天一定会更加繁荣，更加灿烂辉煌！

# 高原情怀

## 李国柱

一进入雪域高原，我就深深地爱上了这块神奇迷人的地方。在半个世纪的漫长岁月里，我同“第二故乡”结下了不解之缘，雪域西藏也留下了我锻炼成长的足迹……

我是 1949 年底重庆山城“天亮”后投笔从戎的，为解放西藏，从十二军调到十八军，赶着牦牛进藏，分享过昌都战役告捷的喜悦；经历了党在西藏民族地区开辟工作初期的各个大的阶段。回顾在藏二十多年峥嵘岁月，在西藏正处于伟大变革的时期，我有幸参予了这段变革的实践，真是千载难逢的机遇。伴随我青春年华的是历经各种斗争的惊险场面，庆幸的是没被时代车轮压垮，而是锤炼了坚韧的意志，丰富了革命知识，更坚定了共产主义信念。这笔宝贵财富时刻在鞭策着我前进的步伐。

历史已经远去，印象深的事永远难以忘怀，它好像就发生在昨天……

### 江孜妇女统战工作

1952年8月1日，中共江孜分工委成立，工作人员基本是五十二师师直、司、政、后机关转业下来的，我也是其中的一员，虽然还穿着军装，但是取掉了中国人民解放军胸章和八一帽徽，真不是滋味。因为天天接触群众，他们的疑虑和惧怕心理逐渐在改变，后来称我们是“锡威马”（即和平兵）了。

我们当时的主要工作是本着“慎重稳进”的方针，宣传、执行和维护协议，以统战为中心，并做影响群众工作。

1952 年 11 月，江孜分工委决定调我到统战部当干事，分管上层妇女统战工作，当时思想极度不通，对统战工作是党的三大法宝之一的重要性认识不足，面对工作对象全是贵族夫人和小姐，更不理解，自己还是个带着学生味的青年，却同比自己年龄大许多、经验也比较丰富的上层人士打交道，自己还缺乏经验。既要做团结争取工作，还要和顽固分子斗，心理很不踏实；既怕斗不过顽固分子，还怕给党的工作带来损失，犯立场错误；又因不会藏语，不会骑马（主要交通工具），还怕机关同志不理解。在向领导提出干不了，被领导拒绝后，才接受下来。

怎么办？我首先了解西藏情况，学习政策、策略、斗争方式、斗争艺术，分析研究怎么做统战工作，包括工作方法、谈话艺术等等。虽然这样，但有出访、会客任务时，心情仍很紧张，不得不事先反复预习，请教老师或先走一步的同志，事后请他们批评、提意见，不断总结改进。遇大会小会需讲话时，事先认真准备稿子，事后检查、听反映。我的体会是，在机关内部讲话时，若讲得不合适，同志们可以谅解，纠正也方便，可是在这样的少数民族地区上层人士面前，就可能因小失大。我们的言行是代表共产党、解放军的，要达到好的效果，就要避免少出差错。尽管这样仍出过差错，甚至闹出笑话，特别是在风俗习惯和语言上出的问题更多。

语言是做好统战工作的重要桥梁之一。为解决不懂藏语问题，领导派了一位藏族女同志配合我的工作。我藏语文不行，她知识及藏语文水平也低，困难很多。有时我们俩人都急得满头大汗，也没将意思表达清楚。遇到政策策略性很强的用语就更难。后来又选了一位藏文系刚毕业的大学生，他藏汉文字水平都很好，可惜听、说反应慢，一时发挥不出来，且对西藏情况不熟悉。最后选调了益西卓玛同志，才缓解了上述不足之处，使工作得以顺利开展。她思想进步，能吃苦，领会问题快，熟悉西藏情况。我俩互帮互学，她教我藏语和骑马，向我介绍西藏民风民俗；我帮她学汉语文及她不懂的知识。俩人形影不离，亲如姐妹，工作上配合默契，发现问题互相帮助，生活上互相关心照顾，都能全身心地致力于搞好江孜妇女工作。实践中尝到不懂藏语的难处，才真正懂得分工委强调学习藏语文的重要意义，就努力争取实现分工委要求的"一个人能顶一个人用"的计划，下决心攻克藏语文关。从此，我身上经常装着小本本，死记硬背生词，有机会就学，见人就问，有机会就讲，讲错了就改，大小会上别人翻译时认真听，学习词句的运用和翻译艺术。那时对会藏语的，无论藏族汉族，我都把他们当成我的老师。

骑马也是一关。有的马不好，有的马还会欺负人，因骑马技术不行摔下来的事还不少。记得有年冬天，原本半天的路程，可是马却找麻烦，不走或横着走，我俩怎么吆喝都不走，气得我们拿起鞭子抽打，马飞跑起来，我骑的马前蹄打滑，把我摔下来两次，幸好没摔伤骨头。整整走了一天，天黑才到达目的地，下马时脚冻得麻木难走，臀部红肿得不能坐，狼狈不堪。

初期开展妇女统战工作时，我们主要采取走出去上门拜访送礼谈问题，请进来学习、开会（各种纪念会）、听报告、开展文娱活动、进行联欢等方式，以联络感情、结交朋友，扩大宣传面，达到团结教育的目的。无论哪种形式，宣传内容都是围绕宣传《十七条协议》、伟大祖国、伟大的中国共产党、伟大领袖毛主席、伟大的中国人民解放军、党的民族宗教政策等，以及社会主义，提高她们反帝爱国、团结进步的觉悟。统战人士初期顾虑很多，不少人对我们若即若离，又因她们一家一户的政治态度相互影响，妇女随着男人转，男人随着拉萨整个形势转，拉萨情况直接影响着江孜。

几次拉萨骚乱事件都很快波及到江孜，在开始拜访她们时，普遍表现冷淡，或不冷不热，或应付、不欢迎，更有甚者拒绝见面。为了开展工作，不管她们是哪种态度，我们都去接触，去联络。这样次数多了，对我们了解了，情况就变了。对于个别顽固的，我们仍硬着头皮去做工作。

记得我们有次去拜访大贵族帕拉夫人，已经走到她家门口了，她却派佣人通知说她不在家。我们估计她不可能不在，就在附近观察了解。她慌了手脚，赶忙又派佣人来告诉说她在家请我们回去。

在走访中，其他困难也不少。江孜专区贵族多，且住得很分散，有的需半天路，有的需一天，当天回不来，不得不在外边过夜，我们俩女同志难免担惊受怕，怕途中遇到不测或在拜访对象那里出现什么情况……

有的贵族家用衣袖擦碗给我们倒酥油茶，不喝怕他们不愉快，喝又不舒服，最后还是从工作出发，勉强喝下去。

我们请客，他们有的不到，或是故意摆架子，开会通知两三遍都不到，有的即便到了，在会上也不发言，或互相观望，或光说“是是是”，或不认真听讲，议论服饰。请他们吃饭时，有些人不管多好的菜总是吃一点或不吃，我们感到很为难。眼看着一桌桌的好菜浪费实在心痛。当时我们物资紧缺，做这些菜是很不容易的。

经过反反复复耐心地宣传教育，和随着西藏整个形势向好的方面转化，我党影响的扩大，以吉普·阿旺白姆为代表的一部分上层妇女和青年开始表现出向党靠拢和要求进步的愿望，她们成为江孜地区早期举起爱国进步旗帜的带头人，成为学习《十七条协议》、开展文娱活动的中坚分子。我们组织文娱活动，举办舞会、排练节目，与文工队同台演出，下乡宣传，她们都积极参加。

随着形势的发展和统战工作的需要，江孜于1952年10月1日成立了学习《十七条协议》委员会。1954年11月26日又成立了江孜爱国青年联谊会。1955年5月23日，江孜爱国妇女联谊会也成立了，吉普·班旦金宗任主任，扎西林·白马普赤、乃堆·次仁玉珍和我为副主任。这个爱国妇女联谊会是在妇女学习会的基础上发展起来的，不仅带动了上层妇女，还带动了一部分中下层妇女，结成了一个爱国进步的妇女团体。至此，江孜中上层妇女在学习和推动江孜各项工作中发挥了积极的作用。经过长期团结学习合作共事，她们中的大多数人成了与党合作共事的同路人，有的成了同我们无话不说的知心朋友，有的成了自食其力的国家干部，个别的还当上了领导干部。

通过几年工作，最大的收获是结识了不少朋友，有的至今仍保持联系；学到了不少知识，特别是能用藏语独立工作，同藏族人民的心贴得更近了，把我和西藏人民紧紧地连在一起了。

## 洪水无情人有情

1954年7月17日凌晨，我突然被刺耳的尖叫声惊醒，开始以为是有人在唱藏戏，细听觉得不对，又听见男同志急促地喊，水来了，快！快！我立即穿衣往外走，我部部长木玉亭和他爱人罗宗英牵着我的双手，说快快快！下到底楼，没灯感觉大门已被水冲开，不走不行了。我们3人刚出门时水深只到脚面，几分钟后水就升到了小腿肚子、大腿肚子、腰部、胸部，水势越来越大，往哪去呢？木玉亭部长镇静了一下说，咱们往宗山走吧，那里地势高点。我身子太重（已怀孕8个月），水冲力又大，实在走不动。

他们夫妻左边一个，右边一个，架着我的双臂，又拖又抬，木部长个子高些，罗宗英同志矮小，负担我这样胖的人，真难为他们了。沿途到处都是人的叫声，上游的冲击物不断地往身上撞，我们三人慢慢地在水里走着，水到胸部压得喘不过气来，又冰冷得刺骨，全身冻得发抖。可能走了40分钟左右，才到宗山脚下，使劲往上爬到半山坡才停下。不久同志们和老百姓都三三两两陆续往宗山方向集聚。突然发现益西卓玛同志也来了，她似乎还未从惊慌的情绪中转过神来，只穿了一条裤腿。同志们都在呼喊着，打听着熟悉同志的名字。要不是木部长夫妻俩奋力相助，很难设想自己能从洪水中逃出来，罗宗英同志还耐心地守在身边问长问短。每当想起江孜水灾，他俩救我的情景就会浮现在眼前，心情久久不能平静。

江孜很美，有树有庄稼，还有金黄的油菜花。可今天，我们看到的只是一片白茫茫的急流泥水，宽几千米，一望无际，水中漂浮着各种大大小小的杂物、尸体，宗山周围的房屋经几小时浸泡已疏松，几分钟或十几分钟倒塌一座，老百姓有的压在屋里，死去或伤残，有的爬到屋顶，屋塌后全家仍淹在水中，有的已逃出险区，可由于又回去拿东西或捞水上漂浮物，被水淹死。工作人员有游到高坡屋顶的，有来回游着救人的，文工队员李亚成多次冒着生命危险和其他同志一起救起了数十名百姓。解放军机关和一个连在江孜大桥附近住，离宗山较远，他们全部出动，英勇、机智、舍生忘死奋力抢救人民生命财产，抢救遇险群众。水灾后，江孜城区除宗山边白居寺坡上的房屋完好外，其他建筑基本倒塌，只剩下贸易公司、社会部、医院。昔日繁华的西藏第三大城江孜，顷刻间被洪水冲得一片狼藉。

这次水灾是色旺湖水上涨造成的，7 月 17 日凌晨到江孜，下午 5 时才消退至雅鲁藏布江，给人民群众生命造成了重大损失，仅江孜、白朗沿河两岸冲毁大小村庄 170 个，受灾户 301 户 16180 人，淹死 691 人（不包括印度兵营），淹没耕地 64810 克，倒塌房屋 10074 间，淹死大牲畜 730 匹、羊 6949 只，其他财产损失无法计数。这是江孜乃至西藏历史上从没有过的特大灾害。驻江孜的部队、机关也遭受严重损失，住房大部分被冲塌。

印度驻江孜兵营、医院也遭遇洪水冲击。房屋及各项设备被冲为平地，所属二百余人全被洪水冲走，经我们抢救，救活了 1 名军官和 10 名士兵，他们全光着身子，无衣无食，分工委、部队本着人道主义精神，生活上给予了妥善安置，后被印度政府派人接回。印度总理尼赫鲁曾致电周恩来总理表示感谢。根据中印双方签订协议，印度驻江孜商代处及兵营原计划10月底撤离，这次水灾使他们提前全部撤离了。

7月18日，西藏工委发出救灾紧急指示，并要求分工委把救灾当中心任务抓，分工委立即成立了救灾办公室，木玉亭为常务负责人，组织干部投入救灾工作，工委抽调二十多名干部支援救灾。8月，中央发出慰问电并拨款，驻藏部队、机关干部战士在供应十分困难的情况下，纷纷捐献救灾物资，内地也发来了救援物资。分工委还用以工代赈方式修筑了日江公路、江亚公路。经过一年多的救灾工作，共发口粮73万多斤（大米50万斤，青稞23万斤），物资9718件，帐篷布2496方（公尺），贷放种粮4万克（每克28斤）；农具折银元一万五千余元；修房4174间，扶持商业、手工业，给灾民减免税和划拨土地579克。“以工代赈”修路，中央拨了300万银元。这些措施，使灾民安全过冬，没出现冻死饿死的现象，恢复了生产，重建了家园，农村又重新恢复了活力，大家都一致感谢共产党毛主席和解放军的恩情。

水灾期间，阴法唐同志去拉萨开会未返回，同志们帮助我从压塌的房子里抢出被子毛毯、衣服及小孩子用的物品，最可惜的是，为生孩子准备的鸡、鸡蛋全没了。由于产前缺营养，小孩生下来没吃的，又买不着什么，奶也不好，小孩脸瘦得就像老太太，皱纹很多，长时间没缓过来，头上那块天门骨长期长不上，至今孩子40多岁，这块骨头也没长好，每次洗头一低头就凸出一块发紫的肉，抬起头后才慢慢消去，医生说做手术难度大。这个孩子病还多，有一次病重，高烧、呕吐，是西藏自治区人民医院派到江孜救灾的小儿科主任谢成范把她救活的。因孩子出生在江孜，故给孩子取名叫“江莎”，即建设新江孜之意（江即江孜，莎是藏语“新”之意）。1998年夏，我们夫妻俩再次来到江孜时，一个新的江孜展现在我们眼前，真要感谢为它付出辛勤劳动的建设者们。我们原想让孩子长大了留在江孜参加建设，所以从小比较注意加喂酥油糌粑使她能适应高原生活，没想到，她刚到10个月就患了高原性心脏病，全身浮肿，医生建议立即送走，领导非常关心，决定由我送回去，沿途路上过几座大山时，抢救了几次才缓过来。从江孜骑马7天到拉萨，转乘汽车，因公路未全通，走走停停，停停走走，共走了一个多月才到达成都。一路上，因坐车，小孩尿布无处晒，只得挂满车身，车开动，尿布全飘着；每次停车，大人需方便，将小孩丢在厕所附近地上，小孩坐不稳，倒在地上爬，弄得满脸满身的泥土，逗得大家直笑，称她“泥娃”。到内地后她才开始有了笑脸，孩子终于得救了，可我们母女从此只能在照片上相见了。

## 平叛前夕发放农贷

1953年3月初，拉萨黑云压城，叛乱分子到处骚扰机关，抢劫群众财物，奸淫妇女，中共江孜分工委决定为不误农时，仍按时向群众发放农贷。我被分配到江孜县东郊农贷组，是派出组中离机关最远的一个，负责隆马村以下各村的农贷发放工作。其他各村离江孜县城近，问题不大，有情况好应付，唯独隆马村远些，该村翻过山就是叛乱分子据点，往前去是浪卡子县，这里叛乱分子活动频繁。执行此项任务危险性大，但我仍愉快地接受了。领导给各组发有长短枪自卫，配有医务人员，带了不少的药品。还另给我配了一个班的解放军战士。

我们一行十几人骑着马走了一天，下午到隆马，当晚即召开了群众大会，由我用藏语宣讲当前形势和应持的态度，今年发放农贷的意义、政策及具体发放办法、手续等。开大会时感觉群众情绪与往常不一样，精神不集中，有人提问干扰会场，个别人提出不想续贷。估计是怕收了共产党的农贷种子，叛乱分子要找他们的麻烦，可是却支支吾吾说不出口，我正面讲明道理后，大家情绪有所好转，便进行登记、校对、开封、发放、落实等各项工作（农贷种子每年春天发放，秋天收后封存在当地，经工作组来启封动用，登记造册，办理手续）。我们开会放贷的同时，医生给群众治病，据医生反映，今年看病要药的人也较往年少。说明叛乱分子宣传，群众有顾虑。据此，我们商量，此地不可久留，立即返回，可牲口没补充料不能走，黑夜没灯，山路险无法走，决定住下明天一早走。怎么住，为了保证全体人员的安全，最后决定集体住，租一间大屋全住在一起，派一两个人站岗放哨，照顾我是个女同志不排岗，我在大屋的一个角，穿着衣服凑合了一夜。这一夜基本上没合眼，总觉得不踏实，怕万一叛乱分子翻过山来，我们怎么对付。联想到近几年来叛乱分子袭击机关、炸油库、伏击我车队、打死我医生等惨无人道的事，心里总不踏实。叛乱分子还扬言，“江孜好对付，喝一杯酥油茶的功夫就可以拿下来”等。当想到机关备战练兵时，我打靶三发两中得优秀的情况，便又增添了勇气和信心。

第二天早晨，大家早早起来做好出发准备，没料到出发时，我上马不小心，碰到医生驮东西的马，药瓶碰得叮叮当当地响，两匹马惊得乱跑，药瓶从驮子上摔下来，我也从马上摔下来，但脚挂在马蹬上，头在地上拖了好几个圈，在这千钧一发之际，我迅速把脚拉出来，避免了一场不幸事件的发生，其他马群也乱了一阵子，推迟了出发时间。

随后，我们又去其他几个村顺利完成了发放贷任务返回机关。

3 月 10 日，西藏上层反动集团发动了全面武装叛乱。幸好我们赶在这之前把种子送到了群众手里。

## 藏汉骨肉情

在西藏工作生活的二十几年间，与藏族同胞朝夕相处，情同手足，结下了不解之缘，很多往事难以忘怀。调离西藏后这种亲情一直没有中断。

最让我不能忘记的，是藏族同胞救过我的命。记得那是 1969 年冬，我从内地返藏的第 8 天，住在西藏自治区党委大院的宿舍里，突然觉得心慌不适，从窗户往下望去，看见我部藏族干部拉巴在那里，立即用劲喊了一声“拉巴”，就失去知觉倒在地上。拉巴听到喊声预感不对，立即去医务室找到医生，他和冯尚文医生翻窗跳进屋，只见我躺在地上不动，全身冰凉，口吐白沫，连忙把我挪到床上，让我吸了氧，我慢慢地醒了过来。当时我说话不清，词不达意，全身无力，不停地喘气，自己觉得好像迷迷糊糊不知到了什么地方，这是我第一次体会到休克的滋味。当时，我生活不能自理，爱人又不在，领导才安排我部藏族干部古桑确吉同志和我做伴。在她精心照料下，我渡过了难关。回想起来，我这次得救，除医生外，主要是得到了藏族同志的帮助，这种友情我永远忘不了。

在江孜工作生活的 11 年里，我结交了数不清的藏族朋友，他们教我说藏语，还帮助我解决了许多工作和生活中遇到的困难，其中印象最深的是我的两个房东和两个阿姨。记得1961年至1962年，我在亚东县噶林岗乡蹲点1年多，一共住过两家“四同户”（当时规定必须选最穷的、思想进步的），一家是波查哥家，两位老人都是六十多岁。一家是多吉家，当时三十多岁。他们对我非常好，待我似亲人。两家对我的工作都积极支持、帮助，无论我开会还是加班到深夜，总是想着给我留点“突巴”，让我喝了暖暖身子好睡觉。1985年9月4日我重返西藏时，专程到亚东县看望他们，万万没想到波查哥家两位老人已去世，我听后心里很难受，专门到两位老人原来住的地方向他们默哀致意。让我高兴的是多吉和妻子次仁卓玛还健在，家里盖了一栋新的大房子，一见面大家都激动得大哭起来，全家人围着我有说不完的话，多吉说听广播知道我们已回西藏，还准备坐车去拉萨看我，做梦也没想到我今天专程来看他们，他们很高兴，说现在全村人生活都改善了，多数盖了新房，家家有苹果树，户户有余粮（该乡过去只种菜，吃粮要靠国家供应），这都是你们工作组同志亲自带领大家开荒生产打的基础，大家经常念着工作组的同志。

1996年12月的一天，突然有个民族大学文学系的藏族姑娘，拿着一张照片找我，一问才知道她是多吉的女儿尼珍，当年我在她家住时，尼珍尚未出生。尼珍考上大学到北京后，多方打听，今天终于找到了我，她特别激动。我也一样，从此，我把尼珍当作自己的孩子一样看待，让她也把这里当成她家一样，每逢假期叫她到家来住，补充一些短缺的物资，改善一下伙食。在学业方面做些政治思想辅导，她写的毕业论文是《论藏传佛教》，我看后，首先找了一些宗教方面的书给她看，然后认真给她谈了对待宗教问题应持的正确态度，她表示要用我的观点来修改。毕业后她被分在西藏拉萨达孜县德庆镇人民政府工作，我们还一直保持联系。

在西藏时为我照顾了两个孩子的两个阿姨，和我们的关系特别好，一位阿姨叫潘多，当年四十多岁；一位叫次布，只有17岁。我们像亲姐妹一样相处，她们的父母兄弟也经常来我家住。她俩对孩子很精心，不怕苦不怕累，为孩子洗洗涮涮，给孩子喂饭，每天背着孩子在院子里转。由于我工作较紧张，无法分担她们的劳动，也经常不能按时回家喂奶，她们特别可怜孩子，经常站在门口望着并告诉饿得大哭的孩子说“妈妈来了”，实在等不来就给孩子喂酥油茶、糌粑糊糊。时间长了，她们和孩子也有很深的感情，女儿患先天性心脏病需送内地时，潘多由于年龄大，自己孩子小无法前去，她心痛地哭了好几天，之后还经常打听孩子的消息。我们调回内地后，她非常想念我们，从《西藏日报》上剪下孩子爸爸的照片贴在家里，经常给孩子们讲述同我们夫妻俩和孩子相处时的情况。1985 年女儿去西藏，还专程找她的潘多阿姨，经多方寻问得知潘多阿姨已去世，她与阿姨的女儿扎西群宗，互相认了姐妹，至今保持着密切的联系。女儿患心脏病回内地时，我怀孕已 6 个月，无法去，承蒙组织关心，决定请一个要去内地学习的藏族女干部拉珍同志带着阿姨一块将她送回，从此女儿又多了一位藏族未婚“妈妈”。当时她们跟随江孜机关整个送小孩的队伍一块走，行至拉萨，孩子发高烧，住进了拉萨人民医院，出院时，送小孩的队伍已走，拉珍和藏族阿姨带着一个生病的孩子，乘车行走两千多公里也真够难的。

二女儿的阿姨次布，忠厚纯朴，我介绍她同汉族管理员张芳同志结了婚。孩子患心脏病送内地后，她参加了机关工作，退休前是江孜县工会干部，我同她父母弟弟联系也很密切。

我调回内地后，由于工作关系，我经常能见到从西藏回来的同志，这中间也有许多故事。1977 年 5 月我在山东省委宣传部工作时，正在宁阳县下乡蹲点，突然工作组有一位同志讲：“今天看病发现有你们藏族实习医生（同志们常听我说到西藏工作的情况，总把我与西藏联系在一起）。”这引起了我的注意，原来他们是山东省帮助西藏培训的中专生，毕业前来山东宁阳县第一人民医院实习。一个星期天，我约他们来我住的县招待所相聚，那天，他们全部身着藏装，很引人注目，工作组周围的同志们很好奇，都来热情地与他们交谈。我特意准备了水果和甜茶（不过不是鲜奶，用奶粉制作的），其实这些学生我们并不认识，我离藏时他们大约 13 岁左右，可见面后用藏语一讲，大家就一见如故了，我见他们像见老乡一样亲切，他们在内地，能见到当年曾在西藏工作的老同志，还能用藏语跟他们讲话，更感到亲切。大家谈学习、谈工作、谈生活以及实习中遇到的问题等，无所不谈，谈得很愉快，玩得很开心，还照了相。他们好像回到了家，我也像回到了西藏。

1980 年我爱人重返西藏工作时，我因身体原因没一起去。1981 年广播电视部领导批准我去西藏休假时，我壮着胆子去了，开始几天高原反应很大，但慢慢就适应过来了。以后我的胆子越来越大，又去过6次，每次少则一个月，多则两个月，有时做翻译。1990年那次还是从青藏公路坐汽车进去的。每次去仍有高原反应，但我逐渐掌握了规律，适应能力越来越好。江孜、那曲、安多海拔较高，几次反应都较大，但也坚持挺下来了。我认为，最根本的还是我和西藏有感情，只要有机会，我总不愿轻易放过。

## 亲爱的战友啊！你们走得太早了

在迎接西藏和平解放50周年之际，我们首批进藏女兵倡议出版回忆录，把这段光辉的历史记录下来，留给后人。此时此刻，不禁想起一个又一个已经离开人世的战友。当年我们一块背着背包进藏，一块爬雪山过草地趟急流，一块开荒生产建房修公路打柴，同吃、同住、同劳动、同学习工作，朝夕相处，情同手足。而今祖国建设得比当年好多了，人民生活正朝着富裕、文明迈进，你们为之奋斗的理想已经实现。可惜，这一切你们没看到，更没享受到。亲爱的战友啊！你们走得太早了，每当我想到这些就非常难过。你们那种对革命的乐观精神，对工作的勤奋态度，对同志的热情真诚，包括你们的音容笑貌，至今还留在我的脑海里，经常浮现在眼前，我们亲切交谈的声音还不时在耳边响起。

亲爱的战友啊！你们为西藏人民的解放事业献出了年轻的生命，历史不会忘记你们，西藏人民不会忘记你们！

# 风雪征程忆当年

惠琬玉

50年前解放西藏的光辉业绩，像一首壮丽的诗篇载入史册。当年世界屋脊上艰苦进军的伟大壮举，震惊全世界。每当回忆起当年进军西藏的情景时，总是心潮起伏，感慨万千。那艰苦而有意义的风雪征程，深深地镌刻在我的记忆里，使我难以忘怀。那雄伟的进军场面，火红的青春岁月，以及战友们吃大苦、耐大劳、革命乐观主义的音容笑貌，仿佛就在眼前……

## 皋兰山下出征忙

1951年3月，古城兰州春寒料峭，黄河尚未完全解冻。然而，坐落在皋兰山下铁路新村的西北进藏筹备处，却是一派热气腾腾的景象。这里是从西北方面进军西藏的集合部和出发地，大批干部从四面八方汇集到这里，准备进军西藏。

当时我们西北团校好几百人报名进藏，最后只批准了30名同学，其中女同学有魏贞静、贾瑞梅、杜群英、李萍、李蓉、程志强、沈慧华和我，共8人。学校为我们戴上了大红花，敲锣打鼓，欢送我们从西安起程，到兰州报到。在这里我们脱去了灰色的干部服，第一次穿上崭新的军装，成为一名解放军的女战士，显得精神抖擞，豪情满怀。根据筹备工作的需要，我们团校的同学很快都分配了工作，我被分配到报社，群众日报、甘肃日报等单位也调来了新闻干部，准备筹办进军的油印小报《草原新闻》。

新战士加入进军西藏的伟大行列，热情自然高涨，大家在一起谈论最多的是如何在进军西藏的征途中经受锻炼和考验。大家都很年轻，想问题也很简单，对进军西藏的艰巨性认识不足，总是向往着蓝天、白云、雪山、草地和那“天苍苍，野茫茫，风吹草低见牛羊”的自然景色。针对青年人的特点，领导给我们发了些如《西藏概论》等小册子，要我们了解西藏，并对我们进行和平解放西藏伟大意义的教育。我们很快投入到紧张的行军准备工作中，开始了火热的军事生活。

清晨，太阳刚刚从东方升起，伴随着嘹亮的起床号声，我们就以战斗的姿态在操场上集合了。青藏高原高寒缺氧，雪山连绵，为了适应长途行军的需要，我们除了跑步、做操外，还要进行爬山、打靶等军事训练。我们还象征性地把附近的皋兰山，当作进藏途中的大雪山，经常奋力攀登，锻炼体力和毅力。刚开始攀登皋兰山，女伴们都感到很吃力，爬到半山腰就气喘吁吁，双腿无力，脚步难移。这时大家便互相鼓励：进军途中的雪山比皋兰山高多了，现在不加紧锻炼，到时候怎么能翻越那些大山呢？就这样伙伴们经过无数次地拼搏和锻炼，体力逐渐增强了，后来我不用人帮忙，一口气就能爬到山顶。

长途行军需要骑马，这对我们来说，又是一个新的课题。我刚开始学骑马时，走到马跟前，腿就不由得打颤。好几次骑上马后没走几步，就被摔了下来，有时摔得鼻青脸肿。这时，我暗暗给自己鼓劲，进军西藏要克服千难万险，这点困难还不能克服吗？再说解放军女战士，哪有怕马的道理。于是我慢慢壮着胆子接近马，并注意学习别人骑马的经验。我看到龙云大姐骑马的动作很熟练，便向她请教。她说：上马时要踩好马镫，抓好马鬃；上马后身子坐直，两眼平视，两腿夹着马肚，抓紧缰绳；马跑时，两腿放松，屁股稍离马鞍。按照这些要领，我经过多次反复练习，终于学会了骑马。当我骑在高头大马上，一路顺风地跑起来，心里真是高兴极了。

由于紧张的训练，我的盲肠炎复发了。侯国栋大姐陪我去兰州陆军医院检查，白血球已经增加到一万八千多，当时医生就让我住院手术。我考虑出发日期临近，唯恐影响进藏，一时不知如何是好。白云峰首长好像看透了我的心思，对我说：“你放心，进藏不会把你丢下，安心去做手术吧！”医院的大夫和护士们，看到我年纪小，又要到西藏去，对我格外关心和照顾，并让一位曾留学法国、医术高超的医生为我主刀。当时和我一起做手术的还有张晨虹。由于手术做得成功，加上伙食营养好，我的伤口愈合得很好，很快就出院了。

7月，正是兰州瓜果飘香的季节，我告别了亲友，怀着对故乡的依依惜别之情，和战友们一起乘汽车到达西宁。不久，部队在青海西部重镇香日德集中。在这里我们过了一段住帐篷、做饭、放马等高原行军的适应性生活，并领到了马匹和行军所需要的各种物资，做好了进藏的一切准备。8月28日，十八军独立支队的全体指战员在香日德举行了庄严的进军西藏誓师大会，我这个见习记者，生平第一次采访，采写了这条有深远意义的大会消息，刊登在当天创刊的《草原新闻》油印小报上。就在这天，独立支队的人马，便浩浩荡荡踏上了进军西藏的艰苦征程。

## 登上诺木岗峰

独立支队从香日德出发，分前后两个梯队行军。我被分在后梯队报社，也就是干部大队。从香日德出发后，前面没有公路，部队整天行进在茫茫大草原上。在这荒无人烟的草原上行军，没有固定的路线，部队只好依靠指南针辨别方向，临时确定行军的路线，人马走到哪里，哪里也就踏出了一条路……每天大队人马出发后不久，便可看到在部队经过的地方，路旁插着一个木棍，上面用红布条作记号，每走一段，就有这样一个路标。这小小的路标，就成了我们每天行军的无声向导。这些路标究竟是谁插的？至今我都没有打听清楚，也不知道一共插了多少个路标。50年过去了，每当我想起这些进藏途中默默无闻的探路英雄时，崇敬之情便油然而生。

行军途中遇到的困难，比我们原来想象的要具体得多。草原上的气候瞬息万变，我们每天行军总免不了要和风雨打交道。时而风雨交加，时而冰雹袭击。虽然部队给每人都配发了雨衣，但是同志们的衣服经常湿漉漉的。刚开始行军，我们对草原生活没有经验，往往吃不上饭，多少天也不洗一次脸。一到宿营地搭帐篷，找不到一块干地方，做饭生火捡不到干牛粪。遇到这样的天气，为生火常熏得我们流泪，火生不着，做不成饭，肚子只好唱“空城计”。行军路上不但生活十分艰苦，而且还有遭受土匪袭击的危险。我们开始行军不久，就听说沿途有“乌斯满匪”骚扰。所以部队随时都作好战斗准备，以便应付来犯的敌人。

9月上旬的一天傍晚，我们来到海拔四千七百多米的诺木岗峰下宿营。

诺木岗是昆仑山的支脉，是我们进藏途中遇到的第一道险关。

当天晚上，大家一吃过饭，就开始了翻山的准备工作。听说山上很冷，同志们把装备的皮大衣、皮裤、皮靴都拿出来。大家说，现在这些东西可派上用场了，说着小胖子冯丽英就试穿起来，全副武装后，不要说爬山了，就是平地走路都感到困难。我们又担心，穿得这么臃肿，明天能翻山吗？这时谁也没有经验，不知这些装备能不能用上。整理完行装，明又忙着准备干粮、急救包，一直忙到深夜才睡下。

第二天早晨，部队出发不久，艰苦的爬山就开始了。从山下望去，诺木岗似乎并不高，可是攀登起来老是爬不到山顶。我生平第一次爬这样的高山，既兴奋又紧张，唯恐掉队。由于高寒缺氧，气喘得就像拉风箱，爬几步，就得停下来，出口大气再爬。原来准备的御寒衣物一件也没用上，就这样身上还直冒汗，越往上爬感到腿越没劲，停下来休息的次数就越多。这时我很想拉拉马尾巴助我一臂之力，可是转念一想，觉得马驮着我的行李爬起山来已很吃力，也就不忍心给马增加负担了。这时伙伴中不知谁说了一句：当年文成公主能到西藏，我们这些娘子军还翻不了这座大山吗？这句话还真灵验，大家互相鼓励，坚持不懈地往上爬。最先爬到山顶的同志唱起了“向前，向前，向前，我们的队伍向太阳，脚踏着祖国的大地，背负着人民的希望，我们是一支不可战胜的力量……”这威武、雄壮的歌声鼓舞了我的斗志，顿时感到浑身增添了力量，无形中加快了爬山的速度。

在未爬山之前，就听当地牧民说，山上有瘴气，我们好不容易爬到山顶，这时感到胸闷，头脑发涨，四肢无力。我们几个女同志便找了块平坦的草地，坐下来休息，并拿出早已准备好了的八卦丹、行军丹含在嘴里消暑解渴。有的同志还拿出几瓣大蒜吃起来。这时男同志便吸起烟来，吸着吸着感到胸不闷了，头也不太涨了，于是他们把吸烟当作避瘴气的好经验，介绍给女同志。平时不吸烟的我，听说能避瘴气，也学着抽起来，吸了几口，虽然呛得难受，但却真有用。从此，行军途中就给男女同志都发了烟，但以后行军途中，遇到有瘴气的地方并不多。

在攀登诺木岗的过程中，由于高原反应，有的同志流鼻血，有的甚至昏倒了……同志们互相照顾，发扬团结友爱的精神，不让一个战友掉队。早登上山顶的同志，主动下山迎接还没有登上山顶的同志。经过七个多小时的艰苦攀登，部队人马终于全部胜利地翻过了险峻的诺木岗峰。

## 征途中的《草原新闻》

进军途中，我们办的油印小报《草原新闻》，成了指战员们唯一的精神食粮，很受欢迎。行军一开始，前、后梯队的油印小报的编印工作也同时启动，报社 23 人，分成两个摊子，随前、后梯队行军。前、后梯队的报纸分别由《群众日报》调来的金镒、霍春禄负责。我分在后梯队，《甘肃日报》调来的一凡担任编辑，陈拓、王克俭、车德驷等大学生，被分配在牛队、骡子队、骆驼队担任驻队记者。我们的油印小报以抄收中央人民广播电台的时事记录新闻为主，同时也刊登一些进军指挥部的指示命令，反映部队指战员的行军生活，表扬好人好事，以及沿途藏族群众欢迎解放军进藏的新闻，以鼓舞士气。为了保证部队指战员在长途行军中及时了解国内外形势，报社决定后梯队由我和葛英琪抄收记录新闻。我除抄收记录新闻外，还要组版，兼做一些其他工作。油印员是由西北军区调来的杜焕文、何斌。报社的同志既要行军，又要出报，可想而知是很辛苦的。但是大家的工作热情很高，努力完成在亘古荒原上开天辟地办报的艰难任务。每天一到宿营地，我的第一件事，就是先把马上驮的收音机卸下来，搬进帐篷里，架好天线，准备晚上收音。吃过晚饭，当夜幕笼罩大地，别的帐篷的同志已进入甜蜜的梦乡时，我们报社的同志便开始了紧张的工作。在仅有蜡烛照明的帐篷里，在行军桌上，编辑部的同志忙着编稿、组版、刻蜡板，一直忙到深夜。有时印完报纸刚睡下，被子还未暖热，起床号响了，同志们再困、再累，也得赶紧起床，备马出发。

抄收记录新闻的工作，对我来说并不是什么难事，每天晚上 10 点钟开始，要抄收一个多小时，只要气候正常，抄收工作就比较顺利。但是在遇到时而大雨滂沱，时而风雪交加的天气时，收音机里的声音忽有忽无，断断续续，收录就比较困难。这时抄收的人要在微弱的声音中辨别字句，尽力顺着意思抄下来，我只能尽量减少差错和遗漏，不给编辑工作造成困难。我们抄收的记录新闻，除供小报编用外，每天还要送给首长们看，以便让他们及时了解国内外大事。

一天宿营后，通讯员送给我一张纸条，我打开一看是范明司令员写的。上面写道："抄收记录新闻的同志，希望把你的字写得工整一点，否则你的外国字我就不认识了。"我这个人很爱面子，看了这张纸条，既惭愧，又难受，眼泪不由自主地流下来，心里暗暗责怪自己，其实那天字写得潦草，确实有些客观原因。那天晚上宿营后，突然刮起了大风，一会儿时间就风雪交加，气温急骤下降，皑皑白雪覆盖了大地，凛冽的寒风似乎刺破了帐篷。我穿着皮大衣、大皮靴，坐在自己的行李上，趴在装收音机的木箱子上抄收新闻，冻得直打哆嗦，脚麻木了，手冻僵了，连钢笔里的墨水也冻得不下水。我只好用嘴里的热气哈哈冻僵的手，搓一搓，活动一下手指，改用铅笔继续抄收。所以那天晚上的字写得歪歪扭扭，实在是太难看了。我想，如果第二天能重新誊写后，再送给首长看就好了，可惜我没有那样做，心里很后悔。从那以后，我抄收新闻就格外认真、仔细。一次范司令员见了我，还表扬我的字写得有进步。

高原的严寒天气，冻得我的脸上、脚上长满了冻疮，晚上睡觉暖热了就奇痛、奇痒，无法入眠，再加上晚上要工作，深感睡眠不足，我们经常骑在马上打瞌睡。行军途中休息时，我们常常是手里拉着马缰绳，马围着我们来回打圈圈，我们却躺在地上发出了香甜的鼾声。在几个月的长途行军中，由于生活艰苦，同志们的体力明显下降。就是在这样的艰苦条件下，报社的同志坚持出版油印小报，不管行军再苦再累，每天宿营后，仍然抓紧时间工作，完成组织上交给的出报任务。第二天清晨，当队伍出发的时候，我们站在部队经过的地方，把散发着油墨香味的《草原新闻》，散发到战友手中，从他（她）们微笑的脸上，我们得到了鼓舞，也是最大的欣慰。

## 抢渡通天河

由西北进军西藏的途中，不知趟过了多少河流。但是最大的、给我印象最深的就是抢渡通天河。

我们到达通天河的时候，正逢雨季，河水上涨。通天河咆哮着、翻滚着，像飞瀑似的奔腾而下，挡住了部队前进的道路。古人云："走遍天下路，难过天河路"。目睹此景，我问自己：难道通天河真的要阻挡我们前进的道路吗?

相传通天河畔有唐代高僧玄奘的"晒经台",传说唐僧到西天取经回来,路过此地经书失落通天河中,便把落水的经书拿到这里来晒,故取名叫"晒经台"。这里还流传着当年文成公主远嫁赞普松赞干布,到此被湍急的通天河挡住去路,后来请来神仙,挥鞭分水才渡过去的故事。当时这些美丽的传说并没有引起我的兴趣。因为我们过河心切,根本无心思去找"晒经台"在什么地方,也不想去讨论这些传说是真是假,更不想借助"神"的力量,为大军抢渡通天河助一臂之力,而我坚信,部队领导一定能发动群众,群策群力,战胜一切困难,胜利地渡过通天河。

当时部队只有几只牛皮筏子,可是通天河的河面有三四百米宽,水又很深,大批人马要渡过波涛汹涌的通天河,困难真是太大了。部队已在河边宿营好几天了,但几天来不见河水下落,这时同志们十分焦急,这一带虽说是河滩,但草很缺,上千头牲口没有草吃是个大问题。牲口掉了膘,还要走很远的路,如果再等下去,问题就严重了。许多同志为此绞尽脑汁,献计献策。就在这关键时刻,来自青海的几位藏族战士,自告奋勇,要求下河探路。他们脱掉身上的棉衣,冒着严寒,跳进刺骨的河水中去探路。可惜这次探路失败了,一位名叫辛烈的藏族同志不幸光荣牺牲,同志们怀着沉痛的心情默默地哀悼他。探路不成功,首长们便想办法,派刘旭初等同志,带领从兰州来的马占彪等几位水手,乘牛皮筏子试渡,探察水路。他们与汹涌的河水搏斗了四个多小时,试渡的牛皮筏子终于登上了对岸,指战员们高兴得几乎跳了起来。英雄们为抢渡通天河立下了汗马功劳!

试渡成功,极大地鼓舞了士气。接着,有组织地抢渡通天河的战斗开始了。全军上下,夜以继日,白天抢渡不完,晚上挑灯夜战。夜间渡河时两岸灯笼、火把齐明,渡河场面十分壮观。报社因要出报,领导安排让我们先渡河。战士和民工们冒着严寒摆渡,整整在通天河上战斗了15个日日夜夜,才把全体指战员和主要的物资、马匹抢渡过去。在这场渡河战斗中涌现出许多可歌可泣的英雄模范人物。

抢渡通天河之后,指战员们在这里欢度了国庆节,并召开了庆功大会,嘉奖了渡河有功人员,悼念了进军以来和为抢渡通天河而英勇牺牲的烈士们。我们又扬鞭催马,继续向拉萨挺进!

## 到达藏北重镇黑河

经过近3个月的长途跋涉，我们先后翻越了崎岖险峻的诺木岗，通过了遍布沼泽的橡皮路果洛区，战胜了急流汹涌的通天河，翻越了海拔5200多米、终年积雪覆盖而寒冷的唐古拉……终于进入了西藏境内，来到了辽阔的羌塘草原。由于一路上顶风冒雪，整天和雪山草地打交道，再加上营养不良，我们已感到相当疲累了。几个月已经没有吃过一顿可口的饭菜，也忘记了水果和蔬菜是什么滋味了，女同志闭经，男同志流鼻血，出现了不少高原反应……但是征服自然的节节胜利，使同志们的革命热情不断受到新的鼓舞。当我们翻过白雪覆盖的唐古拉山以后，大家的心情就像眼前的辽阔草原一样，变得开朗起来，在每天行军途中或宿营的时候同志们便兴奋地议论起来，有的说，最艰苦的路程已被我们抛在了后面，再往前走就要到达黑河了；有的说，黑河是藏北的政治、经济、文化中心，也是我们将要到达的第一个西藏重镇，到那里我们就可以同西藏人民见面了，大家都热切地盼望着尽快到达黑河。

11月4日，是个大晴天，草原上蓝蓝的天空万里无云，同志们知道今天就要到达黑河了，所以早晨没等吹起床哨，就纷纷爬起来，忙着收拾帐篷，整理行装，精心地打扮自己的战马。出发前首长又一次给我们讲了民族政策和有关进入黑河镇注意的事项，要求大家严格遵守“三大纪律、八项注意”，和藏族人民见好面。迎着初升的太阳，我们踏上了行军以来最愉快的一段路程。浩浩荡荡地大队人马，在一望无际的草原上行进约3个小时，只见远处海市蜃楼般的出现了一片白色的房屋，在几个月的长途行军中，我们除了看到成群的野马、黄羊、野兔和几座牦牛帐篷外，从未见过一间房屋，一棵树木。眼前的景象，使我们感到格外新鲜。不知是谁激动地喊了起来：黑河到了！黑河到了！这时同志们兴奋地唱起了部队自己谱写的《西北入藏进行曲》：

我们是中华民族的优秀儿女，
我们是毛泽东的光荣战士。

为了解放西藏，
为了巩固国防，
走上了祖国遥远的边疆。
山高欲摩天，
地阔不见边。
纵跨山岳顶，
横渡江河源。
昆仑山上号角鸣，
野营灯火映天红。
绿茵碧海天一色，
铁骑扫破雪山峰。
牛羊自荡漾，
牧马任奔腾。
听吧！
藏族兄弟齐欢唱，
解放歌声响遍草原中；
看吧！
我们的祖国是多么伟大雄壮，
我们的民族是多么勇敢高尚。
同志们！
让我们骄傲地歌唱。
胜利地走向西藏，
把五星红旗高高地插在喜马拉雅山上！
……

大约下午两点钟左右，部队终于到达藏北重镇——黑河。当雄赳赳的骑兵队伍，以五星红旗、八一军旗、毛主席画像为前导进入黑河镇郊时，几百名藏族群众和僧俗官员，早在草坝上列队相迎。西藏地方驻黑河总督和代本，还在镇郊搭起了欢迎帐篷。部队走进时，几位藏族官员走上前，给独支部队司令员范明和政委慕生忠等按藏族礼节，向他们献上了藏族人民珍贵的礼物——洁白的哈达。欢迎的队伍群情振奋，热情的藏胞有的挥手点头，有的发出啧啧的赞美声。接着威武的骑兵部队通过镇区，只见街道两旁的居民门口和房顶上，也都挤满了藏族群众，他们看到我们男女战士都很年轻，英姿飒爽，个个精神饱满，都投以惊讶、好奇的眼神。这时我们的宣传队便开始给藏族同胞发毛主席纪念章、有关和平解放西藏办法的《十七条协议》的画报等宣传品。得到宣传品和纪念章的藏胞显得特别高兴，有一位牧民老阿爸，还把毛主席纪念章挂在自己的大皮帽子上，不时用手摸摸，又取下来看看。通过我们的宣传，他第一次知道毛主席是全国各族人民的伟大领袖。

部队在黑河住下以后，决定在这里作短暂的休整，恢复一下同志们的体力。可是同志们都不顾长途行军的疲劳，第二天就在镇上广泛开展宣传活动和医疗工作。在宣传活动中，除文工队的同志全部出动外，也动员各单位的女同志参加。我虽缺少文艺细胞，但在同志们的感染下，也和大家一起化上妆，在黑河街头扭起了陕北的大秧歌。文工队的演员们，在广场上表演了行军途中赶排的反映藏汉团结的舞蹈、合唱、小话剧等节目。当时我们初到藏北高原，活动量稍大就心跳气喘，但是大家顾不上高原反应，一演就是两三个小时。在这些日子里，黑河古镇，到处红旗招展，锣鼓喧天，吸引了远近无数的牧民，有的从几十里外骑马赶来看节目，看望他们从未见过的“金珠玛米”，使沉睡千年荒凉而寂静的羌塘草原，出现了空前欢腾的景象。部队的医务人员全部出动了，他们背着药箱、走街道、进帐篷，免费给藏族同胞治病。得到治疗的藏胞，个个脸上露出了感激的笑容，纷纷称赞毛主席派来的队伍真是“菩萨兵”。

部队在黑河逗留了10天，在这10天中，我们一面开展群众影响工作，一面进行必要的休整。大家都很自觉地遵守群众纪律，尽管部队长途行军，物资奇缺，但没有一个人上街买东西。当地政府给部队送来了一些牛羊肉和牛粪(做燃料用)，部队都按当地价格，一一付款。这些日子我们利用现有的条件改善伙食，有的包饺子，有的揪面片，有的吃手抓羊肉……大饱了口福。进入高原以后，天气异常寒冷，我们很少洗脸，更没有条件洗澡。听说黑河附近有温泉，大家高兴极了。部队便在那里搭起好几座帐篷，供同志们到天然浴池里沐浴。这里尽管天寒地冻，白雪皑皑，山风呼啸，但浴池里云雾蒸腾，散发着硫磺味的温泉，却像世外仙境，温暖如春。有的同志说，这是玉皇大帝慰劳我们这些天兵天将特意安排的。我们在温泉沐浴，洗净了长途行军时身上所积的污垢，感到从未有过的轻松、舒服和惬意，这的确是一次意外而难得的享受。

在黑河休整期间，适逢苏联十月革命34周年纪念日，我们在皎洁的月光下、辽阔的草原上，举行了别开生面的庆祝晚会，大家在这里尽情地唱歌、跳舞，给我们的行军生活留下了愉快而有意义的一天。特别令人难忘的是，一天夜里，我在帐篷里抄收记录新闻，忽然听到中央人民广播电台播音员清脆悦耳的声音："我中国人民解放军从西北进藏的部队，越过千山万水，排除种种困难，已经胜利到达藏北重镇黑河……"这是行军数月来，中央人民广播电台第一次向全国、全世界广播人民解放军从西北进军西藏的消息，这一消息第二天在部队传开后，一片欢腾，同志们受到了极大的鼓舞。

经过在黑河10天紧张而愉快的生活，部队人员各方面都得到了较好的休整。11月15日，同志们精神振奋，扬鞭奋蹄，一路高歌，踏上了进军西藏的最后一段路程，终于在11月底到达西藏首府——拉萨。12月1日，我们和从西南方面进军的十八军主力部队胜利会师，完成了进军西藏的伟大历史任务。

# 诗歌之路

杨星火

长长的、彩虹般的川藏公路，像一首壮丽的长诗，写在白雪皑皑的世界屋脊上，写在我青年时代的美好记忆里。

这首气壮山河的长诗，是我们写的，是我们川藏公路全体筑路战士和民工写的。写它，不仅用笔，而且用钢钎，用铁锤，用铁镐，用惊天动地的开山炮声；写它，蘸的不仅是墨水，而且还有热汗和青春，还有烈士们的鲜血和生命！

每当我想到这些，心尖儿就激动得发颤；每当我写到这里，笔尖儿就在纸上直抖……

## 叫我怎么不歌唱

1952 年 6 月，我第一次登上终年积雪的雀儿山，也是有生以来第一次看到“六月雪”！大朵大朵的雪花，落在山峰上，落在公路上；大朵大朵的雪花，像朵朵白花，缀满了张福林烈士陵墓。我们含泪站在墓前，听筑路部队师政委洪流同志讲张福林的英雄故事……

这是一位年轻的炮班长。进军西藏前夕，他到川西的一个小镇赶场，既没为自己买一斤粮，也没为自己买一包烟，而是买了很大一包菜籽，进军西藏的千里征途中，他走到哪里，就把菜籽撒到哪里。撒下一片翠绿，长出一片希望。在打通雀儿山的艰苦斗争中，这位炮班长变成了开山炮手。有一天，他正在工地上检查炮口，突然被飞石砸伤，血流不止。卫生员给他打救急针，他摇着头说：“不用了，把这支药省给同……志……”生命垂危，指导员问他有什么嘱咐，他艰难地伸出手，从怀里掏出了最后一次党费，还有一包金灿灿的菜种……

听到这里，我再也忍不住，泪水顺着眼角直往下掉，甚至哭出声来。洪政委走到我面前，拍着我的肩说："流泪，只能寄托哀思；一个文艺战士，更应为英雄歌唱！"

我抬起头来，抹去泪水，把政委的话刻在心里。对，应该为英雄歌唱！从这天起，我唱起歌来，似乎更有感情了。每当我唱《打通雀儿山》的时候，我仿佛看见了雪峰上张福林的英姿！我仿佛看见他伸出一双手，把他未撒完的菜籽交给我，把建设西藏的美好愿望交给我，把保卫祖国边疆的神圣职责交给我！我怎能不为他歌唱？这一年，我们一直和筑路战士一起生活，一起劳动。部队把路修到哪里，我们文工团员就把歌舞送到哪里。

1953 年春天，我们和公路一起，来到昌都。我们在澜沧江边，架起了一排排整齐的帐篷。不久，我们的帐篷就变成了一排排土屋，还修了一座司令部大楼。一天，文工团副团长立兵同志对我说："咱们歌唱筑路英雄，不仅要用歌喉，还要用笔。要写出更新更美的歌曲，来歌颂我们的战士，歌颂我们的党，歌颂这条举世瞩目的、横跨世界屋脊的康藏公路的创建者！"对啊，应该写出更新更美的歌曲！可是，我只学过化学工程专业，只会写化学方程式，哪里会写歌呢？立兵同志笑了，她指着澜沧江对面的山村说："到白格村去学吧！那里是歌舞之乡，那里的人民会教你唱歌、写歌。"于是，我和罗念一等同志，背着背包，来到了昂曲河畔的白格村。

这是一个美丽的高原山村。天，是那么蓝、那么辽阔；水，是那么绿、那么清亮；草地上开着五颜六色的邦锦花；远处的雪山，像披着白纱巾的少女，在云雾中忽隐忽现。我也曾歌唱过西藏的美丽，但是，只有到了白格村，我才真正懂得了什么叫美丽的西藏！当然，最美丽的，还是白格村的人民。他们勤劳勇敢，能歌善舞；他们热爱共产党，热爱毛主席；他们把共产党比作太阳，解放军比作星星；他们把康藏公路比作"不落的彩虹""通向幸福天堂的金桥"！他们白天教我们劳动，夜晚教我们歌舞；向我们诉说他们的痛苦，描绘他们的希望和憧憬。啊！多么美丽的地方！多么好的人民！我们进军，我们修路，我们的英雄流血牺牲，不都是为了给这里的人民带来幸福、带来希望、带来美好的未来么？想到这些，我怎能不歌唱？在这充满诗情画意的山村里，我怀着这样的情，吸取西藏民歌的营养，写出了我的第一首诗歌《叫我们怎么不歌唱》。念一同志为它谱了曲。

这支歌很快流传全国，并获得了一等奖。

如果说，我的诗歌生涯是一条小河，那么，康藏公路边的白格村，就是它的一眼源泉！

## 开山炮手之歌

在修筑康藏公路的艰苦而又壮丽的岁月中，我结识了许多开山炮手。他们有的是大名鼎鼎的英雄，如模范共产党员张福林、千锤英雄杨海银、怒江探险英雄崔喜明等。他们的事迹，早已在西藏流传。然而，更多的则是默默无闻的筑路战士。这些无名英雄的音容笑貌，深深留在我的心中。我怎能忘记他们呢？

1954 年夏天，我们在波涛汹涌的帕隆江边，摆开了筑路战场。江岸是流沙塌方地区，特别是进入雨季以来，两岸的悬崖峭壁，乌云低垂，狂风摇撼，暴雨冲刷，随时都有山崩地塌的危险。我记得，有一天下午，我跟着连队刚刚走上工地，开山炮手们刚刚系上粗绳，悬空打炮眼。突然，在叮叮当当的钢锤打钎声中，传来了惊呼声："快到江边救人啦！一五七团的一个排掉进江里了！"人们立即向江边奔去，江水的咆哮声和紧急的呼救声，震撼着帕隆江岸的高山峡谷。当我从人群中挤到江边，举目一看，不禁惊呆了！暴涨的山洪恶浪排空，吼声如雷！只见白浪翻滚，水雾喷涌，哪里见得着一个人影？我环顾四周，战士们有的搓手跺脚，有的热泪满眶，有的放声痛哭。我一面拭泪，一面转身跑到一五七团的工地，天啊，我往日见过的三排工地哪里去了？那一群生龙活虎般的开山炮手哪里去了？一位新战士手里捧着一根粗绳，边哭边向我诉说："我们正在石岩上打炮眼，突然山摇地动，我们脚下岩石'轰'的一声陷落到水中！全排的同志都被恶浪吞没了，只剩下我和排长拉着这根从山顶上垂下来的保险绳。我让排长赶紧攀绳上去，排长瞪着眼吼道：'你上！执行命令！'我攀绳爬上山顶，回头一看，只见排长在浪花中冒出头来，高呼了一声：'把公路修到拉萨去！'一排巨浪就把他……"

我含着热泪，记下了这位幸存者的话，记下了排长临牺牲前的呼声。这是一个开山炮手用生命发出的最后的呼声啊！这是康藏公路上，最壮丽、最响亮的诗歌啊！

当天晚上，我整夜未能合眼，耳边响着三排长惊天动地的呼声，仿佛山风也这样呼着，江水也这样喊着："把公路修到拉萨去！"由于悲痛和情况紧急，我没能记下三排长和全排勇士的姓名！然而，他们英勇牺牲的悲壮情景，他们舍己为人的崇高品德，他们那临终前催人泪下的呼声，永远留在我的记忆里，永远响在我的耳边，永远像战鼓一样，催我发奋，催我前进！

"文革"中，当我一夜醒来，就由党员作家变成了"黑诗人""漏网右派"。我愤怒、悲痛，有时几乎痛不欲生。然而，当我想到了三排的烈士，想到了三排长最后的呼声，我就喃喃对自己说："要活着，要为战士们歌唱，写出配得上筑路英雄的诗文！不然，死后有何脸见修筑康藏公路的烈士？"

在帕隆江边，我怀着对烈士的思念，写了《开山炮手之歌》《我要回去》《开山炮冒着蓝烟》等诗。其中，《开山炮手之歌》被作曲家谱成了歌曲。这些诗歌，应该说是筑路战士写的。是他们用汗水、鲜血和生命写的。我不过是把它们记录下来，加以整理而已。

## 最珍贵的友情

如果说，康藏公路是一条长长的彩色飘带；那么，正是这条彩带把我和战士们连结在一起，结下了深厚的战斗友情，我敢说，这是人世间最珍贵的友情啊！说起来真有点笑人。我在上大学的时候，还是一个比较聪明的学生。可是，当我来到高原的悬崖陡壁上修路时，却笨得要命！

首先，我不会走路。其实，那开山炮炸过的筑路工地，本来就没有什么路。特别是看到悬崖峭壁上打炮眼的战士，绳子拴在腰间，悬空打炮眼，我简直眼花头晕，更不用说爬上去了。然而，我既然是来参加修路的，来体验筑路战士生活的，怎能老站在岩下呢？于是，我下决心向陡壁上爬。踏着岩石裂缝，一步一步往上爬。刚蹭上去两步，就摔下来了，我爬起来，又往上蹭。还没蹭上几步，两腿直抖，又摔下来了！就在这时，我看见一个战士攀着保险绳从岩壁"哧溜"下来了。他向我笑了笑，说："来，我引你上去！"他用两只脚掌蹬着陡壁上的石缝，然后，伸手把我往上拉，让我把脚放在他的脚背上。当我看见他忍着痛，向我挥手，鼓励我前进时，我惭愧得掉眼泪。就这样，我一步一步踩着他的脚背往上爬，终于爬上了那陡岩绝壁。半个月后，我也能自个儿拉着保险绳在悬崖绝壁走上走下了。

其次，是住的问题。那时，筑路部队都住帐篷。一个班十个人，挤在一个帐篷里，睡在地铺上。垫子下铺的是树枝和野草，战士们把它叫做“钢丝床”。我这个年轻的女兵，一下来到男子汉们的帐篷营地，往哪里住呢？我正提着背包发愁，小通讯员来了，他接过我的背包，取下我的方块雨布。然后，把他的方块雨布拿来，转眼之间，搭起了一个人字形的小帐篷。这就是我住的“单间”。我还记得，有一天晚上，雨下得很大。帐篷漏雨了，嘀嘀嗒嗒直往我脖子里灌。我连忙爬起来穿衣服，想把帐篷收拾一下。衣服还没扣好，突然发现不漏雨了，可是雨点仍嘀嘀嗒嗒地打着帐篷。怎么回事呢？我钻出去一看，啊！一件雨衣搭在我的帐篷顶上！我回头向岗哨望去，在淡蓝色的闪电中，我看见哨兵穿着一身单军装，浑身淋得透湿……女孩子下连队，还有一个没法讲的特殊问题。这一年，我跟着筑路部队生活了8个月。刚下连队时，什么东西都带。糖呀、瓜籽呀，甜的香的都有，还有一大包“例假”用的草纸。3个月以后，草纸用光了。我们在荒无人烟的原始森林里修路，上哪里去买草纸呢？我发愁了，但又不好意思讲。这些事能向党小组长、指导员汇报吗？例假来了，我就悄悄地把垫的棉絮剪来用。到第6个月，一床棉絮就剪光了！下个月该怎么办呢！剪棉被？高原的夜，即使夏天也很凉，剪了盖什么呢？我正犯愁，突然老营长到连队来了。他把我叫到一棵大松树下，悄悄塞给我一包东西。我仔细一看，是一大包卫生纸，还有消毒棉花。我又是喜又是羞，红着脸道：“哎呀，你怎么知道人家……”老营长眨了眨眼睛说：“我是神仙，掐指一算，什么秘密都算得出来！”我又感激，又奇怪。后来卫生员告诉我，原来连队检查卫生，发现我垫的棉絮没有了，又发现我的“专用厕所”里堆满了棉花条……他们立刻向营里汇报，营里专门派人骑马到公路终点去给我采购。看这一大包草纸、棉花，不知怎的，我突然想起了母亲，不禁泪水直流！过去，我只知道战士们勇敢、坚强，是顶天立地的男子汉！现在，我才知道，这些看来十分粗直的男子汉，都有一副母亲般的柔肠和情怀呢！

我永远也不能忘记的，是在一次山崩地裂的塌方险情中，战士冒着危险救了我的生命。我清楚地记得，那是一天下午。前几天，我曾从悬崖上摔了下来，左腿软组织受了重伤，站不起来。经过几天治疗和休息，伤势减轻了。那天下午，我拄着一根棍子，跟着战士们上工地。指导员下令不准我劳动，只准我写表扬稿子，我搜集了一些战士的先进事迹，正在编稿。忽然听见山顶上响起了一阵紧急的锣声和喊声："山顶上滚石头了，山梁裂口了！"这是安全哨兵的呼声。指导员立刻吹起口哨，高声下达命令："撤出工地！按三、二、一排次序，人与人之间拉开距离，尽快撤到安全地带！"人们立刻紧张起来，呼喊声、工具碰撞声、紧急的脚步声，响彻山谷。转眼工夫，三排、二排都撤走了。那时我在一排三班生活。轮到我们班撤出时，山上的滚石更多、更大了。班长喊了声："拉开三尺距离，跑！"前面的战士跑过去了，轮到我跑了，我拄着棍，刚跑了几步，忽听前后左右的人惊呼起来："大石头滚下来了！小杨，快跑呀！"可我呢，突然腿部不听使唤了，竟然呆呆地站在那里！就在这危急的时刻，我突然觉得身子飘了起来，只听见同志们的惊呼声和急促的喘气声。我揉了揉眼睛仔细一看，天啊！我是被一个战士背起来了，我急得大声喊着："放下我！别管我！"我喊得越急，他跑得越快。听着他呼吸急促，看着他那浑身的热汗，我感动得放声哭起来了。我恨自己，怎么这么笨呢？在这危险的关头，怎么呆若木鸡，竟让战士冒着生命危险背着自己跑呢？

当战士把我背到安全地方，放在一块石头上时，我刚一站起来，战士就累得倒下去了。我伸出双手把他扶起来，透过泪水，我才认出他是三班长！我沉默了，我能说什么呢？救命恩人，感谢你？我觉得，这些话都不能表达我的感情。

第二天，塌方止住了。我跟着连队走上工地，我吃惊地发现，在我昨天下午发呆的地方，有一块巨石深深地砸进土里，要不是三班长，我早就被砸得粉身碎骨了！

## 幸 福 路

高山低头了，洪水让路了！ 1954 年 12 月，康藏公路以排山搏浪之势，跨过了流沙塌方地区，飞过了色季拉山，直通拉萨河南岸。我随着第一支汽车队，满载着大米、盐巴、茶叶等物资和筑路战士的欢乐，从巴河桥向拉萨疾驰而去。汽车所到之处，沿路的藏族民工挥锹向我们欢呼致意。村庄、牧场里的藏胞，闻声跑来参观这不吃草又跑得快的“铁牦牛”。他们惊喜地指点着，啧啧地赞叹着，跟在汽车后面跑着、喊着：“金珠玛米呀咕嘟！”

我还记得，当我们的车队在太昭山谷里奔驰的时候，有几个藏胞突然站在路旁招手。车停了，一个头发花白的藏族阿妈被两个年轻人扶上车来。年轻姑娘对我说，她阿妈是拉萨人，她和哥哥陪阿妈回娘家去。她问我三天能到拉萨吗？我告诉他，太阳不落山，汽车就可以到拉萨了。我还没有说完，阿妈突然放声大笑起来，接着，又放声大哭。我正想问个究竟，汽车开动了。那天，我们都坐在货车顶上，迎着阵阵风沙，老阿妈一会儿哭，一会儿笑；一会儿指山，一会儿指水，简直像一个年轻的疯丫头第一次出门旅游！那个激动、惊喜劲，简直把我惊呆了。这是怎么回事呢？

太阳还没落山，我们的车队就到了拉萨河南岸。这时，拉萨大桥刚刚动工修建，战士和民工们正在打桥桩。我们坐着牛皮船，从渡口过河。拉萨河水是那么清亮，那么碧蓝。我趁着过河的时机，采访了老阿妈。原来，老阿妈的娘家在拉萨北郊的一个村庄。她 18 岁的时候，嫁给太昭的一个牧民。从拉萨到太昭，她骑着牦牛走了九天，才走进新郎的牦牛帐房。山遥路远，从此她再也没有回过娘家。如今，她已经 58 岁了，有三个儿子、一个姑娘，坐着“铁牦牛”回娘家，跑起来跟飞一样。一会儿飞过高山，一会儿飞过大河，眨眼间就回到了她生长的拉萨。她怎不悲喜交集，一会儿哭，一会儿笑呢？她问我：这到底是梦，还是神话？

听了老阿妈的话，我激动了，我也又哭又笑了。是啊，过去，在藏族人民心中，也许有过这样的神话，也许有过这样的梦想。然而，从文成公主进藏到现在 1200 多年，神话仍然是神话，梦想仍然是梦想。莽莽世界屋脊 120 万平方公里土地上，竟没有 1 里公路！如今，共产党来了，解放军来了，内地的筑路工人来了，藏族人民站起来了，神话和梦想变成现实了！康藏公路像一座神奇的金桥，把藏汉人民连接在一起，把拉萨和北京连接在一起，把边防前哨和中南海连接在一起。相隔千山万水的人，亲近得像住一个村庄。谁说康藏公路只缩短了内地和边疆的地理距离呢？不，它联接着各族人民的心！康藏公路，的确是一条团结的路、幸福的路啊！

那天晚上，我住在拉萨河北岸修桥大队工地的帐篷里，就着豆大的酥油灯光，挥笔写下了《幸福的路》。不久，作曲家给它谱了曲，很快流传开去。这首诗，后来被收入新中国成立30年全国诗选集中。

1954年12月25日，拉萨大桥落成了！全长2255公里的康藏公路通车了！我记得，通车那天，从清早到傍晚，人们像流水似地涌到拉萨大桥，来回地走呀，看呀，摸呀！有一位藏族老爷爷，捧着一条洁白的哈达走来，伸出双臂向大桥弯腰致敬。颤巍巍的双手，把哈达系在大桥栏杆上。当他的小孙子激动得在桥上跳踢踏舞时，他突然吼了一声："扎西，跳什么？别把这宝贝桥踩疼了！"扎西迷惑地望着白发的爷爷，稍停，似乎懂得了什么，用手轻轻地摸着大桥栏杆，就像抚摸着金驹宝马似的。老爷爷满意了，他俯在孙子耳边轻声说道："对啰，要爱护它啰，它是架在我们藏汉人民心上的金桥啊！"

傍晚，车队的灯光，像千百只探照灯，照亮了拉萨河谷。文工团员们在舞台上演着精彩节目；林卡里，拉萨青年和筑路战士、民工在联欢，跳舞唱歌。一位拉萨姑娘，捧起一杯青稞酒向我走来。我接过酒杯高高举起，向着金色的拉萨河谷，向着幸福公路穿过的重重雪山、滚滚江河，为战友们致敬，为康藏公路英勇牺牲的烈士们祭酒……

深夜，伴着林卡里的歌声，我坐在一辆汽车旁，借着金色的车灯，我激动地写庆祝康藏、青藏公路通车的组诗《金色的拉萨河谷》。

啊！康藏公路，团结的路、幸福的路！

# 苦中乐

## 赵 鸣

1950年8月28日，是我永远不会忘记的日子。这一天，我随军首长率领的军直机关，光荣地踏上了进军西藏、解放西藏的征途。作为一名年轻的女兵，同时也想到自己是一名入党不久的年轻党员，应该自觉地接受党对自己的各种考验和锻炼，做到党指向哪里，就坚决走向哪里。

9月5日，我们抵达甘孜。我们在坚持本职工作的同时，还参加了修建机场初期的填洞、捉鼠工作，接受高原化生活训练以及参加民族、宗教、统战、风情民俗等各项政策、知识的学习。尤其使我难忘和深受教育的，是幸运地参加了党员训练班，通过学习，使我在政治上思想上有了较大的提高，对进军、解放西藏重大意义的认识得到了深化，并以忠诚的态度向党宣誓，我愿在向西藏进军的艰苦征途中，牢记党的教导："革命的道路，不是平坦的，革命事业的光荣与成就，都是在艰难困苦中取得的。"因此，我向党保证：在任何艰难困苦中，决不低头流泪，更不退却掉队！

昌都战役结束后，1951年7月1日我跟随部队开始向昌都挺进，7月17日到达昌都。经过极端困难的一段行军，于1951年10月26日胜利到达最终目的地拉萨。这时军营内外一片欢欣，胜利的喜悦笼罩了整个军营。此刻，想起途中的种种经历，依然历历在目……

### 假小子

西藏是高原，大山多，尤其是在横断山脉，我们进军中每天几乎都要翻越一座大小不同的山，早晨要求必须早起，早准备，早出发。因部队在山上不能久停，不能掉队，更不能宿营，否则就会发生意外，所以要求一切行动必须紧张迅速。早晨一般是6点起床，首先整理个人行装。我当时担任机要员，要带一包机要密码，要求做到人在密码在，有时捆在腰上，有时打在背包里背着，然后收拆帐篷，上马驮子，吃早饭(限时间)，一声军号响就集合出发。如此紧张的生活节拍，哪里有时间梳妆打扮？当时我留的头发很短，被称为“假小子”，每天也不必梳头，用手将头发理一下，帽子一戴了事，再用两只手在脸部上下搓几下，就解决了洗脸的问题。至于刷牙更成了被遗忘的一桩事情。另外，我们女同志在行军途中还有特殊困难，如果大自然不予照顾，眼望一片荒山，无村无店，无草无木，这就给女兵带来极大的不便。部队宣布休息时，几个女兵赶快约在一起跑远一点，互相遮掩一下，才能解决方便问题。但有时路情复杂，部队不能休息，只有坚持到无可奈何时让故障顺腿而流。幸好不停地行军，衣裤干得也快。还有一次，清早我到一野草丛中方便时，来了一个男同志，当时我无法避开，对方也未发现我是女的，各自方便，相安无事。事后我想这次出现的笑话，多亏我像假小子，混过了紧张的一关。

## 精神会餐

和平解放西藏，不仅有其深远的重要意义，而且也有其各方面的复杂性。无论在地理环境、自然条件、交通运输、生活供应，以及民族矛盾等等方面均反映出异乎寻常的复杂性和不利因素。因此，也就必然给我们的长途行军带来极大的艰难困苦。尤其是我们女兵，在向西藏进军途中，要承受更多的艰难困苦，有的亲密战友被恶劣的高原气候夺走了年轻的生命。

粮食问题是进藏部队的首要问题。西藏交通不便，运输困难，尤其从昌都到拉萨一段，部队远离后方，运输供给更加困难。广大官兵发挥吃大苦、耐大劳、团结友爱的革命传统，并实行严格的计划用粮，规定每人每天1斤代食粉，6根蛋黄蜡，没有其他食品，要求不能超出定量标准。每天早晚两顿，中午因在行军途中，饿了就吃点蛋黄蜡。每到宿营地，如能打到柴，就可以煮代食粉稀粥，多放点水，男女调剂，可以喝个饱。有的男同志一顿可以喝六七缸，因为粥稀得可以看到缸子里有两只眼睛，所以大家开玩笑说：“我们喝的是四眼粥。”有时也以班为单位，用固体燃料煮粥或烙小饼。小范围男女同志可以互相照顾，但由于长途负重行军，消耗快，所以有不少人老是有饥饿感。一次我们班上一男同志因肚子太饿，暗中抓了一把马料(熟豌豆)吃，结果被发现受到了组织的严肃批评，并给了处分。我因是党员，看见后未及时劝阻和汇报，还尝了两颗，也受到了口头警告。在我的记忆中，我们行军到昌都、丁青两地时算吃了几顿饱饭，特别是在丁青还吃上了羊肉。本来我从小不吃羊肉，闻到羊肉味就想呕吐，由于很长时间没有沾到油荤，吃起来，不但不吐，反而感到很香。这使我体会到了什么叫“饥不择食”。当部队要离开丁青时，我和几个人发现地里长有一个小芫根，吃起来有点甜，就一起动手挖了几个，结果被领导知道，以违反群众纪律进行了批评，当时我也忘记了自己还是民运委员。从此以后，每逢肚子感到饥饿时，就几个人挤在一起搞精神会餐，每人谈一种自己喜欢吃的食物，想着总有一天可以美美饱餐一顿。说来奇怪，每一次精神会餐，大家都感到很兴奋，就这样高高兴兴踏上征途。

## 翻越雀儿山

提起雀儿山，有一首歌，歌词头几句是：“提起雀儿山，自古无人烟，飞鸟也难飞过去，终年雪不断……”这座山本身高度为5046米，山体绵延起伏，道路曲折艰险。部队为了顺利、安全翻越这座山，事先进行了细致的思想动员，并指出一定要接受先遣部队的教训。军文工团也派先遣人员沿途写了一些宣传鼓动的标语，鼓舞士气。尽管如此，在未翻山之前，我在思想上还是有点紧张。我想更严峻的考验又摆在面前了，晚上睡在帐篷里，暗下决心，坚决战胜一切困难，决不掉队。由于反复考虑，结果当晚未睡好，早晨6点起床，喝了一缸多稀粥，正准备同部队一起出发，指导员喊了几个人留下，除了做进一步动员外，还就进军中要严守群众纪律问题进行了强调。此刻部队已开始爬山，我们急忙追赶部队。由于我背着东西加速赶队，当爬山走了一段后，心脏跳动加快，感到憋气难受，两腿拖不动，脸色也变了，脚下一滑倒了下去，就起不来了。同志们都在负重爬山，看到我的样子，也无法帮助我，只是喊着要我拽着马尾巴走一段。我不忍心，只希望在原地多休息一下。这时我听到有的同志在喊：“小赵，加油！”我听到后，浑身一热，鼓起勇气站起来，又一步一步艰难地跟着部队向上爬。爬了一段，感到上气不接下气，胸闷憋气，两腿站不住，很希望坐下来休息一下，扭头忽然看到路旁石头上文工团写的标语："同志们，内前看，英雄好汉山顶见！”“吃大苦，耐大劳，雀儿山顶见分晓！”这些标语激励了我，使我暗暗发奋，又开始向上爬。忽然我发现小通讯员已累得走不动，我就赶忙拉着他向上爬。过了一会，他又拉着我的背包向前走。当抬头看到山顶时，内心想，部队停下来休息一下多好。待好不容易爬到山顶时，部队领导接受先遣部队的教训，考虑到山顶空气稀薄，大家爬山极度疲劳，排汗较多，决不能久停，故加快速度继续前进。不过下山虽腿疼脚软，但不憋气了。我拉着小通讯员赶了一段路，部队传令“原地休息”。这时我真有一种平时感受不到的喜悦，抓紧时间尽情地享受一下休息的幸福滋味，同大家一起吃了两根蛋黄蜡充饥，顿时精神振作起来，下山的速度也快了，随着部队较顺利地下了山，路旁也出现了一条标语："同志们，好消息，前面就是宿营地。”这时天色已近黄昏，我和大家的心情一样，几乎要高呼“胜利万岁”！

## 放　马

我在长途跋山涉水的行军中，没有掉过队，但却流过泪。我们从丁青出发后的第三天，部队到了宿营地，当时轮到我放马。因为部队每到宿营地，班上要进行具体分工，如卸马驮子、搭帐篷、放马、出公差和做饭等。班上共有 13 匹马，我首先看好地方，再将每匹马的缰绳拴在马的脖子上，牵着一匹马在前面带路，其他马跟着走到一小溪旁。马先饮了水，然后就赶到山上吃草。此地离宿营地一里多路，我一边看着马不让跑得太远，以免遗失，一边观看每匹马有无异常现象，以便及时汇报和掌握情况。一个多小时后，我看到宿营地已有光亮时，就赶着马下山。刚下到半山腰，突然一匹马滑倒，接着就往山下滚去。我吓坏了，一时不知所措，情急之间，连滑带跑带滚地跟着这匹马到了山脚下。我趴在马身上，四处抚摸着，看是否摔伤了，又用手摸摸马鼻子，感到还有气，没有死。但我没有抢救马的经验，只想赶回宿营地请人来帮忙，可又怕其余马再发生意外，急得哭了起来。再用手摸摸马鼻子，已经没有气了，我就更加伤心起来。边哭边想，我对不起组织，行军任务还非常繁重，损失一匹马，就会加重班上人员的负担。我也感到对不起和我们共同战斗的马儿，我用手抓着马的两只耳朵说：“我实在对不起你！”正在我放声痛哭的时候，部里领导、指导员、班长等都来了，一边将马赶回去，一边热心地劝我，扶着我离开原地。回到宿营地，我就无力地一头钻进帐篷，一直哭到睡着……至今回忆起这使人伤心的一幕，我还觉得应向解放西藏作出贡献、最后遭到不幸而牺牲的马战友致敬！

## 过 雪 山

我们翻越冷拉山时，领导向部队动员时介绍说这座山有六千多米，山体连绵起伏，一眼望不到边。站在雪山上观望四周，白茫茫一片，像是同漂浮着白云的天际连在一起。大自然的景色虽然很迷人，但我们是负重行军的军人，无心欣赏。从早晨6点钟开始直到下午7点过，整整走了一天多，中途根本无法休息。另外，翻越这座无人走过的大雪山，部队先行者因看不到路，有的便跌入雪窝。行至中间者，因雪融化，形成雪水路，得趟水走过。后梯队过山，因高山气温下降，很快形成溜滑的冰层。我们单位恰恰走在后边，路十分滑，当我们走到最后临下山的一段路时，自上到下约有几十米的山坡，简直成了冰雪的滑梯。下山时，我们班上的同志手牵着马，稍不留神，就会摔倒在路边的雪窝里。由于路滑，中间根本不能停，所以无法互相帮助。当时我有些紧张害怕，不敢先走，结果落到了后边。我想再怕，这一关也必须靠个人来闯，心里仍扑通扑通地跳个不停。眼看天色已晚，部队已走完，如果掉了队更危险。于是大起胆子拉着马，两脚向下滑，结果滑了不到二十步，马就跌入路旁的雪窝里。这时我的心情又惊又慌，马驮子我一个人又抬不动，急得我几乎要哭出来。冷静一想眼下只有靠个人战胜困难，于是就拼命地将马身上的驮子抬起，让马站稳，又将马肚带拴紧，然后拉着马慢慢地走出雪窝向下滑。当滑到山脚下时，我的这颗提到喉咙的心总算落下了，自言自语地说：“天哪！今天总算闯过这吓人的一关了。”平静一下之后，继续前进。没走多远，又遇上一条小河，也不知水是深是浅，左右看看，又无他路，只有听天由命，拉着马下水。刺骨的雪水，使我全身都凉透了。河底的大石头又圆又滑，当我趟到中间时，被一块大圆石滑倒了。万幸水不深，当我抓着马爬起来时，身上背的东西都已经湿透了。我顾不了这些，只想赶快过河。我一步一滑地趟过河上了岸，才松了一口气，这时只有一个念头，就是赶快找到部队。我拉着马，不顾一切地向前走，走着走着，抬头一看，前边有了光亮，估计是宿营地。我高兴极了，放心了。到达宿营地，在同志们热情帮助下，吃了东西，将打湿的衣被晾起来（幸好白天弄脏的裤子被河水洗干净了），然后钻进同班一女友的被窝里睡了。尽管当时得了雪盲的双眼又胀又疼，但还是一夜睡得又香又甜，第二天将湿衣裤搭在背上，又开始前进了。

# 光荣从这里开始

徐 奎

## 北京受命

1950年6月，朝鲜战争爆发，党中央决定抗美援朝，帮助朝鲜人民把美帝国主义赶出去。1950年10月，中国人民志愿军跨过了鸭绿江，义无反顾地参加了打击美国侵略者的战斗。

1951年春天，街头上的高音喇叭，不时地播放着“雄赳赳、气昂昂，跨过鸭绿江，……”的歌声，不知激励着多少共产党员、青年团员和热血沸腾的中华儿女，纷纷以各种形式申请参加抗美援朝战争。当时我们还是正在北京大学医学院进行毕业实习的医务工作者，为响应党中央的号召，向党组织递交了申请参加抗美援朝医疗队的报告。1951年3月下旬，我们几位同学得到了通知，我们的申请被批准了，但不是到朝鲜前线，而是去接受和平解放西藏的光荣任务。

1951年4月初的一个晚上，坐落在北京东长安街上的北京饭店灯火辉煌，宴会厅内欢声笑语，聚集着来自祖国四面八方、各行各业的一群青年男女，他们是接受中央统战部的邀请，参加在这里举行的进军西藏工作队欢送宴会。其中的一部分就是我们这些从事医务工作的热血青年，即将组成中央医疗队加入执行和平解放西藏这一艰巨任务的光荣队伍中。根据中央的命令，带着全国人民的嘱托，我们承担了进藏人民解放军的医疗保健任务，还肩负着保护返藏的班禅额尔德尼和堪布会议厅的医疗保健任务。在宴会上中央统战部部长李维汉做了重要指示。他说，你们许多同志都渴望着参加抗美援朝，报效祖国。许许多多的抗美援朝人员，在前线已做出了重要贡献，但是祖国还没有全部解放，在祖国的西南边陲，西藏人民还没有解放。现在要把和平解放西藏的任务交给你们，希望你们能像抗美援朝的志愿者一样，完成任务。抗美援朝可以说是“前门打虎”，而你们现在的任务是“后门防狼”。

我们这支以青年医务工作者为主的医疗队，在北京完成了人员组建、医疗器材物资筹备工作后，乘火车离开了首都，在西安换乘军用卡车于“五一”节前到达兰州，原地待命并继续做各种准备工作。

## 香日德待命

在兰州，医疗队又增加了一批来自西安的青年医疗队员，人员的组建基本就绪后，又继续筹备各种医疗药品和器材，到7月份乘卡车到达青海西宁，稍事休息，于“八一”建军节后，从西宁出发，翻过日月山，越过倒淌河，沿青海湖畔、茶卡盐湖进入了素有“瀚海绿洲”之称的重镇——香日德。

这是一个只有数十户人家的小镇，低矮破旧的土坯房，有门无窗，采光极差，长年的烟熏火燎，房顶都挂上了一层漆黑的油垢。这里是藏汉民族混居之地，海拔约在2800米左右，汽车能走的路就到此为止了。在做最后的集训和筹备工作后，部队即将从这里开始徒步进藏。

约一周后，通知到马场去，选择自己的坐骑和进行骑马训练。马场在离小镇不远的一条山沟里，这里水草茂盛，高高的草丛，有些已达到腰部，一些矮小的女同志，只能露出上半身。距沟口不远，就看到了民工们忙碌的身影。在他们住的帐篷边的小树上，拴着一匹似马非马的小动物，民工说这是小野马，他们从野马群中捉到的。小野马外形似骡似马，面部又像驴，个头不高，牵动它的缰绳，不踢不咬，非常可爱。这是我们首次见到的野生动物，还和它留了个影。

随后，民工牵来了十几匹马供我们挑选。这些马个个膘肥体壮，昂首摆尾，不断踏步，用马尾驱赶着马蝇子，从鼻孔中不断发出低低的嘶鸣声。但大家谁也没有骑过马，不敢抢先尝试。还是男同志比较胆大些，先后选了几匹大马，我在同伴的鼓励下，请民工帮助选了一匹较矮小又老实些的小黑马，民工交代了骑马要领，同志们帮我上了马，循着同伴的足迹走入草丛深处。生平第一次骑马，非常紧张，僵僵地坐在马鞍上，不敢东张西望，更不敢纵缰驰骋……我和小黑马渐渐进入状态，我轻轻地、小心地夹夹双腿，抖抖缰绳，小黑马居然顺从地提速、转弯。我也很高兴，心想，草地如此厚实，即使从马上掉下来，也摔不着，就大胆地跑起来，感觉良好。于是我认领了这匹聪明、听话、老实、吃苦耐劳、将伴随我一步一步走向拉萨的小黑马。它的编号是 604。

同伴们各自选择了适合自己的良驹，回到香日德，从此我们不但要尽一个医务工作者的职责，照看伤病员，还要把各自的坐骑饲养好、保护好，以便陪伴我们长途跋涉进军西藏。

是啊，在长达千余公里、无路可循的雪山草地上，我们翻过了多少座高海拔的大山、渡过了黄河长江的源头急流，“604”始终伴我前进。我也始终记住了在出征会上一位首长的号召：“上山不骑马，下山马不骑，平地牵马走，一路有马骑。”真的，小黑马每天要背负我那足有几十斤重的行李装备，除了迫不得已，我没有骑过它，几乎是徒步牵着我的小黑马走到拉萨。小黑马也十分通人性，几次在我最困难最危险时帮助我，甚至救护我的性命，小黑马很可爱，有时走累了，休息片刻时，它把柔软的嘴唇在我的手上摩来蹭去，嘶嘶地打着响鼻，这时我就把分给我的那份烙饼或糌粑等食物，分一点给它。在漫漫进军途中我们建立了深厚的感情。

## 誓师出征

8 月的一天，北京还是骄阳似火、暑热难耐的盛夏，但在青海香日德，中午时分燥热难当，早晚却又秋风萧瑟，需要加衣以御秋凉。为了适应即将到来的远征，我们开始了搭帐篷、放马、野炊等户外训练，每个人都晒得黑黑的，鼻子上都晒脱了一层皮，真成了京戏中小丑的扮相——三花脸。

所有的生活用品和物资，都分发到了个人手上。这些装备从高原耐寒、防湿、耐用和露营需要出发，真是从头到脚，从内到外，衣食住无所不备，也充分体现了组织上对每个入藏战士的关怀。所发放的生活用品和物资有：每人一块防潮的帆布——为睡地铺时隔湿用；一床狗皮褥子——为防受潮受凉；棉被褥一套，灰色军用毛毯一条，这些是宿营必备品。穿的除内衣裤外，还有一套绒衣裤，军绿色棉皮衣裤，高筒皮马靴，皮军帽，军用皮大衣，军用雨斗篷，还有军用水壶，口罩，防沙防风镜……为了便于行军携带，还有一个用双重白布做成的大行李套，民工说这叫马褡子，可以把全部行李装入，放在马鞍上，还可当坐垫。这还不算，还要给马带上几斤精饲料、给马饮水用的帆布桶、马用口罩等等，以及每个人必需的生活用品，如洗漱、吃饭用品和少得可怜的几本业务书。又因为我们是随队医生，必须带上用于治病救人的必备医疗器械和药品，十几斤重的红十字皮包。这些加在一起，重量惊人。入队时，个人所带的私人物品、衣物、书籍等，均已经过几次的轻装，存放在留守处，与我们永别了。

我们这些人多数是刚出校门的学生，在各种基本生存技能训练中，做饭成了难题。每人每天发1斤面粉，最初只会做面片儿。从香日德河中取水、和面，由于高原水的沸点很低，烧开的水只不过70℃-80℃，所以面片煮不熟，常常吃的是一碗糊糊，吃到嘴里，粘粘的难以下咽。而且做饭常常是在黄昏掌灯之后，吃完饭也懒得洗碗刷锅了，等到第二天天明清洗炊具时，发现锅底、碗底均是一层沉淀的黄泥，原来香日德河水的泥沙混浊，我们又没有容器和时间去沉淀，所以连泥带面就一起进肚了。后来我们慢慢领悟到，在高原做饭，如果吃面食，最佳方案是烙饼。

终于要出发了，那一天天气晴好，湛蓝的天空，捧出一轮暖烘烘的红日，洁白无瑕的片片白云，时而掩日而过，时而变化成你能在脑海中幻想出的各种造型。身着全副武装的战士们站在操场上，这时的天气不但没有多少秋意的凉爽，反而令人燥热难当，大家的额头已沁出了汗珠。约是上午10点，各个梯队列队完毕后，向拉萨进军的誓师大会开始了。首长在动员令中号召说：进军西藏是没有路可走的，而路是人走出来的，这条通向西藏、沟通汉藏民族的道路，只能靠我们这支队伍走出来。我们只能胜利，不能失败，我们不能让党中央再发出第二次进军西藏的命令！动员、誓师、表决心、宣布行军纪律和注意事项……直到过午，大会才结束。

这一庞大军团，按照行军队列顺序开始出发。先头部队是英姿飒爽的骑兵连，随后是司令部机关、马队、牛队、驼队，最后是骡队，是大部队的殿后——收容队。

部队缓慢地移动着，只见一片片毛色不同的军帽，随着千军万马的颠簇，像波浪般地向前翻滚着。有威风凛凛的骑马战士，有高高在上骑骆驼的女战士，中间还夹杂着光板羊皮袄的健壮的民工，拿着牧羊皮鞭、吹着口哨、吆喝着一群群的牛群走向了草地。由不同色块组成的牲口群，卷着一股黄尘，滚滚向前。

骡队作为收容队，走在队列的最后。骡队拥有10个驮轿（叫架窝子），是为那些不能走路、骑马的重伤病员准备的。驮轿实际上就是用骡子驮着木制担架，前后杆比较长，由前后两只骡子驮着，而不用人抬肩扛。每副担架上均有一副半圆形的篷幕，如同江浙一带乌篷船上的船篷，可以挡风避雨。当行走在较平坦的绿色草地上，远眺这排成一串的架窝子，真如同行驶在绿色河流上的船队，十分壮观。骡队还有许多骡驮子，分别驮着各种物资装备，有器材驮子、帐篷驮子、伙食驮子，甚至还抬着一副吉普车的底盘，组成了一支浩荡逶迤的部队。骡队出发完毕已是下午3时左右了。

我被分配在收容队，做殿后的医疗队员。

## 迷路柴达木

第二天行军，大家兴致极好，牵着驮有自己行李的军马，有说有笑，不时地为草原的美丽风光所陶醉。听着民工们一曲曲高亢的青海“花儿”，如同游弋在广阔绿色的海洋上，心胸开阔，精神振奋。偶而有野马或是野驴群在远处匆匆跑去，留下一缕缕烟尘，令人遐想。草原上的硕鼠又多又肥又大，时不时地从洞口探出头来迎接远方的客人，瞬间又在你的脚下跑得无影无踪。野兔也是随处可见，被人们惊吓得四处乱窜。告别了喧闹的城市，走到这荒无人烟的草地，天高地阔，赏心悦目。周围的寂静，如同置身真空，使人脑海中一片空灵，什么也不想，信马由缰。

先头部队已走远了，我们只能沿着留下的马蹄印前进，路也逐渐不好走了。我们进入了沼泽地区，据说这就是红军长征时走过的那种草地。大小不一的水坑、水塘镶满一望无垠的绿色草滩，没有路，也没有任何标志，只能寻找最近的一簇草丛（草甸子），跳过一个个水坑，迂回前进。要是一步走错，掉到一些深不可测的水塘内，就会遭到灭顶之灾。我曾亲眼看到一匹骡或马，不小心陷入水塘内，不久即不见踪影。最困难的莫过于那驮着架窝子的骡子，由于架窝子的长度较长，不能灵活地转弯，前边的骡子从一草墩上越过了水坑到另一处草墩上，而后面那头骡子却常因受限制而落脚点失准落水，甚至把架窝子上的木梁都摔坏了。民工们跑前跑后地吆喝着骡子，连拉带拽，缓慢地前进。

草地水坑的水多呈深棕色，民工们说不能喝，我想可能是多少年来，那些腐草沤的变了颜色，是否有毒说不准，但不能饮用是无疑的。这庞大的架窝子队，在平地走还不大困难，可在这水草地上跳来蹦去，真是举步维艰。

已近黄昏，前边仍然是一片绿地，看不到前行部队的帐篷。大家饥渴难耐，盼望着早些宿营、早些赶上前头部队。忽然我们感到我们的行军路线不大对头，指挥部是不会选择这种地形作为路线的。情况越来越糟，天已黑了下来，前方看不见炊烟，看不见灯火，也看不见人马。收容队开始骚动不安了，显然，我们这支收容队中的部分人马迷路了。天色越来越暗，辨不清方向，也不知该向哪里前进，水草地也漫无尽头，人们徒劳地打亮手电筒，试图寻找大部队走过的足迹。有人建议往回走，寻找大部队设置的路标，但水草地已把我们的足迹抹掉，真是前进不能，后退无路，人处在了孤立无援的境地。

今天是第一天行军，早饭吃得早，中午带了一点早饭剩余的烙饼，水壶中的水也早已喝光。因为是第一次徒步行军，既无走草地的经验，又缺乏体力上的准备，饥饿、疲乏和恐怖感一起袭来，更为不安的是这是一群没有任何武器装备的人，不要说遇到小股武装土匪（当时溃散在草原上的国民党武装部队还没有被剿灭），哪怕是碰上一群草原野狼也无还手之力。恐惧感油然而生，所幸的是，在黑夜降临之前，找到了一块稍微平坦的山坡。这里较少水草，大家自发地聚集在一起，无声地站立在军马旁，等待着，期望大部队能够发现有人迷路而派人寻找或发出什么信号。

手表的指针已是晚十时多了，没有人走动，连不安的议论也渐渐平静，大家只有一个信念，就是等待天明，寻找路标，赶上先头部队。

草原上的天气真是无法捉摸，本来是星夜晴空，刹那间，风夹着雨，雨带着风，向这一群孤立无援的人们袭来，而且雨越下越大，大家迅速从马上取下厚重的雨衣，披在肩上。有人提醒快些上马，利用这宽大的雨披，保住马褡子不被淋湿。说话间雷电风雨一起袭来，一望无垠的草原被闪电照得明如白昼，人们奢望这明亮的闪电能多停留一会儿，照亮我们前进的方向。那风儿似无定向，裹着大雨从四面刮来，瓢泼似的，无尽无休地下着……稍后雷、电渐隐去，而雨水又带着冰雹从天而降，我们在毫无遮挡的天地间，遭受这雨浇、雹打的煎熬。人有雨披的保护，而战马只能裸露在冰雹大雨中，马儿不停地移动四蹄，显得躁动不安。此时内无粮草，饥肠辘辘，外无救兵，安身无处。高原上的大自然给了我们这些第一天上路的新兵一些颜色，我们开始尝到了困难的滋味。是的，这不过仅仅是开始，更大的困难还在等待我们去品味、去经受、去克服。

风雨、雷电、冰雹，肆虐了一个多小时，终于安静下来，这时已是午夜，我们总不能在马上坐等天明，而且马也要卸载恢复体力。好在是草原上，马还有夜草可吃。这时人们又幸运地发现有一个帐篷驮子和七八个架窝子跟了上来，男队员和民工们一起动手，找了一块平坦些的草地，支起一顶唯一的帐篷。我们终究有了一个可以小憩的地方，人们簇拥着度过了这难眠的初征之夜。

凌晨，升起篝火，煮一些马料权当早餐。早餐过后，我们又上路了。经过第一天的锻炼，大家稍稍聪明些了，把前进的路线选择在靠近山坡的脚下，尽量躲开水草地，路也相对地好走了，但方向是否正确，那只有天知道。但我们坚信，指挥部一定会来找我们的。

这天又是一个晴天，太阳已老高了，仍然看不到大部队。此时只见遍地黄沙，一个个沙丘绵延不断，没有草，更没有树，看来我们又走进了沙漠的边缘。每爬到一个沙丘之巅，人们都四处张望，找大部队，找水，随之又失望地走入沙谷。中午已过，抓一把早晨炒熟的马料充充饥，最难耐的是口渴。有的同志已躺在沙丘旁成一个“大”字，张大嘴，大口喘气，不想再走了，人们嘴唇干裂，嘴巴似乎粘在了一起。大家用手势或简短的几个字相互鼓励着，爬起来，向前走。

在一个小山脚下，发现一个只有小盆口大的水坑，水已成泥浆，看来前边有人在这里取过水。我们几个队员决定在此小憩，用缸子盛些泥浆，希望能收集些澄清的水用以解渴。遗憾的是泥浆太稠了，可渗出的清水太少太少。几个人分饮一口，继续上路。走到下午3时多，当我们翻过一个山岗时，突然看到远方有一条银练似的河流，绿色的草地又出现了，我们盲目而又幸运地走出了沙漠。人们立即兴奋起来，连马儿也似乎感到了希望，低声嘶鸣。大家雀跃着牵马前行，一扫垂头丧气的神情。那时头脑里只有一个概念，快快赶到河边，喝够水。水就是生命，就是生存的希望！生的希望给人们注入了活力，也带来了欢笑。可是俗话说望山跑死马，走了好久，仍然到不了河边。走到沙谷底，山岗遮住了视线，看不到河了，疲倦又袭上身心。爬上又一个沙岗，希望的河又出现在眼前，又为之一振……终于走到了河边！顾不得河水的冰凉和混浊，人和马都来不及卸鞍整理，便不顾一切地痛饮起来，当时感觉那水真是清洌甘甜，沁人心脾！

突然，一位女队员向左侧一回头，发现在另一个山沟里，有数顶白色军用帐篷和散落在周围草地上的牛群。这一震撼人心的发现立即使人们停止了狂饮，旋即奔向那个山沟，越走越近，又发现了更多的帐篷搭建在山沟深处。这无疑是我们的部队，是我们苦苦寻找的大部队。这时帐篷里的人也发现了我们，跑出来迎接。

原来这是我们的牛队，他们已接到司令部发来的电报，注意寻找我们这一群迷失的收容队员，正巧在此相遇。他们把我们分别安排在各个帐篷中休息，并立即为我们烧水做饭。在吃饭中我们了解到，昨晚宿营后司令部发现收容队走失了部分队员，立即向各队通报了情况，并在早晨派出一个骑兵班，带上为我们做的烙饼，收集了几十壶水，沿来路去寻找……我们这才知道，经过一个昼夜的奔波误入草地又辗转进入沙漠、大难不死地走出沙漠、又幸运地回归到大部队，是何等的危险，又是何等的幸运！

## 我们的伙食驮子

行军多日，人马均已疲倦，队伍逐渐拉长了距离，病号也逐渐增多。有时候，先头部队下午两三点钟就已宿营，而队尾拖到天黑才可能到齐。我们作为收容梯队，只能走在最后，处理和医治掉队的战士和民工。有时，落在后边的病员还未处理妥当，前边又传过话来，让医生上前面去处理伤病员。医生自然很辛苦，常常是天黑了才能宿营，给正常的生活带来了难以承受的困难，就连吃饭也成了难事。

出发时，每个帐篷建制配发了一个伙食驮子，一匹骡子驮着两个木箱，分别装有大小锅灶、案板、菜刀、吹火筒等炊具，每日配发面粉等主食以及有限的油盐调料之类。但行军开始不到一个星期，驮子内的可食用物品均已空空如也。每天升火做饭的燃料也成为一大难题。起初大家因为不懂，也不会使用干牛粪做饭，正好伙食驮子的食物也吃光了，由于是在草原上，于是先拿木箱当柴烧，再烧菜板，最后连驮架子、菜刀把也烧光了。大家看到了民工们烧牛粪做饭，经了解，才知道草原上只能用牛粪饼作燃料，且牛粪火旺易燃，又可以就地取材，也开始效仿。为了不饿肚子，每个同志都准备了一只空袋子，在行军路上，要眼观六路，到处寻找干牛粪。我们收容队总是走在最后，前边的队伍差不多已把行军路上所能碰到的干牛粪捡完了，收容队只能在宿营之后，派出部分人员到更远的地方找干牛粪。如果我们在黄昏或天黑之后宿营，那捡拾干牛粪的难度就更大了，有时甚至因此断炊。

行军之初，尚有面粉可用做主食，但没有多久，面粉不能足额发放，改为男同志每日二两，女同志可能是每日一两半，再给每个帐篷一头活羊，自己宰杀，大锅一煮，蘸上盐面就是一顿饭。由于沸点低，又无高压炊具，羊肉无法煮烂，只能半生不熟，连撕带咬囫囵吞食。个别同志出发前是不吃羊肉的，但到这步天地，充饥要紧，也只好入乡随俗了。

从离开香日德后，就没有配发过蔬菜，偶而可在山坡脚下找到几根野葱野蒜之类，那可就是一顿美味了。

每日宿营后，男同志搭起帐篷，其他人有的去看望架窝子上的病人，有的放马，有的挖坑搭灶，有的去领配发的粮食与活羊，有的到远处寻找干牛粪，有的找水。灶搭好后，用羊皮风筒鼓风使点燃的灶火燃旺，先烧开一锅水，灌好每只军用水壶，剩余的用来做饭。难得有热水供给女同志们洗洗已经擀毡的头发。用热水洗手洗脸，那已经是一种奢侈了。

草原上的水冰肌沁骨，把手浸泡在冰水中，根本无法忍受，所以渐渐地免去了洗手脸的清洁习惯，不管男女，几乎都很少做个人卫生。高原上的风很有特色，风向不定，而且风力很强，凡是裸露在外面的皮肤，都积起了厚厚的皴皮。高原上的太阳就像离地表很近，放射着强烈的紫外线，把人们晒得黑黑的，我们如同戴着黑棕色的面具，只有眼球和牙齿还是白色的。双手如戴着一副黑白两色的手套，手背是黑的，手心手掌还可算是皮肤本色，高原上的大自然化妆师给我们的油彩着妆，到拉萨几个月后才慢慢褪去。

再到后来，面粉不发了，活羊也没有了，只有糌粑面了。这样宿营后的做饭也相应简单了。烧一锅开水，用手抓一把糌粑面，放些盐和辣椒粉，加上开水，搂成团块状，就可以充饥了。偶而发一些酥油，增加些营养。

生活是艰苦的，但思想上是充实的，因为我们知道这项工作的意义，我们是在为一项伟大的事业而战斗。

## 徒涉黄河源

听说明天就要渡过黄河源了。

还是在读初中时，就学过中国的母亲河——黄河发源于青海省的鄂陵湖和扎陵湖，而我们就将渡过黄河源头，实在是一个难得的机会，心里很是兴奋。出发前，没有想到会徒步进藏，手头上连个地图都没有带。我们不知道行军路线，也不知道现在所处的地理位置，在这高山草原上，可能连方向都搞不清，更没有什么村镇、道路的名称或标志可以参照。当时的我们就盼望着早些看到黄河源头的气势，为将走到黄河源头而自豪。

队伍终于在黄河源头宿营了，应该说是在源头的北岸。那是一条约百余米宽的黄水，虽在源头，也是黄水滔滔，泥砂含量很大，河水打着旋向下流去。谁也不知道水有多深，如何才能渡过去，只知道在我们的宿营处，既没有桥也没有船和渡口码头。宿营后，大家到河边闲步，见识一下黄河源头的风光。但除见到荒无人烟的砾石沙滩和远处的雪山外，就是散落在水边的骡马尸体，那肚子胀得鼓鼓的，令人恐怖。显然这些骡马是先头部队试渡时，被湍急的河水淹死的。在下游的不远处，有十几个战士和民工正在探路试图涉水，他们脱掉衣服，只穿着军裤衩，先喝上几口烧酒，随之下水找路，可能是水温过低，走不多远，又返回岸边，再喝几口御寒酒，烤烤火，又下去探路。因为水深浪急，又冰凉刺骨，始终没有人能渡到对岸。部队因受阻于源头北岸，暂时休整。探路的先锋们，不断变换地点，寻找通向彼岸之路。大概是在第三天，终于发现了一处较浅的河床可以徒涉，部队按序骑乘而过。轮到收容队了，出现了惊险的一幕：我骑的马，可能是最矮小的一匹，过河时，高度不够，马靴和装被褥的马褡子的下部均被水打湿。走到河中心时，可能是河床高低不平，小黑马突然一个前失，我从马鞍前方滑下，眼看就要落水，这时我下意识地死死地抱住马脖子，惊慌地大声呼叫着。小黑马真是善解人意，高高地昂起头，奋力涉水，使我半身在水中，半身在马脖子上渡到了对岸。这一意外真令人后怕，如果那时没有抱住马脖子或者惊慌失措，一旦落水，后果不堪设想。我不会游泳，即使会水在那冰冷刺骨的水中也会很快冻僵，何况我们还穿着一身笨重厚实的皮衣裤，进水之后就会灌成秤砣，坠入河中。尽管上岸后半天都惊魂未定，但我从心底深深感谢小黑马救主之情。

## 抢渡通天河

过黄河源还惊魂未定，又来到了通天河畔。通天河是长江的源头，河流湍急，河水很深，散落在河边的骡马尸体比黄河源所见要多，据说先头部队也曾想徒涉过河，但找不到浅滩，下河探路的同志有的已牺牲在此，最后只得放弃徒涉，改用其他方法摆渡。

在通天河畔，既无船只，也无人守渡，如何把千军万马、大量的物资装备运过河去，成了大问题。部队只好在河边扎营待命。那时没有橡皮舟，亦无救生艇，只能靠自力更生。好在民工中，已有几位曾在甘肃做过黄河摆渡的老河工，他们就地取材，杀牛取皮，几天后就扎成了牛皮筏子。每只筏子都用了大约八九只完整的牛皮囊，即从牛腿部吹入空气，将充气的牛皮囊捆绑在几根木棍上，这就是我们抢渡通天河的唯一渡河工具。

回想在兰州筹备待命期间，假日曾到兰州有名的雁滩去游玩，有生第一次见到了羊皮筏子，并尝试着乘坐羊皮筏子渡过黄河险流。那时的体会是羊皮筏子在黄河浪尖上旋转腾飞，虽说有惊无险，但也惊心动魄，没有点勇气还真是不敢上那筏子。雁滩那段黄河还算是平缓的，夏日有许多人在那里游泳。也就是在那次出游中，我队的一名外科医生游到一个漩涡中不幸被水冲走，很多人在雁滩打捞了几个小时，直到近傍晚时才找到他的尸体。看到他那青紫的面庞，口鼻耳内塞满了黄沙，不由得对黄河之险有着不可抗拒的战栗。现在又要乘牛皮筏子了，比在黄河源头还要险急的通天河上摆渡，心情如何能不紧张。何况这些牛皮筏子能不能承受乘载者的重压，安全到达彼岸？要知道在这荒无人烟的河畔，捆扎牛皮筏子的那些材料是否结实？皮筏制造者的技术是否可靠？对此心中真是忐忑不安。但后退是不可能的，摆在部队面前的只有前进。

该收容队过河了。前头部队没有出事，心中稍感安稳。每个筏子约可乘坐6人左右，大家把自己的行李先搬上筏子，然后牵着自己的马，把马带入河中，让马随筏子游过河去。筏子从上游下水，顺水下漂，每个筏子上有河工掌舵，调整方向。一上了筏子，一切都不想了，谁也不敢低头看水，因为湍急的水流使人头晕眼花，只能抬头望远、望天。那广阔的蓝天和绵绵的白云，处于相对静止状态，人们心里不由得平静下来，心平浪自稳了。牛皮筏顺水下漂，速度很快，十几分钟已到河中心。我们前边的一个筏子已过河中心，在那个筏子上坐着几名医疗队员，还有新影的几名摄影记者。突然传来一声尖叫，只见前边一个人从筏子上掉落水中，大家的情绪一下子紧张起来，本已适应皮筏漂流的心绪瞬间又悬起来。我死死地用一只手抓住皮筏上的木棍，尽量把自己和皮筏子紧紧地连在一起。另一只手又紧紧地拉住小黑马的缰绳，希望它能和我们一起平安渡过。大家的心中都在惦记着前边的落水者，他是谁？怎么样了？此时我又不由得想起在兰州黄河雁滩上牺牲的战友。大家举目望去，只见一匹黑马向对岸游去，在黑马的身边似乎还有落水人的头在浮动。当时大家都在默默地为他祈祷，希望他能拉住马的缰绳，让马把他拖向对岸……天遂人愿，前边的皮筏终于靠岸了，落水的同志也和战马一起踏上了浅滩，一场事故化险为夷，随之我们乘坐的皮筏也到达岸边。上岸后才知道落水人是北影厂的摄影记者，大家都爱称他为“大帅”的老吴。他是为了拍摄大军渡河的壮观场面，一只手牵着马，一只手扛着摄影机拍片，谁知他的马猛地一甩头，就顺势把他带入水中，幸亏他会游泳，一手抓住了马尾巴，才避免了一场大难，只可惜那架拍摄进藏伟绩的摄影机，长眠在长江源头——通天河底了。

## 过唐古拉山口

经过通天河的洗礼之后，有一天，下午三四点钟就宿营了。大家分工，支帐篷、埋锅搭灶，找水的同志已取回一锅凉水，放在灶口上，正准备取火烧水。突然，雷声隆隆，由远而近，满山坡上，烟尘滚滚，大小石块纷纷从高处滚下山坡，马儿惊得四处乱跑，一时间弄不清发生了什么事情，还以为遭遇到敌军的马队。这时人亦不能站稳，锅从灶口滑下，灶塌水洒，这才意识到是一场突发的地震。好在既无房屋倒塌之忧，又无泥石流断路之虑。个别同志没躲过滚下的石块，稍受些皮肉伤，倒也无大碍，不过着实吓人一跳，几分钟后一切又归于平静。真想不到，刚从水里平安出来，又逢地震，不知道还有什么新的磨难在等着我们。

前边传来消息，部队已接近唐古拉山口，是西藏和青海的省界。翻过唐古拉山口，就真正进入到西藏地界了。通知说，今日要早宿营，做好准备工作，明日攀越唐古拉山。实际上山口和营地间的高差并不太大，我们日积月累地逐步攀登到了高海拔地区，身体已逐渐适应了高原环境。虽说山口高度已是超过了雪线之上的5300米，但对我们处在北坡的营地高度来说，不过是更上一层楼的问题。

当日下午一两点钟宿营，各帐篷又分别传达了翻越唐古拉山的注意事项和要求。文工团已在上山的预定道路上，插上迎风招展的红旗，指引方向。放眼望去，山峰上白雪皑皑，山体大部分均在雪线之上，雪峰耸立在碧蓝的天空下，十分壮丽；被阳光一照，反射着金色的光芒，显得分外耀眼夺目。一路上，也见过不少远远近近、大大小小的雪山，似乎千篇一律，没有什么可激动的了。特别是长途跋涉两个多月，历经磨练，疲惫不堪，对这些大自然的佳景司空见惯，也不大在意了。但通知说，山口处高达5300米，空气稀薄，要团结互助，迅速通过山口，不可在山顶停留，以防不测，并要求大家都要戴上深绿色的防风镜，以防止患上雪盲。这一通知，给我们带来一种新鲜、好奇的感觉。跨越大雪山，特别是赫赫有名的唐古拉山，使人不由得略为紧张，不知道在到达山巅、跨上山口之时，会发生什么事情。特别是我们这些医生，又会遇到什么新情况、新病人，要是在山口上躺下几个人，我们又该如何处置！要知道出发时准备的架窝子，经过一路上的损耗，已经没有几个完整的了。记得在香日德出发之前，说是进入草地后，可能会遇到瘟疫瘴气，让每个人都要学会吸烟，据说吸烟可防瘴气。于是每人每月发一条中华牌香烟，不管男女老少，会不会吸，每人一份。为了预防马被瘴气致病，还给每匹马发了一只马用大口罩，那是用白布做成的，内装不少防瘴气的中药，药味极浓，很呛人。有一天过水草地，据说可能有瘴气，通知人马都要戴上口罩，谁知马不适应口罩内的中药气味，先是拒戴，后来总算是把它蒙在了马鼻子上边，马一边摇头甩尾想把口罩甩掉，一边呼噜呼噜地打着响鼻，十分不情愿。走了一程，既没有看到氤氲的瘴气，也没发生什么异样，又看到马如此不情愿带着口罩，不知谁带的头把马的口罩给摘了，随之大家纷纷摘掉了马口罩，宿营时人畜平安。

第二天，备好了干粮，灌满了水壶，沿着前边部队的足迹出发，开始向红旗的方向——山顶攀登。不久就到了雪线附近，越来越难走了。路是没有的，只能踏着前边同志踩出来的雪窝向上爬，但前边同志踩出的足迹并不一定是最佳位置，所以更多的是要自己去选择下一步迈出去的位置、高度，只能是走一步、看一步、迈一步。由于山的坡度较陡，两只脚的高度差很大，对身着笨重装备的女同志就更加困难，过度用力怕招来“高原病”，不用力又不能攀爬上高高的陡坡，于是手脚并用，真正是在“爬山了”，爬得很吃力，但别人又很难帮忙。走在一旁的民工教了我们一个好办法，让大家把马轰在自己的前边，让马去开路、找路，我们就拽着马尾巴在后面走，这个主意比我们自己牵着马往山上爬省力多了。经过几次小憩，在几个小时后，终于看到了插在山口上的红旗，同时也传来设在山口上，由文工团组织的宣传队的锣鼓声。锣声指引着方向，鼓声召唤着向前，锣鼓声把队伍从胜利引向胜利。

我们终于到达了唐古拉山之巅，山上的风景真是美极了。往前看一览众山小，面前是一层层、一座座雪山，峰峦叠玉。在山间，丝缎一般的云像一条无尽的白色哈达，又似霓裳舞翩跹。往上看，伸手可及的是碧蓝碧蓝的天，白云就在你的脚下和身边游弋。往山下看一片白雪，沿山而下无尽头。南坡的积雪要比北坡更多些，可能是南坡的坡度稍缓，雪更容易积存。这雪，可能千百年来还无人踏过，在有些断面上，可看到它一层一层地堆积着，如同切开的千层奶油蛋糕。穿着马靴的脚，真不忍心踏上去，破坏她那似丝绒般的完整和平滑。但当你踏在那千百年的积雪上，如同踩在弹簧床上，陷进去绵柔而又有层层的阻力。我们早已忘记在山顶上不要停留的警告，拿出珍藏的相机，忘情地拍摄着，好留住这一绝世美妙的大自然胜景，终于传来友谊的劝告，把我们从诗情画意中拉了回来。

向下，是一片白雪，无处落脚、无处攀援，只能沿着前行者的足迹，连滚带爬地下山。一些女同志遇到缓坡，干脆如坐滑梯，欢笑着从雪山滑下。这时你万不可松开你那战马的缰绳，因为马在身后可以拖着你，避免滚坡的危险，又可以作为挽救你万一坠落在深不可测的雪窟或山涧中的一条救命索。到山坡脚下宿营时，约是下午3点，这个山口我们足足过了8个小时。

## 欢度“十月革命节”

翻越唐古拉山口之后，即进入了西藏境内，地势也变的较为平缓，路也相对好走些。由于地理条件、自然气候等的好转和签订和平解放西藏协议的影响，在行军途中，偶尔可看到游牧的藏族牧民、放牧的牛羊群及牧民的帐篷。我们便抓住机会，以实际行动宣传党的民族政策，宣传西藏和平解放的意义。当然由于历史遗留下来的较深的民族矛盾和西藏农奴制度的束缚，藏族牧民对解放大军仍心存戒备，不能融洽交流。特别是那些农奴们，对我们也像对待他们的农奴主那样，卑躬屈膝，不时地伸出舌头，嘴里不断地念叨着“拉索、拉索”，从不敢把脊背对着你，并总是躬身弯腰地退下。

快到黑河之时，藏族群众渐渐多了起来，这是我们开展工作的好机会。通过随队的藏语翻译与藏族群众的沟通，渐渐地找我们来看病的藏族多了起来。他们称医生为“门巴”，对我们崇敬有加。只要是来看病的，我们都热情接待，免费治疗，深受藏族群众的欢迎。看病的多是老年人和儿童，间有少数梅毒性病患者，在内地已经绝迹的天花，在西藏却无法控制。

部队经过了长时间的艰苦行军，可说是人困马乏、粮草殆尽，极需休整和补充食物。少数同志的马匹由于超重负载和过度劳累，死于行军路上。而这些同志的行李装备，只能由有马的同志分担，这又加重了本已不堪重负的、但尚未倒下的马的负担。所以作为运载工具的马，也需补充。所以部队决定在黑河镇郊进行短暂休整。

在上级安排下，我们以“门巴”的身份拜访了黑河镇的官员、头人，并给他们检查了身体，还看了病。这是从香日德出发近3个月以来，我们第一次进入到房屋内，享受了居室的安逸。头人的奴仆捧上了香喷喷的酥油奶茶，真是如品琼浆，甘饴可口。我们回赠了少量常备药物，头人十分感谢。我们还顺便参观了官员们那具有浓郁民族特色的公馆。这是我们首次接触到的西藏地方政府官员。

第二天正好是苏联十月革命胜利纪念日，指挥部决定举办一场晚会，军民同乐，庆祝解放西藏的阶段性胜利。电影队架起了白色大屏幕，便携式的小汽油发电机轰鸣着送电试机，文工团在锣鼓声中紧张地排练着节目，临时架起的高音喇叭放送着歌声和舞曲，军营中一片欢乐和振奋。是啊！三个月的徒步行军，走过了前人没有走过的路、没有翻过的山、没有渡过的水，同恶劣的自然环境进行了斗争，少数同志还为此付出了年轻的生命！现在终于进入了西藏境内，终点拉萨离我们已经不远了。通过几天的休整，我们将以崭新的姿态胜利进驻拉萨，完成和平解放西藏、统一祖国疆域的神圣使命，守住祖国的西南大门。

由于条件的限制，大家虽然不能盛妆出席晚会，但也努力做到更整洁些，清洗掉了几个月来的污垢，身心为之一振。

大银幕上放映着唯一的一部纪录片，郭兰英在银屏上高声唱着“花篮的花儿香，听我来唱一唱……”文工团的秦腔戏曲赢得了阵阵掌声；也有不少同志寻找着舞伴，在那丘陵起伏、高低不平的草地上，跳起了友谊舞。草原之夜沸腾了，大家足蹬马靴，身着臃肿的羊皮袄，笨拙地移动着负重的脚步，力图合着那舞曲的节奏，欢庆着我们的初步胜利！——这是一个不眠之夜。

## 威武的入城式

12月初的一天，休整之后的部队生机勃勃，大家牵着自己的战马，列队于拉萨市东郊外，与先期到达的、由川康方向入藏的主力部队会合。接着举行了隆重的入城仪式，庆祝和平解放西藏的胜利，庆祝祖国大陆最后一块疆土的统一。骑兵仪仗队作为先导率先出发，迎风招展的几十面大红旗被高原的风吹得翻腾飘舞，战士们骑在马上，英姿飒爽，部队有序地前进入城。神秘而壮丽的布达拉宫远远地映入眼帘；大昭寺的金顶在朝阳的映照下，放射着夺目的金光。为了祖国的统一，我们经受了千辛万苦，终于能纵马在这高原名城，一睹她的风采！大家以激动、兴奋、新奇的目光，注视着、感受着这古城的一切。路旁站着一些衣着褴褛、生活在最底层的穷苦居民和奴隶，有些妇女用额头或双肩背着取水的木桶，偶见一些身着绛红色氆氇袈裟的喇嘛，摇着转经筒，口里不断地诵着六字真言。随处可见的经幡如同五光十色的彩旗，在屋檐下、在旗杆上飘舞，为主人祈祷着平安。在那庄严美丽而高大的布达拉宫山脚下，排列着一顶顶用粗糙的牦牛毛氆氇制成的帐篷，那里住着最贫困、生活在社会最底层的穷苦百姓，与他们背后的华丽宫殿形成十分鲜明的对比。后来我们才知道，就在此时，在这肮脏不堪的帐篷群中，正在蔓延着在内地已绝迹的烈性传染病——天花！这里的穷人正在水深火热之中艰难地挣扎，死神正在一个又一个地、不断降临在他们的头上。

忽然一阵军乐声从八廓街传来，那绵软的旋律似乎耳熟，原来是还未改编的藏军奏着30年代的流行歌曲“桃花江”。在队伍的前面是一面雪山狮子旗，衣着不整、戴着礼帽的藏军吹鼓手，吹奏着“军歌”，杂乱无章地走来。这似乎是在向刚刚进驻拉萨的人民解放军炫耀示威。看来，这是一组与和平解放西藏不和谐的音符。斗争和较量还在后边。

# 从小孤女到妇联主任

## ——记巴塘女兵益西卓玛

甘耀忠

原西藏自治区妇联主任益西卓玛，退休已经十多年了。人们很难想象面前这位10年来两次腹腔手术，面色略显苍白，但仍然精神矍铄的藏族老干部，竟是50年前巴塘街头常年衣衫破旧，打着赤脚帮人家背砖割草打零工度日的小孤女。当益西卓玛向我叙述自己当年进军西藏和后来长期建藏的经历时，一再强调说：没有党的培养，没有革命的锻炼，哪会有我益西卓玛的今天，在我们巴塘还有一大批人，都是像我这样从小参加革命，在党的培养教育下锻炼成长起来的。

### 参军到昌都

在20世纪中叶，随着国民党政府的败亡和新中国的成立，四川巴塘的藏族儿女看到了新生的曙光。当时巴塘和整个川西藏族地区有数以千计的爱国青年踊跃报名参军或者参加地方工作。单就巴塘而言，从1950年7月至1951年6月，在巴塘参军后随大部队进入西藏的藏族老中青知识分子和其他劳动青年男女共约七八批，300余人，其中藏族女同志约占1/3。奉命进军西藏的中国人民解放军第十八军南路先头部队于1950年7月进驻巴塘。由于有地下党的工作基础，巴塘地区的支前和参军活动搞得轰轰烈烈。

15岁的小益西卓玛两年前失去了母亲，孤苦伶仃地靠打短工自谋生路。她见到解放军，就像遇到亲人，争着参加妇女会、夜校、宣传队，割草砍柴背运物资，踊跃支前，小益西原本是个欢快的姑娘，看到比她年长而有文化又会汉语的大哥大姐们一批接着一批地参军走了，她也争着挤着哭着要求参军，但部队招兵不是说她年龄小，就嫌她个子矮，后来发现经过这里的各梯次部队里，甚至有比她年纪还小，专会唱歌跳舞的各民族小女兵，这给了她充足的理由。到1951年元月，她再次鼓足了勇气去报名。这次招兵的是五十二师政治部的李继善，他是位和蔼可亲、善解人意的干事。语言不通用手势，翻译不准加比划，唱歌跳舞是小益西的强项，一曲下来即通过。轮到她背负重物在院坝中急行数圈测耐力时，从30斤加到60斤，“超额了”，李干事连说三个“中”，就算招定了，很快就给她发了草绿色的皮衣、皮裤等军用品，小益西高兴得哭了，围观的人也为她高兴。农历正月初十刚过，由李干事带队的一行二十来个新兵，便背上背包，携带口粮，开始向昌都进军，他们翻山涉水、晓行夜宿，10天的路程仅用7天就赶到了。

昌都战役早在头年10月结束，已经成立了包括当地上层爱国人士在内的昌都地区解委会。陆续到达昌都的后续部队各部，分头在这里和附近各驻地进行休整。小益西卓玛一行二十多名新兵，被送进了昌藏干校（藏语文干部进修学校）学习。实际上是个短训班，藏、汉族青年都有，课程设置以学习藏汉语文为主，同时进行基础军训，学习政治时事、民族政策、三大纪律、八项注意，以及高原行军知识，并参加开荒生产或助民农耕、背石挖土、修筑康藏公路。

《十七条协议》签订后，进藏部队掀起了学习、宣传、贯彻《十七条协议》的高潮，广大指战员受到了一次建设边疆、巩固国防的爱国主义教育。在学习总结会上，小益西等学习积极分子受到了表彰或表扬。

三个多月的紧张学习和基础培训结束了，小益西等几个男女新兵被充实到五十二师文工队，当了文艺兵。

## 挺进拉萨

1951年7月，五十二师文工队随进藏部队王其梅同志率领的先遣支队出发。从昌都由中路向西藏进发。走中路进藏，经边坝、洛隆、嘉黎、太昭等地，大小一共要过多少山岭？大山有数，中小山岭则不计其数。凡是走过的人都知道，小岭每天有几个，隔天有高山，三五天内定有大雪山，如夏贡拉、努贡拉、丹达山等大雪山，其海拔都在5000米以上，最高的在6000米以上。在低海拔处行军本来就累，到高海拔处，由于高寒缺氧就更累更喘，到最高处的几百米，往往要三步一停五步一歇，到夏天仍是雪封山的冰道，弄不好还要滑倒。碰到大雪封山时，从山口往下走，往往无法下脚，到处都是厚厚的积雪，或光光的一片冰坡，女兵和男兵一样，只好把背包扎成一团，往山下一扔，让其自然滚下去，各人用双臂搂抱住自己的头颈随着往下滑。这是要冒很大风险的，好在前面先滚下去的已经有了经验，向后面的人喊注意事项，前面的人已经趟出一条冰槽，后面的就省事多了。

盛夏之际，正是江河暴涨的季节，每天负重行军几十里已经大汗淋漓了，碰到大小河流还要打赤脚涉水过河，女兵们碰到来了例假，虽有些照顾，但也都不畏艰苦涉水过河。河水冰凉彻骨，确有钻心之痛，比登山还难以忍受。这一路上的艰难险阻，只有置身其中的人，才有切身体会。

1951年8月下旬，先遣支队顺利到达太昭，上级决定在这里休整几天，何时再出发等待命令。小益西看到有些粮袋有破损，想缝又没有针线。一天她和几个女兵在太昭街上看到有针和线，小益西高兴了，毫不吝惜地用个人津贴买了针和线，回到营地赶忙把破损的粮袋一一缝好。到了晚上集合点名时，小益西被点名批评了。按纪律规定不经上级批准，不得在市场上购买一针一线，所以领导责令其作出深刻检讨，并让全队人员引以为戒。小益西开始毫无认识，“用自己的钱办大家的事”，还当众挨批评责令写检讨，实在想不通。由于心情不好，第二天上山割草，背着草下山时崴了脚，离营地较远，这时她越想越委屈，禁不住放声大哭起来。天快黑了，分队长章斐然见她还没有回营，动员大家分头去寻找，终于在一个山坡上找到了她，安慰了一阵，先背她走一段路，再回去背草，折腾了好久，总算回到了营地，队友们热情地安排她吃晚饭，帮她端洗脚水，按摩瘀血肿块，然后才睡觉。

副分队长陆世杰是个急性子、直性子，继续对小益西进行严厉批评。分队长章斐然是大学生，文化水平高，修养好，能耐心帮助人，就慢声细语地让她想明白一个道理：我们的部队所以能打胜仗，解放全中国，除了有共产党毛主席的英明领导和指挥外，还靠部队有纪律和自觉遵守纪律执行命令的干部、战士。如果每个单位、每个人都以各种借口各行其事，那么，解放军就会变成一盘散沙，变得毫无战斗力。在战友们的帮助下，她终于作出了同志们满意、领导认可的深刻检查。小益西从教训中懂得了“政策和策略是党的生命”，而严格遵守纪律，又是正确贯彻执行政策和策略的根本保证。

先遣支队休整几天后继续西进，于1951年9月9日胜利进抵拉萨。

## 进驻江孜

11月5日，五十二师文工队奉命配合战斗部队继续向西挺进，于11月15日进抵江孜，举行了隆重的入城仪式。经过四个多月的长途行军，终于胜利抵达目的地——抗英英雄城江孜。

中央指示“进军西藏不吃地方”，由于部队补给供应不足，部队进驻江孜后的第一要务是筹粮。这时益西卓玛被调到江孜兵站担任翻译兼采购员，负责采购马草和柴禾等工作。对益西卓玛来说，首先要过语言关。江孜方言素有“江孜曲格”（江孜人细声软语，犹如诵经韵味）之称，与藏东康巴语截然不同。好在有一路行军的锻炼，掌握了一定的方言规律，加上部队机关请了爱国上层知识分子教课，每天组织学习藏语，益西卓玛较快地过了这一关。

益西卓玛虽然又长了一岁，但毕竟还是16岁的姑娘，在开展工作最困难的时候，却要单独去同当时江孜宗政府的秘书、“措本”、“根布”打交道，买柴购料雇工匠，雇马匹，每件事都要向贵族官员讨批条。在旧西藏，从来没有妇女单独交涉办公事的，一看来的是个黄毛丫头，就更看不起，不仅刁难扯皮，甚至还调笑戏谑，动手动脚。在这种情况下，逼着她说出了生硬而带命令式语调的藏东康巴语，命令他们按照《十七条协议》办事，居然也起到了一定的作用。办成几次事之后，接着也就比较顺利了。通过这一段时间的较量，她终于又提高了一步，有了一定的独立工作能力。

1952年秋天成立中共江孜分工委，益西卓玛于1953年元月被调到分工委统战部，这又是另外一种环境，是她所完全不熟悉的新工作，接触的都是些官员、贵族老爷、少爷、太太和小姐。有团结、有斗争。要争取团结更多的人共同反帝爱国，这是当时党在西藏统一战线工作的最大任务。这项工作政策性极强，要十分注意谈话的技巧，遣词用词要十分慎重。这对益西卓玛来说是一个新的挑战，但也让她得到了较大的锻炼。

1954 年 7 月 17 日凌晨，江孜突然受到空前大洪水的袭击，约两层楼高的洪峰奔腾咆哮着一泻而下，江孜大半个城区被淹，树木房屋被特大洪水冲走或垮塌，死伤大量人畜。益西卓玛在睡梦中被大呼小叫声惊醒，待她穿衣服下床冲出房门后竟不见一人，有人減她快上房顶，她不知发生了什么事，便不知所措地跑到院内，水已过膝，大门外居民纷纷乱跑，有认得的拉住她就不松手，她也搀扶老太太们往宗山方向跑。后来，统战部的同志转移到宗山北侧西藏地方政府的粮仓嘎岗大楼。驻江孜的部队和机关立即投入了抢救落水群众的战斗。事后分工委即派人给灾民发粮食等，开展力所能及的大规模赈灾工作，并与西藏地方政府共同组成了江孜、白朗地区救灾委员会，益西卓玛被调到救灾委员会工作。因为当时西藏地方的政权不在我们手里，各级地方政府都是官老爷机构，但又必须通过他们共同工作。中央拨给了大笔赈灾款项，噶厦先是不想出钱出粮，接着又是江孜、白朗等宗政府和当地贵族、寺庙分别要求把钱分拨给他们，由他们救济各自属下的灾民，实际上想中饱私囊。好不容易做通了上层的工作，他们下面的办事人又横生枝节，谎报受灾人数、土地面积和受灾程度，企图虚报冒领。小益西按照上级的指示，坚持原则，耐心说服，深入进行调查研究。当时她名义上是翻译，但在救灾委员会办事机构内，她既要担负藏语翻译，还要负责领导机构内一切信息的传递，一切扯皮的事，都由她参与翻译，上层人士的许多“言外之意”更需要她仔细体察并提供给领导参考。她在救灾委员会工作半年多，不亚于参加了一场激烈复杂的政治斗争，经受了一次很好的锻炼。

1956 年 7 月，益西卓玛被吸收加入中国共产党，成为光荣的共产党员。当年秋天，益西卓玛被任命为青年团江孜分工委统战部副部长，兼管妇女工作。团分工委机关从专职书记到办事员一共只有 4 个人，他们通过开展各项活动，培养和发现积极分子，共吸收藏族干部 148 人，大部分被送到内地学习，少部分留下就地培训，后来这些人都成了民主改革的骨干。

益西卓玛吃苦耐劳，任劳任怨。1956 年她正怀着第二个孩子，直到临产前几天还在上班工作，10 月下旬，她产后第三天，就去参加会议。1959 年 3 月，益西卓玛的第三个孩子出生时，正碰上西藏上层反动集团发动武装叛乱，中央命令在西藏全面进行平叛改革，她被派到民改工作队并参加土改后的复查工作，前后长达一年多时间。1960 年被任命为江孜地区妇联副主任。1964 年江孜合并到日喀则地区后，她继续在日喀则地区妇联任副主任。

1978 年十一届三中全会之后，她被调任为中共西藏自治区委员会纪律检查委员会副书记，1983 年任自治区纪委主持工作的常务副书记。她一方面参与领导处理和解决了大量拨乱反正落实政策的工作，另一方面按照党章和政策原则，毫不手软地处理了一批贪赃枉法、丧失党性的违法腐败分子。对所有案子，她都深入调查研究，在弄清事实后，看准了才办，不看“条子”、“面子”，不听“招呼”，总是婉言拒绝说情。从不以权谋私，几十年来，没有利用职权安插过一个亲戚或老乡到机关工作。她没有辜负党和人民的重托，任何时候都能依靠党的领导，忠于党性原则，放到哪里就在哪里发热发光。用她自己的话来说，“我的一切都是党和人民给的，同时也是同志们的支持和帮助的结果”“现在干部要讲年轻化、革命化、知识化，应该多上些新生力量，他们可能会比我干得更好”。1986 年秋，她又调任自治区妇联主任，为西藏妇女儿童工作积极奔走，深情投入。上任不久，她就在全面安排工作的同时集中财力、物力、人力，很快修建起一幢妇女干部培训大楼，为培训全区妇女骨干创造有利条件，并到各县深入进行调查研究，推动妇女工作的开展。1988 年底她因身体原因退休回到成都，在成都西藏干休所安度晚年。

# “冲吉德嘎”和我

刘 延

我这一生最精彩的20年，是在西藏度过的。

年届古稀，仍能在如烟往事中，模糊看见那些蕴含着青春美丽的“亮点”。看着看着，便觉得自己很富有、很充实、很快乐，于是便开始激动，便开始遐想联翩……

## 与“冲吉德嘎”结缘

1955年春，部队学习苏联实行军衔制，除卫生兵、通讯兵、文艺兵外，女兵都要转业到地方。我当时所在的军区后政体工队奉命解散，那时昌都部队正在放映苏联电影《女拖拉机手》，军区五号首长陈明义在司令部大院看到陈志茹和我时，便笑嘻嘻地对陈志茹说：陈志茹啊，你要是也会开拖拉机，坐在那上面才叫神气哩！过了几天，上级就决定体工队女队员都到北京学开拖拉机，不愿去的也不勉强，我猜想那是五号首长陈明义的建议。女同志们都很高兴，只有邓清超和我不想当拖拉机手，便于同年5月到了拉萨。

到拉萨下地方后我被分配到当时唯一的一所学校——拉萨小学当教师。我一句藏话也不会说，只能教唱歌和图画。那时学校每天上课前还保持了半个小时的诵经“课”，孩子们诵经的声音非常整齐动听，我问一位老师：他们唱的什么歌呀？周围的老师都掩嘴而笑。

从那时开始，我便用唱歌画画比手画脚的方法教藏族孩子们，从此和藏族文化艺术结缘了。但真正意义上的结缘，是1959年西藏平息了叛乱，拉萨市成立了文教卫生局，我又从学校调到局文化科之后。

大概是1959年秋冬之间，由于形势需要，市委指示成立一个“乌兰牧骑”

式的毛泽东思想宣传队，也就是后来的市业余宣传队或市业余歌舞队。老百姓们则叫它“冲吉德嘎”，也就是若干年后正式成立的市歌舞团的前身。

当时，市委派出宣传部干部郗平同志督促和具体协办这件事。文化局文化科科长刘少耘同志经手把我调到局里之后，他便到堆龙德庆县搞民主改革和“三教”工作去了，科里只有我一个干事，筹建市队的联络工作基本上是我一个人承担了。很幸运的是，当时主管这件事的局领导王增辉同志能信任和放手让我去干，使我的潜能得以充分发挥。其他几位藏族领导，如他新、居勉、努玛对市队的工作也极其重视，给予各种各样的支持。

按照市里指示，成立市队以市青妇联业余歌舞队为基础，吸收一些新生力量参加。青妇联歌舞队演员素质和演出质量都比较高，而且有几位令人瞩目的骨干演员，但个别演员年龄偏大，加之一些社会原因，作为“乌兰牧骑”式的歌舞队，恐怕难以适应。因此，便存在筛选重组的问题。当时平息叛乱不久，社会秩序尚不十分稳定，这项工作做起来难度较大。比如我们在业务上看中的演员，往往在家庭或个人的社会关系上存在这样那样的问题，需要进一步调查，弄清情况后，领导才好做出决定。这是具体而又繁杂的事，为此事我不知反复跑了多少趟路，总算完成了任务，把几位演员都留了下来。留下来的这些演员在新成立的市队中，业务和行政管理方面都起了挑大梁的作用，其中好几位演员成了西藏屈指可数的表演艺术家和区、市级文化部门及文化团体的领导人。

那段时间，我的另一个任务是陪着有关负责同志或单独下到各区县看他们的演出，实际上也是为了从中挑选演员充实市队。这项工作进行起来不是那么顺利，原因是市队和区、县业余演出队，都是业余性质，有很大的自由度，并没有什么组织关系，想要的人，下面不一定放。当然，在各级领导的大力支持下，我们还是“如愿以偿”，把几个业余演出队的“尖子”选进了市队，如达瓦、白雍、达珍、冰冰、次旦卓玛、群宗等一批年纪小、业务强、有相当发展潜力的队员，后来又从各小学里挑选了洛桑三丹、益西曲珍、小旺堆等。但由于在较长一段时间里没能解决编制问题，队员们只有最基本的生活补贴而没有任何个人收入，生活条件、演出条件极其艰苦，再加上一些社会原因，演员队伍有一段时间不大稳定，先后有几人离队。进进出出，稳定下来的保持在20人左右。

稳定下来的队员中，除土登、平措才仁、大丹增、农珍几位岁数稍大外，其他队员都不过十四五岁，独唱演员达珍只有13岁，冰冰、达瓦等也只有14岁。他们年纪虽小，但聪明善良、乐观向上、吃苦耐劳、热爱自己的工作。

在文化科没有增加干部的两年多里，我除了完成科里最基本的一些业务工作之外，其他时间便是和市队在一起，组织他们编排节目、演出、学习（文化），以及生产自给。我觉得那时的我，真的是眉毛胡子一把抓，幸好有一位非常能干、肯干，业务又十分出色的土登作为我的助手。尽管我们两个人都没什么"名分"（两年多以后土登被任命为副队长），但俨然一副"带头人"的劲儿，在宣传部、文化局的具体领导下，配合得相当默契，工作搞得井然有序，任务完成得很出色。

## 一只不会飞的笨鸟

在艺术上，我是只不会飞的鸟。我唯一的"优势"是会一点简谱，写点什么歌词、小演唱之类的东西，再有就是会一两种新疆舞、西藏舞的基本动作。就凭这点"资本"，我便要"指导"编写排练。

那时，队员中除平措次仁、农珍比较精通汉语文外，其他队员的汉话水平和我的藏话水平一样，属于无法交流的状态。每当需要配合中心工作编排新节目时，最方便的是"旧瓶装新酒"，大家一块商量找出一种表现力比较强的民间艺术形式，赋予它新的内容。创作方法也极其原始——"现场制作"，大框架先定下来，几个人设计场面，或叫队形，几个人负责编舞（实际是旧舞蹈动作的重新组合）；曲调选定后，根据曲调的格律，确定歌词的句式长短，然后由我把汉文大意按句说出来，由平措次仁一句句译成藏文，再教队员去背。如果赶上慰问部队官兵或有较多汉族观众的演出需要汉语节目时，就只能由我编写出来教给演员硬背下来后排练演出。

队员们的汉文汉语，大都是这样"逼"出来的。还有一个途径就是每周一次的生活会，大家都要说说思想体会，总结工作得失。会上要求大家都说汉语（老炊事员次旺除外），允许藏汉语兼用。我也尽量说藏语，会开到关键处，往往大家都忘了约定，全都回归"自然"。必须交流的地方，只能辅之以手势，最后也只有请汉话较好的平措次仁和农珍给重点翻译一下了。小队员的确聪明，在学习上悟性极高，在大约一年的时间里，他们的汉语水平就相当不错了，有几位在汉文上进步也很快，而且写得一手漂亮的汉字。

## 艰苦，但很快乐

市队成立之后，一直受到各级领导的关爱和拉萨市群众的欢迎，我想，最基本的原因是他们绝大多数都是藏族平民百姓的子女，有着对新生活新社会的真诚热爱，有着得天独厚的藏族民间艺术的素养和天赋，他们既可以给群众带来艺术的享受，又能和群众融为一体。另外就是他们的吃苦耐劳永远向上的精神，使他们能够克服种种障碍，不断完善自己。

当时，作为直接主管他们的市文教卫生局以及市委宣传部，一直在努力争取解决他们的编制待遇问题，希望为他们的发展提供一个最基本的物质条件。那一两年里，经过我写的申请解决编制或增加生活补贴以及粮油配发标准等内容的报告不少于20次，但受种种原因的制约一直未能实现。因此，在比较长的一段时间里，“冲吉德嘎”始终处于一种极其艰辛的状况中。

那时，队员每人每月只有10元钱的生活费。10元钱当时的概念就是能买回每个人定量中的糌粑和少许酥油或菜籽油，在土登同志和兼管伙食的益西的精打细算下，每天只能喝到一次很淡的酥油茶。记得一次去当雄县演出，队员们都十分辛苦劳累，开饭时看到那茶里淡淡的稀稀的酥油，表现出一种异样的渴求。我便对益西说：再切一点酥油放进去吧！益西正要往里放时，被掌握“经济大权”的土登发现了，他立即瞪着本来就很大的眼睛老师长老师短地叫着，给我摆事实讲道理，说不能再放了，再放后半月就有很多天吃不到酥油了。我当然理解土登的难处，没有理由不服从他的决定，但每当想起这桩小事，心里仍然酸酸的。

为了让队员们能增加一点集体和个人的收入，领导决定宣传队每年抽出一定的时间参加生产劳动。市工商局局长张建基同志以及市建设局局长十分支持我们，每次我去找他们联系此事，他们都想尽办法给我们提供方便条件。考虑到宣传队的性质特征，难以适应固定的工种，他们就选择些灵活性大的、时间性不太强的活给大家干，如缝袜子、订本子、缝纫、以及建筑工地当小工、藏医院药丸加工等。口粮的配给，也得到了市粮食局的关照，破例配给了一点大米和白面。

在这方面，尽管领导费心，队员们也很努力，但始终收效甚微。市队仍然要紧紧巴巴地过日子。但是，没有一个队员因为生活条件差而离开的，也没有队员表现过消极不满。对待生活，他们有着积极向上的精神，和他们在一起，为他们去奔忙，我总觉得很快活。

就是在这么一种生活条件下，队员们始终是积极努力乐观向上的，他们的足迹，遍及拉萨各个区县，仅我带队前往的就有当雄、堆龙德庆、尼木、曲水、达孜、米林、林芝、墨竹工卡等县，惟有去林周县演出时我因怀孕未能随队前去。

## 难忘的演出

和队员们下乡演出，留下了许多难忘的印象。我们所走过的地方，除县和少数区的名字还记得，大多数都忘掉了。而且有许多偏僻的山沟野岭，寥寥几户人家，我猜想它们原本就没有什么正规的地名，那儿的群众也从未见到过什么演出队，"冲吉德嘎"对他们来说是陌生的。这样的演出地和观众对我们来说也是陌生的。

在林芝演出时我们曾去过一个山沟里的小村落，那儿距县委有将近一个半小时的路程，满沟都是山桃树。那是深秋季节，树上的桃大部分都落在地上，铺了厚厚的一层，好像无人采摘，走在上面软软的。少数枝头尚挂着红红黄黄，或大或小的毛桃，队员们边走边玩，偶尔打下两个桃来尝尝，好像没什么味道。

演出时，场地就在一块大约十二三平米的平地上，总共八九个观众，谁也不挨谁地坐在四面的土堆或石头上，虽然观众很少，但我们精彩认真的表演使他们看得津津有味。

在米林县，一次到达一个村落时，天快黑了，没有住地，也没有烧茶做饭的地方，我便和土登等几位同志商量，把人分成几组，会做饭的搭灶拾柴烧茶做饭，年轻的男队员们上山砍树枝铺床。同时，砍油松准备演出照明，女队员们原地准备各种演出，有经验的男队员帮助搭帐篷。天黑了，队员们也吃罢了饭化好了妆，在事先选择好的一块空地上支上了洋琴架，找几个木桩、石头作乐队队员凳子，乐队安排好了，在场地四周点上油松，村里的群众就冲着光亮冲着琴声来了。

在农村巡回演出，走路是经常的事，因为许多地方本身就没有交通工具，除了骑马，就是走路。由于经费缺乏，我们常常舍不得花钱雇马，一般雇一两匹马驮大件乐器和服装，人就全部步行。在尼木县演出走路比较多，走到哪，演到哪，住到哪。大殿、草料房、过道我们都住过。有一次还住在一户人家的房顶上，我身边是两个年纪最小的队员，大概是次卓嘎和冰冰。天黑了，村外黑乎乎的山影好像随时就要倒向我们，屋顶上的冷风也分外凉。次卓嘎突然问我："格啦，山上会不会有狗熊跑下来……"我赶紧安慰她："不怕，我有枪！"其实，真要来了狗熊，我也不知怎么办，我带的那支只有两寸多长的小手枪，根本不懂它的性能，是下乡前一位平叛部队的同志让我带上壮胆的。

记得每年的年终总结时，市队的演出场次都是在 60 场以上，对于这样一支"半业余"性质的演出队，在生活极其艰苦、物质条件相当贫乏的条件下达到这样的演出效率，是不大容易的。能和他们在一起共度一段时间，是我的幸福，是他们告诉了我什么叫做艰苦和奉献。何况，我还和他们在一起创造出一批受藏族群众欢迎的节目，尽管很稚嫩。

"冲吉德嘎"培育了一批艺术上的佼佼者，他们已经成了西藏文艺界的中坚力量。当然，"冲吉德嘎"能够健康发展并逐渐趋于成熟，作出它应有的贡献，除各级领导的积极扶持关怀之外，还有一个重要的因素，那就是 1961 年 9 月，文化科来了一位才华横溢、热情澎湃，且能吃大苦耐大劳的北大毕业生廖东凡同志。他的到来，使市队的创作演出水平及各方面工作上了一个新台阶，为后来正式成立文化工作队奠定了良好的基础。

1997 年，当洛桑三丹（已提升为市歌舞团团长）带领的演出团到北京演出，土登（原歌舞团团长，已退休）打电话让我去看演出时，令我激动不已。演出中，仍能依稀看到"冲吉德嘎"的影子，而演员们都不认识了。

演出完后我到后台看望他们，老队员中除土登、洛桑三丹外，尚有龙日、普布次仁。他们把观众献上的鲜花全送给了我，他们还为我买了一件西藏产的牦牛绒外衣。捧着鲜花，穿着毛衣，我热泪纵流，千言万语尽在不言中……

# 难忘的一天

李 宁

1951 年 10 月 20 日，是我在进军西藏行程中最难忘的一天。那一天，我的人生接连经历了三个“第一次”。

## 第一次看见布达拉宫

10 月 18 日傍晚，我们十八军军直机关的进藏队伍，在张国华军长、谭冠三政委的率领下，从小北路到达墨竹工卡宗。为了做好部队入城式的准备，军首长决定由宣传部夏川部长带领五六十人的一支小分队，提前赶赴拉萨。我当时是宣传部机要股的机要员，股长鄂奎斌派我携带密码随夏川部长先赴拉萨。我的任务是用先遣支队的电台，在入城式前将稿件发往地处重庆的新华社西南军区总分社。

从墨竹工卡到德庆宗（即现在的达孜县）有一百二三十里的路程，一般需要走两天。由于整理携带物品，调整驮运马匹等，出发稍迟了一点，到达德庆宗时已是深夜了。

20 日清晨，我正睡得迷迷糊糊，听到外面有人大喊：“布达拉宫！”我猛然清醒，飞快穿着完毕，钻出帐篷一看，红彤彤的太阳已从东方崇山峻岭中冉冉升起，满天朝霞，照得大地一片光明；朝西面看，远处山谷间一团朦朦胧胧的云雾笼罩在大地上，云雾上面闪跃着一片金光，金光下面隐隐约约地浮现出一座庞大的建筑物，殿阁重重，金顶辉煌。我心里一震，这是海市蜃楼，还是天上仙宫？擦了擦眼睛，仔细地瞧了又瞧，才确信这不是幻景，确确实实是布达拉宫。啊！在四十多里路以外就能见到的布达拉宫，进藏前就听到介绍，它是拉萨和西藏的标志，是藏传佛教信徒心目中的圣地，也是达赖喇嘛的冬宫；这座辉煌的建筑物出现在我眼前，使我激动万分！

吃了早饭，驻在德庆宗的154团的理发员们给我们理发。为了行军方便，除了文工团的女同志留长头发外，其他部门的女同志一般都像男同志那样剪成短发，我们的理发员根本没有想到这支小分队里还有一位女同志，理了发后要给我刮脸，我摇摇头，想站起来自己去洗头，可理发员却按住了我的肩膀不让我站起来，坚持着要给我刮脸。我想四个多月的长途跋涉，经过高原的风吹、日晒、雨淋、冰雹、雪霜的洗礼，脸皮早就又黑又厚，刮薄一点也好，就没有作声，让他刮了脸。大家理完发，换上一直舍不得穿的呢子新军装，个个容光焕发，精神抖擞，变得更年轻漂亮了。

中午，小分队又出发了，目的地在望，大家的心情十分愉快，个个劲头十足，脚步也特别轻快。一路上，放眼望去，拉萨河谷逐渐开阔，稍高一点的地方是块块良田，一些牛羊正在已收割的地里啃草。藏族同胞有的排成面对面的两行，一边唱着动听的民歌，一边挥动着连枷脱粒；有的正忙着堆积麦秸，以备牲畜过冬的饲料。河谷间溪水纵横，低洼处是片片荒滩。当时我想，如果以后构筑堤坝，疏导水流，这片片荒滩就会变成块块良田。

## 第一次坐船游拉萨河

不知不觉中，我们走完了四十多里路，到达拉萨河南岸的蔡公堂渡口，这时太阳还高高地悬挂在空中。同志们分批乘牛皮船渡河。夏部长要我和另外一位同志负责行李乘船直达先遣支队驻地附近的渡口。

记得从甘孜到昌都途中，过金沙江岗托渡口时，那里的牛皮船是用坚硬的木棍作支架，外面绷上整张牛皮，稍有点椭圆形，它哪像船，就像切开的半个大西瓜！那船只可搭乘两三个人，再加上一个船工。在金沙江奔腾湍急的江水中，那船好像一片树叶，随激流摇摆起伏，浪起时小船被抛上浪峰，浪落时又沉入浪底，真是惊心动魄，我紧张得双手紧紧抓住船沿，紧闭双眼，一动也不敢动，直到同船的战友叫道：“快下来，已经靠岸了！”我才敢睁开眼睛，跨出牛皮船。

我坐着牛皮船第一次在拉萨河中航行，不由想起在金沙江上坐牛皮船的经历，仍心有余悸，刚上船时还有些紧张，可是眼前的一切都是那么的新奇，令人兴奋不已。拉萨河的牛皮船可比金沙江的牛皮船大多了，能搭乘一二十人，两旁还能携带两匹马泅渡。拉萨河水也不像金沙江那样湍急，它静静地奔流着，只偶尔卷起一些小小漩涡。牛皮船轻快地划行着，划牛皮船的船工是个强悍的藏族汉子，他用力挥动双浆，斜行疾驶，把船划过河心的主流后，立即靠着北岸顺流而下。除了有一处小落差使船颠簸让人吃了一惊外，一直很平稳。

由于船大，航行顺利，船工让人信赖，我的紧张感完全消失了，依在船边上尽情地欣赏拉萨河两岸的风光。只见两边的山不算太高，上部全是花岗岩石，光秃秃的寸草不生；下部长有一点短草，紧贴地表，已被深秋的凉风拂染得枯黄了。河南岸只有少量村舍，较为荒凉；河北岸是拉萨城区，沿河筑有防洪堤坝，岸上绿树成荫，间或还点缀有垂柳和一些尚未凋落的野花；绿树丛中时而还能见到一幢幢高大的白色石头楼房，这些楼房大概是藏族上层人士的公馆吧！拉萨河水碧蓝，清澈见底，但冰冷刺骨，河边浅水处还不时见到色彩鲜艳的野鸭在游戏，河里有成群结队的游鱼，大的有 2 尺多长，小的也有尺把长，没有鳞甲，鱼儿很肥，也不怕人。我们十八军制定有尊重藏族人民风俗习惯的铁的纪律，禁止捕食，不然这么鲜肥的鱼儿可真是餐桌上的美味佳肴。岸上有三三两两的船工扛着牛皮船逆流而行。谁能想到五六天前，我们还在渺无人烟的雪原行进，十天半月也见不到一个人、一头牛羊、一顶帐篷，除了遍地冰雪外，只见到远处云海中起伏的雪山顶；现在我们却坐着牛皮船在这如诗如画的拉萨河上漂流！正当我沉入遐想时，船工把牛皮船拨向一个小河弯，目的地——孜仲林卡到了。

## 第一次踏上拉萨的土地

一踏入西藏首府拉萨，我的心情无比激动，这里将是我们的第二故乡！从 1950 年 3 月在四川乐山召开进军西藏誓师大会开始，拉萨一直是我们向往的地方，为了投入它的怀抱，我几次拒绝组织上调我到内地工作的安排。直到 1951 年 7 月，部队到达昌都后，组织部王华部长还叫通讯员找我去谈话，要我去川南，那时我正患雪盲，一见亮光双眼就疼痛、流泪，我躲在机要股工作室里就是不出来，要前来叫我的通讯员回复王部长：“我坚决不回内地！”那时我心里只有一个想法，自己虽然出身于城市贫民家庭，生活在上海那座全国最大的城市里，经过了进军浙、赣、湘和大西南的锻炼，毕竟是革命队伍里的一个新兵，需要到最艰苦的环境中去锻炼。西藏是祖国西南边陲，又是祖国大陆上最后一块未解放的土地，失去了这个机会就要终生遗憾，因此我决不能向后转，绝对不当进军行列中可耻的逃兵！现在，我终于跟拉萨在一起了，说来还真是来之不易啊！

拉萨就在我的眼前，这个封建农奴制度的统治中心还是一片破落贫困的景象，遍地是污水和垃圾，通往市中心八廓街的路边都是用破布料、烂氆氇搭起的1米高的小帐篷，大概是流浪者和乞丐们的栖身之所，到处是骨瘦如柴的乞丐和野狗；戴着红缨帽的官吏和贵族，则骑着高头大马，前呼后拥地在路上行走着，扛着英式步枪的藏军在“桃花江上美人多”等乐曲声中返回军营……我暗暗发誓：一定要为西藏的繁荣昌盛，为藏族人民的彻底翻身解放贡献自己的一切！

这时夕阳西下，河谷里的暮霭弥漫开来，随先遣支队先行到达拉萨的宣传部支部书记、建军报社负责人韦超和通讯报导科汤化陶科长的通讯员刘福堂等来帮着搬运行李。战友们久别重逢，有说不完的思念，道不尽的友谊，大家都沉浸在一片欢乐之中。

这一天，我终生难忘。

# 征途漫漫

时钟曼

1950年1月，十八军承担了解放祖国大陆最后一片土地的光荣使命。3月4日，十八军庆功祝捷和进军西藏誓师大会在乐山召开。会前，军宣传部夏川部长通知我，要我在誓师大会上当广播员。大会会场设在北关广场，主席台上挂着毛主席和朱总司令的巨幅画像，四周挂满了红旗，赴藏将士群情激昂，口号声、歌声此起彼伏。置身于受奖的功臣模范和慷慨高歌的数千名指战员中间，我的情绪也被强烈地鼓动起来，满怀激情地宣读了来自全国各地的慰问信。

誓师大会后不久，我从十八军政治部调到军政大学八分校女生大队学习，后又调到校政治部文印股当缮写员。8月初，校政治部主任苗九锐做形势报告，我学过速记，因而将报告内容大部分都记下来了，为此受到好评。没想到，这竟成了我调回军部，并在进军西藏征途中做一名收音员的重要因素。

当时，十八军上上下下都在为进军西藏做准备。我从军大八分校调回军部，安排在政治部宣传部新闻报导科工作。军组织部王华部长找我谈话：军直机关即刻西进，由于交通限制，前方指战员不能及时了解国内外大事，只能抄收中央人民广播电台的记录新闻，组织上把这个光荣的任务交给你，希望你不负重托。就这样，我成为十八军进军西藏途中抄收党中央声音的收音员。每到午夜12点，万籁俱寂的时候，我都守在收音机旁抄录新闻，第二天将记录的新闻登在《建军电讯》上。手工刻写的油印小报《建军电讯》，主要刊载中央人民广播电台的记录新闻，便于进军西藏的将士及时了解国内外大事。

为适应进军西藏的需要，十八军军直机关分成前方、后方两部分，后方司政机关留守新津。我的任务决定了必须在前方，即于1950年8月中旬跟随张国华军长和前方部队踏上了征程，在9月初到达甘孜。

甘孜是个小城镇，四周是连绵的雪山，清澈的雅砻江从城西穿流而去。甘孜寺高耸在半山坡上，金色的顶，红色的墙，在阳光下闪烁着神秘的光芒，它和雪山顶上覆盖着的白雪，闪烁的银光争相辉映。藏族同胞的平顶住房则分布在山坡上，家家户户屋顶上都挂着红黄绿色经幡，在风中飘荡。山下的甘孜河欢唱着从城南流过。长征时，红军二、四方面军曾在这里会师，又从这里挺进陕北，完成伟大的二万五千里长征。而今我们也将从这里出发，去完成解放西藏的大业。

甘孜海拔3000多米，高寒缺氧，呼吸困难，徒手走平道都会气喘吁吁。军首长号召全体指战员强化训练，做到生活高原化。我军指战员多数来自内地农村，对牛奶、牛肉等食品特有的膻味难以接受。为适应在高原上生存、战斗，顺利完成进军西藏的伟大使命，全体指战员都积极响应军党委的号召，自觉而又艰难地改变自己的生活习惯。经过努力，人们逐渐适应了高原饮食。到甘孜两个多月后，由于大量喝牛奶、吃牛肉，19岁的我就像吹气的皮球似地胖了起来。以致1951年1月中旬，张国华军长从甘孜回到十八军后方新津，介绍前方将士的情况时，把我作为能适应高原生活的典型。

在甘孜，部队天天练习负重行军，有的同志在背包里装上石头，以增强爬高山的耐力。我为自己安排负重爬山训练，每天晚饭后从山上的政治部驻地到山下甘孜河边去背水。开始只能背半桶水，一路上摇摇晃晃，汗水和桶里晃出的水，把衣服都湿透了，中途还要歇好多次，张大嘴喘气，到达驻地时，桶里剩下的水已不多了，但我还是咬紧牙坚持锻炼。经过一段时间，有了很大的进步，能够背上满满一桶水，步子坚实而有节奏，呼吸均匀，中途只需歇一两次。天天把水送到炊事班，送到房东达吉觉梅阿妈家。

初到甘孜，正值昌都战役前夕，科里的多数同志都到连队采访去了，新闻报导科汤化陶科长直接领导我，帮我从每天抄收的诸多新闻中选用我们急需的新闻，教我如何拟定标题。1950年10月26日，张国华军长要向甘孜驻军做国内外形势报告，汤化陶科长通知我做大会记录，并根据记录整理成讲话材料，印发至连队。张军长在报告中着重讲了朝鲜战场的形势，他深刻地分析了战争性质，论述了战争中人和武器的关系，指出最后胜利一定属于朝鲜人民。同时他还总结了昌都战役的胜利，为下一步向拉萨进军打开了大门，在政治上对西藏将产生重大影响，他要求全体指战员戒骄戒躁，认真执行政策，争取和平解放西藏。

1951 年，时钟曼同志在甘孜抄收中央人民广播电台的新闻

在张军长报告前，我曾怀着万分激动的心情抄收了“中国人民志愿军于 1950 年 10 月 19 日雄赳赳、气昂昂跨过鸭绿江”的新闻，真是巧合，昌都战役也于同日胜利结束。张军长报告的第二天，我又收到“1950 年 10 月 28 日中国人民志愿军发起进攻，歼灭了大量的敌人”的消息，接着每天都有胜利的捷报，“12 月 25 日收复平壤”“志愿军再接再厉越过三八线”等等。

1951 年 5 月，中央人民政府和西藏地方政府签订和平解放西藏的《十七条协议》，十八军军部于 7 月初从甘孜西进。出发的头一天晚上，我去房东达吉觉梅家告别，老阿爸说：“共产党是大救星，解放军是亲人，你们都是有爹娘、有家的人，为了西藏人民，受了这么大的苦，遭了这么多罪，我们感谢你们啊！”说起来真有意思，他当初看到我们军用运输大卡车能驮那么多东西，十分惊讶，很怕它喝酥油茶、吃糌粑。老阿爸把汽车四个轮子看成牦牛的腿，把汽车前面两个照明灯看成牦牛的眼睛，把汽车前面的散热片看成牦牛的牙，把车头前的两个事故钩看成牦牛的角。我耐心地向他讲解：解放军入藏部队不吃当地的粮食，铁牦牛喝的是人不能喝的汽油，什么东西都不吃，铁牦牛的力气大得很。他看见我用来抄收新闻的收音机时，更是奇怪得直耸肩，问我“匣子”里是不是有小人，我又耐心地讲解收音机为什么能说话、能唱歌，并且告诉他们，不远的将来，你们家家户户都会有这种会说话会唱歌的匣子，而且会唱藏歌、说藏话。他们十分高兴，渴望这一天能早早到来。空军部队向甘孜机场空投物资时，我们纷纷从独木梯爬土房东家的屋顶，老阿妈也跟着爬上来，一包包物资投向机场，我们欢呼，老妈妈扑通一声跪在地上，朝着天空连连磕起头来。空投结束，她拉着我的手说：你们的“天菩萨”太好了！我们朝夕相处，老阿爸、阿妈亲身感受着这支“菩萨兵”的一举一动，打心眼里舍不得我们走，送别的话儿说了有几箩筐。临走，两位老人送给我两块银元，留做永久的纪念；两块藏糖，要我留着爬雪山吃。我再三推辞，向他们解释解放军的三大纪律、八项注意。出发的当天，老百姓夹道欢送，在欢送的人群中我看见了老阿爸、老阿妈，我向他们招手，泪水模糊了我的眼睛……

甘孜出发前，我的身边多了 4 名战友，运输员老董和老刘，还有两个不会说话的大青马和小黄马。老董是安徽人，瘦高个子，热情豪爽，负责挑运两台收音机。老刘是小个子，一天说不上一两句话，他负责用大青马驮电池、天线、办公用具等。当时团以上干部才能配备马匹，组织上照顾我，特殊给我配了一匹小黄马。

从甘孜出发，队伍行进在横断山脉。横断山脉的高峰雪岭阻隔着高原东西之间的交通，万千峰峦，像无边海洋中的汹涌波涛。我们战胜了无数的艰难险阻，在万千峰峦间，攀山崖、穿峡谷、涉激流。

每天行军，我们三人总是随打前站的同志提前出发，一到宿营地，按划分的地点搭上帐篷，架好天线，把收音机接上干电池，调试好，他们俩就去放马、割草，留下我先睡一觉，准备夜里收音。老董、老刘就像我的兄长，宁愿自己多劳累，总是尽量照顾我。就是去放马，临走时也要三番五次叮嘱我，抓紧时间休息。他们走后，我打开背包，到旁边小河里洗涮一番，顺手采摘一大束五颜六色的野花，插在我吃饭用的茶缸子里，摆放在苹果绿颜色的收音机上，小小的帐篷顿时显得生机盎然。每到这时候，一天行军的疲劳消失得无影无踪，坐在帐篷外绿茵茵的草地上，环视四周洁白的雪山，那雪山四周的白云，一团团、一层层，白云和白雪重重叠叠难以分辨，夕阳下，那雪峰、那云朵又染上了红、黄、青、蓝、紫，真是五彩缤纷。在这壮丽的大自然中，我如痴如醉，甚至忘却了自己的存在……猛然，老董放马割草回来，吼了一声：一天行军还累不够！嗔怒中透着兄长般的关怀。

7 月 18 日，部队渡过金沙江，到达岗托，军直机关驻扎在群山环抱的一块平坦的大草坪上，附近的群山都在我们脚下。大多数同志组成运输队去运粮，政治部留下为数不多的人维持工作，这里成了临时兵站。我们班席玉梅和我留下，我除了收音，还配合席玉梅做饭、烧菜，迎送过路的运粮队。老董、老刘参加运输队去了，我还要兼任饲养员。7 月 28 日下午我去放马，突然来了一场大雨，我跑到附近帐篷避了一阵儿雨。雨停了我钻出帐篷，才发现小黄马、大青马不知去向。这马可不能丢啊！我和席玉梅找遍了军直各机关驻地，也没有踪影，我心里十分焦急，天天以泪洗面。小黄马、大青马十分温顺，从甘孜出发后我们天天相伴，很有感情，它们能辨清我的声音。在缺粮的日子里，我宁肯自己少吃，也要给它们省下一口两口的，过急流险滩，它俩也很听话，我拉着它们的尾巴渡过条条急流。在寻找它们的那几天中，我日夜心神不宁，尤其难耐的是每当后半夜我的抄收工作完毕，就想到没有人照顾它们，它们吃什么呢？饿坏了吧？ 8 月 2 日下午，一位藏族同胞把小黄马、大青马送回来了！我看到它们时不顾一切地跑了过去，也没顾得上和送马来的藏族同胞打招呼，就抱着小黄马的头，贴着它的脸大哭起来。小黄马仿佛懂得我的心思，一动不动地站着，我拍拍它的背，它摇了摇尾巴，我转身从袋子里抓了一把马料喂它们，看着它们吃着。

入秋之后，部队过类乌齐，行进在澜沧江和怒江上游的他念他翁山脉，夜间气温下降，寒风呼啸，大地冰冻。夜 11 时，人们都疲乏地入睡了，伴着周围帐篷里同志们的鼾声，伴着马吃夜草的咀嚼声，伴着放哨同志轻轻的脚步声，我在静静地等待着收音工作。

午夜 12 点，我点燃了蜡烛，为了不影响周围帐篷里同志们的睡眠，把收音机调到仅能听清的音量，全神贯注地抄收。在这荒山僻野里接收远在万里之遥的祖国北京的声音，心里感到格外亲切，格外激动，格外庄严！山区干扰大，电波不稳定，我一面抄收、一面频频调整旋钮，屏住呼吸仔细捕捉那远在北京的声音。有时从帐篷缝里吹进一股风，把蜡烛吹灭了，我迅速把蜡烛点上，赶紧用速记符号记下，生怕漏抄一句，笔尖冻得不下水，就把钢笔揣进怀里暖着，两支笔倒换着，手指冻得麻木、僵硬、生疼，就放在嘴里哈上几口气，赶紧抄写。炊事班的同志知道我夜里抄收新闻冷，常搞一盆柴禾热灰送来给我取暖，小小的帐篷顿时暖意融融。随着笔尖游走，一行行字迹落在纸上，西进的十八军将士与北京近在咫尺……

抄收、整理工作结束，每每已是曙光初照，但我仍处在亢奋之中，难以成眠。我想年轻的祖国正面对凶恶的敌人，而朝鲜战场频频传来的捷报向世界昭示着毛泽东和中国共产党领导的新中国已巍然屹立在世界东方，任何强大的敌人也不能战胜她，而此刻我们正在进行的西征，更是前所未有的英雄壮举，我们每前进一步，每走出一里，都是在完成祖国大陆最后统一的伟大征程。而我，把自己的青春年华交付如此壮丽光彩的事业，真是太值得了！想着，想着，天亮了，号声响起，我和战友们又向新的目的地出发……

由于高原缺氧，加之每天不停地趟河，人们的腿脚都浮肿了，我的双腿也肿得发亮。每当涉过冰冷的河水，就钻心地疼痛，可我还是咬紧牙关，趟着哗哗奔流的河水，坚强地过河。我知道，每趟过一条河，我们离拉萨就又近了一步，因而心中就多一份喜悦。

9 月 26 日，我们终于来到了怒江边。先头部队在这里已组织动员了十多只牛皮船准备渡江，岸边人群呼叫，军马嘶鸣，看到这壮观动人的场面，疲劳和病痛早已忘得干干净净。我高兴地上了牛皮船，由一位藏族水手划着桨，飞快地驶向对岸。

过了怒江，进入广袤的藏北草原，连着好几天见不到羊群，见不到树木，见不到帐篷，只有队伍在前进；有一天看到远处有炊烟，队伍里有人欢呼：有人了！

从甘孜出发，部队已胜利地翻越了十多座雪山，对雪山已毫无畏惧了，更令人高兴的是离拉萨不远了！

10 月 8 日，我们到了冷拉山下。冷拉山高六千三百多米，终年被白雪覆盖，北坡山势平缓，攀登难度相对较小，但山顶上的雪有一米多深，山高空气稀薄，呼吸十分困难。许多同志鼻子出血，我的鼻子也流血不止。队伍在雪坡上鱼贯行进，军参谋长李觉在山顶上亲自指挥。用牲口探出一条雪道，我们就沿着前面探出的路向下滑行。老刘把小黄马牵过去，叫我自己安全滑下山。老董把收音机一个背在背上，一个挂到胸前，扁担捆在小黄马背上。我站在山顶一看，真吓了一跳，南坡大约有几百米，坡度约有七八十度，一边是万丈深渊。李参谋长要求同志们按滑出的雪道往下溜，不允许偏离，不然就将葬身万丈深渊。我端坐在雪地上，紧贴着前边同志溜出来的雪道，咬紧牙关，哧溜哧溜滑到山脚下，就像从雪山顶上飞下来一样。回头仰望冷酷无情的冷拉山，山连着天，天连着雪。这一天翻山，军直机关有两位同志牺牲了，骡马也死了三十多匹。我们挥泪告别了牺牲的战友，沿着崎岖的山路继续前进。

# 时代的哨兵

## 边 绥

我的家乡在甘肃临洮。在我幼年的时候，西藏拉萨似乎是一个遥远的梦幻，仅仅属于地理课本上的知识。尽管我见过每年秋冬到家乡来进行农牧交换的甘南地区藏族群众，也知道在甘南夏河有一座著名的藏传佛教寺庙拉卜楞寺。长大后我做梦也没有想到，能参与西藏伟大的历史性变革，并在这里度过了大半个人生，为藏族同胞的解放和新生贡献宝贵的青春年华。1951年5月，当西北西藏工委（后称十八军独立支队）组建并筹备进藏的时候，新华社西北分社派出郗平、边绥、吕焕祥三人组成记者组随军进藏，由郗平担任组长。记者组配有新闻电台一部、新闻密码一份。西北西藏工委调来王照庚、柴春秀、高方伯、贾陇梅、彭多德、田育才同志从事译电和报务等工作；调来已参军的兰州大学少数民族语文系藏文组学生牛世钧担任采访任务。

独立支队进藏时分前梯队和后梯队。牛大队和骆驼大队在前梯队；骡子大队和马大队在后梯队，跟随指挥部前进。新华社记者组和报社被分在马大队第三中队，按序列行军。

虽是和平进军，但是，新疆乌斯满、胡赛因匪徒仍流窜于青海草原，西藏地方政府仍布重兵于藏北重镇。因此，独立支队还是做好了应付战斗的准备，部队司令部给各大队和机要部门都配备了长短枪支，作为随军记者，估计我们的流动性较大，单独活动的机会不少，因此四名记者四支枪。由于我是女同志，记者组把出发前新华社送的一支小枪让我佩带。我们的新闻台也配有三支步枪，由王照庚、柴春秀、田育才同志佩带。出发前我们进行了实弹演习，掌握了枪支的性能。

作为国家喉舌的新华通讯社，一直要求记者要“立足本区，面向全国，面向全世界”进行报导，宣传党的政策，反映党的事业。这次独支进军是执行和平解放西藏的协议。部队能够顺利进入西藏，解放祖国大陆上的最后一块领土，是全国人民期待的胜利，也是全世界瞩目的大事。记者组能随军进藏工作，感到任务光荣而艰巨。

1951 年 8 月 18 日，在青海香日德，当西北西藏工委奉命确定以“人民解放军第十八军独立支队”名义进藏之后，记者组第一次向新华社发稿，报道了独支部队集结完毕，士气高昂，待命出发的情况。之后，在进军途中，每逢重大活动，记者组都及时组织报导。在黄河源，记者组采写了独支执行“三大纪律”，军纪严明，评功查过的消息；在通天河，记者组采写了独支各队人马，英勇奋战，抢渡天堑的通讯——《通天河上的日日夜夜》，报道了部队在通天河畔热烈庆祝国庆两周年的盛况。每次将稿件发出后，我们都急切地盼望着新华总社能够采用，可是一直没有听到广播。我们后来才知道，出于军事上和政治上的考虑，有关独支进军的消息要待部队进入西藏境内之后才公开进行报导。

独支部队翻越唐古拉山之后，于 1951 年 11 月 4 日进驻藏北重镇黑河。11 月 5 日，新华总社即广播了记者组采写的《独支抵达藏北重镇黑河》的消息，同时广播了班禅额尔德尼慰问部队的贺电；12 月 10 日广播了《西北入藏解放军到达拉萨》的消息；1952 年 1 月 2 日广播了《由西南、西北进驻拉萨的解放军的两支部队举行会师大会》的消息。为了弥补进军途中未能公开报道的不足，到拉萨后，记者组发出了《西北各地少数民族民工积极支援进藏部队》的消息，被总社采用，于 1951 年 12 月 23 日播发。记者组还发出了报社领导人霍春禄和边绥合写的综合通讯《战士面前无困难》，也被总社采用，于 1952 年 2 月 21 日播发。

1952 年春，新华社西藏分社成立，有记者 10 名，女记者仅我一个。

西藏分社，立足西藏，面向全国、全世界进行报导。党在西藏的每一项工作的开展，必有记者进行报导。有一段时间分社的主力记者，大都到艰苦的地方采访去了，只剩下我们两三名记者被留在拉萨，而拉萨又是西藏的政治中心，这样就使我这名新闻战线上的新手有机会参与复杂的政治报导。从此以后的十多年里，我基本上参与了西藏地区所有重大政治事件的采写活动。

这一时期，我们报道了中央驻藏代表张经武与达赖、班禅之间的一系列政治活动，以及人民解放军生产自给、医疗卫生、兽医治疗等方面的成绩。同时介绍西藏的风土人情，采写了藏族人民的一些传统节日，如藏历年、燃灯节、林卡节等方面的稿件。这期间，新华总社播发了由我个人采写和与别的记者合写的通讯：《次仁老阿妈重见光明》、《拉萨的清洁队》、《欢乐的拉萨春末》、《西藏人民的欢乐》、《拉萨平原的建设者》和《新的开端》。这些通讯有的被选入《阳光照耀着西藏》一书，有的被选入《祖国在前进》一书。

通讯《新的开端》报道了西藏军区所属的农业试验场和各个农场，在进藏农业科学工作者的指导下，试种多种作物和蔬菜成功的情况。近几年，看到拉萨、日喀则、江孜，甚至高寒的帕里等地，农业丰收，自产的蔬菜水果大量上市的报导时，就往往想起那些为发展西藏农业，披星戴月，手把镐锄，播下第一批良种的先行者。我想他们的欣慰决不会亚于我这个曾经报导过他们业绩的记者。

1955年，我被调到西藏日报社，任政法文教组副组长；1962年任拉萨记者站站长。

1956年，西藏自治区筹备委员会成立。同时，以陈毅副总理为首的中央代表团来西藏访问。我奉命随团采访，先在拉萨，后到日喀则。《西藏日报》大规模地报导中央代表团的活动，在四十多天里，仅我个人的发稿就达七十多条。时隔四十多年，我还清楚地记得当时的许多场景：在拉萨、日喀则、江孜等地为欢迎中央代表团举行的仪式，是那样的盛大隆重而具有浓厚的民族特点；西藏广大僧俗人民对中央代表团的欢迎是那样的虔诚而热烈！这反映了进藏部队和干部几年来严格执行和平解放西藏办法协议的成绩，也闪耀着党的民族政策的光辉。1956年，我被评为自治区直属机关的工作模范。

1959年3月10日，西藏上层反动集团发动了武装叛乱。7月17日，西藏自治区筹备委员会第二次全体会议，通过了关于在西藏地区进行民主改革的决议。第二天《西藏日报》刊登了题为《西藏历史的新的光辉的一页揭开了》的通讯，向全区人民宣布这一重大消息，一百多万藏族劳动人民从此将打破“乌拉差役”、苛捐杂税、高利贷剥削和人身奴役的枷锁，获得彻底的解放和新生；千百年来残酷地统治着藏族劳动人民的最黑暗、最反动的封建农奴制度将被彻底摧毁。我和悦登平措采写这篇通讯时，访问了农奴、牧奴、奴隶、妇女和贫苦喇嘛，也访问了当时担任自治区筹备委员会副主任委员兼秘书长的阿沛·阿旺晋美，心中感到踏实而高兴。

西藏地区的民主改革开始了。在那天翻地覆的年代，在时代的滚滚浪潮里，作为一名新闻记者，自然会产生与广大藏族同胞同呼吸、共命运的感情。在一座座农奴主的庄园里，我怀着满腔愤怒，倾听翻身农奴对农奴制度罪恶的血泪控诉，同他们一起流泪；在锣鼓喧天，欢庆翻身解放的日子里，我也曾手捧“哈达”与他们一起载歌载舞；在拉萨各级人民政权建立的时候，我分享过他们第一次当家作主的喜悦；在农民们分得土地的地头田间，我不止一次地为他们激发出的前所未有的劳动热情而感动。在昏暗的酥油灯下，促膝谈心，我总能听到他们真切的期望和心声。从这里，我向报社发出一篇篇力求符合事实，但也伴和着我的共鸣的报导，完成作为一名记者的使命。

民主改革期间，我采写了大量的新闻报导，同时也采写了许多通讯：如《西藏人民的大喜事》《贫苦喇嘛的呼声》《献经取宝的人们》《团结进步向太阳》《西藏妇女的光荣》《家家能生产、户户有收入》《北风凛冽不觉寒》《牧民满载归草原》《第一次行使选举权》《一年更比一年强——藏历新年访拉萨》《改天换地立新风》《阿妈仁增》《在平凡的岗位上》《作文化的主人》等。这些通讯大部分在《西藏日报》的头版刊登。其中，《牧民满载归草原》一稿，采写于1959年平叛改革后的第一个农牧交换之际，曾受到张经武代表在三级干部会议上的表扬。1964年9月，尼洋河畔的工布江达县甘登岗村发生了泥石流，我们4名记者在该村住了将近1个月，采写了长篇报告文学《为了阶级兄弟》。1965年夏，借休假之机，去咸阳西藏民族学院，为庆祝自治区筹委会成立10周年采写了专稿《革命的熔炉》。

随着西藏工作的开展，我记录过与上层人土爱国团结进步的叙谈；也钻入污水坑旁，用牛角、泥巴和破布搭起的窝棚内，了解过乞丐和流浪汉们的苦难；在拉萨周围的雪策、宜雪等绿树成荫的林卡和达赖喇嘛的夏宫罗布林卡里，我参加过藏族人民欢乐的节日，熟悉他们高亢豪放的歌声和舒展优美的舞姿；在大昭寺、小昭寺、扎什伦布寺、哲蚌寺等寺院，我看到过藏族群众对佛祖虔诚的顶礼，也倾听过遭受奴役的贫苦喇嘛的呼声；在藏北草原牧民的帐篷里，在拉萨河、年楚河和尼洋河畔的农舍里，都留下过我作为记者的足迹。多少年来的记者生涯都是在匆忙中度过，在匆忙中受命，在匆忙中采写，在匆忙中发稿。我没有文人的才华，也缺乏诗人的灵感，不记得曾写过什么优秀作品。正如有的战友自嘲说："记者的劳动成果只有一天的生命。"有时候，我也觉得，我们的确是为了一天的版面，天天忙碌，忙碌了一生。

1985年，《当代中国记者丛书》第二辑出版。这是以省、市区分卷的记者多人集。西藏分册《在世界屋脊》一书中也选入了我写的《陈毅访问解放新村》和《新的一页揭开了》两篇通讯。《当代中国记者丛书》编委会在前言中写道："在伟大的中国革命和建设中，培育了许多出色的政治家、军事家、经济学家、文学家和诗人，同时也培育了许多出色的新闻记者。他们足迹所至，从东海岸到天山、从黑龙江到海南。他们是历史的见证人，是时代的哨兵。他们忠实地记录了伟大时代的篇章。"

看到这本书的前言，我非常激动。在长期建藏的岗位上，我奉献给故乡和亲人的是远方的思念，奉献给祖国的是勤奋和忠诚。

长期建藏，除了工作，还有生活，要成家立业，生儿育女。这对进藏工作的女同志又增加了一份困难。由于雪域高原气候特殊，生活条件艰苦，我们大都把孩子送回老家，托人抚养。我的三个儿女就是送回西安由我的母亲和胞弟照料的。数十载中，几次探亲，我都是来去匆匆。远离老母幼子，一去数载，难料归期，临别时总难免伤心落泪。这时候，谁也不曾责备我们软弱，因为我们毕竟是母亲；我们往往是擦干眼泪就重上征程，这时候，谁也不曾责备我们狠心，因为我们毕竟是战士。只是难为了我们的亲人，增加了他们的劳累和负担。

1979年，我调到陕西日报社工作，被聘为主任记者。从此，我能够与亲人长期团聚，饱享天伦之乐。但是，我还是经常怀念那些来自五湖四海，在祖国的边疆曾与我长期在一起工作的战友；怀念那些质朴、憨厚、热情而勤劳的西藏人民。

# 那时我们正年轻

贾湘云

1951年3月，我们兰州女子中学的十几名同学，在锣鼓和鞭炮声中告别了父母和学校，跟着当时担任兰州女中教务主任的梁枫同志，参军来到即将进军西藏的十八军独立支队。经过一段学习以后，我被分配到文工队当了一名文艺兵。和我一起分到文工队的有我要好的同学鲁式清，还有不同班级的同学张生容、胡小惠、石宜萱。那时我们正年轻，最小的小惠只有16岁，最大的也不过18岁，要说思想，那就比我们的年龄还幼稚。文工队大部分同志和我们一样，都是才参军不久的新战士，只有队长马顺池，指导员刘少耘和一些骨干是从一野文工团来的老同志。说是老同志，年龄可不老。除了队长已有家外，其余的，包括指导员在内都还是姑娘、小伙子，真是一支让人羡慕的、充满青春活力的年轻队伍。我们这群刚刚走出校门的毛丫头，就是随着这样一支队伍踏上了解放西藏的征途。

## 第一次考验

出发前首长动员说："解放西藏是整个解放战争的继续，是解放祖国大陆最后一块土地的战斗。"这给了我们很大的鼓舞，心里那份美滋滋的劲儿就甭说了。至于首长在动员中一再强调的"要作最艰苦的思想准备"这一点，我们根本就没有放在心上，反而把那些"艰苦"美化了：那大雪山，就像是水晶的天然屏障吧；草原，一定像无边的绿色海洋；那蓝色的青海湖，真是"鹅毛沉底潭"吗？那通天河，据说是和西王母的御河相通的呢！还有日月山、火焰山……嘿！当年文成公主都能走过去，何况我们这些解放军战士！到达香日德的那天晚上，我们简直兴奋得睡不着觉，因为明天就要到香日德马场牵领心爱的战马了。当跨上战马奔驰在辽阔的草原上时，该是多么威风啊！

第二天，队长、指导员带领全队向马场出发了。小惠无拘无束尖着嗓子喊道：“指导员，军马都有名字吗？”我以为指导员是不会回答这种无聊的问题的。可指导员充满兴趣地打开了话匣子：“哈，马的名字讲究可多了。”接着说了一大串好听的名字。这一下就像惊炸了雀群，唧唧喳喳嚷成一片，这个说要“黑老虎”，那个说要“火焰驹”，一个说要“浪里蛟”，一个又说要“草上飞”，我喜欢一匹“乌云盖雪”，浑身像黑色绸缎，腹部和四蹄像雪一样白，它站在雪原上，将是最显眼的一匹。队长说：“好吧！到了马场任你们挑，谁有本事驾驭什么样的马，就给你们什么样的马！”

一到马场，我们都傻眼了。那些养得膘肥体壮的高头大马，一个个摆出一副神圣不可侵犯的架势，只要稍稍靠近它，就又咬又踢，男同志都要费很大的劲才能给它们戴上嚼口备上鞍。吓得我们躲在一边，根本不敢上前。指导员抓到一匹浑身漆黑，只有四蹄雪白的大马，故意提高嗓门说：“这一匹也称得上是‘乌云盖雪’了，谁要？”我知道指导员是在考验我们的胆量，可我却没有勇气去接过缰绳。我们只好乖乖地服从队长、指导员给我们的分配。给我的是一匹又矮又丑的栗青马，哪有那匹“乌云盖雪”神气，但是我只有接受它，并给它起名叫“矮腿青”。

也是我们自己不争气，就是这又矮又小的马，我们还上不去，老同志们把我们一个个扶上了马，才下达了“出发”的口令。不知是谁突然惊叫了一声，马被这声音吓惊了，撒腿跑起来，带惊了一群，后面的也跟着狂奔起来，我们哪里经过这种阵势，吓得乱喊乱叫，越叫得凶，马越跑得快，队长下令不许乱喊乱叫。指导员一面抢着拦截受惊的马，一面命令男同志保护我们，不知道跑了多久，马群才在一个山坳里被拦住。幸亏我们在兰州时学过几天骑马，又是在平坦的马场上，因此没有受伤。可是，我们这些女骑兵的“威风”却一扫而光。虽然并没有人投来责备的眼光，可想到刚才那怪声怪气的叫喊，我们脸都红了。队长看着我们难过的样子笑着说：“怎么都焉了，大家都不错嘛！这是一次意外的考验，没有人摔下马来，就可以算及格了。”指导员风趣地说：“你太小气了，我看可以给个‘优秀’。”只有我们自己知道，我们是不及格的。

## 在黄河源的泥沼中

一连几天，都是坑坑洼洼的水草地，一个个草墩，一汪汪水凼，就像是一张千疮百孔的破网，很难找到一根不断的网绳。在这样的路上骑马是不行的，何况我们早有命令，为了爱护马匹，“上山不骑马，下山马不骑，平路走一半。”因此，骑马是被看作不光彩的事的。我们丢开马缰，让它们自己去寻找可走的路。人就像是在下跳棋，从一个草墩跳到另一个草墩，不小心落进水凼，就全陷入齐膝深的泥浆中。快到黄河源时，水凼越来越大，可以落脚的草墩却越来越小。这时候，我们的身边，总是跟着党员、老同志，随时向我们伸出救援的手。前面传来了口令：“牵好自己的马，拉开距离，准备过淤泥河。”这时才注意到拦在我们面前的是一条几十米宽的泥沼带。前头部队的同志，冒着危险已经为后面的战友探出了一条曲折的小路，两边插红色的路标，人和马只能排成一行小心通过。不幸的事就在这里发生了。不知是谁的马脱了缰，拼命往前挤，几乎扰乱了正沿着路标前进的队列。一位民工赶上去想把它拦住，谁想那匹马一趔趄跑出了路标，只几步就陷进了齐肚深的泥沼，那民工同志拼命地想把马拽出险境，谁想那匹在泥沼中挣扎的马竟把他拖带着愈陷愈深。许多同志呼喊着想过去救援，这时传来一道威严的命令：“都不许乱动，谁是党员跟我来！”只见那位指挥员脱下棉大衣铺在地上，迅速地从上面滚了过去，棉衣的路在延伸，十件、十几件……可是晚了，那位不知姓名的民工，已经被泥浆吞没，留下的只有他那顶毡帽。为了不再发生这不幸，领导立即组织了一支由共产党员和青年团员组成的防护队，他们在原来插着路标的地方，列成长长的两行，大队人马在他们的护持下，顺利地通过泥沼到达了安全地带。当我们回头看见那些满身泥浆、拖着结了冰的泥腿走过来的英雄们，望着同志刚刚牺牲的地方，我暗暗地立下誓言：“一定要像他们那样，成为一个真正的共产党员！”

## 进军路上的中秋节

每天七八十里路的行军，到了宿营地还要搭帐篷、放马、拾野牛粪、做饭，常常等不到饭做熟，有的同志就倒头呼呼地睡着了，谁还有心掐指算天？特别是我们这些小鬼头，天塌了还有大个子顶着呢。我们只管住自己不掉队，不叫苦，不哭鼻子就算是好样的了。

有心人还真不少，不知是哪位细心的后勤同志，竟然想到进军路上还有一个中秋节，应该为同志们准备点月饼。这天，宿营地刚刚选好，上面就传来了通知，说今天是中秋节，让司务长去领月饼。这一下可把我们乐坏了。行军以来，每天只有到达宿营地时才做一餐饭。白天一整天行军，饿了吃点干粮，渴了喝口冷水，谁还能记得月饼是啥味儿？今天，可要好好解解馋。小惠赶紧塞给司务长一个大麻袋，通讯员小安还怕司务长背不动，争着去出公差，司务长摇摇手说："不用，拿不动我再喊你。"

后勤帐篷离我们不过一里多路，在没有障碍物的草原上，那是一目了然的。大概是大家都关心月饼的缘故吧，司务长在那边刚一转身，就有人喊起来："司务长回来啰！"小安丢下手里的活儿正要迎上去，"怎么，拿着空麻袋回来了？"真扫兴，是谁又搞了个精神会餐。司务长乐呵呵地走到帐篷前，取下背着的小挎包，一面往外拿着月饼，一面慢吞吞地说："首长们讲了，月饼虽然少，可要每个人都吃上。"不用数，一眼就看清了只有9个月饼，司务长把它分成了两个一堆的四份，"四个班各一份，拿走，剩下一个给病号小玉。"半天鸦雀无声，司务长一抬头，哪还有人影，司务长会意地笑了，最后他定高了调门说："啊！你们都想讲风格，让我坐蜡呀，办不到！一个月饼切成四块，四九三十六，不多不少每人一块，谁也别想多吃，谁也不能不吃！"司务长平常挺和气，可要是认真起来，谁也拗不过他，我们每个同志都不得不接过他分给的这1/4个月饼。队长、指导员也别想例外。

晚上，月亮从山峦后面爬上来，照得草地一片银白，同志们坐在帐篷外面的草地上，没有欣赏皎洁的月亮，却端详着手上的月饼。我们女同志班班长高翔虽不比我们大多少，可她是我们队上唯一的女党员，而且是延安的老文工团员，她说的话，我们总是服从的，现在她又使出了她的权威：“都愣坐着干啥，明天还要行军哩。我命令：拿起月饼，预备……吃！”大家真的都同时咬了一口，这举动真是太可笑了，不由得都放声大笑起来。笑声飞向草原，飞向天际，震得月亮都在发抖。直到今天，我还是觉得，在吃过的所有月饼中，只有那四分之一块最香甜。

## 通天河畔祭英魂

9月下旬我们来到了通天河。这是通过沼泽地以后的又一险关。如果在通天河误了时间，不能赶在雪封山前翻过唐古拉，那是很危险的。据说清朝赵尔丰、国民党马步芳部队，都是因为大雪封山，进退两难，在此打了退堂鼓。因此，上面决定在这里一面探寻适合的渡口，一面休整，补充给养，再渡河继续前进。没想到天不遂人愿，通天河上游下了几天大雨，河水猛涨，一眼望去，宽宽的河面浊浪滚滚，茫茫一片直连天际，真有通天河水天上来的感觉。可是没有人去欣赏这气势。

几天过去了，人人都开始不安起来，大家都知道再继续拖下去将意味着什么。这期间部队首长们奔上游，跑下游，率领水手探测水情，组织人员试渡，终于在一段水势较平稳的河面试渡成功。可是，看着岸上的千军万马和堆积如山的进军物资，再看看河面上寥寥无几的羊皮筏子，还是让人放心不下，就是羊皮筏子可以把人和物资渡过河去，这成千上万的大牲口怎么办？牲口过不了河，没有了运输工具，人过了河也无法继续前进。部队首长立即决定，组织所有水性好的同志，凫水牵引牲口过河，水冷流急，这样凫渡有很大的危险，尽管这样，自愿报名的英雄还是不少。9月29日，我们文工队大部分同志已乘羊皮筏过了河，在班长高翔的带领下，我们女兵全部充当了护理员，抱着皮大衣和酒精瓶在岸上跟着凫渡的人奔跑着，呼喊着，随时准备为上岸的同志披上大衣取暖。可那些不听话的牲口，有的已游到河中心还要往回游，害得凫渡的同志一次又一次的失败。我们虽然在岸上，可每一个浪头都好像打在我们的心上。

终于有马上岸了，凫渡的同志也一个一个地上来，无论认识不认识，我们都像迎接自己的亲人一样，用大衣裹住他们冻得乌紫的身体，用酒精轻轻地摩擦着他们失去了知觉的四肢。辛烈同志是青海藏族，我们的翻译，也是我们的团小组长。他完成了第一次凫渡以后，刚刚恢复过来，就乘羊皮筏回到对岸执行第二次凫渡任务。就在他第二次凫渡将要靠岸的时候，一个巨浪把他卷回了江心，还没等他挣扎着折回身，又一个浪头把他卷走了，我们在岸上哭喊着，向下游跑去，希望能看见他重新折回身来，可是，我们再也没能看见他的身影。队长、指导员带着人在两岸下游找了一两天，也没有找到他的遗体。10 月 1 日，是新中国成立两周年的纪念日，我们在通天河畔为辛烈同志开了追悼会，没有哀乐、没有花圈、没有坟墓，甚至没有一块写着他名字的木片，但他的名字却深深地刻在我们的心中。

安息吧！为党的事业、为西藏的和平解放和建设事业而献身的战友们！当人们赞美雪域高原明媚的春天时，一定会想到，无边的春色里也有你们用青春和生命凝聚的花环。

# 一个外事女兵的自述

伍仪瑜

1951 年 5 月《中央人民政府和西藏地方政府关于和平解放西藏办法的协议》签订后，中央决定由外交部负责组织人员派往西藏，执行协议第 14 条——“中央人民政府统一处理西藏地区的一切涉外事宜，并在平等互利、互相尊重领土主权的基础上，与邻邦和平共处，建立和发展公平的通商贸易关系”。时任西南军政委员会外事处处长的杨公素同志奉命组建西藏外事机构，随同进藏部队进军西藏。当时的人员由以下几方面的同志组成 :1. 人大外交干部培训班科级干部两名（阮武、杨仁山）及他们的爱人刘文、解素英，共 4 人 ;2. 北京外语学院英语专业学员 6 名 : 张祖极、张友善、陈玉荣、李天保、石森伍、叶雪音（女）;3. 武汉外事处干部两名: 袁文、郭雪樵 ;4. 西南外事处干部两名 : 苏浚川、伍仪瑜（女）;5. 由西南军政委员会配备警卫员、通讯员各 1 名，途经康定时天宝同志派藏语翻译 1 名。

同年 7 月，西藏外事机构基本组成，在进行进藏的各项准备工作之际，西南军区情报处奉命派遣了由科长高杰领队的一个 8 人小组也正准备赴藏，其中男同志有 : 高杰、周国桢、陈孝元、翟 xx( 名字已记不清，在到达岗托时因关节炎严重，被留下 ); 女同志有: 刘荣藻、张瑞微、杨敏（归国华侨，懂印地语），警卫员 1 名。当时已近 7 月下旬，时间紧迫，西南局决定外事和情报两个单位合组成一小分队，由杨公素同志总负责，同 3 位科级干部成立了党支部，带队赶赴昌都，随同解放大军进军拉萨。出发前，西南军政委员会秘书长、和平解放西藏协议签字人之一的孙志远同志作动员报告，阐述了和平解放西藏，完成祖国大陆统一的重要意义，要求大家认真学习，执行民族、宗教等政策，严格遵守解放军为进军西藏制定的各项纪律。最后孙秘书长加重语气送了我们一句临别赠言 :“哪里黄土不埋人 !”这句令人震聋发聩的警语深深地印在了每个人的心中。我们明白，这是激励大家此去祖国边疆，要立志扎根西藏，永远服务于西藏人民。这真是实实在在的任重而道远啊！

7月28日，小分队乘一辆敞篷大卡车由重庆出发，两天后抵达成都，支援进藏部队司令部胥光义政委举行会餐为我们饯行，在成都为我们配备了军装和部分军用物资。从成都乘车出发时，外事机构的同志们换上了军装，沿途经过新津、天全、泸定、康定、道孚、炉霍等站，于8月上旬抵达甘孜。在这里进行了一周多的休整，包括徒步行军的物资准备和体力训练，接近8月下旬从甘孜出发时，得知昌都的军本部大军已由昌都出发了，小分队不得不作出单独行军的决定。20多人的队伍，大多数是刚跨出大学门槛参加工作不久的年轻人，7名女同志中只有年长的解素英、刘文两位经历过战争的洗礼，刘文同志在出发后发现自己已怀孕，解素英同志又患有高血压，她们带病行军的坚强意志对大家是精神上的鼓励。

从甘孜出发时已近8月底，小分队雇请了一队骡帮带路并驮运物资、行李，沿途逐水草而居，每到宿营地，男女分工明确，男同志协同骡帮装、卸驮子和搭、拆帐篷，女同志则帮助炊事班长搭灶、取水、拾牛粪和做饭（主要是代食粉）。因为人数很少，担心会遭遇土匪或其他反动分子，因此宿营的夜间需派人持枪值班放哨，女同志两人一班值上半夜。我和叶雪音同一班站岗，虽然扛着枪，可我们从未经历过战斗，连打靶训练也未参加过，肩上的枪对我们来说不过是壮壮胆子而已。我们六七名女同志团结友爱，相互关怀，偶尔遇上一个兵站补给少量面粉，大家也都自觉地留给怀孕的刘文和病号吃。小分队领导唯一的坐骑也主要用来照顾孕妇，有时也让给华侨杨敏骑乘，她毕竟是在异国长大的，每当面对高高的大雪山时，她往往流露出畏难情绪，有时忍不住还会哭鼻子。

1951年11月28日，这是小分队自重庆出发以来整整4个月的一天，也是从甘孜开始徒步踏上“天路历程”整整3个月的一天，雄伟壮丽的布达拉宫闪耀着金色的光芒，跃入了我们的眼帘。我们激动、我们欢呼！大家日盼夜盼的目的地——拉萨终于到了。

我们相互对视，个个已是衣衫褴褛，面目全非。在拉萨东郊，西藏工委秘书处苗九锐处长、军区情报处杜炎科长前来迎接我们。

## 到达拉萨后的第一课

进军西藏不能不说是一次历尽千辛万苦的壮举，但是要实现西藏百万农奴翻身解放，则是更为艰巨而长期的任务。党中央高瞻远瞩，指示进藏部队首先要争取站稳脚跟，也就是说要能生存下来，才有可能开展其他的工作。于是所有军政人员都开始了“男耕女织”的生活。男同志在军区首长亲自带领下全体出动开荒生产，部分女同志也参加了开荒，多数女同志则去军区后勤部被服厂（其实是在部队大院露天空地上摆了几台缝纫机），缝缀碎羊皮，做布袜子以补给战士们穿戴、御寒之需。尽管一日只有两餐，但燃料分外匮乏，外事处和同住一个大院的几个单位，无论男女，都须去十几公里以外的西郊砍柴，那里有块茂密的灌木丛，女同志定量是每人不能少于30斤，人们有的扛着、有的拖着柴捆，疲惫不堪地返回驻地，好心的炊事班会出人意料地给每人分发一个青稞酸馒头（当时没有碱面），多么珍贵的美味呀！我们心里充满了感动与满足。

## 西藏外事工作的开端

1952年中央人民政府驻西藏代表外事帮办办公室设立，协助中央代表处理西藏地区的一切涉外工作。西藏工委调来几名懂英、藏文的干部和其他工作人员（为文秘、行政、会计等）充实外事工作的队伍。外事帮办办公处（以下简称外事处）租用了原任达赖古松代本（警卫团长）的住宅，代本已去世，只留下其遗孀和两个儿子，大的十一二岁，小的四五岁是个活佛，仍住该宅，外事处租住她家部分房屋。在这里我们目睹了贵族家中奴隶们的非人遭遇。小活佛身着袈裟，每天由家奴背着或抱着，动辄拳打脚踢，家奴只有逆来顺受的份。外事处雇来的民工，多数是妇女，每遇小活佛，赶忙伸出头乞求摸顶，活佛一般不予置理，高兴时偶尔触摸一下乞求者头顶，被摸顶者欣喜莫名，以为得到了神的庇护而感激涕零。活佛的哥哥经常令家奴作牲畜状匍匐于地，由他骑着满院转悠，随时用手中皮鞭抽打他的“坐骑”，奴隶则诚惶诚恐地爬在地上任他蹂躏。近在眼前的这一切，我们无不怒火燃烧，恨不得回敬两个小恶霸几个拳头！但在严格纪律的约束下，大家只能暂时忍耐，祈盼着早日结束这人间悲剧！

1952 年 6 月，中央与印度商定印度在拉萨设总领事馆。我们的房东撤出去后，将住宅卖给了我们，外事处才有了正式的对外活动场所。既然设立了印度总领事馆，就必然会有相互之间的礼尚往来。印度第一任总领事雁谒森到任后，外事帮办举行了招待宴会，中央代表和军区司令员、政委都出席了宴请。在没有合适招待员的情况下，外事处的女同志们责无旁贷地担任了招待员。从这开始，连续几年每逢大小宴请，招待员这个角色都由我们女同志担任，端茶送水，上菜送饭，周到的服务赢得了宾主的赞赏，对此同志们都视为革命工作，没有任何人感到委屈。

## “临时军事法庭”的“书记员”

1950 年，我解放大军在昌都战役中，俘虏了一名英籍报务员（福特），西藏和平解放后，该俘虏被押解拉萨。1952 年初，军区设立临时军事法庭审理此英籍战俘，法庭由军区一位领导同志会同外事帮办担任“法官”，外事处派钟兆榕和我分别任英语翻译和审讯记录。法庭设在某部队驻地院内，陈设虽简陋，但几位战士充当的警卫神情严肃地护卫着司法程序，显示出威严庄重的气氛，一切准备就绪后，福特被带进法庭，两位法官逐一进行审讯，福特基本如实招供，法官当场宣判将其驱逐出境，福特表示接受这一判决，随即在记录纸上签字、按手印，审判到此结束。第二天他即被我解放军押解，历经十来天行程，前往中锡边境的乃堆拉山口驱逐其出境。

## 同“外交局”僧俗官员共事

西藏地方政府原设有“外交局”，企图通过独自对外达到分裂祖国的目的。根据协议第 14 条规定，收回西藏地方的外交权。1952 年，由中央驻藏代表张经武、西藏军区司令员张国华代表中央，分别与达赖和西藏地方政府数度交涉后，西藏地方政府迫于形势，于 11 月书面答复，除其他各点外，表明由原外交局副局长柳霞参加外事帮办办公处共同处理对外事宜（原局长索康已死），经外交部同意，决定任命柳霞为外事副帮办。后来西藏地方政府顺水推舟，主动提出原外交局部分人员也参加外事帮办处为国家外事工作人员。对这些人员，外交部指出：在中央代表、外事帮办领导下工作；遵守国家机密；学习中央外交政策及有关规定；享受国家工作人员同级待遇。

随同柳霞参加外事处的原外交局部分僧俗官员有五六人，此外，达赖的姐夫彭错扎西和拉萨市长（藏语称“墨本”）查地也参加进来。根据他们各自的情况，彭错扎西被委以科级干部待遇，其具体工作基本上是随同柳霞每周出席处务办公会，由各科室负责人向二位帮办汇报、请示工作中的问题，研究决定执行外交部有关指示。墨本查地因与尼泊尔驻拉萨“代表”联系较多，参加主管尼泊尔、不丹事务的三科，与我同一办公室。

同藏族官员共事中，我们利用机会常向他们学习藏语，运用不熟练的藏语与他们协同工作，我们的藏语水平有所提高，这自然有利于缩小同他们之间的距离。对所有僧俗官员，无论其背景、表现，我们都一视同仁，对他们尽力做一些团结、争取的工作。每逢藏历新年，各单位同志分别前往各家祝贺，献上哈达。去柳霞家祝贺时，则由帮办率领各科室负责人一同前往，以示尊重。有时也趁新年元旦、国庆节假日，邀请他们偕家属前来联欢。总的来说，外事处的汉、藏族同志同原外交局藏族官员之间，在六七年的共事中，关系是比较融洽的。

1959 年 3 月拉萨发生叛乱之前的半个月，藏族官员们都未再来上班，叛乱中有的随达赖逃亡，有的犯了轻重不一的罪行，外事处同他们的关系从此告终。

## 在拉萨市政府当了一回“陪审官”

1953 年一个名叫沃间的尼侨伪造藏钞，被查获后监禁于拉萨市政府（朗子厦）监狱，在掌握确凿证据的情况下，经帮办会议决定，由拉萨市长会同三科主管工作人员洛桑达杰和我审理此案，排除了原由尼驻拉萨“代表”插手审理尼侨的旧例。这使我有机会进入朗子厦（位于拉萨市中心八廓街），亲眼目睹了西藏地方政府的监狱，这个威震拉萨市的监狱设在市政府的最底层，阴暗潮湿，除中间的天井外，四周的牢房没有任何通风或采光的窗户，天井里是遍地泥淖夹杂着犯人的粪尿，臭气熏天，真是一个不折不扣的人间地狱！犯人沃间被狱卒押上审判庭，墨本、洛桑和我并排端坐在堂上，墨本为主审官，审讯完毕，由墨本宣判：没收、销毁沃间的全部伪藏钞，驱逐沃间出境。因为是地方政府法庭，判决后由藏军执行押解其至中尼边境驱逐出境的任务。这是我们同藏族官员共同处理的第一例涉外案件，也是我们取消尼泊尔“代表”在藏特权的第一个行动。

## 在达赖姐姐家做客

1956年初，印度驻锡金政治专员潘特以视察印商代理处和总领馆为名，偕夫人来藏，实则借机进行拉拢达赖出席在印度举行的纪念释迦牟尼涅槃2500周年的庆典。访问期间，潘特周旋于寺庙、上层贵族之间进行了大量的活动。对于潘特来藏，我方给予了一定的礼遇，张国华司令员宴请了潘特夫妇，并招待观看文艺演出。达赖的姐姐泽仁卓玛也在尧西林卡达赖的家中设晚宴招待潘特夫人，我作为外事处的一员应邀出席了宴会，同时应邀的还有一贯亲英、印的擦绒、车仁两家的眷属，他们同潘特夫人用英语交谈，俨然似老朋友见面，分外亲密。泽仁卓玛不会英语，反被晾在一边，较为尴尬。

## 与尼泊尔、不丹的来往

1955年中尼正式建立外交关系，我国驻尼大使由驻印度大使兼任，暂未在尼设常驻大使馆。建交谈判中，尼方提出的《尼藏条约》有些内容不合时宜，需要两国建立正常关系后才能修改。1956年8-9月，中尼两国政府代表团在加德满都就两国在中国西藏地方的关系问题举行谈判，作为代表团工作人员，我同外交部亚洲司李达南同志担任会谈记录和起草请示报告等工作。尼方对我代表团礼遇有加，安排全体人员住尼国宾馆，食宿由尼方招待。经过历时近40天的谈判，签订了《中华人民共和国和尼泊尔王国保持友好关系以及关于中国西藏地方和尼泊尔之间的通商和交通协定》。

不丹同中国的关系历来友好，西藏和平解放前，不丹派驻西藏的“代表”（藏语称“罗贾”）多年来在拉萨管理西藏、不丹之间的贸易，兼向达赖朝贡并顶礼膜拜，后经我外事帮办告知，我国同不丹是相互平等的国家，对“罗贾”在拉萨的地位，因两国尚未建交，我将以侨民领袖对待；对达赖可以由外事帮办引见，不必下跪行礼，“罗贾”欣然接受这样安排，达赖对这一变更也无话可说。

“罗贾”与外事处的交往较多，其夫人是一位和蔼的老太太，不丹语与藏语基本上相通，我同“罗贾”夫人可用藏语进行一般礼节性交谈，因此关系容易密切，我们偶尔宴请“罗贾”夫妇，而“罗贾”不能无条件设宴，便以送礼为回谢。不丹人喜食生牛肉，一次“罗贾”派人送来两条大牦牛腿，可能由不丹至拉萨长途运送，牛腿已开始发黑发臭，外事处的同志们虽然平时很少有肉吃，但那牛腿谁也不敢尝试。另一次，夫人送我一个圆形带盖的草编箩筐，据称是不丹的土特产，质量虽然粗糙些，但因是来自不丹的手工艺品，仍弥足珍贵。平叛以后，“罗贾”夫妇返回不丹，以后一直未再来西藏。大约二三年后，他们的儿子去印度，遵其父母嘱咐，特地经由锡金来到拉萨，代表“罗贾”夫妇前来看望我们，并赠送礼品，情真意切互致问好，我们设宴款待了这位不丹客人。这些虽属个人之间来往，但其中无不渗透着两国之间的友好情谊。

## 拘留所见闻

1959 年 3 月 19 日，盘踞在拉萨的叛乱分子向我党政机关发动了全面的进攻。同所有其他单位一样，在拉萨市机关民兵团统一指挥下，外事处也成立了民兵连，在战斗打响后，实行自卫。我们地处拉萨市东北近郊，北边有色拉寺，较长时期以来，不断有成群结队的僧人自北边经东边小道往返于市区，因此我们设防的重点主要放在对付来自北边的叛乱分子。未曾料到战斗打响后，我们成了南边近在咫尺的小昭寺叛乱分子的攻击目标。敌人的炮弹穿墙而进，楼下门厅内一排装水的铁皮桶被打穿，水哗哗地流得遍地都是，楼上办公室也挨了数发炮弹。这时驻守拉萨的军队正在集中兵力逐个反击叛乱分子的主要据点。遵从指挥部的命令（当时使用的是手摇报话机与指挥部联系），我们连女民兵各自坚守岗位，切忌擅自还击，以避免人员牺牲。第三天傍晚援军快速到来，对叛乱分子最后据点发动反击，敌人仗恃刀枪不入的羊毛捆工事，负隅顽抗，我军在强大火力掩护下发起了冲锋，终于迫使顽敌缴械投降。三天之内的最后一场战斗结束，我军大获全胜。

叛乱平息之后，为了对外斗争的需要，我和一位藏族同志被指派前往军区某拘留所提审有关人犯，根据拘留所的名单，我们首先提审了原在外事处工作的僧官丹增降村，由于过去对他的表现有一定的了解，估计此次可能交代一些较为翔实的情况。当我们随同看管同志来到拘留室传唤他时，他很吃惊，以为我们是来探视他的。审讯中我们向他宣传政策，鼓励他如实交代问题，争取从宽处理。根据提审被俘人员和各小组外出调查取证的材料，基本上查明了印度驻拉萨总领馆干涉我国内政，直接支持拉萨叛乱的种种行径，如：容许叛乱分子从领馆驻地内向解放军开枪，在我军进行反击后，为叛乱分子提供庇护，逃避解放军搜查；总领馆还私藏叛乱分子的枪支弹药，供给叛乱分子医药和救护，甚至提供衣、食、住等方便。有一次我们提审了从布达拉阵地俘虏的叛乱分子顽固头目之一的擦绒，他竟顽抗到底，自始至终一言不发。当我们将他送回拘留室时，正值午饭时间，炊事班的战士们正在那里分发热气腾腾的白米饭和香气四溢的回锅肉，每个战俘的碗里都盛得满满的，不少人流露出满意的神色。正面朝南一排拘留室，里外干净整齐，阳光灿烂。这时我不由回忆起当年在朗子厦见到的那个阴森的人间地狱，对比之下，真是天壤之别！

一年多之后，我和几个同志在外出路过拉萨建工处一工地时，碰巧见到了正在那里干木工活的丹增降村，我们欣慰地看到他已改造成一名自食其力的劳动者，大家主动招呼他，赞赏他获得了新生。不难设想，经过民主改革，在建设和发展新西藏的宏图中，像丹增降村这样具有较高文化水平的人，终归会有更多的“用武”之地。

# 走进雪山

方逢辰

## 向西　向西

1949 年 4 月，人民解放军胜利渡过长江之后，势如破竹，5 月 4 日解放了浙江西部山城——常山。

当时我是常山县立简易师范学校的教员。亲眼目睹解放军纪律严明，秋毫无犯，说话和气，公买公卖，不拿群众一针一线，给我的印象极好；再就是官兵一律平等。师长和战士一起打球，说说笑笑，和国民党军队截然不同，觉得很新鲜。特别是当时看到吴忠师长的爱人田涛同志与普通战士一样，平易近人，态度和蔼。初见她时，见她在纳鞋底，与国民党的官太太形成鲜明的对照，使我深深感动，由尊敬到羡慕解放军。

不久，五十二师在常山招收新兵，我弟弟方振家、妹妹方铭都报名参军，我随即也报了名。我们姐弟三人同时参加了五十二师。当时参加五十二师的青年有一百多人，其中常山有五十多人，开封高工学生也有五十多人。

1949 年底，成都战役结束。我所在的部队奉命在川南泸州安家。四川是天府之国，大家很高兴。1950 年元旦刚过，部队向宜宾进发，船刚靠岸，接到命令，继续前进到犍为待命。大家议论纷纷：上级将交给我们什么任务？有人猜测是不是派我们去解放西藏？因为当时除台湾、西藏、海南之外，全国都已解放了。元月 22 日，首长向大家传达：“毛主席从苏联发来电报，把解放西藏的任务交给十八军。”听了传达，部队官兵思想引起很大波动。

解放西藏，对我们这批新兵来说，没有太多的思想顾虑，认为在进军西藏的艰苦环境中，对自己是进一步的考验和锻炼，也是争取立功的好机会！

1950年3月29日，五十二师先遣支队在吴忠师长率领下，从夹江出发，经过雅安、康定，走了三十多天进抵甘孜。9月，我们随师部到甘孜。当时，雅安到甘孜的公路，经过部队、民工抢修已经通车，我们全程坐汽车。虽然翻越二郎山，特别是翻过折多山后，有时感到气喘无力，但没有太大反应。不久，我调到了军部，10月回到新津。

1951年4月，我随军直机关第二次到甘孜。4月的甘孜，天气还很冷，每天早晨到河里洗脸，刺骨的河水把手都冻木了！在甘孜期间，主要是进行生活高原化的训练：负重行军，在野外挖灶做饭，锻炼吃酥油，吃牛羊肉，挖草根喂马(4月的高原，青草还没有长出来)，遛马，上山砍柴，学习藏语文。

5月23日，《中央人民政府和西藏地方政府关于和平解放西藏办法的协议》在北京签订。6月24日，我和梁汝诚随贾好同向昌都进发。贾好同在西藏工委办公室工作，当时他带领十几名公安人员押运一批工委文件去拉萨。7月12日，我们到达昌都。

8月28日，军直机关离开昌都向拉萨前进。由昌都向西条件更艰苦，气候也更复杂多变。为做好在高原长途行军准备，对随身装备做了彻底精简，背包里只有一床3斤重的棉被和几件换洗衣服，一双球鞋，外加一块帐篷布，下雨时当雨衣，晚上拼搭起来就是睡觉的帐篷。身上穿一套棉衣裤，一个挎包，一个小瓷碗。挎包里除装些路上吃的食物，还装有一个卫生包，内有常用药品如阿斯匹林、仁丹、润面油膏，一瓶饮水消毒药片（这个卫生包至今我还保存着）。还有一个军用水壶、一副有色风镜。此外，还要背一条粮袋。宿营时，我们就把马背上的垫子放在地上当褥子，就是靠着这套行装走到拉萨的。

从昌都出发，十多天后到丁青（三十九族地区）。休整了几天，在这里见到常山老乡徐文敏，当时她已在丁青警备区工作，我真羡慕她不用再走路了！

过丁青十多天到桑达本贡，再往前就进入藏北大草原了。从桑达本贡向西，人烟稀少，一望无边的大草原，根本看不到一个人。部队带的粮食快吃完了，每天限量供应一些代食粉。开始还能用代食粉做饼子，煮面疙瘩，后来只能喝稀糊糊。有时每人发几根蛋黄蜡，大家都把它当营养品省着吃。过了几天连蛋黄蜡也供不上了，开始受到断粮的威胁，幸好通过当地头人，用银元买到一批羊，分发到各单位当主食。煮羊肉没有什么佐料，连食盐也很少，几乎是清水煮。这样的羊肉当饭吃，连吃几天，到后来真是咽也咽不下去了！

在茫茫草原上走了十多天，一座大雪山挡在前面。据说叫冷拉山，海拔六千多米。没有路，山上积雪很深。雇藏族牧民的牦牛在前面踩雪开路，大家跟着一步一步慢慢往上爬。越往上空气越稀薄，喘不上气来，心跳加快，头昏脑涨，走一步，停一停，当天只爬到半山腰就宿营了。第二天继续爬，好不容易爬到山顶，四周白茫茫一片雪海。走到山口一看，更吓人，坡很陡，有几百米深，根本没法走，只能往下滑。牦牛在前面踩道，大家坐在雪地上，双腿伸直，身体坐正，照着牦牛踩过的地方滑下去，不能滑偏了，如果掉进大雪坑就有生命危险。滑下山，很多同志口鼻出血，有的战士因心脏病发作抢救不及而牺牲了。

过了冷拉山，又翻过一座大雪山，走了几天就到了墨竹工卡。这里气候好多了，开始看到树。目的地快到了，人马都精神起来。10 月 24 日，部队到达拉萨河边。10 月 26 日部队举行入城式，人民解放军浩浩荡荡进入拉萨。

行军途中，除高原气候变化莫测，忽而晴空万里，忽而风雪交加之外，最使人头痛的就是趟河。河水多为雪山融水，冰冷刺骨，有些深及膝盖，可以卷起裤腿趟过去。记得有一次过一条河，河水较深，当时我牵着一匹马，马上驮着三个连级干部的马被套（按规定营级干部两人一匹马、连级干部三人一匹马，只能驮行李），同行的同志让我骑马过河，还扶我骑上去。因为驮着三个马被套，马背比较高，加上马肚带扎得不太紧，马走到河中间一打滑，连人带被套全翻到河里。当我从河里走上岸时，身上棉衣棉裤全湿了，水也灌进袖筒，冻得我浑身打哆嗦，那种滋味很难用言语形容。怎么办？正在行军中，又无处遮挡，只能穿着湿棉衣继续走，用自身的热气暖着湿衣服。最后棉衣外面都结了冰。好容易走到宿营地，赶快跑到魏侠同志的帐篷里把湿衣服换下来，再设法烤干，第二天再穿。这一次的遭遇，过去了将近半个世纪，但现在回忆起来，那种难堪、无奈的情景还浮现在眼前。

# 在 拉 萨

部队刚到拉萨，司令部机关驻在原来藏军的旧营房里，房子少，条件很差。经过长途行军之后，有些装备破了、坏了，后方太远，运输跟不上，很难得到补充。行军途中我一直用马垫子当褥子，到拉萨就没有褥子铺了。当时我住在李光明同志夜间值班的休息室里(光明当时在司令部电台工作，经常上夜班)，她看我睡地铺，没有铺的，就叫谭政委的警卫员帮我背了几袋沙子铺在地上，白天太阳一晒，晚上睡在上面还是比较暖和，也比较软和。后来时钟曼同志借给我一件皮大衣，总算度过了 1951 年的冬天。以后杜子毅同志送我一条藏被，江孜发大水，我捐给灾民了。这些事，至今回想起来，对他们的同志情谊仍是十分感激的。

1952 年 10 月，我从西藏藏语文训练班毕业，转业到地方。在西藏工作了二十多年，主要从事的工作一是当会计，二是管档案。我离开藏语文训练班，被分配到西藏财政部工作。根据《十七条协议》，西藏成立军政委员会，西藏财政部是军政委员会的财政机构。后来中央决定西藏不成立军政委员会，西藏财政部就由西藏工委直接领导。当时财政部对外称十八军先遣支队供给部，部长是老红军刘国珍同志。财政部实际上是工委的后勤部，除设预算、会计等科外，还有卫生、畜牧、供应等科及办公室。1956 年，西藏自治区筹备委员会成立，改称自治区筹委财政处。

党中央、毛主席指示“进军西藏，不吃地方”。根据中央指示和西藏实际情况，工委决定以“保障军供，兼顾民需，稳定金融物价，争取站稳脚跟”为财经工作方针。实行严格的统一采购和现金管理办法。当时规定：粮食、牛羊肉及副食品采购统一于先支供给部，日用百货采购、销售统一于西藏贸易总公司（当时称先支采购处）。单位和个人不允许在市场上任意采购。在金融政策上：金沙江以西，不准人民币流通。进藏部队和地方工作人员，以袁大头（袁世凯头像）银元为本位，不使用藏钞、藏币，同时以外汇支持银元。外汇是当时我们手中唯一的物资力量。

从 1950 年部队开始进藏到平息叛乱和民主改革，西藏财政实际是供给财政，就是保障进藏人员生活必需。当时的供给办法，是实行定量实物供应。各单位所需粮油、肉及副食品均按人数定量统一核发给伙食单位。当时的财政部还自制酱油、醋及豆制品供应各单位。蔬菜主要由各单位自己生产解决：日用必需品如牙刷、牙膏、肥皂、毛巾等，初期也是定量配给，后来用内汇转账到贸易公司购买。部队是到军人服务社购买。

当时，在拉萨银元和印度卢比的比价是1比3。即一个银元兑卢比3盾。一个银元折合人民币1元5角6分6厘。银元汇往内地，一个银元折合人民币一元。银行对商人供给（出售）外汇，支持他们收购、经营一般军需民用必需品，争取大批物资进口。当时拉萨市场上的商品，除土特产和手工艺品外，主要是从印度进口的日用消费品，其中手表、照相机、毛料、钢笔等高级消费品比内地便宜（那时西藏没设海关），但要使用银元。即便是贸易公司配售给单位的，也要用银元购买。

当时西藏的物资来源，一是内地运输；二是就地采购和组织当地商人从境外运进。

内地运输，主要依靠牦牛和骆驼。运输路线长，途中损耗大。当年从四川运大米，米价每斤7分5厘，加上汽车运费（成都到甘孜段）、牦牛运费（甘孜到拉萨）、包装费、损失（损失约占运量的16%），运到拉萨，每斤大米价值人民币9角。由于补给困难，1952年二三月间，拉萨部队仓库，只有三天存粮。有时柴禾也实行配给，每人一天一斤半柴禾，只能做饭烧开水，不能烧洗脸水，更不用说烧洗脚水、洗澡水了。

当时西藏上层反动分子，趁我军立足未稳，利用粮食同我进行斗争，妄图“饿走”我们。在此情况之下，我们一方面积极从内地运输，一方面通过上层统战，就地采购，从贵族手中购粮以解决急需。进藏初期，我们都是实行供给制（部分从内地调西藏的技术人员实行薪金制）。供给部分伙食、被服和津贴。津贴部分当时发给欠款条，欠款条就是国家欠个人钱的凭证。欠款条不能在市场上流通，不能兑付现金，可以到银行向内地汇款（当时邮局不办个人汇款）。在西藏工作的同志，因长期处于物资短缺的环境里，实行实物供给，对使用货币的观念比较淡薄，每月发的欠款条除汇往家里赡养家人或托人从内地购物之外，别无他用，长时间放在口袋里忘掉了，有时竟当作废纸扔掉了。后来清账时发现，还有少数的欠款条没有收回来。这些都是在西藏这种特定的环境中发生的特殊现象。

欠款条没用多久就停发了，改发内汇转账。每人每月工资只发 10% 的现金（银元），最多时发 20%（有小孩的，保姆费、保育费全发银元），其余发内汇转账，存入银行个人转账户头里。个人转账存款，可以汇往老家，可以到贸易公司购物，也可以在内部设立的浴室、理发室、照相馆、修理部、被服厂付账。单位之间经济往来也转账，不付现金。

## 档案工作

1957 年，我调到工委办公厅，接替戴秀兰同志在档案室工作。由于西藏的特殊情况，中央和工委对西藏的保密工作要求很严。向上级的请示报告和中央以及工委下达的指示、决定都用密码电报，文件发的很少。电报由机要部门或机要秘书经管，阅读、处理都在办公室。对有关人员一般采用集体传阅或口头传达的办法。西藏发生叛乱之后，中央规定，西藏不保存电报，工委档案送中央保存。

民主改革以前，西藏各机关单位很少保存文件资料，因此档案工作开展得比较晚。1959 年平叛改革后，地方各项工作逐步开展起来，全区性的各种会议增多，往来文件也多起来了。各机关的文件成捆成包地堆放着，有些重要文件资料散落在个人手中，查找使用极不方便，急需按档案工作要求把档案的收集、整理、立卷、利用等工作建立起来。

当时西藏还没有一个统一管理全区档案工作的机构，业务指导工作由工委办公厅档案室兼管。1960 年开始，中国人民大学档案系毕业的同学逐年分配到西藏工作，先后有王克新（该同志在扑救 1968 年林芝森林大火中牺牲了）、成富周、刘同江，随后王朝永同志也调到拉萨搞档案工作。1962 年，国家档案局调杜敬波同志到西藏工作，工委成立了档案处，加强了西藏档案工作的领导力量。

从 1960 年开始，我们首先从工委系统各部门的档案入手，实行文电合一，把历年的电报进行鉴定，按年代、问题与文件合并统一立卷归档，没有保存价值的进行登记销毁，并在整理、归档的基础上建立、健全了一套管理档案的工作制度。

为推动全区档案工作的开展，由我们档案室的几个同志当老师，开办档案工作训练班。把各机关、各地区、部分县管文件的同志集中在拉萨，进行业务培训。参加学习的还有部队的档案员。到自治区档案管理局成立前，这样的训练班大约办过四五期，参加过培训的档案员约有二三百人。

藏族历来很重视文书档案，贵族、寺庙都保存着大量的档案。如封地文书、来往文件、借据、账册等文字材料。西藏地方政府档案数量很大，民主改革后一个时期，主要要求是封存、保管好这些档案，不损坏、不遗失。后来成立西藏档案馆，专门整理、保管这部分档案。

## 劳动生产

在西藏这个特殊环境中，劳动生产是进藏人员一项长期的重要任务。一到拉萨，就碰到吃饭问题。一是后方太远，粮食运不上来；二是没蔬菜。藏族群众一般不吃蔬菜，市场上没菜卖。有也太贵，买不起（一个银元买两斤菠菜）。根据中央指示，工委提出粮食逐步自给的要求。部队进驻拉萨不久，1951 年 11 月下旬，张国华军长、谭冠三政委率领军直机关、部队干部战士到拉萨西郊开荒，十八军独立支队也参加了开荒。经过艰苦劳动，开垦荒地几千亩，为第二年解决部分粮食、蔬菜自给打下基础。“七一农场”“八一农场”就是在这个基础上建立起来的。后来一部分土地分给驻拉萨的各单位作菜地。

在西藏这样艰苦的环境下，只能“自己动手、丰衣足食”。劳动生产成了进藏人员的一门必修课，这也养成了我爱劳动的习惯。1952 年 4 月，我在藏语文训练班学习时，课余时间就开荒种菜。第一次在雪域高原收获自己亲手种出的大萝卜、莲花白，尝到自己的劳动果实，觉得特别香，心里是甜滋滋的。

工委办公厅在西郊有一块菜地，足有二十多亩地，机关干部每月要抽几天去劳动，蔬菜基本自给。我们种的萝卜、莲花白每个(棵)都有十几斤重，洋芋每个也有一斤左右，蚕豆每粒有指甲盖大。工委（区党委）机关的菜地，长期由老邱、老徐两位老同志管理。他俩都是 50 年代从四川进藏的，工作勤勤恳恳、任劳任怨。他俩在拉萨都与藏族同志结了婚，老徐的家庭比较美满，妻子在人民医院工作，孩子均已成家立业。这两位老同志去世后都长眠在拉萨烈士陵园。1985年我再次去拉萨时，曾去烈士陵园凭吊他们。我们机关不仅在西郊种了大片的菜地，在机关院内，房前屋后开出的菜地，也种上蔬菜，如大白菜、莴笋、茄子、豆角、南瓜、西红柿、葱蒜等。食堂还养了猪。我们档案室的同志，经常提前起床，中午不休息，有时晚饭后还要抽点时间，三三两两抬着筐子到布达拉宫脚下居民密集的地方去拾粪，有时星期天我们到郊区去打猪草，到水塘里捞水葫芦。我们档案室的同志劳动都很积极，春季我们种在房前屋后的小白菜送交食堂吃不完，还售给缺菜的兄弟单位。秋收季节，我们还要帮助群众收割青稞，这种习惯一直保持到“文化大革命”前。这种劳动生产，给西藏人民留下了很好的印象。

至今我的手头仍保存着一张1952年在拉萨藏语文训练班参加劳动生产往地里背肥料的照片，现在看起来还非常亲切！

# 青春无悔

祁奋 李国柱 曾昭琼 刘遐玲

1950 年 7 月，我们原十二军所属军政大学第三分校 100 名女学员，响应党的号召，加入了十八军进军西藏的行列。至今已近半个世纪，当年青春花季的姑娘已成了满头白发的老人。回顾往事，我们为有幸参加和平解放西藏、统一祖国大陆的壮举，经历了西藏平息叛乱、翻天覆地的民主改革运动，为保卫边疆、巩固国防，为建设团结、富裕、文明的社会主义新西藏，而感到无比自豪！

## 哪里最艰苦就到哪里去

我们这批女兵，是在 1949 年底重庆解放后参军到军大三分校的。经过半年的培训，时间虽短，但对我们的教育是深刻的，影响是深远的。结业分配时，大家纷纷要求到战斗部队去，到最艰苦的地方去。这时，决定由十八军担负进军西藏的任务，并要求二野全军支援，军大三分校确定分配 100 名女学员到十八军。学校召开了“支援十八军进军西藏动员大会”。校领导讲了和平解放西藏、统一祖国大业的重要意义，同时指出，西藏自然条件很差，气候恶劣，道路艰险，要准备爬雪山过草地，走红军长征走过的路，任务十分艰巨也非常光荣。全校一千多名女学员，表现出了极高的政治热情，争先恐后地要求到十八军去，到西藏去！形成了报名申请的热潮。后经体格检查，领导审批，选了 100 名。在重庆时留下了一名，实为 99 名。名单公布后，学校举行了隆重的欢送仪式。我们这些被批准的同学兴高采烈，欢欣鼓舞；没被批准的则非常遗憾，有的还哭了鼻子。十八军特派吕松同志来迎接我们，我们在锣鼓声、鞭炮声、口号声中，怀着自豪的心情离开了母校。

我们从三分校驻地合川县出发，乘船到达十二军军部所在地重庆北碚。在那里休息了3天后，改乘汽车向川西奔驰。一路上欢声笑语，歌声不断，经成都到达十八军军部驻地新津。军政治部干部科方其顺同志接待了我们。军首长谭冠三政委还看望了我们，欢迎我们到十八军来，勉励我们要经受艰苦锻炼，参加具有伟大历史意义的向西藏大进军。从此，我们这批女兵就正式成为有光荣传统的十八军的成员了。分配到军机关16名，五十二师10名，五十三、五十四师各7名，军大八分校和卫校59名。

## 在进军、筑路的岁月里

我们分到各单位后，立即投入了紧张的进军准备工作。学习党的民族、宗教政策，听取西藏风俗习惯的介绍，锻炼负重行军。此时，全军大部分兵力正参加川西剿匪，扫清进军障碍；先遣支队已进至甘孜地区，建立前进基地。1950年10月，昌都战役打响，歼灭了藏军主力。1951年3月开始，军直后方机关和后续部队陆续离川西进。5月23日，《中央人民政府和西藏地方政府关于和平解放西藏办法的协议》签订。此后，遵照毛主席“一面进军，一面筑路”的指示，军直、五十二师师直、一五四团、一五五团担负向西藏和平进军，挺进边疆的任务；五十三师、五十四师、五十二师一五六团和工兵、汽车部队担负修筑川藏公路的任务。我们这批女兵也就随军行动，汇入到滚滚“铁流”中。

西藏素有“世界屋脊”之称，平均海拔四千多米，高寒缺氧，艰苦异常。翻过二郎山，跨过大渡河，进到甘孜地区，就已进入高原地带了。从甘孜到拉萨三千多里的路程，男同志平均负重70多斤，女同志也负重四五十斤，在风雪高原上每天行程五六十里，步履艰难、气喘吁吁地翻越连绵不断的雪山峻岭，光是海拔五千多米的大雪山就有十多座，趟过无数冰冷刺骨的溪流，风餐露宿于冰天雪地荒野草原，还时常断粮断炊，人人都有不同程度的高原反应。女同志更有生理上的难言之苦。但是，在这被喻为“第二次长征”的艰难跋涉中，我们女兵们硬是和男同志一样，互相帮助，互相鼓励，无一掉队，完成了进军任务。分配到五十二师的女兵们，还曾担负过赶牦牛运送物资为昌都战役支前的任务，更是吃了大苦。

川藏公路从雅安到拉萨，全长两千余公里，工程之艰巨举世无双。东西两线筑路部队和民工们以“让高山低头，叫河水让路”的大无畏精神，在空气稀薄、地势险峻的“世界屋脊”上，吃大苦，耐大劳，战胜了高山、大河、冻土、流沙、冰川、泥石流等千难万险，历时 4 年，以平均每公里留下一位忠魂的巨大代价，终于修通了这条被誉为“幸福金桥”的路，为进藏部队站稳脚跟和西藏的长期建设创立了不朽的业绩。在如此艰苦的岁月里，分配在各师的女兵们与施工的指战员同甘共苦，做出了自己的贡献。

进军西藏初期，为解决补给困难，西南军区决定修建甘孜机场，空运物资。从 1951 年 4 月至 11 月，以五十三师、五十四师部队为主，八分校、卫校全部投入了抢修机场的战斗，军直机关也参加了一段时间。女同志和男同志一样，锤石、挑土、拉沙、扛木料，你追我赶，劳动场景壮观感人。五十三师4位女同志不幸牺牲，其中就有我们三分校的战友赵子珍同志。“出师未捷身先死，常使英雄泪满襟”。她是我们 99 名女兵中长眠在高原的第一位烈士。

## 长期建藏，边疆为家

部署进军西藏时，毛主席曾提出“三年换防”。《中央人民政府和西藏地方政府关于和平解放西藏办法的协议》签订前，根据西藏实际情况，号召进藏部队和工作人员树立“长期建设西藏”思想。全军指战员热烈响应，纷纷上书表达“长期建藏，边疆为家”的决心。我们这批女兵在十八军这座革命大熔炉里，自然不甘落后。是否安心“长期建藏”，是被提到人生观的高度来看待的。

为了在西藏站稳脚跟，缓解运输补给的困难，同西藏上层反动分子饿困进藏部队的图谋作斗争，根据毛主席“生产与筑路并重”的指示，筑路和进军部队到达驻地后，就投入了开荒生产。我们进驻拉萨的机关部队，征尘未洗，第一件事就是奔赴拉萨河畔荆棘丛生的荒滩上开荒生产。时值隆冬季节，卵石冻土，在半饥饿状态中气喘吁吁地用简单的生产工具劳动，困难重重。然而，在军首长谭冠三老政委亲临指挥和挥镐劳动的带动下，我们女同志硬是和男同志一起垦荒，精耕细作，喜获丰收，改善了伙食，扩大了影响。在此基础上，十八军改建为西藏军区，后军区又成立了世界屋脊上第一个军垦农场——“八一”农场，揭开了以后多年来的大生产序幕。

1952年和1953年，部队开展了“向文化大进军”，为文盲和文化程度较低的干部战士进行文化速成教育。驻拉萨的机关部队边开荒生产边学习文化，热火朝天。军区直属队和后勤系统，还成立了文化补习学校。在这项对军队建设具有重大意义的任务中，我们三分校的战友中有的担任了文化教员，从拼音识字到写作文章，进行教学工作，把自己的文化知识传授给了工农出身的干部、战士，提高了他们的文化素质。

为解决军区干部子女的文化学习问题，在成都成立了“八一学校”，教师队伍中也有我们三分校的战友。她们为培养干部子女，尽了自己的光荣职责。川藏公路通车后，分配到五十四师的三分校战友，随师部奉调离藏，组建防空师去了。她们虽然离开了西藏，但对在西藏的艰苦岁月仍时常怀念。原分配到八分校和卫校的战友，1952年以后，也都分配到军区前后方机关。她们尽职尽责，埋头苦干，完成了组织上分配的任务。在卫生战线上，有的还著书立说，出国讲学，成为医学界的佼佼者。

随着形势的发展，为适应地方工作需要，部队整编，我们在藏的三分校战友同其他女同志一样，大部分先后调地方工作，被藏族同胞称为“穿蓝衣服的解放军”了！从此，我们就长期在党政机关工作，兢兢业业，默默奉献。

1959年，西藏上层反动分子发动了全面武装叛乱，根据党中央、毛主席“边平叛边改革”的方针，西藏开展了轰轰烈烈的民主改革运动，摧毁了最反动、最黑暗、最残酷、最野蛮的封建农奴制度，百万农奴翻身解放，西藏社会跨越了几个世纪，进入了新的历史时期。在这场翻天覆地的斗争中，我们这批在藏的三分校战友大都参加了民主改革工作队，深入农村、牧场，发动群众，同群众同吃、同住、同劳动。通过访贫问苦，同群众建立了深厚感情，向群众宣讲党的政策，提高群众的觉悟，投入到平叛、改革的斗争中，同时也锻炼教育了我们自己，更加自觉地长期建藏，全心全意地为西藏人民服务。随五十二师师部进驻江孜的战友参加地方工作最早，藏语文也学得好，有的同志至今仍能流利地同藏族同胞用藏语交谈。

## 奉献终身

随着年龄的增长，我们这批女兵先后同原十八军的同志结了婚，组成了家庭，可谓缘分注定。在进藏、建藏同甘苦共命运的岁月中，老同志们的革命经历和奉献精神使我们这些女兵感受到他们是可敬可爱的人。逐渐有了意中人，产生了爱情，结成了终身伴侣。我们的婚姻是幸福的。但是，作为女性，结婚后自然要生儿育女，高原缺氧，对母子威胁最大。在西藏生产，婴儿多患有心脏病，有的发育不良，甚至夭亡；回家乡生产，在漫长崎岖的公路上，又要饱受颠簸之苦，有的竟在途中流产了。产后婴儿留在家乡，委托亲友或寄养在保姆家中，到入托年龄时送入保育院，学龄时转入子弟学校。那时都以工作为重，50年代还没有休假制度，作为母亲时常牵挂儿女，回家乡见到儿女，有的竟不认亲爹娘，或哭闹，或称呼“叔叔阿姨”。这种痛苦，只有我们这些过来人才忍受过。

虽然在西藏生活艰苦，但我们常常以苦为乐。后来，有的因健康原因调离西藏，但支持丈夫安心长期建藏，仍是义不容辞。然而，夫妻长期分离，必然担心着他们的健康与安全。牵肠挂肚、思念之苦只有埋在心头。老伴也离休了，我们仍梦回萦绕，怀念着西藏——我们的第二故乡，有的仍力所能及地为西藏奉献余热。子女们长大了，工作了，受我们的影响，也向往西藏，有的志在边疆，同当年的我们一样，甘愿在西藏经受艰苦锻炼，奉献青春。

我们的晚年，大都过着幸福的生活。多年来，也难免积下一些高原性的疾病，但我们无怨无悔！我们不会忘记的是，为解放西藏、建设西藏、保卫边防而献身的烈士们，他们是不朽的！我们三分校的战友，先后在西藏牺牲或病故在内地的有赵子珍、邹玉芳、崔芳敏、曾昭符、屈道敏……我们怀念她们！

我们同西藏有着不解之缘。忆往昔，感慨万千。我们的战友诗人高平同志的《致西藏战友》一诗，表达了我们共同的心声：

山谷中还响着我们的声音，

冰雪中还留着我们的脚印；
我们把青春的年华献给了西藏，
西藏也给了我们心灵的青春。
奔向边疆时走同一条路，
捧给祖国的是同一颗心；
雀儿山的峰顶，布达拉宫的金顶，
将与我们的忠诚永远并存！

附：

## 原十二军三分校进藏女兵部分战友名单

| | | | |
|---|---|---|---|
| 王　梅 | 孙常愉 | 邹家蓉 | 饶美芳 |
| 王　翔 | 祁　奋 | 陈永萍 | 卿　泽 |
| 王万芬 | 吴　静 | 陈　琦 | 陶竞平 |
| 王正阳 | 张　笠 | 周贤益 | 崔芳敏 |
| 王仲全 | 张晓澄 | 周洛玲 | 梅兴秀 |
| 王丽庭 | 张继辉 | 屈道敏 | 龚荣春 |
| 王惠文 | 张羽郁 | 林其章 | 黄继辉 |
| 王子香 | 张源锦 | 林维君 | 曾文碧 |
| 王继辉 | 李　瑜 | 林晓岚 | 曾昭符 |
| 文宜男 | 李国柱 | 罗　极 | 曾昭琼 |
| 左烈英 | 李　铭 | 罗倩云 | 曾承露 |
| 刘　青 | 李国语 | 郑家玲 | 游青淑 |
| 刘佩伦 | 李季南 | 侯新娣 | 蒋维恩 |
| 刘崇贵 | 李绿淑 | 施光富 | 赖　恒 |
| 刘遐玲 | 伍永筠 | 胡玉学 | 雷　涛 |
| 刘倩云 | 邵　镜 | 赵子珍 | 雷　毅 |
| 刘景文 | 邹玉芳 | 饶利方 | 魏大燕 |
| 廖永熙 | | | |

# 灿烂的青春岁月

洛桑志玛

西藏和平解放快50年了，回想当年进军西藏、解放西藏的情景，至今仍留着深刻的印象，虽然因为当时年龄小，经历的事情不多，但有几件却让我终身难忘。概括起来有五个“最”字：当地最先参军的几个藏族女青年之一；最早上北京见了毛主席；进军西藏走在最前面；留下了一张最有意义的照片；青春在最艰苦的岁月里闪光。

## 从巴塘到康定参军

新中国成立时，我的家乡巴塘县还没解放。巴塘的地下党组织已积极开展活动，迎接解放的到来。当时我17岁，还在巴塘简易师范学校读书，参加了地下党领导的进步青年组织——东藏民主青年同盟办的“新文化之家”的活动，学唱革命歌曲，阅读进步书籍，还教了一个多月的幼儿园。在“新文化之家”里，有马克思、毛泽东著作的单行本，还有鲁迅、高尔基的文学作品。我对书中所讲述的东西似懂非懂，觉得很新鲜。

1950年4月，组织上通知我去康定学习。大家一听都很高兴，争着要去。因为过去在巴塘读完初中以后，要上高中不是去康定，就是到云南丽江。而且多是男生，很少有女生走那么远。家里人听说我要去康定就反对，但我坚持要去。信仰佛教的父亲用打卦的办法来决定，碰巧那个卦显示“吉利”，他没办法阻止了，只得一再叮嘱我注意这样那样，并委托熟人在途中照顾。

在党组织派人带领下，我们一行六十多个青年学生，带着简单的行李，赶着驮运物资的骡马，浩浩荡荡离开巴塘。一出门大家兴高采烈，路上歌声不断。有的人还是第一次走这么远的路，不久就走不动了。大家互相帮助，互相鼓励，连续走了二十多天，于5月中旬到了康定。康定军管会热情接待了我们这一批青年人，安排住康定最好的房子，还吃上了白米饭，而过去只有在过年过节时才能尝到由云南运来的红米做的饭。

康定的解放军很多。他们说话态度和气、纪律严明，给我留下了深刻的印象。先后看望我们的有军管会苗逢澍主任，十八军王其梅副政委、李觉参谋长等人。他们的官都很大却没有一点架子，不像国民党驻巴塘的那个团，当兵的为非作歹，当官的盛气凌人，老百姓对其无不切齿痛恨。

在康定住了半个多月，去重庆汇报的巴塘地下党的负责人平措旺阶回到康定。他传达上级指示，动员我们参军。在军管会举行的欢迎会上，十八军的两个首长讲话说全国大部分已经解放，只剩下西藏了。下一步就是解放西藏，把帝国主义赶出去。我们从小学教科书上就知道西藏是中国的领土，解放西藏统一祖国大陆理所当然，我们都有积极参加人民解放军进军西藏的愿望。

第二天，驻康定的部队和我们联欢。我演唱了《解放区的天》《山那边好地方》，跳起了欢快的巴塘弦子舞，边舞边唱道："我们大家团结在一起，十分快乐，我们不愿分离，我们永远在一起。"解放军男女文工团员也演了很好的节目。

6月20日，我们穿上了军装，成为光荣的人民解放军的一员。我和其他几个人分配到十八军统战部工作。尽管我们巴塘来的3个女的还在一起，但却与大部分人分开了，心里很不是滋味。工作是坐办公室，干些剪报纸之类的单调事情，单位管得又很严，不能随便请假外出，开始很不习惯。有时一想到父母亲，就偷偷地掉眼泪。部长徐淡庐水平很高，经常给我做思想工作，慢慢地好了一些，但并没有安下心来。此时，进军大部队将要路过康定，当地党政军民要为部队准备粮食柴草，统战部承担了割马草的任务。我们几十个人来到康定东边的瓦斯沟，搭起帐篷住下来。这里牧草茂盛，每天都能割一大捆。一次不小心，我从山坡上滚下来，摔得鼻青脸肿，右手臂上划了很长的口子，流了很多血。虽不能继续上山割草，但我也不愿闲着，手上打着绷带，还帮助炊事员烧火做饭，受到领导的表扬。如今，当我看到右臂上那个一寸多长的伤疤，就会想起当年艰苦劳动的情景。

## 去北京见到了毛主席

9月中旬，一件从未想到的事让我惊喜不已。西南各民族代表团到北京参加国庆节，分配到十八军有3个名额，确定余西志玛、格桑卓嘎和我3个女同志参加。我们不是正式代表，而是以文艺工作者的身份，听到这个消息后，我们都高兴地跳起来。我们坐车到重庆后组团，团长是西南军政委员会副主席王维舟，副团长中有康定军管会副主任邦达多吉。整个代表团有一百六十多人，西康藏族代表和文工团员十几人。从重庆坐船到武汉，再乘火车到北京。沿途都受到了各地政府的热情接待和群众的欢迎。

9月26日，当我们到达北京时，中央民族事务委员会和各界代表在火车站举行了盛大的欢迎仪式。当天恰好是中秋节，民委派人带着我们，在明朗的月光下游览了动物园。第二天参观了故宫博物院，第三天又到颐和园。第四天，周总理举行宴会欢迎。第五天晚上，毛主席欢宴各民族代表。我们每天都处于高度兴奋之中，夜晚难以成眠。

10月1日，国庆一周年这天，天安门前人山人海。我们在观礼台上，观看了盛大的阅兵式和群众游行活动。当威武雄壮的队伍从台前通过，飞机在天上飞翔，坦克、大炮在长安街上开动时，我为自己是这支英雄的队伍中的一员而感到自豪。

我们是新中国成立后第一批到北京的民族代表团。各民族代表都带着具有特色的礼物，要献给毛主席等中央领导人。献礼活动安排在10月3日进行。我们早早地来到了怀仁堂等待着。当毛主席出现在会场中时，全场欢呼雀跃，我眼里充满了激动的泪水。在军乐声和掌声中，新疆代表首先上台献礼，把一顶小花帽戴在毛主席的头上。轮到西南代表团献礼时，中央人民政府的6位副主席刘少奇、朱德、宋庆龄等陆续走到主席台上，向大家招手致意。代表团的领导人上台敬献了锦旗和哈达。原先分配我去献一件金黄色的袈裟，而代表团的秘书长说我献这个不好，同我交换了礼品，并指定我去献给朱总司令。我快步走上台，瞅着总司令那长长的眉毛和慈祥的面容，竟不敢相信他就是我们数百万大军的总司令。他伸出厚壮有力的大手同我握手，我全身热血沸腾，从未想到过竟然有这么一天。可惜我没有直接给毛主席献礼，多少有点遗憾，但几次见到了毛主席，尤其这次走得很近看得十分真切，也感到无比的幸福。

当天的晚会上，各民族都表演了自己精彩的节目。我们仍然跳巴塘弦子舞，身着艳丽藏装的男女队员，在有节奏的胡琴声中，挥动长袖跳起欢乐的舞步，高唱团结的赞歌。当听到场内一阵阵热烈的掌声时，我越跳越起劲。后来听说，毛主席就在这个夜晚写下了“一唱雄鸡天下白，万方乐奏有于阗，诗人兴会更无前”的词句，来赞颂全国各民族大团结的盛况。

随后，我们继续在北京各地参观，还参加拍摄电影纪录片，接受人民日报记者采访，听了民委主任李维汉的报告。一个月之后，又去天津、南京、上海、武汉等地参观。

11 月 1 日，我们在南去的列车上，听到了昌都解放的喜讯。藏族代表们特别关心这件事，争相阅读这天的报纸。代表团的邦达多吉、阿旺嘉措和余西志玛都讲了话，表达了我们兴奋的心情和解放全西藏的愿望。

在南京，我们游览玄武湖，凭吊雨花台，晋谒中山陵。在上海，我们参观了工厂、农场、大学，观看了飞机表演。祖国真大，好看的东西真多。我第一次走了这么多地方，真是见了世面，开了眼界！

## 返回原部的途中

11 月中旬，我们从上船那天起，就开始总结收获体会。我跟大家一样，感受到祖国的伟大、民族的团结和见到毛主席等中央领导人的幸福。我作为一个临时文工团员，参加了三十多场演出活动，观看了兄弟民族歌舞，还学会了新疆舞、朝鲜族舞和蒙古舞三种舞蹈，比别人有更多的收获，感到心满意足。

还有一个收获，也是我独有的。因为我家人信佛教，我的脖子上从小就挂着一个小荷包，它是用绸缎缝制的，里面包着喇嘛的头发、衣服布片之类，据说能保佑一生平安无灾。尽管我并不完全信那东西，但上中学参军以后，这个小荷包还伴随在我身边。这次所见所闻，使我明白人民翻身当家做主，是靠共产党和毛主席的领导，而不是靠什么神佛的保佑。在船上，我毅然把它从脖子上取下来，扔到滔滔的长江里。我决心丢掉那些迷信思想的束缚，在党的领导下好好工作。

11 月 22 日，我们回到重庆。西南军政委员会、西南军区举行了盛大的欢迎会。邓小平副主席在会上讲了解放西藏的问题。他称我们是“前进分子”，希望我们做好民族团结工作，不要脱离群众，处处起带头作用。我们决心做走在群众前头的人。

代表团就要解散了，在告别宴会上，我们向邓小平副主席敬酒，向李达副司令员敬酒。藏族人特有的敬酒方式，边唱边舞，感情真切，使宴会气氛非常热烈。但轮到给军政委员会刘文辉副主席敬酒时，大家都不乐意了，觉得他统治西康几十年，给我们带来很多痛苦。代表团的领导及时做了工作，才使我们勉强去应付了一下。

突然，听说十八军陈明义参谋长、支援司令部胥光义政委也在宴会上。我们像见了久别的亲人似的，端着酒杯涌向他们的桌席。我跑到了最前面，紧紧地握着参谋长的手，两眼闪着晶莹的泪花，半晌说不出话来……最后只说了一句：“我不知道从何说起啊！”可不是，毛主席、解放军帮助我们搬掉了压在头上几千年的石头，有海一样的恩情，究竟从哪里说起呢？这件事还被刊登在 1950 年 11 月 23 日的重庆《新华日报》上。

12 月初，我们归队了。此时统战部机关已到达甘孜。我在部里停了两天，就到西藏干部学校（即藏族干部训练班）的青年班学习。学习的内容为中央的方针政策和一些基本理论知识。我结合上次外出参观体会，思想认识有很大的提高。1951 年 2 月，部队机关将前往昌都，我又回到原部队工作，和部队的同志一起从甘孜向昌都进军。

## 随先遣支队进军拉萨

《十七条协议》签订后，部队准备向拉萨等地进军，首先组成军副政委王其梅率领的十八军先遣支队。因为要先到拉萨开展工作，先遣支队包括了宣传、统战、外事、民运、财政各个方面的人员，先遣支队里的藏族干部有一二十个，除平措旺阶是民运部长外，还有他新、平康、列协、居美多吉、益西次仁等。我和余西志玛、益西卓玛等巴塘来的几个女同志又走到一起了，大家兴高采烈地踏上了进军征途。

经过学习《十七条协议》和物资准备之后，7 月 25 日，先遣支队从昌都出发。少数负责人骑马，其余人步行。每天走几十里，有时爬山，有时过河，时而烈日当头，时而下雨雪。这些，我都没当回事。我的身体好，力气大，走得快，从没掉过队。每天宿营住下后，还要帮助电台摇机(手摇发电机)。因此，我获得了“小牦牛”的昵称。牦牛是高原环境里抗拒风雪严寒生活能力极强的动物，我从北京返回后，总觉得浑身有使不完的劲。

在攀登大雪山时，每上一步都不容易，不少人走不动了，我同样是气喘吁吁。忽然听到部长喊道：“小洛桑，唱支歌吧！”我稍微停歇一下，随即放声高唱起来，歌声在山谷里回荡，激励了别人，也消除了自身的疲劳。

先遣支队在长途跋涉中，也曾遭遇过缺粮的困难，但我们终于跨过东西大雪山，走完荒无人烟的“穷八站”。在到达工布江达时，忽然遇上了巴塘的一个熟人、我的表姐格向秋。她与我们在祖父一代有亲戚关系，后来成为设在康定的一家大贸易公司经理的妻子。她家同西藏地方政府噶伦索康是亲戚。两三年前她去了拉萨，住到索康家里。1951 年初，格向秋回到了巴塘。许久不见家乡的亲人，相见后说了很多话。她对我们讲了拉萨的情况，还劝我们不要去了。我自然不会听她的话，当时我已受了一定的革命教育，特别是到北京和祖国各地参观，还见到了毛主席，受到巨大的鼓舞，所以这时革命热情特别高，坚决跟着共产党走革命的道路，和大家一起继续向拉萨前进。

9 月 9 日，先遣支队到达拉萨，受到了广大群众的热烈欢迎，我们不顾长途行军的疲劳，立即开展宣传活动，向群众讲述人民解放军进军西藏的意义、解释《十七条协议》的内容等，还散发大量传单。当我和一位男同志在清真寺东边的土堆上宣传时，附近的男女老少立即围上来听我宣传，争相索要传单。其中有城市市民，有郊区农民，有政府小官员，还有寺庙贫苦喇嘛。不知哪位敏锐的记者，摄下了这个具有历史意义的镜头。后来这张照片印到了西藏画册中，还放得很大，陈列在西藏展览馆里。展览结束后，我把它要回来留作纪念。每当我翻到这张照片时，当年进军拉萨的情景，就一一浮现在眼前。

我们到拉萨，住的是清代修建的旧兵营——低矮破旧的藏式平房，几个女同志挤在一间小房子里，地上铺上草当床；当时运输困难供应不足，很长一段时间以马的饲料豌豆为食；寒冬腊月去开荒生产，脸上和手上都有了许多血口子，而我们的歌声没有间断，一点儿也不觉得苦和累。

我们部里的统战对象是上层人士，常去登门访问、邀请座谈、请客吃饭或出席他们的宴请。我跟着部长去参加这些活动，做翻译工作。此外，部里还给我分配了一项特殊的工作，就是同西藏上层官员的女儿交朋友。她叫然巴·央金卓噶，当时有十五六岁，在家里学了藏文，想学汉语文。机关里派人去教她汉语，我当翻译。每星期教三次，每次去到她家里教完课后，还要吃饭，有时还看电影，关系越来越密切。央金卓噶后来是拉萨爱国青年联谊会的成员，积极参加活动，思想进步很快。现在，已担任了西藏自治区妇联的副主席。

当然我也早有了男朋友，他与我是同乡人，在康定时我们就明确了关系，随后他去了南线工作队，我去了北京，直到第二年春到昌都时才见了面。此次同时进藏到拉萨，不过他在地方的贸易公司工作，我一直在部队里。部队工作纪律很严格，一个人不准单独外出，平时见面的机会不多。我们相爱几年，部里并不知道，当提出结婚时，麻烦就来了。部长不同意，说如果要结婚，就得调出去。后来情况反映到上级领导那里，只好把他从地方调到军区政治部宣传部工作。1953 年 2 月春节时，我们几对年轻人举行集体婚礼。我们把一间旧房子简单地布置成了新房，买了一床洗过两次的太平洋床单，再加两瓶酒和一些糖果之类，就算办了这件个人大事。前来祝贺的人们在绸子上签上各自的名字，然后开怀畅饮，纵情欢歌，为我们祝福。

为适应西藏工作发展的需要，组织上抽调了一批又一批的藏族干部离职学习培养。我先后在 1954 年到拉萨干部学校、1955 年到西南民族学院政干班学习，并入了党。1956 年，我回到拉萨藏干校，在人事科担任副科长，同时从军队转业到地方工作。我爱人则在军队连续干了几十年。至今我的儿子仍在西藏部队，已是一名上校军官。他继承着老西藏的艰苦奋斗精神，也继承了我们未竟的事业。

# 往事忆念

扎西旺姆

1950 年初，在党中央、毛主席的周密部署和指示下，中国人民解放军二野十八军为了和平解放西藏，顺利进军西藏，先解放了西康地区。在旧社会，作为巴塘县的一个贫苦农奴，我家祖祖辈辈都要给地主放牧、当长工、当佣人，生活在社会的最底层。解放军来了以后，藏族人民得到了翻身解放，生活由苦变甜了。随着党的少数民族政策的深入开展和现实生活情况的改变，西康藏族人民逐渐了解和认识了共产党和解放军，都把解放军誉为“嘉萨巴”（新汉人）、“大救星”，所以当时在西康主动报名参军的藏族青年都十分踊跃。我们 21 个藏族青年是在 1950 年 9 月主动报名参军的，并在 1951 年 1 月离开巴塘步行到达昌都。在昌都军干校学习几个月后，7 月离开昌都向拉萨进军，9 月到了太昭（工布江达）。不久，我被抽调到师副政委阴法唐带队的访问团，访问了九个宗（县）的藏族群众，宣传党的政策和《十七条协议》，为他们办实事做好事，把党和毛主席的亲切关怀带给藏族人民，使他们增加对解放军的了解和信任，消除民族隔阂。1952 年 1 月，我们胜利完成进军任务，到达西藏首府拉萨。

今天离十八军进军西藏已半个世纪了，我永远铭记着当年十八军指战员们为了和平解放西藏，克服艰难险阻、历经千辛万苦，发扬“特别能吃苦、特别能战斗、特别能忍耐、特别能团结、特别能奉献”的老西藏精神。而发生在进军途中我亲身经历的几件小事，至今忆起仍历历在目。

十八军进军西藏时，被喻为“第二次长征”。西藏号称“世界屋脊”，山高路险、雪山连绵、气候恶劣、地形复杂，在如此艰苦的条件下，十八军广大指战员肩负几十斤重的背包步行几千公里，还要一面修路、一面进军。

在行军途中，广大指战员严格执行三大纪律和党的民族宗教政策，一路上从不触犯群众的禁忌，保护大小寺庙、经塔、神山、神树、玛尼堆等，为尊重藏族人民的风俗习惯，不打鸟、不捕鱼。解放军路过各村庄时，不管刮风下雨，宁肯风餐露宿，也不住民房，进寺庙，不给藏族人民添麻烦。由于后勤补给跟不上，一路上只靠喝代食粉稀饭、吃干粮、挖野菜来充饥，虽然生活如此困难，但广大指战员宁肯挨饿，也不违反党的政策。

记得在我们从洛隆到边坝宗的路上，听说前面一个村庄的老百姓因对解放军不了解，再加上少数坏人散布谣言，对解放军的到来很害怕。首长们为了使藏族同胞解除误解，让我们几位藏族战士先出发，做好访问、宣传工作。我们后半夜出发，下山快到村庄时，我们看到了一片芫根地，当时我们又渴又饿，四顾无人就偷拔了一些芫根，边走边吃。大部队到达目的地时，首长看到路上许多芫根皮，就问我们："你们是否买芫根在路上吃了？"当时我想：我们十八军一路上这么艰苦，偷吃几个芫根有什么了不起，何况老百姓又没有看见，于是就满不在乎地回答询问。首长心平气和地给我们讲解执行《三大纪律、八项注意》的重要性和必要性，并带我们返回那个芫根地，在每一个坑里放了一张条子和一块银元。通过这件事，对我们藏族战士的启发教育很大，使我终身难忘。从此以后，我们几位藏族战士，在不同的岗位上都严格要求自己，模范执行各项政策，努力为人民服务，多次受到领导的表彰。由于十八军广大指战员一路上模范执行党的纪律，同时用实际行动宣传、贯彻《十七条协议》，全心全意为藏族人民服务，所以藏族人民看在眼里、喜在心上，很受感动，称十八军是"新汉人""菩萨兵"。不少藏族同胞给解放军多次送来糌粑、酥油茶，献了哈达，他们通过十八军的模范行动，更加认识和热爱中国共产党，提高了爱国主义思想觉悟。

在那些艰苦的日子里，十八军广大指战员们互相帮助，互相关心，发扬阶级友爱精神，特别是汉族同志，一路上无微不至地关心我们藏族战士，行军中帮我们背背包，到了宿营地帮我们搭帐篷，衣服脏了帮我们洗，衣服烂了帮我们补，过河背我们过，山上遇到雪滑难走时，战士们把自己的大衣、棉衣脱下来铺在冰上让我们安全通过。记得在访问九个宗（县）期间，阴法唐政委十分关心、照顾我们藏族战士，吃饭时总是让我们吃饱，睡觉时，他不顾凛冽刺骨的寒风，自己睡在草堆里，却把被子让给我们盖，此情此景，我至今难以忘怀。

在翻越连绵起伏的雪山的时候，我们行军在刺目的雪光下，不少同志得了雪盲，我也是其中之一，汉族大哥大姐们便扶着我走，并牵马让我骑，他们自己步行，我很受感动，感到很温暖。

还有一件更使我终身难忘的事，那是 1957 年，当我正在西南民族学院西藏班学习时，领导派我到罗马尼亚的布加勒斯特，参加第四次世界学生代表会。中国出席会议的代表共 21 名，西藏妇女代表仅我一个，我身着鲜艳的藏装，走在人群中格外引人注目，会后又到莫斯科，参加世界青年代表联欢会。会议期间，各国记者纷纷采访我，提出各种问题，他们所提问题集中到一点，就是要我谈对“共产党、解放军到西藏的的看法”、“人民要求解放好不好”等。我把看到的情况实事求是地作了介绍，我说共产党关心西藏人民，帮助西藏人民翻身解放，没有共产党、解放军就没有我们穷苦人民幸福的今天，等等。《人民日报》就此作了报导。回北京后毛主席和周总理还接见了我们代表团，并和我们一起合影留念。

更幸运的是我能与周总理共舞。毛主席和周总理还特别问我西藏情况：“西藏人民生活情况怎样”“去西藏的工作人员为西藏人民服务得怎样”，等等。当时社会上对西藏各种反映很多，说什么的都有，我都向中央领导作了汇报。

几十年时光已过去，但经历的往事仿佛就像是昨天刚发生的。经历的种种事实，使我深深地认识到，没有共产党，就没有今天繁荣的西藏；没有共产党，我这个昔日农奴娃子就不会有今天的幸福生活！

# 高原离情

郑文珊

拉萨贡嘎机场，1983 年 9 月里的一天。

一架飞往成都的银灰色民航客机，迎着朝阳，在跑道上徐徐滑行，两边的山峰、田野、柳林、村庄、佛塔、经幡，一一往后退去。我坐在机舱尾部靠舷窗的位置上，呆呆发愣。

马达轰鸣，气流汹涌，客机鼓动翅膀，朝着跑道尽头的起飞线冲去。猛然，我感到身子往后一仰，飞机昂首展翅，离地腾空而起。转瞬间，河谷平原仿佛一幅巨大的画布被推移开去，画布上的景物迅即缩小成玩具模型似的，匍匐在机翼下。世界屋脊上的第一条大河——雅鲁藏布江窄如带，碧如蓝，蜿蜒在东南方的群山峡谷中。

“再见了，拉萨！再见了，雪域高原，我的第二故乡！”我喃喃自语，心头涌起一股浓浓的离别之情。

啊！雪域高原，您这神奇的土地，叫我怎样来赞美您、讴歌您呢？您的身躯，雄踞地球之巅，是那样的巍峨崇高；您的胸怀宽广博大，吐纳着江河之源，是那样的气度恢宏；您的山川景色，雄伟壮丽；民俗风情，多彩多姿；您那充足的阳光和洁净的空气，还有那滚烫的地热泉和迷人的冰川湖，无不令世人向往！在历史的长河中，您用莽莽的森林、辽阔的草原、金黄的青稞和肥壮的牛羊，哺育着一个坚强智慧的民族，您曾经诞生过雄才大略的松赞干布，书写过用火枪、垒石抗御外侮的英雄篇章；您的《格萨尔》长诗和《萨迦格言》等文学名著，脍炙人口，“果谐”“锅庄”等民族歌舞，独具特色。今天，当您像拭去了尘土的珍珠，焕发青春容光的时候，我却离开了您，怎能不令人依恋难舍！

客机在冉冉上升，而我的心却在隐隐下沉。机械产生的上升力固然刹那间就能超脱高原的地心吸引力，可是，对我这个“老西藏”来说，高原的吸引力却重重地拽住我的心，也许终身心系高原，超脱不了。

“我恨不能把自己掰成两半，一半放在内地，一半留在西藏，此刻我的心情就像姑娘出嫁时离开娘家那样。”我想起了自己在临行前的欢送会上，曾这样坦露过心迹。

“是这样，我们完全理解你，我们的心情也同样是矛盾的，你的丈夫孩子在内地，单身一人在西藏，我们既想早点送你回去与家人团聚，又想留住你继续和我们在一起。”参加欢送会的藏族同事依依不舍地说。他们按照民族传统礼节，给我献哈达，祝我一路平安。

想到这里，我情不自禁地打开手提包，抚摸着珍藏在里面的哈达。洁白的哈达，是藏族人民给我的珍贵礼物，是对我的最高奖赏。多年来的共同工作和生活，我们藏汉同志之间在思想感情上已连结了一根共鸣之弦。

客机升入高空，渐渐平稳了。这时，空中小姐给乘客们送来茶水。茶水色泽微黄，透着淡淡的清香，我端起杯子喝了个尽，空中小姐又给斟上一杯，我又一饮而尽，喝得是那样的香甜惬意。我朝着空中小姐笑笑，心里在说：“这是冰川雪水烧的茶水哟，我很快就喝不上了。西藏民歌唱得好：远行的游子啊，请你再喝一杯家乡的水！”

打从接到内调通知那天起，高原的水，高原的山，高原的一草一木，无不牵动着我的情怀。我一边忙着办理手续，收拾行装，一边总忘不了到拉萨河畔当年开荒生产搭过帐篷的地方去看一看，到大昭寺前唐柳生长的地方和“甥舅会盟碑”前去转一转；到布达拉宫后面龙王潭的古柳里去流连一番。我很赞赏那里的古柳，它们枝干蟠虬，造型独特，有的树身扭曲像麻花，有的长着漩涡状的树瘤，有的半边镂空，斜躺在地上……尽管高原的风雪雷电给了它们严酷的打击，但它们仍勇敢地抗争着，顽强地生长着，每棵古柳顶端都伸张着一大蓬茂盛的枝条，状如巨伞。我还特意挤时间去老城区拜别过去的藏族老邻居，在鹅卵石街巷里走一走，再摸摸那菜地边上用牦牛角垒起来的小矮墙。临行前两天，我还去八廓街冲赛康集市上买了点牦牛肉来吃。说来也怪，卖肉的老阿爸好像也知道我这个会说藏话的“老西藏”就要离开他们了似的，一斤牦牛肉秤得高高的，还给添了一小块。

我并不是一个恋旧怀古的人，可是不这样，感情上总觉得欠缺点什么，也许这就是乡情吧！离别在须庚，乡情愈益浓！

蓝天红日，白云点点，客机飞临西藏东部横断山脉上空。这一带，地形复杂，气候多变，过去我经过这里，机舱外面老是云烟漠漠，气流掀起的漩涡，使飞机颠簸不稳。难得有今天这样的好天气，旅客们纷纷靠近舷窗，或者探起身子来，争相眺望横断山脉的壮丽景色。我的坐位没有机翼遮挡，从舷窗望出去，机翼下，由五座大山组成的横断山脉，犹如五把倚天长剑，从北向南劈刺下来，把高原东部割裂成一道道险峻的山岭峡谷。座座雪岭冰峰直刺蓝天，与白云争比高低。有的雪峰排列如锯齿，在阳光照射下晶莹夺目；有的雪峰顶尖凸露在飘浮的云海之上，万仞之巅看起来宛如摆放在白玉盘中的玲珑宝塔，蔚为奇观。此情此景，不禁勾起了我当年跟随进藏部队关山飞渡，风雪征程的回忆：

一条崎岖的山道蜿蜒盘旋在崇山峻岭间，陡险难行。我们军直机关翻越海拔6000米的东大雪山时，有一段路很窄，边上又是云雾茫茫的悬崖深沟，我牵着宣传部油印组驮油印机、纸张等东西的灰白马，艰难地行进着。每当马蹄哧啦一打滑，我就惊出一身冷汗。山高路陡，空气稀薄，快到山顶时，尽管灰白马已给别人“互助”走了，可是我空着手还是爬不上去，站在那里弓着腰直喘气，多亏指导员伸过手来，才把我拽了上去。

黑夜，山风呼啸，寒气袭人，我们几个女同志挤在蘑菇似的小帐篷里冻得缩成一团。更糟糕的是，天黑宿营时，由于地冻得邦邦硬，费了好大劲，才把帐篷钉砸进去半截，只好用冰块压住，勉强把帐篷支了起来。谁知半夜里风越刮越大，帐篷竟给刮倒了，弄得我们狼狈不堪，哭笑不得。第二天，我们编了一首打油诗借以自嘲：“睡眼正朦胧，忽然刮大风，翻身忙爬起——追帐篷。”

冰河，两边结着厚厚的冰层，中间流淌着刺骨的冰水，脚一踩进去，刀子般的冰凌碰到腿上，立马就是一道血痕。我们女同志手拉手地夹在男同志中间，缓缓徒涉。

给养供应不上，部队断了粮，一块牦牛肉当午餐，就着雪水，大家吃得很香，女同志们还常常省出一点肉来，让给饭量大的男同志吃……当年进藏部队就是凭着这种吃大苦，耐大劳，团结友爱的精神，战胜重重困难，穿越横断山脉，跨过雅鲁藏布江，把五星红旗插上了喜马拉雅山。我这个生长在江淮平原，从小只是从书本上读到过崔嵬、嶙峋、壁立千仞、高耸入云等形容大山的词语，从图画和照片上见到过高山形影的“学生兵”，从此登上“世界屋脊”，投入了雪山怀抱。在雪山怀抱里，我抬头见山，出门爬山，起初，我对山并不了解，没有什么好感，心里还曾想，当初地球上发生造山运动时，西藏这片土地不知咋地，竟打了这么多深陷的皱褶？造成这么多巨大的断裂，隆起这么多高峻的山体。后来，熟悉了，我才逐渐领悟到大山那雄伟的气势、铮铮的傲骨和高洁的丰韵。山，给了我勇气和力量，磨砺了我的意志和精神，我与山结下了不解之缘。

飞机越过横断山脉，继续向东飞行。机舱里逐渐静下来，只有气流的嗞嗞声和空中小姐轻盈的脚步声，旅客们大都在闭目养神。然而，我却怎么也安静不下来。在西藏，我度过了 30 个春秋，30 年高原岁月，我把自己的青春织进了西藏的伟大变革。当我看见那世世代代被压迫被奴役的农奴和奴隶翻身解放，成为新西藏主人的时候；当我看见那些饥寒交迫，除了自己的影子外一无所有的人，分得了土地、房屋、牲畜和农具，过上了有吃有穿好日子的时候；当我看见瞎眼老阿妈重见光明，藏族儿童背着书包走进学堂的时候……我的思想感情发生了深刻变化，我的心和藏族群众的心贴得更紧了，他们快乐我快乐，他们欢笑我欢笑。我在给内地友人的一封信中曾经这样写道：“西藏就是这样一个奇特的地方，当你不了解它的时候，总认为它苦寒荒芜，可是一旦熟悉了她，就会被她吸引住了。诚然，西藏的工作和生活条件是艰苦的，我不是苦行主义者，我热爱生活，需要家庭温暖，但西藏需要我，我的事业在西藏，为自己喜爱的事业献身，是值得的，虽苦犹乐。”

一个自己曾经流过汗水的地方，往往有着特殊的感情。雪域高原留下了我许多难忘的回忆，一些藏族乡亲的音容笑貌仍清晰地浮现在我的眼前：一双小女孩的眼睛，在我的脑海里频频闪现，这双眼睛很漂亮，睫毛浓浓的，两颗眼珠像是黑玛瑙和海螺镶嵌的，黑白分明，又大又亮。我曾听一位摄影记者说，他拍过各族妇女的人头像，他认为西藏妇女的形象，无论脸型、轮廓、线条，都是很美的。这个小女孩，是我在堆龙德庆县波玛山村搞“三教”时房东的女儿央金。那时小央金才 4 岁多，整天穿着一件破旧的黑氆氇藏袍，腰上拴根红布条。她面庞清秀，身材瘦长，高原上美丽的山水，哺育出这个漂亮的小姑娘，我一见到她，就留下了很深的印象。小央金对我的一切都感到新奇，常常悄悄地到我住的小屋里看我的花布被子，摸摸我的钢笔呀，开开香皂盒闻闻呀，还特别喜欢我给她煮的大米粥。我逗她，给我当女儿，带她去北京，给她做花被子、花衣服，送她上学。小央金忽闪着大眼睛，看看我，看看她阿妈，想去，又舍不得她阿妈。我想，小央金现已长成大姑娘了，她的命运跟她奴隶出身的阿妈就完全不一样了，将来很可能会成为一名优秀的舞蹈演员哩。

倏然，一个藏族老阿妈的形象又浮现在我的眼前：老阿妈头戴畚箕遮阳帽，腰系彩条围裙，银色发辫上扎着大红丝穗。她脸色红润，日光流盼，手里拿着一支柳条，赶着七八头奶牛，披着晨光向拉萨河边的草地缓缓走去。奶牛个个油光水滑，一头小奶牛偎在老阿妈身边，边走边不住地舔她的手和衣角。我第一次见到老阿妈，是在50年代初期，那时我们刚到拉萨不久，在我们住地斜对面有一间低矮的小土屋，一个衣衫褴褛的藏族妇女，抓起一把把稀牛粪，往墙上贴牛粪饼，她两手黧黑，面容憔悴。现在的她与那时的她，是多么鲜明的对照哟！

回忆像长长的河流，不停地流动着，它超越时空，纷然杂呈：

一块小菜园，里面长着绿油油的菠菜，嫩生生的莴苣和小葱，地边上的南瓜藤已爬到藏族邻居家的木隔板上去了。小菜园是我在拉萨的宿舍窗前自己动手开垦的。当年进藏部队到达拉萨后，一放下背包就拿起铁锹开荒生产，种粮种菜。至今，拉萨机关工作人员，仍保持着“自己动手，丰衣足食”的老传统。临走时，我把小菜园移交给藏族邻居了，心里老惦记着，新主人该不会忘了给它浇水吧！

哪儿来的阵阵隆隆声，还夹杂着吱吱嘎嘎的响动？回忆的翅膀飞到了雅鲁藏布江边的一座水磨房。60年代初，我下乡调查研究时到过那里。据史料记载，雪域高原早在吐蕃时期，就已经“引水入槽”，开始利用水利资源了。由于雅鲁藏布江的水利资源丰富，这座水磨房比较宽大，四周围着土墙，房顶上还铺着“阿嘎”（西藏一种类似石灰的粘土），房前的木竿上悬挂着彩色经幡，在江风中猎猎飘动。管水磨房的藏族老人领着我进去看了看，当中的石磨，足有圆桌那么大，我还是第一次见到这么大的水磨。那隆隆转动的磨盘上，堆着炒熟了的、爆出白花的青稞麦，香喷喷的糌粑，雪粉似的洒落在木槽里。老人告诉我，这座水磨过去是专门给地方政府官员磨糌粑的，如今是归翻身农奴享用了。他指着南墙根一大溜装满粮食的牦牛袋说，这些都是附近村民送来磨的糌粑。那时，西藏刚民主改革不久，从这座水磨房，我看到了翻身农奴尝到的胜利果实，留下了深刻印象。

我的嘴里怎么有青稞酒香呢？那使我想起了在拉萨河谷欢度民主改革后第一个春耕的情景。河谷冰雪消融，南来的大雁飞过晴空，田野上飘荡着缕缕松烟，洋溢着欢声笑语。一对对大耕牛的犄角上系着红缨，尾巴上编着红红绿绿的彩条；犁手们袒露着古铜色的臂膀，准备一显身手。翻身农奴们在生平第一次属于自己的土地上，捧着青稞酒，互祝开犁大吉，秋后粮食丰收！犁手们喝过青稞酒，一扬鞭，只见耕牛拉着铁犁，划开沃土，翻起芳香的泥浪，梳洗一新、挎着柳条筐的妇女们跟在犁后，播撒种籽。热情的主人，提着青稞酒壶，硬要我这个从拉萨城里来的客人，按照藏族传统习俗连喝三口，我本来不会喝酒，这时只好端起酒杯喝了一小口，主人立即斟满，我又喝了一小口，主人又给斟满了，我连喝了三小口，满嘴留下青稞酒香……

机舱里的广播声响，把我从回忆中拉了回来。广播告诉旅客们，飞机就要飞离西藏进入四川盆地了。这时，我的心再一次收紧了，我把双手紧紧地贴在胸前，从心底深处向西藏、向我的第二故乡告别，祝福她永远“扎西德勒”！

# 不会湮没的记忆

章道珍

在我记忆的长河中，曾有过许多的人和事，随着时间的推移，大都渐渐地淡忘了。唯独有一段经历，虽然被时间冲刷了近半个世纪，但至今仍深深地印在我的脑海里。每每回忆起来，总是那样地清晰，那样地深刻，一直鞭策着我走到今天。那是我们十八军文工团的文艺兵进军西藏的一段经历。

1951 年 5 月下旬的一天，我们十八军文工团正在为抢修甘孜机场的指战员演出，合着春风，无线电波传来了《中央人民政府和西藏地方政府关于和平解放西藏办法的协议》签订的喜讯。为了执行协议，及早进军拉萨，我们立即开始了行军和进藏演出的各种准备。大家一面排练进军途中的演出节目，一面学习编排藏族歌舞。营房内外歌声阵阵，锣鼓喧天，一派欢乐和繁忙的景象。

出发的日子一天天临近，文工团根据需要，调整了人力，充实了戏剧、舞蹈、军乐三个区队的力量；事务长为我们领来了行军装备和驮运物资的骡马；炊事班增加了生活高原化的措施。为使我们习惯食用酥油、牛肉，增强体质，炊事班特意用米面、花生米和酥油熬出油茶，锅里煮着大块大块的牦牛肉，让大家各取所需。副政委郑旭同志像老妈妈照应孩子出远门那样，提醒我们正视征途上可能遇到的艰险，帮助我们精简个人行装。团长朱子铮也从难从严要求大家，对我们着装、搭帐篷、上驮子等行军演习中出现的一小点疏忽都不放过。

## 一路欢笑一路歌

我们文工团当时有一百五十多人，分别担负着戏剧、舞蹈、弦乐、管乐和舞台美术等任务，多数人只有二十岁左右，小的才十来岁，女兵占了相当大的比例。当时的文工团是连队建制，区队相当于排，分队相当于班，而且大多数人是排以上干部。就是这样一支文艺队伍，每3个人才配备一匹骡马，用来驮运演出用的汽灯、幕布、服装和道具等杂物。我们不仅要步行，而且每人要背上背包、挎包、鞋子、水壶、米袋、两用篷布和筒装代食粉等，乐队的同志还要背管弦乐器，参加打腰鼓的同志要背腰鼓，大家的负重量都很大。

7月1日，我们和军直机关一道从甘孜出发了。一路上，人们不仅可以从我们扛的旗杆、背的腰鼓、乐器和人员组成上看出我们是文艺团体，而且还能从我们的情绪和作风上知道我们是文艺兵。部队从解放战争时期传下来的优良作风，在我们这儿得到了发扬光大：条件越差，我们就越注意调节自己的情绪，行军越艰苦，我们就越显得活跃。你听吧，在我们文工团的队伍里，不是这个区队在“拉歌”，就是那个分队在“碰球”，热烈的场面一浪高过一浪。善于说快板的大老肖（肖迎春）常常是大家“热闹”的对象，将他准备好的快板词都“掏”完了，大家仍不肯罢休，急得他只好一个劲地打竹板、挠头皮，无可奈何地宣布“哎，哎……卖完了”。每逢爬雪山、涉冰河，大家都特别喜欢唱当时流行的歌曲：“谁是英雄汉？谁是软鸡蛋？不是吹牛腿，嗨！同志们战场见！”唱起这支歌，我们浑身就有了力量，两条腿也轻快多了，大步流星地跟着队伍。因为我们谁也不愿意落伍，谁也不愿意当“软鸡蛋”呀！就这样，我们一路走，一路唱，歌声不断；一边行，一边乐，笑声朗朗。由于行军途中的文娱活动开展得好，分散了大家的注意力，都不觉得疲劳了。

在进军途中，我们文工团的同志不仅自己藐视困难，乐观豁达，而且处处以革命的乐观主义精神鼓舞部队士气。部队前进到哪里，我们就紧紧跟随到哪里；战士什么时候想看演出，我们就想方设法地满足。有时我们赶到部队的前面，放下行装后再走一段回头路，在部队将要经过的路上搭设临时鼓动棚，或在半山腰敲响欢快的锣鼓，给正在行军的部队鼓劲加油；有时我们在山顶上挥舞彩绸扭秧歌，慰问辛劳的战友；有时我们跟在战士身边，因人制宜地编上一段顺口溜。看到一个扛机枪的，就说：“这个同志不简单，扛着机枪登高山！”看到趟着冰河过来的战士，又说：“苦不怕，累不怕，庆功会上戴红花！”我们的快板直说得战士们豪气冲天，我们的锣鼓直敲得战士们脚下生风，雄赳赳气昂昂地迎着艰险向前进。

到了昌都、丁青等比较大的城镇，我们还挑起汽灯、挂上幕布为藏族同胞演出，宣传和平解放西藏的《十七条协议》，宣传党的民族政策，宣传各民族大团结。记得在丁青领粮时，有一群好奇的孩子围过来看我们这些女兵，我们就借机教他们唱歌。我们走了，“解放区的天是明朗的天，解放区的人民好喜欢……”等歌声还在那里回荡。到拉萨后，我们在布达拉宫给达赖表演过大型秧歌剧《解放灯放光明》，这是我们团的保留节目，是我们进军华中南，在湖南与四野会师时编排的。我们从欢唱衡阳、邵阳解放享太平，演到贵阳、毕节、泸州、乐山、雅安、康定、甘孜、昌都、丁青解放享太平，最后演到拉萨解放享太平。一路上载歌载舞，好不热闹。我们给藏军各代本（团）唱过《解放军进行曲》《三大纪律、八项注意》等歌曲。为迎接班禅由青海返藏，我们又赶排了促进班禅堪厅和地方政府之间团结的节目，那“回来吧！请快转回故乡，咱一同赶豺狼，一同保家乡”的歌声，深深打动了爱国藏胞的心。

## 战友情深

我们虽然是文艺兵，可我们的行军生活一直是紧张、艰苦而有序的。每到宿营地，各分队的同志都按照事先分工，分头卸驮子、放马、搭帐篷、砍柴、割草，各项工作井井有条，完全是一个团结友爱的战斗集体。大家知道，如果有一个人掉队，缺少他背的那块篷布，就搭不起帐篷。每个分队只有一只小帆布桶，我们洗脸洗脚、给马喂水都用它，谁也没有嫌过谁脏。临出发时，为了多背一点集体的东西，我们每人只带了一条薄被，睡觉时多是俩人打通腿，垫一床盖一床。

夏日的高原气候多变。时而烈日当空，时而大雨倾盆；白天万里晴空，夜间大雪纷飞；山下绿草如茵，山上终年积雪。有一天夜晚，我们分队的马跑了，我和几个同志立即起身，分头在雪夜里寻找，直到天快亮时才找到。我重新钻进被窝时，被冻伤的脚痛得不能入睡，和我打通腿的高乐政把我的双脚搂在她怀里焐，可直到起床也没能把我的脚暖热。待我跪着打好背包准备出发时，怎么也穿不上那双37码的鞋，分队的同志找来了大老肖的42码鞋，我才勉强穿上。我在战友们的搀扶下，一瘸一拐地在队伍中行进。我的狼狈样很快就被军宣传部夏川部长看见了，他喊住我们团长问：“你们的人脚肿成这样了，怎么还叫她走路？”我们团长说：“她不肯骑马！”这时军政治部主任刘振国牵着他骑的青灰骡子从我们队伍经过，不容分说，就把缰绳递给我，并和警卫员一起把我扶上骡背。骑在骡子背上，我脚上的疼痛虽然减轻了点，可让比自己年长一倍多的军首长走路，心里越来越不是滋味，暗自盘算着该怎么办。我向刘振国首长央求说：“越骑马，冻伤的脚血液越不流通，再这样骑下去，我的脚恐怕会坏死的。”首长听我说得真切有理，才接过缰绳向其他部队走去。

一天，部队行进到岗托，我和尹学仁等同志到金沙江边的一座山上割草，看到悬崖陡壁上的草因山羊也难吃到，长得特别好，就爬到悬崖上割。我们连割带薅，越割越多越舍不得走，这时山头已被密云笼罩，大雨即将来临都没有察觉。大雨瓢泼而来，我们冒雨捆好草，坐在地上把绳子套上双肩，相互拉拽着才能站立起来。雨越下越大，我们背的草也越淋越重，到宿营地时，肩膀已被绳子勒出了道道血痕。回到帐篷，正在焦急等待我们归来的同志们，赶紧帮我们擦干头发，脱下湿透的衣服，还商量着怎样减轻我们次日的行军负重。

由于行军中每天跋山涉水、淋雨踏雪，我们女兵的生理周期被打乱了。大部分女兵不来月经，只在经期略感不适；个别女兵月经照样来潮，由于当时条件所限，只能用粗硬的草纸铺垫，一段路走下来，大腿间被磨得血肉模糊，疼痛难忍，无奈间只好扯掉草纸，任凭经血顺着腿流。每逢要过较深的冰河，均由男同志先带绳涉水到对岸，在两岸间横拉绳索，再让我们女兵拉着绳索过河，免得被激流冲倒。尽管如此，每次涉过冰河，经寒风一吹，我的小腿肚上均要裂开许多血口，冒出粒粒血珠。

## 沉重的旗杆

从甘孜出发后，团部交下来一项十分艰巨的任务：要我们把几十根4米来长的竹旗杆扛到拉萨，供部队到拉萨举行入城仪式时使用。戏剧区队的尹学仁身高肩宽，也和其他身体强壮的战友一样，义不容辞地扛了两根旗杆。

可离开岗托不久，尹学仁就病了。他脸色苍白，弓腰弯背，走路也没过去那样精神了，但他仍然隐瞒着病情，坚持扛着旗杆。7 月 17 日，部队要翻越达马拉山了，团首长号召大家发扬团结友爱精神，搞好互助活动，胜利翻过大山，进入重镇昌都。尹学仁也紧紧背包带和腰鼓带，扛上旗杆照常行进在队伍中间。开始上山了，他们分队又做起了“碰球”游戏，为了给尹学仁鼓劲，大家不时地找他“碰球”，尹学仁也尽快地把球碰给其他人。后来，大家的注意力都集中在“碰球”和输了“球”罚出节目的同志身上，不知不觉地爬到了半山腰。大家越爬越高，而尹学仁“碰球”的声音却越来越弱，他大口大口地喘着气，艰难地一步步向上攀登着。同志们都很关心尹学仁，分队长陈霁要接过他的旗杆，他不肯给，副分队长肖迎春就抢下他的背包，凡走到能两个人并行的地段，其他同志也伸出手来，助他一臂之力，终于帮助他登上了山顶。俗话说，上山容易下山难。一过山顶，尹学仁虚弱得两腿不住地颤抖，该留步的地方留不住，该猛冲的地方冲不了，而且一口接一口地吐着淡红色的血水，再也跟不上队伍了。团里留下人和马照顾他，他仍然坚持要背着腰鼓扛着旗杆自己步行，他怕一坐下就再也站不起来，就在到达昌都的当天夜里，年仅 19 岁的尹学仁同志带着满身风尘，悄悄地与我们永别了。我们含着泪水，用尹学仁和同志们扛的旗杆，在昌都解放委员会门前的广场上挂起金黄色的幕布，搭起灵棚，给他穿上准备进拉萨时穿的呢子军服，悲痛地把他留在澜沧江畔。

经过一个多月的休整和评功选模后，8 月 28 日我们扛起尹学仁扛过的旗杆继续向拉萨进发。过了丁青后，部队渐渐缺粮了，道路更加崎岖，大家的体质也明显下降。一天，军乐队的张国藩同志病得连马都骑不住了。在那连筷子丢了都找不到替代品的荒山雪岭，大家只好用旗杆临时绑了个担架，轮流抬着他走。舞蹈队的邓群阶同志也热心地去抬担架，没有人知道此刻他也在病中，为了帮助战友，他竟然作出了最大的牺牲。尽管如此，我们也没能挽留住张国藩的生命，就在那天晚上，他无声无息地离开了人世。我们搬开石块，掘开冻土，把好战友张国藩安葬在一座荒山下。

热心助人的邓群阶同志是在抬张国藩的路上倒下的。团里为了照顾邓群阶和其他几个病号，临时成立了一个护理班，我被指定当班长。护理班里有袁医助、葛若梁、管耀华和几位警卫营的战士。我们沿着大部队走过的路线，缓缓地在后面跟着。我背着团里留给病号用的银元，牵着驮有药品和给养的瘦马，跑前跑后地照顾病号。天色晚了，我们在一个避风的河坎搭起帐篷，砍柴烧水做饭，然后给病号喂饭、喂药。邓群阶不停地在咳嗽，我们用蛋黄蜡盒接着他吐出的血水。夜深了，邓群阶的病情好像稳定一些，我也疲劳地打起盹来。忽然，我被他抓挠衣被的声音惊醒，一转眼他又纹丝不动了。待袁医助赶过来诊断，邓群阶的心脏已经停止了跳动。我们就这样眼睁睁地看着又一位战友离我们而去，不禁失声痛哭！在护理病号的那段日子里，我时常躲着流眼泪，害怕自己完不成团里交给的任务，害怕再有病号牺牲。那时候我毕竟只有 17 岁啊！

10 月 26 日，部队胜利进抵拉萨。在举行隆重的入城式的时候，我们在队伍前面高举起 40 面彩旗，奏起了雄壮的《解放军进行曲》，打起整齐的腰鼓，行进在拉萨的街道上。我仰望着迎风招展的旗帜，好像又见到了尹学仁高大的身影；听着高亢的军乐声，好似又听到了张国藩吹奏的悠扬笛声；踏着胜利的鼓点，犹如又看见了邓群阶优美的舞姿。在这胜利的时刻，我们多么想念进军途中失去的战友啊！

转眼间 48 年过去了。我在雪域高原转战了半生，现已回到扬子江畔、紫金山麓，和儿孙们在一起享受着天伦之乐。想起进军西藏时的艰难险阻，回忆起为解放西藏、建设西藏献出青春和生命的战友，我们应该更加珍惜今天这来之不易的幸福生活。我常常在心中默念：西藏——祝福你，我的第二故乡！

# 走进西藏

童莹华

“哎……

走进西藏，也许会发现理想，

走进西藏，也许能看见天堂。

呀啦嗦，走进雪山，

呀啦哩嗦，走进高原，

呀啦嗦，走向阳光，

呀啦哩嗦，走向阳光。

……

这支歌唱出了我的心声，这支歌唱出了我的情怀。正是为了实现理想，正是为了营建天堂，我这个小女兵，走进了雪山，走进了高原，向着阳光，首批走进了西藏。

## 一朵大红花

我这一生中戴过多少朵大红花，而今已记不清了，可是，有一朵大红花却使我终生难忘。

1949 年 12 月 3 日，中国人民解放军的炮火，点燃了庆祝泸州解放的爆竹烟花，“解放了！解放了！”人们奔走相告，欣喜若狂，成群结队地涌上街头，敲锣打鼓欢迎浩浩荡荡进城的解放军。

那时，我刚进泸州县女子中学，住在城郊瓦窑坝，虽岁末寒冬，校园里却是春意盎然，处处洋溢着欢声笑语。

最令我高兴的是学校里来了解放军，而且是个女兵，她到学校来教我们扭秧歌、打腰鼓，教我们唱《没有共产党就没有新中国》《解放区的天是明朗的天》《你是灯塔》这些新歌。她那一套军装，她那一副神气，她那一腔大姐姐的关爱，还有她那一身能歌善舞的本事，好叫人羡慕哟！我是个爱跳爱唱的女孩子，这位女兵立刻就成了我崇敬的偶像。我悄悄地向老师打听，老师说："这位解放军大姐姐叫白曙，是十八军文工团的，你看，她多能干，多有出息……"虽然，我当时还懂不得许多大道理，但，一个念头时时在闪烁：能当个女兵那该多好啊！

一天放学后，刚进家门，妈妈便亲昵地叫住我："巧孙，过来，妈有话跟你说。"（"巧孙"是我的乳名，因为我是农历七月初七——"乞巧"佳期出生的）听妈妈唤我，赶紧跑到她跟前："妈，有什么话快说嘛。"

妈妈郑重其事地说道："你想不想当兵？"

"当兵？"

"是呀！当解放军呀！"

"真的呀？"我简直不敢相信自己的耳朵。

于是，妈妈把解放军来家里征求意见，要我去参军的事告诉了我。"你同意没有嘛？"我迫不及待地想知道结果。妈妈盯着我的眼睛，好一会儿才开腔："我给解放军说，你才满13岁，一个女娃子家要行军打仗，恐怕……"

"妈，你不让我去呀！"

"你急啥？"听我说完嘛，后来，经他们解释，才知道他们看中你是块唱歌跳舞的材料，有培养前途，决定让你去参军，这可是全泸州、全军唯一的一个小女兵哪！"

"真要我去当兵？"

"当然是真的！"

"哦，我是女兵喽！"我情不自禁地欢呼起来。妈妈见我高兴的样子，噙着一汪眼泪说："巧，好倒好，你黄毛未褪，乳臭未干哪！妈妈咋个舍得哟！"

听妈妈这样一说，心头一下子凉了半截，猛然想到了爸爸，急忙问："妈，爸爸同意没有？""傻女子！"妈妈笑了，"要不是你爸爸同意，我还不会告诉你呢。他说你喜欢唱歌跳舞，参军到文工团是会有出息的。"这一下我才长长地嘘了一口气。接着，妈妈又说："现在就得准备，1月14号去部队报到……今天12、明天13，后天、后天……"

听着妈妈计算着日子，又是高兴，又是难过，想着马上就要离开妈妈了，离开和睦温暖的家，离开老师同学而远走高飞，不知哪年哪月才能相见，只觉得喉咙发哽，鼻子一酸——“哇！”我放声哭了起来，扑在了妈妈的怀里……

消息在学校传开了，老师和同学们都无比兴奋，特意开了欢送会，给我戴上了大红花。这朵花呀，虽然是用平平常常的红纸来做成的，她却是我人生道路上，一朵非同寻常的大红花。

## 一个针线包

没脱娃娃气的我，离开家门，走出校门，戴着大红花跨进了解放军的营门。

尽管部队一再给家里声明，我参军不需要带什么东西，但临行前，妈妈硬塞给我一个针线包，拉着我的手说：“巧孙，平时在家中，针线活都轮不上你，到了部队，缝缝补补都得靠自己学着干喽。”随后又悄悄在我耳边叮嘱：“针线包里头还有一副金耳环，那算是妈给你准备的陪嫁吧。”

“陪嫁？当解放军还用得着陪嫁？”当时我虽然对陪嫁知之甚少，但总觉得不合时宜，坚决不要。

“带着吧，”妈妈差不多是在恳求我了，“你戴着在台上唱歌跳舞也要漂亮些嘛，或许能派得上其他用场呢。”听了妈妈的这番话，我收下了这个针线包，把它放在了贴身的荷包里。

在进军西藏的路上，小小针线包还真发挥了作用。那银色的钢针，金色的丝线，飞来引去，把战友们的深情厚谊，结结实实地缝在了军装上，缝在了我的心底里。

后来，美帝国主义发动了侵略朝鲜的战争，我把这副金耳环捐献给了“抗美援朝”购买飞机大炮，真正派上了用场，遂了慈母之愿，表了我赤子之心。

## 一颗小银针

十八军文工团原定驻扎泸州，正忙着演话剧《血泪仇》，排练《白毛女》，我被安排演喜儿这个角色，一天到晚没有空。不久，十八军接受了进军西藏的任务，文工团也随军前往。1950年春节前后，部队陆续出发。我们途经乐山、新津、邛崃，过泸定桥、大渡河，翻大雪山，跨雅砻江，到达了甘孜。部队驻扎下来，文工团都要进行宣传演出，进行军事训练，为进军西藏打基础。部队离开泸州时，我还不满14岁，但我在行军途中不怕苦不怕累，工作表现出色，1950年12月，我光荣地加入了新民主主义青年团。

1951年5月，部队奉命进军拉萨。从甘孜出发，没有交通工具。在海拔四五千米的高原上，自然条件十分恶劣，气候变化万千，过雀儿山、金沙江，翻过达马拉山到澜沧江岸的昌都，全靠战士的两条腿。高原反应、伤病使一些同志长眠在行军路上。到了丁青，我的情况也不妙，高原反应大，手指和膝关节都肿得通红透亮，没有药品治疗，要翻越冷拉山，困难更大。队长向副政委郑旭汇报了我的情况，建议将我留在丁青。听到这个消息后，我伤心地哭了起来，找到团政委，坚决要求道："首长，都到西藏的大门口了，要我留在丁青，那可不行！就是爬，我也要跟着部队一起到拉萨！"

同志们也舍不得留下我，一起跑到团政委那里去求情，大老肖还代表全班向首长表决心：就是背，也要把她背到拉萨！卫生员也在一旁说："小童一路上表现不错，有当兵的气概，让她随我们一起走吧，我保证天天给她扎银针，照顾好双腿，一定能坚持走下去……"左磨右磨，首长终于同意了我的要求，大伙高兴得拥抱在一起。

走进莽莽雪原，身上披的是雪衣，喝的是雪水，盖的是雪被，睡的是雪床，每天靠定量的压缩饼干、蛋黄蜡、代食粉糊糊充饥。一路上，战友们特别爱护我，这个帮我挎腰鼓，那个争着替我扛背包，扶我爬坡坎，背我趟冰河。看到同志们为我受累，我很过意不去，就省下一些定量口粮分给同志们吃，他们不要，我就装着生气的样子，叫他们还我的腰鼓、还我的背包，不让他们来扶我背我；我又堆起笑磨着嘴皮子求情：你们力气大、消耗大，一块饼干虽小，一碗糊糊虽少，也是我这个小同志的心意，小战士的情谊嘛！我这样耍娇放赖真的还起了作用，大同志好歹赏了我的脸，领了我的情。我也拖着疼痛的双腿，咬紧牙，顽强地朝前走。每到宿营休息时，卫生员就来了，帮我按摩脚、扎针灸。我皱着眉、闭着眼，任凭长长的银针在腿上扎，咬紧牙关不吭声，巴不得腿病快快痊愈，减少同志们的麻烦，减轻战友的负担，早日走到目的地。

经过三个多月的艰苦跋涉，1951 年 10 月 26 日，我们终于到达了拉萨。

是战友们的关爱和帮助，使我这个娃娃女兵战胜了种种意想不到的困难；是卫生员手中的小小银针，一路治疗着我的病腿，让我和同志们一起登上了世界屋脊，走进拉萨。我为自己骄傲，更为女兵们自豪。

## 一颗白菜秧

我们怀着胜利的喜悦，敲锣打鼓整队开进了拉萨城。连续吃了几个月的压缩饼干、代食粉，如今到达了目的地，多么想吃上一顿香喷喷的大米饭、喝几碗绿油油的小菜汤啊！可是，开饭时，仍然是干粮和糊糊。不几天，伙食变了，吃的是麻麻杂杂、五颜六色都有的东西，听人说是用荞麦、豆子之类的杂粮做成的，又当饭、又当菜。多吃几顿后，大家都喊肚子鼓胀、难受。

后来才知道，通往内地的公路正在修，一切吃的用的全靠牦牛骡马运来。司务长说："比方一个人每天吃一斤，一万人就是一万斤，要用多少牦牛骡马来驮？加之反动势力捣乱，拿着大洋都买不到酥油、糌粑，这杂粮还是领导们想方设法弄来的，不要嫌它是喂牲口的饲料，只要能吃，能填肚子就相当不错了。"

面临这种情况，部队首长决定发扬延安精神，生产自救渡难关。

我们文工团的安排是，早上练功练嗓，晚上有演出任务就演出，白天时间全部用来开荒。划给我们的荒地在西郊几公里处，是一片砍伐后的林卡，留在土中的尽是些老树桩。俗话说，树有好大根就有好深，树桩挖出来后，运回去可以当柴烧，可是，我们的工具就只有圆锹和十字镐，要把土平整出来种庄稼，困难之大可想而知了。一天劳动下来，每个人手上都满是血泡，在我保存的相片中，所有人都把手掌对着镜头"比比谁的血泡大"那一张，就是当时垦荒情景的真实写照。

拉萨是座"日光城"，火辣辣的太阳，强烈的紫外线，很快就叫光着膀子干活的小伙子脱了一层皮，给姑娘们的脸蛋涂上一层黑里透红的油彩，与进藏前判若两人。记不清用了多少天，流了多少汗终于开出了一块地，撒上了小白菜种子，播下了我们的希望。

第二天，就有那种急性人跑去看种子发芽没有，小苗刚出土寸把高，就忙着去施肥，爱开玩笑的同志因此讲起了“拔苗助长”的故事，打趣那些馋涎欲滴的种菜人。在众人的精心照料下，小白菜畦变成了一床厚厚的绿绒毯，铺在雪域高原上。

吵着要匀菜秧的同志越来越多了，吵得队长半升坑笑半认真地骂着：“我看你们哪里是想争取劳动，你们是想吃白菜秧想得喉咙里都伸出手了。”骂得大家做着鬼脸哈哈大笑。

匀菜秧终于在欢声笑语中开始了。粉团菜秧汤的食谱也研究决定了，大家小心翼翼地从菜园里匀出一颗颗纤细柔嫩的白菜秧，又小心翼翼地淘洗，生怕弄坏了一片小叶，竟连那点点须根都舍不得掐掉。

“粉团菜秧汤”从厨房里端出来了，司务长打着招呼：“今天打个菜牙祭，慢慢吃，不要抢，以防把舌头吞进肚子里去了唱不得歌，不好向团长交待。”引得一阵哄堂大笑。全团人都到齐了，一个二个捧着碗，盯着白菜秧，感慨万千……

在大家津津有味地品尝着劳动的收获时，我见到有些同志夹着一颗白菜秧在那里看了又看，然后放在嘴里嚼了又嚼，硬舍不得吞下去。我想，她准是在细心地品味这一颗小白菜秧，其中究竟有多少甘苦与辛酸……

的确，这顿饭给小伙子和姑娘们留下了深刻而美好的回忆；这顿饭在锅里和碗里，的确没有留下一颗白菜秧。

## 一个两分球

一天早练刚完，区队长张彩云匆匆跑来告诉我，团长通知开会，有紧急重要的事情。赶到团部时，已有几个同志先到，团长见我来了便说：人齐了，开会。起眼一看，就几个女同志，猜不出是啥事。团长说，军政治部决定叫文工团组织一个女子篮球队，经事前摸底调查，通知你们来开会。作为球队成员，从今天起，除了平时工作外，要安排加紧训练，准备参加比赛，这是政治任务。

就这样，我们几个女兵紧张的生活中又增添了一份紧张。在音乐中引吭高歌、翩跹起舞与在球场上奔跑跳跃、争夺胜负，迥然是两码事。高原上空气稀薄，强化训练，剧烈运动对我们无疑是个严峻的考验。小伙子们听说后，热情地给我们讲规则、讲技巧、讲战略战术，巴不得我们参加比赛打胜仗。

不到一个月(那里正值学校放暑假)，政治部主任刘振国召集女篮开会，会前发给大家新制的紫色球衣，胸前缝有黄色“军直”两个大字，我是18号。估计要比赛了。首长果然通知大家，明天有场篮球赛，对方是当时西藏上层贵族小姐队……话没说完，姑娘们便七嘴八舌地议论开了，我心想，首长咋个安排我们解放军与“林黛玉”打篮球?

刘主任看透了我们的心思，既和蔼又严肃地说，这场球赛是统战工作的一部分，是搞好军民关系的活动之一，也是增进民族团结友谊的纽带，是建设新西藏的一块砖，一片瓦……希望女兵们打好这场球赛，要打出风格、打出友谊、打出水平来。到时还要请藏族有关人士、部队首长来观看比赛，团里的同志们都来呐喊助威。

赛前动员鼓舞士气，收到了很好的效果。唯独令人作难的是“火候”不好掌握，既要打赢，分数又不能赢得太多，确实棘手。当时的篮球比赛规则是:场上队员各6名，前锋后卫各3名，均不得越过中线满场飞。在自己的职责范围内，或进攻、或防守，各司其职。我们8名球员，只有两

十八军篮球队女队员。左起童莹华、罗文华、孔祥玲、于德华、张素珍、黄崇德、李家珍、黄端升

名作预备替换。大家深感任务既光荣又艰巨。

雪域高原上，第一场军民女子篮球友谊赛笛声吹响，我们的对手才不是林黛玉式的小姐，她们是土生土长的体质强健的藏族女同胞，从来没有“空气稀薄”这个概念。她们在印度留学，有不寻常的经历，有文化知识，懂得体育运动。当裁判员托着的球一出手，全体队员和在场观众，无论首长、士兵，无论头人、平民，都紧张起来，场外的呼喊声，有听不懂的藏语，有南腔北调的汉语，气氛热烈难以言表。场上比分一直咬得很紧，交替上升，到最后 3 分钟，打成平局。此时，场外指导使出绝招，频频要求“暂停”，轮换队员，保证体力，球场上的女兵们，心中只有篮球，眼中只有篮圈，奋力拼搏。一分钟、两分钟过去了，仍然难分高低，场外观众紧张得不敢出大气。最后 30 秒，贵族小姐队的篮板球被我们后卫抢到，只见一个长传，前锋接球甩开防卫，三大步将球端端地投进了篮圈。终场的笛声响起，全场一片沸腾。我们以两分之差，赢得了胜利，赢得了友谊，圆满完成了首长交给的任务。

至今，我还珍藏着我们篮球队员在阿沛•阿旺晋美家的花园里拍的集体照。我还珍藏着那件“军直 18”球衣。

端详这照片、这球衣，回想这个令人难忘的两分球，仿佛又听到藏族同胞们翘起大拇指在喊：“呀姆，呀姆，金珠玛米！呀姆，呀姆，金珠玛米！”

## 一个小学生

康藏公路的通车典礼，是西藏的盛大节日。中央慰问团到西藏慰问，中央歌舞团、西南军区文工团，还有来自全国各地的京剧、豫剧、杂技团等二十多个文艺团体，纷纷到拉萨参加庆典，慰问演出，促进了民族团结和友谊。西藏军区文工团也向慰问团的首长和赴藏的文艺工作者作了汇报演出，加强了文艺团体间的友好往来和交流学习。我们表演的藏族歌舞，赢得了众口称赞，我和黄抗的双人舞“孔雀吃水”，具有较高的艺术水平和浓郁的藏族风情，受到特别欢迎。看了我们的演出，好多团体都提出要学习些节目带回去，团部有求必应，常常派我前往。在那些艺术家面前，我当起了“小老师”教她们唱藏歌、跳藏舞。

其实，我这个“小老师”全靠部队培养。

自跨进解放军这个“大学校”，我时时以小学生的态度认真学习和工作，思想认识和专业技能迅速提高。认真学习了十八军文工团的许多优秀节目，如新疆舞、蒙古舞、朝鲜舞、苏联红军舞、红旗腰鼓舞、各民族大团结舞等，并很快加入到演出行列。

在进军西藏的路上，一路走，一路学。在甘孜学跳锅庄，在巴塘学跳弦子，在昌都学圈舞，到了拉萨又学踢踏舞、手鼓舞等。向藏族学藏语歌曲，既学到了民间音乐舞蹈，又增进了军民友谊。经我们再加工创作搬上舞台，如“孔雀吃水”等，更是精彩纷呈。

文工团每年有3/4的时间是演出，或参加节日庆典，或深入基层连队、边防哨卡、工地、农场慰问，或为聚居的藏族同胞表演，所到之处都受到热情接待、热烈欢迎。

在革命的征途上，在人的一生中，总有许许多多的新东西需要我们去学习，新的环境需要我们去适应，为了发扬女兵的气概，为了永葆革命的青春，无论在哪里，我都甘当一名小学生。

# 雪海浪花

李上麒

有位诗人曾经说过："没有回忆也就没有历史！"回忆是老年人可贵的财富。这笔财富虽然不能继承，但它可以尘封于心底，也可以昭示于众，让后人分享。

## 学唱的第一首革命歌曲

1949 年 12 月 19 日，我的家乡邛崃解放了。解放军野战部队的一个团部就驻扎在文庙街 8 号我们家里。耳闻目睹解放军官兵那和蔼可亲，以及《三大纪律、八项注意》等不扰民的种种言行，感到十分亲切，也十分新奇。

1950 年初，西南"军大"第八分校驻扎在东门外敬亭中学。每天派出几位女同志进城在邛崃县中学内组织青年学生扭秧歌，学唱《解放区的天是明朗的天》《团结就是力量》等歌曲。这对于原来只爱哼唱"浮云散明月照人来""五月的风吹在花上"的时髦电影歌曲的我来说，无异吹来一股清新的风。一切都显得那么新鲜、那么激动和兴奋。特别是教我们跳舞、唱歌的那位八分校的女同志更是令我羡慕不已。她几乎每天要到我们家来，围着庭院的走廊，带着我扭秧歌和唱歌。看见她那齐耳根的短发和身穿灰色军衣、戴军帽、扎皮带、打绑腿的一身打扮，既漂亮英俊又很潇洒。感到有一种说不出的神秘感和崇敬感。她教我唱会的第一首革命歌曲就是《兄妹开荒》。

## 第一次告别温馨家庭

1950 年 4 月 16 日，中国人民解放军十八军工兵纵队十二团政治处、宣教处在邛崃固驿镇招收文艺兵，准备组建宣传队进藏。青年学生们视为“特大喜讯”奔走相告。是留在家里继续那温馨的生活，还是踏上那前途难卜的进军征途？这对于当时正处于新婚燕尔、刚满19岁的我来说，思想斗争的激烈是可想而知的，但最终仍然经不住对部队那种新鲜感和新奇感，以及八分校女兵给我留下的那种神秘感。一想到我也将成为解放军中的一员，心就止不住怦怦跳动，热血在周身沸腾。在爱人的劝说和同学们的相约下赶到固驿镇招考处报了名。经过一天的面试、口试和笔试（除一般时事政治、历史语文等科目外，主要还是考乐理知识、识谱能力、视唱水平）。考试对于从小就喜爱音乐的我俩来说，是不成问题的，因此夫妻双双被录取。其他同去的五十多位同学最终只录取26名。我俩兴高采烈地回家打了两个背包，准备了一皮箱换洗衣物，同时把小提琴和相机也都一并带上。

## 第一套“军装”

1950年4月部队从邛崃出发，我们坐上卡车到达雅安多营坪，开始为期一个月的整训。宣传队有四十余人（包括从西北野战军部队文工团调来的14名骨干），分为三个班组。队长由随军南下的老文艺工作者张鼎同志担任。我被分在全由女同志组成的第三组。组长是白尊瑞。整训期间一般情况是集中在一起学习，内容有《社会发展史》《新民主主义论》《实践论》和《矛盾论》等书的有关章节和为《人民服务》《愚公移山》等。还学习了《三大纪律、八项注意》，以及党的少数民族政策。学习是在老乡的一间阁楼上，那是男同志的地铺，楼板上铺些干草，在上面铺上褥子被单，一个紧挨一个，挤得紧紧的，是大通铺。学习时，大家把鞋子一脱，盘脚坐在上面。阁楼很低矮，空气不流通，胶鞋散发出的一股“豆豉”味实在难闻。学习时，男同志刺鼻的烟味也呛得人受不了。

一天，后勤军需处通知新同志领“装备”。每人一张床单、一床棉被、一顶军帽、一套军装（不分性别，一律同一样式），我们那份高兴劲儿就不用提了。但当大家把衣服穿在身上时，又长又肥。上装都快齐膝盖了，你看着我，我看看你，样子十分滑稽可笑，一个个笑得前仰后合。原来大西南刚解放，后勤军需一时难以跟上，这次发的“军装”是缴获国民党部队的“战利品”。女同志的“军装”也是国民党兵穿的四个口袋的黄马褂。另外还发有一副灰布绑腿、一条皮腰带，两副代替袜子用的包脚布、一双布鞋、一双胶鞋、一个针线包。奇怪的是布鞋的鞋帮内大都写有女人的名字（什么英、凤等）。鞋底上写有“军民鱼水情”“打到大西南、解放全中国”等毛笔字，有的还是用针线绣上去的。听老同志说，这是老解放区的老乡送给解放军的支前物资，这才恍然大悟。晚上女同志就挑灯夜战，忙着改制衣服，根据自己的身材，使其穿在身上更合体一些。这就是我们的第一套“军装”。至于正式的解放军服装，那是冬季到达甘孜后才配发的。一套冬装是皮衣、皮裤、皮帽、大头毛皮鞋。一套夏装，女同志是双排扣的“列宁服”和裙子，还有一件军绿色的连衣裙，同时还发了“八一”帽徽和背面写有部队番号和自己姓名的“中国人民解放军”的布制胸章。

## 摄下的第一张照片

整训完毕，从多营坪出发，就不再有汽车可坐，因为没有公路了。于是踏上边修路边行军的艰苦历程，每天徒步行军到达宿营地后，第一件事就是搭好帐篷，然后返回后面的站背大米、面粉、黄花、木耳、干菜，每天都是如此。一连走了好多天，看不见人烟，一片荒凉。有一天我们宣传队有 8 个同志在行军中掉了队，幸被从后面骑马赶来的团政委“收容”了。出于安全的考虑，为防意外，他每天总是带着警卫员和司号员走在部队的最后面，充当“收容队”。见我们一跛一跛地掉在后面，就立即叫警卫员把我们女同志的背包接过去放在他的马背上，同我们一道步行。同时边拉家常边说笑鼓励我们。当走到一条名叫“飞仙关”的河边，远远看见几个藏族同胞在河滩上生火（这是行军以来第一次看到人），感到异常亲切，急忙赶过去，见他们是在“吃饭”。木碗里盛着乳白色的奶茶。喝完茶就抓一把炒面，抠一块酥油放在木碗里用手搓着，捏成拇指大的面团放进嘴里吃。另一个藏族同胞用刀从一大块牛肉上割下一小块嚼了起来，牛肉似乎未煮，割下之处还渗着暗红色的血浆。见我们来了，都热情地伸出大拇指邀请我们说：“呀姆，呀姆！沙嘛沙？”初次见到藏族同胞，才意识到生活的差异竟是如此的不可思议。政委张启泰同志提议，同他们一起照张相。于是我从挎包内取出从家里带来的 120 相机，正摆好姿势准备拍摄时，除了两个藏族没有动外，其余几个人叫喊着慌忙跑出去了。由于语言不通也无法使他们弄明白是怎么回事。因此在河边留下了这张非常珍贵的只有两位藏族同胞同我们的合影。

## 脚掌上磨出的第一串水泡

就在同藏族同胞合影的那天到达宿营地，晚饭后，周身像散了架，躺在帐篷里动也不想动。这时，号声吹响了——这是每晚的必修课，班务会的号声，总结一天来行军的工作。先是小组长讲话，然后每个人都必须发言，最后再由组长总结，表扬哪些同志发扬团结友爱的精神，指出哪些同志还做得不够，存在哪些问题。由于连续行军疲备不堪，两个脚掌像针扎似的疼痛，站也站不起来。号声过后，几个帐篷内悄无动静。小组长撩开帐篷，看见大家都躺着，就说："乖乖！这怎么行？快去伙房打水，把脚烫一烫！"说完竟自己拿着面盆给大家端水去了。几位头天晚上在班务会上受过表扬的同志也争着去给大家端水。就在大家把脚伸到盆里浸泡时，班务会也就正式开始了。小组长刚说了几句开场白，高竟秋突然惊叫起来："哎呀，妈呀！我脚上有几个大泡！"大家不约而同地抬起脚看，我这才发现自己的右脚掌靠近脚趾的部位也有两个大水泡。难怪疼得像针刺一样。另有几位同志也说有水泡。小组长是老战士，有经验，他一面叫大家不要怕，一面从针线包内取出针来在马灯火苗上烧一下，再从头上扯下一根头发，穿在针眼里，教大家把针戳进水泡里，水泡里的水就会从针孔顺着头发淌出，睡觉时把脚垫高，第二天再把针头抽出来，又可以行军走路了。这办法还真灵。

## 第一次做群众宣传工作

到达泸定，听说有房可住，十分高兴，还来不及解开背包，就接到部队通知在院坝集合。宣传队长张鼎同志布置全体队员在晚饭前先上街做群众的宣传工作。大家分头到街上用事先编写好的快板、说唱，向群众宣传民族政策，《三大纪律、八项注意》等。当地以汉族老乡为主，藏族群众也都通晓汉语。在同群众接触中，了解到红军经过这里，抢夺泸定桥战役中留下了几位重伤员和病号。我们就近拜望了其中一位姓刘的红军战士，说明来意后，他紧拉住我们组长的手，激动得泣不成声。这时我才发现他的右手没有手掌，手腕处只剩下一根枯瘦的像干柴棍似的手臂。再看住房也破旧不堪，房内堆了一些柴草杂物，光线暗得什么也看不清。面对这位老者，我们不知用什么话来安慰他好。在询问中，了解到他是江西人，负重伤无法随部队，自动请求留守，部队给发了安家费。在群众的掩护下，伤好后，在当地当了“上门”女婿，妻子早已病故，无后代，孤身一人，还告诉我们最近当地政府给发了口粮和抚恤金。当晚这位老人的形象一直浮现在我的脑际……

## 第一次过“礼拜六”

二郎山公路的打通，在前进的道路上扫除了一大障碍。从此兄弟部队像传“接力棒”似的交替前进，分段施工。逢山开路、遇水架桥。公路就在我们手中和脚下不断往前延伸。我团是工兵部队，艰巨的任务自然就全交给我团担任。经康定、折多山、塔工寺、道孚、炉霍……一条蜿蜒曲折的公路就在原本没有路的地面上形成。1950 年冬，部队到达甘孜，进行冬季休整。每个班都分配了民房，住址相对比较集中，生活给养也有所改善。早、晚还有酥油茶喝。开始我怎么也喝不下，碗到嘴边，一股刺鼻的味道直冲脑门直想呕吐。男同志们却喝得津津有味，还冲着我们女同胞伸出大拇指叫：“沙嘛沙！呀姆，呀姆！”由于不习惯喝酥油茶的战士占有很大比例，部队首长为此专门召开全团动员会，把它提高到有无决心和勇气继续建设边疆的高度来认识，因为要适应高原恶劣的气候，就必须增强御寒能力，还举例说，藏族同胞大雪天还露一只臂膀在外面不觉冷，就是常年喝酥油、吃牛肉的原因，因而强调必须喝，这是命令！并在班排战士中展开了竞赛和挑战，再不喝的要在班务会上作深刻检查。在“命令”下，我也就不得不捏住鼻子屏住呼吸，一小口、一小口试着往下咽，不到一星期功夫，嘿！还真“呀姆，呀姆！”妙不可言了。

有天晚上班务会结束，趁大家出去的时候，小组长白尊瑞同志把我叫住，神秘兮兮地笑着在我耳边说：“今天晚上，你同你的那位去过礼拜六！”什么礼拜六？我丈二和尚摸不着头脑。还没有让我弄明白是怎么回事，她一边笑着一边就把我的被褥卷起来抱在胸前，要我提着马灯跟她走。来到团政治处的院子里，把我带到一间空房子内，整个房间什么也没有，只是在靠近后面的墙根处铺了一些干草。她对我挤着眼睛说：“你就在这儿呆着呗，关你的禁闭！”这时我已经意识到将有什么事情要发生了。果然她走后不一会儿，二小组长吴家忠同志掀门进来，手里也同样抱着被褥，我爱人打着手电筒从他身后进来。吴家忠同志满脸一副诡谲的表情：“荷！这儿还有一位呐！”说完哈哈大笑。然后装出很严肃的样子“命令”道：“今晚上你们二位好好在这儿总结总结、交流交流思想。唉，明天班务会上可是要汇报的啊！”把我臊得从脸红到脖子根，我爱人顺势在他背上揍了一拳。第二天才知道，当晚宣传队的三对夫妻分别被安排到不同的地方过“礼拜六”，“总结交流”去了。

## 第一次睡在海拔5000米的工地上

在整个冬训期间，宣传队晚上学习、总结，白天排练由队长执笔、集体创作的六幕八场大型歌舞剧《杨茂武》，它是根据我团二营战士——筑路英模杨茂武同志的事迹编创的。除在本团各营巡回演出外，还到兄弟部队慰问演出，对下一步打通雀儿山起到了动员和鼓舞作用。在此期间还进行了评级的工作，我们晋升为排级干部，穿上了干部服，还有了帽徽和胸章，也开始领津贴费，每月还配发了每盒10支装的“小大英”牌的英国香烟，我们就不再抽那种烟丝了。生活用品仍按供给制标准供给。

1951年春，在基本完成甘孜机场的土方任务后，部队继续进发，公路从甘孜修到绒坝岔，直达雀儿山脚。由于要翻越大雪山，为防止“雪盲症”，每个指战员都配发了太阳镜。当公路修到雀儿山顶时，由于缺氧，很多同志产生高原反应。耳鸣、胸闷、喉管像被堵住，呼吸异常困难。背着行李行军时，走不了几步就得停下来，张着嘴大口大口喘气。有的甚至出现了流鼻血、休克等症状。重病号和过分虚弱的就开始往后方转移，输送到兵站医疗队。由于常年吃不到新鲜蔬菜，维生素严重缺乏，我的嘴角、舌尖、舌根两侧开始裂口流血，喝水都像刀割似的疼，经常靠张着嘴吸口冷气以缓解疼痛，这种情况在指战员中十分普遍，后勤卫生部门就开始从后方运来大量瓶装的维生素片剂。在宿营时，为了防止风暴把帐篷掀翻刮跑，宿营地选择在避风的雪山凹处搭帐篷。宿营的第一天晚上，熄灯号吹响后，就能听见帐篷内“呼哧、呼哧”的喘气声。由于爬雪山几天的困乏，很快就都睡着了。大约到了下半夜，睡在我右侧的几个同志同时惊叫起来：“糟了，帐篷垮了！”我被叫声惊醒了，才觉得有什么重物压在身上，组长赶忙点燃马灯，原来是一场暴风雪袭来，小小帐篷经受不住厚雪的重负，右角的一根帐篷绳被拉断，右半部全坍塌下来，压在我们几个人的身上。用手往上撑，撑不动！这时又有人说：“哎呀，皮褥子也浸水了！”大家往身下面一摸，可不是吗？奇怪，炊事班烧水煮饭都是用箩筐挑雪块、冰块来煮。哪来的水呢？原来是小小的帐篷内睡了十几个人，温度增高，将树枝下面连铁铲也铲不动的硬邦邦的积雪给融化了，形成了一层水面，顺着树枝浸湿了皮褥子。在小组长的指挥下，大家用头和肩托住帐篷拼命往上顶，好不容易把盖在上面的积雪抖掉，这时旁边帐篷的男同志闻声赶来，将帐篷重新拉好固定。看来，这后半夜是再也无法入睡了，于是，大家用皮大衣和被子把身子裹得严严的，背靠背挤成一堆，只好坐等天明了。帐篷外的风雪仍呼啸不止……

# 牦牛运输队

时 颖

1950 年十八军五十二师遵照上级命令，进军西藏。在这支进藏部队中有一支康藏工作队。工作队员年龄都在 20 岁左右，最小的徐翠文才 15 岁。我当时在二分队任分队长，副分队长是方铭，队员有卢桂莲(党员)、张菲、孙常愉、邹玉芳、王惠文、刘艺、郝静娴。

1950 年 9 月 1 日，我们这支女兵跟大部队一起离开了四川眉山。开始几天乘汽车，到达二郎山山脚下就再不通车了。二郎山的道路确实就像歌词中写的那样，真是羊肠小道难行走，有一段路只有一尺多宽，一边是望不见顶的山壁，一边是看不到底的万丈深渊。面对这种险恶情景，身上还背着几十斤重的背包，心中不由产生一种担心和畏惧。但誓师大会上“一定要把五星红旗插到喜马拉雅山上”的庄严宣誓又鼓舞着我们每一个女战士。不畏艰险、不怕流血牺牲的勇气压倒了畏惧和担心。田涛队长走在前面，张豪副队长压后，大家手扶着山壁顺利地走过最险峻的羊肠小道，经受了第一次徒步爬山的考验。

过了二郎山，9 月 9 日部队到达泸定铁索桥头，这天晚上我们这些女兵兴奋得难以入睡，为自己有幸能过红军飞渡过的、用血染的铁索桥而感到光荣和骄傲。这天一早我们来到泸定桥头，看着那怒浪滔天、吼声如雷的大渡河，看着滑溜溜的铁索链，上面稀稀的横放着一些木板，大家面面相觑，又惊又喜。过桥时，田涛队长把同志们集合起来，排好队，高喊着：“同志们，当年红军十八勇士冒着敌人的严密封锁和枪林弹雨，奋不顾身地冲过这座铁索桥，抢占了桥头阵地，保证了大部队顺利地飞渡天险！我们要发扬红军的革命英雄主义精神！同志们！有勇气过这铁索桥吗？！”同志们都在相互目视着，谁也没说话。原因是看到桥身左右摇摆，谁也不能保证就能安全过去。田队长看出了同志们的担心，对大家说："我们鼓起勇气试试，我在前面走，大家跟上来，拉开距离……" 说完，她抖起精神跨上了铁索桥。这时一分队紧跟了上去，接着二分队、三分队全上了，分队长都走在自己分队的前面。就在这时先走过桥去的师首长也十分关心女兵的安危，记得陈子植副师长站在桥的那头，关注着大家的行动，并关切地高喊着："同志们要目视前方，不要紧张。" 实际上走到桥中心才能听见他的话。在队领导的带领和师首长的关心鼓励下，30 个女兵都顺利而且安全地通过了铁索桥。

爬过二郎山，走过铁索桥，我们这些年轻的女兵受到了很大的锻炼，为完成参加昌都战役的运输任务，打下了良好的身体基础和心理基础。我们这支队伍，主要是参加后勤运输，支援昌都战役。部队到了甘孜，为了支援昌都战役前线部队，再苦再累都能忍受。负重的训练是必过的关，而为了适应高原气候寒冷、空气稀薄以及解决粮食缺少的困难，大家要学会吃酥油糌粑，这个任务比负重训练还要难过得多。记得第一次是酥油炒白菜，开饭时，同志们和往常一样，高高兴兴地打来饭菜，动作快的同志吃了一口，像吃了最难吃的苦药一样，皱起眉头叫了起来："这是什么味呀！" 有人说酥油炒的呗！大家看看先吃的同志难受的样子，又听说是酥油炒的，都你看看我，我看看你。这时田涛队长看到同志们不吃白菜硬着头吞米饭，给大家讲了一个难忘的故事。她告诉大家："为了适应高原气候、高原生活，谭冠三政委办了一次糌粑宴，专门宴请军、师、团领导干部。因为在高原上吃了酥油有劲，走路不喘。" 她还深情地说："首长年纪比我们大，都带头吃酥油糌粑，我们年轻怎么就不行呢？来试试吧！我相信大家一定能学会吃酥油糌粑的。" 从此以后同志们把吃酥油糌粑当成一个艰巨的任务来完成。

训练任务结束后，我们于 1950 年 10 月 10 日到达竹青兵站，接受了两百头牦牛和一大批物资的运输任务，主要是驮运木箱和麻袋装的银元、代食粉、大米等供应前线的急需品。

赶牦牛运输任务是非常艰巨的，首先要驯服牦牛。牦牛不容易接受人的指挥，弄不好，它就乱蹦乱跳，甚至用角往人身上顶。因此，在整个运输过程中，我们这些女兵们饱尝了酸甜苦辣，遇到很多意想不到的困难。

刚把牦牛接收过来时，两百头牛黑压压的一大群，一个个眼睛瞪得圆圆地看着我们这些陌生人，好像很不安，互相顶来顶去，有的还用蹄子在地上扒着。我们看到这种情形，心里不禁暗暗吃惊，但却壮着胆子小心翼翼地从藏族运输队员手中接过牛绳。当牵着向前走时，牦牛却一动不动，不管怎样好言好语地劝说着："牦牛走吧！跟我们走吧！"不知是牦牛听不懂话，还是认生，它就像一座小石山立在那里纹丝不动，有的同志急得用两手使劲推。正在这时，一位藏族运输队员吹起了口哨，大群牦牛顺从地跟着走了。发现了这个秘诀，我们都学着吹起口哨，这办法非常灵，从此大家都用口哨呼唤牦牛，牦牛也很顺从地跟着行进。这一成功使大家万分高兴，因为只有让牦牛听从指挥，才能保证运输任务的完成。突破了这道难关后，紧接着就是第二道难关，即学上驮子（把要运的物资放到牦牛背上）。对我们这些女兵来说，这是一件艰难的事情。每件物资都是六十多斤，早上我们把物资放到牛背上，晚上到了宿营地又把它从牛背上搬下来。上驮子必须把两包东西平稳地搭在牛背上，而且捆得结结实实。达到这个要求，既要克服体力上、技巧上的困难，更重要的是还要学会如何控制住牦牛的反抗。一百多斤重物压在它背上，它也是不愿意的。因此，当往它背上放包箱时，它们大发脾气，乱蹦乱跳。但这些困难，并没难倒、吓倒我们这批年轻的女兵，我们决心学会上驮子，藏族运输队员两人上一个，我们就四五人上，一个人拉着牦牛绳，抚摸着牦牛头，说着好话，防止它乱蹦乱跳，四个人一起把驮子抬上牦牛背，放好，捆紧。就这样我们反复上下数次，终于学会了上驮子。

我们是为了保证部队供给的一支小运输队，需紧跟在部队后边，不能掉队，因此行进的时间速度必须服从前边部队的统一指挥。我们虽然克服了驯牦牛、上驮子等困难，但在行进中仍遇到一些意想不到的问题。有一天刚出发没走多远，徐翠文同志赶的牦牛突然发狂，乱蹦乱跳起来，吓得小徐对着牦牛说好话，请求似的说："别闹，好好走啊！"牦牛根本不理这个15岁的小女兵，它不仅又蹦又跳，还吼叫着发疯似的把驮子甩到地上，满山疯跑。这时小翠文坐在地上守着东西大哭起来，边哭边喊："牦牛跑了，怎么办呀！"同志们听到哭声都赶了过去，了解情况后，大家分头找牦牛，边找边用口哨呼唤着，并收拾甩坏的驮子。撒野的牦牛，听见亲切的口哨声在呼唤它，从山后的树林里摇头摆尾地走了出来。这时几个同志轻轻地走上前去，有的吹着口哨，有的抚摸着牛背，有的拉着牛绳，像哄小孩一样："好了好了，牦牛乖，听话！"七手八脚把驮子上好，又继续行进。这种场面，事后想起来又想哭又想笑。但是同志们只有一个共同的念头，那就是决心克服任何困难，坚决完成运输任务。小徐的牦牛发疯后的一天早上，又发生了一件不幸的事。曾昭符同志抬着木箱正要往牦牛背上放，那个喜怒无常的家伙，勃然大怒起来，一头向小曾撞去，正好撞到她的胸口上，只听小曾哎哟一声弯下腰，捂着胸口，脸色苍白。听到小曾的叫声，几个同志赶紧围了上去，一边用口哨声治服牦牛，一边关切地问小曾胸口怎么样。小曾轻声回答说"没什么"，然而两眼却满含泪水。从这以后小曾常常是用手捂着胸口，弯着腰，默默地赶着牦牛坚持行进。那时没有条件透视检查，同志们看到她痛苦的样子，都暗暗为她担心，不知五脏六腑是否有什么地方被撞伤？后来听说小曾因心脏病而早逝，不知是不是与那次被撞伤有关？

克服运输上的种种困难，还不是保证完成任务的全部，生活上的许多问题和困难也是我们必须应对的。首先要完成每天的行程，就要解决好吃饭和住宿问题，在荒山里行军是没有现成的锅灶、烧柴和住房的。为了解决这些问题，各分队把9人分成3个小组，即打柴组、烧饭组、搭帐篷组。到了宿营地，把驮子抬下来，喂好牦牛，3个小组都不顾一天行军的疲劳，各负其责，打柴组立即去山坡上捡柴，有时捡不到柴草，遇到干牛粪也很高兴地捡起来，那真是比捡到黄金还高兴，因为有了柴才能烧饭、烧水给同志们吃喝、洗脚。做饭组捡来石头垒起灶，淘好米做好准备工作。但做饭组的同志们如遇上柴特别湿烧不着，那可难坏了，她们必须俯在灶前用嘴吹火，经常吹的嘴都裂出血，受着烟熏火燎的折磨，常常满脸是灰，一个个变成了灰姑娘、小花脸，大家看到她们的样儿又心疼又好笑。帐篷组选好较平的地方搭好帐篷，把大家的背包放进帐篷里摆好，以便大家吃完饭休息。

在行军中有一件事我始终忘不了，就是喝牛粪茶的故事。一天，由于灯光太暗，开水烧好后，小孙到帐篷里拿砖茶却摸了一块牛粪放进了锅里。男兵小贾起得最早，他拿着行军壶高高兴兴地装上一壶水，有滋有味地品尝起来，喝着喝着叫了起来："这茶什么味？"负责烧饭的走进茶水锅仔细一看，发现茶水锅里有牛粪。小孙哭笑不得，意识到刚才在帐篷里摸出的不是砖茶而是牛粪。这时副分队长心情矛盾极了，悄声对他俩讲："保密吧，有点味比挨渴好受，不喝水一天怎么行军？"小贾转身把一壶水倒掉了。大家起床后装满了水壶，吃了饭，上好驮子向着白雪皑皑的海子山口走去，经过一天的爬冰踏雪终于顺利地登上了海子山顶，同志们拿出水壶喝下了最后的茶水，副分队长忍不住内心的"秘密"，两位知情的同志问大家，今天的茶好喝吗？这一问泄漏了天机，敏感的同志似有所悟，追问他们在茶里搞了什么鬼名堂。小孙"坦白"了此事。这时几个同志上去追赶烧饭组的几个同志，闹着笑着忘记了高原缺氧和一天行军的疲劳。这天晚上我们就宿营在风雪迷漫的海子山顶。崔芳敏同志走向积雪的山顶，望着茫茫云海浮着冰峰雪岭，火红的晚霞飘在西山雪峰，映着冰雪五彩缤纷，非常美丽，便激动地提起帐篷杆，在积雪上写下了："把五星红旗插到喜马拉雅山上！共产党万岁！毛主席万岁！中国人民解放军万岁！"小崔表达了我们全体康藏牦牛运输队员的心声！

在山顶上宿营是非常冷的，那天风雪又大，由于山顶上石头多，帐篷钉子不能钉得很深、很牢固。所以，只听见帐篷被积雪压的吱吱响。半夜里有同志醒来发现自己的脚伸出了帐篷外，毛线袜落满了雪，变成了白色，并且冻成了冰棍，粘在脚上，缩回帐篷也不敢马上脱下来，怕把皮撕掉了，等化冻后把袜子脱下，双脚已冻成发面馒头，又肿又红。夜里风雪大，天快亮时，做饭组的同志起来做饭，发觉帐篷压在身上，他们使劲从帐篷门钻出来，借着雪的亮光一看，原来帐篷被雪压垮了。他们互相交谈着，决定不喊大家，让同志们多睡一会，并苦笑着说压在身上更暖和。

说起生活上的困难，女同志比男同志更多。在深山沟里，人烟稀少，更谈不上有卖东西的，女同志需要卫生纸买不到，怎么办？为克服没有卫生纸的困难，只好把棉被中的棉花撕下来代替，卫生纸的困难就这样解决了。但还有更多的困难，如经常一天要趟数次甚至十多次河沟，这些积雪融化的河水，冰冷刺骨。按照家里大人的指教，女孩子来例假不准喝冷水，不准用冷水洗脸、洗脚。可是行军中跋山涉水是家常便饭，来例假不粘冷水是无法办到的，每天有几条河沟就趟几条河沟。我和几个同志更糟，趟水不敢脱鞋袜，害怕水里有东西划破了脚，所以，如果遇上一天有几条河沟，我们几个人就一天穿着湿鞋袜，天气十分冷时，皮裤外还结上一层薄冰。在这样的环境里，没有人怕得什么病，只是一心一意想着如何克服困难，很好地完成上级交给的任务，保证部队的供给。

10月19日，我们全体同志又顺利地到达金沙江西岸的岗托。20日黎明，前线传来特大喜讯，19日晚10时昌都解放了！全队沸腾了，人家互相拥抱着，跳着，捶打着，高呼着：“我们胜利了！我们打开了和平解放西藏的大门。”胜利的消息使同志们精神更加振奋，忘记了十几天跋山涉水的疲劳，乘胜前进，又翻过甲皮拉山和达马拉山，共行程一千多里，顺利到达昌都。牦牛和物资完好无缺，我们圆满地完成了上级交给的运输任务，受到了上级党委的表扬，并让我们派代表参加了昌都战役英模大会。

# 掉 队

司徒蓉

1951 年春天，我们十八军文工团在甘孜经过几个月的整训，其中包括对高原适应能力的锻炼后，于 7 月 1 日随军部开始了从甘孜向拉萨的徒步行军。想到我们将跋山涉水，走向我们向往已久的拉萨，大家都很激动，随着队伍在雪山草地上前进，我才感到在我们面前是一条漫长而又艰辛的道路。

我们文工团随着军直部队每日步行几十公里，每个班还要管理喂养好驮演出服装、道具和灯光器材的马匹。每到一大站，如昌都、丁青等地，都要进行排练演出，以慰问进藏部队。从丁青出发后，由于牦牛运输跟不上，部队给养发生困难，以致人困马乏，加之部队分散，没有演出任务，我们唯一的任务便是徒步行军了。文工团的行军生活是多彩的，尽管日复一日地走路，身体越来越感到疲劳，但大家在一起还是有说有笑，并不觉得多苦，如果离开了集体，那就是另外的感觉了。

记得是在 9 月中旬的一个下午，我们的行军队伍翻过一座雪山，虽然这里的海拔已超过 5000 米，但相对高度并不高，上山倒比较容易，而下山却比较困难，坡陡路滑，前面部队走过的路，把雪压成一条硬冰，人和马都不容易站稳，几乎是一点一点地往下滑。突然，我牵着的一匹小白马猛地从我身旁向下滑去，马缰绳把我拉倒了，滑下去好几米，幸好马的前蹄撑稳了，才把我挡住，我爬起来一看，马已直吐白沫。我们的队伍也都是这样慢慢地滑下来的。好在坡不长，下了坡不久就进入了一片丛林，丛林中有一条小路，这时才较为轻松地牵着小白马在一路纵队中向前行进。在高原上，秋天似乎已是隆冬时节，道路两旁遍地枯草，但对于饥饿的马匹来说，还是很有诱惑力的，小白马不时地去嗅一嗅草味，我虽然怜惜，但不能让它停下来。终于班长传话，原地休息 10 分钟，这正是我们在行军途中常常期待的号令。我赶紧找一块斜坡地将背包靠上去，把手上的缰绳松了，让小白马自由地去翻找寻食枯叶中残存的一些绿色小草。夕阳的余辉照射在我的脸上，惬意地感到一丝丝暖意，不知不觉中我打起盹来……

忽然，一声哨令“出发”。大家立即站起来寻找各自的马匹，我也满林子钻，好不容易发现丛林深处有一个小白点。我奔跑过去一看，果然是我的小白马，我赶忙去拉它，而它却舍不得离开草丛，我费了好大的劲和很长时间才把它牵出树林。回到原来的路上，眼前的一切使我傻眼了，除了一条弯曲的不规则的石子小路外，没有一个人影，没有一点声音，我拉着马急忙往前赶路，想着队伍就在前头，很快就会赶上他们的。

走着走着，天渐渐黑了下来，我心里有些发慌了，这时马的前蹄也好像出了点问题，它一拐一拐地走得越来越慢，有意和我作对似的，无奈我只好停下摸摸它的头，把脸贴在它的头上小声说：“小白马，帮帮我的忙吧！我们快赶路，到驻地就会有人给你治腿的。”它似乎听懂了我的话，步子稍微地快了一点。

这时月亮从山头上露了出来，这是高原上的月亮，越来越明亮，把小路照得清清楚楚。我心里急，很想跑步前进，但马儿始终不能快步走，我趁着月光把马的左腿抬起，蹲下身子一看，原来马掌掉了一块，我才想起它下雪山时，前蹄用力过多，马掌在尖硬不平的冰坡上损坏了，难怪它一拐一拐地走着，再加上它驮着两个大的服装箱，当然走不快，我也只好耐着性子陪它慢慢地走。

走了好久好久，仍然不见部队的踪影，我开始怀疑是否走错了道，心里有些害怕起来，心跳也加快了，周围是那样的寂静，静得让人感到有些恐怖，能听到的只有马蹄声和我的心跳声。我猛然想到万一在这个时候碰上土匪怎么办？虽然我参军已有一年多，但从未参加过战斗，也没有接受过这方面的训练，再说我还不满 18 岁，在文工团还在“小字辈”的行列，准确地说，我是个刚走出校门进入革命队伍的新兵，没有经验，缺乏锻炼。但有一个坚定的信念，那就是：“随着革命队伍走到底！”想着想着，我使劲拉起马儿快步前进。

突然，我听到右前侧草地上好像有声响，吓得赶紧停下，靠近我的小马，心脏好像停止了跳动。片刻我定了定神，月光下我看见了路边草丛里蜷缩着一个人，他在痛苦地呻吟，我努力克制着内心的惊慌，慢慢地走到他身边，这才看清了他穿着解放军军装，我嘘了一口气，提着的心放了下来，蹲下去问他怎么了，他有气无力地说："同志……请你给警卫营捎个信，我病得实在走不动了，让他们来接我一下。"我刚才经受了单独行军的体验，现在又遇到一个病号，怎么能让他单独躺在这里呢？于是我对他说："这样吧，我扶着你，我们慢慢赶路。""我疼得直不起腰，……你快赶路……帮我带……个信吧……"他呻吟着断断续续地说。

这时我像领受了重要任务，站起来拉着马，信心百倍地往前走了。也许是心理作用，我和小白马很快就走出了丛林，抬头一望，前面小山坡上炊烟四起，火光点点。我心里直叫："到了，到宿营地了。"我激动不已，眼睛开始模糊起来，想喊班长的名字，但什么也叫不出来，只见一大群人欢呼着向我跑来，我已听不清他们叫些什么，也不知哪位同志从我手上把马缰绳接了过去。班长江一同志伸开她温暖的双臂紧紧地把我抱在怀里……我努力克制自己，不让眼泪流出来，哽咽着对她说："后面有个战士得了急病，快通知警卫营去接他。"说完话我才像一个迷途的孩子找到了母亲一样，靠在江一同志的肩头放声大哭起来。

# 进军西藏二三事

孙常愉

## 白利桥上

1949 年 12 月，重庆市解放初期，我们一批青年女学生，怀着满腔的革命激情，报考了中国人民解放军军政大学三分校四总队，在校学习了半年革命理论后，即等待分配工作。我们大家都渴望去干一番革命事业。这时候，十八军政治部吕松干事来到学校，号召女兵们参加进军西藏、解放西藏的战斗。

解放祖国大陆最后一块土地，还可戴上一枚金光闪闪的"解放西藏纪念章"，是无上光荣的事。约一千名女学员争先恐后地报了名，结果只有 100 名被批准。我就是在那革命的热潮中参加了进军西藏的队伍。三分校有 10 个女兵被分到即将参加昌都战役的五十二师。之后，又将我们编入由 30 个女兵组成的五十二师康藏工作队（以下简称工作队）。

1950 年 9 月 1 日，工作队随师部从四川眉山县出发，途经二郎山、泸定桥、康定等地，于 9 月 13 日到达海拔三千五百多米的甘孜城。工作队的任务，是去离甘孜一百多华里的竹青，接受 200 头牦牛运送弹药、给养等物资到昌都前线供作战部队急需。9 月 25 日，昌都战役发起的前几天，全师各部队接受不同的任务从甘孜出发。26 日，师部决定在离甘孜约 30 华里的白利寺宿营。白利寺坐落在雅砻江右岸，要过一座桥才能到达彼岸，这座桥就是白利桥。就是这座白利桥，给我留下了难忘的惊险！

高原气候多变，时而晴空万里，时而狂风呼啸，时而雨雪交加，时而冰雹猛砸。

这是从甘孜出发第二天负重行军，还很不造应。老天爷好似故意作难，出发时天空湛蓝，阳光灿烂，可是，行军不到 10 华里，骤然阴云密布，狂风卷着飞沙向我们扑面而来，使人睁不开眼，张不开嘴。

女同志行军，每人负重约40斤，高原空气稀薄又缺氧，再加上这恶劣的气候，大家都走得气喘吁吁。体弱的邹玉芳、崔芳敏、曾昭符等同志出现头痛、胸闷、流鼻血等高原反应。在同志们的帮助下，她们仍然一步一喘地坚持行军。我也是几步一停，大汗淋漓，学着一些同志把棉衣脱下搭在背包上，走了一段路又感到背包越背越重，原来是背包绳松动，致使背包下坠。我把背包的两根粗绳合拢在胸前，用小手绢拴住，走起路来才轻松了些。就在那一阵又一阵发着淫威的风沙中，好不容易才到了白利桥头。白利桥同泸定桥一样，也是铁索桥。它横架在雅砻江的高山深谷地段，长七八十米，宽约两米。在几根扁环扣连成的铁链上稀稀落落地铺上些木板。桥两旁的护栏是用两根很细的铁链拉起来的，个别地方缠了几片破麻布，剩下的就没有遮拦。挤身高悬在两岸陡壁峭崖上，不时地在疾风中摇晃，数十米下便是惊涛骇浪，望而心悸！

为了安全，师部的领导亲自在桥头指挥，要求拉开约3米的距离一个一个地上桥。好在同志们已经历过泸定桥的惊险，再过这铁索桥就不那么紧张了。大家按序跨上了桥。在摇摇晃晃的桥上，脚下是深谷和奔腾的江水，我不往下看，也不往左右看，小心翼翼地踩准前面稀疏的木板，顺利地走到了桥中间。突然，桥身晃得头晕目眩，只听身后的同志们大声呼喊：“牦牛惊了！牦牛上桥了！桥上的人快闪开！”我急忙往前跨了一步，紧紧抓住桥的铁链，脚还未踩稳，一头牦牛从我身边猛撞过去，把我撞出桥板外悬空吊起来，我用力一蹬，想蹬在桥板上，却被另一根铁链卡住，恰好卡在我的背包和脊背之间，又很快将我荡出去，就这样在桥边打“秋千”！我还来不及想什么的时候，同志们急切的呼喊声此起彼落，“快！快把她拉上来！快呀！快！小孙，你要挺住呀！……”

在这千钧一发之际，当时我还不认识的两位男同志郭过枝、王树祥箭步上来，才将我拽上了桥板。

我发现头上戴的皮帽，背包上搭的棉衣已掉进江里不知去向，由于背包的两根粗绳用小手绢拴住才使我得以幸存！在两个男同志面前我好难为情，脸也发热，连一句向他们感谢的话都搞忘了说，光着脑袋就往前走。到了桥头，转过身去，再看那白浪翻滚的深谷，悬在空中左摇右晃的铁索桥，我的心跳个不停！

先到桥头的方铭、卢桂莲、张菲、邹玉芳、韩玉兰等同志向我围过来，有的拉着我的手，有的抚摸着我的肩说："小孙，你在桥头那阵子把我们吓得胆战心惊啊！""你得救了，我们多高兴啊！""快把背包放下休息会儿。"……同志们的友情，让我感动得眼眶湿润了，好想哭！不，不能哭，前前后后那么多男兵，可能会认为我是被吓哭了，要是当俏皮话传开，多丢人啊！我强忍住了。

到了宿营地，分队长时颖要我坐着休息，不让我煮饭、搭帐篷、拾柴禾。我苦苦地央求，她才让我赶分队的两头牦牛去放牧。

晚上，田涛队长给我送来棉衣、皮帽。这时，陈子植副师长、李明参谋长也来了。我赶快戴上重新领来的军帽，立即走过去向两位首长行了个军礼。

陈副师长拍着我的肩说："小孙，你真行！遇到险情能挺住，终于化险为夷，大家都为你高兴啊！"

李参谋长怕我因受了惊晚上睡不好觉，便对在场的卫生员吴德芬说："你给她一片安眠药吃，让她今晚好好休息。"

此时此刻，想到师首长战事在身，那样紧张繁忙，还来看一个小战士；再想到桥头上战友们那暖人心房的慰藉，无论如何我也抑制不住内心的激动，热泪顺着脸颊流下。

## 昌都度荒

昌都战役胜利结束，师部驻军昌都城。我们师康藏工作队完成了历史任务，宣布解散。我被调到师文工队美术分队。不久部队就发生粮荒。原因是从甘孜到昌都的公路未修通，部队所需粮食和用来采购粮食的银元等物资全靠牦牛、骡马驮运，一时接济不上。为了不加重藏族群众的负担，部队坚决执行毛主席"进军西藏，不吃地方"的指示，宁肯挨饿，也不向当地群众征粮。在较长一段时间里，每人每天只能配给 4 两 (16 两 1 斤 ) 代食粉和少量副食品。一天两顿饭，一顿饭只能吃二两。煮饭时，炊事员按量下锅，粮少水多，站在大锣锅旁可以照见人影，同志们戏称为"四只眼的糊糊”。

这是农历10月初的天气，为了让骡马过冬有草吃，师里给昌都驻军下指示，每人交300斤马草。文工队虽然没有骡马，也不例外。队领导立即组织我们上山割马草，男女平等，女同志也是完成那么多任务。以分队为单位发给两把刀具。我们分队5个男同志4个女同志，互相谦让，不用刀时就用手拔，弄得手背手心都被划破了，一道道小口子浸着鲜血。当我们割完约50斤马草背着下山时，已是下午4点钟开饭的时间，上午9点钟吃的二两稀饭，在肚子里早已消耗得精光。又渴又饿，只好在路边的山坡上抓雪来吃，就这样才把马草背到了指定地点。最使我感动的是我们分队的女同志徐翠文，男同志彭良田，都是队里年龄较小的，只有15岁，他俩年纪虽小却不示弱，硬是饿着肚子向大哥哥大姐姐们一起完成了自己的任务。

美术分队要负责写、贴宣传标语。有一次加夜班，分队长顾建英见我们十分饥饿，便将贴标语剩下的浆糊给大家分食，领导知道后，批评了他。因为浆糊是面粉做的，在粮食短缺的情况下，节约浆糊就成了一件大事！

过了一段时间，我被调到师宣传科，抄收中央人民广播电台每天的记录新闻，供师里出的油印小报《战线要闻》用。师首长考虑到，部队从甘孜出发后，邮路不通，多数团队没有收音机，广大指战员收听不到党中央的声音和国际国内新闻，又看不到报纸，指示宣传科办一张油印小报。同志们远离祖国各地，十分关心国家大事，对这张油印小报特别关注、喜爱。组织上让我干这个工作，是对我的信任，我决心把工作干好。宣传科住在一户藏族人家的二楼，架上天线，收音机干扰不大，天气好可以一字不漏地收记下来。收完新闻交科长魏克审阅，然后由办公室油印组刻印，我再分发到机关、团队，工作是比较轻松的。但是，最恼火的还是吃不饱饭。工作到深夜，常常饿得心里发慌，头昏眼花。有时我也不晓得在纸上写了些什么，第二天整理记录时连自己也不认识了。如果在重播新闻的时候校对，又要耽误出报，我只好请教科里唯一的一位女大学生方清远大姐，根据上下文的意思，连猜带推敲地补了上去。

当时昌都还未使用人民币，市场上通用的是银元。由于昌都的银元有限，只能保证部队购粮用。驻军一律不发津贴，只给女同志发三块银元的卫生费，我就在这上面打主意。我拿一块银元在街上只买到了三个大饼。晚上工作饿得实在支持不住时才拿出吃一口。高原气候干燥，熟食也不易发霉，可是待我吃到第三个饼时硬得已啃不动了。当然不会丢掉，把它砸成小块，在水里泡软了再吃。就这样坚持到1951年6月，后方运输情况好转，师里给每人增加了二两粮食和少许牦牛肉，再加上山上也长出了野菜，吃饭问题算是基本解决，我再也不用挪用卫生费了。

## “帐篷报馆”

1951年5月23日，中央人民政府与西藏地方政府签订了《关于和平解放西藏办法的协议》。同年10月，我师奉命向拉萨进军，第一步先抵太昭（工布江达）。

从昌都到太昭，要翻越十几座终年积雪的大山，中间还有连庄稼树木都不长、牧民们很少去的“穷八站”。无疑，这是极其艰难的行程。但师里决定，进军路上继续出《战线要闻》。

长途行军，昼行夜宿，跋涉一天已够疲劳的了，晚上还要工作到深夜，我能承受吗？对此我有过一番思想斗争，想到了昌都战役时，部队在前面打仗，我们负重行军，爬雪山赶牦牛搞运输，什么苦没吃过，现在和平进军，怕什么。再说，我这条命是同志们从白利桥上拣回来的，还有什么可怕的。这是对自己革命意志的又一次磨练，决不能放弃这个机会。

昌都战役期间，是尹心善同志收记录新闻，由于这项工作很苦，于是尹心善同志主动请缨，说女同志行军干这个工作多有不便，还是让他干为好。我据理力争，最后领导上同意以我为主，遇有困难时，由他协助。一路上他干了不少的工作。

行军中是以科室为单位配置给养、帐篷、炊具、驮马。方清远和我，还有办公室油印组的王丽庭、王翔我们四个女兵各带一块雨布，下雨时当雨衣，到宿营地后合拢成一顶帐篷住在一起。由于收记录新闻、刻写《战线要闻》都在这顶帐篷里，同志们就给取名为“帐篷报馆”。

我们从昌都出发后，大大小小的山不知翻了多少。给我印象最深的是海拔6000多米的瓦合山，大小五个山峰，绵亘一百多华里，需用两天的时间才能翻过山去。每个山峰上都覆盖着积雪，山上没有树木，气候恶劣，一会儿刮风，一会儿下雪，每翻一座山峰都感到胸闷、头痛。第一天我们在山峰之间的一块平地上宿营，地面约有5公分厚的积雪，只好铲开积雪架帐篷。那天夜里，不停地飘着大雪，在冰冷的帐篷里，冻得我蜷缩着身子不敢伸腿，我们四人都没睡好觉。越往西去，天气越寒冷。过“穷八站”时有一天趟了十几道积着薄冰的河汊，冻得双脚麻木，小腿被冰块划破的口子连血也不往外流。

我们四个女兵，不管天寒地冻，刮风下雪，到了宿营地就抓紧搭帐篷，然后才同科组的同志们一起拾柴禾、找水、搬石头砌灶，置锅做饭。饭后，王丽庭、王翔就开始刻写头天晚上我收好的记录新闻，方清远大姐帮助校对。这时她们就要我先睡一会，到收新闻时再叫醒我。当我开始工作，为了不影响她们睡觉，就把收音机的声音调到最低的限度。

在“帐篷报馆”里，我们有苦也有乐。高寒的气候下，刻新闻的蜡纸也变脆了，稍不注意就会刻破。王丽庭、王翔趴在装油印器具的木箱上，像绣花那样的精心，一个字一个字地刻写着，在石头板凳上一坐就是两个小时，虽然年轻也难免腰酸背痛。

我在夜里收新闻时，常常碰着夜风怒号，这时要到帐篷外把天线扶正，蜡烛吹灭又要借助急需用时才能用的电筒光亮，最后只能收到记录新闻的大意。

深夜里气温下降到零下二十多度，手指被冻得发僵，不听使唤，饥饿、瞌睡一起涌来，还得想办法对付。不过我还真有点对付打瞌睡的办法。出发前方清远大姐给我出了个主意，要我带上一包辣椒，晚上瞌睡得实在熬不住了，就拿出来闻闻，若再不行就嚼一个。她这个主意真灵，辣得我眼泪直流，想睡也睡不着，头上冒汗，身子也暖烘烘的，真是一举两得！饥饿嘛，只有忍着到第二天的早餐解决。

可能是经常饿着肚子坚持工作的缘故，做梦都想东西吃。有一次我在梦中发出了笑声，王丽庭、王翔放下蜡笔在被窝里胳肢我，问我笑什么。我告诉她们：“我在昌都街上买到了几个又香又大的猪肉包子，正往帐篷走哩！”她们三人都哈哈笑起来。王丽庭不相信我的话，边拍打着我边说：“你真会瞎编，把我们的口水都馋出来了……”方清远大姐说：“你们不该把她弄醒，要不我们都可以分享了。”大家越说越开心，从重庆市的担担面，说到四川的回锅肉，美美地打了一次精神牙祭。帐篷里充满着和谐、友爱、欢乐的气氛。

1952 年初，西藏上层分裂主义分子组织伪人民会议，在拉萨闹事。我们师奉命从太昭向拉萨挺进。第一天到达宿营地，晚上刚开始收新闻，突然一阵狂风吹倒了天线，我从帐篷里出来扶天线，不料帐篷又被风吹垮，我们四个女兵呼喊着与风沙搏斗，惊醒了周围帐篷里的男同志，他们纷纷走出帐篷，有的连棉衣都没来得及穿，只穿一件绒衣，冻得直打颤，还坚持着帮助我们架帐篷。帐篷架好了，记录新闻时间已结束，连个大意也未收着，无奈何，只好忍痛作罢。

第二天翻鹿马岭。可能是头天晚上没睡好觉的缘故，我突然呼吸急促，步履艰难。科里的同志赶紧将我背的收音机取下，让我就地休息，过一会又要我拉着马尾巴上山，这是行军中的病号才能享受的特殊待遇。马尾巴真不简单，它把我轻轻松松地带上了山腰。这时正是重播记录新闻的时间，科里的领导将王洪海、通信员小袁留下给我做伴。他们帮助我架好天线。我在收音机旁席地坐下，将记录本放在膝上准备抄收，小袁向着我说：“你真像个孙悟空，会七十二变，昨天夜里还是‘帐篷报馆’的记者，今天又变成‘露天报馆’啰！”说完还做出一副猴相，把我们都逗乐了。收完了新闻，我真高兴，告诉他们，不用拉马尾巴上山了，走吧。

鹿马岭海拔约五千米，山势陡峭，越往上爬，越是吃力，我们翻过积雪的山顶，到达宿营地乌思江时，太阳已溜到了雪山的背后。三个女战友正坐在帐篷外的草地上，放声歌唱我们亲爱的祖国，看到我的到来分外高兴，歌还未唱完，就跑过来取下我背的收音机，接过记录稿，要我休息一会去吃饭，她们急急忙忙地进了“帐篷报馆”又开始了一天的工作。

师部驻军墨竹工卡，我们分别住进了藏族老乡家。怀着苦乐参半的依恋之情，结束了“帐篷报馆”的生活。

1952 年 7 月，我又被调到一五五团为《战利》油印小报收记录新闻，跟随部队往返于墨竹工卡、仁青里、乌思江、太昭开荒生产，修筑康藏公路，直到 1955 年初转业下地方。

# 两个志玛

张晓帆

## 阿佳志玛

1951年3月，十八军军直单位进驻西康甘孜，做进藏前的最后准备。说是甘孜城，却没有城池，不过是红墙金顶巍峨壮观的寺院脚下一片泥色低矮的平顶房，杂乱地分布于山坡之上。入口处横过一条清溪，堤岸上长有许多古柳。民居的格局大多为二层楼，楼下为畜栏，一根独木梯通向楼上居室。毗连的平屋顶可以通向四面八方。

我们文工团驻在寺院下的一条横巷里，作为美术分队的“自由兵”，我可以背着画夹在甘孜城内到处转，观察搜索描画对象。

有一天，我转进一户藏族少妇家。她家相对干净整齐，有汉式八仙桌、木床等摆设。主人大着肚子，看来快要生小孩了。地上还跑着个“笑和尚”模样的小男孩，挺可爱的。我为孩子画了几张速写之后，便同主人搭起话来。想不到她竟能说一口流利的汉话。惊讶之余，我不由冒出了许多问题。经了解得知，少妇乃国民党起义部队一位排长的家属，名叫志玛，男人是汉族，四川人，数月前到成都集训学习去了，家里只剩下她和孩子。也许因为她男人起义当了解放军，又和我同是四川老乡的缘故吧，她待我特别友好，让我叫她“阿佳（藏语意为姐姐）志玛”。当然她还是称我“金珠玛米”。

驻甘孜期间，我们每日除背背包快步行军，锻炼高原适应能力外，还要到很远的地方去打柴、扛粮食物资，干各种劳动活。后来军直从青海买回来一千多匹马，分到下属各单位。于是我们又增加了养马的任务。高原春迟，3月尚在下雪，哪来青草喂马。我们就到附近草地上去打草坯，弄到冰冷的河水里洗去泥沙，用草根喂马。因为马多，对草根的需求量也大，打草坯的劳动强度也不断增加。数次趟过尚未化冰的雅砻江去挖马草。尽管这样，我仍有时间经常跑到阿佳志玛家去闲聊，逗她的乖儿子。而她呢，总以怜悯的目光盯着我在劳动中弄伤的手脚。

有一回碰见她正在洗头，露出白皙的脖颈，我称赞道：“阿佳啦，你好漂亮哟！”她不无得意地回答：“我的家乡德格，是个出美人的地方。德格美女有名得很啰！”“那，你咋会嫁到甘孜来呢？”

“是他拿70块大洋从头人那里把我买来的嘛。”

“那么，他待你好吗？”在我的观念中，买卖婚姻没有一个好的。阿佳志玛连声说：“好，好呀！”边说边把湿发挽到头顶上，进屋从供奉的神像下拿出一封信给我看，“看嘛，这是他才写来的。”信上的字迹歪歪扭扭，但还通顺。大意是说他在成都学习，伙食开得好，每月有津贴，还另发25元安家补助费，有人回甘孜就带回家。要志玛不要挂念他等。信上还再三叮嘱，要是志玛生孩子时他还未结束学习，一定要找个人来帮忙照应。有什么不好就到解放军医生那里去看。字里行间充满对妻儿的关爱眷恋，看来他们是恩爱的一对。

随信还附有一张4寸照片，是一身着解放军服装的男子汉，30岁模样，坐在一把太师椅上，左边摆一盆月季花，右边摆一盆万年青，显然是成都哪家小相馆的杰作。

“他带回来的钱和东西我们都收到了。就是不晓得他啥时候能受完训回家来？”阿佳志玛说。

看到这里我也替她着急起来，“阿佳，你就快要生孩子了，男人不在，你要早作安排啊！”又问她：“有亲戚朋友在甘孜吗？”

她淡淡地笑着摇摇头，平静地回答：“我没得关系嘛，只要他好，我不要紧的。”

信的末尾署名张什么的，我说：“哈，你男人姓张呀！我也姓张呀！”

她一听高兴极了，跑过来拉住我的手叫“家门，家门！”从此便以咪咪啦（咪咪啦，藏语是妹妹的敬称）称我，似乎我同她真成了一家人。

阿佳志玛虽然会说汉语，却不识字，丈夫来了信，总要淘神费力地去找别人念给她听。自从认了我这个“家门”，每去她家，她都要拿出那封信来让我念给她听，真是百听不厌津津有味。我感慨：70个大洋对于一个军人来说，可能是倾其所有的积蓄了，但换取到的哪里仅止是一个老婆！

部队开始训练吃酥油糌粑，北方来的炊事员，想当然地将糌粑熬成几锅糊糊，加些脱水的干菜，把从寺院买来的酥油，就那样搅进锅中，然后抬到饭场上，值班员吹哨子开饭，每人一碗必须当面喝下，才算完成政治任务。

这种事不知怎么传到阿佳志玛耳朵里，她生气地说："你们的伙房要不得！酥油糌粑哪里是那样吃的嘛！"说着，她拿出一只镶银木碗洗干净，又洗了手，用新鲜酥油拨了一碗糌粑，还放了云南"碗儿糖"，送到我嘴边硬要我吃。当兵的要遵守《三大纪律、八项注意》，按理不能随便吃群众的东西，可阿佳志玛的诚意让人无法拒绝，她是要帮我过吃酥油糌粑这一关。我只好试着咬一口，倒是没有什么怪味，原来酥油糌粑并不难吃啊。从此每到她家，她都要亲手拨一碗酥油糌粑招待我。

进军的日子临近了，我们布置会场啦，开誓师大会啦，把家当打成牛皮包，一阵好忙。这些天阿佳志玛的目光越来越暗淡，总是忧心忡忡地向我唠叨："咪咪啦，你年纪这么小，离开爸爸妈妈要到拉萨那么远的地方去，路上不好走得很哟，山高得很，路长得很，还有土匪……"我说："革命军人一不怕苦，二不怕死，我们一定要进军西藏，巩固国防，把五星红旗插到喜马拉雅山顶。"

临出发前，想起同阿佳志玛结下的深情厚谊和她的多次款待，我把从家里带出来的一个枕头套送给她做纪念，那是我念书时亲手绣的。她很喜欢我的礼物，却舍不得我走，眼圈红红地忙着去张罗，要弄一小袋糌粑酥油给我带上，怕我路上挨饿。我连忙婉言谢绝，她竟背过脸去抽泣起来，千万个不放心地念叨着："山高得很，路长得很……"我赶快安慰她说："放心吧，跟大部队走，不会有事的。等解放了全西藏，我一定回来看你！"说了一大箩筐的好话，方才劝得她转悲为喜，千叮咛万叮咛："当真的哟，你要来哦！"

1957 年我第一次回川休假，返回时在甘孜住了一夜，下车后顾不上吃饭休息，步行很远到老城区去看望阿佳志玛，谁知竟在那些弯弯曲曲的老街上迷失了，转了很久都找不到她的住处，只得带着深深的遗憾返回。

我虽然没找到阿佳志玛，但永远不会忘记她是教会我吃酥油糌粑的第一个老师，也是我的第一个藏族朋友。

## 阿尼志玛

我们牦牛队从昌都出发后，经俄洛桥到恩达，再经洛隆、边坝、太昭到达拉萨。大约过了恩达不久，便发现队伍后面忽然多出个尾巴，有人跟在我们后面行进。革命军人警惕性是很高的，这尾巴是什么人呢？一定得弄清楚。

这天刚翻过一座山头，队长便吹哨子休息。我们隐藏在路边，要看跟上来的是什么人。大约过了十多分钟，山头上突然冒出个穿粗氆氇衣的光头小伙。来人猝不及防地跟我们打了个照面，并发现我们都在看他，迟疑了一下，最终还是走过来，放下背篓在不远处坐下了。乍一看他很壮实，脸蛋红朴朴的，一寸多长的短发，上身穿一件军白衬衣，前胸口袋的污迹画出里面揣有两三个大洋。藏袍已经很旧了，但还结实。背篓里一条半满的糌粑皮袋，一只转经筒，一条大毛布口袋，别的再没有什么起眼的东西了。再仔细打量，不对，不是小伙子，那高耸的胸部表明她是个姑娘。年轻姑娘单身上路，她要到哪里去？为什么跟着我们呢？

通过翻译盘问，才知她是个尼姑，但又不住在庙上，还是归主人管。自认为前辈子罪孽深重，这一辈子才受苦受难，所以发下宏愿到拉萨朝佛，乞求佛祖慈悲，赐给她幸福。听说金珠玛米要到拉萨去，所以跟了来。她边说边竖起大拇指反复称赞：“金珠玛米亚姆亚姆（解放军好的意思）。”

翻译是个巴塘人，不太懂当地话，问不出更多东西，只补充说：“她的名字叫阿尼志玛，今年大概十七八岁，无父母无亲人。”原来是个朝佛的，那么年轻！从她穿军白衬衣怀揣大洋分析，她一定接触过解放军，对我军有一定的了解才跟在后面，有寻求保护的意思吧！

那时公路只修到海子山（甘孜前90公里），前方补给全靠牦牛驮运，虽然动员了成千上万的牦牛，但难以满足大部队的需求。前方部队经常断粮，靠挖鼠洞吃野菜充饥。我们的情形也好不了多少，过昌都后每人每天的口粮配给逐渐减少。好在行进在“富八站”的农区，正是长庄稼的季节，地里到处是野菜，采了来和代食粉（实际是玉米粉）煮米团子勉强糊口。三五天到达一小站才能吃顿饱饭，十多天到达一大站才领得到一点罐头、大米等食品。这段时间阿尼志玛虽同我们走在一起，但同赶牦牛的老乡一起打茶，靠他们施舍的残茶剩糌粑度日。有时我们锅里还剩一点，就舀给她吃。她也懂事地帮助我们做一些照料马匹，捡牛粪之类的事。那时最让人伤脑筋的事，便是头天宿营拴好的马夜间跑掉了，第二天得花半天甚至一天翻山越岭去找。在这方面她是内行，只要看看地上的马蹄印迹，便能很快将马找到，帮了我们不少忙。

我们在怒江边的沙丁宗过的中秋节。接下来便进入了“穷八站”地界。越走海拔越高。森林不见了，都是高山草甸，整天是雨雪飞扬。白天趟水无数次，打湿了鞋子，第二天冻得硬邦邦的怎么穿也穿不上，牦牛换了一拨又一拨，支差的老乡也愈来愈穷，阿尼志玛讨得的施舍也当然越来越少，可她仍然能精神抖擞地摇着转经筒走得很起劲。

为避免被其他人欺负，到宿营地后，志玛再不去围赶牦牛的大灶，而是坐到我们行军的灶前帮拉皮风箱。那时晚上宿营都要站岗，晚上4点以后，一般都安排女同志站岗。那晚我起来值岗，刚钻出帐篷便被什么东西绊了一下，差点摔一跤，借着月光，发现志玛铺着毛布口袋，盖着她的氆氇衫，睡在我们女同志的帐篷门边。看来她已去掉戒心，彻底依靠金珠玛米保护了。按常理，军人的帐篷是不允许老百姓随便挨着住的，可全队同志谁也不忍心赶走她。相反从这天起，把她当成了我们编外的一员，和我们同住同行军，只要有我们吃的便有她的一口。红晕又逐渐回到她的脸上，她也更积极地帮助我们做这做那。行军的时候，也不再摇那只转经筒了。

每到一个大站换驮子，我们都要呆一两天。这时志玛便不见了，一到出发，她又神秘地出现在队列里。听翻译说她是到附近村寨要饭去了。那时我们每天的口粮已降至半斤，天寒地冻再无野菜可采，早晚两餐稀糊糊，走饿了便灌一肚子的凉水，采野月季红果和大黄杆茎来嚼。懂事的姑娘把我们的难处看在眼里，千方百计减轻我们的负担，她也很会算计，就是在最艰难最饥饿的时候，也没去动她的糌粑口袋。

途经边坝前后，我们翻越了许多大雪山，可说是历尽艰难困苦。印象特别深的是有一座特别陡峭高峻的大山，好像叫鲁贡拉山，山顶陡峭得像刀切似的，牲口从它的千年积雪中趟出一条雪胡同通道，两边是齐肩深的积雪，脚底被踩实的冰雪，像抹了油的镜面，大家的鞋底都磨平了，上一步退半步，只好把手臂插进两旁的雪墙来“刹车”。空气稀薄得走几步就要停下来像扯风箱似地喘气。海拔少说已近6000米。许多战友出现高原反应，困倦打瞌睡想坐下来休息，上级严令不准在山顶停留，因为一坐下来便可能永远站不起来。爬上山顶，太阳早西斜了。大家各显神通下山，有坐在铁锹上、雨布上向下滑的；有扭秧歌似的小跑着下山的；还有连滚带爬的。总之，下山比上山容易得多，也快得多。不少人摔进雪窝弄了个“面铺伙计曹操脸”，惹来一阵哄笑和加油声。

这座山顶上，有一个大湖，湖水泛出湛蓝、碧绿、蜡黄等各种颜色，好看极了，我们沿湖边走了很久，天黑了才到宿营地。传来消息说，走小北路的军直部队，在过直孔梯时损失惨重，我们文工团也牺牲了好几个，其中有我所熟悉的人。牲口也死得很多，炮兵营的战士们把大炮拆开，分驮到每个人身上。连军首长都下马步行，把坐骑让出来驮病号等等。同志们虽然心情沉重，但为了完成解放西藏的亘古伟业，仍然互相帮扶着前进，坚韧不拔地用脚板丈量着世界屋脊的雪山草地。阿尼志玛紧跟着我们，一次也没落下。

在翻越另一座大雪山时，走了两天还没到顶，队里有位女同志累得吐了血，一屁股坐在地上说走不动了。大家赶快拿过她的背包，搀的搀扶的扶，架着她往山顶爬，待使尽全力爬上山顶，已是月上中天。墨蓝的天空高挂着一轮银盘似的明月，没有一丝云雾，高空酷寒的劲风直扑地面，似要把没有一点遮拦的我们，同大雪山冻结在一起。走到一条冰河边，前面突然传来杂乱的马蹄声，随即冒出一二十个或骑马或步行的藏族壮汉，头戴狐皮帽，背叉枪杆，腰上还有短家伙，没有行李没有驮子。双方猝然相遇都吃了一惊，停步隔河对峙着。我们只有十多个人、两只长枪，背提琴的同志急中生智，将大小提琴盒朝对方比起，嘴里还叫：“大炮较各（藏语意为放炮）!”双方相持足有两分钟，对方不知是被我们的“提琴大炮”镇住了，还是估量不能轻拣便宜，便从离我们十几米处的冰河上游稀里哗啦趟河而过，朝我们来的方向去了。我们也赶快驱赶牦牛驮子下山，走出足有两里路，赶牦牛的老乡才从牙缝里结结巴巴说出“夹巴、夹巴（藏语土匪之意）”几个字，阿尼志玛当然也吓得面无血色。但通过此次较量她对金珠玛米看得更清楚了。

到达嘉黎后，前面的路逐渐好走了一些，间有树木杂草出现。一直下到太昭，庄园、树木、小桥流水人家，已是农区了。秋风染树叶，万紫千红美不胜收。那是我见过的最美的秋色。

这段时间我发现志玛走路时又不肯闲着了，不过不是摇转经筒，而是沿途搜集挂在树枝草棵上的羊毛，并用一只纺锤边走边搓羊毛绳子。问她干什么，她说要给我们每位女同志打一双毛袜。我们的鞋袜都破了，有人光脚穿胶鞋，脚上裂出一条条的口子，她想必是看在眼里疼在心里。她手脚麻利，用几根老树棍织无跟袜，织好一只便放进怀里藏起来。一路上边走边织，一直织到离拉萨30华里的德庆。

要入城了，牦牛队驻下来洗洗涮涮，整理军纪。阿尼志玛更是兴奋不已，照着清溪梳洗，尽量把自己弄得干净光鲜。然后将她织好的毛袜分送给我们，向我们挥手告别，迫不及待地独自先向拉萨去了。看着她兴冲冲离去的背影，我心里不由涌出一种悲哀，等待她的将是什么呢？记得一路上我们也曾多次向她宣传，改变自己命运的办法只能靠革命靠斗争，求神恩赐是没有用的。道理讲了不少，企图唤起她的觉悟，但她每次都默默听着，一言不发。

进抵拉萨后部队要干的事很多，平息伪人民会议骚乱，准备长期建藏，开荒生产、宣传、演出……忙得都快把阿尼志玛忘了。突然有一天，我在林廓路的叫化子帐篷堆里发现了她。阿尼志玛好像老了几十岁，白衬衣脏得看不出颜色，氆氇袍成了烂布条，那条在饥寒至极的生死边缘都舍不得动一动的氆氇口袋，早已空空如也。胸袋里的大洋不见了，想必已奉献给了那位人间的神。天啊！这就是年轻健壮憧憬幸福的阿尼志玛吗？难道这就是她千里迢迢历经磨难要到拉萨来寻找的吗？

她大约看出我的惊愕和痛心，怯怯地低声叫道："咪咪啦！"泪珠随即落了下来。虽然身边没有翻译无法同她详细交谈，但这段时间她的遭遇可以想象。我责备她："落到这种地步了，为什么还不来找我们？"我认为从我的表情和语调上她是听懂了这句话的。面有赧色的她，勾着头只是哭，可能在追悔没有早些听从我们的劝告吧！我在她要饭的木碗里放了一块大洋，叮嘱她拿去买些糌粑，要处处当心自己，我会再去看她的。

离去之后我难过了好久，心里盘算着要给她想个法子。不知是不是这次碰面对她起了促进作用。待到我再去看她时，那顶叫化子帐篷没有了，她已参加军直卫生营，当了一名洗衣员。

她终于找到了改变命运的正确途径。

# 情洒彩虹路

郭牧予

手捧康藏公路通车纪念章，翻开1951年至1954年的随军生活散记，我不由心潮起伏。修筑康藏（川藏）公路的情景和战友清晰地出现在我的脑海中，我怀念他们，他们无私的奉献精神仍然强烈地感染着我，我感到一种要把他们介绍给世人的责任和冲动。康藏公路是在全国人民支援下修建的，修筑康藏公路中，藏族同胞也付出了艰辛的劳动，他们是雪山上腾飞的雄鹰，有了他们的支援，藏汉民族团结之花开得更红，祖国边疆更加巩固。康藏公路像一条洁白的哈达，载负着藏汉民族的深情；康藏公路像一条五光十色的彩虹，连接着拉萨和北京；康藏公路是金桥，是彩虹路，是幸福路。它永久屹立在世界屋脊上，为世人诉说在雪域高原上发生过的故事。写下这片断回忆，以此献给曾经在西藏修筑康藏公路的战友，献给血洒高原的烈士，献给西藏和平解放50周年。

## 初闯雀儿山

“提起雀儿山，自古少人烟，飞鸟也难上山顶，终年雪不断。”这是高平同志对雀儿山的描写，也正像他写的那样。

1952年春，我们整装待发，准备上前方为修路部队演出。临行前领导告诉我们：雀儿山海拔5047米，高寒缺氧，有心脑血管疾病和高血压的人都不能上雀儿山。出发前人人都作体检，我检查后医生说我心律不齐，不能上雀儿山。这当头棒喝把我惊呆了！不能上雀儿山？这不是意味着我只有留在后方？那我怎么深入部队生活？怎么反映筑路部队情况？我不是失去了创作的生活源泉吗？不！我不能留下，我要闯雀儿山！我坚持和大家一起出发了，到了雀儿山脚下，再一次体检，查出刘协理员有心脏病，王炳智患有高血压，我仍是心律不齐，医生说我们三人不能上雀儿山。刘协理员年龄大，心脏又有病，只好返回甘孜。我和老王还年轻，立兵副团长理解我们的心情，考虑到工作需要，同意我们冒险闯雀儿山，闯得过最好，闯不过再返回。

虽然已是春天，可雀儿山依旧银妆素裹，看不到也感觉不到春的气息。山上大雪纷飞，寒风怒吼，兽绝迹，鸟无踪。汽车带上防滑链，气喘吁吁地沿着盘山公路爬行，走不了多远水箱的水就咕噜噜地开了。雀儿山上空气十分稀薄，我感到呼吸吃力，头痛，吃了几颗出发前发的过山糖一点不起作用，眼也睁不开，难受得只好闭着双眼。司机同志忍受着高原反应，全神贯注，小心翼翼地驾车向山顶前进。到山顶时天已昏黑，只有筑路部队留下的十来个守护山顶道路的同志。他们告知我们：前面雪下得很大，扫雪机一时无法扫清道路，不能前进。我们陷入了大雪封山，前进无路，后退不能的境地。立兵副团长决定今晚夜宿雀儿山顶。

看到留守的这十多位同志，想到我们身临的这种情况只是暂时的，只要天一亮，大雪一停就可以下到西台站。可这些同志却要一直坚守在这里，他们的困难比我们更多更大。英雄在哪里？他们就是英雄！立兵动员大家：部队的文艺兵有战斗的传统，枪林弹雨都闯过来了，寒风大雪也挡不住我们前进的步伐。我们的困难再大，也没有部队在雀儿山修路的困难大。我们要向把热血洒在雀儿山上的张福林同志学习，今晚我们就在这风雪雀儿山顶，为我们的英雄演一场！同志们的热血沸腾了，演出准备马上开始。我也忘记了头疼，和大家一起忙活起来。风太大扯不起幕布；冰冻的路面一步一滑；煤气灯也因高寒缺氧点不燃。三个臭皮匠，赛过诸葛亮，人多主意也多。不一会，4张方块雨布铺在冰雪路上，不滑了。没有幕布，有皑皑雪山作背景，映着文工团员们颗颗红心。汽车灯亮起来了，照得舞台通明。一场生动活泼、别开生面的演出开始了。站在这特殊的舞台上，我的心豁然开阔，像容纳得下整个世界，光荣自豪之情油然而生。面对这留守山顶的十几位战友，好像面对着十万大军。歌唱时，我比平时多了一种内涵，多了一份情感。文工团员的歌声压住了呼啸的寒风，化作一股热流温暖着雪山战士们的心。他们披着雨布坐在雪坡上，纷飞的雪把他们变成了雪人，但他们的手不停地为文工团员鼓掌，他们的心也激烈地和文工团员一起跳动。这是一场空前绝后的演出，即使今天有文艺团体上雀儿山演出，也绝不会重现当年的情景。我们后政文工团第一次上雀儿山，就为战士们带来了这场特殊的晚会。我们不仅仅是向守护雀儿山顶的英雄献演了几个节目，更重要的是为战友们献上一颗颗同志加兄弟的滚烫的心。

演出结束后，我们扯起帐篷，可帐篷少人多，我们女同志挤在一个帐篷里。扫清地上的浮雪，露出冻得邦硬、凹凸不平的拳头大的石块，今天我们没有睡铺在雪地上的树枝钢丝床的福分，只能睡“冰冻疙瘩床”。好在我们这一腔热血足以抵挡冷风，对诗人高平的“热血挡冷风”的诗句，我有了深刻的切身体会。帐篷小，人多，几十号人怎么睡？大家一比划，以凤尾鱼罐头排列式：你头朝东，我头朝西，侧着身体紧紧挤着躺下，一晚都不敢翻身。

第二天早上风停雪住，可公路仍被积雪封锁，无法前进后退。眼看生病的同志面色苍白已难以支持，时间拖得越长，病号将越多。我们必须立即下山！举目四望，茫茫雪海哪里是路？党支部动员大家：面对的情况是对共产党员、青年团员的一次考验。战士的字典里没有“困难”二字，我们必须朝着西台站探路前进！背上必须的服装道具，带上代食粉和蛋黄蜡，俩人一组探路下山。我和陈述一组，她年纪小，风湿性关节炎严重。我找来两根树枝一人一根当拐杖。我让她先抱紧一棵小树，一只手拉着我，我慢慢用树枝向雪下探着，探实了才走下去一步，然后接她下来，就这样慢慢走下了山，此时才发现我们的双手都打起了泡。

患高血压的王炳智在山顶已奄奄一息，赵千和3位男同志用树枝扎成担架，轮流抬着他探路下山，他们的困难比我们还要大得多。

初闯雀儿山的情景，深深地刻在了我的记忆中，闯雀儿山的精神也时时激励着我，实在令我终身难忘。

## 为英雄谱写赞歌

是谁写的报告文学《共产党员高付印》，把英雄的业绩广为传颂？是谁编写歌剧《张福林》，讴歌我们时代的英雄？是他！是我亲密的战友赵千同志。

1951 年元旦，我们相识在山城重庆。随后他和陈野民、高平去西藏采风，我参加西南军政委员会组织的反特展览会。半年后我们重聚在浮图关。接着他和立兵带领我们文艺小分队奔赴西藏。记得在康定的一次演出间歇中，高平与我谈起了赵千。高平说：赵千是个好同志，为人老实，对党忠诚，进取心强，也很有文学才华，建议你们互相进一步了解。这时我才意识到，高平是来替赵千当说客的。不过高平的话的确打动了我。我想赵千和我搞同样的工作，接触很多，进藏这一路，他工作很负责，除了抽烟外，我还没有发现什么问题，互相深入了解一下也好，便接受高平的建议。实际上我和赵千的爱情生活就从康定开始。自此以后，每当唱起康定情歌，我和赵千都会有一种特殊的情感。在整个修筑康藏公路的几年中，我们一块下连队体验生活，一块创作和演出。赵千创作和发表了许多讴歌部队的文章和文艺节目，高付印、张福林等英雄形象跃然纸上。1952 年他写的报告文学《共产党员高付印》在《重庆日报》上发表。1953 年他创作歌剧《张福林》（罗念一曲），唱遍了康藏高原的冰山雪岭，响彻了山城浮图关，在 1953 年西南军区文艺大检阅中获奖。

我永远记得，在他笔下的张福林，那么朴实，那么忠诚，那么有血有肉。在修筑雀儿山公路中，张福林废寝忘食，刻苦钻研爆破技术；当劳累一天的战友进入梦乡，他却在篝火旁给战友烘烤衣衫，还抓紧时间学文化。当他正在检查炮眼的时候，山石突然从天而降砸在他腰上。他从昏迷中苏醒过来，卫生员要给他打止痛针，他说：“我不行了，为祖国节省一针药吧！”连长来到他身边，他说：“连长，我没完成任务。”看见指导员，他说：“指导员，请把我身上的 4 万 5 千元钱（旧币）交给党，这是我缴的最后一次党费。”战友们围着他，他说：“我不能参加祖国建设了，同志们不要为我耽误了施工，快上工去吧！”我作为伴唱队的成员，每当剧情发展到这里的时候，我已热泪盈眶，一声声“班长呵班长”发自我的肺腑。剧场里满座的观众也发出唏嘘声……张福林牺牲后，在他的遗物中发现 5 粒菜子，那是他进藏时从四川带来的。“学习张班长，把公路修到拉萨去！让张班长的种子在西藏生根发芽，开花结果！”这声音高昂奋进，变成了整个筑路部队的行动意志。张福林的战友高举“张福林班”的旗帜行进在崇山峻岭中，英雄的旗帜飘扬在雪山冰河上。我和赵千、高平、星火也融入这英雄部队中，前进！前进！

三千里康藏公路，平均每公里就有一位同志倒下，他们都是张福林式的英雄。雪山向他们低头致敬，雅鲁藏布江为他们怒吼、呜咽！雪山中埋藏着他们的忠骨，康藏公路是他们无言的丰碑。

## 安鸠拉山的“钢钎林”

1954 年是修筑康藏公路的决战年，年底前公路必须修到拉萨。4 月，我和星火随一五六团七连向林芝前进，我们要把工地转移到全军最前方。战士们听说要负担重点工程，个个劲头十足，准备了许多打眼放炮用的擦炮布，憋足劲要和雪山、原始森林进行决战。

经安错湖向前，到了安鸠拉山。我睁大眼睛寻找战士们告诉我他们留下的钢钎林。突然刘河范叫了起来：“我们的音乐厅、电影院到了。”我以为他又在和我开玩笑，没有理会。

汽车沿公路跑着，宽广的公路好像突然到了尽头，张牙舞爪的怪山挡住了去路。可是当车开到山跟前，公路一转弯又向西方伸出去，路越来越窄，越来越险，加之下雨后，有的路面被压成了 1 米多深的泥坑，汽车就像扭秧歌似的左歪右倒，艰难地前进着。视线被山崖挡住了，随时出人意外地从头上伸出一块巨石，车就在这半山洞中穿行。突然脚下响起轰隆轰隆的声音，原来汽车上了木头便道。在这里，我发现了许多系着绳子的钢钎插在山顶和山腰上，这就是那个传说中的“钢钎林”了。战士们七嘴八舌地告诉我，在这里施工时，从山上悬空打炮眼已经不行了，他们便把粗粗的绳子横挂在山上，把人拴在绳子上悬空打炮眼，去年 11 月，这里到处是像蜘蛛网一样的绳网。

就在这个地方，公路从一块突出的山崖修过去，窄的地方用木头架起来，下面是一个很深的水潭，人在上面走，只听见叮叮咚咚的水声，却看不见水。刘河范说：“这就是我们的音乐厅。我们修路时每天有水声给我们伴奏。”这时我才真相信他不是和我开玩笑。

汽车继续前行，经过一座三十多米高的大木桥。再往前，只见路旁的石山上有个又深又大的洞，同志们告诉我这就是“电影院”，收工后他们常在洞里休息、学习和唱歌。天生的石洞冬暖夏凉，难怪战士们念念不忘这个地方。

## 帕隆藏布江边的思念

1954年春天，筑路部队在帕隆藏布江边摆下了新的筑路战场，6月中旬，波密的雨季来了。六班和四班的工地基本打平，但宽度不够，还需往山壁那面拓宽。五班正在清理塌方地段。看来7月3日完工好像问题不大。当人们正想松口气的时候，雨又下了起来，连绵不断，越下越大，一连下了十来天。高山承受不了雨水的反复冲击，从看不见顶的上面垮下来，半山腰的小路没有了，新修的公路被毁，大家的心阵阵发痛。老天和我们作对，这样哪天才能把路修到拉萨？干部战士都吃不下饭，睡不着觉，耽心工程不能如期完成，耽心无法预知的山洪、流沙和飞石。营地上白天黑夜都放安全哨，工地上更是万分警惕。这种情况下别说施工，就连走路休息都危机四伏，不知什么时候山会垮下来。摆在人们面前的主要任务是保障安全。这时上工地也困难重重，通往工地的路上有三个主要关口，连长多次测试，不到3分钟就从山上下来一次石头弹群和流沙，就像敌人用火力组成的封锁线。困难压不倒英雄汉，人们互相关怀，我放哨，你通过，快跑冲过去！到了工地放上防险哨，人们又一头扑在施工上。

公路没有了，山腰的小路没有了，可是很快达赖要经过这里，到北京开人代会。我们接到命令要抢修一条能两匹骡马并行的便道，送达赖安全过山。为了祖国的团结统一，我们又投入抢修便道的战斗中。

天漏了，向大地倾倒着倒不完的雨水。山咆哮着，冰川、泥石流卷着巨石和大树向河谷倾泻而下，犹如天崩地裂，动人心魄。7月初的一个傍晚，天刚黑下来，帕隆藏布江对岸的山峰还隐约可见。突然一阵惊乱的吼叫声从对岸传来。我抬头一看，对面的山从顶上往下滑落，半座山都塌了，山上的大树像小草一样随着山体滑落，满山滚石乱飞，互相撞击发出闪亮的火花。猴群惊恐地吼叫着四处逃窜。这情景令人心惊胆颤，久久不能忘怀。

我更不能忘怀的是6月里那个令人悲愤的日子，同志们战斗在工地上，谁能料想到，发狂的江水掏空了山脚，一五七团六班新修的路基突然全线下塌，全班同志都掉进了帕隆藏布江的急流中，有的立刻被水卷走，有的被巨石压住。我们的英雄班长，不知疲倦的共产主义战士张耀德为祖国献出了年轻的生命，17岁的彝族小战士梁兴邦是唯一的幸存者。

山在呼，水在啸，我们的英雄们去了！大地失色，苍天落泪，我们的英雄们去了！他们为架起一条幸福金桥，付出了高昂的代价，他们无愧于英雄的称号！

# 铁腿班迎接新挑战

江　一

我们十八军文工团跟随大部队向大西南进军，于1949年底到达四川。原以为已到达了我军的目的地，将长期驻川。就在这时中央将解放西藏的光荣任务交给了十八军。接受任务后召开了全军的誓师大会，决心将革命进行到底。在休整中对前段行军进行认真的总结、评功，评出了许多好人好事，事迹都非常感人。我们这个女兵班在这段艰苦的进军生活中，高度发扬了团结友爱艰苦奋斗的革命精神，克服一切困难，坚决做到不掉队、不减员，被评为“铁腿班”，上了光荣榜，还给拍了光荣照。

1951年春，从新津出发离川进藏。到甘孜已有我军抢修的公路，所以决定文工团坐上大卡车出发，不须用两条腿去丈量那漫长的道路了，大家听后极其高兴。从四川盆地满目金黄耀眼的菜花，到逐步爬上奇树怪石的二郎山，左顾右盼真似游山逛景，兴奋快乐之极。一路上歌声此起彼伏，选唱着最能激发热情的歌曲，特别是“二呀么二郎山，高呀么高万丈……”的歌声响彻山谷，越唱越有劲。不时还看到修路的战士在补路、护路，大家打心眼里敬重感激他们，又呼口号又鼓掌，频频向他们致意。汽车艰难地爬到了山顶。站在这高山之巅，迎着急劲、寒冷的山风举目一望，山南山北简直是两个境界。那边古树成荫满目青翠，这边遍山不见寸草一木。这边已不见崇山峻岭，成了连绵起伏的大小山“馒头”。汽车顺势缓缓而下。几天后到达了甘孜。这是个海拔3600米的小山镇，坡上坡下分布着用原始的干打垒方法筑起的寺庙和简陋民房，多分为上下层，上层住人，下层养牛羊。军队多住在人家下层的空圈里，打扫干净，铺上干草。使我最感意外的是第一天夜里睡觉，平常的一个翻身动作，在此地几乎使我闭过气，让我领教了高原的厉害。慢慢体会到，任何体力活动都会有高原缺氧的反应，所以在此地有几个月休整十分必要。这里修了个小机场，军队的食品都是从其他地方运来的。副食是少量的花生、海带之类，蔬菜、水果根本见不到。有一次刚来的同志给了我班几个梨，为了留念，我和童莹华等蹲在一起，把梨举在微笑的口边摆好姿势拍完了照才舍得动口，这张幸福的照片我一直保存至今。在甘孜住了约半年，积极地做好进入高原的准备，还排练了一些适合给藏族同胞和驻藏部队看的文艺节目。每当在广场排练时，男女老少藏族同胞就围着观看，我们就向他们学语言、交朋友。我们也觉得有许多新鲜事，除了服饰特异外，生活中用木桶背水、打酥油茶，用独木刻挖的楼梯，都十分美妙。而最引起我们好奇的是妇女头上都梳着许多小辫子。劳动妇女一般梳几十个，有一位贵族妇女让我数了一下，竟有二百多个，倒是越精细越美观。她们每年在一定的季节梳洗一次，请别人帮助，洗发后抹上许多酥油，将发辫梳得一根不乱。我问她们是否洗澡？她们悄悄告知我们在郊外旷野有一个可以洗澡的小温泉。这令我们喜出望外，女兵们就约好了。一天黎明 3 点，我们起身带着衣物向距镇子几里远的温泉走去，出镇时还引起居民家狗叫，好在我们人多胆壮，又洗澡心切，也就不怕了。到了那里发现了那个直径十多米的小温泉坑，水温合适，水又不深，大家很高兴，看四周荒无人烟，心里还是有些怕。大家急急忙忙尽力搓洗好了，天已将亮，赶快回营，直觉得浑身轻松，可以轻装上路了。这一次去洗温泉浴的情景和心情令我终生难忘，至今仍历历在目。

从甘孜出发时，每人发了皮衣、皮裤、皮帽、皮手套，女兵脚小穿不了毛皮鞋，只好有什么就穿什么。规定棉被的棉絮不能超过 1 斤半。每人只留一两件替换内衣，还有小饭碗牙刷，带上腰鼓或乐器，还须各带一方组合帐篷。减到不能再减，又被告知，从这里出发后，食物供应十分困难，不能保证及时补给，每人必须携带不少于五天的食物。5 斤桶装代食粉（谷物和豆类混制的熟食）必须吃五天。越走荒凉高寒的景象越是逼人，呼吸困难了，走路时也就不唱歌了。到了丁青，小住休整。一天晚饭后，由食堂给各班送去了新宰杀的生牛肉及一些四川的辣豆瓣酱，首长要求每人都要学藏族同胞能吃生牛肉。当时没想那么多，只以为是尊重民俗。

从丁青出发之后，天气更寒冷了，下了雪也不化，一路趟雪而行，晚上睡觉脱下鞋子，次日成了硬壳，只好放在怀里暖软了才能穿上脚，后来每晚睡时切记把它压在身下。需要趟水过河，此时河水已结冰，过河时为了照顾女兵的生理特点，有时让趴在马背上，双手抓住马驮，双腿向后抬起过河。有时体力强的男同志先过河后把背包放下，再趟回来背女同志过去。冰块有时划破腿，真是冰冷刺骨，可大个子肖迎春、卢樵等却多次背女同志过河。越走地势越高，虽然有时走山不见山，但从上坡时换气困难已觉得海拔愈高。一些同志开始感到身体不适，体力下降，步履艰难。光秃秃的山上，两寸长的枯草也被雪覆盖着，虽然日行里数不多，但多日人马食物不足，到了宿营地，短柴缺水，拔些草根烧起化雪，水也烧不开，难得温饱。有时只能用雪掺和着代食粉吃，就那点定量对男同志来说半饱也不够。在这荒无人烟的雪原上极少见到人家，若远远看到一个牦牛帐篷，真感到无比地亲切和温暖。到了补充食物的日子，稍有节余者便一次吃完，以求一饱。有一次每人发了一桶代食粉还加了一小铁盒食品，里面装有15支手指般大的暗黄色蜡条，名为蛋黄蜡，准备在万一断粮时嚼些蛋黄蜡，减少饥饿感。可到了途中真用上它时不仅味同嚼蜡，还感到恶心想吐。多数同志宁肯饿着也吃不下它。

每天日出而行，日落而宿。到了当日的宿营地分队长划分了各班的帐篷位置。分工负责搭帐篷的人，先要把篷址的雪扫去，然后把每人一方的篷布扣在一起，6块做篷屋，两块做篷门，用4根帐杆把篷撑起来。一个小三角篷里睡8个人。本来出川时除了小薄被外，还有一个小白布单子，可这个仅有的小垫单在过金沙江时，由于马匹游水过江，满身湿淋淋怕得病，就在江岸生起一堆火，马一上岸，一人赶快牵它绕火堆烤烤，另一人拿布单给它擦干，用过后就丢弃了，哪知以后不再补充呢！到了雪山高原，又凉又湿的草地，女同志只好把马匹的驮垫借来，次晨送还。用了几次后发现垫子上的异物擦破了马背，大家都知道马匹的可贵，马匹伤减人就要增重，不能再借垫了。于是俩人把皮袄对着铺在下面，两床小棉被合起来用，俩人各睡一头，这种睡法还可以暖和点，反正困累已极，倒头就能进入梦乡。印象很深的是有天行军连连登高，爬上山顶，已到天黑，天空阴沉沉的，雪还在下着，山顶上厚厚的雪，经行人踏过后已变成溜滑的坚冰了，根本无法驻脚。部队领导派人站在山顶分界处，不停地在坚冰上想铲挖几个脚坑，哪知费力地抡着铲几下，两三个人踏过后又变得溜滑了。实在没办法，后边的人只好一到分界处就干脆坐着往下滑。就这样陆陆续续下到半山腰，天已漆黑，下不了山了。传来就地宿营的命令。可半山腰整个是大斜坡，根本找不到平地，帐篷只得搭在斜坡地，饭也没法吃大家就入帐篷睡觉。一觉到了天亮，起床号一响，怎么也坐不起来，原来一夜大雪，篷布都压在脸上了，急忙钻出来一看，帐篷都变成了白雪包！凡脚向下坡睡的人，半截腿都滑到了篷外，真是名副其实的露营了。

这一个多月的行程中，有些日子是在海拔5000米以上行走，最高处达到5900米。山高路险又严重缺氧、缺粮，吃不饱、睡不暖，负重又不能减，身体的承受力已煎熬到了极限！队伍中病员日增。文工团第一个病逝的是年轻少壮只有18岁的尹学仁同志，军医诊断为肺心病。病势发展很快，虽尽力抢救，苦无回天之力，发病一天就不行了。部队要继续前进，只能将亲爱的战友草草地埋葬在昌都的一个山脚下，面对着他小小的坟墓，大家只有沉痛的哭泣和无奈！没有战火纷飞，没有枪林弹雨，居然也会有突然的牺牲，这在思想上毫无准备。之后的行进中，又有两个小伙子：张国藩和邓群阶病逝。

10月底到达了拉萨，举行了隆重的入城式。生活安定下来后，除了业务工作外，春天部队投入了开荒生产，争取粮食自足。在拉萨市远郊开了许多荒地，种了豌豆、青稞等。在文工团营房大门外有一块闲地，我们便把它开垦了，种了大白菜、萝卜，这些地因从未耕种过，地力极好，种什么都长。我们背着筐到百姓家出粪，粪水足了，那萝卜居然长得二十多斤一个。白菜包心时，人蹲在菜地里只露个脑袋。蔬菜丰收了，一时吃不完

1952年秋天，十八军文工团炊事员把吃不完的大白菜晒干

就晒干菜留着过冬，这极大地改善了伙食。为了长期建设西藏，文工团积极开展学习藏语、藏文，了解民族历史、文化，编排藏语节目，收集民歌，学习民族舞，宣传党的各项政策，结交藏族朋友。这里有亟待开展的工作，有领略不尽的民族风情，大家逐渐地适应并喜爱上这个历尽千辛万苦寻觅到的第二故乡。

# 矮拉山散记

游青淑　谢正芳　黎秀实

被周总理称之为“工程艰险，意义重大”的川藏公路(当时称康藏公路)，在修建中需翻越二郎山、折多山、雀儿山，横跨金沙江，公路延伸到横断山脉的矮拉山下时，部队面临着又一场硬仗，就是打通海拔4600米的矮拉山。1952年夏，五十二师一五六团翻段(修路部队一字摆开，一个单位修一段，修好一段就赶到前面再修一段，当时叫“翻段”，战士称之为“背着公路前进”)上了矮拉山，执行这一艰险路段的修路任务。

矮拉山，山高坡陡，风大缺氧，人迹罕至，十分荒凉，尤其是夏季，气候多变，昼夜温差很大。时而晴空万里，骄阳似火；时而电闪雷鸣，暴雨倾盆；时而乌云压顶，寒风刺骨；时而顶着烈日，冰雹袭人。衣服经常是淋湿了，又晒干了；汗透了，又焐干了，一天是几湿几干，白天热得出汗，夜里冻得发抖，加之时间紧，任务重，劳动强度大，物资供应差，战士脸上一层一层脱皮，嘴唇一道一道裂口，手脚磨出一串串血泡。环境极为艰苦，身体极为疲惫，但文化生活更加缺乏，看不到书报，听不到广播，能在这荒山野岭上看一场文工团队的演出，更是奢想。

1952年9月，我们西南军政大学第八分校文工队奉命上山慰问部队，听完队长徐容同志的动员后，我们非常高兴，恨不得立即插上翅膀，飞上山去，马上给修路战士跳个舞，唱支歌，帮助连队做点事，为修路战友出点力，把首长的关怀和兄弟之情送到战士的心坎上。经过紧张准备，我们便向山顶攀登。高原行军，不仅要有热情，还要有体力，更要有坚强的意志和顽强的毅力。对我们这些离开家门、校门不久，参军两年多，不满20岁，还背着沉重的行李和演出用具，爬起山来，真是三步一喘，五步一停，尤其是我们这些女同志，其困难程度更是可想而知了，可是，一想到战士，一想到修路，一想到首长的嘱托，一想到毛主席的号召，便精神振奋，勇气倍增。经过艰苦的跋涉，终于到达了目的地。当看到首长亲自接待我们，战士热情欢迎我们，他们热烈鼓掌，高呼口号，问寒问暖，奔走相告“文工团的同志来了”“我们要看演戏了”的情景时，我们激动不已，疲劳全消，默默地在心中想着：“我们真该来呀，真该早一点来呀！”

“今晚演出！”队长一声令下，全队便忙碌起来。那时的演出可没有现在这种条件，战士生活是战斗化的，我们演出也是战斗化的，只能因地制宜，因陋就简。借来工具平块地，栽上棍子，挂上幕布，雨布铺在地上摆上油彩，扯个绳子搭上演出服装，道具有序放好，汽灯灌满煤油，一个简易舞台便告成。当然，最费劲的是装置组，在缺氧风大的高山上，栽柱子、挂幕布可不轻松，挖坑要出大力，拴绳要搭人梯，大风吹来要及时检查加固，有时还得用脚踩肩扛。队里人少事多，分工不分家，哪里需要哪里上，就连女队员游青淑同志也是劳动强度最大的装置组成员之一，经常和男同志一样爬上爬下。

天还没黑，部队已经提前收工，开饭后背着背包，列队高喊“一、二、三、四”入场，整整齐齐端坐在自己的背包上。接着，唱歌声、拉歌声此起彼伏，热闹异常，全没有劳动一天刚放下工具的疲惫感。这种情况立即感染了我们，大家劲头更足，紧张地检查着临场准备工作。忽然，队长下令：“趁天气好，演出开始！”当报幕员走到台口还没张嘴，台下便立即响起一片热烈的掌声，接着男女声合唱《开山炮》，洋琴独奏《将军令》，舞蹈《小车舞》《采茶扑蝶》等节目，紧凑有序地一个接着一个演出，每个节目都获得一阵热烈的掌声。突然，我们听到台下一阵哄然大笑，从侧幕一看，原来是一位跳《骑兵舞》的男演员因用力过猛，蹦断了裤带，不得不一手提着裤子，一手认真地做着动作，坚持演出。见此情景，我们在后台也笑了。演员越是认真演，战士越是哈哈笑，台前台后笑成一片，演出效果极好。演出正在进行，忽起大风，掀起了幕布，吹灭了汽灯。我们立即拉住幕布，点上备用的酥油灯，继续演出。一会，雪片夹着冰雹一起袭来，而且越下越大，演员脸上流着水，湿透了的演出服装粘在身上，台上滑得站不稳，酥油灯光也更加暗淡。“怎么办？是停还是演？”一些还未上场的演员望着队长，等他发令，而徐容同志一声没吭，走到台口掀开幕布，手指台下。只见战士全然不顾这些，个个端坐在自己背包上，两眼期待地望着台上。这一情景像一股热流暖遍我们全身，我们异口同声地向队长表示："战士坚持看，我们就坚持演！"在继续演出中，风更大了，雪更大了，演员的劲头也更足了，战士的掌声也更响了。台上台下感情交融，共同战胜了严寒，斗败了风雪。演出结束后，首长到后台看望我们表示慰问，我们都情不自禁地把艰苦与光荣之间划上了等号，更加增强了努力为战士服务的感情与决心。

在以后的几天里，我们晚上演出，白天到修路工地，帮助战士挖土方、炸石头、砌堡坎、洗衣服、补衣服、包伤口；还教战士唱《筑路歌》、跳《青年舞》，帮助连队办墙报，做病号饭，团结互助，亲密无间。

我们也要翻段了。出发前夕，团政治处王树祥同志告诉我们："为了感谢文工队的演出，首长派人翻山越岭打了一只野羊。今天晚上请大家吃羊肉，喝羊肉汤。"听到这一消息，我们非常感动，高兴得一蹦多高。当第二天我们整装待发时，一位队员高声念道："矮拉山，高万丈，人迹罕至多荒凉。战士修路不怕苦，甘洒血汗保边疆。文艺兵，登山岗，慰问部队演出忙。阶级兄弟情如火，我们永远记心上。"

# “九宗”访问团中的女兵

黄崇德

1951年11月上旬，我们文工团六队随五十二师到达海拔3000多米的太昭地区，这里气候温和，松柏参天，空气湿润，氧气充足，可称得上“西藏江南”。经过半年多雪山、冰川、草原、荒滩的长途行军，猛然来到这里，就如到了人间天堂。但我们无暇欣赏和享受这天堂美景，新的战斗又在等待着我们。以五十二师副师长陈子植、副政委阴法唐为首的访问团成立了。此团由文工团六队四十多人（其中女同志16人）的文艺宣传队及电影放映组、医疗组和团部工作人员组成。旨在宣传和平解放西藏《十七条协议》，搞好军民关系，做好上层人士的统战工作，筹购粮油等。访问的区域位于拉萨东南尼洋河与雅鲁藏布江中游沿岸的江达、雪卡、觉木、则拉、金东、朗宗、加查、古如朗杰、拉索等9个宗（县）。我们文工团的任务是赶排一台适合藏族同胞观看的歌舞节目。时间紧，任务重，我们立即投入了紧张的准备工作。

## 梳妆打扮

访问团的第一项任务就是整理内务，洗头洗衣好好地梳妆打扮一番，把一个多月积存在身上的污垢来个大扫除，以便焕然一新地迎接新的任务。不能让藏族人民看到我们蓬头垢面的样子而有损解放军的形象。记得那是一个晴空无云，风和日暖的日子，天是那样的蓝，太阳像一团火似的照在身上暖融融的。一大早我们女同志就忙着烧好了热水，首先要把头发清洗一下。可万没有想到这么平常的一件事却难坏了姑娘们，因为在一个多月的行军中不仅没有条件洗头，因天寒地冻从早到晚乃至夜里睡觉都戴着棉帽子，久而久之头发得不到梳理便板结在一起，活像戴在头上的一顶毡帽。

我的头发原本就多而厚，梳起来就更加困难，只好一把把地扯，姐妹们你帮我、我帮你互相梳理，掉的头发一团团、一把把，真叫人心疼。有的长发实在梳不通就忍痛割爱剪成短发。就这样从早饭后一直梳到中午方才梳通。梳洗完毕之后我们换上了洗净补好的军装，刹那间个个英姿飒爽，满怀信心地投入了紧张的排练之中。

访问团于 11 月 24 日由太昭出发，顺着山沟南下到雅鲁藏布江与尼洋河的交汇处，再沿江西上至上游又返回太昭。自东向西绕了一个圈，历时一个多月，文工团共举行演出晚会 27 场（小型宣传不计在内），于 1951 年底返回太昭。这次访问的 9 个宗，大部地区都在尼洋河与雅鲁藏布江流域。这一带山青水秀，风光秀美，村庄稠密，气候适宜，是西藏的产粮区，还盛产桃子（小毛桃）、杏子、核桃等。

## 吃 核 桃

从太昭出发的第一天，我们住在上层爱国人士阿沛·阿旺晋美的庄园——阿沛村。村民们对我们非常热情，当我们住下之后，有不少群众来到我们的帐篷前围观，尤其是看到我们这些年轻的女兵更是感到新奇，比比划划地议论不休。虽然语言不通，但用手势与微笑也能达到感情的交流，彼此相处得相当友好。不久，有的村民便背来了核桃出售。这可乐坏了我们文工团的这群小馋猫，当时我们都还是十七八岁的孩子，最小的赵邦玲、张颂华、吴光奎等才十五六岁，就连我们的指导员张均同志，也还是二十四五岁的小伙子，哪能经得住这油香佳果的诱惑。大家在一起嘀嘀咕咕欲购却又不敢。后来经请示领导批准后，我们把仅有的一点生活津贴费凑起来购买核桃。1 个大洋（银元）可买 4 斗，相当便宜，还真买了不少。因为马上就要进行演出，只好强忍着馋劲儿，等到工作完毕之后方能享用。

晚会结束后，大家收拾好服装道具等回到帐篷之后，按常规要尽早地休息。但那天夜晚却不同往常，熄灯号已吹过，帐篷外仍叮叮当当地响个不停，那是馋猫们偷偷地跑出去砸核桃的声音。领导也理解大家，也就睁一只眼闭一只眼，不作追究。那天晚上一轮明月高挂在空中，天特别蓝，月亮也更为明亮，照得夜如白昼，月光下这些金童玉女一边砸着核桃，一边乐滋滋地窃窃私语，边砸边吃，其幸福之情实难言表。这情是一首诗，这景如一幅画，这幅美的诗画永远地留存在我们的心中。

由于买的核桃一时吃不完，剩余的必须去壳取仁以便携带。有的将剥好的核桃仁放在水杯套子里；有的装在乐器盒子里；有的还装在洗净的袜子筒里，留着慢慢地享用。没想到第二天天还未亮就有人跑厕所，出发后掉队的人也越来越多。原来是长期缺油少盐的肠胃消受不了饱含油脂的佳果，因一时吃得太多而拉起肚子来，我暗自庆幸因怕吃油腻的东西而免去了这场灾难。那些吃得多的同志捂着疼痛的小腹连连叫苦，这个说悔不该只图嘴痛快，不顾肠胃坏，那个说咱们生就受苦的命，还是每顿喝一碗代食粉糊糊饿着点好，那样就不会遭此大罪了。说得大家哈哈大笑。

## 化妆游行

我们文工队这些年轻人绝大多数没有受过专业训练，入伍后由老同志传、帮、带，我们分别学会了唱歌、跳舞、演戏、拉琴、舞台美术……

由于我们访问的9个宗均属新区，群众对共产党、解放军、和平解放西藏《十七条协议》等一无所知。少数反动分子勾结帝国主义，妄想把西藏从祖国大家庭中分裂出去，他们大肆散布谣言恐吓群众，说什么汉人来了要抢粮食，掳牲畜，抓女人，吃小孩，烧寺庙，废宗教，解放军是绿眼睛红眉毛的杀人魔王……访问团的工作遇到了很大的阻力，领导把这次访问提到了“政治大进军”的高度，要求我们以实际行动揭穿那些谣言诽谤，使西藏人民对共产党、解放军有一个正确的认识，从而消除民族隔阂，为《十七条协议》的贯彻执行奠定基础。

我们到达雪卡宗的那天，群众闻风而逃，没来得及跑的就躲了起来。我们要召开群众大会，可没一人照面，翻译到各家去喊也喊不出来，他们个个惊恐万分，大人护着孩子，老人按着儿女，如临大敌。于是我们把锣鼓敲了起来用以吸引群众，但敲了半天只来了一个人，后来我们索性穿上演出服装，打着腰鼓走街串巷来一个化妆大游行。这一招果然见效，躲起来的群众见我们这些青年男女身着彩服满面笑容、热情和善不像是杀人放火抢东西的魔鬼，便一个个走了出来，尾随我们的队伍来到布置好的会场。

我们招呼他们席地而坐，顺势开起了群众大会。开始由工作人员宣讲《十七条协议》及党的民族政策，介绍共产党、解放军是为人民谋利益的，揭露坏人的造谣与诽谤。接着由我们演出歌舞节目，顿时群众转怕为喜，主动和我们接近。我们在工作之余还抽空帮他们背水、扫地，干些杂活，他们备受感动。有的群众在夜深人静时，偷偷把柴草给我们送来放在帐篷外。临走时，有的老阿妈抱着我们女同志亲着；有的帮助我们收拾行装；还有的把核桃、桃干、杏干塞进我们的口袋里，依依不舍地送到村外；有的则双手合十为我们祝福，嘴里不停地念着“金珠玛米亚姆亚姆”（藏语意为解放军好）。那种纯朴敦厚的感情，使我们深受感动，这也说明通过我们的宣传和实际行动，使反动分子所散布的谣言不攻自破。

从此，我们每到一地就先来个化妆游行，打着腰鼓进城（村），并到宗政府去拜访，这样很快消除了群众及上层人士的恐惧心里，外逃的群众也纷纷返回家园。访问团也常趁群众观看演出之机，召集当地上层人士会议，开展统一战线工作，从而圆满地完成了贯彻执行协议及购粮等任务。

## 篝火晚会

我们文艺兵除每天负重行军六七十里外，主要任务是通过文艺形式进行宣传，任务十分繁重，每到一处马上就投入紧张的工作中。每天一搭好宿营的帐篷，马上就要做演出的准备，搭台、化妆、调音等，有时忙得连吃饭的工夫都没有。演出条件特别差，没有灯光照明，没有音响设备，更没有像样的舞台。每到一处就选一块较为平坦的场地，把一块幕布的两头拴在大树上，没有合适的大树就临时挖坑埋两根木杆，挂上幕布作舞台，有的连木杆也找不到的地方，就连幕布也不挂，演员和观众混在一起不分彼此。演员在露天地里化妆，在幕布或大树后面换服装。

当时正值隆冬季节，加之高原上昼夜温差大，太阳一下山气温马上下降。寒风凛冽，凉气透骨。演员们身着丝绸薄纱，个个冻得牙颤身抖清涕直流，只好不停地蹦跳。化妆时手冻得不听使唤，艰难地将油彩涂抹在发紫而麻木的脸蛋上，油彩常结成冰块，没有火烤时硬是用手和脸将它暖化，有时手上、唇上的裂口向外渗血，与化妆品混合到一起涂在脸上。演出时没有灯光照明就点起松明子，或在舞台两侧各生起一堆火，一来用以照明，二来可以取暖，大家戏称这是别开生面的篝火晚会。乐队坐在火堆旁演奏，手冻僵了在火上烤一下再继续拉琴，号管冻了在火上烘一烘再接着吹奏。操琴的手、吹奏者的唇也常常冻得裂着大口，流着鲜红的血，粘附在琴弦及号嘴上。这台别开生面的篝火晚会，是我们边疆文艺战士的心血铸成的。

## 文化交流

我们的观众除少数部队官兵外，大部分是少数民族群众（藏族为主，还有门巴族、珞巴族等）。为了使他们听懂宣传协议的节目，通常是演一个节目停下来，由通司进行翻译，当他们听懂后就连连地发出"啊啧、啊啧……"的感叹声。有些节目是译成藏语演唱的，群众能听懂只言片语也会高兴万分。用藏语演唱对于我们这些不会藏语的演员来讲，真比登天还要难。只好用汉字注音死记硬背，饭前饭后，睡前睡后，行军路上乃至上厕所都要见缝插针背上几遍。虽然辛苦一点，但当观众听懂了我们的演唱之后，心中感到无比欣慰。我和吴光达同志演唱的二重唱《藏胞歌唱解放军》，就是用藏语演唱的，这首歌唱遍了九宗，后来又唱到了拉萨，唱遍了西藏。还有《歌唱和平解放西藏十七条协议》《共产党的恩情长》《歌唱毛主席》等歌曲都非常受欢迎。

成功往往伴随着失败。为了配合发展生产，用藏语排演了秧歌剧《兄妹开荒》，因是小歌剧，唱词多且有道白，要求在很短的时间里排出来。我和徐永亮同志接此任务后，就拼命地背呀记呀，虽然用尽了九牛二虎之力，但并未达到预想的效果。演完之后我们兴致勃勃地搜集观众反映，他们摇头摆手表示没有听懂。我们像泄了气的皮球似的欲笑无声，欲哭无泪，真成了瞎子点灯白费蜡了。看来唱一首藏歌容易，用藏语演戏就不灵了。不过我们并不灰心，继续学和练，只要有利于党的事业和西藏人民的事就努力去做。到拉萨之后我们文工团有不少人去了藏干校，我就是第一批进校学藏语的成员之一。

虽说语言不通，但艺术是共通的，我们还表演了很多其他民族的舞蹈，如蒙古舞、维吾尔族舞、汉族的秧歌舞等，特别是藏族舞，群众都非常喜欢。

有一次我们表演鄂伦春舞，当跳到射猎的动作时，有一门巴族老人从人群中走出，取下身上背的弓箭，模仿着演员的动作翩翩起舞，台上台下一起欢跳。一时之间艺术的魅力化解了民族之间、军民之间的隔阂，呈现出一片团结、亲善、欢乐的气氛。这位老人后来一直跟着我们走了很多地方，天天坐在火堆旁看演出，学着跳鄂伦春的狩猎舞。还经常帮助我们装卸舞台，干些力所能及的事。我们都亲切地称他为“烤火看戏大叔”。

我们还在百忙中抽时间向藏族人民学习，他们能歌善舞，跳起舞来可通宵达旦。记得在朗宗时，要召开附近几个宗的宗本和头人会议，在那里停留了三四天。朗宗的宗本非常开明，把我们访问团当作贵宾接待，铺上了红地毯，搭起了迎宾帐篷，群众对我们也十分友好。晚上点起了篝火同我们联欢。他们表演了很多藏族舞蹈，其中有一织氇氇舞，描述了织布的劳动过程。我们及时地学了下来，并进行编排配乐，第二天在晚会上表演，群众观后欣喜若狂，发出“噢……”的叫声，有的伸出大拇指连声叫好，并要求我们再跳一遍。晚会结束后他们久久不忍离去，说，从来没有看过这样的好节目。后来他们又要和我们联欢，并主动教我们跳西藏的锅庄舞，直到深夜方才离去。

此次访问不仅完成了宣传任务，还进行了民族之间的文化交流，使闭塞的西藏加强了与祖国各民族的文化相互交流，融会贯通，在祖国的艺术百花园中尽情绽放。

# 从眉山到昌都的日日夜夜

崔芳敏

当年作为一名康藏工作队的新战士，以无比炽热的感情，在进军昌都的过程中见缝插针，记下了一本日记。现整理出来公之于众，希望能唤起当年的战友们对我们火热的战斗青春的回忆，也让今日之青年粗略了解各族人民翻身解放得来的艰难。

中国人民解放军第十八军五十二师驻四川省眉山县时，接受了和平解放西藏的光荣任务，是和平解放西藏的主力部队之一。1950 年 8 月成立了师康藏工作队，属师政治部领导，我是队员之一。

我队组成人员，有从第十八军各单位及军大八分校抽调来的，有军大三分校毕业学员自愿参加解放西藏调到十八军的。大部分同志在军大学习过，懂得一点马列主义、毛泽东思想，革命热情很高。文化程度小学、中学、大学不等；年龄在二十岁左右；有资本家、地主家庭出身的小姐，有一般劳动人民及贫苦人家的大姑娘，但绝大多数都是新中国成立前后参加革命的未婚青年。

1950 年 9 月 1 日，全师出发的喜庆日子到了，我们抱定愿将热血洒疆场的决心告别眉山父老乡亲们，坐在敞篷汽车上，愉快地向西藏的东大门——昌都进军了。眉山军民热烈欢送我们。军人列队，百姓扶老携幼，站在街道两旁，我们浩浩荡荡的军车从欢送的人群中徐徐前进，一路上鞭炮声、锣鼓声、口号声响彻云霄，热闹非凡。有个老乡抱着小孩，孩子手中拿着纸花，送到我们车上；一位地方干部手里拿着纸旗，跑来跑去地高喊：“解放军万岁！共产党万岁！毛主席万岁！你们打到哪里我们就支援到哪里！”

9 月 2 日，我师浩浩荡荡的军车开进新津，又受到了新津军民的热烈欢迎。我见到了好多军大三分校的老同志（共调来 99 人），她们十分热情地接待我们，羡慕我们是和平解放西藏的先遣部队。我在屈道敏(1970年前病故)同学处洗了澡，这是我进军西藏前最后一次洗澡。

9月3日，我队整天忙着做干粮，准备在行军路上吃。我们炒熟面粉装进粮袋备用，还有领取的饼干等食品。粮袋是用绿色军用布缝制而成，宽约5寸，长约5尺，挂在颈上行军。各分队又分三人一小组，轮流煮饭值勤。

晚上，集体观看西南军区放映队放映的电影《白衣战士》，片中主人公赵队长，是一位了不起的女同志，她在抗日时期的东北战场上积极勇敢抢救伤员的故事，她全心全意为伤员服务的精神，使我钦佩不已。

9月4日，我师离开新津时，受到新津军民热情欢送，还收到很多慰问信、慰问袋。最让人感动的是白发苍苍的老大娘、老大爷、天真活泼的小孩，拿着慰问信、慰问袋等礼物向我们军车上抛来，多么激动人心啊！

9月5日，我师路过名山，又受到军民们的热情欢送，还有化装表演队哩！又收到很多慰问信、慰问袋。小学生们手拿鲜花往车上抛，还有桂花，格外清香扑鼻。小小花朵寄托着多少亲切、多少希望啊！一路上欣赏着大自然的美丽，山青水秀，空气清新，沉醉在可爱的祖国母亲的怀抱中，不知不觉进入西康地区。军大八分校文工团的男女同志化装表演欢送我们。还有好多用松柏和花朵扎成的牌子，上面写着标语。我们如醉如痴地前进！前进！前进！

到了飞仙关，没有通过汽车的桥，过桥换车，笨重物资用船渡运，除我们的东西外，还给我师先遣部队带了很多东西，过河费了很大工夫。女同志背着自己的背包过这铁索桥（铁索上面安上木板，约有5尺宽），走上桥就摇摆不定，下面又是湍流，走起来非常吓人。晚住飞仙关，开始进入人烟稀少的地方。

9月6日，进军途中，看见公路上有少数行人，他们用背篼背东西，穿得衣衫褴褛，面黄肌瘦，走起路来非常吃力。军车风驰电掣般前进，通过数座桥，夜宿烂池子。

9月7日，我师的军车经过二郎山，上山坡时天不停地下雨，公路又窄又滑，成S形往山上转，人只能步行上山，只走了50多里地，就在半山坡坐在车上过夜。从此开始，我们每天吃饭、睡觉、洗脸洗脚、刷牙漱口等日常生活，经常没有规律，干粮就起了重要作用了。一路上，红花、黄花，绿草青青，点缀着大自然的美丽，虽然人烟更加稀少，却令人心旷神怡。路旁有用木板或树皮搭成的小屋，这是修路民工休息、避风雨的地方。

9月8日，我师行军到达二郎山顶就没有雨了，但是风很大、很冷，我的双手发肿了。车又行了一会儿，遇到和我们对驶的一辆军车开出了公路，掉下山坡去了，车上的同志为和平解放西藏而光荣牺牲了。祖国处处埋忠骨，同志啊同志安息吧！后又遇到塌方，阻碍了车辆前进，耽误了很长时间，深夜才到达泸定。

9月9日，我看见了红军长征时抢渡的泸定桥。这是一座铁索桥，和飞仙关的桥一样，由铁索、木板建成，宽约两米左右，但是更惊险，桥离水面几十丈高，桥下怒吼的激流翻滚几丈高，吼声震耳欲聋，铁索上只有稀稀的木板，边走边荡，掉下去就没有命了。我师大批笨重物资要从这桥上运过，要往返多次方能运完。胆小的女同志只背着背包走一次都喊："怎么办？"胆大的女同志说："你不要听水吼，不要向下看，大着胆子往前走！"有的战士背着百斤重的米袋征服了这赫赫有名的泸定桥。泸定桥这一带有仙人桃卖，据说，唐僧到印度取经路过此地时，就是吃的这东西。我师沿着激流河边前进，看见很多仙人桃树，树身约有几丈高。经过一段平原地带，远远看见电灯，非常激动，好像与电灯久违了一般，可是屈指一算，还不到十天。我们原认为这里就是康定城了，其实这是电厂的灯。又经过一阵行军，深夜才到康定。

9月10日，我师的军车过折多山，公路很宽，大家都可坐车，但气候变化无常。一会儿下雨，一会儿下雪，军车一会儿从云雾里穿过，一会儿在刺眼的太阳光下前行，寒热不定，空气更加稀薄，呼吸更加困难，心里非常难受。

到宿营地时，有工兵团的十几个男女同志打着腰鼓来迎接我们。晚上住藏族同胞家，没有煮饭，大家都不提吃饭，也没有精力煮饭。铺好行李就睡了。次日轮到我们小组煮饭，我冒着风雪到车上拿米袋，因为太冷，回去的路上几乎晕倒。我想到集体的利益，生存为了战斗，休息一会儿后，坚持把饭煮好。

9月11日，一路上有一些树上刻了口号。有一处工兵同志烧好热茶等我们去喝。我们昨夜就没有喝水了，有了水，真是救了我们的命，深深体会到“渴时一滴如甘露”的滋味，说声感谢同志们，高高兴兴地上路了。车行80华里，天就黑尽了，晚上在半山坡坐车上过夜，天蒙蒙亮就启程了。

9月12日，前几天只看见没有融化的残雪片，今天却看见了雪山，生长在四川盆地的我，从未见过雪，今天看见雪山，真高兴。除了雪山，这两天还通过很多草原地带，亲眼看见“康藏草原好牧场，牛羊成群叫嚷嚷”的好风光。车行驶到一片树林中，气候好些了，同志们高兴了，有的高声喊叫“好高的树”“好大的树”“好直的树……”的确有很多树，有锯好了整整齐齐堆成的树堆；有锯了还没有整理的，横七竖八、大片大片的树堆；还有用铁丝把几丈长的树节整整齐齐固定在公路两旁的泥土斜坡上，以固路防塌方。总之，前看后看，左看右看都是树。祖国的宝藏，多丰富、多可贵呵！我仍有高原反应，行车时吐了很多白沫，晚上住藏族同胞家，吃不下饭就睡了。好多同志都来关心我，问候我，特别是李国柱同志，细声细语向我说了很多话，我深深感到革命大家庭的温暖、亲切！我隐隐听见师部青年委员冯文斋同志说：“告诉你们一个不好的消息，修前面一座桥时，牺牲了七八个工兵同志，明天要开追悼会，并举行通车典礼，要请女同志去做些开会准备工作。”

9月13日，我们很晚才出发，到了目的地后，一大片军车停在荒野的草场上，全师同志下车集合，为修桥牺牲的同志默默致哀。这座桥被称为“忠烈桥”。我凝视桥下的河水，心潮汹涌澎湃。此刻，我又想到《白衣战士》中赵队长的革命精神，决心前赴后继为打好昌都战役贡献一份力量。当晚大家都坐在车上过夜。

9月14日早饭后，全师集合，三号首长讲话，大意是讲部队到甘孜应注意的事项，特别强调要尊重少数民族风俗习惯。一路上，我们给工兵同志发了很多印好的慰问信。先遣部队在石头上刻上了很多政治标语。我们又经过无数险峻的山崖，看见了山上一些红色的寺庙，山下一些民房，呵！久盼的甘孜城终于到了。我队安排在藏族同胞家住宿，大家都很疲倦，呼吸困难，但是都坚持着上坡下坎地搬运行李物资，直到天色很暗搬完后，才到河边去吃了一点夹生饭，最近几天行军吃惯了夹生饭。后来才知道这一带气压低，水不到沸点就开了，饭无法煮熟。晚上睡在藏族同胞收获后的青稞草上，第二天精神好多了。

9 月 15 日，我开始和藏族同胞接触了。昨夜，我们借用房东的油灯（酥油灯），今天装满酥油还她。这位女房主再三表示不要这样，用一点灯油算不了什么，赞扬我们是党和人民的好军队。我过去听到一些不正确的谣传，事实证明，你们是有感情的骨肉同胞。

9 月 16 日，各分队开会总结，各自作了自我批评，互相提了些意见，大家的思想认识有了提高。到甘孜后，我首先看到的是络绎不绝的藏族同胞在甘孜河里用木桶背水运往山上，无偿供给寺院使用。从河边到山顶，少说也有一里地远。木桶是长约 4 尺、宽约 1 尺的圆木挖制而成，绳子是用牛皮做的。其次，我了解到青稞是藏族人民的主要粮食，形似小麦。藏族同胞用平底铁锅炒熟青稞，磨成粉叫糌粑，用牛皮袋子装着备用。酥油，是藏族同胞用牛奶自制的食油，像凝固的猪油，比猪油硬，用刀切，吃多少切多少。藏族同胞用的碗很独特，用木头刻制而成，碗上边周围镶上约五分宽的白色金属，形似神庙中的圆香炉，是一种精巧美观的工艺品。

9 月 17 日，不起眼的墨水成了无价之宝，拿钱都买不到。有的同志好不容易向别人要了一点墨水，给自己相依为命的母亲写一封家信，告诉母亲，她要分配到很远的地方工作，要很长时间不写家信，请母亲不要挂念。她暗自在想，打仗是要死人的，如果自己光荣牺牲了，请母亲不要悲伤。战士心中有忠有孝，不能两全其美，只能先尽忠后尽孝。

9 月 18 日，我队今天领回一些进军昌都的物资，特别高兴的是领到了最急需用的墨水，可以继续写我心爱的日记，记载我们红色娘子军进军西藏的真实事迹。

9 月 19 日，我队贯彻上级命令轻装参加昌都战役的规定：每个人只准带一套换洗衣服。毛皮大衣、大头皮鞋、雨衣、帆布、布单等物，棉被内的棉花都要取出交公，不准多带一件衣服、一双鞋子。私人剩下的东西留存甘孜，以后物归原主。我们每个人加上米袋、食物、帐篷等，估计负重 30 斤 -40 斤。

9 月 20 日，组织上为了照顾体弱的同志，劝说她们留守甘孜，同志们都坚决要求参加昌都战役，赶快收拾行装。党啊！无时无刻不在关怀着您的儿女——革命战士。

9月21日，我队今天领了代食粉和固体燃料等物，准备在行军路上急需时用。领导为了照顾我们女同志体力弱，给我们11头牦牛驮笨重东西。我和几位女同志去执行领牦牛任务，走到牦牛面前，看见牦牛弯着头，鼓着两个大圆眼睛，吼叫不已，吓得我们谁都不敢接近牦牛。有位同志鼓着勇气，请一位男同志解下牵牛绳给她牵着走，牦牛老老实实地跟着她走了，其他同志也牵着牦牛走了。

9月22日，我师指战员参加由吴忠、陈子植等师首长主持的先遣部队会师及进军昌都誓师大会。首长除祝贺我们胜利会师外，命令我全体指战员轻装参加昌都战役，要徒步行军，每个战士要背负粮食、枪支弹药等三十多公斤重的物资。号召党团员要起先锋、骨干带头作用，非党团员要争取入党入团，同志间要发扬阶级友爱精神，团结互助，争取立功受奖。

9月23日、24日，我队在甘孜河边练习搭帐篷，搭成高约3尺多，宽约6尺，人要低头弯腰进出。帐篷内铺上帆布、布单，盖上毛皮大衣，枕上石头或柴禾，这就是我们的革命寝室、革命床了。

9月25日，今天，我师全体指战员正式进军昌都了，吹军号出发、休息、宿营。我们的具体问题来了，前后都是男同志，要方便，怎么办？好办！几个女同志披上雨衣围个圆圈就行了。

9月26日，今天走了十多里时，通过一段铁丝桥，桥梁上稀稀地绷着铁丝，另一段是石头桥。孙常愉同志过桥时，被牦牛挤倒了，头朝桥下，脚挂在铁丝上，听说被几位男同志及时抢救，才幸免于难。但是，她的棉上衣和军帽掉进激流里去了，军大三分校毕业纪念章也随棉衣漂流而去。

9月27日，我队在一个山坡上搭帐篷宿营，有人说，昨天是农历8月15日，中秋节。“每逢佳节倍思亲”，思念之情油然而生。是啊！谁不眷念自己的亲人？谁不思念自己的母亲？为了解放正处在水深火热中的藏族亲人，我们都各忙各的事情，准备好明天的行军工作。行军途中，李国柱同志帮我背毛皮鞋和雨衣。她比我年龄小，而且已经背得很重了，还加上我的东西，使我不好意思。

9月28日，行军爬一座雪山时，我感到心头难受，喘不过气，张着嘴喘气，还吐了几口血，我自言自语地说：“这叫啥子山哟，这么难爬。”一位老同志说：“这叫死人山，前几天部队过这山时，死了几个人埋在山上，使劲走吧，过不了山就永远住在山上了。活着过去就到了活人山，知道吗？”我想，纯白的雪埋葬纯洁的人。冰清玉洁埋忠骨！晚上在半山坡宿营，开生活会时，各说各的病，大家都说有病。这座山的气候确实恶劣。

9 月 29 日，我队今天赶了六十多里路，天黑尽了才到达玉隆宿营。天明后才知道，我们是住在德格县玉隆乡乡公所夏克刀登副主席家。这是一座木楼房，楼中间有一个约 1 丈宽的四方形大洞，从木楼梯上楼。楼上有一些零乱的东西，楼下很黑，靠墙的地方都有牲畜。这时，小小的火柴也是我们行军途中的宝贝，除了煮饭用以外，不敢多用一根火柴。我半夜醒来要解小便，又不愿惊醒别的同志，自己摸黑下楼，却摸不着上楼了，就想站着等天明，天又老是不明，心里又害怕，着实摸了好些时候才上了楼。

9 月 30 日，我队今天休息，整理卫生，我和几位女同志到河边去，在太阳光下，浇水搓“面条”（身上的污垢），着实搓得不少，洗了个痛快。我看见楼下有一个男性藏族同胞，蓬头垢面，身披烂羊皮，赤着双脚，在照料牲畜，似乎行动困难。经打听后才知道，他是和牲畜住在一起的被抽了脚筋的农奴。

10 月 1 日，今天是中华人民共和国诞生周年纪念日。晚上，我队全体同志参加了军民联欢大会，夏克刀登和两位藏族同胞代表讲话，接着是文艺表演。我第一次看见藏族同胞跳舞，他们服装别致，舞姿新颖，歌声悠扬动听。我师有 5 个短而精的小节目参加了表演。有同志说，在收音机里听到重庆军民参加庆祝大会散会时，走了两个多小时，还没有走完，家乡人民热爱我们的共和国啊！

10 月 2 日，今天各分队开总结会，总结了优缺点，还总结了一些行军中衣食住行的经验，大家都很愉快。会后，李国柱同志还和我摆龙门阵，她也听说重庆人民热烈庆祝国庆。还谈起一年前，重庆解放时，她上街扭秧歌迎接解放军进城等情景，我们谈得很高兴。

10 月 3 日，今天是我们小组煮饭，整天都在烧煮牛肉，甚至赶夜煮牛肉。我病了，心里非常难受，想吐又吐不出来，就到门外黑暗的地方静坐了很久，觉得好些了，进屋躺在床上终于睡着了。但是，深夜醒来，呕吐一阵后，心中平静些，才慢慢睡着了。

10 月 4 日，我因病整天躺着，有同志送来可口的稀饭（凡是病了，伙食团的炊事员尽可能做可口的饭菜，这叫做病号饭），饭后服药，躺在床上，往事不断从脑海中浮现，特别难忘的是从军时的情景。我和李茂华（我在家时的邻居、女友）一道去重庆城内报名投考军大，我俩都被录取了。我回家偷偷收拾好行装，到我的恩师雷见明、熊光瑶夫妇家告别，准备次日去军大报到。天蒙蒙亮时，我妈妈和表哥找来了，她哭了，我也哭了。经过一番激烈的辩论，母亲无言以对，同意我走了。我辞别了亲友，依依不舍地告别了慈祥的母亲，第一次违背母亲的意愿，踏上革命征途。

10月5日，今天听说我队到竹青后，要接受赶200头牦牛运输代食粉的任务，我队和我师一五五团几十个男同志一道进军，运送前方指战员的御寒物资。大概康藏工作队从这时开始更名为康藏运输大队。

10月6日，本来决定8号继续进军，因我师先遣部队急需粮食，一定要在10月底前把粮食运到前线供给他们，所以领导决定明天出发。大家都忙着收拾东西，煮饭组还要忙着煮牛肉，明天中午在路上吃。煮饭组的同志提前出发，行军到中午，就用石头架灶、找柴、烧水煮饭，等待赶牦牛的同志来吃饭。

10月7日下午，我队继续进军。有的同志到例假期，用了卫生纸行路困难，就任其自然，结果血浆硬了棉裤，两腿磨烂了，疼痛不已，还是咬着牙前进。我们就是这样克服一个个困难前进的。

10月8日，我们起得很早，正式行军了，一五五团的男同志简直像飞毛腿，我们咬着牙又闯过一关，认识到一切困难都是可以克服的。晚宿帐篷，我睡边上，冻得很厉害，迷迷糊糊到天亮。

10月9日，据说要爬大山，我们都起得很早，吃完饭天还没有亮，可是，藏族运输员给牦牛驮好东西就自动走了；东西还没有驮完，没有驮东西的牦牛也跟着走了，气得文化干事贾鉴放了一枪提醒运输员。约走了两里地，因柴水方便，就搭帐篷宿营。

10月10日，我队到了竹青，上级指示，为了执行民族政策，有房子也不能住，我们只能住帐篷。我队在这里接受了运输代食粉供给前线的紧急任务，和9个雇用的藏族运输员一起，共赶200头牦牛行军。

10月11日晚上，我队集体参加军人大会，上级告诉我们，这里情况越来越复杂，常常丢失东西，这是极少数当地人干的，因为他们知道，我们即使查出了是谁偷了东西，也不会处罚，所以，偷东西的人胆子越来越大，我们要特别小心保管好自己的东西。

10 月 12 日，上级决定，为了工作需要，要将 9 名雇用的藏族运输员调走一部分，他们都不愿分开，我们只有自己赶牦牛走。自己赶牦牛，谈何容易？每个代食粉箱 50 公斤重，凭着我们的体力去上下牛驮，行吗？路上驾驭得了牦牛吗？根据实际情况作了分工，由男同志和体力好点的女同志上牦牛驮子，成功了，我们上路了。路上，牦牛发狂，甩下驮子就跑，跑得无影无踪，我们的小同志遇到这种情况就守着东西哭，后面的同志跟上来，找回牦牛，或把东西加在其它牦牛身上，继续前进。晚上驻海子山（这是难得知道的一个山名，特记上）坡雪地上，我们撬开积雪，搭好宽约两米左右、高一米多的绿色三角形帐篷，在一幅帆布、一幅布单、一床夹被、一件毛皮大衣，加上自己穿的一身衣服的革命寝室、革命床上熟睡了。我半夜醒来，知道双脚伸到帐篷外了，湿淋淋的毛线袜子上结了冰，脚冻僵了，老天爷还在继续洒雪花。毛线袜子和包脚布是前些时候飞机空投在行军路上的，发给每人各样两双；还空投了猪油、银元。我亲眼看见降落伞空投物资，据说有的藏族同胞拾到空投物资送回部队，也有的掉进河里了。

10 月 13 日，我爬到海子山顶，累得像老婆婆似的，喘息不止。遥望四周雪景，雪海茫茫，银装素裹，看不见树木的本来面目。低头看鞋子，也积了不少雪，鞋带尖上还积了雪球哩！真是令人喜不胜喜。我们沿山走了很多山路，没有开辟过的路，实际上没有路。有的同志拿着罗盘寻找要去的方向，按照方向盘走路。路过很多小溪，溪水寒冷彻骨，脚冻得多次失去了知觉，晚上在山中住帐篷。

10 月 14 日，上级指示，前面的路非常难走，今天只走 25 里地就宿营。的确不好走，差不多都是上坡路，又遇到下雪，风卷着雪花和雪蛋，无情地向我们打来。路上还看见有人挖金，挖金的有藏族，也有汉族。走到一个很大的山坡我们搭帐篷宿营。

10 月 15 日，我们出发不久，听说前面仍然是很难走的山路，如果不走出 30 里以外，就没有宿营的地方，因此上级决定宿营。这一带的绵羊样子奇怪，头小，身子大，肉多。

10 月 16 日，出发得很早，走的全是窄小的山路，走了六十多里地，到德格宿营。路上几次遇见藏族同胞，还有小孩，他们用汉语说："你们辛苦了……"好多天来没有听见藏族同胞的声音了，多么亲切啊！路旁有石堆。以前也曾看见过这种石堆，但是没有这里多。

10月17日，今天休息，同志们进城吃包子、饺子，做面条去了，我看家。前方来电，急需粮食，明天继续进军。渡金沙江时的伤员同志在这里养伤，上级号召我们写慰问信。我怀着对敌人的仇恨，对亲人的敬爱心情写了一封慰问信。

10月18日，我们急急忙忙赶到金沙江边，江面不太宽，没有长江宽，水也不太急，江中有几只牛皮船，每只船上有一把桨。另外还有一只小木船，我和十几位女同志一起坐这小木船过江，据说还是特别优待哩！上岸后看见有几位烈士的坟墓，是暂时埋葬烈士的小土堆，前面各插一块木牌，由右至左用蓝墨水写上烈士的籍贯、姓名、所在单位、职务等。据说，过江时，指挥员机械执行解放西藏政策，不准还枪，只有六十多个敌人，我们却牺牲了很多同志。有一只牛皮船上的同志全部牺牲了。

10月19日，昨夜我对驻岗托，这里住了很多藏兵家属。在这里，组织上交给我们一个特殊任务，带一个解放过来的藏兵排长的妻子到前面去找她的丈夫。我分队向老乡借锅煮牛肉，有位藏族模样的人自动来给我们当翻译。经交谈，知道他是红军时候受伤留下来的，他给我们看他背上有很长一条伤痕，还有很多小伤痕，是国民党蒋介石的飞机丢炸弹炸伤的，当时不能跟着部队走，组织上让他留下来，后来和藏族结婚成家了。前几天，他给先遣部队带路才回来。行军中我们摘路上的红果、黄果吃着玩，他们当年却是把这些野果当粮食。

10月20日，电话传来特大喜讯：昨晚10时昌都解放了。我师一五六团的指战员两天没有吃饭，追歼敌人三个代本，代本是藏兵的编制名称，三个代本相当于我们三个团的兵力。昌都解放了，和平解放西藏的大门打开了，统一祖国大陆的神圣任务指日可待了！我们欢呼歌唱，沉浸在胜利的喜悦中。岗托兵站没有大米，我们只领到代食粉，从今天早晨开始就全天吃代食粉。

10月21日，因先遣部队急需粮食，队长决定今天8时出发，并说前面尽是山路，又是新解放区，情况复杂，煮饭组不能打前站，大家紧跟在一起走，一再强调不要掉队，走过山路就到同普宿营。

10月22日，我分队到了一个山坡上，后面的一批同志还没有跟上来，因为牦牛没有连续走过这么多路，行动迟缓了，我们只能住在这山坡上等待她们。我们这些昔日的富家小姐、穷家姑娘，今日在这座革命熔炉中，都锻炼得比牦牛还强。今天早晨，我们改善生活了，用代食粉和糌粑做圆子吃。饭后杀了一头累病了的牦牛，晚餐加上牛肉做圆子吃，真是美食美味。从甘孜出发到这一带，可以向藏族同胞买到一些红白萝卜，白萝卜呈淡黄色，扁圆形，直径约两寸左右，可生吃，带甜味。还可买到少量莴笋、青菜等，他们统称青菜，但是不容易买到，而且菜比牛羊肉贵得多。所以，我们吃肉多，吃菜少。路上野生葛麻很多，嫩尖可煮食，记不清从什么时候开始我们经常用葛麻尖、代食粉或糌粑煮，加上盐当菜吃，有时还能找到野冬苋菜、野蒜苗、野芹菜、野葱，特别是野葱比家葱清香，有一种清甜味哩！

10月23日，又继续进军了，要走二十多里大山路，爬山时因队长可能看见我很费劲，叫我拉着马尾巴上山，这确实轻松多了。走到山顶，看见累死了一头牦牛，不能走的可多了。田队长一路上既是领导，又是普通战士，和我们一样步行，而且处处起模范带头作用，不愧是一位年龄不大的老共产党员。她是吴忠师长的夫人。

10月24日，快到目的地同普时，我的胃痛得非常厉害，可能是消化不良。我夜里起来解手时，看见一位站岗的男同志在月光下洋洋自得地唱着不合节拍的革命歌曲，据说，他是成都战役的时候解放过来才参加革命一年左右的新战士，根据他唱歌不懂节拍判断，他文化程度不高，是一位穷苦人家出身的革命战士，进入了温暖的革命大家庭，心情愉快，不会唱歌也要高歌欢唱。

10月25日晚点名时，田队长传达了一些前方鼓舞人心的消息，西藏地方政府可能接受和谈。师首长关心、问候我们的健康情况，解放昌都缴获了敌人2万多斤粮食。我们又高兴了一阵。

10月26日7点钟出发，走过12里路就到江达，情况变化了，上级指示我们继续进军赶到昌都，参加昌都战役英模总结大会，所以没有在这里停歇，继续进军了。这几天我身体不太好，早晨出发时，吃不下东西，只喝点水，走一段路后，再吃少量食物，有时晚上宿营吃不下饭就睡了。晚宿营，我不舒服，董慧同志硬是要帮我煮明天中午路上吃的菜。同志呵！我深情地感谢您！革命大家庭，团结友爱，多么幸福呵！

10月27日，自离德格以来，气候都比较温暖，有时只穿绒衣就行了，但到江达后，气候变了，又下起雪来了，而且积雪很厚，全天都是踏积雪、趟水沟。路过一座雪山时，走了几个小时才爬山，山上有些地方积雪成冰，踏不稳脚，我就脱了胶鞋，光穿毛线袜子走路，下坡时在尖冰上往下滑。趟的河流也不少，脚趟进河里，鞋子全湿透了，脚冻僵了，还没有恢复知觉，又趟河了。到达贡嘎宿营，在兵站领到了大米，自过金沙江以来，一个星期没有吃大米饭了，今天的大米饭特别香甜，大家都吃得很高兴。

10月28日，今天都是从雪山上踏过，走了一山又一山，不知走了好多路，大家都很疲倦，后面赶牦牛的同志还没有跟上来，领导决定在这雪山上宿营，后来听说此山海拔四五千米高。这里没有人烟，又拾不到柴禾，两山之间的低处只长了一点小树，又是湿的，烧不着，只有用固体燃料烧开水。找不到水，我们铲了一满锅雪来烧开水，一大锅雪只化了一点点水，真可惜了燃料，又到很远的地方去找水回来烧开，泡点代食粉，吃点干粮充饥。

10月29日，早饭仍和昨夜一样吃，饭后分工去找水、打柴。昨夜，后面的同志才赶着牦牛跟上来，牦牛太累了，病牛很多，上级决定在这里休息一天。我的任务是做牛肉圆子，做了一天，当天就吃完了。晚上做到深夜，准备明日早上的牛肉圆子。

10月30日、31日，进军路程是60里地到达觉雍，上下山各20里，又是劳累的一天，晚住觉雍，次日休息。这里有天然温泉，温度很高，先遣部队早用石头、泥土等将冷热二流调剂使用了，我们轮流放哨洗澡，舒舒服服地洗了个干净。这是从9月1日，由四川眉山出师约两个月时间洗的第一次澡，并洗了衣服和夹被等，真是全身大扫除了。

11月1日，我早上到山坡上，看见有暂时埋葬烈士的两个小土堆，和以前看到的一样，土堆前立着一块木牌写上字作标记。回来的路上，又看见用担架抬了3个伤员送往后方治疗。前方回来的同志说：一五五团的同志为了解放昌都，两天没有吃饭，战士饿得抓雪吃。狡猾的敌人埋伏在路旁的大石头背后，我们有一个排的同志追击时，只有一个班长从山上滚到山下幸存外，其他同志都牺牲了，还牺牲了一个参谋。胜利来之不易，为了革命，流尽了多少人民英雄的血啊！

11 月 2 日，我们宿营休息时，闲了就到处玩耍，摆龙门阵，海阔天空，谈天说地，当我们说到行军中早起烧茶，看不清楚，一分队把木耳当茶叶，二分队把牛粪当茶时，立即发出嘻嘻哈哈的笑声，显示出姑娘们天真活泼的青春活力。上级指示，我们康藏运输大队到这里——昌都地区觉雍县，完成了赶牦牛运输粮食的全部任务，牦牛和代食粉全部交兵站，给每个分队两匹骡子驮运公物，明天出发，5 天赶到昌都。

11 月 5 日，到昌都还要爬两座大山，今天开始爬第一座。我因昨天痔疮痛，没有跟着队伍走，何凤兰同志和我一起慢慢走，最后和我队收容队(实际只有两个男同志带着武器)一起走，费了很大劲爬到山顶，心中很高兴。谁知转了一个弯，看见山连着山，连绵不断，山上有很深的积雪，已结冰，我们使劲走到山顶。想起了红军过雪山，没有我们的条件好，深深体会到什么叫艰苦，什么叫困难，自己亲身经历了，又感到自豪。晚住热亚，据说此山有一百多里长。

11 月 6 日，今天是爬第二座大山，我的痔疮痛得更厉害，黄昏时刻，我和何凤兰同志才走到山脚下。有同志看见这时还有穿便衣的人往山上走，怀疑是坏人，又增加了我们的思想负担。在这紧急关头，收容队的同志来了，安排我们各骑一匹马，往重重叠叠的山上走，走到大雪茫茫，分辨不出东南西北时，藏族同胞不让骑马了(可能是暂时雇用的马)，我们又和收容队的同志一道步行，前呼后唤地走到半山坡，走进一间约十平方米的小屋内。这间小屋，是先遣部队仿照藏族同胞的建屋方法建造的。墙壁是泥土筑的，屋顶架上树条、树枝，铺上泥土筑起的平顶屋。不过，这间小屋子的顶还没有筑好，外面下雪，屋内下雨，地上全是稀泥，不能坐，只能站。我们到这里前，全身早已淋湿了，进屋后，又冷又饿。天蒙蒙亮，我们即上路，到达大队宿营地——达普。

11 月 7 日，我队从达普出发，走过几个小小山坡，大约走了十多里地，遥望那边山上有寺庙，我们都高兴地说：那一定是昌都了，我们的目的地到了。再往前走，看见山下有很多民房，更证实是昌都城了。在下山时，我看见我师解放昌都的主力部队一五六团的同志，背着很重的东西，没精打采地往回走，看不见他们以前生龙活虎的样子，我知道他们是打仗疲劳，又没有吃饱肚子。我队全体同志在一个山坡上宿营，整理卫生和整顿军纪，准备入城。我们的棉衣、棉裤都开花了，真是又烂又脏。特别是棉裤很烂，屁股外面的一层布和棉花都没有了，必须拆粮袋补衣服。我站在山头，遥望昌都，心潮澎湃，思绪万千。我们全师指战员来自五湖四海，出身于不同家庭，但都是血肉之躯，经过马列主义、毛泽东思想武装头脑后，意志比铁还硬，比钢还强。我们不怕流血，不怕牺牲，经过艰难跋涉，终于于1950年10月19日取得了昌都战役的伟大胜利！昌都解放了，和平解放西藏的大门打开了！胜利归功于党和毛主席！归功于人民的支援！

# 创办西藏第一所小学

尤　珍

1949 年，我参加了东藏民主青年同盟。东藏民主青年同盟是共产党在巴塘地下党的一个外围组织，在这个组织中，通过参加各种活动，开展各项工作，我逐步了解了共产党，知道人民解放军是在共产党领导下解放贫苦百姓的革命队伍。于是，我渐渐地萌发了参加解放军的念头，立志为解放西藏，解救水深火热之中的藏族同胞贡献自己的一份力量。

1950 年 8 月初，十八军南路进藏先头营抵达巴塘，为解放西藏做各方面的准备工作。部队进驻的当天，巴塘地区的男女老幼成群结队涌向街头，手捧哈达，背着水果，就像迎接亲人一样迎接人民解放军。此时此刻，使我更加坚定了参加人民解放军、跟共产党走的决心与信心。当时，部队中女同志很少，懂藏话的女同志更少，为了便于接触老百姓，宣传党的方针政策，部队很快批准了我的请求。当听到部队同意我参军的消息后，激动的心情难以用语言表达，我们一起参军的几位女同志，高兴地又唱又跳。并表示，一定要好好学习，努力工作，多做贡献。不久，部队向昌都进军。从巴塘到昌都，道路崎岖，崇山峻岭，山高谷深，沟壑纵横，行军极为艰难。战士们忍饥挨饿，坚持每天行军几十公里。最为艰苦的就是爬山，有不少山高达海拔五千米以上，再加上缺氧，走不多远就累得气喘吁吁，两腿发直。可那时从未有人叫苦叫累，实在走不动了，就抓住马的尾巴继续往上爬。就这样，一座座高山被我们抛在了身后。部队一边行军，一边做宣传工作。每到一处宿营地，大家都不顾疲劳，为老百姓表演节目，向他们宣传党的方针政策。经过十几天的艰苦跋涉，战胜了一个又一个困难，部队到达昌都。

刚刚解放的昌都，是一派破败的景象，最好的房子就是一座不大的二层楼，楼旁边的一排小平房，这些房子都让给了起义藏军部队中的上层人士和其他统战人士住。部队则住在自搭的帐篷里。那时的生活异常艰苦，我仍自己动手种菜、打柴、修房子，粮食供应不上，就用白水煮青稞充饥。在这种艰苦的条件下，在上层统战、物资筹备等各项任务繁重，各行业百废待兴的情况下，党和进藏部队把创办人民教育事业放到十分重要的地位。1950年12月27日召开的昌都地区首届人民代表会议上，通过了《昌都地区创办学校，发展藏族教育事业的决议》，成立了昌都地区人民解放委员会文教处，选派李安宅、于式玉两位教授负责办昌都小学。我和宋挚、娜珍等几位同志被抽调去做具体工作。

在当时那种困难的条件下，创办学校并非易事。为了争取各方面的支持，经过与昌都各阶层人士充分协商，首先成立了昌都小学董事会，并于1951年1月12日召开了第一次董事会议，会上推举谢瓦拉、格桑旺堆、李安宅、于式玉、聂金次噶、甲本慈诚、魏克为董事，谢瓦拉为董事长。在创办过程中，遇到的第一个困难就是没有教室，没有桌椅板凳，没有办公用品。对此，中共昌都分工委和昌都人民解放委员会高度重视，十八军领导张国华、谭冠三等在昌都期间，经常到学校了解情况，解决问题。进藏部队在各项任务繁重、后方物资补给非常困难的情况下，从人、财、物等各方面满足办学的需要。抽调优秀的藏汉族干部到学校任教，派出战士整修房屋，把有限的纸张、文具和篮球支援给学校，把毛主席和朱总司令的画像赠送给学校。经过多方面努力，改善了办学的物质条件。第二个困难就是生源问题。李安宅、于式玉教授带领我们走家串户，召开群众座谈会，宣传党和进藏人民解放军的方针政策，宣传贫苦群众只有学好文化，才能更好地当家作主，建设家乡的道理。经过艰苦细致的说服教育工作，逐步消除了群众的疑虑。为满足各类人员的学习要求，学校招生不受年龄限制。青年壮年，男女儿童，藏族汉族，上层贵族的子女及贫苦群众的子女都可以入学。为解决贫苦群众子女上学的困难，除学生的课本、文具由国家承担外，还专门设置助学金，解决了学生吃饭、穿衣问题。党所采取的这些特殊政策和措施，为贫苦群众子女入学提供了保障，更加激发了广大群众的政治热情。他们激动地说："过去我们根本没有上学的机会，现在共产党办学教孩子们学文化，还补助贫苦学生的生活，这是从未见过的事。我们一定要叫孩子好好学习，以后为家乡的建设做贡献。"学生们也坚定表示：

“只有好好学习，才对得起共产党、毛主席啊！”

在办学过程中，各族干部教职员工紧密团结、互相帮助，付出了艰辛的劳动。两位教授既是学校领导，又是学校的教师教员，为了提高教师质量，还担任培养师资的任务。没有教材，学校领导就发动大家编写教材，每位教职员工都为教学工作呕心沥血、尽职尽责。校董事甲本慈诚为了解决办学中急需木料的问题，毅然带领几位藏族民工到100里以外的森林里伐木。当完成任务返回途中，病魔夺去了他的生命。他临终前，还特别嘱咐伙伴们，你们回昌都后，告诉解委会和解放军首长，告诉李教授和于教授，我的任务完成得不好。还要告诉我的妻子和孩子们，要跟着共产党和毛主席走，好好帮助解放军。甲本慈诚的逝世，使我们失去了一位热心藏族人民教育事业的好朋友。

经过一个多月的积极筹备，在昌都卧龙街城庙正式成立了西藏第一所新型学校——昌都小学。它的创建，不仅标志着西藏现代教育事业的诞生，也标志着西藏教育事业跨入新的历史阶段。

学校开办初期，有学生六十多人，分为甲、乙、丙三个班，开设藏文、汉文、算术、珠算、历史、地理、自然、体育、音乐等课程，使用藏汉双语教学，四年级后直接用汉语教学，同时学习藏语文。学生的学习兴趣很浓，进步很快。许多学生回顾当时的教学情况时，感慨地说：昌都小学既重视藏语文的学习，同时又重视学习汉语文，把两者很好地统一了起来。教学内容、课程设置、教学方式是科学的，是富有远见的。因为我们在小学时汉文学得好，为后来到内地继续深造，接受现代科学文化打下了很好的基础，也为我们现在的工作和学习打下了良好的基础。

学校非常重视德育工作。建校初期，学校就明确提出，要培养德智体全面发展的合格人才。对教师的要求就是言传身教、教书育人、为人师表，谁做不到这一点就会受到严肃的批评。对此，我们一是通过课堂讲课和课下讲革命故事，向学生灌输热爱党、热爱祖国、热爱人民、讲礼貌、守纪律的思想，提高学生的思想觉悟；二是搞好夏令营活动，从小培养学生的集体观念。学校每年都组织夏令营活动。记得1956年，我带着几名少先队员去拉萨参加夏令营活动，大家一致赞扬昌都小学的学生集体主义思想强、纪律好；三是上手工课和搞勤工俭学，桌椅坏了自己动手修，粉笔自己做，自己动手植树，美化学校环境，使学生们从小就养成勤俭节约、热爱劳动的好习惯；四是家访，使教师和家长随时都能掌握学生的情况，互相紧密配合，做好学生的工作。我们班里有个学生叫扎西平措，他学习刻苦，成绩很好。但由于种种原因，家庭要他离开学校去寺庙当僧人，我们得知这一消息后，立即给他做工作，告诉他只有在学校学习科学文化知识，才会有光明的前途。思想工作做通了，但迫于家庭的压力，他还是离校去了寺庙。于是我们进行家访，给家长做思想工作，后来终于说服了家长，扎西平措重新返回了学校。如今，扎西平措已成为政法战线上的一位负责干部。宣传教育事业的重大意义，做好群众的工作，是当时家访的一项重要任务。通过广泛、深入、细致的宣传教育，群众认识提高了，学校教育阵地巩固了、发展了。

由于学校工作任务繁重，我们每天都要上好几节课，晚上还要帮助学习成绩差的学生补课，星期天还要进行家访或参加其他集体劳动，即使节假日也需充分利用起来，学习文化知识，从来没有休息日，但一点也不觉得累，好像浑身有使不完的劲，成天想的就是如何把工作做好。学生品学兼优，自己也感到十分的高兴，哪个学生犯了错误，自己也感到难过。那时，我们每月只有一个半银元的津贴，菜要自己种，水要到很远的地方去挑，没有粮食就到几十公里以外的空投点去背，往返要两天时间。记得有一次背粮食，双脚都打满了水泡，疼得钻心，但我并没有被疼痛吓倒，硬是咬着牙把粮食背回学校。

1951 年，尤珍同志在昌都小学给藏族学生上课

功夫不负有心人，在党和政府的亲切关怀和积极支持下，经过几代师生员工的艰苦努力，昌都小学走过了一段不寻常的经历，并不断发展壮大。如今昌都不仅有了中学，还有中等师范学校。昌都小学的毕业生已遍布西藏各地，他(她)们当中，有省、地、县各级党政领导干部，也有科技、教育、文化、卫生、财贸、金融、邮电等各条战线上的专门人才。他们在不同的

工作岗位上，充分发扬学校创办初期艰苦创业的优良作风，为西藏的物质文明和精神文明建设事业正在贡献自己的力量。每当看到他们或听到他们的喜讯，使我感到由衷地高兴和欣慰。展望未来，新的世纪即将来临，我衷心地祝愿同学们，为建设团结富裕文明的社会主义新西藏，贡献自己毕生的精力和智慧。

# 军中的格桑花

雍金拉木

## 参军入藏

1950年10月，古城巴塘的苹果熟了，麦子和青稞黄了。那一年中国人民解放军进藏部队——第十八军南路先遣支队浩浩荡荡开进了巴塘县城。拥有光荣革命传统的巴塘老百姓，欢天喜地奔走相告，欢迎中国人民解放军的到来。

为迎接远道而来的中国人民解放军，巴塘县政府和中共巴塘地下党的同志们事先召开了多次会议，对接待工作进行了周密安排。大部队到巴塘的那天，人们早早地扫好了道路，洒上了清水，穿上了新衣服，沿路点燃了吉祥的香火，手举着红旗，迎接中国人民解放军第十八军到巴塘。我的任务是到“达园”做蒸肉。这天一早，达园里热气腾腾，一派节日气氛。我们几乎把巴塘全城的大蒸笼都借来了，到下午，部队以班为单位宿营了，我们在每一笼蒸肉上面放一个大红五星，看起来格外亲切，大家称它为“团结包子”。它象征着军民大团结、民族大团结。

第十八军南路先遣支队到巴塘之后，决定在巴塘招收一批有为青年，随队进藏。我爱人群觉，早已是中共巴塘地下党第四支部的书记，我们俩早就私下里商量过，部队到了巴塘之后，我一定要参军。我报名参军前，我的婆婆和我的母亲都反对，道理十分简单，家里有亲人有自己的孩子，女人不应当去参军打仗，参军打仗是男人们的事。两位年迈的母亲苦苦劝说，但我的决心已定，执意参加人民解放军。就这样，我把儿子祥巴达瓦放在母亲身边，毅然参了军。从这一天起，我从一个藏族家庭妇女，成为一名光荣的中国人民解放军第一代藏族女兵。

十八军南路先遣支队在离开巴塘进军西藏前，部队通知我到十八军后勤处驻扎地关帝庙领军装，到了关帝庙我才知道领军装的除了我，还有从小一起长大的女友达志玛、娜珍、玉珍、翁珍等人，大家一见面，十分高兴。部队给我们发了棉衣、棉裤、军大衣、军帽、大头鞋和胶鞋，还有印着红五星的白毛巾、干粮袋。我长这么大，第一次领到这么多的东西，心中又高兴又激动。

在出发前的最后一个晚上，我住在母亲家中，母亲一再叮嘱我，一路上随部队行军，要多加小心。真是“儿行千里母担忧”啊！天还没有亮，阿妈就起来燃起灶火烧茶，我含泪喝着浓浓的酥油茶，这是我在家吃的最后一顿早饭。我把早早准备好的哈达拿来献给了阿妈，向我的阿妈深深地磕了三个头，背上背包头也不敢回，奔向部队集合地点——中山台。

部队出发了，巴塘县城的各界人士倾城出动，欢送人民解放军。十多里路两边，站满了欢送的人群，红旗飘动，人们高呼口号：“热烈欢送十八军进军西藏，解放西藏，统一祖国，民族大团结万岁！”

乡亲们在行军的队伍中见到我们五个藏族女兵，都跑过来和我们握手，往我们的兜里放苹果，祝福平安……

当我们走到桃园子时，我看见了巴塘县国立小学的学生们也排着整齐的队伍，手捧着鲜花欢送我们，我不由得放慢了行军的步伐，在欢送队伍中寻找儿子，终于见到了我的儿子，他也来欢送人民解放军，欢送他的妈妈。我不顾一切地跑到儿子面前，紧紧地抱着他，亲吻他，我流着眼泪告诉他，听奶奶的话，等西藏解放了，妈妈一定回来看你。

第一天的行军是那样的欢快，走在大部队行军队列当中，我为自己成为一名真正的中国人民解放军战士而感到自豪。我暗暗下了决心，听党的话，往前走，解放西藏，建设新西藏。当天我们来到金沙江畔叫“列”的一个村子，村子里有座庙，当晚我们就在这里宿营，这是我们当兵后在部队中过的第一夜。列村的庙有一个大经堂，指挥部就设在这里，按行军的惯例男左女右，大家走了一天也累了，准备睡觉，我也铺好被褥。我有一个多年的习惯，睡觉前总是磕三个头，才能钻到被子里，因而照例向着庙里的千手观音佛磕了三个头，磕完了钻进被子就睡。就在这时左边男同志们哄堂大笑，我并没有感觉到大家在笑我，就问玉珍和拉珍他们在笑什么。玉珍和拉珍说，他们笑你磕头，咱们现在是中国人民解放军，在军队里是不许磕头的。我才知道，当了人民解放军就不能向佛磕头，我牢牢记下了这个规矩，从那一天起，参加革命工作四十多年，我再也没有磕过头。

部队进藏政治思想工作十分重要，我军入藏需要开展各种形式的宣传活动，先遣支队成立了文工队。文工队的任务是在行军途中，以各种形式宣传中国人民解放军进军西藏、解放西藏的目的，讲民族团结、民族平等，尊重西藏各少数民族的风俗习惯，讲宗教信仰自由的政策，以粉碎反动派的谣言。

在行军途中，沿途各村就是我们宣传活动的地方，一到宿营地最热闹的地方是我们文工队的驻地，他新同志二胡拉得非常好，是队里唯一的二胡手，他的二胡一拉起来，我们就跳起了巴塘弦子。群众看到跳弦子的队伍中还有女兵，而且是藏族女兵，都十分惊奇，纷纷围过来看节目。我们就请他们和我们一起跳弦子舞，一场舞跳下来，大家也就熟了，有说有笑，这样就打消了他们的顾虑，反动派的宣传也就不攻自破了。草原上当时没有现代化的通讯，可是消息传递的速度十分惊人。沿途的藏族同胞把大部队进藏，纪律严明，秋毫无犯，治病救人，民族团结，藏汉一家等所见所闻，一传十、十传百，传遍了雪域高原，藏族人民见到中国人民解放军都伸出大拇指说“金珠玛米呀咕嘟”，从这时候“金珠玛米呀咕嘟”流传至今。

我们行军到达芒康县，大部队在这儿休整几天，我见到我的爱人群觉。他那时随一五七团政治部，为整个先遣支队打头阵。我们大部队在芒康县正好和一五三团、一五七团汇合，他穿着军大衣，腰上挎着手枪，很是威风，只是脸比原来更红更黑，我为他而感到自豪。大部队住下后，他和一五七团电台台长叫我到一五七团去吃饭，一五七团电台台长热情地接待了我们俩，他们打开了各种罐头招待我，这是在行军路上很难吃到的，这顿美味佳肴直到今天还让我记忆犹新。

1950 年 10 月 19 日，昌都解放了，当我们于 28 日到达昌都时，看到五星红旗在古城昌都上空高高飘扬，彻底解放西藏已取得阶段性成果。昌都的解放迫在眉睫的就是建立人民政权，文工队的队长他新同志被调到政工组，我们几个女同志也被分配到文化组，积极开展工作，为召开昌都各界人民代表大会及部队挺进拉萨做积极的准备。

## 昌都办学

根据中共昌都分工委的命令，我们4个女兵来到文化组报到，文化组由两位来自四川大学的教授主持工作。李安宅和于式玉两位教授领导我们4个女同志筹划建立昌都实验小学。李教授说，建立昌都实验小学政治意义十分重大，这是我党在西藏建立的第一所小学。为建立昌都小学，两位教授带领我们选校址、修教室，准备课桌、板凳、黑板，教学用的粉笔要从内地运来。昌都分工委非常支持我们的工作，做昌都上层人士的思想工作，成立了学校董事会。同时吸收了一批办学的积极分子，向昌都的藏族老百姓做宣传，欢迎他们送自己的孩子来上学。送孩子上学，家长不但不交学费，学校还要给每个学生发衣服、书本，发生活费，每个学生每月发银元15块，夏天发单衣一套，冬天发棉衣一套，还给每一个藏族学生做一套藏族服装。这样一些藏族同胞纷纷把孩子送到学校。第一次给学生发生活费的时候，在我面前的课桌上摆满了银元，点名领钱时，孩子和家长欢天喜地，有的学生没有地方装钱，我们就帮助他们把钱别在腰上，藏族服装腰带比较宽，正好把钱别在里面。

西藏昌都实验小学正式开课了。为了尊重当地习惯，我们聘请了几位藏文水平较高的当地藏族人士来校教藏文。每天早上的第一个仪式是升五星红旗，唱国歌。国旗升完后，然后开始一天的课程。西藏昌都实验小学按照学校制定的教学大纲开始走向正轨。

参军前，我没有上过什么学，文化程度很低，在部队深深感到没有文化的痛苦。所以，我一直在努力学习文化。这时在小学工作，要当老师，教学工作相当困难。当时学校提出向汉族老师学习，先当学生，后当老师。于是，汉族老师每天晚上先给我们上课，我们学会后在课堂上去教学生。我有许多汉族老师，他们对我非常好，耐心地教我，我也非常愿意学习，在我的努力下，在汉族老师们热情耐心的帮助下，我的教学工作有了较大的进步。我能教小学一、二年级的课程了，年终评比时，我得到了学习好、工作好的积极分子奖状。当然，我心里也十分清楚，这是同志们和学校领导对我的关怀和爱护。

1953年，中央新闻纪录电影制片厂的同志来到西藏昌都采访拍摄新闻片。他们采访了我从家庭妇女到女军人，从女军人到人民女教师的经历，拍摄了我上课的场面，拍摄了我带着小学生做游戏、种花的场面，同时还拍摄了汉族老师给我上课的镜头。这些镜头，他们印成小照片送给了我，直到今天我还珍藏着。我时常想，一个普通的藏族家庭妇女，如果没有中国共产党，没有十八军，就没有我的今天。

## 姐弟情怀

一个人最大的痛苦，莫过于失去亲人，没想到这种痛苦降临到我身上了。我的弟弟白登协绕，于1951年3月在昌都牺牲了。年仅25岁。

1950年4月中旬，中国人民解放军康定军事管制委员会派了63名懂藏汉语的青年男女到康定去学习党的各项政策，以提高政治觉悟。当时部队准备进军西藏，急需一批有文化的藏族干部。这63个人在康定集中学习之后，被分配到各个部队和机关去工作。白登协绕被分配在十八军副政委、先遣支队司令员兼政委王其梅同志（四号首长）的身边工作。白登协绕1947年去过拉萨，他通晓拉萨话，藏、汉文水平很高，写得一手好毛笔字，喜欢画国画，还懂一点英文。当时，王其梅司令员身边正好需要这样一位同志，于是，白登协绕就留在司令员身边当藏文干事。他跟随王其梅司令员从康定走到西藏昌都，得到了司令员的好评。昌都解放后，那些打了败仗的藏军代本有事情求司令员接见，他就当翻译，时间一长，就引起了地方政府派往昌都的一个叫欧拉的人的注意，他们注意到在王其梅司令员身边有一个叫白登协绕的翻译。

白登协绕配有一支“可尔提”手枪，手枪一直没有枪套。这一天他得知在昌都城里有一个专门卖皮子的人家，这一家卖皮子的小店做枪套，卖皮子的藏族商人以量尺寸为由，拿过白登协绕的手枪，借搬弄手枪的机会将子弹上了膛，一枪从白登协绕右肩射进心脏，我弟弟当场牺牲。我当时还在学校里，我抱着他放声大哭，痛不欲生。没有想到，在进军西藏的路上，我与弟弟永别了。我整天流着眼泪，茶不思，饭不想，我爱人安慰我，许多在昌都的战友来看我，给我力量，鼓励我勇敢地战斗下去。

我年迈的母亲知道她唯一的儿子牺牲了，更是痛苦万分，来信要求把儿子的骨灰送到巴塘。王其梅司令员对白登协绕同志的牺牲非常惋惜。他指示按藏族的风俗习惯举办葬礼，一切开支由财务上解决。我们托人将弟弟的骨灰送到巴塘，实现了母亲最后的一点愿望。

1951 年是难忘的一年。这一年既是痛苦的一年，也是希望和成长的一年。这一年对于我来说，在部队这个大熔炉中，越锻炼越坚强，自己也感到像一名真正的中国人民解放军战士了。

## 在北京学习

1954 年，中共西藏工委决定派一部分青年到北京中央民族学院学习、深造。当我接到通知时，心中十分高兴。首都北京是我向往的地方，那里有天安门，有我们的领袖毛主席和中央首长。我给小学生上课，首先教的课就是“北京是我国的首都”。现在，我自己真的要到北京去上学了，我暗暗地下决心，一定要好好学习，提高文化水平。

1954 年 7 月，我带着两岁的女儿来到成都，把女儿送到成都“八一”保育院，“八一”保育院是为进军西藏部队军人的孩子们办的。这些孩子们的父母都在西藏。我到保育院之后，老师们都很热情，我把女儿送去之后，就到四川省民族出版社招待所报到集合，到了那里我才知道，和我一起到北京中央民族学院上学的藏族青年有好几百名。在全体学生大会上，我又知道有几千名少数民族青年也和我们一样，从祖国的四面八方到北京中央民族学院学习。

从成都上火车，我们坐的是货车车厢。坐在自己的背包上一直到宝鸡。从宝鸡到西安坐汽车，在西安我们坐上了火车客车车厢，车厢上有座位，还有服务员送水，我感到非常舒服。火车开进了北京站（现在我真记不清到底是哪一个车站），下了车我们刚排好队，我一眼就看见了中央民族学院的校旗。接我们的学院师生非常热情，和我们握手，帮助我们提行李。出了站，给我们送来茶水，还有红红的大西瓜，北京的西瓜真好吃，真甜！

从火车站到学校大家有说有笑。到了中央民族学院之后，如同到了家一样。学院很大，有许多树，到处是草地，老同学把我们带进宿舍，我惊奇地发现我的名字早已贴在我的床位上。我们高兴地按照自己的床位，安排好行李，这才真正地感受到了从今天开始我就是一名首都北京的学生了，是中央民族学院的一名学员了。

离8月1日开学还有几天，在老同学们的带领下，我们参观了天安门、北海、故宫、颐和园、景山。

开学了，我的文化水平比较低，分配到预科二部文化一班，开始学习语文、数学、藏文、历史、政治，我们班有37位同学，大多数是藏族，课程安排得十分紧张，我非常珍惜这几年的学习机会，努力学习，积极参加学校组织的各种活动，进步很快。

1954年10月，我在中央民族学院加入了中国共产党，成了一名光荣的中国共产党党员。我在昌都时就写了入党申请书，到北京来学习，昌都党组织把我们的申请书、推荐书都寄给了学院党总支。中央民族学院党总支批准了我的入党申请，和我一起入党的还有一百多名不同民族的同学，在一个大会议室集体宣誓入党。

我在中央民族学院学习期间，生活是国家供给的。一日三餐，每餐两菜一汤，节假日加菜，每月发15元的零用钱，衣服由学院发，每年学院还给做一套藏族服装。学院的外事活动很多，主要是迎送国宾，我们学院的各民族学生穿着漂亮的民族服装，在机场、火车站、钓鱼台、北京饭店、民族饭店迎送我们国家的客人：胡志明、伏罗希洛夫、苏加诺……

每年的“五一”“十一”，我们都要参加仪仗队，我们学院仪仗队的位置十分重要，红旗先导队之后，是国徽方阵，我们每年的位置都在国徽方阵的前面。这个方阵体现了我们党的民族政策，体现了民族团结，在这方阵中一定要有56个民族的代表，学院的同学为能参加民族仪仗队而自豪。因为能见到毛主席和其他中央领导同志，这也是一个政治待遇，各方面优秀的学生才能参加。

1954年到1957年3年的学习生活结束了，我以各科学习成绩优秀顺利毕业。1957年9月份，我回到昌都小学，从事教学工作，任教导主任。1961年分配到昌都专区妇联工作，任妇联副主任。

我现在已经75岁了，但我常常回想起过去，回想起年轻时，深感没有中国共产党，就没有我的今天，我衷心地感谢党的培养教育。

# 我的小青马

贾瑞梅

1951 年 3 月 19 日，我们由青年团系统调遣进藏的一行 30 人，从西安到达西北进藏人员集中地——兰州，我和魏贞静、李蓉被分到社会部。在兰州近 4 个月的学习、训练等一系列的准备后，7 月下旬，我们出发到了西宁。

来到西宁的第三天，即 7 月 24 日，早饭后，杜舒安同志通知我和朱丽增同志随曹明山科长到第一大队（俗称牛大队）工作，我们的业务工作受曹明山科长领导，行政上服从大队的领导，我们身负双重任务，以行政身份出现。

这天下午，我和朱丽增同志随张大队长和师嵌同志到清河滩，张和师二人是去联系牧场的问题，顺便给我们去领马。由于路途较远，当晚，我们借宿在海晏县米县长家，我们走进一座面积不小的四合院，地面打扫得干干净净。

第二天(7 月 25 日）上午，我们随师嵌同志到乌兰脑滩附近去领马，只见那里有许多房舍（据说那儿曾是马步芳的兵营），为进藏部队准备的马匹集中在那里。师嵌同志找到那里的管理人员，给我俩挑了两匹个头不太大、性情较温顺的马，朱丽增同志选了一匹棕色马，我选了一匹小青马。

领到马以后，我的心情十分激动，满心欢喜。这匹马，毛色黑白相间，鬃呈黑色，长长的尾巴，十分漂亮，我叫它小青马。我们选好马以后，饲养员便给它套上马具，备上马鞍。师嵌同志也选了一匹马，我们三人一同跨上了各自的马，准备返回营地。我们出了马场，只是慢慢行走，师嵌同志走在前面，我和朱丽增同志依次而行。突然，师嵌同志的马奔跑起来，我俩的马也相继奔跑起来，由于事前未曾准备，我们的马术也不熟练，遇此情况，顿时神经紧张，不知所措。于是，我俩齐声喊道：“慢点！慢点！”

师嵌同志则回头喊道："拉紧缰绳，抓紧马鬃，踩好马镫，没有事。"我俩照着他说的办法操作，果然不错。我的马奔跑起来，步伐均匀、平稳，没有丝毫颠簸之感，我庆幸自己选到一匹好马。奔跑了一段之后，步伐又慢了下来，我们又禁不住地哈哈大笑，祝贺我们经受了一次小小的马术考试，真正学会了骑马。我得到了一匹好马，它将伴随我，帮助我完成数千里的征程。

回到营地，我开始精心照顾它，每天放牧两次，牵它到河边去饮一次水，晚上给它领来定量的料，装在料兜里，挂在它头上。天冷时，还要给它披上马衣，空闲时，就给它理一理鬃，抓一抓毛。总之，我尽心尽力地为它服务，希望它能跟随我顺利抵达拉萨。

大队的牛群聚齐后，水草不足，大队部立即决定，营地迁往清河滩。出发前，大队又做了一系列组织准备工作，明确了组织建制。大队部下属3个中队，每中队下属3个分队，每分队下属3个小队。全大队总共有27个小队，另有1个直属分队。大队部设文书1人，出纳1人，医、护2人，兽医2人。我的行政工作是大队文书，负责召集会议及记录。我们的业务工作，由副政委曹明山同志负责。我还负责整理和保管材料，师嵌、曹自强、李孔贵、王章宪等同志是外勤。朱丽增同志是大队的出纳，他的具体任务是定期给雇用的饲养员发工资。

一切准备工作就绪了，第一大队于8月1日由青海省海晏县清河滩向进藏部队总集中地——香日德进发。全大队27个小队，一个直属分队，每小队150头牛，每50头牛为一个行走群，由三个饲养员管理。全大队干部130余人，饲养员300余人，骡马300余匹，驮牛近5000头，分为81个行走群，群与群之间还需拉开距离，浩浩荡荡的队伍出发了，声势颇为壮观。

行进中，张大队长大声说道："今天是我军'八一'建军节，咱们唱支歌表示庆祝吧！"于是，由朱丽增同志带领，大家唱起了《中国人民解放军军歌》，"向前！向前！向前！我们的队伍向太阳……"嘹亮的歌声响彻草原大地，大家豪情满怀地向征途迈进！

由于牛群行进的速度有限，同时还要考虑放牧问题，边行进边放牧，每天只能行进三四十里。出发第一天到达宿营地时，遇到了大雨，我们立即搭起帐篷，待雨停后，再支锅做饭。从这一天行军开始，我们以帐篷为伙食单位，烧火做饭全靠自己动手。草原上没有木柴，以牛粪为燃料。那天，雨停了之后，我们立即提上牛粪袋，去捡牛粪，不大一会工夫大家七手八脚地捡来了不少牛粪，当我们趴在锅旁，用高原上特有的牛皮风箱去烧火时，那牛粪只冒烟不着火，熏得我们两眼直流泪。张大队长过来看到我们的情况，告诉我们说，你们捡的是湿牛粪，怎么能烧得着？我们这才恍然大悟，但当时天色已晚，无法重新去捡干牛粪，只好节省一餐，忍饥就寝。通过这次小小的教训，后来，在整个行军中，我们再也没有闹过烧湿牛粪的笑话，这正是“吃一堑，长一智”。

这一路，沿途经过湟源县、日月山、倒淌河、都兰县等地，沿青海湖走了数日，途经茶卡盐湖时，只见那湖水碧绿、清澈，湖水周围约一二十米宽的白色物，全是盐，但这种盐含硝成份大，只可喂牲口，人不能食用，我们每人都用袋子装了一些，准备途中喂马。

行军数日，小青马很惹人喜爱，它行走时步履平稳，不颠不晃，骑上它很舒服。更可爱的是它性情温顺，善解人意，很听指挥，行进时将缰绳轻轻一摆，它便立即开步；停顿时只将缰绳轻轻一扯，它便马上止步；我步行时，它跟在我身后，不随便离队。有了这样的马，我由衷地感到喜悦，便加倍地照料它、爱护它。

经过数十日的行军，我们大队来到了总集中地——香日德。从这里开始，西北西藏工委称为中国人民解放军第十八军独立支队。独支下辖两个梯队，我们第一大队和第二大队属于前梯队。在香日德休整了十多天，进行了小结和整顿、奖惩。独支司令部号召全体指战员，要发扬红军当年长征的革命精神，吃大苦，耐大劳，战风雪，斗严寒，不畏艰难险阻，努力完成行军任务，争取早日到达目的地——拉萨。

8 月 22 日，从香日德出发，行进数日，通过昆仑山的支脉——诺木岗后，气温骤然下降，内地的 9 月间，正是秋高气爽的宜人季节，而在高原却已进入寒风凛冽的季节，一场大风袭来，天空乌云弥漫，大雪纷飞，寒气逼人，行军队伍冒着大风雪前进。这时我们已将棉衣、棉帽、大衣、皮鞋全副冬装都穿戴起来，抵御严寒。此时的草原，已成了白茫茫的雪原，一望无际，天地相连，这是在内地城市很难欣赏到的绝妙美景。当时，我们虽然身处美景之中，但紧张的行军，也让我们无暇去领略她的丰韵。

到了宿营地，我们立即投入了紧张的工作。手、脚齐用，清理出一块地盘，立即撑起帐篷，营造起我们的栖身之所。但使我们更为发愁的是，在这茫茫的雪原，牲畜吃不上草，人们没有烧火的牛粪，人、畜如何充饥？我们正在考虑如何解决问题的时候，只见我们大队的牛群，开始在雪地里寻草吃，于是我们将马也放出去。我们高兴极了，这些生长在草原上的牲畜，它们适应环境的能力很强，真可谓“草原之星”。在牛群踏过的草地，我们捡到了一些牛粪，虽然数量不多，且有点潮，但尚能烧着，我们将雪水烧开后，大家喝了点水，吃了些剩干粮，就开始打铺休息了。在这天寒地冻的冰雪世界，我们每人带的一床薄被子不足以御寒，女同志就俩人合铺，共用一个马褡，我和李蓉同志合铺，朱丽增同志与曾爽秋合铺，一直到拉萨，我们都采取此法。

在雪天，为了保护马匹，夜间，我将皮大衣给小青马盖在身上，以免它受冻。

进入冬季后，早晨收拾行装时，马缰绳都被冰雪和马的粪便浸湿了，我们每天要牵缰绳，日复一日，我们的双手受侵蚀，手指皴裂，出现许多裂口，有时鲜血直流，我们就用胶布一块一块地贴起来，大家对此已习以为常，毫不在乎。

经过十多天的艰苦跋涉，风餐露宿，我们大队于9月8日冒雨来到了黄河源。来此之前，我想象中的黄河源，一定是一股汹涌澎湃的巨流，而展现在我们眼前的源头，竟是一大片亮晶晶的慢坡水流，舒展而缓缓地从源头流下，主河道看来仅十几米宽，水流不深，我们骑在马上就趟了过去。当时，大家都兴奋地喊道：我们已跨过了黄河，多么的自豪！在激情中，情不自禁地唱起了“五星红旗迎风飘扬，胜利歌声多么响亮。歌唱我们亲爱的祖国，……跨过奔腾的黄河长江……”嘹亮的歌声响彻了巴颜喀拉山之巅。

兴奋之余，我们还必须认真对待艰难的路程。过了黄河，就进入了沼泽地带，素称“星宿海”。一望无际，都是大大小小的湖泊，最大的是扎陵湖和鄂陵湖，最小的还不足一平方米。这种路远看好似一片一望无际的草地，行至脚下，方知这草地却原来是一个个的草疙瘩，疙瘩下面是水洼。

这水洼实际是泥潭，人、畜行走必须踩在草疙瘩上，否则，就会陷入泥潭不能自拔。在开始过这水草地之前，大队领导向大家讲了应注意的事项和可能出现的险情，然后，我们开始行进。大家都小心翼翼地牵着马迂回跳跃式地前进着，行进中，必须全神贯注，不能有丝毫的大意。走这种路很费劲，走过一段后，人人已是满头大汗，但必须按顺序前进，不能停留。我的小青马十分机灵，它善解人意，好似一个懂事的孩子，它跟随在我身后，四蹄巧妙地踩着草疙瘩，我们人、畜拼搏了六七天。小青马没有失蹄陷入过泥潭。几天来，我悬着的一颗心，终于放下了，我十分庆幸小青马帮助了我，使我免遭麻烦，而我们大队也有牲畜陷入泥潭，四五个壮汉前拉后抬，费了很大劲，才将它救出来。

通过黄河源的六七天间，我们行走滩地的这段经历，使人终生难忘。

9月22日，我们抵达通天河。通天河是我国第一大河——长江的上游。我们站在河岸，只见水流湍急，波涛滚滚，景色十分壮观。据说，在我们到达之前，上游下了暴雨，洪水猛涨，给我们渡河造成困难，试渡的牲畜，有的已被浪涛卷走，人员也有伤亡。后来在上游50公里处，找到水浅的渡口可渡过。大队部决定，牛群从上游渡河，物资留下用牛皮筏子运过河。

就在我们等待过河期间，在我们营地发生了一件令人难忘的、不同寻常的事情。这天早上，我们走出帐篷后，发现除大队部附近的少数马匹外，其余的许多马匹都不见了。后来，王章宪同志告诉我们，听说夜间有狗熊闯入营地，马匹受惊而逃，不知去向。有些同志已赶了牛群往上游渡河，失去了马匹怎能行军？王章宪同志是我们大队的团支部书记，他提议说：我去向大队领导报告一下，咱们找丢失的马吧。我和朱丽增、曾爽秋、李蓉等同志都很赞成，大家都认为这正是我们青年团员发挥作用的时候。我们几人骑上马就出发了。

在当时艰苦的环境下，我们外出执行任务，既不带干粮，也不带饮水，因为沿河地带是非常危险的，多为沙漠，十分荒凉，没有人烟，想找一口水也很难。我们骑着马走了约有五六个钟头，终于在一块避风的山坳处，找到大队丢失的马匹，当时我们高兴极了，忘记了饥饿和疲劳，为完成一个小小的任务，经受了一次锻炼而感到欣喜。我们赶上马群回到营地，已是掌灯时分。

我们大队的牲畜、物资，于10月3日，已全部渡过河。4日这天，大队部的人员要渡河了，我们几位女同志是第一批。我们上了皮筏子，嘻嘻哈哈十分高兴，感到好玩，筏子划动了，我们回头向站在岸边的几位领导致意时，发现他们的神情十分严肃，没有一丝笑容，心中有些纳闷。事后，问起此事，他们说，当时是为我们的安全担心。我们当时都很年轻，经历的事情有限，确实有点傻呵呵的，没有顾虑，不知害怕。而正是由于有这种无畏的精神，我们才能加入了那具有历史意义的征途——长达数千里、时间长达四个多月的高原行军。

10月5日，我们大队离开通天河，向唐古拉山挺进。

在唐古拉山脚下，仰望它的山峰，不是我们想象中的那样巍峨险峻，那是因为我们是行走在海拔5300多米的山口，起点高的缘故。为了爬山方便，我将小青马的缰绳盘在马脖子上，让它跟在我身后走。开始爬了约两个多小时，感觉还不很费力，但爬了三四个小时之后，反应就不同了，行走步履艰难，气喘吁吁，双腿无力，行进的速度很慢很慢。但此时绝对不能停留下来，由于山高缺氧，如果停留不前就有走不动的危险。所以一定要下定决心，坚持爬上去。感到困难的不只我一人，突然下面有人喊道："爬不动了，把马尾巴拽上！"这喊声，使我们精神一震，这是对我们的关怀。我们几个女同志，虽不忍心去拽马尾巴，但此时的体力实难承受了，也只好委屈我们的马匹了。拽住小青马的尾巴，爬了一阵，感到轻松多了，就赶快放开马，自己爬一阵，感到体力不行时，又拽一会马尾，这样走了约有一个多小时，我终于爬上了山巅，从山脚到山巅共爬了将近6小时。从开始行军以来，我们爬了数不清的山峰，有时是山连山地爬，但都不像今天这样费力，它真可谓群山之冠。登上了山峰，立即开始下山，行至半山腰，已近黄昏时分，大队领导考虑到大家连续行军十五六个小时，已是人困马乏，疲惫不堪了，即决定就地宿营。翌日，大家面面相觑，发现每个人的面部呈紫色，嘴唇发乌，这是高原缺氧的反应。于是，大队领导催促大家迅速拔营，来到山下之后，大家才逐渐恢复正常面色。

高原的冬天气温很低，但太阳的紫外线却极强，在日夜行军的条件下，不可能每日正常洗澡；遇到晴朗的天气，水草较丰盛的宿营地，我们便可到河边洗澡。经过几个月的风吹日晒，我们的面部肤色，虽然不像牧民那样的黝黑，但个个面呈紫红色，而且还起干皮，干皮脱落后，就成了黑白相间的花脸，我们互相观望罢，便哈哈大笑一阵。虽说是爱美之心，人皆有之，但对于豪情满怀的新中国革命女战士来说，能够参加进军西藏的行列，为和平解放西藏的事业，为西藏的革命和建设事业贡献自己的一份力量，由衷地感到光荣和自豪，对于个人外在的容貌如何，乃是区区小事，毫不在意。这就是进藏女战士的人生观和审美观。

唐古拉山是青海和西藏的分界线。越过了唐古拉山，就进入藏北草原。途经聂荣宗等地，行进了十多天，于11月13日到达西藏北部重镇——黑河。我们大队的营地，就驻扎在黑河宗对面的山脚下，站在我们的帐篷前，可以看到为数不多的一些房舍，相当于内地的一个小村落。在此宿营后，听说就在我们营区附近发现了温泉，这真是意外的惊喜，我们高兴极了。

后勤部的同志们了解我们的心愿，组织人力，用帐篷搭起了简易浴池，全体人员都依次在这高原第一家的大浴池，享受了一次温泉浴，洗去了数月来的汗泥和疲劳。当时大家的喜悦之情，真难以用语言来表达，禁不住感谢独支司令部领导的关怀，感谢后勤部对大家周到的服务。

到达黑河后，部队的组织机构有了较大的变动。我原来所在的第一大队（即牛队），到此即完成了所承担的运输任务，物资交给其他大队运往拉萨，工作人员另行安排。我和朱丽增、曾爽秋同志调回政治部。

回到政治部犹如回到家，在兰州时的伙伴们如魏贞静、顾云娟、侯国栋、刘铁侠、顾绍勇、杜宜中等同志又相聚在一起，备感亲切，大家互相交谈了数月行军的感受。在4个月的长途行军中，我们在各自的岗位上，斗严寒，傲冰雪，经受了艰苦的锻炼和磨练，增长了见识，提高了思想，好像我们都成熟了许多。但我们清楚地知道，这只是我们革命生涯的第一步，漫漫的征程，仍须我们坚定意志，再接再厉，努力奋发向前进。

独支司令部发布命令：全体干、战人员学习《入藏守则》和《团结守则》，到达拉萨后，要格外注意执行《十七条协议》，尊重少数民族的风俗习惯和宗教信仰，搞好汉、藏民族之间的团结；对内则要搞好同兄弟部队——十八军的团结，向十八军同志学习。

在黑河经过10天的休整，于11月13日从黑河出发，向拉萨挺进。行进1周多，来到旁多宗，进入农业区。在这里我们开始看到了树木，山上有灌木林，气候也暖和多了，感觉好像冬去春来，但按季节来说，则是寒冬的开始。从这里开始，路程多是下坡。司令部发布命令：要奋战8天，徒步行军到拉萨。我们共青团员，个个热烈响应号召，积极行动起来，检查自己的行装，做好充分准备。

11月17日，开始徒步行军，每日行程六七十里不等，根据宿营地而定。由于出发前大家做好了准备。再说，我们已经过数月行军锻炼，这几日的路程，就算不上什么困难了。

11月27日，早晨从澎波宗出发，行程七十多里，顺拉萨河而下，沿途有很多村庄，渐渐看见了布达拉宫和拉萨城，我们胜利抵达目的地了，大家兴奋极了，禁不住高呼：到拉萨了！到拉萨了！

在拉萨东郊宿营地，做了3天的休整和准备工作，要求大家一定要搞好入城式，要认真学习《入藏守则》，并且认真执行。要严肃对待入城式，要看作是一项政治任务，必须服装整齐，全部着新呢子军服，要精神饱满，队伍整齐，要在西藏人民面前展示我人民解放军的军威、军容，给帝国主义分子及反动势力以有力的打击。

12月1日上午9时集合，中国人民解放军十八军独立支队全体指战员，身着黄呢子军服，骑着马，精神抖擞，队伍整齐，秩序井然，于12时40分举行入城式。十八军军长张国华、政委谭冠三等首长和全体指战员热烈欢迎我们，西藏地方政府的僧俗官员和拉萨市民也来欢迎我们，气氛热烈，全城沸腾了，独支和十八军胜利会师了，这会师壮我国威、军威，鼓舞了广大劳动人民，打击了帝国主义分子及西藏反动势力。

入城当天，我们宿营拉萨北郊，午饭后，政治部通知，将各自的马匹交后勤部处理。接此通知后，我怀着惜别之情走到我的小青马旁，依依不舍地抚摸着它的头，顺一顺它的毛，默默地想：小青马从青海领来，行程数千里，任劳任怨地帮助了我，在唐古拉山，是它帮助我克服困难，登上了山峰。今后我再不能喂养它了，但我将永远忘不了它。我解开缰绳，牵着它送到后勤部。

下午，我们正在帐篷内写行军总结，忽听帐篷外有响动，走出去一看，我惊奇地看到，我的小青马又回来了。我高兴地走上去，拍一拍它的脖子说：“小青马呀！你真是一匹通人性的好马，你不舍得离开我这个主人，我感谢你对我的留恋，说明我对你尽到了自己应尽的责任，那是我应该做的。你到新的环境中，也会得到很好的照顾。别了，小青马！”我第二次将它送到后勤部。

# 征程战友情

曹旭英

1952年是我们十八军进军西藏的第三个年头。我们筑路大军翻越了海拔3000多米的二郎山和海拔4000多米的折多山，这次又将翻越海拔5300米的雀儿山。当时进藏部队传唱着一首奋战雀儿山的歌曲：“提起雀儿山，自古少人烟，飞鸟也难上山顶，终年雪不断。人民解放军，个个是英雄，雀儿山下扎下营，要把山打通。早起晚下工，睡在云雾中，树枝铺在雪地上，胜过钢丝床……”这首歌曲是对我们奋战雀儿山的真实写照。虽然时间已过去48年，如今我们战友们聚会时，还高唱着这首豪放的歌曲，仍然亲切如初，激动不已。

我们筑路大军千军万马布在甘孜通向昌都的一条主干线上，因补给线长，运输只有靠人背、牦牛驮。部队终年吃不上蔬菜，只有部分黄豆、花生等副食品，长期处于营养缺乏的状态。修筑公路的装备仅有铁锤、钢钎、炸药、铁锹，部队长期处于超负荷的体力劳动之中。高原气候变幻莫测，时而狂风大作，时而冰雹铺天盖地而降，寒气逼人；时而烈日当空，气温陡升，温差很大。由于以上原因，我部队成员长期处于最特殊的艰苦生活之中，对各种疾病抵抗力下降。为此，克服各种对人体的不良影响，保障身体健康是我们卫生工作的重要任务。

十八军卫生部部长芮波，是我出生的那年——1933年参加红军的老革命，他率领我们卫生部几位军医组成的医疗工作组，参与部队翻越雀儿山。当时我是卫生部防疫保健科的防疫员，这次是卫生部医疗工作组深入前线唯一的女兵。

当我们医疗工作组随部队到达雀儿山下时，已近黄昏，战士们已为我们架设好了一顶帐篷。我们将医疗器械、医药箱和各自的行装放入帐篷，我便不顾整日强行军的疲劳，不顾外面呼啸的寒风，走出帐篷寻找两位战友，我亲密女伴的坟墓。一个战友名叫杨细珍，湖南人，只上过初小，家无亲人无处安身而当了童养媳，1949年刘、邓大军解放湖南，将她从苦难中解救出来，她自愿参军入伍，把军队当作温暖的家。1951年春天我们一同进军西藏，当时我不满18岁，她个头虽小已年满18岁。在进军途中的艰苦条件下，她一直保持高昂的革命情怀，常在饥饿或寒冷的逆境中，教我们女兵唱湖南民歌："天上太阳红呀红彤彤哎，心中的太阳是毛泽东，他领导我们求解放哎……"她学历虽然赶不上我们高中学生，但唱起歌来音准，而且富有感情。因为我的祖籍也在湖南，所以我们相处格外密切，遇到困难的时候互相体贴与爱护。在部队中我们女兵人数极少，生活很不方便，但我们有许多克服困难的办法。例如我们行军在荒原高山途中，几位女兵组成一道人墙，遮着人们的视线，轮换着躲在人墙后面解小便或紧急处理我们女孩子特殊的事情。在这种情况下，她总是先让姐妹们躲在人墙的后面轮换，最后才轮到自己。在途中口渴难忍的情况下，她总是把她水壶里的水让给我们喝，所以我们大家都喜欢她，把她当作大姐姐。另一个战友名叫邹建新，四川泸县人，与我同龄，也是高中学生参军，拉得一手好二胡。1950年我们同在西南军政大学第八分校学习，上级将我们文娱骨干集中到十一中队，交给我们演出歌剧《白毛女》的任务，以鼓舞部队斗志，启发人民群众的阶级觉悟。我在《白毛女》演出队声乐组，邹建新在乐队拉二胡，我也参加过乐队吹奏口琴，由于我们之间相同之处很多，感情也十分深厚。

我的两位女战友在我到达雀儿山之前，随同筑路部队驻扎在雀儿山下，当时的生活条件比我到达雀儿山时更加艰苦，她们住在由战士们建造的土窑中，夜间暴风雨肆虐，土窑突然坍塌，两位女战友和另一些战士被土石夺去了年轻的生命。当我得到她们牺牲的消息时，内心十分痛楚，下决心在翻越雀儿山之前，到烈士墓前悼念一番。当我为寻找坟墓而迈着急促脚步向空旷的山谷走去时，突然从身后传来一阵呼喊声，是芮波部长派黄明培军医喊我回去的。是啊，在荒无人烟的山谷，一个女兵远离驻地是非常危险的，我只得怀着遗憾的心情，远望着夜幕即将笼罩的山野，站立在嶙峋的乱石丛中，面迎凛冽的寒风喊道：亲密的战友，我的姐妹，你们的小妹不能在你们的坟前行上一个军礼，你们的精神将激励着我们这些活着的战友，战胜艰难险阻，将解放大旗插在喜马拉雅雪峰之巅，让五星红旗飘扬在祖国的西南边疆！

当日夜晚，我们医疗工作队住进了帐篷，在周围难以找到几平方米平地的雪山下，能够铺垫成这样平整的通铺，确实太不容易。正如歌曲描绘的那样："树枝铺在雪地上胜过钢丝床"。这只不过是对我们革命乐观主义的写照，其实睡在上面不是坚硬的树干硌着腰，就是树枝顶着肋骨。我们刚睡下不久，一阵大雨噼哩啪啦打在帐篷上，不一会儿我们睡的"钢丝床"下便可听到流水声，但我们的被褥都不会浸湿，使我又一次亲身体验到我们的战士善于利用各种条件，巧妙创造各种战胜困难的办法：他们砍来雀儿山下从石缝里长出的名叫爬地松的树枝，铺成床垫，既能适应山高坡陡稍有小雨便从山上汇聚成的流水冲刷，又调整了高山脚下难以找到几平方米平地的地面。在我们这个群体中，年纪大的已称得上我的父辈，年纪小一点的也比我的大哥哥还要大很多，我们无拘无束地像一家人同睡在一个通铺上。在进军西藏途中，我们人数不多的女兵，与男同志们同住在一顶帐篷里，是常有的事，那时我们无论男女，都视为阶级弟兄、阶级姐妹，阶级感情非常真挚。

第二天拂晓，我们整顿好行装，向雀儿山主峰进发了。

部队沿着盘山道弯弯曲曲向雀儿山主峰攀登。从我们后面赶上来一支牦牛运输队，每头牦牛驮着4袋大米，有一头牦牛笨拙地把我挤在狭窄的路旁，所驮的米袋险些把我挤下山坡。这种米袋我曾经扛过无数次，每袋30公斤，在短途转运中，我们有些女兵也和男兵一样每趟扛两袋，已超过自己的体重。这样的米袋由很粗糙的麻布织成，不能隔雨防潮，在千里运输线上供给千军万马，米袋人扛牛驮，终年风吹雨打，雪压日晒，米粒在麻袋内被打湿又自然风干，如此长期反覆干湿不定，靠近麻袋的米粒常有霉烂；麻袋驮在牦牛背上翻越大山，牦牛的汗水蒸发透入麻袋，经过这样很长时间的转运，煮出的米饭除霉烂味之外，还有一股牲畜汗味。我们长期吃这样的米饭，可从来没有听到战友们说这样的饭不好吃。除了吃这样气味的米饭之外，我们还经常吃夹生米饭。记得头年我们十八军卫生学校初登上高原，因为空气稀薄，水煮到80℃就沸腾了，米饭很不容易煮熟，一大锣锅米饭，上面一层是稀饭，中间一层是夹生饭，底下一层是糊锅巴饭。

吃了这样的饭，一百多人都会肚子胀气，有部分同志还腹泻。我们的炊事员责任心很强，想了很多办法，还是免不了吃夹生饭。当时我们的炊事员大部分经历过抗日战争和解放战争，对煮大锣锅米饭相当有经验，但那毕竟是在平原。我们的炊事员普遍年龄较大，都够得上我的父兄辈，因为他们不能像年轻战士那样冲锋陷阵，所以安排在炊事班煮饭。记得头年我们在甘孜施工，黄昏收工回到布满窑洞的山沟，我们都饿了，见到炊事员老邱蹲在锣锅旁流眼泪，当我们一群女兵看到他的眼泪顺着花白胡须往下滴时，便知道又煮了一锅夹生米饭。我们的女兵班长说："夹生米饭营养还在。"我们小女兵们，你盛一碗，我添一碗，吃着说着笑着。大家心里都明白：进军在我们前面的部队经常断粮饿肚子，战士们漫山遍野挖田鼠捕麻雀充饥。

攀登雀儿山的部队逐渐接近主峰，山坡越来越陡峭，我越来越觉得体力不支，呼吸急促，心跳加快，头昏脑涨，两眼直冒金花，两腿不听使唤，我喝了几口水壶中的凉水，强撑着跟上队伍，两腿逐渐飘忽不定，控制不住左右摇晃。芮部长叫前面军马停下来，他拉着缰绳叫我："小曹，你来拉住马尾巴，让马拖着你上山。"我说："部长，我还可以坚持，我这样重，马匹驮这么多东西，怎么能拉得动我。"我上气不接下气地说着话，胸脯像拉风箱般喘着粗气。部长说："你看你脸色都变了，5000多米的高山，空气中氧气还不到平原的一半，你不适应高山，嘴唇都发紫了。长征翻越贡嘎雪山时，我也是你这个年龄，生病发高烧，要不是教导员叫我拽着马尾巴翻雪山，我哪还有今天！"我有些迟疑：这样陡的山坡，要是我把军马拉下了悬崖，军马摔死了，医疗器械及医药箱丢失了，我们怎么开展工作？我又担心马踢我。部长见我站着不动，用十分慈祥而又有几分严厉的口吻命令我说："我们不能掉队，拖了进军部队的后腿，来拽住！"我们的老部长从来说一不二。

我拽着马尾巴两腿被动地向上攀登，确实感到轻松了许多，但我内心却感慨万千：头年我们十八军卫生学校路经道孚，我在深夜里患肺炎咯血，发高烧昏迷，校领导决定将我安置在一个避风的地方，没有担架，我们女兵班的姐妹们，抱的抱，抬的抬，把我安放在藏族同胞屋外喂牲畜草料的马槽里。当时我们进藏部队有一条纪律：不能打搅藏族同胞。不准住进藏族同胞土屋。我醒过来知道我们卫生学校300多名女战友在没有帐篷的条件下，露宿在零下十多度的寒风里，我却一人安全地度过了困难的一夜。拂晓当指导员来看我时，他脸上布满了黄土泥沙，只看到两只清亮的眼睛在转动，我的眼泪止不住流了下来，我虽然在强体力劳动的施工中立了功，又受过军旗下照相的嘉奖，但我们女兵中比我强的还多着哩，我不应当受到这样的特殊照顾。头天照顾我睡马槽，今天又照顾我拉马尾巴，在这样困难的条件下，可说是最好的待遇。我们革命大家庭，又一次温暖着我的心。

战马很温顺，不踢我，只是吃力地拖着我向雀儿山主峰攀登，马蹄踏在坚硬的乱石上发出清脆的声音，有时踏不稳向下滑，使我十分担心。芮部长两手叉腰，不停地喘着粗气向上攀登，不断地喊：“小曹，抓紧啊！”

我向雀儿山主峰望去，像银塔似的雪峰晶光耀眼，狂风夹着山顶上的雪花，不时劈头盖脸迎面扑来，愈往上攀登，空气愈是稀薄，呼吸愈加困难，军马也像我们一样喘着粗气，嘴边不断滴下白沫，马蹄也渐渐地慢了下来。后面的部队从我身旁擦身而过，有的战士为我打气：“小鬼加油。”其实他们背负不轻，人人胸部像拉风箱般喘着粗气，“小鬼加油”四个字分为两段来喊“小鬼——加油”。我精神还好，但体力却很差，肺部好像要炸裂一样。使出浑身的劲，好不容易才登上了制高点。

时近黄昏，夕阳在我们前面坠落，山下已是黑乎乎的一片，但山顶还是白天。向降落的夕阳方向遥望，只见山峦重叠，雪峰座座。突然，芮部长下达了指令：“把马背上的医药箱分驮在牦牛背上。小曹，赶快上马下山。”我懵了：“部长，我怎么能……”部长斩钉截铁地说：“天黑看不见下山的路，这山顶上没有帐篷，没有避风的地方，没条件做饭，人不冻成冰块了吗？我们无论如何都不能停留在山上，要抢时间下山，大家都很疲劳了，你肯定坚持不了，骑马下山是工作的需要。”我呆呆地还没有回过神来，芮部长一把将我抱起往马背上甩。我骑在马上还没有走几步，看见一位老炊事员背着大锣锅，手握一杆长把子锅铲，艰难地向前迈步，老部长疲惫地与他擦身而过。两位都是我的父辈长者，他们冒过多少枪林弹雨，跋涉过万水千山，打下了铁的江山，而今他们年纪大了，还为了藏族同胞的解放而辛劳。他们才是真正的人民功臣，铮铮铁骨老英雄，我这个小女兵有什么功劳，凭什么享受这样好的照顾。一股热流涌上我的心头，眼泪止不住往下流。敬爱的老部长，您平时教导我们“人民战士只有流血，没有流泪”，此时此地，我怎么也做不到了啊！

当晚，我们驻扎在雀儿山半山腰，我在微弱的油灯下，不觉眼泪和笔墨齐下，写下了一篇日记：“老部长，老炊事员，细珍，建新，我亲密的战友，我的父兄，我的姐妹，你们用坚强的意志、鲜血和骨肉筑成的历史丰碑，将与雀儿山雪峰永世长存，光照千秋！”

# 风雪千里路漫漫

王惠文

1950年我在中国人民解放军十二军军大三分校学习。临毕业时，来了一个任务，为了支援兄弟部队十八军完成进军西藏、解放西藏的光荣任务，要调一部分学员去十八军。

1950年7月，我们女学员随十八军组织部吕松干事到四川新津十八军报到。

8月份我们女学员中有10名调到五十二师工作。听说五十二师是一支很能打仗的部队，同时又是最先进军西藏的部队之一，我们都非常高兴。

我们10人中有崔芳敏、邹玉芳、曾昭符、方清远、王丽庭、李国柱、孙常愉、许鸿、左烈英和我。

1950年8月我们一行便去了四川眉山五十二师报到，不久我们10人全被分到该师康藏工作队工作。

这支工作队由30人组成。田涛同志任队长，兼任党团支部书记。工作队的主要任务是支援昌都战役。为参战部队运送粮食、银元等物资。这支工作队的成员来自山南海北，出身不同的阶层，其中有大学生、中学生，有的还是地主资本家的千金，平均年龄不过十六七岁。经过学习，有一定的文化基础，是群天真而又单纯的学生娃，是一群天真无邪的毛丫头，同时又是一群快乐的女兵。

我们中有部分是经过进军大西南考验的老同志，但还有不少是从家门到校门，从校门到部队，没有经过实际考验，虽有要求到前线最苦的地方去锻炼，但在实际考验中会是什么样子，谁也说不准。记得有位领导曾说：你们能走到昌都就是胜利！

1950年8月28日，在眉山三苏园开了一个十分隆重的进军西藏誓师大会，会上军政委谭冠三同志讲话勉励大家要发扬吃大苦耐大劳的精神，特别强调要模范地执行《三大纪律、八项注意》，要模范地执行党的民族政策，要靠政策吃饭，要靠政策走路。我们铭记在心间。会后我们呼着口号唱着歌，向着甘孜奔驰而去。

经过半月的行军，胜利到达甘孜。

行车的路上有许多劳动活，如每天装卸车，每天做三顿饭，许多同志表现积极，李国柱同志表现突出，脏活累活抢着干，毫无怨言，她到甘孜就入了团。

到了甘孜后，起初我们住在群众的屋顶上（平顶房），白天他们晒草，晚上我们睡在麦秸上也很舒服。只是群众用的楼梯是一根独木，上面挖上一格一格的槽，爬着上还可以，下很容易摔人，有一次我没弄好，连人带东西一块摔下来，群众急忙跑过来告诉我，上和下都要面对梯子。他们学着我下梯子的笨样，逗得大家捧腹大笑。甘孜可谓革命老区，当年红军曾经过这里，群众对红军、共产党有些了解，对我们态度比较热情。

不久，我们便搬到甘孜河边学着搭帐篷、打背包、挖灶做饭，领取各种物资如大米、代食粉、黄花菜、木耳、干辣椒、盐、茶叶等，紧张地做着行军准备。因为从甘孜往西去已没有公路了，也没有汽车可坐，得靠两条腿走。

1950 年 9 月 25 日，在甘孜河边参加完进军昌都的誓师大会，我们马上背起背包（每人约 20 公斤），排着队跟着队长田涛同志上路，正式踏上通往昌都的骡帮小道。

## 行 军 趣 事

工作队有三个分队，我和孙常愉、邹玉芳就在一个分队。分队长时颖同志和副分队长方铭同志都是经过大西南进军的老同志，处处起模范带头作用，时时照顾我们。

当时做饭组和打柴组最辛苦，我们分队长带着副分队长方铭、孙常愉，负责做饭和打柴。他们每天早上 5 点钟就得起来做饭，那时我们全队也没有一块表，全凭着看星星、看月亮的位置，碰到雨雪天气就只有凭感觉了。有一次一分队长郭蕴中同志值班，大约 3 点钟就把他们叫起来，大家觉得太早了，友邻单位不见灯光，忽然她大叫起来，哎哟，对不起！我把星星位置看错了，同志们再睡会吧！大家又爬进帐篷，谁也睡不着了，说了半天话。

有一次，我们分队做完早饭，发现还有柴禾就烧了一锅开水，方铭同志叫我灌了一水壶，如没柴我们就灌一壶河水，里边放上一片消毒片，灌好就走人。

晚上我们回到宿营地时，方铭同志问我："今天的茶水味道怎么样？"我说你们茶膏放多了，太苦了！看到她和孙常愉偷偷地笑着，这才引起了我的怀疑，我说："你们搞了什么名堂呢，老老实实交待吧！"方铭同志说，她们去帐篷是拿茶叶，结果错拿了一块干牛粪放在了开水锅里，天亮一看还飘在水面上。不过牛粪可是药啊，可以消火。我们几个喝了"茶"的叫道：有什么火！成天喝凉水。说着追啊！打啊！闹啊！简直乱成了一团。后来我说，好了，这回饶了她们，因为没有手电筒，算了。下回再抓着饶不了，她们连说，好好好。

有一次大家只顾走路，谁也不吭气，忽然有人提议说："张菲同志你来段豫剧不行吗？"张说："可以呀！不过要到前面那个山包！"我们几个加快了脚步往前赶，到了那个山包等她唱呢！她不吭气，我们说："张菲，你说话不算话！"她说："我没有不算话，我说的是那个小山包！"好吧，我们又站起来往前走，好不容易赶到了那个小山包，坐下来，心想她不知又要耍什么赖了！有的说："张菲，前面还有个小山包！"张菲说："君子说话算数！你们想听什么？"大家说，就听"刘大哥讲话"那段。她说好吧，咱嗓子可不像常香玉，你们凑和着听吧！她清清嗓子唱起来："刘大哥讲那话，理太偏，谁说女子不如男，白天去种地，夜晚来纺棉，将士们才能有这吃和穿，你若不相信，请往身上看，咱们的鞋和袜，还有衣和衫，千针万线都是她们连哪！"她唱得真不错，是那个味，我看不出她唱得哪点不如常香玉。那天行军特别轻松，我们向她学了一路豫剧，学得倒很快，就是没有那个味，像唱歌一样！

我们从甘孜出发时，每个分队发了一头牦牛，说是一来它可以驮点东西，二来如果断粮时可以杀了吃肉。分队长时颖同志将这头牛交给了孙常愉和我。我们俩一路上把它当宝贝似的照顾着。行军时孙在前面牵着，我在后面赶着，一路上它表现还老实，听话。

白利桥是一座铁索桥，上面铺着稀稀拉拉的木板，桥两边有些年久失修的朽木栏杆横七竖八地挂在铁丝上。我们刚把牦牛赶上桥不远，桥板一晃，牦牛吓得转身就跑，一下把孙常愉撞出桥外，一只腿倒挂在栏杆上，当时大家都惊呆了，连空气都凝固了……此时两个男同志箭步来到，眼疾手快，抓住孙的手臂将孙拉了起来。只见孙的棉衣和帽子都掉进江里，随江水翻滚而去。我的心怦怦直跳，我的战友，好险啊！再看看孙常愉，我想，她一定吓坏了，不料她比谁都平静，不慌不忙，竟没有掉一滴眼泪，她真不同凡响，我对她的敬佩之情油然而生。她的勇敢精神不仅感动了我，可能也感动了正在桥头指挥部队过桥的那位科长。数年后她竟成了他的夫人。这大约就是革命的缘分吧！祝福他们永远幸福安康！

## 牦牛队里的枪声

到西康玉隆时，当地大头人夏克刀登支援我军进藏牦牛 3 万头，我们从竹青兵站领来牦牛 100 头和 2 万斤粮食，还有大米、大洋和代食粉等物资。牦牛多了，运输任务重了，显然像我们原来那样赶牦牛是不行了。

我们成立了牦牛队，由于我们不太了解牦牛的习性，不是这个被踩了，就是那个被撞了，常出现伤员。曾昭符被牛抵了胸口，坚持不骑马，成天捂着心口行军。党支部号召大家摸摸牛脾气，自己学着动手上驮子，两个人劲不够四个人来，慢慢也行了。牦牛喜欢成群结队地结伴而行，李国柱、董慧、王佩珍等同志学会了吹口哨，甩乌尔多（牛毛鞭），跟在牦牛后边赶着它们走，效果比较好。就是上驮子的质量不好，两边高低不平，牦牛半路甩驮较多，有时甩在山上，有时甩在水里，还得去找驮子。在管理上我们还是生手，手忙脚乱还是搞不好。到竹青时队里请了 3 个藏族牧工，有了他们带领我们上驮子，赶牦牛速度快多了，情况好多了。

有一天早上，我们正在紧张地给牦牛上驮子，上到一半时，几个牧工就赶着牛上路了，后边没上驮子的牛也跟着走了，怎么叫他们，他们就是"听不见"，眼看越走越远了，大家很着急，只见贾鉴同志掏出"二十响"朝天开了一枪，几个牧工才赶快把牛群赶回来，帮着上完驮子才走。后来，组织说贾鉴同志不应开枪，这是威胁群众，是违反组织纪律的，给了他一个警告处分。我们心里都为他不平，他为了工作，完成了任务，而自己却受了一个处分，还毫无怨言，他真是好样的!

## 啃牛肉

到玉隆的那一天，我们工作队什么粮食都没有了。队长急在心里。正好，下午我们在路上看到一头没人要的死牦牛，估计是累死的，队长叫通讯员卸下 4 条腿带上。

晚上到了宿营地，住在群众家里，找群众借了一个大锅，把肉洗洗、剁剁，放上干辣椒和盐，倒上水煮了一个多小时，闻着味挺香的。大家围坐在一起，揭开锅一人发一块，谁知一口咬上去，就像咬在牛皮筋上一样，一松口连牙印都没有了，再煮吧，没柴了，时间也没有了，算了，分队长说：大家使劲啃吧，一边啃一边却剔牙，有的就整块咽。有的说：瞧，这哪有小姐的样！一阵大笑。只觉得很好玩，没见过肉越煮越硬的。

第二天一早起来，这个说头昏，那个说肚子痛，还有的拉肚子，队长可急坏了，连忙叫卫生员给药，并叫从牛驮子上取来定量外的代食粉给大家煮稀糊糊喝。队长决定休息一天。

这一天，分队长给我和郝静娴俩人一个任务，叫我俩去山坡上把剩余牛肉切成小块晒干。我俩带着牛肉拿着帐篷到一个山坡上，把帐篷铺到地上，把牛肉块摆放在帐篷上，坐在旁边看着。说真的，这时我们才有时间和心情欣赏一下周围的美丽风光。远处雪山闪着银光，近处山连着山，我的祖国啊！你多么广袤辽阔!

我发现山坡上地老鼠很多，它们探头探脑追逐打闹，好不热闹，还有一种大麻雀飞来飞去，我对郝说：你看这里没有树，这些麻雀在哪做窝?她说：你看，好像也在洞里。经过仔细观察，它们是同住在一个洞里，进进出出相安无事。它们按照适者生存的道理，因地制宜，住在一起省了许多麻烦事，可是它们不打架真是奇怪的事。

## 一颗“珍珠”

到达竹青时已是10月末，群众的青稞麦已经收割完了。我们看到青稞地中间有块平整的小坝子，就决定在这里搭帐篷。搭好帐篷后继续往地上铺帆布时，我发现了一片小菜叶，想看看是个什么菜，往下挖一看，是一个又白又大的芫根，我很高兴，心想这一定是群众收庄稼时落下的，如果再能找到一两个的话就可以煮一锅汤了。结果找了一会，发现越找越多，啊！这是群众有意留在地里的，一个也不能动了，我于是把那个芫根用土埋上了。领导曾再三教育我们要模范地遵守“三大纪律、八项注意”，要模范地遵守民族政策。我决心不吃这个芫根，要让这个芫根的主人知道我们住在他们的芫根地而没有动他们一个芫根，要让他们通过我们的行为正确地认识共产党、解放军。

那个芫根虽没吃上，我的心里却非常高兴。多少年来那芫根像一颗“珍珠”，一直留在我的记忆中。

## 金沙江畔谒烈士墓

过了德格不远，就来到金沙江的岗托渡口。金沙江江面不宽，但水流湍急，很远就能听到流水的轰鸣声。我们全队人马物资过了两天才过完。我们坐的是一五四团战士们造的一条木船和藏族船工划的小圆形牛皮船，牦牛是从江里过的。那只小牛皮船好像一口大锅，一回坐两三个人，比较惊险，好像江水随时都会流进船里，有时转进漩涡里，它就会转上好几个转转，然后转出来。

稍事休息我们又上路了，回头看看，大名鼎鼎的金沙江终于被我们征服了。

中午我们来到一片开阔地，只见路边一排9个新坟，听说是金沙江战斗中一五六团牺牲的战士，还没来得及写上姓名。我们一行来到墓前，摘下军帽，献上我们真挚的心声：

我默立在你的墓前流泪
悼念你——伟大的战士
你生命的道路尽管短暂
正在充满生机的早春时候
你将生命融入民族的命运
你将生命献给西藏的解放事业
最后一息却与敌人同归于尽
种子撒向人间，血滴在地上
你用年轻生命谱写了一曲悲壮战歌
你用青春热血铺就了胜利之路
我们在你的墓前止住了眼泪
听你说一个战士的责任

## 一面旗帜

田涛同志是我们的队长，也是一名光荣的共产党员。山东梁山人。当年她只有22岁。她是一个革命烈士的女儿，她的父亲田子珍同志和万里同志是战友。她是五十二师师长的夫人。她有这么多的荣誉和头衔，但她却没有骄气。她对自己要求特别严格，真是严于律己，宽以待人，处处事事以身作则，为了进军昌都，她把自己才出生6个月的女儿寄养在甘孜老乡家。带着我们一队人马毅然踏上征途。

看她一身戎装，短发，绑腿，腰间扎着皮带，帽徽在头顶闪着红光，看上去那么年轻精干。难怪有人说：田涛同志的鼻子眼睛都长得是地方！夸她长得秀气、漂亮。但在领导我们爬雪山、趟冰河、行军吃住、赶牦牛、劳动等方面，她是那么泼辣，能吃苦，生活上那么朴素，在领导全队做好政治思想工作方面又是那样细致、具体，表现了领导的才能。

她带领我们30人，牧工3人，牦牛200头，物资两万多斤，朝行夜宿，为了我们的安全费尽心思。行军中她总带着做饭组的同志打前站。我们分队长时颖同志，副分队长方铭同志，还有孙常愉同志，一到依山傍水的宿营地，马上挖灶做饭，等我们赶到时往往饭已经做好了。

我们走路时紧赶慢赶也追不上她们，刚追上她们，她们又走了，有一天我对郝静娴说：田队长的腿是铁腿吧！她走得那么快，她不累吗？猛抬头，看见队长正坐在前面等我们呢。只是她笑着问我们，怎么样？走得动吗？来，坐下来休息一下。我的心里热呼呼的。坐了一会，她走过来要取我所背的米袋，要帮我减轻一点负担，不！不能给她！

行军中她对全队的思想工作做得又细又具体，她善于发挥分队长们的作用，在行军中她还经常找人谈话，帮助病号，我们有几个同志有心脏病，如崔芳敏、邹玉芳、曾昭符等，她总是帮她们背东西，不使她们掉队，争取圆满完成进军昌都任务。虽然多数时间我们是“孤军作战”，但我们队没发生过什么大问题，没有掉队，没有无原则纠纷，没有减员，连一头牦牛也没丢掉过，两万多斤物资也顺利地交给了觉雍兵站。到达昌都以后，许多同志立了功、受了奖，她却没有。

在和田涛同志两个多月的相处中，我学到了许多东西。她不愧为一名优秀的共产党员，不愧为一个榜样、一面旗帜！多年以后我还怀念着她！

## 别了，“朋友”

到达觉雍那天，我们碰到一五六团的战士押送着在昌都战役中俘虏的英国特务福特去甘孜。我们知道昌都战役已经胜利结束。我们特别高兴，因为昌都战役的胜利，打开了和平解放西藏的大门。

昌都快到了，上级指示我们将所赶牦牛和物资交给觉雍兵站。

和牦牛相处了两个月，真有点惜别之情。记得它们刚来时个个腰圆体壮，一路行军我们没给它们一把草料，都是它们上山去自己找吃的。碰到雨雪天气什么也吃不到，第二天，依然驮着200斤的驮子赶路。它们是很能吃苦耐劳的动物。有时它们还是十分温顺可爱的呢！随着行军吃苦，个个都瘦了一圈。牛脾气也小了。进军西藏，它们也作出过贡献，也有一份功劳啊！

到觉雍兵站后，卸完驮子，我心疼地摸摸这个，拍拍那个，亲爱的牦牛朋友，我们要走了！它们站在那里一动不动地望着我们离去。

## 走进昌都城

11 月的一天，昌都城终于遥遥在望了。人们说“望山走死马”，这话一点也不假，早见着了目标，好几天都走不到。越是快到了，越是着急！昌都城是个什么样子呢？

那一天我和郝静娴同志在一起，起初我们并没有掉队。看见前面一条小河，11 月的天气，高原已感到寒冷，水面已结冰了。我们俩商量怎么过河，她说水太凉，裤腿湿了不易干。我说咱们解开绑腿，脱掉鞋袜，过河后再穿不行吗？她说可以！我们就这样脱了穿，穿了脱，过了六七条河，前面已看不见队里的同志，天色将晚，我们不免着急起来。前面不知还有没有河，天晚过不了河不说，再来个土匪什么的就糟了！太阳下山特别快。我们俩立即穿好鞋袜，打好绑腿，赶快往前走，遇坡上坡，遇河过河，这样又过了六七条河，看不见前边的人，也不知他们从哪里过的河。有的地方水深，把内裤都打湿了。心里真后悔，要早知这么多河，就不脱鞋了，也不至于掉队啊！在上灯时分我俩赶到了宿营地。后来一了解，那 13 条河原来是一条河！

第二天队长决定我们在达马拉山脚下宿营三天，整理军容。两个多月的行军，我们的棉衣裤已不像样了，许多地方开了花，裤腿和棉衣下摆早已没有棉花了，这些棉花是在我们“特殊情况”时派了用场。行军中我们常不洗脸，没有面油洗完风一吹，脸就裂口子。脚也经常不洗，有帽子一戴，也常不梳头，真像一群“叫花子”。队长说：我们不能让昌都人民看见我们这副“尊容”，抓紧时间到河边去梳洗一下，把衣服补好。我们赶紧拿着毛巾向河边跑去，经过一番打扮，嘿！原来个个都长得不丑嘛！就是黑了，瘦了！

我们于 1950 年 11 月 30 日，穿着整齐，排着队，在昌都人民的欢迎声中走进了美丽的昌都城。

# 我的进藏路

陶平

## “混”进解放军

1949年12月，我的家乡——邛崃县解放了。1950年2月12日，土匪发动暴乱，奉命参加剿匪的工兵部队第十二团完成剿匪任务后，又担负了修复康藏公路的任务。由于工兵十二团是解放军入川后新建的部队，所以团宣传队需要招收一批宣传队员。

那时我刚当上小学教师不久，因母亲死得早，父亲很封建，重男轻女，我在家日子很不好过，平时总有外出寻找出路的冲动。解放军来了，要招兵，我怎么会放弃这个机会呢？1950年4月16日，我和同学们到工兵十二团招收宣传队员所在地——固驿镇去应试，主考官是工兵十二团的党委书记兼政治处主任钟新玉。那时我很瘦弱，没有被录取，我灰心丧气地回到家中。第二天上午，已被十二团录取了的高竞秋，突然来我家，要我马上和她一起去当兵，并说，解放军不点名，不清人数去了没问题。我听了高兴极了，毫不犹豫地便和她一道去了。在邛崃南街爬上了解放军军车，当天便离开邛崃到雅安多营坪驻地，从此便和宣传队的同志一起学习、生活，谁也不过问我这位没有被录取的兵。三天后发军装，管理员左数右数，总是少一套，将名单拿来查对，才发现没有我的名字。团副政委张启泰知道后，要我回家，要我马上离开。本来我是一心要当兵，忽然要我回去，我真急了，便说：“我不回去，我要当兵，我要去解放西藏。假若一定要我回去，我就跳到青衣江里去。”这件事惊动了宣传队所有同志，后经团部研究后，我成为了正式的解放军战士。

## 甘孜休整

1950年12月，部队行军至甘孜，我们住在一个汉藏结合的家庭里，这家男主人是过去国民党的一个士兵，国民党的部队垮了，他就和这家女主人结了婚，组成了家庭。男的四十多岁，女的三十多岁，已有两个小孩。他们汉话藏话都会，我们和他家女主人很合得来，我们都叫她阿妈。康藏地区，这样的家庭还不少，他们的子女许多都是解放军的翻译人员，为解放西藏、建设西藏做出了贡献。

到了冬季，到处都是冰天雪地的，气温太低，部队无法修路，只有住下来休整。记得那年休整，我们宣传队的人，都分散和连队的同志混合编班学习，学社会发展史，联系长期建设西藏实际，进行整风学习。我们班的班长是位山西的老同志叫孙泰义，宣传队的女班长白尊瑞在另一个班。由于条件太差，我们学习中还得抽时间帮助伙食团扛柴禾、煮饭等。一天，我们几十个人去扛柴禾，我扛了一根一丈多长的木头，走到半路，遇上刮大风，我们没有经验，还在继续往前走，两个班长见了，同时大声地叫我们停下躲起来，我刚躲进一个小菩萨庙，风势便越来越大，最后形成一个一丈多方圆的旋头风，把地上的小东西全部卷到两三丈高的天上去了。过了好一阵，风势逐渐减弱，我们才又扛上柴禾，回到学习地点。听孙班长说，高原上这种风是常有的，若遇上就要躲，不要让它把你吹跑了，或吹倒跌伤了。

## 驻防拉萨

1951年1月，我在甘孜学习完后，被调到十八军文工团。从甘孜经昌都到拉萨，冰天雪地，空气稀薄，人烟稀少。在行军的路上，千万不能自作聪明、自作主张地开辟新路，因为脚下全是冰雪世界，有的山崖多年冰雪堆积，稍有疏忽就有掉下山崖，被冰雪埋葬的危险；还有的地方，路就只有1米多宽，两边是1米多高的冰墙，坚硬无比，这都是多年来藏族同胞赶牦牛往来运输物资，经过那里，自然形成的通道，冰墙的下面是什么，谁也不知道。经过艰苦的行军，终于来到了拉萨。在拉萨，由于西藏上层反动分子不配合，不卖粮食给我们，企图饿走我们。为了站稳脚跟，按照“进军西藏，不吃地方”的方针，上级号召开荒，学习南泥湾精神，搞生产自救。于是大家拿起锄头，投入了开荒运动。在气温零下二十多度的寒冷季节，部队在那一大片几千年来从未耕种过的处女地上忙碌起来。说艰苦真艰苦，土地坚硬如铁，锄头砸下叮当作响，火花四溅，双手震得生痛。不多久，同志们一个个手上打起了血泡，便用布和毛巾把手包起来，大家没有叫苦，你看我一眼，我看你一眼，互相鼓励，忍着痛，又继续挖。功夫不负有心人。经过一个冬天，那一大片处女地，居然被我们开垦出来了。1952 年春天，在新开垦的土地上种上萝卜、白菜、茄子、海椒等蔬菜。到了秋收的时候，我们的萝卜一个有十多斤重，其他蔬菜也长得很好，解决了部队吃蔬菜问题。同时我们还喂了很多鸡、鸭、猪等，当地老百姓见了，都赞不绝口。

## 办起军区图书馆

1951 年 11 月中旬，我被派去和另外两位男同志一起组建军区图书馆，过去十八军南征北战，没有安定过，现在西藏解放了，部队在西藏搞建设，需要精神食粮；开辟西藏的文化事业，培养干部，培养西藏的建设人才，更需要文化。当时没有房子、没有书、没有书架，要建图书馆，谈何容易。加上 1951 年冬天开荒，1952 年又是全国性的“三反”运动，两位男同志调走了，建图书馆的时间就只好推后了。好在有文化部长魏克、文化科长董俊水，还有俱乐部主任韦超等各级首长的关心和帮助，问题逐渐得到了解决。在一间约 12 平方米的房子里，堆放了从各级领导干部手中收集来的书籍，又在新华书店钱璞和汪士奇同志的帮助指点下，我开始了书籍整理、分类、编号工作。由于没有书架，书籍放在地上东一堆西一堆的，我整天就蹲在地上整理，比在桌面上工作累得多，每天工作后总是腰酸背痛的，十分难受。幸好工作量只有那么多，经过整理安排，总算顺利地完成了图书整理分类、编号、登记等工作，并拟订了图书管理借阅办法。随后搬进了一间长长的屋子里，把书籍整整齐齐地摆放到 10 个书架上。此时，聂泽彬同志也调来一起办图书馆。1952 年 8 月 15 日正式开馆借书，当第一天见到有同志从我亲手搞起来的图书馆里借走书时，心里确有一种甜滋滋的感觉。几十年过去了，军区图书馆现在不知是什么样了，也真想念！

## 在拉萨小学分校

拉萨小学分校是1953年初建立的。因为拉萨地区除了藏族外，还有回族。拉萨小学分校专收回族子弟，副校长是回族，翻译老师也是回族，所以又叫回民小学。那时我是四年级的语文和数学教师，也兼班主任工作，这两个小学的学生，都是只会藏语不会汉语，我们用汉语上课时，回族老师就帮助翻译成藏语，因为翻译老师翻译得好，所以效果好，通过考试，看得出学生是听懂了，我觉得四年级的学生学习还不错。回民小学的学校，是由清真寺改造的，教师不太宽敞，除了教室外，办公室都很窄小，教师们不在那里住。那时拉萨社会局势有些紧张，社会上的谣言很多。我是部队借到小学当教师的，还住在部队，部队的同志每天派人来接送。我们也不随便行动，每天就上好课，改好作业，我们教师之间、师生之间相处得很好。后来我要调走时，依依不舍地与师生照了相，一张是四年级全班二十多位同学和翻译老师的；一张是我们回民小学的4个女教师的，她们4个都是从中共西藏工委调去的；另一张便是回民小学全体教师的照片。我们分校的校长也是一位有名的学者，教务主任是解放军干部，副校长是很有威望的人。可惜我记不起他们的名字了，离开后我也没有再见到过他们，不知他们现在何处，身体康健不，真想念他们。还有四年级二十多位同学，在我的记忆中，他们一个个都聪明好学，我给他们上课时，感觉他们学习进步很快，都是好苗子，长大后一定是西藏的好骨干。可惜1954年初我调离西藏后，就再没有机会见到他们，也许他们中很多早已是西藏的各级地方干部了，也已成家立业，过着幸福美满的生活了，要是能再见到他们，共同分享幸福，该有多好！

# 唱着豫剧进西藏

宋香蘅

我是河南洛阳人，解放前因家穷讨饭到了陕西。1945 年，拜张福山（常香玉之父）老先生为师，学唱豫剧，从此开始了我的豫剧生涯。

西藏豫剧团的前身，是由河南灾民和流浪艺人于 1945 年在西安创办的“河南灾童剧校”。牵头创建人是河南籍帮会头目和著名艺人，招收的学员多为逃难的贫苦儿童。我们几个穷苦儿童到剧校，并不是为了继承豫剧艺术，而是为了找个饭碗糊口。我们按戏曲传统的教学方法，极其辛苦地练功学唱，天不亮便到野外喊嗓子，白天练文习武，夜里还要排戏，个个都要唱做念打各功俱全。教员是老艺人，不讲什么科学方法，只要求苦练，“冬练三九，夏练三伏”，只要功夫到了，就算掌握了艺术本领。我们那时衣不蔽体，食不果腹，加上练功体力消耗非常大，身体不能支持，一天几堂功，常常练着练着就睡着了，自然免不了教员一顿“藤子杆”毒打。在灾童剧校我们饱尝了童年的艰辛和艺人的辛酸。

1949 年成都解放了，我们“灾童学校”由成都军管会接管。1950 年 8 月 1 日在四川新津我们集体参加了中国人民解放军，编为十八军文工团二队（豫剧队）。从此我便翻身解放，走上了革命的道路。

1950 年 10 月，我们文工二队奉命进军西藏，当时队员都比较小，只有 15 岁左右，官兵们都亲切地称我们是“娃娃班”。进藏的第一站到了甘孜，我们白天修机场，晚上为部队和民工演出。冬天的高原气候恶劣，天气很冷，在修机场时我和很多同志的手脚都冻烂了，大家都是受过苦的穷孩子，从没人叫过苦。夏天气候好，经常一天演出两三场，吃饭也不卸妆。夏季雨水多，演出时经常被雨水淋透。那时衣服少，换不过来，回到住地部分同志晒衣服，部分同志钻被窝，大家不但没有怨言，反而情绪很高。当时演出的剧目有：《三打祝家庄》《北京四十天》《九件衣》《凌云志》等。

我演的《白蛇传》深受官兵好评。我饰白娘子，王莉饰青儿，李军饰许仙。我们在演出之余，还积极开展群众工作，为藏族群众背水、扫地、做好事，为战士洗缝衣服，做宣传鼓动工作，同群众建立了密切的军民关系，藏族群众自发地组织牦牛队，为文工团驮运服装道具。在甘孜我们生活了一年多，机场修好后，又开始到筑路工地，为修筑川藏公路的部队演出。

川藏公路穿越横断山脉，这里山高谷深，千难万险，5万筑路大军在这样恶劣的环境下苦战5年。在这几年里，我和豫剧团的全体同志们一直活跃在工地上，与筑路大军同甘共苦。战士们多数是河南人，他们非常喜欢听豫剧，我们与官兵们结下了深厚的感情。我们当时演出的节目还有《花木兰从军》(我饰花木兰)、《北京四十天》(我饰红娘子)，都是有文有武的戏，在荒山野岭又蹦又跳，气都喘不过来。因无公路，我们白天身背道具负重行军，晚上演出。每到一个演出点，自己动手搭帐篷，打柴草铺床，有时因地下是冰层，还要下到河里捞石头垫上，然后再铺上树枝、茅草，生活还真够浪漫的。说心里话，睡在上面可真不是滋味，但因为大家都劳累了一天，在石头和树枝上面睡得仍很香，正像一首歌中所唱的“树枝铺在雪地上，好像钢丝床”。演出没有舞台，没有灯光，几个汽灯也被长期爬山摔扁了，但是只要战士们愿意看，我们就坚持演出，以活跃部队文化生活，鼓舞战士们的斗志。

演出前化妆，有时在帐篷里，有时就在露天。演出时不能多穿衣服，常常冻得打哆嗦。但有时又是烈日当头，高原的紫外线很强，晒得大家头昏脑涨。山沟里气候多变，时晴时雨，时风时雪，遇到大雨突然袭击，大家都淋得像落汤鸡一样。有次演《王大娘补缸》(我饰王大娘)，全是武戏，正在演出中，大雨倾盆而至，土台上都是雨水，武打戏需要在地上滚来滚去，我全身都是泥水，但仍很认真地演出。戏演完后，领导握住我的手说：“看了你们的演出，觉得高山缺氧没什么可怕了，在山沟里就像在家一样。”还有一次演《打金枝》，戏刚演完，刮起了大风，把后台的化妆帐篷都刮起来了，大家顾不上卸妆，齐心协力拉帐篷，保护服装、道具，这是我们团的全部家当呀！我们胜利了，同志们风趣地说：“金枝玉叶、皇帝皇后都惊动了。”在那时，不管遇到什么情况，同志们都能团结一致齐心协力战胜困难。演出结束后，我和其他女演员给战士缝补衣服，拆洗被子，男演员给战士理发、挑水、洗菜，我们像一家人一样。指战员们非常感动地说：“别看他们年纪小，可帮了我们的大忙啦。”川藏公路通车后，豫剧团也随部队一路演出，唱着豫剧到了拉萨。

1956年初，豫剧团集体转业到地方，成立了“西藏豫剧团”。在平息叛乱和民主改革中，为配合当时的阶级教育，我团赶排了《白毛女》（我饰演喜儿），为藏族群众演出，到寺庙为僧人演出。在哲蚌寺演出时，很多贫苦僧人哭啦！我们到昌都为平叛部队演出，临走时战士们恋恋不舍，很多送行的同志都是流着眼泪回到营地的。

1966年以前，西藏豫剧团平均每年为群众演出近200场戏，其中到农牧区、部队演出的场次占一半左右。为了更好地满足工农兵需要，我们还多次分为两个队同时下乡演出。我们演了《朝阳沟》（我饰栓保娘）、《红灯记》（我饰李奶奶），不但河南人喜看豫剧，其他省份的人也喜欢看。可以说，西藏豫剧团在西藏的影响是比较大的。

我在西藏工作三十多年，总觉得工作还做得不够，如果说有成绩的话都应归功于党和人民，这绝对不是一句空话，如果不是中国共产党，我早已死在讨饭的路上，或者当一个寄人篱下的艺人。党给了我许多荣誉，我是西藏文联委员、中国戏剧家协会会员、中国戏剧家协会第三届理事。

我跑遍了西藏，连“世界屋脊的屋脊”阿里也去了，我留恋那些熟悉的山山水水，常常回忆起演出的同志们。现在，十八军的老演员们都离休或者内调到不同的地方了，豫剧团演员也于1982年集体内调了，但是豫剧团为西藏的建设和发展做出的贡献，将永远铭记在西藏人民心中。

# 往事钩沉

董宏侠

## 路遇藏族兄弟的“惊险”与内疚

1950 年 6 月，我在十八军工兵纵队十二团(后改为二八团归于五十三师建制)政治处宣传股工作时，团机关驻在升航村(离康定不远)。这个地方地势平坦，气候宜人，但是对面黛青的高山，却好像遮住了太阳似的，天总是阴沉着个脸，专门和我们作对似的。就像四川盆地的冬天，难得见到太阳，但对经常在大雪封山的高山上修路行军的我们来说，已是很满足了。

在约 50 里开外松林口高山上伐木牺牲的六连二排长李根喜的事迹督促着我，指战员的英雄模范行为催促着我，抱着去看看他们，学习他们的念头，来到了山上。

积雪的松林口高山上，茂密的原始森林遮天蔽日，长年不见天日的地上，厚厚的枯枝腐叶没了脚脖子，像好客的主人，热情地让你留下来，又像顽皮的幼童搔得你痒痒的、疼疼的。这些生长在高山上的树木，每天同阳光、雨雪做伴，很少见到人的踪影，今天这么多生机勃勃的橄榄绿出现在它们面前，领着它们到山外去见见世面，真是求之不得！

战士们两个一组，嗨哟、嗨哟地来回拉扯着大锯，不一会，地上的锯末就堆起了一座座松软的小山，像天上的白云东一堆西一堆，煞是好看。紧接着一声令下，树木又轰隆隆整齐地向着一个方向倒下。之后运输组的同志在修好的较平坦的山路上往下运木，路的那一端，战士们随着号子有节奏地和着，十多个人，甚至一个排扛着一根根原本，步调一致，一步一个脚印，沉稳地走在崎岖不平的山路上。

每一根原木从山上砍伐运到山脚下，都蕴含着战士们分工合作，团结一致，为解放西藏而修路的一片片赤诚的心。一个个战士的脸被高原紫外线晒得黝黑，因缺乏营养而干裂的嘴唇，被树枝刮破的军衣，磨破的双肩，有的甚至渗出了殷红的鲜血，但他们不吭一声，忍着疼痛咬紧牙关，默默地干着，看着看着，亮晶晶的泪珠，大颗大颗地从我的眼眶里滚落下来。听着连队干部和同志谈到二排长李根喜时，他们眼睛湿润，低沉而惋惜地说："前两天他和指挥排里的同志锯树时，没想到旁边的一棵枯树倒下，改变了锯树的方向，情急之中，他一个箭步窜过去，把近旁的战士推开，而他自己却被压倒在大树下，永远离开了我们。"全团两千多人，从1950年到1954年通车拉萨，在同天斗、同地斗的艰苦施工中，共牺牲48位同志。他们没有留下遗嘱，甚至没有遗言，但是他们的音容笑貌永远留在战士们的心中。

他们可歌可泣的英雄行为，促使我赶快下山，写出报告，为他们请功，使公路更快地向拉萨挺进。

我骑马走了一段路，天逐渐黑了下来，影影绰绰地看见前面有个穿青色藏装的藏族同胞，背着背篓急匆匆地向前赶路。进藏前的民族政策教育使我知道：国民党的大汉族主义，导致民族不平等，使藏汉民族关系紧张。骑在马上的我，不寒而栗，自我保护意识告诉我，只有赶快跑，才能躲过这个人。吓出一身冷汗的我，两腿使劲蹬着脚镫子，拉紧马的缰绳，打着马飞快地从他身边闪过。回到驻地，天已完全黑了。

缓过劲来想想，与我擦肩而过的藏族同胞，佝偻着身子疾步向前的背影，也许他是饱经"三大"领主残酷压榨剥削的农奴，也许他的心在隐隐地疼痛，在流血……我怎么这么幼稚，把翘首等待我们去解放的藏族兄弟当成坏人，内疚萦绕心头，久久挥之不去。

## 历 险 记

1950年6月中旬公路通车至康定，部队决定在这里休整几天。忙里偷闲，我去温泉美美地洗了个澡。当我惬意而满面春风，一身轻松地骑马往回返时，仰望万里晴空，蓝蓝的天上白云飘，白云下面我悠哉悠哉地骑在马上走。

两边郁郁葱葱的小树，五彩缤纷的野花争奇斗艳，蝶蜂环绕，在微风的吹拂下向我点头示意，好像他们也在欢迎我。

遥望远山，群山环抱的浓浓绿色里，我仿佛听到了《康定情歌》，“跑马溜溜的山上……”悠扬的乐曲回荡在山谷，对对情侣在跑马溜溜的山上流连忘返，浓情蜜意情洒山峦。当我沉浸在遐想中时，突然马一个趔趄，把我从马背上摔了下来。惊慌中我赶紧三步并作两步追上马，拽着马尾巴，一跃跳上马背，扬鞭催马往回奔。

回到驻地我得意地将我的“勇敢”讲给同志们听时，他们嗔怪地说：“你真是初生牛犊不怕虎，遇到烈性的马尥蹶子，踢伤了你，让你哭都来不及。”多亏我骑的马是匹比较老实的。没尥蹶子，它尥蹶子，使我受点皮肉之苦是小事，摔伤了可就要同志们照顾，残废了不能再前进修路，还会给组织和同志们带来更大的麻烦。

## 雨夜归来

1959年3月，西藏上层反动集团发动的武装叛乱被平息后，生活在水深火热中的藏族人民，盼来了西藏的民主改革。

当时我从日喀则调到江孜。江孜是个有爱国主义传统的英雄城市。这里的藏族同胞纯朴、勤劳、勇敢，还多了一份自豪感。这里就是他们的先辈曾英勇地抗击了英帝国主义的入侵，保卫了这片他们世世代代休养生息的热土。

我被分配到江孜分工委宣传部工作。不久我作为工作组的一员，来到离分工委不远的车贵查村参加民主改革。一日晚饭后，我和藏族女干部桑姆到一个点上去发动群众，农奴们群情激愤，争先恐后地控诉三大领主的罪行，开完会已将近11点。不知什么时候外面下起了瓢泼大雨，黑乎乎的什么也看不见。热心的主人，慌忙为我们拿来雨具，村长说天黑下雨看不清路，要送我们回去。我们已来过无数次，道路很熟，婉拒了他的好意。

我俩手挽手，高一脚低一脚地在雨幕中前行。外面伸手不见五指，风雨交加，我们看不清路，更不知道该怎么走，成了有眼的“瞎子”。狂风急雨，穿透了蓑衣，浸湿了衣服，冻得我俩直打哆嗦。我们互相依偎着、鼓励着走啊走，凭着感觉，走在田间小路上，泥泞像滑梯，我们两个就像一首歌中唱的那样：“跌倒算什么，爬起来再前进……”迈进青稞地，陷进泥潭，越陷越深，不但脚拔不出来，连小腿也陷进去了，我吃力地喊着：“用力拔啊！一、二、三！”一次次地陷进去，一次次地拔着，我们终于走出青稞地，满身的泥浆，甚至脸上头上也被我们自己抹上了泥水，我们走走停停、跌跌撞撞，不知走了多长时间，才走到村长家。他见到我们满身的泥污，惊讶地说：“怎么弄成这个样子？”我们自嘲地说：“不化妆也挺好看吗？”相视哈哈大笑，说着笑着跟着村长回到了我们住的那个地方。

第二天迎着朝阳，走向田野。一望无际的青稞在阳光的照耀下，闪着金光左右摇晃，看它茁壮上蹿的样子，心想农奴们将迎来民主改革后的第一个丰收年。

被围墙圈起的印度驻江孜商务代办处，像鹤立鸡群似的矗立在低矮而简陋的民居旁，近在咫尺，却是个禁区。想起昨夜雨中懵懵懂懂、高一脚低一脚的情景，不禁后怕起来，幸亏昨夜没摸到那里。在西藏工作，政策性强，凡事不能莽撞行事，应持慎重的态度才行。这件事给我敲响了警钟。

# 进藏途中的小故事

喻惠均

## “难言之隐”

我们军大八分校十八队四班刚毕业，就加入到了进军西藏的行列中。出发前，分队长对我们说：进军西藏，路途遥远，生活艰苦，尤其是女同志的生理所限，行军就更为艰难，希望大家遇到困难要设法克服。并将每个军用蚊帐一分为二，每人一份。还教我们将纱布撕成块，装叠好保存，以便在行军路上来例假时使用。

进军西藏时正值雨季，遇到河流还要趟水过河。记得过第一道河是在雀儿山下，部队的同志把竹竿用绳子接起来，两岸用人撑着，河深水急，水位齐腰。岸边的男同志不停地喊着：“有例假的女同志过来，让我们背过去！”我听了连头也没回地趟了下去，被包顶在头上，手抓住竹竿，但脚下石头很滑，加之河水冰冷，我的脚根本不敢往上抬，只能滑着步前进。过了河，我的衣服湿了半截，裤子湿透了，边走边流水，我不知道裤子里流的是水还是血，到了晚上一看，我的两条腿已被湿透了的棉裤磨擦得尽是红斑点，又痛又热，鲜血染红了下半身，睡不着难受极了。

第二天行军我将洗净的纱布，用两根树枝插在背包上，再将纱布晾晒在上面，晚上到营地又用。记得有一天我们不是趟几条河，而是24条河，深浅度不同，但都得趟过去。自那以后，我再来月经时，肚子疼痛难忍，月经已不再是红色，而是像牲口嚼了青草后嘴角的绿泡沫状。

日子长了我们的纱布也烂得不能用了，于是我们就扯被子里的棉花，男同志见我们扯棉花还以为我们是为了轻装，他们也将被子里棉花给扯了，光背着个被套行军……

部队越走越艰苦，平时喝水都很困难，就更谈不上讲卫生了，每遇来例假的时候，每晚不洗吧，每天走这么多路，真叫人难受！后来我拾起一个代食粉空筒，洗净背在身上，晚上到了宿营地，见饭做好了，灶里还红着木炭火，便装上一铁筒水，塞进灶里，待水烧烫了再取出清洗身上，每天如此。经过一段时间的调整，我的月经终于慢慢地颜色正常了。

雨季行军上淋下趟，晚上搭好帐篷后，我们砍了很多树枝，把它铺平，再将雨衣放在上面，人家便围着背靠背地各抱一支“三八式”步枪睡觉。

换岗了，我抱着枪走出帐篷，风萧萧雨霏霏，使我浑身颤抖。因为白天就没吃饱，这时感到特别饥饿，饿得我想家了。想到在宜宾的新兵集体生活时，我们常常把一坨坨的肉往地下甩，气得王班长生气地对我们说：你们现在甩吧，看你们将来饿肚子的时候才晓得！回想起来真不该，现在还有那些东西供应我们该多好啊！

## 打 前 站

从甘孜出发后，我经常打前站，前站队不仅要先出发，而且速度要快，到了营地挖灶煮饭、割草、打柴禾，以保证部队到时，有热乎乎的饭吃。行军途中，我们部队碰上一个小女孩，叫小次仁，她沿途乞讨，会说康巴话，能听懂拉萨方言，部队将她留了下来，当了我们前站的通司（翻译）。从此，前站队里便多了一个通司小次仁。

我们的给养一天天供应不上，每到宿营地，部队只能给每人供三碗稀饭，指导员张均同志每天只喝两碗，留一碗待第二天早上我们打前站的同志出发时，他便将结成冰的这碗稀饭砸成几坨，每人分发一坨，以保证前站同志路上的饥渴。

瓦合山海拔5000多米，山脉长，主峰高，快到主峰时因空气稀薄，每走一步都很艰难，气喘头涨，脸上像刀割似的，这时小次仁便拿出了冰稀饭说：“我们吃吧！”说着，她哭了。“指导员没吃饭，今天看他怎么过来了？……”我的眼睛都湿了，王班长说：“别哭了，指导员是为了要我们更好地完成打前站任务，现在我们赶路要紧，翻过主峰，下了山我们还有好多事要做。”

到主峰时，我们整个身子都木了，脸也不疼痛了，眉毛上都是冰，飞雪像一把小刀似地刺来。但我们的心脏还在跳，脑子是清醒的，坚持就是胜利。我们迈着沉重的脚步终于越过主峰，刚开始下山时我们的腿不住地发抖，站立不稳，于是我们便背着背包往下滚。这时一块石头滚下来砸在我的左手第四个指甲上，把指甲盖给砸掉了，鲜血直流，我爬起来又往下滑。空气越来越好，大家赶路的劲头也大了，到了宿营地，我包扎了手指，仍干着我们要干的活，完成了这天的前站任务。

## 都成了摔跤冠军

夏贡拉山有四个小山峰一个主峰，海拔6000多米。由于它海拔高，气候异常，终年积雪。在强烈的紫外线反射下，整个山脉形成透明光亮的“冰川”。我们为了保护眼睛不被紫外线和雪的光射刺伤，带上了用蓝色纱布做的防护罩，这样走路时就只看得见脚下而看不到远处反射过来的强光。

脚上穿的解放鞋，鞋底早已磨得溜光，光溜溜的鞋，走滑溜溜的“冰川”，每走一步都很艰难，一不小心，就会四脚朝天。这天摔跤的同志一个接一个。前站队的小次仁比我会走，他们早已走在前面，前站队员黄元介见我几步一摔，便放慢脚步。我摔倒了就帮忙把我扶起来，到后来就干脆牵着我走。由于掌握技术慢，把他也带着摔倒好多次。

待到宿营地时，炊事班长早已挖好灶生起了火，我赶快拿起刀砍柴禾去。由于同志们被子里都没有了棉花，晚上过夜就烤火取暖，这样还方便了许多，早上2点到3点出发，也免得受冻。

柴禾堆积得像小山样高，都是砍的粗大的树棍，燃烧时间长，火又大，同志们只要把雨衣放在地上就可和衣而睡，烤暖了胸膛再翻过来烤背，燃烧着的柴禾噼啪声和同志们的鼻鼾声在山脚下回荡……

因为摔跤太多，我的头昏沉沉的，手臂也有点发抖。因此，当我扳着一根粗壮的树杆使劲砍去时，便将自己左手的大拇指左侧砍掉半边。我捏住手指，在寺院旁抓起一把石灰撒在拇指上，再撕下一块布包上，鲜血止了。我忍着痛继续砍柴火，完成了这天的任务。

到拉萨干校后，我将包扎手指的布撕开后，它早已长好，但我的大拇指从此留下一道伤口。每当看见它，我就想起了那段难忘的生活和那些摔跤的英雄们……

## 宣传《十七条协议》

中央人民政府和西藏地方政府签订《十七条协议》以后，我们十八军文工团六队稍加休整之后，从工布江达县出发，沿着雅鲁藏布江向拉萨挺进。文工团除了沿线演出之外，还肩负了向各民族宣传《十七条协议》的任务。有一天晚上，经藏族同胞的帮助，我将《十七条协议》翻译成藏文，并将藏文制做在一条3米多宽的横幅上，无论走到哪里演出，我都将这条横幅悬挂起来，并向当地群众讲解《十七条协议》。

雅鲁藏布江两岸青山绿水美极了！气候条件比我们所走过的地方都要好，同志们走在路上边走边唱行军小调，歌声笑语不断，不管每天走多远都是乐呵呵的。

我们在穿越原始森林时，脚下是沉积了多年的树叶，踩上去软绵绵的，像踩在弹簧上一样，走在河沙路上，走一步退半步像是在扭秧歌。

一天，我们凌晨两点钟出发，走到晚上两点多钟才见到一个村庄，这个村子叫“咯卡”，我们女同志被分配到一家人的厨房住下。当时困极了，个个和衣而睡，第二天一早，我们和往常一样起得很早，化好妆后，边演出边宣传协议，这时一位藏族老阿妈拉着我们的手问：“你是哪里人？家里有父母吗？今年多大了？你们到西藏来做什么？等等。”我便用在军大学的那一点夹生藏语一一作了回答，没想到，待我说完后，她抱住我头，流着泪，一边亲我一边往我的包里放奶渣、果干、核桃等，把我化了妆的脸都弄花了，我也激动地流出了泪水。当集合哨吹响时，我和老阿妈分别时真是难舍难分，依依不舍，其他的藏族同胞对我们也很亲热，指导员张均见此后便说：不要难过，以后建设好新西藏好好为藏族人民服务就行了……

## 仲吉林卡，我们的校园

仲吉林卡离拉萨河堤不远，林卡里长满了许多笔直挺拔的榆树、白杨树和桦树。

蔚蓝色的天空飘浮着五彩云朵，阳光透过树林照射在碧绿的草地上，草地上的小花和绿草显得格外诱人，藏族姑娘和小伙们常在这里搭起帐篷唱歌跳舞。

美丽的仲吉林卡是我们学习藏语文的好地方，由于条件艰苦，我们藏语文班上课时，除了老师能坐在木凳上给我们讲课外，同志们听课都是席地而坐。

创造学习条件是我们这些学员的责任，大家开动脑筋，用土坯、草皮搭成课桌和长凳，在林卡的阳光照射下，我们的校园既特殊又美丽。

雨季快来了，领导号召我们要艰苦奋斗，自己动手建造校舍。我们除了两只手什么也没有，建房屋需要用方块石头垫基，每块石头当时需要三块大洋，我们又没钱，怎么办？……拉萨河岸边有座旧堤，那里有很多石头，石头是多，但都在水里，需要在水中作业。为了能建好房屋，哪里还怕刺骨的河水，大家争先恐后地跳进水里，将一块块石头搬回学校。石头问题解决了，我们就一边工作学习，一边坚持打土坯，进入冬天时，我们终于建成了一栋栋校舍。

我们藏语文班的班主任是唐麦夫人，任课教师是车仁夫人。另外还增设了一个“社教班”，这两个班均属校部管理。“社教班”的组织属校部管，工作由李教授和于教授管，“社教班”的学员，大都是贵族和进步喇嘛，他们主要是学汉语，两位教授是用英语和他们沟通。“社教班”的学员和我们见面时，均用对方语言问答话，如我用藏语问他：“你到哪里去？”他就用汉语回答自己去哪里。他们在“社交班”学习进步很快，也逐渐自己动手劳动。我们问他们为什么今天自己动手时，他们回答说：“劳动创造世界嘛！”

我们学习藏语也很刻苦，只要老师教会一句藏语，我们平时互相讲话时就自觉讲，有的同志打着手电筒在被窝里学，还主动和藏族同胞对话，所以很快同学们就掌握了藏语知识。后来，我成为了首批翻译员。

# 万水千山只等闲

邓亲和

## 首次考验

我是五十二师文工队1950年在犍为招收的新队员。

按照二野司令部刘伯承、邓小平首长要求我们做好“进军西藏”一切准备工作的指示，为保证顺利进军，我们随师部进驻眉山后，掀起热火朝天的训练高潮。除学习民族和宗教政策、藏语文外，为高原千里西征增强体质做准备，每天早晨都要进行负重行军、跑步锻炼。

每天早晨金鸡未啼，大地还在酣睡，文工队就和师直机关、连队战士一起穿大街、过小巷、出城绕田坎小路负重行军了。我一入伍就加入这一练兵的火热行列，觉得既新鲜又兴奋，便下决心要练成一名身强力壮的进藏文艺兵。可是，刚出校门来到部队，早起打绑腿、打背包就是一门新课，往往集合号声响过，我不是绑腿没有打完，就是背包没有打好，手忙脚乱差不多是最后一名入列。有一天，集合号都吹过了，我才打好背包，还没有打绑腿，心想：敞着裤脚不也是一样行军吗？谁知，晚上开生活会竟有同志给我提意见，说我军纪不整。从此，每天早晨不等起床号响，我就起床打绑腿、打背包，等到集合号响时我也就早早着装整齐地入列了。分队里江北老同志像李秀芝、高群见我总是提前起床，为的是不会打绑腿、打背包，就手把手地教我，经过她们帮助，后来我也不必提前起床就能和老同志一样迅速地整装入列，负重行军跑步了。

早晨负重行军还有一件令人尴尬的事，就是出城绕田坎小路走。天色朦朦胧胧的，看不清路，一不小心，就踩到稻田里，一脚稀泥水。这时心想：人家老同志为了加重背包的重量，往里面放几块砖头，走得若无其事，我只背床被子就这样狼狈，真不争气，嘴里还咕咕哝哝地骂路跟我过不去。

同志们见我这副样子，就纷纷向我介绍经验，有的说黎明或晚上走路时要“晴走白、雨走黑”；有的说你只管看着前面人的脚跟走。果然，我照着他们介绍的方法走还真有效，再没有出现以前那种狼狈尴尬的情况了。

经过几个月的负重行军、跑步训练，我也锻炼得像老同志们一样，能够迅速地整装入列，无论是走大街、穿小巷，还是走泥泞狭窄的田坎路，都能顺利地完成每天早晨的训练任务，为进军西藏，长途跋涉打下了坚实的基础。

## 赶牦牛

1950年夏，部队正在进行热火朝天的进军练兵时，甘孜前方先遣支队传来振奋人心的好消息，筑路大军已经打通了川康公路上的最大障碍——二郎山，公路修到了甘孜。8月28日，师部在眉山召开了进军西藏的誓师大会。9月1日，我们文工队和师直机关及各团在眉山人民热烈欢送的口号声中，激情满怀，浩浩荡荡地向西藏挺进！

部队沿着红军走过的路线，翻二郎山、折多山，过大渡河，经康定、道孚、炉霍，9月13日到达甘孜，与先遣支队胜利会师。根据先支的宝贵经验，为了适应高原生活，部队领导要求我们学习藏族人民的生活习惯——吃糌粑、喝酥油茶，以便增强体质，适应高原气候，树立长期建藏思想。

经过一个星期的思想、生活准备，参加昌都战役的各路部队分别于9月23日至26日分梯队出发。我们文工队除抽出一部分男同志到战斗连队帮助工作外，其余男同志和全部女同志跟其他部门的部分同志组成一支牦牛运输队，紧跟战斗部队后面，负责运输弹药、给养。由供给处长王永魁同志率领，在甘孜绒巴岔坝子集合，依次赶着牦牛出发。

我们女同志年龄最大的不过十八九岁，男同志中像刘钦、彭良田才只有十三四岁。我们多数人过去在家见到马就怕被马踢到，见到牛怕它们的犄角抵人。现在要赶着这么一群牦牛搞运输，一开始心里都有些害怕。但看着这样一支庞大的特殊队伍，担负着解放昌都的运输重担，觉得既新鲜又兴奋，更为自己是这支部队中的一员而感到自豪，所以就壮着胆子却又小心翼翼地一个人拉着牛的笼头绳在前面走，一个人用树枝当鞭子在后面赶。开始那些牦牛简直不听指挥，前面的人拉，牛不肯走，后面的人抽一鞭子，它挪两步。一鞭紧接一鞭地抽，牦牛几步几步地往前挪，好不容易走出绒巴岔，过了甘孜桥，来到山边小道。一边是林深树密的高山，一边是波涛汹涌的雅砻江，大家更加小心翼翼地拉着牛往前走。哪料，牦牛见到树丛猛一下挣脱绳子，呼啦啦地往树林里钻，怎么赶也赶不出来，你在树这边赶，它就从树那边朝更高处跑，糟糕的是有的牛竟把驮子翻到地下，顺着山坡滚到雅砻江中去了。这时有的同志真急哭了，站在路边不知所措，幸好后面上来的藏族同胞帮我们把牦牛一头一头地从山上赶下来，归成一群，还下到江中把驮子捞上来，又教给我们赶牦牛的办法。一群牦牛只要有一头领头的在前面走，其他的就都跟着走了，赶牦牛的只需要在两旁照看着走就行了，不需要一人一头地牵着，后面还拿着鞭子紧抽，越是这样一牵一拉，它越不肯走，赶急了就出现前面乱跑乱钻的情况。我们像上了一堂生动的赶牦牛课。天地之大无处不是学问，勤劳纯朴诚挚的藏族同胞是多好的老师啊！我们照着他们教的去做，果然使牦牛很有秩序地向前走。我们赶着牦牛井然有序地朝着目的地前进！

## 六两代食粉和一捆柴

1950 年 10 月 24 日昌都战役胜利结束，进藏部队进驻昌都。

横断山脉中的昌都位于昂曲河和扎曲河的交汇点，昌都以下称澜沧江，是我军进藏必经的战略要地。它东有扎曲河上的四川桥，西有昂曲河上的云南桥，连接两岸交通。我们在昌都等待西藏地方政府和谈代表团赴京谈判直到签订《关于和平解放西藏办法的协议》。在这段时间，我们学习民族政策，巩固进藏思想，每日早晨跟随连队训练急行军，我们文工队排练了大型话剧《战斗里成长》、歌剧《王秀鸾》等剧目为部队演出。

刚进昌都正逢寒冬来临，后方冬衣、给养都未运到，随军运输的代食粉所剩不多，冬季烧柴也缺。为了安全过冬，领导本着“进军西藏，不吃地方”的方针，自力更生，克服困难，规定每人每天暂供六两代食粉，并发动全师干战掀起打柴活动，以渡过难关。

打柴要过桥到对岸山上去。每日早晨，同志们吃过代食粉煮蔓菁和少许牛肉的糊糊，就朝江对岸山上奔去，你追我赶地唯恐落后。我经过一年多的进军生活锻炼，走路已经不是难事，但是上山砍柴仍感不容易。大树砍不断，只拣干树枝又不经烧，怎能过冬呢？不大的树也得砍上一二十斧子，更难的是砍下的树枝要捆成捆，如捆不紧既不好背又容易散架，一路上的麻烦就更多了。第一天，我费了九牛二虎之力，好不容易将柴背回驻地，动作快的同志早已洗过脸、喝过水休息了好一阵，就等我们几个“掉队”的回来开饭。第二天，有的同志不等起床号响就起床，饭也不吃就出发，想争取背两趟。队长发现后，立即阻止，并嘱咐大家要注意保存体力，要集体行动，以便相互关照。我来到山上使出浑身的劲多砍了些，可是背起来就很吃力，走不多远就得休息一下，弄得分队里几个男同志一路上老等我们。我见到别的单位有些同志将柴树梢朝下竖着背，走起来在地面上拖着，挺轻快的样子，我和王惠文、王瑞几个女同志把柴重新整理一下，也学着他们将树梢朝下竖着背，还真觉得轻了不少，好像背上的柴捆在推着我飞快地往前走，这一下也不用男同志老是等我们。

回到驻地过秤，这一天我背的柴有五十多斤。司务长说：“背得不少啊！”可是，将王惠文背的柴一过秤竟有93斤。我不相信，再往秤上仔细一看，明明在93斤上稳稳不动。差别这么大，我怎么才背五十多斤呢？旁边的同志们说：“能背五十多斤已经不简单了。”可是王惠文同志却因此累得流鼻血了。经过大约一周的砍柴活动，我们驻地堆了满满一院子的柴，直到我们离开昌都向拉萨挺进时，也没有烧完。

当时，我们在每天两餐、每人六两定量的艰难情况下，在劳动中互相竞赛，谁也不甘落后，全靠革命的乐观主义精神去战胜饥饿和疲劳。共同的目的就是要坚持到《十七条协议》签订，进军拉萨，解放全西藏，为祖国的统一大业而奋斗！

## “洗脚盆”和“化妆台”

为了顺利进军拉萨，和平解放西藏，军副政委王其梅作为先遣支队司令员率队离开昌都向拉萨挺进。

先遣支队的任务是担任先行，模范地宣传和执行党的民族政策和宗教政策，宣传和执行《十七条协议》，为主力部队进入西藏创造条件。先支要求部队兵精马壮。我们文工队也是先遣支队的一个重要组成部分，担负着配合宣传的主要任务。队里将一百多名队员分成两个梯队，第一梯队属先支先行，第二梯队随主力部队后续进藏。我分在第一梯队，我们第一梯队约四十人，包括演员、乐队、舞美装置全套人马，其中女同志有黄永琼、王静先、王惠文、张俊如、顾建英、王瑞、金玫、周吉、益西卓玛和我共10人。沿途爬雪山、过草地、涉冰河，头顶烈日酷暑，冒着雨雪冰雹，同志们不畏艰险辛劳，为了宣传和执行《十七条协议》，在经过边坝、洛隆、嘉黎等地时，都利用机会组织演出。

我们每日行军，跋山涉水，宿营时炊事组的同志挖灶架锅，先烧锅热水让同志们烫脚，消除一天的疲劳，以便第二天继续行军。问题是当时我们每个分队只有一个行军锅、一个和糌粑的盆，用什么洗脚呢？大家都为难了。一位同志说：我们何不挖个坑当盆用呢？一句话使大家乐了，异口同声地赞成道：对！对！挖坑！挖坑！竟有人随口唱起来：西征行军乐陶陶，天当房子地当床，挖坑当盆把脚烫。惹得大家哈哈一阵大笑。于是，你拿铁锹，我拿十字镐动手挖起来，很快就挖了个四四方方的坑，又用帐篷布铺在坑里，一锅热水哗啦一声倒进来，分队里十一二人围着坑沿坐下来，一边烫脚一边聊天，大家说说笑笑，一天的疲劳全消失了。简直是行军途中一种绝妙的享受，我们沿途基本上都是用这个办法来洗脚的。后来，我们分队长竟把每天行军后的生活会也放在这“盆”边来开，真会抓紧时间！谁说这不是个绝顶聪明的“发明创造”呢！

再就是我们在沿途演出，既没有剧院也没有舞台，在场上栽两根柱子，挂块幕布，幕前是舞台，幕后是“换装室”和“化妆台”。可是，没有桌凳给演员们化妆用，演员就只好坐在背包上，一手拿镜子、一手化妆，弯腰弓背地虽然克服了缺桌少凳的困难，这毕竟不方便，且化妆速度也慢。化妆组的同志想起，既然挖坑当洗脚盆用，那么化妆台不是也可以如法炮制吗？只要在地上挖条战壕样的坑，把化妆品往坑边一放，不是天赐的“化妆台”吗？演员们站在“战壕”里就避免了坐在背包上弯腰弓背的难受了。于是，每逢演出时，化妆组的同志就挖“战壕”自制化妆台。

我们从昌都到拉萨，行程两千多里，历时四十多天，一路上遇到生活和工作上的困难和问题都被同志们的“发明”“创造”一一解决了。行军生活既锤炼了我们的意志，也增长了我们的智慧，更使我们深深体会到“与天斗，其乐无穷；与地斗，其乐无穷；与困难斗，其乐无穷”的人生真谛。

## 艰难的晚餐

1951年7月下旬，我们从昌都出发，走了二十多天后，就进入昌都至拉萨途中有名的“穷八站”，其中有约五十多公里全是原始森林和深山峡谷，沿途多悬崖峭壁，坡陡弯急，气候又变化无常，行军路上既多艰险，也遇到不少困难。

有一天，炊事组由我和顾建英值班。搭好帐篷后我俩赶快垒灶支起行军锅，准备好好做一顿稠一点的疙瘩饭，让同志们好好吃一顿，这一天大家实在是够累的了。可是，我们刚架好锅就起了一阵狂风，紧跟着又是一阵冰雹，打得锅盖劈劈啪啪，连柴也淋湿了，怎么也点不着火。我们只得把固体燃料（一般情况下是舍不得用的）夹在柴里点着了，但一等固体燃料烧完，柴发出哧哧哧的声音，只冒烟就是不起火焰。顾建英取出羊皮风箱对着灶膛里的柴呼哧呼哧地拉，灶膛里的柴闪出微弱的火光。这样的火别说吃顿稠疙瘩饭，恐怕连水都烧不开。如果有两个风箱，我们一左一右地拉，往灶膛里送风，火可能会大一些，但是，我们每个分队只发了一个风箱，怎么办呢？干脆，我就趴在灶口用嘴对着柴吹，嘿！火果真大了一些，我就不停地吹。顾建英见我吹得眼泪鼻涕直流，硬要换我拉风箱。就这样，我俩一个呼哧呼哧地拉风箱，一个用嘴呼呼呼地吹，不知用了多长时间锅里的水才咕嘟咕嘟地开起来。看来再进一步做疙瘩饭是不可能了，这时，我俩抬起头一看，周围静悄悄的，也不见别的分队烧火做饭，我们分队的同志也不声不响地进帐篷睡下了。

我俩感到没有完成炊事任务，很对不起同志们，怀着歉疚的心情进帐篷把同志们的军用水壶拿出来，一壶一壶地灌满了水，送到同志们手上说：“请大家原谅！今天的柴淋湿了，不好烧，只烧了点开水，请同志们将就着和点糌粑吃吧！”

分队长说：“今天是特殊情况。别的分队因柴烧不着连开水都没有烧，你们俩人不顾烟熏火燎地还烧开了一锅水，供大家喝已经不简单了！”其他同志也纷纷说道：“谢谢你们了，你俩人辛苦了！”多好的同志啊！他们忍饥挨饿吃了苦不说，还反过来替我们着想，感谢我们。这是我们革命队伍中多么可贵的阶级情、战友情啊！

## 松曲河畔伴鱼眠

在进军拉萨途中，一天夕阳西下时，我们来到“穷八站”一条叫松曲的小河旁。小河傍山而流，山脚是一大片斜坡，中间一条骡帮道。队长下令宿营，让大家选地势搭帐篷。若在山脚搭帐篷，人躺在斜坡上就往下溜，根本没法睡；在河滩上搭帐篷呐，河畔全是鹅卵石，而且石头下尽是清汪汪的水。帐篷往哪里搭呢？选来选去只好将就把帐篷搭在鹅卵石上了。我们在行军途中，夜里帐篷被雪压塌，早晨醒来半截身子都被埋在雪里，要扒开雪堆，找出鞋袜穿上才能起身的情况还是常有的，这点水又算得了什么！幸好水还没有漫过石头，就铺上隔潮布过一夜，权当鹅卵石“床”给我们按摩按摩吧！

搭好帐篷，我们就到河里洗手洗脸，打水做饭。大家往岸边一蹲，只见清澈见底的水里成群小鱼游来游去，自由自在。我们都惊叹着喊起来：“河里这么多鱼啊！捞两条煮煮吃多美啊！”可是，大家知道我们进军前学习了民族政策，什么鱼呀，鸟呀，藏族的风俗习惯是不能打飞鸟捕鱼的，尽管看着鱼儿对人毫不惧怕的样子，随手就可以捞几条甚至几十条，但一想到藏族人民的风俗习惯，没有一个人去捞鱼吃。我们看着自由自在的鱼群，依旧打水煮干菜代食粉糊糊，用了晚餐，就进帐篷休息了。

我躺在鹅卵石“床”上，透过帐篷缝隙，望着夜空点点繁星，心里默默地念着：鱼儿啊，安详地做你们的美梦吧！我们就睡在你们身旁，伴着你们度过这么一个特殊的夜晚！

## “先遣”殊荣

我们由王其梅副政委率领的先遣支队从昌都出发，经过四十多天的艰苦跋涉，终于于1951年9月9日胜利到达拉萨。在秋高气爽、阳光宜人的拉萨河畔，一顶顶绿色军用帐篷整齐地排开，与岸边绿草黄花相掩映，组成一道独特的风景线。同志们洗去一路风尘，整理好背包，9月9日抬着毛主席、朱总司令画像，举着五色彩旗，迈着矫健的步伐，在威武雄壮的军乐声中举行了盛大的入城式。

我们的队伍穿过市区、走过八廓街，受到身着节日盛装的男女藏族同胞的热烈欢迎，人人满面笑容，阿啧、阿啧地赞叹不绝。我们走出市中心来到一个林卡外的道路上时，只见墙头露出许多戴满头饰的夫人、小姐的身影，不断发出啧啧啧的称羡之声。突然有人指着我们女同志的行列叫喊：金玫！金玫！我们非常诧异地看着金玫同志——我们文工队的一名女队员。奇怪！我们才进拉萨城，她们怎么就认识金玫同志呢？后来才知道，噢！原来“金玫”是藏语“女兵”的意思。

入城后我们驻扎在一个旧兵营里，我们对面住着两个代本的藏军，还在房顶上架着两挺机枪对着我们的营房，每天早晨藏军排着队用军号吹着“桃花江是美人窝……”的靡靡之音在我们营房前走几趟，对我们进藏先支部队进行威胁。先支党委下令各单位保持高度警惕，队长、分队长所带枪支昼夜24小时不离身，晚上我们全用干粮袋作枕头，随时做好应战准备，以粉碎亲帝分子以及分裂主义分子的武装挑衅。后来在我们广泛开展上层统战工作和宣传《十七条协议》的政治攻势下，他们才收敛了嚣张气焰，撤去了架在房顶的机枪。

过了国庆节，我们五十二师文工队就忙着写标语、扎彩门、布置会场，准备迎接张国华军长、谭冠三政委率领的主力部队。10月26日，主力部队到达拉萨。在西藏地方政府官员和僧俗人员的夹道欢迎中，部队战士高举毛主席、朱总司令画像，打着几十面彩旗，军区文工团和师文工队联合的庞大军乐队高奏《三大纪律、八项注意》和《人民解放军军歌》，雄浑的军乐声响彻高原上空，一百多人的腰鼓队精神抖擞地打着腰鼓，“咚吧”“咚吧”的激越鼓点声震撼雪域大地，部队首长带领全体指战员浩浩荡荡地举行了入城仪式，其气势之威武雄壮，人民群众欢迎之热烈，对那些试图对我们先支进行武装挑衅的亲帝分子和分裂主义分子，是一个有力的回击。

主力部队到达拉萨后，紧接着西南军区首长又电示：进藏部队酌情进驻日喀则、江孜地区……我们师文工队又同一五四团一个连肩负先遣任务继续向前，于 11 月 5 日朝江孜挺进。一到曲水渡雅鲁藏布江，经白地、浪卡子，翻越四千米至五千多米的两座雪峰岗巴拉和卡汝拉，经过 8 天的艰苦跋涉，终于在 11 月 13 日到达江孜近郊车仁。经过两天的休整，等到与郄团长率领的一五四团会合，便于 11 月 15 日入城。这时的雪域高原早已是冰天雪地、寒气逼人了，但这一天清清的年楚河上空碧蓝碧蓝的，万里无云，阳光普照，是世界屋脊上这座著名的英雄城在欢迎人民解放军的到来吧！我们文工队又一次高举彩旗，抬着毛主席、朱总司令画像，奏着军乐，打着腰鼓同雄赳赳气昂昂、迈着整齐步伐的全团指战员，在江孜上层代表人士及群众的欢呼声中，举行了隆重的入城仪式。

入城后我们文工队分别住在江孜城郊台查洞几处民房里。从此，我们五十二师文工队遵循党的文艺为社会主义服务的方针，配合各个阶段的中心任务宣传《十七条协议》、党的民族政策，常年巡回演出，战斗在年楚河两岸。

我们从四川眉山乘车出发到甘孜，徒步行军到昌都，再向拉萨挺进，最后抵达江孜，前后经一年零三个多月，行程五千多里，翻雪峰、越层峦，跨纵横沟壑、趟急流冰川，以不怕苦不怕死的旺盛的革命乐观主义精神，抗多变气候，忍饥饿、耐严寒，克服了一个又一个令人难以想象的困难。我们文工队四十多名队员（其中女队员仅 10 名）也承担了从昌都到拉萨到江孜的先遣任务，负责拉萨、江孜城的入城仪式。无一减员地圆满地同先支全体指战员共同完成了进军西藏、解放西藏，统一祖国大陆大业的庄严任务，绘制了一幅幅波澜壮阔的历史画卷。我为自己曾经是解放西藏历史长河中一朵小小的浪花而自豪！

# 难忘的军营生活

王坤维

当我读到战友们寄来的《首批进藏女兵回忆录》筹备小组热情洋溢的书信时，一股难以抑制的激情油然而生。尘封多年的记忆闸门打开了，往事如潮水般涌上心头，我仿佛又回到了阔别四十多年的故乡，又回到了我青年时代与之朝夕相处的战友们的身旁。作为首批进藏部队的一名女兵，我是那段不寻常历史的见证人之一。至今珍藏着的那枚“解放西藏纪念章”，是我人生旅途中的一个闪光点，一个难以忘却的纪念。

## 逃离家园去从军

1950 年 1 月，第二野战军第十八军接受毛主席进军西藏、解放西藏的命令后，开始在泸县招兵。由于泸县解放不久，群众中还存在着各种疑虑，泸县地下党组织立即号召我们这批地下党团员带头并动员自己的亲友、同学参军参干，我即动员了一批同学一起参加十八军随校文艺工作队。1 月 26 日这天，我第一次穿上军装，正式成为中国人民解放军的一名女战士，开始了一种崭新的革命军人生活。2 月中旬，部队要向川西地区进发，我请了半天假回家告别父母和亲人。我回到了与县城一水相隔的家(小市镇)。当我向父母说明，明天就要随军西进时，本来并不反对我参军的父亲突然改变了态度，坚决反对我参军。原来他听信了敌人的谣言，说什么“女孩子当兵是去当慰劳队”。无论我如何解释，他们就是不信。吃过晚饭后，竟把我反锁在房里。我又急又气，一边砸门，一边哭叫，弟妹们吓得都跑开了，不知我发生了什么事。天色渐渐暗下来，已到该归队的时候了，我心急如焚，不知如何是好，忽然听到有人把父亲喊去了，母亲还在厨房里忙碌着，我想再不逃走就没机会了。我弄开了窗户，不顾一切地跳了下去，所幸还没伤着，我赶紧爬起来向河边跑去。在暮色苍茫中我踉踉跄跄地跑着，终于来到了河边，一艘船上已经坐了不少人，我急忙跳上船去，不久，小船开了，我暗自庆幸终于回到了队里。第二天，天蒙蒙亮，部队就出发了。可是糟糕的是部队要经过我家所在地（小市镇码头），我的心情又紧张起来。正在我忐忑不安之际，只听队长吩咐一位老同志，带几个家中可能来找的新兵先走一步，不随大部队出发。过河之后，我们七八个人就沿着公路迅速离开码头，向隆昌方向前进。大约走了一二十里，在另一个小镇上等了一个多小时，才与大部队会合。从此我离开了这块生活了18年的故乡，离开了我的亲人，走上了革命的征程。

## 深夜值勤

从泸县出发，经隆昌、内江、自贡等县（市），最后到达目的地——乐山县。沿途各县都有一批批青年学生参加到革命队伍中来。从4月份起，我们这批新兵都进入西南军政大学第八分校进行政治学习和军事训练，逐步树立起革命的人生观、世界观和苦乐观，树立进军西藏、长期建设西藏的思想。

正当我们加紧进行进军西藏的各项准备工作，先遣部队已经向西藏进军的时候，川西地区的土匪活动猖獗。他们破坏公路交通、偷抢军用物资、扰乱社会治安，妄图阻挠我军进藏。我军被迫进行剿匪作战。经过一个多月的艰苦奋战，大部分土匪被消灭，但一些分散的土匪和潜伏下来的敌特仍然伺机作乱。一天深夜，我们突然被区队长叫醒，紧急布置了值勤任务，还传达了口令。我们这些从来没有站过岗摸过枪的女兵，三个人一组，几十步一哨，沿街站岗值勤，配合当地公安部门的突击搜捕行动，防止匪特逃跑。夜深人静，街上黑漆漆的，更增加了几分恐怖气氛。我们这个组站在一间店铺门前的石柱旁隐蔽着，眼睛警惕地凝视着前方，搜寻着街道的角角落落，生怕什么地方突然窜出一个人来……我们第一次参加站岗放哨，心里还真有些紧张呢！后来听说抓了一百多个分散隐蔽的匪特，战果不小。这是我当兵以后经受的第一次考验，印象特别深刻。

## 进军路上的苦与乐

1950 年 10 月，我们从军大学习结业了。一部分学员分配到前方，随野战部队进藏。大部分学员则分配到后勤部队新成立的卫生学校学医。我想学医的愿望没有实现，被分配到三队当了文书。卫校从乐山迁到了邛崃县，学员们开始了新的学习生活。

十八军担负进军西藏的任务，是在非常艰苦的条件下，一边修路一边进军的。由于康藏公路未全部修通，进藏部队的补给相当困难。解决补给问题，当时只能靠公路运输。而已修通的公路不仅山高路险，路况很差，而且经常有塌方滑坡的危险。为此，中央决定在甘孜建飞机场，用空运空投的办法辅助公路运输，以解决先遣部队的补给问题。由于任务重、时间紧，军首长决定军直机关、军大八分校和卫生学校等单位与野战部队、工兵团一起参加修建机场的任务。1951 年 4 月，卫校全体教职员工经过动员和必要的准备，每个人都发了皮大衣、风镜、头盔、棉手套和翻毛皮鞋等御寒衣物，开始从邛崃出发。全校数百人，分乘十多辆大卡车，车上装载着粮食、干菜、药品、日用品等物资，每车 30 人到 40 人，一个紧挨一个地坐在凹凸不平的麻袋包、背包或木箱上，既拥挤又坐不稳，加上路况差，汽车颠簸得十分厉害，不少同志出现晕车呕吐等症状，其令人难受的滋味是今天坐惯豪华客车的青年人想象不到、体会不到的。

从邛崃经雅安、天全，到达二郎山脚下的一个小镇宿营，疲困交加的我们在地铺上酣睡了一晚。第二天开始翻越海拔 3600 多米的二郎山。开始登山时，大家还兴高采烈地高声歌唱着："二呀么二郎山，高呀么高万丈，解放军铁打的汉，下决心保边疆……"渐渐歌声消失了，晕车的多起来了，同车的小陈晕了过去，卫生员赶紧为她打针急救，我自己开始恶心、呕吐，支撑不住了。突然间，车子全部停下，让车上的人都下车活动，女同志原地休息，男同志到前边去帮助清理石头，原来是前边遇到塌方，车子不能前进了。从车上下来，我才看到弯弯曲曲的公路上，军车一辆接一辆地停着，一边是悬崖峭壁，上边还有终年积雪形成的形态各异的冰柱；一边是万丈深渊。公路很窄，两车对开时稍不注意，就可能车翻人亡，十分危险。大约过了一个多小时，塌下来的石头才清理完，车子又开始行进在陡峭崎岖的山路上，宛若一条长龙绕山转。越往山上行，越感到呼吸困难，我暗自思忖，我们坐车行军尚如此艰难，先头部队背着背包、米袋，扛着枪徒步行军，该是何等艰苦啊！……想着想着，车速忽然快了起来，我们的呼吸也轻松了许多，原来车子已经越过二郎山顶开始下山了。傍晚时候，我们到达了宿营地——泸定县。颠簸了一天的女兵们，本来已经精疲力尽，不料吃晚饭时，竟发现饭没煮熟，原来是高原地区气压低，水不到沸点就开了。炊事班的同志还没有掌握高原地区的特点，请大家吃了一顿夹生饭。

从泸定出发，部队不能坐车了。横挡在前面的是水深流急、浪涛滚滚的大渡河。先遣部队为我们准备了渡河的牛皮船和木筏，在河面较宽的地方，水流相对平缓，可以行船。趁队领导在忙着组织指挥部队过河之际，我和吴助教俩人商量着不坐牛皮船，而从铁索桥上走过去，体验一下当年十八勇士抢挺大渡河的情景。我们悄悄地离开队伍，向铁索桥边走去。铁索桥架设在大渡河上面最狭窄的地方，几根粗铁索横架在大河两岸。上边的粗铁索紧紧固定在两岸的铁架上，两旁各有两根铁索是手扶的，下边几根铁索上铺了木板，人就从木板上过河。我们俩人不假思索地就先后上了桥，双手紧紧抓住左右两根铁索，铁索桥悬空荡漾，像打秋千似的摇摇晃晃，每走一步都令人提心吊胆。特别是桥下的河水汹涌澎湃，一浪接一浪向下奔流而去，响声震耳，让人惊心动魄。还没有走一半，我已经心慌意乱，全身直冒冷汗，腿脚发软，这时才意识到自己的盲目行动带来的是生命危险。我想掉回头去坐牛皮船，正在犹豫不定时，不料吴助教已经走上对岸，还朝我喊："文书加油！文书加油！眼睛向前看，不要向下看……"我只好鼓起勇气，照她说的办法紧紧拉住铁索朝前走，不断地让自己镇静，走得也快了些。刚到桥中心不久，对面突然来了一个背背兜的老乡，我必须松开一只手与他擦肩而过，这时松手就很容易失去平衡，弄不好会一头栽下河去，我紧张极了，在他走到我跟前时，我赶快停住脚，把左手松开，让他走了过去，然后再紧紧抓住铁索。他坦然地对我笑了笑，好像是鼓励我"不要怕"，他不用手扶铁索就轻松地走过去了。这时，我只好加快脚步，争取尽快走上岸去，以免再遇到老乡要松手让路，那实在太危险了……经过努力，我终于胜利地到达了对岸，惶惶不安的心终于平静下来。休息了一会，我们俩人赶紧归队。这时，大部分同志都已过河，还有少数人正在渡河。领导没有发现我们的无组织无纪律行动，我们自己更不敢宣扬这件事情。若干年后，当我读到毛主席“金沙水拍云崖暖，大渡桥横铁索寒。更喜岷山千里雪，三军过后尽开颜”的诗句时，备感亲切，体会尤深。

过了大渡河，我们又坐车向着康定城前进。到达康定那天，好像是什么节日，广场上有一些藏族同胞穿着五颜六色的民族服装，载歌载舞地在庆祝节日。我第一次见到这么多藏族同胞，虽然语言不通，但从他们慈祥纯朴的笑脸上，看到了他（她）们对“金珠玛米”（人民解放军）的友好情谊。

过了康定，军车又开始翻越海拔四千多米的折多山。折多山虽然比二郎山还高，但地势较平坦，没有二郎山那么险峻。山上积雪很厚，树上、地上白茫茫的一片。我们这些南方妹，从来没见过这么多白雪，真感到心旷神怡，大饱眼福了。

## 雅砻江畔修机场

经过十多天的长途跋涉之后，我们到达了目的地甘孜。甘孜是汉藏杂居并以藏族为主的地方，部队必须严格地执行民族政策，不得借用民房。我们在一片杂草丛生的山坡地上挖窑洞、建营房。前面是一条大水沟，雪山上融化的水潺潺流下来，清澈冰凉，我们的生活用水，煮饭、洗衣、洗脸、刷牙全靠它了。我们开始挖窑洞，上山砍柴，然后把柴从山上扛下来。山高路远，一个来回就要一整天。加上高原地区空气稀薄，许多人都感到呼吸困难，一时很不适应。我们这些曾经是肩不能挑担、手不能提篮的女学生，虽然经过部队一年多的锻炼，劳动有很大进步，但干上山扛柴这样重的体力劳动还是第一次。

高原生活十分艰苦，气候变化无常，一天要过四季。早上出门穿棉衣，中午烈日炎炎，晒得汗流浃背。下午两三点之后，经常狂风大作，风沙弥漫，有几次都把我们戴的头盔刮跑了。有时正在吃饭，一阵狂风刮来，饭菜里尽是沙子，无法下咽。从川西出发时，女同志们都买了雪花膏、凡士林之类的护肤品，可是，还没到达目的地，我们的脸上都已长出一层黑黑的皮，凡士林护肤根本不起作用。

窑洞修好后，住的问题解决了。我们开始投入修建机场更为紧张繁重的劳动中去。浩大的土石方工程需要投入众多的劳力，每天都是数千人集中在工地。挑土的挑土、铲土的铲土，推土拉沙锤石头，到冰凉刺骨的河沟里捡鹅卵石。一天劳动下来，肩膀红肿了，手磨破了，腰酸腿疼，躺在地铺上翻身都困难，大家还是坚持着，决心克服一切困难，早日把机场修好，以支援和保障前线部队进藏的物资需要。

恶劣的气候条件，紧张繁重的体力劳动，使同志们的体力消耗很大，病号增多。为了适应严寒缺氧的高原生活，炊事班的同志尽一切努力改善伙食，让大家能吃饱吃好。但这时的物资供应仍较困难，吃不上新鲜蔬菜，多数是咸鱼、干菜和咸菜。最让人喝不下的是酥油茶，但这是增强体质、抵御严寒最重要的食品。酥油是从牛奶中提炼出来的油脂，炊事班的同志加上花生米、粉条、黄花菜等煮出来的酥油茶，大家还是喝不下去。党支部号召党团员要带头“学会喝酥油茶”，我是团支部副书记，必须响应党的号召，可是端起碗来又放下，没办法，只得捏着鼻子一点点地喝，一次、两次，慢慢地就习惯了。学会喝酥油茶之后，全身暖和了，对恢复体力很有好处。

光阴易逝，岁月难留，50 年弹指一挥间，我们这些首批进藏的年轻女兵，如今已是白发苍苍的老妪了，但我们深感青春无悔。每当我回忆起这一段不平常的日子，一种无形的力量永远在鞭策着我、鼓舞着我继续前进，生命不息，奋斗不止。

# 在藏纪事

吕耀清

小时候，我写作文常用“光阴似箭，日月如梭”形容时间流逝之快，今天回忆 1950 年进军西藏的情景犹如昨日。当年十八军拉萨工作队的女兵们也已雪染双鬓，进入古稀之年。回忆往事，难，也不难。不难的是，记忆犹新，历历在目；难的是，时空转换，跨度较大，具体的时间、地点说不准确。因此，只能就事忆事。

## “神山”把我们向前“推进”了三十里

部队离开昌都后，分中北路、小北路、北路向西挺进，我们走的是中北路。这条线水草、气候都较其余两条线要好，但是比昌都以东地区便差多了，且随着进入秋季，气温逐日下降，给行军增加了一定的困难。但为了解决吃饭、饮水、放牧等问题，打前站的同志仍尽量找靠山依水、地势平坦的地方宿营。

为了行动方便，工作起来有条不紊，我们一个班 17 个人分成 3 个小组，除行进中相互照顾外，工作上也有各自的分工。一组放马，二组打柴，三组搭帐篷整理内务。

那天我们完成了一天的行程到达宿营地，放下背包就各就各位“进入阵地”。当大伙出去以后，当地头人便来造访徐爱民政委，他说：“这山是神山，这水是神水。山上的树不能随便砍，河里的水不能饮马！”山不能动，水不能喝，如何宿营？这是存心赶我们走！大家在旁听后敢怒不敢言，而政委却赔着笑脸，一边道歉，一边下命令：“把各班的人都找回来，把帐篷都拆了，替大伙打好背包，人回来后立即出发！”

西藏的夜空分外湛蓝，月亮也特别明亮，我们借着月光，又向前走了三十多里地，人困马乏，在新宿营地搭好帐篷倒头就睡着了。大家睡得正香时，被一阵急促的哨声惊醒。“各班带上背包绳，集合出发去捡柴禾。”区队长在发布指示。走在路上，大家才明白因为昨晚没吃晚饭，走得又太累，今天不继续行军了，现在到30里外的地方捡柴，准备明天做饭用。受“休息”的鼓舞，大家都尽量多背，却因实在太累，一路遗洒，到住地后所剩无几，集中起来烧了一锅粥。因为此地既缺柴又缺草，喝完粥队伍又开拔了。

## 我们成了“食肉动物”

按常规，部队行动应是“兵马未动，粮草先行”。可是在解放西藏的大进军中，因为环境特殊，一切靠人扛马驮，再有上层反动分子的阻挠，部队要及时补充给养就更困难了。我们离拉萨越近，离后方就越远，补给线也就越长。从昌都带出来的代食粉越来越少了，年轻的我们只顾高兴负重减轻，那时女同志也背两桶代食粉，根本没有意识到生活上即将出现危机。

我们每天的伙食安排：早晚各一顿代食粉粥，中午两根蛋黄蜡。由于缺粮，粥其实就是汤，有时比汤还稀。不管怎样，它也是一顿饭，所以大家尽量多喝些，说真的，也就多喝了些开水而已。晚上从各个帐篷穿梭般进出方便的人流，则成为宿营地的一大景观。

一天开晚饭时司务长高喊：“同志们开饭啦！”从他喊声里透出少有的喜悦，大家猜想一定有好吃的。果然，刚走近炊事班，一股浓郁的香气扑鼻而来，一大锅牦牛肉正等着大家分享，同志们当时高兴的样子，现在想起来还觉得很好笑。也难怪，自从离开昌都，大家连米面都没见过，何况肉！这顿饭吃得真香，吃得真饱，至今还令人回味无穷。

不料肉食从此一发不可收拾，连续了七八天。我们一下由“喝汤动物”变成了“食肉动物”，个个满嘴是泡，大便也解不出来，见肉就腻，真是苦不堪言，直到下一个兵站补给了代食粉，才又恢复了正常。

代食粉的补给是有限的，断顿后以肉代食是经常的事。因此在行军中我们又增加了一项任务——杀牛宰羊！

杀牛宰羊本不是女同志的强项，为了吃饭，每天宿营后各班必须派1

人杀牛，女生队也不例外。开始我们主要是扳牛腿、剥皮、清洗，牛劲大扳不住，让牛跑掉的事时有发生，男同志开我们玩笑："女同志除了哭，也就会扳个牛腿。"我们队的张维金（后改名张晓澄）胆大泼辣，像个假小子，她很不服气地说："我就不信，女同志杀不死牛，还杀不死羊？今天我就要试一试。"只见她举着尖刀，对准羊的喉管猛刺下去，羊还来不及反应就上了西天。成功了，女同志也会杀羊了。从此，各班相继出现了杀羊能手，我们也由"扳腿工"晋升为"宰羊师傅"。

## 西藏印记

西藏的山再高再多，也被我们踩在了脚下；西藏的河再宽再深，也被我们跨了过去。经过几个月的跋山涉水，风餐露宿，我们终于在1951年11月胜利地到达了目的地——拉萨。

这次行军的时间虽然不长，但由于当时条件极差，我们绝大多数同志患上了妇科病、风湿性关节炎、胃病。

当时班里虽然备有一匹专为女同志月经来时过河用的马，开始班长也很认真，生拉硬拽，甚至下命令，要来月经的同志上马，在赶路的情况下，谁都怕掉队影响整个行动。因此，没一人愿意坐在岸边等第一个人过去后再来接自己。时间一长就顾不了许多，见水就趟。由于这样，大都不同程度地患上了妇科病。有的趟水后月经不来了；有的来月经时肚子痛得特别厉害；有的血量反常，变多或变少。还有甚者是没有卫生纸，撕被里的棉花代用，染上了阴道炎。到拉萨后，林亮同志（拉萨市委书记、军大八分校政委）来到女生队一摸大伙的被子，发现里面没有棉花只有两层布，问怎么回事，听了区队王志敏解释后，政委心情非常沉重，立即命令司务长买棉花装上。

由于常年睡湿地，下面没有铺垫，每天宿营，帐篷都是搭在靠近水草的地方。我们除了1斤2两重的被子外，别无它物作铺垫，班里为解决垫的问题，俩人组成一个被窝，一人的被盖，一人的被垫，可这薄薄的一层被根本隔不住潮气，特别是后期因气候关系，几乎都宿营在雪地里，睡下时是一片雪，起来时却成了一滩水。我们都是和衣而睡，有时冷得蜷成一团，加上我们都发有一套呢子军装，因此彼此开玩笑说我们都成了团级干部了（当时只有团以上干部才发呢子军装）。再就是涉水，有时水齐腰深，衣裤被子全湿透了，也没有换的，到宿营地时又都焐干了。由于这样，我们都不同程度地患了风湿性关节炎。那时我在大队部，我们3个女同志中，严韵清、杨延玲到拉萨后便不行了，没等通车就回了老家。我呢，随着年龄的增长关节炎越来越重，曾经住过两次医院都未治好，至今行动仍感困难，真是举步维艰。

由于粮食补给困难，行军中吃饭很不正常，饥一顿，饱一顿，致使胃功能紊乱，再加上长期吃不上青菜，以干辣椒面代菜，对胃的刺激也不小。记得1952年在桑多宁巴住时，我每到半夜一点准胃痛，卫生员小黄来给扎上一针止痛。这些年来，在饮食上只要不注意，就会犯胃病。

进军中虽然给我们留下了病痛，但为了西藏人民的解放，我们无怨无悔！

# 雪山情

赵邦玲

我作为一个首批进藏的女兵，为一开始就能加入这一行列感到十分庆幸。如果一个人一生中有多少难以释怀的往事，那么20年的军旅生涯、20年的西藏情结，就像那晶莹璀璨的珍宝，像充满青春活力的鲜亮画页，深深地刻印在我记忆的长廊里，足以让我品味一生。因为我把生命中最美好的青春年华献给了西藏的解放、建设事业而无怨无悔。

## 我终于加入了进军西藏的行列

刚解放时我心中的偶像是英姿飒爽的解放军女兵。我想如果能加入其行列，我将有幸踏上光荣璀璨的人生之旅。说来也凑巧，恰好就让我碰上了参军的机遇。我们当地驻军要招收新兵，而且要到西藏去，这是解放战争的最后一役，解放大陆上最后一块领土。

我立即报了名。可是报名参军，先要经过文化考试。因为我渴望参军，并未弄清招收对象和条件就急急忙忙进入考场，一看考题，轰的一下一股热血直冲脑门，顿时感到腾云驾雾，头脑发昏，我怎么也看不懂黑板上的试题，眼睛瞪着题目直发愣，后来才知道招收的对象是高中毕业的知识青年。可当时我的文化程度也就是初中二年级，所以急得头顶冒汗、泪眼充盈，奔出考场坐在石阶上放声大哭。正好这时被我们五十四师副师长甘炎林碰见。他看到我这个又小又瘦的小女孩哭得如此伤心，动了恻隐之心。待问清来由后，立即叫身旁的一个人，将我的名字记下来，我依稀感到这是不是有了希望?

第二天，我怀着急切的心情去看录取布告，由于特别紧张，连续看了两遍都未看清，一直到第三遍才在密密麻麻的名单中找到了自己的名字，我高分“中”红榜。我欣喜若狂，抱着一同前往看榜的姐姐直转圈。我终于跨进了军营，穿上了日思暮想的绿军装，实现了自己的梦想。

正当我庆幸自己如愿以偿，已经成为了一名解放军时，却出现了问题。部队为确保进军任务的完成，开始整顿队伍，开展“兵强马壮”运动，将年老体弱以及年龄过小的人员都留在后方。那时我虽然极力要求到前方，并咬破指头写了决心书，但终究被送到了军大八分校。

后来，军大八分校接到参加修筑甘孜机场的任务，也进行人员精减，规定16岁以下的小同志全部送回家，我也被送回家去。可是我怎么也不死心，等送我回家的老同志前脚走，我后脚又踏上了返回部队的归程。

这次起程返回部队是我一个人上路，父母亲不放心，坚决不让我离家远走。我只得一个人偷偷从家里跑了出来，身上只有两三块钱，从川南的宜宾长途跋涉，历尽艰辛，走到川西原部队驻地邛崃县。可没想到，部队已经转移。我急得放声痛哭，哭声引出了隔壁邻舍的老伯伯，他问清原由后安慰我，并表示一定帮助我去寻找部队。就这样，他热心地带着我找了好多单位，最后才找到军管会，问到了我原部队的确切去向，那时部队已到大邑县。

我叩谢过那位好心的老伯伯，立即起程，连夜从邛崃赶到大邑。几经周折，终于找到了我的原部队五十四师文工队的驻地。一进院子就碰到老大姐江茵(她是我们文工队队长吴文耀的爱人)，我竟情不自禁地直奔过去，抱着她嚎啕大哭，像离家漂泊多年的孩子，终于回到了日思夜想的家里，说不清是高兴还是委屈。

江大姐得知我千里追寻部队的经历，十分感动，亲热地拉着我的手带我去见张均指导员。我见到张指导员像见到自己的长辈一样，跑过去深深鞠了一个躬，抬头时仍然止不住泪流满面，一切渴求期盼都写在脸上，千言万语尽在不言的抽泣中。张指导员紧紧地握着我的手说道:“小赵，别哭，别哭，回来就好。”转身对江茵讲:“快带小赵到事务长那里去领一套军服。”我终于实现了第二次参军。一回到部队，我便带着高昂的热情，投入了进军西藏的各项准备活动，参加慰问部队的演出。

## 徒步负重行军

1951 年 7 月，我们作为军文工团六队从甘孜出发，向昌都进军。

由于我们是在高原上徒步跋涉，负重行军，可以说每天都在极度缺氧、疲惫、不堪重负的困境中艰难地前进。当时我们行军背负很重，每个人负重都在五十多斤。其中包括帐篷(一张一米半见方的帆布)、帐篷杆、被褥、衣服、几双鞋、干粮、蛋黄蜡、代食粉、固体燃料、腰鼓、道具、服装等等。可那时我还不到 15 岁，个头小又瘦，身高只有 1.4 米，体重七十多斤，要背五十多斤重的东西，完全是超负荷的。我暗下决心，一定要咬紧牙关坚持到底，绝不掉队。因为，参军加入进军西藏的行列是我经历了重重艰难曲折争取来的。

除了沉重的背负，高原行军更难承受的是缺氧。缺氧使人头痛恶心、心慌胸闷、双腿打飘发软、心脏被压得像要爆炸似的喘不过来气，呼吸十分困难，有时走着走着好像灵魂已离开了躯体在空中飘飞。在我意识模糊、难以支持时，有一个强有力的声音告诫自己：必须坚持，坚持下去就是胜利。因此我即使倒下，那也绝不会是在行军途中，而是在到达宿营地后。有次听到抵达宿营地的哨声吹响，我瞬间昏倒在地。

在行军中我从来不去想终极目标，而是在自己行进的前面找出一个个小目标。如首先以前面几米或十几米处的一棵小树或一块巨石作为目标，奋力走到后，再在前面找一个小丘或者一堆积雪作为目标，再奋力走到。每天到达宿营地都是由完成一个个小目标积累实现的。就这样一步一个脚印，走到了拉萨。

## “泡　兵”

我们进军时穿的是胶鞋，由于我脚小，小号的胶鞋也大了，迈步时脚和鞋发生磨擦很容易打泡。刚开始行军时，脚经常打泡，而且常常是小泡连大泡，水泡成血泡，疼得钻心。特别是脱袜子时，破了的皮肉粘在袜子上，撕一点就会鲜血直流，像挖肉一样疼痛，龇牙咧嘴，牙缝里直抽冷气也撕不下来，可不撕下来，让袜子和肉粘在一起腐烂，后果不堪设想。怎么办？看来只有用热水泡，将袜子泡软方能使肉和袜分离，解决问题。但当时又没有脚盆，这时有人急中生智，在地上挖一个像脸盆那么大的坑，在坑里铺上雨布，再将热水倒在坑里泡脚，泡软后再将袜子脱下来。进军开始的前一段，几乎每天都有这般痛苦经历。可是大伙还乐呵呵地说，我们也真不简单，从文艺兵变成了“泡兵”，真是多才多艺的特种部队。

进军途中翻越了众多的大山，给我留下印象最深的是翻越冷拉山。冷拉山高达近六千米。山体雄浑磅礴，在层峦叠障的山脉中，雪峰犹如一颗洁白晶莹的巨大钻石，高耸于陡峭的山峦之上，冷傲逼人，给人以压倒一切的气势。上山下山的路程很长，有近百里，冰天雪地，气候恶劣，再加上我得了雪盲，翻此山时更加感到难上加难，真可谓“难于上青天”。

领导对翻越此山极为重视，为了争取时间，不让队伍困在山顶，计划一定要翻过山顶，下山后再宿营。部队凌晨3点钟起床，3点半开饭，4点出发。虽是半夜起程，由于遍地冰雪，山体被照得亮如白昼。因为我和不少同志得了雪盲，不怕黑，就怕雪亮的白光。为了减少光亮，我在咖啡色的风镜上涂上了墨汁，光线是暗淡了，又感到心肺增加了巨大的压力，压迫得更加喘不过气来。结果只能将风镜扯掉，将头顶上的头发拉下来挡在眼前，眼睛微睁，任它流泪扎疼，只要能隐隐约约看到前面，跟着感觉走就行。

整个队伍行进得很慢，走一段，停一停，一停下来，大伙都迅速双手叉腰，张开嘴大口喘气，以期能多吸点氧气。越往上走，空气越稀薄，积雪越深。路两边的积雪，逐步高到1米以上，人们在雪墙中前进。有时一侧身，手触雪墙，冰雪就会从袖口灌进去，寒彻心肺。经过近十个小时的艰难攀登，终于爬上了山顶。我同大家一样松了一大口气，可是环视山梁，不禁心里凉了半截，因为没有看见作为山顶标志的玛尼堆和五色经幡。抬头望去，那座在山脚望见的洁白晶莹的雪山并未被征服，大约还有几百米高，在我们的前面突兀而起，那才是真正的山顶。我们咬了咬牙，向它发起最后冲刺。

更加艰险的攀登开始了。雪峰在云中闪着晶亮的光束威逼我们，像要阻挡我们攀登。山势十分陡峭，山的坡度大约有五六十度，再加上5000

米以上的海拔高度是终年不化的冰雪带，冰雪覆盖的山路像一条长长的光亮的带子从空中弯弯曲曲地飘下来，又陡又滑。我们犹如要杂技似的荡在空中。团团浮云从我们身边飘过，回头一看，万丈深谷就在脚下，真是令人头晕目眩、心惊胆颤，这哪里是在爬山，而是在登天啊！

突然后面一声惊呼，一匹马连滚带滑地跌进了深不见底的山谷，更增加了队伍前进的悲壮气氛。除了往后传“牵好骡马”的口令外，不少人已手脚并用，实实在在是在爬山。就这样，还是不断看到队伍里有人摔跤的惊险场面。

此时我已感到精力耗尽，呼吸更加急促困难，嘴唇指甲乌紫，胸肺好像被前面伸来的一支铁掌压成了一张薄片，喉咙像被人卡住要将我置于死地，我扯开衣领上的风纪扣，解开了外衣的所有扣子，真想剖开胸膛将氧气灌满，我的呼吸道早已发出了抽气声。这时双肩再也承受不了背包的重量，我将上身弯到了 90 度，让背来承担双肩所负的重力。

忽然背包在挪动，我一看是一位老同志要帮助我背背包，我用力地摇头拒绝，此时我连说话的力气都没有了。老同志缩回了手，因为全队的同志都知道，我虽然年纪很小，但很好强。进军开始前我就表示，绝不掉队，绝不要人帮助，一定要自己背着背包完成进军西藏的任务。此时，我所想的就是我一定要兑现我的诺言，一定要坚决顶住，绝不能倒下去。我很清楚，如果我现在倒下去，虽然是一种解脱，什么知觉、什么痛苦都不会再有，但是同时我也就会同其他一些牺牲的烈士一样，永远留在这亘古不化的冰峰雪原之中了。我不能，我没有权利放弃拼搏，我集中全部注意力于一点，那就是向上、向上，拼死也要爬上山顶。

突然听到指导员的声音：同志们，山顶到啦！加油啊！这像给我打了强心针，我拼完了全身最后一点力气爬上了山顶，顿时泪流满面，喜悦之情难以言传。我抬头仰望一碧如洗、宽广无垠的蓝天，感受到了一种爱的抚慰；再低头俯看匍匐在脚下的山峦，感受到了一种征服者的自豪感。在进军的征途上，我们征服了又一个制高点。这不能不使我感到我们人民军队的威力，无论经历多少艰难险阻，最终都将被我们战胜，我们将无往而不胜，勇往直前。

上到山顶后，由于山上风力很大，空气更加稀薄，奇寒无比，我们开始迅速下山。山的西面积雪已化成坚冰，下山的路更滑，不时看到、听到有人摔倒，这时摔倒不再具有险情。由于是往下走，氧气逐渐增多。笑声、欢呼声此起彼伏。突然下面遇到一个大冰坡，有人发明坐“电梯”，人坐在冰面上滑下去，真是一种享受啊！一切疲劳随之一滑，全给滑掉了。

历时16个小时的上山和下山，我们终于在晚上8点钟到达了宿营地。当我们看到宿营地上跳动的灯火时，顿时一股暖流渗透全身，好像重归故里一样甜美温馨，簇簇灯火就是一支支强者生命的赞歌！

## 军长与小兵

进军中我们蹚过了无数条贯穿南北的冰河。浅水齐腿肚，深没腰胸；窄的如小溪，宽的如大河。特别是从昌都出发后我们就频频遭遇。

经过一千多里行程的锻炼，我们对高原缺氧的耐受力，对负重行军的承载力，对高速行军的抗衡力，都已大大提高。从昌都一出发我们就开始了高速行军。

加快进军速度主要是为了粉碎西藏上层反动分子阻挠我们进军西藏的阴谋。1951年9月9日由我军王其梅副政委率领的先遣支队进入拉萨。虽然各族人民热烈欢迎，但是西藏上层中的分裂主义分子鲁康娃之流，极端仇视协议，反对我军入藏，煽动少数人向我人员进行挑衅，妄图制造事端，破坏协议，甚至企图以藏军向我动武，形势比较紧张。为了配合先期到达拉萨的中央驻藏代表张经武、十八军副政委王其梅，与分裂主义分子斗争，军部令一五四团三营急进拉萨，我军大部队加快速度向拉萨挺进。每天的行军速度提高到八九十里，甚至百里以上。

在高速行进中遇到冰河，不可能给你留时间做过河准备，连停下来卷裤脚的时间都没有，因为一停下来会影响完成当天预定的行程，再一方面西藏的河流太多了，过了一条又一条，有时一天要蹚过十几条，哪有时间停顿。所以见着冰河只有朝前走，跳下去，迅速蹚涉过去。河面上密布地漂浮着大面积的雪块和冰凌，当我们蹚过冰河时，彻骨透凉的冰水总会灌进我们的裤腿，将棉裤全部打湿。上岸后，风一吹，裤腿立即就冻成硬邦邦的冰筒，成了锐利的切削器，把人腿作为它们的加工对象，走起路来“嚓嚓”直响，像是用锋利的刀口向我们腿上切割。要不了多长时间，腿上就会被它们割出无数条长短不一、大小不同的口子，鲜血直流，痛得钻心。

有一次趟过一条冰河，腿被割出无数条血口，鲜血直流。途中休息时我将背包顶在山壁上往上耸一耸，让肩上的背包带松一松，使肩膀能得到休息。突然听见后面响起“同志们辛苦啦”的慰问声。回头一看，是我们的张国华军长，一路慰问过来。当他走近我们的队伍时，见我是个又小又瘦的女兵，就走了过来，亲切地拍拍我的脑袋问道：“小鬼，累不累啊？”我立即站直回答道：“不累！”张军长突然发现我站的地上有血滴，马上关切地问：“小鬼，怎么受伤啦？！”并俯下身来，拉起我的裤角，看见我腿上都是血口子，半晌，他才慢慢地抬起头来，眼睛湿润了，声音沙哑地说道：“小鬼，受苦啦！回头到宿营地，一定要到卫生队去包扎，千万不能感染了。”说罢，迈着沉重的步伐向其他队伍走去。

我深深地被首长的关爱感动了。这给我心灵上带来了巨大的震撼和激励，军长身先士卒、战胜困难的豪迈气魄和关爱部属的人格魅力，使我敬仰崇拜，使我受益终生。

## 开辟工作

1951年11月23日，我们部队随以五十二师副师长陈子植、副政委阴法唐为首的访问团，从太昭出发，去雅鲁藏布江中游沿岸的工布和塔布地区，对江达等9个宗进行访问宣传活动。访问团由文工队、电影放映组、医疗组组成。文工队由冯文斋任队长，张均为指导员，任务是广泛宣传和平解放西藏《十七条协议》，做好上层人士的统战工作，争取群众。由于时间紧，任务重，我们精简被服，轻装进发。带的干粮是用很粗的面粉烙的饼，饼中的粗麦麸都看得出来。饼烙好后用雨衣带装好，两头用绳子扎起来挎在脖子上。到后来干粮又干又硬，有时来不及烧水就用凉水把干粮送进肚子里。

赴“九宗”访问，完全是到新区去开辟工作。由于这带地区的群众从未见过解放军，对我军不了解，更不知道有协议之说，而反动分子却借机造谣，破坏人民军队的形象。我们每到一地便通过放电影、演出和散发藏文宣传品等方式宣传协议，宣传全国在抗美援朝和建设新中国中所取得的伟大胜利；讲解共产党、人民解放军的性质、宗旨和任务等，以戳穿各种反动谣言，解除他们的顾虑，增强藏族同胞的爱国心。

我们文工队紧紧围绕宣传教育的中心，广泛深入群众，提出不放过一个村庄，不放过一个群众的口号。观众多要演出，观众少也要演出。有时夜间演出没有灯，就捡来桦木皮和油松柴，点燃两堆篝火，拉一张篷布，便在凛冽的寒风中化起妆来，登台表演。乐队的同志常常冻得手指发僵，在火上烤一烤后又接着拉；舞蹈演员在幕后披着皮大衣、烤着火，可一上台大衣一脱，穿着露出胳膊的纱织服装在冰天雪地中演出，我的双手被冻伤，发展到红肿溃烂。后来到了拉萨，以至几十年，每到冬天都会红肿溃烂，成了习惯性冻伤。有的同志生病、脸肿、吐血仍坚持演出，这样的演出差不多每天都有一次。

有一次我们来到一个村庄，村里的藏族同胞听信谣言，除了一些跑不动的老人、小孩，其余的都躲到山里。我们搭好舞台，化好妆，敲锣打鼓、唱歌跳舞，吸引群众，但半天都不见人来，偶尔一个小孩从土墙中伸出头来，接着就听到一声拍打声和孩子的哭叫声，显然孩子被拉下墙去，接下来是一阵长时间的寂静。

指导员决定，干脆把整个队伍拉出去，敲锣打鼓，唱着已翻译成藏语的《和平解放西藏十七条协议》歌曲，沿着村子里低矮的土石结构的房屋，一间不漏地走过去，边走边唱。我们回到坝子，过了一会，看到一个满头卷发、睁着又大又黑略带惊恐眼神的孩子，迟疑地向我们走来，在离我们稍远的地方站住，怯生生地不敢过来。我们满面笑容地向他招手，然后慢慢地走过去拉住他的手，他才跟着我们过来，我们给他饼吃，教他唱歌，一会就消除了孩子的紧张情绪，与我们亲如一家人。

就这样先是孩子，后是老人，群众逐渐地都围了过来。我们表演的节目都是民族歌舞和短剧，尽量唱藏语歌曲，跳藏族舞蹈，演戏也说藏语，放的电影也有藏语解说。他们都能听懂、看懂。第二天，逃到山里躲藏的青壮年男女纷纷返回。我们深入到群众的家里，帮助群众背水、拾牛粪、打扫场院，给他们看病，做了大量的实事。藏族同胞认识到了共产党、解放军确确实实是为藏族人民谋福利的。我们缺柴烧，向他们买过，没曾想第二天一清早，在我们的帐篷外堆满了藏族同胞送来的柴禾，而我们要付钱时却找不到人。

在我们的队伍离开当地时，藏族同胞依依不舍。有的藏族老乡一直跟着我们队伍，我们走到哪里，他们跟到哪里，无偿地帮我们做一些杂活，看我们的演出。一连跟了好几天才难舍难分地挥泪告别。

为了争取时间，赶演出，我们有一次连续演了3场，行程90公里，没有睡觉。那份疲劳困顿，实在是难以支撑。从头一天化好妆就未卸过，上台演出强打精神，由于缺乏营养、气候干燥，嘴唇裂了无数条口子，一笑，鲜血直流，撕裂般地钻心痛。一下台倒地就会睡着，再上台仍然会提足精神，笑逐颜开。演出结束后，背着背包就上路，行军中一吹哨休息，站着就会睡着。在这种情况下，没有一个人叫苦叫累，大家始终满怀高昂的革命热情，出色地完成了任务。

## 一只鞋

有一次到拉宗演出，因为经过了大量的宣传工作，已大大地增进了藏族同胞对我们的了解，加深了藏汉一家的亲情，藏族同胞纷纷要求我们住到他们的家里，最后确实是盛情难却，我们女同志住到一户人家的一间大房子里，在地上打通铺，一个挨一个地像沙丁鱼似的睡了一大排。

由于第二天天不亮就要出发，大伙打好背包，摸黑打背包是我们人人都练就的基本功，背包带三压两压将被子捆好，又快又漂亮。

当我将背包打好急着穿鞋子时，一摸，顿时惊出一身冷汗。怎么睡觉前明明将一双鞋摆在一起的，现在咋就只摸到一只？这可不得了啦，穿一只鞋怎么行军啊！急得我趴在地上四处摸寻，弄得满头大汗。可是那只鞋就是不知躲在哪里。

看我急，大家也跟着急，班长点燃了一支蜡烛，全体女同志一起帮我寻找，眼看出发的时间就要到了，怎么办？怎么办？……真是叫天天不应，叫地地不灵。我急得团团转，又拍脑袋又跺脚，大伙也被我急得没了主意，突然我的好朋友黄崇德对我说，你打开背包看看，会不会把鞋子打了进去，我立即打开被包，可不，这只捣蛋的鞋，端端正正地卧在我的背包里。

大家一看，都笑了起来，有的笑弯了腰，有的笑岔了气，满屋子的笑声蹿出了屋顶，弄得全队的男同胞惊诧不已，不知道女同胞们今天遇到了什么喜事，也争先恐后地嚷嚷："唉唉唉唉，有什么好事，可不要独吞啊！赶快拿出来让大伙分享分享！"待弄清真相后，也不由得哈哈大笑。

## 走流沙路

赴"九宗"演出途中，我们还走过了一段流沙路，整个路面是一个大斜坡，左面是山，山势陡峭。右面斜坡下是河，水深浪急。人只能从这一斜面沙坡上走过。刚开始我们并未将走这种路当回事，大山大河都过来了，这算什么？

走在前面的人大大咧咧地踩了上去，刚一踩进流沙路面，哗的一下滑了下去，要不是第二个人眼疾手快一把抓住他，将他拖起来，恐怕后果不堪设想。这一下将大家镇住啦！这种路怎么走？这并不是一个简单的问题。走慢了，脚往下陷拔不出来，大踏步地快步走，身体的重量加上背包的重量，恐怕也难以幸免于难。结果舞蹈演员吴寿桐站了出来，提气、收腹挺胸，使沙面受力小，顺利地走了过去。真好像他身上有什么轻功似的，看得大家啧啧称奇。大家几乎同时哑然失笑，怎么这么简单的道理就没有想出来呢。接着大家也学着吴寿桐的样子，提气、收腹挺胸，迈着又快又轻的步子，人人都好像有着高超的轻功，征服了前进道路中的特殊路段。

## 真　悬

由于我们带的干粮有限，再加上是新区，上层头人以及群众对我们不了解，听信各种反动宣传，不卖粮食给我们，我们断了粮。几天都没有粮食进肚，全队只剩下一些蛋黄蜡了。

蛋黄蜡据说是用蛋黄粉做的，可咬起来又硬又韧，一点蛋黄味都没有，真是味同嚼蜡，哽着喉咙很难咽下去。这些难以下咽的蛋黄蜡，也仅够一人分一盒，大家非常珍惜。

行军休息时，大家各自找一个地方，想打开蛋黄蜡小铁盒，但盒盖是用锡焊接的，很难打开，我在山坡上找到了一小丛稀疏的灌木，掰了一些干枝丫点着，想用火烤开盒盖，可是由于又饿又累，烤着烤着就睡着了。没曾想这一睡可惹出麻烦了，大风一刮，火苗一蹿，将我身后的一小丛灌木点着了。熟睡中听见有人大声惊呼：小赵，快！快！快下来，你的衣服烧着了！我吓得一身冷汗，顺势滚下山来，一看，不得了啦！我的皮衣从后背下摆往上烧了一大块，只剩下旁边两条，纵向两条边的布面和衬里的皮毛都已烧焦。大伙迅速将我拉起，把我身上的火扑灭，嘿，真悬！要不是大伙发现得早，我也真有可能被“火葬”啦！想起来还真有些后怕哩！

## 除夕之夜

这年三十晚上我们赶回太昭。一进太昭，远远的就闻到一股肉香、酒香，这是进军近一年来所未曾闻到过的，那是住太昭的部队在过年，改善生活呢！可我们住的村子离太昭还有好几里地，我们虽然馋涎欲滴，经几十天吃干粮，又有断粮的经历，使得这突如其来的香味更具有诱惑力，但是想想部队并不知道我们来，也不可能为我们准备份额，如果我们贸然进入，去分享他们难得的一次会餐，那也太“残忍”了。无法，我们只有强忍饥渴和美食的诱惑，悄然地回到了我们的小村庄，有个调皮的男同志还是禁不住高声地唱起了《一江春水向东流》的插曲：“月儿弯弯照九洲，几家哟欢乐几家愁，几家高楼饮美酒，几家哟流落在街头。……”回到村子里，全然没有过年的气氛。大家将剩下的糌粑就着开水送下了肚子，蒙头就睡，除夕之夜就这样度过。

由于进军到太昭后，我们队随五十二师领导到工布江达地区“九宗”进行宣传访问演出，直到1952年2月底才进抵拉萨。在这场穿越几千里冰峰雪原、艰苦卓绝的伟大进军中，由于个人表现较出色，到拉萨后我荣立个人三等功。

# 追梦年华

张晓澄

1950 年，十二军三分校动员 100 名女同志支援十八军进军西藏，记得当时要求的条件是 :1. 初中以上文化程度 ;2. 身体健康 ;3. 年龄 18 岁以上。前两个条件我都基本合格，就是第三条不够，好说歹说都不行，最后跑去找政委，扭着政委哭了一场，才算同意了我去西藏。当时我高兴得跳了起来，跑到四大队（我在五大队）找我姐姐告诉她，我也被批准了。当时我姐姐板着面孔甩我一句："你去干什么？！这么小！"当时我没有一个明确想法，只是感到西藏有点神秘、好奇。至于西藏有多艰苦，我一点也不知道。

1950 年 8 月，我们 100 名女同志来到新津十八军组织部报到后，我被分到乐山十八军八分校学习。年底部队到达大邑县安仁镇待命。1951 年 1 月，我们从安仁镇出发，3 月到达甘孜。部队在甘孜整训三个多月。5 月 23 日西藏和平解放《十七条协议》签订，部队立即召开了隆重的庆祝大会，同时反复学习《十七条协议》和有关的民族政策。还发给每个人一本有关尊重藏族同胞民风民俗的手册，不仅要求沿途做到对百姓秋毫无犯，就是到了西藏也要坚决遵守《三大纪律、八项注意》，部队是这样教导的，我们也是这样坚决执行的。

## 步行二千五　难忘苦与乐

1951 年 7 月，我们从甘孜出发，由北路向拉萨挺进。出发后每天以 50 华里到 80 华里的速度行军，开始几天大家脚上就打了不少血泡，但都强忍着疼痛也要跟上部队。我虽然年龄较小，但走路、负重都不甘于落后。行至西康一带都是横断山脉，多溪流，水流湍急，由于我个头不高，难以安全渡涉，我只好拄着帐篷杆，在刺骨的河水中艰难地趟过，有时河水淹至腰身以上，也从不畏惧。为照顾女同志，从甘孜出发时，我们每个班都给配备了一匹马，主要是用来驮帐篷和一点必要的炊具和粮食。如趟河、来月经、有点小毛病等，都只有自己克服。在极端艰苦的环境下，人都吃不饱，哪还有马吃的，大概还没到太昭我们的马全都死了，我们只能依靠自己，背着背包一步一个脚印走到拉萨。

翻越雀儿山时，盛夏的太阳照射着白皑皑大地，反射过来的光线十分强烈，有的同志得了雪盲症，但没有墨镜，出发前发的一副风镜有的也打碎了，这时只有用绷带纱布涂上蓝墨水，蒙在眼上以代替墨镜，这样才避免患雪盲。

进入昌都后，由于高原缺氧，柴禾也不充足，走到“穷八站”那一带很少见到树木，即使找到一点也是湿的，哪里烧得着明火，大家只好吃夹生饭。吃夹生饭的时间也不长了，因为各班出发时带的一点粮食已经吃光了。以后个把月里，每天连队炊事班只能给我们每个人几个土豆充饥，大伙边走边吃，靠这几个土豆维持生命。

记得我们行军至怒江，每个班给发了六只羊，叫自己杀来补充营养，大姐姐们都傻了眼，谁敢杀呢？眼见肥肥的羊肉到不了嘴里，真遗憾！当时我才16岁，留的男式短发，素有“假小子”之称，颇有几分胆子，我说我来杀，一连将六只羊按倒在怒江边，一刀刺穿一只羊喉咙，一连几刀下去，几只羊便躺在了血泊之中。正好李觉首长路过，见我胆大泼辣的性格，便指着我说：“你呀，你这个小鬼！会心一笑走了，我心里觉得美滋滋的。”

沙丁过去要翻一座大山才能到达桑达本贡，我队行至山顶时，已是上午10点来钟，太阳直射山顶，面对陡峭的冰崖，我们女同志只好像坐滑板似的顺着山崖往下滑，有的同志连滑带滚地滚下了山坡。傍晚时分到达了宿营地桑达本贡，行军一天没吃一顿饭，大伙又累又饿，当炊事班抬出一大锅代食粉糊糊时天已黑尽，没有灯光，没有蜡烛，有的战士在盛饭时不小心把草盔（那时还没有钢盔）掉到了锅里，本来已无精打采、疲惫不堪的我们，一下有了打趣的话题，一阵哄笑似乎已将全身的疲劳消除得无影无踪。

太昭过去要翻过一座漫长的雪山——鹿马岭，才能到达墨竹工卡，那时已是10月份的天气，白雪覆盖着整个山巅，我们一早出发，走啊！走啊！

走了一整天还没走出雪地，太阳落山了，带队的只好下令就地宿营。那时，每个人只有一个小背包，我们只好背靠背地坐在雪地里过了一整夜。同志们面对饥饿和寒冷没有怨言，从那时起我得了寒腿病。10月底我们终于到达拉萨。当天，享用了先于我们到达拉萨的文工团同志为我队准备的一顿“美餐”——用豌豆和大米煮的一锅干饭，我一连吃了四盅盅（部队发的搪瓷盅），真解馋！

刚到拉萨时情况不比进军路上强多少，没有御寒服装，零下几度的气温再壮的身体也难抵抗。后勤给每个同志发了半斤未纺的羊毛，组织女同志们帮忙将羊毛缝在旧的夹裤中，并赶制了一些布袜子，这才使部队勉强撑过了到西藏后的第一个冬天。部队休整后，我被分配到拉萨银行工作，此时仍未脱去军装，名为地方，实为部队的供给制生活。不论编制是属于部队还是地方，各单位都要抽调相当部分的人力去参加开荒大生产劳动。1952年2月，一场发扬“南泥湾”精神的高原大生产运动就在拉萨西郊的哲蚌寺下面展开了。高原的2月天寒地冻，面对坚硬的冻土只有洋镐、铁锹才能征服。不到两天我的手就打了很多血泡，领导见我人小体力不行，不是开荒的料，便调我去烧火煮饭。我和分行的另一位大姐陈景贤搭起了一座小帐篷，每天为分行开荒的同志们烧水、做饭、送饭，整整在郊外帐篷里当伙夫三十多天。

1952年春天，我们抓住春耕的大好时节撒下蔬菜种子，淘粪上肥是使蔬菜长好的关键一环。西藏厕所均属楼房式的，下面一个大洞，必须钻进去才能淘着，有时遇上洞口小、积粪多，钻进去真是臭气难闻，加上空气稀薄，在里面呆不了一会就感觉喘不过气来。但为了获得蔬菜大丰收，我们组织了几个同志，一连淘了八廓街上的好几个厕所。从此以后种菜成了我们高原生活中不可缺少的一部分，不论调到何地何单位，年年都要劳动种菜，就是公路通车以后，各单位的吃菜问题还是依靠我们自己种地解决。

1952年5月，日喀则成立分工委，我是第一批参加分工委辖区编制的人员之一，我们从拉萨出发骑马走了15天，比起进军拉萨时轻松多了。休息时去采一种叫“灰灰菜”的野菜，用灰灰菜煮面块，那时碗里能见到一点青菜比什么肉食都好吃。记得到日喀则不久，我们就没有粮食吃了，只有吃当地的糌粑，有些同志吃不惯酥油，只好用清油炒糌粑，糌粑当主食吃了一个多月，后来是周总理设法从印度过境给西藏送来一些大米，才粉碎了当时西藏地方政府想从经济上压垮我们的企图。1954年公路通车了，以后的生活慢慢有所改善，但蔬菜和水果仍然是我们渴望已久的饮食。

## 骨肉分离情难忍

1955年我在江孜生了第一个孩子。那时银行工作很忙，经常加班加点，加之生活条件又差，怀孕8个月就早产了，孩子生下来不足5斤重。那年我21岁，照说应该有奶水喂养孩子，可是由于江孜海拔高达四千米，既缺氧又缺乏营养，怎么也挤不出奶来，只好给孩子喂奶粉。孩子到了五个多月就被送回四川老家寄养。从江孜到成都要坐半个多月的大货车，我爱人工作忙，不能陪我一块送小孩，他托付江孜两位回去休假的男同志一路照顾我。这两位同志不负重托，从江孜出发每人给我抱一个热水瓶，每天早上从兵站出发时就装上开水，一直抱到成都。这两个热水瓶对我和孩子来说是多么重要，没有开水孩子就喝不成奶粉，就会饿肚子。沿途只要车一停，就抓紧时间给孩子冲奶粉，或是赶紧跳下车去找个小水沟，或小水洼给孩子洗尿布，千里迢迢、历尽艰辛终于将孩子送回了成都，两位男同志对我母子的真诚帮助，使我永记心中。

1957年11月，我被派到陕西咸阳西藏公学学习，那时我刚生下老二还不到3个月，为了能按时去报到，我不得不强行给孩子断了奶，两个多月的孩子没人带，我这个当母亲的实在不忍心，彻夜难眠、泪洒衣襟。但工作需要我，为了建设好新西藏，只好抛下孩子含泪而去。当时老大刚两岁，把他送到成都川办保育院，院方说孩子小，要求我带保姆去院里陪伴孩子一段时间，我应允了。从内江将孩子和保姆带到了成都，分别时孩子哇的一声哭，妈妈！妈妈不走！妈妈不走！此时我心如刀绞，这是我有生以来第一次体会到母子分离的痛苦，保姆抱着孩子哭，我也哭，三个人哭成了一团。这一别就是整整5年，直到1963年底，西藏民主改革已基本结束，正式执行3年一次的休假制度。我带着第三个孩子回到成都，才和老大、老二见上面，以后休假，孩子已大了，知道父母是留不住的，再也不哭了，只是喊妈妈再见！

## 投身民主改革

1959年3月，西藏上层反动势力发动全面武装叛乱，组织部门立即从西藏公学抽调了一百多名藏汉族学员，返回西藏参加民主改革。这批学员大部分都会藏汉两种语言，有工作经验。我于5月1日回到拉萨，被分配到拉萨市军管会工作。6月份，作为军管会的一员，我被派到拉萨市中上层人士集训队去工作，集训队受市委直接领导，由市公安局局长秦裕民同志挂帅。集训对象有一百多人，都是些参加了叛乱而未跑掉，或参加了反动示威游行的藏族中上层人士。这些人开始态度很顽固，拒不交待任何问题，也不承认有任何罪行，有的还口出狂言，污蔑我党我军和中央人民政府。我们六七名工作人员，面对这些反动气焰嚣张的家伙，要做大量的工作，既要进行苦口婆心的教育工作，又要在生活上关心他们，使其能悔过自新。记得有一妇女名叫卡珍，她参加过反动的示威游行，学习期间企图畏罪自杀，我们发现后立即送她去人民医院抢救，领导还派我经常去医院看她，给她送饭吃，她终于感动了，出院以后，她感激共产党给了她第二次生命，表示今后要拥护共产党、拥护社会主义。耐心细致的说服教导工作，使其他大部分叛乱分子低头认了罪，表示愿意跟着共产党走。集训期间挖出原噶厦谍报人员强巴曲扎隐藏的一部电台、手枪等。集训队结束时举办了一个小型成果展，受到市委表扬。集训队工作结束后，我又回到中共拉萨市委，被调到市委宣传部任干事，不久，随西藏工委、拉萨市委组织的几支工作队到尼木县进行民主改革。

1959年9月，我被派到尼木县卡如乡做民主改革工作，工作队长是部队的干部。该乡位于雅鲁藏布江边，偏僻、边远，交通甚为不便。记得刚进乡那会，我们走访各家各户，正遇上一家男主人生病发高烧，直说他快死了。他的家人守着他只会掉眼泪，双手合十直念菩萨保佑！菩萨保佑！见此情景，激起了我的恻隐之心，可我又不是医生，怎么办？正好我挎包里装有几片盘尼西林片，那是下乡时自备的一点常用药，拿出给他吃了两片。第二天他就开始退烧了，之后，他见了我和工作队的同志都很感激，说是我们救了他的命，我们是毛主席派来的菩萨兵，后来他在民主改革中表现很积极，经常向我们反映情况。在卡如乡的民主改革中，我们按照党的方针政策划定了阶级成分，把没收或赎来的土地分给了贫苦农奴和奴隶，还帮助培养了一批入党积极分子，三个多月的民主改革胜利结束，年底回到拉萨。

1960 年初，我被调到拉萨市政府办公室任秘书。这年春天市委决定在堆龙德庆县搞“民改复查试点”，由市委宣传部长王守民同志任组长，另抽调 5 名同志任组员，我也成为其中一员。白天晚上走访、调查、开座谈会等，除此之外，一有时间我们 3 个女同志就想办法为大伙改善生活，虽然当时只有干豌豆、蚕豆和快发芽了的土豆、芫根，以及我们带下去的一点花生米、罐头，再加上挖点野菜，几样一调剂，伙食改善得很不错，工作上又很协调，虽然这一个多月生活、工作在贫苦的西藏农村，但感到十分轻松愉快。

1960 年初夏回到拉萨市政府后，我就跟随崔科市长，当他的翻译和秘书，党内有什么文件需要让他知道的我就拿去翻译讲解给他听，并征求他的意见。在跟随崔科市长的 1 年中，跑遍了拉萨地区 11 个县（区）、80%的区乡。崔科市长主要是分管农业，所以夏秋两季跑得最多，有什么事我就到他家去通知他或请示他，他夫人崔科德央待人也很热情，经过 1 年的共同工作，他感到在工作上与我党内同志很容易沟通，心情比较舒畅，高兴地给我起了一个藏族名字——央金，并亲切地称呼我“央金啦”。

1961 年 6 月，我被调到拉萨市委干校任藏语文教员和政治辅导员，主要是教各机关单位和各县的部分汉族干部一些粗浅的藏语文知识，以适应在西藏的生活和工作。在干校我工作了两年，共办了八九期学习班，培养学员千余人，多数人结业回单位后，都能掌握运用基本的生活、工作用语。

1964 年西藏农村开始搞“三教”运动，拉萨市划为“三教”二团，苗丕一担任团长，第一期三教二团团部就设在达孜县平措林乡，我是团部机动组的成员，也就是说哪里需要加强力量时我就到哪里去，不需要时我们机动组几个同志就可去各区乡查看情况、了解问题，回来后向团部汇报。工委决定“三教”工作团的同志下去后要与群众搞“四同”，即同吃、同住、同劳动、同商量。在“三教”期间，工作、生活条件很艰苦，除了供应主食外，没什么副食品供应，至于蔬菜就更谈不上，西藏县区过去基本没有农贸集市，区乡也没有商店，平息叛乱后只有县里才成立了一个贸易公司，所以拿着钱买不到吃的。我们每天都睡得很晚，因为白天群众要劳动，大会、小会一般都放到晚上召开，会后再整理点文字材料，所以一般都要午夜后才能休息。一段时间后，机动组又派我到达孜县洛普乡去抓寺庙工作，要求搞清洛普寺的叛乱问题。我和小次仁同志一起住在寺庙附近的群众家。洛普乡在一山沟里，比较闭塞，工作组只有我们两个女同志，加之附近有一些政治态度不明的僧尼，我俩安全受到一定的威胁，好在已有了一支积极分子队伍，我们的房东就是其中之一，夜间出门开会等都有积极分子保护，我和小次仁才得以安全顺利地完成任务。夏天的洛普满山葱绿，山道两旁野菜甚多，由于蔬菜缺乏，我们常挖野芹菜吃。有次苗丕一书记来洛普视察，我和小次仁还招待他们吃了野芹菜。

艰苦伴我度过了大半生。该安度晚年的时候，病魔又过早夺去了我丈夫吕振潭的生命。但我时刻牢记自己是共和国的一代女兵，任何艰难困苦都压不倒我！

如果命运让我重新选择，我仍然会选择这条路走下去！

# 最早进入墨脱的女医生

石继蓉

1951 年，我随部队进军西康甘孜地区，参加修建机场。之后又被分配到昌都军分区、波密军分区做军队医疗门诊工作。由于边防需要医务人员，组织上把我派到西藏珞瑜地区工作组，从此我成为最早进入墨脱的一名汉族女医生。

珞瑜地区位于西藏的东南部，它西连山南地区，北靠米林和波密两个县，东靠昌都察隅县，南边同印度接壤。雅鲁藏布江下游从北向南纵贯其间，最后流入印度境内，大拐弯峡谷 (1999 年定名为雅鲁藏布大峡谷）就位于这里。珞瑜藏语意思是南方之地，这里土著居民是珞巴族，也有说珞瑜地区是珞巴人居住的地方。实际上这里还住着很多门巴族人，以及陆续迁移来的康巴藏族人。各民族都有自己的语言，少数人还会多种语言。珞瑜地区因为地理环境和大自然气候的差异，当地人又把它分成上珞瑜（珞代）和下珞瑜（珞麦）两个自然区域。上珞瑜也叫白马岗，就是现在墨脱县的全境。这里虽然青山绿水，气候温和，但是正处在雅鲁藏布江大拐弯之下，真是深山峡谷，高山峻岭，很少有平地，老百姓多半住在半山坡上，靠刀耕火种维持生活，人口稀少交通不便。有谚语曰：山上山下喊声听得见，见面得爬半天坡；对山隔江相望，互相很难来往。个别村庄在江上架有索桥供人通行，但是常听说有桥断命丧的悲惨事件发生。下珞瑜随着海拔逐渐降低，地势也开阔起来，道路通行也方便许多。特别是各种树木林立，植被覆盖优越，气候温暖，人口和村庄稠密，是块宝地。从地理环境和气候条件来讲，珞瑜地区确实是西藏的江南。

珞瑜地区西、北、东三面被高山悬崖环抱，山巅终年积雪，只有五六个山口在每年夏秋冰雪融化时期，才通行到西藏各地。由于与外界隔绝，长期处于封闭或半封闭状态，世人不了解他们，他们也很少知道外面情况，只记得每年给西藏地方政府和三大寺庙交纳乌拉差役，进贡土特产品。在旧西藏，墨脱是西藏地方政府流放犯人的地方。特别是英国殖民主义侵占印度，又把魔爪伸到我国西藏，非法在我国版图上划了一条“麦克马洪线”，把珞瑜地区大片领土非法划在印度管辖之下。

珞瑜地区工作组，实际上在1951年7月就成立了，上级再三考虑研究，认为珞瑜情况特殊又有边界问题，要求慎重稳进，决定先在波密地区靠近珞瑜的达兴、索瓦卡两个交通要地设立工作组，开展对珞瑜地区的调查、研究，向来往人员宣传政策，联络感情，结识朋友，培训干部，作好进军前的一切准备工作。

进入珞瑜最大的困难是道路和吃饭问题，这是关系到工作组能否进去，进去后能否站稳脚跟的头等大事，是进入珞瑜成败的关键所在。

经过调查和实地勘察，虽然了解到从西、北、东三个方向有五六个山口是进入珞瑜的通道，但是都很艰险，有些地段因地震垮塌，早已人迹罕至。工作组从实际出发，经上级批准，兵分两路进军。一路翻越虽拉山进入上珞瑜的旁典、卡布、墨脱；一路翻越金珠拉山到达上珞瑜的金珠格当宗。在雪域高原徒步翻越五千多米高的大山是非常不容易的，根本看不见现成的道路，全凭向导的经验，按照大方向，选择好走的地段，摸索前进。上山走不了三五步气喘吁吁，就得稍作休息。遇到积雪山坡，首先要观察地形地貌，摸清积雪的坚硬度，避开雪崩、雪陷、滑坡，避免被埋葬的危险。特别是到达山顶，白雪皑皑，银光强射使人睁不开双眼，心脏跳动加快，胸部疼痛，呼吸急促，嘴唇发紫，领导督促大家赶快下山，不准在山头休息，否则会有生命危险。实话说爬山困难，下山更艰苦，经常遇到垮沟、泥石流，一不小心就会掉下万丈深渊粉身碎骨。有时前面人冒险过去了，后边人过不去，只好绕道前进。下山后进入森林区，到处是鸟语花香，绿色世界，本当轻松愉快一下，可是脚下碰到泥滩、沼泽、滑石、急流、独木桥，还有蚊子咬，蚂蟥叮，毒蛇拦路，使人处在精神紧张恐惧之中。夜晚露宿石崖或树林里，常听到怪兽的嚎叫声，老乡告诉我们靠火光可以驱散野兽的袭击。

进入珞瑜后，根据中央和上级指示，我们只能在上珞瑜（即现在的墨脱县）开展工作，对下珞瑜进行调查和影响群众工作。在工作组党组领导下，全体同志团结一致，齐心协力认真执行民族政策、宗教政策和边防政策，宣传和贯彻和平解放西藏《十七条协议》，搞好爱国统一战线。同时抓紧时间开荒生产，种粮种菜，争取自给自足，尽快解决吃饭问题。工作组决定以金珠区布隆为基地，旁典、卡布为两翼，按照组员人数、气候和土地条件，下达生产任务。由于全体同志发扬我军不怕艰苦、连续作战的光荣传统，抢时间、争速度，第一年就达到粮食自给，第二年取得大丰收，这是最实际的影响群众工作。一位珞巴老人说："你们长得和我们一个样，是一个祖先生下来的子孙后代，山那边（指印军）当兵当官都不劳动，我们相信你们……"

由于工作组圆满完成任务，受到中央的表扬。

我作为一名年轻女兵，要同男兵一样爬高山，穿林海，趟冰河，夜宿荒野，忍受寒风刺骨、暴雨淋头的艰难。在开荒生产中，要参加重体力劳动，双手磨出血泡，浑身疼痛，倒在床上真不想起来。但一听到出工号令，马上振作精神坚持干活。由于妇女生理的特殊性，要比男同志承受更多的压力，付出更大的代价。

我作为工作组的医生，必须坚持给同志们和群众看病，通过我的行动，做好上层妇女的统战工作，做好影响群众工作，与群众广交朋友，了解情况，为巩固边防尽一份力量。那时我感到最困难的问题，是医药奇缺和经验不足，而当地又是疟疾的多发地区，有的村庄男女老少都患此病，造成贫血，肝脾肿大，影响生活和生产，我和男医生袁守波同志经过反复研究，决定在工作组内部讲解医疗卫生知识，提倡以防为主，加强自我保健能力，把有限的药品用在危重病人身上。我们还学习和采集当地土医土药为病人治疗胃痛和腹泻，为群众解除了不少病痛。记得有 3 次出诊使我终身难忘。

第一次，是救治一个被毒蛇咬伤的孕妇。当时她在厕所方便，突然被一条毒蛇刺了一下，局部红肿，幸好及时就医，我们用止血袋从该处上方结扎起来，将周围的毒汁挤压出来，用嘴吸掉，再局部清洗消毒擦上药，后来这位孕妇得救了。这位孕妇为表达感激之情，送来一些食品表示感谢，我们婉言谢绝了。

第二次，一个孕妇临盆时难产，婴儿先露出一只脚，家人焦急万分，特跑来叫我们出诊，我和一位藏族女卫生员菊花拉姆去她家，想了一些办法，这个男孩终于平安降生了。

第三次，最使我棘手的是碰到一头母牛难产，群众也找到工作组恳求医生帮助。这本是兽医的专业，我们毫无这方面的经验，实难出诊。但是想到人民利益高于一切，便按照动物生理解剖，大胆为母牛助产接生，使一头活蹦乱跳的小牛较安全出生，主人全家为此高兴，一再表示感激，在群众中传为佳话。

我在家时，曾看见老人们用石磨磨豆浆，为了改善全体同志的生活，我开动脑筋，设法把工作组生产的黄豆磨成豆浆做豆腐，但没有石膏，我们便利用酸奶点豆腐，获得成功，并把磨豆浆点豆腐的技术传授给当地群众。

1955 年我生下第一个小孩，组织上很关心，调我到塔工地区卫生院工作。1959 年 3 月西藏上层反动分子公然撕毁和平解放西藏《十七条协议》，发动全面武装叛乱，中央决定进行边平叛边改革。我积极参加了这次历史大变革，在拉萨市墨竹工卡县农牧区进行巡回医疗，常常是单枪匹马独来独往。看到农牧民居住分散，很难满足他们的医疗要求，经领导批准，培训了几十名赤脚医生，采取师傅带徒弟的办法，手把手地教他(她)们诊病、认药、用药、开展针灸治疗，以及危重病人的急救护理知识，受到自治区领导的表扬，广播电台记者还写成稿子播放。1964 年回到拉萨市医院，在内科、放射科、儿科工作。一直都是勤勤恳恳上班，基本保持全年上班出满勤。由于长期生活和工作在高原，患上了高血压，经常流鼻血，专科医生想方设法治疗，效果不佳，自己也觉得难以继续适应高原气候，于 1987 年提前退休。从此，离开我的第二故乡西藏，离开我热爱的医疗岗位，留下四个孩子继续建设边疆。

回首在藏工作的 37 年，从五千多米的藏北牧区，到藏南雅鲁藏布江峡谷，都留有我的足迹，真正实现了献了青春献终身，献了终身献子孙的豪言壮语，自感无愧于人生，无愧于历史，无愧于社会，更无愧于广大劳苦大众。现在还有一个儿子和儿媳在藏工作。每当打开电视机，我都要收看西藏地方的新闻，看到许多熟悉的面孔和西藏的建设成就，都感到欢欣鼓舞，因为长期和藏族人民生活在一起，同呼吸，共命运，心连心建立起来的感情和友谊，是用文字无法完全表达出来的。

# 《格桑旺姆》和《洗衣歌》的创作前后

李俊琛

1951年，我被调到十八军政治部文工团（后为西藏军区政治部文工团）担任舞蹈演员。当时十八军的任务是进军西藏，保卫边疆，巩固国防。进军西藏，交通道路是首先要解决的问题。于是，部队分为前方和后方，前方部队翻山越岭克服各种困难，轻装快速徒步进军，兵马先行粮草得赶紧跟上。毛主席指示："进军西藏，不吃地方"，要运送大批物资到前方，没有公路不行。我们后方部队主要任务是修筑康藏公路，边修路边行军，修筑康藏公路的战役就这样打响了，文工团也参加了这个战役。在修筑二郎山公路时，部队官兵克服了难以想象的困难，在悬崖绝壁的山腰部硬"抠"出一条槽形公路。汽车从槽中过时，大家戏称在过老虎嘴，巨石张着大口，谁从那里过，都是一次惊心动魄的体验。二郎山还是康藏公路上海拔最低的山。此后，我们的部队基本都是在35千米高的雪山上劈山修路，高寒缺氧，条件更加艰苦，我们每一个人都在接受党的考验，但能把青春献给最壮丽的革命事业，感到自豪和光荣。文工团是个团结友爱、战斗的集体，在4500米的雪山上，高寒缺氧，负重行军，还要搜集部队先进事迹，编排演出节目，其艰难程度可想而知。越是艰难，越是显示出团结互助友爱精神，男同志只让女同志背着自己的全部行装，而他们却是挑着扁担，一头担着自己的行李，一头挑着演出用的服装、道具、灯光、幕布、帐篷等。每到一地大家都争先恐后地忙着架帐篷，搭舞台，搜集筑路部队的先进事迹。之后，有的编词、有的排练，即刻化妆演出。就这样，日复一日年复一年，直到1954年，我们广大官兵用双手把康藏公路修到了拉萨，我们也步行走到了拉萨，历时4个年头。

有一次我和冯世敏、赵丽珍三人，去拉萨最繁华的八廓街上印度人开的商店买演出用的化妆品，看见街上一个地方围着很多人，好奇地挤过去一看，啊！原来是在惩治奴隶。只见一个男人趴在地上，两边站着手持皮鞭的打手，他们不停地你抽一鞭我抽一鞭地抽打，不知道打了多长时间，男人已休克，一动也不动了。打手的鞭子并没有停止，皮鞭已变成血肉鞭子，我真想大吼一声，住手！但想到民族政策，不能干预地方政府的事情，强忍悲愤离开了现场，之后几天里，我吃不下饭，睡不着觉，自问这黑暗野蛮的封建农奴制度何时才能被废除？

1959 年，西藏上层反动势力发动全面武装叛乱，根据中央指示，我们一边平叛一边进行民主改革，西藏的民主改革以历史不可阻挡之势，轰轰烈烈开展起来，叛乱分子的美梦只落得自掘坟墓的下场。落后、野蛮、残酷、黑暗的封建奴隶社会被彻底地埋葬了。

我参加了平叛战役，又参加了民主改革的伟大运动，在打倒奴隶主的斗争会上，一个个触目惊心的血泪控诉，万众发出一个声音，推翻旧社会，百万农奴站起来当家作主人。

在西藏社会的伟大变革中，火一样的生活给了我创作的激情，我一定要把百万农奴受压迫求解放的心声表现在舞台上，于是我的第一部舞剧《格桑旺姆》诞生了。

这部舞剧产生于 1959 年 9 月，由我和高君肃编剧，罗念一作曲，栾之火参加了导演工作，何楚平扮演格桑旺姆，于德华演母亲，罗良兴演弟弟，吴寿桐演贵族头人，黄玉如演头人老婆，董荣演管家，群众演员若干。

排练这个节目时，文工团是在山南泽当参加民主改革，住在尼姑庙里，平叛和民主改革期间，大部分尼姑暂时还俗了，经堂空着，就借为排练场用。在排《格桑旺姆》时，很多藏族群众围着看热闹，没有想到，在没有穿服装、没有化妆的情况下，他们看懂了，年迈的阿爸阿妈，年青的男女都哭成了泪人。

这样好的效果，是没有预想到的，我想，它好就好在反映了广大奴隶受奴役受迫害的真实生活，唤起了他们强烈的共鸣，流下了同情和伤心的泪水。我的作品能被广大群众接受，能起到唤起广大受奴役的人们为获得新生去奋斗，我感到欣慰和高兴。

正式演出后，获得一致好评，这给了我这个第一次创作舞剧的人以极大的鼓舞，也使我由一个演员走上编导道路奠定了基础。

我的另一个作品《洗衣歌》，正像敬爱的周总理所说的那样，是长期积累，偶然得之的结果。1959 年以后，西藏人民的新生活开始了，从最底层的奴隶，一跃成了主人。这翻天覆地的变化都是共产党、解放军给带来的。我们的军队处处为人民群众着想，积极为群众做好事，西藏人民亲切地称解放军是毛主席派来的菩萨兵，他们真心地拥护，发自肺腑地爱戴，处处体现出军民鱼水深情。

有一次我们小分队去定日地区演出（珠穆朗玛峰脚下），汽车陷在冰河里，天气特别冷，我们用了几个小时也无法将汽车推上岸，天马上要黑了，再推不上来汽车就可能被封冻在河里，大家焦急万分，这时从山那边过来几个藏族青年，二话没说跳下河帮忙推，还是推不动，必须潜下水去拴铁链，这时的气温大概在零下二十度左右，一个藏族青年脱去外衣，潜入冰河，把铁链拴好，他浮出水面时已脸色发紫，我们忙用皮大衣把他裹住。在藏族青年的帮助下，汽车被推了出来，他们的行为使我们非常感动。还有一次，那是 1962 年，我们小分队从中印边境自卫反击战前线演出回来，路过错那地区时，是一个暴风雪刚过的冰天雪地，气温非常低，几乎看不到任何生物，这里真称得上冰的世界，雪的故乡，天气冷的出奇，冻得我们筋冷骨寒，蜷缩在卡车上，眼睫毛都结满了霜，穿着毛皮鞋就如光着脚站在冰面上一般，冻得发疼。车上的人一点声音都没有，周围死一般的寂静，只有汽车的马达枯燥地响着，正在我们寒冷难耐时，突然锣鼓声打破了沉寂，大家惊奇地睁开眼，见几位藏族老阿妈手捧热气腾腾的浓香的酥油茶站在卡车旁，当我们接过阿妈送来的热茶时，一股暖流热遍全身，我流泪了，我问阿妈，你们在这里？　……阿妈说，这是我们几个人设的茶水站，你们从前线回来辛苦了，一定很冷，喝一碗暖暖身子吧！听了阿妈的话我们无不为之动情，这真是雪中送炭。喝完茶我们又上路了，而几位阿妈站在雪山上，又忙着为后面的部队烧茶。伟大的人民，崇高的爱心，引起我的创作欲望，我一定要把藏族同胞拥军的感人行动，用文艺形式宣传出去，要让大家都知道西藏人民是热爱解放军的，他们是纯朴、善良的。

1963 年，军区文化部长朱流同志给我一个创作任务，并具体地告诉我，在春节的时候，一位藏族姑娘到部队营房帮助战士洗衣服，场面很感人，你搞一个洗衣服的舞蹈吧！一听说藏族姑娘帮助战士洗衣服，我浮想联翩。旧西藏，人民受奴役受压迫，过着吃不饱穿不暖的生活，没有条件洗衣服，甚至不洗脸。而现在能帮助解放军洗衣服，这是他们热爱解放军，拥军的具体行动，更重要的是反映出他们的生活发生了巨大变化，是向文明大跨越。所有这些给了我深深的感触，创作灵感与欲望一下子涌上心头，于是我写了舞蹈文字提纲，取名《洗衣歌》，并请罗念一同志作曲。罗念一就把我写的舞蹈文字提纲稿作为歌词谱了曲。排练之后经同志们帮助反复修改，特别是张俊飞团长和董荣同志的帮助，朱流部长的亲切关怀，全体演员共同努力，才成为一个思想内容、艺术形式较为完美的优秀舞蹈，并荣获第三届全军文艺会演编导奖，敬爱的周总理还亲自给我颁奖。

这个舞蹈后来深受全国人民喜爱，并且广为流传、经久不衰。

1963 年，《洗衣歌》荣获第三届全军文艺会演编导奖。图为国家主席刘少奇同志亲切接见李俊琛

# 共产党来了苦变甜

慈仁卓玛

在那万恶的旧社会，西藏人民生活在水深火热之中，靠出卖劳动力和行乞为生，一年四季衣不蔽体，食不果腹，很多人终生为奴，没有人身自由，祖祖辈辈依附在官家、贵族、寺庙的土地上，被迫进行着繁重的劳动，承受着各种沉重的乌拉差役，遭受着残酷的剥削，长年累月挣扎在贫困、寒冷、饥饿和死亡的边缘线上，我就是其中的一个。

我家在德格县城，我大概四五岁时，阿爸就去世了。家里有四口人，生活极为贫穷，有一间只能挡住风雪的破房子。我那时的穿、盖只有一件破羊皮袍，我们一年四季没有鞋穿，脚常年裂口流血。

阿妈长年给富人家干杂活，偶而换点粮食回来给我和弟弟充饥。姐姐给一家姓刘的有钱人当佣人，常年累月在磨面房干活，难得回来一次。我大概 8 岁那年，阿妈生病了，又咳又吐，有时还吐血，没有钱治病，病情越来越严重，最终卧床不起，沉重的生活担子落在我身上。我只好白天去乞讨，晚上回来给可怜的阿妈和弟弟充饥。有一次我到寺庙乞讨，讨到不少的骨头和糌粑，还有“朵玛”(祭神、施鬼的一种食品)，我高兴地往家跑，突然从富人家门口冲出一条母狗，张着大嘴朝我扑了过来，将我左腿咬伤。等我爬起来，左腿肚子上连皮带肉被狗撕去一块，血顺着腿往下流。我一跛一跛地往家走，在高低不平的路上，一串殷红的鲜血清清楚楚地渗在地上，也清清楚楚地留在我的心里。我刚到家门口，阿妈就问我讨到吃的没有，见到阿妈，想起刚才的事一肚子委屈，鼻子一发酸，真想紧紧地抱着阿妈痛哭一场。可是看见阿妈被病魔折磨得面黄肌瘦，我忙忍住眼泪。阿妈啊！我饿死也不去乞讨了，我要上山砍柴、拾牛粪维持生活。阿妈转过脸看了我一眼，见我血淋淋的左腿，一把把我搂在胸前，流着泪断断续续地说：“阿妈太不好了，阿妈叫你受苦了，以后咱不去乞讨了。”

半个月后，姐姐得知我被狗咬伤，带了点糌粑匆忙赶回家中，看见阿妈病得卧床不起和我已感染的左腿，姐姐哭得泣不成声。姐姐给阿妈煮的糌粑里放了一点酥油，依偎在阿妈的身旁，一勺勺地喂着阿妈。待阿妈吃完后，姐姐又拿出酥油放在小锅里熬开，放点盐水，把糌粑搓成小块放在我腿上的伤口上包扎起来。姐姐在家期间，每天用盐水擦洗我的伤口，起早贪黑地照顾我们，在这短短的几天里，我们全家感到温暖幸福。但是主人家一再催她回去，姐姐只好恋恋不舍地离开我们。

姐姐离去后，我自己用盐水擦洗伤口，半年多的时间过去了，伤口也慢慢痊愈了。可是在我的左腿上留下了一道深深的疤痕，也在我幼小的心灵上留下了一道永远不能痊愈的伤口。

我的伤好后，再也没有去乞讨，春天上山采各种野菜、野花拿到寺庙里，换些糌粑和“朵玛”，还有一些骨头，给阿妈和弟弟充饥。秋天上山砍柴、拾牛粪，换点粮食。冬天到富人家的杀牛场找点活干，帮助洗牛肚子、牛肠子，背牛头、牛胸，可以分到点牛杂碎作报酬。就这样，我白天去挣点吃的，晚上回到家照顾可怜的阿妈和弟弟。可是阿妈的病一天天加重，连吃饭都很困难，我只好煮糌粑稀糊，嘴对嘴地一口口喂阿妈，她眼泪汪汪地看着我们姐弟俩说：“阿妈没有用，阿妈不好，阿妈对不起你们俩，把你们拖累了。”

寒冷的冬天来了，破屋挡不住风雪，阿妈只有一件破氆氇衣，阿妈和弟弟蜷缩在一个铺上，我就睡在阿妈脚下，用我幼小的身躯温暖阿妈冰凉的双脚。

有一天，我中午回来看阿妈，阿妈没有像往常一样跟我打招呼。我走过去看了一眼，阿妈好像睡着了，我就在她旁边坐了一会，之后，我叫了一声：“阿妈！”没有回音，我急了，边哭边摇边喊：“阿妈呀！阿妈！”可是阿妈还是没有声音。邻居们听到我的哭喊声，都来看，他们也哭了，还说：“真可怜啊！”这时我才知道我可怜的阿妈永远离开了我们，带着一生的艰辛和痛苦离开了我们，离开了那不见天日的黑暗社会。我扑在阿妈遗体上痛哭起来。邻居阿妈次仁措摸着我的脸，帮我擦眼泪，还拿来一条哈达，盖上了阿妈的脸。这一夜，我们姐弟俩跟往常一样睡在冰冷的母亲身边。

第二天，贫穷的好友和邻居都来看我们，并叫我姐姐回来处理后事。姐姐跪到阿妈身旁，抱着我和弟弟痛哭。因为家里一无所有，只好水葬。守磨房的旺堆大爷把阿妈的尸体背到金沙江边，扔到水里，冬天河水小，尸体冲不下去，老鹰、乌鸦在那里拉、扯、吞吃。这个情景永远不会从我的眼前消失。

阿妈离开我们后，我经别人介绍给富人家当佣人，可怜的弟弟普巴到处流浪，晚上跟狗群睡在一起。有一次，主人叫我到山上放羊，忽然下起冰雹，打得羊群东奔西跑，我从山上跑到山下寻找跑散的羊，晚上回去清点，发现还是少了一只，主人不容分说，揪住我的头发就往墙上撞，又用棍子打，打得我浑身是血，还逼着我连夜冒着大雨去找羊。我边哭边走，心里想，如果找不回羊，回去也是被打死，还不如逃跑！我没有往山上去，而是跑回那挡不住风雨的破房子，蜷缩在角落里睡着了。第二天，又开始了艰难的乞讨生活，直到救星解放军来到德格，我才获得了解放。

毛主席、共产党无比关怀苦难深重的藏族人民，把我们从水深火热之中拯救出来。1950年10月解放军进驻德格，驱散了乌云，温暖的太阳出来了，一场翻天覆地的变化开始了。

解放军来到我的家乡以后，帮助群众背水、打柴、扫院子，不动群众一草一木，一针一线，说话和气，买卖公平，主动给群众看病送药。藏族人民把他们誉为“新汉人”“菩萨兵”。

那时，我每天到他们驻地去要饭，他们每次都给我好多饭菜。我穿的衣服很破，两脚冻得直流血。他们非常可怜我，亲切地问我：“普姆！你家里还有什么人？”我听了好像触电似地全身发抖，眼泪汪汪地回答：“家里只有姐姐和弟弟，姐姐给刘家当佣人，弟弟讨饭。”他们听后非常同情我：“普姆你今年几岁了？”我回答：“10岁了。”又问我：“你愿意当金珠玛米吗？”我高兴地点头回答：“愿意。”那位翻译说：“你明天到这里来好吗？”我第二天很早就到解放军驻地，当时还有几个穷孩子，解放军给我们几个开了介绍信，叫我们到甘孜西工干校参军。临走时，解放军护士给我裂开口的血糊糊的光脚上了药，给我买了一双布鞋穿，还给了路上吃的干粮。第二天，我把弟弟普巴托付给在刘家当佣人的姐姐白玛卓玛，并告诉她，我要到甘孜参加中国人民解放军。我们几个孩子带上参军介绍信，离开了家乡德格县朝甘孜方向赶路，走了几天后，碰到一辆往甘孜方向去的卡车，解放军司机叫我们上车，我们坐上汽车一天半就赶到了甘孜。

汽车把我们直接送到甘孜西工干校，我们把介绍信交给了李主任和陈干事（后来的西藏自治区党委副书记洛桑慈诚），他们非常热情地接待了我们，把我们带到伙房，给我们吃又香又白的大米饭和菜，又给我们发被子、垫子，还亲自帮助我们铺床，叫我们早点休息。这天晚上，是我有生以来睡得最美的一觉。

第二天，陈干事把我又脏又长像鸟巢一样的头发剪掉剃成光头，又叫副班长罗布卓玛同志带我去洗澡。她非常可亲，慈母般地照顾我，还给我里里外外全部换成新的军服。我高兴得张开双臂猛地抱着罗布卓玛同志，眼泪不住地涌了出来。从此，我成了一名中国人民解放军的女战士。

1950 年 10 月，甘孜西工干校举办了 3 个月的藏训班，主要是培训我们这些来自巴塘、甘孜、德格的藏族青年，主要学藏文、汉语、党的方针政策及各种纪律。学习结束后，开始了伟大的进军。在进军途中，我们牢记党中央和毛主席的指示，在任何情况下，首先要想到民族政策和宗教政策。无论是遇到暴风雪或是冰雹，或是倾盆大雨，即使全身湿透了，也绝不住寺庙，不住民房；对藏族群众的经幡、经塔、“神山”、“神树”等宗教设施和神物，一律加以保护和尊重；同志们饿了，就几个人分碗糌粑，喝点雪水。一路上绝不动群众一草一木，一针一线。

我们在进军途中起早摸黑、跋山涉水。高原的气候变化无常，许多同志因缺氧而感到胸闷，呼吸困难，有些同志头晕、流鼻血，由于天气异常寒冷，有的同志的耳鼻冻坏了，有的同志的脚冻坏了，有的同志由于紫外线强脸晒得脱皮了。行军路上，大家发扬互助友爱精神，闯过一道道难关。每到了宿营地，我们就去挖野菜、拾牛粪、打柴，帮群众扫院子，还积极宣传党的方针政策，尽量做些力所能及的事情，谁也不愿意落后，我曾在进军西藏的路上立过三等功一次。

西藏和平解放后，1953 年党又把我送到北京中央民族学院学习，这是我做梦都不敢想的事情。在祖国首都北京，在伟大领袖毛主席身边学习，我每时每刻感受到党和国家对西藏人民的无微不至的关怀，以及祖国各民族大家庭的温暖。学习期间，出于对藏族学生的信任和爱护，学校曾让我作为学生代表多次参加游园会、联欢会等活动，每次都能见到我们敬爱的周恩来总理，感到无比地幸福。

1959年3月，西藏上层反动集团发动了全面武装叛乱，妄图把西藏从祖国大家庭中分裂出去，在这关键时刻，毛主席、党中央作出了平息叛乱、进行民主改革的英明决策。我们在中央民族学院学习的300名藏族学员坚决拥护和响应党中央的号召，决定返回西藏参加平叛改革。国家民委和有关部门在北京饭店为我们举行欢送会，当周恩来总理、陈毅、贺龙和其他中央领导同志走进会场时，掌声雷动，周恩来总理神采奕奕，微笑着向我们招手，我高兴得跳了起来，激动得流下了热泪，简直不敢相信自己眼前的一切。那一刻，我感到自己是世界上最幸福的人。在欢送会上，周恩来总理作了简短的讲话,他说:“你们要奔赴新的战斗岗位了,你们回到西藏后，要密切联系群众，充分发动群众同广大藏族人民和解放军指战员紧密团结，共同战斗，彻底平息一小撮反动农奴主阶级发动的反革命武装叛乱。在平息叛乱中要勇敢不怕牺牲，积极地宣传好党的民族政策，搞好民主改革。党中央、毛主席相信你们，任何分裂祖国的阴谋活动都是注定要失败的。”会后，周总理、陈毅、贺龙与我们一起观看文艺节目。当就要离开学校进藏奔赴平息叛乱、民主改革第一线时，我光荣地加入了中国共产党。

离开祖国首都北京。到拉萨后，我被分配到拉萨市堆龙德庆县工作，我主动要求到叛乱最严重、情况最复杂、条件最艰苦的地方工作。县委同意了我的请求，叫我同军代表和一个连的部队组成工作队，到古荣区楚布寺搞民主改革。楚布寺是西藏藏传佛教噶玛噶举黑帽派的祖寺，位于拉萨市堆龙德庆县古荣乡，距拉萨70公里。古荣区的地形比较复杂，交通不便，以噶玛巴为首的叛乱分子外逃时留下的一些叛匪在寺庙里继续进行反动活动。我们解放军和工作队没有进沟前，他们把寺庙里的财产分别藏在寺内的地下室、墙壁以及林卡、马圈和崖洞。同时还召开群众和僧人会议，会上威胁群众：“你们谁也不准接近汉军和工作队，汉军和工作队是河里的流水，你们是河床上的石头，流水流去后，噶玛巴活佛一定会回来的，我们再算账吧！”

由解放军指战员组成的工作队刚刚进楚布寺时，群众见了我们就躲开，家家户户关着门。有的群众逃到山上晚上才回来，根本不跟我们接近，残余的叛匪深更半夜从山上把石头滚到我们军营住地，打冷枪，装神弄鬼吓唬我们。当时工作队里的女同志只有我一个，不准进寺庙，开展工作难度非常大。但我时刻以周总理的谆谆教导鞭策自己，鼓舞自己，发扬我军的优良传统，积极地与军代表和解放军指战员一起克服一切困难，深入实际，调查研究，发动群众，依靠群众，与群众同吃、向住、同劳动，认真贯彻执行党中央和西藏工委制定的各项方针政策，深入苦大仇深的群众中，帮助他们忆苦，让他们起来诉苦，通过自上而下的民主协商和自下而上的发动群众，始终贯穿着一个基本思想，就是调动一切积极因素，依靠和团结绝大多数，孤立和打击残余叛匪及少数反动农奴主和反动上层喇嘛，组成浩浩荡荡的人民革命大军与解放军指战员一起，彻底推翻封建农奴制度，胜利完成民主改革这一艰巨而复杂的任务。

当我们离开楚布寺时，广大群众和僧人都舍不得离开我们，许多群众都哭了，老阿妈才嘎边哭边紧紧地抱着我说："你们是我们的救命恩人，我们永远不会忘记你们，你们要常回来看看我们。"我也抱着他们哭了，真有点舍不得离开他们。我们走远了，再回头看时，他们还在村头招手目送我们，那时的情景至今历历在目。

我在农村一干就是二十多年，长期在基层工作，我时刻都按照毛主席和周总理的教导鞭策自己和鼓励自己，发扬十八军的优良传统和作风，排除一切艰难困苦，严格要求自己，全心全意为藏族人民服务。近年来，在改革开放和党的各项富民政策的照耀下，我曾工作过的堆龙德庆县古荣区、墨竹工卡县的面貌发生了翻天覆地的变化，广大人民走上了脱贫致富奔小康的幸福之路。

在西藏的革命和建设中，党培养教育我，并时刻关心着我的成长，使我从一个孤儿成长为一个少数民族党员领导干部。就像歌中唱的一样：唱支山歌给党听，我把党来比母亲，母亲只生了我的身，党的光辉照我心。这首歌，是我心中永远的歌啊！

# 进军西藏的岁月

娜　珍

祖国母亲的50华诞刚刚过去，又迎来了西藏和平解放50周年大庆的日子，作为进藏部队的第一代藏族女兵，我的心情格外激动。50年经历的沧桑风雨，使我无法忘记那些铭记在心中的岁月。

我的家乡在四川省甘孜州巴塘，位于金沙江的上游，虽然地处高原，但这里海拔较底，气候温和，物产丰富，鸟语花香，一到秋天，遍野都散发着果树的清香；紫红色的大丽花，开得更加鲜艳。人们说："上有天堂，下有巴塘。"的确，我的家乡自然环境优美，风光秀丽。父母靠种田为生，虽然生活并不富足，但童年的生活还是很快乐的。

50年前，我的家乡尚未解放，共产党的地下组织就在巴塘积极活动，并成立了青年妇女夜校，有三十多位姐妹入校学习文化，学习革命道理。当时我只有17岁，也参加夜校的学习和各种活动。夜校的校长是品康同志的嫂子，叫格玉珍，她不仅教我们文化，还教我们唱歌，"山那边哟好地方，一片稻田黄又黄，你要吃饭得做工呀，没人为你当牛马……"的歌声，响彻巴塘夜空。通过学习，我初步认识到共产党、毛主席是为穷人办事的。我们以急切的心情，盼望着家乡早日解放。

1950年7月，我的家乡解放了。我和乡亲们一起，兴高采烈地去迎接十八军南路先遣支队。我们穿上了节日的盛装，沿途点燃了吉祥的香火，手举着小红旗，拿着苹果，成群结队迎接亲人解放军。部队首长有陈竞波、平措旺阶等。我们的启蒙人平措旺阶了解当地的情况，积极协助先遣支队对巴塘的上层人士做统战工作、发动和组织群众接收和处理旧政权遗留下来的各种事情，工作开展得轰轰烈烈，充满了热烈的革命气氛。这时，我看到解放军纪律严明，为群众做好事，部队还有从四川来的女同志，她们工作热情很高，对群众很和蔼，我心里很羡慕，心想，什么时候我也能当一名人民解放军的女战士。

先遣支队在我的家乡工作了几个月，听说藏军九代本格桑旺堆起义了，10 月 21 日昌都战役胜利结束了，昌都解放了，先遣支队在巴塘的任务即将完成，就要离开巴塘，过金沙江去昌都，向西藏进军了。在这大好形势的鼓舞下，巴塘的许多青年人纷纷要求参加解放军，去解放西藏。这时，在革命热情影响下，我的思想觉悟也有了一些提高，懂得了一点革命的道理，知道解放军是为群众谋幸福的军队，因此萌生了参军的念头。我把这个想法告诉了好友尤珍，并与她商量，准备一起去参加解放军，到西藏去，解放那里受苦受难的藏族同胞。但是父母却不能理解我的心情："参军打仗是男人的事，再说你年纪还小，怎能背背包行路？"我再次表明了决心说："人不在大小，而在于志气和克服困难的勇气。"最后父母终于同意了。当时我高兴极了，就去报名。我领到了盼望已久的绿色新军装，可是军装穿在我身上，又长又大。为了行军方便，我把心爱的长辫子也剪了。我回到家里与父母告别，他们眼含热泪恋恋不舍，一边为我准备糌粑和饼子，一边嘱咐我在路上要小心点，要听首长的话，在部队好好工作。临走时，还给我一套藏装，一条线毯。离开家的那天，我高兴地忘了给我送行的哥哥说一声"再见"就走了。我参军后，被分配到文工队，我们的队长是他新，队员有悦登平措、洛桑、向鼎心、白登、央金拉姆、尤珍、达娃卓玛、旺珍等人。

10 月中旬，随同南路先遣支队向昌都进发，开始了艰苦的行军生活。我们每天都靠两只脚板行走，到了宿营地，人都像散了架，两腿都不能动了，这时多么想好好休息一下，可是一想到自己参军时立下的志愿，便又振作起来跟其他同志一起搭帐篷，拾柴禾做饭，还去为群众演出文艺节目。在草坝上开始宣传活动，男同志敲锣打鼓伴唱，女同志高唱藏族民歌，跳起欢快的巴塘弦子。我们的演出，吸引了附近不少群众。这时，藏干队的同志，便乘机宣传进军西藏的方针政策，我们的部队纪律很严明，不能住老百姓的房子，不能买藏族同胞的东西。我们的帐篷实际上就是自己带的防雨布，白天防雨，晚上 5 个人的雨布拼凑起来，就搭成了一个低矮的小帐篷。我经常和尤珍一起睡，她带了一块垫子，我有一条线毯，二人合用亲如姐妹。寒冷的夜里，我们就把驮骡的垫布拿来铺到下面睡。天亮前，就把垫子取出，搭在牲口身上。

行军不几天，我们便横渡澜沧江。记得渡澜沧江那天，我们十多个人坐的是牛皮船。我第一次坐牛皮船，心里真有些害怕，江里有浪，人坐在船上摇摇晃晃，生怕出什么危险，心里默默地祈祷顺利渡江，我紧闭双眼不敢看水，不知不觉就过了。支队走了一个多月，经过芒康、察雅，沿着澜沧江而上，就到了昌都。沿途我们进行宣传工作，为群众演出，受到了藏族同胞的热烈欢迎。我们还和当地群众举行了联欢活动，扩大了解放军的影响。

昌都解委会成立后，我们5个藏族女同志有了新任务，我被分到文化组筹建昌都小学。学校成立了董事会，有当地贵族和知名人士参加。李安宅和于式玉两位教授负责教学工作。他们很关心新参军的藏族同志，给我们教文化和卫生知识，讲革命道理。我和尤珍担任班主任。学校建在一座寺庙里，没有桌椅，只有一块黑板，条件很差，我们几个女同志，先是清扫垃圾，整理环境卫生，忙了好几天。昌都解放不久，加上过去反动宣传的影响，因此，来上学的人很少。我们还要深入群众，去做宣传动员工作。经过一段时间的宣传、动员，逐渐有一些学生来上课。那时我们的给养很困难，只能吃点代食粉、蛋黄蜡，由于肠胃吸收不好，经常拉肚子。就这样，我们也不能去群众家吃一碗我们想吃的糌粑、喝一碗奶茶。听说要给我们空投大米和食物，大家高兴极了，这是雪中送炭，学校的宋干事、炊事员都要去背大米，我们女同志也争着要去。飞机在昌都郊外空投，来回要走30里路，我们还要负重行走，脚上打起了泡，走起路来钻心地疼。晚上回到学校，炊事员老李便教给我们治水泡的办法。他让我们用热水洗洗脚，然后用针穿一根头发，把水泡穿过去，这样水泡便消失了，也不会感染。这个办法真灵，我们几个女同志用这种办法，治好了脚上的水泡，走起路来也就不痛了。长途行军，我们的衣服穿得像个油厨子，又没有换洗的。于式玉教授很关心我们，便借衣服给我们换洗。

在昌都逗留期间，还有一件事，使我终身难忘，那就是1952年4月份，我和尤珍作为工作人员随西南少数民族参观团去祖国内地参观学习。参观团的成员有谢瓦拉活佛、康果活佛和昌都的一些贵族，同去的还有解放军的首长、罗会计、张医生。群觉是大翻译，我们是小翻译。当时公路已通到甘孜，我从未坐过汽车，第一次坐上汽车便晕车，想呕吐也不好意思说，只好把军帽脱下来吐到军帽里。到了道孚以后，我晕车实在受不了，就要求不乘汽车，骑马去北京见毛主席，大家听了哈哈大笑。就这样一路折腾得难受极了，好不容易到了成都，我们便坐上了火车到北京。我第一次到祖国的首都北京，感到北京真大呀！街道宽敞整洁，商店里商品琳琅满目……这一切使我大开眼界。我们住在民委招待所，受到了很好的接待。“五一”节在天安门观礼台上见到了毛主席。后来毛主席又在怀仁堂专门接见了西南少数民族参观团的同志，这次，我离毛主席很近，看得更清楚。这天身着银灰色中山装的毛主席，神采奕奕地缓步出现在接见大厅时，全场响起了热烈的掌声，“毛主席万岁”的口号声响彻了大厅。我激动地眼含热泪，凝视着毛主席他老人家的慈祥容颜，一股暖流传遍了全身。在这幸福的时刻，我真想把心中日夜思念的话语以及我们藏族人民的无比感激之情，全部倾诉给他老人家。晚上回来，我躺在床上久久不能入睡，真是感慨万千！我这个穷苦人家的孩子，能翻身解放，参加革命队伍，今天又能来北京参观学习，这都是共产党、毛主席带给我的幸福。共产党和毛主席是我们各族人民的大救星，没有共产党就没有新中国，没有共产党就没有我今天的成长。我暗下决心，一定要永远跟着党走，积极投身到进军西藏的战斗行列，把毕生的精力奉献给祖国、奉献给解放西藏、建设西藏的伟大事业。在北京期间，毛主席还给参观团的同志每人送了一套衣服和一本纪念册。我穿上这套衣服，第一次照了一张照片，作为永久的纪念。

参观团离开北京后，去天津、南京、上海、武汉、成都等地参观学习，历时 3 个月。这 3 个月使我大开眼界，增长了不少见识，思想认识上有了很大的提高，感到祖国的伟大，祖国大家庭的温暖，也深深感到自己的文化水平远远不能适应工作的需要，于是我和尤珍便要求留下来到中央民族学院学习。当时民委的领导对我们说：“你们是首批进藏的藏族女同志，工作很需要你们，如果把你们留下来学习，坏人就要造谣说汉族人把藏族女孩留在内地了，势必造成不良影响。”听了这番话，我们听从了组织的安排。

结束了在祖国内地的学习参观，我和尤珍又回到了昌都，尤珍留在昌都小学工作，我便跟着部队踏上了进军西藏的最后一段艰苦征程。

# 丰碑永存

黄永琼

1950年1月，我报名入伍到第十八军五十二师文工队，当了一名文工队员。从这里开始，我走过了一生中最为艰苦、最受锻炼、最感光荣、最值得自豪的一段经历。

1950年3月，北路先遣支队由五十二师师长吴忠率领一五四团和军工兵营，取道雅安、康定、乾宁、炉霍，4月底到达甘孜，开辟了甘孜、邓柯、德格等前进基地。10月，渡过金沙江，溯江而上，翻山越岭，执行迂回包抄任务。

师直机关乘汽车到达甘孜后，文工队作为先遣支队的一部分，紧随154团之后，开始向昌都艰苦行军。

## 追赶牦牛

我被编在文工队的美术分队，每到一个地区，首先就是用汉藏两种文字书写宣传我党我军宗旨、政策的大标语，有时还要搭舞台演节目。而打腰鼓、唱歌则是队员们最基本的技能，随时随地都要表演。我是女队员中个儿最高的一个，在腰鼓队里我是打镲的，站在最前面。腰鼓队表演时，队列的排列组合，变换花样，都以我的镲声为号，镲声一响，该展开的展开，该交叉的交叉。无论是连里的战士，还是机关里的干部，没有不认识我的，有人给我起了个外号，叫“大洋马”。

除此之外，最主要的任务是行军，首长们说：“你们能走到就是胜利。”

荒漠的高原，交通工具被高山、深谷、大河所阻，没有公路，没有汽车，只有羊肠小道，只有骡帮、马帮、牦牛帮能走，我们的物资也主要靠牦牛驮运。文工队的领导担心牦牛丢失，就把任务分片包干给各分队，分队长又把任务分派到我们每一个队员，你负责这一头，他负责那一头，谁丢了牦牛，拿谁是问。

刚参军的女孩，任务观念极强，我就死死地跟着我那头牦牛走，它走到哪里，我就跟到哪里，一步也不离开。谁知道，我越紧跟，牦牛越走得快；它越走得快，我越怕丢，越要紧紧跟上去，越是把我累得上气不接下气。牦牛似乎有意捉弄我，开始还顺着道路走，后来就乱跑起来，当跑到一片树林的时候，竟一头钻进去不见了……

这头牦牛驮的都是我们女同志背不动的东西，棉大衣呀、军毯呀、雨布呀等生活用品，这些东西丢了，我们就无法生存，我也难向领导和同志们交待。

我连想都不敢想，紧追着牦牛钻进了树林。我奔跑着，吆喝着，什么也顾不得，浓密的树枝、低矮的荆棘，向我扑来，撕破了衣裳，扎破了手脚，划伤了脸庞……可是，终究还是没有追上，牦牛丢了。

我心情沉重、垂头丧气地赶到宿营地，精神紧张极了。然而宿营地跟平时一样，每个人都在忙碌着自己的工作，没有谁来责问我。我心里纳闷，有人告诉我："你的牦牛早已归队了！"

我真是喜出望外，一颗悬在嗓子眼的心放了下来。但是，我总觉得自己没尽到责任，没脸见人，晚上我躲在被窝里，蒙着头大哭了一场。

后来，人家告诉我，牦牛怕生人，跟它越紧，它越害怕，越要跑，希望摆脱你，它摆脱不了你，不跑才怪哩！其实，它是很合群的，即使跑远了，藏族牧民一声口哨，它就归队了。我听了，这才恍然大悟："你瞧我真傻，白费了傻劲。"从此我长了见识，以后就再不干这种傻事了。

晚上哭归哭，白天行军我比谁都坚强。我总是走在最前头，常常是我最先到达宿营地，等文工队的大部队到达的时候，我已经烧好了洗脚水，做好了饭。

首长们上来了，政治部主任周家鼎一见到我，就笑嘻嘻地问："黄永琼，累不累呀？"

我挺起胸脯，大声回答说："不累。"

首长伸出大拇指向我比划着："好，好！"

记得解放大军解放了我们县后，文工队就住在我们学校里，看到他们学唱歌呀，写简谱呀，一天学会一首歌，个个都挺有文化，我很尊敬他们，也很羡慕他们，打心眼里热爱解放军、热爱首长。现在我也成了一名女战士，师首长这样夸奖我，心里别提有多高兴，觉得浑身都是劲。

## 翻越雀儿山

路向远方伸展，好像永远没有尽头，我们不停地向前走，向前走……我们共同向着一个明确的目标——昌都，前进，前进！一个组一个组互相帮扶着，互相鼓励着，不让一个人落伍，不让一个人掉队。

不知过了多少天，走了多少路，我们走进了水草地，路更加难行。我们都小心翼翼地试探着向前走，有时候发现地上软软的，不敢走，就绕过去；有时候看似好路，一脚踩下去，陷到了泥水中不能自拔，同志们急忙救援，才不致遭灭顶之灾。有一次，我们遇到了更大的难题：

驮物资的牦牛突然陷进泥水中，它越挣扎，陷得越深，泥水没了四肢，接近了肚皮。可把我们几个年轻人吓慌了，没有牦牛驮东西，我们就难以行军，更无法生存，说什么也必须牦把牛救上来。我们把所有铺的盖的东西都垫到了牦牛身下，在靠近两腿的前方铺上了防潮布，四面拉紧，让牦牛借着向上跳的劲，先跪到防潮布上，防潮布面积大，前腿陷不下去了，牦牛就用力往上蹿，终于全身蹿了上来。

牦牛得救了，防潮布却被泥水浸湿透了，到了宿营地，精疲力尽的我们只好湿布湿铺，倒头便睡，这种没有办法的办法，不只一次经历过。

过了水草地，地势渐渐升高，雀儿山横亘在我们面前。

雀儿山高耸入云，常年积雪，我有生以来第一次见这么高的山。过去见过的山，上到了顶峰也就到了尽头，雀儿山是山连着山，岭套着岭；上了一个山峰，还有更高的山峰；爬过一道山岭，又有更大的山岭。茫茫雪原，气候恶劣，空气稀薄，水烧到75℃就沸腾了，许多人难以适应，我们经受了空前的锻炼和考验。

第一次攀登这么高的山，累得我不停地喘，但是我仍然走在最前面。到了宿营地，骨头都散了架，还要赶紧抢着支炉子，烧洗脚水，做饭，有时还要杀牛，炖牛肉，忙大半夜才能躺下休息；有时候宿营地到处都是冰，找不到合适的地方，就只好在冰上睡。冰上铺一层防潮布，有时间去抓把草垫在底下，没时间草也抓不来。这还不说，越往高处走，越是冷得难以忍受，夜间无法入睡。

有一天，我和季秀芝俩人到了宿营地时，天色已晚，人家都铺好床了，我们上哪里去找铺草？只好将俩人的防潮布铺在一起，底下垫上她的皮大衣作褥子，我的皮大衣俩人盖，她睡那一头，我睡这一头，我抱着她的脚，她抱着我的脚，就这样不敢脱衣服睡下了。睡到半夜，实在太冷，辗转难眠，我俩不约而同坐了起来。不一会儿，其他人也都起来了，大家背靠背或面对面围坐烤火，一直坐到天亮。

早晨，用花生和黄豆制成的代食粉做了丸子汤，一人一碗，吃了就又上路了，一点也没有暖和过来，走到中午时分，我的脚还是冰凉冰凉的。我一边走，一边偷偷地哭，我真觉得太苦了，我们犍为参军一百多人，唯独我们 4 个走上了这条艰难的路，我有点想家了……

回想起在我决定参军的时候，母亲曾阻拦我，把我从学校拽回家。后来因为学校要开学了，她才放我去“上学”。队伍从家门口经过的时候，在同学们的掩护下，我避开母亲，跟着队伍走上了进军西藏的道路。这些事似乎就发生在昨天，现在又一幕一幕地闪现在我的眼前。我可怜起母亲来，一种歉疚的心情笼罩了我。

“黄永琼，来，跟我走！”司务长的一声叫喊把我从沉思中惊醒。司务长（可惜名字记不得了）是河南人，从大别山来的老同志，他总是乐呵呵、笑眯眯的，再难的事也压不倒他。他对我们这些年轻人特别亲；我们对他，也像对待长辈一样尊敬。他带着我一路走，一路说，纯粹都是鼓励我的话。别的我都不记得了，唯独这段话始终鲜明地留在我的记忆中。他说：“咱们进军西藏呀最光荣，是毛主席亲自下的命令，等到我们解放西藏以后，毛主席在天安门城楼上接见我们，对我们说：‘同志们，辛苦了！’”听他这么一讲，哎哟，讲得我心花怒放好高兴哟！毛主席接见，做梦也不敢想的事，脚下的步子不由加快了，想家的念头也云消雾散了。我一边走，还一边唱起来：

“锣鼓敲得响哟，

秧歌扭得欢哟，
哪里的人民翻了身，
那里的人民站呀么站起来！
……”

打这以后，他总是喊着我：“黄永琼，跟我走！”我高高兴兴地跟着他，听他讲了许许多多革命故事。有时，他看我饿了，就从驮马上撕下一块生海带让我嚼着吃；累了，给我一个辣椒或者一块生姜，要我咬两口。有时，还抓一把马料让我嚼。结果吃了黑豆，沿途老放屁，逗得藏族牧民哈哈大笑。

终于爬到了雀儿山最高峰，山顶上天更蓝，风更大，就像刀子在脸上刮一样难受；皑皑白雪在蓝天下闪着耀眼的光芒，从山顶上往下看，河流就像细细的一条线，真可谓风光无限，我们却无心赏玩。待到下山时，坡陡路滑，我就老摔跟头，战士们取笑地喊：“看，大洋马又摔跤了！”为防止我摔跤，分队长用皮带拴上我的腰，在后面拽着我。结果只要一个人摔了，另一个也就跟着摔，骨碌骨碌两个人一起滑到坡底。

## 昌都断粮

1951 年 3 月 29 日，西藏地方政府任命以阿沛·阿旺晋美为首的 5 人代表团，启程去北京谈判。为了等待谈判结果，以便决定下一步的行动，我们到达昌都后，进行休整，原地待命。休整的第一课就是学习少数民族政策，学习《三大纪律、八项注意》。为了搞好与藏民族的关系，提出了许多具体要求，例如要尊重少数民族的风俗习惯，了解当地的风土人情。按藏民族的习俗，女同志不许进寺庙，不许用老百姓家的东西，还有怎样用筷子，怎样吃饭，怎样吃糌粑，怎样喝青稞酒，等等。

时值元旦，春节来临，大雪封了山，飞机无法空投粮食，又不许买藏族同胞的粮食，部队开始断粮了。天气又冷，缺少柴烧，睡地铺又需要大量铺草，女队员们便担负了上山打柴割草的任务。

在断粮的 41 天里，我们每人每天就靠二两代食粉填肚子。早晨，熬上一锅代食粉稀粥，大家赶紧上前每人盛上一碗，喝完了就去山上打草。

太阳快落山的时候收工回来，个个饿得前胸贴后背，没有一点劲。下山走不动了，就一骨碌滚下来。有时候我们也要排练，还要上台演节目。就说打腰鼓吧，打着打着就打不动了。有一次打腰鼓的时候，我饿得头昏眼花，一头倒在地上起不来了，别人问我："你怎么啦？"我只好说："我有点困，让我躺一会儿吧！"当时我们都化了妆，有油彩和口红掩盖，要不然，我的脸色一定是很难看的。其实，这种情况，不止我一个人有过，许多队员都发生过。

在这些日子里，还发生了一件意想不到的事。

一天早饭后，我们照例上山去打草。正走在上山的小路上，忽然，从对面来了一群牦牛，大家连忙退让。按地势只能向路里侧那边靠，可是我在慌乱中却靠到了路外侧。没等我站定，牛群已经冲过来了。奔跑中的一头牦牛撞着了我，我身子一歪，向山下摔去，山下就是急流滚滚的澜沧江……大家吓得目瞪口呆，都以为我肯定没命了。不料我被一块岩石挡在了半山腰。同伴们把我救上来的时候，我的脸和脖子上都是血，大家劝我回去休息。我心想："大家都去打草，我一个人在家里养着，那算什么呀？"我这个人很要强，从不甘人后，说什么也不回去，擦擦脸上的血，边哭边跟着大家上山去了。回来后，卫生员帮我处理了伤口，满脸都包上了纱布。吃饭的时候张不开嘴，有人给我找来了一根空心草作吸管，要我用它吸着吃。我一边吸，一边流泪……我在帐篷里只待了两天，就待不下去了。这些日子，对一个刚刚参军的女孩子来说，真是莫大的考验，但我终于挺过来了！评功会上，我光荣地被评为连功。在我们四川犍为参军的男男女女青年学生中间，我是唯一的一个。

春天来了，大地复苏，冰雪融化，生机盎然。飞机恢复了空投，断粮的日子结束了。这天，司务长兴高采烈地向大家宣布："今天，一共煮了110斤米（我们只有九十多人），保证大家能吃得饱，大家不要抢；吃完饭后也不排练了，大家要好好休息。"结果，这一顿110斤米被吃得精光，这是我们饿了41天后吃的第一顿大米饭。吃完饭，一个个坐在床沿上，动弹不得。

## 挺进拉萨

1951年5月23日，中央人民政府与西藏地方政府签订了《关于和平解放西藏办法的协议》(即《十七条协议》),7月,阿沛·阿旺晋美回到昌都。

遵照《十七条协议》的有关规定，我们先遣支队于7月下旬开始，随同阿沛·阿旺晋美向拉萨进发。沿途，道路两旁摆放了石头，藏族人家的大门口和房顶上都挂上了红红绿绿的绸缎。按藏族的规矩，这是向这位西藏噶厦的噶伦所能表示的最隆重的欢迎。一路上，我们的给养供应充足了，牦牛大部分换成了马匹。

从昌都出发后，我就负责管理马匹和牦牛。每天到了宿营地后，喂马、喂牛，放马、放牛，一直到很晚才轮到吃饭。有时饭没有了，只好饿着肚子睡觉，这些我经历得多了，算不了什么。危险的是有一次挨了马踢，我差点被踢死。

那天，雨把马料淋湿了，晚上到了宿营地，我就抓紧时间，把马料铺开晾干。马料刚刚铺开，马就跑了过来抢吃马料。马料也是有定量的，哪能随便吃，我立即过去赶马，不料，它饿急了，翻脸不认人，一尥蹶子，把我踢出了几米远，马蹄子正踢着我肚子下部，把我痛得好久都站不起来。当同志们搀扶着我躺下休息的时候，我伤心透了。“明天我怎么行军啊？”想着想着，眼泪又刷刷地流了下来……

夜里，我难以入睡，眼前又出现了几天来看到的情景：在行军行列里，不时闪现那些熟悉的身影，那是张国华军长的夫人，王其梅副政委的夫人，还有吴忠师长的夫人。她们都是从大别山、从淮海战场、从渡江战役走过来的老同志，她们把孩子寄养在四川，同我们一样，徒步行军，一同走在进军西藏的路上……

不知什么时候，我终于进入梦乡。第二天早上，一觉醒来，咬咬牙，我又跟上队伍出发了。

记不清是从何时何地开始，我染上了痢疾。起初我隐瞒着，坚持跟着大队走。只向卫生员要了药片，但吃了也没控制住，一天到晚，不停地拉。晚上折腾还不算，白天可就难了。大军行进，无遮无拦，真难为死我了。可是，真到憋急了的时候，也就顾不得那么多了，跑到路旁，蹲下就拉。

实在是走不动了。领导拨给我一匹马，还派王惠文同志照顾我。我没精打采地骑在马上，王惠文在前面拉着马走。有一天，马也走不动了。王惠文从路边捡起一块石头，打着马屁股赶它走。到后来，打也不走了。行军的队伍渐渐远去……

在渺无人烟的茫茫荒原上，是绝对不能掉队的。我不敢停留，下了马，两个人拉着马走。在王惠文的鼓励和帮助下，我不得不加快脚步。虽然已经很晚了，但总算追上了部队。

过了多少年以后，一回忆起这些日子，我对王惠文同志总是充满无限感激之情，要不是有她竭尽全力的照顾，也许早就没有我黄永琼了。

逃过了这次劫难，我又是一个热情、活泼的文工队员了，在行军路上我又有了爽朗的笑声，在连队战士面前，我又展开了歌喉：

不怕雪山高来天地寒，
不怕草地深来少人烟，
我们的队伍千千万，
进军西藏，解放雪域高原。
……

1952年9月，当我们奉调进京的时候，五十二师政治部主任周家鼎交给我一本珍贵的诗集，那是他的夫人和我同甘苦共患难的战友刘韵华在进军路上的作品。刘韵华在入藏后生孩子时，由于当时医疗卫生条件太差，难产去世了。周主任遵照生前的遗愿，要我把这用生命记录下来的心声，带到南京去，交给刘韵华同志的妈妈，作为永远的纪念。我捧起诗集一页一页阅读，一字一句抄写，多少往事涌上心头，周吉、刘韵华……还有许多为了西藏的和平解放而倒下的烈士身影，在我眼前晃动，他们为祖国的统一献出了青春和生命，他们是祖国解放事业大道上一块块坚硬的铺路石。千万烈士铺就了这条宽阔大道，我们的祖国才有今天一日千里的锦绣前程！

愿九泉之下，烈士含笑。

# 苦战甘孜机场

梦 舟

1951 年春节后，十八军五十四师医训队奉命停课，接受进军西藏、修建甘孜机场的任务。医训队 150 多人，大多数是四川高、初中学生，其中不少是 1950 年满怀爱国热情，为了抗美援朝，而投笔从戎，只因年龄小刷下来后不甘心，正遇十八军招收新兵，这才来到医训队。该队分 3 个区队，9 个班，第 9 班就是女生班，最大的 18 岁，最小的只有 14 岁。

临行前，队长欧阳明君向全体学员传达了师首长的讲话内容，他声音洪亮地说："为了认真执行毛主席提出的'进军西藏，不吃地方'的指示，上级决定在海拔高达三千五百多米的甘孜修建机场，用以保障进军西藏的紧急供应，迅速解救西藏百万农奴于水深火热之中。"接着他又用沉重的语气说："进藏先头部队已经断粮，我军曾用空投补给，但成功率极低。部队为了生存，为了克服困难，不得不吃马料，挖野菜，捕捉地老鼠充饥。尽管这样艰苦，也没能动摇部队进藏的坚定决心，先头部队已经为我们树立了榜样，我们一定要以吃大苦耐大劳的精神，去完成在世界屋脊上修建飞机场的重大历史性任务，大家有没有决心？"大家同声答道："有决心！"

我们从大邑步行50华里来到邛崃，从邛崃乘美式十轮大卡车到达泸定，又在大渡河岸摆渡到河西改乘苏式 6 轮嘎斯车，就这样晕头晕脑在车上颠簸一个星期，终于到达了目的地。

一下车就看到无边无际的旷野，雄伟的大山，山顶上皑皑白雪，一片又一片的绿色森林。广阔的草地，远处有一条没有完全解冻的雅砻江。

"快点，有人流鼻血了。"不知谁喊道。

"鞠辅明同志到各班看看有多少人在流鼻血，多少人头痛头晕，发点药，止止血。如果有重病号，立即安排休息。"这是指导员在给卫生员布置工作。卫生员背着药箱到各班去了。

甘孜是一个高寒地区，这里气候恶劣，空气稀薄，刚到这里的人一般都有流鼻血、头痛、头晕、心律不齐、喘气等高原反应。这里的老天爷更是喜怒无常，忽而骄阳似火，忽而风沙大起，忽而大雨如注，忽而冰雹袭来。

班长回来说："驻地已分配好了，师里安排我们队就在前面那块半坡地上安营扎寨，今天先住帐篷，从明天起自己挖窑洞。好了，把车上的背包卸下来，马上行动，快点，要变天了。"大家七手八脚把东西卸下来往搭帐篷的地方拖，每人将自己带的一方防雨布从背包上解下来凑在一起，然后将每幅连接处的绳子拴好。还没撑起来，突然一阵狂风刮走了帐篷，刮跑了茶缸饭碗，刮得人们只能趴在背包上动弹不得。

风停了，大家又去把刮走了的东西找回来，再重新搭帐篷，因这里的泥土还没有完全解冻，硬得跟石头一样，楔起钉子来很费劲，最后还是潘区队长来帮助楔进去的。帐篷很矮小，进出都得弯腰，进去了也站不起来，只有坐在地铺上整理内务。

队长欧阳明君是个"三八式"干部，很棒的外科医生，精明能干，他总是父亲般地关怀每个战士，行军谁晕车了他亲自喂"十滴水"，谁碰伤了，亲自给包扎，他经常表扬9班的同志，说她们经受这样的锻炼没有哭鼻子，表现得很坚强，不愧为巾帼英豪。当时女同志们认为哭鼻子是很丢人的事情，不管怎么苦、怎么累，甚至病痛都没有人公开哭鼻子，实在受不了也只有偷偷地蒙在被子里哭，还不敢出声。

第二天开始挖窑洞，先烧草根将表面一层冻土融化，下面的土才比较好挖，像华北平原的沙松土，一锹下去削得很平整。身体差的、年龄小的男同志和女生班一起挖土，女生班不肯示弱，一再要求和男同志一起上山，队领导看到她们那股倔强劲，只好同意，仅留下身体差的和年龄小的，其余的在队长和指导员的带领下上山砍伐木料、树枝等，用作盖窑洞屋顶的材料。

经过几天辛勤劳动，窑洞全部修好了。我们从帐篷搬进窑洞，居住条件得到进一步好转。

接着，我们在一排整齐的窑洞前开出一方平台，平台的一端用石头和泥土草坯修一张饭桌，桌四周砌四条长凳，就是我们的饭厅了。另一端是每天集合、点名、做操和集体活动的小广场。随后又在住地周围的地坪上，用一些彩色的石子嵌上“进军西藏，保卫祖国”“建设边疆，加强国防”“共产党万岁”“毛主席万岁”“解放军是人民的子弟兵”“三大纪律、八项注意”“民族大团结万岁”等字样的标语和各种几何形状的图案。

一切就绪了，女同志说该清理一下自己的卫生了，行军这么多天，劳动这么多天，身上的尘土都好厚了，出汗时一抓一大把。“是呀。”班长皱着眉头说：“要想办法让大家洗个澡，真的太脏了，我请示指导员去。”不一会班长回来了，高兴地对大家说：“老天爷给我们准备了一个大澡盆。指导员说离这里不远处有个温泉，队里正准备组织全队人去洗澡哩。”

温泉就在距雅砻江不远的地方。大自然好怪啊，一边是结了冰的河流，一边是热气腾腾的泉水，我们这些完全没有地质常识的姑娘，怎么能理解啊。只会说：老天爷真好，知道我们要来这里施工，变出一个天然洗澡池，这回再也不怕脏了，有地方洗澡了，真想天天来洗一回。

我们围起帐篷，轮换着进去洗，“天然温泉水洗得好舒服啊！”女同志们满意地说。洗完之后我们就到帐篷外面洗衣服，男同志在不远处替我们站岗，洗完澡男同志又来帮忙把帐篷扛回营地。

又是一个星期天，早饭后部队通知全体人员到平台集合开动员会。坐在自己的背包上，聚精会神地听队领导的动员报告。第一个讲话的是欧队长，他说：“我们的营盘已经修好，环境已经美化，吃饭问题基本解决。师部专门有个牦牛运输队在运粮食，还有飞机空投物资，如果偶尔接济不上，有代食粉备用，吃的问题大家不用担心，我不会让你们这些孩子饿肚子的。”他又说：“从明天起，就要正式参加修建机场的施工了，那是强体力劳动，同志们要准备吃大苦，耐大劳，希望女同志不要哭鼻子。”

女同志们迫不及待地说：“我们不会哭鼻子的。”

队长继续说：“希望大家都能经受起这次施工的考验，争取火线入团、入党。参加这次施工的队伍很多，有五十三师、五十四师、军大八分校、卫校等一万多人，我们编在师直属机关部分，同志们千万不要拖后腿。”

“我们不会拖后腿，坚决完成党交给我们的光荣任务。”大家齐声回答。

指导员孔宪海出身贫穷，入伍不久就加入共产党，当上了指导员。他身体瘦弱，精力却很充沛，责任心很强，和队长配合得很默契。他走到队前说：“我再补充几句，大家都说不怕苦，不怕累，这很好。不过，对女同志，特别是对较小的女同志和男同志要爱护，要发扬我军团结友爱的优良传统，对他们要特别关照。他们正是成长时期，过度劳累会影响发育的。你们小同志不要逞能，重活、粗活不要抢着干，尽力而为就行了。女同志们有什么特殊情况，一定要请假休息。这次修机场不是一天两天的事，要有长期作战的思想准备。你们今后的学习任务还很重，不要拼命干几天就把身体累垮了，大家务必注意。”

殴队长接着说：“我要提醒大家，不要忘记你们是未来的医务工作者，施工中谁病了、伤了就是你们实习的好机会，我们一百多人靠一个卫生员是忙不过来的，发生情况了，要争取主动自救和救助别人。这不仅是技术实践，也是救死扶伤，实行革命的人道主义思想的自我训练。”

午饭后，我们带上自己的铁锹、十字镐、钢钎、箩筐、扁担等工具，列队向机场工地进发。一路上唱着：“雪花飘，汗水淌，我们把荒山变了样……”“我们年青人，有颗火热的心，革命路上当尖兵……”

我们看到了一望无际的旷野、起伏不平的小丘，荆棘丛生、乱石林立的工地，环视一周，四面都是高山，唯有远处大金寺的金顶在朝阳的照射下闪闪发光。这是在青藏高原上修建飞机场啊！在这样浩大的工程面前，在这千军万马的施工场地上，我们是多么渺小，我们这点力量是多么微不足道。指导员说，我们的任务是削平一座小土丘，填平一个大洼地。我们满腔热情地投入到施工中。据统计，平均每人每天挖土运土达七千余斤，来回要走 60 华里左右。第一天施工每个人的手上都打满了血泡，两腿也不听使唤了，肩头肿得像馒头似的，晚上睡在铺上，浑身痛得不敢翻身，可是谁都没有吭一声。最辛苦的是副班长兰惠莲，她十七八岁，性格内向，总是任劳任怨，除自己劳动外，还要帮助小同志扛工具，照顾她们吃好饭，睡好觉，兢兢业业地做好自己的本职工作。

日复一日地劳动，削平一个又一个土丘，填平一个洼地又一个洼地。功夫不负有心人。宽阔的机场雏型形成了。我们过去读过《愚公移山》的故事，认为那只不过是一个寓言，现在看来，真是“人心齐，泰山移”啊！

第二期工程开始了，平整泥土，翻捡泥土中的杂草、石头、树根等，然后铺垫石头。每块石头的重量必须在 1 公斤左右，形状要椭圆的，女兵那娇嫩的小手，怎经得住坚硬的鹅卵石的磨擦啊，不到两天，她们的十个手指全都磨破了。十指连心，钻心地疼，鲜血一滴滴地滴在石头上，流进石缝里。队长、指导员发现了，拉着女兵们的手一个个地看。“这样下去怎么行，9班长去叫卫生员来给大家包扎一下，明天到指挥部领手套。”“指挥部哪里有什么手套，任何劳保用品都没有。”指导员说。

队长说:“小易、小顾、小何，你们几个小的回去休息吧，明天不用来了。”可是谁也不肯走，还说:“解放军的规矩是轻伤不下火线。我们能坚持。”特别是易莲芳同志，她还故意提高嗓子向男同志们发起挑战。

卫生员把我们每个人的手包扎好，大家又投入到铺石头中。刚刚还是烈日当头，晴空万里，刹时间就乌云翻滚，狂风骤起，偌大的冰雹劈头盖脸地打来，施工人员分别找地方躲避，女生班被工兵团的指导员带到他们的一座临时工棚里躲起来，不料这个工棚经不住狂风冰雹的袭击，垮塌下来，把女生班埋在里面了。冰雹过后又是阳光灿烂，队长、指导员看不到女生班的人，派人满工地叫，女生班的人还嘻嘻哈哈地在里面嬉戏，慢慢地掀开一条缝，从里面钻出来，大声说:“我们在这里。”

过量的体力劳动，终于压垮了一些柔弱的姑娘。小顾高烧40度，晕倒在工地上，立即被送到休养所住院。出院时有位首长对她说:“小同志，是不是修机场累垮的，病好了就不要再去啦，留在休养所好了。”小顾说:“不，一定要回去，我不能临阵脱逃。”陈再新由于长期饥一顿饱一顿，导致严重胃病，送到甘孜军医院，一去再也没有回来。平时非常活跃，长得很清秀，又能歌善舞的牟乃荣也垮了。心脏不太好的胖子刘国珍，不善言谈的高个子严麟书，年龄稍大的傅月清仍然默默地任劳任怨地坚持施工。易莲芳的脚都走跛了，还要同何碧辉挑战。施工中，有特殊情况的女同志也不肯休息，有时血水从裤管里流出来，别人还认为是负伤呢，只有羞答答地找个僻静的地方去处理。还有的出现闭经、月经过多等生理紊乱情况，年龄小的还影响到发育。高原强烈紫外线的长期照射，使姑娘们白净的脸变得又黑又红，还经常脱皮，和进藏前相比已判若两人了。但没有谁感到羞愧，反而觉得是一种光荣，并戏言说:“我们已脱皮换骨了，成为真正的战士了。”

由于运输条件差，后勤补给跟不上，生活出现了问题，自己带来的粮食已经吃光，指挥部的粮食也出现了危机，虽有飞机空投仍跟不上需要，生活困难到 20 颗黄豆一锅汤的地步。队领导决定每天早上吃代食粉。

一次，潘区队长传达说：“队部通知，休整两天，明天组织大家上山挖野菜。”并一再叮嘱：尊重民族风俗习惯，遇到“玛尼堆”不能从右边走，不准从上边拿石头，更不准摇动挂在上面的经幡，不能捕猎野兽、野禽，也不能捕水里的鱼、不能打狗，不准去神山寺庙。这是纪律，违反了要受处分。

采野菜是女生的拿手活，她们采了许多灰灰菜、野韭菜、磨菇、野芹菜等等。非常有经验的队长给炊事班长交待说：“煮野菜一定要放蒜，如果蒜变成黑的，就说明有毒。你们可以先用少量的做试验，证明没有问题了才煮给大家吃。”

在吃野菜的那两天，女生们每天都在精神会餐，七嘴八舌，有的说最喜欢吃的是回锅肉，有的说我们那里的烧鸭子真好吃，有的说我家烧肘子比馆子的还好吃，还有的说我最喜欢吃的是皮蛋。刘国珍说：“好了，好了，说得我口水都流出来了。”

在我们最困难的时候，一天来了一个叫“羊连长”的人，送来一些黄豆，可是炊事班长不敢接收，说：“我们有三大纪律、八项注意。”

“羊连长”说：“我是汉人，还当过红军，长征时路过这里，因生病发高烧，不能走路被留下来的，在一个藏族阿妈家养病，以后又帮她放羊，长大后就同她女儿结婚了。因为一直没有暴露自己的名字，大家就叫我‘羊连长’，当年我还是和你们参谋长陈明义一个部队的。”他掏出鼻烟壶在大拇指上倒一点，送到鼻孔前深深地吸了一口。“请相信我是来帮助你们的。我还会磨豆腐，以后每天给你们送点来。”

经领导同意，要“羊连长”每天送些豆腐来，使我们的生活得到了一些改善。

过了一段时间，牦牛运输队就源源不断地将粮食、腊肉、黄花、海带等食物运来，生活迅速有了好转。

一天，师部派来一个三人工作组，两个女的，一个男的。指导员说他们是来帮助活跃部队文化生活的，秦月英是师文工队的演员，她主要教我们唱歌。她第一首教我们唱的是《歌唱祖国》。同她一起来的另外一个女同志叫雷伯清，年纪较大，主要是了解女同志的生活、身体、思想状况。

问我们怕不怕困难，想不想家，有什么思想问题都可以对她讲。她叫我们“小鬼”，问我们说这样艰苦的生活，这样繁重的体力劳动，不觉得苦吗？你们年龄这么小，哭过鼻子没有？我们憨憨地笑着，羞答答地说比长征时期，比抗战时期，比抗美援朝，这点苦算得了什么？像刘胡兰、董存瑞等面对刺刀，枪林弹雨，死都不怕，我们不过是面对泥土、石头，付出点劳动力，流一点汗，磨破一点皮，流几滴血，真的没有感到有好苦。

机场修建得相当快，说是为了尽快保障前方部队的物资供应，要求7个半月完工。国庆节过了，每人发了一套新衣，谁都舍不得穿，我们是想留在首次通航典礼上穿。

主体工程已经结束，现在就是灌浆盖面，大量的工作是运送水泥、碎石，搅拌、灌浆等，全部都是人工操作。我们女同志的任务比较轻松，就是清理机场边边角角的杂草、茅刺、碎石，面积很大，要求得很高，相当仔细，工效也低，每天挎着一个筐子，在地上一蹲就是七八个小时，腰酸背痛，有时连腰都直不起来，干脆就坐在地上。拉茅刺也是比较苦的，虽然缠着绷带，也常把手拉得血肉模糊。

机场的工程已接近尾声，停机坪、跑道已全部完工，我们只是做打扫战场的工作。比如临时工棚要拆掉，剩下的工程材料要清点移交，各部队相互交叉借用的工具和其它物资要交接退还等等。

12月7日，晴空万里，部队指战员和藏族民工都兴高采烈地站在机场跑道附近，引颈而望，当飞机轰响着从大山那边飞过来的时候，人们欢呼起来，这是在高原上降落的第一架飞机呀！

飞机进入停机坪，首长们跑上前去，热烈地同从飞机上走下来的飞行员紧紧握手。周围山上人山人海，远道而来的藏族同胞也在那里欢呼跳跃，有人用汉语高声呼喊：“共产党的雄鹰来了！”“共产党的铁鹰来了！”还有的说：“是毛主席派来的天菩萨给我们送吉祥来了。”他们唱起藏歌、跳起藏舞。

晚上，全队参加了指挥部组织的庆祝晚会。晚会开始后，指挥部首长表扬了在修建机场中涌现的先进分子和立功受奖人员。当宣读到五十四师医训队易莲芳同志立一等功时，全场热烈鼓掌。女同志尤其热烈，如果不是军纪的约束，九班的同志真会跑过去拥抱她。功臣们配戴着大红花，同首长们坐在主席台上看文工队和战士们共同演出的精彩节目，全场不断响起热烈而有节奏的掌声。

报幕员又出场了，她宣布晚会最后一个节目，由五十四师医训队女同志创作并演出诗朗诵：《伟大的劳动万岁》。

9班长带队，以昂扬、整齐的步伐走上临时搭的舞台，个个精神抖擞地排成一字横队。齐声朗诵：

这里曾经是一块乱石林立，荆棘丛生，鼠兔出没，野兽啼嚎，没有人迹，没有炊烟的广袤而荒凉的土地。如今是什么力量，使她焕然一新，变得如此沸腾？是中国共产党派来的人民解放军，为了建设西藏，保卫边疆，为了西藏的富强，造福西藏同胞，在这块土地上修建了飞机场。看呀！那宽阔的停机坪，那长长的飞机跑道，是解放军千万颗智慧的头脑，是解放军千万只劳动的双手，把她建造。这里每一方平整的地面，都浸透了我们的汗水；这里铺下的每一块基石，都浸染过我们鲜红的血浆。还有的军人为之付出生命，还有的军人为它落下残疾。但是攻无不克，战无不胜。终于让这块千百年荒芜的地方，成为造福于人民的乐土；成为从北京飞来的银色雄鹰的一座美丽的新居。这里不再闭塞，从此，这里每天都能听到毛主席的声音。这是我们用劳动创造的啊！我们用事实证明了马克思的“劳动创造世界”的真理，我们用事实让这条真理，在这茫茫荒野的土地上闪耀光辉。我们不禁要高声呼喊：伟大的劳动万岁！

# 永恒的记忆

张继辉

## 告别父亲

1950年夏天的一个上午，我们100名女战士离开了十二军军政大学三分校，由十八军前来接我们的吕松同志带队，从合川出发，前往新津，支援十八军进军西藏。途中经过我的家乡——内江。我们的汽车到达内江时，天色已晚，我们就在南街的一所小学校住了下来。

内江是生我、养我的地方，我的家坐落在桂湖街。为了能在离开家乡前与家人再见上一面，我安顿好行装，急急忙忙地向队长请了假，就往回家的路上飞奔而去。一进家门，见到堂兄二哥，他对我说："你父亲病重，后事都准备好了！"我听后，心像针扎一样地痛。我快步走到父亲床前，轻轻唤了声："爸爸，我看您来了！"因病重而变得虚弱的父亲见到我，惊喜交加，半天才颤抖着说："你回来了！"我在父亲床边坐下，告诉他，我们要去新津加入十八军，到那里，我们将随十八军进军西藏。今晚是路过这里，明天就出发，所以特地请假回来看看他。父亲苍老的脸上露出了笑容，精神也因我的到来而变得好些了。堂兄嫂特地为我买来了美味的卤牛肉。晚饭后，洗了个澡，我又来到父亲身边，对他说："二姐也很好，正在三分校等待分配工作，以后也会请假回来看您的。"父亲的一生坎坷而艰辛！十几岁就在一家干杂店当学徒，小小年纪，就已初尝生活之困苦，我7岁时，母亲就去世了。人到老年，为了维持生计，父亲还在为别人看仓库，深感生活的艰难……母亲去世后，我们姐妹3人与父亲相依为命，都十分孝敬父亲——我们世上唯一的亲人！成年后，我们姐妹3人走上了各自的生活道路，大姐婚后随丈夫去了贵阳；二姐和我双双参了军。长大成人的女儿们不在身边，亲情难舍，父亲日夜思念着我们。今天我们父女相见，父亲的喜悦之情溢于言表。我的心里也觉得有一股热流在涌动……

我是父母最小的女儿，父亲一直很疼爱我。听二哥说，父亲思念我时，曾喃喃自语道："树欲静而风不止，子欲孝而父不在……"是呵，年老的父亲此时多么需要我们给予他温暖和亲情呵！可是，时间无情，归队的时间到了，我只得挥泪告别父亲，匆匆赶回了驻地。

也许是父女情深感动了上苍，它又给了我一次去看望父亲的机会。第二天早饭后，我们被告知：汽车坏了，需要修理，短时间内走不了。我高兴极了！再次向队长请了假，又回到了父亲身边。父亲躺在堂屋边巷道里的一张躺椅上，我搬了个小凳子，依偎着在他身旁坐下。父亲没想到能再次见到我，真是喜出望外呀！医生来给他看病时，他竟说："我今天感到舒服多了！胸口不那么憋气了！"我也很高兴，一股脑地向父亲诉说着在军大的学习及生活情况，诉说着首长对我们的关心爱护，诉说着同志们的互相帮助和友爱……父亲听了直点头，他连连说道："我放心了！我放心了！"

挂在墙上自鸣钟的指针，嘀嗒嘀嗒地向前移动，我多么希望指针走得慢一点呀，好让我多陪陪父亲，多尽点女儿的孝心。我对父亲说："如果车没修好，我一定再回来陪您。"

不出所料，车真的没修好。我想：我一定要再去看看父亲，这很可能是我和父亲的最后一次见面了。想到这里不禁心如刀绞。于是我鼓起勇气，去向代理队长请了假。

回到家后，我在父亲身边度过了难忘的两小时，这短短的两小时，是我与父亲在一起的最后时光。这是一段多么宝贵的时光呵！临别前，父亲说："你们部队的首长真好！回去代我谢谢他！"接着又嘱咐我："在部队要努力工作，常写信回家。"我含着泪频频点头，强忍心中难言的离别之苦，与年迈病重的父亲，与曾经相依相亲的家人依依惜别，踏上了进军西藏的漫漫征途。

从那以后，我再也没有见到我的父亲。两年后，我的二姐从硝烟弥漫的朝鲜战场上来信，告诉我：父亲去世了！

## 开荒生产

雅安到甘孜的公路通车后，机关人员一批又一批地到前方去了。我这个支援进军西藏的人，却迟迟进不了藏，心里感到委屈，多次向领导提出进藏请求。

1951 年秋天，我的请求终于被批准了！我随乔加钦处长和其他一行人，从新津的纯阳观十八军驻川办事处到了甘孜的后方部队司令部，分配在军务科。

为了不给地方增加负担，部队严格遵守“进军西藏，不吃地方”的方针，机关除完成正常工作外，还要抽出许多时间组织人员上山打柴、拾牛粪、开荒生产。各科都有自己选出的生产班长，每人发一把铁锹、一把镰刀，还有一条麻袋。

开始时，我们在附近山上打柴，日久天长，近处的灌木丛不多了，我们跑的地方越来越远。有一次，我和科里通讯员小刘同志去打柴，经过一天的忙碌，收获不小，回家一称，有一百二十多斤，受到了生产班长的表扬。

吃罢晚饭，离天黑还早，我们就利用这段时间去拾牛粪。

我们出去劳动，经常要过一座铁索桥，摇晃得人头昏眼花。开始我有点害怕，但又不好意思说，怕男同志笑话，只好鼓起勇气，硬着头皮跟在他们后面拼命赶。以后常在桥上走，也就慢慢习惯了。

那时，机关、部队的生活都很艰苦，没有新鲜蔬菜，我们吃的都是从其他地方运来的脱水蔬菜、罐头，很多同志因缺乏维生素，口腔溃烂了，指甲下陷了。吃饭时，每科围一个菜盆，有时菜里有几节葱，大家都眼巴巴地看着，那绿色看起来真诱人呐！

为了解决吃不到新鲜蔬菜的问题，机关组织大家开荒种地。各科除留值班参谋和必须的工作人员外，其他人都得参加劳动。

第二年春天，生产形成高潮，司令部开了几十亩荒地，大部分种马铃薯。靠近驻地的少部分地分配给各科种蔬菜。

我们科种的是大萝卜和莲花白。我想，可不可以种点芹菜，听说芹菜耐寒，便给在成都的堂兄写信，请他寄来种子。经过试种，出苗很好，但太稠密了。生产班长和大家商量，决定移栽，结果也成功了。那年“八一”建军节和国庆节时，司令部第一次吃上了我们自己种的芹菜炒的牛肉。

1952年秋，怀抱丰收果实的十八军女战士。右一为张继辉、中为卿泽、左为归榕

收获季节，我们军务科种的蔬菜长得特别好。萝卜一个二三斤，莲花白一个5斤，有一棵莲花白竟有30斤。

司令部这年不仅是萝卜、白菜丰收，马铃薯也大丰收，共收获几万斤！做菜吃用不了，后来当饭吃。过春节时，伙房做了3个菜，一个是马铃薯丝炒牛肉；一个是牛肉炒马铃薯片；一个是马铃薯块烧牛肉。

## “送”档案

昌都通车后，我跟随十八军后方部队司令部，于1953年春从甘孜到了昌都。那时，我做档案工作，具体负责司令部的日常文件收发，同时，为过去积存的档案编写目录、登记，并整理归档。

1954年底，昌都到拉萨的公路通车。第二年夏天，前、后方司令部合并。我考虑到前方司令部已有档案员，自己的身体又不太好，于是向何雨农参谋长提出，让我下地方工作的想法。何参谋长说：“可以。不过你得把档案先送到拉萨，然后再走。”

几天后，汽车团派来一名优秀驾驶员和一辆“嘎斯51型”汽车，通信科安排了一位兼管文件的同志与我同行。一路上，夜间由他在车上守护档案。

7月中旬的一天，我们出发了。汽车在修通不久的公路上行驶，有些路段路况不太好，常会遇到从山坡上滚下来的石头挡住我们的去路，塌方也时常发生。途中险情迭出，我们的行程挺艰难的。

第一次险情发生在出发后的第二天。那天下午，我们的车沿着山边公路向扎木方向行进。雪域高原这个时节的景色令人心醉。我从车窗放眼望去，天空碧蓝如洗，灿烂的阳光下，远处，山峦绵延起伏，河水清澈碧绿。近处，山坡上树木郁郁葱葱，路边青青的小草和五颜六色的野花在微风中轻轻摇曳……我正陶醉在大自然的美景之中，突然感到汽车颠簸得很厉害，扭头一看，发现驾驶员的眼皮在打架，他实在疲倦了。尽管他努力使自己睁开眼睛，但是徒劳。我轻轻推推他："同志，我们停车休息一下吧！"他立刻清醒了，在路边停下了车。下得车来，我们活动全身筋骨，借此消除因长时间坐车带来的疲劳。不一会儿，后面一辆地方上的卡车满载一袋袋面粉，拖带着滚滚尘土从我们车旁疾驰而去。前方的路面开始变得狭窄起来，汽车右边紧靠峭壁，左边是水流湍急的深谷。我轻声嘱咐驾驶员："开慢点！"汽车在这地势险峻的山路上缓慢前行。不久，前方不远处的路面上一个坍塌的大口子豁然映入我们的眼帘，汽车不能前进了，这突如其来的情况使我们惊呆了！我们三人赶紧下车察看，只见路边的河谷里飘浮着面粉袋，因为坡陡谷深，没有看见摔坏的汽车和伤员。我们估计刚才那辆卡车肯定翻在河里了。回头看看车上一箱箱的档案，想想若不是刚才在途中停留了十多分钟，后果将不堪设想！三个人不由得脱口而出："好险呀！"

这时，太阳快要下山了，我们只好把车退到离这儿不远的道班上。后面来的十多辆车也因此停在这里，大伙十分着急。

晚上，驾驶员们和道班的同志经过商量，决定明早一起动手抢修路面。

第二天早饭后，同志们迅速上山砍了十多根碗口粗的圆木，在豁口处搭起一个临时性的半边桥，上面铺些石块和泥土，车辆勉强可以通过。汽车缓慢而有序地驶过，粗大的圆木在汽车的重压之下咯吱咯吱作响，大家不禁为之捏着一把汗。当我们的车顺利地通过后，我长长地松了一口气，心里那个高兴劲就别提了！

一天下午，我们到了扎木。办事处的王参谋告诉我们："前面山洪暴发了，来势凶猛，把那里的村庄都冲毁了！一时半时通不了。你们先住下来吧！"当晚，我在办事处给先期到达拉萨的陈明义司令员发去了电报，报告我们面临的情况。

扎木停留了许多西去的车辆。王参谋差不多每天都要去了解有关山洪的信息。

趁着有充足的时间，驾驶员仔细地维修了汽车，做好随时出发的准备。我们经常检查档案的安全情况。责任重大，决不能有半点闪失！

时间一天天地过去了，大约40天后，我们才离开扎木，通过山洪地带，继续我们的行程。

在扎木等待修路的日子里，我们三人十分焦虑。有时三个人聚在一块，到附近的绿草坪和茂密的桃树林里散散步，消解一下焦虑不安的情绪。尽管这里的景色很美，我们却无心欣赏。

有一天，我一个人漫步在绿草如茵的草地上，仰望蓝天，思绪万千……

——到司令部把档案交了，在拉萨好好玩几天，看看布达拉宫、罗布林卡、龙王潭；看看大昭寺前的公主柳；上街买些小玩艺儿，带回内地送亲友。

——回到内地，去贵阳看望分别多年的大姐；给去世的父亲扫墓。

——下地方后做什么工作呢？记得在昌都与科里的同事谈及此事，他们曾说：做共青团或妇女工作最合适。我能做得好吗？如果组织上征求意见，不妨提提自己的这些想法。

——到成都后，先找几个战友去饭馆，好好吃一顿家乡饭，什么回锅肉啦，红辣椒炒肉啦！真美气呵！……

对未来生活的向往是美好的，可眼前的现实却不容乐观。我们面临的现实是，如何战胜困难，尽快将档案送到拉萨，送到前方司令部。

波密地区，地质不稳定，公路沿途砂石随时都有垮下来的危险。细心勇敢的驾驶员叮嘱我："你注意观察哟！发现坡上流下砂石，赶快告诉我，我可以加大油门冲过去！"可是，防不胜防，我们的车仍然多次被垮下来的砂石挡住去路，我们靠车上带的铁锹和自己的两只手，排除一个又一个障碍，将一座又一座山抛在了车轮后面。我们离目的地越来越近了。

当汽车风尘仆仆地驶入拉萨时，我们三个人的激动、兴奋之情难以言表。屈指算来，从昌都到拉萨，我们走了近两个月的时间。其间，我们经历了多少次险情，战胜了多少困难呵！这段经历真让人难以忘怀！

汽车来到司令部大门时，哨兵见是一辆布满尘土的运输车，不准进。当我说明情况后他立即打电话给司令部办公室，他们很快派人出来将我们带了进去。

当天下午，在司令部办公室的阳台上，见到了陈司令员，我立即上前向首长行了一个军礼："报告首长，我们是下午3点钟到达的。"接着简要汇报了路上的情况。陈司令员听完后说："你们这次任务完成得不错！"随后问我："工作定了吗？"我说："定了。何参谋长叫我把档案送到拉萨后，回内地下地方工作。"他又问我："有报告吗？"我答："有！"他说："给我看看！"我从衣兜里掏出了报告交给司令员。"我不同意。我知道你身体不好，留在拉萨工作还是可以的。"他看了报告后说。接着从他的秘书张风臻手上接过笔，在报告上指示："我不同意。仍留办公室工作。"

就这样，我便留在西藏军区司令部办公室，继续愉快地做我的保密工作。

## 医 疗 队

1966年春天，西藏自治区三教二团在堆龙德庆县搞"三教"时，拉萨市发生了麻疹和流感等传染性疾病，病情很快蔓延到了周边地区。这个县的长木乡也传来发现病人的消息。三教二团党委很快决定，抽调军区来二团参加"三教"的两名军医黎萼楼、肖月辉和翻译阿旺白姆3人，由我担任指导员，组成医疗队，前往长木乡扑灭疫情。

临行前，二团领导成员之一的金沙同志嘱咐我们："下去后，要向群众宣传党中央毛主席对西藏人民的关怀；要认真执行党在西藏的各项方针政策，竭尽全力尽快扑灭麻疹和流感。"同时要我每周向团党委写一份工作报告。

到达长木乡后，乡干部为我们安排了一家贫苦农奴做"四同"户。这家只有夫妇俩，年龄都已六十多岁，纯朴、善良，待人非常好，我们亲切地称他们阿妈、阿爸啦。

医疗工作刚开展时，由于病人很多，工作繁忙，每天阿妈小小的院子里挤满了病人，一天下来真是精疲力尽了。当看到病人的病情一天天好转，大家又感到极大的欣慰，这时，什么苦呀、累呀统统被抛到了脑后。

我们的两位军医都是医科大学毕业，医术医德都是令人钦佩的。黎医生性格爽快，热情诚恳，富于幽默感，工作大胆泼辣；肖医生性格温和，待人真诚，工作认真、细致、耐心。当地群众的病情能够及时得到控制，她俩功不可没。年轻活泼的阿旺白姆毕业于中央民族学院，她纯朴、热情，风趣开朗，工作中是个好帮手。我比她们年长，处处关心爱护她们，大家相处得像亲姐妹一样。

我们除了在阿妈家接待前来就诊的病人外，有时还要骑马跋山涉水去附近牧区巡诊，夜里有危重病人时，还要随时出诊。长木乡处处留下了我们医疗队的足迹。

一天夜里，正酣睡在梦乡里的我们，突然被一阵阵急促的敲门声惊醒。进来的是一个乡的工作队长。他告诉我们，他们乡一个幼童误吃了大人的药，呼吸困难，有生命危险！我立即让阿旺白姆请阿爸啦雇 4 匹马，我们很快随工作队长出发了。

漆黑的深夜，伸手不见五指，彼此只能凭借马蹄声跟随前行。

我们到了病人家，孩子的情况很不好，医生赶紧进行抢救。一个多小时后，孩子脱离了危险。

回驻地途中，月亮出来了，银辉洒满大地，大伙的心情好极了！马儿载着嬉笑打闹的我们向驻地奔去！

回到阿妈家，天已快亮了，这时我们才感到困倦已极，和衣便睡。不多久，阿妈叫醒了我们，抱歉地说："真对不起，你们太累了！可是看病的人已经来了。"于是，紧张的一天又开始了……

有一天，我们得知一个两岁多的女孩白珍被炸油饼的油烫伤了腿。因伤的面积较大，德庆区的医生让赶紧送县医院。孩子的爸爸正准备骑马上路，黎医生提出：路途远，时间长，马背上颠簸得厉害，万一感染就麻烦了。她对我说："指导员，留下白珍，让我和肖医生来治吧！"我怕耽误病情，问她："有把握吗？""我保证，一定治好她！"黎医生信心十足地说。我高兴地说："好！我支持！"大家会心地笑了。

白珍的伤，经过两位军医的细心治疗，日渐好转，开始长出新肉。这天，我同黎医生一道去为白珍换药，黎医生将纱布从伤口上迅速揭下来，白珍叫道："医生你吹吹嘛，我痛！"看见孩子痛苦的表情，我心里很不舒服。在回来的路上，黎医生问我："指导员，你生气了吧？"我没有正面回答她，而是问黎医生："你当过外科医生吧？"她宽厚地笑笑说："你嫌我手重了，是吗？我真的做过外科医生呢！作为医生主张宁可短痛，不愿长痛。不过以后我会注意的。”她的真诚和豁达令人感动。多么好的同志啊！

虽然大家的工作很紧张很辛苦，但我们在精神上感到很充实。黎医生和阿旺白姆常在傍晚一展歌喉，放声歌唱。每当这时，我和肖医生会轻声附和她们。优美动听的歌声吸引了许多青年和妇女。在我们的带动下，他们会同我们一起引吭高歌。那时，我们最爱唱的一首歌是《共产党来了苦变甜》。我们这支医疗队在长木乡的日日夜夜里，与当地的群众建立了深厚的情谊。为了感谢医疗队为他们解除了病痛，群众常常送来鸡蛋、土豆等食物。这时候，阿妈会说服他们把东西拿回去。她对他们说：“她们是解放军，是党的干部，要遵守纪律，不能随便要老百姓的东西。你们把东西拿回去就是爱护他们。”阿妈对我们说：“这些话是跟你们学的。”正因为我们严格执行党的民族政策，所以得到了当地群众的信任和爱戴。

在长木乡，我们早晚餐是吃糌粑、喝酥油茶，中午来不及做饭或外出巡诊时也是吃糌粑。团领导十分关心我们的生活，除了每人配给3斤酥油，部分大米白面外，还给几斤猪肉。我考虑两位医生从未到过西藏农村，生活饮食上会不习惯，因此，我尽可能地抽空在中午做一顿米饭或烙几个饼改善一下伙食。

有一天，黎医生和阿旺白姆去牧区巡诊，肖医生在家接待病人，我给团党委写疫情报告。此时疫情已基本控制，工作量相对少些，所以，黎医生她们临走时，我说：“看完病后，你们争取早点回来吃午饭。我做大米饭，回锅肉改善伙食。”中午时分，黎医生她们按时赶回来了。阿妈盛上热腾腾的大米饭，个个喜笑颜开地夹着一片片回锅肉吃起来。我想这下两个调皮鬼不会闹了吧。谁知，阿旺白姆又开始说话了。她对黎医生说：“黎医生，我问你，刚才你从马上摔下来，我看你坐在那儿很难受，我想，你可能饿了，所以路过工作队的帐篷时，我让你进去抓点糌粑，你为啥不去？”黎医生慢条斯理地说：“告诉你吧，当时我真的饿得两眼冒金花了，但是你忘了我们中午要改善伙食吗？我吃了糌粑，这米饭、回锅肉不就给你吃了？”说完变了个鬼脸。大家哈哈大笑。阿妈啦、阿爸啦听不懂汉话，被我们笑得莫名其妙，看看这个，看看那个。我对阿旺白姆说给阿妈他们讲讲嘛。他们听了也哈哈大笑起来。

经过我们的努力和辛勤工作，约两个月，长木乡的疫情得到了完全控制，许多病人慢慢康复。我们完成了党交给的光荣使命。

就要离开长木乡了，全乡的群众非常感激，他们竖起大拇指说：“党中央、毛主席派来的解放军医疗队呀咕嘟！”

## 思　念

拉萨市林周县阿浪区加不热乡的藏族人民对我的关怀和爱护，我是永远都不会忘记的。

我曾在那里和他们一起工作、劳动、生活了近半年时间。在那艰苦年代，他们在生活、劳动中关心我、照顾我；在危险时刻冒着生命危险保护我。

1960 年春天，我们市委工作组去林周县帮助做土改复查工作。我被分配到北边的阿浪区加不热乡。区委书记史鸿喜同志决定让区里的藏族女干部巴桑和我一起工作。

第二天，我们就到了阿浪区的加不热乡。

该乡有一百多户人家，3 个自然村。虽然 1959 年民主改革后群众分得了土地和牛羊，但播种的庄稼秋天才能收获，牛羊不能随便宰杀，要用来发展生产。所以，群众生活仍然较苦，生产、生活中的许多问题，需要解决。

进乡后，我们住进了洛桑阿爸的家，他们还有一个十来岁的女儿。这户人家生活非常贫苦，一间土房子，屋子里用泥土堆了一个铺，铺上有一点草。炉灶上有一只砂锅、一只铁锅。还有一个打酥油茶的木桶，几件简单的农具。这些就是他们的全部家当。

在阿爸家住下后，我们立刻交了半个月的伙食费，阿爸用它买了青稞、茶叶。我们 5 个人的生活就靠我和巴桑这点伙食费来维持。我们每天都是吃糌粑、喝清茶，既无蔬菜，也无酥油茶。

工作组的纪律很严，不允许向群众买食物，也不许自带细粮和其他食品。有一天史鸿喜同志到我们这里来，看到这情景后说：“张继辉同志，你身体不好，这样下去不行，我给你写个条，每月去区里买 3 斤酥油。”从此，我们有酥油茶喝了。

我们与群众同甘苦，和群众一起劳动，利用休息时间向群众宣传党的政策，访贫问苦，与乡干部一起研究怎样帮助解决好实际困难。群众由不信任和疏远我们，慢慢变得信任和亲近我们，直到后来处处爱护关心我们，他们真正从心里把我们看作是他们的亲人。

有一次，我感冒发烧在铺上躺了两天，阿妈桑登急得直掉泪，她坐在门口守护我，怕我睡过去后醒不过来，于是不断呼唤："阿佳啦，不要睡熟呵！"史鸿喜同志知道后，特地送来两斤面粉，还带来了几个干辣椒让我吃了发汗。阿妈看我吃不下去东西，弄来了一碗牛奶，硬要我喝下去。

每当晚上召开群众大会批判代理人时，乡干部和群众会主动去房顶上站岗放哨。每逢遇到危险和困难时，群众和干部都会帮助我们、保护我们。

我们去区里开会要经过一条河。河水平时很浅，到了洪水季节，过河就相当困难了。有一次我和巴桑去区里开会，正值洪水期，群众劝我们说：太危险！不能去。当我坚持一定要去时，农会主任次仁东嘎说："要去，我送你们！"到了河边，他告诉巴桑："我在前面探路。如果我的马出了事，你们就别来了。倘若我过去了，你们就跟着我走的路线过来。"接着又嘱咐："老张走中间，巴桑你要注意老张的安全呵！"湍急的河水中，我们在次仁东嘎的引导下，平安到达对岸，按时到达了开会地点。

一天，接到县委通知，有一小股叛匪流窜到我们乡的山上来了，要我带人堵截。我和巴桑带上手枪迅速召集了乡里十几个青壮年积极分子与其他几个乡的农会主任一起，带上帐篷、糌粑和刀矛等武器，浩浩荡荡上了山。山很陡，上山时占堆提醒我说："格拉（老师的意思），把身子往前倾。"下山时，又告诉我："格拉，腰向后仰一点！"遇有险路，他会说："格拉，小心点！"我们在山上搜索了两天两夜，只看见一堆燃烧过不久的牛粪，显然，叛匪曾从这里经过。现在回想起来，我们的力量是有点薄弱，可当时没有一个人说过害怕。

在阿浪区干部中，除史鸿喜书记是汉族外，其余都是藏族、门巴族。工作中，我们彼此配合得很好；生活中，大家互相关心、互相帮助。对我更是关心备至，与我一块工作的巴桑同志尤其如此。外出工作时，巴桑会对老乡说："给老张找一匹老实点的马呵！"吃饭时，她会往我碗里放一片酥油。

区干部阿旺次仁同志枪法很准，他打到野味时，总忘不了给我们送点来。他骑马的技术也很好。有一次，我们一块骑马去区里开会，过河时，我发现我的马离他们越来越远，并慢慢地向下游漂去。我不觉惊呼："我的马冲走了！"洛布次仁区长一听急了，赶快过来拉住我的手。阿旺次仁见状，忙呼道："赶快放手！不然你们都会掉进河里的！"他很快过来拉住了马缰绳，把我带过河去。

时光荏苒，转眼间已到了收获季节。经过我们近半年的宣传、教育，群众的阶级觉悟有了提高。这年秋天，他们在自己的土地上收获了粮食，欣喜的心情不言而喻！我们和群众一起度过了一个欢乐的望果节。大伙在草地上搭起帐篷，通宵达旦地唱呀、跳呀！歌唱自己的新生活，歌唱党的好领导，歌唱民族大团结！……

两年后的一天，史鸿喜、罗布次仁、巴桑在调动工作时，我们又在拉萨相聚。

农会主任次仁东嘎曾去北京见过毛主席。返回拉萨时，他去看我，并说："我爱人哲玛麦多想念你时，就站在山坡上，面向拉萨呼喊：'张继辉，你回来呵！'"

## 我的家

到达拉萨的第二年春节，我结婚了。那是1956年2月11日。婚礼在司令部会议室举行。办公室的同志和我们的一些朋友，共十多人参加。婚礼很简朴，但气氛很热烈。王述戎同志担任司仪，他宣布首长讲话，陈明义副司令员面带笑容献上祝辞。之后，司仪宣布："首长退席。"陈副司令笑着说："还要首长退席呀，好吧，你们好好折腾吧！"大家欢笑着，鼓掌欢送首长离去……

洞房就在档案室隔壁房间里，一张木床，一个三抽桌，两只方凳。床上放着我和张风臻的铺盖卷。从这一天起，我有了一个温馨的家。

婚后不久，我转业到西藏妇联工作。当时地方机关还是吃两顿饭，中午我爱人特意为我送一顿饭。由此引来不少羡慕的目光。

1957年8月11日夜晚，我生下了我的第一个孩子。当时，正值中苏友好，从贵阳专程赶来看望我的大姐，给女儿起了一个好听的名字——玛莎。

后改为志平。

女儿满月了，我的假期也到了。我把她托付给堂姐家照料。初为人母，我实在舍不得离开孩子，可是我必须走，单位还有许多的工作在等着我呢！

在成都遇见李健，她也是刚离开才满月的孩子，准备返回拉萨，于是，我俩结伴而行。

1958 年夏，我在内江生下第二个孩子。住在堂哥大嫂家。临产那天，大嫂上街参加支援古巴游行去了，我感觉不适，便写了一张纸条放在桌上，告诉她我已去医院，若中午回不来，请把洗漱用具送来。我一个人走到医院妇产科，工作人员问："你有什么事？"我说："我来生小孩。"他可能见我太瘦弱，笑着说："你开什么玩笑？""你才开玩笑呢，人家马上就要生了！"我着急地答道。见此情景，他马上说："快去产房，手续后办。"半小时后，儿子呱呱落地了。医生们说："好险呐！"

孩子叫什么名字呢？"大跃进"之年，就叫跃年吧，后改为志光。儿子生下 40 天后，邻居们听说我又要走了，都来看我。她们说："你们这些人回来生孩子，都是独来独往，来去匆匆。哪里是生孩子，简直像打仗。"我笑着说："在西藏工作的女同志都是这样。"

为了让儿子长得健健壮壮，我给儿子请了一位年轻的奶妈。后来奶妈学理发去了，我大嫂仍每天拖着年迈有病的身体，背着他到奶妈的理发店去喂奶。

小儿子的出生地在安徽蚌埠——我的二姐家。他生于 1963 年的除夕之夜。出生后的第二天，医生来看儿子，开处方时，还没有起名字，医生说："就叫毛毛吧。"他的大名叫志军。

一个月后，我爱人在四川接新兵结束了，请假来看我们母子俩。这是我第一次在生孩子后和丈夫在一起，我感到幸福极了！

不久，我和丈夫一起返回西藏。

1960 年夏天，我爱人去内地出差，回来时，经过 18 天的颠簸，把女儿从内江带回了拉萨。这时，她还不满 3 岁。

1961 年的一天晚上 9 点多钟，防空警报响了。我急忙收拾好文件，跑回宿舍。屋里一片漆黑。听到我的脚步声，独自躺在黑暗中的女儿像见到了救星似的喊道："妈妈我没有哭！"我疾步走到床前，抱起 5 岁的女儿，阵阵心酸:“好孩子,你真勇敢!妈妈有工作,回来晚了。”那个年代的孩子,只要大人说有工作,他们就会乖乖地安静下来,不再纠缠你了。

小儿子3岁时,我爱人把他接到了拉萨。1968年,我和爱人婚后第一次一起因回内地休假。我们把毛毛留在拉萨,交给军区一招待所的王定六同志照管,以后又转交给在一所等候分配的原林芝军分区的李奋副司令员照料。

1970年,我和爱人分别出差,便将儿子放在林芝县的朋友粟富琼同志家。有一天他不高兴地说:“妈妈把我当皮球,今天踢到这里,明天踢到那里。”这一年的秋天,我们又把他送到了蚌埠我二姐家。3年后,毛毛再次回到了拉萨。

孩子们就是这样,一直在保育院、八一校和我们的朋友家、亲戚家辗转。

由于3个孩子长期分散各地,孩子与孩子之间,孩子与父母之间,感情都很生疏。

1966年,我爱人休假到蚌埠,小儿子这时快3岁了,见到一个陌生人进家门,便问:“解放军叔叔,你找谁?”他姨妈说:“这是你爸爸,快叫爸爸。”儿子摇摇头,不吭声。就这样有三四天,改不了口,只叫叔叔,不喊爸爸。就在这一次,我爱人将小儿子带回了拉萨。

女儿和大儿子同在一所学校上学,却彼此不知。有一年,我爱人回内地休假,到八一校接志平和志光,他一手拉一个,发现女儿和儿子都不说话,谁也不看谁。爸爸问:“你们俩不认识吗?”两个孩子点点头。这时做爸爸的,不禁流泪了!

孩子渐渐长大了,长期不在我们身边,教育及感情将是个问题。1974年,我们把志平、志光从蚌埠接到拉萨。至此,我的全家终于在西藏团圆,也终于能在一起共享天伦之乐了!

1975年,我爱人在北京开会,经解放军301医院确诊,患有肺气肿,我长期心肌缺血。在此情况下,于1976年春天,我和我的一家,离开了我们曾经工作了25年的地方——西藏!

我的一家,长期分散在3个省区,3个孩子曾先后居住过十多个地方和家庭。在此,谨代表我的全家,向为我们提供过帮助的朋友和亲人表示衷心的感谢!

# 首批进军西藏的女兵们

## （下）

中共西藏自治区委员会党史研究室
《首批进军西藏的女兵们》编辑委员会 编

西藏人民出版社

**图书在版编目（CIP）数据**

首批进军西藏的女兵们:上、下/中共西藏自治区委员会党史研究室、《首批进军西藏的女兵们》编辑委员会编.--拉萨 ：西藏人民出版社，2021.6

ISBN 978-7-223-06788-1

Ⅰ. ①首… Ⅱ. ①西… ②首… Ⅲ. ①回忆录-作品集-中国—当代 Ⅳ. ①I251

中国版本图书馆CIP数据核字（2021）第065476号

## 首批进军西藏的女兵们（下）

| | |
|---|---|
| 编　　者 | 中共西藏自治区委员会党史研究室<br>《首批进军西藏的女兵们》编辑委员会 |
| 责任编辑 | 李海平 计美旺扎 张慧霞 |
| 封面设计 | 格　次 |
| 出版发行 | 西藏人民出版社（拉萨市林廓北路 20 号） |
| 印　　刷 | 西藏新华印刷厂 |
| 开　　本 | 787×960　1/16 |
| 印　　张 | 33.625 |
| 字　　数 | 513 千 |
| 版　　次 | 2021 年 7 月第 1 版 |
| 印　　次 | 2021 年 7 月第 1 次印刷 |
| 印　　数 | 01-3,000 |
| 书　　号 | ISBN 978-7-223-06788-1 |
| 定　　价 | 128.00 元（上、下） |

# 目录

## （下）

# 门巴呀咕嘟

孔宪云

## 初到甘孜

我是从西南军区卫生部直属第一总院调到十八军的。当时我爱人已调十八军卫生部任医务主任。十八军组织先遣部队进藏，司令部、政治部、后勤部各选一部分人员组成前方司令部，已先期进驻甘孜，我爱人张学彬也在内。我是1950年8月由军后方驻乐山的卫生部调到甘孜，我们就是在甘孜结婚的。

前方司令部进驻甘孜，一方面可使部队直接接触藏族同胞，了解他们的生活，熟悉情况，适应高原气候；一方面更有利于进藏准备工作切合实际。初进藏时，藏胞对我们不了解，语言又不通，不能直接交流，加之由于历史原因，藏汉之间有着很大的隔阂。因为语言不通，只有用自己的行动做一些群众影响工作。我们一到甘孜驻下，在卫生部驻地开展门诊，为群众治病，使我们的影响逐步扩大。当时藏胞有病习惯去僧人那里打卦，寻求治病的办法，僧人打卦就打到我们这里来看病，这样看好了也是他卦打得灵。我们在甘孜住了约半年，治好了不少病人。开始有的病人不愿打针，我们就尊重他们的意见不打针，而后来逐渐地我们可以为他们开展一些小的外科手术，如兔唇修补术，提高了解放军在群众中的威信。

我们同时也注意为西藏上层人士治病，德格“土司”（头人）就是一个例子。德格地区处在甘孜和昌都地区之间，“土司”有病，领导派我去，这还是我第一次骑马，两天后到达他家。经诊查后，他可能患的是肺结核。第二次把我们在甘孜当时唯一的一架X光机带去检查，最后诊断为肺结核，经我治疗后，病情好转，他十分感谢。

我们在与群众接触中，一大障碍就是语言不通，于是就开始学藏文、藏语。当时有一位老者，西康人，藏文很好。我们就请他教我们。我们在看病时逐渐可以与群众进行简单的交流，一般用语已听得懂了。群众中流行着一句话，“金珠玛米门巴呀咕嘟”（解放军医生好）。

## 进军拉萨途中纪事

从甘孜到拉萨全部要靠徒步行进。在甘孜准备了半年，军部组织了精干的前方领导机构。张国华军长、谭冠三政委、李觉参谋长、政治部刘振国主任以及司令部、政治部、后勤部包括卫生部各单位四百余人。我们卫生部仅 20 人。当时卫生部长调回北京工作，副部长留在后方，前方由张学彬同志负责。20 人中只有我一个女同志。药品器械精简到只有 3 匹马驮，6 个特制的箱子，每匹马驮 2 个箱子。

1951 年 7 月 1 日，前方司令部从甘孜出发。从甘孜到昌都途经横断山脉地带，行进中要过高山、渡大江。从东向西要过雅砻江、金沙江、澜沧江，要翻雀儿山、夹皮拉山、达马拉山，这些山都是海拔5000米左右，终年积雪。记得过雀儿山快到顶时，出现了一处左右都像是风化的山石峭壁，人行其间，虽然是晴天，但天空不是高原常见的蓝色，而是灰黑色的，寒气逼人，使人毛骨悚然，至今难忘。此地海拔已超过五千米。

高山上气候有一个规律，到中午以后就常常会有突变，会有突如其来的大风雪等恶劣的天气。我们翻过雀儿山时，时间已稍晚，突然乌云滚滚，风雪袭来，雷电交加，接着一阵鸡蛋般大小的冰雹，打得人马无处躲避。幸好时间不很长，没有造成重大损伤。所以我们行军都是尽量早起、早走、早息。到下午两三点钟，架起帐篷，人马休息。这时我们还要注意有无病号需要治疗，有时住地附近也会有牧民前来求医，我们也随时为他们治疗。下得山来，一路下坡到金沙江边，气温又热得使人难受。渡金沙江，是用当地的牛皮船。这种牛皮船像个大盆，看上去非常简单，一次只渡三四个人。听阿沛·阿旺晋美介绍，这种船渡江从来没有出过事。

到达昌都后，我们在昌都休整了一个月，随后由昌都经丁青、沙丁、墨竹工卡开始向拉萨挺进。这一路地势高，空气稀薄，很少有人行走，行军中有时一天几个小时只走了十几里路就得住下来。我们印象最深的就是过了沙丁要翻冷拉山，山上覆盖着厚厚的冰层，过不去，临时调来工兵将冰层开掘成梯级冰阶，部队依次小心地翻越而过。由于当天路很难走，费时，人马劳累，在部队全部翻过山后已将近下午 4 时了，只得在山下不太远的较平坦的坡地上宿营。

在丁青时，李光明同志（谭冠三政委的爱人）因路途劳累发生流产大出血，事出危急，我和张学彬同志商量认为还是应当做刮宫术以求止血。当时连输盐水的条件都没有，也没有做妇科手术的器械，只能将简单的外科器械放在水中煮沸消毒后进行手术。

## 在拉萨开展门诊

部队进入拉萨后，举行了庄严的入城仪式。随后，我们也开始了治疗工作。10 月的拉萨，天气开始变冷，我们搬进藏军第四代本（相当于团长）的营房居住。这是藏式土墙房子，留出两间做诊断和治疗疾病用。这时前来求诊的藏胞日渐增多，每日可达数十人次，不单是拉萨市民来就诊，也有从远道而来就医的。有一次达赖的经师（不记得名字了）患病，病势凶猛，他年龄又大，高烧达 41℃，很快处于昏迷状态，经他们打卦，已宣布无救，准备后事了。有人提议让解放军医生试一下。我被派去出诊，经检查发现病人患的是肺炎，服药治疗后很快控制了病情，高烧消退，神志恢复，经几天的治疗，病就好了。还有一名贵族，名叫贡嘎，原来也是僧人，后结婚成家不当僧人了。他患的是伤寒，高烧不退，解不出小便尿潴留，他提出要来住院，我们只有两间房子，房子又矮又黑，跟他们贵族家的房子不能相比，但他本人坚决要求住下。给他安排了一张床住下，我们为他导尿，放出大量尿液，缓解了他的痛苦，使他周围的人惊异不已，不久治愈出院，夫妇二人感激万分，还要求照相留念。

藏族群众排队候诊。1952 年初摄于拉萨

进入1952年,我的产期到了。我是在甘孜结婚的,到这时已整整一年了,幸运的是最后这两个月是到拉萨后的安全环境中生活的。如果仍然是在路上，天天跋山涉水，在那海拔四五千米的高原上走路，真有些不可想象。当时进入拉萨的人员生孩子这是第一例，没有经验。由于条件有限，没有什么可准备的，怕孩子出生睡在地上太冷，那时有一张桌子，就用抽屉当做婴儿的床。我一滴奶也没有，当地也无法买到牛奶，我设法向藏胞买了一头羊解决问题。部队进入拉萨，由于供应困难，迅速动员开荒种地。高原上日照强烈，种出的菜长得特大，土豆长得一个有二三斤重。我们在自己住地周围能种菜的地方也种了菜，以补充新鲜菜，增加一些营养，这对孩子来说，更是雪中送炭。后来我和学彬商量给孩子起名字时，感到自从我怀孕后一直在高山上走路,孩子就像是在高原雪山上翱翔着,就叫“翔珠”吧！象征着飞翔在珠穆朗玛峰雪山之上。

对群众的诊病工作，影响日渐扩大，前来看病的日渐增加。当时中央工作队随队医务人员陈集舟、陆钟琦、陈学存、刘国声等 4 位大夫，与我们卫生部医务人员一起，成立了一个门诊部，设在西藏地方政府划出的叫“联欢社”的不大的房子里，专为藏胞看病。初到拉萨，由于历史上形成的藏汉隔阂，群众不了解我们，我部队人员外出，有遭到打黑枪的，暗中用石子打击的更多。我们在联欢社开设门诊，所用仪器、药品，怕遭到暴徒破坏，就早上带去，晚上又带回。

1952年西北医疗队、西南医疗队、中央工作队随队医务人员，以及随张代表入藏的医务人员均到达拉萨，成立医院的时机成熟了。9月8日拉萨市人民医院举行成立大会，中国共产党西藏工作委员会书记张经武、张国华参加大会，张国华书记首先讲话，西藏地方政府代表也讲了话，张学彬以院长身份讲了话。我由部队转业调到地方任拉萨人民医院医务主任，中央卫生部卫生工作队队长董克同志任副院长。医院设床位50张，成了一所各科阵容强大的医院，院址是一处贵族的房子，楼上做工作人员的宿舍，楼下为病房，门诊仍在原联欢社。医院成立后，病人日渐增多。

藏历1月间，藏族群众有一个盛大节日，在此节日期间，拉萨市人口大增，这时是打架斗殴事件多发期。医院成立后遇上第一个这种节目。1953年2月，就有一人因打架被刺伤7刀，肾脏刺破，胸腔穿透，生命垂危；另一人手臂被砍断。俩人均住院治疗，伤情得到了控制。由此医院在群众中信誉颇高。另有一藏族中层人士，因玩枪走火，伤及头部，左眼大出血危及生命。经医院抢救虽左眼失明，但生命保住了，病人感激不尽，一再要向医院表示感谢。有些病人痊愈后还纷纷向毛主席像和医院献了哈达。

部队进驻拉萨后，了解到西藏的藏医机构叫“门孜康”。我们决定登门拜访，学习和团结藏医。经领导批准，张学彬和我还有徐乐天大夫一同去拜访。负责“门孜康”的僧人名叫钦饶罗布，大约有50岁左右，他带我们看了场地、药库。经了解，藏医与中医相仿，大都用的是草药，但也有迷信部分，如达赖身上的物品均可成为药物等。他们也吸收新医学知识，如学用“青霉素”。后来，我们医务人员常到他们那里参观学习，拉萨人民医院成立时也请了他们参加。

# 往事回眸

## 张素珍

进军西藏，巩固国防，解放祖国大陆最后一块神圣领土的任务，光荣地落在了我们十八军干部、战士的肩上。当时我是军文工团的一名文艺兵。在整个进军西藏途中，我们这些女兵和男同志一样登高山、卧冰雪、趟冰河，还要克服着男同志没有的特殊困难，月经失调、患妇科病，但没有人退缩，而是勇往直前。

说实在的，男同志比我们负重更多些，苦差事更多些，因而在与天战斗的进程中，我们团有 3 位男同志：尹学仁、张国灌、邓群阶倒下了，献出了他们年轻的生命，我们这些活下来的人将永远怀念他的。

### “惊马”之患

1950 年春，军直在乐山召开进军西藏动员大会后，大家便投入紧张的准备工作。每天早晨全副武装快步行军，以提高身体素质。一天，正在大街急行军时，司令部通讯营驮着满驮子电线的马惊了，从我们后面狂奔而来，身后的同志们惊叫“马跑了，马跑了”，我走在前边还没弄清怎么回事，马已将我撞出几米远。我是解放军，岂能趴在地上不起来，起身往前冲了几步，但又晕倒在地。分队的同志雇了一辆黄包车，将我拉回驻地。经过治疗有所好转，这时我们又要往新津进发了，因没有完全恢复，我没能随团步行，而是坐生活车到目的地，那时我仍在便血，经过继续治疗身体大有好转。一次利用去成都打球（我是十八军“战士队”女篮队员）的机会，同志们陪我去华西医院检查，医生诊断：便血是肠胃受伤造成的。自被马撞之后，表面看没有什么变化，可体内种下了祸根，经常出现头晕。一次给连队演出，刚从前台下来，便晕倒在后台。那时年轻，休息几天就好了。到了高原发病率更高了。最严重的一次是到了拉萨，我们文工团和由西北进藏的独支文工队联欢的晚上，全团同志都在院内欢聚。我病了几天，一人躺在没有灯光的地铺上不能动，忽然病情恶化，身边无人，幸而二区队长张彩云路过我们分队门口，听到我的呻吟声，点灯一看，发现我难过的样子，马上找来医生。医生扳开我的眼睛说黑眼球看不到了，我也感觉到心脏的下半部分突然像跑了气一样瘪下去了。分队的同志们来了，都很紧张，医生往我十指扎针都毫无感觉，可我脑子很清醒，医生和同志们说的话我都听得很清楚，就是自己说不出。听同志们的议论，我想生命可能就要结束了，但我一点也不怕。经过抢救，硬是把我从死神那里拉回来了。到了拉萨后，文工团除每天的排练演出外，有时还有统战任务，和贵族小姐打篮球，联络感情。同时也为活跃部队业余生活常组织球赛，但每次下来都出现便血现象。

## 郑旭——我崇敬的副政委

郑旭，是在新津时调至文工团任副政委的，她长得很像男同志，长期革命斗争的磨练，使她除了不乏女性的温柔体贴，还具有男性的刚毅果断。她处理问题不怕鬼、不信邪，事事以党的方针政策为依据，从不以自己的好恶用事，这一看法是经过真正接触后和在以后的回忆中才体会到的。在部队，我们过的是军事共产主义生活，衣食住行都有统一的安排，无需自己操心，一天到晚无忧无虑，就是有点不高兴的事，也在每天班务会上开展批评与自我批评中解决了，同志之间真诚相待，没有什么事要找团领导解决的。真正接触郑旭，还是在昌都战役前后，军首长决定文工团抽部分团员和豫剧队组成前方文工团，到前方慰问演出，我也被抽调，那是1950年9月，前方文工团由郑旭带队，从邛崃向甘孜进军，沿途还给驻军演出。到了康定已是国庆1周年前夕，康定有关部门正在召开有藏族僧俗上层人士参加的大会，要文工团为之演出，任务交给了豫剧队。小演员们个个生龙活虎，精神饱满地为迎接国庆，为藏族同胞和进藏第一场演出做好了准备。在临近开场时，一名叫王绥德的老职员，拉着一名小男演员来到后台，硬说他忌荤，晚饭菜里有猪肉，没吃饭，不能上台，给郑旭来个下马威，郑旭没发火，不着急，耐心做思想工作，讲明这次演出的重要意义，要演好，不能有闪失，小演员戏不重，快吃点东西，坚持上台，以后注意他的伙食，王绥德就是不依。开场锣鼓都打起来了，没时间再纠缠，副政委当机立断换人，一场故意给郑旭难堪找茬的事件解决了。王绥德祸心未能得逞，却贼心不死。到了甘孜后，他仍不遵守党的政策和军纪，副政委对他进行耐心教育，他不接受，在旧社会养成的恶习不改。豫剧队的小演员和绝大部分职员，在旧社会吃尽了苦头，很容易接受革命道理，很快提高了政治觉悟，他（她）们说话了，站出来揭发、控诉王绥德的罪行，王原来是一个十恶不赦，欺压虐待孩子、奸污幼女的罪魁祸首。经过核实，送军部保卫部依法严惩。从此全队真正解放了，人员的积极性空前高涨，高原的冬天是奇冷的，小演员们不畏严寒不怕苦，演好每场戏。我记得有位演李逵的演员，名叫大虎，晚上都是光着上身在露天舞台上要他那对板斧，我们身着大衣还冷得打颤，大虎才是个十一二岁的娃娃呀！他（她）们就是这样为战士、为藏族同胞捧出一颗颗纯洁的心。一幕幕的动人剧目，鼓舞了战士，联系了群众，赢得了首长的赞扬。

郑旭，是一位一心为革命，勇敢坚强的抗日战争时的年轻“老同志”，她当过模范、立过功，在长期的南征北战中，得了肺病。在甘孜，我经常发现她咳嗽，把痰吐在手帕里，她肩上的担子太重了，前方团一百多人的吃喝拉撒睡，工作安排，思想教育全部要由她作主，她不健壮，可她从来没有在我们年轻人面前表现出一点疲惫。白天各项工作要做，晚上还要查铺，谁的被子掉了，还要给盖一盖。她关心下级细致入微。结婚好几年了还没有小孩。在甘孜她怀孕了。一天要去演出时，豫剧队的小鬼扛着一捆道具在前边走，她跟在后边，不知为何，扛道具的小鬼无意中一扭身，道具碰到了她，她流产了。就在那种情况下，她仍然和平常一样忙碌，我们当时也不懂，更无法去关心她。她那时只有二十六七岁，就因为她是党培养多年的共产党员，她能做到常人所做不到的事。

在工作中，她坚决按党的政策办事。1950 年四川已实行减租退押，我们前方团的童莹华是泸州人，地主家庭出身，她家乡地方政府给部队来信要小童回去，郑旭深刻领会党的一贯政策“家庭问题看本人，历史问题看现在，出身不由己，道路可选择。”小童当时只是个十四五岁的小姑娘，参军前是名学生，来文工团后工作热情很高，表现不错。斗争不能扩大化，不能因家庭出身而牵连她。郑旭没有把小童送回去，而是坚决按党的政策保护了她。

从甘孜往昌都进军，过了雀儿山，夜宿柯洛洞。第二天一早，郑旭又带着苏德勋他们打前站的几个小伙子出发了，沿江而下，山路曲折又狭窄，左边是高耸的雀儿山，右边是湍急的江水。苏德勋还牵着他们区队的一匹大青马，这匹马胆子特别小，走着走着，拐角处一位背着牛皮船的老乡突然出现在面前，马不知为何物，猛然惊了，郑旭他们已拐到山的另一面。苏德勋一个人紧拉缰绳想制服它，未能如愿，马反而拖着他拼命的横冲，结果人马翻到了寒冷刺骨的河里。其他单位打前站的同志看到都惊呆了，齐声喊：同志，松开缰绳！危险！苏德勋没想个人安危，脑子里只有一个念头，保住马，保住驮子，死死抓着缰绳不放，岸上观望的同志都互相询问这个同志是哪个单位的，真勇敢。马在河里折腾了半天，见甩不掉牵马的人，无奈，又拖着苏德勋往岸上冲，马累极了，不跑了，苏德勋虽然精疲力尽，但仍坚持把驮子卸下，擦干马身上的水，让它休息啃草，自己才把滴水的棉衣裤脱下来拧干，铺在地上晾晾。棉衣裤无法换，只好靠体温捂干，好在太阳出来了，人马略作休息又上路了。这一惊心动魄的场面，对已走到前面的郑旭来讲是不知道的，苏德勋赶上他们时，郑旭很生气的当面批评：你是怎么搞的，打前站打到后面去了。苏德勋将发生的情况说明后，她才知道自己的批评有误，到了昌都，她给苏德勋记了三等功。她就是这样一位爱憎分明，掌握原则，不让一个同志受委屈，让人从内心尊敬的政治委员。

## 初到甘孜

我们在康定庆祝建国1周年后，马上直奔甘孜。到甘孜已是晚上了，汽车停在解放桥头，放眼往山坡上望去，呀！俨然一座“天宫”，灯火辉煌，光芒四射，甘孜竟是这么美的仙境。下了汽车，背上背包，像登天一样，经由小巷，一步步登向宫殿，走近一看，却原来是一座尼姑庵，里面点着三层酥油灯，光芒就是它们发出的。这晚女同志就被安排在庵内一间大空房住下，男同志不准入内，他们住在院外的小院内，第二天女同志也搬出了庵。那个辉煌的景观让我至今难忘。

甘孜已是真正的高原了，空气稀薄且干燥，人人喊喉咙痛。据先遣部队的经验，要想缓解，多喝水，喝酥油茶。郑旭副政委、伙委会和炊事员经常研究吃喝问题，唱戏的、唱歌的没有嗓子怎么行，为了去火，烧萝卜水喝，有的同志闻不得酥油味，闻到就恶心，炊事班就变着法地做内地式的油茶，内容非常丰富，可有人还是吃不下，为了适应高原气候和改变饮食结构，必须吃，这是命令。没办法捏着鼻子喝吧！还好，我完全没有这些反应，就是空气干燥，造成鼻子流血，每天起床就开始流，那时又没有脱脂棉，只好用纸团塞着，一塞就是几个小时。空气本来就稀薄，再塞着鼻子用嘴呼吸，嗓子更干，真是难过极了。折腾了四个多月，后勤部来了一位专家，给我开了药，鼻血才逐渐停止。但从此落下个慢性鼻炎，经常流血不止，鼻子再也嗅不到香和臭的气味了。

## “精神会餐”

从甘孜一路走来，过昌都到丁青，肚子没受一点委屈，沿途都有兵站，补给及时。可是从丁青往沙丁宗前进情况就大不一样了，开始饿肚子了。到了沙丁，吃不饱饭，我们便到老百姓收获过的地里寻找遗弃的小蔓菁充饥。离开沙丁进入大雪山无人区，见不到飞鸟，见不到猛兽，连个小地老鼠都见不到。山越来越高，积雪越来越厚，空气越来越稀薄，体力消耗越来越严重，连无声的战友——马，也刨不到一根可充饥的草了，马开始死亡。我们文工团每人每天定量只有半斤代食粉，两根像中指大小的蛋黄蜡，在这寸草不生，终年积雪不化的高山上，炊事班也难做无米之炊了，只好由各分队用固体燃料做糊糊喝（炊事班做的也是照得见人影的代食粉糊糊）。文工团成员绝大部分是20岁左右的年轻人，女同志负重25斤，男同志三四十斤，每天行军五六十里，吃的那点照见人影的稀糊糊顶什么用，两根蛋黄蜡是一天的附加品，怎敢大口吃，只有饿极了，取出来啃一点点，像嚼口香糖一样在嘴里翻来复去地咀嚼，让带有蛋黄味的口水慢慢吞进胃里，总比单纯的口水质量高一点吧。人饿极了，总想着吃，不由自主地山南海北乱侃，革命队伍成员来自四面八方，各地有各地的特产，吃过的没吃过的，大家都争相说着自己家乡的美食，在胡乱侃中早把饿肚子的事给转移了，大家才发现，这种办法还真有效。所以每天一上路精神会餐就开始了，一路上我们就用这种办法来解决饿肚子之苦，应叫它“精神会餐解饥肠”。

## 马流泪了

记不起是谁给我说过，马是不会流泪的，不知是否有专家论证，但我确实亲眼看到马流泪。在没有补给的高原行军，不仅人吃不饱，更无法满足马的草料供应，因为高山上连草根或地衣都见不到，每天只供给它们几把黑豌豆，比给人供应的还少，可它们的负重又比人重许多倍，长时间的饥饿马是无法忍受的，它们不会说话，也无法来个精神会餐，只有默默地走着。一天又轮到我们分队走在全团的后面，分队副又走在分队的最后，兼有收容任务，我当时是分队副，当然走在队伍的最后了。二区队八分队朱华同志牵的马走不动了，慢慢掉队了，我必须收容她，何况一个女同志带着马掉了队是很危险的，我俩离大队越来越远，马实在走不动，我们就一个在前边牵，一个在后边推，推一下马走一步，实在没法，就把驮子卸下，让马休息喂它几颗豌豆，再上驮子走，走不了几步马又不走了，就这样我们反反复复做着上驮子、下驮子，前边牵后边推的动作，天快黑了，我们是无法赶上大队了，便请司政单位掉队的同志代为告知文工团派人接我们，因为马驮子上有很多公用物资，我和朱华是无法弃走的。口信一个个传出，还不见人来，我们还是想法让马走，马无论如何也不走了，眼泪哗哗流下，它确实是寸步难行了，我们抚摸着它的头，安慰它，它也用脸亲热地贴在我们的手上，眼泪流个不止。我们好难过，它是无声的战友啊！天全黑下来了，别的单位掉队的同志也走完了，团里还没有派人来，一个大山头就剩下我们两个女同志了。我俩警惕起来，注意四周的动静，还好什么都没有。不知等了多长时间，二区队的徐文艺终于骑着大黑马来了，把驮子换在大黑马背上，我们只好将那匹流泪的马丢弃了。以后的岁月里，还不时想起那匹马，想起当时的惨状就伤心，不知它离开我们后怎样了？

## 三迎国庆

庆祝开国大典是在湖南茶陵举行的，当时天还没亮，机关的同志还没有起床，文工团的人早早梳洗打扮完毕，背起腰鼓和各种乐器直奔大会场，新中国成立了，蒋家王朝彻底完蛋了，好不兴奋；第二个国庆日是在康定过的，我们第一次在藏族地区演出，和藏族同胞一起庆贺；第三次是在我们走出无人区的大雪山，到了太昭地区的鹿马岭，这里海拔4000米，生平第一次听到远处传来的驼铃声，开始不知道是什么，感到很神秘。这里已有森林，有供做饭用的干枯树枝，喘气均匀些了，拉萨在望，苦尽甜来了。在这么好的环境中我们迎来了国庆3周年，领导决定国庆这天每人供给1斤代食粉，这真是天大的好消息，虽然还是糊糊，总可多吃点，把肚子填饱一些，有的同志按耐不住喜悦的心情，总在行军锅边转。锅是就地挖坑埋灶的，不记得是谁了，一脚将坑踩塌，一锅稠糊糊全倒了，多让人扫兴！剩下的一锅，百十号人怎么够吃。好在我们吃惯了苦，理解他的心情，没有人埋怨。解放军本来是在困难中成长起来的，有困难全体顶着，你谦我让，最后还没有吃完。虽然没满足肚子的要求，但总算在国庆这天吃上了一顿稠糊糊。

## “新汉人”

历史上的统治阶级，总是对少数民族实行欺压政策，所以藏族同胞对汉族人心存戒备。共产党领导的解放军还没进藏，帝国主义和反动派就不制造了多少谣言诬蔑我们，老百姓当然无法判断真假。在我们举行入城仪式前，我们住在拉萨东郊休整，反复学习党的少数民族政策和入城守则，藏族人民的风俗习惯，三大纪律、八项注意，要求每个同志必须做到打不还手，骂不还口。10月26日举行入城仪式，文工团军乐队将擦得锃亮铉的管乐吹奏起来，尤其是那两个大钹，被乐手举起，光芒四射，与布达拉宫的金顶相辉映，乐队紧跟在首长后面；腰鼓队敲着威震拉萨河谷的鼓点；战士们挥去身上的征尘，步伐整齐地前进在市民夹道欢迎的行列中。当时群众哪见过这样欢快、威武庄严、纪律严明的场面，他（她）们不时发出“阿则则”的惊讶和赞赏声。可也有个别人，向我们吐口水，扔石头，我们腰鼓队一位女同志的头被砸了一个包，但我们都牢记党的教导，严守纪律，谁也不理会，继续前进。入城仪式结束后，群众的评价反馈回来了：骂人家不还口，打人家不还手，不吃百姓饭，不住百姓房，在拉萨河边搭起帐篷住，哪有这样的军队，他们都是“新汉人”。

# 我从死神面前走过

彭家英

我曾从死神面前走过，那是1951年6月的一个深夜，在甘孜机场施工连女生班的10位同志，经过一天的紧张劳动，都疲惫不堪地熟睡在简易的窑洞里。忽然一声巨响，窑洞的上盖垮塌下来，重重地压在我们的身上。我几次使劲想撑起来，可是由于太重，动弹不得。我的腰被一棵树桩抵着，我的嘴、脸被压歪了，我的右手被压麻了，心脏在急促地跳动，我大口地喘着气。在垮塌的一瞬间，我仅喊了一声“指导员”，就再也无力了。我想，外面是漆黑一片，又下着大雨（6月的甘孜一般是夜里下雨白天晴，指导员会听见我的声音吗？我清醒地等待着死神的降临。当时，我最思念的是久别的父母。我最担心的是和我睡在一起的姐妹们，她们怎样了？我是班长呀！

我们的窑洞，上面盖的第一层是松树，第二层是带刺的树枝，第三层是草皮，第四层是稀泥，由于夜间经常下雨，上盖严重的超负荷，我们进驻约五天，便出现垮塌。当时松树断后，跟着下来的是厚厚的草皮和泥土。那时条件艰苦，上级规定：睡觉必须“打通腿”，即俩人垫一床，盖一床，一人睡一头。上盖垮塌是从中间下来的。除靠山墙睡的头露出外，其余的都被一片泥土埋着。当时天又黑，又下大雨，油灯无法点，电筒又少。大家急得用锹挖，又怕伤人，用手扒，泥土里全是刺，指导员赵光同志说赶快救不露头的人。我听到有人在喊我的名字，我答应着，于是他们就先从我扒起。他们不顾身上的泥水，手上流出的血，用力地在扒。当我的头和双肘露出时，他们便赶快拉我起来，可我怎么也起不来。因为压得太重，最后把压在身上的树、草皮及泥土扒完，我才站了起来。当我看到睡在我两边的同志，一点动静也没有时，马上意识到情况不好。我对大家说，两边都有人，赶快扒。从我的右边扒出了李淑惠（副班长、团员），从我的左边扒出了周婉兰（副班长，团员）、余任难、赵子珍。这四位同志被扒出时，都已窒息。但身体还是软软的。由于当时的医疗条件太差，虽经卫生员的人工呼吸，也未能挽救她们年轻的生命。她们走了，永远地离开了我们。作为班长，我悲痛，我自责。我在一旁悄悄地流下无声的眼泪。因为在另一间房子里，还躺着5位受伤的同志，我怕影响她们，我强忍着泪，安慰、照顾她们直到天明，军和师首长及同志们来看我们，并把我们全部送进当时的九院治疗。

经过十多天的检查治疗，我们恢复得很快，大家坚决要求重返施工第一线，完成四位姐妹未完成的事业。在大家的强烈要求下，领导同意让我们返回机场，修停机坪，修排水沟。直到机场全部竣工，整个部队都撤了，我们这个班才解散，回到各自单位。

我们这个班共12个人，是从师部司、政、后、卫抽调，组成施工连的第五班。年龄最小的只有16岁，最大的不满21岁，为抢修机场，大家真正做到了不怕苦，不怕累，无论挖方、抬土，还是挑土、捞石头、砸石子等等，和男同志一样的干，病了、例假来了、负了伤，叫休息都不休息。6月的甘孜，风沙大，雨水多，紫外线强，加上长期吃不上蔬菜，大家普遍口裂、手指甲凹陷。面孔只有牙齿是白色。当大家喊我们是“黑人牙膏”时，同志们都自豪的一笑。

48年过去了，修建机场8个月的情景，以及我从死神面前走过的那一幕，如同是昨天发生的一样。尤其不能忘怀的是长眠在甘孜机场的四位好同志、好姐妹。她们的音容笑貌，英勇行为，将永远铭记在心。我曾从死神面前走过，虽然留下了腰痛的后遗症，但几十年来，我从不言表，和那些牺牲的同志相比，这算得了什么呢！从1951年步行进藏，到1972年离开，我和我的战友把火热的青春、热血、乃至生命都奉献给了那一片圣土。看到今日的西藏，我们的第二故乡，繁荣昌盛，人民幸福，我感到由衷的自豪，因为在那里我留下了不悔的青春。

# 雀儿山之夜

游青淑　谢正芳　黎秀实

提起川藏线上的雀儿山，一些同志便会想到那里是个山高坡陡，峭石林立，风大缺氧，冰天雪地的地方，令人不寒而栗。

为了贯彻党中央毛主席“进军西藏，不吃地方”和“一面进军，一面修路”的指示，十八军进藏部队在取得昌都战役的伟大胜利和修建甘孜机场工程竣工后，为解决运输问题，支援先遣部队，来不及休整，便于1951年12月开赴雀儿山，一线摆开，执行修路任务。时值冬季，天寒地冻，时间紧迫，任务繁重，缺乏工具，供应困难，环境和生活都非常艰苦。可是，修路部队高呼“雀儿山再高，没有咱们的信心高，修路困难再大，没有咱们的决心大”的口号，战风雪，斗严寒，啃冻土，炸顽石，人人意气风发，个个斗志昂扬，工地热火朝天，工程天天变样，消息传来，令人鼓舞。我们军政大学八分校文工队在机场工程竣工后，经过短暂的休整与排练，奉命上山巡回演出。我们背着背包、干粮、帐篷、幕布、服装、乐器、汽灯、道具在队长徐容率领下，挺进工区，从东台站起，发扬部队文艺工作者的光荣传统，沿途做宣传鼓动和连续演出。我们鼓舞部队，部队感动我们，台上台下，感情热烈，融为一体，尤其是我们这些参军不久，在母亲面前还是孩子的女战士，从内心深深感到共产党伟大，为自己能身着戎装而感到光荣。

一次演出结束后，我们在风雪弥漫中摸黑路、忍饥寒，艰难地向西台站进发，准备第二天为另一工段部队演出。一路上，强挽弱，男扶女，互相鼓励，团结互助，终在深夜到达目的地，住进工兵5团的一个简易俱乐部里。这个所谓俱乐部，其实就是栽上几根柱子，周围夹上树枝，屋顶搭上横棍，上面铺上土坯，四面通风，地下潮湿，上面滴水，摇摇欲坠得令人望而生畏的棚子。可是，经过一天演出和行军劳累，疲惫不堪的我们顾不得这些，便在临时砍来铺垫的小树枝床上，和衣而卧，呼呼入睡。不久，风越吹越猛，雪越下越大。队员王瑞云同志在睡梦中被一种异样的声音惊醒，便外出察看，突然听到屋顶土坯坠落之声，她意识到屋顶不稳，正要高喊，只听“轰隆”一声，整个屋子全部倒塌，接着从下面传来战友微弱的呼救声。这时，她顾不得多想，拔腿向附近一个连队驻地跑去，紧急求援。连队干部带着战士迅速赶到，在一堆树技燃烧的忽明忽暗的火光照射下，指挥联系的喊叫声，被埋战友的呼救声，挖土工具的碰击声，战士的跑步声，响成一片，紧急万分。当战士们先用工具把土坯挖掉，然后用手扒土，抬开木棍，最先救出队员邹各士同志。大家顾不得痛，又继续投人抢救战斗中。接着救出了队员张家俊同志，一根横棍重重地压在他的一只大腿上，由于他的支撑，才使几位队员免遭重压，而他却失去了一条腿，终身致残。谢正芳同志在几根交叉木棍的缝隙里，不能动弹，战士听到她的呼救，迅速将她救出。很快一个个队员被相继救出，但由于天黑人乱，无法知道救出了谁，底下还有谁？怎么办？“点名”，谁出了这主意，接着有人高喊：“徐队长、游青淑、黎秀实、董荣……”每一声回应都使大家从心上放下一块石头。最后，当多次喊到朱锡忠、邹启新同志的名字时，一直没有回应。大家便一面继续高喊，一面紧急搜索，只听见山谷回响，却听不到他们的回音。当同志们把他们从土下挖出来时，他们已停止呼吸，为革命，为人民，为修公路，在雀儿山上献出了年轻的生命。全体队员在极度悲痛中，将朱锡忠、邹启新烈士整容入棺，安葬在雀儿山烈士陵园，树立碑志，献上用松枝精心做成的花圈，含泪痛别。愿战友朱锡忠、邹启新同志与雀儿山一同巍立，千古安息。

# 无悔年华

刘少军

## 剪发从军

1949年底，四川自贡市的广大人民群众张灯结彩欢呼解放。接着，我们蜀光中学的三十余名男女同学，在川南区党委的指示下，跟随着富顺县委副书记高惠如同志，到县里去开展新解放区的工作，正当这批热情奔放的年轻人投身革命工作之时，首任县委书记侯杰同志奉命要率领十八军五十四师的指战员返回部队，准备进军西藏和修筑康藏公路。我和张平之同志（蜀光中学）知道这一消息后，毅然向县委正副书记提出请求进藏的要求，光荣地被批准了。

深知进藏非常艰苦，为表达决心我俩一合计，主动把头发理成男式学生头。记得是1950年2月5日，侯杰书记叫警卫员去仓库领来缴获的黄军衣两套，让我们脱下蓝色便衣换成军服了，次日临行前还给我们每人发了双力士鞋。蜀光中学同时参军的同学还有邱世英、章骅、朱西平、张胜源等4个男生，我们都跟随侯杰书记徒步踏上征程。

## 申请进藏

在新津，我和张平之领到了两套解放军的军装，真正成为十八军五十四师中的一员。为了适应进军、修路的艰苦环境，组织上决定女同志没特殊技能的一律不得随军进藏。这个突如其来的消息如惊雷灌耳，着实令人惊呆了，犹如在我们火热的心上泼了一盆冰凉的水！急得我们想跳、想哭、想叫，埋怨自己为何是女兵而不是男兵。正在此时，担任副科长的张振汉同志十分同情我们，开导说："少军同志可以给师党委写个申请，请求入藏锻炼。"正心灰意冷的我，迅速飞笔写了一份"申请进藏"的决心书，张平之同志签上了名，疾步前往政治部主任冯志方同志住地，亲自呈递了这份充满恳求与渴望的申请书，他答应交师党委研究。可在师党委还未批下来之前，我俩还得在服从组织的前提下，不得不打好背包，准备于当天下午出发往后方"军大"去学习。

那天正值召开政治部的机关党支部大会，我本来不准备参加了，可宋科长说："还是参加吧！等会看师党委批不批准你们的申请。"就这样我和张平之（她是青年团员，因为她一人不好过生活，也就参加党支部会了）在心神不定、提心吊胆的情况下坐下开会了，过了好一阵子，来人告诉宋科长说："师党委批准进藏"，我们悬着的心才慢慢地放下来，愁眉展笑颜，心中暗暗地唱着"进军西藏无限幸福！她俩无上光荣！"

## 一路欢歌

1951 年 3 月我们师在大邑县城召开了进军西藏的誓师大会，大家庄严宣誓"一定要把五星红旗插到喜马拉雅山上！"出发那天，军民们欢聚在大广场上，人们手里端着一碗碗的送行酒，亲热地送到战友们嘴边，说着祝福的话，军民鱼水情的动人场面，难以形容，鼓声、鞭炮声此起彼伏，那热闹感人的场面至今仍浮现在眼前。

告别了送行的人群，我们高唱着"挺进！挺进！向西藏、向台湾、向一切的蒋家管区大进军……"我和平之同志十分激动，因为今天是真正踏上向西藏进军的征途。

快到二郎山时，我们又领头唱起了"二呀么二郎山，高呀么高万丈，古树那荒草遍山野，巨石满山岗……解放军铁打的汉，下决心，坚如钢，要把那公路，修到西藏……"坐了一天的汽车，唱了整整一天的欢歌，到达目的地时，我也着实感到疲乏不堪。兴奋之余，因车行进时风大吸冷空气多了，我头昏眼花，大吐起来了，茶水和饭菜都咽不下，确实是病了，但仍为实现进军西藏的真诚愿望而兴奋不已。

翻越了二郎山，来到了泸定城边。天色已经很晚了，劳累了一天的同志们先后搭起了帐篷准备夜宿了，可是我们几个女兵（刘少军、张平之、刘燕堂、梅兴秀、刘青、詹新弟等）怎么办？！找不到自己的帐篷咋睡啊！正在着急时，科里王巨夫同志倡议说：“我们男同志让一块帐篷宽的地方出来，给女同志睡吧！”就这样，在战友们的关怀下，我们几个打游击的女兵钻进了男同志的帐篷，侧着身体，一个挨着一个地躺在兄长们的身边，劳累了一天的女兵们，虽然挤得似乎连气都喘不上来，可仍旧呼呼的一觉睡到大天亮。

部队于1951年春进驻甘孜，修建高原上的头一个飞机场。为修建机场，机关同志赶早贪黑地到冰冷刺骨的河里去摸鹅卵石，砸碎填路面、跑道。科里就我一个女同志，男同志们总把我留在家中看门，坚持科里正常的工作，处理日常琐事。

我们当时住在老乡家的楼下马棚里，同志们出工去了，打扫卫生的事自然由我承担。扫地时可以拾起很多被同志们丢在地上的短烟头，我把它拾起来装在一个纸包里，等在物资供应不上，同志们断了烟时，我便拿出来给大家过瘾解乏。当我把纸烟头送给大家时，严士铭同志兴高采烈地说：“多谢！多谢！”还向我敬了一个军礼。

## 病魔缠身

进藏途中，修筑公路最艰险的地段，除二郎山外，就要算高耸入云、终年积雪不化、海拔5046米的雀儿山了。正如歌词中唱的“提起雀儿山，自古少人烟，飞鸟也难上山顶，终年雪不断，地冻三尺深，乱石把路拦，开辟康藏交通线，这是一道关。”

1951年国庆前夕，先头部队160团赶到，10月1日正式开工了。机关也紧紧跟上，我们到雪山上有树的地方去砍了些木头，抱下了些树枝，搬回山下宿营地，自己动手挖土炕，作为睡炕。四周挖长方形的草皮堆成围墙，上面用帐篷布盖好，土炕上铺上树枝睡起来好像钢丝床。在这段工地上施工的艰巨程度，可以说比保尔·柯察金他们修路的情景还要艰苦得多。在苏联当时的情况下，也是要先把冻土烧化，然后才一镐一镐的挖冻土。当时，我们山上的战士除到处拾牛粪、驴粪来烧化冻土外，还得把绳子挂在腰中间，悬空打炮眼，劈山开路。五十三师的张福林同志，为打通雀儿山，在爆破时，光荣地献出了他年轻的生命。

我们女兵班的同志与冻土斗争，一镐挖下去，只挖个白印，也要用树枝烧化冻土，以利于提高工效。白天修路，晚上点名时，大家都以高昂的斗志，高唱“五星红旗迎风飘扬，胜利歌声多么响亮……”那歌颂祖国的歌声，响彻在康藏高原。

经过极其艰苦的战斗，我们完成了打通雀儿山的任务。我们部队转到玉隆休息时，组织上关怀大家，进行了一次体检，发现我已患心脏病和关节炎，这是奋战雀儿山给我的永恒纪念。虽然经体检发现了我已患风湿性关节炎和心脏病，但它阻挡不住我过雀儿山。当时由科里的王巨夫、王隆基俩同志陪我乘车到达山顶。然后我们徒步或滑行溜下雀儿山，奔向下段工地门扎寺。

为实现远大理想，我以顽强乐观的精神为筑路而战。我把男式短发推成个平头，便于洗去每天筑路时头上的尘土和汗垢。组织上为照顾我调理关节炎，每天晚上特许我提一桶粗茶叶水热敷，这哪里是茶水，简直就是党组织给予的巨大温暖的生命之水啊！

我性格泼辣，但一双汗脚却十分娇气，每次行军它就与我作对，经常打脚泡，为此同志们给我加封晋级称为“炮（泡）司令”。行军途中为活跃部队生活，一唱起歌来，大家就喊：“炮司令——刘少军来一个，来一个炮司令——刘少军”。我这个乐观的人，从解放那天起，歌声从未中断过，行军、宿营，甚至有时边作统计还边唱歌。记得在川西，宣传科的肖刚同志还好奇地问我：“少军同志边唱边搞统计，数字该不会错吧！”我笑着摇头示意：“不会错”。

为了给我解除行军中腿关节的疼痛，冯志方副政委决定把我留在兄弟部队——五十三师师部，待路修通时接我归队。但我仍然决心要跟部队前进，王巨夫同志用针把我脚上的血泡刺破，让血流出来，再坚持步行。

就这样艰难地跟随部队到达矮拉山驻地，和大家挤住在一个两层土楼房里。有一天，我正在电话上和一六二团组织股长联系工作时，左心脏下侧肋骨处一阵巨烈疼痛，握电话的左手不听使唤，话筒掉在地上，随即我倒在了地上。同志们急忙把我送到设在山沟里的帐篷医院，诊治完毕后，医护病人都入睡了，半夜里，突然一阵狂风暴雨把我的帐篷吹翻挂起，我不能动弹的身体还僵卧在原地，我焦急地喊不出声来，这时电筒光照射进帐篷，是卫生处安处长巡视来了，当即领着医护同志，急忙把我抬到安全的帐篷内住下。经过精心治疗，数日后把我接回科里，马上又转移到新工区“282”公里（这里指到昌都地区的距离），为了保证顺利行军，卫生员遵医嘱，给我注射了“盘尼西林”。

在“艰苦就是光荣，顽强就是胜利，我们乐观，我们勇敢……”的欢歌笑语声中，我和同志们一起到达“282”公里的工地时，遇上烧柴和物资奇缺，道路阻塞，物资供应不上。党支部号召：“共产党员带头拾带刺的小树枝烧。”我和大家一道响应号召去拾柴禾，大家的手都被刺出了血。我的双手也留下了一些没法挑出的刺，这些刺尖留在手上很快长成了肉刺。搞得没法拿笔写字，经卫生所所长郭庆武同志在没麻药的情况下，开了两次刀，才把刺根连肉一起挖个彻底。至今仍光荣地留有人字型的伤痕，成了永远的留念。

在进军修路行程中，这一段算最艰苦、最光荣的地段，也是我几乎献出青春生命的地方。来到这段工地之前，我在出发时，肌肉注射“盘尼西林”，份量加大了 4 倍，背包行军负重，对其吸收都很不利。在忘我劳动的日日夜夜里，过于疲乏的我，简直就忘了疼痛，直到休息的时候，才感到双臂沉重，衣服和肿了的肉体紧贴到一起，转眼间感到天旋地转，呼吸困难，脸发黑。秦月英同志发现了，赶紧跑到组织科叫来了刘干事（启桂同志），又找来了卫生员和河对岸驻军的安处长（卫生处），急忙对我施行抢救，使我转危为安。事情发生后的数日里，卫生员同志日夜守护在我跟前，不时的为我进行热敷，使肿胀的双臂慢慢地恢复了正常功能。

当部队克服了物资供应上的困难，向夹皮拉转移时，离向往的昌都——这个军事重镇就只有 82 公里了，同志们整天在工地上唱着：“雪花飘，汗水淌，我们把荒山变了样……”的歌，快快活活地挥着镐和锹，努力筑路，力争 1952 年底前把公路修到昌都。1952 年 11 月 21 日，康藏公路如期通车到昌都后，组织上安排我到昌都地区人民医院由北京来的医生为我治疗关节炎、心脏病。在冬季整训评功时，同志们为我这个病号女兵评了四等功，以此激励我更加发奋地为人民立新功。

## 简朴婚礼

在师里工作、生活、学习的过程中，我认识了好多英雄模范人物，他们的事迹感人，品德高尚。我经王巨夫同志介绍和科里的刘启桂同志相爱了。

记得有天夜里，我们师部临时组成的女子篮球队，睡在司令部楼上的一间小屋里，周霞云同志不知从政治部哪个同志处知道了我和启桂同志恋爱的事，她打趣地唱起了苏联电影歌曲“红梅花开……有一位少年真使我心爱……”睡在我身旁的“女篮五号”低声问我:“队长，真的有这回事吗？”我矢口否认，她还急忙高声向大家解释说：“没这回事。”同志们开玩笑似的对我说：“你这个刘少军，到现在还在做地下工作。”大家都替我高兴！特别是摄影员李万春同志，闻讯赶来要为我俩合照一张像，在他的盛情之下，我俩拍下了第一张珍贵的合影。后来，他又为我俩和房东的3个藏族小朋友一起照了第二张难忘的照片，这是“汉藏本一家，胜似亲弟兄”的真实写照。

事情公开了，我们写了结婚申请，送军后政审批时，正值陈明义司令员和张忠副司令员到昌都来了，我们又写个报告，陈司令员亲自签字批准我俩结婚。此时，师部大部分同志都往莫村（53年春施工地段）施工去了，只留下科里少数同志了。我们请孙明广同志到饭馆里买了几个便菜和酒，请同志们坐到一起欢聚一下，算是正式举行了婚礼。便宴结束了，我俩回到房东的一间小屋里，这就是我们的洞房，既没有花烛也没有新被褥，只是把两床军用的绿色被盖抱到一处合铺就是了。次晨藏族老妈妈好像领悟到我们是新婚了，把大拇指翘得高高的向我们表示祝贺。

## 怒江边上

在莫村、吉塘施工以后，行程8天，到达探险英雄崔锡明同志为人民立下特等功的怒江边上，我们男女同志全副武装背上行装大踏步地跨过了横架在怒江上惊险的钢丝吊桥，来到江对面较平坦的大片梨树下，选择了各自架帐篷的地方。对岸便是工区，热火朝天的施工场面，非常壮观，悬空打炮眼的同志在临江的悬崖绝壁上，把绳子系在腰上操作，十分危险！

我们机关工作人员比起一线的战友们要好得多，我这个在生活上从不挑食的人，结婚数月后起了变化，因有了身孕，对那些“三反”前不法资本家为谋取暴利而卖给部队的发霉的花生米、烂海带、麻口的腊肉干不思不食，只是眼睁睁地看着田里长势不错的玉米、辣椒和树上结得满满的尚未成熟的梨发呆，说内心话，快三年没吃上新鲜蔬菜和水果了，多么想尝尝鲜啊！听说那边还长有葡萄，更是想尝尝哩！

尽管想、尽管看，可作为人民解放军的战士，脑子里、心头上是把党和人民的利益放在首位的，能高度自觉遵守民族政策，不拿群众的一针一线，自然就决不会去摘一个梨子、一个辣椒和掰一个玉米、摘一个葡萄。我的心思被共住一个帐篷的梅兴秀同志感觉到了，一个深夜刮起了一阵大风，噼里啪啦一声响，兴秀手快，她到帐篷外排水沟里抓起一个落下来的梨递给我说：“快拿去吃！”这种关心体贴令我非常感动，至今念念不忘。

冯志方政委知道后，叫我去吃中灶，我不好意思去。卫生所罗素明医助知道了，给我送来些糖精，要我放到豆浆里吃。炊事班同志们为我寻找了一些野韭菜来给我下面条，同志们的关心，使我度过了那段艰苦的日子。

启桂同志拿出发的银元，翻译小李同志为我买来不少核桃，把它们砸开等我下班后到他搭的新婚帐篷里去吃，那种体贴妻子的心疼劲就别提有多好啦！

1953年10月，组织为了照顾我这个有孕的人，决定调我回驻川部队。快走了，与当时身边的女同志张平之、李平（高涛参谋的妻子）、崔素娟、翻译小李在怒江边上合影留念。要和爱人、战友们分开，心中好不是滋味，朝夕相处，患难与共几年的深厚情谊，让我们难舍难分。入藏前立志要长期建藏和等将来公路修到拉萨后再回内地看看祖国新面貌的理想，被突如其来的现实所打破，只好告别首长、战友和我的爱人，离开怒江边，启程回川西了。

进藏到如今时隔近50年了，可我一天也没忘记跟着首长和战友们曾经为之战斗和贡献了青春年华的西藏，尽管疾病仍缠着我，可在党和同志们的关怀下，我生活得很好！对过去所付出的一切我无怨无悔！

# 转 折

拉 姆

1950 年 9 月，位于金沙江畔偏僻山沟的小镇——巴塘，仿佛从沉睡中惊醒，共产党的“金珠玛米”十八军来啦！这是一支祖居巴塘的藏族群众从未见过的部队，他们队伍整齐、步伐坚定，歌声嘹亮，每个战士都显得那么和蔼可亲。看着这样的军队，群众开始怀疑起反动政府撤退前散布的谣言，自觉地走到街头组成欢迎的人群。我当时年仅 13 岁，在财主家做佣人，也背着“主人”参加到欢迎的人群中。

十八军的部队一批一批经过巴塘，每迎送一批部队都给我们藏族群众增添一份希望。过去我们穷人受贵族的剥削，受反动政府和反动军队的层层欺压，活着的唯一权利就是终日劳作，只能把自己的命运寄托于菩萨，寄托于来世。而共产党的军队就像一个个活菩萨从天而降，他们不扰民，专帮穷人干活。当时正值收获季节，战士们帮我们收割庄稼，就像给自己家干活那么仔细，那么卖力，不吃群众一口饭，不拿群众一粒粮食，对待我们像自己的亲兄弟、亲姐妹，对待老人像自己的亲生父母。我们看到的共产党是驱逐魔鬼的菩萨，要把我们从地狱中拯救出来，指引我们走向天堂。当时我便萌发了一种念头“我要像他们那样活着该多好”。于是我就经常接触他们，语言不通却没有成为情感交流的障碍，我心里想些什么他们都知道。后来，我明确告诉“主人”要去十八军的夜校学习，“主人”也不敢阻拦。白天我干完“主人”家的活，就到部队驻地看他们出操，听他们唱歌，他们帮群众干活，我就凑上去，边干边谈心。晚上我去夜校听他们讲课，在夜校里，我学会了第一支用汉语唱的歌《没有共产党就没有新中国》，慢慢地也明白了许多道理，知道了翻过几座大山的西南方还有百万藏族同胞没有做人的权利，过着奴隶生活。我便产生了一个强烈的愿望，“我要永远和他们在一起，让我们藏族都过上好日子”。

十八军像一股清新的春风，打破了偏僻小镇的沉闷与窒息，十八军像一团烈火，使这个藏区小镇沸腾起来，上百名藏族青年报名参了军，随十八军进藏。我再也坐不住了，“我也要参军”已成为坚定的无法遏止的唯一愿望，我找到表哥桑登商量。表哥当时已经参加了十八军，他听了我的决心后给予我鼓励和支持，只是担心我年龄小又是女孩子，进藏路上十分艰苦，怕部队不收我。我当时想十八军的战士年龄都不大，也有许多女战士，汉族为了藏族过上好日子不怕艰苦，我还怕什么，只要有决心他们肯定会收下我的。我和我的好朋友曲珍悄悄准备了一袋路上吃的糌粑，瞒着父母，跟在进藏队伍后边上路了，谁知走了不到半天就被我父亲追来把我揪回去关了起来。父亲说进藏路上有大雪山，连牦牛都过不去，担心我经受不住，再说我是家里的老大，弟弟、妹妹都还小，家里也离不开我。我哭着闹着和父亲辩论，把在夜校里学到的道理都讲遍了，父亲可能觉得我说的有理，对我的看管也不那么严了，我又伺机和好友曲珍商定了日子，偷偷离开了家，这一次父亲没有再追赶我，大概他老人家明白了女儿走的是一条光明大道吧。

我和曲珍跟在一支只有二十多人的队伍后面，这队伍全是汉族，没有翻译，而且没有一个女战士。他们途中休息，我们也坐在不远的地方休息，他们晚上宿营，我和曲珍就在附近找个地方过夜，因为怕掉队我和曲珍晚上轮流睡觉。他们可能知道我们的意图，不但不赶我们，还给我们水喝，给我们干粮吃，晚上怕我们冷还给我们送来被子，出发时还招呼我们示意跟上，可惜我至今也不知道那些大哥哥们姓什么？叫什么？现在什么地方？就这样我们跟着他们走了5天，到了一个叫芒康的地方，他们领来了一位人们叫他指导员的首长，通过翻译了解了我们的情况，批准我们成为一名光荣的十八军战士。我和好友分别被编入十八军一五七团和藏训队。我随一五七团在芒康，进行了一年时间的汉文、汉语学习，生平第一次拿起笔写字，真正体会到作为国家主人的自豪。由于西藏噶厦的封锁，我们组织了垦荒队，边垦荒种地边向老百姓宣传党的政策，用我们的汗水向人们表示我们和平解放西藏的决心。我于1952年6月到了西藏波密，在此工作期间，我时时以十八军的优良作风为楷模，边学习、边宣传、边做翻译，此后组织又送我到西南民族学院和中央民族学院学习深造，使我这个曾经丧失做人权利的女佣，成长为一名国家干部。我个人成长的经历是一代藏族干部成长的缩影。十八军进藏继承了红军长征的足迹，是播种机、是宣传队，她唤醒了雪域高原，打开了藏族人民的心扉，拓宽了藏族人民的视野，为西藏社会主义改造和社会主义建设奠定了坚实的基础。十八军进藏史是西藏解放史乃至全中国解放史册中光辉的一页，让我们牢记这段历史，发扬十八军的光荣传统，为建设繁荣昌盛的社会主义新西藏作出不懈的努力！

# 女兵，我为你自豪

次仁卓玛

我叫次仁卓玛，现年67岁，我曾是中国人民解放军十八军五十二师的一名女兵，现在虽然我已两鬓白发，步入老年，但回忆起当兵的历程仍情不自禁地感到激动万分、思绪万千。是的，我为自己是一名十八军女战士而感到自豪，也为自己是中国人民解放军的一员而感到幸福！

## 不当奴隶当女兵

1932年我出生在原西康省（现四川省）甘孜州炉霍县乌日村的一个贫农家庭。因生活所迫，父母带着我们流浪到甘孜拉国地。记得母亲告诉我，我出生的时候正是1月份，大雪夹杂着雨水向我们住的土坯房袭来，大雪下了三天三夜，我也哭了三天三夜。我前面有两个哥哥，当他们得知有一个妹妹时，拼命地劈柴，不停地往火中添柴，希望能够给他们的妹妹增加一点温暖。

记得我10岁时，妈妈得了病，因为无钱医治，在一个大雨瓢泼的夜晚，她悄悄地离开了我们，妹妹还不到3岁，也饿死了。两年后爸爸也因病悲惨地死去了。爸爸临终前拉着两个哥哥的手说："你们当哥哥的一定要想办法把妹妹和弟弟们养大，要过上好日子……"但没想到，父亲去世不到两年，我的两个哥哥也因病相继离开了人间，只剩下我和弟弟，我们抱头痛哭了一夜，从此以后，我和弟弟无依无靠，相依为命，过着牛马不如的生活。最后在邻居的介绍下，我去甘孜一代理人家当奴隶，弟弟因无法生活下去，只好外出讨饭，从此失散（直至1961年才得以团圆）。那年我才14岁，每到冬天就放牛放羊，到了春夏就给他们种青稞。每天披着星星出去，晚上月亮爬上山时才回来，一年四季没有穿过鞋子，只有一件烂氆氇藏装穿在身上。特别是冬天，夜晚寒风袭来，我赶着羊群站在夜色中，不停地叫着爸爸妈妈，泪水顺着脸流了下来……为什么这个世界上有穷人又有富人，为什么富人家的孩子连肉都要给狗吃，而我连骨头都吃不到，难道我永远要当奴隶吗？

“春雷一声震天响，来了救星共产党”。那是1950年的一个美丽的夏天，中国人民解放军进驻甘孜，整个甘孜都沸腾了。我当时正在地里割草，看着一队队战士排队走来，又好奇又害怕，当几个女兵进入我的视线时，我激动的心情无法形容，“女兵！女兵！”我嘴里不停地说，拿着割下的草，呆呆地看着队伍远去，过了几天才知道这支队伍叫“金珠玛米”，是毛主席派来的军队，是专门救穷人的。我急急忙忙找到了部队，一个叫洛桑慈诚的藏族解放军（巴塘人，后任西藏自治区党委副书记）和一个藏族女兵诺布卓玛介绍我入伍。记得当时他们问我：“姑娘，你为什么要当解放军，你家有几口人，你的父母都在干什么”等等，我一句话也答不上来，泪流满面，最后只说了一句话：“我不想当奴隶，我要当女兵！”

当时我是甘孜唯一由奴隶当女兵的人，所以一些人骂我是妖精，如果跟汉人走了，要被汉人包在牛皮里丢进河里……等等，但我没被这些谣言吓倒，执意要当解放军。

那年我18岁。

## 进军昌都

参军后我和一些女兵被送往甘孜军干校学习，当时的军干校在老城区，有一个主任姓李，洛桑慈诚是干事，藏文老师叫旺堆。当我第一次穿上军装时，心情非常激动，我们从汉语的基本语音学起，从最基本的排队、走步练习起，尽管学校的条件很艰苦，女兵们的学习却很努力，起早贪黑地学习文化。三个月后，我们接到通知向昌都进军，参加了著名的昌都战役。

在进军昌都的路上，大家互相照顾，不分藏族、汉族，团结得像一个人一样，徒步走了三四个月。一路上牢记三大纪律、八项注意，不拿群众一针一线。每当我们断粮时，就用钱从群众那里买元根或到荒野地中捉地老鼠充饥。我们走到哪都尽力帮助群众做事，同群众打成一片，群众夸我们不愧是毛主席的金珠玛米。与此同时，我们也进行政治宣传教育，记得在昌都炯达村有个叫次仁巴姆的女奴隶，我经常给她讲奴隶当家作主人的道理，我们的实际行动深深感化了她，就在我们离开村庄的时候，她跑来坚决要求跟我们走，参加革命队伍，我们高兴地接纳了她。

在进军的路上，我们经受了各种艰难困苦的考验，克服无数困难，当时组织上对女兵特别照顾，还配给我们马或牛，我们女兵谁都没骑，而是背着背包坚持徒步前进。由于昌都地区地处藏东横断山脉，10 月份就开始进入冬季，有的山终年积雪，气候十分恶劣。记得在过雪山时，我们只有用雪水调代食粉充饥，有时路上结冰不好走，战士们就用土洒在冰上，大家牵着手一起走过漫漫冰川，有的战士甚至脱下身上的衣服垫在冰上让大家通过。永远忘不了和我一起朝夕相处的一个藏族女战友，不到 18 岁，由于高山缺氧，永远长眠于雪山之中。掩埋了战友的尸体，擦干了脸上的泪痕后，我们继续向雪山顶上冲击。

## 在解放西藏、建设西藏的日子里

1951 年夏天，也就是我们在昌都学习不到一年的时间，突然接到通知让我们提前结束学习，立即进军拉萨。大约 10 月份我们背起背包从昌都出发向拉萨挺进。

我们克服了高山缺氧、体力不支的困难，边修路边宣传党的政策，大做好人好事，群众的房子漏了，我们就去修，没有水了我们就去挑，哪里需要我们，我们就到哪里去，群众夸我们是老百姓的活菩萨。经过一路上的宣传教育和实际行动，藏族老百姓了解了共产党，不少人还报名加入了我们的队伍。

我们到了拉萨后，进行个人总结评奖，对一路上表现突出的给予嘉奖，当时我也被授予宣传政策模范、团结模范和劳动模范等称号。

1956 年底我被调到林芝分工委，在医务所工作，当时我们住的是帐篷，工作条件非常艰苦，帐篷里的医疗器具经常被盗，院领导要求我们不分男女排班守夜，白天我们还要边给群众看病，边宣传政策，做好思想教育工作。记得林芝有个奴隶叫措姆，才 17 岁，有一次她得了肺炎，因无钱治病，已奄奄一息，我们得知此情况后，及时将她接到医院进行抢救治疗，她一天天好起来，在她住院期间，我们给她吃的，并精心照顾她，我还时常对她进行教育，以亲身经历讲解奴隶翻身当家做主人的道理。在她病愈出院时，组织上还送给她 10 块银元，她十分感动，从此，她明白了一个道理，那就是共产党才是穷苦人的救星，只有跟着共产党，奴隶们才能翻身得解放。为此，措姆不仅感谢我们的救命之恩，还坚决要求参加革命工作，最后她跟着我们学做护士工作。

我在工作中不怕脏不怕累，积极给病人治疗，在我们的精心护理下，无一人死亡，且全部恢复了健康。由于我工作出色，1957 年 7 月份，我光荣地加入了中国共产党，还受到嘉奖，同时我的事迹被刊登在《西藏日报》上。

1957 年底我被调到林芝统战部工作。在此岗位上，我作为一名女同志，克服工作上的重重困难，无论是宣传党的政策，还是在平息一小撮叛乱分子的阴谋活动中，都做了大量工作。

1958 年组织派我到重庆学习。1959 年西藏发生叛乱，组织上立即动员我们回西藏，我二话没说回到了林芝分工委。1960 年我被调到米林县妇联工作，当时形势较紧张，而且米林县又是一个边境县，叛匪活动较猖獗，他们反对土地改革，散布谣言。还有不少人外逃。面对这种复杂情况，我们在上级部门的领导下，积极开展群众工作。1962 年我担任米林县妇联主任后，在调查研究、发动妇女等方面做了大量工作，并取得了一定成绩。当时，林芝地区的米林县卧龙区当嘎乡有一境外来的特务，将一个较为进步的贫苦农民杀害，并扬言要杀共产党人，不管是男的还是女的都杀。面对这种危险和困难，我并没有被吓倒，反而更加坚定了对敌斗争的信心。在工作中珞巴族的工作是非常难做的，一些不明真相的人对我们工作组非常抵制，珞巴族基本上群居在山里，自古以来遗留下来的旧思想非常顽固，所以给我们开展工作带来了很大的困难。面对这种情况，我们先开展珞巴族妇女的工作，在我们的在开导和详细解说下，终于感化了她们，个个主动找上门，要求走出大山参加革命工作。

1962 年在对印度的自卫反击战中，我们响应上级的号召，积极发动妇女，不分白天黑夜，冒雨搞运输支援前线，在这次战役中，妇女们发挥了积极的作用，做了大量的工作，保证了前方需要。

五十年来，每当遇到挫折的时候，我就想想我当兵的那段经历，它使我振奋，使我执着；每当我获得荣誉的时候，我也会想起我当兵的那段日子，它使我坦然、镇定。

# 如歌岁月

阿次拉姆

1950年底我在巴塘参加了十八军五十三师一五七团。1951年秋进藏到昌都热亚，和战友们一起修公路，同年，我们三十多名战友被分配到波密军分区文工队，当时分区住在倾多宗，我们是背着五十多斤重的背包步行到这里的，当时部队生活很艰难，供给十分紧张，每天就吃点糌粑糊糊和豌豆度日，为了改变这种困难的局面，党和毛主席发出部队开荒生产的号召，开展生产运动。于是我们开始开荒种地。那是一个寒冷的冬天，土层冻得挖不动，为了完成每人每天开两分地的任务，同志们表现出一不怕苦，二不怕死的英雄气概，团结一心，互相帮助克服困难，完成了当年的开荒任务。当时我与十几名战友不仅要开荒，而且还肩负着宣传演出的任务，经常背着背包，翻山越岭，风餐露宿，到村、乡、寺庙，向群众宣传党的民族政策、宗教政策，解放西藏的重要意义，激发他们热爱祖国，热爱党和毛主席，提高人民群众对党、对中国人民解放军的认识，加深对三大领主几千年来对他们的压迫、剥削的认识，并真正懂得：只有在共产党毛主席的领导下，农奴才能翻身解放，穷人才能当家作主等等道理。

我们有时还住在群众家里，帮助他们秋收、背水、砍柴、扫地，和他们一起唱歌、跳舞，通过这些工作，我们不但得到了群众的信任和好评，更重要的是党的政策深入人心，从此我们的工作也好做多了。1954年春天，部队领导为了培养民族干部，将我和十几名巴塘战友送到中央民族学院学习文化和政治。1956年6月西藏自治区组织部通知中央民族学院抽一批学员去学医，当时就抽了65名学员去北京市卫生学校学习，学制4年，我改行做了医务人员。1960年5月毕业返藏，由于我们是西藏的第一批民族医务人员，所以区党委很重视，工委副书记周仁山、组织部长杨东生等接见了我们，并鼓励我们要做党的宣传员，做人民的好医生！此后，我被分配到自治区人民医院妇产科工作。

1964 年，因日喀则地区仲巴县属于边境县，敌情严重，自治区决定急抽一批干部加强那里的工作，我随爱人去仲巴县，到了那里后，心都凉了半截。因为那里是个纯牧县，又是新建县，全是帐篷，一年也只有两季变化，空气稀薄，缺氧，海拔有 4780 米，环境恶劣，条件十分艰苦，山上没有一棵树木，党政军民都住帐篷烧牛羊粪，一年四季见不到一点青菜。当时，县医院只有 4 位医生，一个小土房不到 30 平方米（包括我们的宿舍、药库及门诊），我们在自制的土桌子、土凳子、土床上，开展工作。这里居住分散，从县里骑马到一个乡要走七八天。我被任命为卫生局长，为了配合中心工作，下乡蹲点，背着药包走乡串户看病人。这里缺医少药十分严重，封建迷信盛行，社情复杂，敌情严重，特务经常搞破坏，造谣生事，土匪常进来抢老百姓的牛羊。这个县还有 4 个国际集市是盐粮交换的复杂市场。我想自己作为一名白衣战士，一个共产党员，有责任向群众宣传破除封建迷信思想，与敌人斗争。于是主动去市场为参加盐粮交换的牧民和外国商人防病、治病，扩大对外影响，争取更多的外逃群众回归。

牧民群众说我是党和毛主席派来的救命恩人，外国人也说中国好，给群众治病免费，给我们外国人治病也不收费，真是中国的好神医。

在这样艰苦的岁月里，我克服了重重困难，坚持工作了 16 年，培养了七十多名赤脚医生，由县医院原来的 4 名医生，发展到三十多名医护人员，医院从无到有，从小到大，建立健全了一套规章制度，建立了从县到乡的卫生网，乡乡有卫生所，区区有卫生院。让我感到欣慰的是过去的岁月我没有白干，看到自己培养的门巴族学员一个个都学到了过硬的医术，走上了医疗岗位，后来我也就放心地调回了自治区人民医院，担任医务处主任。现在我已年过花甲，退休在家安度晚年。

# 进藏第一课

张心一

1950 年，我还不满 17 岁，随二野文工团南下重庆后，经过整编成为西南军区战斗文工团戏剧队的一名演员。在毛主席延安文艺座谈会讲话精神的指引下，我和战友胡静宜被派往西藏深入生活，探索艺术创作的源泉。

我们于 1950 年 8 月坐敞篷汽车离开重庆，一路颠簸，经成都、雅安、康定，9 月中旬进入甘孜——这就是我进藏的第一站了。

到甘孜时，参加昌都战役的部队刚出发不久。十八军宣传部的领导向我们推荐了斯俄村，那是一五四团在甘孜驻扎过的一个小村庄，不到二十户人家，村里人大多会说一点汉语。因为红军长征时有几位负伤战士留在了这个村，因此部队内有人叫它“红军村”。一五四团驻在那里时坚持中央“进军西藏，不吃地方”的方针，严格执行政策纪律，缺粮时捕捉地老鼠充饥，从未与民争食，给村里的藏族同胞留下了深刻的印象，被称为“嘉萨巴”，即“新汉人”，写下了藏汉关系的新篇章。

斯俄村位于甘孜寺所在的山脚下，约 20 分钟的行程。军宣传部派翻译送我进了村，找到村里负责的头人，根据我的要求，他们安排我住在一户中等农奴家里。我就在这里开始了和藏族同胞阿吃、同住、同劳动的生活，历时 4 个月。

甘孜海拔三千多米，农奴们放牧和耕作都在雪山环绕的丘陵地带和小块平原上，住房大部分都靠山。我住的房子一面靠山，由两根大树干支撑起，成为上下两层的藏式筒子楼，下面喂牲口，上面住人，上下楼靠一根粗树杆当梯子（中间砍出一个个的小窝窝）。我的房间一面墙是削平的山体，其它三面墙都是用小树或灌木枝桠拼成的，四面通风。刚去时，虽然是秋天，但晚上的风仍是刺骨的冷。房东找出一块破氆氇给我铺在地上，我只有一条4斤重的军被，好在部队发了皮大衣，我就把皮大衣当褥子，棉裤当枕头，棉袄盖在被子上，睡觉时除了鞋子什么都不敢脱。这种房子的门只是一块破氆氇，人随时都可以进来，我天天晚上把手枪顶膛放在枕头下面，以防万一。在这种季节，整夜都很冷，不可能真正睡沉，不难听到响动的声音。我的这份家当帮助我度过了甘孜最寒冷的季节。

我的小房东是一个又黑又壮的男孩子，叫次仁。他是这里的奴隶娃子，专管喂牲口。次仁穿的是块破氆氇，只能稍稍挡点风。当我把离开重庆时带的一件单军装送给他时，他激动地捧着衣服，双手合十，连连地躬腰致谢："突其切！阿姐啦！"（意为谢谢阿姐）他虔诚的样子让我心疼极了，泪水浸在眼眶里，我捧住他的双手，用头挨着他的头告诉他："金珠玛米来了，以后你会有衣服穿的。"次仁是一个孤儿，他属于他的主人，每天他只能得到一点粗糙的豌豆粉当糌粑，茶水也是农奴主喝过的剩茶叶晒干了再煮成的，农奴主仓库里长了绿毛的霉变的酥油才能轮到他吃。次仁，就是苦难农奴的缩影。

在斯俄村的生活是很艰苦的。部队规定我给房东每天一块大洋作为伙食费，我和次仁一样，吃的是豌豆糌粑和酥油茶。豌豆糌粑吃了肚子发胀，酥油茶实在喝不下，一闻到那又霉又臭的味道，别说吃，真想呕尽肚里的一切东西！当时我们文艺兵，从内心深处以与工农兵结合为荣，以怕脏怕累为耻。如果我不愿意和他们同吃同住，他们就会感受到屈辱，更不要说与他们交朋友了。于是，我拿起次仁的酥油茶碗一口喝了下去，而且还学着他的样子用手揉糌粑尽情地吃。次仁看着我，竖着大拇指说："阿姐啦呀咕嘟！金珠玛米呀咕嘟！"说来也怪，这些东西吃多了以后，倒觉得好吃了，加上次仁喜欢看我吃，我越发高兴地吃。为了改善生活，次仁又教我吃干牛肉。所谓干牛肉，是次仁在野外捡回来的农奴主丢弃的干牛头。牛头上爬满了蚂蚁和蛆，次仁用小藏刀把蛆和蚂蚁刮掉，从骨头缝里剔出残余的一点干肉放进嘴里咀嚼，我立即学会了，也吃起来。这种牛肉的味道有点甜，不算难吃，但很不卫生。开始时，我吃一回发一回高烧，肠胃彻夜翻腾，日子长了也就习惯了。以后凡在野外见着干牛头，我就如获至宝，主动检回来和次仁一起享用，其乐融融。

次仁对我非常好。当时斯俄村没有厕所，我自己在牲口棚旁边找了一个小旮旯当“厕所”，每次次仁都在外面守着。我出去串门，他常陪着我、指点我。村里几乎家家都喂了狗，有的狗大如狗熊，好像福尔摩斯侦探小说里斯巴达克猎犬。我从小就怕狗，小次仁安慰我说：“阿姐啦不怕，有我！”在次仁的帮助下，我走遍了斯俄村的每一户人家。

我首先努力打听红军长征时因伤留下的老红军。他们中有的已被部队接去住院治疗，有的已过世了，我只见着一位曾经做过木匠的老人，看上去不过50来岁年纪，穿着打扮完全像个土生土长的藏族老阿爸，他精神不好，汉话也不大会说了。我满怀敬意地问候他，他握着我的手，抚摸着我的头，眼睛却好似望着遥远的地方，喃喃念叨着我听不懂的话。我用手数着前辈脸上刀刻般粗粗的皱纹——这些皱纹记载着他15年来的孤独和苦难啊！

我去得最多的是一些女奴家。她们有的是奴隶娃子，给主人带孩子，搓毛线，织氆氇的是中等农奴和贫苦农奴，每天要到地里去耕作。我天天和她们一起干活，一起唱歌跳舞，一起捉头发里的虱子。他们中年轻的大多会一些汉话，因此我可边学藏话边用汉语和手语与她们交谈。很快，我们就交上朋友了。熟悉后，她们就滔滔不绝地向我诉说她们的痛苦和欢乐。正如有一首歌里唱的“旧社会好比是黑咕隆咚的苦井万丈深，井底下压着咱们老百姓，妇女在最低层……”

在访谈中，我发现年纪大的阿妈们都比较沉默，除了干活和吃喝时说说话，一天到晚都在念佛，而年轻的阿姐们则不失豪爽和乐观，她们会唱很多山歌和情歌，经常在月光下跳锅庄舞，在地里干活也边干边唱“呵里哟那哇哟那舍果……”在斯俄村生活期间，知名作家葛洛和画家关夫生曾来过，我的几个很要好的朋友在客人面前仍和我疯闹。我让她们安静些，坐下来与客人说说话，但葛洛同志阻止了我，他说：“你们玩吧，我们在一边看着就好。”斯俄村阿姐们的性格感染了作家和艺术家。

年轻人和长辈们不一样，她们接触解放军多一些，一五四团洒下的希望的种子已经在她们心里发芽，老年人受的苦难多，她们只企盼着下辈子能改变一下做牛做马的命运，而年轻人已经有了对未来美好的憧憬。老年人企盼明天变好，而年轻人相信明天一定会好。人啊，只要有企盼，再苦再累也能尽力支撑下来。我原来对拜佛的事很不以为然，在斯俄村的所见所闻使我改变了看法：那不是单纯的迷信，而是苦难的人对未来美好生活的企盼！

离开斯俄村的第二年，即1951年，我奉命调到十八军后方政治部文工团。到那儿以后，我导演了反映藏族青年运粮支援解放军筑路的歌舞剧《运输线上》，编了反映藏族妇女载歌载舞迎接解放的《西藏弦子舞》，这些节目都在1953年西南军区文艺汇演中获奖。1954年我随筑路部队到拉萨，以后就是不断地下部队，下农村，参加民主改革、四清、“文化大革命”等等，近20年时间。这20年中，虽然在工作、生活、思想等诸多方面遇到过困难和挫折，但我“长期建藏，为西藏同胞的彻底解放贡献青春和生命”的决心从没有动摇过。那难以忘怀的小次仁和我的藏族父老乡亲姐妹们！是他们帮助我体验了藏族群众的生活，是他们教诲我怎样去认识西藏农奴，是他们激发了我为西藏的明天而奋斗终生的决心。这是我走进西藏的第一课，也是艰苦的第一课，使我终生受益。

# 我的人生新起点

宋惠玲

1949年12月初，我的家乡四川叙永县解放了。有一天，学校通知返校，准备和二野十八军文工团搞联欢，还特别安排了我的演唱。联欢那天，我唱的歌受到文工团大哥大姐们的特别注意和热情鼓励。

过了几天，弟弟宋班来说他报名参军已被录取，马上就要出发，惊喜之余我去送他。姐弟俩挤出送行人群往前走着，猛然看见迎面几辆汽车上站的都是文工团的同志们，此刻弟弟也找到了他要联系的那位军队干事，匆匆告别而去。汽车上文工团的同志们正向我招手，并且连声喊道“你来啦……快，快上车！”我不由自主地走上前去，接着就是几双手臂把我挽住提起，然后我就像“燕子归巢”般“飞”上了汽车。于是，一浪胜似一浪的欢声笑语，伴着车轮滚滚前进，把无限热情洒向田野！当时我只顾兴奋地品味着“幸福”，还没来得及想此举对我究竟意味着什么，直到很晚很晚的后来，我才明白：这是我人生的新起点。

## 文艺兵的滋味

我穿着女中学生的旗袍，处在周围都是穿军装的老同志中，那种不安逸的劲儿难以说清，好在不久就如获至宝地领到了一套崭新的军装，马上整齐穿戴起来又扎好腰间皮带，还特地把“中国人民解放军”胸章拍平，蹦蹦跳跳地出现在大伙面前，有的老同志说：“哟……哪来的娃娃兵……”也有的说：“嘿……怎么看着看着就变小啦……”我嘟哝了一句：“小，也是中国人民解放军文艺兵哩！”

1950年春，十八军在四川乐山开过“进军西藏誓师大会”后，全军移驻新津，并紧张热烈地开展各种进藏准备活动。文工团领导除精心组织基本功训练、节目创作和排练外，还特地联系演出实际，专门指派优秀演员、教员和导演，严格细致而又热情饱满地教练我们这批新兵。从手把手地教打腰鼓、扭秧歌到排练舞蹈、话剧等等，每一个动作，每一个姿势，每一种表演，乃至一字一句，一词一段的字音、语调、表情等等，都不厌其烦地示范和纠正。

当文艺兵的任务不仅仅是上台，在演出前后还要分管服装、化妆品，缝合被大风刮破的幕布边条，以及剪字、贴标语等等，此外，还有我的小活动——到随军图书馆帮助包书皮，写书名。当然也饱读了自己喜欢的书，诸如《钢铁是怎样炼成的》《牛虻》等等。我每天都似乎很忙，人们要找我，只要追踪我那银铃般的笑声准能找到。

更使我着迷的是，常在我们演出之前，军政委谭冠三将军总要到后台来看我们，还给我们讲他当年在二万五千里长征途中的故事。从他那栩栩如生的描述和深入浅出的喻释里，我多少领悟出“进军西藏”的伟大意义，因而备感自豪！

## 争先进藏

为利于进藏，进藏部队分成“前方”和“后方”两个司令部。“前司”以先遣部队为前锋，先期进藏以展开昌都战役；“后司”则承担一切支前任务。文工团也得一分为二，选相对少数“一专多能”且身体健康的演职人员，随先遣部队进藏。团领导宣布进藏人员名单的那一天大会上，我真切地听见了自己的名字，又听见许多同志说：“拥护”，按不住满心欢喜，脸上泛出了得意洋洋之色！另有一些同志当场要求补人名单参加首批进藏。突然，我听到一稚气的喊叫声“我有意见！”抬头一看，却是与我年龄相仿的男孩子小周。他站起来拍着胸脯继续大声说：“我生在革命队伍里，跨黄河、渡长江、解放大西南……这次不叫我去却偏叫刚参军的小胖子去……还说抬担架也要把她抬进去……”我一听急忙抬起头厉声责问：“谁说我要坐担架？”他当然噎住了，全场也都静下来，我接着大声说：我能跟着队伍走到拉萨，我一定学习红军长征的榜样，发扬艰苦奋斗精神，完成好一切任务，去争取胜利……我还把当初酋长的动员讲话都学着说出来。会场特别静，我有点怕，就慢慢地坐下来，过了一会儿，区分队长云某慢条斯理地站起来说：“小胖子应该去，不过小周也可列入名单！”热烈的掌声使我反倒有点不好意思，老远瞄了小周一眼，谁知他却也憨憨地正朝我笑哩！

不久，文工团奉命随前司各部入藏，第一站是赶赴西康重镇甘孜，途中要翻越的第一座大山，就是3200米高的二郎山。随着汽车驶在初开通的公路上缓缓攀登，沿线的野菊花发出阵阵香味，更有红松冷杉直入白云蓝天，以磅礴气势把我们拥抱，山上有涧水下落化成处处小瀑布，汽车钻行其间，颇似进入“水帘洞”。待到抵达山顶时却不见什么繁荣景致，没有野猴，没有猪、狐，只有灰黄野兔仓皇逃窜，以及红嘴鸟飞翔。天气变化无常，阴晴不定，气温降低且时或飘落些雪花，极少见到雪景的四川娃，此刻激情满怀不停地唱起各种“雪之歌”。而我兴致未酣就感到胸闷、气短、心跳加速、头痛并且有点恶心！为了缓解不良感觉，我向车外远眺，只见一片朦胧里几座巨峰俯视，唯那山里峰间点点红旗鲜艳，筑路号子远传天边。触景生情，车上的人们齐唱：“跨黄河，渡长江，我们生长在冀鲁平原太行山上，锻炼壮大在中原，千里淮海威名扬，人民到处欢呼解放，毛泽东的旗帜高高飘扬……”二郎山远远地招手送别光荣的进藏部队奔向前方。

## 泸定桥畔

过了二郎山抵达泸定桥边不远的地方宿营，团领导随即开会宣布纪律“不得擅自离开营地游山玩水！”散会后我无精打采地走出会场，走着走着，无意中听到前边几位老大哥小声说：“……桥头见……”我怦然心动就放慢脚步，等人散后，便远远尾随那几位大哥的身影走去。果然逼近了泸定桥，眨眼间他们一个接一个地鱼贯而行，没多一会儿就平平稳稳到了对岸！看到他们走过铁索桥的样子，我也满怀信心昂首阔步踏上了桥。开头几步确实蛮好，谁知大约走到桥的1/3处，桥身荡得越来越厉害。从桥板缝间往下看去，只见大渡河水夹着劲风发出沉闷的涛声急速流去，桥体随之不停摆动。我害怕极了，赶快蹲下去紧紧抓住桥板，声嘶力竭地喊叫：“快来呀！

快来救救我……”对岸的大哥们听到呼喊声全都猛然转回身，其中一位抢先一步踏桥返回，边喊：“不要动，不要害怕！”其他各位一个接一个地向我赶来。转眼间那位大哥走近了我，先抓住我的双手使我站稳，接着帮助我扭转身躯，然后喝道：“往回走！”说也怪，往回走的路是那么自如，不多会就脚踏原岸实地，只听他们责问：“哭什么？回去别说出去，不然有你哭的时候呢。”

不过，纸里包不住火，当晚生活会上那几位大哥被点名批评。尽管没点我的名，可我怎么也抬不起头来，但是，我还是有点困惑，为什么去瞻仰革命胜迹还要挨批评？想着想着猛听政委讲道：“参观革命胜迹的愿望当然好，领导上也会有安排。老铁索桥经历了几十年风吹雨打，去参观必须保证安全，所以规定不许上桥玩耍，既然定了纪律就得自觉遵守！”接着让大家齐唱“三大纪律，八项注意”。其实这时的我还没有真正进入革命军人的角色，故尔后来又接二连三“出洋相”、付代价，以后才算多少领悟到一点革命纪律的权威性和必要性。

## 甘孜岁月

很快就到了甘孜。此前曾多次听说红军长征途中到达这里时，曾和当地上层人士、人民群众共同创建了“博巴苏维埃”，如今身临其境目睹殊异风光，雄居高峰的宏伟甘孜大寺，红日照得金顶闪闪发光，一座座石木结构的藏式高楼，错落有致地被环绕在以方石和石片为基、土坯抹泥做墙的百姓屋舍中，宽街曲巷不乏各色商店，间或也有汉商；一群惊喜热情、质朴的男女老少藏胞，目不转睛地跟着我们的队伍走，他们各色各样的面庞、头饰、服装打扮以及神情，使我看得新奇，不知不觉间走进了我们借住的大院。

此刻，在康区的各项工作，如深入宣传进军西藏的重大意义，解释宗教、民族政策，争取僧俗中上层人士，并影响广大藏胞积极支援大军，进军西藏的适应性训练，都如火如荼般开展起来。如喝酥油茶、吃糌粑、捡牛粪、拾柴、放马等，也都是进藏途中必须学会的本领。男同志责无旁贷，女同志人数虽少但也得锻炼，因此组成混合班，同男同志一起放马。女同志们确实不简单，也一样把马调教得很不错，从不找麻烦。个别男同志瞧着好马，就禁不住想骑上溜达。我就拿“尚方宝剑”阻拦说，领导讲过“进军西藏，骡马是很重要的交通工具，只准放牧、爱护，不准骑耍！”“不然我要报告领导！”可有一次，我拦住一位骑马的男同志，用命令的口气要他下马，他悻悻地下马后却故意逗我说：“你敢骑光背马吗？这马跑起来可带劲啦！”我正犹豫之际，他又说：“害怕啦？有胆子就上去试试！”我忘乎所以地反讥道“谁怕？要我骑给你看？”“那好吧，来……”说着他就把手指交叉，伸到马肚边做蹬，我看这架势一赌气，踏将上去翻身就跨上了马背。又一想，这是明知故犯，不行，不行，我得下去！可是来不及了，那马儿已经小跑起来，接着它就加快了步伐，我只觉得眼前的草地、树林、小溪、远山，都像电影镜头一样闪过，还听到耳后面有人在喊：“小胖子，抓紧……抓紧马鬃……”当我去抓马鬃时，却从马脖子旁边一个“倒毛”翻落在地上了，滚了几下才喘过气来！这时大家已围在我的身旁，七嘴八舌问这问那，一位大姐上来想扶我起来，刚托我的左臂我就失声哭起来，原来是肘关节脱了！那马儿也把头挤过来，以无可奈何的目光看着我，还冲我轻轻地打起响鼻儿来！

在刚取下夹板手臂还不灵活之际，文工团领导考虑到我的情况，安排我去“土司头人会议”上做记录员，我欣然领命去报到。会议在距甘孜几十公里处夏克刀登（著名头人，昔日“博巴”苏维埃成员之一）的别墅里召开，军第二参谋长李觉和政治部主任刘振国首长主持会议，主题是商讨制定进一步做好进藏物资运输工作，以支援部队顺利进军的有关办法。我听首长们说的都是新鲜道理，土司、头人们所讲的事情也都是头回听说。倾耳细听又仔细端详他们之间热烈交谈的动人场面，我常凝神辍笔忘却记录！所以我的“记录”连自己也看不懂，好在另有几位大姐、大哥记录，也就从未看过我的记录。会议后，我弄懂了几点道理：一是开展任何工作，首先要广泛深入宣传解放西藏的重大意义，人们理解了，积极性就高了；二是进藏工作特殊，要事先跟上、中层人士、尤其是宗教界头面人物充分协商一致后再办；三是议定后，双方共同努力宣传、影响、动员群众，组织广大藏胞积极投入运输进藏物资的任务。

会议开得非常成功，各方皆大欢喜，会议结束时文工团前来演出祝贺，我就随团参加演出并一道返回甘孜。

## 进军途中

1951年5月23月，中央人民政府和原西藏地方政府签订了《关于和平解放西藏办法的协议》（简称《十七条协议》）。消息传来群情振奋，前司各部整装待发，即将挺进前后藏各地，文工团6月间奉命出发。出乎我意外的是，团里决定我们几位女同志：我和吴希（舞蹈教员）、冬秀〈藏族）、娜珍（藏族）等一齐分配跟着牦牛运输队去昌都。队长是军印刷厂谢显维厂长，印刷厂的机器、设备、纸张，建军报社的图书、资料及大伙的背包都由牦牛驮运，更多的牦牛则是运送军需品。与我们同行的还有戴珍和降白嘉措夫妇（商贸干事）。我们一行二十多人包括赶牦牛的藏胞，跟随牦牛缓缓而行，相互照顾有说有笑很是亲切。戴珍大姐见我是汉族女孩，就特意陪着我边走边摆家常。她告诉我说从甘孜到昌都，要翻越雀儿山、夹皮拉山、达马拉等5000米以上的大山，还要趟过许多冰冷的高原江河，特别是岗托和德格之间过金沙江时，没有桥，只能乘坐牛皮筏渡过去。这牦牛由藏胞赶着远不如骡马那般快，每天最多走四五十里，但负荷量却胜似过骡马。于是我就在溜达之余，跟戴珍大姐摘野果，采野菜，观山景，趟小溪，过草地，穿丛林，不觉丝毫劳顿，却是兴趣盎然。途中较为麻烦的事就是趟河水了，每天不知要趟多少次。有一次，我骑在牦牛背上过河，驮我的牦牛大概是热了，走几步就停下喝水，等了好一会它还是不动，我就拍了它几下，那天性温驯的牦牛，此刻发起脾气；一蹶两跳地把我扔到水里，战友和藏胞纷纷下水来赶牛、扶我，好不容易把我扶上岸。我全身湿透，冷得打颤，又没有足够的衣物可换，狼狈不堪。只见戴珍大姐和同志们说了些什么，接着他们分头散开又聚拢来时，每人手里拿着一件衣物，把我团团围定后将衣物递给我，就都背转身围成一个圆圈，戴珍大姐还特意嘱咐我说："先把身上擦干，再把衣服换上。"我顾不上回答就行动起来，换完后我转着圈子喊："突其切，突其切"。

当夜幕刚刚降临，我就钻进帐篷去休息。朦胧间戴珍大姐端来半缸熔化了的热酥油要我喝下去，我顿时被感动了，因为这是她用从内地带来的针和彩色丝线，从老乡那里换回来的酥油，而她自己有孕在身，却没舍得喝。这份情义，这份温暖，使我看着热酥油直掉泪。她善解人意地说：“小胖子，听我说，喝了酥油，明天爬山不发愁，听话快喝！”当晚她就睡在我身旁，我依偎着她进入了甜甜的梦乡。第二天爬山时，真的是气不喘脚不软，大家都高兴，我也没辜负戴大姐的希望。

从甘孜出发后行走了两个多月，许多江河、高山、雪峰、草原一一被踏在脚下，抛到身后。这天宿营后，戴珍大姐又提醒我“明天咱们就要翻达马拉山，这山约有四千九百多米高，而且山路很难行，今晚给你多喝点热酥油茶，翻山就顺利，就可一口气赶到昌都。”说罢又递给我一根树棍，并说：“明天翻山拄着它还能更省力。”

第二天一大早，我们顶着星光上路了。渐渐地越爬越高，戴珍大姐给我喝的酥油茶，此刻能量大多耗掉了，好在还有一根树棍拄着，于是我努力攀登，原先还不时望望顶峰，此时干脆低头慢慢爬，大口喘气，不知走了多久，气喘不停，抬头看山顶已经近多了，接着奋力爬。赶牦牛的藏胞心肠好，曾几次示意让我抓住牛尾巴向上爬，我怕犯军纪直摇头谢绝，那赶牦牛的藏胞向我威严地说道：“森（抓住）！唐波森（牢牢地抓住）！”我只好上前抓住牦牛尾巴，终于登上了达马拉山的顶峰，再回头看，果然是“一览众山小”，我笑了，大家也笑着说：“呀咕嘟（真好）！呀咕嘟！”

抵达昌都后我们几名文工团员又都归队了。年轻人疲劳得快，恢复得也快。团里几名藏族同志应当地亲朋好友之邀去要“坝子——藏式野餐聚会，我也凑热闹要她们带我去参加。耍坝子时我完全投入到巴塘弦子、昌都锅庄的热烈歌舞中去了。我那经历跋山涉水、风吹日晒的一张脸，此时已变成了典型的“高原红色”，当时乃至后来有些人（包括不少藏族同志）都认为我是“巴巴——巴塘人”，真没办法。

带着耍坝子的欢乐去看望戴珍大姐，她告诉我说她要留在昌都生完孩子再走，我依依不舍并约好拉萨再见。她又叮咛说：“你好好休息几天吧！往后的路还长着哩！要学会照顾自己，团结好伙伴……”边说边塞给我一把糖果。一股慈母般的亲情袭透了我的身心，我一头扑进她的怀抱哭了起来。

## 直赴拉萨

1951年9月初，我们军文工团随着军直机关，沿中路向拉萨进发。这段行程比前段艰苦得多。一是必须以行军速度按期抵达指定地点休息，补充给养；二是负担重，除个人背包外，团里的军用帐篷雨布、干粮袋、银元，还有文工团员特定的武器——腰鼓、乐器等等，都由每个同志分别携带；三是横断山脉地形复杂险峻。

闯过丹达西雪山，至今想来还心有余悸。翻这六千多米大雪山的前一天，我们很早就在山脚下宿营，当晚半夜就出发是为了在第二天中午以前越过冰峰。同志们沿着牦牛、骡马和先头队伍踏出的齐腰雪路，一步一步地向前移动，天色渐渐亮了起来，晨曦照在茫茫的白雪上，光亮骤增，射入人眼，人们赶紧戴上深色风镜。有的同志把风镜遗失或损坏了，在向导藏族同胞指教下，女同志把前额的头发披下来以抵挡强光，而短发的男同志，只好拉下帽沿做遮挡，有的同志还是因此患上了雪盲症，看不见路则由别的同志前来牵着他们继续往前走！接近峰顶时，领导要求大家不能大声说话，更不能喊叫，以免引起雪崩，命令全速前进，并要求十分注意安全！距峰顶只有二十多米的陡坡，完全是水晶般的冰峰，小心翼翼地喘着粗气爬着走过去，全靠向导和先头部队砍出的冰梯。下雪坡时只能依着前边同志的样子溜下去！待到进入山下宿营地时，大伙儿跳着、叫着、有哭有笑地祝贺胜利。

快速穿过冬季大草原，到丁青休整后，又直取嘉黎县，然后向南直奔拉萨门户太昭（工布江达）。这一带海拔相对低些，环境也相对好些，但连日来高原行军的艰苦跋涉，确已付出极多的体力，途中的主要食品为军用代食粉和蛋黄蜡，我禁不住在行军途中说了几句：“这山什么时候能爬完？”一位老同志插了句：“你还不懂吗？咱们是在世界屋脊横断山脉上行军啊，上山、下山是正常事！听说过了穷八站、富八站、不穷不富又八站，看见布达拉宫金顶时，就到了拉萨河畔！”我又嘟哝说：“这公路修的也奇怪，怎么路老在咱们后面修？”老同志笑着拍拍两条腿又说：“最带劲、最光荣的是坐‘11号’汽车到拉萨，靠两条腿不是也走过了千山万水吗？”

1951年10月26日，在红旗映照下，踏着威严雄壮的军乐节拍，我们打着腰鼓，举行了入城仪式，笑对欢迎的拉萨市民，开始了新的生活。

## 路还要走下去

红旗掩映高原之初，军民共庆吉庆之际，仍有藏独分子妄图借我们运输不便、供给困难之际，疯狂叫嚣“饿也要把红汉人饿走、饿死！”并且多次无端滋事挑衅。驻藏部队首长教育团结爱国上层人士并影响广大藏胞，与之展开有理、有利、有节的坚决斗争；同时组织全军上下开荒生产。在拉萨郊外的亘古荒滩上，挖石头，平整地，开水渠。我每天还是那样笑呵呵，尽量抢重活干。但是，负担总是比别人轻，我理解这是领导和同志们对我的一片关爱之情。

一天接到通知，军宣传部副部长汤化陶要找我谈话。我拍了拍身上的土就回去见他。见面后他的第一句话就是“小胖子晒黑了，也长高了一点儿……”接着话锋一转说：“现在中共西藏工作委员会已经成立，马上就要开展工作了，我被派到工委宣传部，主持开展地方包括对社会的宣传工作！”“调你去工委文工队工作，和文工队的同志们一起，宣传和落实‘十七条协议’，丰富干部、职工、各族人民群众以及统战人士们的文化生活，形象生动地宣传党和国家的各项政策，以及我们建设西藏的方针、措施！”我又问：“那要唱藏歌跳藏舞吗？”他说：“当然！当然！既要学习藏语文，还要学习藏族歌舞音乐等等，然后融进革命和建设新西藏的时代内容，创编成文艺节目演给大家看。”我听了这番话觉得很新鲜，很有意思，这种工作很有干头，就斩钉截铁地回答到：“那就跟部长去呗！”

到了工委文工队，就进入紧张的边学习边工作中，还合作排演了新节目，为当地同志和修路部队、民工以及广大藏胞演出，还不时为领导召开的各类统战工作、军政活动和节日庆典表演。既全身心地投入工作，也就没有闲情逸致去“捣蛋、闯祸了”，在大家的心目中我似乎长大了。

1953年夏季的一天，汤部长又找我去谈话，他先是问寒问暖摆谈新见闻，可我心里嘀咕着他绝不是找我聊天的，果然，他宣布决定：“你去小学当老师吧！”我大吃一惊，接着他又和颜悦色地解释说：“咱们和拉萨爱国上层人士反复研究商议，决定共建一所小学，取名拉萨第一小学，是一所在贵族楼房和园林地上改造建出来的学校。现在第二学期已经开课，可是还缺音乐教师，你想想看，小学怎么能够没有音乐课呢？更何况藏族人民是那么喜爱歌舞，部里商量来商量去……”我插嘴说：“就打发我去？不去、不去……”“先别说不去，去那里好处多得很，比如跟藏族小学生和老师生活在一起，藏语自然学得又快又好，还能广泛接触社会，切身了解藏族民间的风俗人情，学到各类歌舞、音乐、说唱、戏剧呢！”听完他的话，我说：“报告首长，坚决执行命令，全力完成任务。”首长接着说：“从今后不许耍小孩子脾气。当然，工作起来还有许多困难，但只要勇敢进取就一定会成功，可别辜负了组织上对你的希望，别辜负了藏族人民的期待！”过了几天大家为我送行，临别前，汤部长还送给我一只小巧的“西玛”牌坤表，语重心长地说：“上课下课和参加各种活动会议都要准时，往后遇到什么问题和麻烦就随时来找我。”

当拉萨小学的音乐教师真不容易，初到校那天的见面会上就被介绍给二十多位藏汉族男女老师，然后由陆一涵校长介绍学校的情况。他说：“我是本校的第三副校长，在本校负责主管党务和校务行政工作。第二副校长是曾在美国耶鲁大学任教授、驰名世界的藏学专家、军直政策研究室的首席顾问李安宅先生；第一副校长是清代拥戴中央，维护统一、和平，平定当时西藏内乱的功臣颇罗鼐公爵的后代江乐金公爵；第三正校长是西藏地方政府首席秘书长、和谈代表之一的阿乌达热·土登旦达；第二正校长是西藏地方政府四噶伦之一的朵噶·平措绕杰；第一正校长是达赖的经师赤江活佛，达赖即任校董事长，谭冠三政委、张国华军长任副董事长”。接着又介绍了政府推荐来校任教的多位老师。当时学校有学生近六百人，14个班次。

难就难在第一次讲课，铃一响，我就走进教室站在讲台上，一眼望去挤满了小孩和大人，小孩自然是学生，大人是陪读的佣人或亲属，课堂上吵吵闹闹，我连声用藏语说安静下来，可没有人听我的。此时陪我上课的黄老师，用流利的拉萨话带着几分权威地说了几句，教室里顿时安静了。

记得我曾写过一首歌词《洁白的哈达》，主题是“哈达献给亲人，亲人就是毛主席、共产党、解放军”曲调具有浓郁的藏歌风味，很快便风靡全藏。这首歌后被赴京观礼团、致敬团、参观学习团带到首都和内地一些大城市表演，自然得体地反映出藏族人民热爱祖国的炽热情怀，又有声有色地增添了民族团结的力量。

拉萨小学第九班由一位原私塾老师主持。这位格桑次仁老师颇有学问，而且责任心、进取心极强，心地善良但语言锋锐，对学生爱护有加，管教起来却铁面无私，孩子们既怕他又喜欢他，在他的精心教育下，学生成绩好、课堂秩序好，清洁卫生以及文体活动都很好。当我们共事不久，学校开展了争当模范班级的活动。我俩联手，互相配合，九班颇显争先态势。正当评选竞争之际，偏有一大一小两名男生表现异常，7岁小男孩每天上午迟到，而那名11岁的男学生则每天下午旷课！尽管藏族老师屡屡训斥，终不见效。我主张先向学生和家长做些了解，然后再妥善处理。

当我把小的一个叫来，关怀地问他近来为什么迟到而且学业也退步了？他哭着说道："阿妈病倒了，我得一早乞讨，送吃的给她，再来学校上课。格啦（老师）！我喜欢学校，我爱读书学习……"我说："好啦！别哭、别哭，你带我去你家看看你阿妈，好吗？"孩子疑惑地重复那"家"字，我加重语气说："家，你和你阿妈的家。""哇"孩子失声哭了，说："我没家"。我简直不敢相信，又问："你阿爸呢？"孩子听后哭得更伤心了"我没有阿爸……"我知道我刺伤了孩子的心，就赶紧安慰地握着他的手说："带老师去看你阿妈！"经过校医务室门口时，我请杨医生带点急救药同我一起去。走街串巷，曲里拐弯来到一家贵族大院的高墙外的藏式厕所墙角时，只见墙角处斜挂着一片破旧的氆氇，孩子往里一指跟着弯腰进去，黑暗中见到一位憔悴的妇女在呻吟，身旁还发出微弱的婴儿的啼哭声。我转过身去对校医说："杨医生，她身边还有一个病婴。"杨医生顾不得许多就钻进去为她听诊、触诊，当我们退出来时，医生皱着眉头说："药未带够，只能给点对症的药，我回校取点适用的药拿来。"我说："请顺便向校长说一下这里的情况，请求指示处理办法。"杨医生满头大汗地赶回来，除带了些药，还带来许多食品，另送200大洋给孩子母亲，在她连喊"突其切（谢谢）……"声中我和校医默默地、沉重地返回了学校。我又寻思着那个11岁男孩子家里十有八九也有事，次日我问时他说姥姥病了，这件事和前例一样做了妥当处理。后来学校根据贫苦市民的就学子女情况给予相应的补助，无家可归的孤儿学生被录为住校生，这种做法社会普遍认为是一大善举。

一天下午，我刚下课出教室，迎面走来一位着装朴素却很整洁的 30 岁左右的藏族妇女，她边叫“格啦！”边捧起哈达向我敬献，我赶紧接过哈达，她却跪下向我磕头，还不断地说：“古珍切……古珍切（意为感谢大恩大德）”我慌忙将她扶起，一看却是那位 7 岁男孩子的母亲。我说别谢我，这都是毛主席、共产党和解放军的恩情。孩子母亲动情地说：“是你们把毛主席、共产党和解放军的恩情带给了我们！”围拢过来的师生们都鼓起掌来，大家一齐沉浸在幸福和希望之中。

此刻，我抬头看着天空一轮红日高照，我朦胧地感悟到：我——小胖子，长大成人了，正踏着自己人生的新起点，迎着光辉灿烂的未来前进！

# 随新中国第一支科考队进藏

娜 蓉

## 参 军

1949年底，民国西康省政府主席刘文辉宣布全省起义。在解放军还没有进驻西康省省会康定之前，一股溃败的国民党军队流窜到康定，企图经九龙乡到云南，再逃到境外。消息传到康定，我同表姐随着避难的人群躲到距康定以西30公里的纯藏族聚居的木雅乡舅舅家。1950年5月，我才返回康定县城，那天天空晴朗，街道上熙熙攘攘的人流，人们脸上都挂着笑容，一扫我离开时的那种惊恐、压抑的气氛。我首次看到迎风飘扬的五星红旗，城里歌声飞扬，不少解放军战士在教唱《解放区的天，是明朗的天》等革命歌曲。最令我惊讶和羡慕的是，解放军中竟有许多女兵，她们英姿飒爽。回到家的当晚，在床上想着白天看到的情景，辗转反侧，难以入眠。

第二天，我瞒着姨妈悄悄地溜出家门，去找女友雍珠商量参加解放军。说来也巧，她听说十八军正在招收一批藏族青年随部队进军西藏。我便随她一起去找她认识的在成都参军的巴塘人，通过引荐，我和雍珠加入到了十八军先遣支队。当天就住在部队里，部队领导问我叫什么名字，本来我随继父姓李叫秀莲，引荐我参军的那位藏族同志说，你是藏族人应该取一个藏族名字，他就给我取名娜蓉，从那时起到现在我就一直叫娜蓉。

紧张的学习和入伍训练一晃五六天过去了，星期天上街遇见表哥高贵生，他说：你参军也应告诉姨妈，家里人成天发疯似地四处寻找你，你姨妈的眼睛都哭肿了。姨妈是个寡妇，靠做点小生意拉扯着两个女儿和我这个侄女，尽管生活十分窘迫，但还是让我念完了小学。我急忙奔回家里，姨妈见我穿着军装，似乎都明白了，不等我开口便痛心地数落道："秀莲啊，你让我找得好苦，你生母病逝后，你继父要带你回老家，我担心你回到老家受虐待，你继父才留下生活费把你托付给我……”那时我也讲不出更多的道理说服姨妈，但坚持着一定要参加解放军，还说比我家富裕的雍珠也同我在一起，我们还要一起进军西藏呢！姨妈更加不放心了，她痛哭流涕地说，从古至今从未有女人当兵的，这不丢人现眼吗？你一个刚满 13 岁的女娃子万一有个闪失，让我怎么对得起你死去的双亲啊！街坊邻里还以为我不能善待你，迫使你出走当兵，说到伤心处她几乎快昏过去。这时闻声赶回的已经出嫁的大表姐连忙劝解她说，当解放军的女兵很多，就是我们这条街上和秀莲差不多大小的也有三四个，她犟着要去就让她去吧。姨妈这才不再吱声了。自那以后每隔一周的星期天都回家看看，姨妈见我常回家看看，便再不提反对我参军的话了。七月初，我从十八军先遣支队司令部调到西藏工作团，团里正做向甘孜进军的准备。我回家把即将启程去西藏的消息告诉了姨妈，姨妈的态度又变了，她又舍不得了，用当时社会上流传的种种谣言来吓唬我，她说：“人家说到西藏要翻越 36 座山 28 道河，常言道‘正二三雪封山，四五六淋破头，七八月勉强走，十冬腊学狗爬，年轻力壮的汉子都难过有瘴气的高山，你一个 13 岁的姑娘哪能过得去啊！你当兵就在康定当吧。”针对姨妈所说的有关进藏途中的传言，部队早就进行了教育，当时有几十名巴塘男女藏族青年（有许多地下党员和东藏民青会员），刚从巴塘到康定支援十八军进藏，人家能够从巴塘走到康定，还要进西藏，我们为什么不行呢！我便对姨妈说：“这么多年的抚养教育我也舍不得离开你和两个表姐，但是部队里那么多女兵都能进藏，我也能去，我也一定要去。”姨妈见我态度很坚决，她沉默了很久进到里屋抱出一床毛线织的被子，又从箱底里翻出 10 个银元，用颤抖的声音说道：这床被子是你母亲亲手纺线织成的，你带上母亲的遗物，愿你阿妈保佑你。我流着泪收下了母亲的遗物，说啥也不愿收这 10 个银元，几经推让，最后我只拿了两个银元。

1950 年 7 月初出发，经过十多天的艰苦跋涉，我们平安抵达了甘孜。

## 夜宿冰坡

1951年5月23日，《关于和平解放西藏办法的协议》签订以后，我们进驻昌都。我在昌都西藏干部学校学习。10月中旬，校部通知我到科学考察工作队报到。报到以后才知道工作队是由北京中国科学院和政务院文教委员会组织的一批自然科学专家教授，随军进藏沿途考察，我被分配到以畜牧专家贾慎修教授为首的小分队当藏语翻译。小分队连我六人，贾教授及助手（也是他的学生），一名参谋，一名炊事员，一名通讯员。还配备了一个班的兵力担任警卫（跟着我们走了四五天，不知什么原因警卫班又撤走了）。名义上我是翻译，其实我只懂得康巴藏语的日常生活用语，问路住宿寒喧还能够应付，涉及到畜牧学的专用名词，不仅翻不了，甚至连汉语的意思也弄不太清楚，有一次贾专家问母牦牛的发情期，虽然经解释懂得了意思，但我满脸羞涩就是说不出口。贾专家是一位四十多岁的中年人，他的工作热情很高，往往不顾一天的跋涉疲劳，有时到达宿营地较早，他就到附近的牧民帐篷里去做调查，或只身去观察牲畜或在草地上采摘标本，他总是随时随地不停作记录。炊事员的名字已经忘记，年龄在40岁以上，也是一位勤劳质朴的老同志，他们在我心目中是两位忠厚的大伯大叔，炊事员对我也特别关照。那时贾专家的生活待遇是小灶，配有肉食罐头、奶粉和苏打饼干等，都由炊事员代为保管，老炊事员有时会塞给我一包饼干或一筒罐头。小分队只有我一个女同志，确实有许多特殊情况和不便。就说住宿吧，行军途中遇到有藏民的房舍和帐篷时，为了免除搭建帐篷的麻烦，在征得藏民同意后也借住民房或帐篷。藏族牧民的风俗习惯和忌讳，是一般不让外来的妇女借宿在自家的帐篷里。这个习惯我在家乡时并不知道，有一天下午三四点钟就到了预定的宿营地，我们小分队向一户较大的帐篷牧民家借宿，主人满口答应，一转眼发现我是个女的，态度立刻变了。他说现在天色尚早往前赶另寻住处吧！我们说还想在这里休整一两天再走，他只好说实在要住只能你们几位男的住，指着我说：“她不能住在我家帐篷里。”贾专家这才恍然大悟，又不能把我一个人丢在外面，只好紧挨着这户牧民家，自己搭一个帐篷。

## 渴饮山溪水

小分队为了方便贾专家的畜牧科学考察，从昌都出发后基本上沿着纯牧区的北路向拉萨行进，即经过洛隆、丁青，渡怒江经热振寺、直贡，然后从现在的纳金电厂到拉萨。这样基本上全在海拔四千米以上的地区行走，天寒地冻、滴水成冰、高山缺氧。那时刚刚解放又值抗美援朝战争时期，国家虽然在进藏的物资供应上尽了很大的努力，但是我们的装备仍十分简陋。尤其是食物方面，主食是大米，那时没有高压锅，在海拔四千米以上的高原，根本煮不熟米饭，天天顿顿都吃夹生饭，行军途中中午没法做饭，仅有的速食品蛋黄蜡和代食粉，配发的数量也很少，只能作为应急的充饥品，不可能每天中午都能吃上。我们几乎是太阳一出山就吃早饭，之后抓紧整理行装立即出发。下午四五点钟宿营，然后是搭帐篷拾柴禾，男同志还要放马，帮炊事员埋锅做饭，再快也得六七点钟才能开饭，中间相隔至少十小时以上，几十里的徒步负重行军，体力消耗极大，也不知道是怎样硬撑下来了。为了解决途中的饮水，每个人配备有军用水壶和饮水消毒片。按规定，饮水消毒片放进水里一个小时以后才能饮用，但是谁也不愿背上一壶水走上一小时。往往是渴了就喝路旁的山溪水，高原上的山溪水清澈透明没有一点污染，很好喝，说来也怪，小分队竟没一个人因喝生水拉肚子的。深秋季节，在阳光的照射下，草原上一片金黄，碧水蓝天，牛羊静静地啃着草，几顶黑色的牦牛帐篷散落在草滩上，冒出缕缕炊烟，多么美丽的高原风光！但有时也会遇到麻烦，在高原的河流上几乎没有桥梁，宽广的河流用牛皮船划渡。浅的河水骑马或趟水而过。这天，我们要涉过的一条小河，河不宽也不深，最深处齐膝盖，河两岸有些薄冰。深秋季节，早晚已经开始结冰，中午在强烈的阳光照射下冰会化掉的。往天过河贾专家骑马涉河，其余男同志都是徒步涉水。河水都是从雪山上融化流下的冰水，几乎同冰一样寒冷。平日过河，都是把我扶在驮物资的马上驮过去，这天我见天气晴朗也要求和大家一样趟过河。我脱去鞋袜，老炊事员牵着我，刚下到水里就冻得我直打寒颤，脚抽筋，差一点扑倒在水里，老炊事员忙一把将我推上岸，他咬咬牙将我背到河对岸，我的裤子是卷起来的，被水浸湿的裤腿粘上的沙粒冻得硬绑绑的，细小的沙粒粘在脚背上已经结冰，脚冻得麻木了。看着老炊事员的小腿和脚被冰凌划出的好几道血痕，我心里十分感动，默默地为他祝福。

## 迷 路

为了考察牧区，我们没有完全循着习惯的路线走。两次迷路造成的艰险令人难以忘怀，一次大约是12月初的一天中午，位置在藏北的索县一带，我们沿着一条山溪小路向上攀行，山坡比较平缓，先是密密丛丛的灌木林，之后渐渐走进全是高耸挺拔的松林，路径没有了踪迹，驮着物资的马匹在密林中撞来撞去，简直没法通行，不知该往哪里走。天阴沉沉的，零星的雪花扑面而来，我们迷失了方向，再走下去后果不堪设想。贾专家和参谋商量后，决定原路返回，总算在林木疏落处找到一处较平坦的小坝子，旁边有一条小溪，这是最理想的宿营地了。当务之急是赶紧卸驮子，拾柴禾。我们正准备支起帐篷时，突然狂风夹着雪花，猛烈地袭来，帐篷再也支不起来，风吹在脸上像刀刮一样，手脚冻僵了。在狂风大作、雪花飞舞的情况下，费了很大劲才把火点燃，饭是没法做了，炊事员用三块石头支起了一口锅烧上开水，大家便围在火的周围，各自用开水调着代食粉吃了起来。雪仍然是断断续续地飞着，一天的疲劳加上喝了代食粉糊糊，肚子里暖和了，我坐着坐着就睡着了。第二天醒来天已大亮，周围白茫茫一片，我穿着棉衣棉裤和皮大衣，外面搭着一块军用四方帐篷，火还在燃烧。他们告诉我为了防备坏人和野兽袭击，除贾教授和我以外，其余同志轮流值了一夜的岗。

第二次遇险也是在藏北草原，12月的高原已是冰封雪冻，不仅山上是皑皑白雪，就是草地的背阳处也是茫茫积雪，我们小分队走错了路，走进了一个山谷，我们又往前走了十多华里，路途中没有遇见过一顶帐篷、一个牧民，甚至连草原上极多的野兔和地老鼠都没有见到一只，真有一种荒凉冷漠的感觉，原以为顺着这条山谷走，总会有尽头，而越走山谷越狭窄，路变成光溜溜硬梆梆的冰路。夜幕正在降临，得赶紧找个安全避风的地方住下，所幸就在不远的山坡找到一块月牙形的崖坎，那里有一堆很厚的积雪，剥去表面带有灰尘的积雪，里面居然很洁净，我们决定就在这里宿营了，这次比前次夜宿森林更困难了，饮水虽然能用雪代替，但没有柴烧，无法化雪烧水，正在一筹莫展之际，不知是谁提议把包装驮运物资仅有的两只木箱砸烂当柴烧，一锅雪水还未烧开，木箱已经烧尽，大家只能就着还未烧开的温水调着代食粉充饥。刺骨的寒风从前胸吹透后背，大家和衣再盖上很薄的被子，仍然难以抵御寒冷，就这样熬到天明，可怜的几匹军马没有饮水，只吃了点积雪和喂了些携带的豌豆，第二天还得负重前进。

从昌都出发经过一百余天的行军、沿途考察的，1952 年藏历年前夕顺利抵达拉萨。我们小分队是新中国成立以后，也可以说是历史上第一次对藏北畜牧区进行科学考察的，虽然是那样艰苦，但为以后的科考工作开了先河，我能成为其中的一员，我为之自豪，为之骄傲。

# 女工兵的艰苦岁月

王应霞

1950年，我怀着保卫祖国的满腔热情参加了中国人民解放军。参军后，被分配到二野十八军工兵八团，成为新中国成立后第一代女工兵。这一年，部队按照中央人民政府的命令，接受了进军西藏、修筑康藏公路的艰巨而光荣的任务。在高原气候环境条件极为恶劣的情况下，我们女工兵跟随部队劈山开路，遇水架桥，连续奋战了5年，出色地完成了任务，把公路从四川西康的二郎山一直修到西藏拉萨，用自己的热血和青春，为西藏人民架起了连接首都北京的“金桥”，创造了人类筑路史上的奇迹。我在部队5年的军旅生涯，是在修筑康藏公路中度过的，是最艰苦、最难忘的五年。

## 工兵颂歌

西藏高原平均海拔在四千米左右，空气稀薄，荒无人烟，自然条件极其恶劣，修筑康藏公路的部队很艰苦，我们当工兵的就更艰苦。在筑路过程中，上级总是把最困难的任务交给工兵。当时修筑康藏公路是由工兵、步兵、民工组成的浩浩荡荡的筑路大军，而我们工兵总是在最艰苦的路段上施工，在海拔最高的高山开路，在波涛汹涌、激流翻滚的江河上架桥。当时修路架桥没有任何机械设备，用的全是圆锹、十字镐、八磅大铁锤、用树枝自编的抬筐等原始工具。在修建然乌沟那段路时正值冬季，天寒地冻。战士们晚上睡觉时，只有用被子蒙着头才能睡，早晨醒来，呼出来的气在被头结了冰花。然乌沟地势险恶，两侧是悬崖峭壁，下面是深不见底的峡谷，公路要从悬崖峭壁的半山腰通过。战士们在悬崖绝壁上打炮眼，连站脚的地方都没有，只能用条绳子系腰，悬在半空中打眼、放炮、撬石、运料。许多同志手上、身上、腰间都磨出了血泡。就是这样，一直干了两个多月，硬是用蚂蚁啃骨头的精神，在半山腰把公路修通。同志们自豪地称这段路为半山路。修筑康藏公路的工兵部队非常艰苦，我们这些女同志就更不用说了。在高原上修公路，修好一段不等通车，马上就得前进，继续向前修，在一个地方少则住十天八天，多则半个月一个月就得前移，徒步行军就成了家常便饭。有时为了抢时间，赶任务，无论是下雨下雪下冰雹，还是风沙弥漫等恶劣天气，都照常行军。在行军中，战士们用担子挑着枪支弹药、圆锹、十字镐、米袋子、被褥衣物等，每个人负重在一百斤左右。女兵也背着背包、干粮袋等物品。我比别的女兵还多一支加拿大手枪和几十发子弹，负重不少于四五十斤。修筑公路中，我们住的是帐篷，睡的是地铺。赶上雨雪天气，到处都是泥水，我们就拣来碎石铺在地上，找来树枝杂草垫在上面，再铺上被褥，同志们风趣地叫这种地铺为“钢丝床”。下雨下雪，雨雪顺帐篷流下，流经“钢丝床”下，同志们就风趣地叫它“自来水”。有时赶到下大雪，帐篷被压塌，我们只得从雪窝里爬出来。由于长年累月地住帐篷睡地铺，不少同志患了关节炎、类风湿。施工中，我们与男同志一起干。打炮眼，他们抡锤，我们掌钎，八磅重的大铁锤抡起来猛击下去，震得虎口生疼，整个身体都颤抖，打一锤，就得转动一次铁钎，一天下来，身体就像散了架一样。

生活条件十分艰苦，首先是饮食，主食是米面，但无高压锅，在高原上煮不熟，我们经常吃夹生饭，吃的副食是脱水的白菜、辣椒、西红柿、黄花菜等各种干菜。在修路过程中，我们从来没有乘过汽车，直到2415公里的康藏公路全线修通后，我们部队出藏时才乘上汽车。在从西藏开往成都的路上，我们乘车在用自己血汗浇铸成的公路上行驶，心情无比喜悦，简直无法用语言来表达，一路风尘仆仆，一路欢歌笑语，“二呀么二郎山”的歌声在沿路回荡。对康藏公路，我们有特殊的感情，有特殊的感受，有特殊的爱。当时流传着这样一首赞颂工兵的歌：“人民工兵英雄汉，脚踩云雾头顶天，举起开山斧，抡起开山鞭，削平千重岭，嘿！劈开万重山……”

横跨怒江两岸的钢丝吊桥

## 扛米比赛

修筑康藏公路，行军对我们来说是家常便饭。俗话说：“兵马未动，粮草先行”。我们每次行军去新的施工驻地，都要备足一个工期的粮食，因为只有足够的粮食，我们才能沉住气，不致于饿着肚子施工。我们在徒步行军去通麦施工地段时，为了保证有饭吃，大家每个人身上都背着许多粮食。我们团后勤有个叫姜宝章的保管员，长得五大三粗，平时经常与我们开玩笑。有一天，他主动提出来要和我们女同志比试比试。我就问他比什么？他说咱们比赛扛大米（一袋50斤），你扛一袋，我扛两袋，你扛两袋，我扛三袋。那时我们都年轻气盛，谁也不愿服输。不就是扛大米吗？平时行军背的东西也差不多五十斤左右，比就比。我扛起一袋，他就扛起两袋，我又加了一袋，他真的扛上三袋。说实话，我扛着一袋50斤行军还马马虎虎，走几里路不成问题，但一下扛着两袋，重量翻了番，就不那么容易。我背着100斤重的粮食，走起路来很吃力，腿也不停地打软。我想，既然话说出去了，就不能装熊。于是，我鼓足勇气，强打精神，背着两袋大米，硬着头皮，咬着牙，使出浑身的解数，硬撑着向前走。不巧，被我们团的参谋长宫血三同志发觉了，他立即让我把身上背的大米袋放下来，并严厉地斥责姜宝章，你一个大老爷们和女同志比赛，算什么本事。接着他责备我不该开这样的玩笑，问我还要不要命了！我们的这场比赛就这样结束了，但我们谁也不是输家和赢家。

## 下连队

1952 年，在部队进行的“三反、五反”中，团里把连队的司务长、上士（给养员）来了个大换班，另选任了一批政治上极为可靠的党员、团员。这些新上任的司务长、上士，大都文化很低，不会算账，也不会记账，只凭他们忠诚老实，让他们管钱管物，这给后勤管理工作带来了很多困难。为了解决这些问题，团里领导就派有一定文化的同志下到连队，帮助他们清账建账。当时我去的那几个连队住的都很分散，他们的财务账目都比较混乱，为了帮助他们把账清好建好，我每到一个连队少则要一两天，多则要三五天。当时我印象最深的有两个人，一个是四连的司务长潘长明，一个是五连的上士，他的名字现在记不清了，只记得大家都叫他虎子。这俩人都很憨厚实在，但文化不高，只能认几个简单的字，连自己的大名写出来都歪歪扭扭，记账打算盘全是门外汉。他们把单据用纸包着，钱一堆，货一堆，根本就不知道怎么记账。为了让他们尽快学会记账，我就一切从头教起，手把手地教他们简单的记收支账，简单的算盘加减。我好不容易帮他们把账弄清了，过一段时间我再去看时，账目又乱了。当时我没有什么好办法，就三番五次往连队跑，十次八次，一点一滴，不厌其烦，手把手地教，最后终于使他们初步学会了记收支账。修筑公路的连队都住在荒山野外，全是男兵，我下到连队后，就我自己是一个女兵。为了安全起见，我在连队附近选择一块地方，用四块雨布搭起帐篷自己单独住。白天忙忙碌碌，可到了晚上就不同了，在深山老林里，漆黑冰凉，荆棘丛生，野兽出没，特别吓人。我一个人摸着黑住在帐篷里，连个照明手电都没有。在高原上施工不但艰苦，还时常会遇到“泥石流”等危险。有一次，我从扎木工段的连队返回机关，快到机关驻地时，突然听到前面一声巨响，接着就看到泥浆和石块形成滚滚洪流，从山坡上直冲下来，势不可挡，撞树树倒，遇桥桥塌。当时天已接近傍晚，再返回连队路太远，也很危险，在这个时候别无选择，也顾不得什么，只能冲过去。趁“泥石流”稍一停顿的间隙，我踩着从山上流下来的大石头和树枝，三步并作两步，拼命地跑了过去。回到机关驻地后，我好半天喘不过气来。这一次，虽然是有惊无险，但也是险里逃生。

## “高山病”

夹皮拉山，海拔高度四千九百多米，自然环境、气候条件都很差，山上除生长着一种一尺来长的短树杈外，其它什么东西都不长。这种短树杈烧起来噼噼啪啪地响，像跳蚤似的跳来跳去。我们给它取名暴格蚤（四川土语）。山上全是积雪，没有水源，我们就把积雪一筐筐的弄来，溶化后用来烧水做饭。由于高山缺氧，许多人身体都不适应，有的甚至被夺去了生命。当时我们后勤有三位女同志，上山以后，张光晋先病了，呼吸急促，浑身难受，胸闷心慌。我和李上麒俩人负责照顾他，后来李上麒也患了类似的疾病，也躺下了。我一个照顾他们俩人，后来我也病了，三个人谁也照顾不了谁，领导看到这种情况，就派通讯员小刘来照顾我们。山上环境艰苦，缺医少药，小刘又是男同志，毕竟有诸多不便，团里只好把我们三个人都转移到设在昌都的卫生队临时休养所去。昌都海拔较低，属于平地，我们一到昌都，三个人的病就全都好了。我们后勤有一名会计，叫郝玉亭，高山反应特别厉害，别说住在山上，就是路过高山都受不了，一到上山，脸马上就发肿，嘴唇和脸铁青，心脏急剧跳动，生命垂危。为了防止发生意外，团里赶紧派人把他送下山去。师后勤部一位财务科长的爱人，从内地千里迢迢赶到部队探亲，在西藏只住了一宿，第二天就突然去世。经症状分析，确认她是死于“高山病”。在修筑康藏公路的过程中，我们工兵里有不少战友被“高山病”夺去了宝贵的生命，他们是修筑康藏公路的真正英雄。

## 雪地看“攻克柏林”

在筑路过程中，我们的文化生活非常贫乏，成年累月看不上电影，听不到音乐，什么戏曲晚会、文艺节目好像都与我们无缘，有时上级偶尔派个剧团来慰问演出，大家都喜出望外，奔走相告，谁也不愿错过这个千载难逢的好机会。当时由于我干出纳工作，保管着部队所需的一箱箱的银元（当时驻藏部队的经费是用银元），为了以防万一，我一步也不敢离开帐篷，只能远远地听听声音。记得有一次放电影，名字叫《攻克柏林》。由于我的帐篷不敢离人，财务股长郝玉亭就主动替我看守，叫我去看电影。那天晚上下着大雪，放映员用雨布盖着电影机放电影。地上全是积雪不能坐，大家就披着雨衣在一个山坡上站着看，雪越下越大，但没有一个人愿意离开。有位首长担心大家受不了，问大家雪下的这么大还看不看？大家异口同声地回答要继续看。当时尽管雪花飞舞，但大家看电影的热情一点也没有减，个个精神抖擞，聚精会神，一直站了三个多小时。当看完电影时，我的两腿都站僵了，这才算真正过了一把瘾。

## 高原婚礼

1953年底，路修到了然乌沟。部队进驻然乌沟后，经领导牵线搭桥，我和后勤的任福全同志结婚了。当时条件非常简陋，我们的新房是一个帆布帐篷，帐篷四周略呈圆形，中间一个尖顶，形似小庙，面积不过五六平方米，别具一格，很有意思。我们结婚用的床，是用四根有树杈的矮木桩支起来的，上面架着一些横七竖八的树棒，然后再铺上树枝和我们两个人的被褥。我们用的“凳子”是锯开的一节圆木，“桌子”是用圆木和两块小木板架起来的。就是这样一个简陋的小庙帐篷，还得公私兼用，既是我们的新房，又是任福全同志的办公室。我们的婚礼非常简单，是在另一个极其简易的帆布办公帐篷里举行的，连一块糖果也没有。我们也没有新衣服，穿的是平时的旧军装。结婚证书也是藏汉两种文字的。婚礼也没有什么仪式，领导讲几句祝福的话，我们在毛主席像前鞠了几个躬，就算举行了婚礼。举行婚礼那天，我们部队的几位司务长和上士，敲锣打鼓送来了一幅红对联，贴在帐篷的门上，上联是“康藏高原结同心”，下联是“并肩携手永向前”，横批是“革命伴侣”。当时虽然条件很差，但还是热热闹闹的，这就是在特殊环境中举行的特殊婚礼。

# 光荣的使命

——开创西藏妇幼工作散记

吴景春

党中央、毛主席对西藏人民非常关怀，为西藏制定了“慎重、稳进”的方针，明确指示，要做好上层爱国人士的统一战线工作，发展经济，搞好对藏族群众的医疗卫生工作。进藏部队在完成进军任务之后，认真贯彻党中央、毛主席的指示，做好统战、看病、做买卖这三项基本任务。作为医药卫生工作者，深知卫生工作在建设西藏、巩固国防，特别是密切与藏族同胞的关系中所具有的特殊作用。

## 见死不能救

毛主席的指示，激励着每一个医务工作者。大家都暗暗下决心，克服困难千方百计为藏族群众服好务。我作为一名助产士，也下定决心用我的双手去迎接每一个小生命。

初到拉萨，医院还未组建，门诊、出诊是我们当时一种主要的服务形式。别看门诊很简单，经过前来看病的人们相互宣传，来这里看病的人一天比一天多起来。来就诊的有老人、妇女、儿童，也有僧侣。我第一次出门诊的时候，心情很激动。听诊器、血压表、登记本……我都认真做了准备，期待着病人的到来。一位年轻的妈妈，抱着一个小孩来了，看着她那焦急、期待的目光，我想孩子的病可能不轻。我让她坐下，一边摸着孩子的额头，一边问孩子叫什么名字，多大年龄。谁知我的话还未问完，孩子妈妈眼睛就瞪得老大，抱起孩子就走，边摇头边说：“从给没，从给没。”把我给弄糊涂了，真是丈二和尚摸不着头脑。我站起来追上去，拉着孩子妈妈说：

“别走，别走。”她还是极力挣脱。这时，翻译小陈来了，经询问，才知道我问错了话。把孩子年龄多大“罗嘎菜？”说成了“贡嘎菜？”藏语是卖多少钱？这位妈妈以为我要买她的儿子，吓得连声叫“我不卖，我不卖。”这场误会，使我深深感到，要为藏族同胞服务，光有一颗火热的心是不行的，还要认真学好藏文藏语，能够与他们交流沟通。经过申请，我成了西藏藏文藏语干部学校的第一批学员。

妇产科出诊是很多的，而且不分白天黑夜。记得在一个漆黑的夜晚，我和翻译小陈，还有警卫人员带着急切的心情，跟着来求助的人，几乎一路小跑，高一脚低一脚地到了病人家里，谁知，他们已请来了僧人，正在为产后出血的产妇念经。我给病人进行了检查，判断是产后胎盘滞留。这并不难处理，只要在消毒的情况下，戴上手套，轻轻剥离胎盘，进行止血是有把握抢救病人生命的。但由于西藏长期受封建迷信的影响较深，群众对现代医学的诊治还不大相信，仍愿意求助于僧人念经，而且听信他们的话。我向她的家人说明了诊断和处理意见，他们不同意进行胎盘剥离术。不管我怎么力争，他们都不准我动手。我看着刚刚出生正在哇哇啼哭的婴儿，看着病人那张苍白的脸，心里一阵难过，不由得眼泪流了下来。我焦急地一次又一次请他们相信我，但都无用。初到西藏，群众还不了解我们，领导告诫我们，要尊重群众的习俗。无奈，我只好带着满腹的委屈回单位，一见到我们的领导崔静洲同志，我忍不住放声大哭“为什么见死不能救？为什么见死不能救？”这一夜，我几乎没有睡觉，那张苍白的面孔，哇哇哭叫的婴儿，总是在我眼前闪动。治病、救命，真心实意为他们服务，还被拒绝，怎么也无法想通。这也使我们增强了宣传卫生科普知识的决心。我们边治疗，边宣传，渐渐地，妇幼卫生工作越来越被藏族同胞所接受，以致成为西藏卫生宣传工作中最为有声有色的部分，受广大群众的欢迎。

## 迎接小生命

我从 1951 年底进驻拉萨，到 1956 年 6 月离开，近 5 年的时间里，用双手不知把多少个小生命迎接到人世间。今天想起来，仍是甜蜜蜜的。仿佛又听到一个个小生命落地时哇哇的哭声，听到了婴儿们要吃奶时一起哭

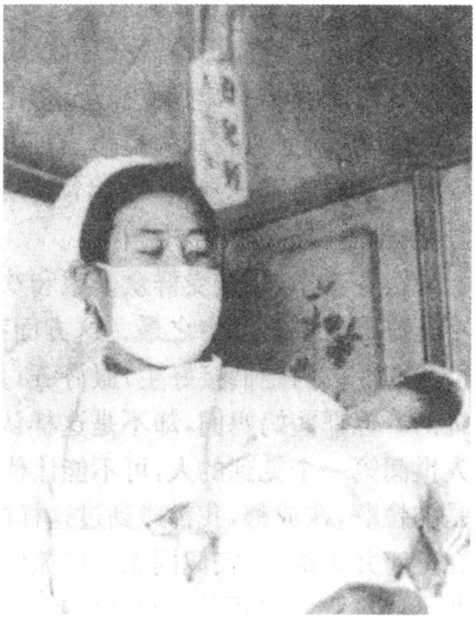

吴景春同刚接生的婴儿。摄于1954年

的“大合唱”，仿佛又看到那一张张可爱的小脸，那被包在小毛皮里，涂着满身酥油，在房顶晒太阳的小模样……

旧西藏生孩子，被认为是“污秽”行为，只能在牛棚、羊圈、帐篷内分娩，而且是在地上，能铺上一张羊毛氆氇就不错了。孩子出生时也是由产妇自己处理，用普通剪刀剪断脐带，用羊毛绳捆扎。这种落后的生孩子方式，使产褥热感染率及新生儿死亡率都很高。

当时，我们接生也是跪在地上，这种姿势给接生带来诸多不便。大家只有更加精心操作，谨慎小心，以保证母亲、孩子的平安。卫生工作是无言的群众工作，治好一个病人，就增加一份理解和信任，增加一份感情和温馨。

记得有一位叫华德的产妇，是臀位。接生时我总怕婴儿窒息，十分小心。竭尽全力使婴儿慢慢娩出，以使产道充分扩张，便于胎儿头部通过。婴儿出生后，提起两脚，轻轻拍打了几下，孩子就哇哇哭出了声，产妇胎盘也顺利娩出。产妇出血不多，小生命与产妇都平安无事。他们夫妇十分激动，握住我的手说：“阿姆吉拉（医生），谢谢你们！人的头发虽多，但是可以数尽；可我们对你们的感谢之情，是怎么也数不尽的。”他们经常邀请我们到他们家做客，还高兴地把小宝宝抱给我们看。这件事，新华社还向国内外进行了报道。为搞好统战工作，我们给贵族接生也不少。德木活佛夫人、阿沛·阿旺晋美的妹妹生孩子，都是我接生的。他们也都对我们非常感谢，献上他们认为最珍贵的礼物——哈达。阿沛妹妹还常到医院来看望我。一次，我出诊不在医院，她整整等了两个多小时，送来手绣的漂亮小手帕。

医务工作，是最受群众爱戴和欢迎的工作之一。而妇产科和小儿科可以说是最中之最，这方面我深有体会。接生，本来是我们的职业。为她们接好生，服好务，是义不容辞的，没有什么可夸耀的。但那些妈妈们，却不是这样认为，她们常说，你们是孩子到人世间第一个见到的人，可不能让他们忘记你们。无论在北京，还是在拉萨，在成都，我都碰到过这样的事。1956年的一天，我正走在王府井大街上，安佩同志一把抓住我说："景春，你好！"拉过她的儿子"小萨，快叫阿姨，她是你到人世间第一个见到的人，你可不能忘记阿姨。"我一看小萨已经长大了，抱起他亲了又亲。这母子俩那种真诚的发自肺腑的感情，深深地打动着我的心，激励我更好地去为迎接小生命服务。我还经常收到一些孩子寄来的照片，上面写着"吴阿姨，是您的一双手，把我迎接到人世来。"时光过得真快，现在我已是六十多岁的老人了，当年在拉萨接生的小孩，也多已进入中年。我多么想再对他们说一声：祝你们幸福！

## 哑女痛苦

部队进驻拉萨后，有条纪律，不得私自上街，因工外出，男同志也要3至5人，女同志更要有警卫和男同志陪着。我们进入拉萨，已有一些时间了，还没有机会浏览拉萨这座古城的风貌。在女兵们的请求下，领导答应可以由男同志陪同上街去看一看拉萨的市容。大家好高兴呀！一起专门出来观看，心情要比出诊时轻松得多。拉萨这座古城，真的是很美丽的。碧蓝的天空，朵朵白云在缓缓地飘动，雄伟的布达拉宫在洒满了金色的阳光下矗立着，金碧辉煌的大昭寺、小昭寺和佛塔以及家家户户门窗上飘来飘去的经帘，十分好看。

虔诚的信徒们，有的在神塔下祈祷，有的在大昭寺前转经，有的在磕长头，似乎男男女女都在为佛事奔忙，拉萨真是一座名不虚传的圣城。使我们备觉新奇的是磕长头，只见信徒们身着护身，腿束护膝，手上套着木垫，一步一俯身，好像在丈量土地，满脸满身都是泥土。街上衣衫褴褛、蓬头垢面的乞丐，到处可见。在八廓街的转弯处，众多的乞丐跪趴在地上，不住地哀叫、乞讨。在靠墙边的地方，布满了各种各样的小蓬蓬，破烂不堪。这是乞丐集中的地方。在众多的乞丐中，我看到了一个大肚子妇女，几个乞丐正在戏弄她，把她推来推去。我连忙走过去看，才知道是个哑巴，只会哇哇叫。我可能是出于一种职业责任感和同情心，决定设法把她带到门诊，做产前检查。第二天，我和翻译、警卫在乞丐群中找到了她。经翻译边说边比划，费了很大的劲，才把她带到门诊。她不会说话，老是用手指着肚子叫。她虽然是个没有人管的乞丐，是个哑巴，但她是个孕妇，我们应当让她也能接受产前检查，以保证她正常分娩。后来我们每隔两周总要找她来检查一次。她是一个流浪街头靠乞讨为生的乞丐，又是哑巴，毫无带孩子的能力，我们最发愁的就是小孩子生出来怎么办？谁知，快临产时，胎心、胎动都出了问题，我想难道是死胎？果然在她大喊大叫、极不合作的情况下，生了一个梅毒儿，一个死胎。她并不知道难过，我们做完产后处理，还给她端了红糖鸡蛋水，她一口气吃完喝完，还哇哇指着碗要个不停。在这里，由于落后、愚昧，各种性病都在蔓延，防治性病也是我们医务工作者的一项重要任务。

## 特殊任务

十八军进驻拉萨后，由于对上层人士、政府官员做了大量统战工作，对老百姓进行了大量宣传，同时又通过门诊、出诊治疗了大批病人，而且全部实行免费，卫生工作已有了很大的影响。人们恳切希望能有一个医院。经过各方面协商、筹备，1952 年 9 月 8 日，拉萨人民医院终于在群众的欢呼声中诞生了。医院的诞生为医疗工作的开展提供了更为方便、有利的条件，同时也成为建立民族友谊的“窗口”。

医院建立时，已有较好的基础，工作开展很顺利。每天门诊工作量很大，出诊任务也很重。内、外、妇、儿各科都收治了不少病人。我们妇产科也有自己的病房、婴儿室、产房，大家好开心，工作也很积极。在产科病房，我们除了接生，护理好产妇外，一项重要任务就是护理好婴儿，做好婴儿室的工作。当时的助产士虽很年轻，但大家都非常喜欢那些刚刚出生，白里透红，小脚一蹬一蹬的小婴儿。天天给他们洗澡、过磅、换尿布、喂水、喂奶……既紧张又愉快。由于产妇住在医院里，天天和我们接触，也加深了相互之间的了解，增进了感情，她们总是不时地竖起大拇指说：“阿姆吉拉，呀咕嘟！”（意为大夫，你们真好！）

藏族妇女的纯朴、热情和善良，也使我们更加喜爱她们。一天，有位藏族妇女产后大出血，由于当时西藏还没有血库，一般事前，我们都动员几位亲属验血，万一需要时可供血。谁知在这关键时刻，他们一听要给病人输血，全跑了。怎么办？我是“O”型血，立即做个交叉试验，没有凝血，可以给病人输血。我立即躺下，采取直接输血，血缓缓地流入产妇的血管中，产妇的病情稳定了。我们妇产科的姐妹们几乎都为藏族群众献过血。

1954 年 7 月，第一届全国人民代表大会召开，阿沛·阿旺晋美要同达赖、班禅一起赴京参加会议。阿沛的女儿白玛就要临产，西藏军区领导非常关心。谭冠三政委亲自到医院把我叫到办公室，很严肃地说：“吴景春同志，交给你一个重要任务，你给白玛接生，要保证母子平安，不准出任何问题。”我深知这一特殊任务责任重大，好在还有王传文大夫坐镇。从检查看，孩子够大的。我心里总是有点嘀咕，主要是怕孩子大造成会阴撕裂。临产了，我用尽全力，保护产妇会阴，帮助孩子以最小头径通过产道。孩子生下后，一称 12 斤，是个胖儿子。我非常高兴，最感欣慰的是孩子虽大，但妈妈的会阴未破，大人、孩子都平平安安。我和王传文大夫几乎同时说：“祝贺你，白玛。”我把孩子抱给她看。她那紧张、痛苦、疲劳的表情一下子就变成了笑容。我暗暗地说：“谭政委，我交卷了。”1955 年我被评为“优秀医务工作者”时，谭政委还为我题了词，向我表示祝贺。

我和白玛、阿沛夫人，通过这个小生命建立了深厚的友谊。阿沛夫人每次见到我，都是那么热情、亲切。1989 年白玛来京探亲，阿沛夫人邀请我在他们家与白玛见面，大家分别多年，能在北京见面，都非常高兴。话题很自然地集中到了孩子身上，她详细地介绍了孩子的近况，并说下次回来探亲，一定同孩子一起回来。她说，那时你可要来啊，看看你接生的那个小婴儿现在有多大。不幸，后来孩子出了车祸，我们盼望的一次特殊聚会，没有能实现，大家都非常难过和深感遗憾。

1995 年 8 月，西藏庆祝自治区成立 40 周年，我作为一名老西藏，被邀请回拉萨参加活动，心情无比激动。虽然我听到不少对西藏和拉萨的宣传，但直到亲眼见到今天的拉萨，我才真正感受到拉萨的变化真是太大了，与 50 年代相比，真是翻天覆地，令人感慨不已。我这个老医务工作者，最想了解的，还是卫生工作和妇幼保健工作的变化，特别是自己曾经战斗过的医院，这些年有些什么变化。自治区人民医院是一座可与内地相比的现代化医院，科室齐全，设备先进，管理严格，有一套规章制度，工作有序，已有不少藏族医生。在妇产科的一个暖箱前，我站住了，院长猜出了我的心事，告诉我："这个暖箱还是你们那个时候的设备，现在还能用。留下来也是个纪念。"这个暖箱，在当年就算是最先进的设备之一了。在这里面，救活了多少早产儿啊！我高兴地请卫生厅陪我的小张给我在暖箱旁照了张照片。

西藏巨大的变化，给我们留下了深刻的印象。腾飞吧，西藏！愿你在世界屋脊上更加璀璨，更加辉煌！

# 征服雀儿山的女兵们

顾梦舟 易莲芳

1951年12月初，五十四师医训队在完成甘孜机场的修建任务后，立即投入到打通雀儿山的筑路任务中。

指导员在动员中说："修筑康藏公路，是为了执行和平解放西藏十七条协议，是巩固国防，建设西藏的先决条件。祖国需要这条公路，藏族人民渴望这条公路。雀儿山是继二郎山之后阻挡这条公路的又一座大山。"接着他念了一首关于雀儿山的民谣"遥望雀儿山，伸手能摸天，深沟峻岭多，断岩峭壁连。要想过山去，真是难上难"。

同志们齐声回答说："我们不怕苦，不怕累，就怕肚子没有劲。"

队长说："同志们说得好，人是铁，饭是钢，一顿不吃饿得慌。不过，我要告诉大家，后方司令部在陈明义司令员的领导下，已建立起了一条长长的运输线，在已通车的路段，保持了四五百辆汽车日夜兼程的运送物资。在未通车的地方，又组织了一个牦牛运输队，保障部队的补给，我相信饿肚子的事不会再出现了。"大家热烈地鼓掌。

指导员说："好了，吃饭的问题不用再说了。我要讲的是行军的问题。今天下午4点钟，乘汽车出发到公路的尽头，可能已是凌晨二三点钟，每人发一袋饼干，各人灌满自己的水壶，在汽车上开晚饭。待汽车开到公路尽头休息时再加餐。然后背背包行军，直到雀儿山下。行军中要发扬阶级友爱精神，年龄大的要照顾小的，希望大家做到这一点"。

战士们异口同声："我们一定做到"。

队长问："九班的女生怎么没有声音？"

九班全体女兵马上提高嗓门说道："我们会做得更好。"

高原的太阳下山比较早，才四点多钟，我们就迎着夕阳的余晖，告别了苦战七个多月的甘孜出发了。

汽车行驶在新开的路基上，不时摇晃。好在车上的东西较多，人也是一个挤一个，基本上没有什么缝隙，相对比较稳定。只是汽车跳得高时，会把人蹦起来碰到篷杆。慢慢的一切声音都停下来了，只有汽车碾压碎石的声音。一会儿鼾声雷动，车上所有的人都进入了甜美的梦乡。

当汽车开到路的尽头时，月亮已爬过山头，虽说是上弦月，她的光亮仍如同白昼。汽车停下来，有人大声地喊队长。惊醒的队长猛地从座位上站起来，一边捶打自己的腿，一边应声答道："我在这里，到了吗？

"前面已经没有路了，都下来吧。"指导员的声音。

"噢"，队长向车上的人喊道：同志们醒来吧，准备下车啦！

班长说:"我早就醒了,在听动静。"接着又大声喊其他同志"都醒了吗？"

"都醒了。"大家齐叫起来。

队长说："前边已经没有路了，都下来吧。只有靠两条腿走到雀儿山了。"

"走就走，正好有机会一路欣赏高原的大好风光。"几个小鬼满不在乎地说。

队长先下车，一个个跟着下了车。

午夜的月亮格外分明，好像挂在天空的一盏路灯，我们迎着她的光亮翻越悬崖峭壁，穿过原始森林，涉过冰冷刺骨的激流，踏着嘎吱嘎吱的积雪前进着。大约走了一个小时，零下20度的气温，居然使大家走得满头大汗。艰苦地走完瀑布带，又钻进了山谷。这个峡谷正是进入雀儿山的瓶口，两旁是灌木带，满谷都是金黄色的枯草，枯草上还覆盖着一层冰雪。至于两旁的树全是裸露的枝干，枝桠上悬吊着大大小小的像玉坠似的冰条，这也许是一道高原冬天的迷人景色吧！

我们行走在山谷中枯黄的草地上，行走在冰冻的乱石岗上。不时从前面传来询问声："后面有没有病的？有没有摔伤的？有没有高山反应的？"

然后从后面传回去：有流鼻血的，已止住了；有气喘的，在慢慢行走；有摔伤的，已包扎好了……又往后面传：担架已派出，告诉气喘的同志，尽力坚持住。

医训队虽然只有一百多人，但由于年龄、体质状况不同，有走在前面的，有落在后面的。为了人人都能安全到达目的地，队领导采取了一些有效措施。例如：体强的和体弱的搭配，急救办法除药物外，还准备有担架、急救包等。

女兵们是互助友爱的对象，可大部分都拒绝照顾，坚持和男同志一样。就连小易、小何都坚持自己的背包自己背，还争着帮助别人背包。小易一路唱着歌曲，喊着号子一直保持高昂的情绪，什么苦呀、累呀都被革命的乐观主义赶跑了。

前面又传来指导员的声音："同志们，我们这次夜行军还比较顺利。现在是早上 8 点钟了，大家原地休息一个小时进早餐，炊事班的同志已把水烧好了，各人自己去灌水壶。"

女生班在行军不久后就分散了，有走在前面的，有走在中间的，有落在后面的。一听说休息，都就地坐下来，只有班长不辞辛苦，从前面走到后面看望她的兵，女生们都非常感动，一再劝说她坐下来休息。她仍然坚持要替大家去灌水壶。

又开始行军。

前面传来队长的话："同志们，加油走啊，昨夜才走了 36 里。"

目的地是雀儿山麓的一个小平坝，叫伊里通，它的地形像长颈鹿，我们现在就行走在长颈鹿的夹道上。虽已日近中午，但由于大山的遮挡，日照面很小，天也很窄。在这样的夹道里行走，心情压抑，总打不起精神，加之一夜行军的疲劳，大家走着走着竟然瞌睡起来。走在后面的拉着前面人的衣服，闭着眼走。

"小易，你也瞌睡了吗？打起精神来，领着大家唱唱歌吧。"指导员摇着要打瞌睡的小易。

小易清醒了，揉了揉眼睛，摇了摇头，大声喊道："同志们，我们唱个歌。把瞌睡虫赶跑好不好？"

"好！你带个头吧。""雄赳赳，气昂昂，走在山岗上，中国好儿女，齐心团结紧，下定决心，打通冰雪雀儿山。"小易高昂地唱了一遍。

指导员说："这个歌词怎么不对呀？"

"这样唱才符合我们的实际嘛！"小易说。

"好好，就这样唱，我们不是打美国鬼子，是去打通雀儿山，这样唱着顶好的。"六班的小鬼林彩贤这样说。

指导员摇了一下头，无奈，"好吧，你们就这样唱吧，只要大家喜欢，能鼓起大家的干劲就行。"

“好了，大家跟我一齐唱。”小易带领大家唱起来。别看改动的这几句歌词，唱起来还真有点征服雀儿山的英雄气概。

这支歌一唱，大家的精神振奋起来，一直走到日落西山，终于走完了长长的夹道，走进长颈鹿的肚子里。

伊里通，这一小方沉睡多年的土地，今天这样的热闹非凡，密密麻麻的帐篷，繁星点点的灯光，成了山洼里的一座小城市。

走到队伍后面的小顾，已是一瘸一拐的了。她的一切负重物甚至皮大衣都由区队长代劳了，完全是空手行军。事后指导员还说，小顾那样的身体，那样的年纪，能坚持一天一夜就很不错了，原来还准备用担架抬她的，结果比我预料的好。小顾和区队长见到一排帐篷前围着许多人，好奇的小顾挤了进去，看到放在地上的担架上躺着一个满身是血的人，又听人们在议论：“他是被炸松的石头压倒的，伤很重。他还从河南带来一包种籽，说是要撒在高原上，让它生根发芽、开花结果。他还把身上的钱全部交了党费。”

“这些都不说了，先抢救病人。”一个领导模样的人说。挤进一个医生，拿着针药，正准备给这个伤员注射。只听得伤员用微弱的声音说：“我不行了，不用抢救了，把药留着救别的同志吧！”

那个领导模样的人拉着伤员的手一再劝说，那伤员的声音越来越小。不一会围观的人一个个摘下军帽，呜呜地哭起来。

“啊，他死了？”小顾轻轻的也把军帽摘下来。

“师党委正研究给他记功。”

这个死者是谁？过了好久才知道，他就是筑路英雄张福林。

待小顾走到医训队时，九班的帐篷已撑起来了，在里面的厚冰层上，铺上了厚厚的小树枝，坐下去还有点弹性。据说这些树枝都是师卫生处领导派人准备的，还给我们准备了一餐好饭菜，管吃饭的是卫生处的史德胜股长。

吃过晚饭，我们回到帐篷里。这里虽是天寒地冻，十余人挤在一个小帐篷的“钢丝床”上，也是舒舒服服暖融融的一觉睡到大天明。醒来时感到身上沉甸甸的。

“班长，被子好沉啊？”几个小鬼在叫。

“就是，我也觉得身上压得好重”，班长说。她忽然想起说：“糟啦，帐篷被雪压塌了。”班长立即作出这样的判断。“同志们快起来，我们的帐篷被雪压垮了。”

班长这么一说，大家明白了，“快，一齐伸出手来支撑帐篷，一个个换着把衣服穿上。”班长这样指挥大家。“你们衣服穿好没有？”

“穿好了。”

“来，齐使劲把帐篷顶起来。”班长说。

大家把帐篷顶起来，抖掉帐篷上的雪，然后把接缝处的绳子解开，掀开一方篷布往外瞧，“雪停了，天边还有红云，看来今天是晴天。”刘国珍和陈美娟在说给大家听。

可是在拿鞋时，鞋粘在冰土上了，怎么也扯不脱，有人说找个石头敲吧，班长说不行，用手拿石头，石头上的冰会把肉皮粘掉的。怎么办？大家正着急的时候，队长、指导员和区队长都来了。

指导员说：“你们的帐篷肯定没有撑好，绳子没有拉紧，有一点雪就压垮了。”

“我们昨天好疲倦啊，撑帐篷时是没有太认真，没想到晚上会下雪”，班长说。

队长说：“什么都不用说了，只要人没有事就万幸了。他拿起十字镐敲下粘在冰土上的鞋，说：“我把你们的鞋敲下来了，赶快穿上，不要把脚冻坏了。”女生们将鞋穿好后，又嘻嘻哈哈的笑起来。

大家说：“我们又被埋葬一次。”

班长叫大家把帐篷撑起来，指导员说：“不用撑了，吃过饭就进军雀儿山。”

“今天就翻雀儿山吗？”大家问。

“是的，”队长说：“上面在催，工期要求很急，如果今年不打通雀儿山，明年公路就修不到昌都。因此上级决定就是隆冬严寒，冰冻三尺也要下决心打通雀儿山。兄弟部队的干劲十足，决心打通雀儿山过大年。”

指导员接着队长的话说：“我们当然不能落后。领导交给我们的任务是，现场救护伤病员。饭后动员时，队长还要专门讲这个问题，现在大家就准备吃饭吧。”

“医训队开饭啦！”值班区队长大声喊着。

吃完饭，队长动员说，雀儿山的气候、高度、地质情况比二郎山要恶劣得多，艰险得多，他要求大家发扬不怕艰险、排除万难的精神，去完成前人没有遇到过的极其光荣的任务。同时还详细地讲解了如何现场救护病员的一些常识。讲完话后，指导员叫大家准备行装，向雀儿山进发。

隆冬的雀儿山，银装素裹，庄严巍峨，从山下向上望去，看不到山顶，看不到一棵大树，只看到山石的夹缝间生长着的已干枯的小灌木，还有些不知名的杂草。

山是那样的陡峭，就连牲口都上不去，都是前面人拉，后面人推的，人怎么上呀？背锣锅的炊事班长气喘吁吁地说：“这叫什么雀儿山，我看是雀老子山。如果我都走不动，你们这些女孩子趁早打退堂鼓。”他的话一方面惹得大家笑个不停，另一方面也激起了大家特别是女生班的干劲。

“我们不见得就比不过你，小瞧我们，最后你会认输的。”女生班不服气。“这么陡的山，你能上，我们也能上，不信吗？山顶上见。”

人也许就是这样，只要横下一条心，干劲就会百倍增。女生班和男同志一样，走向那陡峭的山崖。这山已被前行的部队征服过。山崖上留下许多他们上山时挖出的可容纳半只脚的小坑，每个坑的距离大约三十公分左右，同志们就这样把脚踏进小坑内，再拉着坑边岩缝中长出的、但已枯萎的枝条，一步一级，拐弯抹角地向上爬去。在爬到连踏脚的小坑都没有的时候，指导员、队长就派一些人将绳子拴在大石崖的山岭上，将我们一个一个的吊上去，然后又一步一蹬的向上爬。

指导员和队长轮换着提醒大家：“同志们不能停呀，思想不能开小差呀，下面是万丈深渊啊！”

谁也没有应声，只是上气不接下气地爬，爬累了就暂停一步歇歇。

指导员又说：“同志们，发给你们的水果糖可以吃了，不要节省，咀嚼可以增加氧气。”

上山前，每人发了半斤水果糖，好久没有吃糖的姑娘们，把糖当干胡豆，没有上山就吃完了。这时听指导员说吃糖可以增加氧气，都有些后悔了，但又不好说，只有闷着头往上爬。

女生班爬到较平坦的地方，有人说爬不动了，歇一下吧。

队长说：“千万不要停下来，你们可以笑一笑，增加肺活量。”

女生们说：“我们气都喘不过来了，哪里还笑得出来！”

指导员说："就要钻进云层了，大家要特别注意，看清楚后，才能向前跨一步，千万不要踩虚了掉下去。"

山间的云雾，像大海的波涛，纵横飘逸，上下起伏，我们钻进云雾中。有时云雾飘过来了，上下左右的人都不能相见。出现这种情况，我们就用通话的方式相互联系。

这时忽然传来高昂喜悦的快板声："打竹板，刮啦啦，听我把解放军同志夸一夸，我们十八军，个个是英雄，雀儿山下扎了营，要把山打通。"

原来是师文工团的同志，在山腰上设了一个鼓动站，以各种说唱形式鼓舞斗志。就在这高高的雀儿山上，部队思想政治工作的优良传统更加发扬光大。

云雾不断地在攀登的人群中穿梭，攀登者也不时的显出身影。女兵们互相瞧着。一会儿小刘说，小陈我看到你了；一会小易说，我看到小何啦。他们好像不是艰难的攀登高山，而是顽皮的在做游戏。

这时又传来快板声："不怕苦，不怕难，不畏艰险敢攀登，雀儿山再高，高不过解放军的脚底板。"队长马上把这句话接过鼓励全队同志，"同志们，听见了吗？雀儿山再高也高不过我们的脚底板。"

从云雾的各方传来应声："听见啦。"

"九班的同志，听见我的声音了吗？"队长问道。

"听见啦！"九班同志的回应声。

我们爬呀，爬呀，越往上越没有劲了。天上又飘起了雪花，挖好的踏脚坑装满了白雪，要靠自己上一步，挖一个坑，好在离山顶不远了。指导员说："同志们再加一把劲，就到山顶了，坚持就是胜利。"

小易也来劲了，"九班的同志们，黑暗过去就是黎明，困难过去就是胜利。同志们，胜利在向我们招手啦！"

班长喊到："对，胜利在向我们招手，加油就冲上雀儿山顶啦！"

一区队的男同志冲上山顶啦！

小易和班长冲上山顶啦！队长冲上山顶啦！

大家也陆续地冲上山去啦。

九班还有小刘、小陈、小何落在后面。

那个背锣锅的炊事班长因年龄大了一些，爬起山来远不及小家伙们利索。

指导员说：“准备绳子把他们拉上来好了。”

队长说：“各区队选几个身体好的同志把后面的同志全部拉上来。”

事实上各区队已经在做这个工作了，三区队长早已做好准备，待九班长上来后，就把后面的小刘等一个个拉了上来。九班整整齐齐站在山顶上，她们向下望去，看到层峦叠障的山峰，白雾茫茫的飞雪，那无底的深渊和我们刚刚爬完的悬崖绝壁，大家倒吸了一口冷气，不约而同地说：“好险啊！”，然后又很自豪地说：“雀儿山，你认输吧，我们终于征服了你！”

班长和小易又补充说：“雀儿山，我们把你踩在脚底下了，是你厉害还是我们这些弱姑娘厉害？”

九班的同志不顾高山缺氧，兴奋得同声高呼：“我们胜利了，我们征服了雀儿山！”

山顶上寒风瑟瑟，风和雪不断地扑打在人们脸上，袭击着我们这些不愿屈服于艰难困苦的姑娘们，大家竭力忍耐着刀削般的疼痛，头也发胀了，呼吸也困难了，心脏不好的刘国珍脸也乌紫了。她喘着粗气，一字一字地说：“我的心脏都要跳出来了。”九班的同志扶着她尽力向前走。

指导员非常满意：“医训队的全部到齐了。没有出大问题是很万幸的。”

队长说：“是的，真是太难得了，同志们还是争气，特别是九班的女兵们。山顶上不能停留，得马上组织下山。原来说上山难，现在看来下山也是一大难啊！”

雀儿山顶，白雾茫茫，冰天雪地，哪里是下山的路啊？有人带着哭应说：“队长，这个样子，我们还下得了山吗？”

队长不高兴地说：“这个样子怎么啦，无非是气候恶劣一点，风大一点，雪厚一点嘛，我不是说过下山也是一大难吗？再难也要克服。希望同志们再坚强一些，坚持就是胜利！”

同志们没话说了，踏着厚厚的积雪，一步一个深脚印，艰难的跟着队伍向前走。

这样的沉默，是医训队从来没有过的。具有较高医术的队长敏感地意识到，同志们是在承受着高山反应的一切痛苦，是凭着意志在挪动着沉重的脚步。多好的娃娃兵啊！多好的女孩子啊！休整时，个个都该给他们记功。

他关切地喊着："同志们，再累、再苦、再难受也要坚持过这一关，不要停下来休息，含一颗水果糖会舒服一些。

刘国珍有些忍不住了："我们的糖早吃完了。"队长把自己的糖拿出来给九班的女兵们每人发一颗，并说："我早料到你们会弹尽粮绝的，特意给你们留的。"

小易说："还是队长了解我们。"

班长纠正小易说："不是了解，是关心我们。"

刘国珍说："这糖真起作用，我吃了后感觉心里好些了。"

走着走着，忽然听到指导员高兴地叫道："你们快看，那个山旁竖了一根高高的木牌，那就是下山的路，同志们快跟着我来。"

大家一高兴，脚步也似乎轻快起来，一直向木牌走去，越走越近。

小何说："你们看，上边还有字。"我们走到跟前一看上面的字："由此可下山"，这下可有路下山了。

指导员先往下瞧一下，向着队长说："这哪里是路，是一个冰槽嘛，这么陡的路怎么下呀？"

大家也往下看，有些畏惧地说："这么陡，这么深，好吓人啊！"

队长说："前面部队能下，我们也可以下嘛。"他也伸长脖子往下看"啊，我明白了，他们是滑下去的。"用滑的办法下山还是一个窍门，也是捷路。

"好，你带头，我断后。"指导员对大家说："各区队组织一下，要有秩序地下。"队长抱着背包嗖的一声滑到了半山腰的平地上。六班有几个小鬼忍不住紧眼着队长滑了下去，他们在底下高声喊着："女生班的勇敢者下来吧，像梭板，真好玩"。

这句话，使大家紧张的心情一下轻松了，都笑了起来。

小易说："我下去啦！"

指导员说："九班就先下吧。"

早就准备好要下的小易，抱着背包抢先下去了。紧接着班长扶着刘国珍滑下去了。一会儿，全队的人都下了山。

后下去的人感到背上湿漉漉的，因为滑的人太多，摩擦得冰槽也开始溶化了。下山后，大家都感到轻松许多，就地横七竖八的躺下来休息。

山下叫独木岭，是个原始森林。主要是红杉、松树、青岗树，还有许多不认识的树和藤。所有的植物都进入冬眠，只在地上留下厚厚的同冰雪混在一起的落叶和一些干枯的树技。这时正在休息的其他部队一个战士问：“你们是哪个部队的？”

小鬼说：“我们是医训队。”

“知道了，你们是来搞救护的？”

“是的。”

“搞救护的要去柯鹿洞，那里集中了好多伤病员，听首长说就是缺医护人员，你们来得正好。”

“柯鹿洞还远吗？”“不远，可能还有十多里吧。”

这个小鬼的话像侦察情报一样，大家赶紧将上述的话传给指导员。

柯鹿洞是雀儿山西面不远的一块平地，海拔大约三千米左右，四面环山，树木较多，施工部队大部分在这里扎营。他们在雀儿山施工期间，减员较多，许多都是高山不适应症，如肺水肿、高血压、手脚溃烂、雪盲等，再就是施工中外伤、冻伤的伤员，手脚肢残的、头破的、皮肤损伤的。有一个团的政治协理员说：“他们团的伤亡病的人数高达1/3”。为了安定部队的情绪，迅速推动施工进程，上级决定在这里设立临时卫生所，便于及时救治伤病员。

医训队进驻柯鹿洞后，女生班七个人就挤在一间前面部队留下的窑洞里，窑洞虽然很小，但比住帐篷强一点，当晚大家好好睡了一觉。

第二天我们就投入了救治伤病员的工作，女生班担任了护士兼护理员。面对那些表情痛苦、生命垂危、手脚伤残而又非常年轻的伤病员，我们的心里非常难过，下决心为他们减轻痛苦，力所能及地满足他们的要求，我们除按医嘱给伤病员打针服药外，还想方设法改善伤病员的生活环境。比如把一些包装物资的纸箱做成各种形状的花瓶，找些有色彩的纸做成各种花，做好后把它们放在用帆布搭起来的病房里，给伤病员一种美的享受。班长还组织大家为伤病员表演节目。对不能动的重病员，还帮助他们洗脚、洗脸、喂饭、剪脚手指甲。

许多伤病员特别喜欢易莲芳讲故事，读报纸、杂志，她就尽力为他们讲些动听的故事，因长期吃不到蔬菜，严重缺乏维生素，经常说得嘴唇干裂，血从裂口处往下流，也顾不上擦去，倒使伤病员不忍心了，不停地叫她休息。

有一个伤员是个二十来岁的小伙子，在雀儿山施工时，被砸断了一条腿，由于极端痛苦，性格变得十分暴烈，经常拍打自己的头，拍打用树枝铺垫的床，有时还发出撕心裂肺的狂叫。每遇到这种情况，小易都主动给他做思想工作，安抚他的伤痛，给他讲故事、读报纸。有一天，那个伤员突然想吃汤圆，部队生活从来没有汤圆这一项，这么荒凉的地方也找不到汤圆呀，怎么办，小易找炊事员商量，试着用面粉做皮，用饼干和水果糖做心，煮好后端到这个伤员面前，病人笑了，吃得很开心，连连说："你们做的真好吃。"又说："我是四川人，家里是卖汤圆的，从小就喜欢吃，参军进藏后，差不多两年没有吃过了，负伤后整天躺在床上，什么都想，什么都不满意，心里好苦闷，总在大喊大叫，自己残废了，将来怎么见父母？"说着就哭起来了，哭得那么伤心。

小易的眼睛红了，她尽力克制自己，轻言细语地安慰他，给他讲志愿军一个战士在朝鲜战场上对美作战双目失明的事迹，使这个失去一条腿的伤员很感动，从此安心养伤，直到被送回内地，在临行前，含着泪向小易告别，并一再向组织提出为小易请功。

女生班同志在精心护理伤病员的过程中，伤病员的衣服脏了，就拿去洗，水虽然冰冷刺骨，但心却是热呼呼的。那一双双娇嫩的小手冻裂了许多小口，就用胶布把一个个裂口贴住，发现衣服破了就帮助缝补。仅小易就为伤员洗衣服、被子九十多件，有一个伤员的手被砸断，入院后为了做手术，只好把衣服剪破。当小易洗到这件衣服时，看见这衣服不能穿，就把自己的绒衣脱下来洗干净给这伤员送去，伤员很感动，拉着小易的手亲切地说："易莲芳同志，你太好了，我一定不负你的希望，回内地养好伤后重返高原，为西藏人民做更多的工作。"

有一次上山抢救伤病员，本来没有派女生班的人，可是班长和小易也争着要去，说要到山上看看施工现场，队里只好同意。她们和男同志一路同行，扛着一付担架上山了。山上的施工现场非常壮观。战士们把绳子拴在腰间，悬空打炮眼；看到熊熊烈火烤化冰冻三尺的泥土；看到了脚踏冰雪，喘着粗气仍在高唱："解放军决心大，雀儿山再硬也不怕。"还有许多轻伤不下火线的战士，他们有的手脸都冻得裂了血口；有的腿肿得很大，有的患了雪盲等等。面对这些完全没有自我，充满革命英雄主义和革命乐观主义精神的英雄战士们，无不为之震撼，无不为之激励。眼前这些雀儿山的战士们，为前方部队争取生存的时间，为西藏人民明天的幸福，他们奉献着青春，牺牲着爱情，像张福林那样，既把生命留在了这冰天雪地，也为西藏人民留下种籽，让这些种籽在西藏的土地上开满艳丽的鲜花，结出幸福的果实。

“快快！这里有人倒下了！”

我们扛着担架气喘吁吁地跑过去，看见那个倒下的战士，脸色发紫，呼吸困难，脉搏都数不清了，很快把他抬到担架上，以最快的速度往山下跑，由于坡陡，路滑，抬后面的人常常是蹲着往下走。这种时候，时间就是生命，是来不得半点犹豫的。每当我们救活一个战士时，心里有说不出的高兴，有时还忘乎所以地又唱又跳，这时队长指导员就会说：“你们又保护了一个英雄的生命。”有一位高级领导干部说：“打通雀儿山的胜利，使革命英雄主义和革命乐观主义精神大放光彩，不得不使人信服，中国共产党领导的中国人民解放军，不仅在战场上攻无不克，战无不胜，就是在建设中也是无坚不摧，无往不胜的。”

1951 年底，这座海拔五千多米高，常年冰封雪裹、地冻三尺、飞鸟难上、人迹渺无的雀儿山，终于被英雄的人民解放军征服了，所有参战部队，以此作为向 1952 年新年的献礼。

雀儿山打通了，我队的救护任务也完成了。当我们后撤至玉隆休整，回头再翻雀儿山时，发现它变矮了，那些张牙舞爪的山峰也不见了，我们轻松愉快地行走在新开辟的路基上，高昂地唱着：

雪花飘，汗水淌，
我们把荒山变了样。
公路像云里一条龙，
弯弯曲曲上山岗，
接连着北京和拉萨，
沟通了内地和边疆。
英雄的大军浩浩荡荡向前进，
进军西藏，保卫边疆，
建设西藏，巩固国防。

# 到拉萨去

## 李家珍

1949年11月，我还在四川省邛崃县中学读书。这一年我刚满15岁。记得有一天早上醒来，觉得一切都变了模样。满城都是一群群年轻、活泼的军人，排着整齐的队伍，嘴里不停地唱着动听的歌（后来才知道唱的是《三大纪律，八项注意》，朝气蓬勃地在大街上行走。街道两旁挤满了市民，纷纷议论，啧啧称赞；小孩子们，跑前跑后，呼喊着“解放啦！解放啦！”

解放军的到来，给古城带来了巨大变化，就我个人而言，犹如在平静而单调的生活中投进一块巨石，在我心里引起了阵阵冲动。我用敬佩和羡慕的眼光，目睹了解放军的阵容，特别是那些英姿飒爽的女兵。多么威武！多么豪迈啊！我下定决心要当一名中国人民解放军的女兵！

1951年1月27日，我与挚友张晓帆一起，到新津县报名参军，我俩被分配在第十八军文工团，我们如愿以偿。心里有说不出的高兴，感到无比幸福！在5年的军旅生涯中，我受到了党的教育、培养和关怀，在政治思想上获得了进步和提高，给了我一生中用之不尽的精神财富，完成了我一生中最有意义、影响最大的一次跨越。每当回忆起那火红的年代，至今仍思绪万千，让人激动难忘，无怨无悔。

1951年3月，我随十八军军直部队，从新津向西藏出发，文工团乘坐嘎斯车到雅安后在刚修筑的公路上行驶，翻越山高坡陡、地势险峻的二郎山，我坐的车刚过去一米多远时，只见车后的一段公路塌方，好险啊！汽车一路颠簸，我的全身就像散了架似的。车是用绿色篷布搭盖着的，为安全起见，不准放开，有时也能看见些景色，那真是“古树荒草遍山野，巨石满山岗。”经过几天的颠簸，我们终于到达进军西藏的第一站甘孜。

甘孜，是红军长征时驻扎过的地方，“中华苏维埃藏族博巴政府”是在甘孜建立的，是藏族历史上第一个人民政权。提起甘孜寺庙里的格达活佛，更令人肃然起敬！红军长征时，格达活佛为支援红军作出过贡献，曾受到当时中央领导人的亲切接见。红色政权建立时，他是主要领导人之一。现在为和平解放西藏，格达活佛亲赴昌都宣传党的政策，争取更多的西藏上层人士，但不幸遇害身亡。

部队在甘孜驻扎了三个多月，团领导对我们的要求是：做好徒步进军拉萨的准备工作。首先要树立“吃大苦，耐大劳，以苦为乐，以苦为荣”的思想。在此基础上，我们必须做好四件事：加强体质训练。每天天不亮，就起床快步行军，逐步提高行军速度，接着是负重爬山，在背包里放石头，加大负重量。甘孜海拔三千多米，由于缺氧，负重爬山，感到气紧，憋闷得喘不过气来。坚持！坚持！再坚持！终于胜利度过高山缺氧反应。过好生活关，最难的是吃酥油，文工团食堂每餐都用米面加花生米熬一大锅粥，再加进酥油，每个人至少要喝一碗。酥油的那股腥味叫人难以下咽，喝了就吐。咋办呢？有人找到“窍门”，先捏紧鼻子，憋住气，喝一口，快咽下，再吃煮熟的花生米。果然生效，经过十几天就过关了。甘孜没有蔬菜，我们吃的就是从内地运来的海带、黄花等干菜和腊肉等，偶尔也能吃到点牦牛肉。其次就是要学习养马和驾驭马的技能。我领到一匹浅黄色的马，放马，割马草，晚上轮流起床喂马料。马是用来驮物资的，在当时，是我们行军时的主要运输工具。加强业务训练，团领导要求我们：每个团员都要做到“一专、三会、八能”，在那种特殊情况下，都要成为“多面手”。不久，适逢和平解放西藏的协议签订，为庆祝这一特大喜事，文工团赶排了不少文艺节目，如新编《歌唱十七条》等，为部队和藏族同胞演出。这就使我想起了卓嘎大姐。

卓嘎，是一位美丽的藏族姑娘，她的全名我已忘记了。据卓嘎说，她是贵族的女儿，在成都读过书，能讲一口流利的汉话。卓嘎身材修长，身高 1.6 米以上，两条辫子盘在头上，一双明亮的大眼炯炯有神，能歌善舞。她是巴塘地下党组织动员来甘孜参军的。我们理所当然热情地欢迎她。她是我团唯一的藏族青年知识分子，我很喜欢她。卓嘎虽贵族出身，但在文工团表现很好，教我们跳藏族舞蹈，非常认真、负责、耐心。卓嘎是我学习藏族舞蹈的启蒙老师，至今每当我想到藏舞中的韵律，眼前就会出现卓嘎的舞姿。

7月初，从甘孜出发徒步行军到达马尼干戈后，就要翻越雀儿山了。雀儿山上那皑皑的白雪，犹如洁白的“哈达”，覆盖着蓝天下的诸多山峰。我们每天行走六七十里，就在雪地上宿营，先用随身携带的篷布（帐篷和雨衣两用）撑起帐篷，再用铁铲把雪铲开，挖一个四方形的排水沟，这就算是“营房”了。帐篷小，人员多，每个人只能侧身躺下。我的位置在边沿，一翻身就会翻到排水沟里，有时，行军太累了，即使滚到沟里，也照睡不误。第二天吹起床号时，才发现衣、被、垫单全都湿透了！傍晚到达新的宿营地时，衣服干了，被子虽不干，但水份少了。过了几天，我从脚背直至大腿上，长满了湿疹，有十多处已经化脓（至今仍留下疤痕）。为了避免裤管与红斑相互摩擦，我只好把裤管挽到大腿上行军。可在趟水过河时，所有的伤痕就像针扎似的疼痛难忍。到了宿营地，战友们端来热水，帮我洗脚，卫生员给我静脉注射。领导和战友对我无微不至的关怀和照顾，使我领略了人民军队中的阶级友爱，增强了战胜困难的信心和勇气。在翻越了达马拉山和夹皮拉等高山之后，我们于1951年7月18日胜利抵达昌都。

十八军文工团为藏族群众演出

在昌都休整 40 天后，又随军直机关于 8 月 28 日向拉萨进军。行军时，觉得气候更冷，呼吸更困难。我们越过一座座白雪皑皑的雪峰，雪深过膝，山上的一切都被覆盖了。人和马匹都很吃力，粮食供不上，吃代食粉糊；没有水喝，抓把雪往嘴里塞。有一天，要翻越一座大山进入无人区，打前站的战友们为大部队的安全起见，用脚在雪山上踩出一条通向山顶的盘山小道。雪山上的雪，经大部队踏后也不融化，变成了晶莹耀眼的冰，我们穿的是旧胶鞋，在冰中行走很滑，一不小心就会跌跤。那天行军，我在雪山上跌倒几十次，跌倒了爬起来，眼泪偷偷地淌。我前面有一匹马，驮着物资，滑到雪山下再也见不到踪影了。爬到山顶，放眼看到耀眼的座座雪峰，令人心旷神怡，都欢笑起来。大家坐在雪山顶上歇了一会儿，坐着用双手扒着雪向山下滑，这是很危险的。到宿营地已人困马乏了，死伤的马匹不少。我因跌跤太多，全身疼痛，但想到只要能坚持到拉萨，就是胜利。因疲劳过度，睡得很香甜。从昌都到丁青这段行军中，文工团牺牲了两位战友。有一天行军中，疲惫不堪，大家就地坐下休息，适逢军长张国华同志路过，他下马过来慰问我们："同志们吃苦了！我们不久就到拉萨啦！希望大家坚持到底，最后胜利属于我们！"我望着远去的军长，心想："作为一军之长，能与战士们同呼吸共命运，我们还有什么困难不能战胜！"从甘孜到拉萨，全程一千六百多公里，横穿海拔 6300 米的冷拉山等大小雪山 16 座，趟过金沙江、怒江等激流数十条，我们终于在气候恶劣、空气稀薄、道路坎坷、给养短缺的情况下，徒步跋涉，到达拉萨，我们尝到了胜利的喜悦，感到无限荣耀！

10 月 26 日部队进入拉萨时，是文工团最忙的日子，军乐队在前，彩旗迎风招展，载歌载舞。街道两旁的藏族同胞也在热烈欢迎我们。那种热烈的气氛，令人热泪盈眶。

# 燃烧的青春

康纲联

## 弃学从军

1949年12月，人民解放军解放重庆。北碚女师附中沸腾的校园里，每个学生都在思考着新的人生、新的理想、新的生活。

刚刚解放的重庆需要人才，地方政府需要人才，军队也需要人才。同学们有的参加了地方工作，有的参加了土改工作队、征粮队。赖恒见年龄大的同学报名参加工作队，她也去排队报名，没想到刚站一会儿，便被牵了出来。工作队的大姐摸着她的小辫儿说，小妹妹，你太小了，留在学校念书吧。赖恒不甘心，又满城跑，到处打听还有什么地方招学生。一天，她见学校贴出了部队招收军大学员的通知，高兴得直跳，马上约了三个女孩往重庆赶。那时，从北碚到重庆还不通公共汽车。她们四个小姑娘只好步行到重庆应考。赖恒和同去的另外两个女同学被编进了第十二军军大三分校。从此，赖恒开始了她漫长的军旅生涯。

在合川学习不久，第二野战军军政大学的人很快分配了。那时，抗美援朝的战火已烧到鸭绿江边，重庆的部队许多人马已开始受命开往东北，军政大学学员便分流去其它分校。赖恒被分到准备进藏的第十八军军大八分校卫校，立即开赴乐山。

到乐山后，赖恒被分进卫训队。她表现好，又是高中二年级学生，文化程度高，人小鬼精灵，卫训队毕业后，又将她继续送进医训队学医。

## 高原印象

医训队在邛崃驻训不久，便开往甘孜，参加部队修机场劳动。赖恒和战友们翻过高寒缺氧的二郎山等险峻大山，风尘仆仆赶到甘孜。

在甘孜，没有军营，没有住房，浩浩荡荡的西进大军来到这里，全住帐篷或窑洞。赖恒和她的战友们便住在山边新挖的窑洞里。

说是窑洞，其实根本就不是北方的那种窑洞，没有窗户，没有热炕，当时，人们称它“地窝子”。

潮湿的窑洞没有床，部队便砍来许多树枝铺垫当床。树枝有弹性，人睡在上面一闪一闪的，赖恒她们把这床叫“钢丝床”。她们每天就在“钢丝床”上铺一块帆布睡觉。

修建机场的劳动强度很大，一担泥浆常常有一二百斤重，十四五岁的赖恒如何挑得动？老兵们便叫赖恒和几个小姑娘打杂。可赖恒不干，偏要和小姑娘们一起抬。

高原空气稀薄、缺氧，空手走路快了都上气不接下气，出大力气干活更是难受，有的人挖泥挖着挖着就倒下去了。

面对死亡的威胁，赖恒没有害怕，仍然坚持抬泥筐。她好几次因缺氧头痛欲裂，也不愿放下筐回洞休息，在地上蹲一会儿，又站起抬着泥筐跑。

赖恒和几个小姑娘就这样，硬是咬着牙和老兵们一起在机场干了几个月。

部队离开甘孜继续西进，前面的路途更加艰辛。部队到达昌都后，分兵南、北、中三路，翻越十几座大山徒步进藏。赖恒被编进了中路的大部队。

15 岁的赖恒跟随大军西进，每天步行数十里，不敢掉队。在那空气稀薄的高原崎岖小路上，大人负重行军，尚累得汗流浃背张口喘气，何况一个 15 岁的孩子？赖恒一双脚板打满了血泡，仍然咬牙紧跟部队前进。

正常情况下，女孩子跋山涉水跟上部队就已经够困难了，碰上例假行军，更是有苦难言。

那时，妇女使用的卫生纸是落后的草纸，粗糙坚硬，很不方便。女战士行军一天走下来，常常大腿被粗糙的草纸磨破皮，疼痛钻心。赖恒和她的女战友们碰上那倒霉的日子时，常常夜里捂在被子里呻吟，第二天一早又跟随大部队赶路。

长途行军走路艰难，衣食更成问题。大部队行军根本不可能天天让大家洗衣洗澡，身上的军装湿了又干，干了又湿，汗水像一道道分岔的干涸小河，白亮亮地画在男人女人的前胸后背。比起穿的困难，吃的问题突出。部队从昌都出发后，行军途中经常吃代食粉。代食粉是用炒熟的大米、玉米、小麦等粮食磨制的混合粉。为了能吃到一点野菜，赖恒每到宿营地，都积极外出采野菜、捡柴禾。有一次，她和两个战友一起到宿营地附近山坡拾柴火、采野菜，不知不觉便迷了路。大雾笼罩着林子四周，叫人无法辨别东南西北。

赖恒和伙伴们在林子里转呀转呀，一心想早点转出林子，却越转越糊涂，越转越远。

她们吓慌了，一屁股坐在地上齐声大喊起来“来——人——呀，我们迷——路——啦！”

喊了半天，也没听见动静。神秘恐怖的森林把几个女孩子尖细的呼救声连同浓浓的白雾，全吞进去了。从林深处传来阵阵令人毛骨悚然的狼嚎声，三个姑娘吓得齐声呼救。这时，被一位放羊的藏族老阿妈和她的女儿听见，骑马飞驰进大森林，把她们送回部队驻地。

经过 45 天的昼夜行军，赖恒终于随西进大军抵达拉萨。见到美丽的布达拉宫，二十多个医训队女兵全都哭了。

## 豆芽功臣

大部队进入拉萨后，吃成了十分严峻的问题，漫长的后勤供给线一时无法将补给品运进西藏。于是，全藏部队发扬南泥湾精神开荒种地。

赖恒进藏不久，便被分派到军区后勤部卫生处任防疫助理员，负责防疫工作。

在这段日子里，赖恒除了坚持给部队炊事人员上营养课、卫生课、防疫课外，还抽时间参加部队组织的大生产运动，挖地、种菜、施肥、收粮、收菜样样干。

部队开荒种地，需要大量积肥。赖恒不怕脏不怕臭，积极积肥。有年秋季，军区机关种植的青稞被洪水淹了。为了抢收青稞，干部战士们纷纷跳进齐腰深的水中收割。此时，赖恒正好来例假，也和男兵们一样跳入水中收割。从此得下妇科病，长达五六年之久，四处投医，反复几次才治愈。

在拉萨，赖恒还做过一件惊动军直机关的事——生豆芽。

大军进藏后，新鲜蔬菜是个大问题。部队官兵长期吃不上蔬菜，许多人口腔溃烂、牙齿出血。眼见这种现象，赖恒这位防疫助理员比谁都着急，便想从现有的条件中寻求开发的路子。她见部队食堂老吃煮黄豆、炒黄豆、油炸黄豆，就寻思能不能生豆芽改变一下官兵们的营养结构呢？她找来几个木箱做实验，在木箱里加温生豆芽。由于高原气候寒冷，很难掌握好适当的水温和室温。两次实验都失败了——黄豆不但没长出金黄嫩脆的豆芽，反而变成了又臭又黑的黄豆瓣。面对失败，赖恒不灰心，她鼓励自己：我叫赖恒，做任何事情都得持之以恒，决不能半途而废。为了准确掌握高原生黄豆芽的水温和室温，她在水温和室温上反复测试，昼夜观察黄豆的膨胀出芽变化。经过一个多月的反复试验，赖恒终于观察出了黄豆芽的最佳室温和水温，生出了一箱又一箱的嫩生生的黄豆芽。

黄豆能生出豆芽，在平原是件平常的事，但当时在拉萨驻军中却是件破天荒的大新闻。部队首长知道后，立即组织军直机关各分队食堂管理干部和炊事员召开现场会推广。

这年，赖恒首次在部队立了三等功，还被评为模范团员。

# 女教授于式玉

王先梅

1950年，十八军接受进藏任务后，军首长们急需了解西藏的政治、历史、宗教、文化、风俗习惯等情况。为此，贺（龙）老总向十八军推荐了两位在涉藏省区工作过多年，从事边疆研究，精通藏语文，并且会外语的学者，知名教授李安宅和于式玉夫妇的到来，军首长如获至宝，十分高兴。张国华军长亲手给他们发了军装。

于式玉教授虽已进入不惑之年，但她毅然抛弃大城市优越的生活环境，欣然脱去花裙、旗袍，换上草绿色的军装，成了一名首批进藏的人民解放军女兵。她是女兵中文化程度最高，知识最渊博的一位学者。谭冠三政委高兴地说："于教授也加入了我们的行列！"李安宅教授（于式玉的丈夫）说："她是个新兵"。于说："不，哪是新兵，是老兵"（意指年纪大），大家欢笑着。当张军长关切地问她："家都安排好了吗？"，于教授拍拍桌上的军用挎包："我这是千里风雪西藏去，万贯家财一袋装"，她的幽默诙谐逗得大家哈哈大笑。

## 一

于式玉于1904年出生于山东临淄县葛家庄一个书香之家，自幼读四书五经，1924年随父赴日，就读于日本早稻田东洋音乐学院，终生爱好音乐，善吹笛箫，因不能忍受洋人对中国人的歧视，弃学回国。1926年日本创办了奈良女子高等师范，复奉父命东渡考入该校本科文史系，1930年毕业回国，在北平燕京大学担任日本历史课教学，同时兼教北平女子文理学院的日本历史课。同年和李安宅（原系共产党员，后失掉组织关系）教授结婚。婚后李安宅教授第一次请她吃饭是到洋车夫吃饭的小摊上吃的，是为了让她多接触劳动人民。有时还让她骑自行车跑一百多里去办事。这对一个书香门第的女子是很难的事，但她没有丝毫抵触，很快就适应了，通过了“劳苦大众关”。在她的影响下，她的两个妹妹于若木（陈云同志的夫人）、于陆琳（钟赤兵将军的夫人）在“七·七”事变后都去了延安。一次日本侵略军在李安宅家乡一带打了败仗，事后来山村报复，将全村人围在村外一块空地上，四面架起机枪准备集体枪杀，在这生死危急关头，于式玉突然挺身而出，走向日本带队军官，义正严词斥责一顿，弄得日本军官丈二和尚摸不着头脑，不知这个偏远山村里怎么冒出一个会讲一口流利日语的妇女来，因摸不清其身份，连忙向她鞠躬道歉，把队伍拉走了。她在生死关头，横眉冷对凶恶敌人的枪口，救了全村人的性命，至今村民铭记不忘，仍津津乐道，传为佳话。

“七·七”事变后，日本人在北平创办了一所“女子文理学院”，请于式玉出任院长，接受就当汉奸，不接受必被杀害，面临着两种命运的选择，出于民族大义，决定和丈夫赴甘肃藏族地区进行学术考察。此时，在燕京大学就任燕大校长的司徒雷登出面劝说于式玉留下来与日本合作，还恐吓说，不合作就取消李安宅的考察计划，不但不给经费，连薪金也停发。同时公婆也反对出走。经多方做工作，晓以民族气节和民族工作之重要，说服了公婆，她将1932年和1935年生的儿子和一对双胞胎女儿交给公婆，不要司徒雷登的经费和薪金，毅然离开北平绕道上海、香港、云、贵、川、陕到了兰州，随即又赴夏河县拉卜楞藏族地区。她这一别竟是12年，其中三年和子女完全断绝音讯。于式玉到藏区后，入乡随俗，穿上藏装，学抓糌粑、喝酥油茶，还取个藏名叫央金拉毛。在藏族妇女中结交了许多朋友，很快学会了藏语文。1939年年初，她在上层人士的支持下，创办了当地有史以来第一所女子小学，招收藏汉回族学生130多名，她以卓越的教学方式，仅用三年时间就完成官办五年的教学内容。

她除办学外，还和丈夫一起进行了大量藏族民情、风俗、宗教、文化等社会调查，为国内外的藏学研究提供了可靠的资料。

1941年她被迫离开夏河后，被四川华西协合大学聘为边疆研究所副教授，研究的对象是西南少数民族，重点则是藏族。以后她又赴美哈佛大学图书馆从事日文图书编目工作，1949年四川解放前夕回国。

## 二

1950年，她参加了十八军。随后，十八军副政委兼政策研究室主任王其梅把她调到政策研究室任研究员，领导上对她非常尊重，关心她的生活，虚心听取她的意见。于教授把她参军后和她在甘肃拉卜楞工作时的境遇作了对比，有比较才有鉴别。她来到十八军心情特别舒畅，特别愉快，英雄有了用武之地。她积极调查研究，并结合她过去工作的经验，经常提出建设性的宝贵意见，短短几个月就与李安宅同志向西南局、西南军区提出二十余条意见，为党中央制定进军西藏，解放西藏，建设西藏的政策提供了重要依据。

昌都战役后，她不怕高山缺氧，交通不便，生活艰苦，又不辞辛劳随军进抵昌都，任昌都解放委员会委员，在解委会文教组的领导下，与李安宅教授创办了昌都有史以来的第一所小学校。她从不摆“学者”“教授”架子，她把学生当成自己的儿女一样疼爱，除教学外，还帮助女生们梳洗头发，扎各种花样的发结，给男生讲故事，教学生们讲卫生。不久，孩子们比在家时显得聪明、伶俐、懂事，家长们看到孩子的可喜变化，由衷地感激于教授。学生们在学校学的东西回去还教家长，起到民族政策的宣传员作用，进一步增强了藏汉团结。她还积极传播科学、卫生知识，1951年春，在学生家长座谈会上，她为宣传健康防疫知识，动员学生种牛痘，结果在校生普遍种了牛痘，而且还带动了270多名未上学的儿童也种了牛痘。

## 三

早在进藏初期，毛主席从西藏的政治经济实际状况出发，体恤藏族人民的疾苦，决定“进军西藏，不吃地方，部队入藏后一切由中央包干，军需物资全由内地运送”。当时公路未通，物资全靠牦牛运输，进藏部队常处于断粮、半饥饿状态，更谈不上副食供应了。昌都虽系西藏的重镇，亦不能随意采购，于教授已是半百之人，也和战士们一样过着艰苦的生活。1951年初，我从甘孜出发去昌都，在高山缺氧、交通不便、冰天雪地爬山越岭的情况下，我把从四川乐山出发时买的两斤白糖一直背到昌都，两斤白糖在内地算不上什么，但在当时的西藏高原却算得上珍贵礼物。当时王其梅舍不得吃，他向我提意：“我年纪还轻，不需要吃它，咱们给昌都小学两位教授（指李安宅、于式玉）送去吧！”他又把两位教授的情况向我作了介绍，我由衷地敬佩，当然无意见。晚饭后，他让警卫员拿着糖三人一起从云南坝到昌都城里去看望两位教授，两位教授看到我们非常高兴，当我们把两斤白糖放到他们床上时（寝室连桌子也没有），两位教授非常感激，一定要王其梅带走自用，推了许久，我们当然不会把糖再拿回。这时于教授风趣地说：“那好吧！我执行。现我们喝咖啡，咱们先共享一点白糖吧”。说罢。她就取来了“咖啡”。李安宅教授笑答：“不是真咖啡，是式玉把蚕豆放到锅里炒糊，然后压碎，有点苦味，我们晚上写教材疲劳时就冲上一杯喝，驱瞌睡提精神”，听后我们深受感动。

## 四

在那艰难岁月里，两位老教授不辞辛苦，为发展藏族的教育事业，日夜操劳，令人肃然起敬。

1951年1月开办冬学，推选解委会副主任格桑旺堆、谢瓦拉活佛、摄金次噶、甲本慈诚和李安宅、于式玉、魏克为董事，谢瓦拉为董事长，招收学员不受民族、贵族、贫苦农奴和年龄的限制，以学藏文为主，选修汉文，校址设在昌都西北角一座破旧城隍庙里。解委会和五十二师大力支持，要钱给钱，要人给人，抽调优秀的藏汉干部去工作，还派五十二师文工队的队员去学校帮助教语文、数学，教唱歌、跳舞。

于式玉亲自任教，她含辛茹苦，耕耘拓荒。当年的学员中有的已是当今的国家领导人，如：帕巴拉·格列朗杰副委员长；有的是西藏自治区的领导和厅、局级干部，娜珍任自治区妇联主任，尤珍也在自治区检察机关担任重要职务。

当她要离开昌都奔赴拉萨时，不仅校董事们，学生的家长都纷纷去解委会请求把她留下，学生们三五成群的到她的住处恳求她不要走，学校的两位藏族老师娜珍、尤珍也再三挽留，如果一定要走，那么她俩也坚决要求跟她走。

临行那天，学生来得特别早，女学生打扮得格外漂亮。家长们也端着青稞酒和鲜奶茶，捧着洁白的哈达来给她送行。当她走向学生的行列时，人们把她围得水泄不通，女同学送上鲜艳的格桑花（雪域高原上最美丽的花），男同学献上洁白的哈达。大家流着泪唱起送行歌，跳起祝福舞，此时此景，她再也元法抑制自己的感情，惜别的泪水也撒到了这块深情的土地上。

## 五

1951 年 1 月，她进驻拉萨不久，在仲吉林卡开办了藏语文训练班，谭冠三政委任董事长，徐爱民任训练班主任兼党总支书记，李安宅任教务长，于式玉任教务办公室主任。共收学员一千二百五十多人，编五个队，多数是部队连排干部和地方上一般干部，主要是学习藏语文、印度乌尔都文和尼泊尔文。教师除原华西边疆研究所的人员外，中央和西南局又从北京大学、四川大学、西陲文化学院和原国民党蒙藏委员会散居在成都、重庆的人员中调请了一些专家教授，其中有精通藏语文和佛学经典的祝维翰、邓明渊，语言学家金鹏，佛学专家韩镜清，社会学家林耀华等。藏训班于 1952 年 1 月正式开课，条件很差，他们发扬延安抗大精神，白天露天上课，夜宿破旧不堪的帐篷，教授和专家们除授课外，还要通宵达旦地编写教材。

“五・四”青年节后，十余名贵族青年要求入学，又成立了汉语班，称“社教班”。很快发展到 60~70 人，这些贵族青年大多数在国外读过书，有一定的进步思想和革新要求，他（她）们敬重学识，于教授在美国的经历与学识使她在贵族阶层和学员中有很高的威望，很受敬重。

10 月，藏语文训练班改为西藏军区藏语文干部学校，于式玉任副教育长兼教育办公室主任，她编教材、刻蜡板、推油印机，还要组织专家教授编写教材，经常带病通宵达旦地工作。

她一反过去寺院教藏文逐个教学和先讲繁琐语法的老式教学方法，改用规范化的拼音教学法，这是一个成功的改革，汉族学员在三个月内就学会了讲藏语，并能登台用藏语宣讲。她在西藏从事教育工作五年，可以说已是“桃李满天下”，她用心抚育成长起来的藏族学员，现已遍布西藏，从领导岗位到基层，各行各业都有。她对发展西藏的教育事业作出了不可磨灭的贡献。“于教授”这个名字，在军队、地方，尤其在藏族上层人士中，都是一个响当当、极受尊敬的官称。

1957 年在西藏工作收缩的前夕，她转回内地，走时她极为珍惜参军后的这段生涯，她放弃了学术级别，选择保留了军队级别，按军队工资，她就不够教授级，但她对此毫不在意，她一直过着俭朴的生活，从不看重金钱、物质享受，从不计较名利地位，一位知名学者、教授可以任小学教员，可见其品德高尚。她省吃俭用，节省一点微薄的工资来资助穷苦学生，但她对自己的子女却要求甚严，一再告诫：“要学会省吃俭用，过清贫的日子，钱多了对你们没有好处，只会养成大少爷作风，大少爷是建设不了社会主义的”。

## 六

1956 年，她带领一批西藏贵族学员到中央民族学院学习。从重庆乘船由长江顺流而下，在途中轮船触礁，在船下沉时，大家都因她是年逾五旬的女同志，劝她首先离船上岸，但她却坚持照顾藏族学员先离船上岸，当她离船后，船很快就沉了，大家的行李都没来得及带出来。事后国家按各自所报行李中的物件，赔偿了损失，她却没报损失，一分钱没领。

她一生从不媚颜屈膝，正义耿直，对敌人她横眉冷对，对自己的阶级兄弟、姐妹、贫苦人民，是一盆炭火，温暖着人心。她是一位负有民族大义、矢志献身于国家、民族的教育事业和少数民族研究，具有真才实学的知名学者、教授。50 年代末她就发现患乳腺癌，1969 年 8 月 6 日，逝世。

于教授虽然离开我们了，但她为教育事业所作的不朽贡献，人们永远不会忘记，尤其是她在西藏工作的 5 年中所作的贡献，更是有目共睹的，十八军的老同志和西藏人民永远不会忘记，于教授永垂不朽！

# 依依高原情

惠琬玉

我将要退休离开拉萨，可是当听说报社组织干部明天去拉萨郊区植树时，心情却难以平静。我知道这是在西藏的最后一次植树机会了，我要亲手再种下一棵棵小树，为这高原古城增添一片绿阴，留下我对第二故乡的眷恋之情。

第二天早晨，天还未亮，我就起床忙乎开了。吃过早饭，带上铁锹，背上水壶和草帽，全副武装以后，就像当年刚进藏时那样，充满一股激情，顿感精神抖擞。

乘上去工地的大轿车，我坐在前面的座位上。轿车在宽阔的马路上飞驰，把街道两旁的景物抛在了后面。车厢里年轻人的欢声笑语未能引起我的兴趣。我低头不语，陷入沉思，不知是即将离开高原的一种惜别之情，还是回首往事的一种遗憾，使我沉浸在凝思之中。

光阴飞逝，日月如梭，转瞬之间，来到西藏高原已经 34 个春秋。如今我已年过半百。高原的岁月，已在我的额头和眼角留下了明显的印记，强烈的紫外线和高寒缺氧的气候，使我的脸庞发红发紫，那齐耳的短发中，不知何时已增添了不少白发。在西藏工作的三十多年里，我已记不清参加过多少次劳动了，部队开荒生产，机关拾粪种菜，跟藏胞一起兴修水渠、抬水抗旱……在新开垦的处女地上，在藏胞丰收的庄稼地里，都曾洒下了我辛劳的汗水。火热的劳动锻炼，增强了我的劳动观念，使我这个肩不能担、手不能提“学生兵”的思想起着变化。劳动锻炼是我们50年代青年人的“必修课”，的确使我受益无穷，那些美好的生活，深深留在我的记忆里。

汽车穿过道路两旁的崭新建筑，穿过热闹的拉萨市区，我的视线被人行道上的人群和繁荣的市场所吸引。我感到这些年来拉萨的变化太大了，许多地方面貌焕然一新，连我这个“老西藏”都认不出来了。

三十多年前，我们刚到拉萨的时候，一切都是那样的新奇而又陌生，身穿黄袍、头顶官帽的贵族官员耀武扬威，贫苦农奴脆在地上，当他们的“上马石”，这种贫富悬殊的情景，勾画出一幅封建农奴社会的缩影。这里没有一条像样的公路，也没有高楼大厦，市区建筑除了寺庙和贵族富丽堂皇的房屋外，只有八廓街及其周围光线昏暗的藏式碉房。不少地方可以看到那破烂不堪的帐篷，围挤在一起的贫民窟。“朗子辖”（旧拉萨市政府）的“囚犯”，戴着沉重的镣铐，哐啷、哐啷地在狭窄泥泞的街道行走；虔诚的佛教徒，为了祈求来世超脱苦难，在大昭寺、布达拉宫一带转经、拜佛、叩长头……三大领主过着花天酒地的生活，而衣衫褴褛、蓬头垢面的穷苦人和流浪汉却为生活苦苦挣扎，沿街乞讨……这一切给我留下了深刻的印象，使我强烈地感到拉萨是富人的天堂，穷人的地狱。三十多年过去了，如今，拉萨旧貌换新颜，昔日搭过帐篷的地方，已是楼房林立，修起了学校、医院、工厂、邮电局。拉萨饭店、拉萨影剧院、西藏体育馆、西藏群艺馆等现代化大型建筑，分布在拉萨市区周围。一条条宽阔的街道，铺上了沥青路面，公路两旁绿树成阴，商店毗连。拉萨，以崭新的面貌屹立在“世界屋脊”上。我曾为拉萨最早修建的交际处大楼添砖加瓦，也曾给人民路旁栽种的榆树培土浇水。人们对自己流过汗，付出过代价的地方，总会有一种特殊的感情，我把拉萨当作第二故乡，就是这种感情的真实流露，看到拉萨日新月异的变化，我怎能不感到喜悦和欣慰呢？不知不觉，大轿车已经开进了人声沸腾的劳动工地，看着眼前挥镐舞锹植树的人群，我仿佛又来到了进藏初期开荒生产的工地。

那是 1952 年，进藏部队到达拉萨后的第一个春天，部队面临着给养不足的困难。原西藏地方政府中的反动分子，拒不执行和平解放西藏的十七条协议，不给进藏部队卖粮食，企图把我们饿走，上层反动分子还叫嚣什么“饿肚子比打败仗还难受”。毛主席指示进藏部队，要在西藏站稳脚跟，就要自力更生，开荒生产，减轻西藏人民的负担。当时我们宣传部和报社的同志们，响应毛主席的号召，发扬艰苦奋斗的南泥湾精神，组织起浩浩荡荡的劳动大军，开赴拉萨西郊哲蚌寺脚下的荒滩，安营扎寨，掀起了开荒生产运动。我们三十多名年轻的女战士，不顾长途跋涉的行军疲

1956年10月初，惠琬玉、赵从贞、赫延惠同志在拉萨西郊农场参加劳动

劳，也加入了劳动大军的行列。

2月的拉萨，天气异常寒冷，劳动大军在荒郊野外搭起了帐篷。高原上咆哮的狂风，常常把搭好的帐篷刮倒，为了抵挡狂风，为了指战员们的安全，指挥部决定在帐篷的周围用草皮垒起一座五角城。背草皮就是我们女兵开荒生产的第一课。男同志力气大，负责挖草皮，女同志负责运草皮。我们冒着刺骨的寒风，把挖好的草皮一块一块地背到修五角城的地方。我们一天不知要背多少块草皮，也不知要跑多少路程，脚上打起了血泡，军装磨破了，脊背磨烂了，疼得直钻心，只好找一块破衣服垫在背上，坚持劳动。晚上睡觉更是疼痛难忍，我们只好侧睡，不能仰卧。伙伴们风趣地说："我们的'马背'打烂了"，逗得大家哭笑不得，直到五角城修好，我们这些娘子军，不少成了'跛子"，走起路来一跛一跳。就这样强忍着腰酸腿痛，我们硬是闯过了劳动这一关。

接着紧张的开荒生产开始了，这对我们从未参加过农业生产的女兵来说，又是一场严峻的考验。数九寒天，大地尚未解冻，娘子军们顶风冒雪，开垦荒地，十字镐下去，震得我们的虎口发麻，地上却只溅起一个个白点点，冻土丝毫不动。为了征服这千年沉睡的荒地，大家动脑筋，找窍门。真是人多出"神仙"，男同志们想出了这样的办法：俩人合作，一个人先用十字镐挖下去，另一个人紧接着在第一镐的旁边挖下去，然后两个人同时用劲，只见一大块带草根的土块就被挖起来了。女同志们学来了这种先进的开荒办法，果然见效。工地上开展了劳动竞赛，不断传来开荒生产的捷报。

年轻的战士们，就是凭着这股顽强的毅力和吃苦耐劳的精神，征服了千年的荒地。

工地上生活也很难苦。我们女同志既要参加开荒生产，又要轮流帮厨做饭，要到很远的地方担水、打柴。高原上的风很大，在荒郊野外生火做饭，有时引不着火，急得我们常哭鼻子。那时没有高压锅，由于高原气候的影响，蒸出来的米饭夹生，馒头发粘，也没有新鲜的蔬菜，能吃点牛肉干和萝卜，就很不容易了。虽然是粗茶淡饭，大家在一起却吃得津津有味。劳动之余，工地上歌声不断，《二月里来好风光》《南泥湾》等歌曲，是大家最爱唱的。高兴起来，大家还扭一扭陕北秧歌，革命的乐观主义精神充满劳动工地。

就在这年4月初，我们在新开垦的这片处女地上，播下青稞种子，禾苗出土后，一望无际的田野上一片葱绿，给人们带来了新的希望。可能是因为新开垦的荒地，这年秋天收成不好。尽管庄稼欠收，但是指战员们的汗水没有白流，我们播下的艰苦奋斗的革命种子，在藏族人民的心中生根、发芽、开花、结果。西藏人民从部队开荒生产的行动中，认识了人民的军队，他们亲切地称呼解放军是“新汉人”，是毛主席派来的“菩萨兵”。

三十多年过去了，今天我又来参加植树造林的劳动，使我感到欣慰的是，参加植树的年轻一代，也和我们当年进藏的战士一样，以辛勤的汗水，饱满的热情，建设着美丽的西藏。我和年轻的伙伴们一起挖沟铲土，把一棵棵笔直的小白杨树苗栽下去，培上土，浇上水。五年、十年后，这里不又是一片茂密的林卡吗?

# 悠悠情深忆当年

王蓉翰

我出生在富饶美丽的成都平原，17 岁高中毕业之际，大西南解放了，在轰轰烈烈的革命热潮中，我进入了中国人民解放军二野十八军军政大学八分校，从此开始了我的军旅生崖。

我们随军校从成都九眼桥乘船来到大邑集训，毕业后又奉命随军校来甘孜修建机场。在这荒无人烟的土地上，我们首先挖窑洞，并在窑洞外墙两边用圆锹刻上大大的“进军西藏、建设国防”的字，远远看去，整齐、漂亮、威武，我们这批军大的年轻新战士给高原带来了生机与活力。甘孜气候干燥缺氧，除了黄土和石头什么也看不见，由于运输困难，部队只能供给米面和脱水菜，每天在工地上日晒雨淋，使我们这些生长在天府之国的学生初次接受了离家参军、体力劳动的考验。

修建机场任务接近尾声时，我被选调到五十三师文工队工作，从此我成为一名文艺战士，实现了我的理想。

## “王二”和“王三”

文工队里有两个女战士——王二和王三。我之所以叫王二，完全是因为战友王利融的外号叫王三，我和她个头差不多高，都长着一张圆圆的脸，留着刘海，穿着统一的军装，都讲着四川家乡话，名字也只相差一个字，很多战友都分不清我俩，为了便于辨认，大家就说：“你比王三大半岁，你就叫王二吧！”

我和王三的命运天生连在一起，如果连队需要派两三名战士去出差，自然就会联想到王二和王三同去。记得有一回连队杀牛改善生活，司务长分配我俩去河里洗牛肠，他嘱咐我们重点是把肠子翻过来反复洗净内壁。我们俩用竹筐把牛肠抬到河边，各捡一根树枝准备翻肠用，然后卷起裤脚站在水里，埋着头一截一截地翻洗，天哪！一条牛的肠子总也翻不完，猛抬头互相一看，两个都冻得鼻涕长流，不禁哈哈大笑起来，好不容易洗完牛肠抬回营地去交差，司务长还说：“怎么这几节肠子洗这么老半天，真是两个笨丫头。”

一次在行军路上，王三病了，宿营后，我主动为她做病号饭。我在野外四面通风的地方，捡三块石头架成灶，找来些枯枝点燃，从炊事班要了两把米，用我的军用茶缸装好洗净煮起来，这顿饭煮了两个小时，我趴在地上吹火，柴灰都飞进了饭里，可王三还说很香。半缸稀饭她一直记得，多次提起。

我们分别 6 年后，又相会在西藏自治区歌舞团，我和王三先后被组织派到上海音乐学院进修声乐，在学院里，我们同住一室，早起同练舞蹈功，常常在琴房里互弹互唱切磋技艺。我在上海病重住院时，王三在百忙中还来医院照顾我。

## 我和阎分队长

从甘孜修机场调五十三师文工队后，我就在阎家琪分队长的手下生活和工作，她比我只大一两岁，但她却比我们老练懂事得多，她是我们女战士分队长，总是默默地带领着我们生活、出操、劳动、排练、行军。尤其难忘的是从甘孜出发后，在雀儿山下度过的那个永生难忘的风雨之夜。记得那是高原的 7 月，天高云淡，翻过雀儿山后，大家十分疲惫，在搭帐篷时忽略了挖排水沟。谁知在半夜，天下起了大雨，雨水漫进帐篷，浸湿了草地和垫被，全体女同志都从被窝里坐了起来，雨越下越大，我们只好穿上衣服把被盖卷起来坐在上面。雨势更大了，帐篷上也流着水，没办法，大家只得站着熬到天亮。当一缕灰色的微光洒向营地时，军号响起，开玩笑的雨也慢慢停了。我们拖起沉重的被褥，无法打背包，只得四五名女同志拧一床被，拧出许多水。当男同志明白了是怎么回事时，一面大笑一面帮助拧被褥。

行至昌都，上级命令五十三师文工团一分为三，成立昌都、丁青、波密三个文工队，开辟新地区的宣传工作。我和阎分队长又一同分到波密文工队，全队不足三十人，只有5个汉族女同志，我记得她总和我相邻而眠，常常帮我梳理长发，演出前教我化妆。曾经有一次在台上表演在路上忙着赶集的一幕时，我俩在台上转着“8”字路线，一面唱着“鸡叫三遍东方亮，全村老少忙……”突然，我头上的假发掉了，我一惊，脚下几乎乱了节奏，不料我“娘”早已发觉，她一面继续唱着走着，到假发前，来一个右腿后架下蹲，像捡一朵蘑菇一样把假发捡起，顺手往自己手挽的竹篮里一扔，一切都如此自然灵巧，几乎无人发觉，为我解除了尴尬，我真佩服她在处理突发事件时能那么沉着。

## 无言的战友

即将从甘孜出发向昌都进军之际，部队开始添置装备，每人每天行军背负四五十斤重。翻山趟河几十里，寻一个有水草的地方宿营，不几天，来到玛尼干戈，上级从青海调来一批马，主要帮助运粮食，男同志每人分管一匹马，女同志俩人分管一匹马，我和阎分队长分得一匹浅栗色的年轻马，按文工队统一编号为“8”，由于马群从青海长途跋涉而来，它们身上都很脏，鬃毛蓬乱，里面沾满了枯草树枝，但我们从相见的一刻起就很爱怜它。我们用自己的梳子为它梳洗鬃毛，我为它编小辫，我还把自己的红绸系在它的小辫上，打个蝴蝶结，这样，在马群中我们就会很快地找到它。

我们这一群生长在四川城市里的姑娘很少接触马，记得第一天宿营时，队长叫女同志赶快搭好帐篷，趁天黑之前上山去割草，并嘱咐我们认清草，以免马中毒。我们快步上山，山上郁郁葱葱长满各种野花小草，但我们只敢选择一种像小蒜苗叶似的草，一点点地用毛巾包好，天渐暗，我们匆匆下山回营，把马草交给岳队长，他一看大笑起来，高高地举着一手巾马草就说：“这么点草，够一匹马吃一口的，你们不知道马要不断吃夜草，第二天才能干活吗？”无可奈何，队长只好命令司务长连夜寻找附近的藏族老乡，请求卖些草料应急，半夜草才买回，朦胧中听见队长和司务长还在嘀咕着：“这些女娃子也真够可笑的！”

一次行军路过德格，我们的8号马背驮的腰鼓撞在路旁的树上，“咚咚”的鼓声使马受了惊吓，它猛地往左横穿树林向对面山上狂奔，这可惊扰了长长的行军队列，几位文工队的男同志忙着把自己的马交给别的同志，奋力追赶，直到马跑过树林来到山下，腰鼓不再响，慢慢停下，男同志们才追上。这下可把我们累得够呛，还害得我们掉了队。

我们都很爱护马，在疲惫的行军途中，我们担心磨破它的背，在每早起床后的百忙中都会细心地为它垫好厚厚的棉垫，上好驮，让它一路好走，在我们的心中，它是我们朝夕相处的战友，在共同完成进军西藏的神圣使命中贡献着自己的一份力量。

临到部队要过金沙江的那天，我们全队的任务就是先把马群赶过江去，然后才是物资和人过江。金沙江横渡距离较宽，江水湍急，有漩涡，几个藏族汉子驾着几支牛皮船牵领头的马先下水，然后我们文工队近百人在岸上齐声赶着马群下水，开始还算顺利，谁知马群游至江中流时一个大浪涌来，几匹马仰面冲向下游，其余的马乱作一团，红绸结离开了我的视线，我想：“这下可完了，它肯定经不住这场险风恶浪，很可能牺牲了……”我心情怅然地耐着这漫长的一天。

好不容易赶完马，牛皮船队又忙着来回运物资过江，直等到皓月当空，繁星闪烁，才来了一个牛皮船运送我们几个被留在江这边的人。牛皮船划向江心，江水在明月繁星的辉映下波光粼粼，高原的夜色是那样的美，可是我却归心似箭，我心里一直牵挂着马。我上岸后跑向马群，可怜的它经过白天与惊涛骇浪的搏斗，这会儿浑身水淋淋地站在寒风中瑟瑟发抖，我高兴地看见阎分队长也正拿着电筒在马群中一匹匹的翻看着它们的牌号，最后她才找到这个模糊的8号，红蝴蝶早已不见，我们像久别重逢的亲人，抱着它的头亲它，它也打着响鼻，亲热地招呼我们。这时，我们想着它可能也和我们一样又冷又饿，我和阎分队长去找来毛巾为它擦干鬃毛，为它找点草料暂度饥寒。经过这场惊险的横渡金沙江后，我们更加爱惜它。

## 沐浴澜沧江

从甘孜行军到昌都，五十三师文工团近百人奉上级命令分成丁青、昌都、波密三个文工队开展新区宣传工作。这意味着我们战友即将长时间分开了，炊事班立即杀羊杀猪设告别宴。饭后全体集合宣布了分配名单，战友们都怀着惜别之情和即将奔赴新区工作的激情，匆匆告别之后就分散了。我们波密文工队不足三十人，由岳军队长带领我们搬到澜沧江畔搭帐篷住下。接着后勤部队又给我们添置了一批御寒的物资，最可喜的是给每人发了一套黄布面的羊羔皮衣。我们卷起袖，在草坝上跳着各民族舞蹈，欣赏着衣袖口的白羊羔毛在风中轻柔地飘动，不觉之中月亮和星星的清辉已撒满大地，这群年轻的文艺战士尚沉浸在意犹未尽之中。

暂时安定的驻营生活，使我产生了想洗澡的迫切愿望。这时，我惊奇地发现自己已长了虱子，这还了得，在我们姑娘的心里，这可是一件羞耻的事。记得在学校念书时，如果哪位同学被发现有虱子，其他同学定会像避瘟疫一样远离她的，而今这东西竟与我为伴，我还发现毛衣缝里也有，更要命的是长发上还附着白色的小虱卵，这真叫我浑身发麻，烦躁不安，我大声嚷着："哎呀！我身上都长了那个啦！"岳队长和分队长小彪忙着关切地问："长了什么？疼吗？……"当他们弄清后哈哈笑着说："有什么值得大惊小怪的，这东西在革命阵营里叫'革命虫，嘛！谁没长过，用脸盆在火上煮几次衣服就消灭了。"虽然这么说，我心里仍很不好受，洗澡的欲望更加强烈了。

我来到江边，望着清清的澜沧江水突发奇想要利用大自然来了结这个心愿。我独自一人没这胆量，约了队上 5 个女同志。我们避开阎分队长，商量具体办法并订下约章——决不暴露。这天下午，天上还有太阳，我们迫不急待地带着帐篷布悄悄地到江边，选了背靠悬崖的地方，开始我们的行动——水中浴室。我们卷起裤腿赤脚下到水中，先把一棵棵捡来的小树埋在水底的沙石中，再用很多大石头把树枝四面堆砌结实，压好，撑起篷布，虽有点摇晃，但不至于倒塌。我们各自找了一个岸边的石头坐下，脚泡在水里，开始洗长发，虽然天上有点阳光，江里的水却是深秋的寒水透骨凉，咬紧牙飞快地洗完头发，进入我们的水中浴室，坐在石头上，为防不测，先脱下截衣服，为了却心愿，我们拼命往身上浇水，不知什么时候太阳已溜走，微风吹拂着水中帐篷摇摇欲坠，这时我们已冻得全身颤抖不止，牙关僵硬得话都说不清了，我们迅速穿好衣服，草草收兵，一个个悄悄溜回营房。这件事终因胥志平感冒发烧而暴露了，队长和分队长在大小会上批评，还说这是军纪，是要给处分的，我这个罪魁祸首，怀着诚惶诚恐的心情等待着处分的降临。但随着进军波密准备工作的繁忙，或别的什么缘故，处分的事随着时光就烟消云散了。

## 在波密的日子里

波密这块土地，就像它的名字一样滋润、甘甜。这里土地肥沃，气候宜人，绿水青山，富饶而美丽，有西藏的江南之称，是我们从康藏线走过的地方中最美的地方。只可惜这里的人民生活却贫困落后。

结束了行军生活，安定在这块美丽的新地方，我们的任务将从零开始拓展。记得我们的任务是“三大队”——宣传队、生产队、战斗队，此时是 1951 年冬。

首要的是解决生活问题。部队需要大批给养，川藏公路没修完，运输困难，靠牦牛供应不上，老百姓也穷得连卖给我们的物资都没有，怎么办？上级号召我们发扬我军南泥湾的光荣传统，开荒生产。

我们背着背包来到汝郎、郎丘荒地，先解决冬季住宿问题，每班挖一间一米五深的地下屋，顶上用帐篷布盖好，压上土，土床上铺上麦草，这样可以保暖。西藏的冬春之际，土地被封冻，必须先用柴禾烧化一块，才能挖开一块，艰难而且进展很慢，同志们的手都打了好多血泡。我们的伙食大多是糌粑，过节才能吃上米饭，菜多是元根萝卜和黑豌豆，每人每周只有三钱酥油，就是这样，人们的欢歌笑语仍响彻在荒原上。

我们刚从昌都到波密，队里就从巴塘调来一群藏族青年，姑娘居多，这些可爱的藏族青年乐观开朗，好学习，能吃苦，能歌善舞，为波密文工队补充了可贵的新鲜血液，也为文工队带来了无限的生机。开荒生产的夜晚，营房外燃起一堆堆篝火，藏族同志在火旁学文化，学唱歌，围着火堆跳巴塘弦子。直到熄灯号吹响，兴致仍不减，这就是我们的生活。记得在汝郎、郎丘荒地上还经常为开荒的战士们演出，没有舞台，现挖土台一个，没有灯光，用竹杆捆成捆，烧火照明，夜风吹来，台上演员，台下观众都依然很带劲。

我们差不多每星期要集体上山去打一次柴禾，如果是在秋天，我们会在带绳子的同时，绝不会忘记带上我们的行军挎包上山去搞副业——打桃子。和藏族同志一路唱着歌，进入桃林，选些老桃树，甩石头打个桃子吃，酸的则扬长而去，甜的就上树，男同志在树上一面吃一面打，女同志在树下一面吃一面装，在大自然的怀抱里享受它的赐予，无拘无束，吃够装足，再打些枯枝野藤，藏族姑娘用她们背柴的特殊方法为我们捆好背上，又一路歌声地回营地。

有一次同志们都上山打柴去了，留下我在营地帮助烧水，准备战友们下山后洗脸洗脚用，我想着大家辛苦，寻思为大家变一点伙食花样，便学藏族老乡做糌粑丸子野菜汤。我做了一个竹夹子独自摘霍麻去了（霍麻是一种多刺的植物，到高原后才知道它可以当野菜吃），不觉间走进寺院，这里的霍麻又壮又多，我好喜欢。不知何时，身后窜来一只大灰犬，猛地咬住我的左腿，我惊叫着，出来一位僧人忙制止，幸好棉裤比较厚，只在腿上留下了两犬牙痕。战友们下山来，吃着野菜丸子，听说我为了野菜被狗咬的事，好不感动，纷纷来看望安慰我。

记得 1951 年底至 1952 年初，我们住在波密倾多宗，为了工作和长期进藏之需，领导组织人编写了一本藏文日常用语和简单语法的课本，上午由李超群老师授课，下午就带着课本去老乡家实习，闹了好多笑话。

我在波密的艰苦岁月里，有时也感到孤寂，思念我那遥远贫困的家。从内地寄来的家信，往往要耽误 9 个月甚至一年多的时间，有的同志收到家信已是字迹模糊，那是牦牛驮子在途中遇雨雪浸泡的缘故。每收到一封家信，如获至宝，在酥油灯下，反复读着想着。

在战友中，张世琏是我的挚友，我们一起参军、进军西藏，并分到波密，她为人真诚坦率，我可以向她倾吐我内心的任何秘密，求得她的安慰和鼓励。在高原的寒夜里，我常常冻得半夜不能入睡，只好钻到世琏的被里和她打通腿。

在进军西藏途中，世琏留下脚疾，曾多次住医院，几近瘫痪。那是从昌都出发翻瓦合山时，山上的雪积得很深，世琏的一只鞋掉进雪坑里，她怕掉队不吭声，穿着袜子在雪地上行军。我发现后要为她在背包里拿鞋给她穿，她怕掉队，执意不肯，催我快走，我无可奈何，只好走去跟队，不久，她的脚冻得麻木掉进了雪窝，一个领队的大队长一把将她连背包和人一齐拉上来。从此，她的脚落下了终身病痛。这是我在记忆中遗憾终生的事。那时我们都年轻无知，不懂得爱护自己。

在波密的日子里，生活艰苦，但又多姿多彩而有意义，这个时期也是我在艺术上开始锻炼成长的时期。宣传队肩负着面对战士、机关干部、藏族群众等不同观众，要使宣传真正起到作用，必须拿起笔创作新作品，在部队里从来就是重实践。在波密过第一个国庆节演出中，我和彭遐熙演唱的花鼓词就是我们俩学写的。彭遐熙是从川大直接参军的，是一个富于理想的青年，他因个子高大而叫“彭大汉”，声音低沉，自称男中音，我俩合作多，审美情趣也相投。他知识广泛，善摄影，对同志挺厚道，我们都喜欢与他交往。

我和曲作者涂青华都很喜爱藏族民歌，常在一起向藏族同志和藏族群众学习，搜集民歌，并合作用藏族人民喜爱的民歌风格搞些作品，以丰富演唱曲目。1951 年底我们合作编出《毛主席的光辉》一歌，由我首先用藏汉两语演唱，同时利用各种集会教藏族群众唱，这首歌随即在西藏传唱开来，家喻户晓，并越过高山，飞遍内地大江南北，久唱不衰。我和涂青华在艰苦岁月中相识，对音乐共同的酷爱之情把我们紧紧相连，并结成了革命伴侣。

# 难忘青藏千里雪

侯国栋

## 参　军

1951年，我正在西安西北党校学习。我们文艺班的同志都积极响应党的号召，申请参加进藏部队。3月的一天，我们文艺班正随党校土改工作队在长安县宣传演出，文艺班班主任宋英山同志通知我带上行李立刻返校。我坐上当地农民的马车赶回学校。郑主任（文艺班郑中和主任）找我谈话说：“校党委批准了10人参加进藏部队，其中文艺班只批准了你一个，你是唯一的女同志。你要尽快做好准备，很快就要去兰州集中了”。我听到这个消息高兴极了，恨不得马上就去兰州。随后郑主任微微一笑，以惯常的从容不迫的口气问我：“你与高廷选同志的关系‘发展’得怎么样了？”我脸猛一热，没有作声。老高是前些日子宋主任给我介绍的对象，陕北人，为人忠厚、热诚，给我的印象不错。郑主任见我不语，又说：“高廷选同志这次也被批准参加进藏部队”。3月9日，我与老高办了结婚证，举行了俭朴而热闹的婚礼。翌日，校领导为我们进藏同志举行了欢送仪式，并赠送马列著作和毛主席著作，以及《青年近卫军》《钢铁是怎样炼成的》等苏联小说。12日，我们告别西北党校，乘汽车奔赴兰州。

## 干训生活

经过四天的旅行，我们到了兰州五泉山下筹备进藏工作的干训队。3月的兰州，还迟迟脱不掉冬装，满眼光秃秃的荒凉景象。风大，裹满黄沙，赶上下雨，溅在衣服上的雨滴，也是一朵朵“黄花”。这时的兰州市还没有自来水，水是用装在马车上的大水桶拉来的黄泥水，须经沉淀后才能饮用，蔬菜也比西安少。到干训队不久，陆续来了不少女兵，有当地的、北京的、四川的、陕西的、青海的干部、大学生、中学生、工人，还有获得解放的童养媳。后来在进藏途中，还有一些女青年陆续加入进藏部队的行列。

在干训队，司令员范明同志、政委慕生忠同志、参谋长罗曼中、政治处主任杜舒安同志等部队首长，先后给我们上政治教育课，传达中央的有关指示，讲解民族政策、政治时事以及部队纪律、进军要求等。杜主任比其他首长年轻，是位老公安干部，为人却非常风趣，平易近人。初次讲课，他笑嘻嘻地自我介绍道："我姓杜叫舒安，舒舒服服的舒，平平安安的安。"一下子就缩短了首长与战士的距离。女兵们都爱向他请教，他总是不厌其烦地有问必答。从干训队到进藏，我都在杜主任所领导的政治处工作。他和他的爱人李静澄同志，把尚年幼的孩子留在西安托人照管，一起来到进藏部队。除了政治教育，我们还进行体能训练（如爬山）、军事训练，并练习骑马。时间在紧张活泼的训练中一天天过去，中央同西藏地方当局和平谈判也有了进展。5 月 23 日，中央同西藏地方当局签订了《关于和平解放西藏办法的协议》。从此人民解放军进藏部队的任务转为"保证协议的实现与巩固国防而进驻西藏。"我们十八军独立支队亦加快了进藏的种种准备工作。换上草绿色军装，领到行军装备，配发了马匹的女兵们，情绪高涨，纷纷表决心，订立功计划，渴望早日踏上征途。

## 进军西藏

1951 年 8 月 28 日，全支队一千余名将士，以及从陕、甘、青等省雇请来的饲养员，集结在青海香日德，举行了士气高昂的誓师大会，开始向西藏挺进。

出发时还显得那么温柔宁静的大草原，似乎存心考验我们的意志，走了一段时间，长茸茸齐膝深的牧草渐渐消失了，出现的是一望无际的沼泽地，人和马须踏着沼泽地中的草墩子方能前进。我们牵着马，吃力而小心地走这种人、畜罕至的路。每到一个宿营地，我们支起帐篷，开始过一天一次最愉快的煮饭生活。我们吃的水只能用水坑里带有碱味的水。在这种艰苦的条件下，女兵们没有气馁，大家一起捡些干牛粪，用皮风箱“吹”起火，做出扯面、揪面片或米饭，香喷喷的好诱人！杜主任见我们女兵做得好，就把一些男兵的伙食也搭在我们灶上。男同志任务很重，他们一路上要搜集敌情，还得做好内保工作，有时，还帮女兵们放马收马，互相帮助，互相照顾，已是行军路上的传统。出了沼泽地，翻越过昆仑山脉的诺木岗，又穿过盐碱地，经过 11 天的艰苦跋涉，部队到达了当年文成公主曾经过的黄河源。我们政治处的全体同志无一人掉队。渡过黄河源，休整三天，部队继续出发。

9 月 21 日，部队抵达长江上游通天河。通天河不比黄河源水浅易渡，不仅河面宽阔而且水深流急。渡河时我们坐在牛皮筏子上一手拉着马缰绳，一手抓紧牛皮筏子，经过顽强的拼搏，终于平安过了河。江面上筏子队同志的号子声、女兵的喊声、两岸的马嘶声汇成一片，这样的情景，令人终生难忘。在抢渡通天河的战斗中，先遣队辛烈等 8 名同志献出了他们年轻的生命。部队过河后，由范明司令员亲自主持，为革命烈士举行了追悼会。

10 月 5 日，部队由通天河南岸继续前进。这时的青藏高原已进入隆冬季节，远处的山上白雪皑皑。由于高原反应，部队病号增多，行军困难。我们尽管穿着棉衣、皮裤和皮大衣，但长时间骑在马上，也冻得招架不住，不由得下马步行。随着海拔的增高，行军越来越艰苦。一些马由于不适应高原气候，或误吃了有毒的草，倒卧在路旁，大大的眼里滴着泪与主人告别。掉队的同志也一天天增加。

10 月 19 日，部队来到唐古拉山北麓。司令部作了紧急动员，要求做好准备，奋战五天，翻越唐古拉山。翻越唐古拉山将是对我们的严峻考验。杜主任要求我们人要吃好，马要喂好，并说现在是兑现立功计划的时候了！一路行军，马已成了我们的亲密战友。现在女兵们都不约而同地把各自骑的马全身洗刷一遍，又请饲养员给马修修掌，并把马衣、料兜缝补好，整理好马鞍、缰绳。有的女兵还独出心裁，给马尾编了辫子，有的甚至还给马鬃也编了小辫，戴上用红绸做的花。至于干粮，除了上级分配下来的油、牛肉干等，我们还炸了一大堆油饼，炒了不少面豆，用油纸包成小包，分给大家。20 日一早，部队出发，开始翻越唐古拉山。

老天还算照顾，过山天气晴爽。但因气压低，呼吸困难，谁的心情也爽朗不起来。阳光照射下的茫茫雪峰，长了无数根银刺，刺得人不敢睁眼，我们戴上墨绿色的风镜，骑马前进。马越走越慢，为了保护马匹，我们只好牵着马走。人也越走越慢，马又牵着人走（即拉着马尾巴上山）。马啊！雪峰茫茫中的战马，头艰难地往上扬着，吞咽着稀薄的空气，硬拖着拉着自己的女主人，一步步向唐古拉山巅攀登……经过不懈努力，终于翻越了举世闻名的唐古拉山。“上山不骑马，下山马不骑，平地牵马走，永远有马骑”。只要知道女兵们是如何在马的帮助下翻过唐古拉山，也就不奇怪我们为何爱唱这首《爱马歌》了。

翻过唐古拉山，便是藏北草原。在这里，我军虽受到当地一些官员的暗中阻挠，但在中央和西藏当局已签订《十七条协议》的大形势下，他们也升起了五星红旗迎接解放军。向拉萨进军途中，前后梯队合并，骡、牛、骆驼队除沿途安置的外，全部前进。人多牲口多，一到宿营地，遍地是帐篷，是炊烟，是牛、骡、马、骆驼，壮观极了！11 月 27 日，我军胜利抵达拉萨东郊。12 月 1 日，由范明司令员、慕生忠政委率领的十八军独立支队举行了盛大的入城仪式，全军将士骑在马上，军乐嘹亮，彩旗飘扬，好不威武！我们女兵们更是神气，各跨大马，紧随首长马后，处于支队的前列，成四路纵队，从藏胞的夹道欢迎中穿过，开进拉萨城，与十八军主力部队胜利会师，完成了进军西藏的任务。

# 军旅青春

曾昭琼

## 投身革命

1949年8月放完暑假，我和姐姐曾昭符离开家乡宜宾，返回重庆北碚学校，这学期基本上没有上课，校园里传遍了进步歌曲。这些歌带着火热的激情，感召着我们年轻的心，传唱着这些歌，使我充满了对另一种新生活的渴望。校园的进步歌声使我对共产党有了一些了解，它在我心灵深处撒下了革命的种子，它给了我勇气参加学生运动，参加解放前的护校活动。

11月25日，解放军占领了距离重庆只有一百多公里的南充和秦江等县。29日解放军又攻占了重庆南岸的长江各渡口，30日重庆解放，北碚也随之解放。我决心投身革命，放弃了普通大学的学业，报考了军政大学。在军大三分校四总队，我系统地学习了《中国近代革命史》《社会发展史》等，使我这个对社会政治和民间疾苦知之不多的女学生，初步懂得了中国革命只有通过新民主主义才能走向社会主义；只有社会主义才能救中国；只有在中国共产党的领导下，才能取得革命的最后胜利，坚定了跟着共产党走，将革命进行到底的决心。

1950年7月，正当我们在军大等待毕业分配的时候，学校召开了支援十八军解放西藏的动员大会，校领导讲了完成祖国统一的重大意义，介绍了西藏人民长期受到封建农奴制的压迫和剥削，他们非常渴望解放；讲了西藏的气候条件，那里有红军长征走过的雪山、草地、铁索桥。动员大家报名援藏。当时我和姐姐曾昭符的分配去向已定，只待宣布，因此政委通知连里不同意我们参加十八军。当我们得知这一消息后，急得哭了起来，生怕失去这个锻炼自己的好机会。因为祖国大陆只有西藏未解放，不去就再也没有机会了。考验自己是不是一个合格的革命战士，只有投身到保卫国防和建设边疆的行列中去。为了实现我们的愿望，我和姐姐商量，一起去找大队政委，坚决要求到十八军去工作。到了大队部，正好十八军的同志也在那里，我们的哭闹，使政委有些为难，政委只好说："你们问问这位十八军的同志，看他要不要你们去？"十八军同志表态说："只要愿意去的，我们都欢迎。"最后政委只好让我们去参加体检。体检时，我很紧张，生怕不合格被刷掉，心脏跳得非常厉害。我恳求地对医生说："大夫我很紧张，你不要以为我有心脏病啊！"大夫笑着对我说："你放心吧！心情紧张和有心脏病是能区分开的。"当时报名参加十八军的同志一共有三百多人，最后公布的只有 100 人，我和姐姐都被批准了，我们感到非常荣幸和自豪。我兴奋得一夜没睡觉，暗自下定决心，今后无论遇到多大困难，一定要发扬红军的光荣传统，要有吃大苦、耐大劳、不怕艰难困苦的精神，敢于去迎接困难、战胜困难，坚决完成进军西藏、解放西藏的光荣任务。

## 准备进军

到十八军后，姐姐分配到五十二师，他们立刻离开四川奔赴前方，我们就这么分手了。

1950 年 8 月，我和三分校的几位同志一起分配到五十三师。师部驻在四川省名山县。我被留在组织科。记得科长找我谈话时说："组织部门是干部的家，对待来办事的同志要热情接待，要让他们感到组织上的温暖，像到了自己家一样。"我遵循科长的教导，在工作上积极热情，办事效率高，给领导和同志们留下了很好的印象。

我们部队担负着修筑康藏公路的任务，我平时除了紧张完成组织科的工作外，有时还要为修路部队砸铺路的石子。因为我是新兵，从未干过这活儿，手上常常磨起很多血泡，但为了磨练自己，我始终咬牙坚持着。

经常听说五十三师一五七团在前方执行任务，每天要负重八九十斤行走 100 里地，为了在将来的行军中不掉队，我们女同志常常在早上出操的时候，把石头块打进被包中去，锻炼负重爬山和行军的本领，当时我们经常唱的歌曲是《二郎山》。

这只歌鼓舞着我们女兵要当一名铁打的汉，每当我们遇到困难时，就要想想自己是不是铁打的汉。我们经常唱，反复唱，越唱越爱唱，越唱干劲越大，我的意志也伴随着军旅生活磨练得坚强起来。

## 在甘孜

1951年刚过完新年，部队就离开名山向甘孜进发了，那时公路已修到甘孜，这段路我们是坐车进去的。

进藏途中，迎接我们的第一座大山便是“二郎山”。车辆行进在狭窄的“S型”的盘山道上，举目远眺，云海蒸腾之中，凭空钻出一座座鬼斧神功劈砍出来的陡峭山峰；往下看，车窗外的山谷深不见底，惊人魂魄！开车的司机全神贯注，不敢眨眼，生怕一不当心出事故，那真的要粉身碎骨了。我们不约而同地又唱起了《二郎山》这支歌，驱走汽车颠簸带来的疲劳。

翻过二郎山，到了泸定，要过一座铁索桥，这就是当年红军长征时走过的铁索桥。据说红军当年走的桥，只是几根铁链子，横跨在湍急的河流之上。如今铁索桥上铺了新木板，但仍不能过汽车，汽车要用大木船一辆一辆的运到对岸，而人，则必须背着自己的被包从这座桥上走过去。为了保证安全，在过桥时，人与人之间还要保留一段距离，前边的同志走在桥上桥身就左右晃荡，我跟在后面感觉头重脚轻，不敢往下看，只要看到下面奔腾的江水，头就发昏，好像就要掉入河水中，心里非常恐惧，怎么办？我横下一条心，既然决心进藏，走当年红军的路，怎能让这点困难吓倒呢！我定了定神。双手抓紧背上被包，一步一步稳稳地走在铁索桥上，桥身在脚下晃动，桥下是奔腾直泻的江水，惊涛拍岸，玉珠飞溅，发出的轰鸣声，震耳欲聋。我想起红军飞夺泸定桥时的英雄气概，便增强了勇气和信心。眼睛朝前看，头也不回，终于顺利地走了过去。经过几天的路程，我们终于到达了甘孜。

遵照毛主席“一面进军，一面建设”的指示，坚持“进军西藏，不吃地方”的方针，我们的部队既是战斗队又是工作队，边建设边进军。同时西藏地广人稀，生产水平十分低下，人民生活很苦，进藏物资只能依靠内地供应，但公路线太长，公路等级又很低，路面和搓板差不多，补给跟不上，因此决定在甘孜修建机场，减轻公路的运输压力。我们五十三师到甘孜之后，就担负起修建机场的任务。当时除所有连队全部投入外，我们师直机关也抽调一部分同志。其中，政治部还抽调了一个娘子军班去参加施工，这样机关工作人员就更少了，一个人要顶几个人用，我被留在机关坚持工作。

那时进藏部队人很多，帐篷也供不应求，我们师政治部住在一个破旧的房子里。修机场的同志为了出工方便，一般都挖窑洞住在工地，我们政治部抽去的娘子军班住的就是窑洞。四五月份的甘孜，阴雨连绵。雨水不断地浸入泥土，这对住窑洞的同志简直是个威胁。经过一天紧张繁重的劳动之后，这些娘子军们精疲力竭，极度劳累，本来窑洞顶上已经出现了要塌陷的裂纹，但缺乏经验的她们，只是把各自的行李铺盖往两边挤了挤，将那个裂纹下的地方让出来就睡下了……雨还在不停地下，到半夜窑洞突然塌陷了，把整整一个班的女战士全部埋在了一堆泥土下面。李淑惠、周婉兰、余任难、赵子珍四位同志永远离开了我们。她们为了建设祖国的边疆，悄然无声地献出了自己年轻美好的生命，我的心抽紧了，泪水和着雨水在脸上流淌。我第一次感到生命的震撼……

## 向德格进军

机场修完后，五十三师又开始修建康藏公路，我们从甘孜步行到德格，这次我们师直机关担负着修路部队的柴禾供应。我们每天早晚两次上山砍柴禾，早晨经常四五点钟就要起床，起床后带上绳子就上山，此时天还没有亮，常常是赶到山上天才亮，山高坡陡，举步维艰，尤其是下山，很容易摔跤。我们只有先把柴禾捆好之后，拖着柴禾从山上连溜带滚往下滑，来到平路上再用肩扛，回到驻地，每个人扛回来的柴禾都要过磅，所以谁也不愿意落后。记得那时我身单力薄每次都只能扛八十多斤，虽然比起其他同志少些，但我自己尽了最大的努力。那时正赶上部队评级，除了紧张的劳动外，我们每天都要加班工作到深夜 12 点。记得是 1951 年冬天的一个夜晚，我们正紧张的工作，门窗关闭得紧紧的，屋里烧着一盆炭火，我们加班的几位同志，只觉得头晕晕沉沉的，心里特别难受，全都被炭火的毒气熏倒了，幸亏这时天亮了，有人打开门窗，大家才觉得好受一点，事后才知道是一氧化碳中毒。

我们到了德格后，我的姐姐曾昭符与团政委肖伦同志已经结婚，他们从五十二师一五四团调到一五六团，参加修建康藏公路。听说姐姐怀孕了，我去看她，当时，工作很忙，也很艰苦。修路部队住的是帐篷，连一张办公桌也没有，她腆着大肚子，每天坐在地上，用自己的双腿当桌子，团里所有的评级材料都是这样写出来的，由于长期用这种方法工作，使她的胎儿双腿变形，后来听说孩子生下来后是O形腿，是姐姐硬着心肠，用布带子绑上，把孩子的腿纠正过来的，当时孩子哭得很惨，连保姆听了都心软，曾经劝她不要这样搞，可是她是个性格内向，意志坚强的人，她认定了的事，就要坚持去做。她为了孩子的将来，忍受着巨大的痛苦，终于还给孩子一双正常人的腿。

西藏的山真多，峰峦叠障，山高水险。有的公路段硬是战士们把自己悬吊在空中，从山腰打出炮眼，装进炸药，一点一点爆破出来的。当时他们使用的工具主要是镐、锹、铁锤、钢钎等这些简易工具，开辟出通往西藏的坦途。会战雀儿山时，战士们在海拔四五千米的山坡上，铲掉积雪，架起帐篷，自豪地说："住的是五千米高度，睡的是三十度坡度，气温是零下三十几度，开水沸点是七十度，可我们的劳动热情是一百度"。大家在严寒中挖冻土，抡大锤，经常震裂虎口，握钢钎时粘掉手上的皮，鲜血直流，但他们挖土打锤不止，一干就是十几个小时，就这样顽强施工两个多月，以惊人的毅力，实现了年底打通雀儿山的计划。就是这些筑路英雄们，喊出了"让高山低头，叫河水让路"的口号，他们这种英雄气概是多么可敬呀！是他们实现了毛主席"背着公路前进"的指示。

在筑路过程中，出现了许多英雄模范人物。不少人献出了自己宝贵的生命，公路在不断延伸，他们却长眠在雪山、峡谷和原始森林之中。牺牲了近三千人，相当于每修一公里公路，就有一个英雄倒下去。

记得在公路通车德格时，许多藏族同胞围着汽车转圈看，他们问：一辆汽车一天要吃多少酥油？他们是有生以来第一次见到汽车。川藏公路，不仅仅是为进藏部队解决物资供应问题，它也为西藏带来了文明，带来了繁荣和幸福，藏族人民热情地称它是"幸福的金桥""吉祥的彩虹"。

## 长途跋涉去拉萨

1952年6月，我从五十三师调到西藏军区组织部工作，同行的有十多名男女干部，我们从德格出发，步行经过同普、江达、妥坝到达昌都。到昌都后先向南经帮达，又向北经八宿、洛隆宗、硕督宗、边坝、嘉黎宗、太昭、鹿马岭、墨竹工卡、德庆到达拉萨，步行将近100天。

赴拉萨的这个干部小分队，由一个骡帮给我们带路，每天行程八九十里，差不多每天出门就爬山，爬到山顶见到“玛尼堆”之后就开始下山，下完山就住宿。西藏河流也多，一路上为了不绕道，我们天天都要趟几次河，开始我们这些人，每天总是有说有笑的边走边聊天，歌声笑声不断，觉得时间过得挺快，也不觉疲劳，到了宿营地，我们分成若干小组，轮流做饭、搭帐篷、捡柴禾，大家互相帮助。有的同志病了，我们总是照顾得很周到，让他骑马，总之决不落下一个人，一定要共同到达拉萨。和我们同行的有一个老红军，她叫吴茵，是我们这个小分队中年纪最大的，她算是第二次长征。在她的影响下，我们团结得更好，一路上为了防备藏军沿途骚扰，我们还随时准备战斗。

进军途中我觉得最困难的是涉水难。水深经常是在大腿根部，我们的裤子一天要湿几次，有时甚至达到小腹，女同志有特殊情况，也要咬着牙渡过。毕竟那时还是黄花姑娘，有情况也不好意思讲。记得有一次趟水，正当月经期间，又加上长途跋涉有些劳累，所以一下水我就感到头昏，心想咬牙过去吧，谁知刚走到河中间，头昏得有点站不住，看着别的同志都过去了，着急得我掉下眼泪来，后来战友们发现我还未过来，就扶我过河。从此以后，给我们带路的藏族老乡，教给我们一个爬马驮的本领（骡帮的马驮）。从此以后，我们女同志在月经期间都爬在马驮上，跟着马过河，这样就安全多了。

第二难是吃饭难。在西藏一般情况下沸点只有80℃，大米根本煮不熟，常常吃夹生饭。昌都以东兵站较多，每到兵站都能吃上一顿饱饭。可是过了昌都越走兵站越少，有时好多天碰不到一个兵站，沿途都要自己做饭，我们每天只做一餐，就是住宿时给行军的每人发一些代食粉和蛋黄蜡。我们为补充一点营养，在昌都以东，就挖些野韭菜、野芹菜，由兵站的同志给我们炒着吃，碰不到兵站时做好饭就用盐和辣椒面拌饭吃，渴了我们经常喝溪水或冰雪水。由于长途跋涉，气候不适、供应不足，体质普遍下降。

进军途中，我们经过许多海拔四五千米的大山。山上气候非常恶劣，严重缺氧，到了山顶头发胀，耳朵响，心动过速，遇到这种情况，我们根本不敢在山上歇足，赶快下山，直到山底这种感觉才消失。有一次我们爬一座被当地老乡称作“死人山”的大山，上山时阳光灿烂，等翻过山顶，山那边又是一种气候，突然下起冰雹和大雨，行走起来特别艰难，又不能在山上停留，只有硬着头皮往山下滑，滑了很长一段，气候才变得好些，这使我领略到了“一山有四季，一日不同天”的景象。听其他同志讲，大部队经过这座山时，曾经有同志牺牲在山上。过完太昭就开始翻鹿马岭，这时雨季已到，几乎天天下雨，前进十分困难，每天只能步行三四十里，有时只能行走二三十里就得住下来，我们差不多走了四五天才把这座山走完。这段路程最艰苦，住的是帐篷，睡的是泥水地，山上很荒凉，连牦帐篷都很少见，因为下雨柴禾燃不着，火柴也用完了。徒步行军是很疲劳的，天天盼望着早一点到拉萨。9 月的这一天终于来到了，我们从德庆乘坐牛皮船来到拉萨，军首长为我们“洗尘接风”，让我们放开肚子吃，好久没有这样吃饭了，大家感觉吃得真香真甜，真过瘾，也真解馋。

走到拉萨，经受了长途跋涉的考验，我觉得虽苦犹甜，也很自豪。休整了一段时间，10 月，我又投入到拉萨西郊开荒生产的战斗中去了。

昔日的荒滩，如今已变成绿树成阴、果菜满园的新世界。当年进藏的解放军战士，如今已两鬓染霜。进藏的军旅生涯铸造了我们那代青年战士铁一般的纪律，钢一般的意志，火一般的热情。川藏公路在藏汉人民心中筑起了一道友谊的长城，像珠穆朗玛峰那样巍峨，像高原雪莲那样圣洁。我怀念那些牺牲了的战友，时常回忆起那时的事情。因为，在那段难忘的岁月里，奉献了自己最美好的年华——无愧无悔的军旅青春！

# 战胜千山万水

王贵民

1951 年 7 月初，党中央向西藏进军的命令正式下达后，我们十八军独立支队浩浩荡荡从兰州出发途经青海省西宁市进抵湟源。

## 纵跨日月山

刚刚走出源不远，高耸入云的日月山巍然屹立在前方，这就是我们进军途中的第一座大山，山势险要，山腰间那漫长的“橡皮路”的确给了我们最大的考验。人走在“橡皮路”上软绵绵的挺舒服，汽车走在上面就麻烦了，许多汽车陷在里边出不来，驾驶员们用柳条、石头、木板等铺在上面，尽管如此，汽车仍然深深地陷在里边拉不出来，所有过路部队全部参加了这场战斗。“雄赳赳，气昂昂，跨过鸭绿江”的歌声震撼着日月山，经过几个小时的苦战，终于把所有的汽车抢救了出来，战胜了这寸步难行的“橡皮路”。

跨上日月山顶，极目远眺，一望无际的大草原展现在我们面前，西北方是波澜壮阔的青海湖，湖中的海心山形似一枚巨大的黑色宝石，镶嵌在蔚蓝色的湖水中，展现出它的雄伟壮观，在我们的脚下朵朵白云冉冉升起，仿佛我们在云海中飘荡，祖国壮丽的大好河山，使我们这些女兵孩子般的雀跃，似乎忘记了疲劳。跨越了险要的日月山，我们又步入了草原地带。

## 攀登诺木岗山峰

8 月中旬我们从青海省的重镇——香日德出发，前边已经没有公路，我们要自己带干粮，使每个人的负重又增加了许多。自从离开香日德，几乎每天都在大雨滂沱、风雨交加的恶劣气候中急行军，我们的衣服成天都是湿漉漉的，夜晚在草地上风餐露宿，早上起来霜雪满身。香日德以西还有哈萨克乌斯满匪徒，我们时时刻刻都在警惕着。

经过多日的草地行军，在9月初的一个晚上，我们到达了海拔4700米的诺木岗山峰的山麓，当晚进行了第二天爬山的准备工作，又要做干粮，一直忙到后半夜。第二天早上天刚泛出鱼肚白，部队就出发了。爬山一开始我们的歌声、笑声、口号声连成一片，回荡在诺木岗山谷里。当地群众告诉我们山上“瘴气”多，为了预防“瘴气”，我们行进到山腰时，嘴里就含上行军丹。会吸烟的同志就用吸烟来避瘴气，身体强的帮助身体弱的同志背背包，互相搀扶着前进。快到山顶时，每个人都在张着嘴喘着粗气，有的人在流鼻血，有的人晕倒。可是，山再高也挡不住人民战士。经过几个小时的战斗，整个大部队翻过了险峻的诺木岗山峰。

## 跋涉果洛大草原

果洛区是一片广阔无垠的大草原，居住在这里的藏族人民过着游牧生活。过去马步芳匪帮多次派兵妄图霸占这个地方，但每次都在果洛藏族人民的英勇抗击下遭到失败。由于我们部队严格执行党的民族政策和遵守三大纪律、八项注意，便改变了他们对我军的看法，自动支援我们大批牛羊和燃料——牛粪，给部队解决了不少困难。

果洛草原的气候是变化无常的，霎时晴空万里，倾刻又阴云密布，大雨倾盆；时而雹雨交加，忽而又狂风袭人。曾记得在一个叫星宿海的地方，到处都是星罗棋布的“沼泽地”，对行军极为不利，稍有不慎就会掉进泥潭里去，就有灭顶之灾。在通过这片沼泽时，同志们发扬互助友爱的精神，保证了行军任务的顺利完成，征服了举步维艰的“沼泽地”。在星宿海地区我们身上溅满的泥水刚一干涸，又进入了黄河源地带的烂泥滩。这里的水深过膝，脚下的烂泥稀软，停久了就往下沉，幸好我们在星宿海已有过经历，在泥水里噼哩啪啦走得非常迅速敏捷。战马奔腾疾走溅起来的泥浆，时时打在我们的脸上和衣服上，大家都成了不用化装的“大花脸”。回首对视时，大家禁不住捧腹大笑。

9月上旬的一个傍晚，尚有五六里路就可以走出黄河源烂泥滩时，蓦然间几十匹骡马再也支撑不住疲劳至极的身体，纷纷倒在了烂泥坑里。大家就在寒风刺骨的烂泥坑里卸下了行李背在自己身上，然后再拉起牲口继续往前走，一直忙到深夜才找到一块泥水较浅的地方宿营。我们把马鞍和背包放到一块儿，搭起了一个露天大床，虽然在泥水里走了一天，又没吃晚饭。可是革命乐观主义精神体现在军营中。我曾清晰地记得我们这些年轻的女兵围了一个大圆圈跳起了“找呀，找呀，找朋友”这个舞，男兵也加入了其中，好不热闹，跳过之后，大家仍无睡意，就你一言我一语地说开了，今晚这个集体大宿舍，连着这个无价之宝的大床，只有我们才有资格来享用它，算是“青天给我们做被盖”“草地给我们做地毯”“黄河给我们做伴奏”“星星给我们做蜡烛”，有的说来上“几串烤羊肉串”，有的说来几碗西安“葫芦头泡馍”，有的说再来几串北京的“冰糖葫芦”，伴随着精神美餐，大家进入了梦乡。

## 徒步过黄河

波涛汹涌的黄河天堑，恰似一条巨蟒横卧中间，拦住了我们进军的道路，它既没有通行的桥梁，更无人知道渡河的路线，警卫营有一名战士叫许子扬的，首当其冲主动要求下河探路，他拉着战马跳入汹涌的激流中，岸上的战友们正为他担心时，他和战马在下游露出了水面，是激流把他和战马抛回了岸边，战友们劝他上岸休息，让其他同志再去探路，可是他拉着战马向河中游去，不多一会又把他冲回岸边，战友们给他披上大衣，他抛开大衣，指着河身较宽，水位较浅的那一段说，那里可以徒步过黄河，棉衣吗，等过了河再穿，说着便又拉上战马游入水中，他在激流中反反复复的探索着较浅的河床，选择人马好走的路线，经过和寒冷的波涛搏斗，终于找出了一条人马可以徒步的路线，全体同志和战马就是沿着这条路线安全顺利地渡过了黄河。

## 抢渡通天河

9月底部队又来到通天河畔，它是长江的上游，巴颜喀拉山就耸立在它的北边，我们渡河唯一的工具就是“牛皮筏”和“羊皮筏”，为了争取时间，早日把物资运到南岸去，晚上将南北两岸灯笼火把一起点亮，“夜营灯火映天红”。战友们冒着严寒，不分昼夜快速抢渡。这天晚上10点钟左右，我和吴芝芳、雷淑君、丁鸿恩四人乘坐的那只“牛皮筏”刚刚驶到江中心，突然筏子跑了气，灯也熄了火，简直是漆黑一片，如果不及时处理，筏子就要沉到江底。筏子上的两位船工不顾个人安危，拿起一条缆绳跳入江中，把筏子固定在南北两岸，这只牛皮筏像摇篮一样在江中一直摇到天明。我们身上的棉衣已不抵寒了，我们四个人在江中四面八方的来风中已经冻得缩成了一团，两位船工上岸来，天明之后，北岸过来的船才将我们送到南岸。我们就这样战胜了咆哮怒吼的长江上游——通天河。

## 征服唐古拉山

10月下旬，我们跋涉了千山万水，把汹涌澎湃的黄河、波涛滚滚的通天河、巴颜喀拉山、昆仑山、诺木岗山、日月山等统统抛在了身后，走进了终年积雪、海拔5300米的唐古拉山。成群的山羊、野马用它们好奇而又友善的目光望着我们，凛冽的寒风在山中呼啸，唐古拉山的主峰好似穿破了蔚蓝色的天空一样矗立在云霄中。我们选择了一块平坦的草坪露营，战友们都在紧张的做着征服唐古拉山的准备工作。第二天早上7点钟左右，我们开始攀登唐古拉山了，我们是从东面进发的，空气十分稀薄，高山缺氧，压得人们都喘不过气来。快到山顶时，每走两步就要驻足吸两口气，一步一步艰难地向前移动着。山顶寒气袭人，吹得我们睁不开眼睛，一个劲地流眼泪。我们身上的棉衣、皮大衣已抵御不住山顶上的寒冷，防风镜也失去了它的作用，擦得我们直打哆嗦。我们攀上山顶后，还没来得及喘上两口气，又开始下山了。西边的地势很陡，山路崎岖难行。我们的手和脚在山上早已冻得麻木，失去了知觉。下山的时候，时时有人跌倒，跌倒后爬起来再走，没有人吭一声。我们的口号是：“唐古拉山再高，也没有人民战士的志气高”，我们征服了举世闻名的——唐古拉山。

下山不久，天已黑了下来，我们就露营在山腰间，奇冷的天气冻得我们不能入睡，战马和我们一样冻得哆哆嗦嗦。夜里气温降至零下 40 度，这时同志们把皮大衣全披在战马身上，这些战马在进军西藏的征途上立下了汗马功劳。我们大伙挤在一块，把手伸进对方的袖筒里互相取暖。在不得已的情况下，后半夜我们点燃了牛粪火，边烤火边谈笑，以欢声笑语来驱赶这难耐的寒冷，直到东方发白。我们历经五个多月的艰苦行军，于 11 月底抵达拉萨东郊，并在 12 月 1 日入城，与从昌都进藏的主力部队胜利会师。

# 征途从这里开始

王琦玉

## 喝酥油茶的故事

1951 年的春天，我所在的部队——中国人民解放军第十八军五十二师奉命进军西藏。当我们来到高原古城甘孜时，上级命令我师要暂时留在甘孜修建飞机场。修机场是关系到先头部队生死存亡的大事，也是关系到能否实现“把胜利的红旗插到喜马拉雅山上”的大事。虽然时间紧迫，任务艰巨，但我们一定要用打硬仗的精神，不怕流汗流血，争取提前完成任务，以实际行动来响应毛主席的号召。

动员会后，师直机关绝大部分同志都抽出来，组成师直施工队。我们这个施工队一开始有二百来人。我所在的班是这个队里唯一的一个女生班。十几个女同志分别来自司、政、后、卫 4 个单位（那时候后勤分为后勤处和卫生处），有见习文化教员、见习干事、护士。除了两三个老同志外，差不多都是从四川入伍的新兵。

修机场第一期工程是挖跑道地基。我们要按照测绘木桩所标出的数据，把多余的土方挖运出去。施工一开始，我们和友邻连队就热火朝天地干了起来，竞赛迭起，红旗招展，歌声不断，你来我往，穿梭如飞，抬筐的、挑担的汇成了一个声音：多挑呀，快跑呀，早日把机场修起呀，支援前方呀！

我们的工作热情很高，同时劳动强度也很大，加上高原反应，普遍感到头痛、憋气、没劲，不到半个月，大家被晒得脸脱皮、嘴干裂、眼睛发红，病号也多了起来。这样下去怎么行呢？上级经过研究指出：只有迅速增强指战员的体质，才能适应高原环境和强度的体力消耗，保证任务的完成。按照当时的条件，最好的办法就是像藏族同胞那样喝酥油茶。因此就给我们增配了酥油，要求我们每天喝一碗酥油茶。

酥油茶是藏族同胞最喜爱的饮料，香甜可口又富营养，一日三餐，不可缺少。但是，我们当时喝的酥油茶却不是藏族同胞打制的香甜酥油茶，准确地说，只能叫做酥油糊辣汤，就是在开水锅里放上盐和一些佐料，加上酥油就成了。这样的酥油茶送到工地，被冷风一吹，油和水分家，油就浑在面上，喝在嘴里，一股子怪味直辣喉咙，满嘴就像喝了蜡似的凝固得动不了。因此，一到喝酥油茶时，大家都有些畏难情绪，有的皱眉，有的咧嘴，有的端着碗吹呀吹呀，半天才憋着气喝下一口，个别的人竟偷偷倒掉。这怎么行呢？不学会喝酥油茶，就无法适应高原气候。因此，上级要求我们把喝酥油茶当政治任务来完成，提出：把喝酥油茶当成是“闯关”，当成是美帝国主义来消灭它。我们女兵班的班长更是棋高一招，一到喝酥油茶时，就叫我们拿上自己的碗，排成一排，她舀一勺倒在你的碗里，看着你喝完以后才轮到下一个，这样，再聪明的人也要不出花招了。在她的一再督促下，只有憋足一口气喝下去。就这样，憋呀，憋呀，以后吃着用酥油炒的菜也就顺利下肚了。事实证明，这喝酥油茶的“一关”是过对了，不仅使我们增强了体质，保证按时完成任务，而且对以后在西藏几十年工作都大有益处。

## 站岗洗澡

谚语说：高原气候是“四五六，淋得哭”，雨季来后，气候瞬息万变。有时正是晴空万里，忽然又大雨倾盆，我们虽没有被淋得哭，但也大吃苦头。牛皮筐被淋湿后十分沉重，稍走不稳便摔了下去。这时候可以说是晴天一身土，雨天一身泥。特别是中午，虽然把棉衣脱下，但是担子一挑上肩，几趟下来，那汗水就像雨后山涧里的小溪水似的，急急忙忙地从头到脚流个不停，全身就像有数不清的小虫子爬来爬去痒得不得了，可休息时被冷风一吹，又冰凉冰凉的，十分难受。

那时，除了棉衣和衬衣外，我们没有多余的衣服。棉衣一年四季不离身，没有罩衫，无法换洗，穿得又脏又破。衣领、胸口和袖口脏得发黑。尤其我们女同志，头发常磨着衣领，磨得衣领乌黑发亮。有的男同志取笑我们说："女同志的衣领可以做理发员的磨刀布了。"是呀，来到高原已数月了，由于燃料奇缺，只能保证吃饭，没有多余的热水洗头洗澡。我们幻想，如果能洗个热水澡，该有多么惬意啊！可眼下，这只能是个难以实现的奢望，也只能想想、说说而已。

突然有一天班长告诉我们一个"爆炸性"的好消息：据指导员说，距这里不远处有一个温泉，现在先让男同志们去洗，再安排女同志去洗。嗨哟！天哪！这消息把我们高兴得跳了起来，互相拍打着欢笑着。有的人生怕别人没听懂似的，不断重复地说："跟你说嘛，班长说要去温泉洗澡，你高兴吧！准备啥子东西去洗，别忘了带肥皂哟！"

这好消息使我们兴奋了好久。可是，一天、两天、三天过去了，"雷声"响过后，"雨"却没有下下来。这使我们十分着急，生怕这好消息像晴天里的彩云，会突然被一阵疾风吹走似的，总想把它拽住，就老扭住班长问："班长，啥时候去洗啊？"班长总是说："指导员说了，一定要让女同志去洗的，不要急嘛。"我们等哪等哪，似乎那一抹希望的云彩真的已被高原的寒风刮走了，过分兴奋的心情也渐渐地平静下去了。

有一天夜里，我突然被人摇醒，只听见班长低声急促地叫大家："快起来，把东西带好，一起到温泉去洗澡。"待大家听明白以后，一下高兴得大声说起话来，班长忙制止大家："小声些，男同志们正在休息，别吵醒他们，影响明天施工。"我们悄无声息地跟班长走了出去。我抬头一看，天上没有月亮，只有几颗小星星，勉强看得见路。我们走成一路纵队，走了好大一阵后，终于有人憋不住问："班长，还有多远哟？"班长低声命令说："不要说话，跟上。"我顿时觉得紧张起来，心想：这哪里是去洗澡，简直就像老首长讲的打日本鬼子过封锁线的情况嘛！这么一想，竟觉得好像会从哪里突然射出一束探照灯光来，接着"哒哒哒"地射来机枪子弹似的。心想果真那样，我们这些手中只有换洗衣服的人可就"革命到底"了……

我一路瞎想，竟不知走了多久，也辨不出东南西北，只觉得走上了一个山岗后又下山，走进一个很宽的山沟里，脚下尽是大小不一的石头。走了一会，只听班长说："到了，大家抓紧时间洗，明天还要上工呐。"我顿时茫然了，在我的想象中，温泉再简陋，也该有一间房子，里面才是大浴池。可眼下，除了河沟什么也没有呀，怎么就说到了呢？待我仔细一看，才发现脚下有一些浅浅的水坑，我蹲下用手一摸，嗬！还真是热呼呼的。这时又听有人叫起来，“这怎么洗！？别人看得见嘛！”谁知班长边脱衣服边低声说：“快洗，晚上没有人来，山岗上有男同志给我们站着岗，安全的，快洗吧！”眼下管不了那么多，抓紧时间要紧，我也毫不犹豫地脱下衣服下水洗起来。泉水不深不浅，刚好齐膝，可坐可蹲，不冷不热，恰到好处，我们洗呀，洗呀，从头到脚，然后穿上衣服，再洗衣洗被。当东方发白的时候，我们方带着一身清爽回到驻地，早饭后又投入紧张的施工中了。

在以后的日子里，我在高原又多次洗过温泉澡。一次比一次的条件好。我们在温泉上真的修起了房子。里面有一小间一小间的浴池，十分舒服。但是这第一次“站岗洗澡”的经历，却使我终生难忘。

## 碎石机

机场建设进入了铺设跑道的关键阶段，跑道要承受飞机起降时的强大压力，要求十分坚固。那时候，我们除有一些汽车外，没有什么机械，现代化的飞机场要靠我们双手用原始工具来完成。

1951 年战斗在修建甘孜机场的 53 师女兵班的同志们

按照规定的标准，在地基上要先铺上十几公分大的卵石，压结实以后再铺上几公分碎石，又压结实后再铺上沙、石、土，因此需要大量的石头。

可这大草原上，除了河里，别的地方没有石头。因此我们女生班的任务一开始就是下河捞石头。这时候虽经常是阳光灿烂，但从雪山上流下来的河水却是冰凉刺骨，捞一阵子就得上来跳一跳，大的石头捞不动就捞小的。捞了一些日子，有些女同志就得了病，住进了医院。上级考虑到女同志的特殊生理情况，不让女同志下水了，任务改成砸石头。

每天一到工地，俩人一组，把两块方块雨布联在一起，撑起帐篷，然后搬来一个稍大的石头做垫子，另一个做凳子，工具是一把小号榔头和一根三四公分宽的带子（带子有胶的、牛皮的、帆布的），砸时由左手握紧带子，圈住要砸的石头，右手举起榔头往下用力一砸，砸到大小合乎要求就行了。这工作比较简单，又是坐着干，看似轻松，其实不然。思想一点马虎不得，否则一榔头下去，砸到自己的手上，就遭罪了。一开始上工时，大家的劲头特大，还哼着歌曲，可砸到下午，头顶骄阳，挥汗如雨，大家累得不想说话了，就只听到那一下又一下、沉重而又缓慢的榔头砸石头的声音了。如果这时候有人提议唱支歌的话，马上就有人说："等一等，先量一下今天砸石方的任务完成了没有。"如果没砸够，那沉重的砸石声就会更沉重地响起来。大家就像又加足了气似的，恨不能把每根毛孔里的劲都使出来砸，砸呀，砸呀，待到完成任务收工时，就感到周身僵硬，疼痛难忍，似乎无法再坚持下去了。但是，为了前方的同志不再吃草根和地老鼠，我们吃着大米白面的人累点痛点算得了什么呢？因此无论头天多苦多累，第二天值班排长的哨子一响，我们又是满身带劲地投入到施工中去了。

艰苦的劳动，不仅锻炼了身体，也提高了思想。使我在以后的筑路、生产和其他工作中都能完成任务，没有败下阵。

## "不辞而别"的战友

当高原雨季到来的时候，我们用方块雨布搭成的帐篷就难以遮风挡雨了。我们必须尽快修建起能遮风雨的住房。

根据上级的指示，住房按照就地取材的原则，要求建成土穴式的，就是先挖出一个长约五米，宽约两米多，有一人半深的长方形大坑，坑内靠一边再挖出深宽一尺多的沟，算是走路的道，剩下的就是天然的"床"了，靠最边挖出几级台阶做进出的路。坑的上面架上粗细不等的树木（从很远处伐来的），上面再铺一层小灌木，灌木上再铺一层厚厚的泥土，拍打结实，晒干以后，一般的雨是漏不下去的。这种地穴式的住室，不只避风雨，还避中午毒热的阳光，当时大家觉得再好不过了。

住进新屋不久，有一天指导员告诉我（我那时任见习文化教员）：班里人多，住得挤，我保管的锣鼓、话筒等放在班里也影响班里内务整齐，叫我和她一起住。那个时候劳动强度大，收工后十分疲惫，一睡下去就什么也不知道了。不久的一天夜里，我就像在梦中一样，似乎听见指导员又哭又喊，随后又听到人们跑得很急，赶快穿衣往外跑，这才听清楚指导员哭喊着："同志们，快起来呀，女生班的房子塌啦，快来救人呀！"当我跟着人们跑到女生班的房子跟前时，终于在十几只电筒光的照射下看到，曾被我们认为最安全、能遮风挡雨的厚厚的土木房顶整个掉在坑里，把一个女生班全部压在下面。这时有些同志急着往下跳，马上又有人叫喊："下去的人不能太多，防止再踩伤压在下面的女同志。"可恨那被雨水浸透了的泥土又湿又沉，更可恨的是土下的灌木竟是带刺的，扒起来十分棘手，这使得营救工作进展缓慢。指导员不断地喊："下面的女同志要坚持住，一定会救你们上来的。"这时候有几个头露在外面的女同志听见指导员的话就互相鼓励着。我的四川老乡黄玉娥同志只有 17 岁，入伍才半年，她思想进步，工作特别积极，这时竟高声唱起歌来："毛主席，最喜欢英雄好汉……"这支歌是电影《钢铁战士》里的那个小战士在敌人的酷刑面前，宁死不屈时唱的歌，也是我们最喜欢的歌。在这凄冷的黑夜中，她清亮坚定的歌声，一遍又一遍，极有力地鼓舞着被压的和营救她们的同志。时间一分一秒地过去了，被埋在下面的同志终于先后被营救了上来，但已有四位同志停止了呼吸。医生们在现场施行急救，我们紧张地站在周围，希望出现奇迹。可是，晚了，尽管她们身体还是软和的，人也像熟睡一样安详，医生最终还是无法使她们再醒过来。这时大家都流下了伤心的眼泪。我呆呆地看着她们睡在那里，怎么也无法相信，昨天还有说有笑的，就这么一句话不说便永远离开了我们。这四位年轻的女战士是李淑惠（北方人，具体省份不清楚），周婉兰（四川人，余任难（四川人），赵子珍（四川人），她们都是二十岁左右的青春年华，跨进人民军队的行列时间也不长，但为了解放西藏过早地献出了宝贵的生命。她们被安葬在距机场不远的草原上，远处是圣洁的大雪山，近处是遍地的鲜花。

# 初上高原

## 雷柏青

### 藏胞情深

1951年初，我们怀着进军西藏、建设边疆、巩固国防的革命豪情，在师一六二团抢修完二郎山公路后，部队奉命出发了。我随五十四师政治部机关乘车到甘孜，参与修建甘孜机场。

汽车到达甘孜机场就不能再往前走了，这里离机关驻地还有8华里，得步行。原来想着只不过两个小时的路程，可是因为甘孜海拔已三千多米，初上高原反应较大，走一步喘一口气，走一步得喝一口水，走不到半里地就得休息一次，一直走到天黑，整整走了四个多小时，才到达驻地。我们疲倦得连背包都顾不上打开，靠在背包上就睡着了，待热心的炊事员同志做好饭菜叫开饭时，谁都不愿动，几经领导催促，才勉强起来吃饭。

藏胞的住房，一般是两层，底层关牲畜，上层住人。我们的住处，大多在底层。先遣小分队把住房都打扫了，室内没有床，只能打地铺，地面阴暗潮湿，躺下后就能嗅到浓浓的牛羊粪味，开始几天，睡不着，吃不下，时间一长，才慢慢习惯了。

甘孜城坐落在半山上。山下有一条清澈见底的小河，河水是冰山融化的雪水。修机场需要大量的基石，这在河滩上、河里都有，因此，我们机关的任务是捡石头，每人每天一立方米。河滩上的检完了，就下河捡，河水冰凉刺骨，常是烈日当空，头上冒汗，脚下冰凉，有时倾盆大雨突然袭来，赶快跑到岸上穿雨衣时，全身已浇透了。遇上这种情况，领导就让炊事班烧“糊辣汤”给大家喝，以驱寒和预防感冒。“糊辣汤”里放了酥油，开始大家不习惯，喝了就吐，不愿喝。领导说：每人都得喝，这是执行民族政策的需要，是长期建设西藏的需要。有的同志喝了吐，吐了又喝，直喝得满头大汗、眼泪汪汪，满脸无奈。不久，我们都学会了喝酥油茶，尤其是新鲜的酥油茶、奶茶，喝着还挺香的。

我们在驻地得严格执行“三大纪律，八项注意”，严格执行民族政策，有空就帮助藏胞打扫卫生，时间一长，他们都说我们“金珠玛米”是“新汉人”。

西藏盛产一种草本植物，根可吃，叫“人参果”，夏天，遍地都是，藏胞常挖回家煮了吃，开始藏胞送给我们吃，我们不吃他们就生气，说我们看不起他们，给钱他们也不要。为了民族团结，搞好民族关系，我们吃了他们送的“人参果”，然后送给他们毛巾、肥皂等物品，相处得好像一家人。时间一长，他们见我们生病不找僧人念经而是找医生看病，吃了药就好，他们也学着我们找医生看病，不找僧人念经了，但这在当时只能偷偷地进行。一次，房东阿妈见我捡石头回来时被大雨浇透了，我冻得脸发青、身子发抖，换了衣服就躺下了。她不言不语地叫女儿央金拿了一个小碗大的鹅卵石放到牛粪火堆中烧热，用几层纸包着给我送来取暖，我抱在怀里，躺在床上，石头热，我心里更热，真好像回到了母亲的身旁。我抱着这块牛粪火堆烧过的石头，美美地睡了一觉。

年底，机场完工了，部队要去马尼干戈冬训，准备1952年修筑川藏公路。当我们收拾行囊准备出发时，房东阿妈急了，拉着我的手问：真的要走吗？我说：是的。她又问：还回来吗？我告诉她：我们要去修路，修到拉萨的路。老阿妈听了，又高兴又不高兴。高兴的是我们要修通去拉萨的路，她将来可以去拉萨朝佛了，不高兴的是，我们这一走就很难回来了。部队出发的那天早晨，她让女儿央金给我送来一双她亲手捻线织成的无底毛袜，这使我措手不及，只好随手摘下挂在腰间的毛巾互换，我赶队伍走了，拐过一个弯，回头望望，老阿妈还站在房顶向我招手，哭泣着喊道：柏青啦！修完路还回来呀！四十多年过去了，我一直没有机会回甘孜看望老阿妈，可老阿妈的音容笑貌还时时在我脑海中回旋。

## 筑路途中

“雪花儿飘呀汗水淌，我们把荒山变了样……”这是我们在修筑康藏公路时最爱唱的一支歌，这歌声唱出了筑路人的豪情壮志，也饱含着筑路人的艰辛。

原本没有地名的雀儿山东麓，约有一里地的斜坡，坡度不大，地势较为平坦，我们把它叫做“一里通”，五十四师政治部就驻在这里。

这里只有乱石夹着矮矮的青稞草，山顶积雪融化淌下的雪水，从乱石缝中流过，流向山下不知名的小溪。我们就在这乱石堆中搭起帐篷，割下青稞草当床垫，大家说这是“钢丝床”。雀儿山海拔五千多米，山顶终年积雪，飞鸟难上，山脚也在4500米左右，因高寒缺氧，水烧到70℃就开了，因此常吃夹生饭。吃饭时要特别小心，不能让嘴唇挨着小匙，一不留神碰上了小匙就会将嘴唇粘掉一层皮，流出的血不一会就成了冰血块，这种冰血块经常可以看见。由于气候多变，容易发生感冒，我们刚到“一里通”不几天，宣传科的戈维森同志就是因患感冒发烧急送后方甘海子医院抢救无效而去世，年仅23岁。

经过两个多月的艰苦劳作，部队要翻过雀儿山转移到前方工地。如果沿着公路走有120里，直上直下只有20-30里路，一天就可以过去，但却是乱石陡坡，无路可行。我们每人背着七八十斤重的背包出发了，谁都不愿沿着公路走，碰着直上直下的山坡，手脚并用开始爬，就这样，没有队形，你追我赶，往山顶爬去。爬一会，歇一会，到了山顶就喘不过气来了，得赶快下山。下山比上山更难，沿公路走吧！弯道太多，路又远，直下吧，无路、雪多，一脚踩下，雪就到了膝盖处，拔脚都困难，走两步摔一跤，就这样连着摔，摔了爬起来再走。不知谁发明了一个办法，把背包放下反转过来当坐骑，往山下滑去，一滑老远，虽然也要摔跤，但速度比走快多了，因此大家都仿照那样，你追我赶，满山的滑雪者，满山的绿军装，不到天黑大家就滑到了西麓的宿营地，虽然个个身上都是积雪、冰块，但因为滑雪顺利，大家都很高兴。

在又一次转移工地的行军途中，我们背着沉重的背包，带着干粮袋，每人还扛了一根柴禾，前进在荒无人烟的崇山峻岭中。一天，部队在一个山坳里宿营。我和尹德甫俩人合搭一个60厘米高的人字形帐篷，两头用各自的雨衣挡风，被褥合用，以御寒冷，我们选了一个柔软的草地，帐篷杆很容易插下去，帐篷搭好后，吃完饭洗了脚我俩就钻被窝了，临睡前，我们还美滋滋地说：看，天上还闪着星星，今晚会睡个好觉的。不知什么时候，下起了鹅毛大雪，我们的帐篷被压塌了，我们也被压醒了，可谁也不愿动，想挨到天明再说。不久身子开始发凉了，越来越冷，伸手一摸，皮褥子被融化的雪水湿透了，不起来是不行了，可天还没亮，雪还在下，去哪呢？无奈的我们只好穿上衣服钻出帐篷，一看，啊！原来我们的帐篷搭在了一块橡皮地上，一压一个坑。大雪中我们不约而同地向首长帐篷跑去，帐篷里有一支蜡烛在忽闪闪地发光，早已挤满了人，我们一进去，人们笑着说：“又来两个”。那晚，大家的遭遇和我们差不多，几乎所有的机关干部都挤到了首长的帐篷里。因为那是师政机关唯一的一顶大帐篷。那天晚上，大家聚在一起，站着、说着、笑着，一直到天蒙蒙亮，帐篷外能见度大了，才一一离去。我们走出帐篷，各奔东西，去收拾自己的残局。因为这里是临时宿营，我们把帐篷上的积雪抖掉，将湿湿的皮褥子打进背包，吃过早饭，太阳已从东山顶露出金光，我们又行军上路了。

## 艰苦的工地生活

机关驻到矮拉山工地时，没有柴烧，没有菜吃，连办公用品都是我们自己背来的。到驻地的第二天，男同志翻过一座山到几十里地外的地方去打柴，女同志就近摘灰灰菜，当时，机关驻在半山腰，遍地是灰灰菜，我们起初不认识，也不知道能不能吃。听司务长说能吃。我们几个人拿着麻袋去采，半天就采了两麻袋，我想、够吃两天了。因为没有别的蔬菜，两麻袋灰灰菜一天就吃光了，第二天还得采，就这样，我们半天采灰灰菜，半天工作或修路，吃了一段时间后，大家舌头都吃黑了，见到灰灰菜就头痛，有什么办法呢？公路没有通车，物资运不上来，各种干菜、粮食在金沙江那边堆成了小山。我们只能望天兴叹！埋头修路。

转移到离昌都82公里的地段后，连粮食也接不上了，每人每天只有二两米下锅，熬粥都见不到多少米粒，这可难坏了炊事班，连队战士在这种情况下，还必须完成每人每天五立方土石的艰巨任务，困难程度可想而知，为了赶在年底前通车昌都，大家都在拼命。就在这严重困难时刻，炊事班同志发现我们驻地附近有条小河，河里有鱼。他们也知道，鱼在藏胞心目中是“菩萨”，是不能随便捉来吃的，吃了就是违犯民族政策。可附近连野菜都没有，司务长每天还得派人到几十里外去采野菜。为了生存，为了抢修公路，最后经领导批准，可以打鱼吃。就这样，我们每人每天吃着二两米、野菜加鱼汤，奋力抢修公路，赶在1952年12月初，通车昌都了。

汽车到了昌都，藏胞第一次看见，个个都兴奋得奔跑相告，“金珠玛米”赶来了铁牦牛，不吃草，还会叫，他们带着自制的青稞酒，在庆祝昌都通车典礼大会上，跳起了欢快的民族舞蹈。

一年下来，整个部队干部战士体力急剧下降，体重大都减了40–50斤。我从马尼干戈出发时体重是128斤，到了昌都仅有80斤，足足减了48斤。因此，部队在昌都休整时，开展了人、马健康运动。汽车通了，物资源源不断地运来，这年冬训，我们每人每天可以吃到一个水果罐头，还有各种干菜、咸鱼等，供应非常充足。

## 在那桃花盛开的地方

“在那桃花盛开的地方……”每当听到这支歌，我就想起了扎木。扎木，属现在西藏的林芝市，海拔较低，东西长十多公里，宽五六公里。四周高山环抱，山顶长年积雪，雪线以下是茂密的松杉常绿林带。

1954年初，我转业到昌都不久，调到当时住扎木的第二工程局人民法庭工作。在抵达扎木的那天，我被它的风景迷住了，一眼望不到边的桃林，满树盛开的桃花，刚刚吐绿的桃叶尖，掩映在雪山脚下，大森林旁，人们在桃花园中穿行，真似一幅仙境图。我们工作人员的帐篷，就搭在桃树下，微风轻轻吹来，片片花瓣错落飘下，那是仙女们在散花，也是龙王爷在给有福的人降桃花雨呢！清晨起来，一出帐篷，双脚就踏在桃花铺就的地毯上，真让人不忍心下脚。蹲下身子，随手抓一把，吹口气，花瓣就随气飞舞。夏天睡在帐篷里，有桃树遮荫，太阳晒不透，遇上大风，可听见早掉的小桃随风落下，打得帐篷“嘭嘭”响，像小朋友们在敲小鼓。秋天，桃子熟了，伸手摘一个尝尝，酸酸的。因为多了，人们不爱吃，有心的人将它们拾起晒成桃干；我们部队医院的护士们，细心地摘下大个挑子，刮皮去核，做成桃酱，给伤病员改善伙食，很受欢迎。

这年 12 月底，川藏、青藏两条公路通车拉萨，全国人民派出慰问团来西藏慰问。途经扎木时，还专场为扎木的军民演出，共庆通车拉萨。

## “罪证刑具展览”

1959 年 3 月的平叛胜利，彻底结束了西藏最黑暗的封建农奴制度。长期被剥削被压迫的百万农奴，从此获得了新生。

为了揭露西藏反动上层残酷迫害藏族同胞的真相，提高广大群众的觉悟，为顺利进行民主改革打好基础，西藏工委决定举办一个反动上层的“罪证刑具展览”。我们西藏直属人民法院接受了这一任务，从收集、整理、布置到展出结束，历时七八个月。

我们所收集到的“罪证刑具”计有：人心、人肝、人肺等（用福尔玛林水泡着），有干枯的断臂和无数人的头盖骨；有脚镣、手铐（一付脚镣或手铐可以同时镣铐 2-4 人）；有专挖眼用的石头帽子、锤子；有置人于太阳下整日曝晒的木囚笼；还有从蝎子洞捉来的活蝎子等等。那些人心、肝、肺等，都是从旧西藏拉萨市政府（藏语叫“雪列空”）的监狱里收集来的，这些都是他们准备献给寺庙祭神、驱鬼的用品。

西藏原地方政府的监狱，是名副其实的地狱，进出口只有一个，不知底细的人，是永远找不到监狱门的，它的“口”是在藏政府办公楼底层的一间小屋内，靠地面的一角，有一个长方桌大小的木板盖，用扣吊锁着，打开锁将木板盖掀起，会出现一个深黑的地洞，仅容一人通行，向下有楼梯，白天打着手电筒才能看见，顺楼梯向下走，拐一个弯，能见到一间约有 30-40 平方米的空间，这空间的一边，对着土墙，抬头向上可以看见三层楼顶上的天空，这是专为上层人士发慈悲放布施用的一线天（宽约 30-40 毫米），什么时候他们高兴了，可以带上一些吃不完的或坏了的酥油、糌粑来这里抛下，借以表示他们的“善心”，其余三面，往里挖了几间土房，作为人犯的宿舍。带上脚镣、手铐的人是无法进宿舍的，只能在外间的平地上吃饭睡觉。这样的人间地狱，是任何肉体凡胎的人都插翅难飞，无法逃走的。一旦进去，就是死路一条，只是多活一天或少活一天的问题。因为监狱是从来不管吃喝的，就是家里有人，也不允许送任何食物进去，狱里的犯人，只能靠布施来活命，而布施不是天天有的。这样的监狱，不用看守，也用不着看守。

“蝎子洞”，是中国大地上绝无仅有的，它地处布达拉宫山脚下，这里原是拉萨市旧政府办公的地方。在这旧政府围墙里的一片空地上，靠近布达拉宫的一面，可以看见一个小小的土坡，坡上平坦，不起眼处有一个长方桌大小的木板盖，也是用扣吊锁着，常人不会走到这里，也不易发现这块木板盖的。打开锁，掀起木板盖，可以看见一个深6-7米，宽4-5米的深洞，里面养着无数只蝎子，故名“蝎子洞”。只要把犯人往洞里一扔，木板盖一锁，犯人即使有天大的本领，也无法逃掉。

我们找来一根独木梯，扶梯而下，见四壁全是干的泥土，地上也是干的土砣和无数的白骨，掀起土砣，就可以看见蝎子在爬动，这里的蝎子，除了吃土，就是吃被扔进洞里的人肉了。被扔进蝎子洞的人的命运，可想而知。站在“蝎子洞”的土坡顶，背靠佛教圣地布达拉宫，谁能想到，脚底下竟是人间地狱？！

据当时了解：旧西藏的税收，也是五花八门、千奇百怪的。农奴自不必说，连起码的人身自由都没有，只能任凭主人宰割。就是一般的贫苦农牧民，生活也是苦不堪言，人死了要给当地头人送去死者的大耳环，否则人头税是不能销掉的，有的农牧民的父辈甚至祖父辈，人都早已作古了，还在交人头税，原因就是交不出大耳环。农奴主和反动上层的剥削手段完全是随心所欲，十分荒诞。据当时了解的有：谁家盖了厕所，交税；女人生的孩子是单眼皮的，要交税；梳一根辫子的，要交税；养花、养猫也要交税。真是闻所未闻，无奇不有，难以想象。

展出期间，广大翻身农奴成群结队地前往参观展览。不少年老的阿妈、阿爸，一边看着、听着，一边流泪。有时，他们还诉说自己曾有亲友被藏政府抓去，至今杳无音讯，想必早已不在人世了；年轻的一代在参观中看到所列出的罪证刑具等实物时，无比愤怒，不断高举拳头呼喊：“打倒他们”！“杀死他们”！尤其是被叛匪挖掉双眼的布德，在展览会上的血泪控诉，激起了群众愤怒的吼声。一批一批的人群，看着布德被挖掉的双眼，听着布德的哭诉，他们和布德一道流泪，一道哭泣，有的泣不成声。他们都在不停地高喊，“打倒叛匪！”“彻底消灭他们！”“要翻身解放！”每个参观的群众，无论是藏族还是汉族，走出展厅，双眼都是红红的。群众的情绪，像大海的怒涛，阵阵涌向最黑暗的封建农奴制度，像火山喷发时的景象，带着满身的光和热，奔向四面八方。展览期间，从早上8点到晚上8点，人群走了一批又一批。我们的解说员也被群众的激情所感染，他们忘了疲劳，积极性都很高。我们几个汉族同志，则到群众中收集反映，观看留言簿等。一天结束后，立即汇集情况，编写简报，刻印出来，上报领导。就这样每天都要工作到次日凌晨两三点才能休息。虽然很累，但我们全体参展工作人员都毫无怨言。展览一直延续到9月底，因为长期得不到充足的休息，10月初在展览接近尾声时，我就因肝病住院了。

回顾这段历史，面对这件件罪证刑具，这令人发指的事实，我彷佛又看到了无数双渴求生存的眼睛，他们仍然在望着我，流着泪向我诉说着他们长期遭受的非人待遇和深重的苦难，我的心在流血，并曾为他们千万次地呼喊，打倒最黑暗的封建农奴制度！彻底埋葬最黑暗的封建农奴制度！今天，当我看到百万农奴已翻身解放，富饶的西藏沐浴着祖国大家庭温暖的阳光，西藏的交通已四通八达，农牧业生产一日千里，旅游业兴旺发达，西藏同胞的生活如日中天时。我从心底发出千万个祝福：我亲爱的藏族同胞们，祝你们永远扎西德勒！

# 进军征途中

郑家玲

1952 年 2 月西藏军区宣告成立。由于形势发展的需要，上级确定从军区后方机关、五十三师、五十四师抽调部分干部，到军区机关、组织、通讯和边防情报等部门工作。我们后方机关的吴茵、吕台杨、谢素筠等从甘孜出发，翻越 5047 米的雀儿山和 4600 米的矮拉山，行程四百余华里到达江达，与五十三师、五十四师的同志汇合，组成干部小分队。盛鸿昌同志任队长，吕世升同志任支部书记兼指导员。小分队有二十余人，男同志多是抗日战争、解放战争时期入伍的同志，女同志吴茵是老红军，其余是全国解放后入伍的青年知识分子。小分队人员少，男女老少皆全，将独立执行任务。

## 翻越夹皮拉和达马拉山

我们从江达出发，身背干粮、随身用品、简单灶具，日行军六七十里。路过觉雍，意外发现了温泉，领导安排大家去洗澡，我们女兵轮流站岗轮流洗，洗去了身上汗渍，洗去了疲劳，大家说说笑笑回到住地。

过了青泥洞、妥坝后，海拔四千余米的夹皮拉和达马拉两座大山横在面前。两座大山的公路测量里程 60 公里。我们从小路翻山，也有上百华里。一天仅能翻一座山。山上光秃秃一片黄。虽是 6 月了，仍有大片大片积雪，气候复杂多变，风雨无常。最严重的是缺氧、头疼、胸闷、气短、呼吸困难、嘴唇发紫，快到山顶的一段路走走停停，满身大汗，不敢歇息。一怕感冒，二怕缺氧不敢停留。我家在农村，从小没少爬山，但这儿爬山的感觉特别，难度大得多，心里想着，一定要经得起考验，不能当孬种，不能说话不算话，终于爬上了山顶。下山的路就轻松多了，下坡不久，就望见了昌都。昌都古城坐落在群山环抱的大平坝上，澜沧江沿城东像一条白色的缎带直泻而下。在昌都，军区后方部队陈明义司令员看望了我们。在交涉和等待骡帮的两个星期中，领导组织大家认真学习了《进军守则》34 条，包括不派乌拉差役，不宣传阶级斗争，不捕鱼，不打猎，不打鹰，尊重藏族风俗习惯等主要内容。

## 挺进拉萨途中

昌都至拉萨两千余华里，有 24 个驿站，要经过恩达、洛隆、硕督、边坝、嘉黎、太昭、墨竹工卡、德庆等宗（县），翻越雪碧拉、瓦合山等海拔四五千米以上的大山。7 月中旬从昌都出发，每到宿营地，架帐篷，起灶，上山拾柴，烧火煮饭，各有分工，各负其责。所谓帐篷其实就是包被子的方块雨布，把两方块雨布从中间接起来，两根一米多长的木杆撑起，两头挂上两件雨衣挡住，帐篷就好了。两小块单人毡垫铺在下面，展开被子，两个人脚对脚，刚好躺下，曲腿翻身都困难。假若地下太湿，拾些树枝垫在下面，遇到下雨，还需用铁锹在帐篷四周挖一圈排水沟。饭极简单，有米做米饭，无米吃代食粉，高原气压低，米饭总是半生半熟，难以下咽，不吃又不行，代食粉主要成份是黄豆面，煮成丸子，又苦又涩。除偶遇村庄可用银元买点元根或偶遇兵站可以吃点牦牛肉外，基本无菜肉可言，有时以几根蛋黄蜡（七八厘米长，手指般粗）代菜。蛋黄蜡，其实蛋黄成份很少，吃起来乏味又不顶用。几个月的行军生活，几乎天天如斯，日日皆然。一次在一山脚下宿营，天空漆黑，风雨大作，金希圣同志煮饭，照着手电筒，用雨衣遮着锅上的雨水，火一次次点燃，又一次次熄灭，折腾了两个小时，仍未把饭煮熟，尽管我们已经饿了七八个小时，也只好再饿着肚子睡一晚上，第二天早晨再煮饭。到了洛隆宗，小分队住在兵站，休息数日，睡了几晚好觉。适逢过“八一”建军节，领导给我们“打牙祭”，吃了肉。同志们沿途吃得差，可谓饥肠辘辘，比较馋。年轻人忍不住，有肉吃了，毫不客气，结果也不知道是吃多了，还是久未沾荤，夜半三更闹肚子。我和曹代蓉还编了几句顺口溜：洛隆宗，宿营地，适逢“八一”建军节。

领导关怀“打牙祭”，肥猪肉，吃得欢，肚子生气不乐意。半夜三更跑厕所，谁叫贪吃不把细。

## 翻越丹达山　涉水过险桥

丹达山（又名夏贡拉）的气候异常恶劣，此山海拔6300米。翻越三个山峰才能到山顶。开始爬山时我们还有说有笑，不久就沉寂无声了。愈往上爬愈感山高人累，反应强烈。胸中像塞了什么东西透不过气来，头也痛，不仅使人举步艰难，连牲口也是几步一停，大口喘气。山脚下还是阳光灿烂，到了半山腰却阴云密布，再往上爬，则风雪交加伴着细雨。内衣早已被汗水湿透，稍微歇息，寒风吹来，全身颤抖不已。我抬头望望山巅，望而生畏，埋头爬山，心想再高的山，爬一截路，总会少一截路。有的同志，采取目标定位，如定50米，到头了又定30米、20米，此办法能增强前进的信心，直到天黑才翻过山。由于风雪袭击，下山路滑，疲惫已极，只好在山的西半腰宿营，又无法煮饭，饿着肚子勉强撑起帐篷，有的借马帮的马鞍，有的用毛皮鞋垫铺下，脱去外层湿衣服和衣躺下，不久便鼾声大作。一觉醒来，风停雨住，我和素筠、昭琼从沉甸甸的帐篷中钻出来，惹来大家一阵笑，说我等有福，帐篷垮塌，被雪埋了一夜还未醒过来。看看周围，群峰冰雕，满山白雪覆盖，好一个银色世界！

路上江河交错，常遇急流险桥。怒江上的嘉玉桥，长三十余米，东西两岸用五六米大圆木嵌入泥土，中间用直径六七十厘米厚的木料架设其上。桥年久失修，几处木头已腐朽。桥高数丈，桥下波涛汹涌。我自小就不敢从高处往低看，见此拦路虎，真是难为人。此时，耳边响起领导的话，要向老同志学习，向老红军学习。红军长征时，后有追兵，前有堵截，天上敌机轰炸。如此一比，眼前这点困难算什么呢？再回头看看那些老同志们，个个稳如泰山，我自感羞愧不如人，鼓起勇气，两眼平视前方，瞅准好的木头，一步一步向前走了过去。涉水渡河时，我们脱掉鞋袜，裤腿挽得高高的，看到眼前哗哗的大水，又惊又骇，我从未赤脚走过路，脚接触到石头块痛得不行，只好大家搀扶着过，个别女同志实在太困难，由男同志背过河。上到对岸穿鞋袜，哇！腿上尽是血珠，一阵刺痛，仔细看，腿上一个个密密麻麻的小口，这种小口热水洗时又痒又痛。

途中和马帮友好相处。没有人吸过藏胞一支烟，喝过一杯酥油茶。在怒江边上，路过一个村庄，杏、核桃不少，没有人看守，也没有谁去动过，更不用说打鸟抓鱼了。在一村庄休息日寸，房东房架上挂着风干肉，女主人坐在桌边正在切肉，一片片颜色红白相间的肉片，就和过年时吃的腊猪头肉一样，边切边吃，我看着直流口水，好想尝一片，而“纪律”二字深深印入大脑，只好尽量克制自己。

## 胜利抵达拉萨

9 月 4 日到达德庆，此地离拉萨有半天路程。男同志去理发修面，脸像茄子颜色一样紫黑，剃刀接触皮肤，就有道道血痕，只好作罢。女同志也有隐伤，好在高原天冷，并没有被感染。

9月5日起程赴拉萨，个个兴高采烈，忘记了疲劳，前进的步伐矫健轻快。时隔不久，雄伟庄严的布达拉宫出现在眼前，高高的金顶在金色阳光的照耀下熠熠生辉，美丽的拉萨河绿水悠悠欢快地奔向远方，一派生机盎然的景象。

我们从拉萨河南岸渡口，乘坐牛皮船过河，船随着波浪一起一伏，我按捺不住激动的心情，思绪万千……心中感叹：二十多位赤子，二十几颗火热滚烫的心，千里迢迢餐风卧雪，一片丹心卫国戍边！

# 难忘的岁月

邓华铭

我是从家门到校门，又从校门到部队的战士。当时我是怀着对解放军的敬慕和年轻人应为祖国做点贡献的心情参军的。1950 年 9 月 27 日，我和有的同学一样考入了“西南军政大学”，我们是成都最后招收的一批女兵，当时我 16 周岁。在乐山，整训三个月左右，开始进藏。

## 赴甘孜修机场

从成都招收的千余名男女学生，分为男生五个队（六、七、八、九、十），女生一个队（十一队）。从烂池子到二郎山、折多山，路不像路，颠颠簸簸，危险性很大，气候恶劣。经过大概一周的颠簸，我们到达目的地——甘孜（海拔三千多米高）。只见一片散雪的冻土，光秃秃的山路上很少有行人，因缺氧、高山反应，在一山丘上还未来得急支起帐篷，我和部分战友不知不觉地就倒在了地上，不知过了多久才慢慢醒来。半月后才慢慢适应高原气候。

为了避风，我们开始挖筑窑洞造营地，翻山越岭到几十里外去伐木，扛回营地。体重不到 45 公斤的我，只能俩人同抬一根较小的树干，来回要走较长的路，途中悬崖又较多，风又大，一不小心就会有丧命的危险。同修机场的还有不少北方老战友（一大队，三大队），他们特别能吃苦，是我们的榜样。土窑经过努力修起了，住的问题基本解决了。

吃饭对我们的考验更大。粮食供给，主要靠空投，由于山谷多，空投的物资找不到，损失很大，只有计划用粮，每日只有两餐。另外，当地严重缺水，煮饭的水要从离驻地一段距离的泥坑里取，饭里沙子不少，开始实在是无法咽下去。菜只有干菜（海带皮，干黄花为主），无食油。吃水都困难，洗更谈不上了，女同志在一段时间里，集体去七八里外的河边洗头、洗脸、洗衣。河水是雪山上融化下来的冰水，浸骨的寒冷，而我们也只得去，而且要尽可能的洗个够……

在机场挖土方期间，气候恶劣，紫外线辐射强，风沙大，一个个娇嫩的皮肤，不多久就出现了血口子，脸上起了大小不同的果子泡，好疼好疼，摸也不能摸，棉衣又破又脏。陈明义副司令员到工地来看我们时，一个个脸花花的，见面时又想哭又想笑。尽管如此艰苦，我们还是愉快的，工地上不时传来拉拉队的歌唱声，谈笑声，与压土机的滚筒声相呼应。革命的战士，用革命的乐观主义精神驱散了高山的严寒和疲劳……

## 向拉萨进军

为巩固战果，让部队尽快进驻阵地。部分同志在甘孜坚持修机场，部分同志随军进驻拉萨，后司部队（五十三师、五十四师）准备修筑公路。这时已是五六月份，内地正是山花烂漫的时节，而沿途不少地区冰雪履盖，缺氧，又无公路，只有徒步靠指南针找方向，逢山过山，逢河趟河，一路还要严防残匪袭扰，记得有一天我们趟了几道河，寒冷刺骨，脚和小腿到处都是一道道的刮痕，一位较小的女兵当场哭起来。有的战友也有因喝了有毒的湖水，吃了有毒的野菜而牺牲……

我调到了“拉萨工作队”，随军直司令部前进。记得过雀儿山（海拔五千多米高）时，气候更恶劣，第一天我们在山腰口子上宿营，夜间站岗，寒风凛冽，又冷又闷，好在我们年轻体壮，扛着枪望着重叠的山峦，精神抖擞，为自己真正成了一名解放军战士而自豪。第二天只见雀儿山白雪皑皑，哪里是坑，哪里是路，无法辨认，山全被厚厚的白雪覆盖，掉在坑里就没命，我们跟着军直部队很吃力地爬上了山顶，阳光照后的雪有些融化，我们一些女兵把背包放下坐在上面往下滑，是死是活也顾不了许多，挡风镜打碎了，用蓝墨水把纱布染蓝护在眼上，否则雪光反射后便会患雪盲。病号逐渐增多，在这艰难时刻，首长们就让病号骑在马上，他们同大家一起步行。

过金沙江时，水流很急，漩涡也大，只有雇用百姓的牛皮船，每只船只能坐几个人，东西也不能多带。大部队从上午运到下午还未完，马只有一批批的用绳套在一起领过江，也有被激流冲走的。

经过跋涉，翻过了夹皮拉山、达马拉山，到达昌都（海拔三千多米高），这里气候好多了，也是老百姓聚居的一个城市，到处可见老百姓种的青稞，心情十分舒畅、轻松。这时棉衣已破得不行了，组织上给我们每人发了一件短羊皮衣。在休整期间，上山打柴时，见能吃的野果先尝尝，是甜的便咽下充饥，苦的、麻的便赶快吐，这里带刺灌木较多，校条上结满了红红的糖沙果，我们便吃个够，临走还带一些回营地……见到老百姓收后留在地里的元根（白色小萝卜，可当水果吃）老叶子，就检回营地和代食粉一起熬成糊糊，吃得好香！

记得到丁青时，我们带的食品不多了，当地气候不好，组织上买了牛羊，每人发一块较硬的熟肉在路上充饥，吃后大家拉不出大便。一天在怒江边的一座山上，又冷又累，又怕残匪搔扰，山下怒涛激浪汹涌澎湃，水比金沙江还要急，掉下去就没命。队长带领部分同志先行出发，这时天色已晚，邹洪青指导员带领我们女生队在山顶上熬了一夜，等天稍亮后才行军。羊肠小路尽是沙子，又陡又滑，不知摔了多少跤，膝盖都摔烂了，等到天色全亮到达目的地时，才看见战友们在山下等我们。

行军时困难和痛苦很多，但一想到西藏人民在残酷的封建农奴制度统治下，过着牛马不如的生活，他们企盼着共产党、子弟兵去解救他们时，全身就充满了一股劲，一路再苦也不怕。大家脚上经常打起血泡，但仍是咬住牙坚持前行。遇冰雪地带宿营，我们铲去浮冰积雪，撑上简易帐篷，地上铺层东西，十余人挤在一起和衣而睡，第二天早晨起来不少战友的裤脚都湿了，还吊了一圈冰凌。

到扎木，气候要好一些，到处都是野桃林，特别是“然乌湖”边，一片红艳艳的桃林，桃林上面是一层杉松，杉松上面是自皑皑的雪山，在阳光的照射下，碧绿清澈的湖水映着红花绿树、白雪，真是如诗如画，好美！人一下轻松了许多，忘记了长途行军的艰辛和疲劳，徐爱民政委不时给我们说说笑笑，内容至今还记忆犹新……

通过约半年的长途跋涉、行军，于 1951 年 10 月到达太昭，离拉萨很近，在此休整了一月左右，准备入城。组织上给我们补充了部分新被服（如呢军装一套，头盔等），学习入城纪律后，整装浩浩荡荡地进驻拉萨。

## 开荒生产自救

整整行军约半年后到达拉萨。部队进驻原藏兵丢下的土坯营房内，军司令部、政治部、后勤部三大部挨着几个大院，大部分同志下地方开展工作，少数同志补充到军直部队内，我被分配到通讯处。整休不久开始工作，比如与中央取得联系，得到指示，在这艰难的时刻，反动势力不时传出“要饿走穿裤子的汉人”，并企图发动叛乱。

我们十分注重统战工作，经常与进步头人谈判，部分贵族给我们卖一些粮食，如黑豌豆，青稞等。

同时按照上级指示，前方部队开荒生产，后方部队修筑公路。我们一面坚持工作，一面突击开荒。当时正是天寒地冻，拉萨郊外一片灌木林，荆刺丛生，挖起来很吃力，铁镐、铁锹不知挖断了多少？我们的鞋袜都破了，穿不暖吃不饱的情况，可想而知。但我们想到党中央指示、想到藏族同胞的疾苦，女战士还是拼命地、忘我地挖，克服重重困难，下决心征服这块冻土！今天的“七一农场”“八一农场”，就是在这个基础上建立起来的。反动势力休想把我们赶走。

开荒后，开始试种的一些品种失败了，因拉萨土质松散，风沙大，种籽埋浅了，通通被风刮走，埋深了，雨水少上不来，需要引拉萨河河水灌溉，我们抓紧时间修水渠，水引来了，又开始再次试种，种土豆成功了，好高兴!1952年，我们主要靠土豆生活，伙食天天是炒土豆、煮土豆、蒸土豆。过些时候，我们摸索出一些经验，试种了莲花白、红萝卜、苤蓝等蔬菜，以后情况也就好多了。西藏上层反动分子想“饿死我们，赶走我们”的阴谋破灭了，我们站住了脚跟！

到1954年底，青藏、康藏两条公路通车了，内地给养可以慢慢运往西藏，虽然路况还不太好，有的地方危险性很大，但比以前好多了，大批生产建设物资和生活用品源源不断地运到了拉萨，运到了西藏各地，我们的战士又投入到建设社会主义新西藏的战斗中。

# 草原新闻女战士

沈世纫

1951年6月，我还是一个刚满20岁的女孩子，没有毕业就告别了母校——西北大学，参加了西北进藏部队。到部队报到后，我被分配在报社工作。第一次穿上了军装，心情极为激动。如今有机会参加进藏部队，去保卫边疆，为建设繁荣昌盛的新西藏贡献自己的力量，我怎能不感到自豪！我在团小组会上表示一定要像“最可爱的人”那样，不惜用鲜血和生命守卫好祖国的西南大门，保卫西藏人民。我怀着激动的心情，在日记本上抄录了奥斯特洛夫斯基的话：“……当我们回首往事时，不因虚度年华而悔恨，不因碌碌无为而感到羞耻，因为那时我们可以骄傲地说：我把青春献给了世界上最壮丽的事业——共产主义事业。”用以自勉。

经过短暂的训练，部队离开兰州到达青海省省会西宁。队伍分散住在几处，报社住在城外一所民房里。我的工作是抄收新华社每晚播发的记录新闻，其他四位女同志夏月如、陈祥清、彭多德、侯秀璋刻蜡板。组织上给报社定名为“草原新闻”，从此，我们的《草原新闻报》试刊发行了。

7月下旬，部队离开西宁，进入了茫茫大草原。为了行军方便，部队分为前、后两个梯队，《草原新闻》前梯队的负责人是金镒，另外几个男同志是陈拓、王克俭、陈守温和张其瑞，他们4人都是从兰州来的大学生，还有一个小炊事员，此外新华社记者吕焕祥也和我们在一起，加上5个女同志，共计12人。我们5个女同志与指挥部其他部门的女同志杜群英、吴芝芳、王道实、史昌明、李家俊编为一个帐篷组。可是谁也不会搭帐篷，几个人试着把帐篷颤巍巍地竖了起来，可一不小心又倒下来了，最后，还是那些熟悉草原生活的青海民工们帮我们搭好了帐篷。接着遇到的难题便是生火。没想到燃料竟是那些半湿不干的牛粪，点了半天除了冒烟不见半点火星，呛得人眼泪直流。后来还是民工们教会我们用羊皮风箱，生着了火。当我吃完饭时，已是满天星斗。深夜，我抄收完记录新闻回帐篷时，女伴们早已安然入睡。我躺在马搭子上，嗅着枕边的青草味，回想一天的经历，真是新鲜有趣，我想一旦有工夫，我一定把这些新鲜事写信告诉我的同学——那些没有出过西安市的傻姑娘们，她们一定会羡慕我……不知过了多久，帐篷上响起了稀疏的雨点声，伴着雨声我渐渐地入睡了。

5天后，我们到达了香日德。这是一个多民族聚居的小镇。我们的营房就驻扎在那条黄水滚滚向西流去的香日德河畔。在这儿我们出了十几期试刊，这期间我们每人都领到一匹坐骑，每天早晨都要练习骑马。不久后梯队和指挥部也赶到了。从那时起，上级通知中共西北西藏工委的番号统一为中国人民解放军第十八军独立支队（简称独支）。

8月22日，前梯队指挥部率领两个大队，向青藏高原北沿的昆仑山区进发。《草原新闻》从这天起，就改为正式报纸了。

出发前，大家都订了立功计划。立功计划对我们来说不是没有意义的空谈，行军一开始，我们就经受了考验。首先就是草原上变化无常的气候。自从离开香日德，一路上便再见不到一间房、一棵树，有时正在赶路，天色突变，太阳隐去，乌云压顶，霎时风雨大作，还夹着冰雹，四周被雨雾包围，两米开外什么也看不见了。我们紧紧拉住马，用雨衣蒙住头，人马相偎而立。至于脚底下，只能任其浸泡在水里。当第一次遇上这情况时，还不免心慌胆怯，后来次数多了，也就不在乎了。特别是在一番风雨肆虐之后，雨过天晴，蓝天上舒卷着一团团变幻的云彩，彷佛伸手就可以抓住似的，使人感到大自然的美妙神奇尽在于此。有时遇上霏霏细雨，山陡坡滑，人们披着雨衣骑在马上，队呈单行，首尾相随，探路前进。远远望去，烟雨苍茫中，一行骑旅在弯弯的山道上缓缓而行，好像一幅活动的水墨画，很有诗意。

自然界的风风雨雨，虽给我们带来了不少艰难险阻，但一方面锻炼了我们的胆量和能力，另一方面也给我们单调的行军生活增加了新的话题和乐趣。行军初期这一段日子是比较轻松愉快的，直到我们的战友牛世钧（新华社记者）因高山缺氧，牺牲在诺木岗，我们才体会到高原行军生活严峻的一面。牛世钧牺牲后，战友们用石块给他垒了一个墓穴，因为诺木岗没有土。从此，牛世钧就长眠在诺木岗的石穴里了。

离开诺木岗后，我们就一直往南，在昆仑山支脉布尔汗布达山、阿尼玛卿山和巴颜喀拉山一带行进。不久就到了淤泥滩。淤泥滩是一眼望不到尽头的黄泥的海洋，马蹄一踩进去，黄泥便漫到马腿弯，马扑哧扑哧的踏泥前进，不一会便喷着白气，喘息不已。不时有人陷进泥沼里，几个人拼命将他拽了出来；接着又有人喊：马陷进去了，有的人去扛马脖子，有的人拉马尾巴，把它从泥沼里抬了出来。黄泥滩上人喊马嘶，马蹄落处黄泥飞溅。这场恶战不知持续了多久，我的大黑马驮着我终于来到了一块干燥坚硬的土地上。

第二天顺利地过了黄河源，一过河，指挥部便宣布在这里休整三天。这三天简直是节日，虽然照常出报，但毕竟白天不需要行军赶路，就轻松多了。我们几个女同志便相约到河边洗洗脸，梳梳辫子，坐在帐篷外晒太阳，替男同志缝缝那些脱了袖子的皮大衣。在黄河源庆功会上，报社又一次受到表扬，大家心里别提有多高兴了。

从黄河源出来，就进入了沼泽地带。这地方远看是草原，近看是数不清的水洼和草墩。从前有人把这些水洼比作天上的星星，故名星宿海，又有人叫它水盆地。据说它还有一个美丽的名字叫白鹅湖，但谁也没见过一只白鹅。这段路非常难走，不但不能骑马，人还要小心翼翼地牵着马挑路走，从一个草墩跨到另一个草墩，一不小心就会陷进水坑，而那水坑是无底的泥潭。这段路竟走了足足8天！

9月22日，我们终于走出了巴颜喀拉山地区，来到了通天河北岸。这里已进入寒冬，岸边已挤满了等待搜河的人马，报社的女同志被分配乘坐牛皮筏子渡河，藏族老干部王首才以及他的妻子娜错帮助我们渡河，当我们顺利平安抵达南岸，搭好帐篷，便心急火燎地跑到岸边接自己的马，这些马是由人牵着从河里泅渡过来的，它们满身是水，让寒风一吹都结了冰，大家心疼地忙揩掉它们肚子上、腿上的冰渣子，喂一把豆料，牵着在岸上溜溜。据统计这次渡河有一百多头牲畜溺死，有人解剖一头溺死的骡子，发现肠胃里充满了沙子，内脏已被撑裂。这些可怜的不会说话的功臣，一路上出了大力，可是在等待渡河时，由于没有草吃，竟吃沙子充饥，真叫人痛心。

更痛心的是在这次抢渡中，还牺牲了8位同志，他们是辛烈、马进才、张进才、团柱坚赞、吴发英、刘治明、王百宝和刘益民。他们有的是干部，有的是民工。曾经帮我们搭帐篷、打羊皮风箱的青海民工当中，也有几位葬身波涛，英勇牺牲了。

在抢渡通天河紧张而又艰难的日子里，我们报社的同志，全都投入了紧张的战斗，男同志全部出去采访，女同志则包揽了全部编排刻印发行工作。《草原新闻》扩大了版面，并以《抢渡通天河，迎接国庆节》为通栏大标题，连续报道了抢渡中的人和事。我们从稿件中了解到，牺牲的8位同志，都是在下河探路或牵牲畜过河时，被巨浪吞噬的。我们在编辑、刻写这些稿件时，泪水常常模糊了眼睛，我们从心里祝愿8位战友与通天河永世长存！

报社的女同志比别的部门的女同志辛苦得多，这是公认的事实。虽说出一张小报算不上什么大工程，但在高原气候日渐严寒、行军日渐艰难的情况下，却也不是件轻松的事。就拿抄收记录新闻这一点来说吧，这在内地正常条件下是件极其简单的事，可一到高原上就出现了意想不到的麻烦。有时刚宿营就刮起大风，地动山摇；有时又忽然下起滂沱大雨，来势凶猛，像是要冲掉这里所有的帐篷似的。大风又往往把帐篷吹得飘飘摇摇，天线像打秋千似的飞舞，收音机除了嗡嗡声别无其他。在无意中我突然发现，只要用手握住天线，声音就清晰了，松开手声音就消失了，于是连忙左手捏住天线，右手奋笔疾书。我是唯一的编辑，每天在掌灯前编完稿件、划好版样交刻印组，等待他们刻写完后，再由我刻写标题、插图和尾花，弄完这一切，往往到了深夜。担任刻印的几个女同志，一点也不比我轻松。自从离开黄河源后，气候一天天冷起来，雨雪频繁，这时蜡纸变脆，写轻了印不出来，写重了蜡纸一破，印出来就是黑疙瘩，所以他们在刻写时，总是小心翼翼，如履薄冰，简直就像在完成一件伟大的艺术品似的。待到一张蜡纸刻完、印好，就到了次日凌晨一点。有时油墨冻了，无法上机油印，便在第二天早晨烧一堆牛粪，将油墨化开，这时帐篷里温度也上升了，于是抓紧时机，赶快上机油印。我们发出的报纸，经常只能轻轻卷着，因为上面油墨未干。我们几个女同志由于经常睡眠不足，总是两眼红肿，布满血丝，一骑上马就打瞌睡。不知有多少次，若不是旁边的男同志大声喊我们的名字，我们就会跌下马来。

提起报社这几个女同志，我不由想起我们相处的那段时间的许多趣事。就说夏月如吧，她是四川人，是个热血青年，放弃“天府之国”的优裕生活，自愿参军到西藏来。记得有一天在翻越巴颜喀拉山的时候，这一天行程较长，人很疲倦，我和她落在大队后面。又圆又大的月亮从我们背后升起，我们影影绰绰看见前面有人影幢幢，灯火点点，知道营地不远了。我俩牵着马，踏着月色缓缓走着，一边海阔天空地谈着，她性格直爽，不时发出爽朗的笑声。她告诉我她的名字的来历：有一天她母亲做了一个梦，梦见了也像今天这样又大又明的月亮，醒后生了她，就取名“月如”……我简直听得出神了。

由于长时间没吃过一顿正式饭菜，馋瘾发作，一闲下来，就谈到吃，我们管这种会谈叫“精神会餐”。从闲谈中，陈祥清说她会做鲜美的豆腐乳和脆嫩的泡菜，这使我大为羡慕。陈祥清自幼失去父母，带着弟弟跟叔父过活，所以她从小就做饭菜，做针线活。高中毕业后，她跟一些进步青年一样，参军来西藏。她中等个儿，圆圆的脸上，永远带着微笑。她从不说激昂慷慨的话，但却是个脚踏实地、吃苦肯干的人。工作上遇到再大的困难，也不发火生气，脾气温和得使人误认为她软弱，可我知道她心地善良，豁达大度，遇事不愿跟人争高低，尤其不喜欢自我表现。

跟陈祥清形影不离的是彭多德，她也是四川来的青年学生。她身材瘦小，貌似柔弱，其实她是个很有个性的人，有时表现得还十分刚强。平时她总是轻言细语，从不夸夸其谈。凡是自己能做的事，从不要人帮助。我们四个人相处得非常和谐，从没有过不愉快。在工作上也协调得很好，即使出了问题，也都是尽量想法子补救。

10月下旬的一天，部队来到了唐古拉山脚下。这里是“六月飘雪花，四季穿棉袄”的奇寒及缺氧地带。为了赶在雪封山之前越过唐古拉，组织上做了充分准备，除给每人发了一袋牛肉干外（准备下雪不能举炊时用），还为马准备了布、羊毛做的马衣。这天晚上，下了一阵雪，幸好不久就停了，但寒气像袭进骨髓般，使人不住搓手跺脚，这晚报社破例地没有出报，大家都忙碌地赶缝马衣，每个女同志除了给自己的马缝马衣外，还要帮男同志的马缝一件。男同志们则为明天的翻山做各种准备，他们也为那些驮帐篷的辎重马缝马衣。我们几个女同志在帐篷里微弱的烛光下，用僵硬的手穿针引线，缝上几针，就要把手放在嘴上哈一啥，或在袖筒里暖一暖。没想到这简单的活，竟足足缝了两个多小时。当我们把这一米见方、厚厚的装了羊毛的马衣披在马身上时，总算放下了心，不再耽心把马匹冻坏了。

次日，翻山开始了，天阴沉沉的，山上没有积雪，天也没再下雪。这唐古拉坡度虽不算陡峭，但巨石嶙峋，砂砾遍地，寸草不生。人们牵着马，一步一喘地走着，马也喷着白气，气喘吁吁。高山反应使人头疼、恶心，但谁也不敢停下来，都在走着，走着……整整一天过去了，傍晚我们终于征服了唐古拉，在南坡山脚下宿营了。

11 月的藏北高原，朔风凛冽，滴水成冰。由于缺乏草料，马饿得从人手中夺食物，一批批牲畜因困乏倒毙，行程日渐艰难，《草原新闻》的出刊也困难重重。

10 天后，我们终于到达藏北重镇那曲。在这里，两个梯队合并，从而两个报社也合二为一，这时又调进一位刻印能手何斌，从此《草原新闻》不仅能天天出报，还面貌一新。

离开那曲，我们逐渐进入了农业区，3 个月来我们除了黄羊野马，再没见到过人影、房屋和树木，可是现在却不时见到远处一幢幢白色的平顶房屋，偶尔还伴有一声鸡啼；有时还能碰上几个当地藏胞赶着毛驴群，铃声叮当；路旁还有一丛丛灌木。大家知道拉萨快到了，心情无比愉快，当布达拉宫的金顶映入眼帘时，人们简直狂喜了。

11 月 27 日，部队全体官兵到了拉萨东郊，在这里休整后进城。在这三天的休整中，男同志剃去了三个多月没有理过的长发和胡子，恢复了年轻的面貌；女同志也洗了脸，梳了头，面目焕然一新。在 12 月 1 日举行的入城式上，我们都换上了崭新的呢军装，棕色长统皮靴，全副武装，骑马进城。尽管我们只是中共西藏工委机关的工作人员，并非正式的作战部队，但我们身上毕竟带有经过 5000 里行程骑兵生活锻炼出的印记：娴熟的骑术，风尘仆仆的面容，特别是青年人特有的无私无畏、热情洋溢的精神。我们受到古城拉萨人民的欢迎，尤其当我们近百名女兵组成的两路骑兵纵队出现在阳光灿烂的街头时，那些伫立在房顶、穿着五颜六色节日服装的女人和孩子们，流露出惊诧的目光，继而他们微笑着挠头、伸舌表示欢迎。

在藏军乐队的乐声中，在人们“金珠玛米呀咕嘟！”的欢呼声中，我骑在马上心情激动，想到我们能在三个多月的时间中，横穿5000里大草原、跨越15座大山、渡过25条大河，胜利完成了和平进军西藏的伟大而光荣的任务，这些都是藏、汉、回、蒙古、土、苗各族人民及27位烈士用汗水、鲜血乃至生命换来的，“金珠玛米呀咕嘟”应该属于他们，崇高的荣誉应归于他们！

部队抵达拉萨后，《草原新闻》便完成了自己的历史使命，宣告终刊了。我们所有的同志便合并到新华电讯社工作。

# 我与“9573”的进藏路

冯克运

1951年6月，吴景春、高生玉、孙汉云、王改兰和我在陕西省人民助产学校毕业了。我们积极响应党中央“进军西藏、巩固国防”的号召，加入到进军西藏的队伍中。19岁的我，无法抑制心中的兴奋感和自豪感，穿上军装、戴上军帽，成了一名真正的白衣战士。我梦寐以求的愿望终于实现了。

部队到达西宁后，我被分配到临时医疗小分队做护理和药物工作。我们这个小集体虽小，但人员齐全，有队长、护士长、司务长、通讯员、民夫、向导等。部队徒步进军西藏的号角吹响了。一路上，大家互相帮助，没有任何困难能阻挡我们前进的步伐。每到一个宿营地大家分别支帐篷、找水源、喂马、放牧、烧水、做饭。大家朝起暮宿，栉风沐雨，苦乐与共。生活虽然艰苦，但大家无怨无悔，总是乐呵呵的。

青藏高原日照长，太阳辐射强，气压低，海拔在4500米左右，气候异常恶劣。长途行军，无马不行。到了香日德，上级分配给我们医疗小分队一批马匹，略加动员，各自便去挑选自己喜爱的马。队长选了一匹白色牡马，我偏偏选上一匹顽皮的屁股上烙有“9573”的矮小的儿马。饲养员对我说：“儿马难骑，见了母马或骡子会发疯的”。但我不怕，训练时，我摔了不少跟斗，身上常常是青一块紫一块的，几条裤子没有一件是不裂口子的，但我还是爱如至宝。首长常说：“行军时，马是唯一的工具。你们要上山不骑马，下山马不骑，平时骑一半，最好不要骑”。行军途中，我只让“9573”驮点行装、干粮和牛粪。队伍一休息我便扯草给它吃，并为它梳毛挠痒，它常常用头和嘴在我脸上蹭。

黄河源头，扎陵湖畔，白天还可以见到太阳，晚上却是白雪茫茫。白天部队行军少则50公里，多则70-80公里。茫茫雪光映在风雪镜上刺眼地痛，我们是“探险奇旅”“入藏先锋”天大的困难也吓不倒革命战士。

有一回，部队就地休息，疲劳的我倒地就睡，刹那间已打起呼噜，进入梦乡。部队做了短暂的休整后又出发了，护士长前面喊：“起来了跟上，不要掉队！”我吱唔了两声竟然又进入梦乡，梦中觉得马儿刨蹄，醒来时已近黄昏，“9573”舔着我的脸，雪地上露出它刨的大雪坑。我翻身上马，飞快奔驰，向部队行军的方向追去。星夜寂静，唯闻蹄声，寒噤中，我想起了部队首长讲过的那些凶残的野兽，冷汗几乎浸遍全身。马儿不停地向前狂奔，不知跑了多久，终于跑到了一个藏族的帐篷房边，一个民夫叫道：“冯克运活着！”我羞愧得哭了起来。中队卫生员说：“快！赶路！”向导带路追上大队，误了行军，我追悔莫及，别提有多伤心了。

不久，部队行至通天河。在抢渡通天河的誓师大会上，首长和老向导都讲了话：“通天河20年不涨水，今年水涨得太猛，趟水有困难，大家敢不敢趟？”大家应声：“敢！解放军所向无敌！”全会场掌声不息，这掌声增强了全军将士的战斗信心。上级挑选的民夫及向导中有不少很有经验及熟悉内情的当地群众，他们也情绪高昂出谋献计。

先遣队里有位老向导为人忠厚老诚，待人和蔼可亲！乐于助人，善于驯马，熟悉地形。别人的马宿营时都得挂在马棚里，可他的马高大且温驯，不拴不套，从不乱跑。老向导身先士卒，寻找渡点，他骑在高头大马上威武得像阵前将军，在一枪打不到对岸的河中探路，马头高高地昂着，身体已淹没了一半，同志们用汉语和藏语叫他回来，他毅然地应声：“过了这河，路会好走的，我不探路，大队咋过！”不久一个大浪扑来，他连人带马被冲走了，在呼喊声中他渐渐沉没了！呼喊声和哭泣声响成一片……

支前人员和当地民夫想方设法找来一些牛皮筏子，四个人一组，我们坐在皮筏子里，一手拉着马，一手紧抓筏子，在部队战士的号子声中，把通天河抛到了身后。回首北望，老向导和牺牲的同志们的音容笑貌依然展现在眼前。

气候恶劣，行军艰险，过了通天河，马匹的伤亡很严重，活着的马也体力不支。而我的“9573”号精神特别好，医疗队里许多艰巨任务都落到了它的身上。

进入巴颜喀拉山以后，部队最困难的就是口粮问题。司务长、向导们总为队里的伤病员们的口粮忙乎着，沿途很少见到寺庙和牧民，更不能做违反纪律的事，四处奔波，常常是空手而归。上级指示“除伤病员和新闻记者保证每天有4两面的供应外，其余人的口粮自己设法解决。”大家便投入“收容口粮”的行列中。搞野菌、采木耳、抓老鼠、狩猎等，有时还把一些跟不上队伍的弱牦牛、山骆驼当作我们的“口中餐”。一句话，凡是能吃的东西、能进口的野菜都在“收容”之列。我们是革命乐观主义者，宁肯自己少吃点也要给伤病员多留点，“省吃俭用”是口头禅，也是行动指南。

一到宿营地，大家最忙的就是找野草、野菜，给自己的马准备粮草。过通天河时我还存了点黄豆、干馍、糌粑渣，现在什么也没有了。我总提着马料兜，惹得“9573”跟着兜儿转，我走多快它跟多快，到头来倒出来的全是青草树皮。它还是吃得起劲，嚼得有味，从不埋怨。

翻过唐古拉山，进入西藏地界。事务长说：“十八军主力部队知道我们艰苦，把省下来的一些罐头和蛋黄蜡拨给我们一些，我们要分外节约，先保病员。每人每天四根蛋黄蜡。”8公分长的蛋黄蜡我们省了又省，饿了咬上一小口，有时干脆舔一舔，尝点盐味。到了那曲地界，情况逐渐好转。部队给每人发了糌粑面和少许酥油，饭吃得不算饱，但能吃到就已满足了。

12月1日，部队举行了盛大的入城式，受到拉萨各族人民的热烈欢迎。我们的进藏之路也圆满结束了。

# “死人山”上创奇迹

韩玉兰

## 翻越二郎山

1950 年 3 月 4 日，十八军军部在乐山召开进军西藏动员大会，传达党中央解放西藏的命令，接着全军上下掀起学习党的民族政策、宗教政策的热潮。8 月我被选入由 30 名女兵组成的康藏工作队，这支部队全由姑娘组成。年龄最小的徐翠文 15 岁，最大的田涛 22 岁（队长），后称雪山娘子军。经过短期整训，我们乘车到雅安，踏上了进藏的征程。

9 月 7 日开始翻越二郎山。在嘹亮的进军号中，我们随大部队前行，队长田涛同志扛着队旗，领我们高唱：“不怕雪山高来天气寒，不怕草地深来无人烟，我们的队伍千千万万，浩浩荡荡进军西藏高原……”歌声一落，鼓动词、加油声起伏不断，最响亮的口号是：“是英雄，是好汉，二郎山上来考验”。当时我觉得二郎山的森林、奇峰、怪石、花草……样样都新鲜、神奇、美丽。正如后来的《歌唱二郎山》的歌词中所说：“古树荒草遍山野”。我情不自禁地对身边的张菲说：“要不是进军西藏，哪能见到这些美景啊！”

到了中午时分，大家都觉得有些累了，苏觉菲同志贴近我的耳朵说：“我告急”，“什么事”“解手”。我和她有同感，悄悄对她说：“我也告急”，互相一笑。但是大部队行军，谁也不敢离开一步，而且一面大坡过去，又转一面大坡，弯弯曲曲上上下下都是“长龙阵”，路旁又无隐蔽处，怎么方便呢？大难题在心中翻滚，怎么办？我急了，紧步上前向队长田涛说了此事，田队长笑了笑：“想办法嘛，到前面拐弯处，用几件雨衣作掩体，不就解决了吗？”

“包袱”放了，大家又轻松地跟上队伍，队长说：“水火不留情，哪有活人被尿憋死的。"大家乐呵呵地笑个不停，有几次男兵们争着要帮女兵扛背包，我们女兵没有一个给，心里默念："是英雄，是好汉，二郎山上来考验。"正是考验我们的时候，没有一个女兵让他们把背包夺去。这时有两个打"刮搭刮"的男兵跟上来，一个说："女兵队，不简单，一气登上二郎山。"一个说："不简单来不简单，登上山顶当模范（那个）当模范……"又是一阵"刮搭刮"。接着，"女兵队，来一个"男兵又拉我们唱歌了，来一个就来一个，再来一个就再来一个，有时连唱两三个。就这样不知不觉看到山顶了。就在这情绪高涨，胜利在眼前的时候，突然天空刮起风来，飞沙走石，乌云像口黑锅压在我们头上，不一会，瓢泼大雨哗啦啦地直往头上浇，眼前一片模糊，但我们仍一个紧跟一个，头顶大雨，脚踏泥沙，没有一个掉队的。雨停后，我们一个个好像从水里捞起来似的。这时与我们同行运输物资的老乡（藏民）说："大军又是吹号，又唱又笑，惊动了天神，我们都跟着倒霉了"。尽管老乡这么说，我们相互一笑，谁也没有怨谁。宿营了，唯一的几间民房照顾给我们女兵住。田队长立即领我们拾柴草烤衣服被子……直到半夜我们才穿上干衣服。

第二天，当太阳从群山中露出笑脸时，嘹亮的军号响起，我们随大部队继续向西挺进。

## 过冰河

从甘孜到昌都进军的路更加艰险曲折。最使人难忘的要算过冰河。有一天，当穿过长长的峡谷之后，前面一条三四十米宽的河道把我们挡住了，白晃晃的河面，又不见流水，先遣部队已破冰而过，正在河岸穿鞋袜休整，但河面冰破之后，不一会儿又封冻了，我们女兵有的脱鞋袜挽裤腿，正准备过河，有的有点犹豫。男兵们在对岸高喊"姑娘们，快过来呀！""姑娘们要不要我们帮忙？"，我们踏入河道，冰层被踏得"嚓嚓嚓"直响。男兵在河岸指着河面"往上走一点，下面水深"。队长田涛要我们一个拉一个，顺着男兵指引的道路前进，有两处冰水淹过膝盖，个子矮点的已淹到大腿，这时，我又处在生理上的"特殊"情况中，怎么办？能下水吗？又没有别的路走，难道掉队吗？真的要男兵来帮助吗？骑首长的马过去吗？我站在岸边想了很多……眼看女兵就要全过去了。我牙关一咬，心里一横“革命战士，这点考验都经受不住吗？”“嚓嚓嚓……”我顺着已踏破的冰道勇往直前，一口气就过去了，这时，全队女兵一齐欢呼：“我们全部都过来啦，我们胜利啦！”可是大家往足下一看，腿、脚都呈紫褐色，有的被冰划破了皮肉，鲜血直流。由于我的“特殊”情况晚下河几步，没有脱鞋，没有挽裤脚，“劈里啪啦”跟着队伍趟过河，穿着湿鞋子、湿裤子又跟大部队继续前进，直到晚上宿营时，才把湿裤、湿鞋穿干了。此后的行军途中，又大大小小很多次遇到这样的冰河，我们女兵没有一个叫苦的，也没有一个掉队的。急行军对女兵来说，本来就很困难，又在“生理的特殊情况”下过冰河、穿湿裤子，由此染上了许多疾病。

## 赶牦牛

昌都战役期间，为了保证先头部队给养，五十二师师部组建了一支运输大军，由机关干部、文工队员、部分藏族同胞组成，我们康藏工作队也是这支运输大军的组成部分。

运输大军组建后，立即到竹青兵站接受200头牦牛，运送两万多斤物资。这些物资有木箱（银元）、麻袋、代食粉、大米、装备等，是前线的急需品，要及时送到。我们女兵听说是赶牦牛，心里都紧张了，牦牛又笨又野，我们这些姑娘们能降服得住吗？队长集合交待任务时，问大家有没有信心？我们回答的声音不响亮，又问第二声：“大家能不能完成任务？”“能！”一个个挺起胸膛，放声回答。

领回牦牛后，分队长郭蕴中把全分队召集在一起，她说：“我看藏族同胞赶牦牛，牦牛很听指挥，难道我们就不能驯服它吗？我们也要它乖乖地听指挥。”她的态度十分坚定，接着李国柱同志说：“我发现藏族同胞会吹口哨，一听口哨牦牛都跟过来了。”我说：“我们女同志哪个吹得来口哨？”“不会就学嘛！”于是大家学吹口哨，有的吹得很响，有的发不出声，只有“嘘嘘”像吹气一样，其中李国柱同志最灵巧，噘着嘴，轻轻一吹，口哨就响了，大家又吹又笑，欢乐一片……会吹口哨，这才过了第一关。接着是第二关：上驮子。要把一百多斤重的驮子架到牦牛背上，放正、放稳，捆结实。男兵抬驮子上架都很费劲，何况我们这群姑娘，怎么办？当时我们总爱说的口头语："怕啥，男兵走得过来，我们女兵不也都走过来了吗？我们两个人不中，再增加两个人。"于是四个女兵为一组，每人抬驮子的一个角，喊："一二三，起……"就把一百多斤重的驮子抬上牦牛背上了，"一二三，起……"的声音此起彼伏，几十个驮子就架好了。赶着牦牛跟着队伍一起出发了。

在赶牦牛的运输途中，我们高兴地把当时"抗美援朝"的流行歌曲《嗨啦啦啦》歌词经我们改编后填了新词，一路唱了起来："嗨啦啦啦，嗨啦啦啦嗨啦啦，四川出大米呀！西藏出糌粑呀！藏汉团结力量大，快快到拉萨呀！"第二段是："还有那牦牛肉呀，还有那酥油茶呀，酥油糌粑一起抓那个一起抓，"唱完后，大家一齐哈哈大笑，我们女兵一路唱，男兵也跟着唱起来，欢声笑语，歌洒一路，牦牛也知任重道远，越走越快。

有一天，不知为什么，一头牦牛突然发狂了又蹦又跳，把驮子上的东西也甩下来了，赶牛的徐翠文哭了，我和李国柱、郭蕴中赶过去，叫徐翠文看着甩下的东西，我们一起去追赶牦牛，我们几人的口哨都吹得很响，发狂的牦牛从树林里慢慢走出来了，我们高兴地上去又哄又吼，把它牵回来，捆好驮子，继续赶路。在赶牦牛途中，也曾发生过不幸的事。有一次，我们分队的曾昭符同志，本来体质就弱，在上驮子时，驮角子挂住牦牛脖子上的毛，被牦牛用角撞击了她的胸部，她脸色苍白地惊叫了一声。我们问她，她却说没有什么，厚厚的棉衣穿在身上，也看不出什么伤痕，仍坚持赶牦牛，直到昌都。

有一天，传来先头部队已断给养，每人每天只能吃到一个萝卜的消息，要运输大队加速进军，在赶路中，有几头牦牛活活地累死了。我们看着倒下的牦牛，心里很难受，它是不会说话的"战士"，和我们一样为解放西藏百万农奴同样地出力流汗啊！

## "死人山"上创奇迹

"死人山，死人山，爬到山顶快下山，不上山顶埋在山"。这是康藏民谚，五十二师直属队警卫连两位同志没有过去，就永远埋在山上了。

我们女兵队翻“死人山”的头一天晚上，直属队首长来看我们，问我们能否翻得过去？怕不怕？我们响亮地回答：“翻得过去，不怕。”晚上点名时，队长田涛说明天的路程是翻越死人山，按上级的指示，要求女兵在思想上要有准备，不要紧张，必须在中午12点以前翻过死人山，因山顶上气候非常恶劣，中午过后变化更大，黑风卷雪，天昏地暗，可以把人吹走，还会有冰雹……

晚上点名后，我问张菲同志：“你心里虚不虚？”她说：“我才不虚哩，先头部队都过去了嘛”。我也说：“只要心里头踏实就能克服困难。”

这天，我们大约两三点钟（当时谁也没有钟表）就起来了，李国柱和苏觉菲她们起来更早，做饭烧水，因柴是湿的，加之高原缺氧，空气稀薄，有个鼓风的“皮老虎”又不管用，李国柱同志就趴在地上吹火，浓烟熏得她眼红红的，声音也嘶哑了，见她在擦眼睛，我说：“做一顿饭哭一顿。”她反驳我说：“哪个在哭嘛？”我去帮她吹火，果然烟子熏得眼泪汪汪的，我们俩人一起架柴，终于煮出了这顿饭。

出发时，队长田涛又特别地讲爬死人山的注意事项，反复强调大家要听指挥，不要紧张，到了山顶不能休息，要马上下山。

天还未亮就出发了，沿着崎岖的山路，走几步又停下来，张大嘴喘气。我回头看邹玉芳、曾昭符她们比我们更难受，站在那里喘气，脸色苍白，嘴唇发紫，我想叫她们“加油”，但喊不出声来。我咬紧牙关，使尽全身的劲，走一步、歇一下，又走一步……终于爬上山顶。我站住喘气之后，看到先头部队在地上留下了“毛主席万岁”几个字，我向张菲说：“我们也写。”于是我俩从被包上抽下帐篷杆子在雪地上留下“毛主席万岁”几个字。

我们终于翻过了死人山。当天晚上宿营山下，我们疲惫不堪地刚支起帐篷，正准备休息时，首长来看我们，说女兵是“巾帼英雄创造了奇迹，翻死人山没有一个掉队的，也没有一个‘爬不过山留在山上’的”。

# 散金碎玉般的日子

黄桂荣

## 进藏途中

1951年3月初，我随四号首长（军副政委）王其梅率领的先遣支队进藏。到达西藏的大门——西康甘孜后，为了适应入藏后的生活，我们就停下来休整。在这里的近一个月中，每天6点起床，刷牙、洗脸后，集合排队。每人拿一个缸子，由领导一个一个地盛酥油茶，强制喝下去。有的同志不适应，喝下去又吐出来，还得补喝。喝酥油茶之后，练习爬山。那里的山高，空气稀薄，不要说爬山，就是走平路，也是上气不接下气。经过刻苦的锻炼，大部分同志逐步适应这种生活了。

3月底开始入藏。除团以上干部每人配备一匹马外，其余都是步行。从甘孜到昌都，中间经过雀儿山、矮拉山、夹皮拉山、达马拉山。山高都在5000米左右。沿途人烟稀少，行军一天，遇不到一个自然村。天黑时，走到哪里，就在哪里宿营，几乎每夜都住在山涧里。帐篷一搭，大衣一铺，就睡下了。如果怕冷，就戴着头盔睡。夜里的气温都在摄氏零下40度左右，天亮醒来时，睡的地方雪都不会融化。有一次，我穿好鞋，刚要走，却抬不起脚——鞋粘在雪上了。

## 过金沙江

1951年4月，进藏部队先遣支队来到了金沙江畔，面对滔滔江水，又没有渡船，如何渡江呢？正在疑惑间，忽见从下游走来几位船夫（本地藏族），身背比木盆稍大的东西——“牛皮船”。每只船能乘坐二三人，金沙江面漩涡太多，船每前进一步都非常艰难，遇到漩涡，船就被打退一丈多远，首长骑的马，也是牵着从江中附着船游过的。说也奇怪，我们牵的马都很听话，顺着船游竟然没出事故。

行军途中，偶尔碰到所谓自然村，也只是一两户人家，还把门关得紧紧的。他们受了反动宣传的蛊惑，说我们是“妖怪”，专吃孩子。加之我们穿的都是带钉子的防滑鞋，在走过的雪地上，留下了钉鞋的脚印。他们迷信，便认为我们真是“妖怪”“野兽”了。

一路上，虽未打仗，可是与自然界的抗争也很艰巨。我们谈不上吃饭，每人发一盒蛋黄蜡。领导说，每人每天吃一根，营养就够了。营养虽够了，却填不饱肚子。由于气温太低，火柴擦不着，也无法烧水喝。就这样饥一顿，渴一顿的夜以继日地往昌都行进。

## 昌都生活

1951年5月底，我们到达了昌都。我们文工队全体女同志，住在一间没有遮挡的大屋子里，排列着睡在地上，夜间温度降到零下一二十度，虽然北风怒吼，冻极了用棉袄包着头，但没有一人叫苦。

我们的吃穿主要靠空投。昌都到处是高山峻岭，给空投带来了很大困难，供应一时不能保证，组织号召开荒生产补充。西藏地处高寒地带，无霜期短，能种什么？由于气压低，空气稀薄，加之吃不到新鲜蔬菜，我们女同志个个不来月经，同志们的手脚指甲个个都是瘪的。根据需要我们开始先种萝卜，由于地上的牛羊粪很多，结果萝卜长得很大，甚至有的如暖水瓶那么大，有一年我们还把最大的萝卜标本带到北京展览。

空投下的粮食，如投到山头上，摔碎了就得不到。如平安落地，我们就翻山越岭去背回来，记得有一次我们翻越了海拔四千多米的达马拉山才把米背回来。平时我们吃干饭不多，多半喝稀饭。越在这艰苦困难的环境里，同志间的友情越加真挚。记得有一次开饭我盛饭晚了，大锅里没有饭了，只好回去睡觉，忽有一人给我炕头的饭盒里倒了半盒饭。最后才知道是我们的区队长省给我的。这不是半盒稀饭，而是真挚的友爱。

## 教学藏语

西藏是“政教合一”的封建农奴制度，1951 年，《中央人民政府和西藏地方政府关于和平解放西藏办法的协议》签定了。我们便遵循《十七条协议》进行工作。其中有一条是“西藏旧有的制度，中央不予变更。”由于西藏实行的是“农奴制”，群众相信“天命”根深蒂固，工作很难做通。要做好工作，首先要学习藏语，以解决语言不通的困难。因为我具有高中文化水平，所以领导叫我担任藏语教师，我只好边学边教。每天早晨上班前，不论哪一级的干部都要学习一小时的藏语。为了使同志们对藏语易学易记，我将一些藏语的词语编成顺口溜，比如“天叫囊，地叫啥，驴叫古卢，马叫达。酥油麻，盐巴擦，吃饭都叫撒麻撒……”一年后，同志们都能配合手势用藏语和藏胞对话了。通过语言交流，不但工作有了很大进展，同时也逐渐与藏胞建立了深厚的感情。

## 难忘的情谊

1952 年夏天，西藏将要麦收的时候，我在洛隆宗（宗即县）军事代表处，这里共有 9 人。一天，有位藏族农民报告:“山下有一群云南骡帮，牲畜乱放，吃了地里很多青稞穗子。”军事代表处立刻派人把他们的负责人请来商讨解决。哪知他们来了 5 人都带着枪，蛮横无理，当场打死了我方的翻译王克勤同志，并把通讯员小刘同志的肚子划开，露出了肠子。在这紧急关头，有一百多名藏胞来解救我们，并掩护我们冲出他们的包围。我脱险后，到兵站求援。兵站五十多人，立即出动，占领有利地势。他们见势不妙，才派人前来协商解决问题。如果没有藏胞的救助，我们剩下的 7 人，后果不堪设想。

## 智擒空投特务组

1959 年 10 月的一天，一大早有群众来报，东边不远的山上，有人爬在树上，似乎背着一雨伞向我区委驻地瞭望。当时区委书记宋继琢去昌都开会，区里只有我（文书）、炊事员刘文祥（汉族）和另一位藏族才久（女）三人。我当即意识到，人身上背的不是伞而是枪，肯定不是好人。随后拿着枪带领他俩人一道前往，准备到现场盘问，到相距一百多米处伏地观察，只见有三十多名敌人，枪全部挂在树上，梳头化装，有化成女的，有化成老头。这时才久沉不住气，一扣枪机，正巧打中一个领头的，只见他大吼一声便倒在地上，由于突然袭击，其他人便手忙脚乱，拿枪就跑，他俩刚想追赶，被我伸手拦住。因敌众我寡，如暴露我们只有三人，他们马上会回头反击，我们定会吃亏。等敌人跑远了，这时才打扫战场，用缴获的马将战利品驮到驻地，清点后，有金条、麝香、手榴弹。我派人连夜将这些物品送交昌都解放委员会，同时向上级紧急求援。由于此时形势已很复杂，警惕性自然很高。为了迷惑敌人，天一黑，我们就把七八间屋都点燃蜡烛，一部留声机开着，这屋放一会，那屋放一会，三人轮流持抢走动，迷惑敌人。我们三天三夜几乎不敢合眼，终于盼来了昌都派来的一个教导营，这时书记也回来了，顿觉心中一块大石头落地。就在这时，敌人也周旋到我驻地的河滩草丛里潜伏下来，妄图伺机活捉我们。教导营到后，就开始组织群众一道搜山。当搜到山头时，敌人锅里还煮着牛肉，直冒热气呢，但人已躲了起来。由于山大树多，搜了两天没搜到。估计这帮人已与当地头人勾结上了。几天后，群众来报，附近一家头人的狗忽然不叫了。根据这一线索，我们就主动上门做这家工作，通过多次反复交待政策，敌人终于愿交枪投降。在交枪的仪式上，双方都很紧张，我们的条件是，前来投降者，一律把枪口向后扛着，到了山下把枪放在地上，然后空手上山。那时教导营已走，我区总共只有五六个人，终于制服了他们这一批接受了美国训练的特务。

我在西藏工作了10年，和藏胞建立了深厚的感情，结识了好多朋友。1961年我调离西藏回内地工作，藏胞纷纷为我送行，有白发苍苍的老人，也有青年朋友，难舍难分的情景，至今仍历历在目。

# 岁 月 如 歌

何凤兰

1950 年 1 月 15 日，西南局和西南军区决定第十八军执行进军西藏的任务。3 月 4 日，十八军在乐山举行隆重的进军西藏誓师大会。而后，十八军指战员就陆续由四川新津、眉山地区向西藏进军。

## 泸 定 桥 上

从雅安至甘孜在国民党统治时期虽然名义上有一条公路，但到解放时，许多路段的路基都不见了。部队乘车至此后，只能徒步西进。雅安以西因受地形、道路、宿营和供给等条件的限制，行动异常困难。除武器、高原御寒装备外，考虑到沿途补给困难，还要尽量多带口粮，因而个人负重一般在 60 斤左右，差不多等于在内地负重的两倍。

十余天后，我们师政治部康藏工作队的 30 名女同志，翻越海拔三千多米的二郎山后，到达位于泸定旁边的大渡河，大渡河河面宽一百多米，两岸高山峻岭，水流湍急。河上的泸定桥是通往康藏地区的咽喉要道，桥长 103 米，由 13 根碗口粗、悬在空中的铁索连成，两边各有两根铁索，上面横铺木板做桥面。桥身高悬，桥头石碑上刻有诗句“泸定桥边万重山，高峰入云千里长”。桥下激流奔腾、震耳欲聋。

我们到达泸定桥时，先头部队已先我们由此而过，两名威武雄壮的解放军战士持枪站立桥头。经过长途跋涉，大家都感到精疲力竭，坐在桥头的米袋上，只顾喘气，不愿再站起来。

我于 1948 年初中毕业后，怀着“打倒蒋介石，解放全中国”的豪情壮志在老家河南加入了中国人民解放军，编配到十八军五十二师文工队，随二野征战安徽、江苏、浙江、江西、湖南、广东、贵州、四川等省，足迹遍及半个中国。原打算打垮蒋介石后，回家乡继续上学或教书。如今许多与我一同参军的战友回到了老家或转业安排了工作，而我却又要到荒无人烟的西藏去攀登世界屋脊，真是感慨万千。此地距拉萨数千里，途中需要翻越数十座长年积雪的大山，涉过数十条浪急水险的江河才能到达。参军两年来。父母双亲杳无音讯，此一去不知何时是归期。

誓师大会上，军首长语重心长地说："有人把西藏看作是荒无人烟的不毛之地，可是英美帝国主义不嫌它荒凉，百余年来，以种种借口侵入西藏。现在又勾结西藏地方反动势力企图阻止人民解放军进藏。如今他们在农奴主阶级的残酷剥削与压迫下，过着非人的生活，常常被以各种借口割舌、挖眼、断足，甚至剥皮。我们新中国的军人应当以国家利益为重，发扬一不怕苦，二不怕死的精神，完成解放西藏的神圣使命。"想到这里，我认为在国家、民族利益面前，个人的得失是渺小的，微不足道的。

这时，队领导田涛命令大家放下背包，把米袋背到大渡河西岸。这时，我才注意观察身旁的米袋，每袋大米重80斤，需要俩人架到背上才能起步。长时间的行军后，大家都已相当疲惫，负重80斤走过悬在空中的泸定桥，更是难上加难。为防止挤倒摔到桥下，每人相距一米远，大家咬牙坚持，虽步履蹒跚，却没有一人叫苦叫累。我吃力地走在桥上，桥身左右摇摆，桥下波涛汹涌，看一眼只觉天旋地转，我慢慢走在横板中间，拼命坚持终于跨过了桥。

## 吃糌粑

部队跋山涉水，于9月14日到达甘孜。正当大家为胜利到达甘孜而欢呼雀跃时，新的困难又摆在了大家面前：随身携带的粮食吃完了，部队的给养出现了空前的紧张。

进藏前，针对康藏地区路途遥远，交通不便，语言不通，风俗不同，民族隔阂较深，人烟稀少，经济落后的情况，毛主席指示部队必须靠民族政策吃饭，物资供应主要由内地运送，不吃地方。部队遵照毛主席的指示，坚决不向当地群众征粮。

我们被迫节食，每人每天只发8两(一斤16两)从当地购买的高价青稞。吃不饱，大家便挖野菜、捕捉麻雀和地老鼠充饥。不久，当地提出麻雀、老鼠都是神，便不允许捕捉了。由于高原缺氧，加上严重营养不足，战士们的体力普遍下降。后来部队首长经过认真观察，发现藏胞的主要食品是牛羊肉、酥油和糌粑，体格很健壮，便提出了生活高原化、康藏化的口号，要求每人每天吃一点从藏胞那里买来的酥油和糌粑。

糌粑是藏民的主食，是用青稞、豌豆炒熟磨制成炒面，放在碗中和酥油茶一块搅拌后，用手抓着吃。其优点是耐饥有营养，食用、携带方便。开始时因不习惯，闭着眼把一小块糌粑放进嘴里，赶紧又吐出来。为适应吃糌粑这一难关，同志们互相监督，相互间提出了：“谁不吃，就是不愿革命！”的口号。我有意识地不吃别的东西，饿急了就吃一点酥油糌粑，后来渐渐地适应了酥油糌粑的味道。部队经过一段时间的休整后，大家慢慢适应了高原气候，身体也渐渐变得强壮起来。

## 一支奇特的运输队

三军未动，粮草先行。十八军先期到达甘孜的第五十二师一五四团购买了大批牦牛和青稞。根据部队在西藏高寒地区生活和行军作战的特殊需要，赶制和筹措了大批毡帐篷、代食粉、皮衣、皮帽等物资。为将这批军用物资及时运到作战前线，9月下旬，五十二师决定成立一支由30名女同志组成的“康藏工作队”。这支队伍主要由来自西南军政大学三分校和八分校的学员组成。平均年龄十七八岁。田涛同志担任队长，我当时任班长。

我们10月初出发，赶着二百多头身负沉重木箱的牦牛，艰难地行进在崎岖的山路上。开始，有两名藏胞带队，他们一吹口哨，这群牦牛便乖乖地在后面跟着走，我们比较省心。可是，两天后，两名藏胞却突然不干了，由于语言不通，无法问清他们不干的原因，更无法规劝他们。前后都是沟壑纵横、山坡险陡的层峦叠嶂，此地方圆百里无人烟。这些牦牛能不能听我们的指挥？大家一时进退两难。这时，队长田涛说：“进藏誓师大会上，张军长要求我们坚决克服一切艰难险阻，把五星红旗插到喜马拉雅山上。

人心齐，泰山移。只要大家齐心协力没有克服不了的困难，我们自己赶着走！”

藏胞赶这群牦牛，如同猎人管自己的猎狗一般，十分听话。可是，在我们面前，这些牦牛却变得桀骜不驯。它们一会走在路上，一会走在路旁水沟里，我们大声呵斥它们，它们受惊似地忽地一下挤在一起，把身上的箱子撞烂，代食粉洒在地上，地上全是碎土和碎石块，无法收起。想到从甘孜到昌都的漫漫长路上，分到的食物吃光了，就挖野菜充饥，没有人舍得吃一点，如今却白白地丢在了路上，心里难过极了。更令人烦恼的是，这些牦牛遇到树林便钻。这时，只能在后面跟着跑，累得我们气喘吁吁。

每到宿营地，我们必须把牦牛身上的驮子卸下，让牦牛休息吃草。第二天，需要三个人才能将驮子驮到背上。为防止牛左右活动，需一人扶牛头，俩人抬木箱。同队的曾昭符在扶牛头时，牦牛用力一摆头，竟把她甩出 1 米多远，重重地摔到地上，痛得她直龇牙，爬起来继续给牛上驮子。我在给牛绑驮子时，牛蹄子踩到我脚上，痛得我直抽凉气，却又不敢动，生怕牛跑了。等牛抬蹄时，才敢把脚抽出来。

除了这些不通人性的牦牛外，我们还要对付恶劣的天气。高原天气变化无常，正当晴空万里，红日高照时，忽然狂风骤起，暴雨倾盆。有一次，天快黑了，突然下起了暴雨，在雨中看到先遣支队盖的几间房子，大家高兴地一蹦三跳，抓紧往里跑，结果里面满屋都漏，和外边没什么两样，又赶紧退出来，坐在树枝上，背靠背，在雨中熬到天亮。

在金沙江踱口，我们含泪掩埋了九位烈士的遗体。他们是在渡江时中弹牺牲的。想到这些入伍参军远离亲人、远离家乡、远离故土，长眠在康藏高原的战士，心中便激起了对英美帝国主义和西藏部分上层反动分子的无比愤恨，同时也更加坚定了一定要把这批军需物资运到前线，支援作战部队的坚强信心。10 月下旬，我们这支队伍经过千辛万苦，终于到达昌都。一路上，身健体壮，擅长爬山负重，被称为“高原之舟”的牦牛竟累死了 20 头。而我们这些平时弱不禁风的弱女子们，却没有一人掉队，没有一人打退堂鼓。我们的到来，为作战部队及时提供了给养，受到了部队的热烈欢迎。师首长到驻地看望了我们，对我们的工作给予了高度评价，称我们是“一支奇特的运输队”。

## 烈士墓前

昌都战役是我军为打开和平解放西藏大门而被迫进行的以打促和的重要战役。在这次战役中，我军有近百名干部、战士壮烈牺牲。

抵达昌都后的第二天，我们师政治部的几名女同志收集白纸、竹棒、绳子，为昌都战役牺牲的烈士们补做了花圈。在部队首长的带领下，我们把花圈敬献到烈士们的合葬墓前。

部队首长给我们介绍了烈士们的英雄事迹，部队截击藏军在空气稀薄的雪山冰河之间，在海拔四五千米的高原上超负荷行军，日行军一百余里，在忍受饥饿、劳累、缺氧的情况下钻山谷、攀悬崖、跨险峰，还时常遭到大雪、冰雹、暴风的侵袭，不少指战员因身体无法承受，倒在行军路上再也没能站起来。在抢渡金沙江时，浪高流急，有的战士溺入水中，有的乘坐的牛皮船被对岸敌军击中，牛皮船沉没，船上的指战员沉入水中，被涛涛江水吞没。有的骑兵小分队歼敌，遭到藏军伏击；不少指战员在战场上，中弹壮烈牺牲。

这些烈士中，有些是过去曾经认识甚至比较熟悉的。数月前，他们还有说有笑，谈笑风生，如今为了民族的解放、祖国的统一，远离家乡、远离亲人，长眠在风雪高原上。看着他们的坟墓，想起他们的音容笑貌，我的泪水夺眶而出。

## 战友情

在进藏部队这个大家庭里，不管是过去熟悉的或不熟悉的，认识的或不认识的，大家亲如兄弟姐妹。我在1949年渡江战役时，由于长时间涉水、劳累，双腿患了风湿性关节炎，行动不便。行军在雅安至泸定段时，我的老毛病又犯了，渐渐落到了队伍后面。在雅安时听说这一带有一些残存的土匪，专门杀害个别掉队的女同志，心里既着急又害怕。在极度恐慌中，我来到一条小河前，四下张望，除哗哗的流水声外，看不到一人。我想部队可能是趟过去的，棉裤也没有顾上脱，就走进了湍急的河水中。水开始约有半尺深，渐渐地漫过了膝盖，河水冰冷刺骨，水流也逐渐大起来。双腿再也抬不动了，我进退不能，心想这下完了，在水中咬牙坚持，十分钟过去了，二十分钟过去了……半小时后，对岸走来一位解放军男同志，我心中一阵欢喜。他二话没说，涉入水中，将我拉到对岸后，又急匆匆离开了。我万分感激，归队后，四处打听，也没打听到这位同志的下落。

我们进藏部队的官兵，虽远离家乡、远离故土、远离亲人，但互相体贴、互相谅解，以苦为乐，如同一家人，使大家忘记了思乡、思母之苦，重新体验到了家庭的温暖。有一次，在一山脚下宿营，搭好帐篷后，大家赶紧找柴生火做饭，可是山上光秃秃的，找了半天，连一根树枝、一根野草都没找到。最后不知是谁捡回来几包半干的牛粪，点着后，用布袋煽，可是怎么也不起火，于是方铭、卢挂莲、小李三个人轮流用嘴吹，气味又臭又辣，呛得她们一把鼻涕一把泪。这样，一锅水烧到半夜才烧开，最后把水壶灌满了，发现锅底上不是茶叶，而是一把被泡涨了的牛粪。第二天下午，大家把水壶里的水喝完了，方铭说昨天我不小心把牛粪当茶叶放到锅里，大家相视一笑，谁也没有责备她。

# 西北进藏琐忆

龚成惠

## 筹备进藏

我出生在甘肃临洮，小时候随父母在甘南生活了几年。1950年我18岁，在兰州女中读高一，从边区来的杜瑞兰校长、梁枫主任等老师经常组织我们参加各种社会活动，开拓了我的眼界。

1950年夏季，我和吴忠懿代表学校，出席在西安召开的西北五省学代会，彭德怀司令员接见我们，勉励青年学生要参加革命，解放全中国，那时候抗美援朝、解放西藏、奔赴新疆是青年一代追求的崇高目标。我毫不犹豫地选择了进藏。

1951年2月，我到西北局统战部报到，参加西北进藏的筹备工作，负责我们工作的是罗曼中同志，当时他正在做入藏干部的调集工作，分给我的具体任务是做兰州市大、中学生入藏的联络。我每天清晨骑上自行车，出入于一些大、中学校了解情况，晚上向他汇报。工作之余，就听他讲述自己从中学开始做党的地下工作的种种传奇故事，我被深深地吸引住了，在不知不觉中产生敬慕之情。随着互相了解的加深，我与罗曼中成了相爱的终身伴侣。

## 火头军

1951年8月27日，西北进藏部队从青海香日德出发，我被编入参谋处。参谋处有十几个人，罗曼中是参谋长。一路行军，军务繁忙，杂事众多，凶险不断，参谋们大多数是年轻力壮的小伙子，个个“以一当十”，工作不分昼夜，做饭的事主要由岁数较大的宋健伯同志负责，我是他的助手，职责就是烧火。

高原上唯一的燃料是干牛粪，它的来源主要靠自己边行军边在路上捡，个个马背上都有一个装牛粪的袋子。如果偷懒不捡牛粪或遇上雨雪没保护好牛粪袋子，无法烧火只能吃生面。另外，还得尽快掌握用羊皮袋子向地灶压风煽火的技巧，否则也吃不上饭。

我幼年在甘南生活时烧过牛粪，此刻派上了用场，行军十几天后，我能用一只手臂压风，把火烧得很旺。从始到终，我以烧火为乐。每到宿营地，挖好地灶，盘起双腿，坐下就烧，直到满天星斗。参谋处的人很少因火不旺而吃不上饭。在其他分队，有些从大城市来的同志，很难一下子就适应这种高原生活，常常到参谋处来“讨饭”吃，宋健伯老是乐呵呵的，宽宏大量，尽量满足他们的需要。

当时的条件谈不上改善伙食，只要填胞肚子能行军就行。有一段时间粮食供应不上，只好“以肉代粮”。肉不一定都是好吃的，我们不像藏族同胞能吃生肉。宋健伯、李哲中等同志拉来一头羊，自己动手宰杀，丢进锅里，我就拼命烧火煮熟了加上一点盐，既是晚饭，又是第二天的干粮。第二天上路时大家将肉块揣在怀里，途中掏出来啃时却早已结成了冰块。我虽爱吃羊肉，也难以下咽。

## 穿越沼泽地

巴颜喀拉山南麓是黄河的源头，行军到这里，遇上了低温的沼泽地带。人不能骑马，牵着坐骑，瞅准了面前的一堆草，一只脚走上去，再放另一支脚，像扭秧歌似的左摇右摆，每天走不到15公里，晚上就在泥窝里宿营，身下的狗皮褥子，防雨布也挡不住冰水的侵袭。

出了沼泽地，到了一个大平原，都是一片汪洋，无边无际的水不知流向，不明深浅。藏族人为了生存，硬是用石头垒出了一条约两米宽的通道。表面全被水淹没。在这条通道上，只能单骑，不能并行，也不能对行。在这似海非海的水域里，我跟着“之”字形的队伍鱼贯而行。开始入水，我兴致勃勃，走着走着头脑就发昏，我叮嘱自己：不怕，不怕，快到岸了，于是拉紧马缰紧紧跟上，突然感到天旋地转，我的马失去了控制，冲出了石道，掉进水里，只觉得水往靴子里灌，往腰上漫。啊！完了，完了，我要死了！突然听到岸上有人喊："快把马头提起来！"求生的本能使我一把将马头从水中拉出，紧紧抱着，浮出水面，游到通道上。

## 地 震

藏北高原，地貌独特，深不可测。从黑河出发，快到拉萨了，在各仑哈木比遇到了罕见的大地震。高原上的地震，真可谓惊天动地。一阵巨响传来，似在身边，又在头顶，穿过人体，心脏几乎要跳出来，若骑在马上，那马也浑身哆嗦，迈不开步子。地震过后，就看到远处的山头给震飞了。晚上宿营，参谋处的同志刚架起办公桌，支好行军锅，随着隆隆的地声，这些东西全都就地翻滚，要说天塌地陷，大概就是这个样子。

司令部下达命令：连夜急行军，穿过地震区。如此紧张了三天，到达旁多宗（县）才摆脱了这块东摇西晃的大地。脱离了险境，大家心情放松，开起了玩笑："要是在这里住房子，不知死了多少回。"

## 重返黑河

1951 年 11 月，进藏部队抵达藏北重镇黑河。在这里我们只进行了短时间的休整后，就向拉萨进发了，当时黑河没给我留下太多的印象。我对黑河的认识，还是在 1952 年底由拉萨再次返回黑河时留下的。

我现有一张发黄的照片，其中有雷寒柏、冯益龄、马佑平、王德润、罗曼中和我六人，大家蹲在一个由牛粪和石块垒起的墙根（黑河分工委驻地的院墙）前照的，人人英姿焕发，神情欢快又庄重。他们五人是黑河军分区、黑河分工委的第一批领导人，继续进行由先遣队、办事处同志们开创的工作。罗曼中时任军分区司令员兼政委、工委副书记。

由拉萨去黑河，正值 12 月的隆冬，晚上睡在帐篷里，第二天男同志的脸上冻出了"白胡子"，女同志的头发结成了"冰壶子"。气候十分恶劣，马佑平、杜云霞夫妇带着他们在拉萨刚出生不久的婴儿上路，这么小的生命，怎么可能抗得住透骨的严寒，活活给冻死了，就埋在雪地里。在黑河我怀孕了，突然大出血，没有任何医疗条件，孙汉云医生无能为力，只有止血药给我吃，结果流产了，是个双胞胎。当时，我身体极度虚弱，没有补品可吃，咬牙挺了过来。

黑河不长庄稼，狂风能把核桃大的石头吹得满天飞，唯一的好去处是附近的温泉可以洗澡。头顶着块篷布，钻进去就洗，脚下踩着泥沙和石头，那浓烈的硫磺味远远强过内地的温泉。温泉周围，黄灿灿、金闪闪的铜矿石，据说纯度在80%以上，不用人力挖掘，随手可以拾几块回来。

黑河地区是一片四十多万平方公里荒凉而富有的土地。那时，我们的工作很难开展。在“三八”妇女节那天，分工委让我们女同志召集藏族妇女到分工委来开座谈会。记得来了二十几个人，个个正襟危坐，没有一个人肯说话。究其原因才发现在座的有一位贵族小姐，她不开口，没有人敢说。于是我们就做这位小姐的工作，她终于表态了，只说了一句话：“你们说嘛。”热情的藏族妇女这才敢七嘴八舌地说了起来，会场的气氛一下子活跃了……

# 进藏二三事

李秀芝

1950 年夏，我们部队驻在四川省眉山县。通过一段时间的学习、休整、准备后，开始了进军西藏的征程。

## 情同手足

恶劣的高原气候考验着每个人的体力和健康状况，我们每天都行走在海拔三千米左右的高原上，如果爬到顶峰，最高达到五千米左右的高度。由于气压低、缺氧、风大，每个人都会有不同程度的高山反应，轻者头痛恶心，重者胸闷气短，觉得随时都会有窒息的可能。我们女同志中的小周，她体力单薄，且患轻度心脏病，这样艰苦的环境，高原行军每天爬山，对她来讲困难就更大，可以说每爬一座山，对小周来说都是一场生与死的考验，但她每次都挺过来了。当然，对于她，我们分队里的同志是非常照顾的。比如说，分队里有一匹收容马，只要小周坚持不下去，肯定给她骑。我是副分队长，负责收容，她每次掉队，我总是陪着她，让她骑在马上，我牵着马走。有次，我们掉队了，离队伍较远，山沟里已经看不到部队了，正碰上一个曾经战斗过的战场，那里有三座牺牲同志的坟墓和一具藏兵残缺的尸体。当时，我俩都有些怕，她吓哭了，我壮着胆子安慰她，同时加快步子离开现场。直到我们赶上部队，我才松了一口气。

我们分队里的男同志，对我们的照顾体贴真是无微不至。在行军爬山过程中，我们女同志在体力上无法和男同志相比。在行军途中，无论是跋山涉水、打柴放牛马、做饭担水、搭帐篷等等，凡是困难大、体力重的事情，都是他们首先去做，让人感动至极。尤其是女同志有了特殊情况，那时候的条件特别差，根本就没有卫生纸，每次都用我们发的急救包（药棉和纱布），自己的用完了，男同志就毫不犹豫地把他们的献出来，急救包没有了，他们有的人就把自己棉衣内的棉花揪出来给我们用，他们总像兄长、长辈那样爱护着我们。那种友情是无私的，纯洁的，是革命的友爱，如同手足。每当我回忆起这些，那种革命集体中像家庭般的温暖就涌上心头，叫人永生难忘。

## 大米当咸盐

这是一个笑话，是发生在我身上的笑话。我们在行军途中，为了做饭方便快捷，伙房大师傅做主食，菜由各班分别做。有一天轮到我值日做菜，当天夜里下了一场大雪，我们的帐篷都被压塌了。早晨天还不亮，我就从帐篷里爬出来，没有灯光，就借着雪的白色，摸着把头天晚上准备好的东西取出来，生着火，把菜做好了，大师傅喊："开饭啦"！同志们才从帐篷里爬出来（因我们的帐篷是三角形的，很低矮，人在内不能站立，所以都要爬着出来）吃饭。一个班就只一个盆子装菜，大家围在一起吃，同志们吃起饭来真香啊！可吃着吃着有人说："胖子（这是我的绰号），这菜怎么是淡的？"我当时没多加考虑，顺口说了句："可能盐巴放少了"，就又去盐袋子里抓了点盐巴，放在菜盆里拌了拌。大家也就饥不择食，很快把饭菜一扫而光。这时候天也亮了，当我去收菜盆时，天哪！盆底上全是大米粒，原来我是把大米当咸盐放进菜里了，让同志们吃了一顿没味的淡菜，觉得对不起大家。虽说盐袋子和米袋子都是一样而且放在一起，可我也太粗心了，只好向大家做一个深刻的"检查"，说："对不起啦！由于本人不小心错把大米当咸盐了，请大家原谅。"这句话惹得同志们哈哈大笑，他们谁也没有责怪我，而我当然自觉惭愧，到做晚饭时，我只有在菜内多加点调味，来弥补早餐的失误。从此几天内，"胖子把大米当盐巴"的故事传遍全队，成了大家的笑料。

## 虚惊一场

行军途中，每天的宿营地总是山下水旁，这是解决人畜吃喝的最佳住处。由于这是昌都战役时期，前边打仗，我们尾随于后，加上夜宿深山峡谷，为防坏人和野兽的袭击，夜晚都要有警卫。当时为了照顾女同志，这种“美差”是轮不到我们的，对这个问题我们感到不公平，也要求参加夜间站岗。有一天，轮到我和张凤莲一起值勤。已到午夜，借助朦胧的月光，发现不远处有人头不断地移动。又看不清是什么人，怀疑有情况，又不敢走上前去察看，只好报告部队领导。当队长赶来向前观察时，发现是兄弟部队，因到宿营地太晚，还没有休息，原来是虚惊一场。从这以后，又决定取消了我们女兵晚上值勤的资格。

## 立功受奖

昌都战役的结束，为和平谈判奠定了基础，和平解放西藏已成定局。西藏地方政府已派首席代表阿沛•阿旺晋美到北京和中央人民政府进行和平谈判。这时，我们部队就驻扎在昌都地区，一方面进行总结评比，一方面进行整顿，等待迎接新的任务——进军拉萨。

总结评比的结果，我被评为一等功，我也不知道这叫什么功，心想，这是大家的信任和鼓励吧！在全师庆功会上，师首长亲手给我们戴上大红花，还发了奖品。此时此刻，我的心情很激动，但也有几分不安，觉得自己做得还很不够，组织和领导给我这么大的荣誉和鼓励，同志们也给予我这么大的信任，自感受之有愧。但同时这种鼓励和信任也在很大程度上鞭策我再接再厉，在新的进军征途中做出更好的成绩。

从昌都出发向拉萨进军中，我被任命为女生分队长。当时的我，在分队里年龄比较小（只有 18 岁），而其他同志不仅年龄比我大些，而且文化比我高、业务比我强。面对这种情况，我该怎么办？当时只有一个信念，我是共产党员，坚决完成党交给我的任务，坚信有领导的支持和同志们的帮助，只要处处以身作则，团结同志，什么样的困难都是可以克服的。进藏是艰苦的，只要不怕吃苦，什么也就不怕了。什么气候恶劣、天寒地冻、高山反应、生活艰难等等，好像这一切对我们这些年轻的女战士来说都不在话下，每天日出而行，日落而宿，没粮吃，以代食粉充饥，没水喝，就吃冰块，艰苦的军旅生活，好像一首唱不完的歌，真是苦中有乐，其乐无穷。这就是那个年代我们革命军人的精神风貌。

## 和平的使者

《关于和平解放西藏办法的协议》签定后，我们五十二师文工队随同十八军军部、五十二师部分人员组成先遣部队，和西藏地方政府参加谈判的首席代表阿沛•阿旺晋美一行，从昌都向拉萨进发。我们先遣队的任务是向藏族人民宣传和平解放西藏十七条协议的内容，每到一个集中的行政区域或大的村庄，我们就“安营扎寨”，文工队的任务是演出文艺节目，将群众集中在一起，由阿沛•阿旺晋美向藏族同胞讲《十七条协议》的内容，宣传中央人民政府和平解放西藏的意义和我党的民族政策，使党的政策深入人心，解除藏族同胞的思想顾虑。经过七十余天的长途跋涉，终于在 1951 年的秋天胜利抵达拉萨，我荣幸地参加了中国人民解放军进驻拉萨的入城仪式。

# 西藏——我的第二故乡

陈东明

我出生在天府之国的四川内江，在气候温和，物产丰富，人杰地灵之乡成长。17 岁在成都甫澄中学高中毕业后，于 1949 年加入了党的外围组织“青年学习会”，开始接触社会主义科学知识。那时对阶级、辩证唯物主义等似懂非懂。1950 年 4 月参加人民解放军十八军，1951 年 4 月开始进军西藏。从此，长期与藏族乡亲共同生活、战斗、工作达 38 年，结下了深厚的同胞情谊。这是我生命中最宝贵的一段历程。西藏，是我的第二故乡。

## 跋山涉水进藏路

1950 年 4 月，我和好友梅淑娟等十余人于内江参加十八军五十三师文工队，5 月，由师部秘书曾实同志带领到达五十三师师部。部队这时正投入紧张繁忙的进军西藏的准备工作，队领导抓紧对我们进行军事训练和政治教育，提高思想认识和身体素质。

1951 年 4 月，部队出发了，行至甘孜暂驻，部分同志参加修机场，女同志一边劳动，一边学习，排练节目。这段时间，我们严守西藏民族宗教信仰自由、风俗习惯，给群众做了大量的宣传工作，与藏胞逐步建立起友谊。《十七条协议》签订后，我们开始向西藏进军。从甘孜出发以后，几乎每天都要翻山，每到接近山口时，心里总想，翻过去就可望见平地或是开阔的坡地了，可一到山巅，呈现眼帘的又是一座山，真是山山不断。给我印象最深的，第一是翻越海拔五千多米高的雀儿山，头天晚上在山脚宿营，搭帐篷的同志没挖排水沟，碰巧一夜暴雨，我和闫家琼同志合铺，垫在下面的被子浸泡湿了，我们身上也湿透了，就这样还困得不愿起来。再是翻越达马拉、夹皮拉山，山上严寒缺氧，同志们都高山反应强烈，呼吸困难，胸疼脑胀，心跳剧烈，闫家琼同志自雀儿山那夜浸泡后，一直发着高烧，嘴发紫起泡，脸发青，硬坚持着艰难迈步。再看看其他同志，脸色也都是青的、紫的。大家每走一步都很费劲，可以说这时不是脚在走路，而是心在走，是一种革命的意志支撑着自己挪动脚步，连马匹也是走二三步就停一停。男同志们在克服自己高山反应的情况下，还发扬互助精神，帮助女同志和体弱的同志背被包、扛枪。

渡金沙江时，我们4人一组坐牛皮船，船像一张大簸箕，脚一踏上去船身就翘起来，谁也不敢乱动一下，心里疑惑乘这种船能过得了江吗？当船行进在波涛汹涌的急流中时，我的手紧紧抓住船沿，真是心都提到嗓子眼了，而强悍、驾技高超的藏族老乡，总会把我们一批批安全地送过江。

从甘孜出发，特别是过江以后，常遇湍急的河流，这时，男同志总是争着背女同志过河，我心想，被背着过河，那就不光荣了，我坚持要自己过去，于是由男同志领着，三五人一排，手挽手，涉过齐腰深，而且冰凉透骨的河流，内心又是一阵满足的自豪感。

翻过达马拉前进不远，昌都呈现眼前。每个人穿上黄呢子军服，戴上绿色头盔，很威武有序地进入城里。引来无数藏族群众观看解放军。

我队的帐篷搭在云南坝上。行军数月来，已脏得不像样子，几位女同志为了轻松一下，用帐篷围住，下河洗头、洗澡，河水冰凉刺骨，在水里只待了一会就出来，不敢泡久。没想到不到一个时辰，胥志平同志在帐篷里叫肚子疼，队长知道了问："是谁带的头？"我们几个同志争着承担责任，实话实说，领导也很体谅同志们的苦衷，就不了了之了。

9月中旬，文工队分为两部分，一部分留驻昌都文工队，我们这部分只有5个女同志，加男同志不到20人，由波密分工委（对外称波密军分区）财政科王笑雨科长带领向波密进发。翻越海拔六千多米高的瓦合山时，山峰和山腰覆盖着很厚的积雪，同志们一步一陷、连摔带滑艰难移步。张世琏同志忽然掉进雪窝里，白雪淹没到她下颌，同志们好不容易才将她从雪窝中救出来。天下着雪，寒风阵阵，手脚已冻得麻木了，走了一天也没翻过这座大雪山，只好在山坡处搭帐篷住一宿。不知谁突然提起"今天是八月十五中秋节！”说实话，自行军以来，我们脑子里早没有日、月、星期的概念了，这一夜忘了是怎么打发过去的，大家只在第二天清晨无可奈何地将稍有暖气的脚硬往结着冰凌的裤腿、鞋里蹬进去，从雪窝里钻出来，早上对付了一顿早餐，又精神饱满地前进了。

9月30日，到达波密分工委驻地倾多宗，我们住进了柳条编隔的马棚，与先头来自巴塘的藏族（其中藏族女同志十余名）、汉族同志合并为波密文工队。为了贯彻“进军西藏，不吃地方”的指示，真正在西藏扎下根，波密分工委领导以苗丕一书记为首，亲自率领全体干部战士开赴新秋乡开垦荒地，还有部分去气候暖和的易贡和其它地区开荒生产。经过艰苦奋斗，开掘出了大片荒地，次年播下种籽后，青稞、小麦、蔬菜都获得了丰收。易贡收获的萝卜、莲花白一棵几十斤重，土豆大的有一斤，黄瓜大的达几斤，还有辣椒等长势叫人大开眼界，群众赞叹不已，还有人来部队要求学习技术。

从这时期起，波密分工委部分连以上干部成立了藏训队，主要学藏文藏语，科学文化。分工委从领导到机关每个同志，每天早晨坚持学习一小时藏语文。文工队开办了藏语文学习班，使大家在实践中能够逐步熟练运用藏语，为以后开展工作打下坚实的基础。

## 民主改革往事

1959年3月，平叛改革期间我在林芝分工委宣传部工作。10月，调扎木中心县委，进入民主改革第一线。

1959年12月，在多杰乡开展民改工作的藏、汉族同志（包括区干部）不到10人，领导指定我负责。西藏公学次仁措姆同志就是多杰乡的贫苦农奴，这对我们开展工作，了解情况很有利。一进乡我们就被安排进了一座仅留一名小僧人守寺的寺庙中。

此时，该乡已完成民主改革的第一步“三反双减”，正进入以分配土地为主要内容的第二阶段。我们依靠广大贫苦农奴及平叛改革以来涌现出来的积极分子，了解该乡的阶级情况，以及全乡人口、土地、牲畜、农牧业生产等基本情况。在各阶层中广泛宣传，充分发动群众。在划分阶级成份上，基本做到群众心中有数，以群众易掌握的搬手指方法划定成份，收到了很好的效果。如：大拇指代表农奴主及其代理人，食指代表富裕农奴，中指代表中等农奴，小指代表奴隶（朗生）、贫苦僧侣。这样使群众反映情况更加贴近实际。

为庆祝翻身农奴获得胜利果实，我自告奋勇地用藏文书写了几十张彩色标语，贴在会场周围，气氛庄重热烈，我现炒现卖用刚学会的当地方言，在大会上向群众宣读阶级成份，以及各户分得土地克（亩）数，会场群情激昂，我们每个同志也都被广大翻身农奴彻底解放，做了土地主人的欣喜所感染、所震撼！

在藏族男男女女、老老少少到地里插上各户所分得土地标识牌的喜悦日子里，又迎来了一年一度的春节、藏历年。过藏历年这天，同志们都到村里和藏族同胞过节去了，小僧人也回家过年了。我一个人留在寺里，灶边一壶酥油茶，一小袋糌粑，一小碗辣椒水，便是我过年的美餐。当时，真有熊心豹胆，独自一人，腰间插着自卫小手枪，精神抖擞地绕整个寺庙巡视了一遍。

当我席地坐在炉边，专心地向县委写工作报告时，传来急促的脚步声，驻扎木部队十余名人民解放军一进门就喘着气问："你们队长在明哪儿？你们的负责人在哪里？"我回答："现在就我一个人在，有什么就给我说。"他们惊诧地说："啊呀！这么大一个寺庙就你一个女同志？！真替你捏把汗呀！""请你尽快找一个老乡带路，据我们得到的情报，一股残余叛乱分子已窜来邻区，可能近日要冲击多杰桥。"在我为他们找好带路老乡后，就急匆匆地和我握手告别了。

事隔几天，噩耗传来，就这一排解放军，在追歼叛乱分子途中遭遇雪崩，牺牲二十余人。部队和县委派人带上白大绸，奔赴出事地点去接英灵。同志们的心在痛，没想到刚才还是生龙活虎，转眼间竟已长眠山中！他们为彻底歼灭叛匪残余，为保卫广大翻身农奴获得的新生活，献出了年轻的生命。战友们永远怀念他们，藏族人民永远不会忘记他们，他们的忠魂与雪山永远同在！

1960年春，由机关藏汉族干部六人，驻扎木十一师炮团抽出一个班，由副排长带队，组成一个工作组，前往扎木大兴乡开展工作。为密切联系群众，了解掌握情况，我们一到乡里，干部就分散住进了贫苦农奴家里，与当地群众一同做饭、烤饼、抓糌粑，一同备耕生产。向农牧民进一步宣传贯彻执行平叛改革政策。我们的医生杨必霞，说话轻言细语，每天背着药箱到村里为群众治病，不怕脏不怕累。藏族女同志格桑卓玛性格内向，拉姆性格开朗，但都工作热情，乐于助人。中央民院来的次松同志翻译水平较高，待人温和可亲，他也是该区农奴的子弟。随着工作的深人，群众和工作组之间，情感与日俱增，不论大小事，甚至家事等都来征求我们的意见。

1960 年夏工作组工作告一段落，次松同志调任扎木区副区长。没隔多长时间，就传来了噩耗。次松带领一个区农会主任、一个副乡长去雪卡古乡。没两天我边防部队发现去雪卡古乡的索桥被砍断，经查实，次松等 3 人进乡后，住在一户中农家，夜里该户叛匪用斧头砍了 3 个干部，携枪外逃。现场拾到一枚弹壳，看来是次松的枪打出了一粒子弹。两个干部尸体放在屋里地板下，地板已翘起来，没找到次松的尸体。次年，在党的政策感召下，该户叛匪带着枪（次松的枪）投降来归，交待了罪行，从房子外面石板底下拉出了次松的尸体，已全干了，从额上胸上还看得出斧头砍的几道伤痕。同志们在哀悼次松同志时，内心无比愤怒，发誓要坚决、彻底地把叛匪残余歼灭光！

38 年的西藏岁月，给我留下的记忆很多、很多，我仅撷取了几个片段，作为我对这段生活的纪念。我永远牵挂着西藏，牵挂着那些给了我帮助、给了我力量的藏族同胞们！

# 忆江孜仲吉林卡政训班

李国柱

40 年前，原西藏地方政府发动了全面武装叛乱。在中共中央和毛泽东主席的领导下，西藏在平息叛乱的同时，很快开展了轰轰烈烈的民主改革运动。农奴要求改革的热情很高，但从道理上对于改革的原因、改革的方针政策与方法知之甚少。在此情况下，中共江孜分工委从一开始就很重视对积极分子的培养，随着运动的发展，开办了各种训练班。我们在江孜镇郊区仲吉林卡办的政训班，就是在这种情况下根据江孜分工委的决定开办的。

## 一

1959 年 7 月创办的专区政治训练班，主要培训农牧区（含城镇）在“三反双减”、民主改革运动中涌现的积极分子、基层干部、党团员。时间一般每期十几天、二十几天或三十几天。人数每期一百多、二百多，唯独第一期仅 25 人。从 1959 年至 1961 年 5 月我调离政训班前，在近两年的时间，我亲自办了约 15 期培训班，共培训两千多人。学员结业后，除了第一期全部送北京中央政法干校深造外，其余全是哪里来回到哪里去。回去后一般都担任农村牧区（含城镇）的组长、委员、妇联主任、治保主任、农会主任、乡长、区长，有的成为脱产干部，50%~60% 入了党团，当了党团支书、支委。当时全专区的基层干部都在政训班学习过。

## 二

当时办学有这样几个特点:学员都是受压迫剥削的中青年农奴和奴隶，绝大多数人不识字，知识较缺乏。

办学条件极差，政训班选中的仲吉林卡，是1954年被洪水冲过的，全院布满泥沙，仅有十几间空房，无桌椅、床。我们动员学员自己动手改善环境，清除泥沙，平整操场，修整道路，还修了一个花池，种了各种花，用旧砖头、土坯垒床、垒凳子，在床上铺了麦秆保暖，从机关借了一块旧黑板，初步像个学习园地。在仲吉林卡没修整前，曾借白居寺库巴扎仓办了几期学习班。伙食费也很少，每人每天仅三角钱。由于烧柴（牛粪）贵，要改善生活很困难。教育学员“自己动手，丰衣足食”，组织大家在院子里开荒种菜，夏天采集野菜，贮存过冬，保证全年各期学员都能吃上菜、肉，喝上酥油茶。一个泥沙遍地、满目荒凉、无人居住的小院，经过几期学员们的辛勤劳动，面貌大为改观，一哇哇菜地，在花草的陪衬下，显得生机盎然。

讲课没有现成的教材，全靠自己编写。因为是用藏语教学，备完汉文讲稿后，还得备藏文，有时藏语词汇翻译需同藏族同志反复推敲，或“创造”或伴以图画和打手势表达。每期授课内容不同，编教材任务很重。藏族学员不识字，消化课文的唯一方法是:上课与小组讨论相结合，组织好小组讨论，出好题，掌握思想动向，把讨论引向深入;收集对讲课的反映，不断改进提高。

办班内容每期都不一样，开展什么运动就办什么班，即使同内容的班，也不是简单的重复，课程设置侧重点也有区别，使有的老学员常学常新。

政训班的教师最初仅我一人，同时兼做辅导、翻译、管理等，另配两名临时工管财务、炊事。第二年陆续调来西南民院、西藏公学的毕业生当辅导员，他们是张都、登格、朋珠、潘多、扎西卓玛、达娃央宗等同志。1961年先后调来刘震洲、陈久良、齐布日（蒙古族）、陶秀英等同志。从此，政训班也增加了对在职干部进行政治、技术、文化（双语），培训的任务。

## 三

怎么才能把千百年来受苦农奴的精神枷锁解开，让他们对残酷万恶的封建农奴制度有深刻的认识。我们主要抓了以下几方面的教育：

首先进行阶级和阶级斗争教育。从社会发展史的基本观点讲起，讲从猿到人，劳动创造世界，私有制的产生，剥削与被剥削阶级的出现，谁养活谁的道理等等；剖析西藏封建农奴制社会的黑暗、残酷、野蛮，指出大家祖祖辈辈受苦的根源，组织参观农奴主帕拉家的庄园，对比农奴过的悲惨生活；举行诉苦会，用学员受苦的事例教育大家。诉苦会激发了学员们的阶级仇恨。然后，我们因势利导，对学员们的思想认识加以引导，说明必须在中国共产党领导下推翻封建农奴制，打倒三大领主，砸烂旧政权，建立新政权，才能有民主、平等、自由、幸福的生活，只有团结起来，敢于向不合理的制度作斗争，才能自己解放自己。

其次进行唯物主义无神论教育。鉴于西藏人民长期受宗教思想的束缚，我们侧重讲清党的宗教信仰自由政策和宗教的产生、发展、消亡的规律；剖析反动统治阶级利用宗教麻痹、欺骗人民的本质，并揭露封建寺庙及那些践踏宗教教义的反动上层僧侣骇人听闻的罪恶事例；揭示神像也是人为塑造的等情况。正面讲解简单的科学知识，如介绍宇宙、太阳、月亮、行星、雨、雷、电、冰雹等自然现象。结合学习参观寺庙、气象站、机关大礼堂，同时，讲明党的宗教政策，即信教不信教自由，信这种教和那种教自由，现在信以后不信自由，现在不信以后信也自由，但是共产党员、共青团员是唯物论者，不准信教，只信仰马列主义。

进行爱国主义和社会主义前途教育。由于历史的原因，加之帝国主义侵略、干涉、挑拨，反动上层造谣阻挠，领主封锁控制等原因，学员们对祖国大家庭、中国共产党知之甚少。我们从介绍伟大祖国讲起，说明西藏是祖国大家庭不可分割的一部分，追述西藏与祖国内地息息相关的历史联系，追述近代历史上我国各族人民团结抵御外侮的斗争历程，回顾江孜人民1904年抗英（江孜是著名的抗英英雄城）战争的光荣历史；进而讲解中国共产党的性质、任务、宗旨是领导全中国人民推倒三座大山，建立新中国、走社会主义道路，使人民过幸福生活，要领导西藏各族人民推翻封建农奴制度，把人民从苦海中解救出来，建立人民当家作主的政权，领导人民同全国人民一道为共产主义而奋斗。通过教育，使学员们澄清了不少模糊认识，增进了热爱伟大祖国、热爱伟大的中国共产党、热爱伟大领袖毛主席的信念，坚定了跟党走社会主义道路的信心和决心。

再就是在共同教育的基础上对不同对象进行不同的教育。对基层干部、积极分子侧重讲民族政策、统战政策、宗教政策、“三反双减”有关政策、土改政策等。还讲全心全意为人民服务，关心群众生活，注意工作方法，密切联系群众，当好人民勤务员。对党团员和党团员发展对象，侧重讲共产党、共青团的性质任务、宗旨以及具备什么条件才能入党团组织等情况。对党团支书、支委，侧重讲党团员的先锋模范带头作用，党支部在农村的战斗堡垒作用和团支部的助手作用。

我们还注意丰富学员的文化生活，培养良好的卫生习惯。教唱革命歌曲、教做早操，提倡讲卫生，要求天天洗漱，打扫卫生。男学员自动剪去了长辫子留短发（他们称革命头），女学员也梳洗得干干净净。人人高唱革命歌曲，呈现出从未有过的新面貌。尤其外出参观时，排着长队，唱着歌，更是神气十足。

此外，我们还曾根据分工委指示，在1961年3月对第十四期的学员（包括7个县、29个区、88个乡的152名党团员、乡长、主任、委员）进行了在农村执行政策存在问题的调查，写了《关于农村执行政策存在问题的调查报告》，分工委很重视我们报告中所反映的问题，专门转发各县并上报工委。

通过学习，学员们懂得了很多新鲜的革命道理，思想产生了飞跃，政治热情高涨，成了基层工作的骨干，他们热爱党、热爱毛主席，是党联系群众的桥梁，成为各地办训练班的辅导员和教员，农民称他们是永不走的工作队员，党团员干部的先锋模范作用更明显。

政训班所取得的成绩是有口皆碑的，成绩的取得靠的是分工委的关怀和领导，离不开各部门的支持及全体工作人员的努力。王立仁书记常询问政训班办学情况，刘绪尧秘书长、王永仁部长亲自去讲话并看望学员，大家很感动，这些都是办好政训班的强大动力。但也必须看到思想的形成是长期的，也受各方面因素的制约，不可能学习一两次就一劳永逸。已经解决了的问题，也会回潮反复。这种训练班只是打个基础，一些同志以后的进步，还是靠组织的继续培训和自己不断的学习锻炼。

回顾当年在江孜政训班的日子里，我和藏族学员之间那种团结友爱、教学相长、互相帮助、共同进步的亲密友谊，至今难以忘怀。是他们那苦难的历史，加深了我对西藏封建农奴制度的深刻认识；是他们那纯朴勤劳的行动，教育我树立长期建藏和全心全意为藏族人民服务的思想；是他们那美好的心灵激励我战胜困难，完成了党交给我的教学任务，从而我在这一实践中也得到了锻炼和提高。

实践证明，江孜分工委当年抓基层干部培训的决定是十分正确的，是有战略眼光的，是组织建设和思想建设的一项重要举措。

# 在藏文报这块新闻处女地上

郑文珊

西藏和平解放前，没有报纸，也没有广播、电讯等传媒设施，有什么事情，只好用竹笔写在藏纸上，由阿仲（信使）和驿马传递，是祖国大陆上最后的一块新闻处女地。进藏部队到达拉萨后，创建了《新闻简讯》（《西藏日报》前身）。进军西藏途中，我曾在军宣传部报导科油印组刻写《建军电讯》和《参考消息》，算是跟新闻工作沾了点边。1952 年转入地方，组织上就分配我到《新闻简讯》社工作。1956 年 4 月，《西藏日报》正式创刊，每天出一张汉文报和一张藏文报，我又去办藏文报。在西藏，为藏族人民办一张本民族文字的报纸，这完全是一项陌生的工作，一切都得从零开始。多年来，我们不断探索、实践，克服种种困难，在藏文报这块特殊的新闻处女地上艰辛耕耘。个中甘苦，现在回忆起来倒挺有意思，这里简述其中的几则片段。

## 角落里的编辑小组

藏文报创办初期，只有一个三人编辑小组，也没有单独的办公室，挤在一间木板房的角落里。这间房子是在藏式土屋顶上加盖的，四周是木板，顶上是白铁皮。冬天，寒风从木板缝里钻进来，冻得手发僵，笔都拿不稳。夏天，太阳晒得屋顶上的铁皮发烫，屋里又热又闷，下暴雨时，雨点打在铁皮上噪音震耳，遇上下冰雹，就更热闹了，乒乓乱响，像打机关枪。用来办公的三张藏式条桌吱嘎摇晃。四条腿还不一般高。当时，斗争尖锐，环境复杂，拉萨大街上，有人公开向分送藏文报的工作人员吐口水，扛膀子，扔石头，我们女同志还不能单身外出，尽管这样，大家的热情却很高，决心为西藏人民办好这张报纸。

我分工编时事稿。稿子主要靠抄收中央人民广播电台的记录新闻。高原气候多变，风沙大，电波经常受到干扰，抄收记录新闻的同志，哪怕屏声敛气，把耳朵都贴在收音机上，有时还是听不清楚，稿子常常漏句掉字，有的字句似是而非，全靠猜测。有时，我个人实在猜不出来，就请别的同志来帮着猜。过了一段时间，改用新华社直接播发的汉文电稿，虽然比抄收纪录新闻好得多，但受当时电讯设备和技术水平的限制，稿子不少地方仍然字迹模糊。有一次，电台的同志竟把“缅甸”填写成了“面店”，惹得大伙一阵好笑。当时西藏的图书资料奇缺，一本《世界知识年鉴》，就是我这个时事编辑手中唯一的一杆枪。在日常处理稿件中，遇到拿不准的问题，想找中央报纸看看，可那时的人民日报是靠汽车运来的，个把月才能看上几张，往往日期错落，需要的一时又找不到。藏文报刚创刊的时候，拉萨河上的纳金电站还没有建成，后来虽然有了电灯，但供电仍保证不了，枯水季节常常停电，晚间还得点蜡烛编稿，一次，我凑近蜡烛辨认字迹，没料蜡烛一闪，燎了我的头发。第二天，同志们开玩笑说，昨晚帮厨啦，钻到灶膛里去干啥?

后来，工作环境和工作条件逐步改善，办报中的矛盾和问题也相继暴露出来。藏文报是省报架子，每天国内外发生的重大政治时事要闻都要刊登。藏文报虽然同汉文报一样，每天都出四版一大张，可是，藏文有字头字脚，体积比汉文大，汉文翻译成藏文的句式也长，汉文报一个版能装八九千字，而藏文报一个版却只能容纳二三千字。一开始，翻译老说我编的汉文时事稿太长，排字房的工人也老叫版面装不下。为了让有限的版面，刊登更多的内容，我们尽可能地对稿件进行精编、改写、综合，力求简明扼要，短小精悍。我们规定，除特殊情况外，每天版面见报的新闻不少于10条。

一段时间，藏族读者反映，时事新闻看不懂，像读经书，不愿看。报纸是办给群众看的，人家看不懂，不愿看，收不到应有的宣传效果。为了解决这个问题，报社领导和有关同志曾多次带着报纸，到群众中去读给他们听，征求意见，做到心中有数；同时，在编辑工作中狠下功夫，不断改进。在选稿上，我们有意识地多选用一些藏族读者比较熟悉的与西藏邻近地区和国家有关的消息。从国内来说，如四川、云南、青海、内蒙古等省区；在国际方面，则多刊登印度、尼泊尔、巴基斯坦和缅甸等南亚一些国家的情况，由近到远，逐步扩大范围。在编稿上，则尽量讲求知识性、系统性和趣味性，多配图画，多作解释，优秀的长篇人物通讯，就改编成连环画故事刊登，以提高藏族读者的读报能力和读报兴趣。

在西藏办报，不懂藏文不行，我们报社的汉族工作人员都积极主动地学习藏语文。每天早上天刚亮，院子里就传来了朗朗的读书声，有的读字母，有的学拼读，有的念单词。有个同志是云南人，老发不准拉萨的“拉”这个卷舌音，他就独自溜到林卡里，反复苦练。我也是个学习藏语文的积极分子。还得过西藏工委宣传部发给的奖状哩！

## 牦牛驮来的印刷机

西藏过去没有活字印刷，无论经书、幡条、历算、医书和文学古籍等，全都靠木刻版印刷，印一页薄薄的经书，就需要一块厚厚的木刻版，拉萨布达拉宫和日喀则纳唐寺印经院保存的木刻版，汗牛充栋，堆积如山。藏文报是把一个个铅铸的藏文字母拼排起来装在印刷机上印刷的。

报社当时条件差，印刷厂设在一处藏式院落里。一间狭窄的土屋成了印刷车间。车间门框很低，个头高的进出常常碰头，窗户小，光线暗，白天进去，一不小心还会被凳子绊倒。车间当中摆放着一台平版对开印刷机，这台印刷机，对当时连一个螺丝钉都不能生产的拉萨来说，还真是个宝贝哩。它的来历也不寻常，它是用牦牛千里迢迢驮到拉萨来的。西藏山高路远，气候恶劣，把一整套印刷器材用牦牛从甘孜驮到拉萨，绝非易事！印刷厂的汉族工人大多是赶着牦牛，驮着器材，跋山涉水，一起来到拉萨的，他们不止一次地给我谈到驮运途中的情况。

整台机器是没法驮运的，在甘孜启程前，他们就把机器拆卸开来，零件用牛皮一包一包地包起来，防止路上雨淋水浸，磕碰损伤。制版的网目和照相的镜头等容易碰损的，他们就自己背着走。在横渡金沙江时，他们只好把器材从牦牛背上卸下来，一包一包地装在牛皮船里运到对岸。牛皮船像浮在水面上的一口大锅，轻飘飘的很不稳当，装船时，一个牛皮包不小心掉到江里去了，好几位同志争着跳到冰冷的江水里去捞。我问曾经参加过打捞的同志，你们不怕被江水冲走？他们说，当时抢救器材还来不及呢，哪还顾得了那么多。

从甘孜到昌都，要翻好几座四五千米的大山，由于驮子体积较大，过山崖小道时，牦牛又爱挤，为了避免牦牛摔到崖下和器材被撞坏，他们就站在路边，扶着驮子，让牦牛一一通过。有一次在半山腰，突然乌云满天，狂风大作，豆大的冰雹劈头盖脸地打下来，打得他们的脖子和耳朵火辣辣的疼，这时，有个同志拿盆顶在头上遮挡，这下可糟了，冰雹打到脸盆上，发出的刺耳怪声使身边的一头大黑牦牛受了惊，它连蹦带跳，甩掉驮子，气呼呼地跑到老远去了。大家都很着急，不知怎么把它弄回来，还是藏族老乡有办法，从地上拣了块石子，用“俄尔多”（抛石器）套住，甩出响石，在大黑牦牛的上方和左右两边飞落下来，逼得它只好乖乖地回到牛群里来了。

牦牛驮着机器进入藏北草原时，已是深秋季节，有的地方霜雪覆盖了牧草，多亏牦牛本事大，粗硬的那扎草它都能吃，它还能拱开积雪，舔食下面的草根。在藏北草原上越走天气越冷，有的同志没带棉衣，早晚冻得直打哆嗦，于是他们也像赶牦牛的藏族老乡那样，把老羊皮裹在身上御寒，还互相打趣说，他们不光是生活高原化了，衣着也高原化了。经历了种种艰难，总算把这台宝贝机器运到了拉萨。今天，西藏的印刷事业已有了很大的发展，那台平版对开印刷机已成为历史见证。

## 藏汉师徒夫妻

因为调整版面，增删稿件，我几乎每天都要去藏文排字房，跟藏文排字房的小吴师傅很熟悉，小吴那时还是个不满20岁的小伙子，四川乐山人，瘦瘦的，脾气很好，工作热情高，他到拉萨后，印刷厂就送他去军区干校学习藏文，他是最早掌握藏文排字的汉族工人之一。

一天，我去藏文排字房，看见小吴身边站着一位藏族姑娘，吴师傅正在教她从架子上一个一个地拣藏文字钉。姑娘高条个儿，穿着一件粉红色衬衫，外罩青色无袖藏袍，浓眉大眼，看起来很机灵。我问这姑娘是谁呀？

小吴师傅说，是厂里给藏文排字房新招来的学徒工，叫洛桑卓玛，后来我才知道，小吴师傅的这位年轻俊俏的徒弟是拉萨人，懂一些藏文，喜欢新事物。

这对汉藏师徒，一个热心教，一个努力学，洛桑卓玛学习一天一个样，没多久，我看见她就由架子上单独拣字，到台子上跟小吴师傅一道改样子、学拼版了。小吴带洛桑卓玛这个徒弟可谓卖劲，又特别关心，打样、捆版等比较费力的活，他都主动帮洛桑卓玛去干。小吴会说一点点藏话，姑娘会说一点点汉话，两个“一点点”，日子一长，就碰出了“心有灵犀一点通”的火花。凭着女性的敏感，我发现这对藏汉师徒彼此之间说话也好，眼神也好，都很有点“意思”了。他们果然恋爱了，随后结婚了，在藏文报这块新闻处女地上，汉藏师徒结为藏汉夫妻，谱写了民族团结的佳话。

小吴师傅和洛桑卓玛工作上互帮互学，生活上互敬互爱，从未见他俩红过脸，吵过嘴。过春节，藏族妻子按照汉族人过节的习惯，给汉族丈夫包汤圆、包饺子；过藏历新年时，汉族丈夫又按照藏族人过节的习惯，给藏族妻子炸“卡赛”（一种油炸点心），做人参果甜饭，俩人和和美美，着实令人羡慕。

洛桑卓玛学习、工作出色，很快成长为西藏第一代优秀的藏文排字工人，被评为全国三八红旗手。1958年春，她从拉萨去北京出席表彰大会，小吴师傅给她写了一个四川老家的地址，让她过成都时顺道回去看看尚未见过的公婆。洛桑卓玛后来跟我说，四川老家的人可热情啦，一见她手里拿的那个字条，马上就领她到了吴家。一进门，婆婆就一把把她搂在怀里，这里看看，那里看看，嘴里还不断说些乖呀儿呀的亲昵话。婆婆忙着杀鸡，公公忙着买肉，做了好多好吃的，不住地往她碗里夹，肚子都吃胀了，还劝她吃哩。亲戚邻居们听说吴家的藏族儿媳回来了，也都跑来看她，夸她，留她多住几天。

1983年秋，我内调离开报社前夕，洛桑卓玛和小吴师傅来给我献哈达送行。我回赠了他俩一副风趣对联。上联：师徒夫妇；下联：藏汉一家；横联：配得“达达”（达达是藏语正好的意思）。

## 僧人美术编辑

民主改革后，藏文报的队伍扩大了，成立了藏文编辑部。一天，我正在编稿，编辑部主任领来一位三十出头的藏族人，介绍说是藏文报新来的美术编辑。这位新来的美术编辑是个还俗僧人，名叫益西喜饶，他的光脑袋上戴着褐色礼帽，身穿黑色藏袍，他朝我双手合十致意，清瘦的脸膛上，带着谦逊的笑容，透着藏族人淳朴热情的气质。

益西喜饶，很小就到拉萨三大寺之一的哲蚌寺当僧人。他喜欢画画，除念经习法外，经常独自一人盘坐在禅房的角落里学画佛像。画呀画呀，不知画了多少，渐渐地，手法也熟练了。他按照《照相量度经》规定的尺寸画的佛像，眉目修长，十指尖削，背后环绕着佛光祥云。他是怀着虔诚的敬意来画的，可是，在西藏民主改革前的那些岁月里，每当他画完一幅神佛像，放下笔，就常常望着自己画的佛像呆呆出神。神佛界的极乐幻境被人世间的苦难现实取代了，普渡众生的慈航在哪里？这个青年僧人不禁陷入了迷惘中。民主改革后，他还俗了，不再画神佛像了。

益西喜饶到藏文编辑部后，第一个任务就是画我根据《为了 61 个阶级兄弟》长篇通讯编的连环画，我从别的报刊上找了一些人物画像，供他参考临摹。可是，他画惯了神，却不会画人，先画了几幅给我看，我一看，忍不住笑了，画中的人物不是身子长，就是腿短，比例失调。人物表情呆板，活像一个泥塑木雕的小菩萨。然而，他画漫画中的帝国主义分子，倒是歪打正着，一画就中。我们跟他开玩笑说，他还有点浪漫表现才能哩。

从画神到画人，这不是一个简单的技巧问题，要画人，就得了解人、熟悉人，报社领导多次安排益西喜饶到内地参观学习，到农牧区广交朋友，体验生活。他在山南地区深入生活时，看到山村售货员顶风冒雪，长年奔波在崎岖的山道上，历尽艰辛，把生产、生活用品送到群众手里，深受感动，便满怀激情地创作了一幅《山村售货员》，这幅画被挑选参加全国少数民族画展，曾在各省、市、自治区巡回展出。

益西喜饶心灵手巧，勤奋好学。他想了很多办法来美化藏文报的版面，根据工作需要，自己制作了两支笔，一支特粗，一支特细，粗的是用半截钢笔尖磨成，用来写藏文美术标题字的；细的是用竹子削得跟针尖一样，用来写地图上的地名的。他经常配合文章内容，绘制了一些插图、表格、国内国际地图，使藏文报图文并茂，越来越受藏族读者的欢迎。

益西喜饶在藏文报这块新闻处女地上成长起来，他不仅很快成了一名优秀的美术编辑，而且还成了西藏有名的画家。他为北京人民大会堂西藏厅画的文成公主和松赞干布，以及萨迦法王八思巴朝觐元世祖的两幅壁画，受到了广泛赞誉。

益西喜饶除了画画，还学会了雕刻，他的案头摆着一座布达拉宫全景石刻，这座石刻刀功精细，造型逼真，表现了世界屋脊上这座雄伟宫殿的气势和特色，我看了爱不释手。他答应也给我雕刻一座，还要用西藏特产的、不褪色的矿物颜料，来涂染红宫和白宫，可惜，我内调时走得匆忙，他还没来得及雕刻，我就走了，真是一件憾事。

# 怒江交响曲

陈清源

1953 年筑路部队在怒江天险悬崖上施工打炮眼

我 1950 年进藏，1953 年 7 月随所在的十八军五十四师一六二团团部来到了怒江天险。我们一六二团的任务，就是要在被怒江阻隔了千百年的两岸，筑路架桥，造福西藏人民。由于这里地势险要，工程艰巨，部队在建筑过程中奏响了一曲曲可歌可泣的赞歌，艰难的筑路生活中有趣的小片段，都构成了我记忆中难忘的青春交响曲。

## 艰险的怒江工程

在进入怒江工地之前，我们团部住在怒江东岸的一个小山村里，等先头部队在怒江上架上了简易索桥我们才开始出发。

我们沿着怒江东岸高高的小路，曲曲折折地往西岸方向前进。那真是名副其实的小路，由于山陡石硬，路小得只能走下一个人，我想书上说的羊肠小道可能也比这好多了！走在小路上看着深谷里的江水，真有些惊心动魄。好不容易下到江边，要过索桥了。索桥是用 8 号钢丝绳吊起的，只能走下一个人，但两边有钢丝扶手，桥面上还铺有木板。为了减轻桥的负荷，要拉开距离走才行，所以每隔两丈左右才放行一人。

轮到我上吊桥了，桥不停地摆动着，脚下咆啸的江水声，如打雷般轰鸣着。我心里真有些害怕，但一想到为了架通这座简易吊桥，先头部队二营的李文炎等几名英雄战士冒着生命危险，克服了常人想象不到的困难，硬是以一支旧橡皮舟抢渡了怒江天险，架起了简易吊桥，就觉得这完全算不得什么。一壮胆了，也就顺利地通过了。

过了江，团部驻扎在一个大山坡上。团直机关每周有两三个上午办公，其余时间就参加修路。我们参加劳动的地方，经过先头部队的战士们开山放炮，已初显路型，我们的任务就是砸石子，石料是就地取材。早在先头部队开路时，就已把开山开出的石头一方方地砌好了。我们来了后，体力稍好的同志就分工把大石头砸成大海碗大的石料，以便铺成等级路面的路基，我们机关同志的任务是把选剩石料下的边角料砸成核桃大的碎石子。别看砸石子这活儿简单，你要砸不准，石子崩起来是不认人的，说不定砸着眼睛、鼻子什么的，有的人用手捏着砸，这下石子没砸着反倒砸了手。后来我们领到了一种叫牛皮圈的工具，这种牛皮圈有二指宽，带着一个小木把，拿着把，把圈套在石子上，砸起来真是万无一失。

别看砸石子这活儿不重，但对我们这些学生出身的人来说，也还是一关哩！没砸几天，手就磨破了，钻心地痛，俗话说十指连心嘛！但那时我们谁也不肯说出一个痛字。都悄悄用布把手包起来继续砸，时间长了，磨出了老茧，反而不痛了，于是大家互相祝贺过了劳动关。

为了节约时间，我们的中午饭都是炊事班送到工地上来，吃饭时八个人一盆菜放在路中间，大家就围着菜盆吃。西藏是个多风的地区，大风来时，飞沙走石，我们的菜里小碗里都要落很多细沙子，同志们就开玩笑说：老天爷给我们加香料来了。

我们砸石子的虽然一砸半天，站起来双脚发麻，站立不稳。但比起真正的筑路部队——连队的战士干部来说，我们又算是小巫见大巫了。记得有一次，我在给干部填写履历表时，发现三营有几名干部的表格填写得不够清楚，需要到连队去找本人询问一下。到连队的路开始还有点路的样子，但越往西走，就越没路了，只有战士们开山放炮炸出来的人行便道。为了安全，他们在靠江的一边用钢钎钻入岩石中竖立着作桩，再横着用钢丝联接起来当栏杆。我沿着此道到了三连工地。只见狭长的工地上，到处是炸药炸下的岩石，有的战士正几个人一起，合力用钢钎把像小房子大的石头往江里掀，有的正在打炮眼，只见一个半跪在地上掌着钎，一个一下一下地用铁锤击打着钢钎。为了避免钢钎打的时间长了发热，战上们都用水壶或罐头盒装点水以备打眼时随时给钢钎降温，因此打起来岩浆水四溅，不管是撑钎的还是打眼的，都是一脸乌黑，全身岩浆，衣衫褴褛，只看见两只眼睛欢快地转动着，射出坚毅的光芒。再往前走，连毛坯路也没有了，只见一排排战士高悬在半空。他们腰中拴着粗绳子系在打进岩石中的钢钎上，脚蹬岩壁操作，一下下地用力击打钢钎。由于这种环境无法用人撑钎，只有靠打眼的人稳准狠地操作，否则，一锤打不准，钢钎就会被砸落江中。因此，凡是悬在半空操作的人员，都是连队选出来的打炮能手，他们都是战胜雀儿山的英雄。

虽然筑路工程这样艰险劳累，但战士们的情绪很高，我去工地时，听见他们正在唱歌。整个工地上热火朝天，令人肃然起敬。怒江公路就是这样艰难地一寸寸地向前延伸着。部队在劳动工地上，随时都有可能发生岩石滚落、铁锤断头的事故。悬绳断裂、山体崩塌等死亡、伤残的危险，时刻威胁着忘我拼搏的战士们，人人都在以李文炎、崔锡明为榜样，为把“金桥”早日修通尽着自己的天职。

怒江两岸是地震多发区，山上的石头摇摇欲坠，有的地方，地层结构复杂，泥石夹杂，潜伏杀机。尽管部队领导一再强调施工安全，战士们也都随时提高警惕，每天上工总是先清理头天晚上的放炮现场，把那些还连着一点欲掉不掉的石头撬掉。但防不胜防的山岩整体塌方还是发生了。成千上万吨的泥石，像一群张牙舞爪的猛兽，向正在开挖的半山洞猛扑下来，把正在下面施工的一个班（也就是我曾经去过的那个三班）全部砸入江中。他们为了西藏人民的解放，为了西藏的建设事业，献出了年轻的生命。惊天噩耗传来，我被惊得目瞪口呆。他们可敬可亲的身影，立刻浮现在眼前，我虽然不知道他们姓甚名谁、家住哪里，但他们为西藏人民的建设事业而吃苦耐劳，忘我劳动和乐观的革命英雄主义精神，深深地打动着我，想着那样一群生龙活虎的可爱战士，就在一瞬间被毁灭了，我难过得眼泪夺眶而出。这一天的午饭几乎没人动过。直到几十年后的今天，每忆及此，心里仍隐隐作痛。

## 背粮路上

那时，筑路难，吃饭也难。尽管祖国人民竭尽全力支援西藏，但由于没有公路，运输十分困难，因此物资极端匮乏，先遣部队断粮挨饿，就连我们这些后续部队，也是缺这少那，没有新鲜蔬菜吃。

每到开饭不是脱水白菜，就是脱水萝卜、代食粉、压缩饼干、脱水茄子、脱水洋葱等，都是我们的盘中餐。就是这些东西，也要等公路通车后，我们去汽车终点站背回来。于是背粮背菜又成了我们筑路部队的一项任务。

在怒江背粮，还真有些不同凡响，因为怒江两岸，石陡岩悬，差不多都是在半山腰开路，有的地方还要开成半山洞，由于难度大，进展不快，我们背粮途中常常要经过在半山腰凿出的人行栈道，一般只能一人通行，如果背了东西，背上的口袋还不能横着，否则会撞在岩石上。有些实在太窄的地方，还得侧着身子。我们背米时，每到这些地方，就要背朝江、面对壁，用双手扶着岩壁，慢慢向前移动。更让人惊心动魄的是有一个地方，两山在那里交汇，却又断出一大步的空隙，下面是万丈悬崖。每到这里，都必须使足劲大跨一步。有一次，我在跨过这个缺口时，肩上突然一松，大米袋沉重地从肩上滚到了江里，由于大米袋从背后撞着我的后腿，也使我一个趔趄，差点掉下江去。这时我才回过神来，赶快看看大米袋掉下去的地方，只见江水像千万只锅一样在沸腾，前浪打着后浪，根本看不到米袋的半点踪影了，这时，我才发现是背包带断了。

在一场虚惊之后，我想回去再背一袋，但后面的同志一个接着一个，路面又窄，根本没法通过，我只有怀着惭愧的心情跟着部队返回驻地。

吃晚饭的时候，我怎么也咽不下，知道的同志都来劝我说：“人没掉下去就是万幸了，”也有人开玩笑说：“是你家菩萨供得高。”但我还是为那袋即将到嘴的大米而惋惜，那都是人民的血汗啊！特别是在这样困难的运输条件下，它的意义早已超过它本身的价值了。

那天晚上，我第一次失眠了，愧疚、悔恨一齐涌上心头。一包大米五六十斤呀！尽管领导和同志们都在安慰我，但这次损失还是太不应该了。

为什么事前我不检查一下背包带呢？这一夜我想了很多，一直到天亮。

民主改革前的西藏是最黑暗、最野蛮、最落后的封建奴隶社会。奴隶们在政教合一专政的统治下，过着暗无天日的非人生活。记得在一次背粮时，我们几个女同志一起走在初具路型的公路上，忽然看见一个藏族妇女蹲在路边，她头上的几十条发辫杂乱地披在肩上，身上穿着光板牛皮衣服，背对着我们。这时看见前面有几个藏胞都背着很重的东西，有一个穿得很好未背东西的人走在后面。我们正看着，突然从背后传来妇女痛苦的呻吟，接着还伴随着几声新生婴儿的啼哭声，我们几个人一齐回过头去，听见婴儿的哭声更大了，是从那藏胞处传来的，我们几个人不约而同地快步往回走。当我们跑过去围住她时，只见她已把袖子撕下来了，包裹着一个血呼呼的小东西。我们不会藏话，没有办法交谈，再加上我们又都是一群没有婚嫁的姑娘，看着这突如其来的情景，简直束手无策，不知如何是好。只有眼巴巴地望着她。倒是那藏族妇女麻利地将包裹好的婴儿放进胸前的衣服内，站起来又将腰带的两头拴了拴，转身就朝一块大石头走去。这时，我们才发现，原来那块石头上还放着一大袋青稞，看上去起码有上百斤重。她要把口袋往背上背，我们几个人一起上去，想帮她背一程，她脸上流露出感激的表情，嘴里说了声“突其切”（后来我们才知是谢谢的意思），头却像拨浪鼓似地摇着，手也对着我们直摆，意思是不要我们管她。正在这时，前面那个没背东西的人来喊她了，他恶狠狠地推开我们，用藏话不知说了句什么，就狠狠地抽了那妇女两鞭子，妇女眼中含着泪水，默默地背起那包沉重的青稞，怀揣着她刚生下的婴儿蹒跚地走了。那男人空着手走在后面，嘴里还大声吼着什么，可能是骂妇女走慢了。从那男人凶狠的表情和他穿得比较干净整齐的衣服上来看，他一定是农奴主的管家什么的了。而那个生孩子的妇女，无疑是他家的奴隶了。

我们目睹这可恨的一幕，都愤愤不平。但那时西藏没实行民主改革，政策规定只能影响，不能直接发动群众，我们也不敢为女奴说不平。只有在心里诅咒农奴制度早日灭亡。对比起自己背粮的情景我编了几句顺口溜：同是背粮人，命运两径庭，一为地狱魂，一为革命情，皆为父母养，泾渭两分明，推倒农奴制，世间才平等。

# 人定胜天

怒江两岸，山陡岩悬，从山顶到江边，高差1900米，连善于攀登的山羊，也难以下江饮水，这就为我们怒江筑路部队，带来了各种意想不到的困难。

首先是宿营难。过去行军走路，宿营地就意味着休息，意味着个人卫生的清洁和整理。可是在怒江，要找块宽阔平整的地方难上加难。我们团部就住在一个较平的斜坡上，搭帐篷的地方就采用上方挖下方填的办法，像修梯田似的，用石头砌平一小片一小片的地基，把帐篷搭在上面。至于没有修整的连接各帐篷的通道，仍是陡斜难行，走路须小心谨慎。我们是团部，算是机关单位，还算有这样一块较为平些的地方，至于连队，就更难了，实在找不到平地，就只有用石头砌平了。遇到下雨天，领导都一再提醒大家，晚上睡觉要警醒些，以避免山体塌方引起人员伤亡。为不影响休息，我们10个女同志就两个人一次，轮流值班。一个人上半夜，一个人下半夜。随时倾听着打击帐篷的雨声和观察着床下的动静。所谓的床，也就是防雨布铺在垒起的石头上。我们自离开甘孜以来，一路都是背着帐篷走。每人两块防雨布，一块边上有扣眼的搭帐篷用，每到宿营地，几个人背的帐篷布一联，就成了个临时安乐窝。再去砍些树技和野草垫在地上，放上防雨布，就是一张舒服的小床了，同志们都戏称为“钢丝床”。可是，到了怒江，遍地是石头，就只有直接把防雨布铺在石头上了。幸好是七八月天气，加之怒江地势低（海拔二千七百多米），对我们这些从四千多米高山上走下来的人来说，这里暖和多了，不垫什么，也觉得很舒服。

其次是方便难。在这满山都是石头的地方，既找不到修厕所的地基，也找不到修厕所的材料，我们几个女同志一商量，还是按搭帐篷的样子如法炮制。找个离大家帐篷远些的地方，上挖下填，在填下方时就留出一个口，作为排便槽，再用大石头把三方砌成半人高的墙，厕所就算建成了，没有篷盖，大家还觉得这样空气好，这样白天解手的问题就解决了，只是苦了有起夜习惯的同志。因天黑坡陡，怕晚上起来掉到江里，只好硬憋着，在辗转反侧中，熬到天刚微微亮，就相约着赶快去“放包袱”。从此，大家为避免起夜，晚饭都尽量少吃少喝。

再次是用水难。怒江山高谷深，取水困难，因此，在怒江流传着一句话：“眼里看到水，就是吃不到嘴”。我们吃的水，是炊事班的同志用长绳拴着帆布桶吊上来的。有时绳子被岩石磨断，桶就掉到江里去了。因此，除了吃饭，大家都自觉少用水。我们女同志总是想洗洗涮涮，但在这样的地方，怎好意思多用水呢。只好节约再节约，半盆洗脸水，从头洗到脚，还要洗衣服。过去在雪山上，尽管用的都是冷水，但水很丰富，虽说不能像在城里那样洗澡，但多用几盆水擦洗还是很解决问题，加上可以经常换洗衣服，也就不会感到个人卫生是个问题。可到了怒江，这问题就大了，不但不能洗澡，还不能勤换衣服。每天劳动，特别是背粮回来，出了一身臭汗，既不能洗澡也不能随时换衣服，真是难受极了。邓爱琴是北方人，她说身上都有“人味”了。我们四川人不懂，就反驳说：人怎么没人味？还能是狗味么？经她解释，才知指的是四川人说的“气气”也就是体臭。是呀！大家身上都有体臭了，我们多想洗个澡呀！于是每天晚上睡在帐篷里，谈论得最多的话题，就是如何解决用水的问题。有一天我们商量好乘星期天开两顿饭伙房打水少的机会，借他们的打水工具，自己到江边去打水洗澡。但那时物资匮乏，炊事班连续掉了几只桶，现在还剩下了两只，这就是全团直机关吃饭的命根子。炊事班的同志自然不肯借给我们，还说：“在江边打水是很危险的，你们谁掉下去我们都负不起责”，最后又说：“我们尽量多打几桶，你们到炊事班来舀就是了”。话说到这份上，我们还好说什么呢！

于是每到下雨，我们就赶快把脏衣服用石头压在山上，让雨水去冲洗；把洗脸盆摆在帐篷的脚下，把背包带的一头用小石头压在帐篷较倾斜的一边，另一头接在面盆里，把帐篷上的雨水引到盆里。等雨停了，我们就把山上的衣服收回来，先打上肥皂搓，再用手浇着洗，最后放在盆里淘，衣服就洗干净了。如果接连下雨，我们还接雨水擦身。尝到了利用雨水的甜头，我们都盼望随时下雨，要是十天半月不下，大家就要问天了。记不清谁开玩笑说，我们大家都成了“盼水妹”了。

就这样，我们克服着生活中的各种困难。与此同时，开山修路的战士们也在上级“工程民主”“钻研技术”的号召下，想方设法提高工效。他们创造了“梅花爆破法”“空心爆破法”“集团爆破法”；在伐木中创造了“锯砍结合伐木法”“倒树伐树法”;在挖方中又创造了“线外挖沟砌墙法”。各种各样的新方法都能有效地征服自然，提高了工效，缩短了工期。

架桥部队根据怒江水深流急，不宜水下施工的特点，技术人员采用了“大孔跨度悬吊建桥法，在岩层中打跟，用石眼固定木桩作为桥墩的方法，把木桩分段上接，用抓钉钉牢，树起框架，再用悬臂式拉吊法，在西岸设置绞车和扒杆，把桥面框架牵引安装好后，铺上桥板，一座新颖别致、前所未有的怒江桥就巍然横跨在桀骜不驯的怒江上了。

大桥建成后，部队在桥上搭起了楹门，题上“深山峡谷显好汉，怒江两岸出英雄”的对联。为了抒发指战员们战天斗地的劳动精神，他们还在工地的悬岩和江边的峭壁上分别刻下了“英雄阵地”“征服山”等大字。

难忘的 1953 年 11 月 1 日，怒江桥举行了通车典礼，筑路架桥的军工、民工，两岸的藏族同胞都兴奋得像孩子过年似地挤在桥头空地上，热烈庆祝大桥通车。随着一辆辆满载各种物资的大卡车源源不断地向西开去，怒江两岸人民世世代代隔江相望，老死不相往来的日子也一去不复返了。在部队和群众压倒怒吼的江水的高昂口号声中，我想起了牺牲的战友。真是“为有牺牲多壮志，敢叫日月换新天”。

# 高原风雪路

施发伦

## 一

1951年初，我是重庆市公安总局三处秘书室的一名工作人员，具体任务是编辑《治安简报》和处理一些日常公文。《简报》是油印小报，每天出一期，分送给西南局、西南军政委员会、西南公安部及重庆市委、市府、市公安局的领导们，以供他们了解重庆的治安情况。虽然我参加工作不久，但热情高，干劲大，对这一工作基本胜任。5月23日，《十七条协议》签订后，西南公安部急调重庆市公安局三处处长杨正凡同志任拉萨市公安局局长。当时在三处外侨科工作的戴宜生同志和在秘书室工作的李淑琼同志和我，亦奉命随杨进藏。另外还有杨的夫人申锐真同志和警卫员陈改良同志。西南公安部又从部里抽调了一名姓康的保卫干事（记不起他的名字了，我们都叫他老康）和一名藏语翻译随行。小小一支队伍共8个人，组成了重庆进藏小分队。为了赶时间，“西公部”还专门包了一架专机送我们到成都。在成都十八军办事处，张国华军长亲切接见了我们，并和夫人樊近真同志在家设宴招待我们，同时向我们介绍了进藏的准备情况及注意事项，要求我们作好吃大苦、耐大劳的思想准备。

我们一行在成都十八军招待所住了两天就分乘两辆军用吉普车向甘孜进发了。当时川藏公路已通至甘孜，这一段路我们是坐车行军，非常轻松。途经雅安、天全、泸定、康定等重镇，还翻越了二郎山和折多山两座大山。一路上趣事不少。

在雅安，我们看见农民卖的鸡蛋又大又新鲜，价钱还很便宜，便赶紧买了几十个，准备煮熟了带在路上吃。可是很快便有人告诉我们：雅安地区麻疯病人多，禽畜感染麻疯病毒的也多，谨防碰上麻疯鸡蛋啊。我们吓得一个也不敢吃，全部扔掉了。大家都觉得太可惜，却又无可奈何。那时我们还是供给制，每人每月只有三块钱的津贴，仅够买牙膏、肥皂而已，好不容易省下来几个钱，却买来了这不能吃的鸡蛋，所以个个唉声叹气。其实，也不知道那儿是否真有麻疯病。

到了泸定，当然不能不去瞻仰红军长征时强渡大渡河的泸定桥。其时，作为桥身的铁索上早已铺上了木板，但几个人一踏上桥面，铁索便开始摇晃，加之桥下河水汹涌澎湃，吼声如雷，仍然叫人胆战心惊。遥想当年红军在后有追兵，前有堵截的情况下，冒着枪林弹雨，抢渡这只有几根摇摇晃晃的铁索时的情景，真是叫人不寒而粟，却又不能不对勇士们的英勇顽强肃然起敬。正是这种勇敢精神和坚强意志，才使得红军能战胜常人难以克服的困难，从胜利走向胜利，而这种勇敢精神和坚强意志，却又都来源于对革命事业的无限忠诚啊！我明白了，这是一个革命军人必须具备的基本品质。

新修的公路桥就在索桥上游不远处。桥头立柱上镌刻有朱德总司令题写的对联“万里长征，犹忆泸关险；三军远戍，严防帝国侵。”伫立桥头，我深深地感受到一个远戍边疆的革命军人的责任和自豪。我默默地向当年在泸关牺牲的烈士们祝祷：烈士们，安息吧！你们的鲜血已浇灌出祖国遍地的鲜花，祖国大陆已经全部解放，泸关已变通途。年轻的战士们正踏着你们的血迹前去远戍边关，绝不允许帝国主义再来侵犯我们的国土。

到康定那天，我一路上小声地哼着《康定情歌》，对这座坐落在“跑马溜溜的山上”的“康定溜溜的城”，满怀着憧憬和幻想。到驻地一放下行李我们便跑出去到处溜达，去感受那溜溜的山，溜溜的云，留溜的城，还有那溜溜的河……在河边，我们还试溜了过河索道。索道是架在河两岸的一根粗绳（好像是用竹蔑扭成的），绳上套着一个圈（也是竹蔑做的），当地人就靠这根绳子往来于河的两岸。过河的人双手拉着圈，双脚抱在绳上，人便随着绳溜到河心去了，而河心到对岸的那一段，则要用手攀着绳，像上坡一样攀过去。我们当然不敢真溜，得由人拽着圈，只爬上绳去试试而已。

翻译车群羊同志有个表姐住在康定城，他带着我们去拜访表姐。表姐热情、豪爽，很快便摆出了藏式点心和酥油茶。一方面盛情难却，一方面也由于好奇，我们端起了酥油茶碗，刚到嘴边便闻到一股怪味，勉强喝下一口，胸中立即一阵翻腾，怕弄脏了主人的屋子，大家不约而同地捂住嘴往门外跑，直到把胃里的东西都吐得一干二净了才回过神来，觉得太对不起主人。幸好车群羊同志向表姐解释了我们刚从重庆来，没喝过酥油茶，不习惯。表姐也表示能理解，才使我们稍微减少了些尴尬。酥油本是从牛奶中提炼出来的奶油，高级营养品，可我们就是闻不得那味道。真是没办法！

## 二

到甘孜后，我们一行被编入十八军先遣支队政治部，随大军进军西藏。

在甘孜大约住了一周左右，主要是作一些长途行军的准备工作。首先要准备的便是学会吃酥油。为了适应高原生活，吃酥油成了一项必须完成的政治任务。不仅要喝酥油茶，而且每顿饭的菜都是用酥油炒的，还非吃不可。有时早餐或晚餐干脆没有饭菜，光吃酥油糌粑。我们只好硬着头皮吃。吃了吐，吐了又吃，终于完成了这一艰巨任务。到后来，不仅闻不到酥油的怪味，还觉得酥油茶和糌粑都挺好吃的。其次要准备的是精简行李。离开重庆时我是作了长期扎根边疆的准备的，但对长途徒步行军的艰苦性却不无所知。我带了不少东西，换洗衣物和盥洗用品自然不少，学习用具也不可不带。另外，高原气候寒冷是人所共知的常识，所以我卧具带得特别多，有两床被盖，一床垫絮，一床牛皮毯用以防潮，还有床单、枕头、油布等一大堆，还有一本影集和朋友送的一架望远镜。领导讲明了高原行军的特殊困难，号召尽量精简行李，没有办法，只好忍痛割爱了。卧具我只留下一床被盖，一床牛皮毯和一块油布。衣服则只留下一套作为换洗的内衣裤。因为到甘孜后领了一件短皮袄和一条棉裤穿上，自己所带的衣物也就没有留下的必要了。其它的都是必需品，一件也不能丢。

从甘孜出发的第一天，大约只走了二十多里路就宿营了。因为部队要长时间地行进在荒无人烟的高原上，怕准备不当或不足，会造成途中更多的困难，所以这一天叫试行军，主要是检验准备情况。虽然只走了二十多里路，但对于我这个刚离开学校参加革命不久的人来说，已经有一定的困难了，何况还背负着十多斤重的东西，一到宿营地坐下就几乎站不起来，不仅腰酸腿疼，而且双脚都打了血泡。这全要怪我舍不得丢掉离渝前刚买的那双短统皮靴。当晚领导就决定把几个实在跟不上部队前进的同志留下，沿着兵站慢慢走，到昌都再与大部队汇合。结果李淑琼、老康和我三个人被留下了。李淑琼离渝前刚和戴宜生结婚不久，有了身孕，此时已开始妊娠反应，很难跟上部队。老康身体本来瘦弱，高山反应特别厉害，还需要一段适应过程。我则是由于没走过长路，脚磨坏了走不动，是暂时的困难。刚随部队行军一天就掉队了，我们三人心里都特别难过，可是又没别的办法。

先遣支队派小刘同志（可惜记不起他的名字了）带着一支苏式冲锋枪护送我们。他是十八军一名年轻的老战士，来自豫、皖、苏老根据地，有着丰富的行军和作战经验，而且由于是1950年就进入藏区工作，已略通一点藏语。小刘对我们这三个“老弱妇孺”，的确是操尽了心。如今想来，不知他现在住在什么地方，如果还健在，也该是一个离休老干部了，我虔诚地祝愿他吉祥如意，长寿健康！

我们四个人每人一匹马，实在走不动时可以骑骑马，但小刘那匹马驮着帐篷、干粮、炊具等行军必需品，无法骑。虽然我们是沿着兵站走，吃和住都可以在兵站，或者由兵站安排在藏民家，但有时会一两天、甚至四五天赶不到兵站，所以，炊具、帐篷等仍然是必带之物。

一切都得从头学起。有了马，我根本不敢走近它，得先大着胆子接近马，喂马，遛马，与马有了一定感情，才敢上马，骑马。这一切都由小刘耐心地教，很快就学会了。后来我还经常骑着马“打前站”（走在队伍前头探路，找宿营地、安排住宿等叫打前站）。有时身上还替小刘背着那支苏式冲锋枪，俨然一个驰骋疆场的老战士，神气极了！偶尔看见几个藏民，都用惊奇的目光看着我。记得有一次住宿在一户藏民家，那家的阿妈一个劲地问我有没有阿爸、阿妈，为什么小小年纪就出来当兵，是不是家里没有吃的。我当然向她说明了当兵干革命的光荣，可惜她不太懂得这份光荣，始终摇头叹气，为我惋惜。

高原风光实在美不胜收，大片大片的草原，绿草如茵，野花遍地，五彩缤纷，清香扑鼻。山也很美，那山，连绵不断，重重叠叠，特别是每当登上一座大山山顶后，放眼望去，四周都是无边无际的山峦，像波涛起伏的大海，一波接着一波地涌向无际的远方，让人顿觉心旷神怡，豁然开朗。高原上的山，看上去并不显得特别高，但要攀登上去却十分不容易，由于空气稀薄，每上一步都会感到呼吸困难。上山是不能骑马的，那不但会把马累坏，还很危险。小刘教给我一个办法——拉马尾巴，就是拽着马的尾巴。借马的力量把自己拖上山去。开头有点怕，一试，果然省力多了。但越往前走，越是精疲力竭，也不忍心再拽马尾巴了，只好一步一喘地跟着马走。

除了爬山难以外，还有过河难。高原上河流纵横，大河如金沙江、怒江等，有牛皮筏子摆渡，小河则只能涉水而过了。那河水，都是冰山上融化的雪水，晶莹清亮，却冰冷彻骨。过小溪流还可以骑在马上过去，稍大一点的河，马下水去也难站稳，我们只好脱去鞋袜，高挽裤管，几个人相互搀扶着，奋力牵着马过。有时一天要过两三次河，觉得穿脱鞋袜太费事，干脆什么也不脱，就这么过去，因而常常是穿着湿鞋袜、湿棉裤走路，到住地再用火烤干。那滋味，实在是难受极了。要是现在，不知感冒多少次了，可那时我们却一次也没感冒过。真是奇迹！

从甘孜到拉萨途中，过悬崖恐怕是最惊心动魄的了。一天，走着走着，忽然走到一悬崖绝壁处，一边是万丈深渊，一边是陡峭山崖，没有别的路，必须从这峭壁上走过去。峭壁的半腰上有一条稍微凿了点痕迹的羊肠小道。这陡壁，多少年来，早已被藏胞们那沾满酥油的手摸得油光锃亮了，要从这光滑的悬崖上走过去实在叫人胆战心惊。小刘勇敢地踏上小路试了试，认为只有面向崖壁，用手攀着崖壁慢慢地挪过去。既然没有别的什么办法，只好豁出去了，万一跌下深渊，也算是革命到底了吧！马匹和行李怎么办呢？让马驮着东西走过去是绝对不可能的，只好把马驮子全部卸下，由小刘把东西一样一样扛过去，再把马一匹一匹地牵过去，然后再把我们一个一个地扶过去。天哪！好吓人！实在是太可怕了，只要脚稍一滑，就会有滚下深渊的危险，不但自己不得生还，连扶着我们的小刘恐怕也会一齐送命。这段不到50米距离的路，竟让我们整整折腾了大半天，而且人人紧张得全身无力，精疲力竭，只好就近找一处稍微平坦点的地方宿营了。这一夜谁也睡不踏实，大家都惊魂难定。

到底走了多少天，是什么时候到达昌都的，我都记不得了，只记得我们到昌都时，先遣部队早已开拔，主力部队亦已休整了一些时间，准备向拉萨进发了。

## 三

融入主力部队后，我们四个人仍编在一个班。经过前一段行军的磨砺，我已经知道了高原行军的不易，也知道越往前走会越艰苦，不敢再多带一点东西，我把牛皮毯和望远镜都送给了留守昌都的同志，最珍惜的影集也不能不抛下了，只取下几张亲人的照片带在身边，作好了徒步行军的充分准备。

队伍按连队编制，生活以班为单位，晓行夜宿都有严格的纪律。一般是早晨起身后随即捆好被包，收拾好帐篷，早餐后立即出发。途中不统一休息，也不吃午饭，渴了用水壶接一点山泉水，放上两粒消毒片，摇一摇就是最好的饮料；饿了啃几口“蛋黄蜡”或煮牛肉充饥。到了宿营地，马上按既定的分工各司其事：有的搭帐篷，有的架锅灶，有的拾柴，有的担水，很快便煮出晚餐来，大家狼吞虎咽地吃饱后就钻进帐篷呼呼大睡了。

说到早餐和晚餐，其实非常简单，既没有大米饭，也没有白面馒头，几乎顿顿都是“代食粉”糊糊。走到这时候，原来携带的一点大米早已吃光了，“代食粉”是唯一的主食。这是一种用黄豆、大米、面粉等炒熟后磨成的粉子，味道很香，营养价值也很高。初吃大家都觉得很好吃，但顿顿吃同样的东西，时间一久，就觉得太难吃了。至于“蛋黄蜡”，则是更高级的营养食物，是将鸡蛋黄去掉水分后加上调味品，压制成蜡烛型的食品，味道很鲜美，每人每天只发一两支，再加上一块煮牛肉，带着途中当午饭。再好吃的东西，顿顿吃也会腻味的，所以只要时间允许，大家都要想方设法挖点野菜来煮着吃，虽然除了盐之外并无任何调味品，大家却吃得津津有味。

我们这个班，除了我和李淑琼同志之外，还有两个女同志，一个叫米桂芬，拉萨人，是原西藏地方政府驻川办事处一官员的小妾，大家都叫她二妈。另一个叫桑德芬，拉萨生长的尼泊尔人，也是原西藏地方政府驻川办一官员的妻子。她俩虽然年龄稍大一些，但生性活泼，能歌善舞，所以常常是一路高歌，一路欢笑。那歌声，的确美极了！高亢、清脆、响彻云霄，韵味无穷，常常令同志们陶醉得把一路的辛劳都忘掉了。

从昌都到拉萨，路上要经过不少大大小小的雪山。远远望去，那高耸入云的雪山，在蓝天的映衬下，银光闪闪，分外耀眼。要翻过这样的大雪山简直与登天一样难。有时整个山体都被厚厚的积雪包裹着，根本看不见路，只有让识途的老牛走在前面开路。牦牛队一过，便踩出一条深深的雪壕，队伍便沿着雪壕往上走。累了在壕边坐坐，渴了顺手抓起一把雪放进嘴里。雪山上空气特别稀薄，走起来真是一步一喘，更有那白茫茫的一片耀眼的雪光，刺得人眼睛都睁不开。我们虽然都戴着墨镜，仍不敢久久地注视那雪山上旖旎的风光。

高原的气候，堪称诡谲多变，上山时明明阳光灿烂，白云悠悠；可一到山顶，往往突然变得雨雪纷飞，狂风呼啸；不多一会，却又艳阳高照，满天湛蓝，简直像变戏法似的。

下山当然仍得牦牛开路，否则，一脚踩错地方，说不定就滚下山崖。牦牛踩出的雪壕像儿童乐园里的滑梯，同志们便像小学生溜滑梯一样，坐在雪壕里往下滑，不多一会便到山下了，既省力，又省时。

为了确保安全，部队宿营后得轮流站岗放哨。记得有一次轮到我后半夜站岗，那是一个月明星稀的夜晚，灰蓝的天空，没有一丝云彩，仅天穹的边远处可见几颗闪烁的星星。那圆月，像玉盘，如明镜，静静地俯瞰着大地，银辉给大地披上了一层粉蓝色的薄纱。没有人声，没有虫鸣，也没有风，万物都在月光的抚慰下酣睡了。我手持卡宾枪站在既能看到帐篷，又能看到马群的地方。面对这万籁俱寂、如诗如幻的银夜，我情不自禁地轻轻哼起了贝多芬的《月光曲》：“多好的月亮！多好的月亮！月亮下面有故乡。故乡啊！故乡啊！邻家好孩子可有歌唱？水田漠草可是无恙……”忽然，我发现马群不见了。这一惊非同小可，马对高原行军实在太重要了，没有马，简直寸步难行。曾听说高原上的盗马贼有非常高超的盗马技术，瞬间就能把马群盗走而不留痕迹。我本能地感到站岗丢失了马群实在是太严重的问题。立即对着帐篷大喊一声“马不见了！”便一个人持枪飞跑着去追马。听到喊声，同志们也很快赶来了，终于在一片小树丛后面找到了正在那儿安然啃草的马群。原来是拴马的地方草不多，马群没吃饱，便集体挣脱拴马桩跑到远处寻找青草去了。这虽是一场虚惊，事后想起来却非常害怕。如果真遇上了盗马贼，我一个人跑去追赶，无异于送羊入虎口，其后果真是不堪设想。可我当时只是一心想着马不能丢，一定得把马追回来，一点也没想到个人的安危。马虽然没有丢，但半夜惊营，影响同志们的休息还是我的失误造成的。如果我不沉迷于欣赏夜景，及时发现马群的动向，就不会有这一场虚惊了。尽管领导和同志们并未因此批评我，我还是感到非常惭愧。

## 四

终于走到朝思暮想的拉萨了！经过几个月的艰苦行军，战胜了千难万险，如今终于到达目的地。多么想去逛逛大街，浏览一下圣城风光啊！布达拉宫的红墙金瓦，高耸入云，好像从拉萨的任何地方都能看到她那美丽迷人的身影。她那在阳光下熠熠闪光的金色屋顶，更是给人许多遐想，真想进去看看里面是怎样一种圣洁和华贵。可是不行，大家都被关在军营里不准随便上街。即使非上街不可，男同志也得三人同行，女同志还必须有男同志陪护。因为大军初到，藏族同胞对党的政策还不够了解，有的人受帝国主义分子反动宣传的影响，还对解放军抱有敌意，怕单独行动惹出事端，增加矛盾。部队明确规定：无论谁外出与藏民发生冲突，必须做到骂不还口，打不还手，回来还得作检讨，接受纪律处分。谁还敢轻易外出呢？而且，即使获准外出，也绝不允许去吃馆子或到商店买东西，这是对藏民生活的一项保护政策。因为拉萨人口不多，市场较小，如果解放军都去买东西，必然会造成物资供不应求，导致物价上涨，影响藏民生活。为了严格执行这一纪律，部队根本不发“津贴”，即使有人想偷偷买点东西也无法买。仅这一点，就充分体现了党对西藏人民的爱护和关怀。

不久，轰轰烈烈的大生产运动便开始了。部队开到拉萨西郊哲蚌寺前的拉萨河畔，各部门除留少数人员值班处理日常事务外，全部参加垦荒劳动，按照人数的多少分担任务。

那是一片从未开垦的处女地，刺丛密布，乱石遍野，泥土也冻结得像顽石一样坚硬。要把这样的荒滩开垦成耕地并种出庄稼来，其难度实在难以想象。没有现代化的机具，全凭双手用洋镐、铁锹一镐一锹地挖，往往一镐下去，火星四溅，就连那些身经百战的老战士们双手的虎口都会被震裂，别说我们这些身轻骨嫩的女兵了。一天下来，双手都是血泡，却没挖出多大一块地来。为了提高工效，我们连队来了个工种大换班，女同志全部到炊事班搞后勤，换出炊事班的老战士来参加垦荒。我当时被临时指定为炊事班长，和几个女同志一起每天挑水、拾柴、蒸馒头、煮饭、烧开水，往工地上送饭、送水，忙得不亦乐乎。除了“发馒头”要靠老班长指点迷津外，其余的活在行军途中早已学会了。我们干得很起劲，虽然辛苦，却很快乐。

经过奋战，两千多亩荒地便被开垦出来了。大家都欢呼雀跃，庆祝胜利。旋即又开始了修水渠、运肥料的工作。浩浩荡荡的运肥大军用柳条编成的背筐从拉萨城里往工地背粪，几公里的路程一天要走好几趟，把拉萨城里大街小巷的厕所及街头的粪便、垃圾都掏干净了。既积了肥，又净化了市容，可谓一举两得，此举拉萨市民无不交口称赞。

奇迹出现了！春苗很快破土而出，茁壮成长，生机盎然；到收获时，无论粮食、蔬菜，都堆积如山。最大的南瓜四十多斤；大萝卜像娃娃那么大；洋芋一窝要挖好几十斤，最小的也不比拳头小；那山东大白菜，更是又白又嫩，好吃极了。这成绩简直叫人不可思议！

是十八军的官兵们用双手，用血汗，用意志，用崇高的革命理想和对党、对祖国的无限忠诚，战胜了一般人难以想象的困难，才夺得了如此辉煌的胜利！

英雄的十八军！

光荣的十八军战士！

# 十二个小女兵

阎家琪

50年前我有幸参加到进军西藏的行列，这是我一生中最难忘、最值得怀念的一页。

1951年5月23日，和平解放西藏的《十七条协议》在北京签订。为确保"协议"的实览，为完成进军西藏、解放西藏的伟大历史使命，十八军大批人马开始向西挺进。当时，我们五十三师文工队和五十四师文工队均合并到军文工团，成为文工团的五队和六队，便于统一指挥，统一行动，共同完成进藏和演出任务。我所在的五十三师文工队，只有12名女兵，过去分散在各个分队。进军开始，为便于行动，便于管理，我们这12名女兵另编为一个队，宣布我任分队副队长并代理队长职务。我们这12名女兵平均年龄不到18岁，最大的是我，19岁，最小的是14岁的马青上。我们都是成都刚解放便参军的学生，从小过的是"在家靠父母"的日子。现在要随大军步行进藏，可以想象，对我们将是多么严峻的考验。但大家认为，进军西藏是解放祖国大陆最后的一块土地，感到无上光荣。对即将跋涉高原的艰辛有充分的思想准备，决心很大。记得队指导员曾动员几名年龄较小的同志在重庆学习，跟随牦牛队进藏时，这几名小同志却哭着向指导员苦苦要求一定要随大队进军西藏，并提出许多保证：保证不掉队，保证不增加任何人的负担……等等。这些发自内心的坚定信念，是完成进藏任务最有力的保证。我想我一定能团结我们小队的全体同志去完成组织交给我的任务。在四川眉山，首长向我们宣布了进藏命令，并发放进藏装备，除身上穿的外，什么针线包、护肤油、保护眼睛的风镜、水壶、口杯等，齐全周到，党中央对进藏部队无微不至的关心和爱护，使我们非常感动，非常兴奋。穿上刚发下的军装，感到很自豪，于是大家去相馆照相留影，我和妹妹家琼也去照了一张“全副武装”的相片，把挎包、水壶都放在腰前，真想把发下来的东西全照下来。这张照片，我保存至今，每当我看到这张照片，仿佛又回到当年。

当我们踏上征途，在行军途中，在宿营地遇到了许多我们不曾想到过的困难与苦衷。首先是负重行军，而且是在平均海拔 4000 米的高原行军，每人至少负重 70 斤，被盖、衣物，两双解放牌胶鞋，一块雨布（可作雨衣和搭帐篷用），五根帐篷杆，皮大衣、米袋、代食粉。到了岗托，每人又增发了一套呢子军装，准备到达拉萨入城时穿。说实话，那时即使多增加一张纸也嫌太重！真不想要这套呢子军装，可是不要不行，配备的东西一件也不能少带。男同志负担更多，队里的乐器也分摊在他们身上。这个负重量，在高原缺氧的条件下，完全超过了一般人的负荷能力。除自身负重行军外，俩人还要负责一匹骡、马，驮载粮食、物资。我的只有喂养、照料骡马的义务，个人的一针一线不准往马背上放，并且规定上山不准拉马尾巴。说实话，即使不规定，我们也不忍心往马背上放东西，不忍心拉马尾巴，看到和我们一样艰辛跋涉的骡马，看到它们汗流浃背地伴随我们前进，真想减轻一点它们的负担，可是，除了对它们的怜爱，也别无他法。牲口满载，人也是满载，每天只能走七八十里，因为到了宿营地还要割马草，拾干柴煮饭，搭帐篷，半夜还要起床给牲口添草加料，并且还有站岗放哨的任务。次日凌晨，大地还在酣睡，我们就起床打背包，拆帐篷，喂马，上驮，开始一天的行军。那时在原地休息 5 分钟也可以打盹睡着，真希望有一天能美美地睡上一觉，这对我们来说是最大的满足。

用我们的双脚穿越了无数缈无人烟的原始森林、深山峡谷，翻过了一座座连绵起伏的雪山群峰，有的积雪在膝盖以上，每跨前一步都需要很大的毅力，每个人喘着粗气，忍受着头痛、胸闷等高山反应的巨大痛苦，一步一步地向前艰难地行走。

翻越 5000 米以上的大雪山是对我们最大的考验，我们互相鼓励，互相以“红军不怕远征难，万水千山只等闲”的英雄气概来鼓舞，这时男同志总是主动来抢背我们的背包、米袋，减轻我们的负重。但是，我们怎能忍心？他们本来就比我们负重多！我们的泪水不由自主地往外流，是感动的泪？感谢的泪？还是太累的泪？说不清楚，但绝不是怕苦，更不是后悔。

到达山顶，该下山了，我们每个人的脸上又浮现出了胜利的笑容，一片歌声笑语又响彻山峦。男同志说我们是一群“上山哭，下山笑”的傻姑娘。

爬山困难，涉过冰河沼泽地也不轻松，河水冰凉刺骨，许多河上无桥，只得徒步涉水，河水湍急，漫过膝盖。为了安全，男同志穿插在我们中间，手牵着手，前后左右互相照应着向对岸移动。刺骨的河水，使我们的腿失去知觉。裤子、鞋袜，干了又湿，湿了又干。

跋涉一天，多么盼望到达宿营地好好休息，但也会遇到许多预想不到的事情。有一次我们到达宿营地后，分配陈东明和另一同志割马草。她俩到山坡后，只顾埋头割草，不知不觉俩人分散了，傍晚，另一位同志回来了，却不见陈东明同志，大家焦急地等待她回来吃晚饭，我们吃完饭后，仍不见她的踪影，暮色已渐降临，大家急得直哭，真不敢想象会发生什么意外！我们分队及其它分队的同志分别去山坡呼唤她的名字。忽然，她背了一大捆马草出现在我们面前！她立刻扔下马草和我抱头大哭。

第二件事，是在雀儿山宿营过夜，因为第二天要翻越雀儿山了，头晚必须养精蓄锐好好休息，我们 12 名女兵挤在一个帐篷里睡了，一天跋涉的疲劳，使我们很快进入了梦乡，睡得十分香甜。突然怎么觉得这么冷！我坐起身来，狂风呼啸，夹着雪片刮得正欢，雪花覆盖大地一片白色，这才知道帐篷被风揭开了。我叫醒大家快起床拉帐篷，而家琼和青上两名小战士还拉着被子蒙着头想再睡一会儿。我真舍不得叫起这两个小家伙，可是大风大雪，帐篷已被卷走，还能睡吗？明天还要爬雀儿山呢！

第三件事，是我们分队的一匹棕色马累死在途中。由于在高寒缺氧的高原负重跋涉，我们累，牲口也累。骡马驮着沉重的物资，草、料也没法让它们吃饱，每天却温顺地随同我们前进。在途中，我们发现这匹马已疲乏不堪，体力在下降，于是就减轻了它的负重，精心照料，但有时它仍不肯走，为了赶路，为了不掉队，将驮子全部卸下，拽着它的缰绳使劲往前拉，拉不动时另一同志又在后面推着马屁股走。就这样，既拉又推，到了西藏重镇——昌都，我们开始休整，这匹马总算坚持走到了昌都，可是它再也站不起来了，它是累倒了！为西藏的解放事业立下了功劳，献出了它的生命。我们分队 12 名女兵，围着它大哭了一场。

从甘孜到拉萨，用了三个多月时间，行程两千多公里，爬雪山，涉冰河，我们严格执行“三大纪律、八项注意”，遵守党中央的命令，尊重藏族人民的风俗习惯，一路上宁肯风餐露宿，也不住寺庙和民居。我们忍受了难以忍受的高山反应，战胜了一个个人世间难以想象的艰难困苦。回想起来，我们这12名平均年龄不到18岁的女兵，除了完成作为一名战士进军的任务外，大队整休期间，我们还有演出任务。然而我们都圆满地完成了！一路上，大家吃大苦耐大劳，团结友爱，互相关心，互相帮助的革命友情，像亲姐妹一样，团结得像一个人，谁有难处便主动去帮助。我的妹妹家琼，那时才16岁，我和她又同在一个分队，按常理，我这个姐姐应该好好照顾她，但是我无暇顾及，是我们分队的全体姐妹在照顾她和那位年龄最小的小妹妹。正是这种团结友爱，顽强勇敢的大无畏革命精神，实现了我们出征前向组织的保证，没有掉队，也没有给大队增添麻烦和负担，胜利地完成了光荣而神圣的进军西藏的历史使命。

# 我在进军中成长

旺珍

1950年6月，巴塘解放后，我和我家的八个兄弟都参加了十八军。我被分配在十八军文化组，高高兴兴地穿上军装，离开家乡奔赴西藏昌都。我们文化组在陈竞波和平措旺阶二位首长的领导下配合前线部队，边行军边组织群众宣讲党的民族政策，宗教政策，以及“三大纪律、八项注意”。从巴塘到昌都的行军共计15天，在这15天中，我们克服了高山缺氧，忍饥挨饿，每天吃二两代食粉面充饥，艰难地到达了藏东重镇——昌都。

我们一到昌都，当时负责昌都工作的王其梅首长满面笑容地来看望我们，他说：你们来得正好，懂本民族语言文字的同志们要肩负起党的重托，在人民群众中要经常宣传党的各项政策，消除历代反动政府和帝国主义侵略势力所造成的民族隔阂，了解人民疾苦和他们的心声，同时你们自己要严格执行“三大纪律、八项注意”。王其梅首长还语重心长地说：“你们在给群众宣传时要提高革命警惕，敌人是最仇恨我们的，他们千方百计地阻挠我们进军西藏。英国特务福特下毒手，把爱国上层人士格达活佛害死了，他的死是我们的最大损失。”王其梅首长最后说：“当前你们的主要任务是协助李安宅和于式玉两位教授创办昌都小学，培养一代新人，将来他们是我党我军可靠的革命接班人。”我们在两位教授的直接领导下，立即投入到创办昌都小学的工作中，我们每天在昌都镇串门串户，耐心说服各户的家长送子女去昌都小学念书，用新旧社会对比的方法引导学生上学念书。不到几天功夫，家长们高高兴兴地送自己的子女来读书。解放军创办的第一所小学就这样办成了。

和平解放西藏《十七条协议》签订的消息传到我们部队，大家欣喜若狂，热烈欢庆这一伟大胜利，纷纷报名要求参加进军拉萨的先遣支队，我也是其中之一。部队首长宣布先遣支队的名单时，把我分配到了政治部主任林亮手下工作。当时我们先遣支队里有阿沛·阿旺晋美及夫人、王其梅、陈竞波、杨孝斌、平措旺阶和八位巴塘老乡。先遣支队的主要任务：一是沿途宣传党的各项政策；二是完成牦牛运输队的任务；三是每到一地要购买马料，后来由于诸多困难，马料实际上已成为人畜共吃的主食了。

在翻越四季积雪，海拔六千多米的夏贡拉山时，部队的粮几乎都断了，但指战员们情绪高涨，山顶上的加油声此起彼伏。身体稍好的帮助身体较弱的扛东西，手拉手往上爬。快到山顶时，大家都觉得头痛、恶心、气急，四肢无力，大家都走不动了。当时有的藏族老同志对大家说："山顶上有毒，藏话叫'纳督'，因此不能躺下去，要鼓足勇气爬上山顶，然后迅速下山。"大家互相鼓励很快就到了山顶，没有一个同志掉队。

我们到山脚下准备吃煮熟的青稞时，我的舅舅甘保从拉萨返回老家路过此地，他听说我在部队里当兵，特意来看我。他看见我们吃这种饭时，含着泪对我说："你们这样过日子？家乡再苦也没有人吃马料呀！"我说："我们今天的苦就是为了明天的甜，只要公路一通，大米、白面是吃不完的。我是为了西藏穷人翻身解放而参加革命的，别人能吃苦，我也能吃苦，请舅舅放心。"舅舅还对我说："现在藏政府到处宣传说，昌都解放了，解放军是巴塘人带进来的，这如过河一样，没有桥和船是过不了河的，巴塘人既懂藏语文，又懂汉语文，没有他们，解放军根本进不了西藏。因此，我们也处处受到打击、冷眼，只好离开拉萨回来了。你们到拉萨后，一定要处处注意安全，敌人宣扬要巴塘人的脑袋。"

先遣部队经过 45 天的艰难徒步行军才到达拉萨。

为了粉碎西藏反动上层困死饿走人民解放军的阴谋，十八军军长张国华首长下达了向拉萨荒地要粮要菜的战斗号令。我和杨孝炳首长步行到哲蚌寺前面的荒地前，调查开荒露宿的地址。有一位热心肠的老农知道我们的来意后说："这荒地都是噶厦地方政府的，自古以来从未种过庄稼，也无法种地，你们是神兵，我完全相信能种出粮食和蔬菜来。"我和杨孝炳首长选择好开荒地后回营房，当我们路过罗布林卡时，有几个藏军拦住我们的去路，刺刀对着我俩的胸口，穷凶极恶地说："不准走"。我们正想和他说明来意，这时来了一名藏军军官，对这些士兵说了几句话，才勉强给我们放行。

荒地选择好后，同志们立即行动起来，在沙滩上搭帐篷安营扎寨。我们开荒的地方，是个杂草丛生，乱石成堆的地方。我们每天拔杂草挖地、捡石头，由于劳动工具简陋，又没有手套，大家的双手鲜血直流，每天下午大风不停地吹，沙石打在脸上钻进眼里疼痛难忍。夜间气温突然下降，寒气刺骨，大家蜷缩着身体入睡。白天强烈的阳光晒得大家汗流浃背，头晕脑胀。每天吃的是煮熟的青稞和豌豆。就是在这种艰苦的环境里，大家发扬革命乐观主义精神，到处欢歌笑语，大家没有被眼前的困难吓倒，相反开展劳动竞赛，开荒劲头越来越足，你追我赶。辛勤的耕耘带来了丰硕的果实，第二年我们的粮食和蔬菜吃不完，送给老百姓不少，受到人民群众的称赞。

# 泥石流袭击嘉龙桥

林启蓉

康藏公路像一条洁白的哈达，环绕群山，越过沟壑，向拉萨延伸。

1954年初夏，公路从昌都向西，延伸到了嘉龙镇。我当时是中国人民解放军十八军五十四师司令部的一名女兵。随着公路建设的向前推进，我所在的师直机关和医院，也驻进了嘉龙镇。

嘉龙镇坐落在一块由东向西的坡地上，宽不足2公里，长约3公里，以20度的倾斜向西延伸。它的东面横着一条小溪，名叫嘉龙沟。师直机关的司、政、后、干依次驻在西面，医院住在沟的东面，师直连队紧跟后勤机关。沟内巨石林立，不规则的沟面蜿蜒曲折，把流量不大的河水逼得忽左忽右。由于落差较大，流水跌落，水花飞溅，发出阵阵轰鸣声。师直机关和筑路部队都用此沟中的水来日常饮用和洗涤衣物。由于筑路部队广大干部、战士齐心协力，日夜奋战，公路进展很快，不到两个月时间，嘉龙段已具雏形。在嘉龙沟的河床上，架起了一座三孔“C”字型的大木桥，战士们称之为弯道桥，它把两岸紧紧地连接起来。“嘉龙桥”三个鲜红的大字镌刻在大桥两端的桥桩上，分外引人注目。这里，随着公路的形成，别具风格的“C”字型弯桥，加上两岸的青翠树木，流水潺潺，鸟语花香，优美的自然环境，成了机关干部、筑路战士和伤病员散步、休息的最佳场所，成为高原别具一格的风景线，小小的山间呈现出一派生机。

6月中旬的一天，天气特别热，火红的太阳直挂天空，把帐篷烤得火辣辣的，是高原上的大好天气。我们几个女兵吃过午饭，利用休息时间，相邀去河沟洗衣。当我们来到嘉龙沟时，沿沟上下已有很多捷足先登的机关干部、筑路战士、文工队的男女队员，还有因在筑路中受伤、生病住院的伤病员同志。他们都沿沟找上一块适合自己的地方，有的洗衣，有的嬉水，有的干脆赤膊上阵，脱掉上衣，卷起裤腿，洗涤身上的尘土。司令部军邮班的邮递员也将军马牵到沟边饮马，给心爱的军马洗刷身躯，精心整理马鬃，这一切都显得那样平静、自然与安详。就在这时，谁也没有料到可怕的事情发生了，它来得那样突然，那样激烈，那样惊心动魄……

人们听到阵阵轰鸣声，如雷贯耳，大地似乎在颤抖，毫无思想准备的人们不知所措，还以为是暴风雨前的雷鸣！这时，不知是谁大声疾呼：快跑呀！快跑！泥石流来啦！其喊声震撼着人们，人群像受惊的兔子，快速跑向两岸的山坡上。当我跑上西岸回头看时，只见沟的上游四十多米处，巨大的泥石流“龙头”高出沟面十余米，与巨石、树木、泥沙拌合着水，恰似一堵巨大的泥墙，翻腾涌动，直冲下来，发出震耳的巨响，震撼着大地，令人触目惊心。凶猛的泥石流持续约20余分钟，嘉龙沟经过泥石流的巨大冲刷，原来的河床面目全非，沟底变宽变深，数十吨重的巨石被泥石流卷走，刚刚建成的美丽壮观的嘉龙大桥也惨遭袭击。一号桥桩几乎被巨石拦腰冲断，二号桥桩也被冲歪，桥面破裂，两岸部分护坡也垮塌，没法通车了。

突如其来的泥石流险情，震惊了部队首长们，师长、政委、参谋长等领导同志，立即赶赴现场，组织力量，排除险情，清点人员，查找失踪者，并指派侦察连迅速抽调人员，组成调查小组，溯沟而上，查探泥石流发生的原因。

经清点人数后方知师文工队一名男演员，不幸在这场泥石流中丧生，一匹军马被卷走，同志们为之万分悲痛，师文工队为牺牲的战友举行了追悼会，将其生前衣物、生活用品等遗物，裹包安葬在嘉龙沟的山坡上。小小的墓碑告诉人们：为西藏百万农奴的翻身和解放，为了藏族人民子孙万代的幸福，为了早日建成世界屋脊上的康藏公路，巩固西南国防，筑路部队在这里留下了汗水、青春、甚至生命。

后来我得知，为了弄清这次泥石流发生的原因，侦察人员溯沟而上，攀绝壁、越险沟，不畏艰辛，往返数十公里，仔细调查了泥石流的形成和爆发的主要原因：由于嘉龙沟尾部地处高寒地区，积雪很多，夏季气温突然升高，积雪融化的速度加快，河沟水的流量增大，加之沟内存积着大量的枯枝树木，严重阻碍着流水的畅通，故而形成了一道一道的埝埂。当枯枝树木不能承受积水的压力时，埝埂突然开裂，流水形成一股冲击力，迅速向沟的下游流动。这样一堵一通，一通一堵，滚动向前，便逐渐形成了力量强大无比、破坏性极强的泥石流。后来，部队首长为了防止意外，确保安全，对部队驻地进行了调整，将所有的帐篷都迁到了高处的安全地带。

# 往事随想

冬秀

## 当上解放军的文艺兵

我的家乡在金沙江边甘孜藏族自治州巴塘县。她与川、滇、藏三省区接壤。这里气候温和，物产丰富，风景秀丽，人民勤劳勇敢且富有智慧。解放前学校教育也较为发达。1950年初春，是个不平凡的时期，中国共产党巴塘地下党在当地积极开展革命活动，组织学校和社会上的进步男女青年，办起了夜校，到处唱革命歌曲，跳舞、演戏，宣传党的方针政策。全城生机蓬勃，洋溢着迎接解放的欢快气氛，掀起了青年人踊跃参军的热潮。在这种革命热潮的鼓舞下，我一心向往革命，想当个解放军。通过朋友的帮助我找到了平措旺阶同志，向他表明心思，坚决要求参军。平措旺阶同志说我年纪小，这次不行，下次一定让我参军。我有些不相信，硬是不肯离去。平措旺阶同志就让身边的工作人员记下了我的名字和住址，并说明如以后有文艺工作队来到，一定让我参军，我这才离开。1950年9月的一天，我果然接到通知要我去报名参军，真是喜出望外，我终于实现了愿望，成为中国人民解放军第十八军五十三师一五七团宣传队的一名文艺兵。

我是贫苦家庭出身，在旧社会受尽苦难和虐待。4岁时母亲病故，由于家庭没有劳力，只读到小学四年级就失学了，小小年纪干起了力所不能及的家务和农业劳动，过着缺衣少食的生活。走上革命的新生道路，我感到无比的荣幸，自己暗暗下定决心，要好好学习刻苦锻炼。军队生活紧张、严肃而又很活泼。每天天不亮就起床打背包集合排队、进行操练，到又高又陡的河西山上爬山锻炼，为进军西藏做适应性的军训；定时学习文化、政策纪律，排练节目，学打腰鼓、扭秧歌、唱革命歌曲等等。藏族姑娘脱去藏服穿上军装，剪了辫子留成短发，一时成了人们好奇和议论的新鲜事物，人们都跑到我们住地围着看我们。1950 年秋季，我们加紧排练节目。在 1951 年冬季，宣传队到金沙江西芒康一带的驻军和老百姓中进行宣传慰问演出。演出完后又回到巴塘，当时我和不少同志荣立三等功。张克宇股长带领我们到昌都战役中英勇牺牲的烈士墓前默哀致敬。烈士们是为了打开进军西藏的大门，为解放西藏人民而牺牲的，我深受教育，对烈士们充满了崇敬之情。

## 修筑康藏公路

1951 年 3 月，一五七团离开巴塘向昌都挺进。我告别了故乡和亲人，大约经过一个月的行军到达了昌都热亚村。我们按照毛主席“一边进军，一边修路”的指示，奉命在达马拉山东面修筑公路。我们宣传队在山腰修整出一块平坝，搭起帐篷围成一圈扎下营来。每天以修公路为主，早晚进行操练，学纪律、学文化，排练节目，有时还到附近的部队和农牧民群众中进行演出。野外的军营生活过得很有意义，非常欢乐。不久自带的粮食快吃完了，后方的供给还跟不上来。采购员到昌都采购粮食、蔬菜，可两手空空回来了。眼看就要断粮了，领导和同志们都非常着急。每天就仅有的一点大米掺合着野菜煮成糊糊吃，后来大米也吃完了，只有吃野菜糊糊。司务长从村里买到一点糌粑，只能给病号吃。同志们为解放西藏、巩固国防，在精神力量的鼓舞下每天仍然不停地修路，个个生龙活虎。虽然缺少劳动工具，但是谁也不肯停着，都是争先恐后地把开山炸下来的石头、土块和树根杂草运到山崖底下。因为常吃野菜，有的人脸、脚都浮肿起来，劳动也很累，但同志们仍然是那样的开心活泼，充满了热情和友谊。比如在休息日，我们就聚集到河边树下唱歌跳舞、洗衣服。到了初夏，我班的女同志就到对面山沟瀑布底下洗澡洗头、玩水。有时派我们去挖野菜，可是热亚山上只有野蒜、野韭菜之类，找不到其他野菜，我们也从不到老百姓地里去挖。有人发现旱獭，胖乎乎的有兔子那么大，于是大家就配合起来，有的想把洞挖通，有的往洞里灌水，有的烧起火来往洞里熏烟，还有的拿着麻布口袋套着洞口准备抓，叽叽喳喳，热闹极了，也没抓住几只，就在这时，村里的一个僧人跑来干涉，说这旱獭是地神不能打。我们很惊奇，也就停下来不打了。在团部禁止打旱獭的命令下达后，同志们再没有吃的了。有一天，从家乡来了一个人说，巴塘到处在传说你们被骗到昌都山上修公路服劳役，还不给饭吃如何如何苦。由于坏人的造谣生事，不久有的同志收到家信，劝子女回去不当解放军了。大家对敌人的破坏都非常气愤，但没有一人动摇。

6月份我们完成了修路任务，一五七团准备开往波密，这时我和娜喜、张自康三人奉命调到十八军文工团。

## 千里行军进拉萨

到昌都后我和娜喜被分配到舞蹈队里。1951年7月将要进军拉萨了，团长和政委在动员大会上说：大家要做好思想准备，往后的行军更长更艰难。从昌都到拉萨要趟过许多的冰河，要翻越更高更大的雪山。山上气候恶劣，严重缺氧，吃不上喝不上的情况随时会发生，大家要记住，我们是为解放西藏，驱逐帝国主义侵略势力出西藏，实现祖国统一，民族团结而进军西藏的，要有吃大苦、耐大劳、战胜一切艰难险阻的思想准备，发扬互助、团结友爱的精神，使全团同志一个都不少地到达拉萨，并要求轻装上阵，减掉不必要的装备等。全团分做两队，以团为大队，以高原战士球队为主组成“牦牛队”，运送服装道具。我们年纪小体力弱的女同志都分到“牦牛队”，准许我们将各自的背包驮在牛背上。因是夏天，开始时一路鸟语花香轻松愉快。还抽休息时间排练节目，每到宗（县）、茹卡等地宿营后，领队就带着我和娜喜同志去拜访宗本、头人，向他们宣传党的方针政策。同时向群众进行宣传慰问演出。没有台子，就在村里选个场地，整理打扫好后，我们简单化了妆，这时锣鼓也敲起来了。远近的群众带着好奇心都跑来了。开始他们感到新奇，也有些害怕，远远地观望着不敢走近我们，我们就笑着打招呼热情相迎，一个个请过来让坐在宗本头人的两边，我们就开始跳舞、唱歌，中间穿插着宣传政策，效果很好。

记得过了巴青后的一天下午到了住地，发现我的背包散了，一双唯一备用的球鞋丢失了。我难过地哭了，要求回去找。领导和同志们都为之可惜，但是回头去找是不可能的，也无法找到。大家劝我别难过，从这天起我就特别地爱惜脚上这双鞋，到了晚上再也舍不得把鞋当枕头了，走路也很小心，但时间一长鞋还是破了。记得在翻越一座大雪山时，脚踩进齐腰深的厚雪，大家一步一步艰难地往上爬着，嘴里大口大口地出气。山上大雾弥漫，天一下子黑下来，看不见前面的人，大家拉着手继续前进。一阵狂风后下起了好大的冰雹，一会儿又是大雪茫茫，下个不停。走了一天终于到宿营地，先要扫去厚厚的冰雪，才能搭帐篷。可地冻得帐篷也难以支撑起来，第二天一早醒来，听到"砰砰砰"的敲打声。我使劲侧起身来看，才知道雪把帐篷盖了起来，我好不容易从帐篷里钻出来，冻得全身发抖，大家也都成了雪人。头天捡的柴禾完全被雪压住而无法生火。大家连口热水也没喝上，每人发了两根蛋黄蜡，吃点干代食粉，又出发了。这一天一直在雪山上走，偏偏又是个对行军不利的大晴天，四周望不到一点黑土，道路和山川到处是一片白茫茫的，雪地被阳光反射着刺得睁不开眼睛。由于没有风镜，女同志们把前面头发放下来遮着眼睛走，男同志就去扯些牦牛尾巴毛捆在两耳上遮盖着眼睛。这天我们不少同志得了雪盲，大家只好用毛巾捂着眼睛，让别的同志轮流搀扶着走。我看不见路，被人扶着，走得七高八低，脚也磨破了，一双鞋越走口子越大，只好用绳子把鞋捆在流着血的脚上走，每迈一步脚上伤口钻心地痛，我咬着牙继续行进。领队看我实在不行了，就让我骑牦牛。赶牦牛的老乡很快牵来一头牦牛说，这是最老实的，并帮助我骑上，我试着骑了几步，实在没有马好骑。我生怕摔下来，怎么也不敢骑了，就坚持要求下来走路，并表示不会掉队。我鼓起勇气，忍着疼痛，有时拉着牦牛尾巴一步一步紧跟着往前走，熬过了一天又一天，终于到达太昭。到了太昭，肚子也能吃饱了，脚上的伤口也好起来，经过几天的休息，身体也恢复了许多。我们在太昭休整中，按照上级的规定学习了《进军守则》《入城纪律》等，并要求每个人都会背。到了拉萨后，我的鞋破得无法出门，团领导作为特殊情况，批准我在八廓街买了一双进口球鞋，以便参加庄严的入城仪式。

## 拉萨生活点滴

到了拉萨，我们团从帐篷搬到原藏兵营朵森格院内。我们的纪律很严格，不准随便出大门。由于长期以来帝国主义入侵西藏，拉拢和控制了噶厦地方政府的反动势力，千方百计挑拨离间，大搞分裂活动。所以社会治安很复杂。如我们有事经过八廓街时，就有坏人向我们吐口水、扛膀子推我们，嘴里还骂着。有很多好心的群众对我们说，你们不要理睬他们，他们都是些流氓地痞。我们忍让着从来也不理睬这些事。附近几个藏兵营的藏兵们，每天早上全副武装扛着枪排着队，打着他们的旗，吹着号，敲着鼓，喊着英语口令，耀武扬威，有意地在我们门前走来走去，进行挑衅。我们院的东南墙角是无顶女厕所，南墙外面，沿着长长的墙脚，是乞丐们的住处，他们搭满了又小又破烂的帐篷。他们一无所有，长年过着饥寒交迫的生活。我们早上起来上厕所，总要往墙下看看，每天总是有几个饿死或病死的人。有人将尸体用死者的破烂衣、毯包裹起来丢到拉萨河里，有的尸体几天都无人处理。这种情景，实在是刺痛着我们的心。

初到拉萨由于运输跟不上，我们又面临着断粮。我方向噶厦反复交涉，才买到一些粮食，但都是些霉烂的青稞、马料。我们团不知从哪里弄来了大石磨，把青稞洗净让军马拖着磨面，费了很大的劲，才吃上了几次又黑又硬的馒头。由于军马不会拉磨，太费劲了，男同志们干脆几个人一组自己轮流着拉，可石磨太大，靠人力满足不了上百人的吃饭需求。后来只好把青稞、豌豆煮了，没盐，没油，就那么吃。拉萨缺乏燃料也是个大问题。买不到柴火又无处去捡。拉萨的林卡都是领主、贵族们的私有财产，老百姓哪怕去捡一根小小的木棍，都会受罚。我们出去找燃料，都严格遵守纪律，自然不会靠近林卡。同志们捡来的都是些烂骨头烂牛角或破烂垃圾，这都成了燃料。我和娜喜发现清真寺后面的杀牛场到处丢着牛角和骨头，就每天去捡，有的老乡也帮我俩捡，每次把筐子装得满满的背回来。这时又发现从西北运送军用物资的骆驼到了拉萨，因气候不适应，又无草料吃而每天死去不少，很多野狗常围着吃，不几天就只剩下光骨头了。我和娜喜就带去几个男同志把骨头都收拾起搬运回来作燃料，很起作用。

噶厦上层反动势力，打不走我们就想饿走我们，还不准老百姓把粮食卖给我们。进藏人民解放军为了在西藏站稳脚跟，大力搞生产自救。我们团按照张经武代表的指示，完成给达赖慰问演出后，紧接着在张国华、谭冠三首长的率领下，部队开往西郊开始开荒生产。大家不顾长途行军后的疲劳和身体的虚弱，冒着严寒在荒滩上搭起小帐篷扎下营来，迎着风雪挖冻土，斩荆棘，展开了热火朝天的开荒生产。仅在开始的17天里，军直机关就开出荒地二千三百多亩来，这真是个奇迹。老百姓看到后，高兴得伸出大拇指说，解放军真好，真了不起，谁也打不倒你们。并很乐意把生产工具借给我们。不久，工地上的所有女同志回到拉萨，接受给部队缝做布袜子的任务。因为没有男同志护送，光女同志们怎样通过功德林藏兵营是个大问题。我在走过这一段路时，心里还是有些紧张。我们集合起来大约有五六十个女同志，临行前首长一再强调无论发生什么事，队伍始终不能散开，要求精神抖擞地走过藏兵兵营。如果发生抢人等问题，后面男同志已组织好，随时来接应。大家把头发全塞进帽子里，帽子戴得低低的，紧好腰带、绑腿，排成四行，试着走了一圈，等领导满意后，就出发了。我们走到功德林藏兵营时，我侧眼看到不少藏兵在门前坐着晒太阳，有的脱了鞋，有的擦枪，有的缝补衣服，他们中有人发现我们是女兵，就狂叫着，也有几个叫喊着追上来。当看到我们队伍整齐不乱地走远了，他们也就不再继续追了。

## 迎接班禅回故乡

1952年4月的一天，我们文工团在拉萨参加了隆重的迎接第十世班禅额尔德尼的欢迎仪式，接着就成立了日喀则文工队，我们团约二十名同志调该队工作。为积极做好在日喀则迎接班禅和班禅堪布会议厅返回故乡的准备工作，文工队提前开往日喀则。

6月23日，班禅一行浩浩荡荡，在人民解放军的护送下，来到了日喀则。这天日喀则的所有机关部队和扎什伦布等各大小寺庙的僧侣及各界人民群众，举行了隆重、热烈的欢迎仪式。人们扶老携幼穿上新装带上吃的，几天前就来到迎接地。迎接队伍从扎什伦布寺一直排到东郊曲夏村以外，有几里路长。老百姓都穿着节日的服装站在迎接队伍里手舞足蹈，跳起了古老的“谐青色玛卓”等各种舞蹈。僧侣仪仗队举着五颜六色的旌旗经幡，吹着大号、喇叭，敲着各种锣鼓，一路香烟缭绕，群众情绪激昂、热烈，老人们流着激动的热泪。班禅的坐骑所到之处，群众就拥挤着献哈达、磕头、膜拜，人们以各种方式表达着与班禅离别30年的思念之情。

# 把腰鼓打到西藏去

王惠文

1950年10月昌都解放，11月底我被调到五十二师文工队工作。上级指示我们要在昌都休整半年，等来年7月以后再进军拉萨。因为康藏地区有个说法“一二三雪封山，四五六雨淋头，七八九正好走，十冬腊月学狗爬。”十冬腊月冰天雪地无法步行。这半年我们上深山打柴，准备过冬，同时参加在达马拉山上修路。

《关于和平解放西藏办法的协议》签订后，为了顺利完成进藏任务，十八军组成了进藏部队先遣支队。五十二师文工队以姚乙同志为队长的一支40人的队伍编入先遣支队，成为先遣支队文工队。先遣支队的任务是担任先行，为主力部队进藏创造条件。首先是要宣传并模范地执行党的民族政策和宗教政策，模范地执行《十七条协议》。我们文工队根据以上指示精神，除了做好必要的组织准备和物资准备外，最重要的是做好思想准备。队长姚乙同志组织我们认真学习了《十七条协议》，学习了中共中央西南局的有关指示和西南军区及第二野战军司令部联合发布的进军西藏政治动员令。根据上级的指示，我们既是执行协议的宣传队也是工作队，沿途要用生动活泼的文艺形式宣传党的民族、宗教政策。我们队根据情况排练了一些短小精干的歌舞，如民族大团结舞、藏舞锅庄、弦子、孔雀吃水、民歌演奏、红军舞、打腰鼓等节目。文工队领导平时要求队员要“一专、三会、八能”，要求每个人能多掌握一些本领，作个多面手，不少人跳完舞可以演奏乐器，放下乐器可以打腰鼓，水平不高，个个都有几手，在不懂语言的地区，这些短小的节目却起了大作用。人们说，我们十个节目九个舞，最后一个是腰鼓。

先遣支队1951年7月25日离开昌都，8月8日到达边坝。8月12日从丹达塘出发，翻夏贡拉（东雪山高 6300 米）。这个山有三个峰，气候一个比一个险恶。在爬第一峰时，我队队员周吉同志坐在地上休息，只见她满脸泪水，紧闭双目一动不动，曾有人说过她一见山就坐下哭，我心里想她不会是见到大山害怕了吧！后来黄永琼、王静先、邓亲和帮她背东西，扶着她慢慢往前走去。到了第二峰时，人们感到有点喘气，大家坐下来喝点水，吃点代食粉，我队女高音金玫还给大家唱了一支歌鼓劲。到了第三峰时，只感到胸闷，头昏眼花，这个说我好像吃了一把盐，那个说我好像吃了一把辣椒！胸口太难受，走上几步就得停下来大喘几口气。只见一团团白云从身边飘过，真像腾云驾雾一般。领导说："快下山，在这里停留很危险！"

8 月 13 日从察兰松多到达俄朱格休整了两天，就进入了穷八站。记得进入穷八站时，成天下雨，衣服、帐篷都是湿漉漉的，晚上睡在帐篷里很冷，黄永琼同志把帐篷里暖和的地方让给别人，自己睡在最边上，后来她冻病了，发烧拉肚子，拉了两天路也走不动了，分队长林武把分队驮粮的马牵来叫她骑上，让我给她赶马。那时也没什么东西照顾病号，更谈不上营养，人看着瘦下来，到地方就给她煮点代食粉糊糊，拖了好多天才好起来。

有一天我们到了宿营地，该烧火做饭了，怎奈雨地里的柴只冒烟就是不着火，我们大家挤在一个帐篷里背靠背坐了一夜，第二天天不亮就起来出发了。

那时我们每人有一个草盔，外面用油漆，里面是纸，做的很漂亮，白天挡太阳，晚上当枕头，下雨天时挡雨，经过几场雨水，它变得不像样子了，休息时这个说：看你头上顶的草盔像个大饼，那个说，你看你的草盔像个蘑菇，有的说：像个大饼最好，还可以吃呢！

大概有一个月的时间，每人每天只配给 6 两代食粉，只能煮糊糊喝。说起代食粉话就长了，听说代食粉的生产是西南军区司令员贺龙同志亲自抓的，要求代食粉里面加核桃仁和花生，叫它又好又小又饱，意思是吃了营养好，又耐饿。贺司令员还亲自尝过。可是由于新中国刚成立，百废待兴，只能靠私商为我们加工代食粉，其中一些奸商偷工减料，在代食粉里面改放豌豆和玉米，结果吃了不久就饿了。尤其是战士们背的东西比我们多，还有战斗任务，他们更苦了。听说后来在全国开展"三反五反"运动中，这些奸商全都得到了应有的惩处。

进入穷八站以后，由于缺少粮草，支队指挥部决定分成三个梯队走，我们文工队分在第三梯队。从阿伦多到仁多约一百多公里，全是原始森林和深山峡谷，还要走一段危险的栈道。栈道一边是峭壁，一边是二三十丈深的悬崖。下面是奔腾的流水，路面只有1-2尺宽，不少地方只有几根木头架在半空中，每段有两丈长，有些地段由于年久失修，木头已腐烂松动了，要格外小心，所以进程缓慢。

8月19日，从仁多出发不久，就进入无柴草地区了，20日翻越怒贡拉山。它是一座名符其实的石头山，上山十里下山十里全是石头路。只听得石头底下哗哗的流水声，好像开了锅一样，却不是水。

高原的气候真像个顽皮的猴子，喜怒无常。一会烈日当空，一会暴雨倾盆，把人淋得像个落汤鸡，有时突然来一阵冰雹，猛砸在人头上，弄得部队无法步行。在这段日子里我们只靠拾点野草棍烧点水吃代食粉。

我们文工队经过一些大的群众聚居点如洛隆、边坝、嘉黎、工布江达等地，都拉起幕布给群众演出作宣传，只要有村庄的地方，有时只有几个人，我们也通过翻译给他们讲《十七条协议》，给他们讲共产党和解放军是为穷人翻身求解放的队伍。群众听得津津有味，讲完后再给他们打个腰鼓什么的，他们非常高兴！

有一次我们在一个叫松林口的地方，还碰见了几个民间艺人，他们看完我们的节目以后，主动为我们表演热巴（边跳边击鼓），还给我们表演了藏戏，跳了藏舞，他们旋蹦的舞姿，又高又轻巧，优美极了。临分别时他们还对我们说：咱们拉萨再见吧！

经过45天的艰难行程，战胜了行军途中的种种阻碍，终于胜利到达拉萨河边。9月6日过拉萨河。西藏地方政府派人在拉萨河畔组织了许多牛皮船和烧柴，以备我军使用。从上午8时开始，由藏族船工摆渡，至下午4-5时，全部人马渡过拉萨河。在拉萨河畔搭帐篷休息两天，正赶上西藏一年一度的“雪顿节”，群众倾城出动，穿着花花绿绿的衣服围着我们看热闹，只听她们对我们喊：“金玫，金玫！”我们好生奇怪，我队有个队员叫金玫！有人对金玫说：“金玫，她们认识你？”后来一打听才知道，“金玫”是女兵的意思，她们是奇怪解放军里有女的。9月9日先遣支队举行入城仪式。全体指战员身着绿色呢子军服，排成长长的队伍，前面是毛主席、朱总司令的巨幅画像，后面是军乐队，腰鼓队，一时鼓乐齐鸣，队伍好不雄壮整齐，在先遣支队司令员王其梅同志率领下大队人马进入拉萨市区。

到拉萨后，我们又向江孜进军。经过半个月行军，11 月 14 日我们全队人马在队长姚乙同志带领下，到达五十二师驻地——英雄城江孜。

以后这个文工队随着江孜分工委的成立而改为江孜分工委文工队，为党的新时期的新任务活跃在江孜地区和年楚河两岸的广大农村中。

# 留在心头的记忆

田淑英

## 准备进军西藏

1950年初，我们胜利完成了进军大西南的任务，解放战争已取得了全国性的胜利。十八军也奉命进驻了川南地区，就要在“天府之国”扎根安家了，为了加强地方政府各部门的工作，从部队抽调了大批干部到军管会工作。很多同志觉得全国解放了，革命胜利了，再也不用整天行军打仗了，可以好好缓口气了，有的年纪大一些的同志想成立家庭了，有的同志想求学，还有的同志想回北方老家看看。就在这个时候，西南军区根据党中央的指示，决定十八军执行进军西藏的光荣任务，并在四川乐山召开了进军西藏的誓师大会。乐山地区的人民为欢送十八军进军西藏，向大会赠送了多面锦旗。我和何良俊、刘韵华等同志从政治部主任刘振国同志手中接过大旗。誓师大会后，我们文工团和政治部直属机关迈开了向西藏进军的第一步。

第一站到了新津县，在这里开始了全面的准备工作。首先是为进军西藏进行体能适应训练，同志们想了很多办法，每天早晨起床后负重出操，我们文工团的全体男女无一例外地身背几十斤重的青板石、鹅卵石、大沙袋等快速行军十几里，还有的同志干脆把老乡家推豆花的磨盘也借来背上，也有的同志把沙袋绑在腿上。在体能训练中，女同志们为保持“铁腿班”的荣誉，例假来了仍坚持出“早操”，和男同志一样负重。大家双肩被压红肿了，背上青一块，紫一块，但情绪非常高，在快速负重的行军路上，仍然生龙活虎，为的就是早日进军西藏。

为了进军西藏还要进行全面体检，检查后医生说我“体质差，心脏不太好，脾脏也有点大”。我心想，这下可完了，不能和团里的同志们一起进军西藏了，怎么办？后来，我实在憋不住了，就主动去找文工团的政委陈涛同志，他鼓励我，开导我，使我受到了教育和启发。心想，只要不离开我参军时的十八军，不离开我尊敬的老首长和同志们，心里也就踏实了。老团长朱子铮同志也开导我说：“你一参军就在这个文工团，和同志们有感情，舍不得离开大家，是可以理解的。你先到八分校学习，等身体好了再回咱们文工团，你到那里还可以参加演戏嘛。”

## 为筑路大军服务

1951 年的春天，组建了十八军后方司令部和后方政治部，我又成了后方政治部文工团的一名成员。当时我们文工团的主要任务就是为筑路部队和汽车运输部队服务。后政文工团的同志们除了要完成各项演出任务外，还要抽出相当一部分时间到修路部队中去体验生活，和部队的同志们同吃、同住、同劳动，我们除了要体验连队的生活，同时还要收集部队中的好人好事，写成文艺节目。尽管艺术上是很粗糙的，但由于它所反映的内容都是台下观众所熟知的人和事，所以非常受部队的欢迎。后来，我们后政文工团和机关的同志，还有八分校的同志又先后调到了甘孜机场工地，文工团的同志们除了作各种鼓动工作外，同时也要参加修机场的劳动，这可是场硬仗。没有机械设备，全靠同志们用铁锹、铁镐、肩扛和手搬，双手磨出了血，双肩抬石头被压红肿了，但修机场的施工部队那种吃大苦耐大劳的精神，使我们这些文艺战士深受鼓舞。我们到了机场的施工现场后，看到部队的同志们衣服都磨破了，棉衣成了开花衣服，我们女同志就拿出针线来，在现场为部队缝补衣服。在施工部队苦干大干的精神鼓舞下，我们文工团的全体同志也不甘落后，女同志去砸石头，男同志去拉大石滚子压跑道，不能来工地参加劳动的病号同志，就在家里帮厨。

甘孜机场竣工后，参加修机场的部队又分兵投入了抢修雀儿山的工程。在平均海拔四千多米的世界屋脊上修筑一条两千多公里长的康藏公路，这在我国筑路史上的罕见之举，对作战部队来说，确实难度不小。雀儿山最高点是五千三百多米。为了提高施工进度，我们后政文工团和师里的文工队都先后调来雀儿山，为早日打通雀儿山做宣传鼓动工作，我们一进入雀儿山，就清晰地看到施工部队用醒目的大字在悬崖上写着“雀儿山再高，没有我们的信心高！雀儿山再硬，没有我们的骨头硬！”的大幅标语。我们文工团到工地后，被安排在一块比较宽敞的山坡上安营扎寨，我们自己动手搭起了帐篷，在山上砍来些树技铺成“钢丝床”，白天去工地参加劳动并作鼓动工作，随时随地宣传工地上的好人好事，晚上回来就编节目和写快报稿子，宣传部队的革命英雄主义和革命的乐观主义精神。

雀儿山确实是天寒地冻，气温有时零下二三十度，在严寒的季节里，战士们握钢钎的手有时被粘掉一层皮，为了打炮眼，虎口连冻带震裂开了，鲜血直流。有的工程在悬崖峭壁上，下面是涛涛的河水，那可真是连猴子也难爬上去，而我们的战士们腰上拴着保险绳，悬空抡起大铁锤打炮眼，在峭壁上打开一个老虎嘴式的汽车通道。施工场面壮观动人。

在施工的工地快报上，有的战士这样写道：

雀儿山五千三，
伸手能摸着天。
走一步喘三喘，
风、雨、冰雹飞满天。
一月就像四季天，
一会穿单一会棉。
你就是座钢铁山，
我们也不怕！定能把你劈两半！

豪迈之语鼓舞人心。大战雀儿山，涌现出了许多可歌可泣的英雄人物。其中张福林同志就是英雄杰出的代表。他牺牲后，他的事迹写成了歌剧、曲艺等，在部队中演出。我和陈钧同志就演唱过由郭忠同志创作的《歌唱张福林》的河南坠子，非常受部队欢迎。以后，我们后政文工团每次下部队演出路过张福林同志的墓地时，总要下车摘些野花放在他的墓碑前，缅怀先烈，并告慰他，你的理想已实现了。

## 曲美巴珍

后政文工团为了创作更多更好更有民族特色的文艺节目，经常组织一些同志深入民间体验生活和收集素材。团里要求我们和藏族同胞广交朋友。我们住在德格为部队演出时，听说德格县有一位藏族妇女，她是位支前模范，名叫曲美巴珍，支援前线刚回来。第二天我约了几位女同志找到了她的家，刚好她要上山去放牛，于是我和陈钧、小马、严历尧等几位女同志同她一起赶着牦牛上了山。为了更好地了解她，学习她，我们用半通不通的藏语加汉语和她交谈，我们也让她给我们讲述支前的模范事迹，她也用半通不通的汉语连说带比地讲着。这样，我们了解到她在运输线上的事迹。有一次下大雨，为了保护粮食，她把自己身上穿的氆氇外衣脱下来盖在粮食上，她自己却淋着雨；有时下冰雹，把牦牛打得乱跑，她怕牦牛跑散了，就东奔西跑地照顾牦牛群，路难走时还要牵着带头的牛；有的牛病了，她就把粮食卸下来自己背着，她说："粮食是送给亲人解放军的，一粒都不能丢。"那时的牦牛运输队多，他们是走到哪里就住在哪里。有时就露宿在荒山野岭上，还要和野兽作斗争。一个藏族妇女，单枪匹马的搞运输也真不容易。她讲得有声有色，虽说没有翻译，但大概的意思我们都听得懂。我们和她接触多了，距离也就拉近了。我们每天早上和她一起上山放牛，向她学习山歌，学藏语，和她一样燃起牛粪火打酥油茶，学着抓糌粑，喝酥油茶，吃生牛肉干。同她半个多月的接触，确实学到了不少东西，建立了深厚的友谊。

## "山大王"与土豆宴

记得我们下部队演出返回甘孜时，路过一座大山，上午天气都非常好，晴空万里。当我们的汽车开始爬山时，天空开始变脸了，黑压压的天，快要到山顶的时候，下起了鹅毛大雪，离我们的兵站还远着呢。雪下厚了，路面滑了，我们全体同志就下来帮助清除积雪，遇到特别滑的路段，我们就把帐篷布铺在车轮下，让车平安过去。遇到艰险路段，我们的驾驶员还把皮大衣脱下来垫在轮胎下，让车队顺利通过。同志们个个冻得又跺又跳，喊着号子坚持推车，清除积雪。雪越下越大，天色也慢慢地黑下来，驾驶员们非常熟悉路况，建议我们在前面不远处一个比较大的弯道处露宿。我们又开始了清雪推车慢慢前进。天黑了，我们也到了预定的地方，我们演出队当上了“山大王”。

第二天起床时，整个车队里的人们都七嘴八舌地说笑着，互相指着说：快看，快看！你真像个“圣诞老人”，你真像当年的“白毛仙姑”。原来高山上的夜晚，气温在零下二三十度，大家晚上睡觉都戴着皮帽子，脖子上扎着毛巾，只有脸露在外面，所以男同志的眉毛上和胡茬上都结了一层层白霜，女同志的刘海上和皮帽子的周围也都结了一层白霜。同志们就这样在车上过了一夜。雪不知道什么时候停了，远处隐隐地听到了马达声，有的同志说：“这是推土机在推雪。”我们简单地吃了点早饭，同志们开始了练功，有的在车头上压腿，有的在练声，有的在研究新创作，驾驶员在烤汽车，等待着通车的消息……

快到下午了，我们的车队总算平安地到了一个兵站，站上的领导和同志们知道我们是文工团的，头天晚上又当了“山大王”后，非常热情地接待了我们。站长说：“到站如到家”，你们演出、行军非常辛苦，咱们今天改善一下伙食，条件虽差，就来个就地取材，有什么吃什么，那些干鱼腊肉，脱水菜什么的都吃够了，今天咱们这顿就吃它个“土豆宴”吧！大家齐动手，男同志帮助劈柴，女同志洗土豆、摘菜。经过一阵热闹的劳动，在那不宽敞的饭堂里摆上了几桌非常精美的菜肴，等最后一个菜上桌后，掌勺师傅开始报菜名。真让人不敢相信，那色鲜味美的菜出自年轻的战士们之手，什么“四喜元子”“回锅肉”“炸大虾”“夹沙肉”……都是用土豆精制而成的。同志们以水当酒，唱着藏族的祝酒歌，宾主互表谢意，在这充满欢乐的气氛中，我们还为兵站的同志们演了一些歌舞节目。

## 首长的关怀

在后政时候，很多同志都知道后方部队陈明义司令员（十八军参谋长）有三宝：文工团、体工队、豫剧队，同志们都亲切地称他“五号”。别的先不说，就说他在后政文工团的建设上，是下了很大的功夫的。50 年代的文工团下部队演出是非常频繁的，为了加强后政文工团的建设，“五号”在重庆开会时，亲自向贺老总要了以立兵同志为首的二十多名业务骨干，从战斗文工团调到西藏军区后政文工团，大大地加强了后政文工团的业务力量。“五号”平时对文工团的创作、排练给予了很大的关怀和支持。文工团每排出一台新节目，只要有时间，他总是亲自带着政治部和后勤部主要领导同志来审查，并提出修改意见，对重大节目进行多次审查和指导。在他的亲自关怀下，文工团在 1951 年创作出了大批优秀节目，如“叫我们怎么不歌唱”“打通雀儿山”小歌剧“运输线上”“抢渡金沙江”等，这些节目都多次为筑路部队和汽车运输团、队进行演出，也曾参加过西南军区文艺会演，部分节目获奖，并受到了西南军区首长的赞扬。

平时，“五号”对文工团的同志要求也是很严格的，从学习、作风、纪律到遵守民族政策他都非常关心，在政治上他严格要求我们，在生活上又非常关心爱护我们，他非常熟悉我们文工团的每一位同志，包括同志们的身体状况。后政文工团演出时，有时在一台晚会上我要担任六七个节目演出，比较累，再加上气候不太适应，经常流鼻血不止，有时一打喷嚏鲜血就直流，演出任务重，临时又不好换人，同志们帮助我换服装，医生给我打止血针，鼻子上塞着棉花，不一会儿血又把它染红了，但我仍然坚持把节目演完。我觉得，军人总应有点精神，和筑路英雄们相比那点小病算得了什么？我生病的事不知怎么让“五号”知道了，他非常关心，叫通讯员给我送来了一小包藏红花，通讯员告诉我：“把藏红花泡在酒里，等药的颜色泡出来，让女同志都喝些，这是补血的。”当我拿到这包药时，心中有说不出的感激之情。他作为后方部队的司令员、总指挥，肩上的担子有多重啊！在那样的百忙之中还关心着我们这些文艺战士。平时见了面，他也要问问：“适应高原气候了没有？身体还可以吧？咱们部队上的伙食条件有限，等我有空，带上通讯员和你们文工团的几个同志，去打几只斑鸠回来吃，改善一下生活，我请客，你看如何？”“平时你们文工团还可以组织一个业余篮球队，等公路修到拉萨后，你们可以和前政文工团的同志们比赛。”在“五号”首长的亲自关怀指导下，我们文工团篮球队组建起来了，团里还给我们买了运动服，并起名“战友”篮球队，又叫专业球队的胡本铭、邓清超两位同志经常给我们业余球队当教练。有时“五号”还亲自看我们练球，他说：“建设西藏，保卫边疆就是要有个好身体。”

“你们文工团的同志们还要学会跳交谊舞，特别是女同志，将来好去北京到中南海陪中央首长跳，陪毛主席跳，现在不学会，跳起来光踩别人的脚，那可不好哟！这算个政治任务，人人都要学会，以后到了拉萨，你们还要当老师，教会那里的同志们。”

50 年过去了，当年活跃在康藏筑路大军之中的我，现已黑发染白霜，但这段亲身经历，永远留在了我的记忆里。

# 到西藏去

侯含清

## 在 军 大

1950年，我和张俊英同学经邛崃县委王书记介绍，怀着一颗赤诚之心，报效祖国之志，毅然地报名考入了西南军政大学八分校。经过几个月的部队学习生活，使我懂得很多，也增长了不少知识。特别是部队那团结、紧张、严肃、活泼的正规的军政训练，使我从一个天真烂漫、无忧无虑，什么都觉得好奇、新鲜的女学生，迅速转变成一个真正的女战士。部队大熔炉的锻炼，不仅使我在体格上健壮起来，同时思想也逐步成熟，意志更加坚定，信心更加充足。

在随十八军进军西藏前，我们八分校第二大队十一中队的全体学员，参加了甘孜修建机场的劳动，在机场举行落成典礼庆功大会的同时，我们军政大学也开了毕业典礼大会。在庆典上，得到的掌声和知名度最高的，要算女兵中的“牦牛班”，她们完成任务好，个个力气大，我就是其中一员，被评为四等功，戴了大红花，发了奖状，并加入了青年团组织。

## 向拉萨挺进

军大毕业后，部队领导就立即在我们一百多名女学员中，精选10名女战士到最前方、最艰苦的五十二师干工作。我作为军大的一名普通学员，荣幸地被选上了，当时的心情确实万分激动，我将成为一个名副其实的女战士了！并能亲自参加统一祖国大业的历史使命，同学们拍手、跳跃、羡慕，我感到无比欣慰。至今回忆起来，一幕幕还是那么清晰，那么感人，那么甜蜜。

我们精选出来的10个姐妹排列在五十二师各大队挑选出来的男同志队伍里，总共一百多号人，大家相互团结，互相关心，真像亲兄妹一样。记得部队路过一个叫“死人山”的时候，我们十姐妹中，一个叫小杨的战友，不知怎么的，帽子突然被一阵狂风从山顶吹落滚下山去了。高原严寒，使得她的抵抗力开始下降。沿途一直感冒发高烧，还咳个不停。部队每天必须要行军几十里，不断地翻山越岭，为了减轻她身负的重量，所有的行囊都由大家分担了。两天后，疲乏力尽的小杨实在走不动了。队长见此情况，就牵来驮运铁锅的牦牛，卸掉货物后，让小杨骑上，队长牵着牦牛一步一步地向前进。又过了两天，才走到洛隆宗兵站扎营。当时不知怎么的，我也患了感冒，队长就留下我这个轻病号来照顾重病号，并负责打扫宿营地周围的环境卫生，铺好大家的地铺，其余8位女兵就分头上山打柴、化雪烧饭。我把小杨照顾好，一直看她睡着后，我只觉得昏昏沉沉，在不知不觉中睡着了。等我醒来时，才发现满屋的人都在哭，一看才知道，我的亲密战友小杨同志牺牲了。在一片悲痛中，大家又分头在兵站周围找了几个破木箱，拆开做了一口简易棺材，沉痛地把战友小杨埋在兵站旁的小河边上，部队趁着天亮又继续前进了。

在艰难的行军途中，口粮短缺时有发生。一般前一个兵站发给的口粮要维持一周，必须到下一个兵站才能补充。倘若途中遇到冰雪封山，不能行军，口粮就不够了。没吃的只好挖野果吃，当时我们还幽默地把这种野果叫做“人参果”。不过在这几百里望不到边的大雪原，要想挖到“人参果”谈何容易。我们的战士硬是用双手扒雪挖地，有时十个手指冻僵了，出血了，还坚持挖。

风雪一旦停止，部队就立刻下令急行军，饿着肚子赶路。记得有一次我们的队伍到了小兵站，同志们都希望能领到点口粮。可是很失望！由于大雪封山，后面给养运不上来，中途又遭到土匪的抢劫，这么多人不能呆在这个小兵站里死等啊。于是部队领导就叫大家分散寻找食物，挖野菜充饥，坚持继续行军，就这样停停走走，赶到了下一个兵站。

## 既是战士又是宣传员

当时的部队文化生活很枯燥。部队领导为了活跃战士们的文化生活，增强我们的勇气，激励我们的斗志，就专门组织几个人每天搜集好的事迹，编辑刻印小报，散发到每个战士手中，大力宣传我们这支铁的队伍。这一张张的小报，鼓舞我们赢得了一个又一个胜利。

我们 9 个女兵加上几个男兵更是忙得不亦乐乎。每到一处休息时，领导就布置我们抓紧时间采访，自编节目，自排歌舞，为的是活跃部队文化生活，使大家休息得甜美一些，消除行军中的疲劳，重振战士们的斗志。在当时的条件下，我们这十几个人的“文工团”，被战士们爱称为“战地文工团”，虽不是很正规，但我们的热情，我们一丝不苟的工作作风，我们的积极努力，深受部队首长们的肯定，深受战士们的爱戴。

## 军营生活苦中有乐

紧张而又严肃的军营生活，同时也给每个战士带来了许多生活乐趣和情趣。还记得当时部队发给每个战士的一块帐篷雨布，下雨当“雨衣”，晚上合起来是“帐篷”。在一望无边的茫茫大雪原上扎营，大家不仅不觉得冷，反而给这简易帐篷取了个雅号，叫“雪地宫殿”，可谓别具一格，大家乐滋滋地钻在里面，一觉能睡到大天亮。有时“帐篷”被夜里下的大雪压垮了，大家也全然不去理会，到天亮，大家爬出来相互一看，都乐得哈哈大笑。因为都成了“宫殿里的白雪公主”了，个个脸上、眉毛上落满了雪花，眉毛前沿还吊着许多小冰串，甚至全身也被大雪裹了厚厚一层，像是穿上一件雪白铠甲，在这艰苦的环境中，我们没有被艰难压倒，而是以一往无前的精神，同战友们并肩一道胜利地到达了拉萨，完成了党和人民赋予的神圣使命。

# 风雪高原路

洛桑志玛　杨易

昌都是西藏东部重镇。昌都战役之后，我们于1951年2月28日从甘孜出发，行军21天后于3月20日到达昌都。5月23日《关于和平解放西藏办法的协议》在北京签订的消息传来，全军振奋。进藏部队即将执行把五星红旗插在祖国边疆的光荣而又艰苦的任务。

在昌都驻扎四个多月，我们领略了这里的晨光和暮霭。昌都寺庙，蓝天映衬着昌都古寺的寂静，我们从澜沧江边背水灌溉的蔬菜，已露出了浅浅的嫩绿。这些都深深地留在记忆里。7月25日，我们带着依依惜别的心情离开了昌都。

我们即将去的地方是拉萨，一个陌生而又神秘的城市，有着古老的文化，有着勤劳、饱受压迫的藏族人民，

昌都以西是横断山脉，山复山，水复水，在46天的行军中，跋山涉水，风餐露宿。原始森林旁，丁香花丛中，潺潺小河边，都曾经留下过我们的足迹。

## 夜雨突袭

行军途中，女同志和男同志一样，轮流打柴供炊事员煮饭，宿营也要搭帐篷，到宿营地后，先选择好略带斜坡的地形，搭上帐篷。帐篷口朝下，其余三边均要求挖排水沟。因为太累，我们总是观察天际的云彩，再决定挖不挖沟。可好几次没有挖沟，天气骤变，帐篷内进水，我们遭受了雨水浸袭，狼狈不堪。

## 雪山滑梯

有次，迎面一座大雪山，山势陡峭，山上积雪很深。我们跟在尖兵班后，沿着他们踩过的冰渣路上攀，而到了山巅，尖顶仅容数人，必须立即下行。山道已被尖兵班踩成冰道，路滑难行，比上山更险更难。看着陡峭的雪坡，有同志想出了一个办法，向下滑。于是我们披上雨衣，坐在积雪之上，双手撑着屁股下的雨衣，一溜烟地向山腰滑去，速度很快，又少了跋涉之苦。这段路没有留下我们的足迹，但留下了我们的欢声笑语。

## 兵站里的小藏胞

一次，去兵站联系给养，兵站的同志指着蜷缩在黑暗屋角的一个小藏胞说："希望你们能带走他，连队无法带，兵站也不能长期收容，机关单位好办一点。"经请示首长同意，将他带回了驻地，交给炊事员老司照顾。老司给他剪了发，换了衣服，从此就跟着我们行军。

这孩子家是世代农奴，父亲已去世，姐姐支"乌拉"还没有回来，农奴主又来派"乌拉"，只好由十二三岁的他应支。因为没有粮食吃，不堪其苦逃出来了，被兵站暂时收留。行军途中，看见雪，他说这是我的盐；看见水，他说这是我的茶。他唯一的家当是一只木碗。

## 临危不惧

先遣支队三百余人，只有一个连的兵力，其余为机关人员。到拉萨后，藏政府安排我们驻在"玛噶"（藏语兵营），在"玛噶"，驻有藏军，左前方不远处也有藏军驻地，后面是拉萨河。我们左右受制，地形极为不利。这时，西藏少数上层顽固分子蠢蠢欲动，积极从后藏调兵，想趁我们武力微薄、立足未稳之时消灭我们。

先遣支队临危不惧。一方面作西藏上层人士的分化工作，宣讲和平解放西藏《十七条协议》；一方面积极备战，动员全体指战员，随时保持警惕，若有动静，立即集合，沿拉萨河向墨竹工卡方向撤退与日夜兼程向拉萨进军的主力部队靠拢。以后，随着大部队驻进拉萨，威慑了少数顽固分子，上层人士的统战工作也取得一定的效果，紧张的局势宣告结束。

## 新汉人

初到拉萨，少数顽固分子煽动不明真相的群众，故意滋生事端。常用撞解放军、说脏话、摔石子等行为无理取闹。部队纪律规定不予理睬，每天由先遣支队收集具体事例，和藏政府交涉谈判。很快，广大群众目睹了解放军的克制忍让，认真执行党的民族政策，对我们产生了敬重和好感，称我们是“新汉人”。

# 在修建甘孜机场的日子里

晓 晖

## 挺 进 途 中

1950 年 9 月，我从军政大学八分校毕业后，被分配到十八军卫生学校学医。这批人都是经过领导从军大众多学员中精心挑选出来的青年学生，她们多数是来自川西南的女子中学或者普通高中，共同的特点是热情、奔放、单纯、自信，对新中国充满了热爱，对个人前途充满了信心，大家情绪很高，一致表示要为进藏部队十八军的官兵，为西藏人民的健康而努力学习。

1951 年 3 月，正当全校学员专心投入医学基础课程学习的时候，学校接到了开赴邛崃县，准备立刻开往甘孜，执行前方修建任务的紧急命令。经过一番紧急动员和认真挑选，我和本校二百多名女同学被批准为首批进藏学员。

一个云雾弥漫的早晨，集合号声吹响了，大家把早已打好的被包背上了肩，排好队，迈着整齐的步伐开往停车场。那里已是锣鼓喧天热闹非凡，场内十几辆装有帆布篷顶的大卡车正在轰隆隆的发动着，场外欢送子弟兵的人群排列在公路两旁，他们手举彩色小旗，高呼：“热烈欢送首批女战士进西藏”的口号。这时女兵们已按连排干部的指挥爬上卡车坐好，大家的心情格外激动，含着兴奋的热泪向群众招手致意。汽车启动了，女兵们唱起了：“向前、向前、向前，我们的队伍向太阳……”的军歌，歌声、欢呼声、汽车喇叭声响成一片。

车队在公路上奔驰着，女兵们一路欢歌笑语。少数人因晕车而频频呕吐，我尤其不能闻那汽车排放出的汽油味，我头晕、头痛、恶心，但在大家的相互关怀和鼓励下，我坚持着。当时有一个叫家惠的学员撑不下去，就把她留在中途兵站了。汽车跑了两三天之后，准备向海拔三千多米的二郎山挺进。这时大家精神振奋，齐声唱起了“二呀么二郎山，高呀么高万丈，古树荒草遍山野，巨石满山岗……”汽车行至半山腰，因山路狭窄、崎岖、陡峻，拐弯的地方尤其危险，只能徐徐行进，在上坡和下坡时，车轮还必须绑上重重的防滑大铁链条，同时还要小心翼翼地提防路基垮塌。到这个时候，车上的女兵们再也不敢吵闹了，一个个鸦雀无声，甚至提心吊胆，大家知道那山路的一边就是悬崖绝壁，万丈深渊，司机一不小心或受车上人声干扰，都将造成翻车事故，导致车毁人亡。

车队开到接近山顶的时候，只见山间云雾缭绕，个别体质较弱的同志开始感到有些头晕、胸闷，车愈往上走，空气愈加稀薄，排长一遍遍地提醒大家不要惊慌，沉住气，摇醒个别昏昏入睡的人。快到山顶了，排长命令大家戴上墨镜，以防积雪在强光照射下刺激眼睛造成雪盲。车队吃力地爬上了山顶，我出自好奇从眼镜的缝隙往外看，呀！一片白雪茫茫，只见山连着天，天就像盖在山顶上。一片银色的世界，连刚才在山下看到的高高盘旋在上空的雄鹰影子也不见了。卡车在山顶上不敢停留，司机们沉着冷静地掌握着方向盘，一辆接一辆地徐徐向新筑成不久的下山道路开去。

翻过二郎山，车队在一片开阔地停下来休息，女兵们下车活动，从各自挂包里取出干粮和水壶，围坐在草地上，伴着蓝天白云和遍地开放的山花与羊群，悠闲地吃喝起来。高原的自然风光如诗如画，把她们一个个深深地吸引住了，她们忘记了行车途中的颠簸疲劳与惊吓，竟然又情不自禁地唱起了革命歌曲。

## 初到高原

1951年3月，车队经过几天艰难行驶，终于把第一批女兵送到了甘孜。几天的颠簸行程使大家疲惫不堪，再加上不同程度的高山反应，都有些头晕腿软，气喘吁吁。个别人被搀扶着，走不了几步就要停下来歇息，甚至就地坐下休息一会儿。我们背上自己的背包和米袋，一步步地从公路走到了离公路约5公里外的宿营地——一片荒山坡。看了这样的地形，女兵们傻眼了，心里产生了疑惑，这怎么住呀！大家原本是活蹦乱跳的，到这时一个个像散了架似的就地一坐等待连队新的部署。班排长会议结束了，班长传达了连队的指示：“各班必须在当天把帐篷架起来，把炉灶挖好自行烧水做饭”。班长命令下达之后，几个团员临时开了小会，分了工就开始行动起来。我当时是班上卫生委员，首先要保证全班喝上水，便拉着小林奔向山沟拾柴禾，还拾了些干牛粪回来。简单的炉灶挖好后，我们安上随车带去的铁锅，从山涧取来了水，水是用刷牙缸从沟的深处一点点舀进盆里的，有些浑浊，但此水先头部队已饮用过，没问题才让我们饮用的。我划着了火柴点火，几次都没点燃，一是炉膛太湿，柴禾又不干；二是阵阵山风不断，因此我只得心痛地从自己日记本上撕下两页纸来才把火引着。这时，各班的炉灶里都冒出缕缕白烟，烧水的人一个个被烟熏得双眼淌泪，脸上、鼻子上都抹满了黑灰。我费了很大的功夫，终于把水烧开了。

由于缺水，做饭时只能将带去的大米稍稍洗一下就放锅里煮起来。等到水米焖干，看上去似乎是熟了，但舀出来的却是夹生饭。因为高原空气稀薄，气压低，水的沸点也低。不过，大家肚子饿了，夹生饭吃得也很香，以后的几天休整中，都是以班为单位自炊，直到我们开始到工地劳动后，才由炊事班统一供应饭食。

初到宿营地，排长在山坡上指定了各班搭帐篷的地方。以班为单位，用自己所带的雨布和几根细圆木棍（即帐篷杆）支撑起来，各班又找了些麦杆铺在地上，就成了全班人住宿的帐篷和床铺。我们在四川时，每人只发了 6 尺长的一块白布做床单，一床不足 4 斤重的被子，没有褥子和枕头。晚饭后，班长让大家摸黑坐在铺了麦杆的地上开会，个个都必须发言表态，怎样面对目前艰苦环境下的生活？同志们踊跃发言，纷纷表示我们是为解放西藏而来，是为修建高原第一个机场而来，不是来享福的，我们是来吃苦锻炼的，我们能经得起高原的恶劣气候与艰苦的野外环境的考验。

会后，大家打开自己的背包，用手电照明，铺上了床单，全班就地挤在一起躺了下来。有几个人感到这样的住处新鲜有趣，情绪颇为激动。另几个人则躺不安稳，觉得身底下扎得慌，一个劲地在麦杆上翻动，那一块薄薄的床单布，早已不知溜到哪儿去了。小王、小钟身体强壮，白天干活出力多，感到疲乏，连话也不多说倒头闭眼就睡。我的身体较瘦弱，既感到冷，又感到身上扎得不好受，只能轻轻地用被子包裹严实，再把棉衣从枕头下取出来盖在身上。正当我数着“1、2、3、4、5、6、7……”将要模糊入睡的时候，忽然觉得帐篷在摇晃，紧接着一阵狂风吹来，小帐篷刮倒了，篷内放的菜盆碗筷也叮叮当当刮得满地跑。大家急忙披上棉衣，顾不上穿鞋就一起去追被刮走的帐篷，借着一道道弱小的手电光，你拖我拉把帐篷弄回了原地。这时天空一片漆黑，预示着暴雨即将来临。山坡上到处是班排长们指挥的叫喊声和女兵叽叽喳喳的说话声。住在这条山沟里的队伍已全部行动起来，整个山沟沸腾了。那游弋的手电光，就像穿梭在夜空的萤火虫。连排干部忙着到各班传达应变措施，并安抚大家，要沉着勇敢与天斗。大家这时忘记了寒冷，为了确保棉被和衣服不被大雨浇湿，大家齐心协力地顶住大风，把帐篷重新在地上立了起来，并设法加固支架。一场暴雨过后，每个人的脸上、身上都沾满了雨水、泥浆，棉被也被打湿，来高原第一天就碰到的这场风雨，就算是高原气候赐给这群女兵们的见面礼吧！但我们毕竟还是战胜了自然，当黎明到来的时候，一个个女兵困倦的面庞，在清晨的曙光中露出了灿烂的微笑。

## 住进窑洞

高原气候的恶劣多变，就是男兵也很难接受长住帐篷的生活，何况有特殊情况的女兵，确实相当不便。领导号召大家自力更生改善住处——建造窑洞。于是，一场挖地、伐木、切草皮盖房的战斗打响了。领导确定以排为单位建筑自己的窑洞，我们排接受了到离宿营地数十里外的山林里砍树的任务。汽车把我们送了一程，然后大家背上背包进山，找了林间一片不大的空地，搭起了各班的小帐篷。砍下小树枝桠，厚厚地铺在有涓涓流水的地上，大家戏称我们睡上了钢丝床，床下还有自来水哩！山林里，气温显得更低，夜间也更觉阴森恐怖，但大家还是壮大了胆，躺在树枝铺成的床上，听蛙叫，听虫鸣，胆大的还掀开帐篷，从缝隙数天上的星星或凝视皎洁的明月，此时的女兵呵，确实别有一番滋味在心头。

为修建窑洞，必须砍伐一些树木，但是砍树的工具太缺了，大多数同志只有从藏胞那里借来专用于割青稞的镰刀，每班最多有一把斧头，因此伐木任务相当艰苦，相当繁重。用镰刀在树干上连砍几下，只不过砍去一点点树皮，但大家还是围着碗口粗的树干，转着圈儿砍下去，这样一来，本已冻皴的手又给震裂了，虎口、手指头及手背上渗出血来，痛得大家用嘴吹，用小手绢包上，继续砍树。休息的时候还得找块石头磨刀。要砍下一棵树真不容易，得有相当大的耐心和体力才行。实践中，我体会到了“工欲善其事，必先利其器”的道理。砍树两天，大家的手掌上都不同程度地磨起了血泡或硬茧，每天晚饭过后，都必须专门烧水洗烫双手，然后伸入胸前挂的棉手套中，使裂伤的手得到暂时的保护。

修建机场任务在即，连队指示必须抢时间把树木砍好，早日运回驻地盖窑洞，大家的工作量加大了，头天晚上借着月光把镰刀磨好，早上天未明就起来摸黑做饭，每天三餐都是一锅夹生饭，带去的咸菜没有了，只能用盐粒在锅中干炒一下拌在饭中吃。多亏那时每人拥有一根结实的皮腰带紧束在棉衣外面，似乎可以减少一些风寒的侵袭和减轻腹中的饥饿。

砍树任务完成了，由俩人抬一根木头，先从山上拖下来，再从弯曲的小道扛到能通汽车的路口装上车，虽然大家很劳累，满脸满身都是汗和灰土，但一个个粗糙黝黑的脸上露出了胜利的笑容。我们从树林里班师回营了。

留在连队挖地槽、切草皮的两个排也完成了各自的任务，她们也同样十分辛苦。

在建筑材料备齐的基础上，请有经验的同志指导，只用了 3 天时间，各排的窑洞就基本盖起来了，当女兵们躺在自己亲手盖成的土窑里的土坑上时，感到是那样的舒适、安全，是那样的惬意。大家精神振奋，你一言，我一语地共同商讨着今后如何进一步改进和美化土窑内外的环境。

在后来的施工过程中，我们利用休息时间去找了白石粉土和彩色石子，把土墙刷白了，把石子嵌进土里变成文字和图案，我在窑墙上写下了“荒山变乐园”几个大字，远远看去非常醒目。门前的地面，我们加宽了，修平整了，还移植了不少美丽的野花。当上级领导来视察各队时，特别表扬了我们对环境的美化，称赞了我们苦中求乐的革命乐观主义精神。

1951 年 12 月，我们完成修建任务撤离那一片山坡时，我们亲手建的座座小平房似的窑洞还屹立在那里，我们怀着依依不舍的心情不断回头张望，别了！曾为我遮风避雨的高原之家！

## 工地上的劳动

居住问题解决了，各队正式投入修建机场的洪流中。为了加快工程进度，每天都是天不亮就起床，各班值日员从伙房领来早饭，大家匆匆吃罢就挑起牛皮筐，扛上铁铲等工具去沟外几里路远的工地。中午饭由各队伙房做好送去，晚上天黑才收工。

当我们第一天到达工地时，那喧闹沸腾的劳动场面，使我们非常激动和振奋。各单位的彩旗在工地上迎风招展，劳动大军人山人海，歌声此起彼伏，与广播的高音喇叭声汇成了欢乐的海洋。热烈的气氛激励着年轻女兵们的心，大家脚未站稳就积极投入到修建机场的洪流中去了。

我们的任务主要是铲土，挑土运石头。在修筑机场跑道阶段要浇灌水泥浆，担子挑起来特别沉重压肩，无论是挖土、铲土，还是挑土，每天都要累出几身汗水。装筐的更是辛苦，一点喘息的机会都没有，因为空筐子一个接一个地放到你面前不能停歇，必须一个劲的往每只筐里装，连直腰的时间都没有，所以大家总是轮流干。运土的人常结对并肩前进，有时还开展比赛，那疾步如飞的竞赛场面很有感染力。尽管有的女兵年少体弱，但凭着冲天的革命干劲和加油号子的鼓动，挑起土来像扭秧歌似的左旋右拐也要冲上去，跌倒了爬起来再前进，直挑到终点。班上有个叫王辉的大个子，身体壮实，能吃又特能干，哪里有困难她就往哪里去，她的筐子总是装得最满，她的脚步跑得总是最快，人们给她起了个外号叫“飞毛腿”，又因她最能吃苦耐劳，大家又亲切地称她为“牦牛”。她圆圆的脸上始终是红彤彤、汗涔涔的冒着热气，她敢于拼搏的精神，给人以很大的感染力。后来她被评为部队的劳动模范并提升为班长，出色地带领着一班人前进。

当时聚集在甘孜修建机场的部队人数较多，运输补给又存在很大的困难，所以大家的日子过得很艰辛，每天只能吃到由内地运去的黄花菜、海带、粉条等干菜，改善生活时才能吃上点猪肉罐头或牦牛肉，没有新鲜蔬菜，更没见过水果，食物中维生素很缺乏，所以没多久女兵中就出现了夜盲症和指甲凹陷，手脚皮肤皴裂，烂嘴角等情况，由于环境的改变和营养不良，还导致女兵们月经失常，或多或少，或长或短，有的压根就不来或来了就不走，加上没有卫生纸，这在一定程度上影响了女兵们的健康和情绪。但女兵们在月经期间照常出工。自己不提出休息，别人提出照顾也不愿接受，因全队都是女兵呵！个别很特殊的情况才不去上工，留在家里作值日，整理内务卫生或帮厨，有时还与别班值日的人结伴到有水的地方为大家洗衣，在施工队伍回来之前为全班人烧好洗脸洗脚水，一天下来也很累，但大家从无怨言与不快。

在当时物资供应缺乏的情况下，女兵们除了特殊的困难外也存在着一般的困难，在工地由于劳动强度大，鞋很快就磨破了，谁都不够穿。记得有这样一件事，班里为搞好卫生，把大家丢在一边的破鞋埋到窑洞后的土坑中，眼看脚上的鞋破得不能再穿了，又将埋入土中的鞋挖出来换上，再将脱下的破鞋埋进去，并如此反复 2–3 次。

甘孜的天说变就变，刚才还是晴空万里，转眼间就乌云密布，大雨或冰雹倾盆而下，大家只能挤在一起，用于支撑起雨布来遮挡，因为雨布仅是一块四方形的防水布，没帽没袖，遮雨作用差，最后还是弄了一身雨水一身泥。当太阳再次露出笑脸的时候，它放射出的光和热，足可以把你的湿衣晒干，把你的脸庞烤得火辣辣的疼痛。遇到刮大风的天气，常常是飞沙走石，让人无法睁眼，耳朵里、衣领里灌满了泥沙，有时军帽被刮跑，这时女兵的头发就像撒满了灰沙的一丛乱草。每逢这种天气大家真是苦不堪言。晚上收工后都得用清水互相冲洗眼睛，到伙房要点碱面来洗头，碱面洗得头发像枯草。由于长期被高原日晒风吹，女兵们细嫩的面庞就变得极其粗糙和黝黑了。

工程进入冲刺阶段，我们排成单行传递石块，我正巧站在一个土坎下面，石块由坎上传递下来，站在坎上的小林一不小心，失手把一块石头重重地砸在我的脸上，顿觉麻木。大家发现我鼻孔和嘴里都流出了血，立即扶我坐在一旁，掏出手绢给我擦血。我的一颗门牙被砸掉大半截，嘴唇也破了，嘴也肿了起来，班长立刻送我到工地卫生所，军医用棉球给我止血擦洗后，给了几片阿司匹林和磺胺药片，嘱咐我休息。我当时觉得头晕、腿麻，但因考虑自己是副班长，必须处处带头，轻伤不下火线，就不顾大家的劝阻，继续参加劳动。没想到在收工返回的路上，嘴反而痛得更厉害了，边走边吐粘液，特别当晚风吹来，刺激受伤的牙更是痛得钻心，我忍着，回到住地没洗脸就躺下了。一连几天大家强迫我在家休息，白天服止痛药片还能忍住，难熬的是夜深人静的时候，满嘴牙甚至连上下颌骨、耳根都痛，热泪滚滚滴落在麦杆上。我想当时要能打上一针止痛针该有多好！只可惜那时什么条件也没有。

在施工过程中，小伤小病是经常发生的，但大家牢记入藏前自己所表的决心，牢记革命先烈出生入死，抛头颅洒热血无私无畏的革命精神，牢记西藏穷苦人民生活在水深火热之中，我们也就什么都能经得起，挺得住。

经过七个多月的苦战，终于和兄弟部队一起建好了高原上第一个飞机场。通航典礼那天，党中央、中央军委及西南军区刘邓首长派出代表向修筑康藏公路和修建机场的十八军全体指战员进行慰问，当代表所乘的飞机盘旋降落在机场跑道上时，人海沸腾了，欢呼声此起彼伏，锣鼓声响成一片。激动的泪水在女兵们的脸上流淌着，此时她们把七个多月的辛苦忘记得一干二净。

经过这次磨练，使我的思想得到了进一步净化，更加坚定了我对革命事业的信心，为后来为人民服务，特别是为伤病员奉献一生打下了坚实的基础。

1951年的12月，我们这批胜利完成了机场修建任务的女兵，返回四川邛崃，在十八军卫生学校继续着医学知识的学习，当时学校聘请了地方卫生系统的一些专家、讲师，采用形象教学与理论密切联系实际的方法讲课，大家情绪高涨，认真刻苦地学习，到1953年的1月，普遍以优异的成绩毕业，全部第二次进入西藏。因为工作需要，我当时被留在十八军卫生部肩负全军的医疗预防和日常行政工作，驻地也由甘孜迁到了昌都。

# 雪山高原展风姿

廖秀梅

我常常想起四十多年前的事情，那时我们很年轻，正值十七八岁的花季，当年我们二野十八军遵照党中央、毛主席的指示精神进军西藏，解放西藏，建设西藏，抚今追昔，我对自己曾经为祖国的统一，民族的团结尽了一份力量而感到无比欣慰。

## 进军准备

1950 年 1 月，当党中央、毛主席决定把解放西藏这一光荣而又艰巨的任务交给二野十八军时，我是十八军五十四师文工队员。我们在四川的大邑县一边参加剿匪、一边训练和演出，做进军西藏的各项准备工作。利用演出配合部队进行政治教育工作，我们文工队加紧排演了一些剧目，如《战斗里成长》《钢筋铁骨》《团结立功》《刘胡兰》等，下部队演出受到了广大指战员和当地群众的热烈欢迎。回想当时演出受欢迎的场面就和现在的心连心艺术团到革命老区慰问演出受欢迎一样。演出的节目不仅使战士和群众受到教育和鼓舞，对我来讲同样是深受教育，觉得自己一下子成熟了许多。有个叫丁佑君的女青年看了我们演出的《刘胡兰》后深受教育和鼓舞，在一次参加剿匪过程中她与土匪展开顽强的斗争，像刘胡兰一样被俘后英勇就义了。当时我们既难受又感动，发誓向英雄学习，刻苦锻炼，做好一切进军西藏的准备。在川西时每天早晨天不亮我们全体队员就进行负重行军锻炼，每人除了全副武装外还要加上两块砖头，以便在进军途中能经得住严峻考验。在五十四师召开的全师进军西藏誓师大会上，我们全体指战员立下誓言：一定要把五星红旗插到喜马拉雅山上。

## 协助拍摄纪录片

昌都战役胜利后，中央决定修筑康藏公路，康藏公路全长2441公里。从昌都到拉萨高山一个接一个，羊肠小道甚多，江河冰川急流不断，峭壁怪石嶙峋，困难是常人难以想象的，环境十分艰苦。

为了反映人民解放军进藏部队和筑路员工与天斗、与地斗，克服重重困难战胜天险的英雄伟业，以及西藏农奴翻身后的新生活。中央专门派了中央新闻纪录制片厂的摄影队和捷克斯洛伐克的摄影专家，联合拍摄一部新闻纪录片《光明照耀西藏》。当时我们文工团六队的同志大部分都参加了拍摄工作，其中还有我向当地群众宣传党的民族政策和《十七条协议》及与群众共同劳动的镜头。

## 从昌都到太昭

从昌都到太昭要翻越重重大山，涉过澜沧江、怒江和无数急流冰河，所到之处人烟稀少，空气稀薄，到处冰天雪地，道路崎岖难行，还要经过无人区的穷八站，这些对我们初到西藏高原的汉族同志来说是难以想象的困难，特别是文工队的女战士困难更是难以言表。当时我们文工团六队是随五十二师一五五团一营于1951年10月5日从昌都向太昭进军的。我们每人身背五十多斤重的行装，每天要走七八十里的路程，牵着马爬雪山、过草地、趟冰河。西藏的河水是冰雪融化的，冰冷刺骨，过河时男同志发扬团结友爱的精神，主动背女同志过河，我身体好过河时从来不麻烦男同志，都是抢先趟过河去，有时一天要趟好几条冰河，后来我们文工队大部分女同志都患有严重的妇科病。

每天到达宿营地后任务很多，有的搭帐篷，有的放马，有的拾柴做饭，晚上还要轮流站岗放哨。1951年10月9日，我们行军80里，翻越了三个山峰后夜宿瓦合山下，10月13日我们行军50里到达洛隆宗与五十二师胜利会合。10月15日在洛隆宗休整三天，一边备粮、备草，一边为群众演出大合唱《解放区的天》《跟着毛泽东走》等节目，宣传党的民族政策。

10月20日我们翻越巴里朗的塞米贡雪山，雪厚达50至60公分，走着走着眼睛就什么也看不见了，必须不断地睁眼闭眼以调整视觉，很多人都得了雪盲症。

行军路上因为交通困难，粮食供应不足，大家经常吃不饱，同志们肚子饿了的时候常常在一起精神会餐，有的说：“俺家乡的捞面条真好吃”，有的说：“我们四川的抄手吃着更安逸”，还有的说：“俺山东的煎饼卷大葱吃起来才来劲”，就这样你一言他一语，大家说说笑笑，精神上轻松了许多，也就忘记了饥饿。这种望梅止渴的方式还真管用。

10月25日我们分两个梯队，早上5点出发翻越号称6300米的丹达山，我们队有个17岁的女同志叫张俊英，是四川参军的，在翻越雪山时终因体力不支倒了下去，长眠在雪山上。她还没有走到拉萨，没有分享到胜利的喜悦，为了解放西藏献出了年轻的生命。

行军路上虽然非常艰苦，但我们六队的同志们还是一路走、一路唱、一路演，沿途歌声不断。有时在山顶上还要作鼓动工作，给部队鼓劲、加油。有群众的地方就要演出，宣传党的民族政策，宣传《十七条协议》，所到之处都受到藏族人民的热情欢迎。

自1951年10月5日从昌都出发，到1951年11月5日到达太昭。我们用了一个月的时间，行程近两千里。

## 访问“九宗”宣传协议

执行党的民族政策，宣传执行好《十七条协议》，使协议深入人心，这是进藏部队的首要任务。为此我们文工团六队到达太昭后，军党委决定让我们到山南“九宗”访问演出。以五十二师副师长陈子植、副政委阴法唐为首，由文工团六队（三十多人），一个电影放映小组，一个骑兵班组成访问团，进行宣传《十七条协议》的走访活动。我们六队赶排了一些歌舞，有《藏族舞》《蒙古族舞》《维吾尔族舞》《骑兵舞》《共产党的恩情长》等。

1951年11月25日从太昭出发，沿途访问了江达宗、雪卡宗、觉木宗、则拉宗、金东宗、郎宗、加查宗、古如郎杰宗和拉索宗等。我们每到一地，陈副师长和阴副政委就去会见头人并做统战工作。六队的同志就演节目和宣传《十七条协议》。当时我们的口号是不落一个村，不失掉一次宣传机会。

沿途山高水清，花果满山，到处都是原始森林，环境优美，气候也比较好，仿佛我们到了没有人烟的仙境。有一次，我们走了一天一夜赶到郎宗时（当时传说那里是野人区），只见山坡上有几处木板搭的房子却见不到一个人。我们身穿各种民族服装，打着锣鼓跳着藏舞，还是不见一个人影。后来找到一个藏族老人，他说："这里的人都跑到山上去了，他们听说你们汉人要杀人，见了老人就杀，见了青年人和孩子就吃"。陈副师长和阴副政委给老人讲党的民族政策，请他把当地群众找回来。群众被找回来后，我们见到男的都裸着上身，背着弓箭光着脚，下身穿着兽皮，女的披散着头发，身上披着兽皮，看样子很像原始部落的人，他们只有语言没有文字。

晚上我们演出时点了几堆火，举行篝火晚会。演一个节目宣传一段协议，开始群众不敢接近我们，后来他们和我们一起跳起了藏舞，人越跳越多，情绪非常高涨，掌声欢呼声接连不断。放电影时，藏族群众非常惊奇，因为他们从来没有看过电影。

第二天，陈副师长和阴副政委给他们赠送了礼物，他们的头人也给我们访问团送了一些珍贵的兽皮等。当地群众还为我们表演了射箭，通过我们对《十七条协议》的宣传讲解，群众对党的民族政策有所了解，相互间增进了友谊，我们临走时藏族群众还列队欢送。

我们11月25日从太昭出发，到12月28日，共走访了9个宗，行程二千多里，演出25场，所到之处都受到了藏族人民的热情欢迎和赞誉，增进了汉、藏人民之间的团结和友谊，使党的民族宗教政策得到了很好的宣传。

# 青春的回忆

何蜀江

当年我们参加人民解放军时还是年轻姑娘，现在已是满头白发垂垂老矣，回忆走进西藏近40年的艰苦奋斗岁月仍历历在目，心情十分激动。

## 参　军

我的家乡于1949年12月获得解放。解放前我就参加了地下党的外围组织，接受了革命教育，十分向往革命，盼望早日解放。解放后人民解放军进驻家乡，有不少女同志身着草绿色军装，腰佩手枪精神抖擞、英姿飒爽，令我们一批年轻的女学生心里十分羡慕，不久十八军工作队路过家乡，来我校开大会进行招兵动员。还记得那天夜晚，学校大礼堂灯火通明，男女学生坐了一大片。十八军工作队首长号召同学们参加人民解放军，解放祖国大陆最后一个地方——西藏，我们学校由于地下党活动较早，革命影响较大，学生革命热情高。听了动员报告后，同学们十分兴奋，参军的热情高涨。我和几个同学非常激动地在会下“叽叽喳喳”发誓说：“这是祖国大陆最后一块要解放的地方，我们一定要参加大陆上最后一场解放战争。”会后，我们立即恳切地申请，终于得到学校党组织批准。1950年2月我们成为解放军的一员，乘车奔赴军部所在地乐山。上车时，我们都换了军装，心里非常喜悦、自豪。有的同学未被学校批准，未换军装也硬挤上车同我们一起参加了部队。到乐山后，我们被分到十八军随营学校培训学习。到了这里就到了革命大家庭，连长、指导员、班长就像我们的父母、姊妹，对我们十分爱护，关怀备至，手把手地教我们打背包、打绑腿，告诉我们革命的道理，使我们深深感受到官兵一致，充满阶级友爱的革命大家庭的温暖。

参军不久发生了一件事，我们参军事先未给家里说，是从学校悄悄走的。由于家乡解放不久，国民党谣言又很多，我们年龄小，家里不放心，常带信来叫我们开小差回家。有一次我母亲委托二伯父专程来乐山找我，要我悄悄开小差，我说服不了伯父，只好赶快向班长报告，我就躲起来了。经过班长耐心说服，伯父才回去了。事后，班长还表扬我革命意志坚定。

## 进军甘孜

1951 年 4 月初，我们五十四师向甘孜挺进。部队从邛崃开始乘大篷车，在蒙蒙细雨中沿二郎山东坡上行，公路两旁树木青翠，山陡路窄，泥泞坎坷，颠簸摇晃得很厉害，晕车的人不少，当时我们戴的是像钢盔一样的大盖帽，有的人来不及吐到车外就吐到帽子里了，后来在大渡河里见到几个大盖帽在漂。丢掉帽子的同志都受到部队首长的严厉批评。

到达二郎山山顶，是另一番景色，蓝天白云，晴空万里，遥望西方连绵的高峰，起伏不断像波涛汹涌的大海，令人心旷神怡。车队傍崖缓缓而下，山这边岩石裸露，草木难生。二郎山东西两侧，两般风光，两样天地。

大军车队走了 5 天行程六百多公里，到达甘孜。驻扎下来后的首要任务是修建机场，以支援解放西藏，向前方空投物资。修机场时，早晨寒风扑面，中午骄阳晒人，下午飞沙走石。我们同男同志一样，挖砂石、填深坑，高原缺氧，呼吸短促，吃饭没味，睡觉不实，但部队士气旺盛，紧张劳动、努力施工。休息时，经常传出歌声、笑声。修机场的地方没房子住同志们就自己挖地窑，先挖一个深坑，上面横放着木头和树枝，再盖上厚厚的土，大家就住在地窑里面。一天夜里由于暴风骤雨的袭击，窑洞垮塌，我的两位女同学余任难和周婉兰不幸被压在窑洞里，为解放西藏献出了她们年轻而宝贵的生命。

## 跋山涉水 徒步进军昌都

1951 年 5 月初，修建甘孜机场的任务还未完成，军部决定从军直五十二师、五十四师抽调一批干部组成 3 个干部队，从甘孜出发，先行至西藏东部的昌都、三十九族、波密地区开展工作。我们是到昌都的五十四师干部队，有三百多人，其中有一个女兵班，我就是这个班中的一员。

从玉隆出发就没有公路了。第一天徒步行军，向海拔五千多米高的雀儿山东坡海子山顶前进。我们女兵和男同志一样背着背包、米袋、厚厚的一块帐篷布、帐篷杆、帐篷钉等负重行军。早晨出发，虽然冷风刺骨，大家还是精神抖擞，迈步有力，速度较快。中午，高原的太阳热得炙人，同志们身上发热头上冒汗，由于高山缺氧都感到呼吸困难、气喘吁吁，脚步逐渐沉重起来，有的人逐渐掉队了。我除了背着同样的物品，还抱了一床全班晚上睡觉用的又粗又长的草席，全身东摇西晃，深感精疲力尽。当休息哨子一响，一屁股就坐下了，赶快埋头闭眼想打个盹，只休息了十多分钟，继续行军的哨子又响了，哨声就是命令，我们女兵班的同志都很好强，立即翻身立起，紧跟大部队继续吃力地往上前进，走了 80 华里，傍晚才到预定的宿营地，竟有一半人掉了队。我们女兵班没有一个掉队的，和大队同时到达宿营地，大队领导表扬了女兵班意志坚强，能吃苦，组织纪律性好。我们女兵班同志们听了，心里都非常高兴。

到了宿营地，在雪花飘舞中搭帐篷，垒锅灶，挖野菜，拾柴捡牛粪，生火煮饭。哪知柴禾透湿，烧得浓烟滚滚就是不燃，呛得我们眼泪直流，好不容易才把饭煮好，盛出来吃时却是夹生饭。经过一天行军，同志们又累又饿，不管生熟照样一扫而光。吃了几次夹生饭大家很纳闷：怎么饭总也煮不熟？后来才知道是高原气压低，当时又没有高压锅，一般行军锅当然不容易煮熟。我们吃的野菜是灰灰菜、野韭菜、荨麻等，没什么调料。有一位同志为全连背了一小竹筒豆瓣酱，她私自吃了一点，受到严厉批评。

晚上宿营，我们女兵班是在用几根帐篷杆、8 块帐篷布合起来搭成的一个小帐篷里睡觉。小帐篷常常搭在凉湿的草地上，地上仅铺一床草席，我将自己的棉被铺在席上当垫褥，盖的棉被也很薄，晚上常常有冰雪风雨侵袭，十分寒冷。行军一整天疲劳不堪，晚上也顾不得许多，全班人挤在一起很快进入梦乡。第一天到海子山宿营时，有一点小雪花飘扬，大家也没在意，睡得很熟。第二天，尖锐的起床哨音吹醒了我们，掀被起身却抬不起头来，帐篷布罩在了被子上，原来是帐篷被雪压塌了，大雪把我们埋住了，头刚刚伸出，团团白雪就滚了进来。有一晚，翻过雀儿山后，在柯鹿洞小溪边宿营时，宿营地树木丛生，绿草茵茵，景色迷人。睡觉前还是繁星满天，夜空肃静，我们睡意正浓时，突然暴风雨来临，雨点狂打着帐篷，嘭嘭声惊醒了我们，帐篷简陋，经受不住狂风暴雨的袭击，摇动得很厉害，马上就有被刮走和垮塌的危险。大家翻身坐起，每人抱住一根帐篷杆，一直坐到天明。雨顺着帐篷缝隙流下来，同志们的衣服被褥都湿了。大家又一次经受了暴风雨的洗礼。

我们行军的规律，基本上是上山－下山－趟水－再上山－再下山－再趟水，循环往复直达目的地。爬山困难，下山也不轻松。

山上常有冰雪，山路有的陡峭狭窄，有的泥泞坎坷，下坡走路不稳，容易摔下山。有时，我们不管衣裤是否会浸湿，干脆坐在地上，顺冰水往坡下滑行，立起时，棉裤又脏又湿。棉裤只有一条，无法更换，只好继续穿着前进。高原上的河水多系高山冰雪化冻后流下来的，且水流湍急、寒冷刺骨，有时需赤足趟水过河，女兵们也毫不畏惧，紧跟部队前行。高原上冰雪多，有的山坡土质疏松会不时爆发泥石流。我的一个同学陈得永就是在边修路边进军途中，到河边洗衣服时因山洪突然爆发被冲走牺牲的。

我们从玉隆出发走了近三十天，才到达西藏东部重镇——昌都。

## 艰苦的生活 繁重的劳动

1951年6月初，五十四师干部队到达昌都后，我们很快被分配到各单位。那时，同志们对分配的态度是坚决服从组织分配，哪里需要就到哪里去，当时我被分配到昌都地区解放委员会秘书室作办事员。

这时，昌都地区解委会的工作，主要是宣传贯彻执行《关于和平解放西藏办法的协议》，而最紧急、最繁重、最艰难的任务，是组织全地区的畜力和人力将大批军需物资从金沙江边迅速运送到嘉黎、那曲和拉萨，以及西边的解放军驻地。地区领导同志、各宗（县）军事代表以及机关干部都忙于支援运输工作。为执行这个重大任务，必须大力开展对寺庙、土司头人等上层人士的爱国统一战线工作，进行维护治安和牲畜疫病防治工作。同时，动员群众发展农牧业生产，开展文化教育和医疗卫生工作。

初进昌都，工作和生活条件都很简陋。西藏地方政府留下的仅是一座土木石结构的小土楼和十多间土坯房。解委会全体工作人员立即自己动手修建了二十多间比干打垒还简单的平房。解委会机关近百人，还有一个警卫连，除几个领导外，都是几个或十几个人挤在一处。屋里既无床，又无桌椅，只能睡在地上，有个又黑又脏的卡垫就算高级享受了。写字的桌子是用两个简易木板箱叠起来的。夜晚一律点酥油灯照明，只有个别领导才点蜡烛。吃饭在院里土地上，七八个人围成一圈，菜盆摆在中间蹲在地上吃。西藏的老鹰很多，由于藏胞信佛，认为是神鹰不准打杀，所以老鹰是天马行空，任意飞翔。有一次，我们正蹲着吃饭，老鹰从我们头上一掠而过，吓了我们一跳，等回过神来，才发现老鹰把我们菜盆里的菜抓走了不少。当时运输困难，大米、白面供应很少，经常吃青稞面做的馒头，炒菜用的是年久的臭酥油，味道特别大。藏胞认为鱼是神，不能钓也不能吃。记得有一次因馋得慌实在耐不住了，我们几个年轻的办事员，拼命鼓动我们的领导请客，到昌都旧城老百姓家一间又矮又黑的屋子里，一块银元买了10个面黑馅少的小包子（像小笼包子那样小），每人吃了两个等于打了一次牙祭，高兴得不得了。

当时，不仅要工作，还要进行繁重的生产劳动。由于进藏物资运输困难，党中央要求解放军一面进军，一面生产自给，以利站稳脚跟，立于不败之地。因此，生产劳动也是一项政治任务。我们就在海拔三千多米高的山上开荒、种粮种菜。荒地土质坚硬，混杂着许多小石头，而铁锹就是开荒的武器，每天要费劲地把它磨得锃亮，用铁锹翻地，男同志吃力，女同志体弱更吃力。开始脚蹬铁锹三四下都挖不下去。经过一段时间的锻炼逐渐熟练了，便能够三下、两下铲下去。高原阳光强烈，气候干燥多风，蹬铲的泥沙到处飞扬，开荒半天或一天下来，浑身都是厚厚的一层尘土，腰酸腿痛，狼狈不堪。给地里浇水也很艰苦，昂曲在山下，山坡陡峭，小路坎坷难走，加上高原缺氧、呼吸困难，挑六七十斤重的一担水上坡，常常会气喘吁吁、头晕眼花，要歇好几次才能挑上山。有一次歇脚时，水桶未放稳，轱碌碌翻滚到山崖下，差点把人也挂下去，好险！种菜要翻地、浇水、播种、浇粪、捉虫锄草，进行田间管理，每天白天工作，晚饭后都是种菜劳动。平时文化娱乐活动很少，没有收音机，露天电影也很少。但每当收获到硕大的莲花白、萝卜、土豆、包心白等蔬菜时，心里会无比喜悦。既完成了蔬菜自给，减轻了国家负担，又改善了生活，同时，也锻炼了自己的体魄和意志，增强了适应高原的能力。

我们虽然历尽艰辛，有的同志还献出了年轻的生命。但是，我们是为了解放西藏、建设西藏的伟大事业，虽苦犹甜。回首往事我们可以自豪地说，我们将最美好的青春年华献给了西藏人民，我们青春无悔！

# 进藏足迹

夏月如

1950年10月美帝国主义发动的侵朝战争，把战火烧到了刚诞生不久的中华人民共和国的大门口，党中央、毛主席为此发出了“抗美援朝，保家卫国”的庄严号令，并在《人民日报》上号召全国知识青年参加军干校。当爱国主义浪潮席卷全国时，成都市各大、中学校学生纷纷报名参加军干校。这时，我刚高中毕业，也满怀激情地参加了军干校。1951年初，我们四川军干校的学员，来到兰州西北军区，大部分人被分配到即将去抗美援朝的一军、三军，只留了我所在的那个小分队在军区政治部等待分配，没能去抗美援朝。大家正在闹情绪，忽然听到组织号召我们参加进军西藏解放西藏，并强调解放西藏同样是爱国主义精神的表现，与抗美援朝一样无比光荣。我心想能参加解放祖国大陆的最后一块地方，对自己也是一个锻炼的机会。那时，我们小分队里有十七八人报名去西藏，其中有8个女兵：金锡鸳、张学芝、黄素芳、彭多德、陈祥清、邓中兰、刘家云和我。3月初，我们来到西北进藏部队干部班，上午学藏语、学民族政策，下午军训，主要是骑马、打靶、掷手榴弹。当时《关于和平解放西藏办法的协议》还未签订，又有新疆残匪流窜到青藏高原，学军事尤为重要。但对从未接触过马和枪的女兵们来说，最大的困难要算骑马。对于打靶开始时有点胆怯，但在老同志指导下也很快就掌握要领了。可是面对那些膘肥体壮的高头大马，别说骑了，连靠近它都不敢。经过一段时间的学习，我们不仅学会了骑马，并且懂得了怎样养马和爱马。

## 征途油印小报——《草原新闻》

早在西北进藏部队组建的时候，就决定行军途中创办一张小报，以便部队在长途行军中能够听到党中央的声音，了解国内外形势，报道行军中情况以及沿途统战工作、群众工作，起到传递信息、鼓舞斗志、活跃行军生活的作用。当时先后从《群众日报》调来霍春禄、金鑑，从《甘肃日报》调来袁一凡，行军时又调来一批新入伍的学生兵（大部分是大学生），形成了由二十多人组成的《草原新闻》报社，还带有圆盘机、油墨、新闻纸，准备到拉萨后创办西藏日报。7 月初从兰州出发，开始向西藏进军，我和同时参军的彭多德、陈祥清三人被分配到《草原新闻》，担任报纸的刻写和油印，这个工作比较简单而且单调，我们认为平凡工作同样是干革命，还是愉快地接受了，积极练习刻印和摹仿宋体字。“七一”以后，我们从兰州出发，经过一百多天的高原行军，于 12 月 1 日进抵拉萨，与十八军大部队会师。会师后十八军独立支队的《草原新闻》与十八军的《新华电讯》合并。两支油印小报合并后仍为《新华电讯》，到 1952 年改版为《新闻简讯》，1956 年正式创刊《西藏日报》。

## 夜吃“冰淇淋”

高原气候变化无常，本来是晴空万里，突然乌云四起，雷鸣电闪，大雨夹着冰雹袭来，空旷的原野无处躲藏，我们三个女兵只好躲在一起，用雨衣顶在头上，遮掩身体。有一次冰雹像小石子一样啪哒啪哒地打在雨衣上，等冰雹过去了，我们的手背、头部都被打红了。记得快到黄河源的一天下午，宿营比较早，营地选在山坡上，先到的同志已搭好帐篷，开始挖灶，我们几个女兵到得较晚，看到前方的山峦，已被乌云遮掩，看样子要下大雨了，我们赶紧卸下行装，把马褡子放在地上，忙着搭帐篷。不料，顷刻间山洪滚滚而来，冲击帐篷内外，眼看着马褡子被卷走了，马褡子内装着被子、衣服和刻蜡板用的铁笔等全部家当，没有马褡子，晚上怎么睡觉，拿什么刻蜡板？顿时尖叫声、哭喊声响成一片，指挥部及时派人来帮助寻找，不一会牛大队的大队长张兆祥同志送来了马褡子。原来牛大队的宿营地就在我们的下方，马褡子正好冲到他们那里。这时一个男同志风趣地对还在擦眼泪的女同志说："天这么冷，你的脸上怎么还流汗？"逗得大家哈哈大笑。

行军中吃的东西很单一，变来变去还是面片，我们几个四川女兵很长时间都不习惯，为了"民生"问题不得不勉强下咽。过了通天河，出现了一段缺粮的日子，连面片、糌粑也没得吃了，主要靠吃羊肉和马料（豌豆），我们只好跟着吃，羊肉吃了心里直发烧，睡不着觉，总是半夜里叫醒同伴起来吃"冰淇淋"——走出帐篷到水沟中摸冰解渴。

开始行军那段时间，我们白天行军，到了宿营地，就忙着搭帐篷、拾牛粪，吃过晚饭，照例搬来大伙食箱做桌子，开始刻蜡纸。过了黄河源后，天气一天比一天冷起来，夜晚到零下10来度，蜡纸发脆，写轻了刻不出来，稍用力就把蜡纸刻破，不得不停下来，用胶水沾，用火柴烤，进行修补，一张蜡纸刻完，打上了许多补丁。有时油墨冻住了，还得生火增温，经过这样折腾，待印好报纸，已是凌晨一两点钟，甚至到天明。由于睡眠不足，白天行军时骑在马上打瞌睡，中途休息时，三个女兵坐在地上就背靠背地睡着了。

## 我们正年轻

西北进藏部队在进军途中分为前后梯队，《草原新闻》也分为前后两摊，由霍春禄带领袁一凡、金熙元、车得驷、惠琬玉、张晨虹等同志跟随后梯队同司令部一起行动。我被分配到前梯队，报社主编是金镒同志，其他几个男同志主要担任外勤采访。陈拓是我们中间最大的，不过也只有二十三四岁，他说话幽默，遇事冷静，显得成熟老练，是驻骆驼队记者；王克俭戴着一副眼镜，说话细声细语，文质彬彬，书生气十足，是驻牛队记者。他俩文学基础扎实，藏语也好，行军中写了不少的新闻、通讯。张其瑞人很憨厚，寡言少语，他是学数学的，但文学也不错，他兼做后勤工作，而且搞得很出色，同志们很满意，称他为"后勤部长"。陈守温是男同志之中年龄最小的，人很机灵，说话诙谐，个性好强，从不在别人面前示弱，他兼收音，还帮助张其瑞做了不少行政工作，同志们称他为“后勤部长助理”。五个女同志（不久调走一个）留在家做编写工作，我们这些十七八岁、二十出头不知愁苦的青年，除了积极工作外，生活也充满活力，每次集中时，会前会后都要谈些见闻和笑话，例如，饲养员杀牛时，割下一块带血的肉就塞进嘴里；野狗是怎样追捕野羊的；骆驼吃了醉马草是如何解救的，有时大谈各地的名特小吃，来一次“精神会餐”。女同志中沈世纫是位西安姑娘，却长着江南小姐的柔弱体质，温文尔雅，她是西北大学中文系一年级学生，据她说，从中学到大学一直参加办墙报、办文艺刊物，小报的编排责无旁贷由她担任。彭多德个子矮小，轻言细语，从不夸夸其谈，凡是力所能及的事都不要照顾。陈祥清中等个子，胖乎乎的面孔，脾气温和，心地善良，不喜欢自我表现，从不说慷慨激昂的话。我们四人性格不同，爱好各异，但是相处得很和谐，从没发生不愉快的事，工作上也协调得很好。

在过黄河源的那些日子里，我们牵着马在淤泥地里深一脚浅一脚地跋涉着，在沼泽盆地里迂回前进着，一天只走一二十里，每到宿营地，个个一身泥浆，累得筋疲力尽，衣服鞋袜来不及烘干，吃过晚饭就在帐篷里点上蜡烛开始工作，坚持边行军边出报。一天下午，给大家发月饼，才记起是中秋节。晚上，干部、战士在草原上举行了舞会。第二天《草原新闻》就刊出《月下草原》的诗，描述了行军中的指战员不怕艰苦、乐观奋进的精神。由于报社工作完成得好，受到指挥部第一次表扬。

在抢渡通天河的战斗中，干部、战士和民工日夜与洪水搏斗，抢运物资，骆驼队、牛队、骡队分头到上游找渡口，一次次探测试渡，一次次失败，直到最后，近万头牲畜才渡过河去。这期间另一场战斗也在报社全体同志中展开。《草原新闻》扩大了版面，以《抢渡通天河，迎接国庆节》为通栏标题，连续报道抢渡进展情况，探测水情、试渡中涌现出的英雄模范，为抢渡而牺牲的烈士事迹，报社的几个男同志风里雨里奔波采访，回到帐篷里就赶写稿子，编辑组的四名女同志，夜以继日地忙着编、刻、校、印，手冻肿了，眼睛熬红了。就这样经过15个日日夜夜地奋战，全军完成了抢渡，报社也出色地完成了宣传报道任务，又一次受到梯队指挥部的表扬，同时还受到范明司令员在大会上的表扬，当部队在通天河西岸的草坪上升起五星红旗庆祝国庆两周年时，能有什么比这更令人激动和兴奋的呢！

## 跨越途中最后一关

由通天河前行十几天，来到唐古拉山脚。唐古拉山像一条银色的大蟒，横亘前方，它是青海与西藏的分界线，也是我们行军途中最后一大难关。因为时间已进入冬季，担心大雪封山，将会造成人无粮食，牲畜无草，使部队陷入绝境，指挥部号召要以冲锋陷阵的精神抢越唐古拉。为鼓舞、激励同志们翻山的信心和决心，《草原新闻》大量报道朝鲜战场上志愿军英勇作战，内地轰轰烈烈进行土改运动等消息，刊登范明司令员所作的“抢越唐古拉战胜雪封山”的报告，以及干、战、民工迎接新考验的决心。我们在零下二三十度的情况下刻写蜡纸，手冻僵了，放在嘴上呼气暖暖，脚冻麻了，站起来跺一跺，刻、印的难度比过去更大，需用的时间更长。

从山脚到哑口越走海拔越高，呼吸也越来越困难，寒冷彻骨，山坡都是积雪，路滑难走，牲口吃不上草，喝不上水，一匹匹地倒下去。人也吃不好饭，休息不好，体力急剧下降，在攀登中我和马“相依为命”。它瘦得脊骨高高突出，臀部出现深沟。每天夜里，我都不忘给它披马衣，白天设法给它找雪解渴，把节省下来的干粮和酥油给它当点心，不忍心骑它，一路牵着走，只在遇到坡度较陡的地段，实在走不动了才抓着马尾巴，借助它的力量攀上去，就这样，经过 6 天行军，终于跨越海拔五千多米的山垭口。

在翻过唐古拉山的第二天，途中休息时，白云峰政委手里拿着一张《草原新闻》向我们走来，他像清点人员一样巡视一遍，然后挥动手中报纸，用批评的口吻对金镭说：“牛队过了唐古拉，驼队过了唐古拉，指挥部呢？怕是没过来？”大家哗地笑起来了，又听他说：“及时出报是好的，但要全面报道嘛……”第二天补登了指挥部胜利越过唐古拉山的消息。

# 冰雪高原千里行

刘遐玲

1950年，我是十八军的一名文艺女兵，跟随部队爬雪山、过草地、趟冰河，徒步三千多里进驻拉萨。回首在西藏度过的6个春秋，特别是在那高原行军中的艰苦生活，至今历历在目，永世难忘。

## 进军西藏的心愿实现了

1949年12月中旬重庆解放，在革命洪流的冲击下，我随同六七十个男女同学，从尚未解放的家乡，长途跋涉到重庆，报考了人民解放军十二军军大三分校，并被分配到四大队二十三中队，开始过着“团结、紧张、严肃、活泼”的军大生活。

1950年6月，我们这一届学员毕业了，即将分配到新的工作岗位，大家都非常兴奋。一天，四大队开会，同学们都静悄悄地听政委作形势报告，他说现在大陆除了西藏之外都已解放，西藏历来是中国领土的一部分，帝国主义妄想侵占它，我们决不答应，我们一定要解放西藏，巩固国防。政委接着说：解放西藏这一光荣而艰巨的任务，由兄弟部队十八军承担，全国各兄弟部队都以人、物全力支援，在我们这届毕业学员中，决定抽调100名女同志到十八军，执行解放西藏的任务。

散会后，几百名学员争先恐后地申请报名，把报名的地方挤得水泄不通。动员大会的第二天，大队的全体学员都鸦雀无声地听政委宣读批准支援十八军人员名单，名单宣布完，被批准的同学都高兴得跳了起来，而我却落选了，非常意外。当即去找政委，好说歹说，软泡硬磨地缠着他，到吃饭的时间了，政委催我去吃饭，我边哭边说：“你什么时候批准我进藏，我什么时候去吃饭”。政委见我的决心这么大，终于批准了我的请求。这时还在流泪的我，情不自禁地笑了起来，并到处告诉我的好同学，“我也要进西藏了！”让她们也分享我的快乐。

1950 年 6 月下旬的一天，我们 100 名要去十八军的女同志，分坐在好几辆插着红旗、贴满标语的彩车上，车队缓缓前进，经过全校的欢送队伍时，又是锣鼓，又是口号，车上车下的同学，都被这热情洋溢的场面感动得热泪盈眶。我们就这样依依不舍地离开了培育我们的军大三分校，从合川出发，经过十二军部所在地重庆北培，休息 3 天后到达了十八军驻地新津。在新津集中学习了一段时间后，我和另一个女同志分配到十八军文工团，立即投入到了进军西藏的紧张准备工作。

## 翻越二郎山

1951 年 3 月，我们文工团乘车随军直机关经川西邛崃、天全，向甘孜进发。当天下午，我们很早就到了位于二郎山脚下的小镇烂池子宿营，因次日要翻越山高路险的二郎山，汽车要作准备工作。天亮后，汽车车轮已经套上了铁链，搭好了车篷。要翻越早已闻名的二郎山，大家特别兴奋，二路高唱着“二呀么二郎山，高呀么高万丈……”当汽车前进了一段时间后，驾驶员把车停下，向我们打招呼“不要唱歌了，如果翻了车，你们要抱住车椅子、车架子不要放！”说罢汽车放慢了速度，缓缓向上爬行。3 月的二郎山仍有积雪，悬崖上垂挂着数不清的冰柱，公路是为进军西藏抢修的，它一边紧靠悬崖陡壁，一边却是见不到底的万丈深渊，路面又窄又滑，对方来了车，只能在修好的错车地点，一辆车停下来，让另一辆车缓缓开过，稍不小心车就可能掉进深沟。说实话，我坐在车上都捏了一把汗，不禁想到筑路的同志，他们在这里执行的任务是多么艰巨、多么危险，要付出多么大的代价啊！还有为了执行进军西藏任务，日夜奔驰在二郎山上的汽车驾驶员同志，他们不但要有高超的驾驶技术，更要有全心全意为人民献身的精神，否则，他们能担此重任吗？

二郎山的风光真是世所少见，山下飘着毛毛细雨，山腰风和日丽，山顶却又飞舞着雪花。汽车缓缓爬行了几个小时下山，我们继续愉快地向大渡河上的泸定桥前进。

## 在甘孜的日子

甘孜是康北重镇，地处雅砻江边，平坦、开阔，真是水美、草肥、牛羊壮。但海拔三千多米，对没有在高原生活过的人民战士来说，实在是困难重重，吃糌粑、喝酥油茶更不习惯。为了顺利地向拉萨进军，完成解放西藏，巩固国防的重任，军首长发出了“生活康藏化、高原化”的号召，我们文工团党、团支部要求每个党、团员都要“吃大苦、耐大劳”，带头搞好高原行军训练，带头学会吃糌粑，喝酥油茶……

一大早天麻麻亮，我们文工团随军直机关开始高原行军训练。随着逐渐适应高原气候，训练强度也逐渐加大。有一次我们文工团还背着背包随军直机关进行高山负重行军，夜宿山谷，连续训练了一周多，我和其他的女同志一样，由于坚韧顽强，我们很快就战胜了因高原缺氧而引起的心慌、头痛、呼吸困难等高原反应。

除了日复一日地进行高原行军训练之外，我们文工团还经常到几十里外的山上割草，拾牛粪，背柴禾。记得我们第一次上山背柴禾，要经过横跨雅砻江上的一座铁索桥，桥长20-30米，高十几米，宽半米多，桥上铺着稀稀的木板，桥下是波涛滚滚的江水，人在桥上走，晃来晃去，令人提心吊胆。我想到我是一个青年团员，应该勇敢些，于是沉住气，女同志中我第一个走过了铁索桥。回来的时候，大家都背着几十斤重的柴禾，怕过桥出问题，我们拉开距离，互相照顾，终于胜利地完成了任务。

我们在甘孜，经过三个多月的生活“高原化、康藏化”的训练，不仅适应了高原生活，而且也增强了体质，适应了负重行军，为胜利进军拉萨打好了基础。

## 露宿在冰山雪地

1951 年 7 月 1 日，我们文工团的同志，背着背包、腰鼓、乐器、道具，牵着驮有粮食的马匹，随着军直机关，踏上了向拉萨进军的征途。

文工团女同志多，大多数是从学校参军不久的年轻战士，在行军中比男同志困难多，但一路上大家都能互相鼓励，互相帮助，在遇到困难时，有些男同志特别是我们的班长，总是主动要求为体弱的女同志背背包，但都遭到谢绝。我们从甘孜出发后，顺利地越过了雀儿山、达马拉山和金沙江、怒江等高山、激流。但是，越往前走，地势越复杂，困难越多。

部队过了昌都，离开丁青后的一段征途中，我们沿着大山峡谷的小道，一会儿上，一会儿下，一会儿在河的右边，一会儿在河的左边，就这样在峡谷里整整走了一天。经验告诉我们，看样子前面可能要翻大山。果不其然，当天晚上，我们在山脚下宿营了，安班长指着一座巍峨的大雪山说：明天要翻越的就是这座大山。

天蒙蒙亮我们就出发了，我们翻过一座座草不生、树不长的光秃秃的山峰，越过一个比一个高的山垭口，我们缓慢地向主峰攀登，越往上攀，感到呼吸越困难，心慌难受，有的同志因缺氧嘴唇都发紫了，仍咬着牙，一步一喘地向上攀登。在这极其困难的时候，男同志争着为体弱的女同志背背包，我们的班长扛的旗杆（为进拉萨打旗用的）上挑着两三个背包，他呼吸急促地走到我面前，问我累不累？他又诙谐地说：我批准你，在累的时候可以拉马尾巴（这是对体弱同志的照顾），一说批准我拉马尾巴把前边的同志都逗笑了。我认真地对班长说，再累我也不能拉马尾巴上山，如果马累死了，你们肩上的负担就更重了，我叫班长放心，我一定自立更生爬过这座大山。这时，我们文工团大老肖（名叫肖迎春，东北人，个子高大，全团同志都叫他大老肖）和另外两个同志在路边边打边唱自编的快板，为大家鼓劲，这一手还真灵，像为精疲力竭的我们打了一针强心剂，大家都振作精神，以坚强的革命毅力，克服了眼前的困难，一步一步地朝雪峰爬去。当我们爬到雪山的山腰时，天已黄昏，大家只好在一低洼处宿营，这里，到处尽是积雪，有的地方冻成了冰，我们 4 个女同志，拿出自己的雨衣（行军时作雨披宿营时当帐篷）搭成一个帐篷，费了很大的力气把帐篷固定在冰雪上。俩人打通腿，一个人的被子铺在冰雪上，另一个人的被子盖在身上，因大家实在太累，依然睡得很香。天快亮了，我被冻醒了，冻成冰的帐篷紧贴着我的脸，我朝外一看，原来昨夜一场大雪把帐篷压倒了，我们被埋在了大雪之中，崇山峻岭都披上了银装；我的鞋也冻在冰上，像生了根，用力才把鞋拔了起来，已成了玻璃鞋，我和同志们一样，四肢已冻得麻木了。我们强忍着寒冷，拆下帐篷，备好马驮，打好背包，随着军直机关向白皑皑的雪峰继续前进。

我们极其艰难地爬行了半天才爬到山顶，可是下山的路比上山更陡、更滑、更难，厚厚的雪把路都埋没了，看不见哪是山峦，哪是路，有两个战士牵着驮银元的骡子，不小心连人和骡子一起滑进了深渊。这时，一位同志带头把背包垫在屁股下边飞快地向山下滑去，我们后边的同志也学着前面的同志，垫好背包，快速地滑下了山。

后来听首长说，这座山叫冷拉山，海拔六千三百多米，上山、下山一百多里路，是进藏途中最高的一座山。这座山虽高，但它没有我们的革命意志高。

## 寻马遇险

我们文工团从昌都出发，随军直机关走北路，经丁青，过嘉黎，我们在荒原行军好几天，见不着村庄，看不到树木。一天，我们文工团在一个不知名的地方宿营了，天刚亮，我们给马背好马驮，整好行装准备出发时，忽然发现少了两匹马，马没有了，马驮的粮食就得靠人来背，我们一路都是负重行军，少两匹马实在没有办法。这时，我们文工团郑政委就叫他的通信员小李和我留下来找马。

我和小李一个负责东南方向，一个负责西北方向，一个山头挨着一个山头搜索寻找，因高原缺氧，心慌难受，只好休息一下继续再找，前后不知翻了多少山头，才在一个山坳里看到两匹马正在那里吃草。本来我想打它们几下，但看到这种情景，心又软了下来，觉得行军中它们也累，大概是饿了，到处寻找吃的吧！我走近它们轻轻地抚摸了一下马头，便和小李牵上它们急忙追赶队伍。

当我们沿着一边是山坡，一边是宽十来米的河流行走时，忽然听到喊叫声，我们还没有反应过来，就看到河那边的小山上冲下来三个骑着马、背着长枪、腰上挂着马刀的藏民，他们边说着什么，边向我们冲过来，通信员小李见状，马上把他的枪上好了子弹，用他的身体挡着我，叫我不要害怕。这时，我也把政委给我留下的一支小左轮手枪拿在手上，暗下决心，如果他们敢动手，我也决不会客气。这样一来，我反而由惊吓变得沉着冷静了。我们一边走，一边注视着那三个人的行动，当他们走到河心时，忽然又不约而同地拉紧马缰绳，用脚拍打着马肚，扭转马头回到河对岸向山上跑了。我和小李感到奇怪，因我们正在转弯处，前后的情况都看不清楚，一会儿听到远处传来马蹄声，由远而近，我问小李，难道后边还有我们的人吗？向后一看，原来是骑兵排的同志。我激动地问他们怎么也在后边呢？骑马走在前面的可能是排长，他回答说：我们是收容队的，看到你们在找马，便一直跟在你们后面，刚才那三个藏民，我们都看见了，于是快马加鞭赶了过来。我们便高兴地随着骑兵排的同志一起追赶队伍。这时，天色已近黄昏，我们看到远处的山坳里冒着缕缕炊烟，知道队伍在前面宿营了。刚好，我们文工团又有两个男同志骑着马前来接我们，就这样愉快地到达了宿营地。我把情况向政委作了汇报，政委微笑着却又是严肃地对我说："这次你经受了一次严峻的考验，是件好事！"大家也都羡慕地看着我，使我有一种说不出来的自豪感。

经过三个多月的长途跋涉，我们跨过无数山川险阻，在10月下旬到达了久已盼望的拉萨郊区。根据藏族人民的习惯，择定吉日，于10月26日，我们军直机关部队在张军长、谭政委的率领下，举行了隆重的入城仪式。我们文工团每个同志无不欣喜万分，我们终于胜利地完成了和平进军西藏，实现祖国统一大业的光荣任务！

# 难忘的一次行军

## 路 拓

1954年9月的一天，没等起床号吹响，我们几个女兵就起床了，忙着梳洗，收拾东西。今天要打两个背包，一个送到后勤驮运队去，团领导特为机关女同志配了马匹运行李，俩人合用一匹，可以把暂时不用的笨重东西，如毛皮大衣、皮裤子、毛皮鞋、书籍等打成一个驮子，由马运走（以前是放在留守处，待公路修通后，用汽车去运）。另一个背包由自己背，装有棉被、褥子、衣服，加上雨衣、雨布、米袋、压缩饼干，大约有30-40斤重。

我从后政文工团调到工兵八团，这是第一次随部队远距离行军。前往波密地区色拉扎营，修通拉萨的最后一段公路。

在晨曦中，我们背着背包，唱着军歌，顺着帕隆藏布江爬山。不久，便进入一片原始森林，只见一根根参天大树排列得错落有致，到处开放着各种各样的山花，最吸引人的是漫山绚丽的杜鹃，红的、粉的、紫的、白的，一排接一排，一簇连一簇，还有那缀在藤蔓上的野葡萄，一团团，一撮撮，有的绿中带黄，有的紫中泛红，一个个全都圆鼓鼓，湿润润。那林间草地上冒出的朵朵磨菇，散开的像雨伞，合拢的像小球。中午太阳升上山顶，金色的阳光透过密林，撒在地上斑斑点点，好似粒粒耀眼的珍珠，这是一幅多么迷人的图画，这是一块多么美丽的锦绣大地！大家仿佛进入了仙境，被陶醉了。我们几个女兵走走停停，一会儿跑进花丛中闻花香，采摘花朵做成花环套在脖颈上，一会儿几个人合抱着一颗大树，唱唱跳跳。忘记了疲劳，忘记了饥饿，带的干粮一点也没有动。

下午4点，我们到了宿营地——山坳里的一块平地。放下背包，大家就到山边去捡干树技，送到炊事班烧水做饭，又去扯一些油札草来垫铺。

我们把两块方雨布用背包绳连缀起来，用两根木棍支撑，再用两件雨衣把门封上，就成了一个三角形的帐篷，再在油札草上面铺上褥子就是床了。这种用两块雨布连缀的帐篷只能住二三个人，我和小秦、小刘住在一起。

躺在床上，我们才感到浑身疼痛难忍，脚上还打了几个水泡，火辣辣的疼，我辗转反侧不能入眠，念叨着明天怎么能继续行军。这时，有经验的小秦安慰我说：“刚行军都要经历一番痛苦，挨过三五天就适应了，这叫‘过五关，斩六将’。只要今晚休息好了，明天照样能走”。听了她的话，我静下心来，很快便进入了梦乡。

果然，第二天我又能走了。这天继续沿着帕隆藏布江在深山密林中穿行。真是“天有不测风云”，昨天还是大太阳，今天就哗哗地下起雨来。不一会儿我们从头到脚都湿透了，背包越背越沉。大家低着头在泥泞中一步步前进，只听见“啪、啪”的脚步声。突然，前面一声“好险啊！”的惊呼声把大家从沉静中惊醒过来。原来是有一段像刀削斧劈似的山崖挡在路中间，崖上面没有路基，也没有可攀援的树枝和杂草，山崖下面即是汹涌澎湃的波斗藏布江。天下着雨，崖面像涂了油似地滑溜，踩在上面要是虚了脚，就会滚下山崖掉进江中。迟疑了一会儿，不知是谁想出了办法，大家手牵着手，脚靠着脚，一个挨一个匍匐着慢慢地爬过去。轮到我们女同志过的时候，男同志抢着帮我们背背包，不断为我们鼓劲壮胆。终于，不到一个钟头，我们司政机关几十个人都顺利地过去了。“三军过后尽开颜”，但大家在高兴之余，回首刚才那使人心惊胆颤的一幕，又无不感到后怕。

第三天，我和小秦生病了，开始还能跟着队伍走，不久就掉队了。机关领导叫我们慢慢走，并派通讯员小李一路照顾我们。这天全是爬坡路，登上一座山峰又一座山峰，在这峰峦叠障，云缠雾绕的山道上，只有我们三人行走，寂静得能听见喘息的声音，不免有点胆怯，尽管很累，也不敢稍事休息。晌午时分，忽然后面传来隐隐约约的山歌声，歌声由远及近，一群藏民运输队赶了上来，有男有女大约二十多人。我们顿时增加了胆量，便坐到路边歇息。这时，有几个男藏胞见到我俩是女兵，就走过来对我们说了些表示爱慕的话。其实让他们说说不要答理也就算了，可参军不久才17岁的小李生怕出事，就提着枪前来阻挡，藏民以为他要打人，就抽出刀来对准小李。这时，我和小秦吓得浑身发抖，拼命叫喊："小李，克制，不准出手！"女藏胞们也吓得哇哇直叫，极力劝说男藏胞把刀放下。她们怕万一打起来，我和小秦受到误伤，还把我俩团团围住。正在这紧急时刻，前面的首长派来接我们了，其中有一位是翻译，经过他耐心地向藏民解释并道歉，才平息了这场风波。常言道："不打不相识"场误会反而使我们之间越过语言的障碍，缩短了距离，我和小秦同女藏胞们亲热地抱成一团，小李也和男藏胞互致歉意，握手言和。在继续前进的路上，我们插在他们的队伍里，跟他们学唱西藏民歌，一路欢歌笑语，不知不觉到了我们的宿营地，分别的时候，大家依依不舍，他们走了很远很远，还不时回头张望。

后来，上级批评小李违反了纪律，我和小秦虽然没有受到批评，但心里还是很难过。事情是因我们掉队而引起的，要是造成恶果，军民关系该会受到多大损失！

以后几天行军，再怎么困难，也要紧跟队伍，不敢稍迟一步。到了第六天，是行军的最后一天，正应了小秦的话，过了三五天，行走就适应了，这一天，我们一直在依山傍水的小道上小跑似地下山，越往下走，离江越近，奔腾咆哮的江水声震耳欲聋，我们彼此说话的声音都听不见了，但一路上那青山、绿水、红叶的瑰丽景色，却使我们心旷神怡，不感丝毫倦意。傍晚，到达了这次行军的终点，我们几个女兵怀着胜利的喜悦拥抱在了一起。

# 重忆进藏路

高生玉

我是在贫寒的家庭中长大的，父亲是铁路工人。在解放前有一份可靠的工作已很不易，但一个月工资养全家四口人，肚子都难填饱，上学就更难了。1949年西安解放，我报考了西北助产学校。当时几位穿军装的校长、老师进驻，学校对学生的思想政治工作很重视，学校充满了革命气息，从那时起，我就下决心要当苏联影片中的卓娅、奥列格、保尔·柯察金式的人物，毕业后要到最艰苦的地方去工作。1951年7月我们结业时，正是号召参加解放西藏队伍的高潮，冯克运、孙汉云、王改兰和我，我们五个同学在吴景春的带动下，到西北军政委员会，找到当时主要领导汪锋同志，表示了我们要去解放西藏的决心。回到学校后，上面已经批准我们的要求，学校给我们披红戴花，敲锣打鼓地举行了欢送会。我们几个共同约定谁也不能把去西藏的消息告诉父母，以免使他们伤心并加以阻拦。临别我们把秘密藏在心中，隐忍着泪水，默唱着“再见吧妈妈，别难过莫悲伤祝福我们一路平安吧……”的歌，离开了父母和家。

我们五人是在1951年7月份由西安出发到兰州。到兰州后，我们被编入十八军独立支队的入藏医疗队，其中大部分是由北京调来的医务人员，接待我们的是政委王挺同志，高高的个子，和颜悦色，像个慈祥的父亲。他问我们刚参加革命在待遇上有什么要求。我们一致表示是来参加革命的，没什么要求。在兰州没停留几天，开始向西宁前进。我们乘坐大卡车，很快进入青海草原，绿色的草地如同地毯，尤其在下雨过后，草原上形成了许多小溪，很清澈，早上我就用溪水洗手洗脸。经过两天来到西宁。庞管理员让我们领装备。足有几十公斤，真不少。皮大衣、皮筒马靴、雨衣、羊皮褥呢子和军装等。整理好以后，我穿上黄呢军装，戴上中国人民解放军的胸章，心中有说不出的高兴。

8月12日从西宁出发前往香日德，我们坐在满载着药品和医疗器械的卡车上，行驶在钻天的白杨树的夹道上，一路上红旗飘扬、歌声嘹亮，年轻人情绪高涨、气氛活跃，互相感染着，忘记了颠簸的疲劳。路上尘土飞扬，一天下来都变成土人儿了。几天之后到了香日德，许多蓬头垢面、赤身裸体的孩子前来观看，那里当时还是个偏僻落后的穷地方，遍地黄土，零零落落的矮土房，人口很少，看到这么多人和汽车，觉着很新奇。在香日德我们开始住帐篷，学习《关于和平解放西藏办法的协议》和民族政策等。后来部队编成先遣队、马队、骡子队、牛队、骆驼队、后梯队，还有班禅行辕、警卫营等。从此我们五个同学就分开了，我被分到牛队，有医务人员三名，一个医生两个护士，担任行军医疗。

从香日德往西，部队拉开距离，几天后走出200里外到了诺木岗。当我们翻越海拔四千多米的诺木岗时，人们普遍感到头痛、恶心、呼吸困难、四肢无力，严重些的甚至昏倒，病人逐渐多起来了。行军途中很少有副食，吃的是白水加盐的揪面片，还有些又干又硬的蛋卷棒，又加上高原缺氧，人的面部黑中透紫，大多数人有些浮肿，就这样每天天不亮开始行军，以保证每天50华里以上的行程。

进入黄河源头——巴颜喀拉山时，已是9月份，翻过昆仑山，开始进入河源沼泽地带。这里地势开阔平坦，分布着大大小小的湖泊，大的有扎陵湖、鄂陵湖，小的是一个接一个低洼潮湿的泥潭，潭面微黄，水陆难分，泥深莫测，马每前进一步都要费很大力气，有的马四肢都陷入泥中甚至地面紧贴马肚皮，有的马陷入泥中不能自拔而困死其中。人徒步行进也很困难，一天行军20里，已是满身泥泞，精疲力尽，彼此看着苦笑。奋战几天后进入黄河发源地，一条条没膝深的河流在辽阔的草原上到处流淌，人说这就是黄河源头。在巴颜喀拉山北麓的黄河源草地上，作了小小的休整。这里气候多变，一会儿电闪雷鸣，雨落雹飞，一会儿又雨过天晴，太阳当空，草地上到处是小溪流水，在此我和吴景春同学相遇，我们互相拥抱，欣喜若狂，都说对方又黑又胖了，实际上是有些浮肿。

大约在9月20日左右我们来到通天河畔。碰巧遇到了“泄洪”，一时间无法过河。我们多次驱使马、牛、骡子、骆驼下河抢渡都不成功，河水冰冷势猛，驱赶牲畜的人连连被水冲走而牺牲，队伍受到严峻考验。我们牛队的兽医刘益民同志自告奋勇下问赶马渡河，我给他全身涂了凡士林油并让他喝了些酒作好准备，其他12位同志也都同样准备好，刘益民带领他们勇敢地跳下水吆喝着扬鞭驱赶十多匹牲口抢渡，开始还比较顺利，愈近中流骡马窜回的愈多，渡过中流爬上对岸的牲口很少，猛抬头只见刘益民被急流冲倒跌入激流，一瞬间就被冲到下游几十米远，中间翻滚了几下就再也看不见了，我喊他多少次也没有回声了，眼泪顿时流了下来，后来统计抢渡通天河共牺牲了8位同志：辛列、刘益民、刘治明、王百宝、吴邦英、吴发英、马进才、张进才，我们永远怀念他们。还有150头牲口淹死，物资损失也相当严重，部队给养逐渐缺乏，吃了七天的马料充饥，后来有了条件在统一指挥下用牛皮筏子，人坐在上面牵着水中的牲口才顺利渡过了河。

10月中旬，部队进入气温平均零下二十多度，到处是雪山，海拔在4000至5000米以上，终年冰天雪地，人称是“生物禁区”的唐古拉地区。从这里入藏有被大雪封山，或雪崩夺去生命的危险。但部队作好了充分动员和准备，莽莽的唐古拉像巨大的雪狮，早已进入我们的视野，结果走了十多天才来到它的脚下。为保证快速过山，每天急行军八九十华里，天气越来越冷，雪和刺骨的寒风吹到脸上就像一个个的小针乱刺。地势也越来越高，别说人，就是马前进几步也要歇一会喘喘气。上山时实在太累，就拉着马尾巴稍省点力。白天踏在雪上鞋袜都湿透了，睡前脱下，第二天起床又得穿上，不少人脚趾冻伤坏死。我们费大力气把帐篷里的雪铲掉，褥子还是铺在冰上，被子已不能御寒，狂风呼啸时被角下全是雪。许多女同志不得不两个人钻一个被窝。这时高山病也急剧增多，此病来势凶猛，人们往往呼吸困难，面色发紫，心跳加快，口吐泡沫，甚至带褐色液体如果发展成肺水肿，来不及抢救数小时便会死亡。遇到这种病号应该让他充分休息迅速转移到低海拔地带，仅用一般强心药和呼吸兴奋剂是难以挽救的。10月19日开始向40华里以外的山顶进发。这是最关键的一天，一定要按时翻过这个山峰。山风像刀子一样，每走几步就要歇一下，马和人都喘得厉害。大家担心一旦下雪变天刮大风造成雪封山、雪崩都会使我们这支部队全军覆没，所幸这些情况都没出现，我们顺利地越过了唐古拉山口，战胜了天险，一片欢呼。

11月27日，我们到达拉萨郊区，我把头发剪短，穿上黄呢子军装，于12月1日参加了盛大的入城仪式。从此我们的进军任务宣告胜利完成。

到了拉萨后我们医疗队住在“车门”，据说是贵族的旧宅院，早已不住人了，但他以高价租给了我们。我们住在二楼，两大间，一间男同志住，一间是我们女同志住，虽然打地铺，但很满足，至少是房子，地也是平的。拉萨的海拔只有三千多米，感觉很舒服。但很快有些病人需要住院治疗，例如在路上冻伤的和其它传染病人，病房在一楼原来的马廊里，主要有陈君白、王君之、李光等医生，还有史慕贞护士长，由我们几个年轻的护士值班。在行军中冻伤手脚的战士较多，手指、脚趾发黑坏死，须把坏死组织切除，不少人伤是好了，但造成了不同程度的残疾。柏国栋冻伤最重成了终身残废。给冻伤病人换药时伤口恶臭难闻，我们有时忍不住只好跑到院中去吐，时间一长逐渐习惯了。我们耐心细致地工作，不仅感动了病人，而且双方感情也增加了，工作中合作也非常愉快。

刚到拉萨碰到的第一个疫情，就是天花大流行，医疗队全体都投入了防治工作。拉萨贫民最集中的地方，多数人家连简陋的帐篷都没有，只有一些粗织牦布支起的围子，围子和几个简陋的帐篷内外，到处躺着满身满脸脓泡的天花病人。我们一边治一边防，把带来的牛痘苗全用光了，还从印度邮购了许多。听说在我们来之前已经死了很多天花病患者，他们没住的没吃的，也没受过起码的卫生常识教育，自己无能为力，所以患者和病死者都是贫苦人，那些高官贵族老爷太太少爷小姐们躲得远远的，关在家中不出门，所以这些人很少得天花病。

再就是遇到很多的性病患者。许多医生都说从没见过这么多、这么典型的各种各样的性病。我在日喀则数月，每天早上7点上班，医院门口已经排队的就有100-200人，我管治疗，主要是给他们打针。最多的可能是梅毒、淋病，软性下疳也不少。注射“914”、油剂青霉素最多，也有静脉注射的。到下午6点也完不了。几个月内差不多天天如此，也没有节假日休息。经我们的治疗，病人都治好了。有不少病人治好了常来看我们，感激之情溢于言表。还有些病人治好了主动要求来医院义务劳动以表感谢，都被我们一一谢绝了。

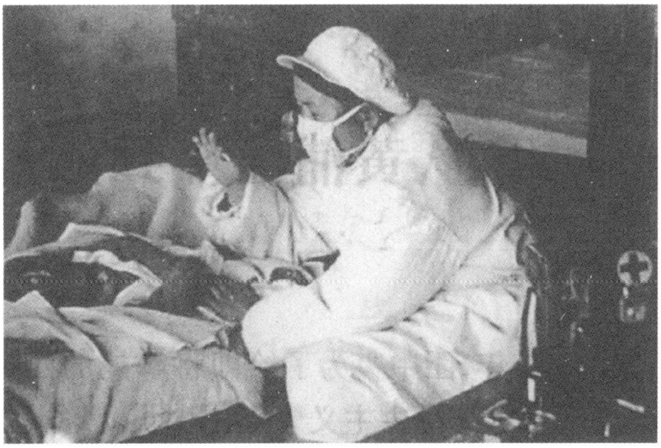
1952年，高生玉同志在做藏族妇女产后访视工作

我那时还承担妇产科的接生工作。有一天被请出去接生，我和吴景春到产妇家，一看是上等人家，家人对我们态度各有不同，后经我们检查，产妇宫口才开一指，按常规我们满可以不在那里守候，但考虑到为了扩大我军影响，我们在她家守了一天一夜。我们耐心的守护、细致地检查，直到孩子平安降生，家里人很感动，原来比较守旧而不信任我们的老太太，高高兴兴地把我们视为神医，还要送我们许多东西，都被我们婉言谢绝了。以后她家孩子有什么病都愿到我们医院来看。但我们经常是到贫民区去接生，产妇通常住在很小的只能容两个人的牦帐篷里，产妇直接躺在没有垫子的地上，生下的婴儿光着身子直接抱在产妇怀里。她们原来接生都用土办法，用刀子割断脐带，拿普通的牦绳结扎起来。加之许多婴儿有先天梅毒，新生儿死亡率很高。每次接生，我们都把产包里的消毒巾铺在她们臀下，而她们却说生孩子太脏，“不要铺干净布”。见到此种情况我们感到西藏的农奴太苦了。接生时我都是跪在地上，等把婴儿接下来处理完毕时，两腿都站不起来了，两膝疼得厉害。以后我们每次作产后访视，都教她们如何搞好产后卫生。

在我们人民医院南边，住着个上层人士，背水、做饭、打扫院子、喂马都要农奴干，主人出门上马也叫农奴趴在地上让他踩着后背登上，经常看到农奴被头人用鞭子抽打。见此情况真想上前制止。但因领导讲过对此不能操之过急，要帮助农奴提高觉悟，自己解放自己，所以没有贸然阻止。

回想起亲眼见到的农奴的悲惨生活，心情不禁十分沉重，是共产党、人民解放军将百万农奴解放出来了，当家作了主人，过上了幸福、平等、安宁的生活，这不禁又使我深感欣慰和自豪。愿西藏的明天更美好！

# 从黄浦江畔到西藏高原

顾云娟

1951 年，团中央为了给即将解放的西藏配备团干部，从各地抽调了一批新民主主义青年团团员，计划在北京培训一段时间后进藏工作。当时上海有两个名额并注明要女同志。一个名额被分配到我当时就读的同济中学，我有幸被选中了。1951 年 5 月 4 日晚我与李家俊同志离沪去北京。5 月 23 日中央人民政府与西藏地方政府签订了《关于和平解放西藏办法的协议》。西藏和平解放了！我们随即去兰州加入中国人民解放军十八军独立支队，准备进藏。从此开始了漫长的进军西藏、建设西藏的艰苦生活。

在兰州，除了我们这一批从北京来的学生外，大都是在各工作岗位上调来的“老”干部。后来又迎来了一批从兰州各中学来的学生，都比我略大些。当时我不满 17 岁，长得比较瘦小思想也比较幼稚。而李家俊同志虽比我稍长一岁，但成熟得多，她又是工人家庭出身，因此大家对她很尊重。由于我们来自上海这个大城市，别人认为我们可能娇气，怕我经受不了进藏艰苦环境的考验。后来，听说领导上已对一些同志打招呼让他们多照顾我。这时，很多人叫我上海娃，可是没人这样叫李家俊。

在兰州，我们每天早上进行爬山锻炼。7 月到达香日德，我们开始学骑马，还实弹打了一次靶，这些对一个从上海来的小青年来说是非常新奇的，因此我情绪很高。实弹打靶时，我三发中了 27 环，我兴奋得又蹦又跳，缠着队长还要打，被队长批评了一顿，他说：“规定每人只能打三发，这是部队，又不是小孩子过家家，想怎么来就怎么来”。当时我觉得很奇怪，要求多打靶是好事，这和过家家有什么关系。后来有位老大姐劝慰我时透露出对我的担心，那时我才恍然大悟，明白了为什么好多人和我说话时口气像在哄孩子。我想，“哼，我倒要让你们看看，我不是娇小姐！”在香日德我们领到了马，我的马全身乌黑光亮，脑门上有一小块白斑。我一见就很喜欢。一位工人模样的同志对我说："娃！要对马好，马就对你亲"。他的好心教导，被一声"娃"给破坏了，我瞪了他一眼没理他就牵着马走了。

进军的第一天，我骑在马上左顾右盼非常神气，我想这样照个相多好，可怕别人又说我"娃"而不敢说出来。广阔草原，使人心旷神怡，不知不觉到了宿营地。我在家时从不做饭，对西北的面食更是一窍不通，好在从兰州女中来的一批女同学都很能干，和面、擀面条、揪面片都很在行。进军前我们实习做过几次饭，我又什么都不会，想帮忙递个东西什么的，常递不到位，大家都劝我看看，实际是怕我帮倒忙。听说在前梯队的李家俊因母亲是山东人，在家常擀面条什么的，因此我们队的同志更认为我这个上海娃是什么也不会。出发前，分配我到宿营地的工作是拾牛粪打水，帮班长收拾伙食箱（里面装着油、盐、酱、醋等各种各样的调料、工具）。所以第一天一到宿营地，我卸了行李、马鞍，把马放出去后，立即拎着牛粪袋去捡牛粪，我记住民工同志教我们要拾又干又大的牛粪，烧火的同志说我拾的牛粪好烧，我高兴得不得了，帮做饭的同志打开马褡子铺被子。忙了一阵饭还没做好。那天也真怪，烧了几个钟头水都没烧开（以后再也没遇到这种情况），天黑透了，只好用没开的水煮面片，一锅面片成了浆糊。我肚子早饿了，也不管他水是否烧开、面片是否成了糊糊，别人还楞着，我就盛了一缸子，还招呼大家快吃。吃完了帮班长把伙食箱收拾好，钻进被窝还又说又笑，说这一天真好玩。

越走地势越高，走了没几天，可能是马料不足，马显得疲乏了。指挥部就下了"除了病号不准骑马"的命令。我们将马褡子放在马背上，背着小包，牵着马走。有高原生活经验的民工对我们说走路时不要急，一步一步慢慢走才行。开始队伍还整齐，不久一些人就掉队了，很多人担心我走不动。我倒还争气，从没掉过队，一路上看到好的、干的牛粪就拾起来。有一次看到远处有野花就去采摘，尽管挨了批评，但我采的花被同志们都抢走了，心里也还是很高兴的。

我爱笑，大家都说我不知道发愁，可是有一天，我哭了。那是我早上值班烧水，不知怎么搞的，那天我虽比别人值班起得早，可水一直烧不开，大家马上要起床了，别的班烧的水都开了，值班的都进帐篷准备收拾被子，我急得不得了。幸好一位民工看见了，马上过来，帮我打羊皮风箱，水一会儿就开了。同志们喝水吃饭时，我进帐篷准备收拾被子，一看被子已被同志们装进马褡子里了。我鼻子一酸眼泪就下来了，一个调皮鬼一看就说："难得，难得，小顾哭了"。不知从什么时候起，同志们很少再叫我上海娃，而叫我小顾了，他们仍然那么关心和照顾我。

## 在西藏经历的两次地震

地震这个词，在我上小学时就学过了，知道它的厉害。可是我在上海长到十六七岁还没遇到过地震。但就在我进藏途中和到拉萨的不到一年时间里，我遇到两次地震。其中一次还是八级大地震！那是1951年11月份，我们离开黑河后没几天，部队走到念青唐古拉山区宿营后，我与一位女同志（好像是曾爽秋）一起打水，我们抬着一桶水往回走时，突然身体一晃水从桶里流了出来，我就喊"你怎么走的！水都泼出来了"，几乎是同时，她也喊"你怎么走的！"这时我们又晃了一下，她反应快马上说："地震了！"我还没有回过神来，又晃了一下。因为那时在无边无际的草原上，周围没任何建筑物，因此虽然地摇了几下，大家也没当一回事，我还喊"好玩！好玩！"虽然我看到几位老同志神色凝重，可也没放在心上。半夜我们突然被急促的叫喊声惊醒，说是紧急集合马上出发，大家匆匆忙忙收拾好。又听到"上马"的命令！我感到奇怪：行军没几天，就不许骑马了，走了几个月路，除了进黑河城时骑了一小会儿马，以振军威，怎么现在半夜里出发还骑马？走了半夜宿营后，才知道电台与中央联系时，得知震级很大，指挥部才命令半夜出发。几年后才听一位新华社记者说，当夜他们收听到英国路透社报导说："藏北发生了强烈地震，中共军队将不能进入西藏"，后来查看资料才知详情，震级八级。

第二次地震大概在1952年夏，发生在拉萨。当时我正在西藏军区干部学校学习藏语文，学校办在仲吉林卡。那时男同志睡在帐篷里，女同志被照顾睡在马厩里。一天早上起来时，大家劈头盖脸地冲着我说："小顾！你总算起来了啊！"我莫明其妙地看着大家，她们都哈哈地笑着说："昨晚地震了，叫你，拉你，都叫不醒你，没把'妈妈'给气死了"（妈妈是西安一位烈士的遗孀，姓魏，她儿子进藏，她要求与儿子一起来了，人非常慈祥，在生活上又很关心大家，所以都叫她“妈妈”）。原来那晚发生地震，全队都起来集中在空旷的操场上。同志们叫我拉我，都叫不醒，把我拉起来又躺下了。大家只好把“妈妈”拉出去，报告了队长。队长来也没把我叫醒，队长又气又笑地出去叫两个女同志来把我抬走。可这时不震了，“警报”解除，大家都回去睡觉，我当然睡得更安稳。我到现在也很纳闷，怎么会睡得这么死。

## 在康藏公路工地上当翻译

1952 年秋，我在西藏军区干部学校三队学习藏语文。在 1953 年初的一天，晚上点名时队长说：康藏公路墨竹工卡到拉萨段开工了，由解放军带领藏族民工修筑，要有一批懂藏语的同志当翻译。我们队的同志虽只学了几个月的藏语，为了锻炼，也要抽二三人去实习。我听后每天都去找队长、指导员，要求去筑路工地实习。我们藏干校的学员，都为没有练习藏语的地方而苦恼。那时过的是部队生活，与藏族群众接触的机会很少，为了说藏语，我们每个星期天都要到拉萨街上“买东西”其实那时没有什么钱，买东西是假，上街与藏族商贩说藏话是真，但“买东西”说来说去就那几句话，也没劲。现在有了这个接触藏族群众的机会，怎能放过？我平时学习不够刻苦，藏语水平在队上不是拔尖的，但还可以。因此，我每天去队部“泡蘑菇”。队长被我缠得没办法，甩出一句话“马上考试了，你得 100 分就让你去。”说完与指导员挤挤眼睛。那时，历次考试，学生们考不及格不可能，但得 100 分也很稀少，我更是没得过 100 分，我想这下完了，心里总是七上八下的，结果还真得了 100 分。我们队批准我和朱丽曾二人去实习。我们实习小队大概有 10 个人，负责人是耿成新。那天我们坐上牛皮筏子到了德庆县，晚上住在一藏民家。晚饭当然是吃糌粑，不知谁说了句：我们向藏民买几个鸡蛋煎荷包蛋吃。大家都同意，打打牙祭。这时我们房东门外挤满了藏族小孩，还不时地有些妇女借口进来找房东，大家是来看汉人（其实我们小队有一半是西康藏族）。吃蛋时一位同志将别人用过的筷子用茶水冲了一下，一个三四岁的小孩惊呼“浪费！浪费！”

就跑出去了，当时我们几个汉族，还没听懂他的话，一位西康藏族同志将那小孩的话翻译给我们听，我们顿时目瞪口呆，脸都红了，实习的第一天，一个藏族小男孩就给我们“上了一课”。第二天走了大半天到了德庆县只有十几户人家的一个小村，那是我们的实习地点。我们小队又分成两个小组，相距约十里路。这段公路是紧靠拉萨河边修筑的，一边是河，一边是山，有的地方连人走的小路也没有，民工们就这样劈山开路。每一个解放军带二十来个民工在长约一二百米的地段上施工。我们实习组每人给二至三个解放军当翻译。一般一个新工段开工时要讲施工要求，比较复杂，遇上一个工段快完工时，路面的光滑度、坡度大小、路边水沟的深浅等要求较高，翻译任务比较忙，平时就不断巡回，遇到问题就翻译，因此每天要走好多路。民工开始时称呼解放军战士为“本布拉”（藏语官员的意思），解放军一再让我们翻译，不许叫“本布拉”，要么叫同志，要么就叫姓，什么“老张”、“小李”等。解放军不仅管工程施工、工程质量，对民工的身体、生活也很关心，我开始负责的那两个段，有一个十一二岁的小孩，也被送来修路。解放军要头人退回去，小孩反过来求解放军把他留下，还说如把他退回去，不仅他要被贵族责打，家里还要罚钱，还要花钱雇一个人来代替他。因此就没有把他退回去，但很照顾他，让他干轻活，传话送东西什么的。对年老体弱的人，解放军都嘱咐民工组长，让他们干轻点的活。解放军还有医生给民工免费治病，因此工地上常听到赞扬解放军的话语。

旧西藏是封建农奴制社会，加上宗教的麻醉，藏族人民对“三大领主”必须绝对服从。由于反动宣传，不但群众对党的政策一无所知，而且有民族隔阂。因此党在西藏的政策是“慎重稳进”，既要做好上层统一战线工作，又要做群众的工作。实习大队规定每个战士除了做好正常的翻译工作外，多与民工拉拉家常，接触交谈，以提高我们的藏语水平，同时要用自己的行动影响民工，使藏族人民认识到共产党的干部平等待人。但又规定不能宣传内地的土改，不能进行反对西藏上层的宣传，甚至对西藏的一些落后的制度、风俗习惯也不能表示反对。可是我们这些年轻人，包括解放军战士对藏族同胞的苦难生活深表同情。当我们看到给民工发工钱时，民工们这边从解放军的帐篷里领了工钱，马上又到十几米外的头人那边帐篷里把钱全都交给头人。而他们自己吃的糌粑都是从自己家里带来的。因此我们都忿忿不平。我们曾暗地里鼓动他们不要把工钱交给头人，或少交一点。但他（她）们都不敢。后来耿成新同志想出一个办法，他说，既然我们不能正面宣传内地的土改政策、党的阶级观点，不能正面地鼓动他们反对头人，但我们可以将家人或亲戚的翻身解放的事实编成故事来启发他们。我们听了都说好，有一次一位藏族女民工问我家里有什么人？家在什么地方？我就告诉她我是上海人，那是祖国最大的城市，当时我的藏语水平还不能流畅地讲上海的繁荣先进，我就连比带划地说了很久。估计她只听懂了五六成以后有几个民工问我，上海街上的汽车真是一辆接一辆吗？有卖各种各样东西的地方（商店）吗？内地的人都是平等的吗？有一次我正和几个民工说笑，拉珍（西康藏族）来了，我想这好了，她可以当我的翻译了。我就编了个故事讲给她听，有个贫农姑娘在旧社会如何穷如何受压迫，解放后分到土地，生活如何好等等。谁知拉珍的汉语水平比我的藏语水平只高那么一点点，不少话她也听不懂。我只好采取老办法，又讲又比划甚至还带表演，民工们听得津津有味。这时拉珍讲起自己的身世，讲她过去苦难的生活，幸好她们家乡有几户汉族，教过她汉语，解放军看她聪明活泼，经她父母同意参了军，13 岁的她就当了解放军的小翻译。她说解放军在进藏途中如何守纪律，头人不卖粮食给他们，饿着肚子挖地老鼠吃，还帮老百姓背水，还说因为她小，是解放军背她过大山的等等。讲着讲着她哭了，民工和我都哭了。这些活动偷偷地进行着，对民工特别是年轻民工们影响是很大的。他们要求留一点工钱给自己，后来听说部队的领导找了各地带民工的头人做工作，头人们就顺水推舟，同意留一些钱给民工，当一批民工支差期满后，在部队小卖部买了鞋子、帽子、袜子、糖果等物品回家乡时，我们和民工一样舒心地笑了。我们满怀信心地迎接下一批民工的到来。后来听说人民解放军在平息西藏地方政府反动集团发动的叛乱时，各地支援解放军的藏族老百姓不少是修过公路的。而我后来工作过的西藏团校、西藏公学、西藏民族学院的学员中，也有不少是修过公路的。这都与我们默默地开展群众工作有关系。

# 进军西藏之路

王兰芳

春风化雨，沧桑巨变。追思过去，48 年前《西北入藏进行曲》那激奋昂扬的歌声，又从通天河畔，越过千万重山，远远地飘过来，在耳边久久回荡；而那些早已开始模糊的往事，又时断时续地开始浮现在眼前……

1951 年的夏天，我由青海国立湟川中学毕业，随后去兰州报考大学，并考取了当时兰州大学医学院。这时，有几个年龄大我几岁的中学校友，邀我参观医学院。也就在这个时候，他们鼓动我报名参军去西藏，说这是大陆上最后一块待解放的土地，并说机会难得，以后再也不会有了。年轻的我很快就被他们的情绪所感动，记得报名的那一天正是 8 月 1 日，也是报名的最后时间，报名处的老同志告诉我：西藏是很苦的。当知道我年龄还很小时，又问我怕不怕苦？我当时很干脆地回答“不怕！”其实，苦是个什么滋味，我还真不知道，所以从何去怕呢？在经过体检和政审后，我被批准参军了。而这时我还不到 17 岁。

三四天后就起程了，由兰州坐车去香日德集结。途经西宁停留时，请假回去看望父亲。当穿着一身军装的我站在他老人家面前时，才知我并没有按照他的心愿去上医学院校，父亲哭了。父亲是个医生，他一直希望书读得很好的我，也像他一样，将来做一个治病救人的医生。可如今眼看落空了，这怎能不使他伤心呢？他劝我，让我不要去，说那里是怎样的苦。叔父也坚决反对。可无论他们怎样的阻拦，都不能动摇我去解放西藏的决心。

要离开西宁了，十几个亲人哭着为我送行，像是在作最后的诀别。汽车已经开动了，亲人们还跟着在哭，有的甚至放声大哭。可不知怎的，只有十几岁的我，当时竟像个辞行的壮士，坚强的没有流出一滴眼泪。只是在车开出很远，又想起父亲悲伤的泪眼时，心里才开始有些难受，但也没敢让别人看见。几年后（1955 年）作为调干生，我考上了南京药学院（中国药科大学），又回内地上学时，途经西宁顺便回家看望几年不见，对我已经绝望了的父亲，他老人家对我终于选择了学医的道路，喜出望外，一颗善良的父爱之心终于得到了安慰。

从西宁出发，走过倒淌河、青海湖、橡皮山、茶卡、都兰等地，于 8 月中旬到达部队的集结地香日德。同时，部队对外开始称为十八军独立支队。

在香日德进行了十多天的休整，学习政治和行军常识，进行军事训练。8 月 22 日，隆重地举行了西藏和平进军誓师大会，并于当天开始向青藏高原进军。

诺木岗是行军中所遇到的第一个险关。它山高坡陡，且到处是乱石与沙子，几乎看不见草，人行走起来脚下不稳，常常打滑，空气稀薄，使得我这个西宁长大的人也头痛脑胀，每走一步都要停下来喘几口气。当时马的情况比人稍好点，我就拽着马尾巴，由马拉着，一步一喘地慢慢攀登。因为对青藏高原的认识所限，那时把这种高原缺氧反应误认为是瘴气所致，所以根据高原牧民的经验，行军前部队为我们每人配发了香烟。这种经验还真管用。后来每遇到这种情况就吸几口，即所谓的避瘴气，只要一吸，身体似乎就轻松了许多，这样一直到拉萨。后来渐渐适应了高原环境，又因女同志吸烟有碍形象，也就再没有吸过。

诺木岗过后又行走了几天，就进入了黄河源的沼泽地带。这一段路是行军以来最难走的一段，担负运输任务的骆驼大队、牛大队等饱尝了艰辛。我当时编在干部大队，没有驮运任务，所以情况就好多了。

首先是通过沼泽地带。这种地貌看上去是水陆难分，踩上去像橡皮一样，故又称橡皮地。行走这种路要特别留神，还要速度快，否则会遭到灭顶之灾。记得当时要求我们轻装上阵，马褡子里只装了一床狗皮褥子和被子。我仗着马好，所以过得还顺利。

过沮洳淤泥地后是水盆草地。这种地貌是一洼一洼的水，大小如水盆，四围是草埂，因是 9 月间，埂上的草长得很茂盛，我骑在马上，提心吊胆，生怕有闪失。可我的马竟是那样灵活，踩着草埂快速地迂回前进，一鼓作气，只用了一天时间就通过了水盆草地。经过黄河源的沼泽地带，部队进行了休整，总结经验教训，调整行军序列，精简了一些不适宜高原草地行军的装备。3天后出发，继续前进。

又经过了一段沼泽地带，到达曲麻莱。曲麻莱是米福堂的属地。米福堂是后藏人，思想较为进步，曾给我们许多帮助。所以在此作短暂的休息之后，冒着风雪，踏着泥泞，向着长江的上游挺进。

到达通天河。没想到当我们来到通天河的北岸时，却遇上了百年不遇的洪水，在部队领导的组织下，面对波涛汹涌的通天河，所有的干部、战士连同民工都行动起来了，连续奋战15个昼夜，终于使堆积如山的物资和众多人马全部渡到江的南岸。由于我年龄小，又是个女同志，此间只做了一些力所能及的工作。但同志们那种与洪水搏斗的高昂斗志与献身精神，却深深地震撼了我。直到今天，每想起那15个日夜，都会有一种惊心动魄之感。

抢渡通天河使部队遭受了重大损失，付出了沉重的代价。由于行军拉长了时间，部队便出现严重的缺粮。开始每天每人供应口粮二两，后来减少到一两。就这一二两口粮，我们也舍不得吃，因为高原长途行军，出现了许多病号。晚上我们将肉煮好，每人分一大块。青藏高原海拔高，又严重缺氧，所以煮的肉也是半生不熟的，天气又寒冷，零下三十多度，我们每天就用这半生不熟且冻得很实的肉充饥，饿了啃几口，渴了喝几口凉水或吃几口雪。如此行军可我们丝毫没有觉得苦，因为我们早有思想准备，况且又经过了诺木岗、黄河源、通天河等一道道险关的考验，已经把生死都抛到九霄云外了，何况苦呢?

又经过十多天的艰苦行军，于10月18日到达唐古拉山脚下。唐古拉海拔五千多米，空气稀薄，终年积雪，被视为生命的禁区。在此，历史上曾有过因大雪封山不能越过而全军覆没的悲剧。而我们因渡通天河时耽误了，错过了翻越唐古拉的最佳时间，形势严峻。所以，在这里范明司令员向部队发出了《奋勇前进，抢越唐古拉山》的号召书，并要求我们连夜做准备。

19日这天，早上不到4点钟我们就起床了，凌晨5点开始登山，每个人的心情都很紧张，几乎听不到说话声，只是低着头不停地前进。当时我心里什么也不去想，只想着千万不要掉队，赶快翻过唐古拉。

21日，天气格外的好，是行军以来所没有遇到过的。经过十多个小时的急行军，我们到达山口时，蓝天白雪，景致竟是那样的美，以至忘了是在唐古拉山上。虽说是零下三十多度，可丝毫没有觉得冷。站在海拔5000多米的高度，每个人的脸上都放出异样的光彩，而再回头看时，几天前还想威吓我们后退的唐古拉，也不过是一个缓缓的大坡！唐古拉山啊，你终于向我们低下了你那高昂的头！

翻过唐古拉，经过黑河等地后，于11月27日，胜利抵达拉萨东郊。至此，行程四千四百多里，历时92天的大进军胜利结束。1951年12月1日，十八军独立支队举行了盛大的入城式。

但就在我沉浸在喜悦中的时候，和我朝夕相处一百多个日夜的大黑马却要被收编离开我了。三个月的艰苦行军，没有使我落下一滴眼泪，可此时，我却悄悄地流泪了。我不想让它离去，真不想！

我的大黑马，是你，在诺木岗让我拽着你那结实的尾巴，把我拉上了山岗，在黄河源的沼泽地，在许多湍急冰冷的河边，让我骑在你的身上，免受泥泞冰冷之苦，帮助我平安越过。又是你，在过通天河后不久的一天，也是行军以来天气最坏的一天，我俩不幸掉队，但你沉着坚强，任凭风雪怎样肆虐，没有后退半步，终于在一个多小时以后，凭着敏锐的嗅觉，带着迷途的我，追上了部队。还是你，不论在什么时候，都让我能感受到战友如同手足的那份温暖亲情……

——可这是纪律，我不能不服从。从此，我与你再无缘相见!48年了，在回忆往昔时，我还是那样的怀念你，我亲爱的大黑马！至今，我还记着你的番号——626。

几天前看老战友吴锋写的回忆录，此时忽然记起其中的一段话，就让它作为结束语吧：

“能成为‘老西藏’的一员，也是人生不可多得的机遇，这种机遇恐怕不会再有了。因为，西藏不再是过去的西藏，它发生了翻天覆地的变化，我们也不再是过去的我们，青春年华不能复返”。

的确，中国革命历史中的这一段，48年前我们能够融入，真是有幸！今天我再回亿它时，仍感到是生命中最光辉无悔的一章！

# 进藏途中的机要兵

汪琦

进军西藏前夕，我是一名刚刚参加机要工作的新兵。在老同志的带领下，负责对中央台的密码通讯工作。当时业务技术方面还不熟练，急需提高工作能力，以适应工作的需要。

中央决定十八军进军西藏，巩固国防，解放西藏百万农奴的命令下达后，全军立即行动，首先学习党对西藏工作的方针政策和民族政策，从思想上提高对进军西藏的重大意义的认识，同时，着手进行进军的各项准备工作。我所在的十八军机要科也紧张地投入了练兵活动，为圆满完成进军途中的密码通讯工作，加紧进行业务培训。

军直机关从四川新津出发，抵达西藏首府拉萨，需步行两千多公里。全军对上对下的联络，只有通过无线电台、密码电报来沟通。艰巨的任务，对机要工作和机要人员提出了更高的要求，我们不仅要完成行军任务，还要肩负起繁重的密码通讯工作。大家认为，这是对机要部门极大的信任，也是严峻的考验。我们决心，不论遇到多么复杂、艰难的情况，一定要迅速、准确、安全地完成任务。

军部首长对机要工作极为关注，对我们这些刚参加工作的机要兵（那时机要科有二三十人，多数都只有十七八岁）非常关心，机要人员白天行军夜晚工作，为了照顾机要人员，减轻行军途中的体力消耗，领导不让我们背行李背包，只背机要文件、生活用品和代食粉，给机要科先后配备了40匹马，驮运设备、办公用品及炊事用具，还给我们每人配发了公文皮包（当时是非常缺的）专门装机要文件。

行军开始，我们机要科组成一个梯队，每人牵一匹马，照应驮运的东西。由男同志在前面领队和后面压队，把我们女同志放在中间，以防止发生意外情况，便于照顾。每天备马、卸驮、架帐篷、拆帐篷等重体力活，男同志都抢着干，他们总是把我们女同志的马先备好，让我们先上路才去备自己的马。过河时，又是他们拉着、牵着马把我们送上岸，再返回去牵自己的马。每当到达宿营地，大家按照各自的分工，有的拾柴烧饭，有的割草放马，搞译电的同志，迅速架起帐篷开始工作。

译电时，没有桌凳，就用装办公用品的箱子做工作台。箱子低矮，我们只能坐在地上，或半蹲、半跪着，腿不能伸，脚无处放，上身弯曲着趴在箱子上，人多时，就坐在地上，把公文包摆在腿上，用皮包垫着书写。夜晚山风呼啸，卷着雪花冲进帐篷，把蜡烛的火光吹得摇曳、跳跃，时常熄灭。帐篷内的气温下降到零下二十几度，工作时间久了，全身冰冷，手足麻木，手指冻得握不住笔，就用口中的热气呵呵手，继续再干。

中央台的电报多，工作量大，经常有加急、特急电报，都要争分夺秒地迅速处理。有时为了等待电台送报来，不敢睡觉，就和衣趴在工作箱子上稍事休息。电报来后，又要马上工作，直到把当天的电报处理完毕，尽快地传递出去，我们才能休息。这样，我们每天只能睡二三个小时，甚至通宵不眠。有时，工作完毕，天已大亮，部队即将起程，我们检查好密码，背起背包，拆除帐篷，牵着骡马又踏上新的征程。

进军途中，我们除了完成每天的机要通讯任务，更要时刻注意保守党的机密。由于不停地行军流动，每个人工作的机要文件必须随身携带，时刻做到“密”不离身，防止损坏和丢失。我们机要兵头脑中的这根弦，始终绷得紧紧的。每天工作后，出发前，必须仔细检查皮包内的机要文件是否完好齐全。睡觉时，把皮包枕在头下，起身后，首先把皮包背好，扎在腰带内。爬山过河时，更是时刻小心身上皮包的安全，过河时，为防止沾水，总是把皮包抱在胸前或顶在头上。遇上狂风大雨，解开上衣把皮包放在衣服里，紧紧地搂在怀中。再苦、再累，我们始终不忘保护好党的机密。

经过四个多月的长途跋涉，我们机要科的机要兵，在军直机关的领导下，发扬了吃苦耐劳、团结一致、互助友爱的精神，圆满完成了机要通讯任务。当张国华军长、谭冠三政委率领全军指战员，通过我们手中的电报向党中央、毛主席和西南军区首长报告，进藏部队实现了把五星红旗插上喜马拉雅山时，我们激动不已，热泪盈眶。

# 绚丽的人生

张凤林

1951年，我作为拉萨政治工作队的队员，跟随部队千里跋涉，翻山越岭，历经风雨，圆满完成了进军西藏、戍守边疆的历史使命。转眼，半个世纪过去了，我已是古稀之年的老人，然而50年前的印迹仍时时浮现于眼前，让人回味无穷……

## 一天趟水20多次

高原气候寒冷。虽是8月天气，但从山上流下的雪水，同样冰冷刺骨。

部队行到柯鹿洞时，前面一条宽十几米的河挡住了去路。河上没有桥，河里没有船，河水深处足有一米。部队在河边宿营，饭后召开军人大会进行动员，告诉大家，除了面前的这条河外，还要趟无数的水溪。同时以班为单位发给一小包凡士林油脂，过河前用它涂抹在皮肤上，以免冰水长时间停留在腿上。这是当时唯一的防护用品和能采取的保护措施。

太阳刚露头，部队就出发了。大家把裤腿高高卷起，抹上凡士林油脂，俩人一组搀扶着过河。记得刚下水时，浑身肌肉收缩。随着河水愈趟愈深，钻心的凉气侵入肺腑。再往前趟时，下肢逐渐失去知觉。两条腿像木棍似的往前挪动。前面传来命令，这河可以过得去，不要停留，继续前进。一个个像机器人机械地往前走。不知走了多久，也不知走了多远，下肢才恢复了知觉。但好景不长，开阔地很快走完，进入了峡谷。谷中有条小溪，顺峡谷流淌。队伍时而在左岸，时而在右岸，我们在峡谷中大约趟了二十多次水。走出峡谷，我们的脚全是湿漉漉的。那条峡谷究竟有多长，谁也不知道，谁也说不清。只记得30公里的行程，绝大部分是在峡谷中穿过的。

峡谷最窄处不足20米，两边崖高约千米，蓝色的天空只露出一线。我情不自禁地喊道：快看呀，一线天！这是我曾在小说中读到过的美景，而今仰头可见，我不觉兴奋起来。前前后后的同志也纷纷仰头观赏这难得的美景。原来这峡谷中除了溪流声和我们的脚步声，是什么声音也没有的。走出峡谷，阳光普照，倍感温暖和愉快。因为我们克服了常人难以想象的困难，为解放西藏，巩固国防，又迈出了坚实的一步。

## 女同志也能杀羊

过怒江前，要翻越一座大山。山虽不算高，但很长，从宿营地到怒江约45公里，几乎是正常行程的一倍。领导为解决途中饥饿，给我们队发了一头牦牛和几只绵羊，叫我们自己宰杀。杀牛的任务交给了一二区队，三区队负责宰羊。我们这一群男女，谁也没有宰杀过牛羊，要我们宰杀真是困难不小。

记得那天上午，一二区队集中丁二三十人，簇拥着一头膘肥体壮的牦牛往藏胞晒青稞的木桩走去。三下两下地将牛脖子拴在木桩上，然后一齐动手，有的抓牛角，有的扯牛尾，其余的人去扳牛脚，试图像杀猪一样将牛搬倒、杀死。这样一来，把牦牛激怒了，挣脱缰绳狂奔起来，松手迟缓的就被牛踢倒。我和几个在旁观战的女同志也吓得连退了几步。牛跑累了，终于停了下来。这时几个同志慢慢地接近它，重新将它套牢，再次牵往木桩处。这次他们除套牛脖子外，将脚也牢牢拴住，然后一齐用力拉扯，终于将牦牛绊倒、杀死。喷出的血液有二三米高，血流如注的情景，我第一次看到。我敬佩他们的勇气，下决心向他们学习。我们班十来个女同志，像杀猪一样，竭尽全力将羊按倒，羊虽拼命挣扎，终究敌不过我们集体的力量，被制服了，足有三分钟没有人拿刀。我鼓足勇气说了声：按好，我来。随即伸手拿刀，几乎是同时，又伸出了两只手，三人同心协力终将绵羊杀死，这才长长地松了一口气。其余两个女生班，也学着我们的样子，迅速把羊杀死。大半天功夫，分给我们队的任务全部完成。

## 忠魂永留丹达山

与拉萨队同时进藏的有军区直属队和文工团部分人员、财经大队、警卫营一个连和千余头驮银元的牦牛运输队。军领导为了加强对这些部队的领导，组建成第三梯队。到昌都后，原梯队领导人薛和另有任务，任命苏同卿为指挥长，徐爱民为政委，统一指挥这支部队。

部队在丹达山脚住下，第二天开始过山。此山气候特别恶劣，空气中含氧量甚少。凡经此山进藏的部队，人员牺牲、骡马死亡的不少，我们把它称为死人山。我们上山后，头痛、恶心、呼吸困难。大家牢记不能停留的指示，艰难地往前走。徐政委和大家一起徒步上山，到达山顶时，见警卫营三连一战士晕倒在地，徐政委命令该连连长立即组织人员搀扶下山。由于极度缺氧，还未到山脚下，这位战士已安详地闭上了眼睛。此情此景，使政委和在场的同志流下了心酸的眼泪。在这个战士晕倒的同时，拉萨队女队员严韵清休克倒地，呼吸微弱，小便失禁，情况十分危急。政委忙命身边的警卫员将她放在自己的马背上，迅速下山。由于救援及时，严韵清才幸免于死。战士牺牲、严韵清休克的消息，很快传到我们中间。大家心情沉重，一言不发，拖着疲惫的身躯，加快步伐往前走。到达山顶时，积雪很厚。下山比上山还难，稍不留心就被摔倒。我急中生智，干脆坐在雪地上看好地形，用手当舵往下滑。好些同志觉得这办法不错，也小心地滑了起来。很快脱离了险区，到达宿营地。

## 陈正瑜落水

大约是过怒江后的第二天，行军途中遇上一条小河。河宽约七八米，但水深流急。河面上架有一座小桥，过往人畜均从桥上通过。我们依次前进，一二区队已顺利通过，三区队通过时，陈正瑜被同行的马挤下河去。紧随其后的同志见状惊呼：“陈正瑜落水啦！快救人呀！”这呼救声，像晴天霹雳，打破了宁静的原野。大家不觉一怔，不约而同地停止了前进的脚步，纷纷把目光投向小河。区队长程祯除了震惊之外，更多一层焦虑。苦于她自己也是一个不识水性的柔弱女子，无法去救，只得急切地向一二区队求助。其实，哪等她开口，一二区队的男同志早有人冲向河边。但水流很急，眨眼功夫就将陈正瑜冲出二十多米远，好在此时她被河中的一块大石拦住去路而停了下来。救援的同志飞奔上前，一把将她抓住，迅速拉到岸边。区队长疾步上前，首先看看她全身，所幸没有受伤，又关切地问她有没有不舒服的感觉？她摇摇头表示没有。队伍又恢复了平静，继续前进。区队长和留下来的两位同志迅速将陈正瑜的背包取下，打开放在马背上晾晒。没有备用的衣服可换，只好一齐动手从上到下用手将水挤掉后快步赶上队伍。好在西藏日照很好，阳光充足，空气干燥，到达宿营地时，衣服和被子基本都干了。

## 过沼泽地

1951 年 9 月下旬，部队利用仅有的几只牛皮船渡过怒江，不久就进入方圆二百多公里的“穷八站”。这里气候寒冷，土地十分贫瘠，有时一连几天也见不到一个人影，望不到一缕炊烟，听不到一声鸟鸣，甚至野兽在这里也绝迹，是名副其实的无人区。这里没有道路可走，全靠先遣队探索。他们作出可行路线的标记，我们按标记依次前进。印象最深的是无人区有一片沼泽地，远远望去是一马平川，似乎是一片水草丰茂的好地方。近处细看时，水陆相间，实实在在是一片沼泽地。在过沼泽地时，人和马都一字排开，依次而行。人人都小心翼翼地保持着一定的距离前进。大家心里都明白，若错走一步、或俩人并行都有陷入泥沼的危险。在我前面不远处，我们队的一匹大白马就是因错走一步而陷入沼泽中。牵马的同志十分着急，使劲抓住缰绳往上拉，跟在后面的同志也吆喝着助威。白马似乎懂得主人的心意，拼命挣扎着想往前走。结果是愈挣扎陷得愈深，马肚子已经和水相连，情况十分危急。大家都眼巴巴地看着这一事态的发展，默默地在想解救的办法。突然有人大声喊到：“不要再拉了，快把马背上的东西卸下来。”牵马的人如梦初醒，迅速地将马背上驮着的东西一件一件地卸下，又一件一件地往前传递。然后有节奏地前拉后扶，才将大白马从泥潭中救出。白马得救了，又继续前进。

走出沼泽地，我们找到一块略带坡度并较为干燥的地方宿营。经过一天的行军，停下后感到格外疲惫和饥饿。急切地想找到一点能吃的东西。我和几位女同志在找地方方便时，意外地发现有能吃的草根，纷纷用手刨了起来。正吃得香、刨得起劲时，有人惊呼："不好啦，梁文杰的马病倒啦！"我们急步跑回营地。见那匹马躺在地上，口吐白沫，浑身抽动，接着又有几匹马病倒，症状完全一样。这一突发情况，使全队上下极为震惊。在这杳无人烟的地方，发生这样的事，大家一筹莫展。队领导更是心急如焚。唯一的办法是找到老乡，问问情况，寻求解决办法。男同志纷纷出动，四处寻找老乡，终于在几里外找到了两位过路的老乡。他们听说情况后，断定是吃了醉马草而中毒，其中一位老乡带上自备的解毒药跟随求援的同志来到营地。大家听说找到老乡了，情不自禁地迎了上去，像欢迎救星似的迎接他。在他的指挥下，迅速将解毒药稀释后灌入马肚，同时立即将未病倒的骡马集中拴好，不让它们再啃地上的青草，从而扼制住了这一恶性事件的发展。不大功夫，大部分病马停止了吐沫和抽动，排出了大量稀粪便后得救了。我们感激地送走了老乡，重新开始了正常活动。可梁文杰的马由于中毒较深而死去。她伤心地蹲在马身旁，用手抚摸着马的身躯，久久不愿离去。

## 太昭的喜悦

翻过嘉黎山，太昭远远地映入眼帘，蓝蓝的天空，漂浮着朵朵白云。金色的太阳，使人感到几分暖意。远处山顶上，白雪皑皑，近处山上郁郁葱葱。这里已处在原始森林的边缘。不太大的平坝上，有着几十户人家。这就是太昭，与我想象的完全不一样。它没有街道，没有商店，确切地说，是一个较大的村庄。我们走到跟前还不敢相信这就是太昭，这就是西藏东部的重镇！

太昭，不仅风景优美、气候温和，地理位置也重要，是通往拉萨的门户。进入太昭，就等于跨进了拉萨的大门，因而心情格外舒畅。加之我们到达时，军区后勤部首长在此设站，有比较充实的食物供应部队，于是在此休息了几天，使极度疲劳的身体得到一些恢复。

在太昭休息的几天中，一日两餐不限量，让我们吃个饱。更使我们兴奋的是供给了一些食用油和当地的鲜猪肉。这些东西，我们已经很长时间没有见到了。此外，还供应我们相当多的柴禾，让我们烧水洗几个月都不曾洗过的头发。组织的关怀，使我们非常感激，心中非常喜悦，从早到晚，欢声笑语不断。互相笑问对方：你到拉萨后的第一个愿望是什么？几乎所有的人都说：睡三天三夜；天天能吃饱肚子。我除了这些外，还想擦洗一下身体。至于洗澡，我不敢奢望。大家说着、笑着，一天的功夫将头发和内衣都洗完了。玩耍之余，我们商量着自己动手改善生活。于是我们从炊事班领来代食粉、猪肉和油，做油炸饺子吃。没有做饺子的工具，就人人动手一个一个地捏，饺子捏好后，一齐往油锅里放。噼噼啪啪炸开了花，有的同志手被炸起了泡。这些我们都不在乎，最心疼的是宝贵的油损失了一半！油炸不成，改为水煮，没想到饺子下去尽变成了一锅粥。饺子没有吃成，但我们都很开心，边吃边笑，笑得是那样甜，吃得是那样香。

## 夜宿鹿马岭

11 月上旬，天寒地冻，部队进入离拉萨不远的鹿马岭。这地方坡度不高，但气候极其恶劣，一到冬季积雪很厚，道路难行。

部队进入鹿马岭那天，天空雪花飞舞，地上白茫茫一片，空气稀薄，让人喘不过气来，愈往前走，雪下得愈大，领导决定就地宿营。部队停下后，忙着卸马驮，清除地上积雪，搭帐篷，还折断小树枝铺床。一切过夜准备就绪，只等开饭后好休息。但开饭的哨声迟迟不响。我走到炊事班想看个究竟。只见炊事班长跪在地上用嘴吹火，经他十次、二十次的努力才将火引燃，把水烧开，但代食粉下锅后却怎么也烧不开。眼看夜幕降临，容不得再等下去，只好吹哨开饭。经过一天的行军，肚子早已饿了，顾不得稀粥是否煮熟，操起勺子就往碗里盛，喝着和往日一样香。

第二天早上起来，发现头天清除的雪地，又积了厚厚一层。炊事班的同志照例为大家生火煮粥。老班长照例跪在地上用嘴不停地吹，直到太阳出山，还是没能将火引燃。于是只好饿肚前进。大家知道过了鹿马岭距拉萨只有 100 里之遥了，士气大增，这天大家情绪很高，步子也快，大约上午 11 点就到达了新的宿营地。这里是农区，生机勃勃，人家较多，一路上还见到了鸡、犬和飞舞的小鸟。饭后，我们三五成群地在营地附近溜达，不停地往拉萨方向张望。突然有人隐隐看见了霞光中有一闪亮的东西，她不知是什么东西，要我们也注意看。我变换着角度往拉萨方向看，果然有光。我肯定地说是布达拉宫的金顶，经太阳折射而来的光。这一发现，很快传遍军营。大家欢呼雀跃互相祝贺：我们胜利了，我们就要到达拉萨了。

# 西藏生活

苏祖惠

1951 年秋天，陈明义司令员亲自到西南军区战斗文工团，为十八军文工团要文艺骨干。战斗文工团决定调 25 位同志去西藏，其中包括文艺创作员、乐队演奏员、歌剧演员和舞蹈演员。舞蹈演员共有 6 位：李俊琛、冯世敏、张连桂、赵静茹、白霓和我，最大的不满 18 岁，最小的只有 13 岁。调动时领导征求了每位同志的意见，舞蹈队朱东林队长和我谈话时说："你弟弟苏祖谦调到北京总政文工团，他那么小（当时他不满 13 岁）和你分开行吗？你如果有意见我们可以改变决定。"我说："我没有意见，我愿意去西藏。祖谦如果不想离开我，我可以做他的工作。"就这样我和这 25 位同志一起走上了进军西藏的艰苦历程。

## 雀儿山上的一场演出

我当时是后政文工团的一名舞蹈演员。一次，我们这些平均只有十五六岁的小演员们，在仅仅二十多岁的女文工团长的率领下，去给驻守在雀儿山上的部队演出。我们这支生龙活虎的演出队伍背上背包、服装、乐器和道具，深一脚浅一脚地走在雪地上，山顶和山沟一片白茫茫的。人小物重，那些东西背在肩上，背带勒着肩胸，就像几道绳索捆着一样喘不过气来。为了走得快些，也为了省些力气，有的同志想了一个办法，当下山时，就把背包放在雪地上坐在上面往下滑，为了不掉到无底的山涧，前面的同志一手拿一根霸王鞭（道具）探着两边的路，后面的同志跟着一个一个往下滑，我们称这是坐无轨电车。有人开玩笑说："如果掉到这被雪埋没的山涧里，只有等将来考古的同志去发掘了。"

演出时天上不停地下着雪，战士们穿着厚厚的棉衣，排着整齐的队形坐在台下观看我们的节目。而我们的舞蹈节目，演出时间都比较短，所以要不断地换演出服，往往一件衣服还没有暖热又要换另一件。穿厚衣服表演的舞蹈还好一些，有些舞蹈却是穿短、薄、透的服饰，穿上真冷。有一个舞叫《军民联欢舞》，是俄罗斯民间舞，我们女演员的服装是短袖上衣，超短裙。在演出时，雪一个劲儿地往身上飘，越是露出的地方，雪花越喜欢往上落。这个舞蹈是轮流跳的，有时姑娘们跳，有时红军战士跳，有时单人跳，有时双人或集体跳，轮不到跳舞的就站在舞台边上鼓掌，脸上的雪花化了流到眼睛里，刺得睁不开眼，身上的雪花化了又被风一吹，把丝绸衣裙贴在身上，那真是“美丽冻（动）人”！

演出结束，天已经很晚了，我们搭起了简易帐篷就地宿营。因被子少，俩人合睡。早上起来看见被头上的哈气结了一层薄薄的冰霜，身下石缝中的雪还没有融化完哩。

## 我的好“战友”

西南军区战斗文工团的孙培生团长，调往十八军政治部文工团前往拉萨时，途经我们后政文工团，我们当时在金沙江畔的德格县，我们团有25位同志一年前也是由战斗文工团调来的，孙团长是我们的老上级、老领导。和他同行的有他的爱人滕工学，她是位小提琴手，当时只有18岁，另外还有一位乐队指挥和曲作者郭诚，一位舞蹈编导于学昌。孙团长想向我们团要一名舞蹈演员，团里原确定调冯世敏去，可她不愿意去，一直哭。我看她的眼都哭肿了，作为她的朋友。我主动要求代替她前往。

我下这样的决心也是不容易的，要离开熟悉的环境，离开朝夕相处的战友和朋友，任何人的心里也是会舍不得的。特别是当时有一位青年，我很崇拜他，而且心里对他还有某种异样的情感。这种情感虽然是朦胧的、纯洁的、甜蜜的，但也是深刻的。因为没有什么接触，所以没有人知道他在我心中的份量。这种情感是悄悄地产生的，也只好让它默默地消失。

我随孙团长等一行5人，从金沙江畔向拉萨进发了。当时到拉萨还不通汽车，很多地方连路都没有。我们原来有5匹马，3匹马驮帆布、被子、大米、罐头、碗和锅等，就只剩下两匹马了。当时团长的爱人已怀孕五六个月，她骑马已经够受的了，怎么能让她走路呢？这样一来只有一匹马可以做机动。后来我们又买了三匹藏马，其中有一匹又瘦又小，它的主人说它不满4岁，还从来没有驮过人哩。团长对我说：“这匹马只能你骑了它是驮不动别人的。”从此，我就和这匹小马成了患难与共的“战友”。我的小马非常漂亮，一身红得发亮的长毛，淡黄色闪着金波的长长尾巴。它走起路来，脚在一条线上，腰扭来扭去，这种“模特儿步”很适合在山间小路上行走。我的小马也很好强，它绝不允许其他马走在它的前面，哪怕是团长的马，它也不让。谁要想超过它，它就跑过去撞它。有一次团长的爱人想和我换马骑，可是当她走近我的小马准备骑时，它就往地下一卧，不动了，舞蹈编导硬把它拉起来，把滕工学扶上马，没走多远小马扑通一下又卧下了，滕工学连忙下来，而小马一跃而起向我跑来，我们只好又把马换了过来。我很爱我的小马，每当我在马上吃着有限的干粮时，总要分一块放到它的嘴里，于是它高兴得打着响鼻，蹄踏蹄踏一溜小跑冲上前去。有一件事我心里一直很内疚，就是因为我打马肚带没打紧，把小马的背磨了一个碗口大的血泡，它每天还要驮着我，多痛啊！后来伤好后，那一片毛变成了淡黄色的绒毛。可是我的小马一点不记仇，有一次我从马上掉下来了，一只脚仍挂在马蹬上，马只要一跑，我就有生命危险，而我的小马却立即站住了，并且慢慢地跪在了地上，让我把脚从马蹬中拉出来。它还转过头来用嘴吻我的脚，好像在问我“疼吗？受伤了没有？”

一路上我们五个人轮流做饭。有一天轮到我做饭了，团长问我“你会做饭吗？”我说没问题。结果，我把一锅饭做成了三种颜色，最下面是黑黑的糊锅巴，中间是蜡黄的熏米饭，最上面是白的生米，加上些黄点点。团长说：“看你做的这花米饭怎么吃啊！？”他的爱人连忙为我解围说：“我最喜欢吃糊米饭。”无奈，团长只得重新加工，幸亏当时大家经常处在饥饿状态，吃起来还蛮香呢！

我们这一路虽说苦，但空气新鲜，风景秀丽，满山开遍了鲜花，有些花在公园里都没有看见过。我们骑着马从自然形成的花环中走过，犹如进入仙境一般。天上飞着各种鸟，山坡上站着美丽的山鸡，它们不飞也不跑，用好奇的目光望着我们。看来它们可能没有受到过人类的干扰和伤害。就这样我们经过几个月的行军，终于到达了拉萨。

到拉萨后的第二年的一天，我到拉萨河边散步，看到树上拴着一匹高大的马，它一见我，突然竖起耳朵大声地叫了起来，边叫边用蹄子刨着地往我跟前挣。开始我很奇怪，可是当我看到它背上的一块淡黄色的绒毛时，我一下认出来了，原来是我的小黄马呀！我们把它送到骑兵团已一年了，它还能认出我来，它长得这么高大，我差一点不认识它，我跑过去抱着它的头，它不停地用嘴擦我的肩膀。我说："你好吗？这一年来生活得怎样？我的不会说话的'战友'。"我回头见一位战士端着盆水愣愣地望着我们，他是到河边为马打水去了，他肯定是马的新主人，他问我："它认识你吗？"我说："我们是进军拉萨时的'战友'啊！"

## 我的藏族朋友

我有两位藏族朋友。一位在德格叫达芝玛，一位在拉萨叫次仁。

我和达芝玛认识，是因为想向她学习《弦子舞》。有一次我看见一群藏族姑娘在跳《巴塘弦子》，其中有一位细高个的姑娘跳得很美。那阶段我正和李俊琛一起跳双人舞《孔雀吃水》，别人反映我的长袖没有她舞得好。《孔雀吃水》是《弦子舞》风格的创作舞蹈，所以我想向这位藏族姑娘学舞，我就问她叫什么名字？住在哪里？她诚恳地一一做了回答，我们很快就成了好朋友，她汉语说得很好，也愿意把什么心里话都告诉我。有一天她对我说："我爱人欺负我，他打我，你要帮帮我。"当时我虽然还没有谈恋爱的经验，更不了解夫妻生活方面的事儿，不过我认为藏族同胞既然这么信任我，要求我帮忙，我是一定要管的。我说："你先回去吧，明天我到你家找他谈话。"第二天我到她家，见她爱人坐在堂屋里，好像有点紧张。达芝玛说："金珠玛米来了，要找你谈话。"说完她就进里屋了。她爱人一看见我，紧张的情绪放松了许多，他是位汉族工人，他说："请坐。"我很严肃地说："怎么回事！？你为什么打人？打人犯法你知道吗。"他说："我从来没有打过她。达芝玛你出来，你说，我什么时候打你了？"我听到达芝玛在里屋嘻嘻的笑。后来她告诉我，是吓唬他的，叫他以后听话，让他知道我有一位金珠玛米朋友。

我的另一位朋友次仁，是在拉萨认识的。说是朋友可是比亲姐妹还亲。

一天清晨，我们照例到拉萨河畔的林卡排练舞蹈，中间休息时，我到河边闲转，忽然听到“金珠玛米！金珠玛米！”压低了的呼唤声，我寻声望去，看到一棵树洞里躲着一个孩子，他蓬头垢面，看不出是男孩还是女孩，我以为他是调皮的男孩子，我用藏话问他是男孩还是女孩？她急切地说：“普母惹，普母惹。（是女孩，是女孩）”我知道她是个女孩后，就放心地拉她出来，这才看清她浑身是伤，衣服像布条一样。她双手向我伸出大拇指说：“金珠玛米，古吉、古吉啦！（求求解放军啦）”她用藏话加比划告诉我，她是家奴（奴隶中最苦的一种），父母也是家奴，在6岁时父母都死了，从那时起她就当了家奴，为主人擦地板，倒屎倒尿。端尿盆时要把脸挨近盆，如果离得稍远一点，他们就把她的脸按到尿盆里。这一次因为她看到汽灯的灯泡夜里是一团红红的火光，白天变成了一个白色的小网篓了，她觉得很奇怪，就用手摸了一下，结果灯泡就碎了。因此她被主人打得死去活来。守门的老家奴怕她被打死，就偷偷地把她放了出来。她求我救救她。

那时我们是集体宿舍，七八个人住一间屋，我怎么安排她呢？还是不管她吧……我突然想起前些时，有一位男同志也是在拉萨河边遇到两个藏政府的行刑官，用绳子捆着一位藏胞，绳子上还捆着块大石头，准备把这位藏胞扔到又深又急的河中，那位藏胞也是伸出双手翘着拇指对那位男同志说：“古吉，古吉啦……”那位男同志急忙回单位叫人，但是等他们赶到，人已无影无踪，他们立即借了一只牛皮船打捞了一个多小时，也没有找到那位藏胞。我想我不能再迟疑了，一定要很快把她带回单位。我把她带回去以后，同志们知道了，有的送衣服，有的送被子和吃的东西。我给她洗了澡，让她睡在我们宿舍的门后，这里领导不容易发现。

第二天，正好后勤部的汽车往拉萨河对岸运建筑材料，当时那里正在修建仓库。我和她躲在汽车上，到了工地。我向负责同志谈了她的情况，那位同志很同情她，就把她留下当了一名小工。回来以后我一直不放心，怕她的主人找去，把她带走，又怕她的伤口感染，还怕因为她太瘦小干不了活，工地不要她了……

有一天她突然回来了，她拉着我的手哭了，我以为出了什么事，心里很不安。她说：“工地金珠玛米对我好。我是想你呀，我的姐姐！我没有亲人，姐姐是我最亲最亲的人……”我说：“你也是我的亲人，我的小妹妹！汉族、藏族像姐姐妹妹一样。但是你必须走，要在这里遇到你的主人就麻烦了。”那时还没有实行民主改革，噶厦地方政府还掌握着政权。我送她回工地时不巧还真遇上了她的女主人，她吓得拉着我的衣服，躲到我的身后，我也不怕她主人到单位反映我违犯民族政策，即使受处分我也不会让她把次仁带走的。奇怪的是她并没有要带走次仁，而是笑嘻嘻的和我打招呼：“金珠玛米，您好。”我说：“您好。”我们互相点点头走了过去。

后来，“七一”农场招工，次仁到了“七一”农场，当了一名正式的农业工人，以后组织上又送她学习，把她培养成了农业技术员。17 岁时她加入了中国共产党。

# 从甘孜到边坝

黄道群

1951 年 5 月，十八军侦察科李奋科长带着一行 14 人的十分队从甘孜出发，向边坝行进。小分队有报务员刘东升及摇机员等 4 人，卫生员、交通员、饲养员 3 人，警卫员宋孝梅，司务长乔方秀，炊事员徐福道，参谋周维，我和李廉是见习参谋。除李奋科长是老八路外，其余都是经历过解放战争考验的同志。小分队的任务是：按时到达边坝与侦察科多数同志会合，向拉萨进军。

## 风餐露宿

从甘孜出发，每日 80-120 里的行军，到傍晚，找到一块有水的草地或山谷宿营。一放下背包，大家就忙乎起来。首先是搭帐篷。那时只有小帐篷，用特制的两用方形雨布拼成。雨布周边有洞眼，白天用它打背包或当雨披，晚上用它搭帐篷。搭时先用绳子眼对眼地将雨布穿合好，然后打桩、立杆、支架。搭好帐篷以后，摇机员就架天线，李科长和电台同志开始工作，饲养员去放马喂马，炊事员挖灶、挑水，余下的同志则四处去拾柴或干牛粪，供炊事员烧开水，冲代食粉或抓糌粑吃。晚饭后大家开始洗脚以解乏。不知是谁发明的特制盆，在地上挖个比脸盆大一些的窟窿，把两用雨布铺在窟窿里，倒上热水，坐在地上，几双脚就伸进去了。脚一烫，全身舒展，话语也多了。同志们风趣地说：“我们这个盆是天地神仙坐，古今中外没见过”。随着一阵阵笑声，大家跑进帐篷里，用被子盖上脚，围困坐在一起，谈趣事，讲笑话，天天有新闻，时时有故事，直到该睡时，我和李廉才走进自己的小窝棚。那是一个透风的凉棚，我们只能蒙住头，蜷缩成一团，相互取暖。我睡得死，一倒下就要打呼噜。我们每夜要轮流值班放哨，俩人一组，放哨的滋味真够呛！狼嚎狗叫都不怕，就怕全身打哆嗦。饲养员、炊事员就更加辛苦了，每天五更前就起来，喂马、备鞍、烧水、准备早饭，收拾锅具。徐富道这个老实憨厚、勤恳苦干的炊事员，几乎每天都比大家早起两个小时，保证大家起床后能喝上茶水，能抓糌粑吃。为了大家，他的手上全是一条条裂口，眼睛里经常布满了血丝。

## 吃了有毒的野菜

自古以来，行军作战都是“人马未动粮草先行”。但进军西藏的先头部队却无法做到这一点。因为康藏地区物资匮乏，后方补给运输线又太长，所以，我们自带代食粉就非常重要。当然，也能向藏民偶尔购买少量糌粑。好在我们小分队人少，经过藏族村落，事务长连比带划地用藏语找藏民买点糌粑，有时倒可以饱餐几顿。严格执行民族政策，切实遵守三大纪律、八项注意，是我们的行动准则。在十分缺少主副食的情况下，我们也要尊重藏族不杀生、不捕鱼的风俗习惯，见到水清见底的小河中飘游着一群大鱼，口水往肚里吞也不去抓；见到满山乱窜的野兔，再饿也不去打。这对长期没有吃肉食的我们来说，既是大诱惑，更是大考验。无奈之中，我们只好挖野菜充饥了。从昌都到边坝这一路，山路更加崎岖，人烟稀少。有两三天我们小分队近乎断粮了。那天在依珠拉（瓦合山）山下宿营，炊事员向锅里倒完了仅有的代食粉，锅里几乎是清水汤。咋办？李廉说：“这里全是青草地，一定有野菜，我认得野菜。”饿急了的小伙子们齐声响应，一窝蜂地都去挖野菜。乔方秀这位勤勤恳恳、不畏艰辛、一心为大家服务的好司务长，过去在部队里是神枪手，他心里难过极了，提起枪就往山上跑，想去打只野兔让我们吃。李科长赶紧叫人把他找回来。天将黑，我们每人抱了一大堆野菜，乐呵呵地往宿营地跑。摘洗干净后，往锅里一放，哇！有野菜一掺合，代食粉汤发出阵阵清香，你一碗，我一碗，吃饱喝足了，才觉得有点苦涩味。第二天起床，大家都感到头痛脑胀。天微亮时，才看清十几号人的脸都有不同程度的变形。最厉害的是李廉和一个摇机员。那是一张脸吗？就像一个大鹅蛋，没鼻没眼的。一班人，你看我，我看你，啼笑皆非。原来是昨晚吃了一些有毒的野菜。卫生员没招了，哪有解毒的药呢？只好每人吃两片消炎片，大量饮水。本来就无粮了，水也能管用嘛！任务紧，不容休整，肿着脸的一班人，打起背包又出发了。

## 爬雪山

依珠拉是昌都到边坝的一座终年积雪的大山，山顶海拔五千多米。山脚是陡坡，中段有少量积雪，上部积雪很深。对我们小分队来说，饿着肚皮肿着脸，翻这座雪山，是最艰辛的一程。开始上山，路是羊肠小道，既陡又滑，步步吃力，李科长照顾女同志，叫我和李廉拉着马尾巴上。人累马更累，骡马都在喘粗气，他们都是进军中负重远行的驮运功臣啊！我们不忍心地放开了手，互相搀扶着往上爬。中段虽有少量积雪，但坡度不大，爬山相对没那么吃力。越往上爬雪越大，远望一片白茫茫的银色世界。行走在齐膝的积雪上，前脚下，后脚才能提起。在风雪交加中，炊事员背上那口大锅，就更加吃力了。同志们把他夹在中间，前拉后扶，14个肿脸“胖官”，手拉手，互相搀扶鼓励，一步步迎着大风向前挪着。在这极其艰难的时刻，同志们唱起了“向前！向前！向前！我们的队伍向太阳……”高呼“困难吓不倒英雄汉”“越是困难越向前”的口号。歌声、口号声震撼着雪山，鼓舞着我们的斗志，大家干劲更足了，一鼓作气地往上爬。远处的埋口上，一条条彩色经幡在飘动。啊！那不是玛尼堆吗？大家一齐叫起来！“快到顶了，同志们加油啊！”一到顶上，刚舒了一大口气，但远远望去，前面是更高的第二垭口，还有玛尼堆！大家只能继续艰难地搀扶着往上爬，最后，终于征服了依珠拉大雪山。站在山顶上，一切尽收眼底，山峦叠障，银装素裹，好一幅壮丽山河的精美图画。由于我们吃野菜中毒，一天没有进食，个个都已体力不支，下山时只好把背包放下，用一条绳子套上，一双腿套一双腿地坐在背包上，手挽着前面同志的腰，在雪坡上一条长龙似地飞驰滑下。这紧张的一幕，精彩极了！滑到半山，没有积雪了，大家个个套着腿，躺在地上爬不起来了。就算原地休息吧！缓过气来后，大家歪歪斜斜地连走带溜到了山脚下。走进瓦合塘村子，大家才发现司务长早已跑得没有踪影，原来是搞吃的去了，同志们乐了，都说这下要平息肚皮里的“反饥饿”

运动了。

## 风雨手足情

康藏地区气候变化异常。一天，当我们行进到硕般多附近一个较开阔的山谷时，突然，天色乌黑，刮起了一阵龙卷风。大风把地面的沙子卷成由大到小像宝塔形的一个圈圈，快速地往上升腾。此刻风沙弥漫，大家睁不开眼，人马都看不清了。李科长急令同志们趴下。骡马嘶鸣一阵后，也趴下了，一会儿，人马全被一层沙子覆盖。慢慢地风停了。大家抖去身上厚厚的沙尘，又继续前进。走着走着，大雨倾盆而下。这一带荒山野地，哪里有避雨处呢？我们只能冒雨前进，一个个淋得像落汤鸡，棉衣棉裤全湿透了，一身增重十来斤，步履更加艰难。由于冷得发抖，大家加快了行军速度，以增加体内的热能。天近黄昏，真是天助我也，我们看见了硕般多的藏族人家。经过协商，藏民同意我们住进一间没门的土房子。我们买来干柴和酥油糌粑，大家脱下棉衣棉裤，拧干水，围在火堆旁，边吃糌粑边烤火，故事笑话一大堆。这是一夜好光景，大家排成一行睡在能避风雨的屋子里，好惬意呵！

半夜，劈柴声把我惊醒。只见满屋子热气腾腾，烟雾缭绕，四周挂满了同志们的湿衣裤、鞋、袜。李科长好似一位慈祥的兄长，一人坐在那里，添加柴火，翻动大家的湿衣服，并值班放哨。当时，我真想说句感激他的话，但是看见他那聚精会神的样子，我欲言又止，泪水早已模糊了我的双眼，我赶紧翻身蒙住头，却难以入眠。李奋同志是我的老上级，他的品德、风范，早已为我们所敬佩。一路上他比谁都操劳。他有一匹专配的马，但自己很少骑，不是照顾病员骑，就是给同志们驮背包。他和大家一样千里跋涉，在关键时刻，又默默无闻地熬更守夜，赋予这个革命集体无穷的温暖，首长和同志们就像亲兄弟姐妹一样。

经过一个多月的艰苦行军，我们这支小分队于 1951 年 7 月胜利到达边坝，与侦察科全体同志会合。休整了一个多月后，我们又踏上了向拉萨进军的征途。

# 战友情

## 白曙

1950年6、7月间，我在十八军文工团工作，军政治部刘振国主任是我爱人。当时，艰巨的进藏思想动员工作已经顺利结束了，他正和军首长率部队挺进四川甘孜，忙于准备昌都战役，并负责在当地藏族上层人士中，开展统一战线工作，组建进藏物资的运输支援机构。在新津时，我身感不适，起初神思恍惚，慢慢发展到不思饮食，不认识人的地步。虽然有战友精心照料，可是我的病却越来越重。组织上非常关心，为了治好我的病，将我送到成都住院治疗。张国华军长的夫人樊近真大姐到医院来看望我时，我已经憔悴变形，只剩下一口气了，樊大姐又难过又担心。她回到军部对军长说："白曙病得很重，这样下去非死不可，还是赶快把她送到七号身边吧，可能还有一线希望。"

军首长很快派人接我出院，并送到甘孜振国住处。在上级的关怀、亲人的呵护下，在医护人员的精心治疗下，病情逐步得到缓解。在这里要特别提出的是魏侠大姐，她是李觉参谋长的夫人。她是一位军医，天天来给我看病送药，同时给我进行心理治疗。每当我谈起一件事情时，她都随着我说，好像和我一样经历过，使我倍感亲切，像遇到了多年不见的亲人朋友，越摆越高兴，她也经常说得我开怀大笑。文工团的同志也经常来看我。

"一号、六号"首长虽然工作繁忙，也抽空来看我，每次来看我时，还给我讲些他们在战争年代的故事。教育并鼓励我加强战胜疾病的信心。宣传部长乐于泓同志还以他只剩一个肺仍能来西藏高原工作的事例来激励我，还常常带着我拉二胡，《良宵》《寄生草》《歌唱二郎山》是我们常拉的曲子。几个月后，我终于又能精神抖擞地伴随振国踏上进藏的艰难征程了。

进藏前，部队停留在乐山，我和文工团的许思明同志合写过一首歌曲，叫《西藏好地方》，歌词是我写的：

西藏，祖国边疆好地方！
有牛羊，还有金银铜铁和煤矿。
我们一起去开采，
共同建设新西藏。
西藏，祖国边疆好地方！
藏汉一家，亲如兄弟，团结紧。
齐心赶走侵略者，
一同保卫新西藏。

此歌曾发表在《西南文艺》第一期上。到西藏后，为了配合军部开展的大生产运动，组织上叫我和另一位同志写了几首歌曲。我写的是《大家劳动多喜欢》，歌词是：

片片的白云，蓝蓝的天，
清清的河水，慢慢地转，
拉萨河两岸风光好，
绚丽野花多鲜艳。
牛儿结成队哟！羊儿连成片，
菜苗儿青青多肥美，
一棵一棵好新鲜，
你剔苗儿，我灌田，
大家劳动多喜欢，
多喜欢。

在军区直属队演出后，受到了军区全体指战员的好评。还有一次，上级叫我参加了一场话剧演出，剧名叫《永不熄灭的礼花》，剧情已记不清，记得主要演员有安佩、陈平、周颂尧、卫家瑜、廖秀梅、张均同志，我饰演母亲老阿妈，因为我在文工团一惯演老旦，所以演起来比较得心应手，演出获得意外成功。张经武代表在军区看后非常满意，又命我们去地方演出，同样受到欢迎。

由于我们的成功演出，还激励了军文工团排练出一场精彩的多幕剧，演出大获成功。业余文艺工作者和专业文艺工作者，互相学习，互相促进，共同提高，一时传为佳话。刚到拉萨时，虽然我身体差，又身怀六甲，在大家挥汗开荒劳动时，我也争着抡起洋镐用力在未开垦过的土地上刨，谁知地上只显现一处白点。我挖不动，就用稍小一点的桶挑开水为同志们解渴。为了调剂大家的劳动情绪，我给大家播放歌曲《南泥湾》《兄妹开荒》，使大家保持着愉快的心情。江一奉命调回内地，拉萨小学缺音乐教员，我带着刚出生不久的孩子，去补她的缺；伙房缺人手，我就去为同志们端菜送饭，而且干得乐哈哈的。我就是这样以自己的平凡行动来回报十八军首长和战友们给予我深似海洋般的厚爱。

# 难忘的回忆

严韵清

半个世纪前，红色的革命风暴席卷祖国大地，参加革命，便是我们青年人唯一的志向。当时的我，风华正茂，投笔从戎，辞别故乡和父老，迈出了革命的第一步。跟随刘邓大军，跋山涉水，经历了“八千里路云和月”的小长征，解放了大西南。不久，又自愿请求跟随十八军进军西藏，这是一次光荣而又非常艰巨的任务。这两次长途行军，使我在革命的“大熔炉”里经受了锻炼和考验，使我的毅力得到了最好的磨砺。每当回忆这段历史，就会情不自禁地感到亲切、自豪和快慰！特别是在进军西藏途中看到了、学到了和懂得了什么叫做“不怕苦、不怕死”的革命精神。

就在我们进川后不久，1950 年 1 月，二野五兵团十八军奉命进军西藏——解放祖国大陆的最后一块土地。我们原在西南服务团同一班的石伟等 6 位女同志，听到这一消息，兴奋得一夜未曾合眼，不约而同地向组织要求，争取“第二次长征”。当我向宜宾地委组织部长提出请求时，他告诉我：“地方不留部队，部队不带地方”，这是上级的规定。可是经不住我们这些女同志再三恳切、坚定的请求，组织终于同意了我们的要求。但因我与顾中伟同志已订婚，为此，组织要我征得他的同意。当时顾中伟同志分配在自贡市工作，我及时跟他取得联系后，他不仅支持我进藏，而且也得到组织同意，同我一起进藏。

1951 年 3 月正式动员入藏。顾中伟、石伟和我经过一段时期的政治学习，分别分配在军政治部、文工团和军先遣支队政治部。

1951 年 3 月 31 日，我们离开乐山去甘孜，在那里适应高原气候和做进藏前的物质准备工作。7 月 8 日离开甘孜以后开始徒步行军。经“雀儿山、死人山、死马山……”长达三四个月的行军，在“自古无人烟，飞鸟也难飞过去”的崇山峻岭之中行进。过了丁青，气候更恶劣，严重缺氧，有的同志倒下后便再也没有起来。在翻越丹达山时，警卫连一位战士倒下了，临终前，还向徐爱民政委断断续续地诉说：“政委，只要我还有一口气，就要跟大家一起把红旗插上喜马拉雅山。”我们这些今天还活着的人，想到这些同志，心里就十分悲痛、难过。

过穷八站，草无一根，吃的是代食粉煮的糊糊。虽然艰苦，但大家情绪仍然很高，从无怨言。由于高原缺氧，空气稀薄，水到80度就开了。在冰天雪地里要找点柴禾也是很困难的，湿漉漉的长不到尺把高的矮灌木，一棵棵连根拔起，要马上点燃也是不容易的事，需要用羊皮风箱用劲鼓吹才行。因此，原来以中队为单位的伙食团体，只好分配到各个班里去了。

在行军装备上，我们实行供给制。一个排级干部，每月五包烟钱，连、营干部十包烟钱，女同志加一份卫生费。十八军进藏供应的物资是每人一身单军装、一套呢子衣（当时大家认为高级极了）、一件军皮袄、两套衬衣衬裤、两双高帮球鞋、两双布袜子、一顶军帽、一顶头盔、一块一米半见方的篷布（晚上扣在一起当帐篷，雨天当雨衣）、一块六尺长的白布当床单、一块当包袱的白布、一副墨镜（过雪线用）、一只水壶。个人原带的棉被要求轻装减半（当时我的被子由3斤减到了1斤半重），这就是我们的全副装备。个人的书籍、笔记本尽量精简，总的精神是要轻装，就这些装备，每个女同志负荷都在40斤以上，还要加银元袋、粮食袋。男同志还有枪支弹药，负荷经常在80斤左右。

我们背负这些装备，行进在零下20度的冰天雪地里，充分发扬了我们的战士特别能吃苦的精神。一到宿营地，首先找地方，挖两条沟，可以让水流走，有雪，就把雪铲掉，然后，钉上篷杆，搭上篷布，铺上白布床单。我们大队部的3个女同志，夜夜挤宿在这一平方米多的小帐篷里，借助对方的体温，保持身体必要的热量。有一天清晨醒来，我感到特别暖和，睁开眼，才发觉昨夜一场大雪，压垮了我们的小帐篷。在我们过冰河时，为了不耽误行军速度，如果碰到不到半尺深的小河沟，就连鞋带袜涉水而过。鞋袜湿了，结了冰凌，可高原上的阳光特别强烈，走一会冰就化了。如果冰河水深过膝，那么只好停下来，把裤管卷上大腿再走。口渴了，就随手抓一把雪。最艰难的还是过大山。在横跨海拔5000米以上的14座知名大山时，起床、出发都比平时要提前2个小时，山路60里，往往凌晨3点起床，5点出发，晚上10时才到宿营地，要花15个小时。过大山时，当然不可能有现代的物质条件，因为山越高越缺氧，呼吸也越急促，特别是快到山顶时，每移动一步，都十分艰难。前面无路，漫地皆白尽是雪，同志们必须踩着前面向导留下的足印，一步一步地前进，如果你任意走动，也许下面就是悬崖绝壁或雪坑。如果这时能拉着面前的马尾巴，那人就好过得多，可是，没有哪一个同志去拉马尾巴，大家在心中早已形成一种共识－行军中必须保护好马，马尾巴千万拉不得。这是队长在出发前的教导，也是纪律。

过矮石头（地名）后，在离太昭还有四天路程的途中，我病倒了。前一时期，我的风湿性关节炎发作，坐下站起都很困难，行动十分不便，但我还是硬撑着顶了过来。这天要过一座大山，照常3时起床，5时出发，可是当收拾停当，应该拆帐篷时，我只感到全身无力，实在无法起来了，卫生员检查后说我正发高烧，给了两片阿斯匹林。当时政委让我留在兵站，我坚决不肯。政委又说要找匹马来，让我骑，我不愿要，因为我清楚地记得在请缨会上自己的誓言。当时，我唯一的心愿，就是要实现自己的誓言，跟上队伍一起走进拉萨，决不掉队。最后政委还是给我找来了一匹大马，还将他的毛皮鞋让我穿上，又让大队部饲养员老唐给我牵着马走。但等到下山宿营时，我的脚已肿得脱不下鞋，人也昏迷了。现在想起来，我确实经历了一次生与死的考验，我的命真大。到拉萨不到一个月，我终因受尽风寒，严重的风湿性关节炎已侵入心脏，不得不住院。当时拉萨刚解放，医院尚未建立，我是第一个被抬进十八军休养所的女战士。昔日的休养所也无法与今日相比。当时的休养所，只是一排土房子，原是藏兵的旧军营，里面什么都没有。

回忆过去，是苦更是甜，我们就是这样凭着青年人宝贵的热情和朝气，经过冰川、草地、大山雪线，终于实现了参加“第二次长征”的誓言。昌都战役刚结束，行军时，小股藏兵还不时打冷枪，从甘孜到拉萨，行程5000里，从7月8日到11月12日，足足走了77天。在这次具有历史意义的进军途中，我们经历了生平最难忘怀的岁月，在行军结束后，我被评为了“行军模范”。我经常回忆起这段光辉的历程，当我碰到困难或不如意的事时，我总是将它作为鞭策自己不断前进的动力，前进，前进，再前进!!

# 边防战士的足迹

龚荣春

1951 年至 1953 年，我在甘孜 28 陆军医院从事护士工作，后因工作需要，昌都后司从我们医院调 4 名女同志（其中一名就是我）到军区拉萨边防队学习藏语文，从此我改行从事边防工作。到边防队后同志们学习藏语都很勤奋，谁也不愿掉队，在很短的时间里大家就学会了一般的生活用语。

1954 年初，中印两国签订的《关于中国西藏地方和印度之间的通商和交通协定》中，中国同意指定噶大克等十地为贸易市场，有 5 个贸易市场属阿里地区管辖。

为开辟西藏边防地区（含阿里）边防商务口岸。对外工作业务和边防对敌斗争的新任务，由西藏工委和军区党委统一领导和部署，于 1953 年就开始筹建成立西藏边防各口岸商务检查机构，并积极进行了一系列的准备工作，军区党委为了解、收集、研究西藏边防境内、境外的政情、社情、商务活动和边防对敌斗争情况，军区司令部成立了边防处，我就是在这样的情况下成为由党培养的一批边防干部中的一员。

1956 年 4 月初的一天，西藏工委首长和军区副司令员陈明义在工委礼堂接见了我们二十几位边防干部，并给我们做了思想动员：“这次派你们去阿里，是党对你们的信任，此次的任务是艰巨的，阿里的噶大克在哪里，地图上都没有，给你们一个指南针，你们往西藏的最西边走，走到了尽头，目的地就到了，总之要准备吃大苦，继续发扬艰苦奋斗的革命精神，牢固树立边疆为家，长期建藏，以苦为荣的思想，要把荒凉的西藏建设成第二个西伯利亚。”

会后，首长们特地为我们准备了晚宴送行，和我们每个人一一碰杯，我们即使不会喝酒也一饮而尽了，因为我们知道这酒的份量，这是出征前给我们的动力和力量，是党和西藏人民的信任和关怀，我们把这些都铭记在心。一切准备妥当后，我们开始向阿里行军。

## 寻找噶大克

军区派了十几辆新出厂的解放牌汽车送我们去阿里，到了藏北草原的黑河，开始往西去，这里没有公路，只有片片草地。开始两天还见得着牛羊和帐篷，不久就遇上了橡皮地、水草地。这时的汽车反倒成了我们的负担，车轮一陷下去，几十个人一起上阵都推不起来，干着急。没办法最后队里决定部分同志留在草地，部分同志回拉萨准备工具，木板、铁锹、十字镐，另外还要增加些主副食、油料。出发前男女同志进行了分工，女同志负责煮饭，服务工作，有了病号时要照顾服药打针（因为我们 3 位女同志都是从医院来的），男同志干其他的活。我们 3 个女同志思想一致，团结互助，自觉地组成了炊事小组，炊事员的任务就是要保证大家吃好吃饱。在四千多米的高寒地区做饭真是太难了（因为当时没有高压锅），饭都做不熟，我们吃的多是干菜、罐头、夹生饭，后我们又改为多吃面食，好消化一些。经过几天的休整，从拉萨运来的物资到了，我们又开始了行程。每次到了宿营地，首先就是找石头搭灶，没有石头，就用铁锹在地上挖灶煮饭，一天两顿饭中午加干粮，高原上的生活，只有高原人才能体会得到，一锅混合的面块，大家吃起来还比较满意，饭后我们就在草地附近拾牛粪，备燃料，一口袋一口袋往车上放。渐渐地，我们离拉萨越来越远，海拔也越来越高，进入了无人区，在这里七八天都见不着一顶帐篷。有一次过一条不大不小的河，车子一下水就熄火，我们经过测量，发现有的水深、有的水浅，最后找到突破口，集中全力搬运石头填河，高原上 4 月的太阳看起来是火辣辣的，但河中的水却冰冷刺骨。炊事员拿出酒来给下水的同志御寒，拿出最好的东西给大家加餐，晚上特地烧糊辣汤给同志们喝，预防感冒。连续两天给河里垫石头，车子总算过去了，有一天，车子刚开出 5 公里就走进了橡皮地，进退两难，大家下车抬木料垫车。后来总结出了经验，要边走边好好看，该冲的才冲，该慢的就慢，因为没有公路，所以组织上给我们配的是新车和老驾驶员（副手一个没配），任我们怎么跑，只要跑到阿里就行。

一个漆黑的晚上我独自一人坐在篝火边，给大家准备第二天的早餐，这些日子以来，同志们都很辛苦，我烧了一些牛肉给大家，好让同志们吃饱了高高兴兴地上路，夜深了，牛粪和柴禾燃烧的光亮给我带来了很多的想象：噶大克你究竟在哪里，离我们还有多远？想起军区首长临别时对我们的教导，“你们要准备吃大苦呀！”是的，我们现在确实是够苦的，吃不好，睡不好，逢山开路，逢河填石。我们这次虽然是坐着汽车行进，但也是边走边开路，也可以说是开路先锋。

进入了戈壁滩车子经常陷在沙坑里，大家就下车来挖呀，推呀，几乎每天都要遇到这样的事，大家都准备迎接新的最大的困难。大戈壁滩一望无际，驾驶员之间开始比赛，看谁看得准，跑得快，当开路的突击手。这里的气候变化无常，一日三变，一会儿飞沙走石，一会儿大雨加冰雹，一会晴空万里，我们沿途没有固定的兵站，在那广阔的天地里，到处都是我们的家。

在茫茫戈壁滩上不知跑了多少天，终于有一天，我们发现前边有反光的东西，大家既高兴又疑惑。慢慢地我们看清楚了，那里有一些房屋和来回走动的人，我们当即认定那就是骑支部队的驻地。这时，队长让同志们停车，休息整顿一下。收拾完毕，车队又开始前行。可能前边的骑支部队也观察到了我们，只见那些马不断地在那里跑来跑去，我们又艰难地走了个把小时，终于到了有人走动的地方，这里果真是骑支部队的驻地。噶大克，我们终于找到你了，我们终于胜利完成了任务。

我们到了营区把背包搬进早已腾出的空房里。总算松了一口气，晚上骑支部队为我们召开欢迎大会，除了我因感冒发烧请假外，其他同志都参加了。休整几天后，同志们要接受新的任务到边防站去，我要求下站工作，但却被留在边防检查科搞内勤。除了业务，我们还要参加劳动，要修建住的营房，脱土坯，和泥浆，晒干后还要担任运输任务，有时用背背，有时用肩扛，还要一层层码起来，不能叫雨水冲坏，我们成了名副其实的工作队、生产队。7月的时候就要为冬天作准备，备燃料，到红柳滩挖树根，背回来储在住房里。营房驻地海拔4700米，空气稀薄、缺氧，走起路来气喘吁吁。我们没有饭堂，一日三餐每天吃的都是馒头，一个星期供应一次大米饭，冬天刚把热腾腾的饭菜打在盘子里，出门一会饭菜就凉了，回到房间必须在火炉上加温才能吃，我们就是在这种平平淡淡的生活中找乐趣，干好本职工作的。

## 参加平叛改革

第二年因工作需要边防站的全体同志撤回拉萨，休整了一个时期，我又回到藏干校学习。当时反动上层蠢蠢欲动，叛匪也在猖狂活动，拉萨形势时紧时松，当时有句口号“人不离枪，枪不离人”，在课堂上背着枪，吃饭时带着枪，睡觉时把枪放在床边。晚上站岗放哨不分男女同志，一视同仁，一个人一班岗需站一个半小时，两个人一班岗需站三个小时，我选择一人站，一是可以锻炼自己，二是不打疲劳战，嘴上虽是这样讲，心却跳得扑通扑通的，我们住在大林卡内，树木几丈高，好在地上的树叶成年累月堆积起来，稍有风吹草动就可以听得见声音。

平息叛乱后，我被抽到管教叛匪的机构中工作一段时间。不久组织上又把我调到江孜军分区群众工作科工作。在江孜分工委的领导下，军分区派工作组参加地方土改复查工作，成员有机关、连队的干部战士共5名（其中干部4名，战士1名），我是其中一员。在白朗县领导的安排下学习了有关政策文件，包了一个区下属的4个乡，我们5个同志在一起学习时观点非常明确，要准备“吃大苦，耐大劳”，与群众“同吃、同住、同劳动、同商量”。与藏族同胞搞好团结，搞好军民关系，学习结束后我们各自掌握一个乡的工作。进点后，我和翻译住在一贫苦农民家里，他们为我们腾出一间房子，扫得干干净净的，地上铺有卡垫，解下马背套铺上，办公学习都在一起了。和女乡长见面时互通了情况，乡长介绍了本乡的干部情况，并带我们一一拜访。西藏一个乡的地域非常大，乡下面有五六个村，每日早饭后，我们有计划地骑着马到村里了解情况，掌握动态，白天老乡搞生产，我们只好晚上组织他们开会、学习党的方针政策，老乡没有按时开会的习惯，所以我们每次都是工作到深更半夜才骑马回到住地。次日又到另外的村庄做发动工作，经过数月的调查、摸底，基本上掌握了有关情况，于是我们召开了乡里群众大会，揭批农奴主和代理人的罪行。

对我来说，这些工作确实使我受到了很大教育，在生活上，一日三餐都是糌粑，我学着老乡做了一个小牛皮口袋，装上二两糌粑，放在衣服口袋里，饿时也方便，我有时用老乡的清茶拌着一起吃，有时也用山上流下的冷水拌着吃，也就算一顿饭。半年多，在农村没有炒过一次菜吃，只有一两次在地里挖了野灰灰菜，拌点盐和辣椒面就算吃到菜了，只有到了县委开会的时候，才能吃上一些青菜改善生活。

将进入收尾工作时，分区的同志又聚在一起了，互相交换工作经验、进度情况，我们这次执行上级交给的任务，在政策上都能较好地掌握，没有一个做违反党的政策的事，在群众关系上，能团结一致，互相协作，比较顺利地完成了工作任务。

## 投身对印自卫反击战

1962 年冬，为保卫祖国边防，中印边境自卫反击战打响了。上级调我爱人去四一九部队执行任务。当时我因在边防线上出差，赶回分区已晚了，部队走了。接着上级组织又把我们 4 人调往昌都，路经拉萨时，上级命令暂停待命，说前面战斗打响了，军区干部部的同志让我临时帮助做全区战斗部队的家属工作。这就样，我每天就在军区大院及几个招待所转来转去，问寒问暖，与大家谈心。在这个关键时刻谁不牵挂自己的亲人，枪声一响，就会有牺牲，就会给家庭带来不幸，家属工作，一个牵扯一片，如工作做得好，将发挥很大作用。

后来，军区又让我们到隆子战俘营去做俘虏工作。当时我兴奋极了，一夜未合眼，因为这次要与印度兵打交道了。出发前各中队干部人选都已定好，营部工作人员也定了，我管印章及行政内勤，再加上营部机关的枪支弹药。我们到了隆子的一座大寺庙，等待战俘的到来，战斗结束后，各团把战俘押送来了，嘿！好几千人里面还有一个族长。俘虏走起路来七零八落，好似丧家之犬，在场的群众议论纷纷“胡子兵，块头大，实则是个大憨包，打不赢灵巧机智的矮子四川兵。”

在战俘营里，我们首先学好党对俘虏的政策，要区别对待，这是做好战俘工作的基础。这次的俘虏有印度的、尼泊尔的、不丹的雇佣兵，面广人多，而且个别的俘虏是参加过第二次世界大战的老兵，我们把党的政策摆在他们面前，谁是侵略？谁是反侵略？谁又是世界上真正强大文明的军队？让战俘自己体会。战俘住下后，战俘营有管理制度，生活上给每人每月发肥皂、香皂、牙膏、牙刷及两条香烟，在运输紧张的情况下，也得保证战俘用的物品。印度兵的节日很多，两三天就是一个节日，他们逢节就提出要改善生活，我们只好按他们的风俗习惯做油炸饼，外加牛羊肉给他们吃，好让他们过好节，他们又唱又笑地吃着，好似不是在异国他乡当俘虏，而是在走亲戚一样。

战俘内部本身也是极其复杂的，勾心斗角，矛盾很多，表面上虽说放下了武器，那是因为在强大的军事压力、政治攻势之下当了俘虏，内心却是不甘心的，有些顽固分子常常想制造事端，钻空子，搞点名堂。对于这些，为防患于未然，我们加强了各方面的管理，特别是机构、保卫、保密方面的工作，均有专职人员负责，每周的口令，由我自己编写好亲自送到各中队部交给有关人员，绝对保密使用，到时督促检查。

反击战开始后，上级给战俘营调来好几名外语翻译干部，这时我们才和俘虏们有了语言上的交流，战俘中有的是印度兵，有的是雇佣军，由于社会地位的不同，我们在教育中，采取区别对待的办法，收效很大。在教育后期，有的战俘提出不愿回国，愿留在中国，说回去没好日子过，弄不好还要掉脑袋。经过半年时间的教育后，我们通过中国红十字会，把战俘移交给印度红十字会。移交前夕，我们给他们会餐，战俘们感动得热泪盈眶。第二天送别战俘的时候，他们排着长队，依依不舍，有的在流泪，有的哭出了声。

在这次反击战中我又一次深深地受到了教育，感到了中国共产党的伟大和胸怀的宽阔，西藏部队的艰苦奋斗精神，只有在实战中才能领会它。作为一个女兵在战俘营里虽然仅仅起到一个螺丝钉的作用，但我感到非常自豪和光荣，因为这是我一生中难得的机遇，在这里我看到了祖国的强大，部队战斗力的提高，我说不尽内心的喜悦和激动，我们胜利了！

休整了一段时间以后，组织上把我们调到山南军分区工作，我在干部科任干事，后又去医院任协理员，在藏工作的30年，只有在这里时间最长，最后到了林芝军分区。1979年底部队批准我退休。

整个西藏东西南北都留有我们的脚印，二郎山、雀儿山、昆仑山、唐古拉山、冈底斯山，金沙江、怒江、澜沧江、拉萨河，还有很多记不清的地方。现在回忆起四十多年前的往事，如同昨天一样，虽然我们把生命中最宝贵的青春年华献给了艰苦的西藏，但心中始终无悔，这段历史是我一生中最甜蜜的回忆。

# 情系西藏

朱慧君

## 我要进藏

1949年10月，在大西南进军途中，我和几位男女同学被调到十八军机要科工作，入川后部队驻乐山，后移驻新津，在紧张的学习和工作中，上级传达了毛主席进军西藏的命令。我知道后，确实感到很高兴，因为年轻，不管别人想法如何，自己暗地里加强业务学习，决心在进藏途中能像老同志那样独挡一面，争取到拉萨后能立功受奖。

1950年8月之后，我们机要科的同志陆续调走了不少，有跟着首长到前方的，有下师、团工作的，男女同志都有。我也眼巴巴地盼望着能到前方去。结果事与愿违，我不但没有被挑选到前方，反而被送到支援西藏司令部。这无疑是当头一盆冷水，使我十分生气，我开始闹起了情绪，不愿学习和工作，没事闲逛，睡大觉。不断地哼唱着："乌江的水啊，奔腾激荡……"抒发心中的不满。不久，忽闻领导动员报名进藏，这像酷暑中的一剂清凉剂，顿消心中烦闷，我立即写下进藏决心书，并暗下决心这次不让我进藏决不罢休，同时到处诉说：我要进藏，我一定要进藏！可能是我的决心和行动感动了领导，我终于被批准进军西藏了。现在每忆当年，我都为当年坚定的进藏决心而自豪。在进军西藏途中，虽然经受了极为艰难的饥饿、疲劳、病痛，留下了后遗症，但我始终不悔，因为我曾是进军西藏、建设西藏的女兵。

## 掉　队

从甘孜出发，我们开始了徒步行军，一路上有爬不完的山，趟不尽的河。高山缺氧，头痛欲裂。河水冰冷，刺人肌骨，加上供给缺乏，经常是饥肠辘辘。更苦的是，我是个胖子，迈步难，大腿不堪相互磨擦，一天行军下来，往往是血肉模糊。但我从没有气馁过，情绪一直极为乐观。现在想起来，当时我这个不满 17 岁的大姑娘，经受住了进藏途中各种艰苦的磨练，实在是个奇迹。

一次下山，不慎脚部扭伤，第二天肿痛得越发厉害。上半天尚可勉强跟上队伍，下半天就不得不离开队伍慢慢跟着，最后我掉队了。开始掉队我尚感轻松，可以自由自在地走，不必紧跟队列。自思：只要大队休息我不休息，就绝对不会掉队太远。所以我拒绝了彭光副科长让我骑马，还一路低哼“二呀么二郎山，高呀么高万丈……”为自己加油，心情十分愉快。但随着日色西沉，我感觉愈走愈吃力，抬头已望不见大队的踪影，我害怕了。反手摸摸背上的密码包，更觉心跳加速，头上出汗。这时我想到了领导对我们一再教育的保密问题，机要人员是片纸只字都不可丢失的，何况我有一包密码。万一遇到坏人怎么办？想到在学校一些老同志讲过，她们传递情报，有的缝在衣服里，有的藏在发鬓里，遇到紧急情况就吞到肚里。可我带的不是一张纸、一封信，可以撕碎也可以吞下，而是十几斤重的密码本啊。正在焦急思虑如何保护密码本时，猛地仰首远眺前方，远处已可看到熊熊篝火，不觉间加快了脚步，宿营地已近在眼前了。

## 藏汉母女情

部队在翻越夹皮拉等雪山时，上级指示要注意安全，特别要保护好眼睛，不少同志戴上墨镜或用各色纸布条结起来带在头上遮住眼睛。而我，看着那湛蓝的天空，舒卷着的缕缕白云，清纯阳光照射下的一片银色世界，特别是偶尔看到的山凹避风处两三顶牦帐篷，山坡上摆尾啃食的牦牛，都使我感到新奇。那真是一幅美丽的自然画卷，不觉间忘却了缺氧和疲劳，休息时还会抓起一把把冰雪扔向远处嬉戏，把保护眼睛的事忘得一干二净。结果是乐极生悲，在爬雪山的第三天快宿营时，突觉两眼刺痛，流泪不止，先是眼前一片红光，接着就是一片黑暗，我得了雪盲症。

次日行军只得骑到领导的马上，中午休息吃饭时，我突然听到藏族同胞的谈话声，随即我被人牵到藏胞的帐篷里，听声音是一位藏族阿妈，她一边扶我躺在她的氆氇上，一边和家人交谈，然后坐在我的身边，用手抚摸着我的双眼并喃喃低语（现在想到可能是念经），猛然间一股热流充满我的心田，我哭了。14 岁离家参军，三年多未见慈母面，阿妈这双手多像母亲，虽然听不懂阿妈的语言，但我已感受到了母亲般的抚慰。我躺在那里，尽情享受着阿妈的爱抚，我真想长久地躺着，不再离开藏族阿妈那轻轻地、温暖地抚摸着我双眼的手。但部队要前进，我也只好向阿妈告别。临行，阿妈又捧出一个热熟的东西让我吃，我没有谦让即含泪吞下，根本未辨滋味（随后有同志跟我说那是一条烧熟的鱼），藏族同胞很少吃鱼，阿妈为了一个普通女兵不惜改变习惯，更使我感动。真是奇迹，第二天我的眼睛就逐渐复明，止住了疼痛。

每忆这段经历，我都激动异常。谁说藏汉有隔阂，群众的心都是善良的，他们拥护共产党和解放军。特别是不论藏族、汉族的母亲都有一颗伟大的爱心。我曾千万次地遥祝这位不知在何地、不知名、未识面的藏族母亲健康长寿，为不能认识她、报答她而深深遗憾。

## 大白马

从昌都出发，我分到了一匹马，当然马是叫牵的不是让骑的。马上驮的除自己一点衣物外，主要是吃的、办公用的，上级严令，要爱马匹，谁的马死了，谁就驮上马背上的东西跟着走。

我牵的马是一匹母马，浑身雪白，只是四蹄稍呈灰色，体格健壮，性格温驯。相处日久，我和马的感情也越深。我极爱它，似乎它也喜欢我。早上备马晚上卸鞍，它都会用头和嘴在我身上触摸一番。不少时候我拉着它抚着它的鬃毛和它默默前行，排解一天的疲劳和艰辛。

大白马又是我进军途中的保护神，坦途上它乖乖地跟在我身后；涉水时它就用身体挡住激流，护着我的安全；每当爬山缺氧气喘难耐，迈步艰难时，它会让我拽着它的尾巴，一直拖我到山顶，行军再苦再累，就是领导允许，我也从不骑它，我知道它比我辛苦得多，饥饿疲劳也同样折磨着它，所以，我更不愿它受到任何伤害。

大白马一直随军走到拉萨！在举行入城式的前几日才和我分手。它也是一路负重，千里跋涉，为部队服务，应该称得上是进藏功臣。但到拉萨不久，即因误食毒草而亡，我难过极了。直至今日，梦忆当年，仍不时看到大白马在高高的雪山顶，在刺骨的冰河里，在崎岖的山道上和我一起艰难跋涉的情景。

## 初识拉萨

1951 年 10 月，我们终于从天府之国走到了拉萨。举行入城式的头几天我们在拉萨郊外用拉萨河水尽情地洗涤征尘。于 10 月 26 日举行隆重的入城式，大家都很激动，我在心中自语，你好，拉萨！今后我将在你这里工作和学习，为把你装扮得更美丽，把西藏建设得更富强而尽力。

进城后，我们住在靠拉萨河边的一个旧兵营里，由于我们的工作性质和大家不同，是绝对不准外出的。进驻拉萨数月，也只是仰望布达拉宫，或者到大门口散步、拉萨河洗衣。拉萨风貌如何一直像谜一样诱惑着我们。一次偶然的工余闲聚，大家一致赞同结伴参观拉萨城。征得领导批准后，我们走出了营区大门。不远处首先映入眼帘的是一个不大的贫民区，石头和牛角构造的围墙七零八落，经过太多补缀的帐篷很难遮风避雨；紧邻贫民区的藏兵营斑驳破败，一个卫兵将枪靠在大门上，正席地而坐和一妇女嬉戏，道路污秽不堪。我们大家都不约而同地说出了贫困落后等字眼。但一走进围绕大昭寺而建的八廓街，气象就迥然不同，碎石街道铺设整齐，路两边二三层楼房红白二色和谐相间，店铺地摊比比皆是，藏、汉、印度、尼泊尔等中外商人云集，商贸比较繁荣，商品种类也较齐全。不过大昭寺广场上有不少缺眼残肢的乞丐和脚戴木连枷的囚犯，骑着高头大马被佣人前呼后拥的贵族官员和身着盛装的贵夫人，不时穿街而过。

这就是我初识的拉萨。雄伟、金碧辉煌的布达拉宫，庄严神圣的大昭寺，热闹的八廓街，整齐和谐的民居建筑，都给了我十分美好的印象。但贫困肮脏的贫民区，四肢不全的乞丐，戴着连枷的囚犯，特别是招摇过市的噶厦官员和贵夫人，也在我心中留下了诸多阴影、愤慨和不满。拉萨是美好的，又是落后的。残酷野蛮的农奴制束缚着它的进步和发展。似乎就在这一刻，我理解了为什么说革命者任重而道远。

## 未了情

进军到拉萨后，机要工作十分繁忙。公路不通，电话未设，上对中共中央、西南局、西南军区的指示，下对各师、团、边防站点的命令以及和周边各省区的联络均用无线电报。大至政策方针，小到一个人的具体问题，都要经过机要员的手，上呈下达。收发工作经常是通宵达旦，睡眠不足，加上吃的是代食粉、煮黑豆（马料）、土豆，还要参加开荒生产、植树盖房等体力劳动，很多时候晚上躺在床上就不由产生再也起不来的感觉。但就是这样，也从没有人叫苦叫累，大家一直都是乐观奋进，坚信付出的每份努力，都是为建设西藏做出的一份贡献。

就在这工作劳动、生产建设的反复中，不知不觉我就在西藏度过了近20个春秋，进藏时一个17岁的女孩，离藏时早已步入中年。在西藏成长，在西藏成家立业，西藏已是我的第二故乡。为建设西藏我付出的不仅是自己的青春年华，我的三个孩子也继我之后为建设西藏出过力，我的丈夫朱玉为保卫西藏边防奋斗了一生。我牵挂西藏，每当电台、电视台播放西藏的新闻和各种变化的画面，哪怕是一首西藏歌曲，都使我激动和惊喜。我想念西藏，至今我清楚地记得我住过的每处房舍，开垦的每块小菜园，以及在工作驻地种植过的花草树木。多少回，我想扶子携孙再回西藏，亲眼看看她的巨大变化，旧地重游，圆我想念西藏、牵挂西藏之梦。

# 我的军旅生涯

周锡良

1951 年 8 月，中国人民解放军西南军医学院（原第二野战军医科大学，现重庆第三军医大学）的校园里处处欢声笑语，“抗美援朝，保家卫国”和“进军西藏，保卫边疆”的口号声不绝于耳。我们这批入学刚刚两年的年轻人，响应党的号召，提前毕业了。大家纷纷要求去朝鲜参加抗美援朝，或者进军西藏，保卫和建设祖国的边疆。我和宋正等 6 位同学被分配到十八军卫生部，加入到进军西藏的光荣行列。

经过 3 天的颠簸，来到四川新津县城附近的纯阳观。这里是十八军的后方机关，我们将从这里踏上进军西藏的征途。纯阳观是一座很大的古庙，大殿里排放着各式各样横眉竖眼的“佛爷”令人生畏。我被安排在大殿前右侧的一间小佛堂里，里面也端坐着一位身材高大、面目恐怖的“佛爷”，它占去了小房间的绝大部分，我只好在它的脚下，过去人们朝拜磕头的地方安铺睡觉。住惯了集体宿舍的我，突然要单独在泥塑“巨人”脚下过夜，心里忽然生出一种莫名的恐惧感。怎么办？既不好意思要求换地方，又无法面对“佛爷”安睡。急中生智，约五位同行的男同学到我住的小佛堂聊天，以驱散恐惧心理，安定情绪。正好，负责带队的宋正同学说要座谈一下几天行军的体会，大家就挤到我床铺的周围，谈论几天的行军见闻。我有意把话题引到“佛爷”可怕的面貌上，有位男同学说：“这有什么可怕，不过是一堆泥巴。要不我们帮你把它砸了，搬出去。”另一位同学马上反驳说：“刚学了要尊重藏族人民的宗教信仰，你还未到西藏就要砸菩萨，就凭这一条你就不够格进藏。”说得大家哈哈大笑。在大家的谈笑声中，我慢慢消除了恐惧心理。由于几天劳累和睡眠不足，我竟不知不觉地歪倒在床上睡着了。半夜醒来，同学们早已走了，周围一片漆黑，我用被子蒙着头熬到天明。第二天我们主动和同志们一起参加助民劳动，帮群众收割稻子。休息的时候，同学们开玩笑说："昨晚你给菩萨当了一夜警卫员，辛苦了。"

在焦急的盼望中，终于等来了给前方运送粮食的汽车队。经后方机关同志与车队负责人联系，同意我们坐上一辆运粮卡车。尽管车上很拥挤但大家兴高采烈，有说有笑，歌声不断。车队在修复不久的公路上颠簸前进，扬起浓浓的尘土，形成一条"黄龙"。不久我们全身都像罩上一层"沙罩"，眉毛、鼻子都分不清了。晕车的同学开始呕吐，但大家情绪仍然很高，互相对视时戏笑对方变成了"花脸"。

第二天翻越进藏的第一座大山——二郎山。当时唱红全国的著名歌曲《歌唱二郎山》，我们在学校就天天必唱，修路英雄们的形象已深深地印在我们心中。今天我们坐着汽车亲临其境，心情特别激动，一路高唱着："二呀么二郎山，高呀么高万丈……"同学们忘记了旅途疲劳，观赏着千奇百怪不断变化的美景。山下阳光灿烂，山腰细雨蒙蒙，山上白云飘拂。如此美景让我们心旷神怡，完全没有注意汽车经常是在悬崖绝壁上行驶，下面就是万丈深渊。当晚车队停在泸定，我们有幸参观当年红军抢渡大渡河的泸定铁索桥，至今"天险"雄姿依然存在。晚上车队负责人召集我们说："这两天你们表现很好，明天要翻折多山，我们要提早出发，你们做好准备。折多山是到甘孜路上最高的一座山，山上空气稀薄缺氧，你们要有思想准备。"还开玩笑说："这两天你们唱够了《二郎山》，明天你们就知道折多山的厉害了。注意，不要哭鼻子！"

半夜，车队吹响了起床、开饭哨声，大家从梦中惊醒，匆忙收拾行装，到食堂吃饭。半夜起床，大家一点食欲都没有，但由于头天晚上车队领导的提醒，还是互相鼓励要强制进餐。

车队在山谷中缓慢地向上爬行。外面除了车灯灯光不断晃动外，其它什么也看不清楚，慢慢地大家都靠在米袋上睡着了。不知哪位同学突然说了一句"康定到了！"这时天已经亮了，大家的精神又来了，"跑马溜溜的山上……"的歌声又响起来了。我心里想折多山也不过如此。后来才知道这时还未到折多山的山脚呢！车队继续向山上爬行，坡度越来越陡，急转弯也越来越多，汽车颠簸得也越来越厉害，我开始有头晕、心里烦躁等不舒服的感觉，不久有同学开始呕吐，接着产生连锁反应，多数同学都出现呕吐现象。驾驶员同志听到我们的呕吐声，在一个稍宽的地方把车停在路边，问问我们的情况，告诉我们躺在米袋上不要动，再坚持一两个小时，翻过山就好了。这时山上刮起了大风，雪花飘扬，天气突然冷了起来。我们盖好车棚，蜷缩在一起，闯过了折多山顶。

又经过两三天，终于到了目的地——甘孜，我们高兴极了。军卫生部同志安排我们住下，等待分配。在和同住的同志聊天的时候，谈起旅途见闻。一位从前方（昌都）回卫生部领药的同志说："你们坐着汽车还感到辛苦，我们背着背包、米袋爬山的滋味才够呛！"我突然产生争取到前方去，体验一下背背包跋山涉水的生活。我向负责分配工作的同志提出到前方去的要求。他一边给予鼓励，一边要我在卫生部门诊室暂时工作。

在这段不长的工作期间，我接触了在前方修路和在甘孜修建机场的伤病员，亲眼见到许多年轻力壮的战士，因高山反应和超负荷的劳动，体力不支而病倒了，有的甚至献出了宝贵的生命。使我钦佩的是在抢修机场的队伍中，有一批和我一样参军不久的女兵，她们和男同志一样，每天起早贪黑，不顾天寒地冻，不顾高山缺氧等恶劣的自然条件，顽强地挥镐挖土，运土石方。白天在高原强烈阳光的照射下劳动，晒得人人像藏族同胞一样皮肤黝黑，晚上睡在寒冷潮湿的帐篷里忍受寒气的侵袭。物质供应上的困难超过常人想象，女孩子必备的草纸（当时还没有什么卫生巾之类的东西）也经常供应不上，经期常有血从裤子里流到脚上的情况。但没有人叫苦，没有人埋怨，大家都顽强地忍耐着，坚持着，从未看到有人流泪。但当组织上根据体质、病情安排不能再坚持下去的少数同志回四川治病时，她们总是哭着不愿离开，这是多么高尚的情操啊！

1952年春节后，我被介绍到昌都解委会卫生队工作，介绍信是由军卫生部直接开给解委会惠毅然副主任的。因为就调我一个人到昌都，卫生部同志要我开好介绍信后仍住在甘孜，等待有人去前方时结队同行。我急于要走，每天到兵站等地打听消息，寻找去昌都的同伴。等了好久也没有找着去昌都的人员。一天，兵站负责同志看到我急着要走，对我说："现在公路已修到金沙江边，有汽车送物资到江边，我给你找便车坐到江边，那里有兵站，你到那里去等。"我高兴极了，坐上一辆运送修路工具的卡车，车上是镐、锹等铁具，没有上次坐运粮车那样舒服，但是有车坐，也就知足了。

雀儿山是康藏线上的著名山峰，高度超过折多山，又值冬季，山上冰雪很厚，看不到泥土路面，汽车在雪堆中压出的雪道上行走，经常打滑，走走停停，靠修路工人的帮助才能艰难前进。有的打滑路段没有修路工人，车队的驾驶员同志就拿自己的被子、汽车帐篷等垫在打滑的路面上通过，行车的速度很慢。山上寒风刺骨，空气稀薄，走几步就感到心慌气喘。但是我有前段行军的经验，又在甘孜生活了一段时间，基本适应了高原生活，更重要的是这时我已是中国人民解放军的一名正规的白衣战士，名副其实的女兵，心理素质有很大提高，对战胜困难有充分的思想准备。所以，在三天行程中，虽然路况很差，汽车颠簸得很厉害，我却没有感到很疲劳。

路上有的驾驶员同志身体不适，我还能用带着自用的阿斯匹林、去痛片、晕车药等为他们治病。用牛皮船渡过金沙江后，我在岗托兵站等待过路部队同行。幸好，军卫生部派往前方的两支医疗队到了岗托兵站。一支由许贤德同志带队到昌都三所，一支由王耀坤同志带队到丁青。他们有20人左右，除少数是部队老同志外，多数是卫校毕业的同学，有男有女。我随他们同行，实在是天赐良机。虽然与他们都不认识，但一见就像多年不见的老同志一样亲热，两位队长都是久经沙场的老同志，他们把我也当成他们自己的队员，一路上关心照顾，我至今记忆犹新！

从岗托向西没有公路，两个医疗队都带有药品、器械和路上吃的粮食，共约十几驮物资。兵站同志为我们雇了牛和马，组成了一支不大不小的驮队，由部队抽调的老同志配备武器，保证旅途安全。按当时规定，两位队长可以骑马，但他们不骑，和我们一样步行，把马腾出来给我们驮背包。这种团结友爱，上级关心爱护下级的高贵精神，使我终身难忘。我们由赶牦牛的藏胞带路，日行夜宿，行走在山间的羊肠小道上，沿途爬过矮拉、夹皮拉、达马拉等几座5000米以上的高山。路上以夹生饭充饥，以冰雪解渴是常事。每到一地，大家分工，一部分人搭建帐篷，挖排水沟；另一部分人拾柴（或干牛粪）烧火做饭。一天晚上天气晴朗，大家认为夜里不会下雨，偷懒没有在帐篷周围挖排水沟。谁知半夜大雨倾盆，山坡上的雨水从帐篷中流过，大家只有抱着被子站在帐篷里。雨停了水还不断在流，潮湿的地面无法安身，大家只有站到天明。一天下午天气尚早，赶马人在一片荒山峡谷卸下驮子不走了。由于语言不通，无法问明原因，大家心里有些犯疑。赶牦牛的藏胞一面烧茶，一面高声“哦，喃喃……”的呼叫，远处也有呼叫回应。我们当时都不知道藏族同胞在野外有高声互相呼叫的习惯，更加犯疑，误以为是某种联络信号。不久又来了一位身材高大的藏胞，在我们帐篷附近下马观看，这样就引起两位队长的警惕，怀疑夜里有土匪偷袭抢劫。经研究布置，全体人员分为两部分：多数同志由一位队长带领，在天黑以后悄悄转移到住地后山上，占领制高点；少数同志由另一位队长带领，天黑后转移到帐篷外面隐蔽观察。如遇突发事件两队人联合行动，保护人员和物资的安全。开始大家都集中精力观察周围的动静，却又安静得连地上老鼠跑动的声音都能听见。夜深后，寒风刺骨，冻得腿脚发麻，直打哆嗦，大家仍挤靠在一起，坚持到东方发白。当我们悄悄返回到帐篷时，看到赶牦牛的藏胞还在甜蜜的梦乡里呢！第二天到了觉雍，见到了昌都第三办事处主任金荣功同志，我们向他汇报了头天夜里的情况。他首先表扬我们警惕性高，接着给我们介绍昌都解放后党的统战政策发挥的巨大作用，昌都解放委员会成立以后，民族，宗教界的上层代表人士都参加了解委会工作，他们拥护共产党，拥护解放军，对支前运输工作很积极，社会治安稳定，未发生过大的抢劫等案件，我们向前方运输银元，也未发生过被抢的事件，你们昨夜的情况，可能是一场误会。

经过二十多天的跋涉，昌都就要到了。我和三所的同志这一天就要到“家”了。大家跑在牦牛队的前面，下午四五点钟就看到昌都了。下山速度更快了，快到山脚的一个山垭时，我们看到了村庄和军用帐篷，接着出来很多人迎接我们。原来这里就是三所的驻地。经询问才知昌都解委会还在下面。三所的同志留我暂住一夜，第二天再去昌都。我急于“回家”，只身沿着山路向下走去。过了四川桥，到了三岔路口，走哪条路？看到山上房子很多，以为是解委会驻地，就向山上爬去。接近山顶时，遇到背水的人，就用汉语问：“解委会哪里有了？”背水人居然听懂了我的话，用手指山下方向，我知道走错了，赶快下山向另一条路走去。很快到了昌都市区，天色已渐渐黑了，我心里有些紧张，不知从哪条巷子走。硬着头皮敲开一户人家的大门，问：“解委会哪里有？”主人很热情地站到门外用手一面指，一面用藏话讲。可惜我一点儿也听不懂。见我仍不知去向的傻样子，主人笑了，叫出一位十来岁的女孩，又说了几句我听不懂的藏语。女孩便亲热地牵着我的手，把我一直送过云南桥。我终于到“家”了。这一天是1952年3月31日，是我进藏旅途到达的一个站点，也是我人生旅途的一个新起点。我被分配到昌都地区解放委员会卫生队药房工作，并一直在昌都干了27年。过了好久后才知道，解委会是地方机关，从到解委会卫生队那天起，我已经转业到地方，结束了女兵生活。

回忆3年的军旅生活，时间虽然短暂，但她使我由一个单纯的青年女学生，锻炼成一名女战士，一名医务工作者，在思想上、政治上、医药业务技术上都得到了很大提高，奠定了后来为党、为人民工作的基础。现在，半个世纪过去了，我已步入古稀之年，但只要一想到当年，仍然豪情依旧。

# 初进拉萨

于德华

1951年7月1日，文工团随大军从甘孜出发向拉萨挺进，途中晓行夜宿，翻过了十几座海拔在4500米以上的大雪山，跨过了惊涛骇浪、汹涌怒吼的雅砻江、金沙江、怒江、拉萨河等无数条大江小河，克服了高山缺氧、寒冷饥饿等困难，历经艰难险阻，终于1951年10月底胜利到达拉萨。

到拉萨后，先住帐篷，再住藏兵营。院内同住有宣传部、报社，以及北京来西藏体验生活、搞创作的几位画家、音乐家、舞蹈家等。文工团集中住在大院的东边，我们舞蹈队的女演员约20人，分住在两间小屋，一间约有8平米，全体睡地铺，地上垫些马草，上面铺上床单。因长途跋涉后，被褥已破旧，夜里冻得睡不着，大家就挤在一起。遇到特别冷的天气时，朱子铮团长便带着全团同志早上4点钟起床跑步活动，以抵御寒冷。为解决全团的吃蔬菜问题，大院门前左右两侧的石头地，要填上约3尺高的土，为开春种菜作准备，全团上下，男女同志齐动员，跑完步后背土填地，接着是积肥，因各单位都在拾粪，近处已找不到粪了，只好顶着寒风去远处的罗布林卡背粪，来回约7里地，要背到吃早饭前9点钟收工。开始双肩磨破了，就想法在两肩上垫些衣物或破布，忍着疼继续背，由于缺乏营养常有头晕眼花等现象，但没有人叫苦、叫累、请假或偷懒，仍坚持着背粪，喘着粗气，迈着大步，来回穿梭在往返的路上。拉萨距离后方太远，粮食供应不上，每天按规定限量，每顿只能吃代食粉和糌粑做的丸子糊糊，后来糌粑吃完了，用马饲料（黑豆）代饭吃，每顿只能吃半饱，大家仍然是满腔热情，积极工作，派公差抢着出，谁也不愿落后，在困难的环境中，个个都显示出了坚强的革命意志。

为配合形势，文工团赶排出宣传《十七条协议》的歌舞节目。话剧队用藏语宣传《十七条协议》，在很短的时间要求背熟藏语台词，以快板剧的形式表演。当时没有排练室，也没有一间较大的屋子，无论刮风、下雪、烈日当头，基训、合练都在院里进行，话剧队、乐队、舞蹈队各划分了一个角，虽有干扰，但都能理解，相互团结、合作，克服困难，有序地进行工作。

第一次宴请西藏地方政府官员、寺庙的堪布活佛等，军首长指示文工团在宴请时演出。接到任务后，团政委陈涛同志做了动员，强调任务的重要性和特殊性，并指出演好节目就是做好统战工作。这次演出是在中午进行的，不搭舞台，不挂幕布，演员在廊檐下面约 20 平米的小院里表演，客人在廊檐上面的席桌上边吃边饮边看节目，当演出进行到高潮时，客人们都露出惊奇的表情，不时发出赞美声，有的离开席桌忘情地望着演员发愣。宴请结束了，客人们久久不肯离去。

到拉萨几天后，军首长为做达赖的工作，第一次给达赖送礼，组织了一个既隆重、又有气势的送礼队，走在前面的是数十面彩旗，接着是锣鼓队、秧歌队，随后抬着件件礼品，一条长长的队伍气势磅礴地向罗布林卡走去，一路上挤满了观看的人群，十分热闹。送礼仪式结束后文工团在罗布林卡里演出，节目有《民族大团结舞》《红旗腰鼓》《生产霸王鞭》《红灯舞》《维吾尔族舞》等等。

上层中有部分人对解放军进藏很不友好，发狂言要饿死解放军。为站稳脚跟，从根本上解决粮食困难问题，1951 年 11 月军党委动员部队开荒生产。当时文工团正准备排演大型话剧《闯王进京》，大部分同志要投入节目的排练，绘制布景，准备灯光、道具、服装等工作。在人员紧缺的情况下，团里仍尽量抽人参加开荒生产，其中女同志 4 名，有我和张 × 孝，还有在巴塘参军的拉西、冬秀，男同志有十余名，由贾助理员带队去西郊和军直一起开荒。我们女同志在地下挖了两尺多深的坑，上面撑起两块帐篷，在工地上算是住得很好的了。西藏的 11 月很冷，寒风呼啸，飞沙走石，在冬季开荒困难大，这片荒地又靠在河滩上，石头比较多，土又封冻，开始没有经验，洋镐刨下去震得手疼，碰上石头子儿，火花四溅，要连刨数镐，才能挖松硬土，经大家群策群力，交流经验，决定先在一小块地上用火烤或用热水浇地，突破一点，带动大面，终于提高了工效。大家手冻裂了，双手磨出了血泡，也没有人叫累叫疼。张国华军长、谭冠三政委同大家一起开荒，工地上热火朝天，常常是歌声四起，笑声不断，忘记了腰酸腿疼和疲劳。为了掀起劳动高潮，当日开荒计算成绩，大家你追我赶，都不示弱，有一次我们4个女同志，在一天里开了一亩荒地，大家高兴得蹦起来，紧紧地抱在一起。在我们开垦的这片土地上，来年获得了大丰收，种的萝卜大的一个就有二十多斤，我特意抱着一个大萝卜照了张像留作纪念，收的土豆代替了主食，粮菜达到了部分自给，日子越过越好，同志们的身体也渐渐恢复了。

在兼指导员的陈队长的领导下，歌舞队全体女兵多次出色地完成了各项任务，在平息叛乱时，女兵们在战地抢救伤员、护理伤员、抬烈士等，连续工作两天两夜没有合眼……因此我们受到全国妇联的表彰，荣获全国“三八红旗集体”的荣誉称号，同时授给一面“战地之花”大锦旗。

# 同志心战友情

兰惠莲

1951 年 3 月，我作为十八军五十四师医训队的队员随师部从 耶睐出发，十天左右即到达了甘孜，在甘孜参加了修建机场的劳 动。1951 年底，机场通航后，我们又投人了康藏公路的建设之中。随着公路的延伸，我们来到了雀儿山脚下,师部驻地就在雀儿山东 南一个称为“一里通”的山沟里，窄窄的山沟，两面都是陡壁，只有 正午太阳直射时才能见到阳光，整天就好像生活在一个昏暗的世 界里，仅有约一里长的山沟，大部队驻在这里显得非常拥挤，从地 形地貌看，也不宜长时驻军。因此师部决定马上翻越雀儿山，选择 新的驻地冬整，我们医训队将成为翻越雀儿山的先遣支队。我们 因长时间修路，日复一日重复劳动，心境逐渐平淡，一听到就要翻 越雀儿山，沉寂的心不由得兴奋起来。是啊！雪山、冰川在我们这 些来自 }II 西平原的新战士心中是那么神奇，而现在我们已经望见 了山顶的积雪，银光闪闪，像白玉，又像水晶，怎不使人跃跃欲试。尽管这时指导员孔宪海再三强调了登山的困难，“路难行，气难喘，风难避，雪难躲”，让我们做好克服困难的思想准备，但我们当时并 未把这些放在心上，只盼着早登山，早进藏。我们女兵班共有 8 名 同志，其中 3 名因为生病被留下了，我们 5 位被允许随队翻山的女 学员暗自庆幸，翻越雀儿山的当天早晨，我们是唱着歌和大家一起 出发的。随着一步步往山顶靠近，我们开始体会到，上山前指导员的告诫并非危言耸听。由于缺氧带来的高原反应在每个同志身上都不 同程度地显现出来，我们女同志背负的物品开始逐渐往一些身体较强壮的男同志身上转移。尽管上山前已经精简了行装，但背包 加上一些干粮仍有三十多斤重，从大邑出发时，比这还多的负重我 们也曾背着行过军，而现在却好像压上了千斤，每走上几步、十几 步就得停下来稍事休息。到后来甚至一步一喘气，两步就想歇。其实指导员对这些情况也早有估计，队伍的一头一尾安排的都是 身体较好，又有行军经验的老同志，我们女兵班被夹在了队伍当 中。虽然参军的时间都差不多，但已是女兵班长的我还是感到自 己肩上多了一份责任，我将大家搀扶在一起，鼓励着，一步一步往 前挪，那种相互间的依赖与关爱真的感人至深。爬到半山腰时，同 志们都已经精疲力尽了，而这时却像印证指导员出发前所说的那 样，突然刮起了大风，使人无法站立。指导员大声呼喊“快趴下！”听见呼喊，大家手拉手伏在地上避过强劲的风头，靠团结靠意志与 恶劣的自然条件斗争。强风过去又飘起了阵阵雪花，曾经令人神 往的雪山，眼下似乎不再美丽多姿了，换上一副狰狞的面孔，像要 考验我们的意志。落在地上的雪花很快结成了薄冰，山高路滑，狂 风阵阵，我们行军更加困难了。为了在天黑前翻过山顶到西台站（兵站名），还得加快行军速度。越接近山顶，路越是难走，气候也 更加恶劣，高山反应加剧了。许多人感到头疼、胸闷、恶心，张开嘴 不住地喘气，两腿发软，一步一摇，而这时一条必经的险径又出现在面前。这段路长约 50 米，一边是陡峭的山壁，而另一边却是万 丈深崖，不到 1 米宽的路面上是冻得很硬的冰层，在这样又窄又滑 的道路上行走，一不小心，就有掉下悬崖的危险。据藏族老乡说，把牛都曾从这里摔下过，所以这段路又叫“气死牛”。经指导员与 区队长仔细观察研究，决定先派几位胆大心细的男同志去探路。他们把背包带系在腰上，另一端就拽在指导员和区队长的手上。我们 5 个女同志踮起脚，望着他们出发了，眼看着两位战友面对 山，背向崖，我们的心也随着他们的脚步起伏，直到他们安全地走 过这段险道，大家才放下心来。这时候先过去的战友将系在腰上 的背包带解下来与另一端的指导员、区队长同时一拉，就为大队的 行进筑起了一条保险带，大部分男同志扶着这条保险带走过了险 路。我们女同志怎么办呢？心里的确非常害怕，但也非常清楚，这 段路是非走不可的，况且我们也是兵啊，我不能在男同志面前示 弱。尽管我们都不愿意，但指导员还是把我们的背包解下来交给 男同志带了过去，两端的同志都一起呼喊着鼓励我们“勇敢些，不 要慌，眼睛往前看，不要朝下瞧，拉紧带子慢慢往前起。”我们也不 断地告诫自己，“沉住气，不示弱，一定要征服这该死的雀儿山。”靠着我们自己的意志，首长和战友的帮助、鼓励，我们终于顺利通过了这段险径。快到山顶的时候，许多男同志大声鼓励“快，你们就要登上山顶了，你们是我们师第一批徒步登上雀儿山的女兵，加油啊！”望着近在咫尺的山顶，我们的心情激动起来，一种自豪感油然而生，不顾呼吸困难，拼命往上爬，我们终于登上雀儿山顶了，说不出有多么高兴，随着山顶上的男同志一起欢呼、雀跃、闹着、笑着，忘记了高山缺氧，忘记了行军的疲劳。“雀儿山，我们战胜你了！”阵阵欢呼声在山谷中久久回荡，显示着人民军队不可战胜的力量。一些同志刚想坐下来休息一下，已具有高原生活经验的指导员立即大喊“不能坐下，在空气稀薄的山顶，一坐下来就有生命危险，立即下山宿营。”经历过上山的艰险，下山时就感到似乎要好走一些了，而且山的西面还有一些树木，可供手扶，就这样我们顺利地翻越了雀儿山，到达了目的地柯鹿洞。

柯鹿洞唯一的房子就是一座寺庙，我们医训队借住在寺庙里，为了贯彻党的民族政策，尊重藏族人民的风俗习惯，女同志不能跨进寺庙的庙门，我们只好在庙门前的屋檐下露营。指导员带着一些男同志为我们打来柴草抵挡风雪，晚上还专门为我们站岗放哨。我躺在大家戏称为“钢丝床”的树枝上，仰望着胶洁的天空，仿佛伸手就能抓到星星，思绪万千，在以后进藏的革命征程中，或许还有更多的困难，但不就像翻越这雀儿山一样吗？挺一挺也就过来了。现在回想起来的确如此。进藏后工作中遇到的困难还有很多很多，但翻越雀儿山给我留下的印象最深，它使我初次品尝到经过艰苦努力后成功的喜悦。我忘不了上山险途中的那条背包带，它体现了同志的关爱，战友的深情；忘不了同志们的呼唤和鼓励，我不清楚我们到底是不是第一批登上雀儿山顶的女兵，但当时的那声呼唤的确令我们激动万分，信心倍增；忘不了半山腰那座不知名的寺庙，虽然我们未曾跨进过店门，但却为我们抵挡过风雪，是我们临时的住所；忘不了我们的指导员和区队长，他们让我们懂得了什么是人民军队，革命大家庭。我们在这个革命大家庭里发扬着吃大苦，耐大劳，不怕苦，不怕死，自力更生，艰苦创业的精神。

# 第一次接受任务

益西措

1950 年 11 月，我在四川甘孜参军，并随十八军进藏，当时只有 13 岁。我从一个只读过小学，不懂得任何革命道理的藏族小姑娘，成长为具有一定科学文化知识，政治上成熟的共产党员、国家干部，这一切都是党给的，是革命大家庭中汉族同志热心帮助的结果，是解放军这个大学校、大集体使我走上了一条崭新的生活道路。

据我所知西工校（西藏工作民族干部学校）大约是 1950 年秋季在四川甘孜县成立的，教职员主要来自十八军西藏工作团，学校党委书记是韩戈鲁同志。成立这所学校的目的是为解放西藏培养懂得藏汉两种语言文字、并具有一定政治觉悟的藏族干部。绝大多数学员都是来自原西康省各县的藏族青少年。西工校虽只开办了短短的不到两年的时间，但学员们经过西工校的学习、锻炼，在进军西藏、解放西藏的紧要关头，向部队输送了大批藏族干部，为解放西藏立下了汗马功劳。

在西工校，我们学员的生活是完全军事化的，除了学习文化、政治、纪律、党的民族政策、国内外形势外，作为十八军的一部分，还要跟随部队行动。1951 年 2 月下旬，我们从甘孜徒步行军约二十多天，于 3 月中旬到达昌都。西工校在昌都这段时间，校长是由解委会副主任惠毅然同志兼任，校党委书记兼教务处主任是张平凡同志（后任西藏工委组织部副部长）。七八月份，十八军的主力部队从大后方甘孜陆陆续续地来到了昌都，准备进军拉萨。这年的“八一”建军节庆祝大会上，张国华军长向全军指战员作了进军西藏的动员报告。在当时的条件下，这样大规模的部队进军西藏困难重重。从昌都到拉萨一千多公里的路程，按原西藏地方政府设的驿站计算，骑马尚要走一个多月。而我们的战士在没有一寸公路的情况下，要背负三四十公斤重的枪弹、被褥、口粮等，每天平均行军七八十里，靠双腿在平均海拔近4000米的高原上跋涉，翻越数不清的高山、河流，需要克服的种种困难是可想而知的。由于没有公路，部队的物资、给养都要靠牦牛队一站一站地驮运，支前运输就成为进军西藏能否成功的关键所在。

就在这时，我们西工校的许多同学先后分配到部队各单位随军进藏，一部分作为学生骨干和部分教员留在学校，在当地继续宣传，扩大影响，并招收新学员。当年8月中旬，学校为配合大部队进藏，决定组建三支工作队下乡，任务是宣传《十七条协议》和党的有关政策，动员群众积极参加支前运输工作，保障部队物资、给养供应的顺利完成。三支工作队分别到昌都东面的江达、德格、白玉等地，南面察雅、芒康、巴塘等地及西北面的恩达、类乌齐、洛隆宗等地，每队十人左右。我被分配到西路队，队长是锋仁青同志。这一队的进军路线海拔高、路途艰险，许多地区的群众从未见过解放军，对共产党没有任何了解，由于受到一些反动宣传的影响，对“红汉人”还很害怕。当时我还不满14周岁，这是我参军后第一次接受任务。记得那时正是当地农村的秋收大忙季节。我们出发的第一天是沿着昌都镇西面的昂曲河逆水而行，沿途能看到即将收获的黄澄澄的青稞、小麦。走了约四十里就到达了我们的第一站——小恩达村。进村后，我们找老乡借房住了下来，除做饭的两位同志外，其余的战友都不顾疲劳，分头走家串户地找老乡交谈，宣传党的政策，特别是逐条逐句地讲解《十七条协议》动员老乡积极参加支前运输工作。这时我们还充分发挥每个人的特长，在院子里唱歌、跳舞，吸引群众来观看，在群众集中的时候进行宣传。

我们边宣传边行军，二十多天后，于9月中旬到达了昌都西部地区的交通要道类乌齐宗，这是一个半农半牧的地区，海拔比较高。在这里住了4天，进行了短期休整，为这里的头人和寺庙活佛送去了毛主席、朱总司令的像和《十七条协议》、我们学校油印的藏文宣传品和哈达、茶叶等礼物，向他们讲明了我们的来意，希望他们认真学习、贯彻《十七条协议》，积极动员老百姓参与支前运输工作。休整后，我们就向洛隆宗进发。

第一天，我们的目的地是类乌齐西面的田妥村，这里比其它地方冷得多，估计海拔在4000米左右，走路已经有些喘气了。平时行军我们只雇两匹马驮运行李和粮食，现在为了防备有人身体不适，多雇了一匹马。到达田妥村的下午，天就阴了下来，晚上开始飘起了雪花。第二天天没亮我们就出发了，这时雪还没有停，一夜的积雪已经看不见路在哪里，视线也很模糊，若不是有老乡带路，我们连方向也辨别不出来，周围是一片白茫茫的大地。在没过我们膝盖的积雪中，每走一步都很困难，没走几分钟就已经气喘吁吁了，大家谁也不说话，慢慢地一个脚印踩着一个脚印地往前走，我甚至能听到自己“卜咚卜咚”的心跳声，只有马铃的叮当声和我们脚下积雪的咯吱声，划破原野的寂静，就这样沉闷地走了一个多小时，天才渐渐地亮起来，抬头看去是一片一眼望不到边的白色世界，我们身后的积雪上留下了一道道脚印。在东方的太阳缓缓升起时，雪停了，逐渐露出湛蓝色的天空，高原特有的阳光没有任何遮拦地洒向这银装素裹的雪原。可我们的呼吸依然十分困难，每走十几步就要停下来歇一会儿，虽然看不到陡峭的山路，从早上出发时就感觉一直在爬坡。队长命令大家原地休息一会儿，大伙儿就势坐在雪地里，有的干脆躺在了雪地里。这时，大家才互相看看，多数人嘴唇发紫，不少同志感到头痛。我忍着头痛问牵马的老乡距离我们的目的地旺洞卡还有多少路程。他看看四周答到：“还早呢，大概只走了二十多里，照这样的速度，天黑才能赶到。”大家都很惊讶，三个多小时才走了这么少的路程，纷纷站起来说：“继续加油赶路吧！”可尤国相同志怎么也站不起来了，他说头快爆炸了，腿软得像踩着棉花。于是队长叫老乡把备用马牵来，大伙把他扶上马，然后我们继续慢慢往前挪动双腿，走到将近中午时，阳光照在身上暖洋洋的，可照到四周积雪上却十分刺眼，我们只好半眯着眼睛走路，越到中午，阳光越强烈，眼睛越难受。我的眼睛已经感到有些刺痛了，开始流泪。强烈的紫外线把我们的脸也晒得发红、发紫，我看到牵马的老乡把头发挡在眼前，于是学他用头发挡住双眼，可男同志们没有办法，只能忍着。由于没有必要的准备，这时大家已经不同程度地得了雪盲症，同志们的双眼又红又肿，不停地流眼泪。走到下午两点左右，我们终于爬到山顶，往下望去只见几户牧民的牦帐篷上袅袅炊烟，那就是我们今天的宿营地——旺洞卡。看到了人烟，大家的心情都非常兴奋，脚步也加快了。谁料到，经过大半天阳光的强烈照射，积雪已经融化，满地的泥水湿透了我们的裤腿，路更滑了，比雪路还难走，一不小心就会滑倒在地。大家只好手拉手，你扶我一把，他拉你一下，跌趺撞撞地往下走。由于高原能见度极高，在山顶虽说能看到人家，但实际路途却还很远。下午五点多才到达了宿营地。这一天我们行军路程约40里，却花费了十多个小时。

旺洞卡虽然是一个牧民居住点，实际只有五六户人家，而且每户之间隔有一定距离，从第一户到最后一户大概二三里路远，分散在一条山谷中。因为顺路，我们先到第二家借宿，还不等我们靠近帐篷，一条大藏獒就扑了出来，冲着我们叫个不停，我们只好在100米开外的地方大声喊老乡，几分钟后，从帐篷里出来一位中年妇女，我们向她说明了来意，在不停的狗叫声中，她打着手势叫我们到别处去借宿，就这样，连着找了两户，都没有让我们住下。在不远处，有一户的帐篷最大，外面的牛羊比其他户多，估计是这里的头人。我们就朝那个大帐篷走去。这家的帐篷周围拴着四条大藏獒，我们越靠近，它们就显得越厉害，紧绷着绳子站立起来狂叫着。可能是听到狗叫声，帐篷里终于出来了一个年轻小伙子，当知道我们是来借宿的，说道："父亲不在家，我不敢作主，请等父亲回来吧。"这时已快7点了，山谷里的太阳已经落山。高原的日夜温差极大，吹来一阵阵冷风，寒气逼人，我们身上潮湿的衣服又结了冰霜，脚已经冻得麻木，失去了知觉，只好不停地跺脚。不知这家人的父亲什么时候才能回来！为了也让奔波了一天的马匹休息一下，我们将行李从马背上卸下来，大家坐在自己的背包上焦急地等着，越坐越冷。白天，由于路难走、眼睛痛、缺氧呼吸困难，并不觉得饥饿，可这时肚子开始"咕咕"地叫。我坐在那儿只想大哭一场，可又怕同志们说我怕艰苦、软弱，尤其怕被老乡看到，有损人民解放军的形象，就将泪水忍了下来。

不知过了多久，终于看到一位50来岁、满脸胡子的中年男子骑着马过来了，我们猜测这人就是这家的户主。在离我们十多米的地方他下了马，牵着马走了过来，一见面，不等我们开口，他就问："你们为什么到这里来？准备到哪里去？要我为你们做什么？"队长一一回答了他的提问后问他："你是这里的头人吗？"他答："是。"队长又说："那就好了，这里有类乌齐军管会给头人的信，请你看看"（因为这一带解放军还未来过，为了方便我们工作，同时为了安全，军管会特地写了一封叫头人协助我们工作，解决食宿、交通和保证安全的信）他看罢信，便表现出热情的样子。

队长说：“今晚我们想在你的帐篷借住一宿，明天一早就上路。”他一听，脸马上又沉了下来，看看我们4位女同志说：“你们这些男的可以进去，这些女的不能进去。”我们几个女兵立即问：“我们为什么不能进帐篷？”“对不起，这是我们这里的风俗。如果外来的女人进了帐篷，这一家就得倒霉，牲畜会死的。”他很不客气地回答道。这里的牧民，除了这个头人外都是第一次见到解放军，尤其是见到我们几个女兵，更是觉得惊奇，远远地注视着我们，谁也不敢靠近。为了完成好这次的宣传任务，树立起解放军的形象，执行好党的民族政策，我们几人纷纷说：“你们男同志赶快进去休息，借老乡的锅给我们烧点茶，我们在外面抓糌粑吃。再从老乡那里买些干牛粪，今晚我们4人烤火坐一晚，明天一早出发就没事了。”可是男同志们谁也没有进帐篷，他们说：“让4个女同志呆在雪地里，我们怎么能睡着呢？”就这样，所有男同志也坚持坐在外面。

这时，天已经黑了，我们肚子已经非常饿了。尤国相同志因为白天在马上一直闭着眼睛，所以他的眼睛要好得多，于是主动要求去做饭，但由于不会说藏语，队长和曲批同志也随他进了帐篷。饭还没有做好，只见那位头人抱着一大包又黑又沉的东西从帐篷里出来，又拿了三根木杆和几条绳子，给我们几人支起了一顶小帐篷。这顶帐篷又小又旧，还有好几个洞，但总算有了个遮风挡雨的地方了。后来我们才知道是队长在做饭时向头人宣传、教育，说服了他借帐篷给我们。吃过饭后，我们把小帐篷里的积雪推到四周，里面狭小的空间只能容下两个人的铺位。为了取暖、烤干衣袜，在帐篷里生起了一堆火，想美美地睡上一觉，可谁知眼睛一看见火光，疼痛更加剧烈，像被撒了一把辣椒一样，又烧又痛，连眼皮也是火辣辣的，双眼睁开痛闭上也痛，又没有任何治疗的药物。听老乡说，得了雪盲后眼睛不能见光，只能用雪敷眼睛，于是，我们就背对着火，把手伸出帐篷外不停地抓雪敷双眼，一把雪一会儿就化掉了，又抓一把……双手都冻僵了，可眼睛还是那么疼，不知是谁，实在忍不住，“哎哟哎哟”地呻吟起来，结果就像传染一样，大家跟着一起呻吟，好像这样可以减轻一点疼痛。帐篷外，已是夜深人静，透过帐篷上的洞，可以看见点点繁星在闪烁，房东家的几条大藏獒已经放了，能听到它们追逐猎物时兴奋的脚步声和偶尔低沉的叫声。这一夜好像特别的长，我们4人挤在一起，互相用体温驱赶着寒冷，可谁都无法入睡。

不知是几点，大姐洛布志玛说："我们这样忍着，还不如大家唱唱歌，把注意力转移转移，也许好一些。"说完，她带头唱起了《十八军是铁打的汉》，我们也都跟着唱，接着又唱起了《歌唱二郎山》《没有共产党就没有新中国》《走走走，跟着毛泽东走》以及家乡民歌。我们先是小声唱，后来越唱声音越大。唱累了，我们就躺下来休息，可眼睛依然痛得要命。于是我提议讲故事，每个人都讲，想讲什么就讲什么。听着外面呼啸的寒风，我想起两个月前看过的部队文工团演的歌剧《刘胡兰》中的唱段"数九那个寒天下大雪……"当时年仅15岁的女英雄面对反动派的淫威，大义凛然，为革命事业英勇献身的事迹，令我非常感动，使我第一次受到了革命英雄主义教育，刘胡兰成为我心中学习的榜样，她的大无畏精神，对我后来的成长起到了十分重要的作用，因此我就带头讲刘胡兰的故事。接着洛布志玛大姐讲了《赵一曼》的故事，卓嘎向志讲了《丁佑君》的故事。就这样我们度过了一个难熬的夜晚。天亮以后，我们急忙打好行装，准备出发。可是队长说："大伙眼睛都成这样了，还能走吗？今天不走了，再休息两天，等雪化了，眼睛也好一些了再走。"于是，我们在这个只有几户牧民的偏僻山沟里住了两天。因为双眼不敢见阳光，这两天我们几乎一直呆在帐篷里。每天靠吃些代食粉和向老乡买些糌粑度日。第三天，眼睛虽未痊愈，可大伙再也呆不下去了，早早地起身理好行装，吃过早饭，向房东致谢后，又愉快地出发了。

就这样，在两个多月的时间内，我们克服了各种难以想象的困难，走一路宣传一路，有不少地方的群众还是头一次听到用藏语宣讲党的政策和《十七条协议》，解除了群众心中对共产党、解放军及进军西藏的误解和疑惑，取得了很好的宣传效果，还招收了四五位自愿到西工校学习的当地男女青年。当我们完成宣传任务，顺原路返校时，沿途经常遇到经我们宣传后由老乡们组成的支前运输队，从兵站向前方源源不断地运送物资。

# 在民主改革的日子里

王利融

40 多年前在西藏进行了一场史无前例、翻天覆地的民主改 革，使西藏从最反动、最黑暗、最残酷、最野蛮的封建农奴制社会，迈向光明的社会主义社会。从此，西藏人民挣脱了套在脖子上的枷锁，成为国家和社会的主人。我能亲眼目睹并参加了这场伟大的社会变革，深感是一生中的莫大幸事。一些经历，如今仍记忆犹新，难以忘怀。

1961 年 11 月，我们西藏歌舞团奉命到离拉萨一百多公里的林周县去参加民主改革。从拉萨乘汽车出发，当天下午到达林周县军代表（改革前各县只派去军事代表与少数工作干部）工作所在地。军代表处一位同志向我们介绍了该县的叛乱和已经开始的民主改革情况。次日，为保证开展工作的安全，给我们配发了英式步枪和手榴弹，然后把我们分派到各个工作片去。我和赖声泽、小格桑、周叔莹、陈世清、葛敏、董文虎等人被分到切玛片。这个片有三个重点村分布在一条狭长的山沟里，地处林周县的边沿，与邻县接壤。

我和葛敏、小魏等被分到仁杰岗村。进村后，原已在村里工作的德吉央宗接待了我们，让我们住进一户贫苦农民的家里。因当时这一带还有零星散匪出没，为了安全，我们不分男女挤住在一间十几平方米的小屋里。

我们到林周县时，民主改革的第一阶段“三反双减”运动已基本结束，正赶上进入第二阶段分配土地。工作组向群众宣讲了自治区筹备委员会《关于废除封建农奴主土地所有制，实行农民土地所有制的决议》和《关于西藏地区土地改革的实施办法》等文件。学习中，我们发现有的群众对文件缺乏深刻的理解，暴露了一些思想顾虑，最主要的是怕分了领主的土地后，领主会来找他们算账。少数朗生（当时仍在领主家干活）不敢向工作组揭发领主对他们的奴役，怕领主对他们施以鞭刑等等。针对群众的各种顾虑，我们以自治区文件为武器，深入到每家每户，一面访贫问苦，一面深入细致地讲解文件的内容，明确告诉他们，凡是参加叛乱的领主，所有财产一律没收分给群众；未参叛领主的土地、牛羊，国家采取赎买政策，赎买后分给群众，总之三大领主的土地必须分配给广大贫苦群众。通过反反复复的宣传教育，启发群众的阶级觉悟，鼓励他们起来与反动领主作斗争。使他们认识到千百年来祖祖辈辈受苦受穷，是三大领主剥削压迫的结果，要敢于站起来主宰自己的命运，做社会的主人。

“堆穷”“朗生”“差巴”是西藏社会地位最低下、经济生活极度贫困的阶层。访贫问苦中我接触到的上述几类人家，都十分贫苦。其中最苦的要属卓玛一家，她四十来岁，丈夫约五十岁，他们的女儿5岁。家里的全部家产就是一堆烧柴，两张铺在地上的老羊皮（晚上睡觉的地方），一只架在铁架子上用来烧茶、煮土巴（一种用糌粑、萝卜或土豆等煮成的稀糊糊）的锅。白天穿的老羊皮袄就是晚上睡觉盖的被子。他们对这样极度贫困的生活既无力量反抗，也没有力量去改变它，只有长期挣扎在贫困的死亡线上，默默地祈求神灵保佑他们的来世。

通过我们深入细致的思想工作以及群众的诉苦教育，他们的阶级觉悟得以提高，认识到了自己的穷困不是命中注定的，而是三大领主剥削压迫所造成的。只有共产党、毛主席才能领导他们起来闹革命。群众是劳动者，是财富的创造者，因此有权利拥有土地，享受美好的生活。卓玛的觉悟提高得很快。记得我们刚进村向她做工作时，她总是回避，怕与工作组接触，后来却成了民主改革中的积极分子。每当歌舞团有任务我们暂时离开工作队时，她总是拉着我骑的马流着泪说：“你们什么时候再回来？”

群众觉悟提高了，顾虑消除了，纷纷向工作组反映情况。一天下午，一个积极分子向驻军反映，叛匪小头目马锥带着7个武装随从藏匿在附近的一个山洞里。切玛村民土登在为他们传送情报，并送吃送喝。得此消息后，部队和工作组立即找土登谈话，让他交待马锥藏匿的地方以及给他们送吃送喝的事实。土登开始矢口否认，经我们反复教育开导，指出与叛匪勾结的利害关系，阐明“坦白从宽，抗拒从严”的政策后，他终于交待了事实真相，并表示保证在一周后，动员马锥向部队投诚。部队领导和工作组当即表示不能再等，必须当晚带我们去招降，土登被迫同意。

部队张连长带领一个班的战士，工作组中抽出我和德吉央宗以及一名汉族男同志参加，跟着土登，趁着月色向马锥藏匿的山洞进发。虽然山路崎岖，怪石嶙峋，但为了招降叛匪，我们精神抖擞，情绪高涨。午夜时分来到山下，爬至山腰时，连长命令停止前进，宣布由他带领两名战士和翻译德吉央宗上山与马锥谈判，敦促他们投诚，其余人员原地待命。同时交待我们“如果谈判成功，就向空中发射一枚红色信号弹，若谈判破裂发生冲突，则发射一枚白色信号弹，你们立即上山增援”。

我们在寒冷的山腰里等了近3个小时，既没听到动静，也没发现信号弹升空，大家一面猜测，一面为连长他们担心。突然一名战士高喊“信号弹！”这时东方已发白，但天色朦胧不清，难以辨明信号弹的颜色，我们便急切地往山上冲去。到山洞前，已见到马锥骑在马上，后面眼着几个被缴了械的随从，在连长和两个战士的押解下向我们走来。连长高兴地说：“谈判成功，马锥已向我们投诚。”

马锥原是一个小寺庙的活佛，约60岁。因参叛失败，藏入附近山洞。当我们一行将他们押解到山下的一个小村口时，一群不明真相的藏族老乡拦住去路，不许我们带走他们的“活佛”通过翻译耐心地讲明平叛政策，并保证解放军对投诚人员会妥善处理，希望不要干预部队行动。僵持中，我们工作组又进行了耐心的说服与疏导，老乡们总算明白了情况，慢慢散去。据说马锥被送到投诚人员学习班后，经过学习，在党的平叛政策的感召下，表现不错，认罪态度较好，还主动帮助我们招降了一些零星叛匪。

有一天，我们正与切玛驻军部分同志在邻村参加斗争反动领主的群众大会。部队突然接到通知，说晚上将有一群残匪来投诚，命令他们马上回驻地受降。我们工作组三人也随部队骑快马赶回了驻地。不一会儿果然有十几个康巴人（康区藏族）打扮的残匪骑着马来向部队缴械投诚。他们说是马锥捎去信件，解放军对投诚人员的政策很宽大，他在投诚人员学习班受到很好的待遇，所以他们才赶来向解放军投诚。

虽然叛乱已基本平息，但零星残匪还在危害着百姓的生产生活，威胁着我们工作组的安全，影响民主改革的顺利进行。记得我们刚到工作点的当天下午，在新老队员见面会上，有一位也是新调来的小伙子，名叫格桑旺杰，拉萨人，年纪十七八岁，说起话来有些腼腆，像个大姑娘似的。会刚开完，便有一位解放军同志来找组长，说部队要出发去执行紧急任务，请格桑去做翻译工作。在民主改革中，驻军与工作组关系非常密切，所以组长很干脆地答应了。格桑随部队出征，第二天，突然传来噩耗，说部队被叛匪打了伏击，牺牲了几位战士，我们仅见过一面的格桑也牺牲了。这个意外的消息使我们无法相信，更难以接受，怎么一个活蹦乱跳的小伙子，一夜之间就离开了人间。我们怀着无比悲愤的心情，决心以实际行动彻底搞好民主改革，来告慰格桑和牺牲的战士们。

这一不幸事件发生后，我们提高了警惕。领导也非常关心各工作片上同志们的安全，给在最边沿点上的周叔莹、陈世清、董文虎增配了一挺轻机枪，允许各小组人员可搬入有楼房的老乡家住（原规定必须住在最贫苦的群众家中，但贫苦人家房屋矮小，易受叛匪袭击），以确保安全。我们时时处处更加提高警惕，每晚召开群众学习会（白天搞生产），都得有人站岗放哨。有一天晚上（我已调到切玛工作组），工作组召集全村群众开会，组长正在县里汇报工作，只有我和马文义（回族）俩人在家。他会藏语被派去主持会议，站岗放哨就由我承担。在那黑得伸手不见五指的黑夜，我端着英式步枪站在老百姓的屋顶上，什么也看不见，只有靠耳朵警惕地听着四周的动静。漆黑的夜晚，只有风声和狗群狂吠乱叫，我真有点紧张。忽然扑通一声，好像有个黑影跳上楼来，我警惕地喊了一声“苏英巴（藏语是谁”没有回答，我立刻拉开枪栓、子弹上膛，正准备抠动扳机，嗖的一声，一个黑影从我面前窜过，仔细一看，像是一只动物，我松了一口气，紧张的心终于平静下来。好不容易等到会议结束，我才和马文义一起回到居住的老乡家休息。

几天后，我们工作组和切玛驻军的部分指战员到林周县原宗政府所在地参加群众斗争反动领主的诉苦大会。没有人身自由的“朗生”，为领主支不完差役的穷苦百姓，开天辟地，第一次敢在世世代代剥削、压迫他们的领主面前说：“不”，敢于指着他们的鼻子控诉他们参加叛乱以及压迫、剥削穷人的罪行，我激动万分。世道变了，确实变了，被压迫被剥削的藏族同胞站起来了。他们要当家，要做主人。当穷苦藏胞痛诉苦难时，他们声泪俱下，有的甚至晕了过去。我同情，我高兴，同情他们所遭受的千百年的苦难，我高兴他们终于在毛主席、共产党的领导下推翻了三大领主，百万农奴翻身解放，站起来了！

1951年，我和战友们一起，用一双铁脚板征服了西藏的崇山峻岭，完成了统一祖国大陆、进军西藏的伟业。1961年我又与百万农奴一道亲手推翻了最反动、最黑暗、最野蛮、最残酷的封建农奴制度，彻底埋葬了万恶的封建农奴制社会。

我在西藏工作30年，把青春献给了西藏人民的解放与社会主义建设事业，我无怨无悔。这是我一生的光荣！

# 在军旗引领下前进

娜喜

这已是49年前的事了，那时我还是一个什么事也不懂的小女孩，父母因家境贫寒、兄妹多无法养活而四处托人，将我送进了孤儿院。在孤儿院里生活苦极了，起早贪黑地种菜、割草，做各种体力劳动，经常吃不饱，还要挨打受骂。

在暗无天日的时刻，中国人民解放军来到我的家乡，原西康省巴安县，现为四川省甘孜藏族自治州巴塘县。部队在孤儿院附近搭帐篷宿营，他们一个个和蔼可亲，对我们孤儿院的十几个孩子特别友好，让我们与他们一起吃饭，周干事教我们唱《解放区的天是明朗的天》，教我们说汉语、识汉字，讲革命道理，讲穷人为什么会受苦受难……现在共产党解放军来了，再也不会让你们受苦受难，并动员我们参加革命。我哥哥降边益西是地下党员，从康定来信叫我们三兄妹参军（姐姐阿敏、弟弟降边嘉措和我）。就这样我们三兄妹于1950年7月先后参军到中国人民解放军第二野战军十八军五十三师一五七团宣传队，从此，我得到了彻底解放，走上了光明之路。

## 艰难的进军路

参军后经过近半年的艰苦训练，我们于1951年3月离开故乡巴塘，开始了进军西藏、解放西藏的征程。记得当时十几名巴塘籍女战士中，我年龄最小（不满12岁）。我们过了金沙江，走了好几天，到了嘎妥（今芒康县），在这儿休整了几天，一出发就开始跨越大雪山。但这时的供给已有些跟不上了。

记得大一些的女战士们，拿出自己的银元，到嘎妥兵站买了十几斤酥油，熬成酥油汤（藏语叫“玛苦”），阿协和阿拥两位大姐说：“这是为了我们从明天开始吃苦的垫底营养，大家要喝够、喝完，不然以后就没有这种条件了。”的确，从那以后的一段时间里，我们再也没有喝过酥油汤。

我们出发不久，时而风雪交加，时而烈日炎炎。这一天我们共趟过5条冰冷刺骨的河流，跨越了3座大山，估计在傍晚7时左右才安营住宿。当时茫茫雪地找不到一根柴禾，只好睡在雪地上。以往的帐篷是用4块帆布拼到一块支起来的小帐篷，帆布有多种用途，行军下雨时当雨衣，宿营时，先当洗脚盆（在地上挖一个坑，再把这块帆布垫在坑里注上水），晚上就支起它宿营。由于全国刚解放不久，装备很简单，每人一张白帆布，一张白布单，一床被子。当天因拾不到一根柴，大伙都没喝上开水，只好饿着肚子，睡在大自然给我们早已安排好的雪白的“席梦思床垫”上，枕的是白天穿的回力球鞋。半夜渴了就从枕边抓一把雪吃，冷了就俩人合睡一个被窝，各睡一头，相互暖着似冰块一样的双脚。从这天起，阿协大姐每天晚上给我暖脚，直到昌都热雅。

接下来的一天，仍是在风雪中行军。这天共跨越了4座山峰，趟过大小6条河，由于河太多，顾不上脱鞋袜，水过腰部时，首长和汉族男同志们争先恐后地或背或扶我们这些孩子过河。后来，无论跨越三四千米的山峰还是趟几十条河流，有大家的帮助，我们都走过来了。记得我们到宿营地后，比头天宿营的地方还恶劣，大地白茫茫的一片，晚上一会儿风雪交加，一会儿雨雪冰雹，天气冷得出奇。早上起床时，我冷得动不了。当时我们的团长柴洪泉赶到我面前亲切地询问情况，他说:“小鬼想家了吧？不要哭，要勇敢，不然今后一段路程还会更艰苦。”说完，首长叫站在身后的通讯员从挎包中拿出一双毛袜和一块碗糖（云南出的一种像小碗一样大小的红糖，那时这种糖很稀少）。柴团长叫阿协大姐脱下我的鞋，亲自给我穿上这双袜子，将这块红糖装进我的挎包，同时嘱咐我：“这糖翻山时吃一点，走平地时不要吃，记住了吗？小鬼。”他还对站在周围的同志们说：“好好照顾和关心小同志们。”

事后，我团宣传股的张克宇股长告诉我这双袜子的由来。他说：“这双袜子是内地的女大学生们亲手织的慰问赴朝鲜的志愿军的礼物，上级部门给十八军团以上首长发了一双，柴团长一直没舍得穿，昨天送给你穿了。”

听了这番话，我流泪了。加上弟弟已经批评我：“不像中国人民解放军，这个样子还去解放西藏，还能把五星红旗插上喜马拉雅山上吗？想家就回去，现在离家还不远，再往前走更艰苦，离家更远。再发生今天这样的事，我就不认你这个姐姐。”这件事对我震撼很大，从此我暗下决心，今后不管多苦，一定要勇敢，不给解放军丢脸，不给姐姐和弟弟丢脸，决不辜负首长的关怀。

在修筑康藏公路热雅段和进藏途中，劳动强度大，体力消耗更大，生活十分艰苦，很少吃上肉，同志们在劳动和行军休息时经常搞“精神会餐”，你一言我一语地说：“今晚炊事班给大家打牙祭，吃红烧肉、回锅肉、鸡蛋汤、馒头、面条……”“下一个兵站，给同志们准备好了饭菜，吃一次饱饱的大米饭……”说来也怪，经过大伙儿这么一说还真觉得有劲了，脚步也轻快多了。有一天同志们吃了顿新鲜肉，大家高兴极了，细嚼慢咽地品尝这久违的美味。事后才知道这顿肉是团部的军马去驮粮食时，路上突然下暴雨，粮食和马匹被冲入河中，全力救上来的马还是死了，为进军西藏立过汗马功劳的这匹军马，在途中就这样结束了生命，最终还让我们作为果腹的食物。听张股长说，这匹马的饲养员伤心得哭了整整两天。

在热雅段修路的 3 个月中，就有 5 名战士长眠在达马拉山上，为解放西藏的事业，献出了他们的青春年华和宝贵的生命。

1951 年 7 月，我从一五七团宣传队调到军文工团。8 月 2 日，文工团的部分女战士和战士球队的部分队员及有关人员共计七十余人，从昌都出发，踏着先遣部队用热血和生命铺筑而成的路，经丁青、沙丁、墨竹工卡进军拉萨。一路上供给十分困难，每人每天三根蛋黄蜡，三小碗代食粉，后来减少到一天两根蛋黄蜡，代食粉每顿也只有半碗。

由于当时部队的供给是牦牛运输，供应十分紧张。后来只能喝很稀的代食粉粥，每天还要赶 60-70 里的路程，有时根本没有粮食。到了牧区，兵站的同志与当地的牧主交涉，买牦牛供给我们当主食。记得在嘉黎宗境内，连续几天都吃牛肉，一口粮食、一叶蔬菜都没有，加上高山缺氧，在进军中每天常吃两顿饭，整天很少有开水喝，同志们都拉不出大便来，肛门也常因此出血。到了森林地区就拾蘑菇、挖野菜。记得有一次摘到不少灰灰菜（藏语叫“尼热”）由于没有油，只是煮上后加点盐就食用，第二天同志们的脸和腿都肿了。

女战士们长途行军走几个月，加之空气稀薄，生活条件极苦，负重30-40公斤的行李、物品和食品，每天都趟冰冷刺骨的河水，月经周期紊乱，没有卫生纸，就把自己的旧内衣裤撕成小方块用，用过了洗净再用，直到不能用还舍不得丢掉，就包在好一点的布里继续用。记得我团的于德华同志的布用完了，就撕被子里的棉花。她说："这个办法真好，行军时大腿舒服多了"。快到拉萨时，女同志们的被子都变小了，盖到胸部盖不到腿了。

由于在艰苦的环境中行军、修筑康藏公路、战备、开荒生产，这批女兵都患上了多种疾病。如关节炎、心脏病、肾炎、腰椎劳损、妇科病、多血症、高血压、沙眼等等。

行军途中，过了丁青宗不久，在跨越"朗卓山"时，山陡路滑，上山时慢，下山时更困难，由于回力鞋已很旧，底子磨平了，过雪地和碎石路时，经常滑倒，加之又是羊肠小道，只好走两步，滑三步，山下又是一条大河，不小心就有可能掉进河里，救都救不上来。同志们干脆坐下来，就像滑雪一样滑下山。当然没有滑雪那么浪漫舒坦。下了山同志们的裤子撕破了，有的裤子像被沙枪打了似的都是小洞，大伙儿互相看着这个样子都哈哈大笑，到了宿营地都开始补裤子。

在翻越鲁贡拉山时，从天不亮开始出发，没有多久，就开始爬山，直到午后才到山顶。我们爬到山顶时，看到堆着一堆石头，周围的积雪中，露出红黄色的泥土，我们围在这石堆旁，有同志说："这是我们的一位刚牺牲不久的同志，他长眠在这雪山之巅！"大家流下了热泪，向这位不知姓名的同志三鞠躬后，继续前进。由于严重缺氧，同志们的脸色发青，眼圈发黑，气喘吁吁，喉咙好似被什么东西卡住了，大家相互鼓励着，深一脚浅一脚地向上爬。火辣辣的太阳照在雪地上，让人睁不开眼，不少同志得了雪盲。当时我的眼睛也看不太清楚了，一只手拉着牦牛尾巴，一只手扶着战士球队的老邓同志，艰难地翻过了这座雪山。

## 铁的纪律

在长长的徒步进军途中，部队不住百姓房，不进寺庙，尊重藏族人民风俗习惯，不拿群众一针一线。在深山、草原流淌了千年的河水中的鱼，随便能用手抓住，但为了尊重藏族人民不吃鱼的习惯，部队供给再困难也不抓鱼吃。

记得走过沙丁宗境内一处森林区，在我们宿营处有一条大河，有一位姓王的男同志提水时，从河中的大石头下抓来一帆布桶鱼，想给身体不好的同志们改善一下生活。结果让首长知道了，叫他马上把抓来的鱼放回去。事后还开会批评了他，作检查，并给了记大过处分。

经过嘉黎宗境内的农田时，江苏籍的吴希同志偷吃了三个豌豆角，河南籍的周副班长偷摘了一个麦穗，晚上开班会，叫她们作了检讨，大伙儿提意见，帮助提高解放军对人民财物秋毫无犯的重要性的认识，会后将班长的职务也撤了。

在跨越大雪山时，除有病的和小同志经领导批准，可以拉马尾巴和牦牛尾巴上山外，未经批准拉牛、马尾巴上山者，均按违反纪律处罚。

到达拉萨后，为了不增加人民群众的负担，不使市场物价上涨而影响群众生活，军直机关用牛羊骨头当柴火做饭、烧开水。那时牛、羊、马、狗骨头和牛羊角，拉萨城周围到处皆是，军直机关的同志每天每人要捡5斤骨头，文工团和宣传部住在“朵森格”院内，出军营捡骨头时，女兵出行必须有男兵陪伴，当时藏军和社会上的少数人不讲理，为了与他们尽量减少磨擦，才这样做的。如果他们有意与我方挑起事端，当时定的纪律是骂不还口，打不还手，对这条纪律很多同志想不通，但行动上大家都坚决执行。那时公路还未修到拉萨，经过与“噶厦”协商，卖给我军一些粮食，他们阻拦我军进军西藏未成，就想用饥饿来使我军在西藏站不住脚，卖给我军的粮食都是发了霉、生了芽的豌豆、青稞。为了保卫已经取得的进军拉萨的胜利，使西藏人民得到彻底的解放，驻拉萨部队的全体指战员们，什么苦都能吃，再大的困难也能克服，用骨头将发了霉的、长了芽的粮食煮来充饥。

## 开荒生产

部队进驻拉萨之后，为了渡过运输供给上的严重困难，在西藏站稳脚根，1951 年 11 月底，在拉萨掀起了开荒生产的热潮，谭冠三政委扛着铁锹，率领军直机关干部战士奔赴开荒战场，我们文工团的同志们走在部队的最前面，在军旗高高飘扬下唱着《义勇军进行曲》，雄赳赳气昂昂地从孜仲林卡（现在的军区大院）出发，到拉萨河北岸的罗堆林卡（现在的八一农场）开垦荒地。

当时垦荒部队没有任何现代工具，只有锄头、铁锹和少量的十字镐，这里一半是沙，一半是沙柳（藏语叫朗玛）。沙柳虽长得不高，但根扎得很深，枝蔓在地下延伸，盘根错节，把根刨起来，非常困难。有时同志们用手刨，十个手指尖经常流血，整天劳动出汗，沙子、泥土沾满全身，真像一个泥人，又没有洗澡的条件，很多同志得了沙眼和胃病。帐篷搭在沙窝里，一起风，满帐篷里都是沙，床单上能积一层沙子。入夜冻得我们蜷缩在单薄的被子里，实在受不了，就烧一堆火，同志们围着火堆取暖。

经过一个多月披荆斩棘的奋战，终于在拉萨河畔的荒滩上，开出了 2000 亩地。地开出来了，需要大量的肥料，我们就从拉萨城区清理垃圾，到每家每户去商量，把他们家厕所的粪便一筐筐、一袋袋的肩挑背驮，运往开出来的荒地上。这样既改变了城区的卫生，又改良了土质结构，为来年的丰收打下了良好的基础。

辛勤的劳动换来了丰硕的果实，第二年秋，获得了从未有过的大丰收，如：一颗莲花白重三四十斤，一个萝卜重二三十斤，土豆最大的有一斤重，小麦每亩收成四五百斤。随后，因工作需要我被调到日喀则文工队，再也未到农场参加劳动了。

# 忆拉萨小学

陈曼石

1952 年，陈曼石在拉萨小学与学生合影

1952 年，我由西藏军区文化部调到拉萨小学工作。当时领导意图是：拉萨小学是我党在西藏发展教育、培养藏族人才的重要基地，也是宣传贯彻和平解放西藏《十七条协议》，争取上层和团结人民群众的重要阵地。我去拉萨小学工作，肩负文化教育和统战工作的双重任务，具体负责两个班的汉语和音乐教学并开展文艺活动。

当时的拉萨市，曾一度出现过紧张的形势。西藏地方少数分裂分子，阴谋煽动闹事，三大寺的僧人下了山，藏军荷枪实弹蠢蠢欲动，企图赶走我解放军，反对《十七条协议》。在我军紧急备战的同时，中共西藏工委积极进行争取达赖的工作，一场预谋中的骚乱，在我解放军的威力震慑下，被及时制止了。

鉴于分裂主义分子的阴谋败露，西藏工委因势利导，决定在全市举行各种不同形式的活动，展开学习、宣传、贯彻《十七条协议》的高潮。

我按照校领导的统一部署，在学校大力开展文艺活动。组织学生以文艺表演的形式，掀起爱国主义热潮，拓宽学校这个窗口，扩大宣传《十七条协议》的社会影响。

经与校领导研究决定首先推出声势较大的广场红旗腰鼓舞。红旗腰鼓舞的主题歌为“歌唱祖国”，腰鼓舞要在五星红旗的指引下，群体打鼓、打钹，载歌载舞，表现获得了解放的人民群众欢庆胜利和歌颂新中国的精神面貌。它以变幻的队列画面和铿锵有力的节奏，给人一种坚不可摧的激情和力量。整个场面威武雄壮，充分体现了新中国的民族精神。

由于时间紧迫，并考虑到学生的接受能力，对难度大的动作进行了一些改编，随即投入紧张的排练。排练工作，由我和黄文焕同志共同负责。黄文焕同志是北京大学（学藏语的）毕业的高材生。但他没有大学生架子，为人豪爽耿直，朴实勤恳，平易近人，对工作充满热情和朝气。开始，我的藏话还说不通，由他承担了排练中的全部翻译工作和组织工作。另有几位汉族老师配合、协助。排练工作进行得很顺利，尤其是学生对学唱主题歌（用藏语学唱《歌唱祖国》）和学打腰鼓，有一种新奇感，情绪很高。

在排练过程中，还引起了一些藏族老师的兴趣，每到排练时，总有几个藏族老师来观看。起初是观望，而后也跟着学舞步，学唱歌，有时唱走了调，逗得大家哈哈大笑，气氛非常融洽。而经常在校园里转悠的藏兵和僧人，开始是站在远处看我们排练，而后靠到近处看，以后干脆找个地方坐下来，以一种奇异的神态凝视着。

在校领导的关怀下，通过师生的共同努力，我们的腰鼓舞很快就参加了工委组织的公演。经舞蹈艺术加工了的腰鼓舞，精彩生动地体现了人民翻身作主人的喜悦和爱国主义精神，深受观众喜爱。尤其是藏族学生表演腰鼓舞，在西藏拉萨，是史无前例的新鲜事。参加演出的学生，大多数是贵族子女（其中就有阿沛的两个女儿）。

学生们的表演，自始至终充满着激情。学生们那朝气蓬勃、雄姿矫健的舞步，那昂扬激奋的鼓点和嘹亮的歌声，随着场次和队列的变化，一次又一次地掀起高潮，轰动着全场。首演获得了空前的成功，犹如惊天的一声春雷，在社会各阶层，引起了强烈反响。广大观众从学生那活泼灿烂的笑脸上，看到了西藏的希望。

学校开展文艺活动首演成功，有力地启发了学生的爱国热情，促进了汉族老师与藏族学生之间的感情。同时还带动了我们与学生家长之间的交流、沟通。演出结束后，许多学生家长纷纷找到学校来，要求让他们的子女也参加演出。我和黄文焕同志，经常被家长包围着。因此，接待家长的来访和对学生家长的走访，很自然的为我们创造了同上层各界人士交流沟通的有利条件。

那时，我和黄文焕同志星期日几乎没有休息过，有时赶不上开饭时间，要饿肚子往回赶路。为此，黄文焕同志想了一个办法，每逢外出走访，带点水果糖，饿了吃上两块，咳！这一招还真灵，立即把饥饿感给赶跑了。我们俩人那时工作上合作默契，精神愉快，情绪颇高。我们除了对学生家访外，还访问了一些藏族老师。在与上层家长和藏族老师的友好访谈、交流中，以我们的热心和真诚逐渐增进着相互之间的理解和沟通。

印象较深的是，学校有一位多才多艺的（教藏文的）藏族老师，他的名字叫嘛亚，这位年长的老教师，为人诚恳善良，热情好客，善于歌舞、琴书。我们常去他家走访，除了向他交谈一些教学方面的问题外，并向他学习藏族踢踏舞，了解藏族弦乐器六弦琴。六弦琴是西藏艺人间流行的一种弹拨乐器，用它伴奏踢踏舞，气势粗矿、洒脱，富有浓郁的藏族风格，我们都被这种独特的乐器吸引着。为了有益于广泛联系群众，多交朋友，增进友谊，使藏、汉民族之间有更深入的理解和交流，我们各自花了6块银元，托人买了琴，在学舞的同时，又入迷地学上了六弦琴。

此间，我们还参加了拉萨市爱国青年文化联谊会和爱国妇女联谊会的一些活动。这两个组织是工委统战部门本着自愿的原则，组织起来的爱国青年和妇女组织。我们在这里结识了众多的藏族青年，在以后的联欢、交流中，使我们深深地感觉到，这些来自中上层的藏族青年，接受新事物快，爱国热情高，思想非常活跃。他们对我们学习踢踏舞和六弦琴，很大帮助，使我们很快便能同他们一起合着琴声，踏上节奏，共同跳起来。

在这里没有疑虑，只有那脚踏实地的统一的步调！在这里，没有隔阂，只有琴弦拨动着心灵的共鸣！我们就在这心手相连，亲密友好的相聚中，在踏着通向团结、统一、和平、幸福的节奏中，与藏族同胞建立了血脉相通的深厚友情。特别是藏族同胞那直爽、豪放、能歌善舞的性格和勤劳、勇敢、纯朴、善良的高贵品德，深深地烙印在我的心中。

回忆在拉萨小学的工作，充实、饱满，思想坦诚，工作投入，情绪颇高，精神愉快。师生、同志和朋友，情深义笃。对学校，充满着希望和憧憬！

# 进军西藏纪实

郭蕴中

1948年秋天，我进入中国人民解放军豫皖苏军政干校，参加了淮海战役。1949年2月军政干校改为十八军随校，打过长江，进军大西南。1950年初在乐山驻下，招收了一批青年学生入伍，成立了西南军政大学八分校，有三个女生队，我被分在十三队。

## 任职分队长

1950年8月，我调到五十二师康藏工作队。康藏工作队是由军大三分校、八分校、师文工队的30个女同志组成的，分为3个队，我在一分队。我报到的第二天，师组织科科长找我谈话，让我当一分队队长。但如何当好这个分队长让我费了不少脑筋。分队共有9个人，大家都刚调到一起，相互之间缺乏了解，显得很陌生。我看在眼里，急在心里，马上就要进军西藏了，这样怎能完成任务。我决心把大家团结在一起，充分发挥大家的聪明才智，共同完成任务。为了不辜负领导的信任，我抓紧时间和每个同志谈心，了解大家的情况。为了使大家更好地互相了解，在分队开会时，要求大家介绍个人的情况，并号召大家对分队工作多提意见，团结起来，互相帮助、互相谈心，交换看法。经过几天的努力，我了解到大家都是主动要求来的，热情很高，决心很大。大学生曾昭符表示女同志要与男同志一样，他们能干的我们也能干，不让他们说闲话。我也很高兴，对做好工作充满信心。大家的情绪高涨，心情愉快，工作都争着干。我们积极学习党的民族、宗教政策，了解社会和地理情况，对将来的艰苦做到心中有数。同时，鼓舞大家好好学习，努力工作，团结奋斗，共同克服进军中的困难，完成党和人民交给的解放西藏的重任，争取在进军中立功，戴上解放西藏的纪念章。

## 过二郎山

8 月 28 日在眉山召开了进军西藏的誓师大会，9 月 1 日，我们康藏工作队随五十二师师部坐车到达了二郎山脚下的烂池子，许多地方的公路被匪徒破坏，部队一边前进一边修路。二郎山海拔三千多米，上下百里，它是我们进军西藏途中遇到的第一座山。这时二郎山的路因塌方还没修好，为了安全，领导决定不准坐车过二郎山。天不亮我们就背上东西出发了。我们想走近路，正好遇见一位老乡，请他给我们指点上山的路，走小路很陡、乱石很多，一眼望不到山顶。田涛队长对大家说："同志们，要不怕苦、不怕累，发扬团结互助精神，坚持到底，克服困难翻过二郎山，不要掉队。"我在队伍前面走，大家劲头十足，走着唱着，我们队中最活跃的是韩玉兰、王立亭、张菲、董慧、王培真。由于都是女同志一路上说说笑笑很开心，自然风景很美，山上有涓涓流水，满山的花草非常美丽。我参军以来，从江北到大西南负重走了许多路受到了锻炼，所以爬山时感觉还很好，有些新同志就不如老同志了。我看见修路的工兵非常辛苦，没有机械工具，他们用手搬石头和泥土，昼夜不停地干，用肩扛、用镐刨，他们为大军修路架桥。二郎山的雨时下时停，时小时大，我们休息了几次，山上的树也越来越多，越来越大，空气越来越稀薄，雾气也越来越大，几步远的地方就看不清。

同志们气喘吁吁，走走停停，山上有雾，为了避免有人掉队，大家互相呼喊着。当走到山顶时，雨也不下了，太阳也出来了，大家又高兴起来，我们胜利地翻越了二郎山，经受住了第一次考验。

## 过折多山

折多山海拔四千多米，是我们途中翻越的第一座大雪山。从折多塘出发，路上还有松柏，随着山势走高，树也越来越少，大家呼吸渐渐地急促起来，两腿酸软无力，走几步就得停下喘喘气，休息一下再走，有人头晕、心慌、流鼻血，有人开始掉队。我们队中有两个身体差的同志，一个拉着马尾巴上山，另一个骑了一段马才上得山来。其余身体好的同志帮助身体差的同志拿东西，接近山顶时，田队长鼓励大家加油，翻过山头就是胜利，我和队长站在两边接应大家。我俩等到全队过完后，直起腰来，举目四望，只见山连山，一片银白世界，一眼望不到边，山峦起伏，一座座雪山在阳光的照射下闪闪发光。当时我真激动，想不到雪山的美景是如此壮观，简直无法用语言来形容。真是无限风光在险峰。

## 在赶牦牛的日子里

在甘孜，进行了一段休整和适应性训练后，我们随部队参加昌都战役，接受了赶牦牛运输物资的战勤任务。这对女同志来说并非易事。西藏牦牛野性大，总是不听招呼。女同志力气小，早晚上下驮子都需要一个人牵着牦牛，另外四个人将两个六十多斤的大木箱抬上牦牛背，然后捆结实。有时牦牛发起脾气非常厉害，瞪着大大的眼睛、喷着粗气向人示威，不让往它背上上驮子。有一次牦牛用角把牵牛的曾昭符顶了，她疼得大叫，把大家吓坏了。从这以后，我们上驮子时就特别小心，不在牦牛的正面牵它。

我们每天早上天不亮就起床，做饭、烧水、上驮子，拆、叠帐篷，整理个人的东西。饭后背上东西开始跋山涉水，走几十里山路，晚上就天当房、地当床，裹着皮大衣一夜酣睡，第二天又继续前进。

在去德格的路上，一头牦牛忽然倒下了，我们急忙把它身上的驮子卸下来，想把它扶起来，可它太累了怎么也起不来，大家眼睁睁地看着它死去，多么可惜啊！可是我们还得把它剥掉皮，分成几块给部队吃。长途运输非常辛苦，每天都要走很长的山路，连最能吃苦的牦牛也被累得不愿走了，它们到处乱跑。江达地区山高林密，山沟里小河多，天快黑时，牦牛就钻树林或跑到河里站着。这时要想让它出来很不容易，不管你怎么推、拉、打，它就是站着不动。天黑了我和李国柱发现河里站着一头牦牛，曾昭符牵着它正用劲往岸上拉，我们几个人一起又拉又推才把它弄上来。为此我们经常是天黑了才能到达宿营地，人和牦牛都很疲劳。

我们在高原上连续行军，几天不见村庄，更看不见人。有一次走了二十多里的山沟，小河弯来弯去，我们趟了十几次河。西藏的河水很冷，为了不使脚冻坏，上岸后还要赶快走，一路不敢休息，一直要走到宿营地才敢停下来休息。

从甘孜出发后，在人烟稀少的荒凉高原上，进军几百里路，主、副食、锅、碗、瓢、盆、帐篷、燃料都得自理。我们分队有三个小组：做饭组有李国柱、曾昭符、苏觉菲，这个组在进军昌都的途中最辛苦，因为一路上没有干柴，要把刚拾回的湿柴烧着是很困难的，他们经常跪在地上用嘴吹火，被熏得鼻涕、眼泪直流，嗓子都吹哑了。高原上气压低，刚开始时没有经验常做成夹生饭，有的同志吃了后泻肚。为了能使大家吃上熟饭，喝上开水，她们一边行军一边找原因，总结经验，真是难为她们了，可她们从不叫苦，一直坚持到底。拾柴组有我、韩玉兰、袁秀荣。我们每到一个地方，放下东西就去拾柴，树枝、刺棵、茅草、牛粪，有什么拾什么，没有工具全是用手去扯、去检，手常被刺破，经常要走很远才能拾到。搭帐篷组有王立亭、徐桂风、陈永萍，她们要挖坑、搬石头、钉钉子，用土围帐篷，风吹、下雨、下雪才不会倒。不要看我们都是女同志，大家都有很强的自尊心和责任心，分配的工作都努力地完成，还互相帮助，遇到困难大家齐心协力去克服。

在进军途中，掌握时间是一件很难的事。我们当时没有表，宿营地又多是没人烟的地方，听不到鸡叫声。所以每天早上起床都由值班的同志叫醒大家，每天都由分队长和队干部轮流值班。有一天，值班的同志没掌握好时间，大家走出了几里地天仍未亮。轮到我值班时，由于怕过早地叫醒大家，影响大家休息，太晚又怕影响行军出发的时间，我一夜起来几次，看天上的星星和东方的亮光。直到东方的天空发白才叫醒大家。虽然时间掌握得正好，可我自己却一夜没休息，看到大家精力充沛地行军，自己心里也是很愉快的。

在赶牦牛的日子里虽然遇到了很多困难，但我们团结奋斗，分工合作，用坚强的意志和吃苦耐劳的精神，完成了一项伟大而光荣的历史任务，为解放昌都做出了自己的贡献。

1951 年 1 月昌都解放委员会成立，各县派了军事代表大力开展工作，4 月我奉命到一五四先遣团，虽然当时团里只有我一个女同志，但要到进军西藏的先头部队去，我还是很愉快。经 8 日行程翻了五座 4000 米以上的大山终于到达了团部洛隆宗。5 月 23 日，中央人民政府与西藏地方政府签订了和平解放西藏办法的协议。我们团随军首长、军直机关 10 月 26 日进入拉萨城，11 月 15 日到江孜，1952 年 7 月 6 日到了边防重镇亚东，完成了把五星红旗插上喜马拉雅山的光荣使命。

# 从《洗衣歌》所想到的……

徐良宾

1999年7月18日晚，中央电视台播放了为纪念西藏民主改革40周年心连心艺术团赴拉萨慰问演出的精彩节目。当荧屏上出现一群年轻的藏族姑娘唱着“温暖的太阳，翻过那雪山……”热情、欢快的歌曲，踏着活泼、健美的舞步出场时，一股热流涌上我的心头。听着这曲《洗衣歌》，一下子勾起了我对往事的回忆……

## 向西藏高原进军

1951年3月，我们八分校新二大队的学员各自走上了工作岗位。十一中队的同学中杨家麟、戴世廉、彭幼君和我被分配到进藏部队丁青分区工作队，到新津参加集训。为了在行军中便于管理，工作队分三个区队，一区队是连营干部，是去担任兵站政委、站长、干事等职务的。二区队是女兵队，其中有财会、医务人员和文工队的女队员。三区队有工人（打砖瓦、烧窑、缝纫、照相等）和文工队的男队员。工作队的领导有分区司令员、秘书长和各部部长。

大概是4月中旬，我们乘坐军车出发了。每车40人分四行坐在被包上，身着棉军装，各车的车篷全部盖得严严实实，不准向外看。我紧紧地靠着两边的同志，只觉得呼吸有些困难，别的也没什么，我的水果糖，三下五除二早就吃完了。

军车行至玉隆，再往前就没有公路了。从玉隆到丁青路途十分遥远，需要用我们的双脚完成。工作队停下来进行思想动员和步行前的准备工作。这对一区队的干部来说不过是小菜一碟，但对于我们这些从未走过远路的学生来说，确实是件困难的事。我心里不免有些紧张，出发的前一天晚上也没有睡好觉。起床号响了，考验的时刻到了。我急忙吃过早饭，各班捆扎好被包驮在牦牛背上，扛着帐篷杆整队出发了。

老天爷对我们特别关照，道路也不给我们为难，在走过一片开阔的平地之后，开始爬一个坡度不大的小山包。虽然斜度不大，但毕竟是往上走。我的腿好像被绳子捆住一样，怎么也挪不动，要用尽全身的力气才能迈出一步，走几步就得停下来喘气，甚至找个大石头靠着休息一阵再走，浑身已被汗水湿透。好不容易爬到坡顶，下坡时，感觉两个腿肚子发酸，走一步酸痛一下，只得像木偶似的向下走去。不多久前面出现一片开阔地，还有一条小溪，溪边炊烟缭绕，炊事班同志已经在烧水做饭了。我们几个女同志一走到宿营地就倒在地上。区队长叫我们起来搭帐篷，我们像一团团棉花，一动也不动。在队领导的安排下，一区队的干部帮我们搭了帐篷。晚上点名时一位部长宣布："今天成绩不错，走了16里路。"大家笑了起来。

正睡得香甜的时候，忽然被一阵风声惊醒了，仔细听来，是司令员在批评一区队的干部："让她们慢慢走，你们先到目的地安排好一切，再到中途接她们。哼！说的比唱的还好听，实际是把她们看成包袱，想甩掉。她们在途中遇到困难怎么办？解放军团结战斗、互助友爱的精神哪里去了？亏你们还是老兵。从明天起一区队的人和大家走在一起，发现病号或轻伤员，营以上干部的马要主动让出来给她们骑……"我们悄悄地笑了，好像有点幸灾乐祸。俗话说得好"万事开头难嘛！"第二天就走了20里，以后，不论是晴天还是雨雪天，不论是过小河还是翻大山，不论路途长短都是一天到达兵站。有一天翻过一座大山，行程100里，天黑前赶到兵站还排练节目。在途中经常是棉军装湿了又干，干了又湿，有时一天要趟十多次小河沟，冷风一刮，脚上全是一条条细细的裂口，像刀子割肉一般的辣痛。

## 没有解开的谜

1952年春天，司令部通知我们，有一股土匪从青海那边流窜过来，最近几天可能经过丁青附近，司令部所属单位一律作好战斗准备。队领导关照我们，晚上警醒一点，动作要快等等。头两晚平静地过去了，第三个晚上，不知睡了多久，突然响起哨音，大家快速起来着装，站好队，由队长带着我们从后坡下去，直往前奔，我高一脚低一脚地跟着跑，什么也看不清。也不知跑了多少路，指挥员喊上山，只觉得山很陡，就手脚并用往上爬，汗水由内衣浸到了皮衣。到了山顶指挥员叫我们原地坐下，一个个紧紧地靠在一起，心慢慢平静下来。就这样坐了好长时间，我有些按捺不住了，便小声问："怎么没有动静，是不是土匪从旁边溜走了。"这时只觉得寒气逼人，腿脚麻木，同志们都搓着脸、手，扭动着身子。天亮了，原来我们处在一个光秃秃的高山顶上，指挥员命令："回营"。走到坡边一看，大吃一惊，这山的坡度最少也有六七十度，而且全是乱石，上山时的勇猛劲头全没有了，在指挥员的催促下，我们只好连滑带滚下到山脚，我的手掌被乱石划破，流了不少的血。

回到家，互相望望，一个个蓬头垢面，这个只穿了一只袜子，那个的衣扣全部对错号，有的一支腿只装在罩裤里，皮裤脚还在一边，都忍不住捧腹大笑。司令员来了，看着我们那狼狈样儿，笑个不停。此时我们略有所悟，有人问："司令员！是真的有土匪，还是搞军事演习？"司令员只顾笑，不答复。这究竟是怎么回事，至今还是个谜。

## 巡回演出

丁青分区司令部所在地，是西藏"三十九族"地区的中心，该地区共有10个宗，我只记得巴青、翠孟功和索宗，其余的都忘记了。

1952年夏季，司令部组织了一个工作组到各县视察，宣传《十七条协议》当然要带文工队下去演出。我们可以领略各地风光和学习各种不同风格的藏族歌舞，都很高兴。我印象较深的是巴青，这个县没有县城，也没见房屋，大部分是用牦搓线织成的帐篷，地势也较平坦，因是雨季，遍地是湿漉漉的肥美的绿草，那里的藏胞一直保持着游牧民族的生活习惯。我们只要走到有帐篷的地方，不管人数多少，就把群众集中起来，领导讲话，藏文干事翻译，然后演出节目。有一次走到一顶帐篷前，只有一位头发花白的老阿妈和一个小孩出来，原来青壮年都出去放牧了。领导向她问好，拉家常，和她们并肩坐在地上观看演出，翻译在旁边给她们讲解节目的内容和意义，她很高兴。临别时，她拉着藏文干事的手说："我活了这么大年纪，从没见过这么花花绿绿的衣服，真好看，你们也会藏族的歌舞，感谢，感谢！"边说边擦眼泪，挥着手目送我们远去。

来翠孟功就是另一种情景了。这里聚集着一二百民工，正在修水利设施。坝子上早已搭好了土台，供开大会和演出用。早上开了个把小时的会，民工们就去干活了，晚上看演出。我们在此演出两个晚上，第一晚演出开始不久，就下起了大雨，民工们将衣服顶在头上，一个也没动，台上台下情绪高涨。演出一结束，钻进帐篷倒头便睡。太阳出来了，睁眼一看，身上、脚上、被子全都是泥，等到男队员钻出帐篷，大家一看，全是花脸泥人，又是一场大笑，这才到河边去洗衣服，安排第二场演出。

# 夭折的小生命

董宏侠

1951年7月，我与十八军五十三师工兵八团的官兵正忙于抢修甘孜机场，就在此时，我因临近要分娩而住进了军医院。

当时，部队刚开始进藏，还没有腾出手来建医院，只能因陋就简，把山坡上较为集中的数间藏胞的房子作为临时医院。被牛粪熏得黑黑的房子里，支起一块门板就算病床。因为公路才修通，物资运输仍供不应求，医疗器械及药品也只能应急了。

随着婴儿的第一声啼哭声，护士把还没起名字的儿子抱到我的身边。我充满爱意地看着他被“解放”的小手小脚和着响亮的啼哭而“手舞足蹈”，看着他微睁的小眼上方的人字眉，高高的鼻梁，薄薄的嘴唇，简直同他爸一个模子倒出来似的。我仔细地注视着因营养不良而显得瘦小的孩子，我心中骤然产生了忧虑：“他能适应高原吗？我养得活他吗？”我爱怜地把他抱在怀里，轻轻地抚摸着、亲着他红红的有皱纹的小脸，喜悦地说：“我会全力抚养你长大成人的。”看着看着，激动而苦涩的泪水，滴落在儿子的脸上，我的思绪回到了9个月前.....

刚怀孕时，正是为适应高原气候，部队叫指战员吃酥油炒菜的时候，吃惯了菜油的同志，都感到酥油有腥臭难闻的怪味，很不舒服，我吃了更感不是滋味。团里女同志不多，怀孕的又只有我一个，要强又不好意思的我，瞒着同志们，和大家一起吃饭，装模作样地咽下去，但妊娠反应又迫使我偷偷呕吐掉。想着红军长征路上吃草根树皮，我们这点生活上的区区小事，算的了什么呢！为修路、建藏，我强迫自己一口一口地吃下去。

每修完一段公路，就转移到新驻地，同志们都要完成数百斤的砍柴任务。一到新驻地，我怕受到领导和同志们特别照顾，不愿说出已怀孕的情况，装做没事似的。有一次，和同志们一起过河去砍柴，去时从一座独木桥上顺利地过去了，回来时，因为负重四五十斤，走在桥上十分艰难，看着下面哗哗的流水，头有点晕，如临深渊，如履薄冰，差一点掉下去。虽说水不深，万一掉下去，高原的雪水透骨寒，经受不住就会流产，就是不被水冲走，成了落汤鸡，也会病一场，造成流产，所幸没出什么事。

一次次的转移行军，背上的背包、米袋少说也有三四十斤，没怀孕对我来说不算回事，可怀孕后随着小生命长大，腿就像灌了铅似的，走起路来不那么利索了。但我还是像没怀孕似的，告诫自己跟上部队，绝不能掉队。遇到泥泞下雨天，地上的粘土专门和我作对，紧紧地粘在我的鞋上不让我走，有时还和我恶作剧，在崎岖不平的山路上把我拉倒，我忍受着碰得青一块紫一块的疼痛，咬着牙用手撑着地吃力地爬起来，一瘸一拐疾步走入部队行进的行列。小东西没有被摔伤、震怕，和我一样顽强，还不时调皮地在肚子里折腾。

坚强的意志支撑我度过了艰难的9个月，儿子也经受了不断摔打、颠簸，安然来到了人间。我感到如释重负，从来没有这样轻松过。我累了，我睡着了。睡梦中我看见儿子长得和他爸一样的英俊，穿着一身军装向我走来，亲热地呼唤着："妈妈！妈妈！"我被叫声惊醒，紧紧把他搂在怀里。

3天后儿子得了硬皮症，虽经医护人员多方抢救，但终因医疗条件太差，匆匆离我而去了。

一星期后，满怀喜悦的爱人来看我和孩子，然而残酷的现实使我们默默相对无言，久久地呆坐着，我们承受着心灵的痛苦，甚至可以说是一种心灵的煎熬。良久，他痛苦而低沉地说："宏侠，不要难过，想开点，还有很多事等我们去做呢。"是的，我们跋山涉水修路、修机场，不都是为了解救千千万万生活在水深火热中的苦难的藏族同胞吗？我深深地自责，不该把个人的得失看得这么重。很快，理智抚平了心灵的创伤，9月份部队向雀儿山挺进，我又面带微笑地和同志们全身心地投入到打通雀儿山的战斗中。

# 艰难岁月

唐泽贞

1950 年 9 月，我们这批青年学生，怀着满腔的革命热情，加入到人民解放军进藏部队的行列。我们先后在成都、乐山、大邑等地学习了党史、军史、社会发展史，同时进行初步的军事训练和进藏前的负重行军等锻炼后，于 1951 年 4 月首先到达了甘孜。

## 住窑洞 修机场

我们军大八分校二大队十一队共有 120 十多人，全是女生。刚到甘孜就觉得口干舌燥，喘不过气来，脸上开始脱皮，特别是鼻子脱皮更加厉害，嘴唇也开始裂口，走两步就喘大气。我们的宿营地又在半山上，因为没有现成的营房可住，全靠自己搭帐篷打地铺睡觉。遇到刮风下雨，帐篷内还要浸水，我们就在帐篷四周挖上排水沟，以免积水打湿地铺，晚上还要轮流站岗放哨。同时，我们还必须定期从山下往半山坡的营地扛米袋、面袋，背给养，扛柴禾。由于当时还不适应高原气候，空手爬山都喘不过气来，负重上坡就更难了，通常一袋大米有五六十斤，开始一个人扛不动，就两个人抬，但山路不好走，抬起来扯扯拽拽更不好走，只好一个人扛一袋，一步一步地慢慢往上挪。从山下扛袋米到伙房，休息两三次是常事，以后随着时间的推移，体力也逐渐增强，这些事也就不在话下了。最难忘的还是修窑洞的情景，挖窑洞并非易事，全靠我们的肩头和双手，以及铁锹、十字镐、抬筐等简陋的工具，硬是一镐一锹把山坡挖削成凹形，留上门窗；挖出的土不少，只好顺势用来平整窑洞前的活动场地，靠边的地方，还必须用铁锹拍打，修理成斜坡，以免土往下塌陷。然后再从山下砍来木料，作为房梁，斜放在已挖成的洞穴上，还要把木料搭成一定的坡度，上面再铺上厚厚的树枝，然后在树枝上培上土，这样窑洞的框架就算完成了。屋内没有任何装饰，一个用铁锹挖削成的土平台，就是我们班上十几个战友的通铺床，对面是个小土平台，比通铺平台高一点，是我们存放碗筷和洗漱用品的地方，通铺前还挖有一条通道，通道对面挖有一个小洞，作为窗户，便于通气。这里的一切，虽然很简陋、潮湿，但总比住帐篷好得多，总算有了一个能避风雪的栖身之处。

吃住的问题虽然解决了，但修建机场的任务还未开始。我们这个女生队与八分校的其他男生队一样，向样承担了修建约50米长的机场跑道任务，开始是平整场地，将高低不平的地段，挖挖填填，作为跑道的基础。当时地表还有厚厚的冻土层，铁锹根本挖不动，就用十字镐去挖，十字镐很笨重，只凿几下，手就抬不起来了，而且只能触动地表，挖出冰花，逐步挖出裂痕后，大家就顺着裂痕，将铁锹、十字镐一齐插入裂缝，共同用劲把冻土成块地往上翻。冻土层的问题解决了，下面的土就比较好挖了，工程进度也快了，但装土、抬土、背土的任务仍然很重，一天来回要跑二十多趟，不少同志的肩磨红肿了，手也打起了血泡，一直干到手磨起老茧。土方工程完成后，第二道工序就是抬石头，铺跑道，石头比土重，更难搬难扛，平地上的石头不够用，还得到刺骨的河水中去挖石头。河水中的石头又湿又滑，稍不小心就会砸伤自己的脚，但大家还是鼓足了勇气，顾不得打湿衣裤和一身泥水了，纷纷下河，抱起一块石头就往岸上走，然后又去挖第二、第三块，终于把石头一一搬回，铺在跑道上。然后就是敲平、灌浆工序，将高低不平的石头粗略敲平，并将缝隙用水泥浆灌满，之后，再用机器滚压等。那时纪律严明，大家都服从命令听指挥，每天连里饭前要集合，晚上要点名，每星期还开班务会。会上，班长要讲评一周的好人好事和不足之处，然后互相开展批评与自我批评。同志们团结友爱，遇到苦事、难事，大家争着干，真正形成了互相关心，互相爱护的坚强的战斗集体。

## 坐牛皮船横渡金沙江

我们在甘孜半年多，一听说要启程进藏，大家都很高兴，尽管天天行军、打背包，一天换一个地方，但都有一种新鲜感，特别是行军到西康与西藏交界处的金沙江畔，我们更觉得祖国河山的壮美。金沙江两岸有陡峭的深山密林，涛涛的江水深不见底，我们只能坐当地群众的牛皮船过江。我们按连里规定，有秩序地上船，因船体是圆形，体积又小，只能坐四五个人。开船后还必须掌握平衡，不能站起来随便活动，不然牛皮船失去平衡，就有翻入江中的危险。大家依次上船坐下后，船沿离水面很近，但谁也不敢用手在水中乱划，一个个小心翼翼地面对面坐着，听凭船慢慢地划向对岸，尽管我们从未坐过牛皮船，也很好奇，当船划入江心时，船体也曾原地转了两转，但大家都没有乱喊叫，有时干脆平视前方，望着对面的青山，这样看不到水就不紧张了。大约十几分钟，船才划向彼岸，大家长长地松了一口气。就这样一船又一船的过渡，总算全部安全上岸了。过了金沙江，就正式进入西藏地界的岗托了，前面等待我们的将是更加艰苦的行军历程。

## 夜宿瓦合山

瓦合山是我们进军拉萨的必经之路，虽然山不算陡峭，但整个山体全被白茫茫的大雪覆盖，我们的队伍全部行进在雪地上，走过一坡又一坡仍见不到山口。山上的气温很低。刚开始出发时，大家还有说有笑，可是越走越累，呼吸越来越困难，队伍也就变得鸦雀无声了，只听到踏在雪地上的沙沙声。大家实在太累，就用帐篷杆拄着休息一下，再接着往前走。没有统一的号令，谁也不敢坐下来休息，就怕掉队，因为那些地方，人烟稀少，偶尔遇上一两个藏胞，也是语言不通，连问路的话也不会讲，所以大家再累也得坚持。好不容易太阳出来了，按惯例太阳出来，总要暖和一点，哪知在雪地上太阳照化了积雪，气温比下雪时还要冷。同时，太阳照在一望无际的大雪山上，我们的眼睛受到白茫茫积雪反射的强光刺激，开始觉得睁不开眼睛，很不自在，好在我们女同志每个人都有一头齐耳根的长头发，大家本能的将头发弄下来，遮住眼睛，免受强光反射，但又不能全部遮严，还得留下缝隙才看得到路。这样行军，速度当然不快，已到下午时分，看来是翻不过山了，我们按连里的决定，只好夜宿瓦合山了。

山上全是积雪，我们只好在雪地上搭帐篷，把雪扒扒就铺被褥了。由于大家太累，在雪地上也还是睡着了，到了夜里，由于风大雪大，帐篷的一角被吹塌了，压在我们的身上，大家早已精疲力尽，谁还有劲再起来搭帐篷呢？只好把头一偏，不让帐篷堵住鼻子嘴巴，就又入睡了。第二天起床打背包时，褥子已被我们身下未刨尽的积雪浸湿了，帐篷也是湿漉漉的，难折也难卷，背起来也特别重，但谁也不敢乱丢，还得背上，因为第二天宿营，我们还得把各自背的小方块帐篷布扣合在一起，才能搭成一顶帐篷，我们晚上才有栖身之处。只有在这时，我们才初步尝到了什么是爬冰卧雪。第二天，我们又一如既往地早早出发，仍然是在雪地上走，直到下午，总算下山了。宿营后才听说，有的男同志由于在雪地上受太阳光的强烈刺激，到了营地又烧火煮饭，眼睛被烟熏烤后，开始红肿，后来就什么也看不见了，这就是人们常说的“雪盲症”。在行军途中，遇上这样的荒郊野岭，根本就没有休息的条件，眼睛看不见，也只能互相搀扶着继续往前走，待到脱离白茫茫的雪地，眼睛才慢慢地缓过来，重新见到光明。吃一堑，长一智，以后过雪山时大家都十分注意保护眼睛了。

# 花季年华

徐承舜

1949年底，四川泸县刚解放，那时我年仅15岁，在泸县女中读高中。革命热情令我毅然加入十八军，又跟随大军进军西藏，解放西藏，建设西藏，在西藏雪域高原生活战斗了二十几个春秋。如今回忆起半个世纪前的往事，凭添几分感慨和甜蜜。

## 土窑岁月

1951年初，我所在的十八军卫生学校奉命进军甘孜，修建飞机场，以确保进藏部队的物资供应。经过一个多星期的顶风冒雨行车，我们到达海拔三千多米的甘孜机场工地。

修建机场，要战胜高原自然条件给我们带来的种种困难。首先是住宿困难。甘孜高山缺氧，气候多变，刮风、下雪、降雨、烈日交织在一起。机场基地选择在一大片比较平坦、开阔的地带，我们卫生学校驻地在离机场几里开外的一个山谷的半山腰，一队、三队住在两头，我们二队是女生队就住在中间。这里没有村庄，全是光秃秃的山。我们在山腰上支起了军用帐篷，高原的紫外线特别强，午休时躺在帐篷里像睡在蒸笼里，闷得气也喘不过来。有时开饭大风刮起来，我们就搬进帐篷吃饭，帐篷也挡不住风沙，大家边吃边还风趣地说：高原没污染，细菌不易繁殖，沙子掺在饭里，吃起来又经饿，又有味道。战友们需要住进能避风寒、挡泥沙、遮烈日的住房，此时，指挥部要求我们自力更生修建土窑。我们一班接受了上山砍树任务，全班12个姑娘，大的20左右，小的15-16岁，由队长娄继思带领，到了一座有大树的高山上，支起帐篷，挖灶埋锅，为盖土窑砍树木。我们在山上住了近十天，大家起早贪黑，奋力砍伐树木，一个个累得腰酸背痛，手上磨起了血泡，但是规定的任务还是完不成。上级随后又增派了人员支援，才完成了砍树的任务。在往驻地扛树时，我的个子小，扛树很吃力，慢慢落在了后面。天色逐渐黑下来了，我和其他落后的女兵，仍在扛树的路上挣扎，一时竟迷了方向，找不到哪个山谷是我们队的驻地，心里十分着急、害怕。好在已经回到驻地的同志见我们还没有回来，便在山口点起火，呼唤我们。听到同志们的呼唤，扛树的力气大了，步伐也轻快了，终于回到了驻地。

树木备好后，全班战友抡起镐、锹，加入挖窑坑的行列。驻地的土层没有解冻，镐锹下去一个个白印，震得虎口生痛，几天下来，手上震裂了口子，磨起了血泡。窑坑挖好了，大家用树干作支撑，上面铺着厚厚一层细树枝，再拍上一层泥土，就这样通过艰辛的劳动，一座座土窑住房整齐地排列在甘孜的荒山坡上。战友们从山上挖来了土石灰，把土窑墙壁粉刷一新，并拣来白石头，在土墙上砌起五星图案，还铲平了下山的坡路。我们一个班 12 个战士住在一个窑里，窑里一排通铺，上面垫上从山上打来的细细的树枝，铺上干草和被单，大伙头对脚脚对头地挤在一起，感到真痛快！

8 月间，是高原的多雨季节，甘孜接连下了几天大雨。我们不懂技术，自己动手搭起来的不规范的土窑能经受住大雨的考验吗？大家都提心吊胆，生怕土窑垮塌。担心的事情终于发生了，一天突然传来消息一工区友邻部队直属机关十多位女同志住的窑洞深夜塌了，伤亡半数。因此我们开始紧张地加固支撑土窑里的木架，夜里轮流值班守夜。我值班的那个夜晚，雨仍然下个不停，我披上雨衣仔细地来回检查着每个被雨浸泡的土窑，劳动一天下来，人又困又乏，为着战友们的安全，再难受也得挺过去，不敢有丝毫的闪失。

修建机场近一年时间，我们一直住在自己动手建造的土窑里，土窑已成为我们女兵温馨的家，为我们避雨雪、遮烈日、挡风沙，是恢复体力、积蓄力量的能源库，是我们女兵畅谈姑娘秘密的地下室……

## 工地情怀

修建机场我们不懂技术，又没有先进的施工工具，只有凭意志、体力进行作业施工。卫校分在第四工区，首期工程是铺土方。我们女兵天天用牛皮筐担土。晴天，紫外线特别强，火辣辣的太阳晒在我们的脸上，没几天就掉一层皮；雨天，牛皮筐打湿后更加沉重，加上又是泥巴路，走起来又滑滑的，一天施工下来，不知要摔上多少跤，弄得浑身是泥。我们班是先进班，在班长、副班长的带领下，个个干劲十足。罗维同志是重庆人，尤其能吃苦，她担的筐最大，土装得最满，别人休息她也不休息。我个头不大，好胜心却很强，和姐姐们一样担大筐，铲土的同志要照顾我，我还要同人家争执一番。

施工进入中期，任务更加艰巨，停机坪需要铺石方和灌泥浆。特别是拌泥浆，劳动强度相当大，需要跳进齐大腿深的泥浆池里，用脚踩泥搅拌，其他队都由男同志拌浆，我们队只好由女同志自己承担。我们班的罗维和外班的郑刚等同志率先勇敢地跳进浆池里拌浆。我们担石头、担泥浆的活也不轻，一天要担上近百次，走几十里的路程。

在紧张的施工后期，上级指示修建部队夜里要加班加点，轮翻作业，确保机场修建按期完成，工地上运来发电机，架起了电灯照明线，整个工地灯火通明，热闹非凡。有线喇叭里不断地表扬好人好事，并播放一些鼓舞人心的歌曲。我们女兵在劳动中锻炼得更加坚强了。

修建机场近8个月的时间，我们这群女兵正是花季年华，超体力的负荷劳动，必然导致健康的损坏。就我和其他几个小一点的女兵来说，在整个修建中没有来过一次月经，但我们没有懊悔。我们白嫩的脸掉了一层又一层皮，皮肤黑了，粗了，我们没有伤心。我们为自己的付出感到自豪和快乐，什么个人的命运、得失都置之度外，一心想的就是早日建好机场保障前方部队供应，把五星红旗插在喜马拉雅山上，把边防巩固好，把西藏建设好。这也成为我们战胜一切艰难困苦的力量源泉。

## 苦中取乐

在甘孜修机场的那段日子里，我们的物质生活异常艰苦、匮乏。基本生活供给靠汽车部队长途运输，常年吃不到新鲜肉和新鲜蔬菜。为了改善生活，队里轮流派人去挖野菜。生活用水也非常困难。那时洗脸、漱口、洗脚、洗头都用驻地附近山沟里的雪水。整个工期，女兵们仅在十几里路以外的“土温泉”（自己挖的地热水）洗过两次澡，但女兵们却充满了革命的乐观主义精神，善于苦中取乐，吃饭时常谈笑风生，搞精神会餐。记得有一首“挺进！挺进！”的队列歌曲，我们把它编成“向饭锅，向菜盆，向鲜美的回锅肉大挺进！哪一位同志没有菜，欢迎你们快来打游击……”大家唱着、吃着，似乎忘记了修建机场的疲劳。为了活跃同志们的文娱生活，在大家吃饭的时候常表演节目，有女声小合唱《机场小唱》，其中有几句歌词是“修呀快快地修呀，建呀快快地建呀，机场就是战场呀，修建就是打仗。挑了一筐又一筐，挑了一筐又一筐，前方的补给有保障，前方的补给有保障……”演出小品时没有道具，就把穿的球鞋带子套在一起当手风琴拉，逗得同志们哈哈大笑，把我们的演出通通叫做“饭堂剧”。这些节目，我们还带到同一工区的一六零团驻地演出，颇受战友的欢迎。

## 在昌警机关

1958年初，我从昌都七十五陆军医院政治处调到昌都警备区政治部宣传科工作。那时我二十多岁，正朝气蓬勃，对工作满腔热情。当时领导交给我的任务是：晚上收听中央台的新闻并记录下来，第二天出快报发给部队，早上放有线广播，上午开放图书阅览室，有时周末组织舞会还参加伴奏。

那个年代，川藏公路虽然修通了，但一切物资还要靠内地运去，运输紧张，部队的物质条件还是比较艰苦。部队收音机很少，内地报纸很受部队干部、战士的欢迎。那时，部队照明都是用小型发电机发电，到熄灯号以后就不发电了，我抄收记录新闻时只能用蜡烛照明。有时记录新闻多，要深夜三四点钟才能结束。开初，我记录新闻是用稿纸记录下来，待第二天再刻在蜡纸上，加上小标题，然后由文印室以快报的形式印发给部队。为了缩短油印快报与部队见面的时间，我加紧学习刻写钢板字，记录新闻时思想高度集中，直接把记录新闻一字一字地刻在蜡纸上，留下位置加标题。第二天一上班就可把快报印好发下去。快报的刊头《记录新闻》几个字则是老报人宣传科长常超写的，遇到有特大新闻，还及时在机关院内出黑板报。

早上放有线广播，也是一件不容易的事情，天蒙蒙亮就得起床，用小型发电机发电，有时汽油上不来，还得用嘴去吸，弄得满嘴汽油，满口麻木。遇到有线广播出故障，自己琢磨着去修理，由于焊接技术不过关，竟把手指头烙上一道道伤痕。为了增加一点电工知识，我从驾驶班借来电工必读的书，抽空就自学，不懂就向内行请教。心里只有一个想法，一定要完成领导交给的任务。

有一段时间，政治部秘书毕春华患病住进医院，政治部领导要我兼做秘书工作，还接了不定期出小报的任务。小报刊登部队干部战士的来稿，介绍部队工作的经验，有时还要根据部队的任务配发一些评论、社论，这可把我难住了。记得曾有一次，政治部魏克主任要我写一篇社论，我咬着牙，两个晚上没睡觉，把社论写好交上去审查，结果通过了。社论刊出后，我心里像吃了蜜一样的甜。

1959年拉萨平叛前夕，昌都地区反动分子十分猖獗，昌都警备区机关也进入了战备状态，机关人员组成一个连队，每人发了枪，配备了子弹，每天下午进行军事演练。机关向外的围墙挖有枪眼，每个枪眼都固定一个同志负责，一有情况就守住枪眼。当时，大家晚上睡觉都不脱衣服，把枪放在枕边。有一天深夜，我正睡得迷迷糊糊，突然听到一阵急促的枪声，我翻身从床上起来抓起冲锋枪就往外面跑，天很黑，我又没经验，分不清方向，竟找不到分给我的枪眼，急得直想哭，这时在政治部一个同志的指引下，我才找到枪眼，找到了我的战斗岗位。原来这次是实战演习，虚惊了一场。有了这次教训，接连几天晚上，我都要摸黑去找分给我的枪眼，学会黑夜辨别方向。事后，我笑话自己，那次紧急占领各自枪眼的演习，倒成了我女兵生涯中参加的仅有的一次“战斗”。

# 流金岁月

闵熹

1951年4月，我们十八军卫校的女兵们，接到上级命令，到甘孜修建机场。听到这一消息后，都非常兴奋。甘孜是红四方面军长征时走过的地方，而我们现在要坐上汽车去甘孜修建机场，这是多么大的变化呀！一想到要在红军走过的地方执行这个艰巨而光荣的任务，就觉得无比的自豪和骄傲，所以卫校的女兵们个个情绪高昂，决心以吃大苦、耐大劳的革命精神去完成这一光荣任务。那时候到甘孜要坐好几天的车，坐车我闻不惯汽油味，闻到就要晕车。为了克服这一困难，我在出发前每天利用休息时间到汽车团驻地去闻汽油味，尽管闻到我就恶心、呕吐，但凭着把机场修建好的决心和信心，还是坚持天天去闻，慢慢也就习惯了。

经过好几天的思想准备和物资准备，终于盼来了出发的日子。我们从四川邛崃出发，以班为单位，坐上了开往甘孜的"嘎斯"车。一路上虽然路途艰险，尤其是翻二郎山、折多山，路又险又滑，海拔高，空气稀薄，车颠簸得厉害，我胃里难受想呕吐。有时汽车发出"呜呜"的叫声，就是走不动，我们只得下车步行一段路程，让汽车减轻重量爬上山去。尽管这样，同志们仍然笑容满面路欢歌笑语，驱散着因缺氧和疲劳带来的不适。

坐了大约五六天的汽车，我们终于到达目的地——甘孜。一下汽车，四面环顾竟是一片空地，只见远处的雪山在太阳照耀下发出耀眼的白光。晕车的难受劲还没有过去，又感到呼吸困难起来。毕竟是在空气稀薄的高原，我担心把行李搬下去就上气不接下气了，还怎样去完成修建机场的任务呢？下车后，我们就在这片空地上用每个人带的小方块雨布，连接起来搭起了临时帐篷休息，但这样不是长久之法，修建机场不是轻而易举的几天，所以刚到驻地的第一件事情就是安营扎寨，作长期打算。

1952年修建甘孜机场的女兵

第二天吃过早饭，我们就带着干粮到几十里以外的地方砍伐木头，来修建自己住的窑洞，不知走了多长路，也不知走了多少时间，才走到了目的地，女同志俩人抬一根稍大一点的木料，较小的木料一个人扛一根。开始扛上还算可以，但因气候不适应又扛着木料，所以越走越重，走不了多久就得停下来休息一次，感到路是那么远，木料是那么沉重。天渐渐地黑下来了，我们还没有回到驻地。这时先到家的领导和同志们急坏了，他们拿着手电筒来接我们，边走边喊着我们的名字，怕我们冻坏了，怕我们饿倒了。听到领导呼喊，我们高兴极了，身心一下子轻松起来。通过这件事，我们体会到了领导对我们的关怀，以及革命大家庭的温暖。

刚修好窑洞，我们就投入到紧张的施工劳动。那时虽然气候不适应，生活条件也比较差，但同志们的革命热情却比较高。挑土、挑石头没有工具，就用牛皮做成筐子，抬的抬、挑的挑，牛皮筐在晴天还好用，一到下雨，泥土和牛皮就粘在一起又硬又重，挑起来又增加了不少的重量。但大家毫无怨言，仍是你追我赶比赛着，看谁挑得多、抬得多、跑得快。由于高原紫外线强，风沙大，加之长期在露天劳动，我们的皮肤晒得很黑，脱了一层又一层，但并没有影响我们这些女兵们热火朝天地干活，为了修建好机场，就是晒黑了、变丑了我们也心甘情愿。在施工中我们每天都是起早贪黑地干，由于气候寒冷，空气稀薄，又吃不上新鲜蔬菜，很多同志因缺乏维生素得了夜盲症，晚上收工回来时看不到路，只好你牵着我的手，我牵着你的手，深一脚浅一脚的扶着走，一不小心就摔一跤。但我们并没有屈服，而是爬起来再往前走，边走边唱着这样一首歌："跌倒算什么，我们骨头硬，爬起来，再前进……"

在修建机场中还有许多令人记忆犹新的事，如早上起床，天还没亮，又没有灯照明，我们只能摸黑穿衣服和鞋子。由于在窑洞住得很挤（人挨人在一起），大家的鞋子是紧挨着放的，所以经常穿错鞋，走到工地天亮了，才发现自己左脚穿一只皮鞋，右脚穿一只胶鞋，大家禁不住哈哈大笑。为了安全，我们还要轮流查铺、站岗、放哨，当我每次查铺时都听到有同志翻身时痛得“哎哟！哎哟！”直叫。

高原的气候变化无常，时而万里晴空，时而乌云密布。我们常常在吃饭时突然狂风大作，沙子飞进了吃饭的碗中，我们还风趣地说：“上天给我们的碗中添佐料了。”

因为气候寒冷，任何时候都得穿棉衣，而我们只有一套棉军衣，在劳动中常被划破，又没有时间和布缝补，时间久了，我们棉衣外面全部扯烂了，只剩下白花花的棉花露在外面，成了“白棉衣”了。

虽然条件很艰苦，可我们却十分乐观，为了丰富文化生活，在施工中间休息十分钟时，同志们抓紧时间自编自演一些小节目，如歌曲、快板、舞蹈等，在吃饭时演出。我们将这些节目称为“饭堂剧”，还经常唱着五十二师先遣队到达甘孜后为战胜粮荒时创作的歌曲《甘孜一月》：“不能忘呀那个不能忘，甘孜一月永远永远记心上，我军一来到，仓库空空没有粮，千山万水补给难，飞机空投接不上。藏民生活苦，我们过灾荒，挖野菜，打柴禾，捉田鼠，捕麻雀，满山遍野忙，大家喜洋洋。田鼠麻雀保健康，吃不完的野菜晒干当存粮，为了早日进西藏，修公路来修机场，不顾腿软眼发黑，又造车来又编筐，藏民齐欢唱，解放军来了拨开乌云见太阳。”

在几个月的修建中，我们没有星期天和节假日，由于缺乏燃料，没有洗过一次热水脸，也没有用热水洗过头，日常用水全是山上流下来的雪水，我们洗澡是到很远的“温泉”挖一个坑，周围用方块雨布围起来，在里面洗，外面还站岗。就这样来解决个人卫生问题。

我们奋战了 8 个月，终于完成修建机场的任务。在如此艰苦的环境中，我们靠什么战胜困难完成任务的，一句话：靠的是革命的理想，靠的是建设新中国的豪情壮志。

# 进藏路上两件事

赵克勤

1950年，我和我的一批同学走进了军营，成了光荣的中国人民解放军战士。女兵生涯虽然短暂，却给我留下了难忘的回忆，特别是进军西藏的那段峥嵘岁月，更让人难以忘怀。

## 采野菜

1951年初夏，我作为一名新中国的女战士，响应党的号召，加入了“进军西藏，建设西藏”的行列。

越深入西藏高原腹地，越是天寒地冻，空气稀薄，人烟稀少。由于交通不便，后勤补给很困难，新鲜蔬菜无法供给。一天傍晚，收工回营地，我们几个年轻的女兵迎着金灿灿的落日余辉，蹦蹦跳跳地在山野旷原中采摘野菜。此时，我们是凭着对家乡能吃的野菜种类的记忆，去寻找采摘的。

当我正埋头采摘一种野菜时，忽然听见耳畔传来柔柔的话语，我抬头一看，一位背着水桶，慈眉善眼的藏族老阿妈站在我身边。她指着那野菜，嘴里不停地说着什么。我听不懂，她急了，连比带划，见我仍然没有反应，她放下背上的水桶，做出弯腰捂肚状，进而蜷缩倒地，然后又站起身来，指着那野菜连连摇手。

哦，我明白了：那野菜有毒，不能吃的！

我把采到手的毒野菜甩得远远的，老阿妈点点头，笑了。老阿妈弯下腰，倒掉了桶里的水，走到我的前面，采摘起野菜来，一边摘，一边示意我什么样的野菜能吃，什么样的野菜不能吃。

约两个小时过去了，落日的余辉已收尽，老阿妈采了满满一桶野菜，她把这些野菜分装在我们几个女兵的军用挎包里，向我们摆摆手，背上水桶向大山深处走去。

晚饭，我们大家嚼着虽然缺油盐但却清香无比的野菜，眼前总是晃动着老阿妈的身影，耳旁老是响着老阿妈柔柔的话音。多么慈祥的老阿妈！多么善良的藏族同胞！

## 炊事员

进军西藏时，我所在的十八军卫生学校二中队有一位炊事员，姓陈，什么名字我已记不清了。他圆圆的脸庞上总是带着笑意，对人也总是善意有加。他四十多岁了，却目不识丁，这似乎成了他的一块心病，为此他总是抽空用心识字学文化。

在宿营后的一天中午，他神秘地把我叫到伙房，拿出了三双手套，他说他想很快学会看书写字，好给家里写封亲笔信，因此愿意把手套送给我，让我教会他 1000 个字。他说，手套是部队发给他劈柴用的，他舍不得用，都积攒下来了。他面带善意和难言的诚实，说道："我们订个君子协定，一个悄悄地教，一个悄悄地学，到时候，要让大家吃一惊，我老陈能写许多字，能写家信了！"我望着他那皴裂粗糙的双手，点头同意了。那时不懂事的我也收下了手套。

于是，我俩抽空常在一起教学。他的努力使他识字的进度很快。两个月后的一个夜晚，我外出归队很晚，老陈找到我，把我叫到伙房，拿出四根油炸麻花，说道："一人两根，我的那份也给你。"我说那可不行。他打趣道："油烟子都把我们这些炊事员熏腻了，不想吃油的东西。"接着他正二八经地说："不说闲话，报告老师，我数了一下，我已经能认、会写 200 字了！再有两个月时间，我们就可以完成任务了。"听了他的话，我高兴得跳起来，径直回营房与战友们分享脆酥酥的油炸麻花了。

令我至今后悔不已的是，在后来的两个月里，由于我的年轻贪玩（当时我还不满 16 岁），致使老陈的识字速度放慢下来。老陈也曾着急地催过我，可我却没有当回事。

又是一个月后的一天，不幸的事情突然发生了：老陈和另外两名炊事员返川执行任务，乘车翻越折多山时，突遭车祸，不幸遇难。噩耗传来，群山为之哭泣，大家为之悲痛，我更是哭泣不已，冲着灰暗的苍穹哭喊道："我的好战友啊！你为什么走得那么突然？我们的任务还没有完成啊！"

后来，好几次随队翻越折多山，路过老陈他们出事地点时，我总是在心里默默地呼唤："老陈！快回来吧，我来为你补课了，我们一起来实现你识字的奋斗目标！"

可是，山无回声，岭也无语……

# 在日泽乡的日子

宋尔怡

1959年西藏平息叛乱之后，经过民主改革，广大藏族农牧民翻身获得解放。为了进一步提高藏族人民的政治觉悟，1965年对全区翻身农牧开展“三大”教育运动（即：阶级教育、社会主义教育和爱国主义教育）。在这次“三大”教育中，我先后在山南地区的泽当、桑日两次参加工作团，深入农牧区和藏族人民群众实行“四同”（同吃、同住、同劳动、同商量），给我留下了深刻的回忆。

1965年3月，我在乃东县泽当乡参加了第一期“三大”教育工作团。接着，又参加了在桑日县日泽乡的第二期工作团。1965年12月19日，我们从泽当出发，搭乘汽车经过4个小时之后，又携带着自己的生活用品，在崎岖的山路上步行了6个小时，才到了桑日县日泽乡。这个乡坐落在山顶上，“日泽”的意思是：早晨的太阳出来首先照到山上，最后离开山顶。根据教育工作团的要求，我们住进了较贫苦的农牧民巴桑次仁的家，并和他们一家同吃、同住、同劳动，晚上便组织群众学习党的方针、政策，进行爱国主义教育。我们这个工作组有4人，由我负责，达娃拉姆担任副组长，另外两位也是藏族同志，大家在一起非常团结，相互帮助。在藏区和藏族群众实行“四同”，对我这个出生在内地的汉族女同志来说，确实碰到了很多意想不到的困难。首先是生活饮食习惯极不适应，糌粑、酥油、生牛羊肉，青稞煮禾麻（一种野菜，碰到人身上就起泡，非常痛），我一咽下去就吐，当初不要说吃不下去，闻到那种熏人的腥味，就使人翻肠倒肚。即使这样，为了生存和工作，也要强忍着吃下那些食物，回想起来那种滋味至今令人难忘。当时群众的生产劳动全在山坡上，运送肥料、劳动工具等全靠人工肩挑背扛，爬上爬下，每天体力消耗都很大，我们清晨带着糌粑和青稞酒上工，中午不回家就地简单垫垫肚子。有一次在背运肥料上山时，我不慎把腰扭伤了，因我 1964 年 8 月刚在拉萨动过手术身体还没有完全恢复，致使腹部受到损伤，这以后便经常腹痛，经血不止，后来回内地在上海又做了第二次手术。

日泽乡的群众常年居住在山上，也没有洗澡的习惯，加上当时的条件所限，我们几个月没有洗过一次澡，由于高强度的劳动出汗多，生了虱子痒得难忍。我每月都要到工作团大队部去汇报一次工作，大队部就设在另一个山坡上，但一上一下却要走两个多小时的山路。每次去之前，藏族群众都关心地告诉我："这里山上常有野兽活动，要小心警惕。"工作队虽配有枪，但我一个女同志单独在山里行走，心中不免有些害怕，万一真的碰上野兽怎么办？有时只能自己给自己壮胆鼓劲，强打着精神来回穿梭在山涧之中。

日泽乡有五十多户人家，大多是过去领主的"差巴"，生活异常贫苦，以前他们受领主支配给别人当奴隶，反而认为那种当牛做马的生活是神的旨意和佛的安排，不懂得什么是阶级压迫和剥削等基本道理，经过民主改革、三大教育之后，使他们懂得了共产党、解放军才是他们翻身解放的救命恩人，汉藏人民是一家，劳动时总要唱着"北京的金山上光芒照四方，毛主席就是那金色的太阳……等歌曲。过去他们从来没有看过电影，一次工作队给他们放电影，牧民们听说后竟走了 6 个小时的山路来看电影。以前生病就去拜佛，而不治疗，不少人小病拖大，不治而亡。我们工作队来了之后，从团部带来不少常用的药品，每当群众患伤风感冒、头痛发烧、肠胃不适等小病，我就给他们服药，开始他们不信并产生疑惑，但吃药后效果非常明显，经过大量的事实和宣传教育，后来他们只要有病就来找我，也不再忌药避医，并称我是"宋安姆啦"（即宋医生）。

我先后参加了两期"三大"教育工作团，当我们离开日泽乡时，藏族群众拉着我们的手，依依不舍，并要求我们以后再来日泽。

# 在革命熔炉里经受锻炼

冉荣德

1951年初，我在重庆高滩岩西南医院报名参加了抗美援朝医疗队。5月23日《和平解放西藏办法的协议》签订了，上级重新分配我参加支援解放西藏的医疗队，原有13名队员，出发时只10名队员（男6名女4名），女队员周幼兰、吴旭静、袁旭筠、冉荣德。援朝援藏两个队同时出发，西南局、西南军区、重庆市组织了空前热烈和盛大的欢送会。我们队员都胸戴大红花，站在彩车上缓缓前行，前后是欢送的彩车和腰鼓队伍，锣鼓喧天，载歌载舞，街道两旁的群众拿着小红旗和花朵挥手欢送，那歌声、口号声、掌声此起彼伏，场面极为感人。同时还有队员的父母、爱人、朋友，他（她）们脸上带着期望的笑容，也融合在欢送的气氛里。这时我们队员们愉快地高声喊着口号，“抗美援朝，保家卫国”“解放西藏，建设边疆”，唱着当时流行的苏联共青团之歌：再见吧！妈妈！别难过，莫悲伤，祝福我们一路平安吧！……当时我脑海里还想着市里、军里、院里领导的讲话。在报名时我就已下定决心，要全心全意为人民服务，要到祖国最需要、最艰苦的地方去锻炼，要吃大苦、耐大劳、不怕牺牲，为解放西藏巩固边防，为开展西藏的卫生事业贡献自己的一份力量。

## 进藏之路

1951年6月，我们医疗队到达新津，即编入十八军卫生连队，同时出发的还有北京科学考察队。我们在新津分别乘坐十几辆军用卡车，车厢里的歌声、笑声、啦啦队声响彻云霄和山谷。翻过二郎山、折多山即进入了高原地带。当晚我们就宿营在折多山的兵站和一座庙里，这里是十八军的司、政、后勤各机关进藏的第一个驻地，也是成都到甘孜公路的终点站，凡入藏人员一般都要在这里休整1个月。为了适应高原气候和徒步的需要，我们每天早晨军训，进行负重训练，如背米口袋，背行李，先在平地走，然后爬小山、大山等。下午安排学习党的民族政策、宗教政策以及整顿军风纪律，上级还安排参观寺庙，见活佛、土司，还给上层官员治病等。

从甘孜到昌都我们开始步行，从重庆出发上级给我们队中灶（团级）待遇，每人配一匹马，还有一位警卫员照顾我们队员行军生活，那时在青海买马，价格昂贵，所以当时口号是“上山不骑马，下山马不骑，平路牵马走”。第一次给我一匹小白马，很漂亮，性格又温顺，可惜在我出发的第二天就丢失了，这是因我受寒饮食不当，到宿营时，全身乏力自顾不暇就地休息了，警卫员只卸下我的行李没卸下马鞍，就将马赶入马群吃草而丢失了，上级令我写检讨并说一位战士丢马如同丢枪，当时我觉得很委屈。后来又调给我一匹小黄马，它也十分乖巧，它是我行军的好伴侣，我非常爱护它。

我们每天都重复着上山、下山、宿营（搭帐篷）。有时偶尔碰见藏族同胞，我们就问：老乡！老乡！这个山有多高、路程多远。老乡回答：这不是大山，是个“坡”。好一个山坡呀！我们走了一天还没到达山顶，有时还只好宿营在半山腰，遇上恶劣天气有大雨和冰雹，气温在零下15度以下时，早晨起床被子和帐篷都冻在一起了，吃过早餐或步行时我们的身子才暖转过来。经过这段行军，我们再也不问老乡了，我们只管大胆地往前走，抵达拉萨后才知道，我们共计爬了十多座大山，虽说我们不是登山运动员也胜似登山队员了。

## 同志，你走错路了

从甘孜出发第五天的下午3时许，全队在一块大草坪休息半小时后，我为了不骑马或少骑马，将马交待给警卫员，转身又告诉旭筠和旭静说：“我先走了。”临行前我还高兴地唱着：再见吧！同志！别难过！莫悲伤！祝福我一路平安吧！我独自往一条岔路走了约两里多路程，仍不见大队到来，不一会来了几位测绘工程队的同志，我便请求其中一位比我年长者、中等个子的四川老乡，陪我在路边的大石头坐下来等大队到来。时间过得很快，大约1小时，其间有三批牦牛队从我们身前走过，仍不见大队伍过来。我们又等了片刻，工程队长和几位队员过来告诉我说："同志！你走错路了！这是牦牛运输路线，你们大队是走另一条路线呀！"这时已近傍晚，我表面冷静，心里却怨恨自己。工程队长立即安慰我并主动提出要护送我回兵站，我们刚起步不远，就听见远处有说话声和马蹄声传来，多么熟悉而又亲切的声音。果然崔静洲、王建阁正副队长走到我身前，并问"冉毛（我的小名）你可好吗？真急坏我们哩！"两位队长感谢工程队同志对我的关怀和照顾。后来我们队到达昌都时，还通过昌都分工委书面表扬了工程队的同志们。因这时夜幕已经降临，我们三人快马加鞭，急驰在崎岖的山路上，约两小时到达了大队宿营地，全队同志都高兴地迎过来安慰我，旭筠和旭静我们三人拥抱在一起都哭了起来。告别父母时，我都没流眼泪，这是进藏后我第一次流泪呀！此时此景我才体会到人世间最珍贵的那一片真情和爱心，并亲身感受到同学情、朋友情和"同志"这两个字的真谛和含意。

## 雄伟的布达拉宫，难忘的拉萨

1952年的夏天，布达拉宫里一位高僧患病，特邀我院的崔静洲、王鼎琴二位院长出诊，我和旭静也同时去了，看完病后，有位上层官员和另一高僧陪我们参观了五世和十三世达赖灵堂（塔），灵塔耗用许多黄金、白银、黄铜和珠宝、钻石及黄绸制成，灵堂显得华丽但又古朴而庄重，殿内有高大的唐卡，长长的壁画和常年不灭的酥油灯。堂内有僧人叩首念经，但殿内很安静。那时布达拉宫没有电灯，只有从小窗中透出微微阳光，所以里面漆黑，路也不平，我们好似钻进了地道和迷宫一样，能让我们两位女子看灵塔，我想也是有史以来的第一次吧，所以我们非常高兴。在回到四层楼墙上，俯瞰拉萨河谷、拉萨河水、拉萨古城市容和远处终年不化的雪山都尽收眼里，十分美丽，空气新鲜，真使我们心旷神怡。我和旭静在墙边拍了一张小照。

那天我们只能粗略看看，听说布达拉宫库存有许多经书、佛像、唐卡、法器，还有历代皇帝赐给的印鉴、金册、玉册以及各种藏文版本为主的书籍等，数量之多，范围之广，是难以说清楚的，真是当之无愧的历史博物馆。

## 创建拉萨人民医院

1952年9月8日拉萨人民医院宣告成立，在成立大会上，军区首长及西藏地方政府代表都作了热情洋溢的讲话。党中央和毛主席对西藏人民十分关怀，决定对西藏实行免费医疗，不论门诊、出诊、住院都一律免费看病和治疗。毛主席又说：入藏工作要做三件事，就是看病、做买卖和统一战线。我们医务工作也是统战工作的重要组成部分，医院又是建立民族友谊的窗口，我们深知肩上的责任。我们遵照指示，一面宣传党的民族卫生医疗政策，一面开展医疗工作，全心全意、千方百计地为藏胞治病防病，把医疗工作做到万无一失，这种做法很快就扩大了影响，深入人心，当时西藏工委向西藏上层人士提出办学校及其他事业，他们均表示反对，唯有办医院，首先得到他们的同意。

我们很快开设了门诊。门诊、出诊任务都很繁忙，对上层人士以及他们的家属都一律出诊去家里看病接生等。新医院成立后，设病床50个，门诊有内、外、妇、儿、五官科和皮肤科，大都能按专业分配工作，当时各路进藏医疗队都集中在拉萨等待分配，医院第一任院长是张学彬，副院长董光、崔静洲，工作人员有孔宪云、王鼎琴、徐乐天、李春兰、王传文、任华林、李光、董全增、高伦、刘国宾、王淑挂、谢成范、林西鹤、陈济冉、陈厚诚、陆宗琼等，他们大都是北京医学院毕业的，还有药剂师、检验师、护士等……眼科陈大夫，在门诊和病房开展一百多例白内障手术，病人重见光明，他在藏族患者中威信高，影响面大，为此刘国宾大夫还编写《重见光明》短剧，由本院吴景春同志主演，在拉萨市上演后，得到医院领导的表扬及同志们的热烈欢迎。

医院成立后，虽有病房，但门诊工作仍是重点，我担任门诊护士长，我的办公室既是器械供应室又是门诊手术室，屋顶墙壁覆盖上布，拉上布帘子，室内消毒后就做手术，我们为病人做了几百例手术解除了病痛之苦。作为护士长，哪里有事，哪里最脏，我就在哪里协助工作。我坚持每天上午在皮肤科门诊，协助一位男护士取血打肌肉针等，这里是性病、麻风病人集中的地方，诊室不大，看病治疗都在一个屋里，消毒隔离条件又差，空针需煮沸消毒，再给病人肌肉注射。就这样我们在陈济冉大夫指导下，作了上千人的科研和防治工作，深受病人的欢迎和喜爱。

我记忆中一位藏族青年患“肺脓病”，显得十分虚弱，经过门诊胸腔穿刺抽脓和注射青霉素等精心治疗了一个多月，病愈后他不愿离去，要求在医院里当工人。后来上级决定送他回内地学习，成了一名藏族干部，这样的例子很多很多。

虽然那时物资极为困难，医疗器械、药品也很紧缺，但我们医务人员同心协力，坚持为西藏人民治疗并抢救了许许多多危重病人，所以我们深受广大藏族人民的爱戴，每到一处，他（她）们都伸出大拇指叫医生好，我们上街时穿军装，他们叫我们解放军医生好！这是西藏人民发自内心的爱，他们热爱共产党，热爱毛主席，热爱解放军，热爱人民的医生。

# 挺进西藏

黄静

1950年年底，团总支号召青年报名参军，一是抗美援朝，一是解放西藏。我当时在甘肃天水的一所干部训练学校任校团支部书记，积极带头报名参军解放西藏。那时的年轻人把到边疆去对到艰苦的地方去作为觉悟高的表现。今天回想起来，我之所以走上进藏工作的道路，也是当时那个时代所形成的一种革命机遇。

## 练习骑马登山

1951年年初，我随天水报名参军去西藏的一批人员（大约有二十多人）到达兰州，向西北军区政治部联络部报到后，很快我们就开始了进藏的体力和技能训练，主要是登山锻炼和练习骑马技能。我们的生活是军事化的，临时组建了班、排、连。每天早上5点多起床，整队去爬山。那是皋兰山的一部分，山顶海拔虽不到2000米，但山体陡峭，沙砾小道又陡又滑，向上攀登十分吃力，有时会感到头晕恶心，心跳气闷，每向上前进一步都要付出很大的力气，这对我从小在城市生活，从来没有爬过山的人来说，确实是一种不小的考验。但那时年轻气盛，再苦再累再险也要坚持上。为了适应高原气候，克服高山反应，胜利进军西藏，帮助西藏人民，现在多跌几次跤，多流几滴汗，也是值得的。在登山训练中，不少人摔倒后手掌擦破了皮，被山上的棘刺划破了手、脚，大家还是斗志昂扬，互相嬉笑着加油鼓励，顶着困难，苦练本领。

每天下午2点至6六点之间，是骑马技能训练时间。由于我们中间许多女同志都和我一样，不要说骑马就连马缰绳也没有摸过。教我们骑马的教练了解到这种情况后，想出了一个绝招，把练习骑马的场地选在铁路路基大开挖地段已开挖平整好的壕沟里，底面有十多米宽，表面是平整松软的沙土，两侧是约两层楼房高、70度左右光滑的斜壁。把马牵进这壤沟，它只能照直向前跑，撒不了野。这段壕沟约有两千多米长。开始时牵来的马都是经过骑兵训练调教好的战马，脾气温顺，听指挥，大家骑得很顺当很开心。在基本学会了上马下马和用嚼口指挥控制马之后，换来了一批性子比较烈的马，生人到跟前，立即摇头嘶鸣，不听使唤。教练总是先抓住嚼口把人扶上马鞍，再放开嚼口。初学时，有不少同志被摔下来，幸好地面松软，没有人受伤。被摔的同志爬起来揉揉腰腿，又上马去练。这样练了三十多天，基本掌握了骑马的基本技能，大家情绪高涨，胆子大了一点，不少同志开始纵马奔跑。

## 抢过诺木岗山

1951年7月，我们从兰州出发，乘汽车到达青海省的香日德。那时从青海省会西宁市到香日德没有正式公路。我们坐的大卡车在坑坑洼洼的土路上颠簸前进，后面尘土飞扬，有时汽车熄火了，我们下车推它，走走停停，推推走走，百多公里的路程，走了一整天。到达香日德时，我们都是满脸满身的尘土。大家逗乐说我们成了真正的“土”八路。在香日德给我们分发了行军装备，分配了马匹，两个人三匹马，各人骑用一匹，俩人合用驮行李的一匹，大家都十分爱惜自己的马。8月上旬，领导到了香日德，向我们宣布了部队番号是“中国人民解放军第十八军独立支队”，进行了行军序列编队，我被分配在民运部。8月28日，独立支队全体人员从香日德出发，开始了进藏行军。在行军途中，我被临时指定担任支队政委慕生忠同志的秘书，我们民运部的6个女同志，6个警卫战士，由慕生忠直接率领，宿营时共住一顶大帐篷，一边男同志，一边女同志，这十几个人是一个整体，单独行军，单独宿营，没有完全随大队前进。大家开玩笑地说，我们是独立支队的独立支队。

我们的行军路线按照特聘的藏族向导的指引，基本上是沿着柴达木盆地南部边沿前行，气候温和，途中多次经过小块的沙漠绿洲，水草丰茂，是放牧牲畜的理想草场。宿营后马匹可以吃到足够的草，基本上能保持原来的膘情。第二天行军，马的气力很足，跑得很轻松。可是好景不长，从香日德出发的第 4 天，来到一个叫诺木岗的山脚下，我们要翻过的山口最高点海拔在 5500 米以上，据说山顶瘴气很浓，人要晕，马要乏。为此，当天晚上独支司令部发出了抢过诺木岗的号召，给每个人员发了大蒜、香烟，给每匹马发了一个大口罩布袋，里面装了香草等药品，以防瘴气。诺木岗不仅山口海拔高，山体坡度也很大。我们牵着马一步一步艰难地向上爬，走了还不到 1/4 的路，我的马不断地打响鼻，走不动了，人也疲惫不堪，向前走三四步，就大口喘气，全身无力，只好坐下来稍加休息再接着向上爬，就这样走走停停，一路气喘吁吁的向上攀登，到达山口最高点时已是晚九点多钟，从出发到山顶整整用了 16 个小时，山顶瘴气很浓，大家无不感到头晕目眩，天旋地转，尽管人困马乏，但不敢久留，稍加休息，便急匆匆地向山下跑，随着高度降低，氧气增多，人畜都慢慢恢复正常，头不太晕了，也不大口喘气了。这时我想到所谓瘴气，实际上是高山缺氧的反应。当晚我们宿营诺木洪。这里是柴达木盆地南沿的一大块绿洲，气候温暖，草木特别茂盛，丰美的牧草有的长得一尺多高。在这里经过一天一夜的休整，基本上恢复了过诺木岗时消耗的体力。

## 巧过沼泽地

在黄河发源地之一的星宿海地区，我们又经受了一次严峻的考验。这里上百公里的地段，全是沼泽地。表面上看似乎在沙滩上长着一丛丛的水草。实际上那些沙滩全是稀乎乎的泥沙水坑，在太阳照晒下泥沙表面结了薄薄的硬皮，人马踩上去立即陷进泥沙中，越动越向下沉，只有踩着草墩跳跃式前进，才不致陷下去。为了能安全行进，我们全部牵着马，绕来绕去尽量寻找有草墩的地方，快速前进。有时马的一个蹄子踩在泥沙中，如不快速拔出来很快就会淹没在一二尺深的泥沙中，不论人马都必须是快速行军，不然腿会越陷越深。进入这个地带不久，前边传来消息说有的马和驮东西的骡子陷进泥沙中拔不出来，转眼间只剩下头在外面。听到这个消息，我们更加不敢怠慢，更加小心，一边行进一边观察着前面草墩的分布，选择有草墩的地方走。有人喊出了顺口溜说："瞅准草墩子，巧妙迈步子，左右绕弯子，蹦跳像兔子。"这形象地说明了在沼泽地行军的艰难。

## 抢渡通天河

9月21日，我们到达长江上游主河道通天河北岸。当时不理解为什么叫"通天河"，但是向上游望去，真有滔滔江水天上来的感觉。通天河的名称可能由此而来。我们选择的渡河地点距当年唐僧师徒晾晒佛经的"晒经滩"不远。我们面前的通天河巨浪翻滚，响声震耳，据说最深处有20米，其他地方水深一般在5至10米之间，骑马渡河完全没有可能。渡河的工具主要靠临时赶制的木筏子和牛皮筏子。我们这个小分队的人坐在木筏子上，马在河水中，人拉紧马缰绳，马头露出水面，马身在水中泅渡。由于河水流速太急，筏子只能顺水势斜着向对岸飘驶，而且由于筏子周围有马浮水的拉力，遇到大浪、漩涡时，筏子在水中转圈，前进速度很慢，颠簸很大。我们坐在木筏上的人头晕眼花，不大敢向河水中看，唯一能做的事是使劲拉紧马缰绳，不让它们的头淹在水中。就这样我们足足花了一个多小时的时间，才幸运地到达对岸，是第一支到达对岸的小队。全支队抢渡通天河整整奋战了15个昼夜。在这次与大自然的搏斗中，有8位同志献出了宝贵的生命。其中有一位年仅20岁的藏族同志，主动请缨，骑着头马引领二百多匹马泅水渡江。他只穿一条红色短裤，两腋下捆绑着两个冲了气的羊皮袋，真有点"闹海哪吒"的模样，英姿勃勃。只见他一手提起马嚼口，策入人江，岸上的同志们吆喝着近二百匹马紧随头马之后，泅向江心。快到江心时水急浪大，那头马几次要回头，都被他控制住一直泅向对岸，后面还有二十多匹马也跟着泅向对岸，其它马快到江心时都自行泅回岸边。始料不及的是几次指挥头马上岸均未成功，最后人困马乏，顺江水向下游飘去，渐渐就不见了踪影，跟随其后的二十多匹马不久也被江水吞没了。那位藏族的英雄儿子，为了家乡同胞的解放，献出了年轻的生命。

## 抢过唐古拉山

我们从通天河岸出发，经过半个月的行军，于10月下旬到达唐古拉山的北麓，这里海拔在4500米以上，空气已很稀薄。坐在草地上也需要大口大口喘气。再向前走进唐古拉山中，海拔更高，我们行军的路线一直在海拔五千多米的高度，走起路来脚下轻飘飘的，地面好似铺了一层棉花，这是高山反应的表现。这时青藏高原已是隆冬季节，唐古拉山地区的天气变幻莫测，往往是一阵大风吹过，朗朗晴空中立即乌云压顶，大雪纷飞。如果突然出现一场大雪，就可能厚雪封山，马匹没有草，人不能步行前进，被困在山中。为了防患于未然，避免陷入困境，独支司令部发出了紧急动员命令，要求党团员带头，不怕苦不怕累，以冲锋陷阵的战斗精神，连续快速行进，抢过唐古拉山。为此我们每天行军十多个小时，而驮运粮秣的牛队和骆驼队的行进速度赶不上来，粮食供应减少了，草原牧草也已干枯，马匹吃不到足够的草，出现了人困马乏的艰难局面。但大家靠着一种精神力量，忍着饥饿，冒着零下二十多度的严寒，强行军7天，终于安全翻过了唐古拉山，到达西藏最北边的聂荣宗境内叫格让马的大草原上。这里海拔仍在4500米左右，由于地处唐古拉山南麓，气温相对较高，水草丰茂。我们在这里休息一天，人员和马匹的体力得到了一定的恢复。从格让马出发，继续向南前进，随着海拔逐渐降低，气温有所转暖，高山反应也减轻了。以后几天的行军比较顺利，于11月4日抵达黑河。

## 黑河休整

黑河是西藏北部重镇，西藏地方政府在这里的办事机构是“北部总管府”，派有一僧一俗两个四品官担任“藏北总管”。我们到达时，两个总管率总管府的全体官员和一些牧民群众举行了欢迎仪式。我们在镇外草滩上搭起了一座“帐篷城”。各单位的帐篷围成一个方阵，中间有一座可容纳上百人的大帐篷会议厅，会议厅门口用帐篷杆子接扎的旗杆上升起了五星红旗。这是在藏北草原上升起的第一面五星红旗，标志着黑河镇已经和平解放。在黑河共休整10天，10天中，我们一方面积极开展统战工作和群众工作，向当地群众散发画报、领袖像、《十七条协议》等宣传品；一方面组织进藏人员学习《十七条协议》和《入藏守则》等，为进驻拉萨作准备。

## 夜半突击行军

11月15日，我们从黑河出发向拉萨行进，这时人员、马匹的体力已完全恢复，行军速度大大加快了。加之海拔日渐降低，大家都鼓足了干劲，争取早一天到达拉萨。可是又遇到了一次有惊无险的麻烦。11月18日我们预定的宿营地是一个叫做拉隆朵木的地方。我们到达时已是下午5时左右，这里是一片夹在两山中间比较宽阔平坦的地方，地面是灰白色，右边的大山到处冒着青烟，那青烟上升到半山腰变成白色的云雾，飘浮着向山顶移动，山顶被云雾遮住，看不清有多高。真是深藏云雾缭绕处，难见此山真面目。我们搭好帐篷，支起炉灶，放开马匹。忽然间山上青烟滚滚，在发出闷雷般的隆隆声的同时，山坡上大小石头裹在沙土中滚滚下落，整个宿营地颤抖起来，锅里的水晃出来浇灭了火，那些正在吃草的马匹发出悲哀的嘶鸣，四蹄朝天仰卧在地。这时我们才回过神来，意识到发生了地震。我们抓紧时间做好饭，狼吞虎咽地吃完晚饭，进入帐篷和衣钻进被窝入睡了。半夜，更大的地震发生了，闷雷般的隆隆声越来越响。这时司令部传来紧急集合的号声，各单位的哨声也同时响了起来。我们一跃而起，快速地收拾好自己的行装，几个人齐心协力拆帐篷，几个人牵马，很快投入了夜行军，经过6个多小时的急行军，总算走出了地震区。经过一天的休息，消除了夜行军的困倦，第二天大家又振作精神，向拉萨前进了。

## 拉萨会师

1951年11月27日，我们到达拉萨东郊。十八军参谋长李觉同志和十八军司令部及有关部门的领导同志专程来这里迎接和慰问我们，使我们感受到革命大家庭的友爱和温暖。

12月1日，同样是湛蓝的天空，万里无云，强烈的日光穿过透明的空气照射在大地上，到处暖融融，拉萨向我们展示着“日光城”的真实风貌。我们都穿上了一直没有舍得穿的崭新的呢子军装，轻装骑马，排着整齐的队列，举行了盛大的入城式。当我们来到琉璃桥时，中央人民政府驻藏代表张经武、十八军军长张国华、政委谭冠三等首长和一些部门负责人以及西藏地方政府的噶伦等官员、部队和群众隆重欢迎我们。至此，我们行军三个多月的进藏旅程画上了圆满的句号，等待我们的将是团结西藏各阶层人民，为贯彻执行《十七条协议》，执行党的民族政策、宗教政策、统战政策和其他各项政策，保卫和建设新西藏的更漫长、更艰苦的征程。

# 顽强的于俊娥

董宏侠

于俊娥同志于1948年在老根据地沂蒙山区沂水县参军。她1米68的个子，是一个工作积极、性格直爽而又能吃苦、经得住摔打的同志。她在西藏岗托兵站翻晾“仓库”米面时，“仓库”坍塌，被砸成重伤，在缺医少药的情况下，她强忍着疼痛，顽强地战胜了病魔，并在6个月后生了一个男孩“小岗托”，创造了高原上生命的奇迹。

参军后，于俊娥在山东张海第三野战军第一后方医院，为从淮海战役中转来的伤病员清洗伤口、敷药，渡江后她来到第二野战军后勤卫生科，以后经多次调动，到了二野后方支援司令部雅安办事处，给进藏部队运送粮食、被装。她曾一次扛3袋大米（每袋50斤），汽车部队都知道她是出了名的大力士。1951年4月，十八军在西藏岗托建兵站时，于俊娥同志是卫生员，因工作需要，她便在兵站工作。由于她工作任劳任怨、埋头苦干，先后立二等功一次，三等功一次。

岗托坐落在西藏金沙江西岸。这里是个气候较宜人的河谷，背后山上的树木郁郁葱葱，有野樱桃、桃子等果树，金沙江弯弯曲曲的由北向南流淌，江边是一块青稞地。兵站借住在北边头人的房里，周围有十多户人家。

由于公路尚未修通，物资运输全靠牦牛，在兵站堆积如山的物资很难运到前方去。于是沿江河岸搭起了一个没有门的临时“仓库”，堆放暂时运不出去的物资。

“仓库”宽40米，长60米，高5米，以树干作柱子，上面盖着树枝，墙用土块垒成。“仓库”前靠江，背靠山，后高前低。因要对存放在里面的米面拆包翻晾，1951年10月初的一天，兵站机关几十人都在里面忙碌。大家干得正欢时，忽听靠江边方向的同志喊：“仓库塌了！”说时迟那时快，只见“仓库”向江边倾斜，前边几个同志刚跑出去，喀嚓嚓的巨响，把在“仓库”右边的于俊娥同志砸在里面。一根粗木梁连同树枝、泥土重重地砸在她身上。跑出去的同志们迅速跑回来，七手八脚地清除压在她身上的堆积物，当找到于俊娥时，她的军帽不见了，头发散乱地遮住了脸，满身灰土，已经昏迷过去。接着，她被同志们抬到卫生所。在清洗血肉模糊的脸时，同志们才看清她脸左边嘴下颚鲜血直流，砸出一个长 2 寸的口子，鲜血染红了衬衣、毛衣，右小臂被砸裂的口子足足有 5 寸长，鲜血还在汩汩地向外流着；当同志们翻看她的腿时，裤子已被砸破，骨盆、两条腿青一块、紫一块的，脚上穿的军用胶鞋已不知去向，脚趾被砸的又乌又肿。她毫无知觉，只有心脏微弱起伏地跳动。

过了约半小时，于俊娥终于睁开了双眼，但四肢已不听她的支配，伤痛使她浑身大汗淋漓。

兵站的医疗条件差，既没有缝合伤口的缝合线，也没有止痛药，更没有医疗器械进行检查。到甘孜去吧，当时公路又不通，有雀儿山等数座高山、湍急的河流阻隔，数百里的路程，抬担架要走半个月，还要忍受缺氧的高山反应。同志们看着她苍白的面容，听到她痛苦得呻吟，都伤心难过，恨自己爱莫能助。

左下额被砸裂的伤口影响于俊娥进食，只能吃点温热的流汁：右小臂砸断的肌肉向外翻着，细流似的向外渗血，因为没有缝针，稍不注意碰着了，鲜血还会大股、大股地向外流，还有那被砸伤的骨盆像冻坏了的紫茄子，更是摸碰不得，恼火的是要一直躺着，连坐都不能坐，坐起来上半身的重量都压在骨盆上，更加重了疼痛。整天躺在床上，还得忍受巨大的疼痛折磨，没有食欲吃不下饭，也不敢喝水，但为了身体，还是得少吃，少喝一点，就这样肚子还胀得鼓鼓的，十来天就得灌一次肠，缓解严重的便秘。

要命的是于俊娥当时已怀孕三个月，所幸没有流产。为了自己、为了尚未出生的孩子，她痛楚难耐地忍受着。

进藏初期物质条件极差，有时米面供应不上，就吃糌粑，当地没有青菜，吃的是经长途运输，被揉搓成末末的脱水菜。像于俊娥这样的重伤员，极需营养，但没有条件，也和大家一样吃的是大锅饭。站上的领导、同志们关心她，但实在想不出别的办法照顾她啊！

痛苦的冬天过去了，拖着全身伤痛的于俊娥，在床上躺了3个月后，迎来了1952年的初春。她终于以顽强的意志、青春的活力，在领导、同志们的关心、鼓励下，拄着双拐下床了。才下来两条腿没一点力气，头重脚轻，像小孩子学走路似地东倒西歪。右腿还好一点，左腿麻木得挪不动步子，她咬着牙拄着拐杖一步步慢慢地向前移动。这时她的右小臂虽然不流血了，但还没完全愈合的伤口也是麻木的，右手握着拐杖行走时，一使劲就淌黄水，顺着手背一滴滴的滴到地上，左边嘴角下的伤口还没长好，双侧的骨盆疼痛虽然减轻了一些，但走起路来还是那么沉重。当时她推开窗子，看见射进来的缕缕阳光，看见复苏的大地，她也和万物一样，战胜自我活过来了，充满信心的一步一步地向前走着、走着……

孩子在4月21日出生了。这时她的伤痛还没完全消失，21日的头天夜里小家伙把她死去活来地折腾了一个晚上，直到第二天上午11时在一个过路医生的帮助下，生下这个“小岗托”。小家伙满脸皱纹，瘦得皮包骨头，像个“小老头”。但这个“小老头”创造了高原上的奇迹，也给全站的同志们带来了惊喜。

生了孩子的于俊娥，尚未痊愈，更大的伤痛又卷土重来，体质虚弱的她，又被击倒在床上，一躺又是3个月。头一次是一个人躺着，这次是两个，这更加重了她的伤痛、她的思想负担。为了“小岗托”她又一次强忍着疼痛，硬撑着……

孩子先天不足，后天也没有补起，半岁抱起他，还抬不起头，像拨郎鼓似地东摇西晃。这个孩子被西南军区来站采访的记者昵称“小岗托”，并写了一篇文章登在了《解放军文艺》报上。“小岗托”活了下来，但先天性心脏病、肠胃消化不良却困扰着他。

于俊娥被砸伤的部位，1959年经西藏军区门诊部拍片检查，图像显示：骨盆骨折畸形愈合，左腿动脉畸形，评为二等乙级残废。伤残随着她年龄的增长而加重，尤其到了老年，左边骨盆及左腿麻木，行动迟缓，起蹲困难，时常摔倒在地上，夜晚还经常伴随有抽筋，更是动弹不得。脸部嘴角左下颚有一道明显的凹陷伤痕，仍感麻木的右小臂，愈合后的伤口弯曲不规则，半寸宽的疤痕很明显，手抖动得不能自持，吃饭拿筷子都有困难。

青春在高原上闪光的于俊娥说：“干革命就要付出，我虽说有伤残，值得。比起那些在进军、修路中牺牲的同志，我是幸运的。所以我要珍惜生命，安度晚年。”

# 阿妈书记啦

赵邦玲

1959年3月，西藏上层反动集团全面发动了武装叛乱，驻藏部队奉命反击，以迅雷不及掩耳之势展开了平叛斗争。部队历经浴血苦战，只用了两天时间，拉萨地区的叛乱就被平息，部队迅速挥师追歼向山南、昌都和边境溃逃的叛匪。西藏全区肃清残匪已指日可待。

根据党中央边平叛边改革的方针，驻藏部队在执行平叛任务的同时，大力支持地方工作，抽调了一批干部参加民主改革运动。我有幸成为其中一员，被委派到离拉萨较偏远的林周地区白定工作组任党支部书记。工作组进入白定乡后，广泛深入地发动群众，开展轰轰烈烈的民主改革运动。前后在白定乡工作了7个月。

有一天早晨，正当我们工作组和农会开会研究工作时，突然我的“四同”户曲珍连哭带喊地跑了进来，上气不接下气地说：“书记啦，不……不……不得了啦，墙……墙塌了，强巴曲吉……”我问：“强巴曲吉怎么啦？”她喘着粗气哭着说：“强巴曲吉的孩子普布，压……压在墙下面啦！”我二话没说，赶快跑了出去，远远看见土墙附近挤满了人。我立即拨开人群，一堵土墙大部分倒塌，倒塌的墙体压在孩子的身上，人们正在用力扒土，待我走近，孩子身上的土已被扒净，强巴曲吉正在抱着孩子嚎啕大哭，旁边的群众有的在哭泣，有的合手望着天空祈求菩萨保佑，而大部分群众涌向了我，他们纷纷哭喊着：书记啦！书记啦！救救孩子，救救孩子吧！他们企盼着共产党、解放军能有救活孩子的回天之力。我马上蹲下去看，孩子已面色苍白，前额已经有一部分被砸得陷了下去。我焦急万分，这孩子才5岁啊！这个长着满头浓密的卷发、让人十分喜爱的孩子，平时见着我，总会一下奔到我怀里，亲昵地搂着我的脖子问这问那，总是睁着他那双又大又黑的眼睛，欣喜惊奇地看着这纷繁的世界。可现在孩子却已经闭上了双眼，头部已完全变形，命在旦夕，必须立即抢救。

人们都把目光聚集到普布身上，他的生命此时就像一片薄冰，一碰即碎气如游丝，风一吹就会断。

我叫农会干部立即备两匹马，一匹马由我先骑到县医院，好让医院提前做好抢救准备，另一匹马由强巴曲吉抱着自己的孩子紧跟着赶到县医院。马迅速备好牵来，我立即翻身上马，飞跑上路，放开四蹄飞奔起来。平时要两个多小时才能赶到的路，仅用了 1 个小时就赶到了。到了县医院，我立即将孩子的情况告之医生。迅速做好了抢救准备。孩子一到，医生立即动手给孩子做了清理创面的处理，打了强心针，采取了一系列抢救措施。孩子这时已七窍出血，医生一面抢救，一面对我说，看来这孩子伤势太重，存活的希望很小。

我求医生，无论如何再想想办法。医生说，我们已尽力了，我们的医疗条件有限。我问附近还有没有再好一点的医院，医生讲离我们这里较近的有一个彭波农场，骑马约要 4 个小时，那里医疗所的条件比我们好。我谢过了医生，关照孩子他爸爸紧随我，催马加鞭，奔向澎波农场。

这时太阳已经西斜，气温骤然下降，寒风刺骨双手已被冻僵，山谷两面的树迎面向我扑来，又迅速地向后闪开。大腿内侧和臀部都磨出了血，疼痛无比。但是我不能减速，时间就是生命。如果我把抢救孩子的时间给耽误了，那将使我悔恨一生。

下午 6 点钟左右，终于赶到了农场。到了医疗所我立即向医生讲明了情况，医生准备好了一切抢救的必备措施。孩子一到，迅速投入了抢救。这时孩子的脸上已呈青灰色，七窍出血的地方，血已凝成了黑色血册，呼吸已很微弱。医生仍本着人道主义的精神，全力在抢救。但是医生告诉我，孩子生还的希望已不大了。我不断地求医生再做努力，我讲救活这个藏族孩子不仅是救了一条小生命，而是关系到藏汉之间的关系，是关系到增进藏族同胞对我们党、对我们解放军信任的问题。我求他无论如何都要想尽办法抢救。医生在尽到最后努力后摇摇头说：我们实在是无能为力了。我说：“医生，是不是还存在希望？哪怕是只有百分之一的希望，我们也要尽到百分之百的努力。”医生讲，如果还要试一试，那就只有送到拉萨解放军总医院去，可是这里没有车，骑马要一天多时间才能赶到，这样长的时间孩子是肯定拖不到了。我问有没有近路？医生从窗户指着远处一座山顶积雪的大山说，翻过这座山到拉萨只要 4 个小时，但是，晚上要翻过这座大山是不可能的。

我跨出门外站在大坝子上一看，极目之处耸立的那座大山，要在晚上攀登确实是极其危险的。可是时间不等人啊，怎么办？！我想只有我一个人去冒险了。当时已是晚上 8 点钟，如果用 4 个小时翻过山，到拉萨是凌晨 1 点钟，再找车返回，天亮之前就可以赶回农场，再将孩子送到拉萨解放军总院，也可能孩子就能得救。我想再怎么艰险总比在这里束手待毙强。于是将我的打算告诉医生，请他无论如何在这段时间里想办法维持孩子的生命。

医生听后一声惊呼，忙不迭地直摆手说道：晚上过山万万不能，他说，这座山山势陡峭，山上有野兽出没，再加上山路错综复杂十分难辨，白天上山还要结伴而行，更何况现在是晚上，而且只有你一个女同志。我讲，我决心已下，救人要紧。竟不顾他们的劝阻，一个人骑马上山了。

这时夜空中飘浮着黑灰色云团，月亮时隐时现，好似施法的幽灵在出没，有意在考验我的真诚和勇气。我骑马跑过了大坝，经过一个村庄到了山脚下。上山的路崎岖险峻，一侧是直棱棱的石崖，一侧是阴森的深渊。我催马快步登山，此时夜色更深，寒风愈加猛烈，月亮隐入稠密的乌云里，山峦笼罩在极端的黑暗中。黑夜和莽莽苍苍的大山有一种无法抵御的吞噬力，我和我的马已被无边无际的黑暗吞没，在漆黑的山野中万籁俱寂，只听得那“哒、哒、哒”的马蹄声敲击在我的心上，这不能不加重我紧张的心情和莫明的恐惧。我好像依稀听到从深山中卷过来的风中夹杂着此起彼伏的野兽嚎叫声，令人毛骨悚然。而山道旁，一座座巨石，影影绰绰像放大了若干倍的巨兽，凶猛地向我扑来，我止不住浑身颤栗。可是现在我不可能再有退路，我必须想法救活普布这孩子。

我使劲用马镫猛敲马肚，加快马的速度，不知走了多长时间，催马到了山顶。可是，刚爬上山顶，我的坐骑突然昂首嘶鸣，马的前蹄腾空提起，几乎垂直站了起来，我猛然放开马缰，紧紧地抱着马脖子。待马转身跃开时，我睁大眼睛透过黑幕这才看清下面的境况，不觉吓出了一身冷汗。原来我不是到了山顶，而是站在一道悬崖绝壁的顶端，脚底下是深不见底的万丈深渊。我迅速掉转马头，打马下山。

这时风渐渐平息了，大块灰色的云片似乱絮向西卷去，月亮又透出了它清冷的寒光。我下到了一个山坳，环视周围，发现已被环绕起伏的山峦团团围住。我迷路了，方向难辨。我估摸着朝右侧的一座山顶攀登，看看是不是能找到一条通路，待骑马登上山顶时，我的期盼完全落空了，放眼望去，那是一片连绵起伏，望不到尽头的山峦。我只有再掉转马头又一次下到山坳，再奔向另一座山岭，到了山梁一看，山峰壁立千仞，像一座座屏障，哪里还有路！

这时马已喘着粗气，嘴角吐着白沫，浑身上下已经是大汗淋淋，直在原地打转，怎么拉马缰，它都不再移动。我知道马也累坏了，立即翻身下马，拉着马走，可是马再也不肯往前挪动，我双手拉马缰，马直仰头嘶鸣着往后挣扎，再使劲往前拽，马猛然腾立起来，抬起了马头使劲往上一甩，高高的将我荡了起来，又吧嗒一声将我摔在了地上。它的前蹄一落地就跪了下来，我挣扎着从地上爬起来时，看着那可怜的马已倒在地上，整个胸腔腹部一起一伏的喘着大气，我知道再也无法将它牵走了。怎么办？马是藏胞的财产，决不能丢失。普布这孩子命在旦夕，我必须抢时间走出这座迷宫。

我环视山峦寻找出路，突然，眼睛一亮，发现在我右侧不远的地方有一条山沟，我想顺着山沟下去一定能到达开阔地。我将马拉了起来拴在一块巨石上，再用无数石头将绳子压紧，觉得万分牢固后，离开它走到了山沟边。俯视山沟，我的心陡然透凉。这条山沟哪里有路？完全是一条堆满大小不一，形状各异的乱石的山沟。有的大石像垂直的断壁，有的小石头如锐利倒插的尖刀、利箭，没有路我怎么走？但是，我必须走。哪怕是冒着生命危险我都必须走下去，为了孩子获救、为了牵回那匹仍在山上的马，我必须走下山沟。我攀援巨石，像壁虎抓住石头的凹凸处顺着山沟往下挪，没有攀附处就往下滑，遇到一二丈的高坎也往下跳。这时，浑身关节骨骼都像被砸碎似的剧痛，各种锐利的石头都在我身上留下了伤痕，滴血不止。就这样连滚带爬地不知道经过多长时间我被摔到了山脚。

一阵剧烈的眩晕后，我睁开了眼睛，惊喜地发现我已经躺在了一个大坝子的边沿。我强忍着一身剧痛站了起来。巨大的喜悦使我暂时忘记了疼痛。我看到在坝子的前方有两个黑点，估计那就是我所期盼的村庄了，我准备进村。当时平叛尚未完全结束，仍有隐藏的叛匪，再加上半夜我一个女同志进村，不能讲没有风险。为了安全起见，我将长头发全部塞进军帽里装扮成男同志，从衬衣上撕下一块布将露在外面的血迹揩干净，从地上捡起一块长条形的鹅卵石，右手握着伸进裤袋里，待整装完毕后我向村子走去。

当我走近村子时，猛地停住了脚步，展现在我面前的是一片残垣断壁、满目疮痍的凄凉景象。一看就知道是被残暴的叛乱分子洗劫过的村庄，我穿过一些倒塌的、已无人居住的房屋，好不容易在村庄的一个角落找到了一家还算完整的屋院，我轻轻地叩击大门。月光下看清开门的是一个二十几岁的青年，他用一种惊吓警觉的目光盯着我。当他看清我是解放军时，才放心地将我让进屋里。他拨亮了火塘，点燃了灯。这时我看见一个年轻的妇女抱着一个婴儿睡在地上，一个温馨安全的家使我也放下了心。我将实情相告，请他帮忙，陪我再回山上将马找回，那男青年倒很爽气，答应陪我去。我立即提出能否请那位妇女陪我去。那男青年猛然回头警觉地望着我，好像在问我为什么？我将帽子取下，掉下来一头长发，他见我是一个女同志才明白了我的意思。他讲孩子离不开母亲，还是由他陪我去。我想，深更半夜，我这个年仅二十几岁的女同志，同一个并不了解的藏族青年一起进山，安全吗？但看看拥着婴儿睡觉的妇女，再看看那位男青年，已别无选择，我决心同这个藏族青年一起上山。

走近山脚，我指着我下来的那条山沟，那个男青年惊说，不可能，他讲这是山羊也不可能攀登上去的山沟，人是不可能走下来的。我讲“贡觉松”（向天神发誓的意思），我肯定是从这条沟下来的，请他无论如何都要陪我上去。他直摇头表示不相信，在我再三要求下，他从旁边找了一条小路带我上山。几经周折终于艰难地爬上了山顶，看见那马仍孤零零地立在原地，我欣喜万分，心里一块石头终于落了地，眼泪吧嗒吧嗒地滴了下来。马见到我也好像见到了它的主人似的，兴奋地昂起了头咴咴长嘶，前蹄不停地刨地，像是在欢迎我。这时我才感到全身已疲惫不堪，再也站立不住，一屁股坐下就起不来了。这时那青年才真正相信我那段令人难以置信的下山经历，他带着敬佩的目光望着我，他最初心中的疑惑已荡然无存，而我们之间也加深了信任，像阳春融雪一样，洋溢着藏汉一家的浓浓情谊。他解开了马的缰绳，将马牵了过来示意让我骑上去。但我知道饥饿疲惫的马已不能再骑了，我拽着马尾，扶着身旁的巨石浑身酸痛地站了起来，这时两腿已完全不听使唤，走两步膝盖就往下跪，就这样跌跌撞撞地下了山。

下到山脚定睛一看，我惊呆了！这不是又回到昨晚从医院门前出发的那个大坝子吗？我向那位藏族青年表示了深切的谢意，立即策马向农场。那匹马也好像知道我此时心急如焚的心绪，虽然它已体力不支，但仍竭尽全力、放开四蹄，奔向那垂危待救的孩子。

当我摸着孩子还有微弱的心跳的时候，我禁不住热泪盈眶深深地向医护人员鞠躬，我立即叫强巴曲吉备马上路，时间不等人，直奔公路而去。这时天已渐亮，公路上应该有车了。当看到一辆车远远出现时，我站在公路中间伸开双手拦车，驾驶员是个40岁左右的中年人，我立即上去说明了原委。驾驶员听后深表同情。但是他却说不能送我们，因为他当天有一个必须完成的物资运送的任务，完不成是没法交待的。我说：师傅，时间非常紧迫，孩子能活到现在已是一个奇迹了，救人要紧。如果有人追究你的责任，由我全部负责。如果是自治区筹委会，我去找筹委会主席；如果是军区，我去找军区司令员。那位老师傅见我讲得如此坚定，再加上看到孩子也实在危急，就毅然掉转车头让我们上车，向拉萨方向开去。我请师傅既要开快，又尽可能开稳些，因为孩子的头部遭重伤，不能再受到什么震动了。在车上我一直将普布的小手紧握在手中，一路轻声叫着他的名字。就在这种极度紧张的状态中，车终于开到了拉萨解放军总医院。

孩子送到总院后立即送去拍片，会诊时医生所看到的片子确诊为前额骨部分严重骨折，颅压很高，孩子已进入深度昏迷。此时，我拿起了电话直拨到军区政治部，向白主任作了汇报。白主任立即打电话给总医院领导，要求总医院要不惜一切代价救活这个藏族孩子。他说：这不仅关系到我们军队全心全意为人民服务的宗旨，而且也是增进藏族同胞对我们信任的大问题，一定要竭尽全力将孩子救活。经过几天的努力，功夫不负有心人，孩子脱离了危险期，活下来了。这可是天大的奇迹！天大的喜讯啊！我激动得泪如雨下，全院上下没有人不为之动容的。

孩子脱离了危险期，仍然要在医院里继续治疗，就由他父亲强巴曲吉陪同。我满怀喜悦之情回到了白定乡。返回白定乡那天，正好在召开全乡村民大会，大家一见我跨进场院，所有群众一拥而至，把我团团围住。大家争先恐后地问我孩子怎么样，孩子是不是还活着。当他们得知孩子已经救活,脱离危险时,“哗”的一下像开了锅似的,欢呼声、抽泣声汇成一片。“啊啧啧、啊啧啧…” “解放军真是活菩萨” “共产党真是我们贫苦农奴的救命恩人啊！” “普布得救啦！普布得救啦！”，不少群众激动得流下了眼泪，顿时群众大会变成了欢乐的海洋，变成了盛大的歌舞集会，青稞酒斟上来了，酥油茶端上来了，“果谐”唱起来了，“锅庄”跳起来了，篝火燃起来了，载歌载舞通宵达旦庆祝着。他们的歌从心底里唱起：

毛主席派来的工作组，
就像是天降的神鹰，
金翅扇去了愁云，
把人民的灾难祛尽，
带来了平安和吉祥，
像甘露滋润我们的心灵。

歌声震撼大地，响彻云霄，飘过高高的雪山，连那白云也停步不走，河里的波涛也在回头倾听。

一个月之后强巴曲吉和普布回来了，一回来强巴曲吉就抱着普布来看我，普布一看到我立即挣脱他爸爸的手臂大声喊着：阿妈书记啦！阿妈书记啦！跑过来紧紧地抱着我，我拥着普布激动得热泪涟涟。从此不单普布叫我“阿妈书记啦！”村庄里无数的乡亲都叫我“阿妈书记啦！”这里面饱含了无限炽热的亲情和颗颗滚烫的心。

普布爸爸强巴曲吉不知道该怎么样感谢我，他带着小普布一会给工作组背来一大捆柴禾，一会到冰河里摸几条鱼送来，一会提一小袋新磨的糌粑来，他总是千方百计地用各种方式来表达他的感激之情。我们虽然反复地做工作，但仍改变不了他的执着。

当我们即将结束在白定乡的工作时，全村的群众闻讯都赶到工作组住地，要求工作组不要离去，纷纷说：共产党、解放军派来的工作组带领他们翻身解放，开始过上了幸福生活，还救活了他们疼爱的孩子普布，为他们做了太多太多的好事，对他们有说不完的恩情。

工作组离开那天，全村人大到七八十岁的老奶奶，小到抱在怀里的婴儿，全都来了，送行的人们里三层外三层紧紧地将我们围着，有的老乡献上哈达，有的老乡敬青稞酒，普布紧紧地搂着我，还有他那一步不离地追随在我前后的父亲和白定乡我们所有难以割舍的父老乡亲，我禁不住眼睛湿润了。

这时来接我们的汽车驾驶员和战友，将我们的背包放到车上，可是车子又被拦住。经过再三劝说这才在乡亲们中挤出了通道，车慢慢地启动了，后面传来了揪心的呼喊：阿妈书记啦！阿妈书记啦！……我们已经远去了，但普布那稚嫩响亮、撕心裂肺的呼喊声，却久久地回荡在我的耳畔。

多少年来，我常常梦到回白定乡，梦见那里的乡亲，梦见普布那孩子，我总会不时地听到普布从远方传来的呼唤声，他让我多么地挂牵！我想我总有一天还会回到白定乡，去看望那里的父老乡亲，去看看普布我那日思夜念的孩子。

我会去的！因为那里留下了我深深的爱和难以解开的情结！

# 康藏公路忆趣

王鹏　范风祯

## 在甘孜机场

我们五十四师于1951年初进军西藏。进军的第一站，即海拔三千余米的甘孜。初到很不适应，爬坡少气无力如患重病，这是高原缺氧的反应。我师和五十三师各团，以及工兵第五团、工兵第八团均集结在距建机场很近的泼罗那山的山坡上，利用该山的地势，从半山腰到山坡下四五层绕山坡一线拉开，挖起了约十平方米大小不等的“小屋”，少的住四五人，多则十余人。在这里每挖10平方米的坑须有五十多立方米的排土量。坑挖好后，还要到三十多里地的山上扛回伐木，用碗口粗的主干，一个个排在土坑的上边，并连枝带叶搭在主干上，再把挖出的土覆盖在上面作为屋顶，这个“小屋”就建成了。战士们在高原缺氧、气候恶劣的环境下，付出了超人的艰辛劳动。几天工夫，上万人的施工部队挖出无数“小屋”，上下左右排列得整整齐齐。

机场施工开始，泼罗那山下人山人海，彩旗招展，大喇叭广播着施工中单位和个人的先进事迹。施工现场，推土车在铺着的几条长短不等的铁轨上飞奔；飞机在空中盘旋，为我们投下了成箱成捆的银元、被服等物资。一天，当广播里传出西藏和平解放的消息后，工地上顿时锣鼓喧天，战士们忘记了疲劳，挥动着彩旗，振臂高呼“共产党万岁！”“毛主席万岁！”，口号声响彻云霄，整个工地沸腾了，人人脸上都流露出掩饰不住的兴奋和激动，那轰轰烈烈的场面激动人心，永难忘怀，施工工效也直线上升。

那是夏季的一天夜晚，瓢泼的大雨伴着阵阵雷鸣倾泻雨下，闪电的瞬间能看到被大雨浸泡的大地上冒着水泡。不幸的事情发生了，一六一团二营五连连部土屋塌陷，4 人被埋在土坑里，连长、指导员当场牺牲，睡在靠两边土壁的副连长、副指导员被抢救脱险。当夜，某部同样也发生了女生队屋顶塌陷，夺去了 4 名年轻的生命。

机场将近竣工，我师即离开甘孜，投入抢修“雀儿山”的战斗。

## 雀儿山的战斗

雀儿山，海拔 5300 米，它是建设康藏公路的一个重要战役。部队就在这恶劣的环境下进行施工。因高山缺氧，战士们虽吃的是夹生饭、喝的是没煮开的水，但仍斗志不减，从无怨言。我们师直机关驻扎在雀儿山下，搭起了帐篷，并即刻进入到各自的工作岗位。机要科的同志们不分昼夜、忘我地执行上承下达的机要通讯工作，出色地完成了任务。我们还经常和其他科的战友们帮助炊事班爬雪山打柴。

打通了雀儿山，部队继续前进。组织上为防止发生“雪盲”，大部分战士都配戴了硬塑料制成的墨镜。一些没有墨镜的战士，均用墨汁将眼睛周围涂黑，当战士们相互欣赏时，都禁不住捧腹“哈哈”大笑……现在想起来，真像一群“大熊猫”。

就这样，我们背起行装，两肩扛着装满大米的布袋，喊着口号，唱着雄壮的歌曲，负重绕山行军，胜利地越过了 5300 米的高山。在这次行军中，万万没有想到，我们的好战友，一六一团青年股高股长因严重缺氧壮烈牺牲。

## 地震与背粮

在瓦达施工，机要科借住在老百姓家。一天夜里，我们被劈里啪啦声惊醒，原来是我们用小木箱支起门板的简易办公桌被震翻了。此刻，大家意识到不好，不知谁喊了声“快到院子里去！”大家急忙跑出房屋。我们在月光下，只见山上尘土飞扬，石头向山下滚动，两石相碰的撞击声、房屋倒塌声响成一片，犹如一场“炮战”，原来这里发生了地震。幸好，我们住的房子只是墙壁裂开了口。第二天早晨，师政委冯志芳同志却风趣地开玩笑说："夜里房子晃动，我还以为是甘师长跳舞跳的呢。"大家哈哈大笑。我们进藏以后，这里已发生多次地震。

在瓦达期间，我们随身带的食物吃尽，需要翻越三个山头，通过一处惊险地段到临时兵站去背粮，往返六十余公里。我们天不亮出发，中午到达兵站后，背起米袋当天返回住地。特别是我们初次通过高两百多米的怒江空中吊桥时，提心吊胆，十分害怕，尤其走到桥中心，吊桥摆动更大，似打秋千，稍不留神将会被甩下涛涛的江中。经过多次往返，也就习以为常了。有时，我们为了抄近路，要通过由战士们在半山腰悬空凿出的一条3公里人行小道（尚未修成的山路），有些地方只能勉强一人通行，空手走都不易．背着大米尤为困难，掉下山去是万丈深渊，我们个个咬紧牙关，克服困难，均安全通过了。难忘的是我们爬软梯的情景，在悬崖峭壁上，放下十余米高的软梯，我们系紧背在背上的粮袋，两手紧抓住两边的绳子，脚蹬软梯，一节一节地用力攀登。若稍有疏忽，不是摔得粉身碎骨，就是掉进涛涛的江里。通过软梯后，大家无不深深地舒口长气。这时，有的战士才发现弯曲的双手被磨去比大豆还要大的皮肉，渗着鲜血，可在软梯上却全然不知。

## 在嘉龙坝

为了工作需要，机要科在另一个山坡上搭起帐篷住下。帐篷周围大小石头林立，因而解手很方便，不用建厕所。一天午饭后，科里有一位女同志叫师克秀，到下边不远处解手，突然，看见一只大狗熊向她走来，吓得她提着裤子，连喊带叫地向上跑，她的叫声惊醒了科里和司令部正在午睡的同志们，大家个个手持棍棒吆喝着，追打狗熊。这只狗熊见我们人多，就跑到江的对岸。

1954年夏季的一天下午两点许，突然大地颤动，如雷轰鸣，声音越来越响，颤动也越来越重，科里的同志忐忑不安，预感到不祥之兆，心想大祸即将降临。我们机要人员在这紧要关头都习惯地背起装有密码的皮包跑出帐篷，片刻工夫，只见远处山顶尘土飞扬，如千军万马杀了下来。呀！原来是山水拌着似帐篷大小的山石和树木直冲下来，在距我们住的帐篷仅十余米的山沟里流过。古老的松柏树被折断，有的连根拔起；轰轰隆隆的山石滚动，真是响声震耳。有位师文工团团员在山沟里洗衣服因跑不及被冲得无影无踪，山坡下正在饮水的几匹战马和新架起的桥梁也被冲到江里了。

为防止类似事故的发生，我们采取山上设立岗哨的办法，一旦发现情况，就鸣枪告警，以防人员伤亡，且严禁中午到山沟洗衣服。

机要科的办报秘书，趁译电同志们紧张工作和开展竞赛之机，就地取材，在离帐篷仅几米远的地方，竖起稍粗的木棍埋在四角，四壁用枝条编起，用树枝、茅草作“房顶”，半天工夫，搭起了约四平方米的小草屋。又用棍棒、枝条搭起了单人床，胜似“钢丝床”，还用草皮砌成土台做办公桌，这就是办报秘书的“别墅”，它四面通风，清凉爽快，空气新鲜，绝无污染，夏天远非帐篷所能媲美。他就在这里办公、学习和休息。别看这小屋，它却成了“宝地”，被我们的机要科长和师克秀看中，后来他俩结婚时，成了他们的洞房。

# 从川西到甘孜

胡梅

时光流逝，几十年岁月弹指一挥间。昔日青丝如墨的我们，而今已变得两鬓染霜。50年代初在党中央“将革命进行到底，解放全中国”“进军西藏、巩固国防”的伟大号召下，我参加了进军西藏的战斗行列。

1949年12月13日，家乡宜宾县城刚解放，我自愿报名参加十八军五十四师文工队。年底前就开始徒步行军向川西挺进。我们这群新战士，初次长途行军，遇到了不少困难，在领导和老同志言传身教的带领及他（她）们的模范行动影响下，大家革命热情很高，途中宣传鼓动工作十分活跃，积极开展了三大互助（思想、物质、体力）。很多女同志脚上都打了血泡，有些人还患了病，大家仍以坚强的意志，坚持跟上队。有些身体好的大姐们，在途中帮助体弱的背米袋，扛背包。到了宿营地，争着去拾柴禾，烧水烫脚，还要给驻地老乡做群众工作。在女兵中我年纪小，前几天行军还硬挺着跟上队，后来越走越疲劳，脚上打了血泡，有时背包像压着沉重的大石头，走路也像扭秧歌似的，我想着要做一个象样的人民战士，要经得起考验，在热烈的歌声鼓动下，还是咬紧牙走到了宿营地。

进入川西平原，我们一边行军，一边清匪反霸。

剿匪战斗是异常激烈的。记得1950年2月的一天下午，我们在新津为了夜袭窜入邛崃县城的土匪，首先召集师机关直属分队作紧急战斗动员，并立即出发夜行军，前卫分队在前开道，师部居中指挥，后卫分队跟上。在不断的枪炮声中，有时打，有时停。文工队的新战士是初经这种夜间作战，我们在漆黑的夜里，大家怀着紧张的心情，以急促的步伐，负重行军跟上大队，枪炮声不绝于耳，走到下半夜，大家又饥又渴，极度疲劳，汗流如雨，军服几乎全湿透了。大家仍以高昂的斗志，克服困难，不断传口令，积极跟上战斗行列。突然有个女同志生病晕倒，师首长一边指挥部队，同时指示组织担架抬着她随队前进。我们亲身感受到革命队伍在危难时这种深厚的阶级感情，不少人激动地掉下了眼泪。我和大家一样以高昂的战斗激情，拖着疲乏的身子，一直坚持到黎明，随部队打进了邛崃县城。进城后，土匪“指挥部”的残余，尚未逃窜出城。第二天，土匪还在城外偷放了两炮，妄图作垂死挣扎，师直分队出城围剿，彻底打掉了土匪的反动嚣张气焰。在这场斗争中，我们女兵参加统一组织的宣传，下乡征粮，收容伤员和做群众工作等。经过一年多的战斗，配合强大的政治攻势消灭了敌人。

1951 年 3 月，师部在邛崃县城召开进军西藏誓师大会时，城乡的许多父老乡亲闻讯扶老携幼从四面八方赶来，挑着肉、菜，拿着鸡蛋和水果，慰问亲人。当我们离开驻地行军时，他（她）们热泪盈眶，拎着手巾，捧着热茶，送了一程又一程。这些动人的情景，为我们挺进雪山，进军西藏，战胜困难，增添了无穷无尽的力量。

我们这群女兵经过 3 个月严格的入伍训练，部分留在文工队，其余的分配到医训队、会计训练队及机关进行专业培训和工作。参加了首批进藏的行列。

为了做好进军西藏准备，针对高原海拔高，气候恶劣，空气稀薄，物质生活条件极差等特点，我们明确树立吃大苦耐大劳的思想，自觉地积极投身锻炼，以实际行动，努力适应高原生活。在剿匪和学习中，我们女兵每天早起，迅速打好背包、绑腿，随部队进行负重行军锻炼。距离由几公里不断增加到十多公里，背包由十多斤逐步添砖头增加到数十斤。我也不甘落后，由开始负重十多斤，增添砖头，重量达几十斤。同时还认真学习党的民族宗教政策，了解西藏历史文化和藏胞的风俗习惯，掌握藏族日常生活用语，组织预演搭帐篷、野炊，学习怎样防治高原常见疾病等。后来我调到西南军政大学学习，预科结束后，三大队改为十八军卫生学校。

1951 年春，卫校紧急动员，进军西藏，修建甘孜机场。临出发前夕，我和同班的谢觉民都有晕车的毛病，我俩出发前每天挤出时间去城边汽车连的汽油槽旁闻汽油味，预防晕车。出发时，我们乘大卡车，按晕车严重程度安排坐位，我被安排在车前位次，但长途坐车我的晕车病还是犯了，呕吐、头晕，什么都不能吃。到宿营地，还要坚持去拾柴禾，在野外烧饭，由于气压低，没有掌握好高原做饭技术，还吃了几天的夹生饭，不少人拉肚子。到甘孜，最初住在一个山窝里，用每人的小方块雨布，连结起来搭成帐篷，人只能从中爬进爬出，一遇刮风、下雨、下雪，就抵挡不住。为了解决住房问题，上级动员我们自己动手就地取材挖窑洞。为了建设好高原上的新家，要到几十里外的山上去扛树木和树杈来搭窑顶，我们早上出发到天黑前才能将树木找回住地，路上只能吃点干粮，喝冷水。有一次我们几个年龄小的女兵，因为体力弱，在途中休息时间长了一点，没有跟上队，快到天黑，又迷了路，正在不知怎么办时，忽然发现前面远处有几个火把在闪动，我们赶紧向火光处赶去，啊！原来是队上派人来找我们了，顿时大家都感动得流下了眼泪。经过几天的紧张劳动，我们在高原上的新家——窑洞建好了，能够在里面睡好觉休息好了。我们还在窑洞前面拾了些小石子砌成了雄伟的天安门和几种几何图案，每当我们经过一天的重体力劳动回到窑洞，一见到天安门这些图案时，心就向往着祖国亲人和首都北京，大家全身的劳累也轻松了许多。为了适应高原生活，我们队里还闹了一次笑话，司务长好心要让大家喝酥油。我们都高兴地争着去喝了一大血。但是这种不按常规制作的所谓“酥油茶”，由于没有经过高温熬制，气味既不好，又很难喝，有的同志因此还拉肚子。

修建机场，我们每天早起，走3里路去上工。卫校女兵的任务是挖土、担土，有时参加搅拌碎石泥浆等。劳动中间休息半小时，中午饭后休息1小时。还要抽人去工地表演文艺节目，鼓舞施工部队的干劲。我和余亚君同志曾去表演过“满江红”武术，受到好评。下午5时后收工回营地，开班务会，总结一天的工作，表扬好人好事，安排次日的工作等。担土、挖方，我们的肩头磨红肿了，手脚磨出厚厚的茧和血泡。供应全靠川西长途运输，基本没有吃过青菜，只有干菜和少量咸肉、卤咸菜和大头菜，被我们戏称为“万岁菜”。经过八个多月的严寒和酷热的锻炼，我们逐步适应了高原生活，习惯了紧张、繁重的劳动，赢来了机场修建任务的胜利。这期间，我们没有用热水洗过一次脸，八个多月中只有两次，我们分批到很远的温泉洗澡。

因为任务紧迫，劳动强度大，我们队出现了不少病号。病号留在住地，要负责整理全班的内务，搞好清洁卫生，洗好全班人换下来的衣裤等。洗衣服要到两里多以外的一条小河沟，5 月的高原，水结着薄冰，刺得手脚僵痛，病号这种休息也不轻松。

女兵的生活用品供应也很困难，经常出差步行十几里外，去甘孜城领回来一些肥皂、牙膏、黄凡士林、草纸等日用品，其中草纸是很粗糙的，数量很少，只能按班分配。高原的紫外线特别强，组织上考虑给了我们一些黄凡士林护肤，也按比例分配，一班只有核桃大的一团，只能擦脸，没有擦手的，连日劳动加日晒，我们女兵的脸都晒黑了，一层一层的脱皮，有些痛痒难受。但我们为了前方部队进军的需要，克服了种种困难，加紧修建机场，尽快解决前方部队的补给供应困难，在西藏站稳脚眼，为藏族人民服务。现在想来，当时虽然很苦，但是很光荣，很值得。

# 火红的青春

章道珍

翻开多年来的剪报，万紫千红，琳琅满目，有历史知识、人物传记、文学赏析、生活常识、军事博览、动物世界……把这些剪报分类粘贴起来，一摞摞装进书橱，好像在知识的宝库中有了自己的些许积蓄，不由得一阵小小的得意。再拿出早年保存起来的一些发黄变脆的新闻报道底稿，又像是在历史的长河中看到了一串串熟悉的光点。后浪推着前浪，迅速地向我涌来，不断扩大，离我越近就越显得清晰。

## 狂欢之日

1955 年元月，我从西藏军区文化部转业到新闻简讯社（西藏日报社的前身）工作，实现了做记者的梦想。一年之后，《西藏日报》创刊了，我作为《西藏日报》的记者，有幸参加一些重要报导。留给我印象最深的是 1956 年 5 月 4 日，我采访西藏各族青年欢度“五四”青年节。那是西藏自治区筹备委员会成立大会闭幕的第二天，拉萨市各族青年、西藏各地到拉萨参加自治区筹委会成立大会的青年代表，以及来西藏祝贺自治区筹委会成立的中央代表团率领的 17 个民族的青年，共三千多人，满怀着喜悦，在布达拉宫对面的雪策林卡举行盛大的游园活动。

那年我 22 岁，是报社最年轻的记者，喜欢唱歌跳舞、拉二胡。很可能就是因为这个，编辑部决定由我采访这次盛大的游园活动。5 月 4 日这天，拉萨的天气特别好。清晨，我从桑多仓骑上自行车，直奔雪策林卡。一过八廓街，就看见一群群打扮得花枝招展的藏、回族青年，背着帐篷、卡垫、点心、酥油茶和青稞酒，提着乐器、照相机、收音机等，载歌载舞，去参加游园盛会，引得行人驻足观看。老人也用羡慕的口吻称赞：我们还是第一次看到年轻人这样过节哩。

走进雪策林卡，里面早已热闹非常。几乎所有空地都派上了用场，有篮球场、排球场、射击场、游艺场，还有露天舞场和售书摊。这边歌声起伏，那边鼓乐喧天。有的演奏洋琴、手风琴、小提琴、笛子等乐器，有的下棋、打扑克、猜谜语，好不热闹。西藏军区青年战士的射击、单杠表演，一五九团和警卫营的篮球表演赛，都吸引了很多青年观众。刚参加完世界青年联欢节从东欧回国的解放军战士文绍华在游园会上一露面，就被拉萨市爱国青年联谊会和爱国妇女联谊会的会员们团团围住，前呼后拥地请进了帐篷，让他介绍在华沙、莫斯科与世界各国青年欢聚的盛况。在一片友爱的气氛中，大家还从林卡里采摘野花编成花环，套在文绍华的脖子上。人们欢呼着、跳跃着，一个个都乐开了花。

突然，林卡深处又传来了热烈的掌声。我急忙循声跑去，原来是中央代表团的一部分成员走进了游园会场。中央代表团副团长张经武，代表团秘书长、团中央书记处书记罗毅，在中共西藏工委副书记范明和西藏地方政府几位官员的陪同下走在前面，游园的青年们欢呼雀跃，一齐蜂拥过去，争先和代表团成员握手，表达他们对中央和中央代表团的敬仰和拥戴之情。张经武副团长和罗毅秘书长在比赛跳棋的人群中，看到了曾出席全国青年社会主义建设积极分子代表大会的西藏代表吉普·次仁多吉、许文秀和李亚成，当众表扬鼓励他们，并给他们每人送了一个北京彩石鸽子。这时，代表团副团长桑吉悦西和一群青年玩起了丢圈游戏；代表团蒙古族团员乌兰和尧西·泽仁卓玛坐在一起聊天；代表团青年歌唱家方初善在高歌一曲之后，又和拉萨市爱国青年联谊会部分会员亲切交谈起来；代表团的瞿秋芳把一枚瓷质和平鸽，别在拉萨爱国妇女联谊会会员彩仁德吉的胸前，彩仁德吉也把自己心爱的小花球送给翠秋芳。我被各族青年的热情和友谊激励得热血沸腾，在采访本上奋笔疾书，记下了这珍贵的一幕幕场景。刚刚停笔，又听到藏族青年索朗曲珍甜脆的声音。原来她正和几位汉族青年谈得兴高采烈，并诚恳地提出，我愿和你们交朋友，希望你们帮助我学习，将来更好地为人民服务。随儿子来林卡游园的噶雪赛的老阿妈，轻轻地抚摸着胸前的大红花，显得极不平静。她有声有色地炫耀说，这朵大红花是中央代表团赠送给我的，是非常珍贵的，我戴着这朵花，心里也像花朵一样怒放。

这次游园会的规模超过以往任何一次，气氛也比任何一次热烈，直到夕阳西垂，雪策林卡还沉浸在欢乐之中。和我同去采访的摄影记者郑铁林抓拍了几十张照片，并选出“朝鲜族青年歌唱家方初善和拉萨市青、妇联会员在亲切交谈”“各族青年在一起联欢”等多幅照片发表在《西藏日报》上。我受游园会的热烈气氛的感染，一夜未眠，满怀激情地写下了通讯《狂欢之日》。

## 由记者到老团员代表

盛大的游园活动过后才半个月，青年团西藏工委为扩大团的影响，于1956年5月21日举行拉萨市首批新团员入团宣誓大会，有221名刚加入新民主主义青年团的藏、回族青年参加宣誓。报社编辑部依旧派我去采访，报导这次具有历史意义的宣誓大会。走进会场以后，我急忙去采访团西藏工委书记白云峰和团工委统战部长谭俊起等同志，请他们提供宣誓大会的背景材料。我从他们那里了解到，团西藏工委自1952年5月建立后，一直重视和西藏上层青年交朋友，通过他们吸引更多的青年参加政治学习和文化体育活动，学习宣传《十七条协议》，增进民族团结、军民团结。遵照毛泽东主席关于“团结各界青年积极参加新民主主义的建设工作”的指示，团西藏工委抓紧组织各族青年学习中国新民主主义青年团团章和工作纲领，组织西藏青年到内地参观访问，让他们亲眼看到祖国建设事业在迅速发展，了解其他兄弟民族青年在祖国大家庭中平等团结友爱，体会到党的民族政策的正确，伟大祖国的温暖可爱，从而投身祖国建设，做民族团结的促进派，为社会主义事业添砖加瓦。通过开展教育活动，要求加入新民主主义青年团的青年与日俱增。接着，我便深入到青年群众中间采访，请他们谈当时的心情和感受。

就在我忙着采访的时候，团工委宣传部长赵宏蒙同志在人群中找到了我，提出要我作为老团员代表，在新团员宣誓之后上台讲话。我对赵宏蒙的要求感到十分突然。我猜测，要我去代表老团员，兴许因为我是1949

年10月十八军政治部文工团建立青年团时首批入团的团员；有可能是因为我在西藏军区文化部创办的有线广播当过第一任播音员，讲话时可以字正腔圆；也可能是因为我近年来经常采访拉萨市爱国青年联谊会的学习宣传和演出活动，和不少藏族青年交了朋友，由我讲话会增加亲切感。看到赵宏蒙同志诚恳的态度，想到我写稿所需素材已经掌握，就勉强同意了他的要求，同时直言相告：我对此毫无准备。赵宏蒙安慰我说，讲话稿早已准备好。我因为从记者到代表，转换了角色，又加上在登台讲话前，连看一遍讲稿的时间都没有，所以上台以后非常紧张。赵宏蒙也担心我不熟悉讲话稿内容，讲话时出差错，干脆站在我的身旁保驾，随时提醒我某部分删去，何处增添，必要时直接提词。有人保驾，我讲话时逐渐大胆起来，越讲越激昂振奋，亲切动情，博得了台下的热烈掌声。当天下午，拉萨市有线广播站广播宣誓大会实况，播放了我的讲话录音，《西藏日报》编辑部的同志们从广播中听出了我的声音，纷纷向我询问，大家都为我高兴。

后来了解到，这次宣誓大会在西藏全区产生了很大影响，大批藏、回族青年要求加入青年团组织。当年年底，全区已吸收新团员七千六百多名，建立了6个团分工委，近两百个基层团支部。青年团在西藏青年中深深扎根了。

# 回忆藏文版《新闻简讯》创刊前后

时钟曼

1952年2月10日，中国人民解放军西藏军区成立的同时，设立了军区藏文藏语训练班（后改称军区干部学校，简称“藏干校），有计划地组织干部学习藏语文，消除语言障碍，目的是更好地贯彻执行党的民族政策，深入地做好藏族群众的工作。我于1952年3月20日从十八军宣传部调到藏干校学习藏语文，分在五分队，车仁夫人是我们队的老师。当时，大家学习藏语文的积极性很高，每天早上太阳尚未升起，琅琅的读书声便回荡在仲吉林卡。在藏干校，我们除了学藏语文，学习民族政策、时事政治，还要参加生产劳动，生活紧张而又充实。

我曾经在十八军政治部和军大八分校当过缮写员。1950年9月一到甘孜，就开始自学藏文并学写藏文，已经有了一些基础。到藏干校不久，干校领导就把我从队里调到校部，负责刻写藏文教材。校部还有一小部分印地文教材没有人刻写，校领导知道我有一定的英文基础，让我帮助教印地文的谢老师刻写教材。为了不影响学藏语文，我向校领导徐爱民政委申请：白天跟队学习，晚上刻写教材，保证学习、工作两不误。徐政委担心我吃不消，我就说：“我从1950年9月登上高原开始，直到1951年10月26日胜利抵达拉萨，整个进军途中是白天行军，夜间抄收中央人民广播电台的记录新闻，我有这段经历，保证能完成任务。”最后徐政委批准了我的申请。经过一段时间学习，加上我原来的基础，我的藏语文确实有了很大的进步，连说带比划已经可以和藏族同胞进行交流了。

1952年8月18日，我突然接到调往工委宣传部的通知。报到时，宣传部汤化陶副部长跟我谈话，要我去参加创办并编辑藏文《新闻简讯》（藏文《西藏日报》的前身）。他鼓励我要坚定信心，不辜负组织的期望，充分发挥优势，努力完成任务。我对新闻简讯社（西藏日报社的前身）的环境也不陌生。全社人员大部分来自十八军宣传部，另一部分来自西北进藏的独立支队。当时报社分为 4 个组：编辑部有张成治、袁一凡、彭映华、金熙元，组长是张成治；油印组有常克诚、倪潜、郑文珊、惠碗玉、夏月如，常克诚和倪潜负责。电台有张文友、夏文训、李铭、王兆庚，张文友负责；译电组有李宁、范玉秀、李禄淑、王钟洲、贾陇梅、冯丽英，李宁任组长。报社社长由汤化陶副部长兼任。我初到报社时参与创刊的大量工作，因此由汤化陶副部长直接领导。后来郭辛可同志由军区宣传部调到报社负责，我改由郭辛可同志领导。

编审委员会是我们报社出版藏文报的合作单位，军区宣传部也给予了极大的支持。当时编审委员会的工作由平措旺阶部长主持，邵霖任秘书。藏文《新闻简讯》的稿件一部分取自新华社发布的电稿；另一部分由报社自己采写，或编发基层通讯员的文章。

报社和编审委员会合作出版藏文《新闻简讯》，当时有明确的分工，新闻稿件由报社组织编写并负责报中共西藏工委审定；编审委员会负责翻译成藏文，并由他们誉抄清楚，刻写印刷。藏文《新闻简讯》头几期由仲译朗杰刻写在蜡纸上，用进口卷筒油印机印刷。后来因发行量急剧增加，即改由军区印刷厂印刷。藏文《新闻简讯》为16开，每期数10页合订成1本，每半月出一期。

从 1952 年 10 月中旬起，创刊号藏文《新闻简讯》的编译工作即紧锣密鼓地开始了。作为编辑的我每天都是在编审委员会度过的，我拿着编好的汉文稿和编审委员会成员一同研究解决翻译中的难题。经过几道工序，每一篇稿子实际上等于重编一遍。当编审委员会定稿后，先由汤化陶副部长审查，后报送中央人民政府代表、中共西藏工委书记张经武审定，批准后印发。在这些工作中，平措旺阶部长、江洛金·索朗杰布、擦珠·阿旺洛桑活佛、仲译朗杰、邵霖同志都付出了许多心血，也给了我极大的支持和帮助。

中共西藏工委对藏文《新闻简讯》十分重视和关怀。1952 年 11 月 1 日藏文《新闻简讯》创刊号出版了。作为创刊中的一员，作为亲身参与采编、译工作的一名编辑，我的内心万分激动。当晚，张经武代表召开新闻工作会议，在会议上作了重要指示，他要求我们把宣传工作重点放在民族团结、热爱祖国这个最大的主题上；要用《新闻简讯》这个载体揭露帝国主义分子的阴谋。张代表特别指出：在工作中应充分考虑不同阶层的利益，争取绝大多数群众，坚决打击国内外敌人相互勾结，破坏协议的行为。

1952 年 8 月，工委组织了“西藏致敬团”赴北京参加国庆观礼，并到祖国各地参观。12 月初西藏致敬团从大连给新闻简讯社发来贺电，祝贺藏文《新闻简讯》创刊。致敬团成员源源不断为我们发来稿件，叙述他们在内地参观后的心得体会。柳霞·土登塔巴、门堆等写的观后感都十分真实、感人，列举了大量的事实，说明党的民族政策、宗教政策的正确。由于稿件太多，我们出了增刊，使他们的文章及时和群众见面。当时，他们的文章对教育群众热爱伟大的祖国、伟大的中国共产党，热爱伟大的领袖毛主席起了很大的作用。

1953 年元旦前后，西藏各分工委书记集中在拉萨开会，工委指示宣传部汤化陶副部长利用这个机会，请各分工委书记来报社作报告，介绍各地的情况。三十九族分工委书记王兴友同志介绍了该地区的历史、现状，以及近年来政治、经济情况的变化。昌都分工委书记惠毅然同志、江孜分工委书记阴法唐同志在报告中都详细介绍了当地的历史、现状，以及各阶层人士的情况，他们的报告对于我们了解西藏起了很大作用。

1953 年初，编辑彭映华参加地震灾区慰问团，领导就把他兼任的通联工作交给我，我欣然接受下来。同时还让我参加袁一凡负责的汉文《新闻简讯》第四版（地方版）的编辑工作。领导为了提高我的独立工作能力，编辑部让我独自去基层单位采访，并组织通讯员会议。我记得有一次去农场采访，拉萨的 3 月还有几分初春的寒意，一早我从驻地向西走过布达拉宫，看到刚开垦出来的耕地散发出泥土的芳香，绿色的帐篷连成一片，红旗迎风招展，战友们挥锹抡镐，奋力拼搏，个个汗流浃背。看到眼前这生产自救的动人情景，我的内心受到强烈的震撼！革命战士最听毛主席的话，他们用辛勤的劳动来落实毛主席要求我们“进军西藏，不吃地方”的指示。采访回来，我一口气写出了所见所闻和从心底喷发出来的感受。

1953 年 3 月 6 日中午，无线电波传来斯大林逝世的消息。3 月 9 日，拉萨各界人士在仲吉林卡藏干校院内召开追悼大会。编辑部派彭映华和我负责会议报导。那天，天阴沉沉的，飘着小雨，约四千人参加追悼会。张经武代表在会上讲话，他强调要加强西藏内部的团结，号召解放军全体指战员提高警惕，坚决粉碎帝国主义分子的任何阴谋。会后，彭映华让我独立完成报导任务，帮我理出了报导的重点。我写的这篇报导经宣传部领导审阅，再送张经武代表审定，他修改了几处，签发后交由电台发往新华社。第二天，总社向全国播发了这篇报导。我一字一句地对照原稿，发现修改的不太多，心中不由自主洋溢出收获后的喜悦！

1952 年 8 月 18 日我到报社工作，11 月 1 日藏文《新闻简讯》创刊，至 1953 年底共出版了近 30 期。1953 年底我调回内地，临行前将编好的最后一期文稿交给郭辛可同志，恋恋不舍地离开拉萨，告别了藏文《新闻简讯》。

藏文《新闻简讯》是高原破土而出的一朵新闻之花，她的诞生和成长有赖于党对她的培养和浇灌，与中共西藏工委对她的关心和支持分不开。

# 参军进藏

方 铭

## 一

1949年5月，解放军第十八军五十二师解放了浙江常山县城。当时我从简师毕业，分配在农村小学教书还不到两个月。听说家乡所在的县城解放了，我按捺不住内心的喜悦，提起包就回城。回到家见到父亲，他告诉我县政府门前的广告栏里贴了一张招兵告示。我看了招兵告示，便产生了去当兵的想法。于是我放下手里的东西，就去串联同学参军。找了几个平时要好的同学，他们都不同意我的想法，说要再看看局势。我好似被泼了一盆冷水，无精打采往回走，恰好碰上徐桂风，我问她愿不愿意去当兵？她说："你去我就去"，就这样我俩同去报了名。回到家中把这个消息告诉母亲时，顿时引来一顿训斥。母亲很生气地说："噢！你们长大了，翅膀硬了就要远走高飞了，留下弟弟妹妹怎么办？"气急之下她说："要走你们都给我走"。大弟方振家听了以为真的叫大家走，于是他就找大姐一起去报名参军。我们姐弟三人走后，家里就剩下两个上小学的妹妹和两个小弟弟，其中一个刚断奶。母亲想到我们能帮她干活的都走了，便痛哭起来。我也不顾这些了，马上就回学校搬行李。来到学校，我把参军的消息告诉了校长和老师，他们被我的行为所感染，全校连我共7名教师，当时就有3人报了名，其中有校长郑殿、教务主任郑磊，还有1名女教师王瑞。一个只有7名教师的学校，一下就有4人走上从军戍国的道路。

到了部队，给新兵每人发一套军装，还有军帽和绑腿，老同志教我们打背包、扎绑腿。没有几天我们就出发了。记得离开常山那天，天下着雨，我把伞遮得低低的，默默告别家乡，顾不得说声再见，就紧随队伍出发了。

没走多远，绑腿松开了，一路上拖拖拉拉，显然是一个没有受过训练的新兵。走到宿营地脚打了泡，老同志个个忙着为我们烧水烫脚、穿脚泡，这样第二天行军就不那么痛了。几天走下来，脚板长起硬皮，走路就不再打泡了。因为行军中整天戴着帽子，头上就出汗，过了几天一梳头，头发里的虱子直往地下掉，许多女同志的头上都长了虱子。连日行军，没有条件洗澡，衣服也没法换，身上也长了虱子，因为没有时间捉，虱子多了反而不觉得咬了。

到江西后，我们这些新兵被集中起来组成一个师工作团，团长是魏克，班长是常山老乡。我们这个班都是常山人，大家在一起开会也说常山话，那时我们说普通话还很不习惯。经过一段时间的学习，革命道理懂得多些，背包、绑腿也打得快、打得好了，而且还学会了不少革命歌曲。“七一”党的生日快到了，我们还学唱共产党生日歌“二十八年、二十八年……革命的道路曲曲弯弯……”虽然已经过去50年了，至今仍能哼唱这首歌。

经过一段时间的行军锻炼，我们走路的速度大大加快了，好像敌人在前面跑，我们在后面紧追。有时在睡梦中，一声紧急集合令，大家就立即起床快步出发。有时刚吃过饭，部队又要出发了。在急行军中我常常肚子痛，只得用伞柄顶压在痛的地方还得紧跟队伍。有时白天敌机轰炸，就得夜晚行军。走着走着，一声令下原地休息，突然撞到前面同志的背包，把我惊醒，原来自己走路都在打瞌睡。要渡赣江了，队伍都等在江边，轮流渡过，这时我们就抓紧时间睡觉，背包当枕头，雨衣盖在身上当被子先美美睡一觉，反正是漆黑的夜晚，谁也看不清谁是啥模样。醒来时闻到一阵臭气，原来自己竟睡在一堆屎边，真是太疲乏太贪睡了！月经期急行军更是有苦难言，身子就像散了架似的，传令下来原地休息，哪能坐得下去，只能原地站一站。生活也很艰苦，经常吃饭没有菜，有一次开饭时天很黑，吃的是马肉，也看不见是什么菜，夹起来就往嘴里送，一口嚼到几颗花椒，顿时麻得我嘴都不敢张了！这是我第一次尝到这种调料，我们家乡是不吃花椒的。

每天走路，鞋子破得很快，群众慰劳的布鞋，不到一星期就穿破一双。幸好我自己有一双回力球鞋，一直穿着行军，破了就补。到了贵州，天天下雨，鞋没有干的时候，天又冷脚都冻烂了，疼痛难忍，但还要紧跟队伍。每到宿营地，最关心的就是烤干第二天行军要穿的鞋。可就是这么一双破了补，补了又破的破球鞋，在贵州也被小偷偷走了。徐翠文的背包也被偷走了，给我们造成很大困难。贵州抽大烟的人很多，我们住在他们家里，他们仍是明目张胆地抽，床上盖的是稻草编织的被子，那么穷的生活，但是大烟还是要抽。有的人穷得披着草编的衣服蹲在路边乞讨，当时我们也确实无力救济，看到心里也很难过！解放前的贵州真如人们所说："天无三日晴，地无三里平，人无三分银！"

1950年元旦我们在泸州过，各班发了面粉和猪肉，自己包饺子。我们这些南方兵，不会包，只有学着包，主要由老同志包，我们吃现成的。过元旦还发给每人几个硬币的津贴，很开心，觉得这个元旦过得不错。我把钱装进上衣口袋就到河边去洗衣服，弯腰时不小心钱从口袋里掉入水中，费好大劲才摸到两枚。回到班里，听大家正在议论，说到宜宾就不走了，我们就在宜宾安家了！四川是天府之国，是好地方啊！我想，既然不走了，今后就不背背包行军了，我该把这段背背包行军的岁月照个相留作纪念。于是拿着从水中捞上来的两枚硬币，到照相馆照了一张小小的行军照，珍藏至今。

## 二

1950年元旦过后，又背起背包出发了，到了犍为县住下来，说有新任务。后来上级传达命令：我们十八军要进军西藏，解放西藏。当时在犍为又招收了一批新兵，我倒成了老兵了，把我调到师卫生处带领一班新女兵。到了夹江县城又让我把新同志带到乐山八分校，分在十六队学医。十八军五十二师做进藏准备时，我们又回到师里，参加康藏工作队。

康藏工作队，共有三十多个人，队长是田涛同志。1950年8月28日，在眉山县召开了誓师大会后，我们就开始出发了。开始我们是坐汽车，这种先进的代步工具，对我来说还是生平第一次享受，认为进军西藏还能坐汽车感到很兴奋。经过几天的颠簸，觉得坐汽车还不如步行舒适。因为当时的公路是为进藏部队临时抢修的简易公路，路面坑坑洼洼、高低不平，汽车走起来摇摇晃晃，又是敞篷大卡车，大家只能站在车里，只有少部分人可以坐在自己的背包上，站累了大家轮换坐一坐。一路上虽然是风吹日晒，可是每个同志的情绪都十分高昂，豪情满怀地唱啊！笑啊！组成啦啦队为司机同志鼓劲加油。过二郎山时，我们身体好的同志就不愿坐这种似蜗牛爬的车了，自己爬山走小路比汽车还走得快。到了泸定县，要过铁索桥，汽车不能开过去，只能把车上的东西卸下来，汽车用轮船运到河对岸，车上的东西要人扛过去，过铁索桥时必需拉开距离踩着桥上的木板慢行。当时我扛的是一包金针菜，看起来包很大，其实分量并不重。

到甘孜后，就要做走路的准备，我们的任务是赶牦牛运送物资。上级号召在生活上要进行高原化训练，吃酥油、糌粑，要当政治任务来执行，当时有不少同志闻到酥油味就恶心想吐。可是后来学会吃酥油了，想吃都吃不到了，经常是白水煮元根。一次为大家改善伙食，我私自向老百姓买了一点酥油，曾遭到田队长的批评，说我违犯了群众纪律，给我的教训很深。领受赶牦牛的任务后，开始对牦牛的习性不了解，总怕牦牛跑掉丢失，老像牵马那样牵着走，可是牦牛与马不一样，牵它是牵不走的，要赶着走。赶牦牛也是一门学问，还得好好向藏族老乡学习。

要靠两条腿走路了，东西背得太重就走不动，只能留下必需的。一双竟有三斤多重的大头毛皮鞋精简了，棉被精简了，只留下一件皮大衣白天穿，晚上当被盖。一件皮大衣足有十多斤重。还要带一块帐篷布，下雨时当雨衣，宿营时几个人合在一起搭成一顶帐篷，就是晚上睡觉的房子。还有一块隔潮的帆布，铺在帐篷里就是床。还有身上穿的一套棉衣棉裤，不仅睡觉当枕头和被子，而且还是解决困难的贮备库，不方便时就从棉衣裤的破洞里掏棉花当卫生纸用。到昌都时我棉衣裤内的棉花所剩无几，结婚时还是从总务处借来一套棉衣裤才当了新娘。晚上睡觉没有被子，铺与盖就用一件皮大衣和棉衣。后来和孙常愉同志俩人合睡，两件皮大衣一铺一盖，俩人互相取暖，情况就好些了。

行军途中组织工作也很重要，我们每个班都按任务分成赶牦牛、搭帐篷和做饭3个组，既有分工也有合作。如赶牦牛的任务是要看管好牦牛，不能丢失。牦牛走得慢，这个组的同志就得耐心地跟着牦牛走。看好管好几十头牦牛也不容易，每天到宿营地，往往天都黑了，还要卸驮子、拴牦牛、喂草料等等。先到的同志完成本身的任务后，都主动地帮忙。搭帐篷的同志到了宿营地，首先就是搭好帐篷，起床后拆收也是她们的任务，看起来她们的任务轻松些。其实那时候我们每个人都不会看着别人忙而不去帮的。一路上我们很团结，人人都为争当模范而努力。我是烧饭组的，确实很像个炊事员，背着做饭的锅和担水的帆布桶，为了使用方便，我还在棉衣里层缝了一个大口袋，干姜、大蒜、干辣椒、酱油膏、砖茶等都装进我这个大口袋里。每次水烧开了我就从口袋里摸出一块砖茶投入锅中。有一次失手将砖茶掉到地上，随手又从地上摸起一块投进锅中，谁知等大家灌完水壶出发了，天亮一看，锅底沉渣竟是牛粪！没想到从地上摸起的竟是一块当柴禾烧的干牛粪。我赶快收拾好行装，快步赶上已经走远的同志，将水中的秘密告诉他们。这件事虽然同志们都当作笑话传说，但我却感到很内疚。后来在总结评比会上，我还检讨了自己的错误，实在是太粗心大意！做饭组的同志每天起得最早，在高原烧米饭要掌握好水和火候，否则就会做成夹生饭。做饭关键是要有干柴禾。行军路上主要是用牛粪当柴禾，那个时候大家见到干牛粪如获至宝，不用号召大家都会拣起带回宿营地做饭用。

行军途中，一路上跋山涉水，克服种种艰难险阻，有时一天要趟好几次水，都是刺骨的冰水。每天都要爬山，牦牛行动慢，有时一座山一天爬不过去，就要在半山腰宿营。经常遇到半夜下大雪，把帐篷也压塌了，压满雪的帐篷就压在我们身上，那时仍照睡不误。早上醒来从雪窝里钻出来，一个个仍是又说又笑，喊着叫着："牛粪柴禾都淋湿了怎么烧饭呀？"尤其是韩玉兰、张菲她俩人的声音最响。"嗨！这点困难算什么，这就能把我们难倒吗？不是还带有引火用的固体燃料吗！拿出来烧锅开水抓糌粑也是上等美餐，实在没有吃的我们还赶着牦牛呢！这不是高级食品吗？"大家就是这样逗着笑着。那时我们的生活虽然艰苦，但大家一个个都非常乐观，精神饱满。路上有的牦牛走不动了，病、累死了，就各班分一些，煮熟带上，这就是最佳食品。就这样，我们从四川眉山出发经历了 3 个月的艰苦跋涉，于 1950 年 11 月中旬胜利到达昌都。

为坚决执行党中央"进军西藏，不吃地方""一面进军，一面修路"的政策，我们个个都作好吃大苦、耐大劳的思想准备，越往西走，物资运输越困难，公路未修通，靠牦牛一站一站的转运是有限的。到昌都总结评比后，我们接着去兵站运粮到达马拉山修公路。为使公路尽快修通，当时是采取东西两个方向同时施工。在工具缺乏的情况下，就采取24小时轮班奋战，工具不闲。

1951年5月23日《关于和平解放西藏办法的协议》签订的消息传来时，我们以为很快就能向拉萨进军了，谁知直到1951年8月下旬，我们才从昌都出发。历经千辛万苦总算走到拉萨。1952年4月还遇上西藏地方分裂主义分子发动的武装骚乱。当时我很不理解，也不明白，已经签订了协议为什么不能执行?

在党中央毛主席的英明领导下，我经历了解放西藏、建设西藏的光荣历程，这是50年前的事情了，如今我住在干休所安度晚年。回想当年背背包徒步进军西藏时的经历，很坦然，也很自豪。

# 从西北进军西藏

李静澄

1950年初，中央决定从西南、西北多路进军西藏。解放西藏需要多方面的人材，中共西北西藏工委从各地调来了一大批干部，加入进军西藏的队伍，其中有不少女干部。她们当中，有从事革命工作几十年的领导，有医生、文工团员、秦腔剧演员、新闻工作者和妇女青年工作者，此外，还有从学校参军的女学生。这些女兵中，有的已是四五个孩子的母亲，有的才是十六七岁的小姑娘。他们来自北京、天津、上海、南京、西安、兰州等各城市，共计一百多人。祖国的需要，党的召唤，把她们聚集在一起，开始了进军西藏的伟大征程。

## 临行抛却儿女情

为了西藏的进步、繁荣和人民幸福，中央号召进藏人员要树立长期建设西藏的思想，为巩固和保卫祖国边疆奋斗一辈子。中共西北西藏工委决定，进藏人员中已婚在职的女同志随军一同进藏。她们积极响应党的号召，献身于解放西藏的战斗中。但由于进藏是军事行动，加之沿途属高原地带，气候恶劣，条件艰苦，小孩子不能随母同行。母亲们为了祖国的统一，忍痛割爱，配合组织，进行适当的安置。对于一个女性来说，谁不爱自己的孩子，哪一个母亲不愿抚育自己的子女？但在革命者心中，国事重于家事，只好把可爱的儿女留在内地。一两个小孩还较好安置，孩子多的母亲，确实费了很大的周折。年龄大一点能上学的，放在西北军区八一小学上学；不到上学年龄的小孩，托人照管或放在幼儿园。我3个月的小女儿托给了婶娘照管，不到3岁的儿子送到了幼儿园。我们这些母亲们，克制住自己的感情，和可爱的儿女们分手了，随部队开始向青藏高原进军。留在内地的这些幼小的孩子，学校、幼儿园就成了他们的家，老师、阿姨就成了他们的亲人。

## 出发前学骑马

进军西藏的部队由兰州出发，在青海省香日德集中训练，学习了简单的藏语、党的民族政策、和平解放西藏的十七条协议，熟悉了草原生活等，并进行了军事训练，努力做到生活高原化。

练骑马，是较艰难的任务之一。首先，要和马建立感情，才能驾驭马匹。女兵们都来自城市，生来就没接触过马，要学会骑马，确实需要一定的胆量，也需要有顽强的意志。单匹马好骑，但在群马中坐骑就不容易了，前面领头马奔跑开了，后面的也就争先恐后地追赶，越跑越快。我们这些女兵在马背上大喊大叫，勒马缰绳马也不停，下又下不来，骑在马上确实害怕。有一次过河，我被摔下马，掉到河边沙滩上，后边的马从我身上跃过。群马渡过河后，都停下来了。我骑的那匹枣红马，又渡到河这边来，站在我身边鸣叫。由于在学习骑马技巧时，要求在危险情况下，必要时脚要脱开马镫，免得掉下来被马拖死，我照样办了，所以这次我没有被马拖着趟过河，同时，也很幸运没有被其它马踩着，只是受了点轻伤。像我一样摔跤的还有不少，但女兵们没有畏惧，不叫苦，爬起来再上马，直到学会骑马为止。

从北京调来的王云侠同志，对骑马不在乎，大胆的练。可真不巧，她被摔下来了，伤了腰腿，领导认为她不能进藏了，劝其返回原单位工作，王云侠坚决不下“火线”。她对领导说：“我能克服困难，一定要完成解放西藏的任务”。她带着伤残的身子和大家一同前进，开始行动较困难，坐了一段“驾窝子”。她以坚强的毅力，不畏行军中的艰险，克服种种困难，实现了自己的愿望，进抵拉萨并参加了入城仪式。

## 当好行军好后勤

部队在高原行军中，确实遇到了种种想不到的困难。西北高原海拔高

（平均4000米以上），地广人稀。不仅过雪山，还要过沼泽地，翻唐古拉山，战严寒，夜宿冰天雪地，空气稀薄，呼吸困难，经常出现头晕、心跳急促、腿软等现象。根据领导“上山不骑马，下山马不骑，平地少骑马”的指示精神，一日步行七八十里路程。女兵们吃大苦，耐大劳，经受了艰苦的考验，没有一个后退和掉队的。经过近一百天的艰苦奋斗，终于到了西藏拉萨。

在那艰难的岁月里，我们发扬了高度的阶级友爱精神，互相关心，互相帮助，男同志承包重体力劳动，搭收帐篷，晚上放马，早上备鞍，上驮子、搬运东西、探险开路等等，有的还献出了自己的生命。女兵担负后勤工作，在途中要拣牛粪，宿营后支锅烧火，饭后要准备次日的干粮。女兵们既能做面片，又能发面烙饼、蒸馍。部队通过通天河后，粮食供给不上，发生了粮荒，组织决定把马料（豌豆）分发给大家食用，每人每天4两，还有1斤羊肉。女兵们把豌豆和肉一块煮，或者将豌豆炒熟吃。高原气压低，水一般在80℃左右即开，肉总是半生半熟，加之无调料，仅放点盐，没有味道。尽管如此，大家还是狼吞虎咽地吃到肚子里了。老大姐魏云侠同志是个烈属，为了解放西藏，不顾年纪大，身体弱，随同儿子共同进藏。她吃苦耐劳，关心体贴同志，她所在的那个队，在她的操劳下，饭食经常变花样，大家都感到吃得舒服。小伙子、小姑娘真挚、亲切地说：“魏妈妈胜过母亲。”

女大夫宿营后更忙，串帐篷治疾病。如遇有牧民时，还要到牧民的帐篷中为他们治病，解除疾病痛苦。她们走东家、奔西家，不嫌脏、不怕苦，忙个不停，用实际行动消除藏汉隔阂，扩大影响。

经过三个多月的长途行军，我们部队于1951年12月1日到达西藏拉萨，完成了进军西藏的任务。但藏族人民还不了解我们，反动势力还想把我们赶出西藏。为此，我们开展了上层统战工作，对一些无法生活的奴隶发放了救济款。为了解决我们的吃饭问题，发扬自力更生、艰苦奋斗的精神，我们开展了开荒生产运动，种青稞和萝卜土豆、莲花白等蔬菜。战胜了一切困难，完成了党中央交给我们的进藏任务。

# 横渡金沙江

祝云华

1951年3月，我跟着十八军后勤第四办事处翻过雀儿山到金沙江东岸，准备过江。站在江边远望滔滔江水，汹涌澎湃，一泻千里，由北向东南匆匆流去。江中不时出现一个个漩涡，不停旋转着直向江底插去。江面碧波万顷，气势磅礴，非常壮观。江面上既无桥梁又无轮渡，在江边没等多久，只见几个藏族同胞每人背一个大木盆似的牛皮筏子走过来。藏胞从肩上卸下"船"后，我们都过去围观，像看什么稀奇物件似的，纷纷议论开了。我虽生长在长江边上，见到过大大小小的木船、轮船，但从来也没听到过更未见到过这种牛皮筏子，这可真叫人大开眼界。船身仅用几根胳臂粗的木棍作骨架，捆绑成一个圆盆形状，外面用牛皮缝在圆架上，这种筏子直径不过1.5米左右，自重也只有五六十斤，一次可载4至5人。有人风趣地说，若干年后这种“船”可能成为珍贵文物，送到历史博物馆作为展品了。

眼望着面前这只小牛皮筏子，不禁疑惑，坐这样的船渡江安全吗？船工的回答解开了我的疑虑。有着丰富经验的船工对我们提出要求：坐在船上不能站立，不能乱动，保持船体平衡才能平安渡江。我怀着惴惴不安不安的心情，小心翼翼地登上了“小船”，4人面对面坐下。带队干部再次交待一定要与船工密切配合，一切听从船工的指挥。当我们的牛皮筏子慢慢离开江岸时，谁也不敢乱动，连大声说话也不敢，生怕说话的声音大了会干扰船工的情绪和操作，小筏子就会翻落水中。“船”渐渐地划近中流，这时强烈的阳光洒满江面，霞光万道染得江水金黄，似有千万匹金色彩缎顺流而下，蔚为壮观。我们的小筏子在这宽阔的江面上，简直就像一片树叶，飘浮在滚滚波涛之中，波涛时而将小筏推上浪尖，时而摔入浪底，小筏不时还要绕开江中漩涡，在颠簸摇摆中艰难划行。

突然，一个大浪打来，小筏子猛一歪，向一侧倾斜，急速旋转着向下游急冲而去，眼见小筏就要翻了，江水飞溅打湿了我们的衣服，江水就要吞没了我们，我心想这次可是要“革命到底”了，就在这千钧一发之际，船工打着手势，要我们抓牢筏上的木棍，努力保持船体平衡。只见那位船工挥动船浆，施展全部划船技巧，用尽全身力气与激流浪涛搏斗近半小时后，终于稳住了小筏子，这时汗水已漫湿了藏族船工的衣裳。我们终于转危为安，慢慢向西岸划去，当小筏靠岸时离预定登岸地点已偏很远。上岸后人人感慨万千，难以用文字诉说，我们紧张的心情终于放下了。回头再看那湍急的江水，已留在了身后，我们又信心十足地踏上了新的征程。

金沙江上的牛皮船

# 我参加了拉萨平叛

张秀年

1959 年 3 月，我在西藏军区政治部俱乐部作图书工作。俱乐部礼堂刚落成不久，又大又空旷，因为工作人员很少，连主任在内只有三四个人，我是唯一的女兵，每个人都得独挡一面。西藏解放九年来，我们遵照党中央的指示，一直努力对西藏上层人士进行耐心地说服教育，防止叛乱发生。同时，也没有放松自身的战备思想教育和战备工作。

自 1958 年起，西藏上层反动集团便勾结各地叛匪向拉萨靠拢，他们利用我军“不打第一枪”的政策，得寸进尺，肆无忌惮地处处进行挑衅，常常打伏击，骚扰我军各项工作的正常进行。一次后勤部医务人员去日喀则出差，途中遭叛匪伏击，车上 16 位同志全部牺牲。他们都是党培养多年、很有造诣的军医，有 3 个上尉和 4 个大尉，令人十分痛惜。就连我们电影队去为驻点分队放电影，也常遭叛匪袭击。1959 年 2 月拉萨举行大法会（传召）期间，叛匪竟又绑架我两名地方干部，硬是无中生有地说这两个人要行刺达赖。经我军多方交涉，说明绝对没有那种事，要求放人，他们还是坚持不放。此类寻衅闹事、制造事端的情况，越来越多。显然，他们把我们的忍让、争取、严格遵守政策纪律的行为，视为无能、胆怯、软弱可欺。大家个个义愤填膺。

1959 年的“三八”国际妇女节到了，军区俱乐部礼堂召开纪念大会。军区谭冠三政委上台讲话，谈及反动分子的种种挑衅行径时，激动得拍了桌子。这时，我看见达赖的姐姐就端坐在台上一侧，戴着一副墨镜，故作镇静地听着，大礼堂里鸦雀无声，台下听众席内，就有西藏上层反动分子，谭政委正是讲给他们听的。此时，叛乱集团蓄谋已久的全面叛乱，已呈剑拔弩张之势。3 月 10 日，是达赖本人提出、又亲自与他的管事人员拟定到军区看文工团演出的日子。近一个月来，我们俱乐部的成员，几乎每天都在搞卫生，扫了擦，擦了拖，最后又用煤油擦地，只为迎接达赖来此看戏。原定在下午演出，可是军区首长及各级领导上午11时便来了，检查各项准备工作是否妥贴，要求每个环节都不得出半点纰漏。文工团员们更是提早化妆。担任向达赖献花的女同志，冒着寒冷，穿着短裙，抱着花束，耐心等候。接到请柬的各方人士、西藏地方政府（噶厦）的部分官员也提前到场。谁料想，就在此时，在达赖的夏宫——罗布林卡已经出事，被叛乱头子造谣蒙蔽的群众，随同各地集结到拉萨的叛乱分子，约两千余人包围了罗布林卡，有人喊“军区要毒死达赖了！汉人要把达赖劫持到北京去。”他们极尽造谣欺骗之能事，使得不明真相的藏民躺在公路上阻止汽车通行。同一时刻，前来罗布林卡见达赖的自治区筹委会委员堪穷帕巴拉·索南降措等2人就在罗布林卡门口被叛匪活活打死，并用马拖尸两公里示众，头部已血肉模糊，惨不忍睹。桑颇副司令员也被打伤。消息传来，我们知道达赖来不成了，谭政委上台讲明达赖不能前来的情况，他最后宣布：“来不了我们照常演出，咱们自己看！”

西藏上层集团中的反对势力动员全藏16岁至50岁的男人，自带武器到拉萨参加叛乱，不来的罚款或处死。3月19日夜，叛乱的枪声终于在拉萨响起了。

发给我的武器是一支后座力较小的卡宾枪，一把可挎的驳壳枪，外加一箱手榴弹。领导要求各部室都得依靠自己保卫。后半夜，我军一直处于自卫状态，等待上级命令。直到20日上午，才开始全面反击。当时真如久旱逢甘雨，大家忍不住愤怒的心情，虽然有的同志没有直接经历过战斗，但仍抑制不住内心的愤怒，终于可以给叛匪有力的一击了。

不断传来捷报，郊区制高点——药王山已被我军攻克；小昭寺也拿下来了。但是色拉、哲蚌两大寺和布达拉宫、大昭寺几处的叛匪还在顽抗。为使建筑物内的宗教艺术文物和古迹免遭损坏，战斗指挥部决定展开政治攻势，利用有线广播，向各大据点喊话，分化瓦解敌人。下午下达了命令，要求俱乐部有线广播室克服一切困难，于当夜零点将我党政策、优待俘虏等具体条例用藏语向各个叛军据点广播出去。我们俱乐部立刻紧张工作起来，由于停电，必须用发电机，原先架设于高空的有线线路已多处遭炮火击断，还得重新从地面拉线到各据点架设扩音喇叭，还要去请藏语翻译用藏语录音……大量的工作都得冒着密集的炮火去完成，何况我们只有 4 个人呢。分工是 3 位男同志分头去拉线，兼去电影队拉发电机，借汽油等；我负责去接请藏族爱国女青年白玛同志来翻译广播稿并录音。由于叛军炮火已封锁了公路，为了安全，必须等天黑以后才能去接白玛。晚间，一辆小吉普车车灯关闭，载着我在公路上高速行驶，密集的炮火纵横交错，在耳边爆响，我的听觉似乎麻木了，司机让我趴在座位前把头埋下，以免中弹，一股灰尘进入车内，呛得人透不过气来。到了白玛家的避弹室，见他们一家老少约有七八口人围坐在地上，中间燃着蜡烛，正谈论着什么。白玛说得一口流利的普通话，是拉萨爱国青年联谊会的成员。她听我说明来意，便对其父母说明情况，毫不犹豫地随我上了车。冲过封锁线时，我让她趴在座椅前，我伏在她的身上，保护她安全到达俱乐部录音点。此时距上级要求的播出时间已经很近了，我们顾不上歇息，立即开始工作，幸好白玛的文化水平和汉语水平都较高，翻译和录音一气呵成。记得除录了我军政策的若干条例，还录了军区首长对叛乱分子的一篇讲话。录毕，我得立即送白玛回家，这俱乐部内太不安全了，我深知她的安全有多么重要，白玛一家及其他靠拢我们的进步人士，都是谭冠三政委在战斗打响前亲自布置安排在较安全的地方，住进我军战士为其挖建的防弹室，不可出半点差错。直到我将她安全送回到她家人面前，我这颗心才放下来。

22 日凌晨两点左右，雄壮的《中国人民解放军进行曲》划破了拉萨的夜空，接着，白玛清脆流利的藏语广播声盖住了枪声，立刻震憾了各个据点的叛军，战斗逐步停下来。播完白玛的录音，接着又播桑颇副司令员对叛军的讲话，还有被我军俘虏过来的两个藏军代本（相当于团长）对他们部下的劝降讲话录音，他们讲述了被俘后亲身体验到我军优待俘虏的政策。这些广播显然打动了叛军的上上下下，使他们清醒地看到摆在眼前的铁的事实，再打下去是无益的。拂晓时分，布达拉宫内的叛军投降了，市内大昭寺的叛军也缴了械。西藏上层反动集团显然过高估计了自己的力量，西藏独立的梦幻随之破灭，受苦的藏族群众无不欢欣鼓舞，庆祝自己的彻底解放。

# 珍藏心底的记忆

蔡蓉

我是出生在北京的藏族，1950 年初，参加了中央民族事务委员会在北京举办的藏民研究班，在京学习时间很短，4 月份就结束了。研究班内大部分学员要求去西藏工作。这样我们在民委会韩戈鲁同志带领下，到达康定后正式编为二野十八军西藏工作团第一分团，韩戈鲁同志任团长。离开北京后，途经重庆、成都、康定、甘孜、昌都，直到拉萨。

我们这支队伍，从一开始就受到了党和国家领导人的高度重视。尤其是在北京受到毛主席、朱总司令等中央领导同志的接见，使我终身难忘，而在重庆又受到西南局军政首长刘伯承、王维舟等同志的接见。到了康定，十八军首长们又热情接待我们，张国华军长还给我们作了重要讲话。受到如此高规格的待遇，对我们这些青年人来说，自然感到无比自豪和莫大的鼓舞。由于党和领导同志的关心、培养、教育，我们的思想觉悟在不断提高，为人民服务的观念不断加强，所激发的革命热情也一浪高过一浪，表现在工作上、学习上积极努力，奋发图强。对进军西藏更是充满了信心。记得张军长在康定一次进军西藏的动员讲话后，大家学习讨论非常认真，大组和小组会议上人人精神振奋，个个争先恐后发言表态说：“为了祖国的统一和西藏人民的翻身解放，绝不辜负党的教育培养，不辜负毛主席的期望，一定在进藏途中克服一切艰难险阻，不怕苦、不怕累、不怕难、不怕牺牲，誓把五星红旗插到喜马拉雅山上！“誓言铿锵有力”。

康定是我们进军西藏的第一站。从康定开始，我们基本按正规部队要求早晨出操跑步，晚饭前集合点名。严格军事纪律，外出请假，归队销假。除学习政治、藏语文外，早晚有自习时间。伙食待遇，由原来的“中灶"改为“大灶"。

从康定到甘孜开始徒步行军，无马骑，但我们可以雇用骡马驮运行李。在当时公路未修通，部队战士负荷很重，除武器弹药外，还要背上粮袋行军。我们能得到如此待遇，完全是领导的关心与照顾，所以我们内心非常感激。自康定西行，途中我们团的任务就是向群众作宣传教育工作。每天行军宿营后，在居民点或是群众比较集中的地方，开展宣传活动。并以实际行动为群众做好事，如帮助老乡背水、劈柴、扫地等，走家串户进行宣传，宣传解放军的

“三大纪律、八项注意”，共产党的民族政策和宗教政策。1951 年 5 月底在北京签订了《十七条协议》后，又以《十七条协议》为主要宣传内容。有时为了把群众集聚起来，还在街头巷尾跳起了锅庄、弦子舞，这是藏族同胞喜闻乐见的形式，有些藏族青年很快就和我们一起跳了起来。这样既扩大了群众影响，达到了宣传目的，同时也密切了军民关系，加深了群众对我们的了解，效果很好。初到甘孜后，我们营地帐篷就搭在河边的坝子上，几乎每晚都有集会活动，群众很习惯地准时就来到了，唱着跳着，我们自己也很开心，忘掉了一天的劳累。通过宣传，群众主动和我们接近，加之我们进藏部队的纪律严明，严格执行“三大纪律、八项注意”，群众影响很好。

在甘孜，我们团全体同志参加了短期培训班（即西藏工作团），班主任是天宝同志，副主任有韩戈鲁、张向明等同志，记得班上有学员不到百人，除我们北京来的同志外，还增加了不少人，有巴塘等地来的青年同志，他们大部分都懂汉藏两种语言。根据年龄和资历分青干班和文化班。青干班学习党的方针政策，进行一些社会调查和研究工作，文化班学习解放军的三大纪律、八项注意，进藏应注意的事项和基本政治常识。每日必读藏语。开班那天，天宝同志和阿乐（乐于泓）同志都做了报告，讲党的方针政策，并要求大家做好充分的吃苦的思想准备，树立进藏的决心与信心。培训班学习时间不到两个月就结束了，大多数同志被分配到军内有关单位和地方宗里（即县里）工作，有些同志留下来继续办藏干班，学员来自地方，我留下来分配在文化班教书。

为了做好过冬的准备工作，我们全体干部和学员，在韩戈鲁同志带领下，到树木繁多的“松林口”地方砍柴、伐木、垒窑、烧炭，干起了重体

力劳动活。开始大家不会干，也不知道怎么干，不仅效率不高，而且消耗体力。后来从部队里请来了几个同志作技术指导，大家有了明确的分工，不到一个月，大家从不会到会，越干越有劲，越干越来劲，胜利地完成了任务，高高兴兴返回驻地甘孜。经过这一段体力劳动，大家体质增强了，思想也得到了锻炼和提高，成车的柴、成车的炭运回了甘孜，使藏干班全体同志过了一个暖和的冬天，还受到了军内的表扬。

1951 年 7 月前后，藏干班从甘孜迁到昌都，人员稍有调整。韩戈鲁同志到昌都不久就调回北京，班领导由张平凡、杨东生等同志担任。在昌都藏干班我们首先做的就是发扬自力更生、艰苦奋斗的精神，自己动手，修建校舍。我们在原来的一个似马圈的院子里加盖东西两排平房。原来院内有南北房，北房是两层简易土楼房，一层中间是木楼梯；南房的中间为大门，两边还有两层角楼。这些房子稍加修整后，就可以使用，但作为办学习班房间就太少了。为此我们就在院子东西两侧院墙内加盖了数间平房。动工前经领导同志动员，干部学员全力以赴，积极性十分高涨。由于目的明确，人员分工也很细，人人干劲十足，大约一个月左右时间房子就盖起来了。房子建得比较简陋，房屋中间竖着木头柱子，门窗也不严实，但可以避风挡雨，抵御严寒，大家都非常高兴。有了房子住，各班组有了活动场所，除供学员使用外，各方面条件也稍有改善，还专门设有政策研究室、教务办公室、小图书室。校领导有住房，教职工有集体宿舍。

藏干班的学员来源，绝大部分是昌都下属各宗（县）派送的青年人，还有很少一部分是被俘的藏兵。按年龄和经历分班，年龄大些的藏兵，分编到政治班，学习的主要内容是《中央人民政府和西藏地方政府关于和平解放西藏办法的协议》，并向他们宣传我党我军进藏的具体方针政策。经过短期培训结业，走前发给他们足够的路费和一些日常用品、衣服和被子等。藏兵打仗都带着老婆孩子，参加学习也要考虑他们的家属、食宿（在校院外搭帐篷住），离开时家属的路费衣被也考虑在内，所以他们非常感激。年龄较小的青年人，则编入文化班，学文化、学藏文、学政治、学《十七条协议》。我在文化班任副主任，正主任是洛桑慈诚同志（后来曾任西藏自治区副主席）。

领导要求班干部要与藏族学员打成一片，同吃、同住、同学习、同娱乐。

我始终和学员吃住在一起，学习在一起，每天傍晚和他们在一起唱歌、跳舞，很快就和他们结下了友谊，彼此关系亲如姐妹，无话不说。正因为有了这种条件，这时我的藏语也有了突飞猛进的提高，能用藏语和他们对话，解决工作上的一些问题。思想觉悟也提高了，通过与藏族同胞直接接触，我深深感到西藏广大的劳苦大众生活在水深火热之中，长期生活在封建农奴社会，受尽了封建头人、官僚、寺庙、农奴主的重重剥削与压迫。忍辱受骂，常挨皮鞭抽打，支差服役，一贫如洗，无人身自由，牛马不如，过着人间地狱般的生活。通过耳闻目睹，事实教育了我，启发了我，使我深深感到只有解放军，只有共产党才能拯救他们出苦海，使他们翻身解放，获得新生，也正像他们解放后唱出来的心声："感谢毛主席！""感谢中国共产党！""咱们奴隶翻身得解放！""金珠玛米呀咕嘟！"

1952年初，我们又从昌都西进至拉萨。我在拉萨市委宣传部参与了建立回民小学的工作（拉萨小学的前身），这是拉萨开办的第二所小学，开始学生不多，多数是回族小孩，年龄参差不齐。后来随着学生的增多，按年龄编班上课。凡遇庆祝节日，小学生还排演文艺节目，参加演出，很受群众欢迎，学生家长也特别高兴。随后又参加了丁青藏干班、拉萨西藏干校等的筹办。

西藏是我人生的起点，是我走向社会、开始工作的第一步，是我接受革命教育和实践锻炼的一段重要时期。直到现在我仍能清晰地忆起当年的情景，这是我一生的财富，我将永远珍藏着它。

# 峥嵘岁月

## 周幼兰

我已年近80高龄。在藏工作30年的往事，时常翻滚浮现在眼前，尤为难忘的是在西藏时的那段不平凡的历程。

周幼兰同战友们在布达拉宫留影，前排从左至右：周幼兰、袁旭筠、吴旭静、冉荣德

1951年，遵照党中央“进军西藏，巩固国防”的号令，西南卫生部组织了一批医疗队随十八军先遣支队进藏。当时，我被荣幸地批准参加了这支队伍。正当出发前夕，《关于和平解放西藏办法的协议》签订了，我们全体同志受到了极大的鼓舞，也更坚定了进军西藏的决心。

1951年5月底，我们自重庆出发经成都到甘孜，这段路有汽车，甘孜以后的路则需徒步前进。

从甘孜到昌都，需渡过金沙江，跨越雀儿山。有同志开玩笑说：“今天没有山了，只有一个小坡。”结果呀，那小坡比我们无锡的惠山不知要高出多少倍，以后谁也不再问了，埋头一步一步地往前走，谁也没叫一声苦喊一声累。有时还哼着《再见吧，妈妈》那首振奋人心的歌曲继续前进，结果反倒在不知不觉中到达了宿营地。不过有时也会遇到一些困难，如经过错拉山时，山上结了一层厚厚的冰雪，山顶坡度既陡又滑，几乎无法前进，怎么办？最后，大家交替用铁锹、铁镐在冰雪上挖出一个个小坑，互相牵着手，踏着小坑一步一步往上爬，终于顺利地到达了山顶。我们克服了重重困难，到达了昌都。

昌都以后的路程较长，也更复杂艰险了。组织上对我们非常关心，考虑到我们都是生活在城市里的，没有吃过多大的苦，不耐长途跋涉，因此为我们每个人配备了一匹马。据说每匹马是以 200 个银元买来的，为此上级提出要保证人马安全抵达拉萨。如何保证呢？于是大家提出了口号："上山不骑马，下山马不骑，平路牵着走，永远有马骑。"一路上，我们只用它驮着简单的行李，或遇着河流时才骑着它过河。

高原气候与内地气候确实存在很大差异，5 月份从重庆出发时，天气已经比较炎热了，可是过了金沙江，到处是冰天雪地，寒冷刺骨。有一次，在经过一条河时，河道仍被厚冰覆盖，河面光滑得像一片溜冰场。我怕滑，看到其他同志都是骑马过去，于是我也骑马吧。谁知刚走到河中心，忽然"喀嚓"一声，冰碎裂了，马的前蹄浸没在水里，岸上的同志急呼："快下马！"我立即下了马，由于人和马的重量分散了，冰面没有继续开裂，我牵着马过了河。如果冰块继续开裂的话，那结局就可想而知了。待我上得岸来，两腿已经湿透。经过半年时间，越过千山万水，于当年 11 月底胜利地抵达目的地拉萨。在我们到达拉萨后不久，十八军独立支队的人马从青藏高原渡过了通天河，跨越了唐古拉山，也来到了拉萨。于是西北、西南两支部队大会师，并举行了会师大会。

西藏和平解放了，但并不太平，一些上层反动势力仍在蠢蠢欲动，总想着赶走解放军。

1952 年，他们在布达拉宫对面的药王山上架起了大炮，正对着我们的司令部，其用意可想而知。我们也没有放松警惕，一方面积极做好上层人士的统战工作，另一方面作必要的战斗准备，总算他们没敢轻举妄动。

我们在那艰苦的环境和斗争复杂的情况下，主要的工作是开荒生产；

做上层人士的统战工作；办学校，让农奴和奴隶的孩子读书识字；办医院，给穷苦的老百姓治病。总之，做了大量的影响群众的工作，为建设西藏打下了扎实的稳固的基础。

我作为一个医务工作者，积极地、全身心地投入到医疗工作中，当时组织上指示："治病是一项政治任务，在治病过程中。不允许宣传我们如何的先进，如何的高明，而是要用实际行动和事实让群众真心地信任我们。"在这种情况下，就需要我们在平时工作和出诊过程中，加强责任心，结果确实大有成效。

开始我们只在十八军休养所门诊部的基础上看病。那时物资奇缺，我们像摆地摊似的，得用男同志抽烟的纸盒剪成小块作挂号证，以备复诊时寻找原病历，借此系统了解每一个病人的病情，以达到有效的治疗。1952年成立了门诊部，就诊的病人越来越多，每天有100300人次。1953年成立拉萨人民医院，工作人员由西南、西北进军的医务工作者加上原十八军卫生部的工作人员组成。当地老百姓就诊和住院治疗全部免费，甚至伙食也由医院供给。

1957年，医院盖起了新大楼，妇产科有30张床位，住院的病人渐渐增多，有时连走廊里也加有病床。1959年后，原拉萨人民医院改名为西藏自治区人民医院。同时还成立了拉萨市人民医院和藏医院。

医务工作在西藏影响很大，进展也很快，当地人由于长期缺医少药，加之封建迷信、贫穷落后及不良生活习惯所造成的各种疾病，如风湿、结核、肠寄生虫病、肠梗阻、巨大卵巢囊肿、白内障、性病、滞产、胎盘滞留、产后出血等得不到及时治疗，但经我们手术和药物治疗后，很快恢复健康。白内障患者手术后又重见光明；产科的滞产致婴儿窒息经抢救后立即使婴儿啼哭，他们看了十分高兴，对我们医务人员感激不尽，直竖着大拇指说："阿姆吉拉，雅古细乍都"（意思是医生很好）。

有一次我去一个贵族家出诊，领导交待这是一位思想较反动的贵族，一切问题由翻译解答。当时同时出诊的有一名藏语翻译，一名英语翻译，两名武装战士。诊治结束后，那个贵族请我们在客厅里喝茶谈心，最后他问我们："你们解放军怎么也会看病，也懂英语？"因为当时的西藏只有贵族家的子女才能去外国读书，才懂得英语，而他们认为我们只不过都是当兵的，都是所谓的下等人，因此不可理解。英语翻译告诉他：“我们解放军官兵都是有文化的，都会劳动，也都会打仗，官兵是分工不同而已”。他听了以后，对我们有了进一步的了解。

由于条件所限，当时的工作中困难也很多。例如，给病人做手术时，最初照明是用蜡烛和手电筒，后来用汽灯，再进一步是电灯，最后手术室才有了无影灯。婴儿室是烧牛粪取暖的，牛粪的特点是放在炉子里很快就会燃起，但过不了多久就会熄灭，所以室内总是不能保持恒温。因此，新生儿患硬皮症的时有发生，尤其是早产儿。另外，新生儿中毒性消化不良也是一个难题，主要是西藏地处高原，摄氏 80 度就达到沸点，在当时的条件下无法彻底消毒。

那时候，西藏虽然和平解放了，但还是有一股反动势力企图卷土重来，各单位在夜晚要自我防卫。医院地势较宽，每晚四岗，四个墙角安置四个岗哨，每岗两小时，由两个女兵站岗，男同志放流动哨，遇有情况时对天鸣枪。这种情况一直到 1959 年平叛以后才结束。平时除了工作外，还要参加劳动，种植蔬菜，此外就是学习，有政治思想、藏文、业务知识等等。

在西藏的生活虽然比较艰苦，但大家同吃、同住、同学习、同工作、同劳动，完全像生活在一个大家庭里。

# 我的成长历程

## 卓玛

1950年党中央、毛主席决定把解放西藏列为这一年的光荣战斗任务，并将这一重任交给了以张国华为军长的二野十八军。为顺利完成解放西藏的光荣任务，做好物资储备和进藏准备工作，十八军首先把甘孜作为十八军进军西藏的前进基地。这时的我，还是甘孜巴塘县一名不满13岁的藏族孤儿。我看到那些穿着军装的大哥哥、大姐姐们对待穷人和蔼可亲，目睹他们严明的军纪和朝气蓬勃的精神风貌后，发自内心地想加入到他们的行列中去。这时有一位好心人替我到巴塘妇联报名，因我年龄太小，没有报上。后来我又求一位同志去替我报名，多报了好几岁才批准了。但在快进藏时，又说我年纪太小，要把我留下来，我很着急，又十分难过，只好哭着去求领导。上面了解我的实际情况后，最终同意了我的请求。后来知道，十八军在巴塘先后吸收藏族同志一百余人，这些干部在进军途中和在西藏以后的工作中发挥了重要的作用。

我刚参军时，被分在十八军五十三师一五七团宣传队当演员。当时，我不懂汉话，也不识字，到部队以后，经首长、汉族大哥和大姐们的帮助，班里又办学习班，我们学习文化，又学演戏、打腰鼓等，每次文化测试时，我成绩都较好，老师也比较满意，同年的冬季我们下到各连队去演出，圆满完成了任务。

1951年进军到昌都热亚修筑公路，我们的任务是边修公路，边到各连队去慰问演出。那时候我们的生活很艰苦，几乎每天就喝点糌粑糊糊和挖野菜、抓地老鼠吃，汉族同志们哪怕自己吃不上，也要让我们几个藏族兵吃好。生活虽然很苦，但同志们的精神是很好的，愉快又乐观，自己也感到很幸福，因为，部队里的同志，对我们那么好，人人平等。领导非常关心、爱护我们，同志之间互相帮助，照顾很周到。在行军途中需要渡河，汉族男同志把我们背过去，比自己的亲兄弟姐妹还亲。经过组织培养和教育，我慢慢地认识到只有在共产党和毛主席的英明领导下，劳苦大众才能得到彻底的翻身解放，才会有人身自由和幸福。此时此刻我一回想到解放前过孤儿生活的苦，就感到了现在革命大家庭里无比的温暖。我下了决心，不管遇到什么样的艰难困苦，决不叫苦叫累，要积极工作，努力学习，刻苦钻研，以感谢党和解放军对我的关心和照顾。从此，我在工作、学习等各方面加倍地努力，各方面进步也比较快，领导和同志们也比较喜欢我，部队每次召开大会都叫我（小卓玛）指挥唱歌，行军途中同志们累了，走不动了，指导员也叫我指挥唱歌。

在行军路上，解放军严格执行“三大纪律、八项注意”，给我留下了深刻的印象。记得在我们从昌都出发到波密的途中，有一天翻越了六座山，大家肚子饿得咕咕叫，又渴又累，当时我用我姐姐慈仁玉珍在昌都给我的两条裤子，同路边村庄的老百姓交换了一些糌粑和酥油给同志们吃，同志们根本不吃，反而批评我说：“这是违反纪律的”。又有一次，我们在行军途中饿得无法忍受，我们几个藏族女兵跑到老百姓地里偷摘豌豆吃，指导员知道了，严厉地批评了我们，给我们讲了毛主席“进军西藏，不吃地方”的重要指示和严格执行“三大纪律、八项注意”的重要性。后来，我们到老百姓家去照价赔偿并赔礼道歉。

部队到达波密以后，积极响应党中央毛主席的号召，开始进行大生产运动，我们一边参加开垦荒地，一边排练节目演戏。那时候生活非常苦，每天吃元根，有时能吃上一顿糌粑，大家就高兴极了。我在部队领导的培养和同志们的帮助下，平时学习很用功，工作积极主动，能遵守组织纪律，每次评比时都能评上二等、三等功，学习成绩也较好。

1954年我到西南民族学院学习，到校后摸底考试时达到高小文化程度，分到文化一班甲级班学习（初中班），在该校学习期间，在校领导的培养和老师们的关心教育下，于1955年在校入了团。1956年毕业回拉萨，分到组织部工作。工作没多久，组织选送我去陕西省咸阳市西藏公学学习。1959年6月毕业后回拉萨分配到市公安处工作，参加了哲蚌寺的民主改革，同时担任团支部书记。1963年以后曾在江孜地区公安处和白朗县公安局工作，1970 年 3 月入党。以后调日喀则地区中级人民法院任民事审判庭副庭长、庭长。1980 年调自治区高级人民法院工作，被授予三八红旗手称号。回想起自己的成长过程，每一步都凝聚着党和军队的心血，我从内心感谢汉族老大哥、老大姐对我的关怀照顾。

# 高原女兵

傅雪贞

1951年3月5日，我们十八军卫生学校从四川乐山出发进驻邛崃，不久，经雅安、康定，开赴甘孜，参加修建飞机场。卫生学校有学员500多人，其中⅔是女兵。到高寒山区修建飞机场，对于我们，特别是对于这批参军不久的女青年学生来说，无疑是一次艰苦的锻炼和严峻的考验。同志们的情绪非常高涨，认为我们要在当年红军长征时战斗过的地方完成修建机场任务，非常的荣幸。

甘孜，是高寒山区，空气稀薄，气候多变。在一天之中，会出现春、夏、秋、冬。清晨，我们穿着棉衣、绒裤，头戴皮帽，有时还要披上皮大衣；中午时分，穿件衬衣，还觉得炎热难挡；当太阳西沉时，就得赶快加皮衣、绒裤了。每天午后，都会狂风大作，尘土飞扬，甚至把我们的帐篷掀向高空，有时忽雨忽雪，让人捉摸不定。针对这种情况，经领导研究决定，挖地窑代替帐篷，不然的话，遇到深更半夜，狂风把帐篷掀走，就不好办了。

挖地窑，可有不少学问，要预防进水，减轻压力。于是，我们上山去找木料，把地窑横竖加固，一层黄土，一层松枝，加盖得严严实实，以求安全。而上山伐木，对我们这群女孩子来说，谈何容易。困难常常是欺软怕硬的，困难压不倒英雄儿女，只会压倒懦夫！我们克服了重重困难，终于建造成地窑，还修建了室内学习室，办了《墙报》，每天都有战友们的短文、思想体会、劳动战绩、文娱生活等等材料，琳琅满目，使班里充满一片生机。同志们说："室外虽是寒冬，室内却是春天！"卫生部长芮波，曾多次深入到各中队，再三强调安全第一。首长对我们无微不至的关心和爱护，进一步增强了战友们的信心，大大提高了战斗力。

在生活上，困难最大的是饭煮不熟，蔬菜奇缺。由于高原缺氧，煮饭时，经常出现一锅饭里，上层稀，中间干，底层已是厚厚的黑锅巴。至于新鲜蔬菜，更无法解决。这里聚集着14000多人的劳动大军，然而，我们想到当年红军长征，革命先辈们爬雪山、过草地、吃野菜，还要抵御前堵后追的国民党反动派，我们有什么理由在困难面前退却？况且，亲爱的党、祖国和人民，时刻都在关心着战斗在高原上的儿女。

施工中，缺乏施工机械，全靠肩挑人拉，靠十字镐、铁锹和牛皮筐。部队开展轰轰烈烈的劳动竞赛，劳动号子震天响，工效一天比一天高，那种场面永世难忘！我们这些年轻的女兵，在家时不少是肩不能挑、手不能提的娇小姐，如今满手的血泡，肩也红肿了。我作为一班之长，看到这种情景，怎能不心疼啊！我在班务会上谈到这事时，想不到全班战友齐声呼喊："劳动万岁！"多么可爱的姐妹啊！战友李羡筠写道：

"谁是英雄汉？
谁是软鸡蛋？
请看《光荣榜》！
名字一串串：
有你，有她，也有他，
就是没有我。
羞愧难当，羞愧难当！"

是啊，李羡筠战友的话，不就代表了我们当时争先恐后建立功勋的迫切心情吗？！

经过七个多月的奋战，甘孜机场建成。11月初，试航成功。11月20日，召开"庆祝机场落成暨通航典礼"，全场一片欢腾，藏族同胞向飞机献了哈达，我们流下了激动、欣慰的热泪。

飞机降落，从舷梯上走下一位女记者。她环视欢迎的人群后，直奔我们而来。在这欢庆之时，我们本应穿着崭新而整齐的军装，怎么？女兵们的军装竟是如此破烂不堪呢？当女记者向陪同人员提出这一疑问时，陪同人员告诉她：

"这是一支女劲旅！在半年多的奋战中，她们天天同泥土、石头打交道，衣裤都磨成这个样子啦！"

"啊！光荣！无上光荣啊！"女记者紧紧搂住一位女战士，流泪了。

十八军后方司令员陈明义和参谋长何雨农等领导出席了典礼仪式并讲话，他们说，经过半年多的紧张施工，克服了高原气候多变、缺氧、无蔬菜、吃夹生饭等许多困难，终于出色地完成了任务，对祖国、对解放西藏作出了重大的贡献。但这仅仅是初步胜利，为了保卫西南边疆，巩固国防，们还要到昌都、拉萨等地，去执行更艰巨、更光荣的任务。

我们要离开家（地窑）了，这是我们亲手建造的家，战友们都依依不舍，流着热泪向这个家告别，去接受新的战斗任务。

# 修建甘孜机场

王嘉瑜

1951 年 3 月，西南军政大学八分校接受了修建甘孜机场的任务。当时进藏部队面临的最大困难是物质供应跟不上，第一线部队曾多次断粮。昌都战役以后，五十二师的干部战士每人每天只能供应 3 个元根萝卜充饥。面对进军的困难，上级决定在甘孜修建机场，以缩短补给线。机场动工时，内地至甘孜的公路已通，部队可用汽车将大量军用物资运到甘孜，再由飞机自甘孜起飞去前线空投。

1951 年在甘孜自己动手修建宿舍（地窖）

我们二大队六、七、八、九、十队为男生，十一队为女生队。二大队学员在半年多正规军事政治学习的同时还进行了强化体力的训练。1951 年 4 月 27 日，我们十一队女生跟二大队和校部，分乘十六团的大卡车沿着前方部队刚开辟出来的公路向甘孜进发，每辆十轮大卡车坐一个区队（即一个排），车厢底层放着铁锹、十字镐、帐篷杆等，车头至车尾放 4 排背包，两边的学员背靠车厢，中间两排背靠背，腿交叉着坐在自己的背包上，车前挂着毛主席和朱总司令巨幅彩色照片的指挥车开道，一百多辆军车浩浩荡荡向西藏进军。

车队艰难地翻越惊险的二郎山，于 5 月 3 日到达了目的地甘孜。八分校到甘孜以后，在离县城约 5 公里的单洛根山沟野马坝的两侧宿营。每个班 12 个人的雨布组成一顶长方帐篷。接近傍晚时狂风大作，飞沙走石将学员们固定在地上的大铁钉连根拔起，整个帐篷在半空中飘舞，各班学员都投入到了支架帐篷和固定帐篷的战斗。经过一番紧张的拼搏，终于将帐篷固定了下来。接着又是铺天盖地的冰雹袭来，尽管帐篷里 12 个人一排睡下，仍然不能抵御骤然降到零度以下的严寒，大家把所有的衣服都盖在身上，相互挤在一起才算渡过了第一个酷寒之夜。

我们到达甘孜时，地表尚未解冻，帐篷所用的雨布，每天又要分开带到工地上去，况且帐篷又不能抵御夜晚酷寒，学校吸取兄弟部队的经验，决定各大队挖窑洞。甘孜机场住的窑洞和北方的窑洞不同，北方的窑洞是从半山腰挖进去的，而这里的窑洞是从山坡的表面即从顶上往下挖。各大队还抽调了一批体力较好的男学员，带上水壶和压缩饼干，到 3600 米以上的大山腰去伐运树木，运到接近山脚的开阔地，再组织大批学员运回来树木用来当梁柱，架在窑洞上，再将树枝盖在上面，表层再盖上土。经过一周奋战，一排排崭新的窑洞奇迹般地出现在野马坝的两面山坡上，构成了一排排特殊的街景，十分壮观。

5 月 15 日，八分校正式投入机场跑道地基建设。甘孜地处康北高原，海拔在 3600 米以上，空气稀薄，这里地形开阔，天气干燥，气候恶劣。在走路都很困难的情况下，进行重体力劳动是可以想象的。我们早上出工穿着皮大衣，上午晴空万里，晒得大家只好穿单衣。中午突然乌云蔽日，大风夹着豌豆大的冰雹，劈头盖脸地打来，大家只好把皮大衣顶在头上，免遭冰雹伤害。冰雹过后常常可从衣袋里倒出一把冰块。下午大风四起，沙子吹打在脸上，活像细柳条拍在脸上，钻心的疼痛。本来上工时摆放得整整齐齐的雨布、皮衣、棉衣被刮到半空中、山坡上，学员们要跑很远才能追回来。强烈的紫外线把我们的脸晒得由红变黑，和当地人没有什么两样，许多学员说：“从形象上说我们已经藏化了”。

工地上没有机械化设备，全部土、石方工程以及碾压、拌浆等全部靠手挖、肩抬、人拉。挖土用的铁锹、十字镐都是学员从内地背去的，担土用的簸箕不几天就用坏了，为了不影响施工，学员们就地取材，用把牛皮做成牛皮筐。后来校部又组织人力，编了许多柳条筐，没有扁担就用山上砍下来的小树当抬扛。开工初期全体学员参加了挖运土方的劳动，这一段工作量特别大。填土方的工程全部靠人工一担一担的挑来，十一队的一百多名女同学，全部参与了运土方的劳动。担担的第一天，似乎比较轻松，第二天肩膀开始疼痛，到第三天肩膀又红又肿，连扁担都不能挨。但大家还是咬紧牙，不叫苦、不叫累，有的同学疼得不能支撑了，就把棉衣垫在自己的肩上继续担土。

1951 年 5 月 23 日，正当土方工程施工进入紧张铺填地基时，中央人民广播电台传来了西藏和平解放的消息。这对每个同学来说，无疑像注射了一剂兴奋剂，使每个人都感到自己在为解放西藏而做一件实实在在的工作而自豪，从而更加调动了大家的积极性和劳动热情。为了给下一道工序做准备，学校决定抽调二大队的男生，以中队为单位去拣石头。开始在机场附近拣，后来就乘上汽车去十几公里以外的溪沟、河道去拣鹅卵石，大至 30 公分以下，小至 10 公分以上。虽然已是六七月的天气，而积雪融化流下来的溪水冰凉刺骨，学员们下到水里几分钟后腿不仅冻得失去了知觉，而且被冰凌划得满腿是小口子，并渗出一颗一颗的血珠，晚上痛得不能睡觉。每个人双手都被磨破了，鲜血淋淋，红红的肉露在外面，但没有一个人叫苦，用带去的胶布将手指缠起又继续干。在一条三十多米宽的河里，每个中队一天大约可拣二百多方石头，近处拣完以后，又带上背包转移到远处去拣。

这次拣石头还曾经发生过一件密切军民关系的大事。一次，学员们正在溪沟里拣石头，只顾完成任务，无意中将一种扁而平的上面刻有藏文的鹅卵石拣了。藏民群众看见了意见很大，说学员们搬动了他们的“玛尼堆”，动了他们的“神石”。上级知道此事后，决定让同学们将刻有藏文的石头，统统清理出来放回原处，并向他们表示了歉意，藏民很满意。听说我的修机场是为了飞机（他们叫“朗珠”即“天船”）降落，他们很高兴，许多藏民每天背上他们的背篓来机场背土。

机场的地基完成以后，进行了石方的铺砌，每铺一层石头，都要用泥浆来浇灌。同学们都争先恐后地跳进拌浆池，用双腿去搅拌，以保证泥浆的及时供应。

机场表层所用的碎石，全部是人工砸出来的，二大队的男同学都去参加了砸石头，由于碎石的需要量大，为了赶进度，大伙开展了你追我赶的劳动竞赛，并选出典型专门介绍碎石经验。十一队的女生除参加土方工程的挖、运土、平土等外，还参加各层石头的铺砌、灌浆等。男女学员都参加了挖排水沟的工程，半人多深的排水沟，一干就是好多天，每天劳动下来腰都直不起来。

1951 年 4 月，甘孜机场历时近 7 个月，终于胜利完工。

为了迎接通航，学校开展了一系列劳动竞赛，担土计时赛、砸石“群英赛”、拉大滚的“耐力赛”等，为赶进度，加班加点，甚至通宵达旦。队与队、班与班挑应战热火朝天。学员们每天总是一身水、一身泥、一身汗，大家始终精神饱满。出工收工都高唱革命歌曲，施工中还组织了拉拉队互相拉歌。响亮的歌声减少了劳动的疲劳，大家干得更卖力。在迎“十·一”向国庆献礼的劳动竞赛中，学员们开展挑土比赛，在 15 米的距离内，每 3 分钟挑土来回走一趟。二大队学员接受上级分配的砸石任务，砸 24 公分的碎石，大家劲头十足的投入战斗，带上头盔、风镜、帆布手套，穿上布袜、球鞋，动手自运自砸，一个个抡起 10 磅大锤将大石劈小，再换小锤去砸，尽管大家都很努力，但 1 人战斗 1 天的战果，还不满一簸箕。各队立即召开大会总结经验，有些学员还将数学三角用于施工实践。工效与日俱增，各队还举行“群英会”。各队选出工效高的 12 人，面对面地对阵比武，砸石声响成一片，场面紧张热烈，日产量 1.10 立方 -1.30 立方，胡尚伦总结的“大石砸边边，小石砸中间”的经验得到了肯定和表扬。当时没有压路机，每铺一层都要用大滚来碾压。土方工程一般用 15 吨滚和 28 吨滚，而石方工程则要用 32 吨的大铁滚。每个滚由 4 条粗绳牵引，每根绳 12 个人拉，共 48 人为一轮，学员们不管拉多重的滚筒总是情绪高涨地喊着口号飞跑。每日施工至少是 12 小时，天气好时加夜班，施工时间长达十五六个小时。夜晚的工地上电灯一盏盏，一片片，整个机场宛如一座座晶亮的岛屿，星罗棋布地镶嵌在高原上。

1951年11月11日，经过6个半月紧张而艰苦的劳动，机场全部竣工。据传达当天成都要来飞机试航。上午10点钟，各部队都集中在各自的施工工地等待。藏族同胞也自发地汇集在附近的山坡上。12点，天空传来飞机的轰鸣声，整个机杨马上就沸腾了起来。不一会七号机就安全地稳稳降落在跑道上，在一辆吉普车带引下，飞机缓缓地滑进了停机坪。藏族同胞看到“朗珠”（天船）的到来，激动万分，纷纷向飞行员献上圣洁的哈达。

20日，十八军后方司令部在机场召开了“庆祝机场落成暨通航典礼”大会，十八军后方司令员陈明义、参谋长何雨农等，分别在大会上讲了话。二大队的学员参军前是青年学生，经过半年多的正规军事训练和系统的理论学习，在这次修机场中实实在在的经受了锻炼，过好了“劳动关”，取得了“合格军官”的资格。会后学员们按照毕业分配名单，各自背上背包，踏上了人生又一新的征程。

修建甘孜机场，仅学校投入干部和学员两千余名；历时6个半月；完成劳动日40万个；除去雨天和假日，平均每人出工139个劳动日，全校出工总劳动日278，000个，每人每天实际完成劳动日1.438个。八分校干部学员共完成了甘孜机场4000米跑道的一部分及可停放18架飞机的停机坪任务。

我们十一队的女同学也有不少人被评为功臣、模范，并出席了军里举行的庆功会。

# 冰川小河的追忆

王惠文

1959年8月，江孜地区民主改革工作组分批进驻各区乡工作点。我被编入江孜县龙马区热隆乡工作组。进点后，我们不分昼夜地工作，访贫问苦，宣传政策，发动群众，开展了轰轰烈烈的民主改革运动。

同年11月的一天，组长派白美驹、强巴和我三人去50里以外的唐旺则村了解情况，为工作组进点打基础。早饭后，我们3人各骑一匹马出发。几个月的紧张工作，出来走走，让绷紧了的思想松弛一下，感到特别轻松和愉快。我们时跑时走，抬头看看高原上特有的绚丽风光，蓝天、白云、艳阳、雪山……啊！真是美极了！

我们边走边聊，几个月的工作实践，使我们明白了许多东西。白美驹说："过去我就不知道农奴制度上税名目这样繁多，什么扫地扫帚要上税，背水桶的绳子要上税，连双眼皮也要上税，人长得漂亮了也不行。真是剥削到家了！"强巴说："白妹（白美驹是位男同志，因人长得秀气，得此浑名），你是双眼皮，应多交点税噢！"逗得大家都笑了。我们一路谈笑风生，毫不觉得劳累，不知不觉，唐旺则村已经在望了。

当时，高原已进入严冬。当我们来到一条河边时，河水虽清澈见底，但水流湍急，河边已有薄冰，看来就是骑着马过河，可能半截身子也得泡进水里。我们沿河打听哪里能过河，当地群众却说附近无桥可过。我望着奔流的河水不免心中担忧起来。又转念一想，我在进军西藏途中，大江大河都过来了，还怕这条小河沟吗？于是我让他们二人先过，他们在一片惊恐声中总算过去了，下面轮到我过了，只听到小白在对岸喊道："你不要去看水，两眼要看对岸！"可我心里紧张，哪顾得许多，两眼盯着急流，开始小心翼翼地下水，越走越深了，不好，我觉得不像骑的马，而是坐的船，马和我好像整个漂起来顺流而下，齐腰深的水泡着我，马也好像要倒了。于是我想，即使真要掉下河去，也不能掉在马的下游，否则后果不堪设想，我不由自主地把身子歪向另一边，突然，“扑通”一声，我真的掉进了河里。河水把我冲出好远，我挣扎着站起来，可是还未站稳，又被冲出去好远！我试了几次都失败了，再往下不远就是水面宽阔而平静的深水区了。对于我这个“旱鸭子”来说，后果不堪设想。

突然，我觉得有一个人跳进了水里，伸手抓住了我的衣服，他三两下就把我推到了岸边。我定睛一看，是一位陌生的藏族青年，瞧着他那湿透的藏袍、藏靴，我真感到过意不去。使我觉得惊讶的是，他还是一个稚气未脱的孩子，什么是民族团结手足情深？他的行为就是最好的回答。

小白忙上前问他是哪个村的？他不慌不忙地自报家门：“我叫拉巴次仁，今年 21 岁，贫苦农奴出身，是唐旺则村的民改积极分子，今天是奉命来迎接你们的。”在我眼里，他一下子变得高大起来！我忙拉住他的手说：“小同志，谢谢你！”这就是千百万真心实意地拥护民主改革的藏族群众，有了这样的群众，西藏的革命事业能不胜利吗？

转过身再看我骑的那匹马，它浑身湿漉漉的一动也不动地站在一边，好像在说：这也不全怪我啊！我从马被套里取出毛巾擦着头、脸和发辫上的水，又跳了跳，想把身上的水珠抖落下来，怎奈棉衣棉裤全是沉甸甸的。不知谁说了一声：“哟，真成了落汤鸡了！”我感到自己的狼狈，和大家笑了起来。这时我觉得浑身寒冷刺骨，晚风一吹，不觉打了个寒颤。拉巴次仁说：“快上马去我家，前面就是。”我们一行人到他家时，太阳已快落山了。

夜幕降临，小油灯下，拉巴次仁的妈妈烧了一炉火，为我烤衣取暖，她像母亲一样问这问那，亲切地和我们拉着家常，她把我的棉衣翻过来调过去地烤着，语重心长地对我说：“孩子，你们小小年纪跑这么远，都是为了我们，你们的妈妈知道你这样，该有多心疼哪！”我看着她那饱经风霜的前额上的一绺白发，我的眼睛湿润了，多好的妈妈啊！我抱着她说：“妈妈，你就是我的亲妈妈！”

# 走向丁青

彭幼君

1950 年 9 月，十八军军政大学在成都招生，我和同学们踊跃报名参军。我们这批青年学生参军后编入十八军八分校二大队，我们女生全部编入十一队，随后出发去乐山。

大队到达四川乐山后就投入紧张的政治学习和军事训练，在学习中逐渐了解了我们的任务是进军西藏，建设西藏，巩固国防，保卫边疆，去解放西藏受苦受难的藏族人民。

我们十一队的指导员叶志宝是位很严厉的女同志。冯队长（男）被我们称为“队长妈妈”。他们的谆谆教导和坚定的革命信念，深深地印在我们的脑海中。半年后学习合格结业。学员被分配到各单位，准备进藏。我被调入西藏丁青军分区文工队，任务是排练各种舞蹈节目，为党的民族政策做宣传工作。

1951 年春天，丁青分区由四川乐山出发，乘大篷军用车向康定进发。过二郎山时，有的女同志呕吐很厉害，公路刚通车，很窄。到康定后，开始了徒步行军。

走了几个月后，我们来到一条大江边，只见我们分区的司令员王兴友，盘腿坐在江边，悠闲地抽着自卷的烟，文工队的队员们见司令员都很高兴，一阵雀跃似地围着他。这位老红军和蔼可亲，平时行军是见不到他的，他总是打头阵安排大队的食宿问题，今天真是怪，怎么悠闲地坐在江边抽烟，不先走呢？原来他是安排大家过河的。他说：“大家坐船过江，小心点！”我到江边一看傻眼了，船在哪儿呀！只见江中有些小圆簸箩船，直径有 1 米多宽，尖底，形状像小孩玩的陀螺，能站 3 个人。船上除了划船的一个藏胞，只能运送 2 人过江。3 个人在小船里站成品字形，双脚叉开互相挤着，手扶在船边上，藏胞不停地在江里划，纠正船的航向，保持到达对岸的位置。江水离小船边仅二三寸深，稍不注意江水会涌进小船内，小船就会被淹没，我们坐在小船内，心里可捏着一把汗，闭着气不敢说话。可藏族同胞若无其事，泰然地把我们渡到对岸。藏族同胞再将小船扛在肩上往上游走 20-30 米的地方，将船放入水中照样漂向对岸，这样反复摆渡，直到把全分区二百多人渡完。听老同志说这就是金沙江。我睁大双眼张大嘴巴，惊奇地望着江水，心里想“这就是有名的金沙江呀！”难忘的金沙江和小簸箩牛皮船和藏胞划船的英勇形象，永远深深地印在了我的记忆里。

在向丁青进军途中，不知翻了多少座山，涉了多少条河。有一天，我们女同志正累得坐在一块斜坡上七歪八倒的睡着了，远远传来区队长孟正的声音，“大家快醒一醒，到丁青了。”我们大伙猛然醒过来，一点睡意都没有了，高兴地跳了起来，背起行装就跑。到底到达目的地了。区队长说，文工队全体同志到前面集合，换腰鼓装，打腰鼓，准备入城式。丁青县的藏胞们听说来了部队，沿山站了一片来欢迎部队。他们第一次见到这么热闹的腰鼓队，藏族孩子们跳跃着，大人们指指点点，高兴万分，真像过年一样热闹。我们这时使劲地敲打着，“咚吧、咚吧、镲镲齐”，鼓声响彻了整个丁青山坡，丁青的藏胞都给我们敲出来了。

到达目的地后，区队长说今天是“八一”建军节，炊事班给全体战士会餐，羊肉红烧元根萝卜，还加带来的豆瓣酱，又辣又香，今天是行军以来第一次大会餐，大家美美地吃了一顿。

1951 年，十八军丁青文工团在兵站为战士和藏族群众演出

后来，我们到各县去慰问演出，藏族阿爸阿妈阿姐阿哥对我们十分关心和照顾，藏汉之间结下了深厚的感情，至今难忘。以后在拉萨工作，只要遇到从丁青来的藏族干部，我就备感亲切，好像见到了亲兄妹。丁青啊！我的第二故乡。

# 甘孜情愫

王众一

1950年初，我随解放军十八军从乐山向西藏进军，途经邛崃、雅安、天全等地，翻过陡峭险峻、高耸入云的二郎山，再越过雄伟挺拔、空气稀薄的折多山，进入甘孜。在甘孜生活的3年，是我一生中最美好最难忘的时光，至今记忆犹新。

## 一

行军到甘孜，我们驻地在甘孜的东庄，当年红军长征时曾路经甘孜，中央还在此召开了重要的甘孜会议。

东庄的一侧是雅砻河，一侧紧靠层层重叠的山峦，它长满了绿草和灌木，藏民族分散居住在这片土地上，雪山化水汇成的溪流清澈透凉，曲曲弯弯，溪边生长着小叶杨树，粗壮树干的顶端，长满绿叶的树枝伸向四周。远处可见终年积雪的山峰，雪峰在夕阳照射下闪着圣洁耀眼的金色光芒。

1952年初夏，我被组织分配到东庄的十八军医院工作。医院那时是由九院和卫生部的四所合并组建的，分设内科、外科、妇产科、手术室、检验室、供应室、放射科及药剂科。我在内科做护士工作。

医院分散住在东庄方圆数里的民房里，内科8个病室零零星星安置在相邻的藏胞家中，每家设数张病床或十多张病床不等，病房之间由一个弯曲的羊肠小道连结。这里的民房一楼一底，楼上做医护办公室、供应室，楼下作为病房。病房的地面和墙全用高原上的黄土构筑，虽简陋但打扫得干净整洁，夜晚照明靠我们用玻璃瓶做的煤油灯。

医院领导带领全院医护人员，克服困难，履行自己的职责，全身心投入为伤病员和当地藏胞服务中。有时前方转来的伤病员多，病床不够安置，领导带头让屋腾床，做到伤病员人人有床位。

当时医院条件很差，医护办公室还是尽力按正规医院设立，楼上的办公室与楼下的病房工作关系密切，经常要上下楼，楼梯是一根独木梯子，又是在露天之下，上下楼的人只能侧身走，既不方便，又不习惯，白天端着治疗盘都很艰难，夜晚就更不用说了。遇上下雪结冰，下雨脚上带泥，那就更难了，藏胞习以为常，而我们则小心翼翼，随时提防摔倒。可是再难也不能怕，没过多久，我们终于向藏胞一样能熟练上下楼梯了。

东庄的夜晚，非常宁静，不时可听到狼嗥狗吠之声，一盏马灯伴随着我们完成了全部夜班工作。夜间关节痛的病人特别多，我们及时送去热水袋为他们保暖热敷。有一晚，一个高烧病人需要物理降温，我顶着呼啸的寒风去溪边取水，一群野狗尾随身后，驱赶不去，我心里又急又怕，可一想到病人高烧痛苦的面容、急促的呼吸，就顾不上害怕了。匆匆取回溪水，看着病人的呼吸平稳了，我才舒了口气。

内科第八病室在露天巷道的尽头，离医护办公室最远，我负责这个病室的卫生、生活及护理等工作。这个病室的病人同我们相处久了，大家互相关心团结协作，亲如兄弟姐妹一般，病人经治疗逐渐康复出院，临别时很感谢我，留给了我永恒的战友之情。

## 二

我们与藏族同胞居住生活在一起，严格执行民族政策，尊重他们的宗教信仰和民族风俗。藏族同胞生活困难，缺医少药，我们热情为他们治病，宣传卫生知识，送他们生活用品，青稞成熟时帮他们收割打场，学会用牛皮鼓风袋帮他们烧火煮茶，用木桶帮他们背水。军民汉藏，不分彼此，团结友好，和睦相处，亲如一家。他们常翘着大拇指称赞“金珠玛米呀咕嘟”（解放军好）。我们和藏族同胞相见，常亲热的用藏语道声你好，他们便回敬一声你辛苦了。

藏族群众能歌善舞，收割时唱，打场时唱，走路时也唱，上山牧羊时放开嗓子纵情地唱，歌声高亢嘹亮，悦耳动听，不时还伴有悠扬的笛声。

月色好的夜晚，他们齐聚到医院，围着圆圈跳锅庄舞，边跳边唱，我们有时同他们一起跳锅庄，那一挥手一抬脚之间，溶入了浓浓的汉藏友好之情。

藏族群众过藏历年犹如我们过春节，节日期间，他们按传统习俗，要相互撒青稞面粉，姑娘们欢笑着友好地撒向我们，这为节日更增添了喜庆气氛同我们一起共享过节的欢乐。部队电影队也会来医院放露天电影。

1953年春，我们从驻地迁进新建的医院，临别时群众依依不舍来送行，汽车开动了，他们争相送来青稞面饼，与我们告别，离别场面感人至深。

## 三

迁进新建医院不久的一天，我和平常一样在病房上班，正忙着为一个患重病、生活不能自理的藏族老大爷洗脚，忽听身边有人亲切地说："这就是为人民服务嘛！"我抬头不经意笑着看了一眼，我不曾看清楚穿军服说话的人是谁，陪同他的军人又是谁，来不及答话，也没有想到说点什么，埋头专注给病人洗脚。他离开病房后，有病人对我说，刚才对你讲话的人是张国华。我心里为之一震，惊喜交集，很受感动，原来他就是挥师进藏，指挥全军，名震西藏的十八军的军长。

下班后我急着想再目睹一次他的风采。当时军长来医院视察，军部事先不曾通知，医院没有做任何准备，他轻车简从，不动声色地捡查了医院的工作，慰问了住院的伤病员和藏族同胞，看望了医护人员，便悄然离去，我错失了再见他一面的机会。和军长这一面之交，却给我一生留下了永不褪色的记忆。

芮波是我们军的卫生部长、老红军，他资深位高，在我们心目中，是一个生活简朴、平易近人、关心群众、爱护战士的好领导，卫生部的干部战士和卫校的学员，对他无不尊敬爱戴。

初到高原，我们全体住帐篷，帐篷又是用方形雨布连结搭起来的，要说是天当房，地做床也未尝不可，我们高山反应强烈，多数人身体不适，这时大家还要动手砍树运木，挖土砌墙，铲草皮盖房，困难之多，艰苦劳累的程度可想而知。我们这些年轻的女兵何曾修过房造过屋，芮部长什么话也没说，脱下棉军衣，亲自操作示范，教大家砍树铲草皮盖屋顶。别小看盖屋顶，要盖好确实不易，他教大家第一层放木头，粗细大小要交叉排列，第二层放上树枝，再盖草皮，最后用黄粘土封顶，土屋便建成完工。经检查合格，不存隐患，卫校全部同学才告别帐篷，乔迁进屋。

抢修甘孜机场动员令一下，卫校全体同学全部上阵，三个队中，女兵占了两个队，芮部长深入各队关心大家，连女同志梳头的木梳丢了，手裂口了，他都具体关心，帮助解决梳子和凡士林，大家受到很大的鼓励，女同学也同男同学一样，奋不顾身，同兄弟部队一道，顺利完成抢修高原上第一个机场的任务，迎来了首批雄鹰支援进藏前线。

芮部长终因过度劳累积劳成疾，1953 年咯血住进我们医院治疗。在医院，他仍忘不了身负的部长职责，以严于律己的精神，不放弃工作，照样关心医院和群众的利益。他发现医院买回的小儿病床，搁置露天日晒雨淋，便找来管理人员，毫不留情地严厉批评了他，看到值夜班的医护人员少，护理的病人多，护士自己做夜餐，不是吃不上就是吃不好，影响身体，他召开会议亲自解决医护人员的夜餐问题。后来芮部长转回内地医院治疗，离别时，请他送一张照片给我留作纪念，这张 1 寸的黑白照片，至今仍完好地珍藏于我的像册中。

多年以后，听说芮部长离队转到地方，在贵州省任卫生厅厅长。1990 年 5 月他离休后来成都，适逢在四川的原十八军卫校校友在蓉集会，他不顾年事高，有病在身，依然应邀前来成都博物馆同大家相见。他行动不便，听力不好，我们这些已是当奶奶的当年女兵们，纷纷上前问候，自我报名介绍，他面露笑容，亲切地频频点头作答。

40 余年过去了，那段珍贵难忘的岁月，无法从我心中抹去，我对甘孜的情愫，梦牵魂绕，萦系于脑际，深藏于心中，我忘不了甘孜的一山一水，一草一木，更忘不了与我一起生活过的藏族兄弟姐妹，共同战斗过的首长战友和无数住院治疗的伤病员。

# 巡诊在筑路工地上

童瑾华

为了早日解放西藏，完成统一祖国的伟大事业，党中央、毛主席命令我们十八军部队“一面进军，一面修路。”由于西藏位于“世界屋脊”，自然条件恶劣，要修筑公路是一项极其艰巨的任务。

我于1952年12月由十八军卫校医训队毕业，分配到五十四师卫生处，后调到师直门诊所任医助。1953年1月，部队在昌都进行冬季休整，休整结束后，我随部队出发，前往怒江地段参加筑路工作。

由于高原的气候条件恶劣，空气稀薄，即使平地行走也感气喘吁吁。战士们每人还身背背包、干粮和施工用的钢钎、铁锤、十字镐、铁锹等工具，负重六七十斤，要在那崎岖不平的羊肠小道或根本无路的山坡上行走，别提有多难。大部分同志感觉呼吸困难、心慌、气喘、头晕眼花，个别战士严重缺氧。但是为了崇高理想，同志们仍然斗志高昂。

在艰难的行军途中，战士们团结互助，相互鼓励，克服了重重困难，终于到达了我们将要筑路的地段怒江边。

咆哮的怒江，在蜿蜒狭窄的高山峻岭中穿行。陡立的江岸离水面足有八九十米深。怒江里湍急的江水掀起了一个又一个巨浪，形成了一个又一个漩涡。站在岸边向下俯视，使人头晕目眩，面对面地讲话也听不清楚，汹涌的江水在这里流淌了千万年，我们筑路大军将在这里以铿锵的铁锤声和嘹亮的号子声唤醒沉睡的怒江。

怒江两岸都是抬头望不见顶的高山，有些地段悬崖峭壁绵延数10里，部队就要在这样恶劣山筑路，架起通往拉萨的“金桥”。部队在这陡坡、峭崖上搭起了帐篷。帐篷内用砍来的树枝铺在地上当床。当时，部队里流行着一首歌“山顶架帐篷，睡在云雾中，树技铺雪地，好像钢丝床。”这是战士们可贵的乐观主义精神的体现。

师直机关有司、政、后及通讯、警卫、工兵连等。我们师直门诊所共5人组成，有所长、我和另一名医助、司药及卫生员，我是唯一的女同志。我们负责师直所有单位的巡回医疗。我每天上午的任务是背着出诊箱去各单位住地，挨个帐篷寻找留下的病人和伤员，给他们进行诊治。巡诊完了所有的帐篷，因到诊所已是精疲力尽了。另一名医助去施工工地巡回。所长留在门诊所坚守工作岗位，病人随到随诊，根本没有休息时间。战士们因超强度的劳动，全身沾满泥土，他们有的头上、身上、腿上都留下了不少的伤痕，尤其是手更是伤痕累累。但在他们脸上，却看不到为自己的疾病和伤痛而愁眉苦脸的表情，而是完成一天施工任务的喜悦。他们谈论着今天打了多少个炮眼，放了多少个炮，炸掉了多少方石头，谈论着明天再去迎接新的战斗，再想更好的办法，如何让施工工效提高得更快，如何提前完成这段施工任务。这些可爱的战士啊！

在高原上修路遇到的困难是常人难以想象的。这里地势陡峭，山势险峻，气候寒冷。战士们每天天不亮就出工，天黑才收工，从来没有星期天。只有在冰雪封锁无法施工时，才进行休整，在休整期间学习军事、政治等理论知识。

施工部队的生活条件很差，因高原空气稀薄、气压低，饭无法煮熟，每顿吃的都是夹生饭，根本吃不上新鲜蔬菜。有时因路途遥远运输困难也出现断粮现象。战士们穿的军衣在施工中经常磨得破烂不堪。夏天的单衣破得露出皮肉；冬天的棉衣挂着露出的棉花。有的战士的棉衣挂烂后变成了单薄的夹衣，在寒风中仍然战斗在施工第一线。

当时，筑路工具很简单，仅有铁锹、十字镐、钢钎、铁锤等。在修路中石方工程量非常大。要在半山腰开出一条公路，只有靠高空作业，打炮眼，爆破，劈山开石。有些施工地段，石壁又陡、又光，根本找不到拴绳子的地方。只有把钢钎打进石壁几尺深，再把长绳一头拴在钢钎上，一头拴在抡锤、钢钎人的身上，人只能悬在半空中，脚踏在石壁上，悬空打眼放炮。俩人共同配合，既要大胆，又要心细，还要熟练地把一根根引线点燃，飞快地跑到安全地带隐蔽。一会儿“轰轰隆隆”的爆炸声在山间轰鸣，满山烟雾弥漫，碎石纷飞，这个阵势就像激烈的战场一样。就是这样一锤一锹，使公路一里一里的向前延伸。

为了提高工效，部队在施工中开展劳动竞赛。大家群策群力，动脑筋想办法，改进施工方法。谁发明了好的施工方法，就立即进行推广。战士们在筑路中情绪高昂，自编歌曲、快板书和顺口溜，歌颂好人好事。

1954 年春节，师直部队召开春节联欢晚会。晚会尚未开始，我们先到场的同志，正兴高采烈地谈笑、议论着各部门表演什么节目。突然用原木搭建在山坡上的临时俱乐部轰然倒塌，我被砸得不省人事，经过抢救、治疗，最后诊断为第十一、十二胸椎压缩性骨折。苏醒后得知我是被一根碗口粗的原木砸在背上。还有一位女同志被砸在头部。我经过治疗稍有好转又投入紧张的工作。从受伤至今已 45 年了，虽经多次治疗，现在受伤的部位时有疼痛，疼痛时，就会使我不由得回忆起了那段艰苦而又愉快的部队生活。

经过了 3 年多时间，克服了一个又一个困难，终于完成了艰巨而光荣的筑路任务。川藏公路于 1954 年 11 月 27 日正式通车。

这是人类第一次在雪域高原架设的一座“金桥”。它是连接北京——拉萨的纽带；它凝聚着干部、战士的辛勤劳动和对西藏人民的深情厚爱；它是中国人民解放军进藏部队和筑路员工战胜天险，克服重重困难取得的辉煌成果，是一个人间奇迹。

# 热血报祖国

## 包桂芬

为了解放处于水深火热之中的西藏人民，党中央毛主席向全国发出号召向西藏进军。

当时我在北京国立第一助产学校学习，心想作为一名共产党员，应积极响应党的号召，到祖国最需要最艰苦的地方去。1951 年 3 月，我积极报名参加了由中央卫生部抽调各省市医护人员组成的北京医疗队。西北进藏部队后勤筹备处负责人肖生同志具体组建，由医疗队队长董光同志带领北京医疗队来到西北进藏人员总集合地兰州市，住在西北大厦。医疗队的成员来自五湖四海，大家互帮互助，互相尊重，那种革命友谊，形成了一个充满活力的小集体。我们在兰州的任务是学习党的少数民族政策、和平解放西藏十七条协议、三大纪律八项注意以及骑马、射击、打靶等。我们这些年青人在每日学习之余总是一片歌声，无忧无虑，只有一个念头就是搞好行军路上的本职工作。

在兰州经过四个月的学习和训练，于 8 月中旬乘汽车经西宁前往西藏，徒步进军出发总集合地香日德。全体西北西藏工委进藏干、战及驮运各种物资的马、牛、骡、骆驼等都先后抵达这里。这个只有百余户各族人民聚居的小镇，一下子进驻人以千计，牲畜以万计的大军，变得非常热闹。部队在这里进行了整顿、军训，宣布行军序列和干部的任命，各队接受任务，医疗队的医护人员分散到各大队。我分到牛大队医疗组（大队长张兆祥、政委刘旭初），同时在香日德宣布了西北西藏工委对外番号为中国人民解放军十八军独立支队，并隆重举行了誓师大会。独立支队范明司令员向全体干部、战士作了进军西藏动员报告。在歌声口号声中，于 8 月下旬从这里迈出了走向世界屋脊的第一步。行军路程约两千余公里，路经祁连山、昆仑山、唐古拉山等山脉。青藏高原平均海拔在4000米，这里有寸草不生的大漠荒原，有千里冰封雪飘的冰凉地带，也有分布着长江、黄河、怒江等源头的沼泽地。行军十分困难，风餐露宿，在暴风骤雨、飞沙走石的袭击中前进。从香日德向西南行约七八天时间来到昆仑山脉第一座大山诺木岗，海拔5000多米。由于高山缺氧同志们普遍感到头痛恶心、呼吸困难、四肢无力。大家将出发前发的预防“瘴气"的药品十滴水、仁丹、大蒜用上，喝点十滴水口含仁丹继续前进。翻过诺木岗，部队一直行进在4000米的高原上。高原的气候变化无常，有时天气晴朗、红日当头，晒得脸黑红而脱皮，有时突然乌云遮日，云升风起接着就是大雨冰雹或雪迎头浇来，气温迅速下降，脸又冻得起泡疼痛难忍，才穿单衣又换棉衣。刚开始时我们不习惯高原生活，见炊事员手抓牛粪烧火不洗手又去和面，往锅里揪面片，抓牛粪添火，又抓盐往锅里撒，盛出就吃，头三天我怎么也咽不下去。想起出发前范明司令员作的动员报告，向长征老红军学习，“学习他们爬雪山过草地，克服千难万险，不怕牺牲的革命精神气比起老前辈这点苦，脏点又算什么，一定要克服。随着时间的推移，我慢慢地习惯了，一到宿营地就拾牛粪做饭。经过十几天风餐露宿、跋山涉水的行军，于9月初冒大雨到了我国第二条大河的源头黄河源。

黄河源地势开阔平坦，一望无边，却有长达数百里的沼泽地，人马都要绕道而行，一不小心就会陷进淤泥，越陷越深甚至有被淤泥吞没的危险。“水盆地”沼泽地带，一个水坑连一个草疙瘩，人牵着马小心翼翼地从这个草疙瘩跳到另一个草疙瘩上，稍不留神滑进水坑就很危险。马蹄打滑泥浆四溅，每走一步都提心吊胆，有一次我送病人返回途中，看起来绿茸茸一片草地，马踏上去没走几步一下陷入泥潭里，淤泥已陷到马肚，吓得我不敢乱动，只是把马缰绳往上拉，心想可能出不去了，解放西藏难免有牺牲，死了也光荣。正在我胡思乱想的瞬间，马歇了一下猛地跳出了泥潭。只见马身上汗直往下淌，喘着粗气，我心疼得抚摸着马头，马也靠近我的身，嘶叫一声。记得还有一次往驾窝队送病人回来时过河，隔岸宿营地的同志们已休息，我一个人盲目地过河，快到岸时突然水深得淹到了马背，我的两腿泡在河里，也是我的马猛地跳上岸才脱险。艰难地在沼泽地跋涉了七八天后，终于胜利地渡过了黄河源。独立支队全体指战员休整了3天，总结草原行军经验，召开大会，我也因工作积极，爱护马匹立了功。

9月13日，部队又向巴颜喀拉山迈进，翻过巴颜喀拉山，来到我国最大的河流长江上游，通天河挡住了部队前进的道路。我们到达这里时，正遇上洪水暴涨，水深莫测，只见波涛汹涌，滚滚东流，河宽约三四百米，部队只有十来个牛皮筏子，要想摆渡千军万马以及堆积如山的物资谈何容易。几次驱赶牛、马群过河都因水深流急被浪打了回来。后又组织会游泳的同志牵着马带头泅渡，几次又遭失败，泅渡的同志中辛烈等8位同志被恶浪卷走，献出了宝贵的生命，想起他们那种为解放西藏与大自然英勇搏斗，不怕牺牲的革命精神，更加激励我奋勇前进。最后在上游找到水流较浅处，经日夜奋战挖渠分流，降低主流水流量，牲畜才得以涉水过河。人员物资日夜用皮筏子摆渡奋战了十多天，才战胜了天险。司令部发出“奋勇前进，抢过唐古拉山”的号召。因过通天河耽误二十来天，口粮已很少，我们每天以豌豆、三和面等充饥，吃得胃胀放屁，晚宿营时大家都放屁，帐篷里臭气难闻。肚子吃不饱每天又要走10来个小时路程。10月的高原，雪季已到，气温在零下三十多度，10月初从通天河出发向唐古拉山行进，10月18日到世界著名的海拔五千多米的唐古拉山，终年积雪不化，远看唐古拉山像一条银色的大蟒，横卧在青海与西藏的分界处，真是山连山天连山，白雪皑皑寒风凄凄。这里空气稀薄，高山缺氧，同志们感到四肢无力，呼吸困难，晚间头痛失眠，个个皮青脸肿，牛队走得慢，过山时已是下午，风很大，飞沙走石，上山很难走，几步就喘不上气来，两腿无力抬起，上气不接下气，向山上爬一步挪不了几指宽，女同志实在走不动了只好拽着牛、马尾巴往上爬，马也同样由于缺氧走几步就张口喘气，停一会再慢慢地走，这样不知爬了几个小时才到了唐古拉山顶。记得我当时全身瘫软无力、头昏眼花，同志们扶我进帐篷休息，端来一碗热腾腾的糖茶水我才慢慢地缓过来。翻过唐古拉便进入西藏境内，经藏北黑河（今那曲），又遇上地震，刚到宿营地又迅速离开震区，急行军一天一夜才脱离险区。历经三个多月的行军，于1951年12月1日胜利抵达拉萨。

# 一支特殊的女兵队

董宏侠

1954年，西藏军区干部学校里有一支特殊的女生队，这支队伍有八十多个学员，八十多个保姆，八十多个婴幼儿。

1950年至1951年向西藏大进军时，各个部队都有一批年轻的女兵。她们经受了高山缺氧、风雪严寒等恶劣自然环境的考验，经受住物资极度匮乏带来的生活煎熬，和男同志们一起修建甘孜机场，修筑跨越横断山脉的康藏公路，在千里高原组织运输，保证前方部队的供给；吃大苦、耐大劳，尽心尽力地完成各自所担负的任务。她们先后结婚怀孕，由于高原气候恶劣，生活及医疗条件极差，组织上决定让她们回四川生小孩，产后可以休养一段时间。为了让这批同志能充分利用这段宝贵的时间，提高自身的政治、文化素质，更好地适应今后西藏建设的需要，西藏军区决定在干校成立一支特殊的女兵队。组织上任命周维才为队长、杨瑾为协理员、王惠文为文书、董廉民为理论教员、阎xx为文化教员，搭起女兵队的架子，开始接收学员。

俗话说："万事开头难"，协理员杨瑾同志回内地生孩子还未满月，接到调令后不顾自己虚弱的身体，带着保姆、婴儿及两个稍大些的幼儿，赶到女生队驻地大邑县唐场，把家务全部托付给保姆，全身心地开始了新的工作。她和先到的周维才队长一起首先成立党支部，编好党小组；考虑到这批学员都是经过多年实际工作锻炼的排、连、营级干部，入伍前多数是初、高中学生，有一定的自学能力，也有部分工农干部学员文化低亟需提高，于是决定按学员的文化程度分成政治和文化两个区队；政治区队4个班每班十几个人，学习《社会发展史》《社会主义经济问题》等；文化区队3个班，学习高小语文、算术等基础课程。协理员和教员商量，长计划、短安排，制订紧密结合实际的学习计划；分阶段考试，实行5分制记分法。

这支女兵队实行半军事化管理，待产和已产的学员按班住集体宿舍，保姆和婴幼儿集中住后院的几间大房子里，少数哺乳的妈妈晚上可以亲自带婴儿睡觉，但第二天早晨必须把婴儿送回保姆处。白天学习时，上下午各有半个小时休息，妈妈们可以喂奶或看望孩子。每天早出操，晚点名，夜里还要查铺，定期召开班务会，展开批评与自我批评，表扬好人好事；社会情况紧张时，学员们还要站岗放哨，确保集体安全。周队长考虑到这批学员已在高原工作、劳动过很长时间了，体力消耗大，体质有所下降，就在标准范围内，想方设法改善伙食，并注意提高炊事员的烹调技术，每餐有荤有素，四菜一汤，把伙食调剂得有滋有味。文书王惠文同志除了完成本职业务外，负责管理教育保姆们。她经常给保姆们开会、上课，除了讲授一般的卫生常识和育婴知识，还讲解一些时事政治知识，帮助她们提高觉悟，加强责任心，团结互助，带好婴幼儿，让妈妈们无后顾之忧，集中精力学习。

协理员杨瑾同志善于发现培养人才。陈代方同志平时不爱讲话，一开口就脸红，可学习时善于思考，比别的同志理解得快些、深些，协理员发现后就向党支部建议，委任她为辅导员。为了锻炼她，要她给文化区队讲“党的过渡时期的总路线”，她怕讲不好，要协理员请教员讲，无奈协理员非要她讲不可，她只好硬着头皮接受任务。为了讲好课，她认真准备，写好提纲，还挑个僻静的地方，对着树木或墙壁一遍又一遍地演习；讲课时，队长、协理员都坐在下面听讲；由于她准备充分，讲课效果很好，她从同志们聚精会神的目光和领导不时点头满意的微笑中，增强了信心和力量，得到了锻炼。刘少军同志活动能力较强，协理员就让她担任政治区队的区队长。当区队长每天要进行晚点名，且晚点名时要讲评、小结当天的学习和生活情况，开始她有点胆怯，就请协理员指导，协理员和她谈了讲评、小结的主要内容。晚上她只有壮着胆子走上讲台，按事先准备的内容，有条不紊地讲评。看到同志们都认真地听着，她放下了忐忑不安的心。此后，她讲话不再发怵了，而且针对性、条理性更强了。

学员们十分珍惜这次难得的学习机会，严格遵守队里的各项规定和学习、生活制度，上课时专心听教员讲授，认真讨论，对一些理论问题尽量弄懂弄通。在学《社会主义经济问题》时，教员找了许多参考资料，把枯燥的经济问题讲得通俗易懂，使大家擦亮眼睛，结合现实和未来，进一步理解了“党在过渡时期总路线”的正确，了解了“一化三改造”的必要性和重大意义。刘少军同志由学员出任区队长后，并未放松学习，她以身作则，团结同志，助人为乐。生孩子回队后，迅速补上了生产期缺席的课程，有时工作、学习很忙，累得心脏病发作了也不肯休息，坚持把工作、学习都做完做好。文化区队的张淑兰同志只有初小文化，队上讲授高小语文、算术，她在学习时感到十分吃力，但她以锲而不舍的精神，抓紧一切时间刻苦学习，很快赶上来了。后来她写的作文，中心思想明确，条理分明，文字通顺，多次得到了老师的表扬。经过八个多月的学习，大家的思想政治水平和文化水平都有了不同程度的提高，受到了上级的表扬，刘少军、陈代方、张淑兰等同志荣立三等功。

学习即将结束时，上级派干部来队宣布军委命令，“因国防建设的需要，女同志转业到地方工作。”恋恋不舍地离开女兵队，愉快地按组织决定奔赴新的工作岗位，她们有的仍返回西藏高原工作，有的留在四川地方工作。她们在新的工作岗位上始终勤奋地工作，不断地学习，干一行、爱一行，发扬革命军队的光荣传统，发挥着自己的光和热。八十多个保姆中，较年轻的参加了工作。八十多个婴幼儿茁壮成长，个个健康、活泼、可爱。

（此材料经走访原女兵队周维才队长、王惠文文书、刘少军区队长等同志，经协理员杨瑾、学员陈代方、彭家英、董宏侠集体讨论，由董宏侠执笔）

# 年轻的妈妈们

何蜀江　李本信

在50年代初期进军西藏的大军中，有数百名女战士和男战士一样千里迢迢，跋山涉水，忍饥耐寒，为解放西藏，负重前行。到达目的地后，为建设新西藏勤勤恳恳工作，艰苦奋斗，努力为西藏人民服务。

女战士不如男战士强壮有力。但她们不仅要工作，还要生育，抚养子女，担负起母亲的崇高职责。因此，他们是肩负着双重责任，格外艰辛勤劳。也就有着不少心酸的往事。

从昌都地区解放到1952年11月底川藏公路通车昌都。这段时间，部分女战士、女工作人员，在工作的同时怀孕了，丈夫高兴，要做妈妈的年青女战士更憧憬着美好的未来。但实际情况却令人黯然。到1953年末，昌都地区先后有17位女战士做了年青的妈妈，可是活下来健康成长的婴儿只有7个，有两个是畸形儿，而夭折的竟有8个，还有流产的。

那时，由平原初到康藏高原，生活、工作环境非常艰苦。高寒缺氧，紫外线强，气压低，身体适应要有个过程。生活物资供应不足，连青菜也难得有，身体营养差，能有米饭、干菜、酥油、糌粑吃就算不错了。女战士怀孕后仍照常工作，参加生产劳动。卫生医疗机构少，军医又不甚懂妇幼保健医学。女战士在生产时竟是由毫无接生知识的男同志照顾护理。难产了，更是束手无策。婴儿在高原出生后，本身就缺氧，极易患病夭折，有的侥幸生存下来，还落得终身残疾。那时是工作任务第一，爱人要分娩了，丈夫照样远地出差。如昌都分工委（地委）书记的孩子生重病，而这个书记依然到1000公里外的拉萨参加军区党的会议，小孩病死在妈妈的怀里。

进军拉萨以西地区的年青妈妈就更困苦了。她们继续西进一二千公里，经历艰苦的长途行军，生活、身体都弱了，愈远供应愈困难，生活、工作环境愈苦。西藏军区一负责同志结婚多年，没有孩子，到拉萨后，爱人怀了孩子，夫妻俩人都高兴，不料，当这位负责同志必须远去境外处理绕道运输进藏军需物资工作，爱人生产时，接生人员处理失当，孩子生下来就夭折了。军区老政委为此发脾气，并向出远差的同志表示遗憾抱歉。更可惜的是，军区一位部长的爱人因难产丧生。

婴儿对高原气候反应更敏感。艰苦生活中的年青妈妈，大都没有奶水，牛奶、奶粉也难找，代乳粉更没有。那时津贴费只发少许银元，市场上买东西也有限制。婴儿营养不足，大都发育不良。洛隆县军事代表的孩子两岁多了还不能走路，瘦得像猴子，后来，送到成都，呆了半年多，就长高了一头，蹦蹦跳跳活泼可爱。林芝地区一个住在林边帐篷里的年轻妈妈，外出工作时，黄鼠狼把孩子的脸咬破了，孩子成人后，脸上仍留着疤痕。

为了解决婴儿的食物营养，有位区党委的部长用发的不多的津贴买了条母牛自己挤奶喂孩子，波密分工委书记是买了两只母羊挤奶。这种办法确实不错，但更多的女同志却没有这个机遇。后来，组织上允许把孩子送到平原地区抚养，这也不是容易的，送孩子旅途困难，组织上又决定允许回平原地区生孩子。怀孕的女同志坐车回去生育也是艰难的，大都是自己单身旅行，没有亲人陪送。60 年代西藏还没有客车，人们来往一般都坐大货车。孕妇自己上下车取放行李，也发生过多起年青妈妈因颠簸在途中早产的，这就更苦了……

1955 年，西藏在成都、西安、兰州等地建立办事处，开始逐步设立了保育院和小学。接纳西藏干部、战士子女入院或上学。但是年青妈妈放不下心爱的孩子，母子离别的苦情无法用言语来形容。不会说话或不懂事的幼小心灵竟能感觉到母亲要走了，离别前送孩子进保育院、小学时，孩子不停地哭闹。年青妈妈心酸不已，担心保育院、小学能否抚养照顾得好孩子！返回西藏，仍然魂牵梦绕的。更多的是把孩子托给家中的奶奶、外婆或其他亲友照管，西藏工作人员来自五湖四海，他们的子女也是遍布五湖四海。孩子成长的岁月因没有和父母在一起，缺乏感情，有的长到五六岁了还不认识父母。进藏初期没有休假，后来规定工作 3 年休假一次。休假时到保育院看望孩子，一大群孩子都围拢来，像小麻雀一样叽叽喳喳，自己的孩子也同其他孩子一样，高兴地喊叫自己的父母为阿姨叔叔。当老师说这是你的爸爸妈妈，孩子反而逃走。年轻妈妈休假探亲，热情搂抱自己的孩子时，大都受到孩子冷漠的拒绝。有的到老年退休了，还存在子女对自己不那么亲切的感受。

西藏女战士为解放西藏，建设西藏和培养接班人付出了双重的劳动和奉献。西藏女同志们虽然很艰辛，但一直是兢兢业业，坚持不懈地为西藏人民服务着。

# 在西藏当妈妈的艰辛

董惠

1954年5月，经领导批准，我们一行骑马从江孜出发经拉萨，把出生仅两个多月的儿子（刘恒）送往成都。当时我拖着分娩后虚弱的身体，带着干粮、水瓶，沿着小道艰难的往前走。从江孜到拉萨骑马一般走五六天就到了，而我们却走了15天。在翻越海拔5000米的卡如拉山时，到山顶天已经黑了，山顶有一间供西藏地方政府人员换马用的驿站，住下后发现儿子没有气了。同行的卫生员赶快给他打了一支强心针，儿子才哭出声来，但是高山缺氧，为了防止儿子再出现类似情况，我就再也不敢睡觉了，一直抱着儿子坐到天亮。天亮后，我拖着十分疲惫的身体继续往前走。过了雪地，又爬了一座海拔5000米以上的岗巴拉山，到雅鲁藏布江边，乘牛皮船渡江经曲水到达拉萨。

我们由各地区往平原地区送孩子的十多个同志去学习的藏汉族同志组成一个小队，队长是亚东运输八站的站长，副队长是塔新（藏族）。1954年6月2日从拉萨出发。一路上就是骑马住帐篷。在小德庆住了一次房子，同志们照顾我，让我睡在靠窗的床垫上。半夜时孩子猛一下哭起来，原来是一扇窗子掉下来正砸在孩子的额头上，砸起一个青包。到墨竹工卡，半山腰遇到一峰骆驼，把马吓惊了，乱窜乱跳，我牢牢地抱住马脖子，后来骆驼走远了，马也跑累了才停下来。走到波密时遇到塌方，在深不见底的深沟上架起一根长三四米、粗约20公分的独木桥，我走在上边头重脚轻，两眼发黑，身体直晃，副队长塔新同志递给我一根棍子好不容易才过了独木桥。一路上水沟很多，马在跳水沟时多次把我摔下来。我们还路过蚂蝗区，马身上、人身上、用具上爬了许多蚂蝗。走过沼泽地时领导和同志们互相照顾，总算没有出事，毒虫随时可见，有时早上起来身边就有一条大蛇，艰难和危险时时刻刻都在伴随着我们。

一路上我们吃的是在拉萨时烤的饼子，住的是帐篷，因地面十分潮湿，全身生了许多小脓疮，给孩子喂奶时乳房上还直流脓。孩子的尿布用完了，就撕被子，到成都时被里被面都用完了，只剩下两床棉絮。我又黑又瘦，21 岁的年轻人像个老太婆，老同志见到我都认不出来了。他们说：“你怎么这么狼狈呀，像个讨饭的。”

这次长途跋涉送孩子历时三个多月，战胜了多种多样的困难，在领导和同志们的关怀帮助下，终于完成了任务。

1968 年，我儿子 15 岁，我送他在西藏参了军，他在汽车十六团当战士。由于部队各级领导的培养教育，他进步比较快，曾 4 次荣立三等功，从战士逐级提到团长，继续在为西藏做贡献。

# 岁月驼铃

## （文稿摘编）

**李兆荣、王华芳：**

1951年春，我们在四川乐山第十八军卫生学校学习，突然奉命到甘孜去修建机场。到了甘孜，我们立即投入战斗。施工中的一切工序，都是手工操作，连几吨重的压路滚筒，也是靠人拉动，这无疑是艰巨的，特别是对我们这批女兵，难度就更大了。尽管如此，我们也没有被困难吓倒，例如刘世玉同志，发高烧到39度，而她瞒着大家，坚持出工；王九茹同志个头瘦小，身体较弱，被戏称“小妹”，而她总是抢干最脏、最重的工作。这些同志的大无畏精神，又鼓舞着更多战友的干劲。修建机场中，垫土、铺石子、灌沙、灌混合浆，都是粗活，要付出巨大的劳动，而这些粗活、重活，大家总是抢着干。不争先恐后，就要落后，谁愿意当落后分子呢？要是全班的进度受到影响，那可不得了，全班战友都吃不下饭，睡不着觉，集体荣誉啊！施工中，要特别注意质量。别看是同泥巴、石头打交道，名堂不少哩！比如石块与石块之间的缝隙，都必须用铁丝把细沙灌进去，填得扎扎实实，不许留有空隙。灌沙，是施工中最慢、最细致的工序，来不得半点马虎、草率。如被技术员查出问题，就得返工，那就更加麻烦，“百年大计，质量第一”嘛！

**张昆：**

到甘孜后，我们在离机场几里外的山沟里安营扎寨，初夜狂风大作，帐篷被席卷而飞，无影无踪，大家只好头顶皮大衣，背靠背坐到天亮。甘孜的气候一天有四季，搭帐篷是过不了冬的，我们只好自己动手自建营房，依山为后墙，挖一个能住四十多人的地窑，留出大通铺，铺前留走廊，顶用木头树枝和土夯成，外墙用天然红土刷，再用天然白土勾成砖型，中间留窗户，两头留门，用草编门帘，在潮湿的土坑上铺草，睡觉时把棉衣铺在身底下，四十多个女兵睡在一个大通坑上，比内地有暖气的营房还暖，外墙写有“建设边疆，保卫国防”八个大字，房前空地栽有花草，像个大花园，远看就像城市里的一排排洋房。不幸的是我的战友李淑惠等因自建营房塌方被砸死，我们都是同龄人，想起她们心里特别难过。

甘孜机场竣工时，我们女兵受到上级的嘉奖，我所在的区队，被评为模范区队，我们女兵被评出十几位女英雄。由于我军的实际行动，取得了西藏各族人民对解放军的信赖，他们唱道：“哈达不要多，有一条洁白的就好，朋友不要多，有一个解放军就好。”

周霞云：

我记忆较深的一件事是我们到甘孜的第二天，就到十多里远的地方拾柴禾，我们每人发一包压缩饼干。到了山上一看全是大树，我们这批姑娘们大部分还是学生从成都市参军，手无寸铁，赤手空拳，大树扳不倒，树枝也够不着，只好在草地上拾点干枝，我们最多的还拾不到10斤柴禾，在返回住地途中，突然下起了冰雹（鸡蛋大的），打得我们无处躲，只好把拾的柴禾顶在头上，回住地后女兵们病倒不少，都得了肺炎。

王金荣：

在修甘孜机场时，一天清早，我们正在开会，突然间电话铃响了，张子君处长叫我接电话，我一接电话大吃一惊：“赶快救人！窑洞塌了，压死人了！”大家迅速赶到现场，原来有个窑洞塌了。

当时的窑洞搭得很简陋，就是靠山边，挖出一个凹地，由于找不到大木料，只好在上面搭上一些小木棍，铺上一些树枝、树叶、杂草等，在上面盖上一尺多厚的土，以抵御风寒，这就成了一间“住房”，里面人挨人地可以睡上七八个，这种窑洞一旦遇上下雨就很容易垮塌。窑洞塌了，将七八个女同志压在下面，同志们为了尽快救出她们，拼命地刨土。开始还能用木棍、铁锹刨土，后来怕伤着被埋的人，就用手挖，双手被树枝扎破，被沙石磨破，鲜血直流，全然没感到痛。我们班去修机场的张玲、周汝涛、米林同志被救出来了，而师部派去修机场的4个女战士，因熟睡中，不幸都被砸死了。她们都是1950年才参军的女孩子，20岁不到，便这样默默无闻，悄然离去，令人伤感不已。

张侠贞：

使我最难忘怀的是，在甘孜时一位女土司患肺结核，经常发低烧、咳嗽，有时还咯血。我们的医生和卫生员每天背着药箱爬山到她家里为她打针、服药。经过一段时间的治疗，女土司症状明显好转，我们便经常看到她在自己的楼房平台上走来走去地散步，或坐着晒太阳。女土司非常感激解放军。

由于我们坚决执行民族政策和尊重藏族的风俗习惯，因而获得藏族人民的普遍信任和欢迎。我和曹司药的房东，是一位三十多岁的女主人，没有小孩，只有一位十五六岁的女奴。女奴不知道父母是谁，也不知道自己的名字，天真纯朴，人见人怜，她每天放牛、放羊、拾牛粪，从山下小河沟里背水烧茶。女主人很面善，因为彼此语言不通，她总是以微笑面对我们。有时中午我们沿着独木梯子上到二楼平台上晒太阳，通过翻译与主人交谈，或看小女孩晒牛粪、干活。经过多次宣传政策，我们和女主人彼此之间的感情和友谊也与日俱增。女主人很关心我们的生活，因为高原气候特冷，她每天都叫女奴烧水，还送给我们酥油糌粑、油炸麻花等。在阳光普照的一天上午，一位记者前来采访，在房东二楼的平台上给我们拍了两张合影：一张是我和曹子玲司药、卫生员小王、女奴小妹妹的合影，另一张是我和曹子玲、女翻译、女主人、女奴小姑娘的合影。当时虽然阳光明媚，但天气仍很冷，我们都穿厚厚的棉衣，戴着皮帽子。这两张珍贵的合影，直到现在我还保存的完整无缺。每当我翻看这两张照片时，无不思念远在康藏高原的女房东和早已翻身做主人的小妹妹。

范风祯：

1950年，十八军奉命进军西藏来到了甘孜，我当时在五十三师政治部任文化教员。我们五十三师全体指战员和其他友邻部队一样，参加了修筑甘孜机场的任务。甘孜城不大，海拔三千多米，甘孜机场四面环山，中间一块盆地，地势十分复杂，气候异常恶劣，困难很大。当时部队刚进驻甘孜，交通不便，一时给养供应不上，时常吃陈旧的酥油糌粑，为了适应气候，捏着鼻子也要吃下去。高原缺氧，风沙又大，同志们一时不适应，走路喘气，嘴唇干裂。为了尽快修好机场，我们女同志组成了两个班，和男同志一样战斗在甘孜机场的工地上，和男同志一起挥锹挖土，挑沙，砸石头，到刺骨的河水中拾石头，每人每天都分配有具体定额，必须完成，每天要验收，任务非常艰巨而劳累。但女同志们不示弱，信心百倍，不叫苦不叫累，总是拼命和男同志比着干。我们住的是自己挖的深 1.5 米、宽 2.5 米的土坑，上面搭着树条或人字形的窝棚，棚上盖着约 50 公分厚的泥土，我们白天挥锹在工地上，晚上就回到窝棚里睡觉，劳累了一天的女战友，倒下就熟睡了。谁想到，有一天的晚上，突然刮起了大风，紧接着就是大雪夹着冰雹袭击着窝棚，一阵狂风刮来，支撑窝棚的树干和枝条、土和雪塌下来，熟睡的战友还没有来得及弄明白是怎么回事，就被窒息于窝棚里，共有 6 位女同志为修建甘孜机场献出了年轻宝贵的生命。我只记得有李素英同志，她高高的个子，约 1.6 米左右，长脸庞，活泼可爱，一口安徽口音，她不怕苦，不怕累，劳动时拼命干，挑沙时跑得快，别人跑一趟，她跑两趟，爱说爱笑是个乐观派，给我留下了深刻的印象。

刘培：

初参军在军校时有个小同学听信了谣言，她告诉我说：“招我们这批女学生来是配给老干部的。”我说如果真是这样我们就开小差跑吧。事实证明这纯粹是污蔑造谣。我们同时参加首批进藏的数十名女同学都是自由恋爱结成夫妻的，我亲身的经历也是如此。在军校时我的区队长为我介绍某师政治部一青年科长比我大七八岁，我们认识后，自愿互相通信往来，是我自己当时年轻幼稚，致使我们又分手了。感谢他送给了我几本好书，如《钢铁是怎样炼成的》《卓娅和舒拉的故事》，保尔柯察金、丹娘、卓娅成为我在艰苦困难的岁月中战胜一切的榜样。我的丈夫是我再次进藏在一起工作的青年医生。为了工作，他奉命去第一线建立第一诊所，任诊所所长，我俩相识相知，自由相爱两年后才结婚。

**丁金平：**

修建甘孜机场成就了我的一生情缘。在甘孜，我遇到了日后的终生伴侣冉宪生同志。宪生原是五十三师一五七团政委，参加昌都战役后，1951年5月在德格待命进藏时，张国华军长找他谈话，决定调他到八分校工作。7月的一天下工回来，发现南屋来了一位约30来岁的陌生人，温文尔雅，沉稳刚毅。校政治部张恒主任介绍说，这是新来的冉政委，就叫他二号吧。当时一号首长是校长周子平，宪生任校副政委（以后为政委）。我们和二号都住在扎西家楼上，朝夕相见。他常到各大队了解情况，晚上手不释卷，不是看文件，就是读马列毛的著作。我感到这位二号首长一个突出的特点就是酷爱读书。我参军时是高三学生，当时已算文化高的了。我也爱读书，常借他的马列小册子来读，并经常请教他一些理论问题。他逐步对我产生了好感，一有空就找我闲谈，以后经常和我并排坐在我住的西屋门槛上，或一同在平台上散步，有说不完的话题。张恒主任发现以后，就做了这个现成的月老。以后我俩先后调到南京军事学院，他如饥似渴地攻读《资本论》等马列著作。他是一个有理想、有道德、有骨气、有毅力、有爱心的共产党员，具有高尚的人格魅力。他支持我转业后读了大学。不管是在读书时，还是留在南京大学当教师，他都以诲人不倦的精神帮助我。他是我的良师益友和革命伴侣。感谢进军甘孜，成就了我的美满姻缘。

**罗辉仪：**

我们坐着用自己背包当坐垫的卡车，从邛崃出发，整整走了7天才到达甘孜。到甘孜当天，汽车停下来说是到达目的地了，其实是一片荒无人烟的大山沟。大家拍打一下长途行军的灰尘，立即忙着搭帐篷，安营扎寨。高原气候变化无常，白天还是白云蓝天，晚上忽然刮起了狂风暴雨，有的帐篷刮翻了，有的被子打湿了，大家赶忙起来加固帐篷，挖排水沟。鉴于雨季将来临，住帐篷不是长久之计，上级决定挖土窑洞，以队为单位挖土坑，上面搭上木料，再盖上泥土。木料是到几十里外的雪山原始森林去砍，当年我们都是十六七岁的女孩子，扛上木料，走平路都很困难，在高原上走山路更可想而知。早晨出发时还雄赳赳的大步走，回来时越走越慢，已是深夜，茫茫荒原，一片漆黑，看不准方向，又怕迷路，大家又饥又渴，又累又怕，只有满山遍野地喊着班里同志的名字，互相联络，互相帮助，终于扛回木料。经过几天劳动，窑洞建成，搬进后再也不怕刮风下雨了，因为是自己亲自搭的，住起来感到特别舒服。土炕上还铺上青棵秸秆，躺在上面，不亚于席梦思。夏季来临时，高原上紫外线特别强，晒得人火辣辣的，劳动一天回到窑洞感到特别凉爽。窑洞是顺山坡修建的，层次分明，本来是一排排独立的平房，从下面向上看，却成了二三层楼房了。以后在土窑外还铺上白色的小石子路，种上马兰花，门上有用白石子镶嵌着对联，如“进军西藏”“巩固西南国防，捍卫祖国边疆”等，把整个营区打扮得干干净净，绚丽多彩，处处体现了人民军队乐观向上的精神风貌。

黄纯熙：

经过紧急行军，终于到达了甘孜。原以为到达甘孜有房、有床，可以舒舒服服地睡个安稳觉了，谁知，这里是荒无人烟的山沟沟！我们仍以班为单位，搭帐篷宿营。夜晚正当朦胧入睡时，突然吹起了大风，下起暴雨，吹翻了我们的帐篷，淋湿了我们的衣服，大家忙着起床修整帐篷，把衣服、被褥拧干，又朦朦胧胧地睡到天明。直到修起窑洞，才免了风吹雨淋之苦。每天早晨破冰取水洗脸、漱口，生活极端艰苦；半年多吃不上新鲜蔬菜，更谈不上用热水洗澡、洗脚……由于吃不上蔬菜而导致维生素缺乏，我们的的指甲全都凹陷下去了，有的牙周发炎，牙龈出血，牙齿松动。但同学们思想愉快，情绪乐观，毫无怨言。

机场建在甘孜东郊的荒原上，修建中无机械化的施工工具，挖土全靠人力。为抢时间，争速度，昼夜施工，人停工具不停。同学们吃大苦、耐大劳，每天劳动在10小时以上。由于生理条件的限制，女同学必须比男同志付出更大的努力。许多同学月经来了也羞于启齿，仍大筐大筐地抬土，时间长了大腿两侧磨破了皮，行走时疼痛难忍。然而我们仍以顽强拼搏的革命精神与男同学拉歌、唱歌，有说有笑，你追我赶开展劳动竞赛。每当收工回到窑洞时，腰酸背痛，双腿僵硬，同学们互相搓揉，而后横七竖八地进入了梦乡。有的同学有时把月光当成了黎明，叫大家快起床上工地，可见当时劳动之紧张。

余孝怀：

我们年轻，身体及心理素质良好，适应能力强，休整几天后即投入紧张的修建工作。当时全军参战，机场正进入紧张的施工阶段。我们队的任务是搬运土方。一张把牛皮做成的筐子和一根木棍就是我们的主要运输工具。有时一场大雨下来，把牛皮筐披在背上就可当雨具。雨过天晴后湿漉漉的皮筐加上泥土，其份量就可想而知了。除搬运土方外，还要负责地面的平整工作，按指定的木桩尺度拉上横线用铁铲和木耙平整。要求严格，不得相差分毫。我们每个人都经历了脚打血泡，肩膀红肿的磨练。虽然苦累，但我们总是乐呵呵的。当由远而近传来的男生队拉滚筒的号子声时，那种高昂、和谐、步调一致的韵律和填写简单而又鼓舞斗志的歌词，给人一种精神的鼓励。我们女生队在劳动中从不示弱，而且在歌咏比赛中是一流的。工休时常相互拉歌，经常叫男生队败下阵来。在这种艰苦的环境中，我们总是充满了革命的乐观主义精神，你追我赶乐在其中。

高原紫外线强烈，气候干燥，经常刮风，加上露天作业，个个面部晒得既黑又粗糙。我们都不在意自己，对美的追求有另外的见解。卫生部领导来看我们后，给每人送来一盒当时的高级护肤品“维尔肤”，那是对女同志的特殊照顾，也体现出了领导对我们的厚爱。劳动七八个月后，机场初步落成，当见到银色飞机从天而降时，我们激动得热泪盈眶、欢呼雀跃。

刘道兰：

甘孜温泉特别多。在甘孜修建机场有苦有乐，有时劳动后到河边挖一个坑，用每人的方块雨衣围起来，怕有人看到就用人墙挡着，轮流洗澡。洗后非常的舒服，至今想起那一幕幕情景感到非常美好和好笑。

最难忘的，也是最悲壮的事，是在甘孜机场修好后，我们兴高采烈地凯旋而归时，我们中队炊事班的车快到二郎山时，出事了，汽车碰在公路边的大石上翻车了，全班同志都遇难身亡。

梅冲：

在甘孜，星期天不出工，可以打打球，整理个人卫生或互相串串门。

一个星期天，我和几个女兵，带着帐篷和铁锹，去洗温泉浴。我们沿着雅砻江河谷的沙滩向前进，看见冒热气的地段就停下来，用铁锹在沙滩上挖坑，挖着挖着就冒出了热水。我们挖了个1米多宽，50多公分深的坑，架上帐篷，开始沐浴，温泉不断冒出热气，一点也感不到冷，真是惬意极了。

我们住在藏胞家的楼上。他们的楼梯是一根圆木棒，长2米多，直径约20公分，上面凿出一些梯级，楼梯靠在房檐边，用抓钉稍微固定一下。有一次我从楼梯上下来，当时天冷，梯子结着一层薄冰，我刚踏上第一级就从上面摔了下来，一不小心坐在下面谁放的一个搪瓷盆上，面盆被我坐扁了。好在我穿着皮大衣，并没摔着哪儿，只是有惊无险罢了。

孙卫芹、黄燕、粟容：

工地上红旗飘扬，锣鼓齐鸣，拉拉队更是活跃，大家情绪很高，小病就安排干轻活，轻伤不下工地。土方完后，铺跑道灌泥浆，铺碎石，当然重活由男同志担任。用水很难，除保证饮水外每晚每班一桶水轮换烫脚，不然第二天无法施工。7天换一次衣服，各班派一二人背到几里远的河边去洗，还要派武装保护，洗后铺在地上晒干才回来。

各队干部都各显神通，想办法给大家改善生活，用大米磨浆做糍粑、炸油条，有一次我和班里一个姓芦的同志，被派到藏胞的水磨坊磨米粉，天快黑了，有一个男同志关心地间，天晚了你们怕不怕？我们心里虚但嘴很硬，都说不怕，想到队里会派人来接我们。米粉快磨完了，夜幕降临了，我们两个开始后悔，不该对那个男同志充英雄，左等右等队里没人来接，我们又拿不动米粉，急得我俩都快哭了。正在这时，关心我们的那个男同志来了，我们高兴极了，请他帮忙，他替我们拿米粉，打着电筒把我们送回队。事务长带着手枪来接我们，可路线走错了，我们到家他还未回来。

黄松华：

我们自己建房，首先是把斜坡草皮地削成陡峭的土墙壁，内挖平一土墩能睡30人左右，并挖一至二人能通行的过道。住室的土方完成后，紧接着是去二三十里远的山上扛木料，做房梁椽子，每天早上黎明即起，带上凉馍冷开水，在往返时间约十三四个小时的途中，同志们都尽了最大的努力。那时我体重才40公斤，但扛回的一块木料却有83斤，现在我自己都不敢相信当时的事实。那时我们队里最大的年龄也不到20岁，尤其是余孝怀年龄最小，才14岁，也同样参加了如此光荣而艰辛的建设甘孜机场的劳动。房柱房梁房椽都安好了，盖上一种爬地灌木树枝，撒土夯实抹稀泥，然后再就地取材挖方块草皮盖在最上面，把山上成年累月长出的厚厚的青苔采回后，把里面隐藏的虫子捡净，垫在铺上，一切就绪，这就是我们每天劳动后的休息所在地。室外也进行了美化，种上野花草，嵌上白石子字“保卫国防，建设边疆”。

雨季的一个夜晚，突然大雨滂沱，土房外的排水沟容不了如此大的流量，哗啦啦泥水直往三中队某区队房子里面倾泻，该屋同志立即撤离了危险区，所幸尚无人员伤亡，只可惜辛苦劳动盖成的房屋顷刻坍塌……

**熊守效：**

我们女同志绝大多数是青年学生，修建机场是很艰辛的，住帐篷还好，如果住在藏胞家，女同志是不能住正房的，只能住牛羊圈。牛羊圈中跳蚤很多，皮肤被咬得红肿，住地水资源匮乏，燃料主要是靠牛粪，当然也谈不上洗澡了，一天的劳动出汗不少，很难有一点热水擦身，脸脚不洗习以为常。我们女同志也享受过一次优待，那是“三·八”妇女节的一天，在甘孜露天温泉四周站上警卫，藏胞及男同志不准进入警戒区，女同志们痛快地洗了一个澡。

**李平：**

当时我负责三区队的工作，有4个班，每班有十二三人组成，挖好一座窑洞只能住下一个班，也就是说，我区队必须要挖4座窑洞。面对上述情况，同志们并未被困难吓倒，迎难而上，个个革命干劲十足，白手起家，动手挖自己的住处。每座窑洞从窑门口过去，是一个小走道，两边的土台比走道高出面2尺左右当床，每一边可以睡下6至7人。走道到后墙再挖出一块比两边床高出1尺多的土台子当书桌，晚上还可以放一盏煤油灯照亮。费了九牛二虎之力，虽然把窑洞挖好了，可是还无法进去住，因为还没封顶，缺乏房梁等建筑材料，还要到附近深山老林里去伐木，砍树枝，割茅草盖窑顶。扛回的路上，大家情绪很高，愉快地模仿某部电影里的声音，有节奏的一齐高喊：“扛木头”。到住地后，把扛回的木棒搭在挖好的窑洞上面，将树枝和泥土压在茅草上，封顶完毕，窑洞终于落成了，欢天喜地搬进了新居。一排排整齐美观的窑洞展现在眼前，怎不令人高兴呢？为了进一步美化环境，使我们的生活更舒适，又在门前用木棒搭起一个架子，每天收工时，像爱护武器一样，把工具（圆锹、十字镐）擦得干干净净，整整齐齐地摆在上面。还有窑门口下面挖出一道墙和一片平地，在墙壁上用雪白的石子嵌出一条既美观又醒目的大标语：“用我们的辛勤劳动和革命热忱，创建我们美丽的乐园”，在平地上挖出的土台子，高的当桌子，低的当坐凳，既可在这里学习，开饭时菜盆放在上面又可当餐桌，增添了不少生活乐趣，尤其在晚间上灯时分，放眼向远处山坡看去，闪闪烁烁的灯光美极了，可与重庆枇杷山上的万家灯火媲美。

徐家慧：

高原的天气是多变的，明明是晴空万里，远方飘来一朵乌云，很快狂风大作，接着是黑云，大大小小的冰雹狠狠地砸下来。我们没处躲，各样的东西都拿来顶到头上，冰雹下完后是大雨，看来不能继续施工了。我们看不清方向，一个牵一个地摸着走，一不留神我们都掉进了排水沟，幸好沟边有几个男同志，将我们一个个拉上来。这时天已经亮了，好不容易到了家，看着彼此的泥猴样，都忍不住笑了。

平时施工不管是挑土、填土、砌石头、平方，基本上是单个活动。有一天听说全队要拉压路石滚，我看到别的工区男同志拉过，感到气势不凡。临到那一天，我们没带什么工具，套上垫肩，我们百十个女兵，整齐地到了工地。高高的压路石滚，静静地立在那里。我们一人一根粗绳挽在肩上，一声令下，一齐用力，石滚被拉动了，大家高兴得哈哈笑。不久，一个同志领头唱起“号子”，我们跟着喝，踏着整齐的步伐，弯着腰，甩着膀子，用力拉，那高昂的情绪，至今想起还感到激动。

大半年的施工生活也是很丰富的。中午饭是在工地吃，晚饭在家里吃，炊事班想尽法子，给大家改善伙食，经常吃的有萝卜炖肉、炖海带。如用牛粪烤的馒头片醮着红油吃更香。每天晚饭时由一个同志念报、念文件。有一天，念报的同志突然哭起来了，大家吃了一惊，后来才知道是因为没吃新鲜蔬菜得了夜盲症。以后，我们有时也能吃上炊事班的同志在野外挖的灰灰菜，那是很可口的。

看演出、看电影，对我们来说像过节似的。早早吃过晚饭，背上垫坐的包袱，排着队，唱着歌到了空旷的坝子演出场。银幕放在中间，正反两面都坐人。我们着急地望着寒风吹动的黑边白布，这时各单位开始互相拉歌，有时联合起来专攻另一个单位。我们女兵队唱得好，有求必应。这种热腾腾的局面，直到开演才安静下来。

有时我们也自编自演一些节目，或者帮立功的同志写材料。这些活动，一般是在晚上进行，夜深了，肚子饿了怎么办？这时指导员带着我们循着香味到厨房搜索，大锅里炖着肉冒着热气，香喷喷的，我们三四个同志，每人捞一块，算是加餐。第二天事务长很奇怪怎么肉少了，我们躲在一边偷偷地笑。

高原的夜晚是很美的，劳动了一天的同志们晚上本应睡得特别香。可是面对闪烁的星星、银色的月光，有的同志睡不着了。在这诗情画意般的朦胧月光下，就在平地上双双跳起了交际舞。高原的夜晚是寂静的，当山那边转出赶夜路的汽车团队，车灯闪射出强烈的白光，一辆一辆弯弯曲曲的真像一条长龙远远游来。

9月以后，高原的黄金季节快过去了，再不是那样风和日丽。那时的风与沙使我们不敢正面迎接它。有时下着细雨，飘着雪花，寒气透过棉衣刺人肌肤。我们缩着脖子，仍然扛着工具，到工地干活，不久，全身就暖和了。

随着岁月的流动，望着日渐升高、平坦的路基，我们知道甘孜机场的工程快结束了。

**张源锦：**

因运输困难、补给不足，我们已3个多月没吃过一顿像样的饭菜，每天吃的都是发霉了的米饭和已发了芽的花生料、蚕豆酱，连一片蔬菜叶也见不到，就是见到山上绿油油的青草、野菜都止不住咽口水。

大概是3月底的一天，轮到我当班值日，一早我便与另外两位战友背着全区队同志的衣服去河边洗涤，就在洗完将要返回时，突然发现从上游河面漂下来许多绿色的植物。当时由于兴奋和性急，我也不顾汹涌湍急和冰冷刺骨的河水，便跳入河中拖着它向岸上跑去，手脚都麻木了，牙齿还不住的打颤，却一点也不在意。等拖到岸上仔细一瞧才看清，原来是一把把被当地藏民丢弃的萝卜缨子。我们高高兴兴地将它捆扎好，像得了什么宝贝一样，一阵风似的向营地跑去，交给炊事班。当天中午炊事班长将它洗净后加放花生米烧炒。终于开饭了，全队同志一见今天的午餐有青菜吃，个个都高兴地蹦了起来，只见转眼功夫，一大锅炒菜被分吃个精光。队里为了奖励我和另外两位战友“购菜”有功，炊事班还特地多分给我们每人三份菜，当时我竟一连吃了三大碗还觉得不过瘾。

李国华：

1951 年 4 月下旬，我们五十四师的全体官兵正在紧张地修建甘孜机场之际，忽接军部命令：师文工队与前政文工团合并，文工队全体人员马上随军直属部队向拉萨进发。为了轻装前进，我们大家把精简过的东西进行了再次精简。尽管西藏冰天雪地，气温在零下 20 度左右，但为了减轻负重，有些人把皮袄的下半截，皮袄袖的前半截都剪掉了。我因在 1949 年进军大西南中得了“心口痛”的病，卫生员告诉我保暖可减轻病痛，于是我把剪掉的皮袄袖又捡回来一只。

进藏途中，我印象最深的是过瓦合山，瓦合山顶海拔 6000 米，山脚海拔 4000 多米，全程是 90 多里路，分两天走，以利第二天翻越山巅。

那天先是下雨，后来又下雪，雪不停地飘落，我们身上、帽子上、背包上都铺上了一张奇妙的“风雪图”；我们的帽沿上、头发上都镶嵌着晶莹的冰珠；我们口鼻呼出的雾状热气，即刻就在我们的帽耳的边沿上、眼睫毛上凝成冰花。山风透骨的寒，那真是天寒地冻。但在行军中，我们贴身的衬衫上还浸润着湿热的微汗。山险、路滑，加之同志们都是超体力负重（女同志背 40 斤左右、连队战士背 70 多斤），人走都困难，负重的马匹行进就更难，有些地方狭窄，还得把马驮子卸下来，把马先牵过去，人把驮子抬过去再备马前进；有些地段，要靠人砍树枝铺在地上，让大队人马通行。行进了 40 里路，就到驻地，炊事班的同志马上去砍柴挖灶，搭锅做饭。我们各小单位都分别去找地方搭帐篷，还砍了很多树枝铺在帐篷里，树枝虽然很湿，但铺上一层帐篷布，再铺上一层白床单，我们坐在上面一弹一弹的，大家还风趣地说今晚我们睡“沙发床”。那天夜里，我那只半截皮袄袖可发挥威力了——铺在背下特别暖和。

丁光衡：

从昌都出发后，我们翻越一座海拔5000米的大山。行军的疲劳、严重的高山缺氧，使我已经走不动，快要倒下了。这时的我，面色苍白，四肢无力透不过气来。但我性格倔犟，仍顽强地背着背包、米袋，想继续走。在这生与死的一刻，倒下去就是死亡。后面的同志很快抢下我的背包，扶着我走，革命的信念支撑着我没有倒下去。同志们的互助，首长的爱护，给我送来一匹军马，我骑在马上，由医生监护着平安抵达宿营地，接着是继续抢救，晚上12点后我才有所恢复。还有一次行军，我被陷进草原的沼泽坑洼里，已淹没到齐腰部，是旁边的同志很快把我拖了起来，好险啊！

高乐政：

进军一天比一天艰苦，每天行军七八十里，每个人只有四两代食粉充饥，一顿饭也只有大半碗代食粉糊糊，由于长期跋涉，翻山越岭，又经常卧雪夜宿，同志们的身体相当虚弱，病号一天天多了起来，驮马也死了大半，怎么办呢？团部决定组织担架队，队员全部由共产党员组成，这支队伍，真算是全团之精华，年纪轻，身体好，又有吃苦精神，至今我仍记忆犹新的是，有一位个子不高，身体瘦弱的小同志，他是军乐队的张国藩，身体一直不太好，可他坚决要求参加担架队，团领导几次劝阻，都被他顶了回来，他非常生气地喊，我是不是共产党员？这时候共产党不站出来，要等到何时，我这个党员就是要在这时候发光。他决心已下，要想说服他，可不那么容易，只好让他参加干些力所能及的事。开始几天，他总算挺过来了，就在第5天出发不久，他就昏倒在路上，经医生抢救一个多小时后，才慢慢苏醒。政委让他坐担架，他死活不肯，走一段停一停，头上的汗珠像黄豆似的往下滚落，大家心里都明白，这是咬牙坚持，每走一步，他都要付出多大的努力，休息了，同志们围过来，问长问短。小张同志含笑说：“我最爱听老侯同志说的一句话，梦一梦到北京，死了也心甘，等西藏解放，百万农奴翻身了，我会去北京的，说不定还会见到毛主席。”这一席话，说得我们心里暖洋洋的。然而，万万没有想到几分种后，他含笑停止了呼吸，他的面容像是睡着了，睡得是那样的安详！他在做梦，梦到了北京，见到了日夜想念的毛主席……高山之上，乱石成堆，我们用他的被褥把遗体包好，安置在面向东方的高山之上。战友啊！西藏人民不会忘记你，共和国不会忘记你！

殷祥珍：

翻折多山时，我掉队了，听见部队到达宿营地的歌声，急于走捷径赶到山顶，由于没有踏着雪地上的脚印行走，一下子陷进雪坑，越陷越深，眼看白雪快要埋到肚脐，我真吓呆了，心想这下可完了。我放声大喊：“快来人啊！快来人啊！”幸好收容队的同志闻声赶来，他们放下绳索将我救起。

翻雀儿山时，前面牲口驮的军用品滑下来，撞倒牦牛，牦牛又将我撞下山崖，真是“苍天保佑”，幸运地被老树桩挡住没掉下去，否则我就“光荣”了。到了宿营地，战友们关切地询问，我饶有风趣地说：“我的命大福大，马克思不要我报到，说我解放西藏的任务还没有完成，要我回来，继续革命。”惹得大家哈哈大笑。

周汝涛：

我所在的五十三师休养所主要任务是负责师直属连队及下属各团伤病员的收容治疗工作。初修路基大都是坚硬岩石，必须放炮开山，非常危险。每当我们听到开山炮响，也就进入了紧张的战备状态，准备接收伤员。当时的护士工作不像现在的医院，分工明确，设备又好。我们既要打针发药，还要担开水、送饭、搞卫生等，做力所能及的杂活。使我最难忘的是，由于路未修好，车不通，物资供应困难，药品器材很缺。因此，连伤员用的敷料纱布绷带等都是用后再清洗干净蒸了再用。在没有任何消毒液，就连肥皂、热水都缺乏的情况下，洗那些布满脓血又腥又臭的纱布绷带，实在是一种考验，我们这些刚出学校的十多岁的女孩子，哪里做过这些事啊。后来经过学习，认识到战友们为建设西藏，为早日把康藏公路修到拉萨，在这非常恶劣的环境中，生活极为艰苦，战天斗地，吃大苦耐大劳，因而光荣负伤，我们做点小事又算得了什么呢？我们从闭着眼洗沙布绷带，到主动去洗，争着去洗。在寒冷刺骨的水中为重伤员洗衣服、洗被褥，有时看着被冰雪封冻的河面无法取水洗，还得用石头砸出个大窟窿，快速清洗，否则会将要洗的衣物冻住。

刘素芬：

在昌都战役中，从竹笆笼送回3个被俘虏的藏军重伤员，我们像对待自己的战友一样对待他们，其中有个叫日地增榷的，胳臂断了，一日三餐全靠我们给他喂饭、喂药，这个藏兵满身虱子滚成了团，全靠我们几个经常给他烧开水烫衣服，消灭虱子，从各方面给予关心、照顾。几位被俘伤员，被我们感动得泪如雨下，竖起大拇指说："金珠玛米呀咕嘟！解放军真正是我们的大恩人。"在巴塘住的那段时间，每天总有那么一些对我军不怀好意的观望者，站在我们营地外看，想看有没有抢着吃的，尽管我们吃不饱肚子，大家还是你敬我让的，从未发生过争吃抢喝的现象，连锅巴都不去铲一下，以免群众听到锅响，说解放军没吃的了，会生出很多流言蜚语，发生其它不利的事情。

方杰：

1951年7、8月份，我们五十二师和五十四师文工队的部分同志，随先遣支队由昌都向拉萨进军。此时我认识了李国华同志，她是河南许昌人。有一天，在山沟里行军，经过八九道冰川河流，我和李国华都感到腿发硬，渐渐地和队伍拉开了距离，掉了队。那天掉队的另一主要原因，就是我和李国华都是特殊情况，大腿根都磨出小拇指长的口子，疼痛难忍。那时可没有什么软棉纸，更没有今天的卫生巾什么的，掏棉衣边的棉花，撕旧衣服是唯一的解决办法。就在这种情况下，我和李国华还开玩笑说：我们的腿像冰棍，又凉又硬。不过我们拉下来的还不算很远，再趟一道河就到目的地了。我俩一商量，想选上游露出水面的石头走过河去，于是往山坡10米处走去，走近一看，水不太深，可都是鹅卵石，而且上面还结了冰。因为我们年轻，就冒险地试试看，谁知刚向石上迈步，就都躺在急流之中了，我们互相搀扶着，费了很大力气才爬上来，好在水不算深，衣服没全湿透。

因为此时天已接近黄昏,温度下降,经晚风一吹,被打湿的地方瞬间结了冰,军帽和头发也粘在一起了。我俩由原来的冰棍变成冰糖葫芦了，觉得全身冷透了，一点力气也没有，便往地上一坐，面面相视。这时有位首长向我们走来,他看我们极度疲劳,即令他的警卫员取来一小包饼干,和蔼地说:“你们怎么搞成这样？快把饼干吃了，骑我的马过去，坚持一下，再过一道河就是目的地了。”但从警卫员取饼干时迟疑的眼神里，我们断定首长的饼干也不多了。所以我俩推说不饿，不肯接受，推让再三，还是在首长的命令下，我俩才接受下来。此时我们被感动了，眼泪流了出来，不知说什么才好，最后异口同声地说：“谢谢首长”。后来我才知道这位首长姓乔。吃完饼干后，在警卫员的帮助下，我们上了马，很快到了河对岸，追上了部队。

郑萍：

1951年9月，我先在甘孜十八军后司集中台做见习报务员。后调往拉萨在军区集中电台工作。当时拉萨生活条件极其艰苦，在藏区根本吃不到新鲜蔬菜。就是在这块贫瘠的土地上，我军发扬党的优良传统——自力更生、丰衣足食。根据高原的特殊气候环境，我们选择种植易成活，生长期又短的大萝卜和白菜。就这样我们边工作,边开荒种菜。这里气候变化无常,刚才还是晴空万里，突然气温下降，倾盆大雨从天而降，让你瞬间变成一个“落汤鸡”，有时骤然大雪纷纷，或是冰雹劈头盖脸砸来，每当这时大家赶紧用能遮挡的东西罩着自己的头向住地飞跑，动作迟一点的，头上挨上了几颗“雹弹”，进到屋来已是头上长出了“角”。战友们在此时也表现出高度的革命乐观主义精神，相互开着玩笑，相互鼓励，大家革命斗志昂扬。当冰雹停了以后,又投入到紧张的生产劳动中。高原的阳光特别的毒,紫外线很强，照在皮肤上火辣辣的，像火燎了一样痛。外加上风雪肆无忌惮地横扫，要不了多久皮肤就变成紫黑。当时可不像现在，有这么多护肤用品，对我们这些正处在青春年华的女孩，那时的心情特别难受。但是，我们并没在这些困难面前退却，因为我们是新中国的一代新人，有为统一祖国的伟大事业献身的崇高理想。

春天的耕种是艰苦和辛劳的，秋天的收获更是幸福和甜美的。看着一片片成熟的蔬菜，丰收的喜悦和成就感荡漾在我们每个人的心头。吃着这些自己种出来的蔬菜，我们觉得比世界上任何山珍海味还要香甜可口。

黄道惠：

1952年冬天，我与同学毛澄清调到一五九团，在团部作文化教员。这时，全团正在达马拉山修公路。我们俩住的是土坑，挖地几尺，挖成一个长方形的坑。两面是土墙，一面是坑口。进坑口的两侧各挖一土墩作床。进出坑口挂一张布帘，坑口外有一条很短的走道，两边形成稍高的土堆。坑的上面用4块方块雨布盖顶，四周压上泥土。一个风雪的夜晚，我替文书加班填报表到深夜两点，结束后，刚拉开帐篷的门出去，不由得打了个寒颤，外面天寒地冻，真冷！我赶紧披上皮大衣，放下皮帽，想尽快走回土坑睡觉。穿着大头鞋走路，怎么也走不快。夜，像死一般寂静，没有任何声音，只听见自己脚下咕嚓、咕嚓的踏雪声。当我走到坑口时，打亮手电，拉开布帘，天哪！一个大家伙，黑乎乎的一堆，坐在我的枕头上。它背靠墙，面对着毛澄清，转过头来看我时，那对绿莹莹的大眼睛真吓人！当时我吓坏了，很快爬上坑口外侧的土堆，边爬边大声急呼："毛澄清快蒙住头！有野兽！"喊声惊醒了隔壁坑内的机要部门两个同志，他们以为有土匪，披着大衣，提着枪来了。说时迟那时快，那家伙轰的一声呼啸而出，从我面前窜过。当时看不清是什么野兽，矮矮的，胖胖的，估计约有1米长，从跑动的形态来看像熊。当时我迫不急待的走进土坑，感谢上天！毛澄清平安无事。我摸摸枕头，周围还热呼呼的，真可怕。这一折腾，下半夜无法睡了，通宵没合眼。

刘天芳：

1952年5月，我们从医训队毕业，分配到军卫生部防疫队。同时分到防疫队的有金淑薇、徐惠群、陈建修、韦贞烈、余孝怀、李莉、杨莉茹、赖恒和我。我们都是校女子篮球队的伙伴，现在分到了一起，大家都十分高兴。

我们分到防疫队后的第一个任务就是配合西南军区医疗队的魏大夫、饶大夫他们到前方筑路部队调查和防治高山病。我们防疫队还要为五十三师、五十四师全体官兵进行体检。从甘孜到昌都，然后从昌都徒步行军，伴着沿途筑路部队开山放炮的隆隆声，和工地上嘹亮的号子声，边体检，边前进。体检的工作量很大，有时一天要体检几百人，耳朵被听诊器夹肿了，手腕扣诊扣痛了，大家整天总是乐呵呵的。我们一面协助西南军区医疗队的大夫整理高山病的防治资料，一面协助五十三师休养所收治伤病员。

孟正：

50年前，我是十八军三十九族工作队的队员，从玉隆至丁青，我们翻越的雀儿山、矮拉山、折多山、夹皮拉山、雪其拉山、达玛拉山、莫拉山、色其拉山等都在海拔四五千米。哪有什么“羊肠小道”，几乎全是人间罕见的乱石草木丛，荒山野岭，巨石峭壁及原始森林。记得爬一座高山，在前面引路的一匹马一蹄踏空，滚下山坡，幸亏被一块突出的巨石挡住，才没有掉进万丈深渊。人，要是不小心，脚下一滑，就会跌下山涧，粉身碎骨。

行军途中渡过的大江小河，也可以说不计其数。西藏高原上的江河有两大特点：其一，水流湍急；其二，冰冷刺骨。遇到水浅的小河，就脱了鞋袜，挽起裤腿，赤着脚趟水过去。当水深到膝盖，需五六个人挽着胳膊，排成“一”字横队，一起趟过去。趟到对岸，腿脚都冻麻木了。只好坐在背包上用双手搓，有点知觉后才能穿上鞋袜，继续行军。走一段山路，腿脚方可恢复过来。最惊险的是从德格到岗托横渡金沙江。金沙江江面宽阔，水深流急，又没有桥梁通行，只有坐牛皮船才能渡江。牛皮船像个大圆簸箩。一次只能坐4人，为保持船身平衡，4个人坐在四面，两两相对，中间放背包，由一个藏民划船。第一次看到这样稀奇的渡江工具，望着宽阔流急的江水，大家都有点担心。由于船体轻，一下水，船就被急流飞速地向下游冲去。藏民水手很沉着地慢慢稳住船，一步一步艰难地向岸边划。坐在船上的4个同志，都把心提到了嗓子眼，绷紧了每根神经，像木刻石雕似的，两手分开抓住两边的船帮，一动也不动。因为稍有不慎，船一倾斜，就会被急流冲翻，那将葬身鱼腹。胆小的同志干脆闭上眼睛，任凭命运的安排。一直划到对岸，下了船，才长长地出了一口大气，喊一声：“好险呀！”有的同志一边嬉笑着一边说：“又惊又险真好玩，有空再过几次，咱们自己划船！”充分表现出女兵们的革命乐观主义精神。

张韵清：

我于1953年2月中旬到了丁青卫生科。我们每天除给同志们治病外，还为藏胞治病，有时下到宗（县）里去为藏民治病，藏胞对我们很敬重，说我们是毛主席给他们派来的门巴（医生），请我们喝牛奶、酥油茶，把房子让给我们住，还和我们拉家常。这使我们很感动，真正体会到藏族同胞的真诚、朴实。我们有时也给他们送一些肥皂和香烟之类的东西，他们收到后都特别高兴。

丁青不通公路，补给困难，全靠牦牛运输。为此，上级号召开荒种地，自给自足半年粮。于是，大生产开始了，各单位除留个别人坚持日常工作外都参加了开荒生产。大家积极性很高，每天天不亮就挑肥下地，犁地、播种。经过精耕细作，粮食和蔬菜都得到了丰收，一个白萝卜就像初生婴儿那样大，藏胞见到也很惊奇。

丁青一带山上光秃秃的无树木，都用晒干了的牛粪当柴煮饭。我第一次见用牛粪做饭感到奇怪，心想牛粪怎么能燃烧？怎么能煮熟饭？煮出的饭菜一定有臭味？结果是饭也熟了，啥臭味也没有。丁青部队机关都住在山坡上，每天吃水用水全靠藏族同胞用木桶背，卖给部队机关用。所以，我们洗衣服都抽空闲下山去洗，洗后就晒在岸边石头上。此时，我们就会在长满绿草野花的原野上，领略这大自然美丽的风光和蓝天白云，空气特别清新，心情也特别舒畅。

张平之：

1953年6月公路修到怒江边，咆哮的江水切断了一切来往，怒江真是名副其实，离江边三里就听到涛涛的江水犹如雷鸣般的怒吼声，走近江边只见两岸陡壁如切，难以立人，再看江水则如蛟龙翻身，一个旋接着一个旋的上下翻滚着奔腾而下。师团领导、公路局领导和工程技术人员汇集在一起，一面群策群力，集思广益，一面发动广大指战员献计献策。经过反复研究，决定先架一座简易的钢丝吊桥，让部队先过江。在这里，诞生了强渡怒江的英雄崔锡明。部队沿着他探出的路线，源源不断地把架桥物资运过江去，经过全体指战员和工程技术人员的努力，用两根钢丝绳架起了怒江吊桥。此桥远远望去犹如一条银色飘带荡漾在碧蓝的天空。

吊桥修好后，部队即开始过江，我们师的司、政、供、卫机关也陆续到达江边，准备渡江，凌晨即看到部队开始过桥，遥望着犹如荡秋千一般。轮到我们过江时，同志们给我们鼓励并介绍经验说：“两眼向前看不要看水面，两腿伸直用力，脚踏实地稳步前进，腰要直，手要稳，勇往直前永不后顾。”开始过桥的时候一个组一个组的过。我是有生以来第一次过吊桥。当时我背好背包鼓足勇气踏上桥面时，立即感到桥身在左右摇摆，只觉得身子飘飘然，如上青天，两腿如踩在棉花上，软绵绵的，有些紧张，心想反正别人往前走我也跟着往前走。快到江心时，桥摆动得更厉害，我偷偷地往下看了一下江水，这一看不要紧，只觉得我和桥已随着湍急的江水闪电般地向下游飞去，似被凶猛的江水吞没。此时的我已经不由自主地软下来，两眼也睁不开，好像到了另一个世界。在这千钧一发之际。只听得后面有人大喊到：“抬起头来不要往下看，往前看！往前看！”我的眼睛急忙投向了前方，两条腿也挺起来了，虽然心窝里始终像揣着一个“小兔子”，但看到前边的同志已登上了对岸，心情也就慢慢地平静下来，最终还是顺利到达彼岸。所有女兵除了个别有病的，也都顺利地走过了钢丝吊桥，尤其是卫生所的女同志，由于她们需要为伤病员准备食宿用具，除背自己的背包外，还要背粮和其它物资，在桥上往返走了多次，真不愧为女中豪杰。这次过吊桥是我进藏感受较深，也是最自豪的一次，是我一生中最难忘怀的，至今记忆犹新。

**方维敏：**

进藏初期我在拉萨四十九医院（现拉萨总医院）小儿科工作的时候，领导叫我去负责成立一个托儿所，我的责任很大，工作更繁重。由于高原缺氧，孩子抵抗力差，我带领大家做好消毒工作，按时配奶，并到河边洗尿布，水很冷，冻得我们手脚麻木，回到房里，还得把尿布一片一片地烤干。在如此艰苦的环境下，终于办起了拉萨第一个托儿所。

**黄培军：**

进军西藏时，我是五十四师《战旗报》的收音员。收音员工作是深夜收听中央台广播，记录新闻稿。那时，胆子真不小，夜深人静，没有一丝胆怯，只专注于记录新闻。记得 1953 年冬天，部队返回德格，机关驻在寺庙里，我和贺昌华同志住在寺内最高层的一个小木屋内。黑糊糊的小屋四面不透风，只有一个门洞而没有门，房屋面积仅有 6-7 个平方米。除了一张用草铺的能睡两个人的通铺外，只能摆下一张小桌子，上面放着 R100 的收音机和干电池，还有我用的收音机件。这就是我们的寝室。有天晚上狂风大作，又是风又是雨，昌华因为白天劳累已入睡。而我点着蜡烛聚精会神地抄收记录新闻。刚抄完新闻我伸了伸懒腰正准备睡觉。忽然一股大风将蜡烛吹熄，帐篷做的门也开了，从门口窜进一个黑影向我扑来，情急之下我顺手抓起小木棍向黑影打去，不知打了多少下，总算打跑了，我也累了，才又点燃了蜡烛将帐篷门一扣一扣地用绳子拴起来，倒在床上便睡着了，昌华一点也未被吵醒。直到第二天早上，小伙房的老同志们在下边叫："谁把我的羊打死了，这是给首长们改善生活用的。"他们沿着血迹从底楼找到屋顶我的小屋把我吵醒了，我问他们干啥，他们才问道："你们哪个打死了我的羊？"我这才想起原来昨晚偷袭我的是一只羊，我还以为是坏人呢？我很内疚，将昨夜发生的事告诉他们，他们说："你真勇敢！"现在想来，我太对不起小绵羊了。

**金素薇：**

1953 年 10 月，我们 10 名女同志奉命去拉萨工作，加上其他人员、警卫班战士，组成一支三十多人的队伍。我们于 10 月 13 日离开昌都，步行前往拉萨，行军 43 天（中间休息过一天），于 11 月 25 日到达拉萨。这段时间虽不长，但却是我部队生涯中最值得骄傲的经历，它给我留下了永恒的记忆。

当时，康藏公路未通车，我们走的是小路，每天天不亮出发，夜幕降临才宿营，那时虽然西藏解放了，但残余的土匪还经常出没在人烟稀少的地方。警卫班的同志扛着枪走在队伍前面，我们的帐篷也搭在警卫班和带队人员之间。有天，大家宿营在一个山坳里，带队的同志突然通知我们，可能有情况，不管外面发生什么情况，不许乱动，不许喊叫。我从帐篷门前悄悄往外看，警卫班的同志已全部隐蔽在帐篷周围，机枪也架好了。我们紧张得睡不着，大家坐在帐篷里，有的吓得直哆嗦。过了一阵，我爬到帐篷外，果然看见远处的山脊梁上有黑影移动，土匪看见我们有准备，不敢动手就跑了。

我们在翻越一座终年积雪、十分陡峭的大山时，天上飘着鹅毛大雪，刮着大风。下面是被踩紧的雪块，我出现了高山反应，胸前像有铁板压着，呼吸极度困难，领队同志让我骑上他的马，一名扛着机枪的战士为我牵着马，快接近山顶时，马的前蹄打滑，我从马上翻下来。牵马的战士深知我在这时的危险性，如果不赶快过山，我就会有生命危险。他把机枪放在地上，连拖带扶地把我送到了山顶那边的安全地带，再跑回去扛起机枪赶上前来。指着山那边十多座坟墓告诉我，这些都是过山时突然发病死去的同志，所以，这座不知名的山被同志们取名为“死人山”。我虽然平安过了山，但这位战士却因为把机枪放在地上，受到了领导严厉的批评。为此，我心里难过极了，深感内疚。

**黄慧熙：**

我作为十八军五十三师休养所的卫生员参与了康藏公路的修建。当公路修到通麦期间，正逢西藏的雨季，有一天晚上睡到半夜，突然大雨倾盆，山洪暴发，泥沙俱下夹着几百斤重的石头，从山腰间呼啸而来，响声震天，把我们从梦中惊醒，打开电筒一照，泥沙都淹到帐篷了。雨仍在下，泥石仍在往下滚。这时，我们休养所的同志忙作一团，有的背伤病员，有的搬药箱，有的搬设备，都在忙着抢救物资。化验室的仪器和药品全由我一个人背着，随同志们一起转移到安全的地方。等把这些伤病员和物资转移完了，全身也湿透了，再回到帐篷时，大部已倒塌，有的帐篷被泥沙埋了一尺多深，幸好没有人员伤亡。天亮后忙着烧火烤衣服、洗帐篷和安置住地，整整忙了一天才收拾完毕，今天想起来还心有余悸。在通麦，我们住了两个多月，这里属于亚热带气候，森林茂密，杂草丛生，遍地都有旱蚂蝗，下一点雨蚂蝗就活跃起来，在树上或草丛中发出吱吱的声音，到处都在动，看起来令人害怕。人在树下走，就掉在你的脖子上，或从草地钻进你的裤子里，吸食你的血。等你发现了，它已吃得胀鼓鼓的，吃饱了就自己滚下去，未吃饱的要用手拍几下才拍得下来。凡是被蚂蝗吸过血的地方，好了也要起个小黑点，得经过很久的时间才能脱落。因此，我们在外出打柴时都要穿上雨衣或把脖子用毛巾围上，裤脚扎紧，袖子扣好，以防蚂蝗的侵袭。有时晚间上厕所，一不注意，蚂蝗也要钻到你的身上（因那里的厕所是露天的），待到第二天起床时，看到身上和被子上有血，才知道是被蚂蝗咬了。公路修到波密时，大部队在那里休整建营房，病号特别多，那时我们的休养所已改为五十三师卫生营了，医疗设备也多了些，医生也多了，医疗水平也提高了，团以下的重伤员都要送到卫生营来。因此，我们出诊的时间也相应增多了。有一次我出诊去一五七团，因为他们离卫生营还有几十公里，又不通汽车，就骑马出诊，在途中的羊肠小道上，马一失蹄，我被摔下了山坡，头上摔了一个洞，至今还有一块伤疤，这也算是我进军西藏的纪念。

**梅兴秀：**

被称为“八十二公里”的地方，是康（川）藏公路通车昌都后，沿新线西进并距昌都八十二公里由我们师担任施工的一个工区。因无村庄、无驿站、无地名，依照施工图纸标位，施工部队就给它命名为“八十二公里”，公路线路多在半山腰，师直机关、连队和沿线施工部队只好在山顶上架设帐篷办公住宿。施工放炮，时有爆碎的石头从山腰飞到山上，为了安全，严格规定统一的时间，并预先发出放炮讯号，此时凡在山上的人都要走出帐篷，看着石头的飞行方向，与飞石“捉迷藏”。面对一座座高山，一道道激流，乱石纵横，加之气候恶劣、高山缺氧、物资供应困难等多种不利因素，我们的施工部队凭着英勇奋斗、不怕困难和顽强的革命精神，提前完成了工程任务，为此受到上级表扬。领导和同志们都高兴地盼望着即将到来的冬季休整，迎接着1954年的春节和1953年年终的庆功会，真是“天有不测风云”，一天下午我在“战士俱乐部”（是用圆木架设的一个约50平方的棚子）参加文娱演出准备，正拉着胡琴时，只听“喀嚓”一声巨响，棚倒塌了，我的头被一根圆木砸伤，当即昏迷过去。据同志们后来说，大家找担架把我抬到师休养所抢救，那时医疗条件差，经军区三天三夜的临床抢救和护理，使我慢慢地醒来，头部和眼球痛得像要爆炸似的难忍，医生用冰水袋放在我的头上，进行冷敷降压止痛，那时麻醉止痛剂太少了，靠的是自己的坚强意志与极大的忍耐力。当时休养所领导向师首长写了一个关于我的伤危报告，并且做了一口棺材作埋葬准备，师司令部范迪波参谋长要求休养所领导与医生再作努力，要想尽一切办法抢救治疗。我的伤情出现了奇迹，同志们从死亡的边缘把我抢救过来，一天休养所领导转告我说：“机关、部队已向前面转移，休养所也要跟随前进，你是转四川内地休养，还是到前方去新工地？”我表示：“我们修筑通往拉萨的公路任务还没有完成，怎么能回四川内地去休养！我要向新工地前进。”后来，我去师司令部看望同志们，同志们见我回来，十分亲切又感突然，没想到受严重砸伤的我竟能活过来，几位年轻的同志，开玩笑说：“鬼来了！鬼来了！”

高云英：

1956 年冬天，我作为一名军医，被派往扎东前线，任务是收治扎东边区的伤病员，给当地的老百姓看病。

海拔 5300 米的扎东山口，是我们的营地所在，这里地势险要，气候恶劣，情况复杂，为了守卫好祖国西南边境，战士们忘我的劳动精神，深深地教育了我。那年隆冬，天特别冷，积雪不化，空气稀薄。在一个晚上我刚进入梦乡，突然一阵急促的敲门声把我惊醒，“古吉、古吉（藏语恳求的意思），救救我儿媳妇，她快生孩子了。”我立即从暖和的被窝里爬出来，迅速穿戴好，手提氧气袋、接生包、医药箱出门，户外的气温达零下二十几度，我快冻僵了，没有月亮，只有皑皑白雪反射出寒冷的银光。我和 1 名翻译、1 名卫生员随老汉步行，深一脚浅一脚地踏雪前进，为了抢时间，我们一路快跑，待到了老乡家，个个气喘吁吁，大汗淋漓。产妇已临近生产，她的母亲念经祈祷，她也帮不上忙，我和卫生员忙碌着，一个小时过去了，孩子降生了，是个男婴，全家高兴极了。时间一分钟一分钟的过去，孩子的面部及全身出现明显的缺氧，孩子没有哭声，这将危及到孩子的生命，我心急如焚。

时间就是生命，口对口的人工呼吸，心脏按摩，心内注射等治疗，本已高山缺氧胸闷心悸的我，此时已有些难以支撑，可我不能放弃对一个新生命的挽救，“哇”的一声，婴儿的哭声响彻夜空，他终于活过来了。母子平安了，藏胞家欢腾了，阿妈乐得敬酥油茶，阿爸喜得请我们坐下喝青稞酒。

以后，我们又几次去过藏胞家，为男婴体检。为了感谢共产党，感谢毛主席，感谢解放军，我们和藏胞共同为孩子取名为“党生”，这一事件在当地随即流传开来，这一事迹还被《人民日报》报道。也更激励了我当一名好女兵、好医生的信念。

**冀松亭：**

平叛胜利后我们奉命清点封存达赖带不走的金银珠宝，当我到布达拉宫时，看到乱七八糟的样子，就知他们逃跑时有多么慌张狼狈。在一间屋里看到墙上钉了许多人皮，地上堆了一堆人脑壳和一堆银片。我们在清点过程中，发现每个银元口袋里面有一些风干了的人胳膊。据说是十五六岁的女孩子胳膊，装在钱袋子里钱就会长多。

**韦贞烈：**

1953 年 5、6 月间，我们防疫队的十几个同志随西南军区高山病研究组的同志来到筑路部队，进行高山病的调查工作。对各部队的连队逐个进行全面体检，我们分为 4 人一组，上工前检查血压、心肺、肝脾，施工中和收工后还要进行两次检查，以观察其变化，我负责作肝脾检查。9 月下旬传来了卫生部的通知，宣布我们高山病调查工作胜利完成，并要我们立即返回昌都。这次调查为专家们研究高山病提供了大量的、有价值的医学数据。

1967 年 2 月，卫生部从我们总医院抽调了包括我在内的几名医生，和防疫检验所的几名医务人员，组成医疗队，到偏僻的尼木山区为群众治病。尼木县山高，交通不便，经济落后，群众缺医少药。我们医疗队十几个人，分成 3 人一组，挨家挨户上门为群众看病，宣传卫生知识，在四十多天里，我们走遍了尼木的山山水水。为了使群众的疾病能及时得到治疗，我们不怕山高路遥，经常夜间出诊。尽管当时社情敌情十分复杂，我们还是坚持夜间出诊。在尼木县城我们设立了简易病房，抢救重危病人，最多的是小孩麻疹合并肺炎，我们把党中央的民族政策和对藏族人民的关怀，带给了他们，密切了藏汉民族的团结。

王万芬：

1950年10月，由于工作需要，我被分到十八军卫生学校学习，成了一名光荣的白衣战士。我的职责是救死扶伤，三十多年来一直战斗在这个岗位上。为了那些患重病的患者早日康复，我不仅要给他们精心治疗和护理，而且在1952年至1957年间我曾给患者多次献过血和骨髓，使已经极度贫血、生命垂危的病人转危为安。有一名战士患血吸虫病，血色素仅有4.6克，为了挽救战士的生命，需要移植骨髓进行抢救。当时医疗条件很差，就这样，我躺在帐篷里的治疗台上，忍受了穿刺的疼痛，从我的髂骨里抽出了3毫升骨髓输给患者，使病人年轻的生命得到延续，恢复了健康。为了响应毛主席号召送医送药下边防、下海岛、下农村，我曾多次下部队巡回医疗，送医送药到部队。西藏由于边防线长，部队分散，海拔高，条件十分艰苦。记得有一天，为了去一个边防点，我和一名战士骑马奔驰在高寒缺氧、海拔四千多米的帕里高原上。在途中，我从马上摔下来，惊魂未定，爬起来又走，经过长途跋涉，来到边防点，此时我的双腿已经僵硬，不能动弹，骑在马上下不来，是三四名战士抱着、抬着，硬把我从马背上拉了下来，然后扶着我来回踱步，活动了十多分钟才恢复了知觉，我立即打开医疗器械及药品，安装好口腔移动电机，又紧张而愉快地给每一个干部战士检查治疗口腔疾病。

还有一次我们口腔巡回医疗队在军区卫生部王庆祥部长的带领下，代表西藏军区领导去全国唯一不通车的墨脱县巡回医疗，那里驻扎着我们的边防指战员。由于不通车，一切物资都靠人肩挑背扛及马驮，条件的艰苦是不言而喻的。我和一名女战士是当时西藏军区仅有的去墨脱巡回医疗的女兵，去墨脱的途中，要经过雪山、灌木林带，除了医疗器械用马驮外，我们都是步行。我的双脚经常被崎岖的路磨起豆大的血泡，疼痛难忍，但是每到一处，见到那么多需要治疗的指战员，我全然不顾双脚的疼痛，一心一意投入到紧张的口腔疾病治疗工作中。渡过雅鲁藏布江后爬过一座大雪山，这座雪山每年只通行二三个月，其它时间为大雪封山。我们要把治疗抓紧，才能在大雪封山之前完成，因此每天加班加点干十几个小时，从无一人叫苦叫累。去墨脱的路上蚂蝗很多，直往身上爬，那些蚂蝗在我身上蠕动着，令人毛骨悚然。可是战士需要我们，这点困难算得了什么。当我一步一步下山时，我身上有几处被蚂蝗咬伤，衣服全被冷汗湿透了。

**赖玖：**

1959年，我在日喀则进行巡回医疗时，藏胞们都找我看病，我只有尽心尽力为他们诊治。那时不只是为当地藏胞看病，还经常出诊去很远的乡村。12月的一个夜里，天很冷，一藏胞来叫出诊，骑马走了约两个小时，脚被冻得无法走路，跛着去为病人诊治，使藏胞十分感动。有一次出诊，我租了马独自前去，哪知马走到山顶时，药箱的背带脱落了，打在马身上，马惊了，猛地一跑，把我摔下来，昏了过去，待清醒时发现马也离我而去，我此时全身疼痛不已，周围又没有人，只好忍痛慢慢地站起来，慢慢地向前走去，待到发现山下就是村庄时，找到了伤员，诊治完毕后，忍着痛又骑马返回。还有一次为藏胞出诊，翻过大山后走了一段峡谷才到病人家，看完病后，我想自己能回去就不用他们送了，哪知一走入山谷后就不知该从何处上山了，有人说马会认路，我就让马自己走，越走越深，感到不对劲，肯定错了，在此荒无人烟的深山峡谷中，若要遇上土匪、坏人或猛兽就麻烦了。我手无寸铁，怎能抵得过。但还是壮着胆子，把马拉上山，走了很久很久才到山顶，此时看到很远处有村庄。有了目标就有了希望，回到住地时天也快黑了，群众知道后都为我捏了一把汗。

**施光富：**

1965年11月底，日喀则地区大雪铺天盖地而来，整个高原，冰天雪地。大雪不停地下了几天，发生了大雪灾。大雪封了山，许多藏胞，得了严重的冻伤和急性肺炎，有些藏胞冻掉了耳朵、鼻子，牛羊成群的死亡。

西藏自治区党委立刻组织救灾工作队，给灾区送去了大批救灾物资，又从各个医院组织了救灾医疗队。当时我在拉萨第一工人医院工作，被调入救灾医疗队，来到日喀则管辖的昂仁县，这是个牧区较多的县，农区很少，全县海拔高，5000米高的地方居多，当时到处积雪一米多深。这里不通汽车，全靠骑马在乡间巡回救灾，给病人治病。我们只有两个女同志在此做医务工作，常常是赶到病人家中天已黑了，只好借住在病人的帐篷中。我们睡的地方上下都是湿的，被子上结了厚厚的冰。在救灾巡回医疗路上，饿了，吃点自己带的糌粑，渴了就吃点雪，连冷水也找不着，还要躲避叛匪的袭击。这个县虽然解放14年了，几乎没有医生去，当地藏胞也没吃过任何药，他们病重了，就请僧人念经，或者求菩萨保佑。我们去后，藏胞很欢迎，因为历来没吃过药，所以疗效很好，吃点药，打一两针，重病就好了，这里藏族同胞常说，共产党好，医生好。

张惠芬：

西藏是我的第二故乡，为它我献出了自己的青春。在部队医院干了近30年的医疗工作，为士兵和当地藏胞服务。1968年，我带医疗队去察隅边防哨所开展工作，当时中印边境局势比较紧张，出诊为少数民族看病时上级规定要3人同行，还要带武器。我们执行群众纪律很严，看完病，不准接受群众任何东西，更不允许在群众家吃饭。肚子饿了吃几块自己带的饼干，有时还要摸黑回部队。在医疗工作中，我们与僜人之间虽然语言不通，但是从表情上看他们对我们很好，很感谢共产党、解放军。大家说："在边防上丢一根针，僜人群众也会帮我们找回来"，这说明军民关系非常好。年底完成医疗工作任务返回时，不少藏胞为我们医疗队送行，有的还带着鸡和蛋，虽说我们听不懂他们说的什么，但从手势和表情上看出对我们的感激，有的还背上我们接生的婴儿让我们看，有的哭着拉住我们的手不放。

# 母亲，我们为您骄傲

叶鲁 汤西红 汤冬妮

小时候，总听母亲的同事们称她“指导员”，有的阿姨总会操着浓重的四川口音对我说：“晓得不，你妈妈是我们的指导员！女指导员噢！”崇敬与自豪之情溢于言表。那时，我只知道指导员是军队中不大的官，那些阿姨都曾是她的战士，母亲是个不错的带兵人。

我母亲是叶志宝，1927 年生于江苏省宿迁县，她 3 岁丧母，跟着奶奶长大。1939 年，抗日战争烽火燃遍了祖国大地，外祖父带着年仅 12 岁的母亲参加了革命队伍。在革命军队的大熔炉里，母亲从一个提浆糊桶、刷标语的小宣传队员，经过抗日战争、解放战争的战火洗礼，成为一个带兵的女指导员。

1950 年，从淮海战场转战半个中国到四川，在解放了四川全境后，父母亲在十八军的休整地四川省成都市的新津会合了。那次会合是短暂的。根据中央部署，十八军全体官兵奉命经西康向西藏拉萨修筑一条和平之路——康藏公路。年底，父亲随先遣团出发了，母亲留在新津，为西南军政大学招收女学员。招收的这批女学员，组成了西南军政大学八分校十一分队。经过短暂的集训，母亲作为八分校的指导员，带领十一分队的部分女兵，跟随后续部队也踏上了修筑康藏公路的艰难历程。当他们追上先遣团时，大部队还没有走出西康。父母亲又一次会合了，会合在更加艰苦的环境。那年，母亲 23 岁。

作为女儿，我和父母亲共同生活的时间很短，分多聚少，对他们那段经历，知之甚少，是我们终身的遗憾。正当我为这篇无法完 成的笔债犯难时，无意中在四川电视台的大型纪录片《兵车西进》中，我看到了他们的身影，目睹了筑路的艰辛，我被紧紧地抓住，深深地震撼了。

筑路大军奉命一边进军，一边修路。在全国刚刚解放，边疆还十分闭塞、落后的情况下，物质的匮乏是可想的。在“枯树荒草遍山野，高万丈”的雪山，“千山鸟飞绝”的世界屋脊上修公路就不可想象了，人们称之为是和红军二万五千里长征等同的世界上绝无仅有的两次最寂寞、最艰苦的征战。《兵车西进》留下了许多珍贵的历史画面。为这条和平之路，三千余名筑路官兵长眠在雪山之中，其中，肯定包括我父母亲的许多战友和同志，也许还有帮助和照顾过我母亲的不知名的恩人们。

1955年，我8岁时，再次见到我的母亲，她是躺在担架上，双颊紫红，嘴唇发乌，两眼凹陷，看见我，只是眨了眨眼睛，艰难地笑了一下，算是和分别5年的女儿打了个招呼，随后就被送进西南医院，这一别又是4年。

后来，我听说母亲在筑路途中，得了严重的风湿性心脏病，由于缺医少药，在高山缺氧的恶劣环境中，她的病情不断加重，有时是被担架抬着行军。但是，靠着在革命队伍中炼就的坚强性格，靠着对革命事业的元限忠诚，母亲拖着病体，始终坚持和战友们同甘共苦，直到把公路修到拉萨。她成为第一批到达西藏的女兵之一。艰苦的筑路环境，磨练了母亲的意志，也损害了她的健康，

1973年1月18日，与病魔搏斗了20年的母亲永远离我们而去，那年，她只有46岁。

母亲是不幸的，她的童年和少年时代是在战火中成长，她的青年时代是在和大自然抗争。她的中年，是在和病魔的抗争中争时间；她的人生之旅只走过了46年，改革开放的好日子，她没来得及看一眼，革命胜利的果实还没尝出味来。但母亲又是幸运的，在中国革命的每个浪头上，她都有幸去经历，她用自己的汗水、鲜血，甚至生命书写了她人生最光辉的页章。

我们为有这样的母亲而感到自豪和骄傲。

仅以此文，慰藉天国的母亲以及为和平之——康藏公路流血流汗的女兵们。

# 巾帼不让须眉

云 越

1949 年 5 月，我十八军进军到皖南时，吸收了黄山临时中学的数百名师生，一部分分配到我军文工团工作，孔祥玲同志便是其中之一。孔祥玲同志 1932 年生于安徽省宿县，参军时身体十分瘦弱，用弱不禁风来形容实不过份。参军后，同志们担心她难以适应部队的艰苦紧张生活。果然，第一天行军便扭起了“大秧歌”。只见她弯着腰，背包左右摇来摆去，脸一阵红一阵白，大汗淋漓，老同志见状纷纷上前相助，有的夺背包，有的抢挎包，夺来抢去她就是不撒手，班长王更、副班长江一连说带哄，并以善意的批评让她不要逞能，锻炼要慢慢来，可她就是坚持不叫别人帮助，就这样下来一天百十里，她居然扭到了宿营地，不过看她那样子，实在有些可怜，同志们坚持让她休息，把洗脚水端到跟前，当脱了鞋袜一看，真成了名副其实的“炮兵连”了，而且踩成了血泡。

部队到了江西永新、湖南茶陵、衡阳等地抓住短暂休整时间，排演了独幕话剧《群猴》等节目，领导决定让孔祥玲同志扮演《群猴》一剧中的玛丽小姐，大家对这位从来没演过话剧的同志第一次就扮演这样一个喜剧人物，无不担心，加上那时候排戏时间要求特别紧，像这种独幕剧最多两天就要排出上演。抄完台词接着便对词，当轮到她的台词时，她还没张口，便满脸通红，红得似乎血液快要冲破面皮渗透出来了，连耳根脖子都是红彤彤的，导演和同志们见她那个样子，赶快找些轻松话题，以排除她的紧张情绪。好不容易等她念出台词，不禁令人大失所望，这哪里是念台词，纯属小学生读课本，丝毫没有人物的口语化。我在剧中扮演康公侯，有些与她的人物对话，导演叫我单独帮她纠正。开始帮她分析了一阵，但效果不大，干脆一句一句地教，天哪！真够笨的，任凭怎么给她示范，她依然如故，我完全失去了信心，随后让她自己先背熟台词，仔细琢磨琢磨，我担心她难以完成任务，便建议找个老演员做更换角色的准备，第二天开始排戏，开头先对一遍台词，大家都很关注她的台词是否会有所进步。嘿！真有点出乎大家的意料，居然大有改进，似乎睡了一宿睡出点儿灵感来了，经过演出，基本上算是凑合完成了任务。由于她们这个女同志班在大西南进军途中全班团结友爱，无一人掉队，被军政治部批准为“铁腿班”。

部队进驻四川后，随军直在泸州开展地方工作，大家感到泸州这地方不错，青山绿水，气候宜人，物产也很丰富，12月天气也不冷，树上挂满了桔子、桂圆，这比原先听说要在贵州安营扎寨不知要好上多少倍，有位同志说：“咱们这是托张司令员的福了，咱司令员天生长了一脸福像。”大家也都跟着说些这类得意的话。但好梦不长，很快便奉命开赴川西。于是又议论纷纷，有的说川西比川南还好，有的则说搞不好叫咱去经营西康；还有的耍小聪明地说，我连续三天做梦都是进军西藏。不久他的梦想真的变为现实，果然来到乐山不久，进军西藏的消息火速传来，很快就举行了进军西藏的誓师大会。对于进藏在文工团看来没有多大思想障碍，他们大多是青年学生，很少有思想包袱，他们的主流是向上、进取的。但西藏究竟是个什么样子，到底苦到什么程度，大家各自有各自的猜想。

在进藏途中，孔祥玲十分坚强。由于高寒缺氧，而且每个人都要最大限度地背负口粮和装备，行军途中苦累自不必说，即使到了不自觉节粮，肚子整天总是感到空洞洞的，有些饭量大的同志甚至饿得头昏眼花。每天宿营睡在永冻土层上，等于睡在冰床上，薄薄的被子连铺带盖，整夜翻来覆去冻得不能入睡，有的同志干脆整宿坐在背包上打盹，体力消耗极大。上驮子大多是男同志们干的活儿，可祥玲总是抢在前头，她每次上驮子是那样气度不凡，只见她上身往下稍沉，腰部用力一挺，一二百斤的驮子稳稳放在马背上。这时不由让人想起一年前她刚刚入伍时那柔弱的身躯，在短短一年多的时间里，竟变得如此坚强，这不单单表现在体力的健壮，同时让人感到她的思想情操已经进入了一个更新更高的境界。

到了拉萨不久，我们便很快投入了开荒生产、演出和做上层统战等繁忙的工作中。经过和西藏地方政府交涉，拉萨西郊的一块河滩沙石荒地给了我们，地表有将近半尺厚的冰层，经过半个多月的奋战，文工团全体同志共开出三四亩菜地。孔祥玲同志在开荒生产中表现很突出，满手打了许多血泡，缠上纱布仍去抡十字镐，满手都磨出了老茧。

祥玲在部队党的培养教育下，经过自身的不断努力，多次受到上级的表扬和嘉奖，并于1953年荣立了三等功，1955年光荣地加入了中国共产党，同年在全军号召女同志转业时脱下军装，转到西藏地方工作。从自治区筹委会成立，一直在文教处（后改文教厅）得了全团同志的称赞和爱戴，圆满完成了党交给的任务，并受到表彰。1972年内调回河北省保定市，安排在文化系统工作。由于她工作认真负责，正气凛然，又有魅力，因而组织上总是派她到问题最多、困难最大的单位主持全面工作，先后在剧团、影剧院、图书馆等单位工作，取得了突出成绩。

# 忆战友陈焕华

孙卫芹

陈焕华同志是贵州省人，中等身材，肤色好，面部常带笑容，我们都喜欢接近她。我们这群川妹子给她取了个外号“小苗子"，不管我们什么时候叫她的外号，她都乐于答应。

50年代初，焕华同学参加进藏部队，在乐山军政大学学习政治时，我们在一起生活，当时的学习内容主要是改造思想，学习唯物主义，奠定为人民服务的思想基础。焕华同学学习认真，能联系实际，改造思想，积极参加劳动，并乐于助人。

在卫校学习业务时，学习时间短，学的东西多，焕华同学利用一切课余时间，努力学习，毕业后分到西藏工作，我们暂时分别了。1954年上半年，部队派她到重庆新桥十六陆军总医院进修，与先一年到该院学习的我和卫校同学张惠芬、罗振遂等同学又碰到一起了。当时该院是我军从国民党军队接收过来的，大部分都是旧人员，知识分子多，技术和设备都比较好，瞧不起我们这批学习基础差的年轻人。记得我们刚到科里与科主任见面时，第一句话是“你们上过中学没有？”我们回答：“我们学识虽浅，但我们部队领导对我们希望很大，西藏人民需要我们……”在进修一年中，我们节假日没有休息过，常加班加点工作，除了学习业务外，还主动干些劳动活。焕华同学比我晚去几个月，学习结业时，科里给我们做的毕业鉴定比较好。领导和科里医护人员赞扬我们这批从西藏来的年轻人学习刻苦，互相团结。临分手时，我们几个女兵合影留念，谁知这竟是我与焕华同志的永别。

修建甘孜机场时，生活很艰苦，对我们这些过去未干过重活的女兵来说，如果没有经过入伍时的一年思想改造，就很难想象有今天吃苦耐劳的表现。刚到甘孜时，下车就忙于搭帐篷，住帐篷，遇上刮风下大雨（常有的事）就难于安眠，怕帐篷被风刮走。以后自己动手修建了窑洞。

高原气候多变、温差大。有时突然下大雨，工地上又无遮雨的地方，衣服淋湿了，雨停后，又是火红的太阳，身上的衣服很快就晒干，可是内衣裤成天被汗水湿透，当天又不能换洗。一周换洗一次衣服，每班派俩人，将全班换下的衣物抬到几里路远的河里洗，晒干后又抬回来，有时得派武装保护，外衣裤破了还不怕，内衣裤被汗水浸过易磨擦皮肤，实在难受。有的同学感冒也不愿休息，当时大家都喊着一个共同的口号：“工地就是战场，轻伤不下火线，解放军打仗死都不怕，难道我们有什么克服不了的困难。" 衣服破了没有布补，只有用针线缝缝，袖子太破就把它剪下，补在其他的地方，有的同志风趣地说，衣袖短一节，劳动起来还利索些。刚到工地劳动，有的同志能担百多斤重担，在高原缺氧的情况下，要付出多大的代价。有的同志给焕华同志开玩笑说 :“小苗子, 你不怕把身体累坏了，白皮肤晒黑了，今后怎么办？”她笑着回答:“我最怕的是思想改造不好 "，当时有这种心态的同志比较普遍，因此大家都在拼命劳动，克服生活中的一切困难，以实际行动改造好思想。

1959 年，从西藏传来一个令人震惊的不幸消息，西藏部队卫生处组织部分医务人员到部队给官兵体检，从昌都卫生处乘车出发，并派出一排武装人员护送，路经某大山脚下，时已近深夜，遭遇大批匪徒袭击，同志们被匪徒杀害，碎尸于路旁，翌日接到藏民报信，部队立即派人去现场，被杀害的同志面目全非，惨不忍睹，焕华同志就是在这种情况下被杀害的。这批土匪在当年西藏平息叛乱时被彻底消灭。

# 她长眠于怒江之畔

郑桂芬 罗宗英 唐泽贞

50年代初，在社会政治生活中，成都乃至四川省，响亮而又激动人心的新闻，莫过于“进军西藏，解放西藏”。当年，我们一批风华正茂，年龄不到20岁的高中女学生，凭着满腔热血踊跃参加进军西藏的队伍，成为光荣的解放军女战士。悠悠岁月，往事繁多，很多事都淡忘了，独有进藏途中在嘉玉桥畔安葬杨顺慈同志的事，至今仍记忆犹新，历历在目。

嘉玉桥位于西藏东部昌都以西的恩达和洛隆之间，横架于怒江之上，是进军途中必经的战桥。这里处在横断山脉地带，雪山耸立，谷深险要，河流湍急，气候恶劣，道路险阻，可以说站站有险阻，天天有屏障，是进军西藏途中最艰难的路程之一。

进军途中，部队分梯次前进。我们一批女战士是进军梯次中的一个大队。经过长途跋涉，翻过二郎山、折多山、雀儿山、达马拉山、瓦合山等雪山之后，来到嘉玉桥畔的一个小村庄宿营时，杨顺慈同志病倒了，因重感冒引发急性肺炎不治而逝。

当时，大家只看到她脸色不好，嘴唇发乌，走路吃力，但究竟是什么病，谁也说不清楚。她还是很顽强地和大家一起艰难地行进着。我们主动帮她背背包，以减轻她的负担。这样熬了一两天，大家见她实在走不动了，就给连里反映，抽了一匹马，让她骑上，这在当时算是最大的照顾了。到了嘉玉桥宿营时，为了照顾病号，铺好床后，就让她休息睡觉，其他人按照分工，有的出去拾柴，有的找水，只留下一名同志照顾。开始她的呼吸还比较正常，偶尔也咳一两声，以后就听不见咳声了，还以为她睡着了。当时我们都是十七八岁的年轻人，既没有照顾危重病人的经验，也没有对付高原缺氧的经验，根本想不到她会去世。当大家拾柴、找水回来，想到病号还没喝水吃饭，就都去看她。但是她早已停止了呼吸，静悄悄地离开了我们。当时，大家都惊呆了。要不是在进藏途中，她起码可以休息几天，吃药打针，这种病是不致于死人的。但是，那时环境太艰苦了，治疗条件太简陋了。携带的只有甘草片、阿斯匹林等一类药物，这些药物无法挽救她的生命。

杨顺慈同志是成都人，家住人民公园对面的一个巷子里。她是高中学生，个子不高，人很精干，很能吃苦，她牺牲时才18岁。我们全队泣不成声。在当时条件下，尽我们最大的努力，安排好她的后事。有的为她梳头洗脸，有的为她穿鞋整衣，有的为她做棺材，有的为她挖坑培土，并举行隆重的追悼告别仪式。把杨顺慈同志安葬好后，我们带着她的音容笑貌，带着她的憧憬和理想，又踏上了进军的征程。

杨顺慈同志已逝世50个年头，她是解放西藏大军中的一位女战士，并且是牺牲在最困难的进军途中。她的汗水洒在了进军的路上，她的鲜血浇铸了解放西藏的伟大事业。

# 怀念余任难同志

陈代方

1950年10月，我们一行18人由军大八分校分配到五十三师，其中6个男同志，4个女同志。4个女的是：周婉兰、余任难、王琦玉和我。她们3人分别到司令部、政治部、后勤处任文化教员，我在司令部直工科任工作员。在八分校时，婉兰和任难在十二队，琦玉和我在十三队。到师部后，婉兰和我在司令部见面较多，她个头不高，圆圆的脸上总是带着笑，让人感到和蔼可亲。五十三师进军甘孜之前，任难调到直工科，我们科里3个女同志（还有一个老兵徐心如同志）曾身着进藏服装合了影。到甘孜后，我调修建政治部秘书科任收发，她们3人到了机场工地。

修建甘孜机场是当时一个重大的政治任务，调集了许多部队抢修。我记得团以上建制单位就有二十多个。婉兰她们是师部司政后所有女同志组建的一个女兵班，她任副班长，班长是老兵彭家英同志，还有一个副班长李淑慧同志，也是老兵。琦玉在连部任文化教员。甘孜海拔三千多米，空气稀薄，初去时走路快点都喘不过气。修建机场时气候之恶劣，生活之艰苦，劳动强度之大，若是没有亲自参加过劳动，是无法体会到的。女兵班是师直属施工营中一个极小的部分，当时大概谁也没想到她们是女兵，有生理上的特点，需要照顾。所以，她们一到工地，就完全和男兵们一起干一样的活。肩磨破了，腰扭伤了，感冒了，月经来了，都是轻伤不下火线。师首长喜欢她们，赞扬她们，我们也笑着叫她们是康藏高原英雄班。

6月初的一天早晨，科里响起了电话，科领导曾实同志接了，听到他突然哭出声来。放下电话后他就对我说：女兵班的窑洞塌了，牺牲了三四个同志，周婉兰、余任难是和你一起来的，你就是她们唯一的亲人，快去工地看看她们。到了工地，我小心翼翼地跟在直工科长胡方同志的后面，走进一个窑洞，在洞内的通铺上，并排安放着四位同志的遗体，她们身盖草绿色的军被，头部露在外面平卧，一个个面容安详就像睡着了一样。曹教导员、刘振亚同志（也是直工科的）把任难的遗物——一本日记交给了我。他说：余任难到工地后转变突出，组织上正考虑吸收她入团。

任难和婉兰是四川自贡市蜀光中学的同班同学，高中毕业后俩人一起投笔从戎。她个头比婉兰高，文质彬彬的，有些清高。没想到到工地才两个月，她竟判若两人，有如此大的变化。她读完了《钢铁是怎样炼成的》一书，英雄保尔·柯察金成了她战胜困难，改造自我的榜样和巨大的力量源泉。例如她当文教时最不乐意指挥战士唱歌，可到了工地，每天干到中午时，大家又累又饿，运土的速度慢了，这时，她想到了修建机场任务的紧迫，需要有保尔战胜困难、战胜疾病的钢铁意志，她就喊大家“加油"，领头唱歌，把大家的劲鼓起来了，她也忘记了自己的饥饿与疲劳。

我怀念任难，她是一个普通的兵，但她的心是高尚的，一切是为人民利益的。我怀念任难，她在投身革命，自我锤炼中迈出了最坚实的一步，但她走得太早了。我怀念任难，她是解放初期一代热血青年的典型和代表。

# 怀念亲爱的妈妈

周晓玲

我的生母刘韵华是第一批进藏女兵中的一员，她早在1952年就去世了。

我是1952年秋在西藏拉萨出生的。听长辈们说，由于自然和人为的种种困难，首批进藏人员一时难以适应高原的生存环境，特别是进藏后怀孕的女同志，分娩时，母子二人往往只能存活一人。因此，或中止妊娠，或在母子生存确认的那一瞬间，更多的选择是母亲。然而，我的妈妈就在我降生到这个世界的那一刻，决然将生的权利交给了我，自己却带着对生命、对事业、对亲人的无限眷恋，长眠在祖国的高原。

当妈妈离我而去时，我只是一个无知的小生命，是无法从记忆中找到妈妈位置的。是爸爸在我参军后，曾同我讲起，他与妈妈共同生活的短暂岁月，并将精心保留下来的妈妈的照片交给了我。每当我去看望当年与妈妈一同进藏的伯伯、阿姨们时，他们亲切地拉着我的手，深情地注视着我，以抑制不住的激情，向我述说妈妈留在他们脑海中的美好印象，似乎在我身上看到了妈妈的身影。妈妈参军后，写给姥姥几十封信。对于15岁就离开姥姥身边，以后再也没能见面的亲骨肉，这些信已成为她老人家寄托对女儿永远思念的珍贵遗物。当我身着戎装，突然出现主姥姥面前时，她惊喜得眼泪禁不住簌簌落下，呜咽着说："我的筠儿（妈妈的乳名）回来了……"随后，用颤抖的双手将妈妈的信递到了我手上。这一切，使得妈妈的轮廓在我的头脑中越来越清晰，使得我的感情与妈妈贴得越来越近。

爸爸曾经告诉过我，妈妈出身于一个官僚地主家庭，由于姥姥被她丈夫遗弃，母女一度过着流亡生活。后来被人民解放军搭救，安置了姥姥的工作，姐弟二人参了军。幼小心灵上的创伤使她认定了共产党、解放军是她一家的救命恩人。一旦加入了这个队伍，不论遇到什么艰难困苦，她从来没有退缩过，一心跟定了共产党。在革命队伍中，认真学习，努力工作，在领导和同志的帮助下，不断提高自己的思想觉悟，逐步确立了为共产主义事业奋斗的人生目标。在进军西藏的征途中，环境恶劣，条件艰苦是难以想象的。当时妈妈是同她一起进藏的女兵中年龄较小的一个，同样的背负与行程，她的付出要比别人大得多，但她从来没有叫过苦，没有自恃年幼，又是女孩子，而要求得到特殊的待遇和照顾。只是迈出比别人更加沉重的步伐与同志们跋山涉水，徒步走到祖国的西南边陲。正是在部队坚强的政治思想教育和在艰苦环境中的磨练，妈妈逐渐成长为一名合格的解放军战士。

伯伯、阿姨们在述说中，几乎异口同声地说，当时你妈妈还是一个需要人照料的小妹妹，但她很要强、能干，性格活泼、开朗、热情，不仅人到哪里将欢乐带到哪里，还时时、处处想着帮助别人，并以自己的诚挚、坦率，与同志们建立了兄弟姊妹的情谊。至今，他们对这个四十多年前就去世的可爱的小妹妹，仍记忆犹新。

从妈妈给姥姥的信件中，充盈着对旧社会的无比憎恨，对新中国的挚爱深情，对艰苦环境的乐观情操，对同志们的深切情谊。

妈妈在信中这样写道：

“我希望你（指姥姥）所说的刻骨之仇，我们一定要报。但是，要看到旧中国像我们这样遭遇的人确实不少啊，这都是旧社会造成的。我们参加革命，就是要实现人人平等，消灭人压迫人的现象。妈你说对吗？”

“每当组织上调动我的工作时，我从来没有讲过价钱，我懂得了做任何工作都是为人民服务的道理。革命需要我做什么工作，我就应该安心地去做，并且要尽自己的力量，一心一意地把它做好。”

“妈，我们要进军西藏啦。山高路远，要吃大苦。因为我们是带着伟大的历史使命——去解救那里的受苦受难的‘奴隶’同胞们。相信有党和国家的大力支援，我们一定能克服前进路上的千难万险，勇往直前。我想当你听到你女儿胜利地抵达西藏时一定会感到欣慰和自豪！”

“妈，我们正在冰天雪地里行军。因为交通不便，粮食运不上来，我们每人一天只能吃几两代食粉掺野菜的稀粥。由于天寒地冻，尤其是夜晚值班，穿着皮大衣还暖和不过来，就成夜地烤火取暖。每天要赶着牛马行军，牲口不听指挥，忙得大家团团转。休息时，还得给马割草，没有工具，只好用装代食粉的铁盒子裁成刀片代替镰刀。有时不小心跌进冰沟、雪窝里，会将人冻僵。就是在这种情况下，没有一个人叫苦、讲怪话。大家都作了充分的思想准备，想尽一切办法克服困难，完成任务”。“妈，请你放心，你的女儿不会为困难吓倒，我还要争取立功呢。”

“妈，你买了公债没有？希望你尽自己的所能，多买几份，为国家的暂时困难分忧。国家强盛了，我们的日子也就好过了。我们应当尽到一个国民应尽的义务”。

每当读一遍妈妈的遗书，我的内心就会激起波澜。妈妈的生命是短暂的、平凡的，从妈妈仅存的一些言论中，看到妈妈具有一颗纯洁、善良、金子般的心。妈妈的信是写给姥姥的，也是写给我的。妈妈的物质生活很匮乏，她没有留给我任何物质上的遗产，但留给我精神上的遗产是无穷的。她昭示我：一生无论碰到什么样的困难和坎坷，要始终不渝地坚定共产主义信仰；要永远坚持为人民服务的宗旨；努力做好本职工作，保持艰苦朴素、公正廉洁的传统，以继承先辈开创的事业，为实现他们的愿望而奋斗终身。

# 妈妈的足迹

周晓莉

我妈妈侯树德是中国人民解放军第十八军第一批进军西藏的女兵中的一员。她已经去世，为了纪念她那段不平凡的历史，仅据我们孩提时，她同我们讲过的几则亲身经历追忆如下。

## 自愿请求第一批进藏

她出身于一个破落的地主家庭，是家里唯一的女孩，父母非常疼爱。在战火纷飞的年代，她为了继续读书，追求进步，勇敢地冲破重重阻力，毅然离家，投奔豫皖苏革命根据地创办的建国学院。当时，她还是一个不满 16 岁的小姑娘。

不久，党号召学院师生随军解放大西南，她自愿报名参加，徒步从河南走到四川，经过随营学校和机要训练班学习，分配到军部机要处任机要员。

1950 年，部队奉命进军西藏，她深感自己入伍前没有经过大风大浪的锻炼，入伍后一直在学校和机关学习、工作，这次进藏是一个锻炼的大好机遇。从先遣部队的电报中，了解到部队“吃大苦、耐大劳”，忍饥耐寒，翻越一座又一座横断山脉的崇山峻岭，跨过一条又一条雪域高原的冰川大河，在高寒缺氧、气候恶劣、地广人稀、语言不通、风俗人情与内地迥异的征途中，负重行军，连续作战，取得了昌都战役的重大胜利，打开了和平解放西藏的大门，涌现出了众多战天斗地的英雄模范人物。这些都使她产生了到第一线的强烈愿望。在机关动员组成精干的指挥机构时，她坚决要求第一批进军西藏，得到组织批准后，成为首批进藏的一名女兵。

## 长途跋涉 一日四季

在进军途中，要随军攀登多座海拔四五千米以上的雪山巅峰，穿过原始森林，跨过茫茫草原、沼泽，战胜恶劣气候、崎岖险路等诸多困难。她承受着比男同志多几倍的艰辛，同小伙子们一起，行进两千多公里，从四川盆地走上世界屋脊。

妈妈曾说，在过瓦合山时，山顶大雪纷飞，积雪甚厚，冰天雪地里没有路，只能沿着前边部队踏出的一条雪沟行进。进入冰雪沟壤中，暴风雪扑面，奇寒袭人。起初，人们都戴着口罩、风镜，围着围巾，由于高寒缺氧，呼吸困难，人人喘得像拉风箱一样，很快将口罩等去掉，低头弯腰，迎着刺骨的风雪艰难地向前移动，真可谓举步维艰。更困难的是，几个人负责一匹驮马，前边的人使劲儿拉，后边的人使劲儿推，拥着牲口爬坡。每过一处陡壁雪坡，拼尽全力刚爬上去，又滑下来，一个雪坡往往要爬上、滑下几次，不时连人带马跌进雪窝里，只好手脚并用，挣扎着前进。闯过雪线，下到山腰，杂树丛生，荆棘遍地，雪雨交加，大雾弥漫，俨然腾云驾雾，多年腐烂的枝叶，发出阵阵难闻的气味，使人头昏眼花。越向下，天气越暖，雪花变成毛毛雨。下到山脚，则呈现空旷的原野，一片葱绿，间或碰见几顶帐篷，或少数散落的村寨，小溪流水，牧草丰腴，成群的牛羊安闲地吃着青草。偶尔，太阳从云团里露出，金光四射，大有夏日的气息。这种经历，不是徒步翻越过横断山脉的人，是体会不到的。

## 夜牧丢马 又急又怕

进军路上，妈妈所在的单位轮流值夜班，任务是喂马、拾柴、做早饭。一天，轮着她值夜班，由于行军过于疲劳，人一坐下就打瞌睡。醒来，牲口不见了，万分着急。挨批评是小事，没有牲口，东西怎么驮走？于是壮着胆子，打着手电筒，四处寻找。新到一地，地形不熟，山道崎岖，广袤的旷野，时不时有野兽嚎叫，又着急、又害怕。忽然远处有马嘶鸣，妈妈马上叫起同伴，每人提着一根棍子，向马鸣处奔去。深一脚浅一脚，不知跌了多少跟斗，弄得浑身是泥，衣服被荆棘挂破，身上摔得青一块紫一块。天快亮了，终于找到了马群。真想将它们揍一顿，又怕受惊跑散，只好有气无力地将马牵回。

经一事长一智，接受这次丢马的教训，党支部号召以后行军，利用休息的间隙，发动大家割些青草，夜晚将牲口拴牢，再不敢整夜自由放牧了。

## 开荒生产 背掉粪山

部队进驻拉萨后，军党委坚决贯彻党中央、毛主席“进军西藏，不吃地方”的指示。号召机关、驻军自力更生，开荒生产。为了增加新垦地的肥力，除少数值勤和值班工作人员外，男女老少齐上阵，自己动手解决工具、肥料，瞄准布达拉宫前的一座僧、俗人等多年积下的人畜粪山。我们起床后第一件事就是背粪，来回一趟要走几里路，人人累得大汗淋漓，气喘吁吁，硬是将十多米高的一座粪山背光。在拉萨西郊开垦出的上千亩荒地，当年长出苗壮的青稞、瓜菜，加上各伙食单位牧养牛羊，部分解决了生活所需，这里就是后来颇具规模的八一农场的原型。

我妈妈有记日记的习惯，记得她有厚厚的一本进军日记，可惜在文化大革命中烧掉了。仅从以上我们记忆的几个片断，可以看出在当时的条件下，进军西藏确实是前无古人、后无来者的伟大历史壮举。不要说在进军中同国内外敌人包括分裂主义分子进行尖锐、复杂的斗争，单就战胜特殊的斗争，艰苦的自热环境，开赴祖国边防前哨，就足以大书特书了。

至今，西藏人民对原十八军进藏部队仍怀有深厚的感情，视为亲人，最可信赖的人。进藏部队在进军中形成的“长期建藏边疆为家，一不怕苦、二不怕死，自觉遵守纪律，自力更生，艰苦创业”和“特别能吃苦、特别能忍耐、特别能战斗、特别能奉献”的老西藏精神，仍激励着西藏各族人民奋斗不息。作为早期进藏部队指战员的子女，我们有责任以前辈叔叔阿姨们为榜样，将“老西藏精神”继承和发扬光大，使“老西藏精神”永放光芒。

# 关于编辑出版首批进藏女兵回忆录致老战友们的一封信

同志：您好！

50年代初，我们这些年轻女兵，作为进藏部队的一员，遵照党中央“进军西藏，巩固国防”的号令，背起背包，穿越横断山，跨过通天河，吃大苦耐大劳、历尽艰辛，徒步走到西藏，把红旗插上喜马拉雅山，完成了解放西藏，统一祖国的大业。随后，我们又在环境艰苦、斗争复杂的高原上，修机场，修公路，开荒生产，做上层统战和群众影响工作，为巩固国防、建设西藏出了力。回首半个世纪前的那段峥嵘岁月。我们自感无愧于人生！无愧于历史！

时光易流逝，岁月催人老。几十个年头转眼就过去了，昔日青丝如墨的我们，如今已两鬓染霜，垂垂老矣！为了不让那段不寻常的经历被岁月湮没，为了给后人留下一点历史见证，值此进军西藏50周年即将来临之际，我们在北京的几个老女兵，怀着紧迫的心情，计划编辑出版一本首批进藏女兵回忆录。凡是1950年春至1951年底拉萨会师前，进入西藏任何地区从事任何工作的女同志都应属首批进藏女兵。企盼老战友们积极参与，群策群力，共同出好这本书。

您是当年首批进藏的一位女兵，请您快快拿起笔来，把您在西藏工作的那段时间里感受最深、最值得珍惜的亲身经历写下来。稿件内容不一定局限在进军中，平叛、改革、建设西藏都可以写。也不一定要全面系统地叙述全过程，哪怕是一个片断，一件小事，点点滴滴，都是可贵的史料。稿件要求翔实具体，每篇以三四千字为宜。请于1999年5月底前寄给吴景春、李国柱同志。

此外，由于过去彼此缺少联系，首批进藏女兵到底有哪些人？现在何处？我们还不够清楚，请您将知道的人，列个名单（内容包括姓名、出生年、月，在西藏的工作单位，通讯地址），尽快寄给我们，并请您将此信复印转寄给她们。谢谢！

首批进藏女兵回忆录筹备小组

1998年11月19日

# 后 记

《首批进军西藏的女兵们》在各方面的关心支持和共同努力下，终于付梓了！

这部书是首批进藏女战士们，饱含激情写就的心血之作。为了发动分散在全国各地的1100多名女兵踊跃投稿，老同志们采取以女兵居住比较集中的地区分片联络的办法，在北京、成都、拉萨、贵州、西安、郑州、南京、重庆等地指定联络员，开展了大规模的组稿工作，还在京、蓉两地成立了审稿编辑部，对于稿件进行了认真编辑审改，做了大量艰苦细致的工作。近300名老同志积极撰稿，为我们留下了激动人心、壮怀不已的绚丽篇章。在她们身上，“老西藏精神”仍然在熠熠生辉。

西藏自治区党委对老同志编写本书给予了大力支持和充分肯足。1999年3月，区党委办公厅批准了本书的编写，指定自区党委党史研究室负责协调编辑工作。党史研究室接受任务后，立即明确专人进行文稿的登记、整理工作。1999年11月文稿收集截止后，党史研究室组织全室人员积极参与文稿的编辑，多次召开专题会议研究编辑方案，充分听取老同志意见。在编辑过程中，不少同志被女兵的动人事迹所打动，流下了感动的泪水。经过一年多的努力，形成了百万字的初稿，分别寄送京、蓉等地的老同志作进一步审改。

本书的编写、出版还得到了西藏军区、自治区财政厅、拉萨市委、市政府、自治区妇联、自治区邮电管理局等单位的大力支持和资助，在此表示衷心感谢！

这部书的出版是向中国共产党建党80周年、西藏和平解放50周年献上的一份厚礼，是首批进藏女战士们共同努力的结晶。她的成功出版与广大老同志的通力协作是分不开的。限于篇幅，许多老同志寄来的稿件不能一一刊载，特向老同志们致以深深的歉意。

这部饱含着所有首批进藏女战士的热情和心血的书，是老同志们发挥余热，为社会主义精神文明建设做出的重要贡献，是留给子孙后代一笔难得的宝贵精神财富。她们体现出来的老西藏精神，将永远激励后人为建设西藏和振兴中华而不懈奋斗。在此，我们向所有首批进军西藏的女战士们致以崇高的敬意！

由于我们的编辑水平有限，书中难免会出现不当之处，敬请读者批评指正。

编　者

2001 牢 7 月